btb
Aus Freude am Lesen

HONORÉ DE BALZAC

Die Menschliche Komödie

Gesamtausgabe in zwölf Bänden mit Anmerkungen
und biographischen Notizen über die Romangestalten

Herausgegeben und eingeleitet von Ernst Sander

btb

HONORÉ DE BALZAC
Die Menschliche Komödie
VII

HONORÉ DE BALZAC

Glanz und Elend der Kurtisanen (2)
Tante Bette

u. a.

btb

Diese Ausgabe folgt der von Balzac bestimmten Anordnung der ›Comédie humaine‹

Eine Übersicht über die Gesamtausgabe befindet sich am Ende dieses Bandes. Je ein Register nach den deutschen und französischen Titeln und ein Verzeichnis aller in der ›Menschlichen Komödie‹ auftretenden Personen enthält Band XII.

Umwelthinweis:
Alle bedruckten Materialien dieses Buches sind chlorfrei und umweltschonend.

btb Taschenbücher erscheinen im Goldmann Verlag, einem Unternehmen der Verlagsgruppe Bertelsmann.

1. Auflage
Genehmigte Taschenbuchausgabe Dezember 1998

Unveränderter Nachdruck der Goldmann-Gesamtausgabe in zwölf Bänden
Umschlaggestaltung: Design Team München
Umschlagmotiv: Claude Monet »Frau im Garten«
KR · Herstellung: Augustin Wiesbeck
Made in Germany
ISBN 3-442-72446-5

INHALT

SITTENSTUDIEN
Szenen aus dem Pariser Leben

Glanz und Elend der Kurtisanen

Die armen Verwandten

Glanz und Elend der Kurtisanen

2. Was alte Herren sich die Liebe kosten lassen

3. Wohin schlechte Wege führen

4. Vautrins letztes Abenteuer

Was alte Herren sich die Liebe kosten lassen

Übertragung von Felix Paul Greve. Bearbeitet von Ernst Sander

Die Entstehungsgeschichte des Romans ›A combien l'amour revient aux vieillards‹, der den zweiten Teil des Zyklus ›Splendeurs et Misères des Courtisanes‹ bildet, ist im Vortext des ersten Teils in großen Zügen angedeutet worden. Er wurde auf der Grundlage des kleinen Romans ›La Torpille‹ von 1835 nach mancherlei Umformungen und Erweiterungen vom Autor erarbeitet. Während bei der Aufnahme der abgeschlossenen Teile des Zyklus in die ›Comédie Humaine‹ im Jahre 1844 diese den endgültigen Gesamttitel ›Splendeurs et Misères des Courtisanes‹ führten, mit dem Untertitel ›Esther heureuse‹ für den ersten Teil, der aufgrund einer Nachlaßnotiz Balzacs in ›Comment aiment les Filles‹ umgeändert wurde, trägt der zweite Teil in jener Veröffentlichung bereits den endgültigen Titel. Freilich hatte Balzac zwischen den Titeln ›Les Amours d'un vieux millionaire‹ und ›Les Amours d'un banquier‹ geschwankt.

Gerade wie die Gestalt der Esther Gobseck ohne ein lebendiges Vorbild ist, hat Balzac die fast mythische Gestalt des Bankier-Barons Nucingen ohne ein Modell in der Wirklichkeit geschaffen. Es ist vielfach behauptet worden, Balzac habe in Nucingen den großen Bankier James de Rothschild verspotten wollen, ja, er habe sogar dessen Akzent wiedergegeben. Nichts ist irriger. Denn James Rothschild (1792–1868), der, wie seine vier Brüder, seit 1822 den österreichischen Baronstitel trug, war ein nobler Mann, in seinem Äußeren dem Nucingen völlig unähnlich, und zudem mit Balzac, dem er oftmals Gefälligkeiten erwiesen hat, gut bekannt, und zwar bis in des Romanciers letzte Lebenszeit. Hätten wie auch immer beschaffene Ähnlichkeiten zwischen James Rothschild und Nucingen bestanden, würde Balzac schwerlich Gast im Hause Rothschild gewesen sein, was häufig der Fall war. Balzac hat ihm die Novelle ›Un Homme d'affaires‹ gewidmet und seiner Gattin den Roman ›L'Enfant maudit‹.

Was den Spitznamen ›La Torpille‹ betrifft, den Esther Gobseck führt, so bezeichnet er den Zitterrochen (Torpedo), eine schuppenlose, abgeplattete Knorpelfischgattung, die durch zwei elektrische Organe zu beiden Seiten des Kopfs in der Nähe der Kiemen starke elektrische Schläge auszuteilen vermag, durch die sie ihre Beute betäubt. Im Mittelmeer lebt der Marmor-Zitterrochen (Torpedo marmorata), der bis 1,50 m lang wird. Durch den Spitznamen wird die starke sexuelle Ausstrahlungskraft Esthers angedeutet.

Seit acht Tagen feilschte Nucingen fast täglich im Laden an der Rue Neuve-Saint-Marc[1] um die Auslieferung derer, die er liebte. Dort thronte Asia bald unter dem Namen Saint-Estève, bald unter dem ihrer Kreatur, der Madame Nourrisson, inmitten des schönsten Putzes, der jenen grauenhaften Zustand erreicht hatte, in dem Kleider keine Kleider mehr, aber auch noch keine Lumpen sind. Der Rahmen stand im Einklang mit dem Äußeren, das jene Frau sich zugelegt hatte, denn dergleichen Läden sind eine der unheimlichsten Eigentümlichkeiten von Paris. In ihnen findet sich der Nachlaß, den der Tod mit seiner entfleischten Hand dorthin geworfen hat, und man hört das Röcheln einer Schwindsüchtigen unter einem Schal, wie man die Todesqual des Elends unter einem goldbeflitterten Kleide erahnt. Dort stehen die furchtbaren Debatten zwischen Luxus und Hunger auf zartem Spitzenwerk geschrieben. Man sieht die Züge einer Königin unter einem federgeschmückten Turban; die Art, wie er sitzt, erinnert an das fehlende Gesicht und ergänzt es fast. Hier ist das Niedliche scheußlich. Die Geißel Juvenals in den Amtshänden des Auktionskommissars streut enthaarte Muffs, verschlissene Pelze bedrängter Dirnen aus. Es ist ein Komposthaufen von Blumen, in dem hier und dort gestern geschnittene Rosen aufleuchten, die nur einen Tag getragen worden sind, und auf dem stets eine alte Frau hockt, das Geschwisterkind des Wuchers, die kahle, zahnlose Gelegenheit, die stets bereit ist, auch den Inhalt zu verkaufen, weil sie so sehr daran gewöhnt ist, die Hülle zu kaufen: das Kleid ohne die Frau oder die Frau ohne das Kleid! Hier war Asia in ihrem Element wie der Stockmeister im Zuchthaus, wie ein Geier mit gerötetem Schnabel inmitten von Leichen, furchtbarer noch als all die wilden Greuel, vor denen die Vorübergehenden erbeben, wenn sie gelegentlich voller Erstaunen eine ihrer jüngsten, frischesten Erinnerungen in solch einem schmutzigen Schaufenster wiedererkennen, hinter dem eine echte Saint-Estève, die sich zur Ruhe gesetzt hat, Grimassen schneidet.

Von Aufregung zu Aufregung, von zehntausend zu zehntausend Francs war der Bankier schließlich so weit gekommen, daß er Madame de Saint-Estève sechzigtausend Francs bot; sie aber erwiderte mit einer verneinenden Grimasse, die einen Makako-Affen zur Verzweiflung getrieben hätte. Als der Baron sich darüber klargeworden war, wie Esther ihm die Gedanken verwirrte, als er unerwartete Börsengewinne hatte einstreichen können, kam er endlich nach einer aufgeregten Nacht eines Morgens in der Absicht, die hunderttausend Francs, die Asia verlangt hatte, herauszurücken; aber er wollte ihr dafür wenigstens eine Fülle von Auskünften entlocken.

»Na, hast du dich entschlossen, dicker Hanswurst?« fragte Asia und klopfte ihm auf die Schulter.

Solcherlei tief entehrende Vertraulichkeiten sind der erste Zoll, den dergleichen Frauen den wahnwitzigen Leidenschaften oder dem Elend, das sich ihnen anvertraut, auferlegen; sie erheben sich nie zur Höhe des Kunden, sie nötigen ihn, sich neben sie auf den Schmutzhaufen zu setzen. Asia gehorchte ihrem Herrn ausgezeichnet, wie man sieht.

»Ich muß wohl«, sagte Nucingen. – »Und du wirst nicht übers Ohr gehauen«, erwiderte Asia. »Es sind schon Frauen verhältnismäßig teurer verkauft worden, als du die da bezahlen sollst! De Marsay hat für die verstorbene Coralie sechzigtausend Francs gegeben. Die, die du willst, hat aus erster Hand hunderttausend gekostet; aber für dich, siehst du, alter Wüstling, ist das doch eine Anstandssache.« – »Und wo ist sie?« – »Ach! du wirst sie schon noch sehen. Ich bin wie du: erst das Geld und dann die Ware ...! Ach ja, mein Bester, deine Flamme hat Dummheiten gemacht. Junge Mädchen ... die sind nun mal unvernünftig. Die Prinzessin ist augenblicklich das, was wir eine Nachtschöne nennen ...« – »Aine Nacht–« – »Was! Willst du den Dummen spielen ...? Sie hat Louchard auf den Fersen; ich selber habe ihr fünfzigtausend Francs geliehen ...« – »Die Hälfte! Sag schon!« rief der Bankier. – »Zum Satan, fünfundzwanzig für fünfzig, das versteht sich doch von selbst«, erwiderte Asia. »Dies Frauenzimmer, alles was recht ist, ist die Ehrlichkeit in Person! Sie hatte nur noch ihren Körper, und da hat sie gesagt: ›Liebe kleine Madame de Saint-Estève, ich werde verfolgt, nur Sie können mir helfen,· geben Sie mir zwanzigtausend Francs, dann gebe ich Ihnen eine Hypothek auf mein Herz . . .‹ Oh, sie hat ein hübsches Herz . . .! Außer mir weiß niemand, wo sie ist. Ein unvorsichtiges Wort würde mich meine zwanzigtausend Francs kosten . . . Vorher hat sie in der Rue Taitbout gewohnt. Ehe sie auszog . . . (ihr Mobiliar war gepfändet worden . . . von wegen der Gerichtskosten . . . Diese Lümmel von Gerichtsvollziehern! Sie als großer Börsenmann kennen das ja!) – Na also, sie war nicht dumm, sie hat ihre Wohnung auf zwei Monate an eine Engländerin vermietet, ein prachtvolles Weib, das den kleinen . . . wie heißt er doch gleich? den Rubempré zum Liebhaber hatte, und der war so eifersüchtig, daß er sie nur nachts ausfahren ließ . . . Aber da das Mobiliar jetzt verkauft werden soll, hat sich die Engländerin aus dem Staube gemacht, und zwar um so eher, als sie für ein Bürschchen wie Lucien zu teuer war.« – »Sie treiben da gute Bankgeschäfte«, sagte Nucingen. – »In Naturalien«, sagte Asia. »Ich leihe hübschen Frauen Geld; das lohnt sich, denn dabei diskontiert man zwei Werte zugleich.«

Asia hatte ihren Spaß daran, die Rolle einer Kleiderhökerin zu chargieren; die echten sind zwar herb, aber leisetreterischer und süßlicher als die Malaiin, und sie rechtfertigen ihr Gewerbe mit schönen Motiven. Asia spielte eine Frau, die sämtliche Illusionen, fünf Liebhaber und ihre Kinder verloren hat und sich trotz all ihrer Erfahrung von jedermann ausbeuten läßt Alle paar Augenblicke kramte sie Pfandscheine hervor, um zu beweisen, wieviel schlimmen Zufällen ihr Gewerbe ausgesetzt war. Sie behauptete, sie sei in Druck, sei verschuldet. Kurzum: Sie spielte ihre Häßlichkeit so naiv aus, daß der Baron schließlich an die Rolle glaubte, die sie mimte.

»Gut, wenn ich hergebe die hünderttausend, wo werd ich se da sehen?« fragte er mit der Miene eines Mannes, der zu allen Opfern bereit ist. – »Mein dicker Alter, du kommst heute abend mit deinem Wagen, sagen wir, vor das Gymnase[2], das liegt auf dem Wege«, erwiderte Asia. »Du hältst an der Ecke der Rue Sainte-Barbe[3]. Da ziehe ich auf Posten, und dann gehen wir zusammen zu meiner schwarzhaarigen Hypothek . . . Oh, sie hat wundervolles Haar, meine Hypothek! Wenn Esther ihren Kamm herauszieht, steht sie da wie unter einem Zelt. Aber wenn du dich auch auf Zahlen verstehst, machst du mir im übrigen den Eindruck eines Gimpels; ich rate dir, die Kleine gut zu verstekken, denn sie kommt nach Sainte-Pélagie[4], wenn sie gefunden wird, und zwar schleunigst, gleich am nächsten Tag . . . und sie sind hinter ihr her!«

»Könnte man nicht aufkaufen dic Wechsel?« fragte der unverbesserliche Luchs. – »Die hat zwar der Gerichtsvollzieher . . . aber es geht trotzdem nicht. Die Kleine ist toll verliebt gewesen und hat Geld vernascht, das ihr anvertraut worden war, und dieses Geld wird jetzt von ihr zurückverlangt. Wahrhaftig, so ein Herz von zweiundzwanzig Jahren kommt schon auf spaßige Gedanken.« – »Gut, gut, ich werde arranschieren«, sagte Nucingen, wobei er seine durchtriebene Miene aufsetzte. »Es verschdeht sich, daß ich ihr Gönner werde.« – »Ach, du dummer Kerl, es ist deine Sache, ihr Liebe einzuflößen, und du hast ja die Mittel dazu, dir einen Anschein von Liebe zu erkaufen, der die wahre aufwiegt. Ich gebe dir deine Prinzessin in die Hand; sie kann nicht anders, sie muß dir folgen, um alles übrige kümmere ich mich nicht . . . Aber sie ist an Luxus gewöhnt, an die größte Rücksichtnahme. Ja, mein Junge, sie ist eine richtiggehende Dame . . . Hätte ich ihr sonst fünfzehntausend Francs gegeben?« – »Gut, also abgemacht. Auf heite abend!«

Der Baron legte von neuem die Hochzeitstoilette an, die er schon einmal gemacht hatte; aber diesmal schluckte er in der Gewißheit des Erfolgs die doppelte Anzahl von Pillen. Um neun traf er die furchtbare Frau an der verabredeten Stelle, und er nahm sie zu sich in seinen Wagen. – »Wohin?« fragte der Baron. »Wohin?« schwatzte Asia. »Rue de la Perle, im Marais[5], eine Gelegenheitsbehausung, denn deine Perle liegt im Dreck, aber du wirst sie schon sauberwaschen!« Als sie dort ankamen, sagte die falsche Madame de Saint-Estève mit einem abscheulichen Grinsen zu Nucingen: »Wir wollen ein paar Schritte zu Fuß gehen; so dumm, daß ich die wahre Adresse gegeben hätte, bin ich denn doch nicht.« – »Du denkst eben an alles«, sagte Nucingen. – »Das bringt mein Beruf mit sich«, erwiderte sie.

Asia führte den Baron in die Rue Barbette, wo er in einem Logierhaus, das ein Tapezierer des Stadtviertels unterhielt, in den vierten Stock geführt wurde. Als der Millionär Esther wie ein Arbeitermädchen gekleidet in einem schäbig möblierten Zimmer mit einer Stickerei beschäftigt sah, wurde er bleich. Noch nach einer Viertelstunde, während welcher Asia dem Anschein nach auf Esther einflüsterte, konnte der junge Greis kaum ein Wort hervorbringen. »Mademoiselle«, sagte er schließlich zu dem armen Mädchen, »würden Se haben die Güte, mich als Gönner anzunehmen?« – »Ich muß wohl«, sagte Esther, aus ihren Augen rannen zwei dicke Tränen. »Wainen Se nich. Ich werd Se machen zur glücklichsten aller Frauen ... Lassen Sie sich nur von mir lieben, Se werden schon sehn.«

»Kleines, der Herr ist nicht auf den Kopf gefallen«, sagte Asia; »er weiß genau, daß er über die Sechsundsechzig hinaus ist, und er wird sehr nachsichtig sein. Kurz und gut, mein schöner Engel, er ist ein Vater, den ich da für dich aufgetrieben habe ... – Das muß man ihr einreden«, flüsterte Asia dem mißzufriedenen Bankier zu. »Man fängt keine Schwalben, indem man mit der Pistole danach schießt. Kommen Sie mal mit«, sagte sie und führte Nucingen ins Nebenzimmer. »Sie kennen ja unsere kleinen Vereinbarungen, mein Engel, nicht wahr?«

Nucingen zog eine Brieftasche aus seinem Rock und zählte die hunderttausend Francs hin, die der in einer Kammer versteckte Carlos mit lebhafter Ungeduld erwartet hatte und die die Köchin ihm sofort brachte.

»Das wären die hunderttausend Francs, die unser Mann in Asien anlegt; jetzt bringen wir ihn dazu, daß er auch einiges in Europa anlegt«, sagte Carlos zu seiner Vertrauten, als sie auf dem Treppenabsatz standen. Er verschwand, nachdem er der Malaiin seine Instruktionen erteilt hatte; sie kehrte in das Zimmer zurück, wo Esther heiße Tränen weinte. Das Kind hatte sich wie ein zum Tode verurteilter Verbrecher einen Roman der Hoffnung ausgedacht, und jetzt hatte die verhängnisvolle Stunde geschlagen.

»Ihr lieben Kinder«, sagte Asia, »wohin wollt ihr gehen ...? Denn der Baron von Nucingen ...« – Esther sah den berühmten Bankier an und tat eine wundervoll gespielte Geste der Überraschung. »Ja, main Kind, ich bin der Baron von Nucingen.« – »Der Baron von Nucingen darf und kann nicht in einer solchen Hundehütte bleiben. Hören Sie mal zu! Ihre ehemalige Eugénie ...« – »Eischenie! Aus der Rue Taitbout ...?« rief der Baron. – »Ja, die gerichtlich eingesetzte Betreuerin der Möbel«, antwortete Asia, »sie hat die Wohnung der schönen Engländerin vermietet.« – »Ach so, ich verschdehe!« sagte der Baron. – »Die ehemalige Zofe von Madame«, fuhr Asia ehrfurchtsvoll fort und deutete auf Esther, »wird Sie beide heute abend gern bei sich aufnehmen, und nie wird der Exekutor es sich einfallen lassen, Madame in ihrer ehemaligen Wohnung zu suchen, die sie vor drei Monaten verlassen hat ...« – »Ausgezaichnet, ausgezaichnet!« rief der Baron.

»Übrigens kenne ich die Exekutoren; ich weiß, wie man sie zu behandeln hat, damit sie verduften.« – »Sie bekommen in Eugénie eine ganz Geriebene«, sagte Asia, »ich selber habe sie Madame verschafft ...« – »Ich kenn sie«, rief der Millionär lachend; »Eischenie hat mich um dreißigtausend Francs begaunert ...« Esther machte eine Geste des Abscheus, auf die hin ein Mann von Herz ihr sein ganzes Vermögen anvertraut hätte. »Oh, es ist gewesen maine eigene Schuld«, fuhr der Baron fort, »ich war hinter Ihnen her ...« Und er erzählte das Quiproquo, das die Vermietung der Wohnung an eine Engländerin zur Folge gehabt hatte.

»Na, sehen Sie es jetzt, Madame?« fragte Asia; »davon hat Ihnen Eugénie in ihrer Gerissenheit kein Wort gesagt! Aber Madame ist nun mal an dieses Mädchen gewöhnt«, sagte sie zu dem Baron, »behalten Sie sie trotzdem.« Asia nahm Nucingen beiseite und sagte zu ihm: »Stecken Sie Eugénie monatlich fünfhundert Francs zu, das ist ein hübsches rundes Sümmchen; dann erfahren Sie alles, was Madame tut und treibt; geben Sie sie ihr zur Zofe. Eugénie wird um so brauchbarer für Sie sein, als sie Sie schon mal gerupft hat ... Nichts fesselt die Frauen mehr an einen Mann, als wenn sie ihn rupfen können. Aber halten Sie Eugénie kurz: Für Geld tut sie alles; es ist ein Greuel mit diesem Mädchen ...!« – »Und du ...?« – »Ich«, sagte Asia, »ich halte mich schadlos.«

Nucingen, dieser so abgefeimte Mensch, hatte eine Binde vor den Augen; er ließ mit sich umgehen wie ein kleiner Junge. Der Anblick der aufrichtigen, anbetungswürdigen Esther, die sich die Augen trocknete und mit dem Anstand einer Jungfrau die

Stiche ihrer Stickerei vollführte, fachte in dem verliebten alten Herrn abermals die Empfindungen an, die er im Wald von Vincennes verspürt hatte: Er hätte den Schlüssel seines Geldschranks hergegeben! Er fühlte sich jung, sein Herz war von Anbetung erfüllt, er wartete nur darauf, daß Asia gehe, um sich dieser raffaelischen Madonna zu Füßen werfen zu können. Dieses plötzliche Wiedererblühen der Kindheit im Herzen eines greisen Luchses gehört zu den sozialen Phänomenen, die die Physiologie aufs leichteste zu erklären vermag. Die unter dem Gewicht der Geschäfte fast erdrückte, die von ständigen Berechnungen, von unaufhörlichem, besessenem Grübeln über die Jagd nach Millionen erstickte Jugend taucht mit ihren wunderbaren Illusionen wieder empor; sie schwingt sich auf und erblüht gleichsam aus einem Urgrund, wie ein vergessenes Samenkorn, dessen wunderbare Blüten dem Zufall gehorchen, einer Sonne, die leuchtet, die mit spätem Strahl hervorbricht. Der Baron war als zwölfjähriger Kommis in der alten Firma Aldrigge in Staßburg gewesen und hatte also nie einen Schritt in die Welt der Gefühle getan. Deshalb stand er nun vor seinem Idol, und es summte ihm ein drängendes Durcheinander von tausend Phrasen im Gehirn herum; aber da er sie nicht auf die Lippen brachte, gehorchte er einem brutalen Begehren, in dem sich wieder der Sechsundsechzigjährige bekundete.

»Wollen Se mitkommen in de Rue Taitbout?« fragte er. – »Wohin Sie wollen«, antwortete Esther und stand auf. »Wohin Se wollen!« wiederholte er hingerissen. »Se sind ain Engel vom Himmel, und ich liebe Se, als wäre ich ain Jingelchen, wenn ich auch graues Haar habe ...« – »Ach, Sie können ruhig sagen: weißes! Denn sie sind von einem zu schönen Schwarz, um nur erst grau zu sein«, sagte Asia. – »Hau ab, du Hökerin mit Menschenfleisch! Du hast dein Geld, begeifere mir diese Blume der Liebe nicht länger!« schrie der Bankier; er hielt sich durch diesen wüsten Ausbruch für alle Unverschämtheiten schadlos, die er hatte ertragen müssen. – »Alter Lümmel! Was du da gesagt hast, soll dich teuer zu stehen kommen!« sagte Asia und drohte dem Bankier mit einer Geste, die eines Marktweibs würdig gewesen wäre, über die er indessen nur die Achseln zuckte. »Zwischen dem Rand des Bechers und dem Mund des Zechers hat immer noch eine Viper Platz, und da sollst du mich finden ...!« sagte sie, wütend über Nucingens Geringschätzung.

Die Millionäre, deren Geld von der Bank von Frankreich bewacht wird, deren Palais von einer ganzen Heerschar von Dienern behütet werden und deren Person auf der Straße die Wände eines raschen Wagens mit englischen Pferden schützt, befürchten keinerlei Unglück; daher musterte denn auch der Baron Asia kühl durch sein Lorgnon; er war ganz der, der ihr eben hunderttausend Francs geschenkt hatte. Dies majestätische Verhalten tat seine Wirkung. Asia trat den Rückzug an und brummte auf der Treppe vor sich hin; sie drückte sich dabei äußerst revolutionär aus: Sie murmelte vom Schafott!

»Was haben Sie ihr nur gesagt ...?« fragte die ›stickende Madonna‹, »sie ist sonst immer so gutartig.« – »Se hat Se verkauft, se hat Se geschtohlen .« – »Wenn wir im Elend sind«, erwiderte sie mit einer Miene, die einem Diplomaten das Herz gebrochen hätte, »wer hat dann Geld und Rücksicht für uns übrig ...?« – »Arme Klaine!« sagte Nucingen, »kaine Minute sollen Se bleiben mehr hier!«

Nucingen reichte Esther den Arm, er führte sie, wie sie war, die Treppe hinunter und half ihr mit mehr Respekt in seinen Wagen, als er ihn der schönen Herzogin von Maufrigneuse bezeigt hätte. »Se solln 'ne schöne Equipasche kriegen, die hübscheste von Paris«, sagte Nucingen während der Fahrt. »Das Raizendste, was der Luxus bieten kann, soll Se umgeben. Keine Königin soll raicher sain als Se. Se sollen werden geachtet wie aine Braut in Deitschland: ich will, daß Se ganz frei sind ... Wainen Se nich. Hören Se . . Ich lieb Se wahrhaftig mit rainer Liebe. Jede Ihrer Tränen bricht mir das Herz ...« – »Liebt man eine Frau, die man kauft, auch mit dem Herzen ...?« fragte das arme Mädchen mit lieblicher Stimme. – »Josef ist von sainen Briedern doch auch verkauft worden, weil er so hibsch war. Das steht in der Bibel. Außerdem kauft man im Orient doch saine Ehefrauen.«

Als sie in der Rue Taitbout anlangten, vermochte Esther die Stätte ihres Glücks nicht ohne schmerzliche Empfindungen wiederzusehen. Sie blieb regungslos auf einem Diwan liegen und wischte ihre Tränen eine nach der andern ab, ohne ein Wort von den verliebten Torheiten zu hören, die der Bankier radebrechte. Er kniete nieder; sie ließ ihn knien, ohne ein Wort zu ihm zu sagen; sie entzog ihm ihre Hände nicht, als er sie ergriff; aber gewissermaßen wußte sie nicht, welchen Geschlechts das Wesen war, das ihr die Füße wärmte, denn Nucingen hatte gemerkt, daß sie kalt waren. Diese Szene mit den heißen Tränen, die dem Baron auf den Kopf tropften, und den eisigen Füßen, die er wärmte, dauerte von Mitternacht bis zwei Uhr morgens.

»Eischenie«, sagte der Baron endlich; er hatte nach Europa gerufen; »bringen Se doch Madame dazu, daß se zu Bett geht...« – »Nein!« rief Esther, sprang auf die Füße und richtete sich steil auf wie ein scheuendes Pferd, »hier niemals ...!«

»Sie müssen wissen, Monsieur«, sagte Europa zu dem Bankier, »ich kenne Madame, sie ist sanft und gut wie ein Lamm; nur darf man sie nicht vor den Kopf stoßen; man muß behutsam mit ihr umgehen ... Sie ist hier so unglücklich gewesen! – Sehen Sie bloß mal ... die Möbel sind arg abgenutzt! – Lassen Sie sie getrost tun, was sie will. – Richten Sie ihr in aller Nettigkeit ein hübsches, elegantes Haus ein. Vielleicht wird sie, wenn sie rings um sich her nur Neues sieht, das Gewesene vergessen, und möglicherweise wird sie Sie ansehnlicher finden, als Sie sind, und von engelhafter Sanftmut sein. Oh, Madame hat nicht ihresgleichen! Und Sie können sich rühmen, eine vortreffliche Erwerbung gemacht zu haben: ein gutes Herz, artige Umgangsformen, einen feinen Spann, eine Haut, eine Jugendfrische ... Ach! ... Und witzig ist sie, daß sie zum Tode Verurteilte zum Lachen bringen könnte ... Madame ist sehr empfänglich für die Neigung, die ihr entgegengebracht wird ... Und wie sie sich anzuziehen versteht ...! Ja, wenn so was auch teuer kommt, so hat der Mann doch was für sein Geld, wie man zu sagen pflegt. Hier sind alle ihre Kleider gepfändet, sie ist also mit ihrer Toilette um drei Monate in Rückstand. Aber Madame ist so gut, müssen Sie wissen, daß sogar ich sie lieb habe, und dabei ist sie doch meine Herrin! – Aber seien Sie gerecht, eine Frau wie sie, und ringsum die gepfändeten Möbel ...! Und für wen ...? Für einen Taugenichts, der sie immer nur gequält hat ... Die arme kleine Frau! Sie ist gar nicht mehr sie selber!«

»Esther ..., Esther ...«, sagte der Baron, »gehen Se zu Bett, main Engel. Ach, wenn Se Angst haben vor mir, dann blaibe ich auf dem Kanapee hier ...«, rief der Baron, in dem die reinste Liebe aufflammte, als er sah, daß Esther noch immer weinte. – »Also gut«, antwortete Esther, ergriff die Hand des Barons und küßte sie aus einem Gefühl der Dankbarkeit heraus, das dem Luchs etwas in die Augen trieb, das einer Träne ähnlich sah. »Ich werde Ihnen dafür Dank wissen ...« Und sie lief in ihr Zimmer und schloß sich ein.

»In alledem liegt was Unerklärliches...«, sagte sich Nucingen; seine Pillen regten ihn auf. »Was wird man dazu sagen bei mir zu Haus?« Er stand auf und schaute durchs Fenster: »Main Wagen schteht immer noch da ... Es wird bald Tag ...!« Er ging im Zimmer auf und ab. »Wie würde meine Frau lachen, wenn se erführe jemals, wie ich diese Nacht zugebracht habe ...!« Er lauschte mit einem Ohr an der Schlafzimmertür, als er sich ein bißchen allzu albern gebettet fand. »Esther! ...« – Keine Antwort. – »Gott, der Gerechte! Sie waint noch immer ...!« sagte er, als er sich wieder auf das Kanapee legte.

Etwa zehn Minuten nach Sonnenaufgang wurde der Baron von Nucingen, der in einen schlechten, erzwungenen Schlummer gesunken war, noch dazu in unbequemer Lage, auf einem Sofa, mitten in einem jener Träume von Europa jäh geweckt, wie man sie bei solcherlei Gelegenheiten hat und deren rasche Komplikationen zu den unlösbaren Phänomenen der medizinischen Physiologie gehören.

»Ach, mein Gott, Madame!« rief sie, »Madame! Soldaten ...! Gendarmen! Die Justiz! Sie sollen verhaftet werden ...«

In dem Augenblick, da Esther, unzulänglich in ihren Morgenrock gehüllt, die nackten Füße in Pantoffeln, mit wirrem Haar, aber schön genug, um den Erzengel Raphael zur Verdammnis zu führen, die Tür auftat und sich zeigte, spie die Wohnzimmertür eine Flut von Menschenabschaum herein; zehnpfotig wälzte sie sich auf die Himmelstochter zu, die wie ein Engel auf einem flämischen Altarbild dastand. Einer trat vor. Contenson, der fürchterliche Contenson legte die Hand auf Esthers feuchte Schulter. »Sind Sie Mademoiselle Esther van ...?« fragte er.

Europa warf ihn durch einen Schlag mit verkehrter Hand auf die Backe um so leichter nieder, damit er sich das Stück Teppich abmaß, das er zum Liegen brauchte, als sie ihm gleichzeitig den kurzen, harten Tritt gegen die Beine verabfolgte, der allen, die die Kunst des Fußstoßens pflegen, wohlbekannt ist. »Zurück!« schrie sie; »meine Herrin hat keiner anzurühren!«

»Sie hat mir das Bein gebrochen!« rief Contenson und richtete sich auf; »das soll man mir bezahlen!«

Aus der Masse der fünf Büttel, die eben wie Büttel gekleidet waren, die ihre scheußlichen Hüte auf den noch scheußlicheren Köpfen behielten und deren Köpfe wie aus gemasertem Mahagoni zu sein schienen, Köpfe, in denen hier die Augen schielten, dort die Nasen fehlten und alle Münder sich zur Grimasse verzerrten, löste sich Louchard heraus, der sauberer gekleidet war als seine Leute, aber gleichfalls den Hut auf dem Kopf behielt; sein Gesicht war zugleich süßlich und zum Lachen verzogen. »Mademoiselle, ich verhafte Sie«, sagte er zu Esther. »Was Sie angeht, Mädchen«, sagte er zu Europa, »so würde jede Auflehnung bestraft werden, und aller Widerstand ist nutzlos.«

Das Geräusch von Gewehren, deren Kolben auf die Fliesen des Eßzimmers und des Vorzimmers stießen und auf diese Weise meldeten, daß der Exekutor die Polizeiwache hinter sich habe, lieh diesen Worten Nachdruck.

»Und warum wollen Sie mich verhaften?« fragte Esther unschuldig. – »Und unsere kleinen Schulden ...?« erwiderte Louchard. – »Ach, freilich!« rief Esther. »Erlauben Sie mir, daß ich mich anziehe.« – »Zu meinem größten Bedauern, Mademoiselle, muß ich mich überzeugen, daß es in Ihrem Zimmer keine Möglichkeit zur Flucht gibt«, sagte Louchard.

All das vollzog sich so rasch, daß der Baron noch keine Zeit gehabt hatte, sich ins Mittel zu legen. »Nun, jetzt handle ich tatsächlich mit Menschenfleisch, Baron von Nucingen ...!« rief die furchtbare Asia, indem sie zwischen den Bütteln durch bis zum Sofa schlüpfte und tat, als entdecke sie dort den Bankier. – »Elende Halunkin!« rief Nucingen und richtete sich in seiner ganzen Finanzmajestät auf. Und er warf sich zwischen Esther und Louchard, der seinen Hut abnahm, als Contenson rief: »Der Herr Baron von Nucingen ...!«

Auf einen Wink Louchards räumten die Büttel das Zimmer, wobei sie respektvoll die Köpfe entblößten. Nur Contenson blieb da. – »Bezahlt der Herr Baron?« fragte der Exekutor, den Hut in der Hand. – »Ich zahle«, antwortete er; »aber erst muß ich wissen, um was es sich handelt.« – »Um dreihundertundzwölftausend Francs und einige Centimes, einschließlich der Kosten; aber die Verhaftung ist noch nicht inbegriffen.« – »Dreihünderttausend Francs!« rief der Baron. »Ain kostspieliges Erwachen fier jemanden, der die Nacht auf ainem Ganabee verbracht hat«, sagte er leise zu Europa.

»Ist dieser Mensch tatsächlich der Baron von Nucingen?« fragte Europa Louchard, und sie kommentierte ihren Zweifel durch eine Geste, um die sie die Dupont, die neue Jugendliche des Théâtre Français[6], beneidet hätte. – »Ja«, sagte Louchard. – »Ja«, antwortete Contenson. – »Ich bürge fier se«, sagte der Baron, den Europas Zweifel in seiner Ehre getroffen hatte; »lassen Se mich mit ihr sprechen ain Wort.« Esther und ihr alter Liebhaber gingen in das Schlafzimmer, an dessen Schloß das Ohr zu legen Louchard für nötig erachtete.

»Ich liebe Se mehr als mein Leben, Esther; aber wozu Ihren Gläubigern Geld geben, das unendlich viel besser in Ihrer Börse aufgehoben wäre? Gehn Se ins Gefängnis: ich mache mich anhaischig, die hünderttausend Taler fier hünderttausend Francs aufzukaufen; dann haben Se ßweihünderttausend Francs fier sich selber ...«

»Dieses System«, rief Louchard ihm zu, »nützt nichts. Der Gläubiger ist nicht in Mademoiselle verliebt ...! Sie verstehen? Und er will womöglich noch mehr als alles, seit er weiß, daß Sie in sie vernarrt sind.« – »Erznarr!« rief Nucingen Louchard zu, als er die Tür öffnete und ihn in das Schlafzimmer einließ, »du waißt nicht, was du sagst! Ich gebe dir finf Prozent in die eigene Tasche, wenn du erledigst die Sache ... – »Unmöglich, Herr Baron!« – »Wie, Monsieur, Sie hätten das Herz«, sagte Europa, die ihrerseits eintrat, »meine Herrin ins Gefängnis gehen zu lassen ...? Wollen Sie meinen Lohn, Madame, meine Ersparnisse? Nehmen Sie sie, ich habe vierzigtausend Francs ...« – »Ach, du liebes Mädchen, dich habe ich verkannt!« rief Esther und schloß Europa in die Arme. Europa brach in Tränen aus.

»Ich zahle«, sagte der Baron jämmerlich und zog ein Heft hervor, dem er einen jener kleinen bedruckten, viereckigen

Zettel entnahm, wie sie die Staatsbank den Bankiers zur Verfügung stellt, und auf denen sie dann nur in Ziffern und Buchstaben die Summe auszufüllen haben, um auf den Überbringer lautende Anweisungen daraus zu machen.

»Hat keinen Zweck, Herr Baron«, sagte Louchard, »ich habe Weisung, die Zahlung nur bar in Gold oder Silber entgegenzunehmen. Weil Sie es sind, will ich mich mit Banknoten begnügen.« - »Der Teifel!« rief der Baron auf deutsch, »zeigen Se mir doch mal die Wechsel!« Contenson reichte ihm drei Aktenhefte in blauem Umschlag hin, die der Baron nahm, wobei er Contenson ansah und ihm zuflüsterte: »Du hättest ainen bessern Tag gehabt, wenn du mich gewarnt hättest.« - »Ach, wie hätte ich denn wissen können, daß Sie hier sein würden, Herr Baron?« erwiderte der Spitzel, ohne sich darum zu kümmern, ob Louchard ihn höre oder nicht. »Sie haben schlecht dabei abgeschnitten, daß Sie mir Ihr Vertrauen entzogen. Sie werden gehörig geprüft«, fügte der tiefe Philosoph achselzuckend hinzu. - »Freilich«, sagte sich der Baron »Ach, Klaine«, rief er, als er die Wechsel sah, Esther zu, »Se sind das Opfer aines Schurken, aines Obergauners!« - »Leider, ja!« sagte die arme Esther; »aber er hat mich so sehr geliebt ...!« - »Wenn ich hätt gewußt ... dann hätt ich fier Se erhoben Ainspruch.« - »Sie verlieren den Kopf, Herr Baron«, sagte Louchard, »es ist bereits ein zweiter Indossant vorhanden.« - »J-a«, erwiderte er, »es ist ein zweiter Indossant vorhanden ... Sériset, einer von der Opposition!« - »Das Pech macht ihn geistreich«, sagte Contenson lächelnd, »dies ist beinah ein Wortwitz.« - »Will der Herr Baron ein paar Zeilen an seinen Kassierer schreiben?« fragte Louchard grinsend; »dann schicke ich Contenson zu ihm und lasse meine Leute abtreten. Die Zeit vergeht, und alle Welt würde erfahren ...«

»Geh, Contenson!« rief Nucingen. »Main Kassierer wohnt Ecke Rue des Mathurins und Rue de l'Arcade. Hier ist ain Zettel, damit er zu du Tillet oder zu den Kellers geht, wenn wir kaine hünderttausend Taler in bar haben; denn unser ganzes Geld liegt auf der Staatsbank ... Ziehn Se sich an, main Engel«, sagte er zu Esther, »Sie sind frai. Die alten Weiber«, rief er mit einem Blick auf Asiá, »sind gefährlicher als die jungen ...«

»Ich gehe jetzt und bringe den Gläubiger zum Lachen«, sagte

Asia zu ihm, »und der wird mir schon so viel geben, daß ich mir heute einen guten Tag machen kann. Nichts für ungut, Herr Baron . . .«, fügte die Saint-Estève hinzu und machte einen höhnischen Knicks. Louchard nahm die Papiere wieder aus den Händen des Barons entgegen und blieb mit ihm allein im Wohnzimmer zurück, wohin eine halbe Stunde später zusammen mit Contenson auch der Kassierer kam. Esther erschien gerade in einer entzückenden, wenn auch improvisierten Toilette. Als Louchard die Summen gezählt hatte, wollte der Baron die Wechsel nochmals prüfen, aber Esther bemächtigte sich ihrer mit einer katzenhaften Bewegung und trug sie in ihren Sekretär.

»Und was geben Sie uns armen Schweinen . . .?« fragte Contenson Nucingen. – »Se haben nicht genommen viel Rücksicht«, sagte der Baron. – »Und mein Bein . . .?« rief Contenson. – »Louchard, Se werden geben hündert Francs an Contenson von dem Rest des Tausendfrancsschains . . .«

»Das ist aine sehr hibsche Frau!« sagte der Kassierer zum Baron, als sie die Rue Taitbout verließen; »aber se kömmt den Herrn Baron recht teier.« – »Bewahren Se mir Gehaimnis«, sagte der Baron, der auch Contenson und Louchard um Schweigen gebeten hatte.

Louchard ging, und ihm folgte Contenson; aber auf dem Boulevard hielt Asia, die dort auf ihn gewartet hatte, den Exekutor an. »Der Gerichtsvollzieher und der Gläubiger sitzen durstig in einer Droschke«, sagte sie, »und warten auf ihr Geld.«

Während Louchard die Scheine hinzählte, konnte sich Contenson die Kunden genauer ansehen. Er gewahrte Carlos' Augen, erkannte die Form der Stirn unter der Perücke, und jene Perücke dünkte ihn mit Recht verdächtig; er prägte sich die Nummer der Droschke ein, obwohl er allem, was vorging, vollkommen gleichgültig gegenüberzustehen schien; Asia und Europa beunruhigten ihn aufs höchste. Er sagte sich, daß der Baron das Opfer außerordentlich geschickter Leute sei, und zwar um so mehr, als Louchard von merkwürdiger Verschwiegenheit gewesen war, als er um seine Mithilfe gebeten hatte. Europas Fußtritt hatte Contenson übrigens nicht nur am Schienbein getroffen. Das ist ein Tritt, der nach Saint-Lazare[7] schmeckt! hatte er sich beim Aufstehen gesagt.

Carlos schickte den Gerichtsvollzieher fort, nachdem er ihn freigebig bezahlt hatte, und sagte, während er auch diesen bezahlte, zum Kutscher: »Palais Royal, Freitreppe.«

Solch ein Schlaukopf! sagte sich Contenson, als er die Adresse hörte, da ist irgendwas los . . .!

Carlos langte in so scharfer Fahrt am Palais Royal an, daß er keine Verfolgung zu befürchten hatte. Übrigens eilte er dort auf seine Art durch die Galerien, nahm auf der Place du Château d'Eau eine weitere Droschke und rief dem Kutscher zu: »Opernpassage, auf der Seite der Rue Pinon[8].« Eine Viertelstunde darauf betrat er die Wohnung in der Rue Taitbout. Als Esther ihn erblickte, sagte sie: »Hier sind die gefährlichen Wechsel!« Carlos nahm sie, prüfte sie, ging hinaus und verbrannte sie im Küchenfeuer.

»Der Streich wäre gelungen!« rief er und zeigte die dreihunderttausend Francs, die er gebündelt aus der Tasche seines Überrocks zog. »Das und die hunderttausend Francs, die Asia ergattert hat, damit haben wir Bewegungsfreiheit.« – »Mein Gott! Mein Gott!« rief die arme Esther. – »Unsinn, du dumme Gans!« sagte der wüste Rechner, »sei zum Schein Nucingens Geliebte, dann kann Lucien zu dir kommen; er ist Nucingens Freund; ich verbiete dir nicht, ein Verhältnis mit ihm zu haben!« Esther gewahrte eine schwache Helle in der Düsternis ihres Lebens; sie atmete auf.

»Europa, mein Mädchen«, sagte Carlos und zog diese Kreatur in einen Winkel des Boudoirs, wo niemand ein Wort ihrer Unterhaltung belauschen konnte, »Europa, ich bin mit dir zufrieden.«

Europa hob den Kopf und sah den Mann mit einem Ausdruck an, der ihr welkes Gesicht so sehr verwandelte, daß die Zeugin dieser Szene, nämlich Asia, die an der Tür horchte, sich fragte, ob das Interesse, durch das Carlos Europa an sich fesselte, das, durch das sie sich an ihn gekettet fühlte, etwa an Tiefe übertreffen könne.

»Das ist noch nicht alles, mein Kind. Vierhunderttausend Francs bedeuten für mich nichts . . . Paccard wird dir eine Rechnung für silbernes Tafelgerät übergeben, sie beläuft sich auf dreißigtausend Francs, und es sind Anzahlungen darauf geleistet worden; aber Biddin, unser Goldschmied, hat Auslagen gehabt. Unsere Möbel, die er hat pfänden lassen, werden sicherlich morgen zwecks Versteigerung ausgeboten werden. Geh zu Biddin; er wohnt in der Rue de l'Arbre-Sec; er gibt dir für zehntausend Francs Pfandscheine. Du verstehst: Esther hat sich Silbergeschirr anfertigen lassen, hat es nicht bezahlt und es versetzt, jetzt droht ihr eine kleine Klage wegen Betrugs. Der Goldschmied bekommt also dreißigtausend Francs und zehntausend das Leihhaus, damit wir wieder in den Besitz des Silbers gelangen. Summa: dreiundvierzigtausend Francs mit den Spesen. Jenes Silberzeug ist von schlechter Legierung, der Baron wird es durch neues ersetzen, dabei werden wir ihm abermals ein paar Tausendfrancsscheine aus der Tasche ziehen. Ihr schuldet der Schneiderin für zwei Jahre . . . wieviel?« – »Wir könnten ihr vielleicht sechstausend Francs schulden«, antwortete Europa. – »Gut; wenn Madame Auguste zu ihrem Geld kommen und sich die Kundschaft erhalten will, wird sie für vier Jahre eine Rechnung über dreißigtausend Francs ausstellen. Das gleiche Abkommen mit der Modistin. Der Juwelier Samuel Frisch, der Jude in der Rue Sainte-Avoie, wird dir Pfandscheine leihen; dem müssen wir fünfundzwanzigtausend Francs schulden, und für unsern Schmuck im Leihhaus haben wir nur sechstausend Francs bekommen. Den Schmuck geben wir dem Juwelier zurück, die Hälfte der Steine muß falsch sein; daher wird der Baron ihn sich nicht einmal ansehen. Kurz und gut, du wirst dafür sorgen, daß unser Gegenspieler innerhalb von acht Tagen noch einmal hundertfünfzigtausend Francs ausspuckt.« – »Madame wird mir dabei ein bißchen helfen müssen«, antwortete Europa; »reden Sie doch mal mit ihr; denn sie steht da wie eine Schwachsinnige und zwingt mich, mehr Geist zu entfalten als drei Autoren für ein Theaterstück.« – »Wenn Esther sich zieren sollte, verständigst du mich«, sagte Carlos. »Nucingen ist ihr Wagen und Pferde schuldig; sie muß alles selber aussuchen und kaufen wollen. Ihr geht zu dem Pferdehändler und dem Wagenbauer des Verleihers, bei dem Paccard wohnt. Da finden wir dann wundervolle Pferde, die natürlich sehr teuer sind; und einen Monat darauf werden sie lahmen, so daß wir andere anschaffen müssen.« – »Sechstausend Francs könnte man ihm mittels einer

Rechnung des Parfumeurs ablocken«, sagte Europa. – »Oh!« erwiderte Carlos kopfschüttelnd, »immer langsam voran! Von Zugeständnis zu Zugeständnis. Nucingen hat nur erst den Arm in die Maschine gesteckt: wir brauchen den Kopf. Abgesehen von alledem brauche ich noch fünfhunderttausend Francs.« – »Die könnten Sie bekommen«, sagte Europa. »Madame müßte sich bloß für sechshunderttausend dem dicken Schwachkopf gegenüber nachgiebiger bezeigen, dann könnte sie vierhunderttausend dafür verlangen, daß sie ihn tatsächlich liebt.« – »Hör mal zu, mein Mädchen«, sagte Carlos. »An dem Tage, an dem ich die letzten hunderttausend Francs einkassiere, fallen für dich zwanzigtausend ab.« – »Wozu sollten mir die dienen?« fragte Europa und ließ die Arme sinken wie ein Wesen, das vom Dasein nichts mehr zu erwarten hat. – »Du kannst nach Valenciennes zurückgehen, dir ein hübsches Geschäft kaufen und eine anständige Frau werden, wenn du es willst; auch so was liegt im Bereich der Möglichkeit, Paccard spielt dann und wann mit diesem Gedanken; er hat kein Brandmal auf der Schulter und so gut wie nichts auf dem Gewissen, Ihr würdet zueinander passen«, entgegnete Carlos. – »Nach Valenciennes zurück ...? Ist das Ihr Ernst?« rief Europa entsetzt aus.

Europa war in Valenciennes als Tochter sehr armer Weber geboren und mit sieben Jahren in eine Spinnerei geschickt worden, und dort hatte die moderne Industrie ihre Körperkräfte mißbraucht, genau wie das Laster sie vor der Zeit verdorben hatte. Mit zwölf Jahren verführt, mit dreizehn Mutter, sah sie sich an tief gesunkene Menschen gefesselt. Bei Gelegenheit eines Mordprozesses hatte sie als Zeugin vor dem Schwurgericht erscheinen müssen. Der Schrecken, den das Gericht einflößt, und ein Rest von Ehrlichkeit besiegten die Sechzehnjährige, und der Angeklagte wurde auf Grund ihrer Aussage zu zwanzig Jahren Zuchthaus verurteilt. Der Verbrecher, einer der Rückfälligen, deren Wesensart zu furchtbarer Rache neigt, hatte vor dem versammelten Gerichtshof zu dem Kind gesagt: »In zehn Jahren, Prudence (Europa hieß Prudence Servien), da steh' ich wieder vor dir wie heute und mache dich kalt, und müßt' ich deswegen unters Messer!«

Der Gerichtspräsident hatte zwar versucht, Prudence Servien

zu beruhigen, indem er ihr den Schutz und die Unterstützung der Justiz versprach; aber das arme Kind war so tief entsetzt gewesen, daß es erkrankte und fast ein Jahr lang im Spital bleiben mußte. Die Justiz ist ein Vernunftwesen und wird durch eine Anzahl von Individuen repräsentiert, die fortwährend durch neue ersetzt werden und deren gute Absichten und Erinnerungsvermögen, wie sie selber, außerordentlich wandelbar sind. Polizei und Gerichte können Verbrechen niemals verhindern; sie sind dazu erfunden, dergleichen als vollendete Tatsachen hinzunehmen. In dieser Hinsicht wäre eine Vorbeugungspolizei eine Wohltat für das Land; aber das Wort Polizei schreckt heutzutage den Gesetzgeber, da er nicht mehr zwischen den Worten Regierung, Verwaltung und »Gesetzgebung« zu unterscheiden weiß. Der Gesetzgeber neigt dazu, alles dem Begriff Staat unterzuordnen, als könne der Staat handeln. Der Sträfling konnte also immerfort an sein Opfer denken und sich zu einem Zeitpunkt rächen, da die Justiz weder seiner noch ihrer gedenken würde. Prudence, die ihre Gefahr im großen und ganzen, wenn man will, instinktiv begriff, verließ Valenciennes und kam mit siebzehn Jahren nach Paris, um sich zu verbergen. Dort übte sie vier Berufe aus, deren bester der einer Statistin an einem kleinen Theater war. Sie lernte Paccard kennen und erzählte ihm ihr Unglück. Paccard, Jacques Collins rechte Hand und Sklave, erzählte seinem Herrn von Prudence; und als der Meister eine Sklavin brauchte, sagte er zu ihr: »Wenn du mir dienen willst, wie man dem Teufel dienen muß, dann befreie ich dich von Durut.« Durut war der Sträfling, das Damoklesschwert, das über dem Kopf der Prudence Servien hing. Ohne diese Einzelheiten hätten manche Kritiker Europas Ergebenheit wohl ein wenig phantastisch gefunden. Und niemand hätte den Theatercoup begriffen, den Carlos jetzt herbeiführte.

»Ja, mein Kind, du kannst nach Valenciennes zurückkehren ... Da, lies!« Und er reichte ihr das Zeitungsblatt vom Vortage und deutete mit dem Finger auf folgenden Artikel: »Toulon. Gestern hat die Hinrichtung des Jean-François Durut stattgefunden ... Schon am frühen Morgen mußte die Garnison usw.«

Prudence ließ die Zeitung sinken, ihre Beine gaben unter dem Gewicht ihres Körpers nach; sie fand ins Leben zurück, denn wie sie sagte, hatte ihr seit Duruts Drohung kein Stück Brot mehr geschmeckt.

»Du siehst, ich habe mein Wort gehalten. Ich habe vier Jahre gebraucht, um Durut in eine Falle zu locken, die ihm den Kopf gekostet hat ... Also, bring meine Arbeit hier zu Ende, und du sollst in deiner Heimat die Inhaberin eines kleinen Ladens sein, mit zwanzigtausend Francs Vermögen und als Frau Paccards, dem ich erlaube, auf seine alten Tage anständig zu werden.«

Europa nahm sich die Zeitung nochmals vor und las mit lebendigen Augen all die Einzelheiten, wie die Zeitungen sie, ohne dessen müde zu werden, seit zwanzig Jahren über die Hinrichtung von Sträflingen bringen: Sie las von dem imposanten Schauspiel, dem Geistlichen, der noch stets den Sühnenden bekehrt hat, dem alten Verbrecher, der seine ehemaligen Genossen ermahnt, von den aufgefahrenen Geschützen und den knienden Zuchthäuslern; und schließlich folgten die banalen Betrachtungen, die nichts an den Zuständen in den Zuchthäusern ändern, die von achtzehntausend Verbrechern wimmeln.

»Wir müssen Asia wieder in dem Haus unterbringen«, sagte Carlos. Asia trat vor; sie hatte nichts von Europas stummer Szene verstanden. »Damit sie hier wieder als Köchin eingestellt wird, werdet ihr zunächst dem Baron ein Abendessen servieren, wie er es noch nie genossen hat«, fuhr er fort; »dann werdet ihr ihm sagen, Asia habe ihr Geld im Spiel verloren und habe wieder eine Stellung annehmen müssen. Einen Leibjäger brauchen wir nicht: Paccard wird Kutscher; Kutscher verlassen ihren Bock nicht; und da sie dort unzugänglich sind, kann die Spionage dort weniger leicht an ihn heran. Madame wird ihm befehlen, eine gepuderte Perücke und einen dicken, betreßten Filzdreispitz zu tragen; das läßt ihn völlig anders aussehen; außerdem mal' ich ihm Runzeln.«

»Bekommen wir noch andere Diener?« fragte Asia schielend. – »Dazu nehmen wir anständige Leute«, antwortete Carlos. – »Lauter Schwachköpfe«, sagte die Malaiin. – »Wenn der Baron ein Haus mietet, hat Paccard einen Freund, der zum Concierge taugt«, fuhr Carlos fort. »Dann brauchen wir nur noch einen Lakaien und ein Küchenmädchen; zwei Fremde werdet ihr wohl überwachen können ...«

Als Carlos gerade gehen wollte, erschien Paccard. – »Bleiben Sie, es sind Leute auf der Straße«, sagte der Leibjäger.

Dieses schlichte Wort wirkte beängstigend. Carlos stieg in Europas Zimmer hinauf und blieb dort, bis Paccard kam und ihn mit einem Mietwagen abholte, der bis in den Hof hineinfuhr. Carlos zog die Vorhänge herunter und wurde in so schnellem Tempo von dannen gefahren, daß jede Verfolgung vergeblich sein mußte. Im Faubourg Saint-Antoine ließ er sich einige Schritte von einem Droschkenhalteplatz entfernt absetzen, ging zu Fuß dorthin und fuhr zum Quai Malaquais; so entging er den Neugierigen.

»Sieh mal, Junge«, sagte er zu Lucien und zeigte ihm die vierhundert Tausendfrancsscheine, »da haben wir, meine ich, eine Anzahlung auf das Gut Rubempré. Hunderttausend davon wollen wir riskieren. Es werden jetzt Omnibuslinien[9] eingerichtet, die Pariser werden sich in diese Neuheit verlieben: Innerhalb von drei Monaten haben wir unsern Einsatz verdreifacht. Ich kenne mich in dergleichen Geschichten aus: Es werden prachtvolle Dividenden auf das Kapital gezahlt, damit Leben in die Aktienspekulation kommt. Ein aufgewärmter Einfall Nucingens. Wenn wir den Landbesitz der Rubemprés wieder zusammenkaufen, bezahlen wir nicht sofort alles. Du gehst schleunigst zu des Lupeaulx und bittest ihn, dich persönlich an einen Anwalt namens Desroches zu empfehlen, einen gerissenen Halunken, den du in seinem Büro aufsuchen wirst; du sagst ihm, er möge nach Rubempré reisen und erkunden, wie die Dinge dort liegen; und du sagst ihm zwanzigtausend Francs Honorar zu, sofern er es fertigbringt, dir dreißigtausend Francs Einkünfte zu verschaffen, indem er rings um die Ruine des Schlosses für achthunderttausend Francs Land aufkauft.« – »Wie du alles vorwärtstreibst . . .! Immer vorwärts, immer vorwärts . . .!« – »Bei mir muß es immer vorwärtsgehen. Aber Scherz beiseite. Du legst auf der Stelle hunderttausend Taler in Schatzanweisungen an, damit kein Zinsverlust eintritt; du kannst sie Desroches übergeben, er ist ebenso ehrlich wie durchtrieben . . . Ist das geschehen, so reist du spornstreichs nach Angoulême und setzt bei deiner Schwester und deinem Schwager durch, daß sie dir zuliebe vor den Leuten eine kleine Lüge auf sich nehmen. Deine Verwandten können sagen, sie hätten dir sechshunderttausend Francs zur Verfügung gestellt, um deine Heirat mit Clotilde de Grandlieu zu erleichtern; das ist nicht entehrend für dich.«

»Wir sind überm Berge!« rief Lucien geblendet. – »Du, ja!« erwiderte Carlos; »aber auch du bist es erst, wenn du mit Clotilde als deiner Frau aus Saint-Thomas d'Aquin herauskommst ...« – »Was fürchtest du denn noch?« fragte Lucien, dem Anschein nach voller Anteilnahme, seinen Ratgeber. – »Mir sind Neugierige auf der Spur ... Ich muß jetzt wirken wie ein echter Priester, und das ist recht langweilig! Der Teufel wird mich nicht mehr schützen, wenn er mich mit einem Brevier unterm Arm sieht.«

In diesem Augenblick langte Nucingen, der Arm in Arm mit seinem Kassierer davongegangen war, am Tor seines Palais an. »Ich firchte«, sagte er, als er hineinging, »ich habe gemacht ain faules Geschäft ... Nu, wenn schon, wir holen das schon wieder rein ...« – »Pech ist bloß, daß der Herr Baron sich hat gebracht ins Gerede«, erwiderte der gute Deutsche, dem nur die Wahrung des Dekorums Sorgen machte. – »Ja, maine offizielle Geliebte muß in ainer Umgebung leben, die mainer würdig ist«, sagte dieser Ludwig XIV. der Geschäftswelt.

Da der Baron überzeugt war, Esther früher oder später zu besitzen, wurde er wieder der große Finanzmann, der er war. Er nahm die Leitung seiner Geschäfte so energisch wieder in die Hände, daß sein Kassierer, als er ihn am folgenden Morgen um sechs Uhr in seinem Arbeitszimmer dabei betraf, daß er Wertpapiere durchsah, sich die Hände rieb. – »Entschieden hat der Herr Baron gestern nacht aine Ersparnis gemacht«, sagte er mit seiner halb schlauen, halb albernen deutschen Art zu schmunzeln.

Wenn reiche Leute von der Art des Barons von Nucingen auch mehr Gelegenheiten als andere haben, Geld zu verlieren, so haben sie wiederum auch mehr Gelegenheiten, welches zu verdienen, selbst wenn sie bei ihren Torheiten die Zügel locker lassen. Obgleich die Finanzpolitik des berühmten Bankhauses Nucingen anderswo dargelegt worden ist, erübrigt es sich vielleicht nicht, darauf hinzuweisen, daß sich ein so beträchtliches Vermögen inmitten aller der geschäftlichen, politischen und industriellen Revolutionen unserer Zeit nicht erwerben, sichern, vergrößern und bewahren läßt, ohne daß anderswo ungeheure Kapitalverluste stattfinden oder, wenn man will, ohne daß dem Vermögen von Privatleuten Einbußen auferlegt werden. Es kommen nur sehr wenig neue Werte zum Gesamtbesitz der Erdkugel hinzu. Jeder neue wucherische Aufkauf bedeutet eine neue Ungleichheit in der allgemeinen Besitzverteilung. Was der Staat verlangt, gibt er zurück; aber was eine Firma Nucingen nimmt, das behält sie. Diese heimtückische Finte entzieht sich den Gesetzen aus demselben Grunde, der aus Friedrich II. einen Jacques Collin, einen Mandrin[10] gemacht hätte, wenn er, statt mit Schlachten um Provinzen zu kämpfen, im Schmuggel oder in beweglichen Werten gearbeitet hätte. Die europäischen Staaten zu zwingen, daß sie Anleihen zu zwanzig oder zu zehn Prozent aufnehmen, diese zehn oder zwanzig Prozent mit dem Gelde der Bevölkerung zu verdienen, die Industrien durch Bemächtigung der Rohstoffe im großen zu schröpfen, dem Gründer eines Geschäfts einen Strick hinzuwerfen und ihn über Wasser zu halten, bis man sein schon halb ertrunkenes Unternehmen aufgefischt hat, kurzum, all diese gewonnenen Talerschlachten bilden die hohe Politik des Geldes. Sicherlich ergeben sich sowohl für den Bankier wie für den Eroberer Gefahren; aber es gibt so wenig Menschen, die imstande sind, dergleichen Kämpfe durchzuführen, daß die kleinen Leute, die Schafe, nichts damit zu tun haben. Diese großen Dinge machen die Hirten untereinander aus. Da ferner jene, die von der Börse ausgeschlossen werden, die »Exekutierten«, wie es im Börsenjargon heißt, sich des Fehlers schuldig gemacht hatten, daß sie zuviel gewinnen wollten, nimmt man im allgemeinen sehr wenig Anteil an dem Unglück, das durch die Berechnungen der Nucingen und ihresgleichen verursacht wird. Wenn ein Spekulant sich eine Kugel durch den Kopf schießt, wenn ein Makler durchbrennt, wenn ein Notar das Vermögen von hundert Familien veruntreut, was schlimmer ist als die Ermordung eines Menschen, wenn ein Bankier liquidiert, so werden all diese Katastrophen, die man in Paris innerhalb weniger Monate vergißt, nur zu bald verschlungen von dem fast meergleichen Wogengang der großen Stadt. Die ungeheuren Vermögen eines Jacques Cœur[11], der Medici[12], eines Ango von Dieppe[13], eines Auffredi von La Rochelle[14], der Fugger[15], der Tiepolo, der Corner[16] sind ehedem auf ehrliche, gesetzliche Weise vermöge der Privilegien erworben worden, die in Unkenntnis der Herkunft aller kostbaren Waren erteilt worden waren. Aber heute ist das Wissen um die Geographie so tief in die Massen gedrungen, der freie Wettbewerb hat die Gewinnmöglichkeiten so scharf umgrenzt, daß jedes schnell erworbene Vermögen entweder der Wirkung eines Zufalls zu verdanken oder das Ergebnis eines gesetzlich geschützten Diebstahls ist. Verführt durch schmähliche Beispiele, hat, vor allem in den letzten zehn Jahren, der Kleinhandel die perfiden Machenschaften des Großhandels durch widerwärtige Attentate auf die Rohprodukte beantwortet. Wo immer Chemie betrieben wird, wird kein Wein mehr getrunken; daher erliegt das Winzerwesen. Man verkauft verfälschtes Salz, um den Fiskus zu hintergehen. Die Gerichte erschrecken vor dieser allgemeinen Unredlichkeit. Jetzt steht der französische Handel vor der ganzen Welt als verdächtig da, und in England greift die Demoralisierung im gleichen Maße um sich. Bei uns beruht das Übel auf der politischen Gesetzgebung. Die Verfassung hat die Herrschaft des Geldes proklamiert, der Erfolg wird zum letzten Maßstab einer atheistischen Epoche. Daher ist auch die Korruption der höheren Sphären, trotz aller blendenden Geldgewinne und ihrer Scheinrechtfertigungen, unendlich widerlicher als die vulgäre und gewissermaßen persönliche Korruption der unteren Schichten, von der gewisse Einzelheiten in dieser Erzählung als komisches Element, wenn man will als ein solches von fürchterlicher Komik, dienen. Die Regierung, die vor jedem neuen Gedanken zurückschreckt, hat die Elemente der zeitgenössischen Komik von der Bühne verbannt. Die Bourgeoisie, die weniger liberal ist als Ludwig XIV., zittert davor, ihre ›Figaros Hochzeit‹ aufgeführt zu sehen; sie verbietet, den politischen ›Tartuffe‹ zu spielen; und sicherlich würde sie heute ›Turcaret‹[17] nicht spielen lassen, denn Turcaret ist ja zum Souverän geworden. Hinfort wird die Komödie in Gestalt von Erzählungen dargebracht, und das gedruckte Buch wird zu einer, wenn auch weniger rasch wirkenden, so doch sicherer wirkenden Waffe der Dichter.

Während jenes Morgens, während des Kommens und Gehens der um Besprechungen Bittenden, der erteilten Befehle und der nur wenige Minuten dauernden Konferenzen, die aus Nucingens Arbeitszimmer eine Art Vorhalle der Finanzwelt machten, meldete ihm einer seiner Wechselmakler, daß eins der geschicktesten und reichsten Mitglieder des Konsortiums, nämlich Jacques Falleix, der Bruder Martin Falleix' und Nachfolger Jules Desmarets', verschwunden sei. Jacques Falleix war der offizielle Wechselmakler der Firma Nucingen gewesen. Im Einverständnis mit du Tillet und den Kellers hatte der Baron den Ruin dieses Mannes ebenso kaltblütig heraufbeschworen, als handle es sich um das Schlachten eines Osterlamms.

»Er hat sich halt nicht halten können«, sagte der Baron ruhig.

Jacques Falleix hatte ihm bei der Börsenspekulation ungeheure Dienste geleistet. Während einer Krisis hatte er noch vor ein paar Monaten durch ein verwegenes Manöver die Festung gerettet. Aber Dankbarkeit von Lüchsen verlangen, hieße das nicht, im Winter die Wölfe der Ukraine mitleidig stimmen zu wollen?

»Der arme Mensch!« antwortete der Wechselmakler; »er war so wenig auf diese Entwicklung der Dinge gefaßt, daß er unlängst seiner Geliebten in der Rue Saint-Georges ein kleines Haus eingerichtet hat; er hat für Gemälde und Möbel hundertfünfzigtausend Francs ausgegeben. Er hat für Madame du Val-Noble eine solche Schwäche gehabt . . .! Jetzt muß die Frau sich von alledem trennen . . . Alles ist noch unbezahlt.« – Gut, Gut! dachte Nucingen, da haben wir aine gute Gelegenheit, maine Verluste der letzten Nacht wieder ainzubringen. – »Nix hat er bezahlt?« fragte er den Wechselmakler. – »Oh«, versetzte der Agent, »welcher Lieferant wäre so ungehobelt gewesen, Jacques Falleix keinen Kredit zu geben? Er soll sich einen erlesenen Weinkeller angelegt haben. Nebenbei gesagt, das Haus ist verkäuflich, er hatte es erstehen wollen. Der Mietvertrag lautet auf seinen Namen. Was für eine Dummheit! Jetzt werden das Tischsilber, die Möbel, die Weine, der Wagen und die Pferde – alles wird zur Masse geschlagen, und was wird für die Gläubiger schon dabei herausspringen?« – »Kommen Se morgen wieder«, sagte Nucingen, »dann hab ich mir das alles angesehen, und wenn nicht Konkurs eröffnet wird, dann versuchen Se, die Dinge gütlich baizulegen, ich werd Ihnen geben den Auftrag, ainen verninftigen Prais für das Mobiliar zu bieten; in den Mietvertrag werd ich einsteigen ...« – »Das wird sich ohne weiteres machen lassen«, sagte der Wechselmakler. »Gehen Sie noch heute morgen hin, Sie werden einen von Falleix' Teilhabern mit den Lieferanten antreffen, die ihre Ansprüche bevorzugt geltend machen möchten; aber die Val-Noble hat ihre Rechnungen, und die lauten auf den Namen Falleix.«

Der Baron von Nucingen schickte auf der Stelle einen seiner Kommis zu seinem Notar. Jacques Falleix hatte ihm von diesem Haus erzählt; es war höchstens sechzigtausend Francs wert, und er wollte es sofort in seinen Besitz bringen, um der Mieten wegen ein Pfandvorrecht zu haben. Der Kassierer (der ehrliche Kerl!) kam, um zu fragen, ob sein Herr bei Falleix' Zusammenbruch etwas verliere. – »Im Gegenteil, main guter Wolfgang, ich bringe dadurch wieder rein hünderttausend Francs.« – »Und wie?« – »Ach, ich werde kaufen das klaine Haus, das der arme Teifel, der Falleix, vor ainem Jahr fier saine Geliebte eingerichtet hat. Ich werde bekommen das Ganze, wenn ich den Gläubigern biete finfzigtausend Francs; und Cardot, mein Notar, bekommt mainen Auftrag fier das Haus, denn der Besitzer sitzt im Schlamassel ... Das hatt' ich gewußt, aber ich hatte ja vollkommen den Kopf verloren. Bald soll maine göttliche Esther ain klaines Palais bewohnen ... Falleix hat es mir gezaigt: es ist wunderbar, und ganz in der Nähe ... Das paßt mir wie ain Handschuh.«

Der Konkurs Falleix' zwang den Baron, zur Börse zu gehen; aber es war ihm unmöglich, die Rue Saint-Lazare zu verlassen, ohne daß er in die Rue Taitbout einbog; er litt bereits darunter, daß er ein paar Stunden ohne Esther verbracht hatte; er hätte sie am liebsten ununterbrochen neben sich gehabt. Der Gewinn, den er aus der Konkursmasse seines Wechselmaklers zu erzielen gedachte, ließ ihn den Verlust der vierhunderttausend Francs, die bereits ausgegeben worden waren, äußerst leicht verschmerzen. Er war entzückt, ›sainem Engel‹ den Umzug aus der Rue Taitbout in die Rue Saint-Georges vermelden zu können; denn dort würde sie in einem kleinen Palais sein, und ihrem Glück würden sich keine Erinnerungen mehr entgegenstellen; so dünkte ihm denn das Pflaster unter den Füßen weich, er schritt einher wie ein Jüngling und war befangen in den Träumen eines solchen.

An der Ecke der Rue des Trois-Frères[18] sah der Baron mitten in seinem Traum und mitten auf dem Straßenpflaster Europa mit verstörtem Gesicht auf sich zukommen.

»Wo willst du denn hin?« fragte er. »Ach, ich war auf dem Weg zu Ihnen ... Sie haben gestern ganz recht gehabt. Jetzt sehe ich ein, daß die arme Madame lieber für ein paar Tage ins Gefängnis hätte gehen sollen. Aber kennen die Frauen sich in Gelddingen aus ...? Als die Gläubiger erfuhren, Madame sei in ihre Wohnung zurückgekehrt, sind sie alle über uns, wie über eine Beute, hergefallen ... Gestern um sieben Uhr abends sind scheußliche Zettel angeklebt worden, daß am Samstag ihre Möbel versteigert werden sollen ... Aber das ist noch gar nichts ... Madame ist eben nur Herz, und da hat sie seinerzeit diesem Untier von Mann, Sie wissen ja, einen Gefallen tun wollen!« – »Welchem Untier?« – »Ja, dem, den sie geliebt hat, diesem d'Estourny; ach, er war reizend! Aber er war ein Spieler, daran lag es.« – »Er hat mit gezinkten Karten gespielt ...« – »Na, und Sie ...?« fragte Europa, »was treiben Sie denn an der Börse? Aber lassen Sie mich erzählen. Um also eines Tages Georges daran zu hindern, daß er sich eine Kugel in den Kopf schoß, hat sie ihr ganzes Silber und ihren Schmuck aufs Leihhaus getragen, und beides war noch nicht bezahlt. Als nun die Leute erfuhren, daß sie einem Gläubiger etwas gezahlt hat, sind sie alle gekommen und haben ihr eine Szene gemacht ... Mit dem Sittenpolizeigericht haben sie ihr gedroht ... Ihr Engel auf der Anklagebank ...! Müssen einem da nicht die Perückenhaare auf dem Kopf zu Berge stehen ...? Sie schwimmt in Tränen, sie sagt, sie wolle ins Wasser gehen ... Oh, sie tut es bestimmt!« – »Wenn ich mitkomme, dann adieu, Börse!« rief Nucingen; »aber ich muß unbedingt hingehen, ich will da was fier se verdienen ... Geh und beruhige se: Ich will ihre Schulden bezahlen, ich komme um vier zu ihr. Aber, Eischenie, sag ihr, se soll mich ain bißchen liebhaben ...« – »Warum bloß ein bißchen? Nein sehr ...! Sehn Sie, nur Großzügigkeit kann das Herz einer Frau gewinnen ... Sicherlich hätten Sie vielleicht hunderttausend Francs gespart, wenn Sie sie hätten ins Gefängnis gehen lassen. Aber ihr Herz hätten Sie dann nie gewonnen ... Wie sie mir gesagt hat: ›Eugénie, er hat sich recht hochherzig bezeigt ... Er ist eine schöne

Seele!‹« – »Das hat se gesagt, Eischenie?« rief der Baron. – »Freilich, zu mir persönlich.« – »Da haste zehn Louis . . .« – »Danke . . . Aber in ebendiesem Augenblick weint sie, sie weint seit gestern genauso, wie die heilige Magdalena einen Monat lang geweint hat . . . Die, die Sie lieben, ist in Verzweiflung, und noch dazu wegen Schulden, die nicht mal ihre Schulden sind! Ach, diese Männer! Die beuteln die Frauen ebensosehr aus, wie die Frauen die Alten ausbeuten . . . So ist es nun mal!« – »So sind se alle . . .! Bürgschaft leisten . . .! Das tut man eben nicht . . .! Se soll nie mehr was unterschraiben. Ich zahle; aber wenn se noch aine Unterschrift gibt, dann . . .« – »Na, was tun Sie dann?« fragte Europa und warf sich in die Brust. – »Gott de Gerechte! Ich hab kaine Macht ieber se . . . Ich werde treten an die Spitze ihrer klainen Geschäfte . . . Geh, geh, tröste se und sag ihr, daß se in ainem Monat ain klaines Palais bewohnen soll.« – »Herr Baron, Sie haben im Herzen einer Frau eine Kapitalsanlage gemacht, die sich hoch verzinst! Sehn Sie . . . Sie kommen mir schon viel jünger vor; ich bin zwar bloß eine Zofe; aber ich habe dies Phänomen schon oft erlebt . . . das macht das Glück . . . Das Glück verleiht so einen gewissen Glanz . . . Wenn Sie ein paar Unkosten haben, dann machen Sie sich nichts draus . . . Sie werden schon sehen, daß sie was einbringen. Ich habe schon zu Madame gesagt, sie sei die Letzte der Letzten, ein Straßenmädchen, wenn sie Sie nicht liebte, denn Sie holen sie doch aus einer Hölle heraus . . . Hat sie erst keine Sorgen mehr, dann werden Sie sie richtig kennenlernen. Unter uns, Ihnen kann ich es ja sagen: In der Nacht, als sie so sehr geweint hat . . . So ist es nun mal . . .! Man will doch auch die Achtung des Mannes, der einen aushalten soll . . . Sie hat nicht gewagt, Ihnen all das zu sagen . . . auf und davon hat sie wollen . . .« – »Auf und davon!« rief der Baron, den dieser Gedanke entsetzte. »Aber die Börse! die Börse! Geh, geh, ich komm jetzt nicht mit rauf . . . Aber ich möcht se am Fenster sehen . . . Ihr Anblick wird mir Kraft geben . . .«

Esther lächelte Nucingen zu, als er an dem Haus vorüberkam, und er ging gewichtig weiter und sagte sich: Se ist ain Engel! Um dieses unwahrscheinliche Ergebnis herbeizuführen, war Europa folgendermaßen vorgegangen. Gegen halb drei hatte Esther sich angezogen, als erwarte sie Lucien; sie sah entzückend aus; und als Prudence sie so sah, sagte sie mit einem Blick aufs Fenster: »Da kommt Monsieur!« Das arme Mädchen stürzte hin, weil sie Lucien zu erblicken vermeinte, und sah Nucingen. – »Oh, wie du mich quälst!« sagte sie. – »Es gab nur dieses Mittel, um den Schein zu erwecken, als schenkten Sie einem armen alten Herrn, der Ihre Schulden bezahlen will, einen Blick«, erwiderte Europa; »denn jetzt endlich werden sie alle bezahlt.« – »Welche Schulden denn?« rief das arme Geschöpf, das nur daran dachte, seine Liebe festzuhalten, die furchtbare Hände ihm entrissen. »Die, die Monsieur Carlos für Sie gemacht hat.« – »Wie? Wir haben doch schon fast vierhundertfünfzigtausend Francs!« rief Esther. – »Sie haben noch weitere hundertfünfzigtausend Francs Schulden. Aber der Baron hat all das tadellos aufgenommen ... Er will Sie hier rausholen und in ein ›klaines Palais‹ setzen ... Meiner Treu! Sie haben's gut! An Ihrer Stelle würde ich, da Sie jetzt diesen Mann am rechten Zipfel halten, mir erst, nachdem Sie Carlos zufriedengestellt haben, ein Haus und Renten schenken lassen. Madame ist ganz bestimmt die schönste Frau, die ich je gesehen habe, und auch die reizvollste; aber die Häßlichkeit kommt so schnell. Ich bin auch mal jung und schön gewesen, und jetzt ...? Ich bin dreiundzwanzig, fast so alt wie Madame, und ich sehe zehn Jahre älter aus ... Eine Krankheit genügt ... Aber wenn man ein Haus in Paris besitzt und Renten, dann braucht man nicht mehr zu fürchten, daß man auf der Straße endet ...«

Esther hörte Europa-Eugénie-Prudence Servien nicht mehr zu. Der Wille eines Menschen, der das Genie der Verderbtheit besaß, hatte sie also mit der gleichen Kraft in den Schlamm zurückgeschleudert, mit der er sie daraus hervorgezogen hatte. Wer die Liebe in ihrer Unendlichkeit kennt, weiß, daß man ihre Genüsse nicht erlebt, wenn man sich nicht auch ihre Tugenden zu eigen macht. Seit der Szene in ihrer jämmerlichen Mansarde in der Rue de Langlade hatte Esther ihr früheres Leben völlig vergessen. Sie hatte bislang sehr tugendhaft gelebt, ganz eingeschlossen in die Mauern ihrer Leidenschaft. Daher war auch der Verderber klug genug gewesen, alles so einzufädeln, daß das arme Mädchen, getrieben von ihrer Opferfreudigkeit, nur noch schon vollzogenen Halunkenstreichen oder solchen, die im Begriff standen vollzogen zu werden, ihre Zustimmung zu geben hatte. Diese raffinierte Vorsicht beweist die Überlegenheit des Verderbers und gibt zugleich einen Fingerzeig über das Verfahren, durch das er Lucien unterworfen hatte. Furchtbare Zwangslagen schaffen, die Mine legen, sie mit Pulver füllen und im kritischen Augenblick zum Komplicen sagen: »Auf ein Kopfnicken von dir fliegt alles in die Luft!« Früher hatte Esther, durchdrungen von der den Kurtisanen eigentümlichen Moral, all diese Kniffe so natürlich gefunden, daß sie ihre Rivalinnen nur danach bemaß, wieviel Geld sie einen Mann auszugeben zwangen. Vernichtete Vermögen sind die Rangabzeichen auf dem Ärmel dieser Geschöpfe. Carlos hatte sich nicht getäuscht, wenn er mit Esthers Erinnerungen rechnete. Diese nicht nur von solchen Frauen, sondern auch von Verschwendern tausendmal angewandten Kriegslisten beunruhigten Esther nicht. Das arme Mädchen fühlte lediglich seine Erniedrigung. Sie liebte Lucien, und dabei wurde sie die offizielle Geliebte des Barons von Nucingen: Darin lag für sie das einzige Problem. Mochte der falsche Spanier den Kaufschilling einstreichen, mochte Lucien das Gebäude seines Glücks mit den Steinen vom Grabe Esthers errichten, mochte eine einzige Liebesnacht den alten Bankier mehr oder minder viele Tausendfrancsscheine kosten, mochte Europa ihm durch mehr oder minder raffinierte Mittel ein paar hunderttausend Francs entlocken – um all das kümmerte sich die liebende Kurtisane nicht. Der Krebs, der ihr am Herzen fraß, bestand darin, daß sie fünf Jahre lang in ihren eigenen Augen rein wie ein Engel dagestanden hatte! Sie hatte geliebt, sie war glücklich gewesen, sie hatte nicht die geringste Untreue begangen. Diese schöne, reine Liebe sollte jetzt besudelt werden. Sie verglich nicht ihr schönes Leben in der Verborgenheit und ihr künftiges, unsauberes Leben. Es handelte sich bei ihr weder um Berechnung noch um poetische Schwärmereien; sie empfand nur ein Gefühl von unsäglich drückender Gewalt: Sie war weiß gewesen und wurde schwarz; sie war rein gewesen und wurde unrein; sie war edel gewesen und wurde gemein. Sie war aus eigenem Willen makellos wie ein Hermelin gewesen, und also dünkte sie die moralische Besudelung unerträglich. Deshalb war ihr auch, als der Baron ihr mit seiner Liebe drohte, der Gedanke gekommen, sich zum Fenster hinauszustürzen. Lucien hatte unbedingte Liebe gefunden, eine Liebe, wie die Frauen sie einem Manne nur äußerst selten gewähren. Die Frauen, die sagen, sie liebten mit der höchsten Liebe, und die es zuweilen selber glauben, tanzen und kokettieren auch mit andern Männern, putzen sich für die Gesellschaft und suchen in ihr ihre Ernte an begehrlichen Blicken; aber Esther hatte, ohne daß es sie Opfer gekostet hätte, die Wunder echter Liebe vollbracht. Sie hatte Lucien sechs Jahre lang geliebt, wie die Schauspielerinnen und die Kurtisanen lieben, die, hinabgestoßen in den Schlamm und die Unsauberkeit, nach dem Edlen und der Hingebung wahrer Liebe dürsten und dann ausschließlich in ihr leben. (Müßte man nicht ein besonderes Wort für einen Begriff erfinden, dem so außerordentlich selten Verwirklichung zuteil wird?) Die entschwundenen Nationen, Griechenland, Rom und der Orient, haben die Frau stets im Haus eingesperrt gehalten; die Frau, die liebt, sollte sich von sich aus einschließen. Man kann sich also denken, daß Esther, als sie aus dem phantastischen Palast kam, in dem sich dieses Fest, diese Dichtung abgespielt hatte, um in das kleine Palais eines kalten Greises einzugehen, von einer Art seelischer Krankheit befallen wurde. Von einer eisernen Hand geschoben, war sie schon bis zum halben Leibe hineingewatet in die Ehrlosigkeit, ohne auch nur überlegen zu können; jetzt aber dachte sie seit zwei Tagen nach und verspürte Todeskälte im Herzen. Bei den Worten: »Auf der Straße enden«, stand sie jäh auf und sagte: »Auf der Straße enden ...? Nein, lieber will ich in der Seine enden ...« – »In der Seine ...? Und Monsieur Lucien ...?« fragte Europa.

Dieses einzige Wort warf Esther in ihren Sessel zurück, und dort blieb sie sitzen, den Blick auf eine Rosette des Teppichs geheftet, der Glutherd in ihrem Kopf ließ ihre Tränen versiegen. Um vier Uhr fand Nucingen seinen Engel versunken in jenen Ozean von Erregungen und Entschlüssen, auf dem das weibliche Gemüt einherzutreiben pflegt und aus dem es mit Worten emportaucht, die allen, die nicht mit solcherlei Fahrten vertraut sind, unverständlich bleiben müssen.

»Glätten Se die Stirn, Schönste«, sagte der Baron und setzte sich neben sie. »Sie sollen keine Schulden mehr haben ... ich werde mich verständigen mit Eischenie, und in ainem Monat sollen Se verlassen diese Wohnung und in ain klaines Palais ziehen ... Ach, was fier aine raizende Hand. Geben Se her, daß ich se küsse.« (Esther ließ ihn ihre Hand nehmen wie ein Hund, der die Pfote gibt.) »Ach! Se geben die Hand, aber nicht das Herz ... und ich liebe das Herz ...«

Das wurde in einem so ungeheuchelten Tonfall gesagt, daß die arme Esther mit einem Ausdruck von Mitleid, der ihn fast wahnsinnig machte, zu dem Greis aufblickte. Liebende fühlen sich gleich den Märtyrern als Brüder im Schmerz! Keiner auf Erden versteht den andern so gut wie zwei, die an gleichen Schmerzen leiden. – »Der arme Mann!« sagte sie, »er liebt.«

Als der Baron diese Worte hörte, deren Sinn er mißverstand, erblich er, das Blut wallte ihm in den Adern, und er atmete Himmelsluft. In seinem Alter bezahlen Millionäre eine solche Empfindung mit so viel Gold, wie die Frauen ihnen dafür abverlangen.

»Ich liebe Se ebensosehr, wie ich maine Tochter liebe...«, sagte er; »und ich fühle da«, fuhr er fort und legte die Hand aufs Herz, »daß ich Se nicht anders als glücklich sehen kann.« – »Wenn Sie nur mein Vater sein wollten, würde ich Sie von Herzen lieben, Sie nie mehr verlassen, und Sie würden erkennen, daß ich keine schlechte Frau und weder feil noch habgierig bin, wie es in diesem Augenblick den Anschein hat ...« – »Se haben Ihre klainen Dummheiten gemacht«, entgegnete der Baron, »wie alle hübschen Frauen, weiter nix. Reden wir nicht mehr davon. Es ist unser Beruf, für Se Geld zu verdienen ... Saien Se glücklich: Ich will gern für ain paar Tage Ihr Vater sain, denn ich verstehe, daß Se sich an main armseliges Gerippe erst gewöhnen müssen.« – »So soll es sein ...«, rief sie, stand auf und sprang Nucingen auf die Knie, wobei sie ihm die Hand um den Hals legte und sich an ihn schmiegte. – »So soll es sein«, sagte auch er und suchte seinem Gesicht ein Lächeln abzugewinnen.

Sie küßte ihn auf die Stirn, sie glaubte an einen unmöglichen Kompromiß: rein bleiben und mit Lucien zusammenkommen ... Sie umschmeichelte den Baron so zärtlich, daß die Torpille wieder zum Vorschein kam. Sie umgarnte den Greis, bis er ihr versprach, vierzig Tage lang wie ein Vater zu ihr zu sein. Diese vierzig Tage waren zum Kauf des Hauses in der Rue Saint-

Georges und zu dessen Einrichtung nötig. Doch als er wieder auf der Straße war und nach Hause ging, sagte er bei sich: Ich bin ain Gimpel! und so war es auch: Wenn er in Gegenwart Esthers zum Kind wurde, so schlüpfte er, wenn er ihr fern war, wieder in seine Luchshaut zurück, genau wie der Spieler wieder in Angélique[19] verliebt ist, wenn er keinen Heller mehr hat. – Aine halbe Million, und noch nicht mal zu wissen, was für Baine sie hat, das ist doch zu dumm! Aber zum Glück wird niemand davon erfahren, sagte er zwanzig Tage danach. Und er faßte den festen Entschluß, bei einer Frau zum Ziel zu kommen, die er so teuer gekauft hatte; aber sobald er wieder vor Esther stand, hatte er die ganze Zeit, die er ihr widmen konnte, vollauf damit zu tun, die Brutalität seiner ersten Worte wieder gutzumachen. »Ich kann nicht«, sagte er am Ende des Monats zu ihr, »der ewige Vater sain!«

Gegen Ende Dezember 1829, kurz bevor Esther in das kleine, elegante Haus in der Rue Saint-Georges einziehen sollte, bat der Baron du Tillet, er möge doch Florine hinführen und sich überzeugen, ob alles mit dem Vermögen Nucingens im Einklang stehe und ob die Worte ›ain kleines Palais‹ durch die Künstler, die diesen Käfig des Vogels hatten würdig gestalten sollen, Wirklichkeit geworden seien. Alle Erfindungen, die der Luxus vor der Revolution von 1830 erdacht hatte, machten dieses Haus zum Musterbild guten Geschmacks. Der Architekt Grindot betrachtete es als das Meisterstück seines Talents als Innenausstatter. Die neu eingebaute Marmortreppe, die Stuckarbeiten, die Stoffe, die sparsam angebrachten Vergoldungen, die kleinsten Einzelheiten wie die großen Effekte übertrafen alles, was das Jahrhundert Ludwigs XV. in dieser Art in Paris hinterlassen hatte.

»Das ist mein Traum: das und die Tugend!« sagte Florine lächelnd. »Und für wen hast du alle diese Ausgaben gemacht?« fragte sie Nucingen. »Ist es eine Jungfrau, die sich vom Himmel hat herabfallen lassen?« – »Es ist aine Frau, die wieder hinaufstaigt«, antwortete der Baron. – »Auch eine Art, dich als Jupiter aufzuspielen«, entgegnete die Schauspielerin. »Und wann bekommt man sie zu sehen?« – »Oh, am Tag des Einweihungsfestes«, rief du Tillet. – »Eher nicht . . .«, sagte der Baron. – »Da wird man sich hübsch frisieren und schnüren und putzen müssen«, fuhr Florine fort. »Wieviel Mühe werden die Frauen ihren Schneiderinnen und Friseuren an jenem Abend machen . . .! Wann soll es denn stattfinden . . .?« – »Ich bin hier nicht der Herr.« – »Das ist mir eine Frau . . .!« rief Florine. »Wie gern möchte ich sie mal sehen . . .!« – »Ich auch«, versetzte der Baron naiv. – »Wie! Haus, Frau und Möbel, alles wird neu sein?« – »Sogar der Bankier«, sagte du Tillet, »denn mein Freund scheint sich verjüngt zu haben.« – »Er muß ja auch«, sagte Florine, »wieder zwanzig sein; wenigstens für einen Augenblick.«

In den ersten Tagen des Jahres 1830 sprach in Paris jedermann von Nucingens Leidenschaft und von dem wahnsinnigen Luxus seines Hauses. Der arme Baron, der sich so im Gerede und verhöhnt sah, geriet in eine Wut, die man sich leicht vorstellen kann, und versteifte sich mit dem Willen des Geldmanns, der der rasenden Leidenschaft, die sein Herz erfüllte, die Waage hielt, auf einen Entschluß. Er wollte nach dem Einweihungsfest das Gewand des edlen Vaters an den Nagel hängen und den Erlös so vieler Opfer einstreichen. Da ihn die Torpille stets aus dem Felde geschlagen hatte, beschloß er, die Angelegenheit seiner Vereinigung mit ihr brieflich zu behandeln, um eine schriftliche Zusage von ihr zu erhalten. Bankiers glauben eben nur an Schuldscheine. Der Luchs stand also an einem der ersten Tage jenes Jahres früh auf, schloß sich in seinem Arbeitszimmer ein und begann den folgenden Brief zu verfassen, den er in gutem Französisch schrieb; denn so schlecht auch seine Aussprache sein mochte, so gut war seine Orthographie.

Teure Esther, Blüte meiner Gedanken und einziges Glück meines Lebens! Als ich Ihnen sagte, daß ich Sie wie meine Tochter liebte, täuschte ich Sie und täuschte mich selber. Ich wollte Ihnen auf diese Weise lediglich die Heiligkeit meiner Empfindungen ausdrücken, die keiner von denen gleichen, wie Männer sie für gewöhnlich haben; denn erstens bin ich ein alter Mann, und zweitens habe ich noch nie geliebt. Ich liebe Sie so sehr, daß ich Sie nicht weniger lieben würde, auch wenn Sie mich mein ganzes Vermögen kosten würden. Seien Sie gerecht! Die meisten Männer hätten nicht, wie ich, einen Engel in Ihnen gesehen; ich habe nie einen Blick auf Ihre Vergangenheit geworfen. Ich liebe Sie wie meine Tochter Augusta, mein einziges Kind, und wie ich meine Frau lieben würde, wenn meine Frau mich hätte lieben können. Das Glück ist die einzige Rechtfertigung eines verliebten alten Mannes, also fragen Sie sich, ob ich nicht eine lächerliche Rolle spiele. Ich habe aus Ihnen den Trost und die Freude meiner alten Tage gemacht. Sie wissen ja, daß Sie bis zu meinem Tode so glücklich sein werden, wie eine Frau es nur sein kann; und Sie wissen auch, daß Sie nach meinem Tode so reich sein werden, daß Ihr Los vielen Frauen als beneidenswert erscheinen dürfte. Von allen Geschäften, die ich mache, seit ich das Glück hatte, zum erstenmal mit Ihnen zu sprechen, wird im voraus Ihnen ein Anteil gutgeschrieben, und Sie haben ein Konto im Bankhaus Nucingen. In einigen Tagen sollen Sie ein Haus beziehen, das früher oder später das Ihre sein wird, wenn es Ihnen gefällt. Ob Sie mich dort noch immer als Ihren Vater empfangen, wenn Sie mich empfangen, oder werde ich endlich glücklich sein? Vergeben Sie mir, wenn ich Ihnen so offen schreibe; aber wenn ich in Ihrer Nähe bin, gebricht es mir an Mut, und ich fühle nur allzu sehr, daß Sie meine Herrin sind. Ich habe nicht die Absicht, Sie zu kränken, ich möchte Ihnen nur sagen, wie sehr ich leide und wie grausam es in meinem Alter ist, warten zu müssen, während jeder Tag mir Hoffnungen und Genüsse raubt. Das Rücksichtsvolle meines bisherigen Verhaltens ist übrigens eine Bürgschaft für die Aufrichtigkeit meiner Absichten. Habe ich Ihnen gegenüber wie ein Gläubiger gehandelt? Sie sind wie eine Zitadelle, und ich bin kein junger Mann mehr. Sie antworten auf meine Klagen, es handle sich um Ihr Leben, und ich glaube es Ihnen, wenn ich Sie es sagen höre; aber hier verfalle ich wieder schwarzem Kummer und Zweifeln, die Sie wie mich entehren. Sie sind mir ebenso gut, ebenso rein wie schön erschienen; aber Sie gefallen sich darin, meine Überzeugungen zunichte zu machen. Urteilen Sie selbst! Sie sagen mir, Sie trügen eine Leidenschaft im Herzen, eine unerbittliche Leidenschaft, und Sie weigern sich, mir den Namen dessen anzuvertrauen, den Sie lieben ... Ist das natürlich? Sie haben aus einem ziemlich starken Mann einen Mann von unerhörter Schwachheit gemacht ... Sehen Sie, wie weit es mit mir gekommen ist! Ich bin nach fünf Monaten genötigt, Sie zu fragen, welche Zukunft

Sie meiner Leidenschaft zugedacht haben. Und ich muß auch wissen, welche Rolle ich bei der Einweihung Ihres Hauses spielen werde. Geld ist mir nichts, wenn es sich um Sie handelt; ich bin nicht so dumm, mir in Ihren Augen aus dem, was ich verachte, ein Verdienst zu machen; aber wenn meine Liebe unendlich ist, so hat mein Vermögen Grenzen, und ich lege einzig um Ihretwillen Wert darauf. Wenn ich Ihnen alles gäbe, was ich besitze, und dadurch als Armer Ihre Liebe gewinnen könnte, würde ich lieber arm und von Ihnen geliebt sein, als reich und von Ihnen verschmäht. Sie haben mich so sehr verwandelt, meine geliebte Esther, daß mich niemand mehr erkennt: Ich habe für ein Bild von Joseph Bridau zehntausend Francs bezahlt, weil Sie mir gesagt haben, er sei ein verkannter Mann von Talent. Allen Bettlern, denen ich begegne, gebe ich in Ihrem Namen fünf Francs. Nun, und was verlangt der arme alte Mann, der sich als Ihren Schuldner ansieht, wenn Sie ihm die Ehre erweisen, irgend etwas anzunehmen . . .? Er will nur eine Hoffnung; und was für eine Hoffnung, du großer Gott! Ist es nicht vielmehr die Gewißheit, von Ihnen nie mehr zu erlangen, als was meine Leidenschaft sich von Ihnen zu nehmen imstande ist? Aber die Gluten meines Herzens werden Ihren grausamen Täuschungen entgegenkommen. Sie sehen mich bereit, mich allen Bedingungen zu fügen, die Sie mir für mein Glück, für meine spärlichen Genüsse stellen mögen; aber sagen Sie mir wenigstens, daß Sie an dem Tag, da Sie von Ihrem Hause Besitz ergreifen, das Herz und die Knechtschaft dessen annehmen wollen, der sich für den Rest seiner Tage nennt

Ihren Sklaven Frédéric von Nucingen.

»Ach, er langweilt mich, dieser Millionentopf!« rief Esther aus, nun wieder ganz Kurtisane. Und sie nahm Briefpapier und schrieb, sooft das Blatt es zuließ, den Satz, der zu Scribes Ruhm sprichwörtlich geworden ist: »Nehmen Sie meinen Bären!«[20]

Eine Viertelstunde darauf schrieb Esther, von Gewissensbissen ergriffen, folgenden Brief:

Herr Baron!
Schenken Sie dem Brief, den Sie von mir erhalten haben, nicht die geringste Beachtung, ich hatte einen Rückfall in die Tollhei-

ten meiner Jugend; verzeihen Sie ihn einem armen Mädchen, das Sklavin sein soll. Ich habe die Niedrigkeit meines Standes nie schärfer empfunden als seit dem Tage, da ich Ihnen ausgeliefert wurde. Sie haben gezahlt, ich schulde mich Ihnen. Nichts ist heiliger als die Schulden der Unehre. Ich habe nicht das Recht zu ›liquidieren‹, indem ich mich in die Seine stürze. Mit der furchtbaren Münze, die nur nach einer Seite hin gut ist, kann man eine Schuld immer noch bezahlen: ich stehe Ihnen also zur Verfügung. Ich will in einer einzigen Nacht alle Summen zahlen, die für diesen verhängnisvollen Augenblick verpfändet sind, und ich bin überzeugt, daß eine Stunde bei mir Millionen wert ist, um so mehr, als es die einzige, die letzte sein soll. Danach bin ich frei; dann kann ich aus dem Leben scheiden. Eine anständige Frau hat die Möglichkeit, sich von einem Fall wieder zu erheben; aber wir, wir fallen zu tief. Deshalb steht mein Entschluß auch so fest, daß ich Sie bitte, diesen Brief aufzuheben als Zeugnis für die Ursache des Todes derer, die sich für einen Tag nennt

Ihre Dienerin Esther.

Als dieser Brief abgegangen war, kam Esther ein Bedauern an. Zehn Minuten später schrieb sie den dritten Brief, der hier folgen möge:

Verzeihen Sie, lieber Baron, ich bin es schon wieder. Ich habe mich weder über Sie lustig machen noch Sie verletzen wollen; ich will Sie nur zum Nachdenken über diesen einzigen Gedankengang bringen: Wenn wir in den Beziehungen eines Vaters zu seiner Tochter leben, haben Sie einen schwachen, aber dauerhaften Genuß; wenn Sie jedoch die Erfüllung des Vertrags verlangen, werden Sie mich beweinen. Ich will Sie nicht länger langweilen: der Tag, an dem Sie statt des Glücks den Genuß erwählen, wird für mich ohne ein Morgen sein.

Ihre Tochter Esther.

Bei dem ersten Brief geriet der Baron in jenen kalten Grimm, der einen Millionär töten kann; er sah sich im Spiegel und schellte. »Ain Fußbad . . .!« rief er seinem neuen Diener zu. Während er das Fußbad nahm, kam der zweite Brief; er las ihn und sank bewußtlos nieder. Der Millionär wurde auf sein Bett getragen. Als der Finanzmann wieder zu sich kam, saß seine Frau am Fußende des Bettes.

»Das Mädchen hat recht!« sagte sie. »Weshalb willst du die Liebe kaufen . . .? Ist so was auf dem Markt feil? Zeig mir deinen Brief.« Der Baron gab ihr die verschiedenen Entwürfe, die er gemacht hatte. Frau von Nucingen las sie lächelnd. Da kam der dritte Brief.

»Das ist ein erstaunliches Mädchen!« rief die Baronin, nachdem sie auch diesen letzten Brief gelesen hatte. »Was soll ich tun?« fragte der Baron. – »Warten.« – »Warten!« entgegnete er; »die Natur ist unerbittlich . . .« – »Hör mal, mein Lieber«, sagte die Baronin, »endlich bist du mal wieder nett und vernünftig zu mir; ich will dir also einen guten Rat geben.« – »Du bist aine gute Frau!« sagte er; »mach Schulden, ich bezahl sie . . .« – »Was dir beim Empfang der Briefe dieses Mädchens widerfahren ist, rührt eine Frau mehr als verschwendete Millionen und alle Briefe, so schön sie auch sein mögen; versuch, daß sie es auf Umwegen erfährt, dann wirst du sie vielleicht bekommen! Und . . . hab keine Angst, sie wird schon nicht daran sterben«, sagte sie und sah ihren Gatten lange forschend an.

Frau von Nucingen hatte nicht die geringste Ahnung vom Wesen der Dirnen.

Wie klug meine Frau ist, sagte sich der Baron, als er wieder allein war. Aber je mehr der Bankier die Klugheit des Rats, den die Baronin ihm gegeben hatte, bewunderte, um so weniger wurde ihm klar, wie er sich seiner bedienen sollte. Er kam sich nicht nur beschränkt vor, sondern er sagte es sich auch.

Obgleich die Borniertheit der Geldleute fast sprichwörtlich geworden ist, ist sie nur relativ. Es ist mit den Fähigkeiten unseres Geistes wie mit den Begabungen unseres Körpers. Der Tänzer hat seine Kraft in den Füßen, der Schmied die seine in den Armen; der Muskelmensch der Markthalle übt sich im Lastentragen, der Sänger schult seinen Kehlkopf, und der Pianist stählt sein Handgelenk. Ein Bankier gewöhnt sich daran, Geschäfte auszutüfteln und sie genau zu untersuchen, die Interessen in Bewegung zu bringen, wie ein Schwankdichter sich dazu abrichtet, Situationen auszutüfteln und Gestalten in Bewegung zu bringen. Man darf vom Baron von Nucingen in der Unterhaltung genauso wenig Geist verlangen, wie man die Bilder des Dichters im Begriffsvermögen des Mathematikers suchen darf. Wieviel Dichter trifft man in einer Epoche an, die zugleich Prosaisten wären oder geistreich im Umgang wie Madame Cornuel[21]? Buffon war schwerfällig, Newton hat nie geliebt, Byron hat kaum jemanden außer sich selbst geliebt, Rousseau war düster und fast wahnsinnig, La Fontaine war zerstreut. Gleichmäßig verteilt, schafft die menschliche Kraft nur Schwachköpfe und Mittelmäßigkeit; ungleich verteilt, erzeugt sie jene Sonderfälle, die als Genies bezeichnet werden und die, wenn körperlich sichtbar, als Mißgestalten wirken würden. Das gleiche Gesetz regiert auch den Körper: vollkommene Schönheit ist fast stets begleitet von Kälte oder Dummheit. Wenn Pascal zugleich ein großer Geometer und ein großer Schriftsteller war, Beaumarchais ein großer Geschäftsmann und Zamet[22] ein Hofmann von tiefer Klugheit, so bestätigen dergleichen seltene Ausnahmen nur das Grundgesetz der Spezialisierung der Intelligenzen. In der Sphäre der spekulativen Berechnungen entfaltet also der Bankier ebensoviel Geist, Geschicklichkeit, Raffinesse und Begabung wie ein geschickter Diplomat in der Sphäre der nationalen Interessen. Wenn ein Bankier außerhalb seines Büros noch bemerkenswert wäre, dann wäre er ein großer Mann. Nucingen multipliziert mit dem Fürsten von Ligne[23], mit Mazarin oder Diderot ergibt ein fast unmögliches Ergebnis, und dennoch trifft es auf Perikles, Aristoteles, Voltaire und Napoleon zu. Der Glanz der kaiserlichen Sonne darf den Privatmann nicht überblenden; der Kaiser hatte Charme, war gebildet und geistreich. Nucingen besaß wie die meisten Bankiers außerhalb seiner Berechnungen keinerlei Phantasie und glaubte nur an sichere Werte. In Dingen der Kunst war er verständig genug, sich mit dem Gold in der Hand stets an Sachverständige zu wenden: Er nahm den besten Architekten, den besten Chirurgen, den größten Kenner der Malerei oder der Plastik und den geschicktesten Anwalt, sobald es sich darum handelte, ein Haus zu bauen, seine Gesundheit zu überwachen oder Raritäten und ein Landgut zu erwerben. Aber da es keinen vereidigten Sachverständigen für Liebesverhältnisse und keinen Fachmann der Leidenschaft gibt, ist ein Bankier sehr übel beraten, wenn er liebt, und im Bannkreis der Frau sehr unbeholfen. Nucingen fand also nichts Besseres, als was er bereits getan hatte: Er gab irgendeinem männlichen oder weiblichen Frontin[24] Geld, um an seiner Stelle zu handeln oder zu denken. Madame de Saint-Estève allein konnte das Mittel anwenden, das die Baronin gefunden hatte. Der Baron bereute bitter, sich mit der verhaßten Kleiderhändlerin überworfen zu haben. Da er aber auf den Magnetismus seiner Kasse und auf die Beruhigungsmittel, die die Unterschrift »Garat«[25] trugen, vertraute, schellte er trotzdem seinem Diener und befahl ihm, sich in der Rue Neuve Saint-Marc nach jener scheußlichen Witwe zu erkundigen und sie um ihren Besuch zu bitten. In Paris finden die Gegensätze durch die Leidenschaften zueinander. Das Laster lötet dort beständig den Reichen an den Armen, den Großen an den Kleinen. Die Kaiserin fragte Mademoiselle Lenormand[26] um Rat. Und der große Herr findet dort von Jahrhundert zu Jahrhundert einen Ramponneau[27].

Der neue Diener kam nach zwei Stunden wieder. »Herr Baron«, sagte er, »Madame de Saint-Estève ist pleite.« – »Ah, desto besser!« sagte der Baron freudig, »dann hab ich sie beim Wickel!« – »Die gute Frau ist, wie es scheint, ein bißchen Spielerin«, fuhr der Diener fort. »Obendrein wird sie beherrscht von einem kleinen Schauspieler von einem der Theater an der Bannmeile, den sie anstandshalber als ihr Patenkind ausgibt. Anscheinend ist sie eine ausgezeichnete Köchin; sie sucht eine Stellung.« – Diese verteifelten Subalterngenies haben zehn Arten, Geld zu verdienen, aber zwölf, um es auszugeben, dachte der Baron, ohne zu ahnen, daß er sich in diesem Einfall mit Panurge[28] begegnete.

Er schickte seinen Diener abermals auf die Suche nach Madame de Saint-Estève; sie kam jedoch erst am folgenden Tag. Da Asia ihn ausfragte, erzählte der neue Diener diesem weiblichen Spitzel, welch furchtbare Wirkung die von der Geliebten des Barons geschriebenen Briefe gehabt hatten.

»Monsieur muß diese Frau sehr lieben«, schloß der Diener seinen Bericht, »denn er ist fast gestorben. Ich habe ihm geraten, nicht wieder zu ihr zu gehen, sonst würde er sich nur zu bald wiederum durch Schmeicheleien fangen lassen. Eine Frau, die den Herrn Baron, wie es heißt, bereits fünfhunderttausend

Francs gekostet hat – nicht einbezogen das, was er unlängst für das kleine Haus in der Rue Saint-Georges ausgegeben hat! Diese Frau will Geld und nichts als Geld. Als die Frau Baronin Monsieur verließ, hat sie lachend gesagt: ›Wenn das so weitergeht, macht mich dieses Mädchen zur Witwe.‹« – »Den Teufel auch!« antwortete Asia, »man darf doch die Henne mit den goldenen Eiern nicht schlachten!« – »Der Herr Baron setzt seine Hoffnung nur noch auf Sie«, sagte der Diener. – »Ach so, weil ich mich darauf verstehe, die Frauen auf den Trab zu bringen ...!« – »Na, gehn Sie nur rein«, sagte der Diener; er beugte sich dieser okkulten Macht.

»Also«, sagte die falsche Saint-Estève, als sie mit demütiger Miene bei dem Kranken eintrat, »der Herr Baron hat also kleine Widerwärtigkeiten ...? Nichts zu machen, jeder wird an seiner schwachen Stelle getroffen. Auch ich habe Pech gehabt. Innerhalb von zwei Monaten hat sich das Glücksrad für mich sonderbar gedreht! Und jetzt bin ich drauf und dran, mir eine Stellung zu suchen ... Wir sind beide unvernünftig gewesen. Wenn der Herr Baron mich als Köchin in Mademoiselle Esthers Haus aufnehmen wollte, würde er in mir die Ergebenste der Ergebenen haben, und ich könnte ihm recht nützlich sein, indem ich Eugénie und Madame überwache.« – »Darum handelt es sich nicht«, sagte der Baron. »Ich kann nicht so weit kommen, daß ich bei ihr der Herr werde; sie geht mit mir um wie ...« – »Wie mit einem Kreisel«, unterbrach ihn Asia. »Sie haben die andern genasführt, alter Herr, jetzt hält die Kleine Sie fest und behandelt Sie schnöde ... Der Himmel ist gerecht!« – »Gerecht?« rief der Baron. »Ich habe dich nicht lassen kommen, um Moralpredigten zu hören ...« – »Pah, mein Sohn, ein bißchen Moral schadet nichts. Sie ist das Salz des Lebens für uns, gerade wie für die Frommen das Laster. Lassen Sie sehen: Sind Sie großzügig gewesen? Haben Sie ihre Schulden bezahlt ...?« – »Ja«, sagte der Baron kläglich. – »Gut. Sie haben auch ihre Wertsachen ausgelöst, das ist noch besser; aber geben Sie ruhig zu, das ist noch nicht genug; damit kann sie noch nichts anfangen, und solche Geschöpfe sind darauf erpicht, zu verschwenden.« – »Ich bereite ihr aine Überraschung vor, in der Rue Saint-Georges ... Sie waiß es«, sagte der Baron; »aber ich will kein Gimpel sain.« –

»Gut, dann lassen Sie sie sitzen ...« – »Ich fürchte, sie gibt mir den Laufpaß!« rief der Baron. – »Und wir wollen doch was für unser Geld, mein Sohn, nicht wahr?« antwortete Asia. »Hören Sie mal zu. Wir haben ja das Publikum um Millionen gerupft, mein Junge. Es heißt, Sie besäßen fünfundzwanzig.« Der Baron konnte sich nicht enthalten zu lächeln. »Also, eine davon müssen Sie hergeben ...« – »Ich gebe sie schon her«, erwiderte der Baron, »aber sowie ich sie hergegeben habe, wird sicher aine ßwaite von mir verlangt.« – »Ja, ich verstehe«, sagte Asia, »Sie wollen nicht B sagen, weil Sie Angst haben, es könne bis zum Z so weitergehen. Esther ist aber ein anständiges Mädchen.« – »Ain sehr anständiges Mädchen!« rief der Baron; »sie will sich mir ja hingeben, aber so, wie man eine Schuld bezahlt.« – »Kurzum, sie will nicht Ihre Geliebte werden, sie hat einen Widerwillen dagegen. Und das begreife ich; das Kind hat bis jetzt immer seinen Launen gehorcht. Wenn man nur mit reizenden jungen Herren zu tun gehabt hat, macht man sich wenig aus einem alten Mann. Schön sind Sie nicht! Sie sind dick wie Ludwig XVIII. und ein bißchen dumm, wie alle, die dem Geld nachlaufen, anstatt sich mit den Frauen abzugeben. Na, wenn es Ihnen auf sechshunderttausend Francs nicht ankommt«, sagte Asia, »dann übernehme ich es, sie für Sie ganz zu dem zu machen, was Sie nur wünschen können.« – »Sechshünderttausend Francs ...!« rief der Baron und fuhr ein wenig zurück. »Esther kostet mich ohnehin schon aine Million!« – »Das Glück ist wohl sechshunderttausend Francs wert, Sie dicker Wüstling. Sie kennen Männer in unserer Zeit, die sicherlich mehr als eine oder zwei Millionen mit ihren Geliebten verpraßt haben. Ich kenne Frauen, die sie sogar das Leben gekostet haben und für die die Männer den Kopf in den Sack gespien haben ... Sie haben doch wohl von dem Arzt gehört, der seinen Freund vergiftet hat[29] ...? Der wollte dessen Geld, um eine Frau glücklich zu machen.« – »Ja, ich waiß; aber wenn ich auch verliebt bin, bin ich doch kain Schwachkopf; hier wenigstens nicht; denn wenn ich se sehe, möchte ich ihr am liebsten maine Brieftasche schenken ...«

»Hören Sie zu, Herr Baron«, sagte Asia und nahm eine Semiramispose ein, »Sie sind schon zur Genüge ausgebeutelt worden. So wahr ich mich Saint-Estève nenne, im Geschäftsleben, versteht sich, ich schlage mich zu Ihrer Partei.« – »Gut . . .! Es soll nicht dain Schade sain.« – »Das glaube ich; ich habe Ihnen ja gezeigt, daß ich mich zu rächen weiß. Seien Sie sich übrigens klar darüber, Papa«, sagte sie und warf ihm einen furchtbaren Blick zu, »daß ich ein Mittel habe, Ihnen Esther wegzuschnappen, wie man eine Kerze schneuzt. Und ich kenne mich in Frauen aus! Wenn das kleine Weibsstück Ihnen das Glück gewährt hat, wird sie Ihnen auch unentbehrlicher sein, als sie es jetzt ist. Sie haben mich gut bezahlt. Ich habe Sie zwar am Ohr zupfen müssen, aber schließlich haben Sie geblecht! Ich meinerseits habe meine Verpflichtungen erfüllt, nicht wahr? Gut also, ich will Ihnen einen Handel vorschlagen.« – »Lassen Se sehen.« – »Sie bringen mich bei Madame als Köchin unter, für zehn Jahre; ich bekomme tausend Francs als Lohn, die letzten fünf Jahre zahlen Sie im voraus (ein Gottespfennig, wie?). Bin ich erst mal bei Madame, so werde ich sie zu den folgenden Konzessionen zu bringen wissen. Sie lassen ihr zum Beispiel eine entzückende Toilette kommen, eine von Madame Auguste, die kennt Madames Geschmack und Art; und Sie geben Befehl, daß der neue Wagen um vier Uhr vor der Tür steht. Nach der Börse gehen Sie zu ihr hinauf und machen mit ihr eine kleine Spazierfahrt im Bois de Boulogne. Auf diese Weise zeigt die Frau, daß sie Ihre Geliebte ist, sie verpflichtet sich, und ganz Paris sieht und weiß es . . . Hunderttausend Francs . . . Dann essen Sie mit ihr zu Abend (ich verstehe mich auf dergleichen Diners); Sie führen sie ins Theater, in die Variétés, nehmen eine Proszeniumsloge, und alsbald sagt ganz Paris: ›Da sitzt der alte Gauner Nucingen mit seiner Geliebten . . .‹ – Es ist doch schmeichelhaft, einen solchen Glauben zu erwecken? – All diese Vorteile, ich bin eine gutmütige Frau, sind in den ersten hunderttausend Francs inbegriffen . . . Innerhalb von acht Tagen werden Sie auf diese Weise ein gutes Stück Wegs weitergekommen sein.« – »Ich habe dann hunderttausend Francs gezahlt . . .« – »In der zweiten Woche«, fuhr Asia fort, und es sah aus, als habe sie diesen jämmerlichen Einwurf gar nicht gehört, »wird Madame, durch diese Präliminarien getrieben, sich dazu zu entschließen, ihre kleine Wohnung zu verlassen und in das elegante Haus zu ziehen, das Sie ihr bieten. Ihre Esther ist dann mal wieder in der Welt gewesen, sie hat ihre alten Freundinnen wiedergesehen, sie wird glänzen, wird in ihrem Palais die Honneurs machen wollen! Das ist in Ordnung ... Macht weitere hunderttausend Francs ... Wahrhaftig, Sie sind dann in ihrem Haus, Esther ist kompromittiert ... sie gehört Ihnen. Bleibt nur noch eine Kleinigkeit, bei der Sie die Hauptrolle zu spielen haben, Sie alter Elefant! (Jetzt reißt er die Augen auf, dies dicke Untier!) Also, das nehme ich auf mich ... Macht zusammen vierhunderttausend Francs ... Oh, mein Dickerchen, die brauchst du erst am folgenden Tage herauszurücken ... Heißt das nicht Ehrlichkeit ...? Ich habe mehr Vertrauen zu dir, als du zu mir. Wenn ich Madame dazu bringe, sich in der Öffentlichkeit als Ihre Geliebte zu zeigen, sich zu kompromittieren, alles anzunehmen, was Sie ihr bieten, und vielleicht gar noch heute, dann werden Sie mich wohl auch für fähig halten, daß ich sie so weit bringe, Ihnen den Übergang über den Großen Sankt Bernhard freizugeben. Schwer genug ist das, lassen Sie's gut sein ...! Um Ihre Artillerie durchzubringen, dazu ist genau so viel Zugarbeit nötig wie für den Ersten Konsul damals in den Alpen.« – »Und weshalb ...?« – »Sie hat das Herz voll Liebe«, antwortete Asia. »Sie hält sich für eine Königin von Saba, weil sie sich in den Opfern gebadet hat, die sie ihrem Liebhaber brachte ... eine Vorstellung, die solche Frauen sich nun mal in den Kopf setzen! Ach, mein Junge, Sie müssen gerecht sein, so was ist schön! Diese kleine Närrin würde vor Kummer sterben, wenn sie Ihnen angehören müßte, und das sollte mich nicht wundernehmen; aber was mich beruhigt, und ich sage Ihnen das, um Ihnen Mut zu machen, ist die Tatsache, daß sie eine tüchtige Dirnennatur in sich trägt.« – »Du hast«, sagte der Baron, der Asia in tiefem Schweigen und voll Bewunderung zugehört hatte, »das Genie der Verderbtheit, wie ich das Genie der Bank besitze.« – »Ist es also abgemacht, mein Schäfchen?« fragte Asia. – »Sagen wir: fünfzigtausend Francs statt hünderttausend ...! Und ich will dir geben fienfhündert-tausend am Tage nach mainem Triumph.« – »Gut, ich gehe gleich an die Arbeit«, antwortete Asia ... »Sie können getrost kommen!« fuhr sie respektvoll fort. »Monsieur wird Madame bereits so sanft finden wie einen Katzenrücken, und vielleicht sogar geneigt, ihm angenehm zu sein.« – »Geh, geh, maine Gute«, sagte der Bankier und rieb sich die Hände. Und nachdem er der furchtbaren Malaiin zugelächelt hatte, sagte er sich: Wie recht man doch hat, viel Geld zu haben. Und er sprang aus dem Bett, ging in seine Büros und nahm freudigen Herzens die Leitung seiner ungeheuren Geschäfte wieder in die Hand.

Nichts konnte für Esther verhängnisvoller sein als der Entschluß, den Nucingen nunmehr gefaßt hatte. Die arme Kurtisane verteidigte ihr Leben, indem sie sich gegen die Untreue wehrte. Carlos nannte dies so natürliche Widerstreben Ziererei. Asia machte sich sogleich auf, nicht ohne die für einen solchen Fall vorgesehenen Sicherheitsmaßregeln, um Carlos mitzuteilen, was sie mit dem Baron besprochen und wieviel Nutzen sie daraus gezogen hatte. Der Zorn dieses Menschen war so furchtbar wie er selber; er fuhr auf der Stelle im Wagen mit herabgelassenen Vorhängen zu Esther und ließ den Wagen in den Torweg hineinfahren. Als er hinaufstieg, war sein Gesicht noch fast weiß, und so trat dieser zweifache Fälscher vor das arme Mädchen; sie starrte ihn an, sie stand da und fiel, als brächen ihr die Beine, in einen Sessel.

»Was haben Sie?« fragte sie, an allen Gliedern zitternd. – »Laß uns allein, Europa«, sagte er zu der Zofe. Esther blickte dem Mädchen nach, wie ein Kind seiner Mutter nachgesehen hätte, von der ein Mörder es trennen will, um es umbringen zu können.

»Wissen Sie, wohin Sie Lucien schicken werden?« fragte Carlos, als er mit Esther allein war. – »Wohin?« fragte sie mit schwacher Stimme und wagte es, ihren Henker anzuschauen. – »Dahin, woher ich komme, mein Kleinod.« – Esther sah alles rot, als sie diesen Menschen anblickte. – »Auf die Galceren!« fügte er mit leiser Stimme hinzu. Esther schloß die Augen, ihre Beine streckten sich, ihre Arme hingen nieder, sie wurde kreideweiß. Der Mann schellte, Prudence erschien. »Bring sie wieder zum Bewußtsein«, sagte er kalt, »ich bin noch nicht fertig.« Wartend ging er im Wohnzimmer auf und ab. Prudence-Europa mußte ihren Herrn bitten, daß er Esther aufs Bett trage; er hob sie mit einer Leichtigkeit hoch, die von seiner athletischen Kraft zeugte. Es mußten aus der Apotheke die schärfsten Mittel geholt werden, um Esther die Empfindung für ihre Leiden zurückzugeben. Eine Stunde später war das arme Mädchen wieder imstande, diesem leibhaftigen Alpdruck zuzuhören; er saß am Fußende des Bettes, sein starrer Blick blendete wie zwei Strahlen geschmolzenen Bleies.

»Mein Herzchen«, fuhr er fort, »Lucien steht zwischen einem glänzenden, ehrenvollen, glücklichen, würdigen Leben und dem Loch voll Wasser, Schlamm und Kieseln, in das er sich hatte stürzen wollen, als ich ihm begegnete. Die Familie Grandlieu verlangt von dem lieben Jungen einen Grundbesitz im Wert von einer Million, ehe sie ihm den Marquistitel erwirken und ihm die Bohnenstange mit Namen Clotilde geben will, mit deren Hilfe er zur Macht emporsteigen kann. Dank uns beiden hat Lucien unlängst das mütterliche Schloß erwerben können, die alte Burg Rubempré; sie hat nicht viel gekostet: dreißigtausend Francs; aber es ist seinem Anwalt durch glückliche Unterhandlungen gelungen, für eine Million Land daran anzugliedern, auf die wir dreihunderttausend Francs angezahlt haben. Das Schloß, die Kosten, die Provisionen für die, die wir vorgeschoben haben, um vor den Leuten in der dortigen Gegend die Geschichte geheimzuhalten, haben den Rest verschlungen. Wir haben nun freilich noch hunderttausend Francs in Aktien, die in ein paar Monaten zwei- bis dreihunderttausend Francs wert sein werden; aber es bleiben dann immer noch vierhunderttausend Francs zu bezahlen ... In drei Tagen kehrt Lucien aus Angoulême zurück; denn dorthin ist er gereist, weil er nicht in den Verdacht geraten darf, er habe sein Vermögen gewonnen, indem er Ihre Matratzen durchkrempelte ...« – »O nein«, sagte sie mit einem wundervollen Augenaufschlag. – »Ich frage Sie, ist dies der geeignete Augenblick, um den Baron zu erschrecken?« fragte er ruhig. »Und vorgestern haben Sie ihn beinahe umgebracht! Wie eine Frau ist er in Ohnmacht gefallen, als er Ihren zweiten Brief las. Sie haben einen stolzen Stil, ich mache Ihnen mein Kompliment. Wäre nun aber der Baron gestorben, was hätte dann aus uns werden sollen? Wenn Lucien die Kirche Saint-Thomas d'Aquin als Schwiegersohn des Herzogs von Grandlieu verläßt und Sie wollen dann in die Seine ... nun, mein Liebchen, dann reiche ich Ihnen die Hand, und wir machen den Kopfsprung gemeinsam. Auch das ist eine Art, Schluß zu machen. Aber denken

Sie doch ein bißchen nach! Wäre es nicht besser, am Leben zu bleiben und sich von Stunde zu Stunde zu sagen: ›Welch glänzendes Vermögen, welch eine glückliche Familie . . .!‹ Denn er wird Kinder haben . . . Kinder . . .! (Haben Sie je an die Freude gedacht, mit den Händen durch das Haar seiner Kinder zu streichen?)« Esther schloß die Augen, und es durchschauerte sie leise. – »Gut denn, wenn Sie das Gebäude eines solchen Glücks sehen, dann können Sie sich sagen: ›Das ist mein Werk!‹«

Es entstand eine Pause, während welcher die beiden Menschen einander ansahen. – »Das habe ich aus einem Verzweifelten zu machen versucht, der sich ins Wasser stürzen wollte«, fuhr Carlos fort. »Bin ich ein Egoist? Sie sehen es ja, wie er geliebt wird! So gibt man sich für gewöhnlich nur Königen hin, aber ich habe nun mal meinen Lucien zum König geweiht! Man könnte mich für den Rest meiner Tage an meine alte Kette schmieden, und ich glaube, ich würde ruhig bleiben, wenn ich mir sagte: Er tanzt jetzt, er ist bei Hofe! Meine Seele und mein Denken würden triumphieren, während mein lumpiger Körper den Stockmeistern preisgegeben wäre. Sie sind ein jämmerliches Weibsstück, Sie lieben als Weibchen! Aber die Liebe sollte für eine Kurtisane wie für alle erniedrigten Wesen ein Mittel sein, der Natur, die euch mit Unfruchtbarkeit geschlagen hat, zum Trotz Mutter zu werden! Wenn man je unter der Haut des Abbés Carlos Herrera den Sträfling entdeckt, der ich früher war, wissen Sie, was ich dann tun würde, um Lucien nicht zu kompromittieren?« – Esther erwartete die Antwort voller Angst. »Also«, fuhr er nach einer leichten Pause fort, »ich würde sterben wie die Neger, indem ich mir die Zunge abbisse und sie hinunterwürgte. Und Sie, Sie weisen mit Ihrem Geziere auf meine Spur hin! Was hatte ich von Ihnen verlangt . . .? Daß Sie auf sechs Monate, auf sechs Wochen wieder in den Rock der Torpille schlüpfen und sich seiner bedienen, um eine Million zu ergattern . . . Lucien wird Sie nie vergessen! Die Männer vergessen das Wesen nicht, an das sie ein Glück erinnert, dessen sie sich jeden Morgen freuen, weil sie stets als reiche Leute erwachen. Lucien ist mehr wert als Sie . . . Er hat zunächst Coralie geliebt, sie stirbt, gut; aber er hatte kein Geld, um sie beerdigen zu lassen; er hat es nicht gemacht, wie Sie es eben gemacht haben: Obwohl er ein Dichter war, ist er nicht ohnmächtig geworden; er hat sechs lustige Liedchen geschrieben, und er hat dafür dreihundert Francs erhalten, mit denen er Coralies Begräbnis bezahlen konnte. Ich besitze jene Lieder, ich kann sie auswendig. Also, dichten auch Sie Ihre Lieder: Seien Sie lustig, seien Sie toll! Seien Sie unwiderstehlich und ... unersättlich! Haben Sie mich verstanden? Zwingen Sie mich nicht, ein zweites Mal zu sprechen ... Jetzt geben Sie Papa einen Kuß. Adieu ...«

Als Europa eine halbe Stunde danach bei ihrer Herrin eintrat, fand sie sie auf den Knien vor einem Kruzifix in der Stellung, die der frömmste aller Maler Moses vor dem Busch auf dem Berg Horeb gegeben hat, um die tiefe und vollkommene Andacht vor Jehova auszudrücken. Esther hatte ihre letzten Gebete gesprochen und auf ihr schönes Leben, auf die Ehre, die sie sich geschaffen hatte, auf ihren Ruhm, auf ihre Tugenden und ihre Liebe verzichtet. Sie erhob sich. »O Madame, so werden Sie nie wieder aussehen!« rief Prudence Servien, da die wunderbare Schönheit ihrer Herrin sie ganz betroffen machte. Schnell drehte sie den Toilettenspiegel so, daß das arme Mädchen sich sehen konnte. Die Augen hatten gerade noch einen Rest der Seele in sich, die schon zum Himmel aufgeflogen war. Die Haut der Jüdin schimmerte. Ihre Wimpern, deren Tränenfeuchte die Glut des Gebets getrocknet hatte, glichen dem Laub nach einem Sommerregen; die Sonne der reinen Liebe ließ sie zum letztenmal aufglänzen. Die Lippen hatten etwas von den letzten Anrufungen der Engel bewahrt, denen sie sicherlich die Palme des Märtyrertums entliehen hatte, indem sie ihnen ihr Leben ohne Makel anvertraute. Kurzum, sie besaß die Majestät, die Maria Stuart umstrahlt haben muß, als sie ihrer Krone, der Erde und der Liebe Lebewohl sagte. – »Ich wollte, Lucien sähe mich so«, sagte sie und rang einen Seufzer nieder. »Und jetzt«, fuhr sie mit vibrierender Stimme fort, »wollen wir ›schwindeln‹ ...«

Europa stand, als sie diese Worte vernahm, sprachlos da, als habe sie einen Engel Gotteslästerungen ausstoßen hören. – »Was hast du denn zu gaffen, als ob ich Gewürznelken statt der Zähne im Munde hätte? Ich bin jetzt nur noch ein ehrloses, unsauberes Geschöpf, eine Dirne, eine Diebin, und ich erwarte Mylord. Laß also den Badeofen anheizen und richte mir meine Toilette. Es ist zwölf Uhr; der Baron wird wohl nach der Börse kommen; ich will ihm schreiben, daß ich ihn erwarte; und ich hoffe, daß Asia ihm ein prächtiges Essen bereitet; ich will ihn rasend machen, diesen Menschen ... Vorwärts! Los, los, Mädchen ... Wir wollen lachen, das heißt: Wir wollen ›arbeiten‹.«

Sie setzte sich an ihren Tisch und schrieb folgenden Brief:

Mein Freund, wenn die Köchin, die Sie mir geschickt haben, nicht schon in meinen Diensten gestanden hätte, so hätte ich glauben können, Sie hätten beabsichtigt, mich wissen zu lassen, wie oft Sie vorgestern beim Empfang meiner drei Briefe ohnmächtig geworden seien. (Was wollen Sie? Ich war an jenem Tage sehr nervös, ich hatte mir die Erinnerungen meiner beklagenswerten Existenz noch einmal durch den Kopf gehen lassen.) – Aber ich kenne Asias Aufrichtigkeit. Ich bereue also nicht mehr, Ihnen einigen Kummer gemacht zu haben, denn dadurch ist mir bewiesen worden, wie teuer ich Ihnen bin. Wir sind nun einmal so, wir armen, verachteten Geschöpfe; echte Liebe rührt uns mehr, als wenn wir der Anlaß zu wahnsinnigen Ausgaben sind. Auch ich habe immer gefürchtet, ich sei nur der Kleiderhaken, an dem Sie Ihre Eitelkeiten aufhängten. Es hat mich verdrossen, Ihnen nichts anderes zu sein. Ja, trotz Ihrer schönen Beteuerungen hatte ich geglaubt, Sie hielten mich für eine gekaufte Frau. Nun, fortan sollen Sie in mir ein braves Mädchen finden, freilich unter der Bedingung, daß Sie mir immer noch ein klein wenig gehorchen. Wenn dieser Brief Ihnen die Verordnungen des Arztes ersetzen kann, so werden Sie es mir beweisen, indem Sie mich nach der Börse aufsuchen Sie werden unter Waffen und mit Ihren Gaben geschmückt diejenige vorfinden, die sich Zeit ihres Lebens Ihre Vergnügungsmaschine nennt,

Esther.

An der Börse war der Baron von Nucingen so lustig, so zufrieden, dem Anschein nach so umgänglich, und er erlaubte sich so viele Scherze, daß du Tillet und die Kellers, die anwesend waren, nicht umhin konnten, ihn nach dem Grund seiner guten Laune zu fragen. – »Ich werde geliebt ... Wir feiern bald das Einwaihungsfest«, sagte er zu du Tillet. – »Wie teuer kommt Sie das?« fragte François Keller scharf; Madame Colleville hatte ihn, wie es hieß, jährlich fünfundzwanzigtausend Francs gekostet. – »Nie hat mich diese Frau, die ain Engel ist, auch nur um zwei Heller gebeten.« – »Das tun sie nie«, antwortete ihm du Tillet. »Um niemals etwas erbitten zu brauchen, legen sie sich Tanten oder Mütter zu.«

Siebenmal sagte der Baron auf der Fahrt von der Börse bis zur Rue Taitbout zu seinem Kutscher: »Se fahren ja nicht, ziehn Se doch dem Pferd eins mit der Peitsche ieber ...!«

Behend stieg er hinauf und fand seine Geliebte zum erstenmal so schön, wie es eben Mädchen sind, deren einzige Beschäftigung die Sorge um ihre Toilette und ihre Schönheit ist. Sie kam gerade aus dem Bad, und die Blume war frisch und duftete, daß sie einem Robert d'Arbrissel[30] hätte Begierden einflößen können. Esther trug eine entzückende Nachmittagstoilette. Eine Jacke aus schwarzem Rips, besetzt mit Passements aus rosa Seide, fiel offen über einen Rock aus grauem Satin herab; es war das Kostüm, in dem später die schöne Amigo in ›I Puritani[31]‹ spielte. Ein Fichu aus englischen Spitzen rieselte leicht über die Schultern. Die Ärmel des Kleids wurden durch Schnüre in die Puffen geteilt, die die eleganten Damen seit einiger Zeit an Stelle der allzu ungeheuerlich gewordenen Keulenärmel trugen. Esther hatte auf ihrem köstlichen Haar eine Haube aus Mechelner Spitzen befestigt, die immer fallen zu wollen schien und doch nicht fiel, die ihr den Anschein gab, als sei sie nicht angezogen und schlecht frisiert, obwohl man die weiße Haut ihres kleinen Köpfchens zwischen den Haarsträhnen durchschimmern sah.

»Ist es nicht abscheulich, Madame in all ihrer Schönheit in einem so schäbigen Wohnzimmer zu sehen?« fragte Europa den Baron, als sie ihm die Tür des Salons öffnete.

»Gut, kommen Se mit in die Rue Saint-Georges«, sagte der Baron; er stand da wie ein Vorstehhund vor einem Rebhuhn. »Das Wetter ist prachtvoll, wir machen eine Spazierfahrt durch die Champs-Elysées, und derweilen bringt Madame de Saint-Estève mit Eischenie Ihre ganze Toilette, Ihre Wäsche und unser Diner in die Rue Saint-Georges hinüber.« – »Ich will alles tun, was Sie wollen«, sagte Esther, »wenn Sie mir den Gefallen tun, meine Köchin ›Asia‹ zu nennen, und Eugénie ›Europa‹. So habe ich alle Frauen genannt, die mir gedient haben, von den beiden ersten an, die ich je gehabt habe. Ich mag keine Veränderungen...« – »Asia ... Europa ...«, wiederholte der Baron und brach in Gelächter aus. »Wie komisch Se sind ... Ainfälle haben Se ... Ich könnte viele Diners essen, ehe ich aine Köchin Asia nennte.« – »Es ist doch unser Beruf, komisch zu sein«, sagte Esther. »Sehen Sie, warum sollte ein armes Mädchen nicht Asia für sich kochen und sich von Europa kleiden lassen, während Sie doch von der ganzen Welt leben? Betrachten Sie es als einen Mythus! Es gibt Frauen, die die ganze Erde verschlingen würden, und ich brauche nur die Hälfte. Jetzt wissen Sie's!«

Was für aine Frau diese Saint-Estève doch ist! sagte sich der Baron, den der Wandel in Esthers Wesen erstaunte.

»Europa, mein Kind, ich brauche einen Hut«, sagte Esther. »Ich muß einen Kapotthut aus schwarzem Satin mit rosa Futter und Spitzengarnitur haben.« – »Madame Thomas[32] hat ihn nicht geschickt ... Los, Baron, schnell! Tummeln Sie sich! Beginnen Sie Ihren Dienst als Hausknecht, das heißt als glücklicher Mensch! Das Glück wiegt schwer ...! Sie haben Ihr Kabriolett, fahren Sie zu Madame Thomas«, sagte Europa zum Baron. »Lassen Sie durch Ihren Bedienten um den Kapotthut der Madame van Bogseck bitten ... Und vor allem«, flüsterte sie ihm zu, »bringen Sie den schönsten Blumenstrauß mit, der sich in Paris auftreiben läßt. Wir sind im Winter, sehen Sie zu, daß Sie tropische Blumen ausfindig machen.«

Der Baron ging hinunter und sagte zu seinem Bedienten: »Zu Madame Thomas.« Der Kutscher fuhr seinen Herrn zu einer berühmten Konditorei. »Es ist aine Modistin, du Trottel, kaine Zuckerbäckerin!« sagte der Baron und hastete zum Palais-Royal, zu Madame Prévost[33], von der er für zehn Louisdor einen Strauß zusammenstellen ließ, während sein Bedienter zu der berühmten Modistin fuhr.

Der oberflächliche Beobachter fragt sich, wenn er in Paris spazierengeht, welches wohl die Narren sind, die jene fabelhaften Blumen kaufen, wie sie den Laden der berühmten Blumenhändlerin schmücken, oder die Frühgemüse Chevets[34], des Delikatessenhändlers von europäischem Ruf, des einzigen, der mit dem Rocher de Cancale eine wirkliche und wundervolle Revue des

Deux Mondes darbietet ... Jeden Tag entstehen in Paris hundert und einige Leidenschaften gleich der Nucingens, und sie bekunden sich in Seltenheiten, wie sie Königinnen einander nicht zu schenken wagen, wie man sie aber auf den Knien jenen Dirnen darbringt, die nach Asias Wort zu rupfen lieben. Ohne diesen Hinweis würde eine ehrliche Bürgersfrau nicht begreifen, wie ein Vermögen in den Händen dieser Geschöpfe zerschmelzen kann, deren soziale Obliegenheit im System Fouriers[35] darin besteht, daß sie die Übel des Geizes und der Habgier wieder gutmachen. Solche Verschwendung wirkt ohne Zweifel auf den sozialen Organismus wie ein Lanzenstich auf einen allzu vollblütigen Körper. Innerhalb zwei Monaten hatte Nucingen über den Kleinhandel mehr als zweihunderttausend Francs ergossen.

Als der alte Verliebte zurückkehrte, war die Nacht hereingebrochen; der Blumenstrauß hätte sich erübrigt. Im Winter wird nämlich die Spazierfahrt auf den Champs-Elysées in die Zeit von zwei bis vier Uhr verlegt. Immerhin konnte Esther den Wagen dazu benützen, sich von der Rue Taitbout nach der Rue Saint-Georges zu begeben, wo sie das ›klaine‹ Palais in Besitz nahm. Nie, das muß gesagt werden, war Esther der Gegenstand eines solchen Kults und einer solchen Verschwendung gewesen; sie war davon überrascht; aber sie hütete sich wie all jene königlichen Undankbaren, das geringste Staunen zu bekunden. Wenn man in Rom Sankt Peter betritt, so wird einem, damit man einen Anhalt über die Größe und Höhe der Kathedrale der Kathedralen gewinnt, der kleine Finger einer Statue gezeigt, der in Wirklichkeit ich weiß nicht welche Länge hat und dennoch nur als ein kleiner Finger in natürlicher Größe erscheint. Nun aber sind gegen alle Schilderungen so viele Einwände erhoben worden, obwohl sie für die Geschichte unserer Sitten notwendig sind, daß wir hier jenen römischen Cicerone nachahmen müssen. Als sie also in das Eßzimmer traten, konnte der Baron es sich nicht verkneifen, Esther den Stoff der Fenstervorhänge betasten zu lassen; sie waren in königlicher Fülle drapiert; das Futter war aus weißem Moiré, und der Besatz bestand aus Passements, die der Büste einer portugiesischen Prinzessin würdig gewesen wären. Dieser Stoff war eine Seidenarbeit, die in Kanton gekauft worden war und auf der chinesische Geduld die Vögel

Asiens mit einer Vollkommenheit darzustellen gewußt hatte, wie sie sich nur noch auf mittelalterlichen Pergamenten oder im Meßbuch Karls V., dem Stolz der Wiener Hofbibliothek, findet. »Er hat ainen Lord, der ihn hat mitgebracht aus Indien, zwaitausend Francs die Elle gekostet ...« – »Sehr hübsch ... reizend! Welch ein Vergnügen muß es sein, hier Champagner zu trinken!« sagte Esther. »Hier macht der Schaum wenigstens keinen Fliesenboden schmutzig!« – »O Madame«, sagte Europa, »sehen Sie sich doch bloß den Teppich an ...!« – »Da der Teppich fier den Herzog von Torlonia[36], mainen Freind, geßeichnet worden ist und er ihn zu teier findet, hab ich ihn genommen fier Se, denn Se sind aine Königin!« sagte Nucingen.

Durch einen Zufall paßte dieser Teppich, der von einem unserer genialsten Zeichner stammte, zu dem eigenwilligen Muster der chinesischen Draperie. Die Wandmalereien, die von Schinner und Léon de Lora stammten, stellten wollüstige Szenen dar, die von Ebenholzschnitzereien umrahmt wurden; jene Schnitzereien waren für schweres Gold von du Sommerard[37] erstanden worden; sie bildeten Panneaux, auf denen Goldstriche sparsam das Licht auf sich zogen. Jetzt kann man sich alles übrige vorstellen.

»Sie haben gut daran getan, mich hierherzuführen«, sagte Esther; »ich werde wohl mindestens acht Tage nötig haben, um mich an mein Haus zu gewöhnen und nicht wie ein Emporkömmling zu wirken ...« – »Main Haus!« wiederholte der Baron erfreut; »also nehmen Se an?« – »Freilich, tausendmal ja, dummes Tier«, sagte sie lächelnd. – »Tier allain hätte genügt ...« – »Dumm ist ein Kosewort«, erwiderte sie und schaute ihn an.

Der arme Luchs ergriff Esthers Hand und legte sie sich aufs Herz: Er war Tier genug, um zu fühlen, aber zu dumm, ein Wort hervorzubringen. »Sehn Se, wie es pocht ... fier ein zärtliches Wörtchen!« sagte er. Und er führte seine Göttin ins Schlafzimmer. »O Madame«, sagte Eugénie, »hier kann ich nicht bleiben. Man bekommt zu große Lust, sich ins Bett zu legen.« – »Also«, sagte Esther, »ich will dir das alles auf einmal bezahlen ... Komm, mein dicker Elefant, nach dem Essen gehen wir zusammen ins Schauspiel. Ich habe einen wahren Heißhunger aufs Theater.«

Es war genau fünf Jahre her, seit Esther nicht mehr im Theater gewesen war. Ganz Paris ging damals ins Theater an der Porte Saint-Martin, um dort eins jener Stücke zu sehen, denen die Kunst der Schauspieler eine furchtbare Realität verleiht: ›Richard Darlington‹[38]. Wie alle naiven Naturen liebte Esther es ebensosehr, die Schauer der Angst zu verspüren, wie sich den Tränen der Rührung hinzugeben. »Wir wollen Frédéric Lemaître[39] sehen«, sagte sie, »diesen Schauspieler bete ich an!« – »Das ist aber ein wüstes Drama«, sagte Nucingen, der sich im Handumdrehen gezwungen sah, sich mit Esther in der Öffentlichkeit zu zeigen.

Der Baron schickte seinen Diener weg, damit er eine der beiden Proszeniumslogen im ersten Rang belege. Abermals eine Pariser Eigentümlichkeit! Wenn der Erfolg, dies Geschöpf auf tönernen Füßen, einen Zuschauerraum füllt, ist dennoch stets zehn Minuten vor dem Aufgehen des Vorhangs noch eine Proszeniumsloge zu vergeben; die Direktoren behalten sie für sich, wenn sich kein leidenschaftlich Verliebter wie Nucingen dafür findet. Diese Loge ist wie Chevets Frühgemüse[40] ein Zoll, der auf die Launen des Pariser Olymps erhoben wird.

Es erübrigt sich, vom Tischgerät zu reden. Nucingen hatte drei Service zusammengebracht: das kleine, das mittlere und das große. Die Dessertteller und -schälchen des großen Service bestanden aus getriebenem, vergoldetem Silber. Damit es nicht aussah, als wolle er den Tisch mit Gold und Silber zum Zusammenbrechen bringen, hatte der Bankier all diesem Tafelgerät noch eins aus reizendem, gebrechlichem Meißner Porzellan hinzugefügt; es hatte mehr als ein Silberservice gekostet. Was nun die Tischwäsche betrifft, so wetteiferten sächsisches, englisches, flämisches und französisches Leinen mit ihren Damastblumen an Vollkommenheit.

Beim Abendessen war der Baron im Staunen an der Reihe, als er Asias Küche kostete. – »Jetzt verstehe ich«, sagte er, »weshalb Sie sie Asia nennen: dies ist asiatische Kochkunst.« – »Ich fange an zu glauben, daß er mich liebt«, sagte Esther zu Europa, »er hat beinahe so etwas wie einen Witz gemacht.« – »Dabei wird es nicht bleiben«, bemerkte er.

Das Essen war so gewürzt, daß der Baron sich den Magen verderben mußte; er sollte beizeiten nach Hause gehen; daher war denn dies auch alles, was er an Genüssen von seinem ersten Zusammensein mit Esther davontrug. Im Theater sah er sich gezwungen, eine unendliche Zahl von Gläsern mit Zuckerwasser zu trinken und Esther in den Pausen allein zu lassen. Durch ein Zusammentreffen, das allzu leicht vorauszusehen gewesen war, um es als einen Zufall zu bezeichnen, waren an jenem Tage auch Tullia, Mariette und Madame du Val-Noble im Theater. ›Richard d'Arlington‹ war einer jener tollen und überdies verdienten Erfolge, wie man sie nur in Paris erlebt. Alle Männer kamen, wenn sie dieses Drama sahen, auf den Gedanken, man könnte sein Ehegespons zum Fenster hinauswerfen, und alle Frauen sahen sich voller Begeisterung zu Unrecht unterdrückt. Die Frauen sagten sich: Das ist denn doch zu stark! Wir werden nur geschubst und gestoßen ... aber so geht es uns meistens ...! Nun aber konnte ein Geschöpf von Esthers Schönheit und Esthers Kleidung nicht ungestraft im Proszenium des Theaters an der Porte Saint-Martin glänzen; und schon im zweiten Akt fand in der Loge der beiden Tänzerinnen eine Art Revolution statt, die durch die Feststellung der Identität der schönen Unbekannten mit der Torpille ausgelöst wurde. – »Nanu? wo kommt die denn her?« fragte Mariette Madame du Val-Noble, »ich hatte geglaubt, sie sei ertrunken ...« – »Ist sie es tatsächlich? Mir kommt sie siebenunddreißigmal jünger und schöner vor als vor sechs Jahren.« – »Vielleicht hat sie sich wie Madame d'Espard und Madame Zayonschek[41] in Eis konserviert«, sagte der Graf de Rambourg, der die drei Frauen ins Theater geführt hatte, und zwar in eine Parterreloge. – »Ist das nicht die Ratte, die Sie mir schicken wollten, damit sie meinen Onkel am Gängelband führte?« fragte er Tullia. – »Eben jene«, sagte Tullia zu der Tänzerin. »Du Bruel, gehen Sie doch ins Orchester und sehen Sie zu, ob sie es wirklich ist.« – »Wie die dicke tut!« rief Madame du Val-Noble mit einer wundervollen Redensart aus dem Wortschatz der Dirnen. – »Oh«, rief der Graf de Brambourg, »sie hat auch das Recht dazu, sie ist ja mit meinem Freund, dem Baron von Nucingen, beisammen. Ich gehe hin.« – »Ist das etwa die angebliche Jeanne d'Arc, die Nucingen sich erobert hat und mit der wir seit drei Monaten angeödet werden ...?« fragte Mariette.

»Guten Abend, lieber Baron«, sagte Philippe Bridau, als er in Nucingens Loge trat. »Sie sind also mit Mademoiselle Esther vermählt ... Mademoiselle, ich bin ein armer Offizier, den Sie ehedem in Issoudun aus einer Klemme ziehen sollten ... Philippe Bridau ...« – »Kenn' ich nicht«, sagte Esther und richtete ihr Opernglas auf den Zuschauerraum. – »Die Dame«, antwortete der Baron, »haißt nicht mehr einfach Esther: Se haißt Madame de Champy; das ist ain klaines Gut, das ich ihr gekauft habe ...« – »Wenn Sie auch alles tadellos geregelt haben«, sagte der Graf, »so behaupten die Damen dort doch, Madame de Champy tue sich dicke ... Wenn Sie sich schon meiner nicht entsinnen wollen, so werden Sie vielleicht geruhen, Mariette, Tullia und Madame du Val-Noble wiederzuerkennen«, fügte dieser Emporkömmling hinzu, dem der Herzog von Maufrigneuse die Gunst des Dauphins verschafft hatte.

»Wenn jene Damen mir wohlgesonnen sind, bin ich geneigt, ihnen freundlich entgegenzukommen«, antwortete Madame de Champy trocken. – »Wohlgesonnen?« sagte Philippe; »sie sind hingerissen, sie nennen Sie Jeanne d'Arc.« – »Gut, wenn die Damen Ihnen Gesellschaft leisten wollen«, sagte Nucingen, »dann lasse ich Se jetzt allain, ich habe zuviel gegessen. Ihr Wagen wird Se mit Ihren Leuten abholen ... Diese verdammte Asia!« – »Schon beim ersten Beisammensein wollen Sie mich allein lassen?« fragte Esther. »Hören Sie! Man muß an Bord zu sterben wissen. Ich brauche meinen Mann beim Fortgehen. Wenn ich belästigt würde, müßte ich also umsonst um Hilfe rufen ...?«

Der Egoismus des alten Millionärs mußte vor den Pflichten des Verliebten weichen. Der Baron litt und blieb. Esther hatte ihre Gründe, daß sie ihren Mann dabehalten wollte. Wenn sie ihre alten Bekannten empfing, konnte sie in seinem Dabeisein nicht so gründlich ausgefragt werden, wie wenn sie allein gewesen wäre. Philippe Bridau beeilte sich, in die Loge der Tänzerinnen zurückzukehren und sie über die Sachlage zu unterrichten.

»Sie also erbt ›mein‹ Haus in der Rue Saint-Georges!« sagte Madame du Val-Noble bitter; sie war nämlich, wie man so etwas in der Sprache jener Frauen ausdrückt, ›zu Fuß‹. – »Wahrscheinlich«, erwiderte der Oberst, »du Tillet hat mir gesagt, er habe dort dreimal soviel ausgegeben wie Ihr armer Falleix.« – »Wollen wir nicht zu ihr hinübergehen?« fragte Tullia. – »Keinesfalls!« erwiderte Mariette, »sie ist viel zu schön; ich besuche sie lieber in ihrem Hause.« – »Ich finde mich hübsch genug, um es zu wagen«, sagte Tullia.

Die verwegene Solotänzerin ging also während der Pause hin und knüpfte die Bekanntschaft mit Esther wieder an, die sich lediglich in allgemeinen Redensarten erging. – »Woher kommst du eigentlich, liebes Kind?« fragte die Tänzerin, die vor Neugier nicht mehr aus noch ein wußte. – »Oh, ich habe fünf Jahre lang mit einem Engländer, der eifersüchtig war wie ein Tiger, in einem Schloß in den Alpen gelebt; ich nannte ihn immer den Knirps, er war nämlich nicht mal so groß wie der Schultheiß von Pfirt[42]. Jetzt bin ich wieder an einen Bankier geraten, vom Segen in die Taufe, wie Florine immer sagt. Und nun ich wieder in Paris bin, habe ich solche Lust, mich zu amüsieren, daß ich mir einen wahren Karneval leisten will. Ich werde offenes Haus halten. Ach, ich muß mich von fünf Jahren der Einsamkeit erholen, und ich fange schon an, mich schadlos zu halten. Fünf Jahre englisch, das ist zuviel; nach den Bekanntmachungen genügen dazu sechs Wochen.« – »Hat der Baron dir die Spitzen da geschenkt?« – »Nein, die sind noch ein Rest vom Nabob . . . Habe ich ein Pech, Liebste! Er war gelb wie das Lächeln eines Freundes, wenn jemand Erfolg hat; ich hatte gemeint, er werde innerhalb von zehn Monaten sterben. Pah, er war widerstandsfähig wie ein Felsberg. Man muß allen Leuten mißtrauen, die sich als leberkrank ausgeben . . . Von Leber will ich nichts mehr hören. Ich habe zuviel Vertrauen in sein Leberleiden gesetzt . . . in seine Redensarten . . . Dieser Nabob hat mich begaunert, er ist gestorben, ohne sein Testament gemacht zu haben, und seine Familie hat mich vor die Tür gesetzt, als hätte ich die Pest gehabt. Deswegen habe ich dem Dicken da gesagt: ›Bezahle du für zwei!‹ Ihr habt ganz recht, mich als eine Jeanne d'Arc zu bezeichnen, ich habe England zugrunde gerichtet, und ich werde vielleicht verbrannt . . .« – »Von der Liebe?« fragte Tullia. – »Und bei lebendigem Leibe!« erwiderte Esther, die diese Bemerkung nachdenklich stimmte.

Der Baron lachte über all diese stark gesalzenen Albernheiten, aber er verstand sie nicht immer gleich, so daß sein Lachen jenen vergessenen Raketen glich, die erst nach Schluß eines Feuerwerks aufsteigen.

Wir leben alle in irgendeiner gesellschaftlichen Sphäre, und die Bewohner sämtlicher Sphären sind mit der gleichen Dosis an Neugier begabt. Am folgenden Tage war das Abenteuer von der Rückkehr Esthers Kulissenneuigkeit in der Oper. Zwischen zwei und vier Uhr nachmittags hatte das ganze Paris der Champs-Elysées die Torpille wiedererkannt und wußte nun endlich, wer der Gegenstand der Leidenschaft des Barons von Nucingen war. – »Wissen Sie«, fragte Blondet im Foyer der Oper de Marsay, »daß die Torpille am Morgen nach dem Tage, an dem wir sie hier als die Geliebte des kleinen Rubempré wiedererkannt hatten, verschwunden war?«

In Paris erfährt man wie in der Provinz alles. Die Polizei der Rue de Jérusalem ist nicht so gut organisiert wie die der Gesellschaft, in der jeder den andern bespitzelt, ohne es zu wissen. Daher hatte Carlos durchaus richtig gewittert, wie gefährlich Luciens Lage während und nach der Zeit in der Rue Taitbout gewesen war.

Es gibt keine grauenhaftere Situation als die, in der Madame du Val-Noble sich befand, und der Ausdruck ›zu Fuß sein‹ gibt sie trefflich wieder. Sorglosigkeit und Verschwendungssucht hindern diese Frauen, an die Zukunft zu denken. In dieser Ausnahmewelt, die viel komischer und geistvoller ist, als man glaubt, denken einzig die Frauen, die nicht eine positive, fast unveränderliche und leicht kenntliche Schönheit besitzen, die Frauen, die nur aus einer Laune heraus geliebt werden können, an ihr Alter und daran, sich ein Vermögen zu erwerben; je schöner sie sind, desto weniger denken sie voraus. – »Hast du denn Angst, häßlich zu werden, daß du dir Staatspapiere zulegst?« Das ist ein Ausspruch Florines Mariette gegenüber und vermag eine der Ursachen jener Verschwendungssucht verständlich zu machen. Wenn ein Spekulant Selbstmord begeht, wenn ein Verschwender mit seinem Geldbeutel am Ende ist, dann stürzen solcherlei Frauen mit erschreckender Plötzlichkeit aus schamlosem Wohlstand in tiefes Elend. Sie werfen sich dann der Kleiderhökerin in die Arme; sie verkaufen erlesene Juwelen zu Schleuderpreisen, sie machen Schulden vor allem, um den Scheinluxus aufrechtzuerhalten, der ihnen Möglichkeiten gibt, wiederzufinden, was sie verloren haben: einen Geldschrank, aus dem sie schöpfen können. Dieses Hinauf und Hinab ihres Lebens erklärt es, daß die Verbindungen, die in Wirklichkeit fast immer eingefädelt werden, wie Asia Nucingen und Esther zusammengehakt hatte (ein weiterer Ausdruck aus jenem Vokabular), so kostspielig sind. Daher weiß auch jeder, der sein Paris gut kennt, ganz genau, woran er sich zu halten hat, wenn er auf den Champs-Elysées, diesem bewegten tumultuösen Basar, eine Frau im Mietwagen wiedersieht, die er ein Jahr, einen Monat zuvor noch strahlend in Luxus und im schönsten Aufputz in einer Equipage erblickt hat. – »Wenn man bei Sainte-Pélagie zu Falle kommt, muß man es verstehen, im Bois de Boulogne wieder aufzustehen«, hatte Florine einmal gesagt, als sie mit Blondet über den kleinen Vicomte de Portenduère lachte. Ein paar geschickte Frauen setzen sich diesem Kontrast niemals aus. Sie vergraben sich in scheußlichen Logierhäusern, wo sie für ihre Verschwendungssucht durch Entbehrungen büßen, wie sie die Reisenden ertragen, die sich in irgendeiner Sahara verirrt haben; aber darum erwächst ihnen nicht die geringste Anwandlung von Sparsamkeit. Sie wagen sich auf die Maskenbälle, sie unternehmen eine Reise in die Provinz, sie zeigen sich bei schönem Wetter gut gekleidet auf den Boulevards. Übrigens finden sie unter sich stets jene Hilfsbereitschaft, die Angehörige einer geächteten Klasse einander bezeigen. Die Hilfe, die sie zu leisten hat, kostet eine sich im Glück befindende Frau nur wenig, und sie sagt sich: Nächsten Sonntag stehe ich vielleicht genauso da! Die wirksamste Protektion jedoch ist die der Kleiderhökerin. Wenn solch eine Wucherin zur Gläubigerin geworden ist, durchstöbert und durchwühlt sie alle Greisenherzen zugunsten ihrer ›Hypothek in Stiefeln und Hut‹. Madame du Val-Noble, die außerstande gewesen war, den Zusammenbruch eines der reichsten und geschicktesten Wechselmakler vorauszusehen, wurde also überrumpelt, als ihre Angelegenheiten sich in völliger Unordnung befanden. Sie hatte Falleix' Geld für ihre Launen verbraucht und sich in nützlichen Dingen und hinsichtlich ihrer Zukunft ganz auf ihn verlassen. »Wie hätte man«, sagte sie zu Mariette, »dergleichen von einem Menschen erwarten können, der ein so guter Junge zu sein schien!« In fast allen Gesellschaftsklassen ist der ›gute Junge‹ ein Mensch, der nicht engherzig ist, der hier und da ein paar Taler leiht, ohne sie zurückzuverlangen, und der sich außerhalb der gewöhnlichen, anerkannten und gangbaren Moral nach den Regeln eines gewissen Taktgefühls richtet. Manche ähnlich wie Nucingen dem Anschein nach tugendhafte und redliche Leute haben ihre Wohltäter zugrunde gerichtet; und manche Leute, die schon vor dem Zuchtpolizeigericht gestanden haben, sind von erfindungsreicher Rechtschaffenheit gegenüber der Frau. Die vollkommene Tugend, Molières Traum, Alceste[43], ist außerordentlich selten; dennoch begegnet man ihr überall, sogar in Paris. Der ›gute Junge‹ dagegen ist das Produkt einer gewissen Anmut des Charakters, die nichts beweist. Ein Mann ist anmutig, wie eine Katze seidenweich, wie ein Pantoffel dazu geschaffen ist, sich dem Fuß anzupassen. Nach dem Sinn, den das Wort ›guter Junge‹ bei ausgehaltenen Frauen hat, hätte Falleix also seine Geliebte vor seinem Zusammenbruch beizeiten warnen und ihr genug zum Leben lassen müssen. D'Estourny, der galante Gauner, war ein guter Junge: Er betrog zwar beim Spiel, aber für seine Geliebte hatte er dreißigtausend Francs beiseite gebracht. Deshalb antworteten bei den Karnevalssoupers die Frauen seinen Anklägern auch immer: »Das ist ganz egal . . . ! Ihr mögt noch so viel reden, Georges war ein guter Junge, er hat gute Manieren gehabt, hätte ein besseres Los verdient!« Die Dirnen machen sich über die Gesetze lustig, aber sie schwärmen für ein gewisses Feingefühl; sie verstehen es wie Esther, sich für ein geheimes Schönheitsideal, das ihre Religion ist, zu verkaufen. Nachdem Madame du Val-Noble mit großer Mühe ein paar Juwelen aus dem Schiffbruch gerettet hatte, warf die furchtbare Last der Anklage: Sie hat Falleix ruiniert! sie zu Boden. Sie war fast dreißig Jahre alt, und obwohl sie auf dem Gipfel ihrer Schönheit stand, konnte sie nichtsdestoweniger als eine alte Frau gelten, da jede Frau in solcherlei Krisen ihre sämtlichen Rivalinnen gegen sich hat. Mariette, Florine und Tullia luden zwar ihre Freundin zum Abendessen ein und unterstützten sie ein wenig; aber da sie die Höhe ihrer Schulden nicht kannten, scheuten sie davor zurück, die Tiefe dieses Abgrunds zu ergründen. Ein

Zeitraum von sechs Jahren hatte im Fluten des Pariser Meeres einen zu weiten Abstand zwischen die Torpille und Madame du Val-Noble gelegt, als daß die ›Frau zu Fuß‹ sich hätte an die Frau im Wagen wenden können; aber die Val-Noble kannte Esthers Großzügigkeit zu gut, als daß sie nicht dann und wann hätte bedenken sollen, daß sie sie, nach ihrem eigenen Ausdruck, beerbt hatte, und daß sie nicht ein Zusammentreffen mit ihr hätte in die Wege leiten sollen, das als zufällig erscheinen konnte, obwohl es absichtlich herbeigeführt worden war. Um diesen Zufall zu ermöglichen, ging Madame du Val-Noble, als Dame der Gesellschaft gekleidet, täglich auf den Champs-Elysées spazieren; am Arm hatte sie Théodore Gaillard, der sie schließlich auch heiratete und der sich in dieser Notlage tadellos gegen seine einstige Geliebte benahm: er gab ihr Logenbillette und ließ sie zu allen Parties einladen. Sie schmeichelte sich mit dem Gedanken, Esther werde bei schönem Wetter einmal spazierengehen, und so würden sie einander plötzlich gegenüberstehen. Esther hatte Paccard als Kutscher zugewiesen bekommen, denn ihr Haushalt war nach Carlos' Befehlen durch Asia, Europa und Paccard innerhalb von fünf Tagen so organisiert worden, daß das Haus in der Rue Saint-Georges einer uneinnehmbaren Festung glich. Auf der andern Seite erkor sich auch Peyrade, den sein tiefer Haß und sein Verlangen nach Rache trieben, vor allem aber der Wunsch, seine geliebte Lydia zu versorgen, die Champs-Elysées zum Ziel seiner Spaziergänge, sobald Contenson ihm gesagt hatte, daß Nucingens Geliebte sich dort sehen lasse. Peyrade hatte sich so vollkommen in einen Engländer verkleidet, und er bediente sich im Französischen so vortrefflich jener Kehllaute, mit denen die Engländer unsere Sprache beschenken; er sprach des weiteren ein so reines Englisch und kannte sich in den Verhältnissen jenes Landes, in das ihn die Pariser Polizei 1779 und 1786 dreimal geschickt hatte, so genau aus, daß er seine Rolle als Engländer bei den Gesandtschaften und in London hatte aufrechterhalten können, ohne Argwohn zu erwecken. Peyrade, der große Stücke auf Musson[44], den berüchtigten Mystifikator, hielt, verstand sich so kunstvoll zu verkleiden, daß Contenson ihn eines Tages nicht erkannte. In Begleitung Contensons, der als Mulatte verkleidet war, musterte Peyrade

Esther und ihre Bedienten mit jenen Blicken, die unaufmerksam scheinen, aber alles wahrnehmen. Er befand sich also an dem Tage, an dem Esther Madame du Val-Noble begegnete, ganz ungezwungen in der Seitenallee, in der die Besitzer der Wagen spazierengehen, wenn es trocken und schön ist. Peyrade, dem in Livree sein Mulatte folgte, schritt ohne alles Getue und als ein echter Nabob, der nur mit sich selbst beschäftigt ist, so hinter den beiden Frauen her, daß er ein paar Worte ihrer Unterhaltung erhaschen konnte.

»Also, liebes Kind«, sagte Esther zu Frau du Val-Noble, »besuchen Sie mich. Nucingen ist es sich schuldig, die Geliebte seines Wechselmaklers nicht ohne einen Heller sitzenzulassen ...« – »Um so mehr, als es heißt, er selber habe ihn ruiniert«, sagte Théodore Gaillard, »und wir ihn ganz gut erpressen könnten ...« – »Er ist morgen zum Abendessen bei mir, komm also, Beste«, sagte Esther. Dann flüsterte sie ihr zu: »Ich mache mit ihm, was ich will; er hat noch nicht so viel erreicht!« Sie legte einen Nagel ihrer behandschuhten Finger unter den hübschesten ihrer Zähne und vollführte damit jene bekannte Geste, die auf energische Weise etwa sagen will: Nicht das geringste! – »Du hast ihn in der Gewalt ...« – »Meine Liebe, bislang hat er lediglich meine Schulden bezahlt ...« – »Ist das ein Knicker!« rief Suzanne du Val-Noble. – »Oh«, erwiderte Esther, »ich hatte so viele, daß sogar ein Finanzminister zurückgeschreckt wäre. Jetzt will ich vor dem ersten Mitternachtsschlag dreißigtausend Francs Rente haben. Oh, er ist reizend, ich kann mich nicht beklagen ... Er läßt sich nicht lumpen. In acht Tagen veranstalten wir das Einweihungsfest; du mußt dabeisein ... Am Morgen muß er mir den Schenkungsvertrag über das Haus in der Rue Saint-Georges überreichen. Anständigerweise kann man ein solches Haus nicht bewohnen, ohne dreißigtausend Francs Rente zu haben, damit man im Falle eines Unglücks darüber verfügen kann. Das Elend habe ich zur Genüge kennengelernt, damit will ich nichts mehr zu tun haben. Es gibt eben gewisse Bekanntschaften, von denen man auf der Stelle genug hat.« – »Früher hast du immer gesagt: ›Das Glück und Vermögen, das bin ich selber!‹ Wie du dich verändert hast!« rief Suzanne. – »Das macht die Schweizer Luft, dort wird man sparsam ... Hör, geh auch du da hin, meine Liebe! Nimm dir einen Schweizer, vielleicht verschaffst du dir einen Ehemann. Die dort wissen noch nicht, was mit Frauen wie uns los ist ... Auf alle Fälle hegst du, wenn du von dort zurückkommst, eine Liebe zu Renten in Staatsschuldscheinen, und das ist eine anständige und sinnreiche Liebe! Adieu.«

Esther stieg wieder in ihren schönen Wagen, den die prächtigsten Apfelschimmel zogen, die in Paris zu finden waren.

»Die Frau, die in den Wagen steigt«, sagte Peyrade auf englisch zu Contenson, »ist hübsch; aber die andere, die zu Fuß weitergegangen ist, gefällt mir noch besser; du wirst ihr folgen und herauszubekommen suchen, wer sie ist.« – »Der Engländer hat eben auf englisch folgendes gesagt«, sagte Théodore Gaillard, und er wiederholte Madame du Val-Noble Peyrades Worte.

Ehe Peyrade sich getraut hatte, englisch zu sprechen, hatte er in dieser Sprache ein Wort hingeworfen, das Théodore Gaillard eine Bewegung seiner Gesichtszüge entlockte, wodurch er sich davon überzeugte, daß der Journalist Englisch könne. Madame du Val-Noble ging sehr langsam nach Hause, durch Seitenblicke vergewisserte sie sich, ob der Mulatte ihr folge; sie wohnte in einem anständigen Logierhaus der Rue Louis-le-Grand. Jenes Logierhaus gehörte einer Madame Gérard, der Madame du Val-Noble in den Tagen ihres Glanzes gefällig gewesen war und die ihrer Dankbarkeit Ausdruck gab, indem sie ihr eine annehmbare Unterkunft bot. Diese Wackere, eine ehrenwerte, sogar fromme und tugendsame Bürgersfrau, hatte die Kurtisane wie ein Wesen höherer Ordnung aufgenommen; sie hatte sie stets inmitten ihres Luxus gesehen und behandelte sie wie eine Königin, die ihren Thron eingebüßt hat. Sie vertraute ihr ihre Töchter an, und – das ist natürlicher, als man meinen sollte – die Kurtisane gab auf sie ebenso acht, wenn sie sie ins Theater mitnahm, wie es eine Mutter getan hätte; die beiden Demoisellen Gérard hatten sie sehr gern. Die tüchtige, würdige Hotelwirtin glich jenen wundervollen Priestern, die in jenen vom Gesetz verstoßenen Frauen ein Geschöpf erblicken, das man retten und lieben muß. Madame du Val-Noble respektierte diese Anständigkeit, oft beneidete sie sie, wenn sie abends plauderte und über ihr Unglück jammerte. – »Sie sind noch schön, es kann für Sie alles gut ausgehen«, sagte Madame Gérard. Madame du Val-Noble war übrigens nur relativ heruntergekommen. Die verschwenderische und elegante Frau war noch immer gut mit Toiletten versehen; sie besaß Kleider genug, um es sich gelegentlich erlauben zu können – wie zum Beispiel am Tag des ›Richard d'Arlington‹ im Theater an der Porte Saint-Martin –, in ihrem vollen Glanz zu erscheinen. Die Gérard bezahlte nach wie vor bereitwillig die Wagen, die ›die Frau zu Fuß‹ brauchte, wenn sie in der Stadt zu Abend aß oder sich ins Theater begab oder danach heimfuhr.

»Also, meine liebe Madame Gérard«, sagte sie zu der ehrbaren Familienmutter, »mein Schicksal will sich wenden, glaube ich . . .« – »Na, dann um so besser; aber seien Sie auf der Hut, denken Sie an die Zukunft . . . Machen Sie keine Schulden mehr. Es kostet mich Mühe, all die Leute fortzuschicken, die Sie suchen . . .!« – »Oh, kümmern Sie sich nicht um diese Hunde, die ungeheure Summen an mir verdient haben. Hier haben Sie zwei Karten zum Théâtre des Variétés[45] für Ihre Töchter, eine gute Loge im zweiten Rang. Wenn heute abend jemand nach mir fragen sollte und ich noch nicht wieder zu Hause bin, so lassen Sie ihn trotzdem zu mir hinauf. Adèle, meine ehemalige Zofe, wird dasein; ich will sie Ihnen schicken.«

Madame du Val-Noble, die weder Tante noch Mutter besaß, war genötigt, sich ihrer Zofe (die gleichfalls ›zu Fuß‹ war), zu bedienen, damit diese vor dem Unbekannten, dessen Eroberung ihr erlauben sollte, wieder zu ihrer früheren Höhe aufzusteigen, die Rolle einer Saint-Estève spielte. Sie ging mit Théodore Gaillard zum Essen, denn Théodore hatte für diesen Tag eine Gesellschaft, das heißt, er war von Nathan, der eine verlorene Wette zu bezahlen hatte, zum Abendessen eingeladen worden, zu einer jener Orgien, von denen man bei der Einladung sagt: Es sind auch Frauen dabei.

Peyrade hatte nicht ohne gewichtige Gründe beschlossen, sich persönlich auf das Feld dieser Intrige zu begeben. Seine Neugier war übrigens, gerade wie die Corentins, so heftig aufgestachelt, daß er sich auch ohne Grund nur zu gern in dieses Drama gemischt hätte. Zu jener Zeit war die Politik Karls X. in die letzte Phase ihrer Entwicklung gelangt. Der König hatte die Leitung der Staatsgeschäfte von ihm selbst gewählten Ministern anvertraut und bereitete die Eroberung Algeriens[46] vor, um den dadurch erworbenen Ruhm als Freibrief für das zu benutzen, was man als seinen Staatsstreich bezeichnet hat. Im Innern hatten die Verschwörungen aufgehört; Karl X. glaubte, keinen Gegner mehr zu haben. Wie auf dem Meere gibt es auch in der Politik trügerische Windstillen. Corentin war also zu absoluter Untätigkeit verdammt. In einer solchen Lage schießt der echte Jäger, um nicht aus der Übung zu kommen, statt der Krammetsvögel Amseln. Domitian hat Fliegen umgebracht, wenn es ihm an Christen mangelte. Als Zeuge der Verhaftung Esthers hatte Contenson mit dem ausgezeichneten Spürsinn des Spitzels diesen Vorgang durchaus richtig eingeschätzt. Wie man gesehen hat, hatte der durchtriebene Bursche sich nicht einmal die Mühe gemacht, dem Baron von Nucingen seine Meinung darüber zu verschleiern. »Zu wessen Nutzen wird hier die Leidenschaft des Bankiers gebrandschatzt?« Das war die erste Frage gewesen, die die beiden Freunde sich gestellt hatten. Als Contenson in Asia eine Mitspielerin in dem Stück erkannt hatte, da hatte er gehofft, durch sie bis zum Verfasser vorzudringen; aber sie war ihm eine Zeitlang stets durch die Finger geschlüpft, indem sie sich wie ein Aal im Pariser Schlamm verbarg; und als er sie in Esthers Köchin wiederfand, dünkte ihm die Mitarbeit der Malaiin vollends unerklärlich. Zum erstenmal stießen also die beiden Künstler im Spitzelgewerbe auf einen unentzifferbaren Text, wenngleich sie eine dunkle Geschichte argwöhnten. Nach drei aufeinanderfolgenden, verwegenen Sturmangriffen auf das Haus in der Rue Taitbout sah Contenson sich noch immer dem hartnäckigsten Schweigen gegenüber. Solange Esther dort wohnte, schien der Portier von tiefer Angst beherrscht zu sein. Vielleicht hatte Asia der ganzen Familie für den Fall des Ausplauderns mit vergifteten Fleischklößchen gedroht. Am Tage, nach dem Esther ihre Wohnung verlassen hatte, fand Contenson jenen Portier ein wenig zugänglicher; er bedauerte die kleine Dame sehr, die ihn, wie er sagte, mit den Resten ihrer Tafel ernährt habe. Contenson, der sich als Handelsagent verkleidet hatte, feilschte um die Wohnung und hörte sich das Gejammer des Portiers an, wobei er sich über ihn lustig machte und alles, was jener sagte, durch ein »Ist so was möglich?« in Zweifel zog. »Ja, Monsieur, die kleine Dame hat fünf Jahre hier gewohnt, ohne je auszugehen, weil ihr Liebhaber eifersüchtig war, obwohl sie sich niemals was hat zuschulden kommen lassen, und er hat stets die größte Vorsicht angewandt, wenn er kam und eintrat oder ging. Übrigens war es ein sehr schöner junger Mann.«

Lucien hatte sich zu jener Zeit noch in Marsac bei seiner Schwester, Madame Séchard, befunden; aber unmittelbar nach seiner Rückkehr schickte Contenson den Portier nach dem Quai Malaquais, um Monsieur de Rubempré zu fragen, ob er willens sei, die Möbel der von Madame van Bogseck verlassenen Wohnung zu verkaufen. Der Portier erkannte in Lucien sofort den geheimnisvollen Liebhaber der jungen Witwe, und mehr wollte Contenson nicht wissen. Man kann sich vorstellen, welch tiefes, wenn auch verhaltenes Staunen Lucien und Carlos überkam; sie taten, als hielten sie den Portier für irrsinnig; sie suchten ihn davon zu überzeugen.

Innerhalb von vierundzwanzig Stunden hatte Carlos eine Gegenpolizei organisiert, und diese ertappte Contenson bei seiner Spionage auf frischer Tat. Contenson hatte schon zweimal, als Austräger der Markthalle verkleidet, Lebensmittel ins Haus gebracht, die von Asia morgens gekauft worden waren; und er war auf diese Weise zweimal in das kleine Palais in der Rue Saint-Georges eingedrungen. Auch Corentin regte sich jetzt; aber das Vorhandensein der Persönlichkeit Carlos Herreras gebot ihm Einhalt, da er auf der Stelle erfahren hatte, daß dieser Abbé, der geheime Gesandte Ferdinands VII., gegen Ende des Jahres 1823 nach Paris gekommen sei. Nichtsdestoweniger mußte Corentin untersuchen, welche Gründe den Spanier dazu getrieben haben konnten, Lucien de Rubempré zu begönnern. Corentin hatte bald herausbekommen, daß Lucien fünf Jahre lang Esther zur Geliebten gehabt hatte; also mußte die Unterschiebung der Engländerin im Interesse des Dandys stattgefunden haben. Nun aber besaß Lucien keinerlei Subsistenzmittel, die Hand der Mademoiselle de Grandlieu war ihm verweigert worden, und dabei hatte er soeben das Stammgut der Rubemprés für eine Million erstanden. Corentin brachte geschickt den Generalpolizeidirektor des Königreichs ins Spiel, dem der Polizeipräfekt mitteilte, die

Leute, die sich in der Angelegenheit Peyrade beschwert hätten, seien keine Geringeren gewesen als der Graf de Sérisy und Lucien de Rubempré. – »Jetzt haben wir sie!« hatten Peyrade und Corentin ausgerufen. Der Plan der beiden Freunde war im Nu entworfen. »Diese Dirne«, hatte Corentin gesagt, »hat Beziehungen gehabt, sie hat Freundinnen. Es ist unmöglich, daß nicht mindestens eine dieser Freundinnen in Not ist; einer von uns muß die Rolle eines reichen Ausländers spielen und sie aushalten; wir lassen die beiden sich enger anfreunden. Sie brauchen einander stets für das Tricktrack mit ihren Liebhabern, und dann stehen wir im Innern der Festung.«

Es war ganz natürlich, daß Peyrade sich einfallen ließ, die Rolle des Engländers zu übernehmen. Das Leben der Ausschweifung, das er zu führen hatte, bis das Komplott, dem er zum Opfer gefallen war, entdeckt sein würde, lockte ihn, während Corentin sich wenig daraus machte, denn er war in seinen Obliegenheiten sehr gealtert und kränkelte. In seiner Vermummung als Mulatte entwischte Contenson Herreras Gegenpolizei sogleich. Drei Tage vor der Begegnung Peyrades mit Madame du Val-Noble auf den Champs-Elysées war der letzte noch lebende der Agenten der Herren de Sartine[47] und Lenoir[48], mit einem völlig ordnungsmäßigen Paß versehen, in der Rue de la Paix im Hotel Mirabeau[49] abgestiegen; er langte über Le Havre aus den Kolonien an, und zwar in einer so kotbespritzten Kalesche, als komme sie wirklich aus Le Havre, obwohl sie nur den Weg von Saint-Denis nach Paris zurückgelegt hatte.

Carlos Herrera seinerseits ließ auf der spanischen Gesandtschaft seinen Paß visieren und rüstete auf dem Quai Malaquais alles für eine Reise nach Madrid. Der Grund dafür war folgender. Innerhalb weniger Tage mußte Esther die Besitzerin des kleinen, eleganten Hauses der Rue Saint-Georges sein und auch die Staatspapiere über dreißigtausend Francs Rente erhalten; Europa und Asia waren gerissen genug, um sie zu veranlassen, daß sie sie verkaufte und den Erlös heimlich Lucien übergab. Lucien, den die Freigebigkeit seiner Schwester angeblich reich gemacht hatte, sollte auf diese Weise den Rest des Kaufpreises für das Gut Rubempré zahlen können. Daran konnte niemand etwas auszusetzen finden. Nur Esther hätte etwas auszuplaudern vermocht; aber sie wäre eher gestorben, als daß sie sich durch ein Wimperzucken verraten hätte. Clotilde hatte sich ein rosa Tuch um ihren Storchenhals gelegt, und also war im Palais Grandlieu das Spiel gewonnen. Die Omnibus-Aktien waren bereits auf das Dreifache ihres Nominalwertes gestiegen. Wenn Carlos jetzt auf ein paar Tage verschwand, so leitete er jeden Argwohn irre. Menschliche Klugheit hatte alles vorausgesehen, jeder Fehler schied aus. Der falsche Spanier sollte nach dem Tage, an dem Peyrade auf den Champs-Elysées Madame du Val-Noble begegnet war, aufbrechen. In eben dieser Nacht nun aber fuhr gegen zwei Uhr morgens Asia in einer Droschke nach dem Quai Malaquais, und sie fand den Heizer dieser ganzen Maschinerie rauchend in seinem Zimmer; er ging gerade den Plan, den wir mit wenigen Worten wiedergegeben haben, nochmals durch, wie etwa ein Autor eine Seite seines Buches auf Fehler hin durchsieht, die er verbessern könnte. Ein Mensch seiner Art wollte nicht zum zweitenmal eine Vergeßlichkeit begehen, wie er sie im Zusammenhang mit dem Portier in der Rue Taitbout sich hatte zuschulden kommen lassen.

»Paccard«, flüsterte Asia ihrem Herrn zu, »hat heute nachmittag um zweieinhalb Uhr auf den Champs-Elysées Contenson erkannt; er war als Mulatte verkleidet und spielte den Diener eines Engländers, der seit drei Tagen auf den Champs-Elysées spazierengeht, um Esther zu beobachten. Paccard hat den Hundsfott an den Augen wiedererkannt, gerade wie ich, als er den Austräger der Markthalle mimte. Paccard hat die Kleine so nach Hause gefahren, daß er den Burschen nicht aus den Augen verlor. Er wohnt im Hotel Mirabeau; aber er hat mit dem Engländer solche Zeichen des Einverständnisses ausgetauscht, behauptet Paccard, daß der Engländer unmöglich ein Engländer sein kann.«

»Uns sitzt eine Stechfliege auf dem Rücken«, sagte Carlos. »Ich reise erst übermorgen. Dieser Contenson ist sicher der, der uns den Portier aus der Rue Taitbout hierher nachgeschickt hat; wir müssen herausbekommen, ob der falsche Engländer unser Feind ist.«

Mittags bediente der Mulatte des Mister Samuel Johnson mit ernstem Anstand seinen Herrn, der aus Berechnung stets zu gut frühstückte. Peyrade wollte als ein Engländer von der Gattung der Trinker gelten; er ging stets leicht angesäuselt aus. Er trug Gamaschen aus schwarzem Tuch, die ihm bis zu den Knien hinaufreichten und ausgestopft waren, um seine Beine dicker erscheinen zu lassen; seine Hose war mit ungeheuer dickem Barchent gefüttert; er hatte eine Weste an, die bis unters Kinn zugeknöpft war; seine blaue Krawatte umgab seinen Hals bis zu den Wangen hinauf; eine kurze rote Perücke verdeckte die Hälfte seiner Stirn; er hatte sich um ungefähr drei Zoll größer gemacht, und so hätte ihn der älteste Stammgast des Cafés David nicht wiedererkennen können. Nach seinem karierten dunklen Überrock, der weit und sauber war, wie eben englische Kleidungsstücke es sind, mußten die Vorübergehenden ihn für einen englischen Millionär halten. Contenson bekundete die kühle Unverschämtheit eines Dieners, der das Vertrauen eines Nabobs besitzt; er war schweigsam, verschlagen, herablassend, wenig mitteilsam und erlaubte sich fremdartige Gesten und wilde Rufe. Peyrade war gerade mit seiner zweiten Flasche am Ende, als ein Kellner des Hotels ohne alle Umstände einen Mann ins Zimmer führte, in dem Peyrade wie Contenson einen Gendarmen in Zivil erkannten.

»Monsieur Peyrade«, flüsterte der Gendarm dem Nabob zu, »ich habe Befehl, Sie auf die Präfektur zu führen.« Peyrade stand auf, ohne die geringste Bemerkung zu machen, und langte nach seinem Hut. – »Draußen wartet eine Droschke«, sagte der Gendarm auf der Treppe zu ihm. »Der Präfekt wollte Sie verhaften lassen, aber er hat sich damit begnügt, Ihnen den Polizeibeamten zu schicken, den Sie im Wagen finden werden, um Erklärungen über Ihr Verhalten entgegenzunehmen.«

»Soll ich bei Ihnen bleiben?« fragte der Gendarm den Polizeibeamten, als Peyrade in den Wagen gestiegen war. »Nein«, erwiderte der Beamte. »Sagen Sie dem Kutscher ganz leise, er solle zur Präfektur fahren.«

Jetzt saßen Peyrade und Carlos in ein und derselben Droschke beisammen. Carlos hielt ein Stilett bereit. Die Droschke lenkte ein Kutscher, auf den Verlaß war und der Carlos hätte aussteigen lassen, ohne es zu merken und dann den Erstaunten zu spielen, wenn er, am Fahrtziel angelangt, eine Leiche in seinem

Wagen gefunden hätte. Um eines Spitzels willen wird nie Aufhebens gemacht. Die Justiz läßt dergleichen Morde fast immer straflos, so schwierig ist es, in solcherlei Dingen klarzusehen. Peyrade richtete seinen Spitzelblick auf den Beamten, den der Polizeipräfekt ihm zugeschickt hatte; Carlos' Äußeres beruhigte ihn: ein kahler, hinten von Falten gefurchter Schädel, gepudertes Haar, und dann auf empfindlichen, rotumränderten, schonungsbedürftigen Augen eine sehr leichte, sehr bürokratische goldene Brille mit doppelten grünen Gläsern. Jene Augen ließen auf schmähliche Krankheiten schließen. Ein Perkalhemd mit gestärktem Faltenjabot, eine Weste aus abgetragenem schwarzem Satin, eine Hose, wie ein Justizbeamter sie trägt, Strümpfe aus schwarzer Flockseide, Schuhe, die mit Seidenbändern zugeknotet waren, ein langer schwarzer Gehrock, Handschuhe zu vierzig Sous – sie waren schwarz und seit zehn Tagen getragen – und eine goldene Uhrkette. Es war weder mehr noch minder als der typische Subalternbeamte, der seltsamerweise als Polizeioffizier bezeichnet wird.

»Mein lieber Peyrade, ich bedaure, daß ein Mann wie Sie Gegenstand polizeilicher Überwachung ist und daß Sie es darauf anlegen, jene Überwachung als berechtigt erscheinen zu lassen. Ihre Verkleidung ist nicht nach dem Geschmack des Herrn Präfekten. Wenn Sie unserer Wachsamkeit auf diese Weise zu entgehen meinen, sind Sie im Irrtum. Sie haben Ihre Reise von England her doch sicherlich in Beaumont-sur-Oise angetreten?« – »In Beaumont-sur-Oise . . .?« fragte Peyrade. – »Oder in Saint-Denis?« fuhr der falsche Beamte fort.

Peyrade geriet durcheinander. Diese neue Frage verlangte eine Antwort. Jede Antwort war indessen gefährlich. Eine Bejahung wäre der reine Hohn gewesen; ein Leugnen jedoch hätte Peyrade vernichtet, wenn der andere die Wahrheit wußte. Der ist schlau, dachte er. Er versuchte, den Polizeibeamten anzulächeln, und gab ihm sein Lächeln statt einer Antwort. Das Lächeln wurde ohne Einspruch hingenommen.

»Zu welchem Zweck haben Sie sich verkleidet, im Hotel Mirabeau Wohnung genommen und Contenson zum Mulatten gemacht?« fragte der Beamte. – »Der Herr Präfekt kann mit mir machen, was er will; aber ich schulde nur meinen Vorgesetzten Rechenschaft über meine Handlungen«, sagte Peyrade voll Würde. – »Wenn Sie mir damit zu verstehen geben wollen, daß Sie im Auftrag der politischen Polizei des Königreichs handeln«, sagte der falsche Beamte trocken, »so wechseln wir die Richtung und fahren in die Rue de Grenelle[50] statt in die Rue de Jérusalem. Ich habe die eindeutigsten Befehle über Sie. Nehmen Sie sich in acht! Man will Ihnen nicht allzu übel, und Sie könnten sich im Handumdrehen Ihr Spiel verderben. Ich persönlich habe nicht das mindeste gegen Sie ... Aber los jetzt ...! Sagen Sie mir die Wahrheit ...«

»Die Wahrheit? Die sieht folgendermaßen aus«, sagte Peyrade mit einem durchtriebenen Blick auf die roten Augen seines Zerberus. Das Gesicht des angeblichen Beamten blieb verschlossen und regungslos; er tat, was seines Amtes war, jede Wahrheit schien ihm gleichgültig zu sein, er machte den Eindruck, als beschuldige er den Präfekten einer Laune. Präfekten haben eben manchmal ihre Schrullen. – »Ich habe mich wie ein Wahnsinniger in eine Frau verliebt, in die Geliebte jenes Wechselagenten, der zu seinem Vergnügen und zum Mißvergnügen seiner Gläubiger auf Reisen gegangen ist, jenes Falleix.« – »In Madame du Val-Noble«, sagte der Beamte. – »Ja«, erwiderte Peyrade. »Um sie einen Monat lang aushalten zu können, was mich kaum mehr als tausend Taler kosten wird, habe ich mich als Nabob verkleidet und Contenson als Bedienten genommen. Das ist so wahr, daß Sie mich getrost in der Droschke lassen können; ich werde Sie erwarten, auf das Ehrenwort eines ehemaligen Generalpolizeikommissars; gehen Sie ins Hotel hinauf und fragen Sie Contenson. Contenson wird Ihnen nicht nur bestätigen, was ich die Ehre hatte Ihnen zu sagen, sondern Sie werden auch die Zofe der Madame du Val-Noble antreffen, die uns heute die Einwilligung in meine Vorschläge oder die Bedingungen ihrer Herrin bringen soll. Ein alter Affe versteht sich auf Grimassen: Ich habe ihr tausend Francs den Monat und einen Wagen geboten, das macht fünfzehnhundert Francs; fünfhundert Francs für Geschenke und ebensoviel für Gesellschaften, Abendessen und Theater; Sie sehen, ich irre mich nicht um einen Centime, wenn ich sage: tausend Taler. Ein Mann in meinem Alter kann wohl tausend Taler an seine letzte Liebeslaune wenden.«

»Haha, Papa Peyrade, Sie haben immer noch genug für die Frauen übrig, um ...? Aber Sie führen mich hinters Licht; ich bin sechzig, und ich komme sehr gut ohne sie aus ... Wenn freilich die Dinge liegen, wie Sie sie darstellen, dann verstehe ich, daß Sie sich in einen Ausländer verwandeln mußten, um sich diese Laune zu erlauben.« – »Sie begreifen doch wohl, daß Peyrade oder Papa Canquoëlle aus der Rue des Moineaux ...« – »Gewiß; weder der eine noch der andere hätte Madame du Val-Noble gepaßt«, unterbrach Carlos ihn, entzückt, die Adresse Papa Canquoëlles erfahren zu haben. »Vor der Revolution hatte ich einmal eine Frau zur Geliebten«, fuhr er fort, »die vom Vollstrecker der Urteile, den man damals den Henker nannte, ausgehalten wurde. Eines Tages sticht sie sich im Theater mit einer Nadel, und wie man das damals so sagte, ruft sie: ›Ach, zum Henker!‹ – ›Ist das eine süße Erinnerung?‹ fragte der neben ihr Sitzende sie. Nun, mein lieber Peyrade, sie hat den Mann dieses Witzes wegen verlassen. Ich begreife, daß Sie sich nicht einer ähnlichen Beschämung aussetzen wollen ... Madame du Val-Noble ist eine Frau für bessere Herren, ich habe sie mal in der Oper gesehen und sehr schön gefunden ... Lassen Sie den Kutscher nach der Rue de la Paix zurückfahren, mein lieber Peyrade, ich will mit Ihnen hinaufgehen und mir die Sache selber ansehen. Ein mündlicher Bericht wird dem Herrn Präfekten dann wohl genügen.«

Carlos zog aus seiner Seitentasche eine Tabatiere aus schwarzer Pappe, die innen mit vergoldetem Silber ausgelegt war, und bot Peyrade mit wundervoll treuherziger Geste Tabak an. Peyrade sagte sich: Und das sind jetzt ihre Agenten! Mein Gott, wenn Monsieur Lenoir oder Monsieur de Sartine in die Welt zurückkehrten, was würden sie sagen!

»Es ist das ohne Zweifel ein Teil der Wahrheit, aber es ist nicht die ganze, lieber Freund«, sagte der falsche Polizeibeamte und sog den Rest seiner Prise durch die Nase auf. »Sie haben sich in die Herzensangelegenheiten des Barons von Nucingen eingemischt, und Sie wollen ihm ohne Zweifel irgendeine Schlinge um den Hals legen; mit der Pistole haben Sie ihn gefehlt, jetzt wollen Sie mit grobem Geschütz nach ihm zielen. Madame du Val-Noble ist eine Freundin der Madame de Champy ...« –

Ah, zum Teufel, jetzt darf ich mich nicht aufspießen lassen! sagte sich Peyrade. Er ist stärker, als ich geglaubt hatte. Er führt mich an der Nase herum: er spricht davon, mich loszulassen, und er bringt mich immer mehr zum Schwatzen. – »Na?« fragte Carlos mit der Miene amtlicher Autorität. – »Freilich habe ich das Unrecht begangen, für Nucingen nach einer Frau zu suchen, in die er verliebt war, als habe er den Kopf verloren. Deswegen bin ich in Ungnade gefallen; denn es scheint, daß ich, ohne es zu wissen, an sehr schwerwiegende Interessen gerührt habe.« (Der Subalternbeamte blieb undurchsichtig.) »Aber nach zweiundfünfzigjährigem Dienst kenne ich die Polizei gut genug«, fuhr Peyrade fort, »um mich seit dem Verweis, den der Herr Präfekt mir erteilt hat – und er hatte sicherlich recht –, still zu verhalten ...« – »Sie würden also auf Ihre Liebeslaune verzichten, wenn der Herr Präfekt das von Ihnen verlangte? Das wäre, meine ich, der beste Beweis der Aufrichtigkeit dessen, was Sie mir sagen, den Sie geben könnten.« – Wie der sich ins Zeug legt! Wie der sich ins Zeug legt! sagte sich Peyrade. Ach, potztausend, die heutigen Agenten sind denen Lenoirs gewachsen! – »Darauf verzichten?« fragte Peyrade. »Ich werde die Befehle des Herrn Präfekten abwarten ... Aber wenn Sie mit hinaufkommen wollen, hier sind wir beim Hotel.« – »Woher nehmen Sie eigentlich das Geld?« fragte Carlos mit scharfsinniger Miene rund heraus. – »Ich habe einen Freund ...«, sagte Peyrade. – »Würden Sie das einem Untersuchungsrichter einreden wollen?« entgegnete Carlos. – Diese verwegene Szene war bei Carlos das Ergebnis einer jener Berechnungen, deren Einfachheit nur dem Kopf eines Menschen seines Schlages entspringen konnte. Er hatte Lucien am frühen Morgen zu der Gräfin de Sérisy geschickt. Lucien hatte den Privatsekretär des Grafen gebeten, zum Präfekten zu gehen und im Namen des Grafen um Auskunft über den Agenten zu bitten, dessen der Baron von Nucingen sich bedient hatte. Der Sekretär war mit einer Notiz über Peyrade zurückgekehrt, die er nach dem Bericht in den Akten abgeschrieben hatte:

Im Polizeidienst seit 1778; zwei Jahre vorher aus Avignon nach Paris gekommen. Ohne Vermögen und ohne Moral; Mitwisser von Staatsgeheimnissen.

Wohnhaft Rue des Moineaux unter dem Namen Canquoëlle, dem Namen des kleinen Gutes, auf dem seine Familie lebt, im Departement Vaucluse; die Familie übrigens ehrenwert.

Ist unlängst von einem Großneffen, Theodosius de la Peyrade, gesucht worden. (Siehe Bericht eines Agenten, Nr. 37 der Akten.)

»Das muß der Engländer sein, dem Contenson als Mulatte dient«, hatte Carlos ausgerufen, als Lucien ihm die Auskünfte brachte, die, abgesehen von jener Notiz, mündlich erteilt worden waren.

Innerhalb dreier Stunden hatte dieser Mann, der die Tatkraft eines kommandierenden Generals entfaltete, durch Paccard einen nicht eingeweihten Komplicen ausfindig machen lassen, der die Rolle eines Gendarmen in Zivil zu spielen vermochte; und er selber hatte sich als Polizeibeamter verkleidet. Dreimal war er in der Droschke nahe daran gewesen, Peyrade umzubringen; aber er hatte es sich verboten, je selber einen Mord zu begehen, und so nahm er sich vor, Peyrade gelegentlich dadurch zu beseitigen, daß er ihn ein paar entlassenen Sträflingen als Millionär empfahl.

Peyrade und sein Mentor hörten die Stimme Contensons, der mit der Zofe der Madame du Val-Noble sprach. Da gab Peyrade Carlos einen Wink, im ersten Zimmer zu bleiben; es war, als wolle er ihm damit sagen: Sie sollen selber urteilen, ob ich aufrichtig war.

»Madame ist mit allem einverstanden«, sagte Adèle. »Madame ist augenblicklich bei einer ihrer Freundinnen, bei Madame de Champy, die noch auf ein Jahr eine vollständig möblierte Wohnung in der Rue Taitbout besitzt und sie ihr sicherlich abtreten wird. Madame wird Mister Johnson dort besser empfangen können, denn die Möbel sind noch gut instand, und der Herr kann sie Madame kaufen, wenn er sich mit Madame de Champy verständigt.« – »Gut, mein Kind. Wenn man das nicht rupfen nennt, so nennt man es doch federziehen«, sagte der Mulatte zu der verblüfften Zofe; »aber wir werden teilen ...« – »Ei, das heißt Farbe bekennen!« rief Mademoiselle Adèle. »Wenn Ihr Nabob ein Nabob ist, so kann er Madame doch wohl Möbel schenken. Der Mietvertrag läuft im April 1830 ab; Ihr Nabob kann ihn ja erneuern, wenn er sich dort wohl fühlt.« – »Ich sährr ßufrrieden!« erwiderte Peyrade, der in diesem Augenblick eintrat und der Zofe auf die Schulter klopfte.

Und er gab Carlos einen heimlichen Wink, den jener durch eine zustimmende Geste beantwortete, da er einsah, daß der Nabob in seiner Rolle verharren müsse. Aber die Szene verwandelte sich jäh durch das Auftreten einer Persönlichkeit, über die weder Carlos noch der Polizeipräfekt etwas vermochten. Unvermutet erschien Corentin. Er hatte die Tür offen gefunden und wollte im Vorbeigehen sehen, wie sein alter Peyrade seine Nabobsrolle spielte. »Der Präfekt macht mir immer noch Schereien!« flüsterte Peyrade Corentin zu, »er hat mich als Nabob erwischt.« – »Wir werden dem Präfekten schon noch ein Bein stellen«, gab Corentin seinem Freunde leise zurück.

Und nachdem er kühl gegrüßt hatte, begann er den Beamten heimtückisch zu mustern.

»Bleiben Sie hier, bis ich wiederkomme; ich gehe auf die Präfektur«, sagte Carlos. »Wenn ich nicht wiederkomme, so bedeutet das, daß Sie Ihrer Laune auch weiterhin nachgehen können.«

Nachdem er Peyrade diese Worte zugeraunt hatte, um dessen Rolle in den Augen der Jungfer nicht zu schaden, ging Carlos davon, da ihm wenig daran gelegen war, sich noch länger dem Blick des neu Hinzugekommenen auszusetzen; denn er hatte in ihm eine jener blonden, blauäugigen Naturen erkannt, die in ihrer Kaltblütigkeit furchtbar sind.

»Das ist der Beamte, den mir der Präfekt geschickt hat«, sagte Peyrade zu Corentin. – »So?« entgegnete Corentin. »Da hast du dich hineinlegen lassen. Dieser Mensch hat drei Spiele Karten in den Schuhen, das sieht man an der Stellung des Fußes unterm Leder; und überdies braucht ein Polizeibeamter sich doch nicht zu verkleiden!«

Corentin hastete die Treppe hinunter, um Klarheit über seinen Verdacht zu erhalten; Carlos stieg gerade in den Wagen. – »He, Herr Abbé …?« rief Corentin. Carlos wandte den Kopf, erblickte Corentin und stieg ein. Aber Corentin hatte noch Zeit, durch den Wagenschlag zu rufen: »Nur das hatte ich wissen wollen. Quai Malaquais!« rief er dem Kutscher zu, indem er in seinen Tonfall und seinen Blick einen Höllenhohn hineinlegte.

O weh, sagte ich Jacques Collin, jetzt stinkt's, sie sind hinter mir her; jetzt müssen wir sie durch Geschwindigkeit überflügeln und vor allem herausbekommen, was sie von uns wollen.

Corentin hatte den Abbé Carlos Herrera fünf- oder sechsmal gesehen, und den Blick dieses Menschen konnte man nicht vergessen. Corentin hatte ihn zuerst an den breiten Schultern erkannt, dann an dem aufgedunsenen Gesicht, und alsdann hatte er die betrügerischen drei Zoll wahrgenommen, um die der andere sich durch eine Einlage in den Schuhen größer gemacht hatte.

»Na, alter Freund, der hat dich schön angeschmiert!« sagte Corentin, als er sah, daß nur noch Peyrade und Contenson im Schlafzimmer waren. – »Wer denn?« rief Peyrade mit einem metallischen Schwirren in der Stimme; »ich verwende meine letzten Tage dazu, ihn auf einen heißen Rost zu legen und ihn darauf herumzudrehen.« – »Es ist der Abbé Carlos Herrera, vermutlich der Corentin Spaniens. Jetzt wird alles klar. Der Spanier ist ein ausgekochter Wüstling, der jenem jungen Stutzer zu Vermögen verhelfen wollte, indem er im Bett einer hübschen Hure Geld münzte . .. Du selber mußt wissen, ob du mit einem Diplomaten Lanzen brechen willst, der mir verteufelt gerieben scheint.« – »Oh!« rief Contenson, »der war es, der am Tag der Verhaftung Esthers die dreihunderttausend Francs in Empfang genommen hat; er hat in der Droschke gesessen! Ich erinnere mich seiner Augen, seiner Stirn, seiner Pockennarben.« – »Oh, was für eine Mitgift hätte meine arme Lydie bekommen können!« rief Peyrade. – »Du kannst auch weiterhin Nabob bleiben«, sagte Corentin. »Damit wir ein Auge auf Esther haben, muß sie mit der Val-Noble zusammengebracht werden; Esther ist die Geliebte Luciens de Rubempré gewesen.« – »Dem Nucingen haben sie schon mehr als fünfhunderttausend Francs ›geklemmt‹!« sagte Contenson. – »Sie brauchen noch einmal soviel«, erwiderte Corentin, »der Gutsbesitz von Rubempré kostet eine Million. – Papa«, sagte er und klopfte Peyrade auf die Schulter, »du kannst für Lydies Heirat mehr als hunderttausend Francs herausschlagen.« – »Sag das nicht, Corentin. Wenn dein Plan fehlschlüge, dann weiß ich nicht, wozu ich imstande wäre ...« – »Du kannst sie vielleicht schon übermorgen haben! Der Abbé, mein Lieber, ist schlau; wir müssen ihm den Pferdefuß küssen, er ist ein Oberteufel; aber ich habe ihn beim Wickel, er ist intelligent – er wird kapitulieren. Sei darauf bedacht, daß du dumm wirkst wie ein Nabob, und fürchte nichts mehr.«

Den Abend dieses Tages, an dem die eigentlichen Gegner einander Auge in Auge auf ebenem Boden gegenübergestanden hatten, sollte Lucien im Palais Grandlieu verbringen. Es war dort eine zahlreiche Gesellschaft versammelt. Angesichts ihres ganzen Salons hielt die Herzogin Lucien eine Weile im Gespräch fest; sie verhielt sich besonders liebenswürdig gegen ihn

»Sie haben also eine kleine Reise gemacht?« fragte sie. – »Ja, Frau Herzogin. Meine Schwester hat in dem Wunsch, mir meine Eheschließung zu erleichtern, große Opfer gebracht; ich habe Rubempré zurückkaufen und es wieder auf seinen früheren Umfang bringen können. Freilich habe ich in meinem Pariser Anwalt einen gewandten Menschen gefunden; er hat mich vor den übertriebenen Forderungen bewahrt, die die Besitzer der betreffenden Grundstücke gestellt hätten, wenn ihnen der Name des Käufers bekanntgeworden wäre.« – »Ist auch ein Schloß dabei?« fragte Clotilde mit allzu betontem Lächeln. – »Es ist etwas vorhanden, das wie ein Schloß aussieht; aber das Klügste wäre, es bloß als Material zu benutzen und ein modernes Haus bauen zu lassen.«

Clotildes Augen überloderten ihr zufriedenes Lächeln mit Flammen des Glücks. »Sie werden heute abend einen Robber mit meinem Vater spielen«, sagte sie ganz leise zu ihm. »In vierzehn Tagen, hoffe ich, werden Sie zum Abendessen geladen.«

»Nun, lieber Herr«, sagte der Herzog von Grandlieu, »Sie haben, wie verlautbart, das Gut Rubempré gekauft? Ich mache Ihnen mein Kompliment. Das ist die rechte Antwort für alle, die Sie als in Schulden steckend bezeichneten. Unsereiner kann es sich so gut wie Frankreich oder England leisten, offizielle Schulden zu haben; aber sehen Sie, Leute ohne Vermögen, Handeltreibende können sich dergleichen Dinge nicht erlauben.« – »Oh, Herr Herzog, ich bin aber noch fünfhunderttausend Francs auf meinen Besitz schuldig.« – »Nun, dann müssen Sie ein Mädchen heiraten, das Ihnen die mitbringt; aber Sie werden in unserer Stadtgegend, wo man den Töchtern wenig Mitgift gibt, schwerlich eine Partie mit solchem Vermögen finden.« – »Aber sie haben an ihrem Namen Mitgift genug«, erwiderte Lucien. – »Wir sind nur drei zum Whist: Maufrigneuse, d'Espard und ich, wollen Sie der vierte sein?« fragte er Lucien und deutete auf den Spieltisch.

Clotilde trat hinzu, um ihrem Vater beim Spiel zuzuschauen. »Sie tut, als komme sie um meinetwillen«, sagte der Herzog, streichelte seiner Tochter die Hände und sah Lucien, der keine Miene verzog, von der Seite her an.

Lucien, Monsieur d'Espards Partner, verlor zwanzig Louis. »Liebe Mutter«, sagte Clotilde zur Herzogin, »er ist intelligent genug gewesen, zu verlieren.«

Nachdem Lucien noch einige Liebesworte mit Mademoiselle de Grandlieu gewechselt hatte, ging er gegen elf Uhr nach Hause; und als er sich ins Bett legte, dachte er an den vollkommenen Triumph, den er in einem Monat erringen würde; denn er zweifelte nicht mehr daran, daß man ihn als Clotildes Zukünftigen anerkennen und daß er vor den Fasten des Jahres 1830 verheiratet sein würde.

Als Lucien am folgenden Morgen nach dem Frühstück in Gesellschaft des sehr besorgt gewordenen Carlos einige Zigaretten rauchte, wurde den beiden Monsieur de Saint-Estève (was für ein Witz!) gemeldet, der den Abbé Carlos Herrera oder Monsieur Lucien de Rubempré zu sprechen wünschte.

»Ist unten gesagt worden, ich sei verreist?« rief der Abbé. – »Ja«, antwortete der Groom. »Gut, empfange du den Mann«, sagte er zu Lucien; »aber sprich kein kompromittierendes Wort, laß dir keine erstaunte Geste entschlüpfen; es ist der Feind.« – »Du wirst mich schon hören«, sagte Lucien.

Carlos verbarg sich in einem anstoßenden Zimmer, und durch den Türspalt sah er, wie Corentin hereinkam; er erkannte ihn lediglich an der Stimme, in solchem Maß besaß dieser unbekannte große Mann die Gabe der Verwandlung. In diesem

Augenblick glich Corentin einem alten Abteilungschef im Finanzministerium.

»Ich habe nicht die Ehre, Ihnen bekannt zu sein«, sagte Corentin, »aber . . .« – »Entschuldigen Sie mich, wenn ich Sie unterbreche«, sagte Lucien, »aber . . .« – »Aber es handelt sich um Ihre Heirat mit Mademoiselle Clotilde de Grandlieu, die nicht zustande kommen wird«, sagte Corentin jetzt lebhaft.

Lucien setzte sich und erwiderte nichts.

»Sie sind in der Hand eines Mannes, der die Macht, den Willen und die Gelegenheit hat, dem Herzog de Grandlieu zu beweisen, daß das Gut Rubempré mit dem Gelde bezahlt werden soll, das Ihnen ein Dummkopf für Ihre Geliebte, Mademoiselle Esther, bezahlt hat«, fuhr Corentin fort. »Es wird ein Leichtes sein, die Ausfertigungen der Urteile beizuschaffen, kraft deren Mademoiselle Esther gerichtlich verfolgt wurde, und man verfügt über Mittel, d'Estourny zum Reden zu bringen. Die äußerst geschickten Machenschaften, die gegen den Baron von Nucingen angewandt worden sind, werden ans Licht kommen . . . In diesem Augenblick läßt sich noch alles regeln. Rükken Sie die Summe von hunderttausend Francs heraus, und Sie haben Frieden . . . Mich geht das Ganze nichts an; ich bin nur der Beauftragte derer, die diese Erpressung begehen, weiter nichts.«

Corentin hätte eine Stunde weiterreden können; Lucien rauchte mit völlig gleichgültiger Miene seine Zigarette. »Ich will nicht wissen«, antwortete er, »wer Sie sind; denn Leute, die derartige Aufträge übernehmen, haben überhaupt keinen Namen, wenigstens nicht für mich. Ich habe Sie ruhig ausreden lassen: Ich bin hier Herr im Hause. Sie scheinen mir nicht jeden Verstandes bar; hören Sie genau zu, in welchem Dilemma ich mich befinde.«

Es entstand eine Pause, während der Lucien den Katzenaugen, die Corentin auf ihn heftete, mit einem eiskalten Blick begegnete.

»Entweder stützen Sie sich auf gänzlich falsche Tatsachen, die ich in keiner Weise zu beachten brauche«, fuhr Lucien fort; »oder Sie haben recht, und dann lasse ich Ihnen, wenn ich die hunderttausend Francs herausrücke, die Möglichkeit offen, mir genauso oft hunderttausend Francs abzuknöpfen, wie Ihr Auftraggeber einen Saint-Estève findet, den er zu mir schicken kann . . . Um aber Ihren ehrenwerten Vorschlägen mit einem Schlag ein Ende zu machen, müssen Sie wissen, daß ich, Lucien de Rubempré, niemanden fürchte. Ich habe mit den Gaunerstücken, von denen Sie reden, nicht das geringste zu schaffen. Wenn die Familie Grandlieu Schwierigkeiten macht, gibt es andere hochadlige junge Mädchen, die man heiraten kann; schließlich ist es mir auch nicht zuwider, Junggeselle zu bleiben, zumal wenn ich, wie Sie glauben, mit solchem Gewinn Menschenhandel treibe.« – »Wenn der Abbé Carlos Herrera . . .« – »Herr«, unterbrach Lucien Corentin, »der Abbé Carlos Herrera befindet sich augenblicklich auf dem Weg nach Spanien. Er hat nichts mit meiner Heirat zu tun, und meine Interessen gehen ihn nichts an. Dieser Diplomat ist freilich so freundlich gewesen, mir längere Zeit hindurch mit seinem Rat zur Seite zu stehen, aber jetzt muß er Seiner Majestät dem König von Spanien Bericht erstatten; wenn Sie mit ihm zu plaudern haben, dann rate ich Ihnen, sich nach Madrid zu begeben.« – »Herr«, sagte Corentin scharf, »Sie werden nie der Gatte der Mademoiselle Clotilde de Grandlieu werden.« – »Um so schlimmer für sie«, erwiderte Lucien und schob Corentin ungeduldig zur Tür. – »Haben Sie sich das genau überlegt?« fragte Corentin kalt. – »Herr, ich erkenne Ihnen weder das Recht zu, sich in meine Angelegenheiten einzumischen, noch mich um eine Zigarette zu bringen«, sagte Lucien und warf seine erloschene Zigarette weg. – »Adieu«, sagte Corentin, »wir sehen einander nicht wieder . . . aber es wird in Ihrem Leben sicherlich ein Augenblick kommen, in dem Sie die Hälfte Ihres Vermögens dafür geben würden, wenn Ihnen der Gedanke gekommen wäre, mich noch auf der Treppe zurückzurufen.«

Als Antwort auf diese Drohung machte Carlos die Geste des Kopfabhackens. »Jetzt an die Arbeit!« rief er und blickte Lucien an, der nach dieser furchtbaren Unterredung totenbleich geworden war.

Wenn es unter der recht spärlichen Anzahl von Lesern, die sich mit der moralischen und philosophischen Seite eines Buches befassen, auch nur einen einzigen gäbe, der imstande wäre zu glauben, der Baron von Nucingen sei nunmehr an das Ziel seiner Wünsche gelangt, so würde dieser eine beweisen, wie schwierig es ist, das Herz einer Dirne irgendwelchen physiologischen Grundsätzen zu unterwerfen. Esther hatte beschlossen, den armen Millionär teuer bezahlen zu lassen, was jener Millionär als den ›Tag saines Triumphes‹ bezeichnete. Daher war denn auch das ›Klaine Palais‹ in den ersten Februartagen des Jahres 1830 noch immer nicht eingeweiht. »Aber«, sagte Esther im Vertrauen zu ihren Freundinnen, die es dem Baron zutrugen, »im Karneval eröffne ich mein Etablissement, und dann will ich meinen Mann glücklich machen wie einen Gockel aus Gips.«

Dieser Ausdruck wurde in der Welt der Dirnen sprichwörtlich. Der Baron erging sich also in unaufhörlichen Klagen. Er machte sich lächerlich wie alle Ehemänner; er begann vor seinen Freunden zu jammern, und seine Unzufriedenheit wurde stadtkundig. Esther spielte derweil ihre Rolle als die Pompadour des Fürsten der Spekulation gewissenhaft weiter. Sie hatte bereits zwei oder drei kleine Abendgesellschaften gegeben, und zwar einzig, um Lucien bei sich zu sehen. Lousteau, Rastignac, du Tillet, Bixiou, Nathan, der Graf Brambourg, die Blüte der Lebewelt, wurden zu Stammgästen des Hauses. Zu Schauspielerinnen in dem Stück, das sie spielte, erwählte Esther Tullia, Florentine, Fanny Beaupré, Florine, zwei Schauspielerinnen und zwei Tänzerinnen, und schließlich Madame du Val-Noble. Nichts ist trauriger als das Haus einer Kurtisane, wenn es das Salz der Rivalität, das gegenseitige Ausspielen der Toiletten und den Wechsel der Gesichter entbehren muß. Innerhalb von sechs Wochen wurde Esther zur geistreichsten, amüsantesten, schönsten und elegantesten Frau unter den weiblichen Parias, die die Klasse der Ausgehaltenen bilden. Sie war jetzt dort, wo sie recht eigentlich hingehörte, und sie kostete alle Genüsse der Eitelkeit aus, wie sie für gewöhnliche Frauen verführerisch sind, aber als ein Wesen, das ein heimlicher Gedanke über seine Kaste erhob. In ihrem Herzen bewahrte sie ein Bild von sich selbst, das sie zugleich erröten ließ und sie stolz machte; stets blieb sie sich der Stunde ihrer Entsagung bewußt; und so führte sie ein Doppelleben voller Selbstmitleid. Ihre Sarkasmen schmeckten nach ihrer inneren Verfassung, darin die tiefe Verachtung andauerte, wie sie der in der Kurtisane verborgene Engel der Liebe jener gemeinen, verhaßten Rolle entgegenbrachte, die der Körper angesichts der Seele spielte. Sie war zugleich Zuschauer und Schauspieler, Richter und Angeklagter, und so machte sie die wundervolle Erfindung arabischer Märchen zur Wahrheit, die fast immer ein erhabenes Wesen in einer elenden Hülle zeigen und deren Typus sich unter dem Namen Nebukadnezar im Buch der Bücher, in der Bibel, findet. Nachdem sie sich bis zum Tage nach der Untreue das Leben angelobt hatte, konnte sie sich, als Opfer, wohl ein wenig über den Henker lustig machen. Übrigens nahm die Aufklärung über die geheimen, schmählichen Mittel, denen der Baron sein ungeheures Vermögen verdankte, Esther jedes Bedenken; sie gefiel sich darin, die Rolle der Rachegöttin Ate zu spielen, wie Carlos sich ausdrückte. Daher war sie abwechselnd reizend und abscheulich gegen den Millionär, der nur noch durch sie lebte. Wenn die Qualen des Barons jedoch einen Grad erreichten, der ihm den Wunsch eingab, Esther zu verlassen, holte sie ihn durch eine zärtliche Szene wieder zu sich zurück.

Herrera, der seine Abreise nach Spanien zu etwas sehr Auffälligem gestaltet hatte, war nur bis Tours gefahren. Er hatte seinen Wagen nach Bordeaux weitergeschickt und einen Diener darin gelassen, der die Rolle des Herrn zu spielen und ihn in Bordeaux in einem Hotel zu erwarten hatte. Dann war er in der Gewandung eines Handelsreisenden per Eilpost zurückgekehrt, hatte sich heimlich bei Esther einlogiert und von dort aus durch Asia, Europa und Paccard sorgfältig all seine Machenschaften fortgesetzt, indem er alles, besonders aber Peyrade, überwachte.

Etwa zwei Wochen vor dem für ihr Fest gewählten Tage – es sollte am Abend nach dem ersten Opernball stattfinden –, saß die Kurtisane, die um ihrer Witzworte gefürchtet zu werden begann, in der Italienischen Oper hinten in ihrer Parterreloge, die der Baron, als er sich gezwungen sah, ihr eine zu mieten, gewählt hatte, um seine Geliebte dort zu verbergen und sich nicht, nur wenige Schritte von seiner Frau entfernt, öffentlich mit ihr zu zeigen. Esther hatte sich ihre Loge so ausgesucht, daß sie die der Madame de Sérisy im Auge behalten konnte; denn Lucien begleitete die Gräfin fast immer. Die arme Kurtisane fand ihr ganzes Glück darin, Lucien dienstags, donnerstags und samstags an der Seite der Madame de Sérisy sehen zu können. An diesem Abend nun sah Esther Lucien gegen halb zehn Uhr mit sorgenvoller Stirn, blassem und fast fassungslosem Gesicht in die Loge der Gräfin eintreten. Diese Zeichen innerer Verzweiflung waren nur für Esther sichtbar. Eine liebende Frau kennt das Gesicht des Geliebten wie ein Seemann das offene Meer.

Mein Gott, was mag er nur haben . . .? Was ist geschehen? Sollte er sich mit jenem Höllenengel aussprechen müssen, der für ihn ein Schutzengel ist und der in einer Mansarde zwischen der Europas und der Asias verborgen haust? Mit so grausamen Gedanken beschäftigt, vernahm Esther kaum etwas von der Musik. Man kann sich also ohne weiteres vorstellen, daß sie dem Baron überhaupt nicht lauschte. Er hielt eine Hand seines Engels zwischen seinen beiden und sprach in seinem polnisch-jüdischen Jargon auf sie ein, dessen merkwürdige Wortverunstaltungen dem, der sie liest, nicht weniger unangenehm sein dürften, als sie dem waren, der sie anhörte.

»Esther«, sagte er, ließ ihre Hand los und stieß sie mit einer leicht ungehaltenen Bewegung zurück, »Sie tun mir nicht ßuhörn!« – »Baron, hören Sie mal, Sie radebrechen in der Liebe wie im Französischen.« – »Hols der Teifel!« – »Ich bin hier nicht in meinem Boudoir, ich bin in der Italienischen Oper[51]. Wenn Sie nicht einer der von Huret oder Fichet[52] fabrizierten Geldschränke wären, der durch ein Zauberkunststück der Natur in einen Menschen verwandelt worden ist, würden Sie in der Loge einer Dame, die gern Musik hört, nicht solchen Lärm machen. Selbstverständlich höre ich Ihnen nicht zu! Sie sitzen da, rascheln mit meinem Kleid wie ein Maikäfer in einer Tüte, und ich muß vor Mitleid lachen. Sie sagen zu mir: ›Sie sind hibsch, Sie sind ßum Anbeißen . . .‹ Alter Narr! Wenn ich nun antwortete: ›Sie mißfallen mir heute weniger als gestern, lassen Sie uns nach Hause gehen‹? Nun, an der Art, wie Sie mich anseufzen (denn ich höre Ihnen nicht zu, aber ich fühle Sie), erkenne ich, daß Sie ungeheuer viel gegessen haben; Ihre Verdauung beginnt. Lernen Sie von mir (ich komme Sie ja teuer genug zu stehen, damit ich Ihnen für Ihr Geld von Zeit zu Zeit einen guten Rat geben kann!), lernen Sie also dies eine, mein Lieber: Wenn man wie Sie eine schwierige Verdauung hat, darf man nicht so obenhin und zur unrichtigen Zeit zu seiner Geliebten sagen: Sie sind hibsch . . .! – ›Ein alter Soldat‹, hat Blondet[53] gesagt, ›ist an solch einer Geckerei in den Armen der Religion gestorben.‹ Es ist zehn Uhr; um neun haben Sie mit Ihrem Liebling, dem Grafen de Brambourg, bei du Tillet gespeist: Sie haben außer Ihren Millionen auch noch Trüffeln zu verdauen; kommen Sie also morgen um zehn wieder.«

»Wie grausam Se sind . . .!« rief der Baron, obwohl ihm die Richtigkeit dieses medizinischen Einwandes einleuchtete. – »Grausam . . .?« fragte Esther, ohne den Blick von Lucien abzuwenden. »Haben Sie nicht Bianchon, Desplein und den alten Haudry konsultiert . . .? Seit Sie die Morgenröte Ihres Glücks erdämmern sehen, wirken Sie auf mich – wissen Sie, wie?« – »Wie denn?« – »Wie ein dicker kleiner Spießbürger, der in Flanell gewickelt ist und jede Stunde von seinem Sessel zum Fenster geht, um nachzuschauen, ob das Thermometer auch auf Seidenraupenhitze steht, denn diese Temperatur hat der Arzt ihm verordnet.« – »Se sind undankbar!« rief der Baron verzweifelt, weil er eine Musik vernahm, wie verliebte alte Männer sie in der Italienischen Oper oft genug zu hören bekommen.

»Undankbar!« sagte Esther. »Und was haben Sie mir bis jetzt beschert . . .? Sehr viel Unannehmlichkeiten. Überlegen Sie doch, Papa, kann ich auf Sie stolz sein? Sie! Sie natürlich sind stolz auf mich; ich trage Ihre Tressen und Ihre Livree recht hübsch. Sie haben meine Schulden bezahlt . . . freilich! Aber Sie haben genug Millionen zusammengegaunert – – – (Haha, ziehen Sie kein Gesicht, darüber sind wir uns einig . . .), um es nicht so genau zu nehmen. Das ist Ihr schönster Ruhmestitel ... Dirne und Dieb, nichts paßt besser zusammen. Sie haben einen prächtigen Käfig gebaut für einen Papagei, der Ihnen gefällt . . . Fragen Sie doch einen brasilianischen Ara, ob er dem, der ihn in einen goldenen Käfig gesteckt hat, Dank schuldig ist . . . Sehen Sie mich nicht so an, dann sehen Sie nämlich aus wie ein Bonze . . . Sie zeigen Ihren rot und weißen Ara ganz Paris. Sie sagen: ›Gibt es in Paris einen zweiten, der solch einen Papagei besitzt . . .? Und wie er plappert! Wie gut er seine Worte anbringt! Du Tillet kommt, und er sagt zu ihm: Guten Tag, kleiner Spitzbube . . .‹ Aber Sie sind glücklich wie ein Holländer, der eine einzigartige Tulpe besitzt, wie ein abgesetzter Nabob, dem England in Asien eine Pension zahlt und dem ein Handlungsreisender die erste Schweizer Spieldose verkauft hat, die drei Ouvertüren spielt. Sie wollen mein Herz? Gut, hören Sie zu, ich will Ihnen sagen, wie Sie es sich gewinnen können.« – »Reden Sie, reden Sie! Ich will alles fier Sie tun . . . Ich laß mich sogar von Ihnen foppen!« – »Seien Sie jung, seien Sie schön, seien Sie wie Lucien de Rubempré, der da drüben bei Ihrer Frau sitzt; dann bekommen Sie umsonst, was Sie mit all Ihren Millionen niemals erkaufen können . . .!« – »Ich geh' jetzt, Se sind heute abend wirklich abscheilich . . .!« sagte der Luchs, und sein Gesicht zog sich in die Länge.

»Na schön; guten Abend«, antwortete Esther. »Sagen Sie Ihrem ›Schorsch‹, er solle das Kopfkissen Ihres Bettes recht hoch legen und die Beine ganz tief, Sie sehen mir heute abend ganz nach einem Schlaganfall aus . . . mein Lieber, Sie können nicht sagen, daß ich an Ihrer Gesundheit uninteressiert sei.«

Der Baron war aufgestanden und hielt den Türknauf in der Hand. »Hierher, Nucingen!« rief Esther ihn mit einer hochmütigen Geste zurück. Er neigte sich in hündischem Gehorsam zu ihr nieder. »Wollen Sie, daß ich nett zu Ihnen bin, Ihnen heute abend bei mir Zuckerwasser gebe und Sie hätschle, Sie dickes Ungeheuer . . .?« – »Brechen Se mer nich das 'erz . . .« – »Ich breche Ihnen das 'erz«, antwortete sie und ahmte dabei die Aussprache des Barons nach. »Passen Sie auf, holen Sie mir Lucien her, damit ich ihn zu unserm Dreikönigsfest einladen kann und auch sicher bin, daß er nicht wegbleibt. Wenn Ihnen diese kleine Unterhandlung gelingt, will ich dir so lange sagen, daß ich dich liebe, mein dicker Frédéric, bist du es glaubst . . .« – »Aine Hexe sind Se«, sagte der Baron und küßte Esthers Handschuh. »Ich wäre bereit, mir aine Stunde lang Belaidigungen anßuhören, wenn immer ßum Schluß aine Liebkosung käme . . .« – »Los! Wenn man mir nicht gehorcht, dann . . .«, sagte sie und drohte dem Baron mit dem Finger, wie einem kleinen Jungen. Der Baron ruckte mit dem Kopf wie ein Vogel, der in eine Falle geraten ist und den Jäger anfleht.

Mein Gott! Was hat Lucien nur? fragte sie sich, als sie allein war und ihren Tränen freien Lauf ließ. So bekümmert ist er noch nie gewesen!

Lucien war an eben jenem Abend folgendes begegnet: Um neun Uhr war er wie jeden Abend in seinem Coupé vorgefahren, um sich ins Palais Grandlieu zu begeben. Da er, wie alle jungen Herren es tun, sein Reitpferd und das Pferd für sein Kabriolett nur am Vormittag benutzte, hatte er für die Winterabende ein Coupé gemietet, und zwar hatte er sich beim ersten Wagenverleiher eins der prächtigsten mit prächtigen Pferden ausgesucht. Alles schlug ihm seit einem Monat gut aus: Er hatte dreimal im Palais Grandlieu zu Abend gespeist; der Herzog war reizend zu ihm gewesen; seine Aktien an dem Omnibusunternehmen, die er für dreihunderttausend Francs verkauft hatte, hatten es ihm ermöglicht, ein weiteres Drittel des Kaufpreises seines Guts zu bezahlen. Clotilde de Grandlieu, die entzückende Toiletten anlegte, wurde puterrot, als habe sie sich zehn Schminktöpfe aufs Gesicht gerieben, sobald er in den Salon trat, und sie gab ihre Leidenschaft für ihn offenkundig zu. Ein paar recht hochgestellte Persönlichkeiten sprachen von der Heirat Luciens und der Mademoiselle de Grandlieu wie von etwas Höchstwahrscheinlichem. Der Herzog von Chaulieu, der ehemalige Gesandte in Spanien und augenblickliche Außenminister, hatte der Herzogin von Grandlieu versprochen, den König um den Marquistitel für Lucien zu bitten. Lucien war also, nachdem er bei Madame de Sérisy gegessen hatte, auch an diesem Abend von der Rue de la Chaussée d'Antin zum Faubourg Saint-Germain gefahren, um seinen täglichen Besuch zu machen. Als er ankommt, klopft sein Kutscher am Tor; es tut sich auf, und er fährt an der Freitreppe vor. Als Lucien aus dem Wagen steigt, sieht er drei Equipagen im Hof. Einer der Lakaien, dem das Öffnen und Schließen der Tür des Säulenganges oblag, tritt, als er Monsieur de Rubempré erblickt, auf die Freitreppe hinaus und pflanzt sich wie ein Soldat auf Wache vor die Tür. – »Seine Gnaden sind nicht zu Hause!« sagt er. »Die Frau Herzogin hat doch ihren Empfangstag«, gibt Lucien dem Diener zu bedenken. – »Die Frau Herzogin sind ausgefahren«, erwidert der Lakai todernst. – »Mademoiselle Clotilde . . .« – »Ich glaube nicht, daß Mademoiselle Clotilde Monsieur in Abwesenheit der Frau Herzogin empfängt . . .« – »Aber es ist doch Besuch da«, erwidert Lucien, wie vom Blitz getroffen. – »Das weiß ich nicht«, antwortet der Lakai und versucht, sich zugleich dumm zu stellen und respektvoll zu tun. Für alle, die die Etikette als das mächtigste Gesetz der Gesellschaft anerkennen, gibt es nichts Schrecklicheres als sie. Lucien durchschaute den Sinn dieser für ihn vernichtenden Szene ohne weiteres: Der Herzog und die Herzogin wollten ihn nicht empfangen; er fühlte, wie sein Rückenmark in den Ringen der Wirbelsäule gefror, und ein wenig kalter Schweiß trat ihm in Perlen auf die Stirn. Dieses Gespräch hatte in Gegenwart seines eigenen Dieners stattgefunden, der den Griff des Wagenschlags in der Hand hielt und ihn zu schließen zögerte. Lucien gab ihm einen Wink, daß er wegfahren wolle; aber als er wieder einstieg, hörte er das Geräusch, das entsteht, wenn Leute eine Treppe herunterkommen, und der Lakai trat vor, um nacheinander aufzurufen: »Die Dienerschaft des Herrn Herzogs von Chaulieu! – Die Dienerschaft der Frau Vicomtesse de Grandlieu!« Lucien sagte zu seinem Bedienten nur einen einzigen Satz: »Rasch zur Italienischen Oper . . .« Doch trotz seiner Hast konnte der unglückliche Dandy dem Herzog von Chaulieu und dessen Sohn, dem Herzog von Rhétoré, nicht mehr ausweichen; er mußte einen Gruß mit ihnen wechseln, denn sie richteten kein Wort an ihn. Bei Hofe vollzieht sich eine große Katastrophe, der Sturz eines gefürchteten Günstlings, oftmals auf der Schwelle eines Zimmers durch ein Wort des gipsgesichtigen Türhüters.

Wie kann ich meinen Ratgeber schnellstens von diesem Desaster benachrichtigen? fragte sich Lucien auf der Fahrt nach der Italienischen Oper. Was geht da vor . . .? Er verlor sich in Mutmaßungen. Vorgegangen war folgendes. Vormittags um elf Uhr hatte der Herzog de Grandlieu, als er in den kleinen Salon trat, wo für gewöhnlich gefrühstückt wurde, wenn man unter sich war, zu Clotilde gesagt, nachdem er sie geküßt hatte: »Mein Kind, bis auf weiteres befaß dich nicht mehr mit dem Sire de Rubempré.« Dann hatte er die Herzogin bei der Hand genommen und in eine Fensternische geführt, um ihr mit leiser Stimme ein paar Worte zu sagen, die der armen Clotilde die

Farbe benahmen. Mademoiselle de Grandlieu hatte nämlich ihre Mutter beobachtet, als diese dem Herzog zuhörte, und auf ihrem Gesicht lebhafte Überraschung wahrgenommen. – »Jean«, hatte der Herzog zu einem der Diener gesagt, »bringen Sie diesen Brief zum Herrn Herzog von Chaulieu; bitten Sie ihn, Ihnen durch ein Ja oder Nein zu antworten. – Ich lade ihn ein, heute bei uns zu essen«, sagte er zu seiner Frau. Das Frühstück war sehr traurig verlaufen. Die Herzogin wirkte nachdenklich, der Herzog schien ärgerlich auf sich selbst zu sein, und Clotilde hatte große Mühe, ihre Tränen zurückzuhalten. – »Mein Kind, dein Vater hat recht, sei gehorsam«, hatte die Mutter mit gerührter Stimme zu ihrer Tochter gesagt. »Ich kann dir nicht wie er sagen: befaß dich nicht mehr mit Lucien! Nein, ich verstehe deinen Schmerz.« (Clotilde küßte der Mutter die Hand.) »Aber ich sage dir dies eine, mein Engel: Warte, ohne einen einzigen Schritt zu unternehmen, leide schweigend, da du ihn liebst, und vertraue der liebenden Fürsorge deiner Eltern! Große Damen, mein Kind, sind dadurch groß, daß sie bei allen Gelegenheiten voll Adel ihre Pflicht zu tun verstehen, und zwar voller Noblesse.« – »Um was handelt es sich denn . . . ?« hatte Clotilde, bleich wie eine Lilie, gefragt. »Um zu gewichtige Dinge, als daß wir mit dir davon sprechen könnten, mein Herz«, hatte die Herzogin erwidert; »denn wenn es nicht wahr wäre, so würden deine Gedanken besudelt, und wenn es wahr ist, darfst du nichts davon erfahren.«

Um sechs Uhr kam der Herzog von Chaulieu zum Herzog von Grandlieu, der ihn erwartete, in dessen Arbeitszimmer.

»Sag mal, Henri . . .« (Die beiden Herzöge duzten sich und redeten sich mit ihren Vornamen an. Das ist eine der Nuancen, die erfunden worden sind, um die Grade der Vertraulichkeit abzustufen, um den Ansturm der französischen Familiarität zurückzuschlagen und den Ehrgeiz zu demütigen.) »Sag mal, Henri, ich bin in einer so großen Verlegenheit, daß ich nur einen alten Freund um Rat fragen kann, der sich in der Welt auskennt, und du hast Erfahrung. Meine Tochter Clotilde liebt, wie du weißt, den kleinen Rubempré, den ihr zum Gatten zu versprechen ich beinahe gezwungen worden bin. Ich bin immer gegen diese Heirat gewesen; aber schließlich hat meine Frau sich gegen

Clotildes Liebe nicht zu wehren gewußt. Als der junge Mensch dann sein Stammgut zurückgekauft und es zu drei Vierteln bezahlt hatte, gab es meinerseits nichts mehr einzuwenden. Nun aber habe ich gestern einen anonymen Brief bekommen (du weißt, wie wenig Wert man auf dergleichen legen kann), in dem behauptet wird, das Vermögen des jungen Mannes entstamme einer unsauberen Quelle, und er lüge, wenn er uns sage, seine Schwester habe ihm die für seine Grundstückskäufe nötigen Summen gegeben. Im Namen des Glücks meiner Tochter und des Ansehens unserer Familie werde ich aufgefordert, Auskünfte einzuholen, und es werden mir die Mittel an die Hand gegeben, wie ich mir Klarheit verschaffen könne. Aber lies zunächst einmal.« – »Ich teile deine Ansicht über anonyme Briefe, lieber Ferdinand«, hatte der Herzog von Chaulieu geantwortet, nachdem er den Brief gelesen hatte; »aber wenn man sie auch verachtet, muß man sie dennoch benutzen. Es ist mit solchen Briefen genau wie mit den Spionen. Verschließe dem jungen Mann deine Tür, und dann wollen wir Auskünfte einholen . . . Paß auf, jetzt weiß ich, was zu tun ist. Du hast Derville zum Anwalt, einen Mann, dem wir volles Vertrauen schenken; er ist im Besitz der Geheimnisse vieler Familien und kann auch dieses noch in Kauf nehmen. Er ist ein redlicher Mann, ein Mann von Bedeutung, ein Mann von Ehre; er ist listig und verschlagen, aber er besitzt lediglich die Durchtriebenheit eines Geschäftsmanns, und du darfst ihn nur dazu benutzen, einen Bericht zu erlangen, auf den du dich stützen kannst. Wir haben im Außenministerium einen Mann von der politischen Polizei, der in der Kunst, Staatsgeheimnisse aufzuspüren, einzig ist; wir schicken ihn oft in allerlei Geheimaufträgen los. Benachrichtige Derville, daß er bei dieser Angelegenheit eine Hilfskraft haben soll. Unser Spion ist ein besserer Herr, der sich mit dem Kreuz der Ehrenlegion einstellen wird; er wird wie ein Diplomat wirken. Dieser Bursche soll der Jäger sein, und Derville braucht der Jagd nur beizuwohnen. Dein Anwalt kann dir dann sagen, ob der Berg nur eine Maus gebiert, oder ob du mit dem kleinen Rubempré Schluß machen mußt. In acht Tagen weißt du, woran du bist.« – »Der junge Mann ist noch nicht Marquis genug, um Anstoß daran zu nehmen, wenn er mich acht Tage lang nicht zu Hause findet«, sagte der Herzog von Grandlieu. – »Vor allem dann nicht, wenn du ihm deine Tochter gibst«, antwortete der ehemalige Gesandte. »Wenn jedoch der anonyme Brief recht hat, was macht dir das aus? Du schickst Clotilde mit meiner Schwiegertochter Madeleine auf Reisen, sie möchte nach Italien . . .« – »Du hilfst mir aus der Patsche, und ich weiß noch nicht, ob ich dir dafür danken soll . . .« – »Warten wir den Ausgang ab.« – »Ach«, rief der Herzog von Grandlieu, »wie heißt eigentlich der betreffende Herr? Ich muß ihn Derville melden . . . Schicke ihn mir morgen gegen vier Uhr her, ich bestelle Derville und mache die beiden bekannt.« – »Sein wirklicher Name«, sagte der ehemalige Gesandte, »ist, glaube ich, Corentin . . . (ein Name, den du noch nicht gehört haben dürftest), aber wenn der Herr zu dir kommt, behängt er sich mit seinem Amtsnamen. Er läßt sich Monsieur de Saint-Soundso nennen . . . Saint-Yves, Saint-Valère, oder dergleichen. Du kannst dich auf ihn verlassen, Ludwig XVIII. verließ sich völlig auf ihn.«

Nach dieser Unterredung hatte der Haushofmeister Befehl erhalten, Monsieur de Rubempré nicht vorzulassen, wie es auch geschehen war.

Lucien ging im Foyer der Italienischen Oper wie ein Trunkener auf und ab. Er sah sich im Munde von ganz Paris. Er hatte im Herzog von Rhétoré einen jener unerbittlichen Feinde, denen man zulächeln muß, ohne sich an ihnen rächen zu können, weil ihre Ausfälle die Grenzen des Anstands wahren. Der Herzog von Rhétoré wußte um die Szene, die sich soeben auf der Freitreppe des Palais Grandlieu abgespielt hatte. Lucien, der die Notwendigkeit verspürte, seinen geheimen, intimen, der Wirklichkeit gewachsenen Ratgeber auf der Stelle von diesem jäh hereingebrochenen Unheil zu benachrichtigen, fürchtete sich zu kompromittieren, wenn er sich zu Esther begab, bei der er vielleicht Gesellschaft antreffen würde. Er vergaß, daß Esther ja im Theater war, so hatten seine Gedanken sich verwirrt; und mitten in dieser Ratlosigkeit mußte er auch noch mit Rastignac plaudern, der von dem Geschehen noch nichts wußte und ihn zu seiner bevorstehenden Hochzeit beglückwünschte. In diesem Augenblick kam Nucingen lächelnd heran und sagte zu Lucien: »Machen Se mir de Fraide, ßu Frau de Chamby ßu kommen; se will Se selbst einladen ßu unserem Einwaihungsfest...« – »Gern, Baron«, erwiderte Lucien, dem der Finanzmann wie ein rettender Engel erschien.

»Lassen Sie uns allein«, sagte Esther zu Nucingen, als sie ihn mit Lucien eintreten sah; »gehen Sie zu Madame du Val-Noble, ich sehe sie mit ihrem Nabob in einer Loge im dritten Rang sitzen... Es wachsen anscheinend viele Nabobs in Indien«, fügte sie hinzu und schaute Lucien mit einem Blick des Einverständnisses an. – »Und der da«, sagte Lucien lächelnd, »sieht dem Ihren furchtbar ähnlich.« – »Und«, sagte Esther, wobei sie Lucien durch ein abermaliges Zeichen des Verstehens antwortete, während sie zu dem Baron sprach, »bringen Sie sie mir mit ihrem Nabob her, er hat große Lust, Ihre Bekanntschaft zu machen; es heißt, er sei ungeheuer reich. Die arme Frau hat mir schon ich weiß nicht wieviel Elegien vorgesungen, sie beklagt sich, daß es mit dem Nabob nicht vorwärtsgeht; und wenn Sie ihm etwas von seinem Ballast wegnähmen, würde sie vielleicht weniger Last mit ihm haben.« – »Was haißt? Halten se uns fier Diebe?« fragte der Baron im Hinausgehen.

»Was hast du, Lucien...?« flüsterte Esther ihrem Freund ins Ohr, das sie mit den Lippen berührte, sobald die Logentür sich geschlossen hatte. – »Ich bin verloren! Eben ist mir der Zugang zum Palais Grandlieu verwehrt worden, und zwar unter dem Vorwand, es sei niemand zu Hause. Dabei waren der Herzog und die Herzogin beide da, und im Hof protzten fünf Equipagen...« – »Wie, sollte die Heirat sich zerschlagen?« fragte Esther mit bewegter Stimme, denn sie glaubte das Paradies zu erblicken. – »Ich weiß noch nicht, was sich wider mich anspinnt...« – »Lieber Lucien«, antwortete sie mit anbetenswerter Schmeichelstimme, »warum machst du dir Sorgen? Du wirst später eine noch bessere Ehe schließen... Ich will dir zwei Gutsbesitze verdienen...« – »Gib heute abend in deinem Haus ein Souper, damit ich Carlos heimlich sprechen kann; vor allem aber lade dazu den falschen Engländer und die Val-Noble ein. Dieser Nabob hat meinen Ruin verschuldet; er ist unser Feind, wir werden ihn in die Hand bekommen, und dann werden wir...« Aber Lucien unterbrach sich mit einer Geste der Verzweiflung. – »Ja, was ist denn?« fragte das arme Mädchen; sie kam sich vor, als stehe sie auf einem Scheiterhaufen. – »Oh, Madame de Sérisy sieht mich!« rief Lucien; »und um das Unglück vollzumachen, ist auch noch der Herzog von Rhétoré bei ihr, einer der Zeugen meines Mißgeschicks.«

Wirklich spielte in diesem Augenblick der Herzog von Rhétoré mit dem Schmerz der Gräfin de Sérisy.

»Sie dulden es, daß Lucien sich in der Loge der Mademoiselle Esther zeigt?« fragte der junge Herzog und deutete auf die Loge und auf Lucien. »Da Sie sich für ihn interessieren, sollten Sie ihm sagen, daß man so etwas nicht tut. Man kann bei ihr daheim soupieren, man kann dort sogar ... Aber es wundert mich jetzt wirklich nicht mehr, daß die Grandlieus dem jungen Mann gegenüber kühler werden: Ich habe vorhin mit angesehen, wie er an der Tür, auf der Freitreppe, abgewiesen wurde ...« – »Diese Mädchen sind sehr gefährlich!« sagte Madame de Sérisy und richtete ihr Glas auf Esthers Loge. – »Ja«, sagte der Herzog, »ebensosehr durch das, was sie können, wie durch das, was sie wollen ...« – »Sie werden ihn ruinieren!« sagte Madame de Sérisy; »denn sie sind, wie mir gesagt worden ist, ebenso kostspielig, wenn man sie bezahlt, wie wenn man sie nicht bezahlt.« – »Nicht für ihn ...!« erwiderte der junge Herzog, wobei er den Erstaunten spielte. »Statt ihn Geld zu kosten, würden sie ihm im Notfall welches geben; sie laufen ihm alle nach.« – Die Gräfin vollführte mit dem Mund ein leicht nervöses Zucken, das nicht mehr als Lächeln bezeichnet werden konnte.

»Gut«, sagte Esther, »komm um Mitternacht zum Souper. Bring Blondet und Rastignac mit. Wir müssen doch mindestens zwei amüsante Leute haben, und mehr als neun brauchen wir nicht zu sein.« – »Wir müßten ein Mittel ausfindig machen, Europa durch den Baron holen zu lassen; vielleicht unter dem Vorwand, daß du Asia benachrichtigen mußt; dann kannst du ihr sagen, was mir vorhin widerfahren ist, damit Carlos Bescheid weiß, ehe ihm der Nabob unter die Finger kommt.« – »Das soll geschehen«, sagte Esther.

So würde Peyrade sich wahrscheinlich, ohne es zu wissen, mit seinem Gegner unter ein und demselben Dach zusammenfinden. Der Tiger kam in die Höhle des Löwen, und zwar eines Löwen, der von seinen Trabanten begleitet war.

Als Lucien wieder in die Loge der Madame de Sérisy kam, tat sie, statt ihm den Kopf zuzuwenden, statt ihm zuzulächeln und ihr Kleid zu raffen, damit er neben ihr Platz finde, als beachte sie den, der da eintrat, nicht im mindesten, und fuhr fort, in den Zuschauerraum hinabzusehen; aber Lucien merkte am Zittern ihres Opernglases, daß die Gräfin von einer jener furchtbaren Erregungen befallen war, durch die unerlaubtes Glück gesühnt wird. Dann stieg er bis zur Logenbrüstung hinab an ihre Seite und setzte sich in die andere Ecke, so daß zwischen ihm und der Gräfin ein schmaler Raum freiblieb; er lehnte sich an die Logenbrüstung, stützte den rechten Ellbogen auf und legte das Kinn in die behandschuhte Hand; dann wandte er sich ihr in einer Dreiviertelswendung zu und wartete, daß sie etwas sage. Als der Akt halb vorüber war, hatte die Gräfin noch immer nichts gesagt und ihn nicht einmal angesehen. – »Mir ist es unverständlich«, sagte sie endlich, »weshalb Sie hier sind; Ihr Platz ist doch in der Loge der Mademoiselle Esther . . .« – »Ich gehe hin«, sagte Lucien und ging hinaus, ohne die Gräfin anzusehen.

»Ach, meine Liebe«, sagte Madame de Val-Noble, als sie mit Peyrade, den Nucingen nicht erkannte, in Esthers Loge trat, »ich bin entzückt, dir Mister Samuel Johnson vorstellen zu können; er ist ein großer Bewunderer der Talente des Barons von Nucingen.« – »Wirklich?« fragte Esther und lächelte Peyrade zu. – »O yes, sährr«, sagte Peyrade. – »Nun, Baron, da haben wir ein Französisch, das dem Ihren etwa so gleicht, wie das Niederbretonische dem Burgundischen. Es wird recht amüsant sein, Sie über Geldgeschäfte reden zu hören . . . Wissen Sie, was ich von Ihnen dafür verlange, Herr Nabob, daß Sie mit meinem Baron Bekanntschaft schließen können?« fragte sie lächelnd. – »Oh, ich danke Ihnen, Sie werrden mich stellen vor dem Sir Baronet.« – »Ja«, erwiderte sie, »Sie müssen mir die Freude machen, bei mir zu soupieren . . . Es gibt kein stärkeres Bindemittel für Männer als das Wachs der Champagnerflaschen; es besiegelt alle Geschäfte, besonders die, bei denen man hineingelegt wird. Kommen Sie heute abend, Sie werden nette Menschen vorfinden! Und was dich betrifft, mein kleiner Frédéric«, flüsterte sie dem Baron zu, »so haben Sie Ihren Wagen da, fahren Sie also schleunigst in die Rue Saint-Georges und holen Sie mir Europa her, ich muß ihr des Soupers wegen einiges sagen ... Ich habe Lucien eingeladen, er wird uns zwei geistvolle Leute mitbringen. – Wir wollen den Engländer zum besten haben«, sagte sie leise zu Madame du Val-Noble. Peyrade und der Baron ließen die beiden Frauen allein.

»Ah, meine Liebe, wenn du diesen dicken Schuft je zum besten haben kannst, dann hast du Geist«, sagte die Val-Noble. – »Wenn es nicht gelänge, müßtest du ihn mir auf acht Tage borgen«, erwiderte Esther lachend. – »Nein, du würdest ihn keinen halben Tag lang behalten«, sagte Madame du Val-Noble; »ich esse ein allzu hartes Brot, meine Zähne zerbrechen daran. Mein Leben lang übernehme ich es nicht wieder, einen Engländer glücklich zu machen ... Sie sind samt und sonders Egoisten, Schweine im Frack ...« – »Wie? Ist er ungeschliffen?« fragte Esther lächelnd. – »Im Gegenteil, meine Liebe, dies Ungeheuer hat mich noch nicht einmal geduzt.« – »In keiner Lage?« fragte Esther. –»Der Elende nennt mich immer ›Madame‹, und er bewahrt sogar in dem Augenblick, da alle Männer mehr oder minder nett sind, die größte Kaltblütigkeit. Die Liebe, ja, weiß Gott, ist für ihn dasselbe, wie wenn er sich rasiert. Er wischt sein Rasiermesser ab, steckt es ins Etui, besieht sich im Spiegel und scheint sich zu sagen: Ich habe mich nicht geschnitten. Dann behandelt er mich mit einer Hochachtung, die jede Frau wahnsinnig machen könnte. Dieser infame Lord Suppentopf amüsiert sich damit, den armen Théodore halbe Tage lang versteckt in meinem Toilettenkabinett stehen zu lassen! Kurz und gut, er legt es darauf an, mich in allem zu ärgern. Und geizig ist er ... Wie Gobseck und Gigonnet zusammengenommen. Er führt mich zum Abendessen aus und bezahlt nicht mal den Wagen, der mich nach Hause bringt, wenn ich mir den meinen zufällig nicht bestellt habe.« – »Und«, fragte Esther, »was gibt er dir für diese Dienstleistungen?« – »Oh, meine Liebe, nichts, nicht das mindeste. Fünfhundert Francs den Monat, und er bezahlt mir den Wagen. Aber was für einen ...! Einen Wagen, wie man ihn Krämern vermietet, wenn sie an ihrem Hochzeitstag zum Standesamt, in die Kirche und in den ›Cadran-Bleu‹[54] fahren ... Er verfolgt mich wie eine Stechfliege mit seiner Hochachtung. Wenn ich versuche, einen Nervenanfall zu bekommen oder schlecht gelaunt zu sein, so ärgert er sich nicht einmal und sagt: ›Ich uollen, daß Mylady haben Ihrren kleinen Uillen. Nichß ist abscheulicherr, – no Gentlemen –, uie uenn man ssagt ßu einerr schönen Frrau: Sie sind ein Baumuollballen, eine Uare! Sie haben es ßu tun mit eine Member von Temperence Society und Antislavery...‹ Und der Kerl bleibt farblos, trocken und kühl, und gibt mir dadurch zu verstehen, daß er für mich genau so viel Achtung hegt wie für einen Neger, und daß das nichts mit seinem Herzen zu tun hat, sondern seiner Gesinnung als Gegner der Negersklaverei entspringt.« – »Abscheulicher kann man unmöglich sein«, sagte Esther; »aber ich würde ihn ruinieren, diesen Chinesen!« – »Ihn ruinieren?« fragte Madame du Val-Noble, »dazu müßte er mich doch lieben ...! Aber nicht mal du brächtest es fertig, auch nur zwei Liards von ihm zu verlangen. Er würde dich mit ernster Miene anhören und dir mit seiner britischen Förmlichkeit, im Vergleich zu der man Ohrfeigen als liebenswürdig empfinden würde, erwidern: er bezahle dich schon teuer genug, da die Liebe in sseinem arrmen Dasein eine sso gerringe Rrolle spiele!« – »Wenn man bedenkt, daß man bei unserm Gewerbe dergleichen Männern begegnen kann«, rief Esther aus. – »Ach, meine Liebe, du hast Glück gehabt ...! Sorg gut für deinen Nucingen.« – »Aber dein Nabob verfolgt doch sicher irgendeine Absicht!« – »Das hat mir auch Adèle schon gesagt«, erwiderte Madame du Val-Noble. – »Der Kerl, meine Liebste, wird es sich in den Kopf gesetzt haben, sich den Haß einer Frau zuzuziehen, damit sie ihm nach einer gewissen Zeit den Laufpaß gibt«, sagte Esther. – »Oder er will mit Nucingen Geschäfte machen, und er hat mich genommen, weil er wußte, daß du und ich befreundet sind; das glaubt Adèle«, entgegnete Madame du Val-Noble. »Deshalb stelle ich ihn dir heute abend vor. Ach, wenn ich Genaueres über seine Pläne wüßte, würde ich mich hübsch mit dir und Nucingen verständigen.« – »Läßt du dich nie hinreißen?« fragte Esther, »sagst du ihm nicht dann und wann die Wahrheit?« – »Versuch es nur mal, du bist ja schlau ... Aber trotz deines Witzes würde er dich mit seinem eisigen Lächeln umbringen. Er würde dir antworten: ›Ich bin Antislavery, und Sie sein frei ...‹ Du könntest ihm die komischsten Sachen sagen, er würde dich ansehen und erwidern: Very good! Dann würdest du merken, daß du in seinen Augen nicht mehr bist als eine Spielpuppe.« – »Und Zorn?« – »Dasselbe! Es wäre für ihn nur ein Schauspiel. Man könnte ihn getrost links unter der Brust operieren, man würde ihm nicht das geringste zuleide tun; seine Eingeweide müssen aus Weißblech sein. Das habe ich ihm auch schon gesagt. Er hat mir darauf ganz einfach geantwortet: ›Ich sein sehrr ßufrrieden mit dieserr körperlichen Veranlagung ...‹ Und immer höflich. Meine Liebe, seine Seele trägt Handschuhe ... Ich will dieses Martyrium noch ein paar Tage ertragen, aus purer Neugier. Sonst hätte ich Mylord schon durch Philippe ohrfeigen lassen; er hat im Säbelfechten nicht seinesgleichen; weiter bleibt mir nichts übrig ...« – »Das hatte ich dir gerade sagen wollen!« rief Esther; »aber du solltest dich vorher vergewissern, ob er boxen kann, denn solche alten Engländer, meine Liebe, haben einen Vorrat von Bosheit im Leibe ...!« – »So einen wie den gibt es nur einmal ... ! Nein, wenn du sähest, wie er mich um meine Befehle bittet und fragt, um welche Stunde er sich einstellen darf, um mich zu überraschen (wohl verstanden!), wobei er seine angeblichen Gentlemanmanieren entfaltet und seine Hochachtung bezeigt, dann würdest du sagen: ›Diese Frau wird angebetet‹, und jede Frau würde das gleiche sagen ...« – »Und uns beneidet man, meine Liebe«, sagte Esther. – »Ach ja ...«, rief Madame du Val-Noble aus. »Sieh, wir alle haben in unserm Leben mehr oder minder erfahren, wie wenig wichtig wir genommen werden; aber, Liebste, nie bin ich so grausam, so tief, so völlig von der Brutalität verachtet worden, wie ich von der Hochachtung dieses dicken Portweinschlauchs verachtet werde. Wenn er betrunken ist, geht er weg, ›um nich unangenehm ßu uerden‹, sagt er zu Adèle, und um nicht zugleich zwei Mächten zu gehorchen: der Frau und dem Wein. Er mißbraucht meinen Kutschwagen; er fährt öfter aus darin als ich ... Oh, wenn wir ihn heute abend unter den Tisch bringen könnten ... aber er trinkt zehn Flaschen und ist erst ein bißchen beschwipst; er hat trübe Augen und sieht dennoch klar.« – »Das ist wie bei den Leuten, deren Fenster von außen schmutzig sind«, sagte Esther, »aber von drinnen sehen sie ganz genau, was draußen vorgeht ... Ich kenne diese Eigentümlichkeit der Männer: du Tillet besitzt sie im höchsten Grade.« – »Sieh zu, daß du Tillet ebenfalls kommt, und wenn Nucingen und er den Nabob in einen ihrer Anschläge verwickeln könnten, so wäre ich wenigstens gerächt ...! Sie müßten ihn an den Bettelstab bringen! Ach, meine Liebe, daß ausgerechnet ich einem Heuchler von Protestanten in die Hände fallen mußte! Und das nach dem armen Falleix, der so komisch war, ein so guter Junge und ein solcher Spötter ...! Was haben wir gelacht ...! Es wird immer behauptet, die Wechselagenten seien alle dumm ... Na, der hat nur ein einziges Mal keinen Verstand bezeigt ...« – »Als er dich ohne einen Heller zurückließ? Da hast du die Unannehmlichkeiten des Freudenlebens gründlich kennengelernt.«

Europa, die Nucingen herbeigeholt hatte, steckte ihren Schlangenkopf durch die Tür, und nachdem sie ein paar Sätze angehört hatte, die ihre Herrin ihr zuflüsterte, verschwand sie wieder.

Um halb zwölf Uhr abends hielten fünf Equipagen vor der Tür der berühmten Kurtisane in der Rue Saint-Georges; es war die Luciens, der mit Rastignac, Blondet und Bixiou kam, die du Tillets, die des Barons von Nucingen, die des Nabobs und die Florines, die von du Tillet geholt worden war. Die dreigeteilten Fenster wurden von den Falten der prachtvollen chinesischen Vorhänge verkleidet. Das Souper sollte um ein Uhr serviert werden, die Kerzen brannten, der kleine Salon und das Speisezimmer entfalteten all ihren Luxus. Man war auf eine jener Nächte der Ausschweifung gefaßt, denen einzig diese drei Frauen und diese Männer gewachsen waren. Zunächst wurde gespielt, denn es galt, zwei Stunden zu warten.

»Spielen Sie, Mylord?« fragte du Tillet Peyrade. »Ich haben gespielt mit O'Connell, Pitt, Fox, Canning, Lord Brougham[55], Lord ...« – »Sagen Sie ganz einfach, mit unendlich vielen Lords«, sagte Bixiou. »Lord Fitz-William, Lord Ellenborough, Lord Hertford, Lord ...[56]« Bixiou sah Peyrade auf die Schuhe und bückte sich. – »Was suchst du denn da?« fragte Blondet. – »Zum Teufel, die Feder, auf die man drücken muß, um die Maschine zum Stillstand zu bringen«, sagte Florine. – »Spielen Sie um zwanzig Francs den Point?« fragte Lucien. – »Ich spielen um genau ssoviel, uie Sie uollen verlierren ...« – »Der versteht es . . .«, sagte Esther zu Lucien. »Sie halten ihn alle für einen Engländer . . .!«

Du Tillet, Nucingen, Peyrade und Rastignac setzten sich an einen Whisttisch. Florine, Madame du Val-Noble, Esther, Blondet und Bixiou blieben beim Kamin und plauderten. Lucien vertrieb sich die Zeit, indem er ein Prachtwerk mit Kupferstichen durchblätterte.

»Madame, es ist angerichtet«, sagte Paccard in großartiger Livree.

Peyrade erhielt den Platz links von Florine und rechts von Bixiou, dem Esther empfohlen hatte, den Nabob durch Herausforderungen zu maßlosem Trinken zu reizen. Bixiou besaß die Fähigkeit, unbegrenzt weitertrinken zu können. In seinem ganzen Leben hatte Peyrade noch nicht solchen Glanz gesehen, noch nicht solche Küche gekostet und noch nicht so hübsche Frauen erblickt.

Heute abend machen sich die tausend Taler bezahlt, die die Val-Noble mich schon gekostet hat, dachte er; außerdem habe ich ihnen eben tausend Francs abgewonnen. – »Das ist ein Beispiel, dem Sie folgen müßten«, rief Madame du Val-Noble ihm zu; sie saß neben Lucien und wies ihn mit einer Handbewegung auf den Prunk des Eßzimmers hin. Esther hatte Lucien neben sich gesetzt und hielt unter dem Tisch seinen Fuß zwischen den ihrigen. – »Hören Sie?« sagte die Val-Noble und schaute Peyrade an, der den Blinden spielte, »so müßten Sie mir ein Haus einrichten! Wenn man mit Millionen aus Indien kommt und mit einem Nucingen Geschäfte machen will, stellt man sich mit ihm auf gleichen Fuß.« – »Ich bin *of Temperence Society . . .«*

»Dann werden Sie nicht übel trinken!« sagte Bixiou, »denn in Indien ist es heiß, nicht wahr, lieber Onkel . . .?« – Bixiou machte sich während des Soupers den Spaß, daß er Peyrade als einen seiner Onkel behandelte, der aus Indien zurückgekommen wäre.

»Madame de Val-Noble hat mir gesagt, Se hätten ein paar Ideen . . .?« fragte Nucingen und blickte Peyrade prüfend an.

»Das hatte ich hören wollen«, sagte du Tillet zu Rastignac, »jetzt radebrechen die beiden zusammen.« – »Sie werden sehen, schließlich verständigen sie sich«, sagte Bixiou, der erriet, was du Tillet zu Rastignac gesagt hatte.

»Sir Baronet, ich haben mirr ausgedacht eine *little speculation. Oh, very comfortable* ... sährr, sährr einträglich und brringt viel Geld ...« – »Passen Sie auf«, sagte Blondet zu du Tillet, »er wird keine Minute reden, dann tauchen auch schon das Parlament und die englische Regierung auf.« – »Es sein in Tscheina ... mit die Opium ...« – »Ja, ich waiß«, sagte Nucingen sofort als ein Mann, der seinen Handelsglobus kennt; »aber die englische Regierung hat bereits gemacht aine Aktion, um sich China ßu öffnen fier Opium, und würde uns nicht erlauben ...« – »Mit der Regierung ist Nucingen ihm zuvorgekommen«, sagte du Tillet zu Blondet.

»Ach so, Sie haben mit Opium gehandelt?« rief Madame du Val-Noble; »jetzt verstehe ich, weshalb Sie so einschläfernd wirken; es ist Ihnen etwas davon im Herzen haften geblieben ...« – »Sehen Sie!« rief der Baron dem angeblichen Opiumhändler zu und zeigte auf Madame du Val-Noble, »es geht Ihnen wie mir: Millionären gelingt es nie, sich die Liebe der Frauen ßu erwerben.« – »Ich sein geuorrden geliebt sährr und oft, Mylady«, sagte Peyrade. – »Und immer der Mäßigkeit wegen«, sagte Bixiou, der Peyrade eben die dritte Flasche Bordeaux eingetrichtert hatte und gerade eine Flasche Portwein für ihn anbrach. – »Oh!« rief Peyrade, »es ist *very fine* Portuein aus Ingländ.«

Blondet, du Tillet und Bixiou tauschten ein Lächeln aus. Peyrade besaß die Gabe, alles zu travestieren, sogar den Geist. Es gibt wenig Engländer, die nicht behaupten, Gold und Silber seien in England besser als irgendwo sonst. Die jungen Hähne und die Eier, die aus der Normandie auf den Londoner Markt kommen, ermächtigen die Engländer zu der Versicherung, daß die Londoner Hähnchen und Eier denen in Paris, die doch aus derselben Gegend stammen, überlegen sind *(very fine!)*. Esther und Lucien waren sprachlos ob dieser Vollkommenheit der Verkleidung, der Sprache und der Verwegenheit. Man trank und aß, während man plauderte und lachte, so viel und so gut, daß es vier Uhr morgens wurde. Bixiou glaubte einen jener Siege davongetragen zu haben, wie Brillat-Savarin[57] sie so lustig schildert. Aber als er seinem Onkel zu trinken einschenkte und vor sich hin sagte: »Ich habe England besiegt!«, erwiderte Peyrade dem wilden Spötter mit einem »Man immer zu, mein Junge!«, das nur Bixiou hörte.

»He, ihr andern! Der ist so wenig Engländer wie ich ..! Mein Onkel ist Gaskogner ...! Einen andern konnte ich auch nicht haben!« Bixiou war mit Peyrade allein, so daß niemand diese Enthüllung hörte. Peyrade fiel von seinem Stuhl zu Boden. Sofort packte Paccard ihn und trug ihn in eine Mansarde hinauf, wo er in tiefen Schlaf versank. Um sechs Uhr abends spürte der Nabob, wie er erwachte, weil ihm mit einem nassen Tuch das Gesicht abgerieben wurde; er lag auf einem schlechten Gurtbett und sah sich unmittelbar Asia gegenüber; sie war maskiert und trug einen schwarzen Domino.

»Aha, Papa Peyrade, wollen wir jetzt mal abrechnen?« fragte sie. – »Wo bin ich ...?« fragte er und hielt Umschau. – »Hören Sie mich an, das dürfte Sie nüchtern machen«, antwortete Asia. »Wenn Sie Madame du Val-Noble auch nicht lieben, so lieben Sie doch Ihre Tochter, nicht wahr?« – »Meine Tochter?« röhrte Peyrade. – »Ja, Mademoiselle Lydie ...« – »Und was ist mit ihr?« – »Nun, sie ist nicht mehr in der Rue des Moineaux, sie ist entführt worden.«

Peyrade entfuhr ein Seufzer, wie ihn die Soldaten ausstoßen, wenn sie auf dem Schlachtfeld zu Tode getroffen werden. »Während Sie den Engländer spielten, haben wir Peyrade gespielt. Ihre kleine Lydie glaubte ihrem Vater zu folgen, sie ist in Nummer Sicher ... oh, Sie werden sie niemals finden! Sofern Sie nicht wieder gutmachen, was Sie angerichtet haben ...« – »Was denn? ...« – Gestern ist Lucien de Rubempré an der Tür des Herzogs von Grandlieu abgewiesen worden. Dieses Ergebnis verdanken wir deinen Intrigen und dem Mann, den du auf uns gehetzt hast. Kein Wort. Hör zu!« sagte Asia, als sie sah, daß Peyrade den Mund auftat. »Deine Tochter«, fuhr sie fort und gab durch die Betonung, die sie jedem Wort lieh, den Gedanken Nachdruck, »wirst du rein und makellos erst an dem Tage wiedersehen, an dem Lucien de Rubempré die Kirche Saint-Thomas d'Aquin als Gatte der Mademoiselle Clotilde verlassen hat. Wenn Lucien de Rubempré nicht innerhalb von zehn Tagen wieder empfangen wird, wirst zunächst du eines gewaltsamen Todes sterben, ohne daß dich irgend etwas vor dem Schlag bewahren kann, der dir droht... Aber wenn du spürst, daß du erledigt bist, wird man dir, ehe du stirbst, noch Zeit lassen, über diesen Gedanken nachzugrübeln: ›Meine Tochter ist für den Rest ihrer Tage Prostituierte...!‹ Obgleich du dumm genug gewesen bist, diese Beute in unsern Klauen zu lassen, hast du doch noch Verstand genug, um über diese Mitteilung unserer obersten Leitung nachzudenken. Belle nicht, sprich kein Wort, wechsle bei Contenson deine Kleidung und geh nach Hause; da wird Katt dir sagen, daß deine kleine Lydie auf ein paar Zeilen von dir hinuntergegangen und nicht mehr gesehen worden ist. Wenn du Klage erhebst, wenn du einen einzigen Schritt unternimmst, so wird mit dem begonnen, womit, wie ich dir sagte, geschlossen werden sollte; deine Tochter ist de Marsay versprochen. Beim Vater Canquoëlle darf man keine Redensarten machen oder Handschuhe anziehen, nicht wahr...? Geh hinunter und hüte dich, noch einmal in unsere Angelegenheiten einzugreifen.«

Asia ließ Peyrade in einem erbarmungswürdigen Zustand zurück; jedes ihrer Worte war ein Keulenschlag gewesen. Der Spitzel hatte zwei Tränen in den Augen, und zwei weitere Tränen unten an seinen Backen hingen mit ihnen durch feuchte Spuren zusammen. »Herr Johnson wird zum Abendessen erwartet«, sagte Europa, die einen Augenblick darauf ihren Kopf zeigte.

Peyrade gab keine Antwort; er ging hinunter, eilte durch die Straßen bis zu einer Droschkenhaltestelle und fuhr zu Contenson, um seine Verkleidung abzulegen; er sagte kein Wort, verwandelte sich wieder in den Vater Canquoëlle und langte um acht Uhr bei seinem Hause an. Mit pochendem Herzen stieg er die Treppen hinauf. Als die Flämin ihren Herrn hörte, fragte sie ihn in so naivem Ton: »Nun, und wo ist das Fräulein?«, daß der alte Spitzel sich anlehnen mußte. Der Schlag ging über seine Kräfte. Er ging in die Wohnung seiner Tochter und wurde dort vollends ohnmächtig, als er die Zimmer leer fand und Katts Bericht anhörte; sie erzählte ihm alle Einzelheiten über die Entführung, die so geschickt angelegt war, wie wenn er selber sie ausgeheckt hätte. – Hilft nichts, sagte er sich, ich muß mich beugen, ich werde mich später rächen. Jetzt zu Corentin ... Dies ist das erstemal, daß wir auf Gegner stoßen. Corentin wird dem hübschen Jüngelchen seine Freiheit lassen; mag er sich mit Kaiserinnen verheiraten, wenn er will ...! Ach, ich verstehe, daß meine Tochter sich auf den ersten Blick in ihn verliebt hat ... Oh, der spanische Priester kennt sich aus ...! Mut, Papa Peyrade, laß deine Beute aus den Fängen! Der arme Vater war nicht auf den grauenhaften Schlag gefaßt, der seiner wartete. Als er zu Corentin kam, sagte Bruno, der Vertrauensdiener, der Peyrade kannte: »Der Herr ist verreist ...« – »Auf lange?« – »Auf zehn Tage ...« – »Wohin?« – »Das weiß ich nicht ...!«

O mein Gott, ich fange an, zu verblöden! Ich frage, wohin ...? Als ob wir es ihnen je gesagt hätten! dachte er.

Ein paar Stunden vor dem Augenblick, da Peyrade in der Mansarde der Rue Saint-Georges geweckt wurde, fand Corentin, der von seinem Landhaus in Passy hergekommen war, sich bei dem Herzog von Grandlieu ein, und zwar im Kostüm eines Dieners in gutem Hause. In einem Knopfloch seines schwarzen Fracks war das Band der Ehrenlegion zu sehen. Er hatte sich das runzlige, bleifarbene Gesicht eines Greises mit gepudertem Haar zurechtgemacht. Seine Augen waren hinter einer Schildpattbrille verborgen. Kurz, er sah aus wie ein alter Bürochef. Als er seinen Namen (Monsieur de Saint-Denis) genannt hatte, wurde er in das Arbeitszimmer des Herzogs von Grandlieu geführt, wo er Derville vorfand. Der Anwalt las den Brief, den Corentin selber einem seiner Agenten, der mit den Schreibereien beauftragten Nummer, diktiert hatte. Der Herzog nahm Corentin beiseite, um ihm auseinanderzusetzen, was Corentin bereits wußte. Monsieur de Saint-Denis hörte kühl und respektvoll zu und amüsierte sich damit, diesen großen Herrn zu studieren und ihn durch Kleidung und Augenschein hindurch zu durchdringen, dieses ganze Leben ans Licht zu ziehen, das damals und immerdar vom Whist und den Gedanken an die Größe des Geschlechts Grandlieu ausgefüllt wurde. Große Herren sind so naiv gegen Niedrigerstehende, daß Corentin in aller Demut nicht sehr viele Fragen zu stellen brauchte, um aus Monsieur de

Grandlieu eine Reihe anmaßender Äußerungen hervorsprudeln zu lassen.

»Wenn Sie meinem Rat Gehör schenken wollen«, sagte Corentin zu Derville, nachdem er dem Anwalt förmlich vorgestellt worden war, »so sollten wir noch heute abend nach Angoulême aufbrechen; der Eilpostwagen nach Bordeaux fährt ebenso schnell wie die Briefpost[58]; der Aufenthalt braucht nicht länger als sechs Stunden zu dauern, damit wir die Auskünfte erhalten, die der Herr Herzog wünscht. Genügt es nicht, wenn ich Euer Herrlichkeit recht verstanden habe, daß wir in Erfahrung bringen, ob die Schwester und der Schwager des Monsieur de Rubempré ihm zwölfhunderttausend Francs haben geben können ...?« fragte er und sah den Herzog an. »Vollkommen! So ist es!« erwiderte der Pair von Frankreich. – »Wir können in vier Tagen zurück sein«, fuhr Corentin fort und blickte Derville an; »auf diese Weise brauchen wir weder der eine noch der andere unsere Geschäfte so lange im Stich zu lassen, daß sie darunter leiden könnten.« – »Das war der einzige Einwand, den ich Seiner Herrlichkeit hätte machen können«, sagte Derville. »Es ist jetzt vier Uhr, ich eile nach Hause, um meinen Bürovorsteher ins Bild zu setzen und meinen Reisekoffer zu packen; und nach dem Essen bin ich dann um acht ... Aber werden wir Plätze bekommen?« fragte er Monsieur de Saint-Denis, indem er sich unterbrach. – »Ich bürge dafür«, sagte Corentin; »seien Sie um acht Uhr im Hof des Hauptbüros[59]. Wenn es keine Plätze mehr gibt, werde ich welche freimachen lassen; denn nur so darf man Monseigneur den Herzog von Grandlieu bedienen ...« – »Meine Herren«, sagte der Herzog mit unendlicher Geduld, »ich danke Ihnen noch nicht ...«

Corentin und der Anwalt hielten dieses Wort für eine Verabschiedung, verneigten sich und gingen. Zu der Zeit, da Peyrade Corentins Diener ausfragte, musterten Monsieur de Saint-Denis und Derville einander im Coupé, in dem sie Platz gefunden hatten, während der Eilpostwagen nach Bordeaux aus Paris hinausrollte. Am folgenden Morgen wurde der gelangweilte Derville zwischen Orléans und Tours gesprächig, und Corentin ließ sich herab, ihn zu amüsieren, obwohl er dabei Distanz wahrte; er machte ihn glauben, daß er der Diplomatie angehöre und durch die Empfehlung des Herzogs von Grandlieu Generalkonsul zu werden hoffe. Zwei Tage nach ihrem Aufbruch machten Corentin und Derville in Mansle halt, und zwar zur höchsten Verwunderung des Anwalts, der glaubte, sie führen nach Angoulême.

»Wir werden«, sagte Corentin zu Derville, »in dieser kleinen Stadt sichere Auskünfte über Madame Séchard erhalten.« – »So kennen Sie sie?« fragte Derville, den es erstaunte, Corentin so unterrichtet zu finden. »Ich habe den Schaffner zum Schwätzen gebracht, als ich merkte, daß er aus Angoulême ist; er hat mir gesagt, Madame Séchard wohne in Marsac, und Marsac liegt nur eine Stunde von Mansle entfernt. Ich hab' gemeint, wir würden hier eher in der Lage sein, die Wahrheit herauszubekommen, als in Angoulême.«

Schließlich, dachte Derville, bin ich, wie der Herzog mir gesagt hat, nur ein Zeuge bei den Nachforschungen, die dieser Vertrauensmann anstellen soll.

Die Herberge in Mansle, die »Zum freien Himmel« hieß, hatte zum Wirt einen jener fettgepolsterten dicken Menschen, von denen man stets fürchtet, man werde sie bei der Rückkehr nicht mehr vorfinden, und die noch nach zehn Jahren auf ihrer Türschwelle stehen, und zwar mit derselben Fleischmasse, derselben baumwollenen Mütze, derselben Schürze, demselben Messer, demselben fettigen Haar und demselben dreifachen Kinn; bei allen Romandichtern, angefangen vom unsterblichen Cervantes bis zum unsterblichen Walter Scott, bleiben sie sich stereotyp gleich. Bilden sie sich nicht alle etwas auf ihre Küche ein, haben sie nicht alle alles zum Auftragen bereit, bis sie einem schließlich ein hektisches Hühnchen und mit ranziger Butter bereitetes Gemüse vorsetzen? Alle rühmen ihre erlesenen Weine und zwingen einen, den Landwein des Ortes zu trinken. Aber Corentin hatte seit frühester Jugend gelernt, einem Gastwirt wesentlichere Dinge zu entlocken, als es zweifelhafte Speisen und verschnittene Weine sind. Daher spielte er denn auch den leicht zu befriedigenden Gast, der sich ganz auf den geschicktesten Koch von Mansle verlasse, wie er sich dem Dicken gegenüber ausdrückte.

»Es kostet mich kaum Mühe, der beste zu sein: ich bin der einzige«, antwortete der Wirt. – »Lassen Sie für uns im Nebenzimmer decken«, sagte Corentin und blinzelte Derville zu, »und vor allem scheuen Sie sich nicht, Feuer in den Kamin zu tun: Es handelt sich darum, uns die Fingerspitzen aufzutauen.« – »Warm war es gerade nicht im Coupé«, sagte Derville.

»Ist es weit von hier nach Marsac?« fragte Corentin die Frau des Wirts, die aus den oberen Regionen herabkam, als sie hörte, daß die Post bei ihnen Gäste für die Nacht abgesetzt hatte. »Will der Herr denn nach Marsac?« fragte die Wirtin. – »Ich weiß es noch nicht«, antwortete er trocken und obenhin. »Ist die Entfernung von hier bis Marsac beträchtlich?« fragte er nochmals, nachdem er der Wirtin Zeit gelassen hatte, sein rotes Ordensbändchen zu erkennen. – »Mit dem Wagen ist es eine kleine halbe Stunde«, sagte die Herbergsmutter. – »Glauben Sie, daß Monsieur und Madame Séchard auch im Winter dort sind?« – »Ganz bestimmt; sie leben das ganze Jahr dort ...« – »Es ist jetzt fünf, wir werden sie wohl um neun noch wach finden.« – »Oh, bis zehn Uhr ist jeden Abend Besuch da: der Pfarrer, Herr Marron, der Arzt.« – »Es sind wackere Leute!« sagte Derville. – »Oh, das beste vom besten!« antwortete die Gastwirtsfrau, »rechtschaffene, redliche Leute ... und nicht ehrgeizig, lassen Sie's gut sein; Monsieur Séchard geht es zwar ganz gut, aber er hätte Millionen haben können nach dem, was geredet wird, wenn er sich nicht hätte um eine Erfindung begaunern lassen, die er gemacht hat, in der Papierfabrikation; jetzt haben die Gebrüder Cointet den Nutzen ...« – »Ach ja, die Gebrüder Cointet!« sagte Corentin.

»Schweig doch!« sagte der Gastwirt. »Was interessiert es die Herren, ob Séchard auf ein Patent in der Papierfabrikation Anspruch hat oder nicht. Die Herren sind doch keine Papierhändler ... – Wenn Sie die Nacht bei mir zu verbringen gedenken – im ›Freien Himmel‹«, sagte der Wirt zu den beiden Reisenden, »dann möchte ich bitten, sich einzutragen; hier ist das Buch. Wir haben einen Gendarmeriewachtmeister, der nichts zu tun hat und seine Zeit damit hinbringt, uns zu belästigen ...«

»Teufel! Teufel! Ich hatte die Séchards für sehr reich gehalten«, sagte Corentin, während Derville seinen Namen und seinen Stand als Anwalt beim Gericht Erster Instanz im Département Seine einschrieb. »Manche«, entgegnete der Wirt, »behaupten, sie seien Millionäre; aber wer die Zungen am Schwätzen hindern wollte, könnte auch den Fluß am Fließen hindern. Der alte Séchard hat für zweihunderttausend Francs Liegenschaften hinterlassen, wie man so sagt, und das ist schon recht hübsch für einen Mann, der als Arbeiter angefangen hat. Na, und er hat vielleicht ebensoviel an Ersparnissen gehabt ... denn schließlich hat er jährlich zehntausend bis zwölftausend Francs aus seinem Grundbesitz gezogen. Wenn man nun annimmt, er sei dumm genug gewesen, sein Geld zehn Jahre lang nicht anzulegen, dann stimmt die Rechnung! Aber rechnen Sie dreihunderttausend Francs, wenn er Wuchergeschäfte getrieben hat, wie man argwöhnt, dann haben Sie die ganze Geschichte. Fünfhunderttausend ist von einer Million noch recht weit entfernt. Ich wünsche mir nur diesen Unterschied als Vermögen, dann wäre ich nicht mehr im ›Freien Himmel‹.« – »Wie?« fragte Corentin, »Monsieur David Séchard und seine Frau haben nicht zwei oder drei Millionen Vermögen? ...« – »Aber«, rief die Wirtsfrau, »auf soviel werden die Gebrüder Cointet geschätzt, die ihn um seine Erfindung gebracht haben; er hat von ihnen ganze zwanzigtausend Francs bekommen ... Woher sollen diese ehrlichen Leute Millionen genommen haben? Sie waren recht in Not, solange ihr Vater noch lebte. Wären nicht Kolb, ihr Verwalter, und dessen Frau gewesen, die ihnen ebenso ergeben ist wie ihr Mann, so hätten sie kaum zu leben gehabt. Was hatten sie denn von La Verberie ...? Tausend Taler Einkünfte ...!«

Corentin nahm Derville beiseite und sagte zu ihm: *»In vino veritas!* Die Wahrheit bekommt man in der Kneipe heraus. Ich meinesteils betrachte ein Gasthaus als das eigentliche Zivilstandsregister einer Gegend; der Notar weiß nicht besser über alles Bescheid, was in einer kleinen Stadt vorgeht, als der Wirt ... Sehen Sie! Man hält uns für Bekannte der Cointet, Kolb und so weiter ... Ein Gastwirt ist das lebendige Register aller Geschehnisse, er leistet, ohne es zu wissen, Polizeidienste. Die Regierung brauchte höchstens zweihundert Spitzel zu unterhalten, denn in einem Land wie Frankreich gibt es zehn Millionen ehrbarer Spitzel. Aber wir sind nicht gezwungen, uns auf diesen Bericht zu verlassen, obwohl man in dieser kleinen Stadt schon etwas von den zwölfhunderttausend Francs wissen müßte, wenn sie weggegeben worden wären, damit das Gut Rubempré bezahlt werden konnte ... Wir brauchen schwerlich lange hier zu bleiben ...« – »Ich hoffe es«, sagte Derville. – »Der Grund ist dieser«, fuhr Corentin fort. »Ich habe das natürlichste Mittel gefunden, um die Wahrheit aus dem Munde des Ehepaares Séchard zu hören. Ich rechne damit, daß Sie die kleine List, deren ich mich bedienen will, um Ihnen einen klaren, zuverlässigen Bericht über ihre Vermögensverhältnisse zu verschaffen, mit Ihrem Ansehen als Anwalt unterstützen werden. – Nach dem Essen brechen wir auf und fahren zu Monsieur Séchard«, sagte Corentin zu der Wirtin; »Sie sorgen dafür, daß wir Betten bekommen, wir wollen jeder ein eigenes Zimmer. Unterm ›Freien Himmel‹ muß doch Platz sein.« – »Oh«, sagte die Frau, »diesen Namen haben wir uns selbst ausgedacht.« – »Diesen Kalauer gibt es in allen Provinzen«, sagte Corentin, »Sie haben kein Monopol darauf.« – »Es ist angerichtet, meine Herren«, sagte der Wirt.

»Und wo, zum Teufel, könnte jener junge Mann sein Geld hergenommen haben ...? Hätte der Anonymus recht, und wäre es das Geld einer schönen Dirne?« fragte Derville Corentin, als sie sich zu Tisch setzten. – »Das wäre der Gegenstand einer weiteren Untersuchung«, sagte Corentin. »Lucien de Rubempré lebt, wie mir der Herzog von Chaulieu sagte, mit einer getauften Jüdin, die sich als Holländerin ausgibt und Esther van Bogseck heißt.« – »Welch merkwürdiges Zusammentreffen!« sagte der Anwalt, »ich suche die Erbin eines Holländers namens Gobseck; es ist derselbe Name, nur mit vertauschten Konsonanten ...« – »Nun«, sagte Corentin, »ich verschaffe Ihnen nach meiner Rückkehr nach Paris Auskünfte über ihre Abstammung.«

Eine Stunde später waren die beiden Beauftragten der Familie Grandlieu unterwegs nach La Verberie, dem Haus des Ehepaars Séchard. Nie zuvor hatte Lucien so tiefe Erschütterungen durchlebt, wie sie ihn überkamen, als er in La Verberie sein Schicksal mit dem seines Schwagers verglich. Die beiden Pariser sollten jetzt das gleiche Szenenbild vorfinden, das vor wenigen Tagen Lucien so betroffen gemacht hatte. Hier atmete alles Ruhe und Wohlstand. Zu der Stunde, um die die beiden Fremden eintreffen sollten, saß im Wohnzimmer von La Verberie eine Gesellschaft von vier Personen: der Pfarrer von Marsac, ein junger, fünfundzwanzigjähriger Priester, der auf Madame Séchards Bitte der Lehrer ihres Sohnes Lucien geworden war; der Arzt des Ortes, ein gewisser Marron; der Bürgermeister der Gemeinde und ein alter pensionierter Oberst, der auf einem kleinen Besitz La Verberie gegenüber, auf der andern Seite der Landstraße, Rosen züchtete. An jedem Winterabend kamen diese Leute, um ein unschuldiges Boston zu einem Centime den Point zu spielen, um die Zeitungen abzuholen oder die, die sie gelesen hatten, zurückzubringen. Als das Ehepaar Séchard La Verberie, ein schönes, schiefergedecktes Kalktuffhaus, kaufte, bestand das ganze zugehörige Gelände aus einem zwei Morgen großen Garten. Mit der Zeit hatte die schöne Madame Séchard ihren Garten, indem sie ihre Ersparnisse darauf verwandte, bis zu einem kleinen Wasserlauf ausgedehnt; sie hatte die aufgekauften Weinberge geopfert und in Rasenflächen und Boskette umgewandelt. Gegenwärtig war La Verberie von einem ummauerten Park von ungefähr zwanzig Morgen umgeben und galt als der ansehnlichste Besitz der Gegend. Das Haus des verstorbenen Séchard diente mit seinen Wirtschaftsgebäuden nur noch für die Bewirtschaftung von etwa zwanzig Morgen Weinland, die er außer fünf Meierhöfen mit einem Ertrag von etwa sechstausend Francs und zehn Morgen Weideland auf der anderen Seite des Wasserlaufs, dem Park von La Verberie gegenüber, hinterlassen hatte; Madame Séchard rechnete damit, jenes Weideland im nächsten Jahr in den Garten einbeziehen zu können. Im Dorf wurde La Verberie bereits als das Schloß bezeichnet, und Eve Séchard als Dame de Marsac. Lucien hatte also, als er seine Eitelkeit befriedigen wollte, nur getan wie die Land- und Weinbauern. Courtois, der Besitzer einer Mühle, die einige Büchsenschüsse weit von den zu La Verberie gehörenden Wiesen malerisch gelegen war, stand, wie verlautbarte, mit Madame Séchard eben jener Mühle wegen in Unterhandlungen. Diese wahrscheinliche Erwerbung mußte La Verberie vollends zum Ansehen eines erstklassigen Landguts im Departement verhelfen. Madame Séchard, die viel Gutes tat, und zwar mit ebenso viel Unterscheidungsvermögen wie Hochherzigkeit, wurde ebenso sehr geachtet wie geliebt. Ihre Schönheit, die sich herrlich entwickelt hatte, war gerade damals zu voller Entfaltung gelangt. Obgleich sie schon etwa sechsundzwanzig Jahre alt war, hatte sie die Frische ihrer Jugend bewahrt, da sie die Ruhe und den Überfluß genoß, wie das Landleben sie bietet. In ihren Gatten war sie nach wie vor verliebt, und sie achtete in ihm den Mann von Talent, der bescheiden genug war, um auf den Lärm des Ruhms zu verzichten; um sie zu schildern, genügt es vielleicht, wenn wir sagen, daß zeit ihres Lebens ihr Herz keinen Schlag getan hatte, der nicht ihren Kindern oder ihrem Gatten gegolten hätte. Der Zoll, den diese Familie dem Unglück zahlte, man errät es schon, bestand in dem tiefen Kummer über Luciens Leben, in dem Eve Séchard Geheimnisse ahnte, die sie um so mehr mit Ängsten erfüllten, als Lucien während seines letzten Besuches jede Frage der Schwester kurz abgeschnitten hatte, indem er ihr sagte, die Ehrgeizigen seien über ihre Mittel und Wege nur sich selbst Rechenschaft schuldig. Im Verlauf von sechs Jahren hatte Lucien seine Schwester nur dreimal gesehen, und er hatte ihr nicht mehr als sechs Briefe geschrieben. Seinen ersten Besuch in La Verberie hatte er gelegentlich des Todes seiner Mutter gemacht; der letzte hatte die Bitte um Unterstützung jener für sein Vorgehen so notwendigen Lüge zum Zweck gehabt. Diese Bitte war zum Gegenstand einer ziemlich ernsten Szene zwischen dem Ehepaar Séchard und Lucien geworden, die im Herzen der beiden inmitten ihres ruhigen, noblen Daseins grausame Zweifel hinterlassen hatte.

Das Innere des Hauses, das ebenso sehr wie das Äußere umgewandelt worden war, machte, ohne luxuriös zu wirken, einen behaglichen Eindruck. Man wird es nach einem flüchtigen Blick auf das Wohnzimmer, in dem in diesem Augenblick die Gesellschaft verweilte, beurteilen können. Ein hübscher Aubusson-Teppich, Wandbespannungen aus grauem Baumwollköper, mit grünseidenen Borten, Gemälde mit Motiven aus den Wäldern von Spaa, eine Möbelgarnitur aus geschnitztem Mahagoni, bezogen mit grauem, grün posamentiertem Kaschmir, und Jardinièren, die trotz der Jahreszeit voller Blumen standen, ergaben ein dem Auge wohltuendes Gesamt. Die grünseidenen Fenstervorhänge, die Kaminverzierung und die Spiegelrahmen waren frei von der Geschmacklosigkeit, die in der Provinz alles verdirbt; letztlich vermittelten die geringsten Einzelheiten in ihrer Eleganz und Sauberkeit der Seele und dem Blick Ruhe, und zwar durch jene Poesie, die eine liebende, geistvolle Frau in ihrem Haus verbreiten kann und soll.

Madame Séchard, die noch ihres Vaters wegen Trauerkleidung trug, war am Kamin mit einer Stickerei beschäftigt, wobei Madame Kolb, die Haushälterin, auf die sie sich in allen Kleinigkeiten der Haushaltsführung verließ, ihr half. In dem Augenblick, da der Wagen bei den ersten Häusern von Marsac anlangte, gesellte sich zu dem gewohnten Kreis in La Verberie noch Courtois, der Müller, der seine Frau verloren hatte und sich zur Ruhe setzen wollte; er hoffte, seinen Besitz, auf den Eve Wert zu legen schien – und Courtois wußte, warum –, gut zu verkaufen.

»Da hält ein Wagen vor dem Haus!« sagte Courtois, als er vor der Tür das Geräusch von Rädern hörte; »und nach dem Geklapper und Gerassel kann man annehmen, daß er aus der Gegend ist . . .« – »Das ist sicher Postel mit seiner Frau, sie wollen uns besuchen«, sagte der Arzt. – »Nein«, sagte Courtois, »der Wagen kommt von Mansle.« – »Madame«, sagte Kolb (ein großer, dicker Elsässer), »es kommt ein Anwalt aus Paris, er wünscht den Herrn zu sprechen.«

»Ein Anwalt . . .?« rief Séchard. »Das Wort verursacht mir Bauchweh.« – »Danke«, sagte der Bürgermeister von Marsac, der Cachan hieß und zwanzig Jahre lang in Angoulême Anwalt gewesen war; er hatte ehedem den Auftrag gehabt, den Prozeß gegen Séchard durchzuführen. – »Mein armer David wird sich nicht ändern, er ist und bleibt nun mal zerstreut!« sagte Eve lächelnd. – »Ein Pariser Anwalt?« sagte Courtois. »Haben Sie denn in Paris Geschäfte?« – »Nein«, sagte Eve. – »Sie haben aber einen Bruder dort«, bemerkte Courtois lächelnd. – »Wenn es sich nur nicht um die Erbschaft des Vaters Séchard handelt«, sagte Cachan. »Der gute Mann hat bedenkliche Geschichten angestellt . . .!«

Als Corentin und Derville eintraten, baten sie, nachdem sie die Gesellschaft begrüßt und ihre Namen genannt hatten, Madame Séchard und ihren Gatten unter vier Augen sprechen zu dürfen. – »Gern«, sagte Séchard; »aber handelt es sich um Geschäfte?« – »Einzig um die Hinterlassenschaft Ihres Herrn Vaters«, erwiderte Corentin. – »Dann gestatten Sie bitte, daß der Herr Bürgermeister, ein ehemaliger Anwalt von Angoulême, der Unterredung beiwohnt.« – »Sie sind Monsieur Derville ...?« fragte Cachan Corentin. – »Nein, das ist jener Herr dort«, antwortete Corentin und zeigte auf den Anwalt, der sich verneigte.

»Aber«, sagte Séchard, »wir sind hier in der Familie, wir haben vor unsern Nachbarn kein Geheimnis, wir brauchen nicht erst in mein Arbeitszimmer zu gehen, da ist nicht geheizt ... Unser Leben liegt vor aller Augen offen ...« – »Das Ihres Herrn Vaters«, sagte Corentin, »barg einige Geheimnisse, die bekanntzumachen Ihnen vielleicht nicht angenehm wäre.« – »Ist es denn etwas, wovor wir erröten müßten ...?« fragte Eve erschrocken. – »Oh, nein, nur eine kleine Jugendsünde«, sagte Corentin; er stellte auf diese Weise mit größter Kaltblütigkeit eine seiner tausend Mausefallen auf. »Ihr Herr Vater hat Ihnen einen älteren Bruder hinterlassen ...« – »Oh, der alte Brummbär!« rief Courtois. »Er mochte Sie nicht allzu sehr, Monsieur Séchard, und das hat er Ihnen aufgespart, der Heimtücker ...! Jetzt verstehe ich, was er meinte, als er zu mir sagte: ›Ihr werdet schöne Geschichten erleben, wenn ich begraben bin!‹« – »Beruhigen Sie sich«, sagte Corentin zu Séchard und musterte Eve mit einem Seitenblick. – »Einen Bruder!« rief der Arzt; »aber da muß ja die Erbschaft geteilt werden ...!«

Derville tat, als besehe er sich die schönen Radierungen, die in Zustandsdrucken auf den Wandfüllungen des Wohnzimmers hingen.

»Beruhigen Sie sich, Madame«, wiederholte Corentin, als er die Überraschung wahrnahm, die sich auf Madame Séchards schönem Gesicht abzeichnete, »es handelt sich nur um ein natürliches Kind. Die Rechte eines natürlichen Kindes sind nicht die eines ehelichen. Jener Sohn steckt im tiefsten Elend; er hat Anspruch auf eine Summe, die sich nach der Höhe der Erbschaft richtet. Die Millionen, die Ihr Herr Vater hinterlassen hat ...«

Bei dem Wort Millionen erscholl im Zimmer ein einstimmiger Aufschrei. Von diesem Augenblick an beschaute Derville nicht mehr die Radierungen.

»Der alte Séchard und Millionen ...?« fragte der dicke Courtois. »Wer hat Ihnen denn das gesagt? Sicher irgendein

Bauer ...« – »Monsieur«, sagte Cachan, »Sie gehören nicht zur Steuerbehörde, und also kann man Ihnen sagen, wie die Dinge in Wirklichkeit stehen ...« – »Seien Sie ganz unbesorgt«, antwortete Corentin, »ich gebe Ihnen mein Ehrenwort, daß ich kein Steuerbeamter bin.« – Cachan, der allen einen Wink gegeben hatte, daß sie schweigen sollten, hatte unwillkürlich eine Geste der Genugtuung gemacht. – »Und handelte es sich auch nur um eine Million«, fuhr Corentin fort, »so machte der Anteil des unehelichen Sohnes immer noch eine schöne Summe aus. Wir sind nicht hergekommen, um einen Prozeß anzustrengen, sondern im Gegenteil, um Ihnen vorzuschlagen, daß Sie uns hunderttausend Francs geben, und damit fahren wir dann nach Hause ...« – »Hunderttausend Francs!« rief Cachan, der Corentin unterbrach; »aber der Vater Séchard hat zwanzig Morgen Weinland, fünf kleine Meierhöfe, zehn Morgen Wiesen und im übrigen keinen Liard hinterlassen ...«

»Um nichts in der Welt«, rief David Séchard dazwischen, »möchte ich eine Lüge sagen, Monsieur Cachan, und noch weniger in Gelddingen als in andern ... .« – Er wandte sich Derville und Corentin zu: »Mein Vater hat uns außer den Liegenschaften ...« – Courtois und Cachan mochten Séchard noch so sehr winken, er redete weiter: »... dreihunderttausend Francs hinterlassen, so daß die Gesamtbarschaft sich auf etwa fünfmalhunderttausend Francs beläuft.« – »Monsieur Cachan«, sagte Eve Séchard, »welchen Anteil billigt das Gesetz einem natürlichen Sohn zu ...?« – »Madame«, sagte Corentin, »wir sind keine Türken, wir bitten Sie nur, uns vor diesen Herren zu schwören, daß Sie aus der Erbschaft Ihres Schwiegervaters nicht mehr als hunderttausend Taler in bar erhalten haben, dann wir werden uns schon verständigen ...«

»Geben Sie uns zunächst Ihr Ehrenwort«, sagte der ehemalige Angoulêmer Anwalt zu Derville, »daß Sie Anwalt sind.« – »Hier ist mein Paß«, sagte Derville und reichte Cachan ein viermal gefaltetes Dokument; »und der Herr hier ist nicht, wie Sie glauben könnten, ein Generalsteuerinspektor; beruhigen Sie sich«, fügte Derville noch hinzu. »Wir hatten lediglich ein schwerwiegendes Interesse daran, die Wahrheit über den Nachlaß Séchards zu erfahren, und die wissen wir jetzt ...« Derville nahm Madame

Eve bei der Hand und führte sie sehr höflich an die andere Seite des Zimmers. »Madame«, sagte er leise, »wenn nicht die Ehre und die Zukunft der Familie Grandlieu an dieser Frage interessiert wären, hätte ich mich nicht zu der Kriegslist hergegeben, die jener Herr mit dem Ordensbändchen dort ausgeheckt hat; aber Sie müssen Nachsicht mit ihm haben, es handelt sich darum, die Lüge aufzudecken, durch die Ihr Herr Bruder jene adlige Familie hintergangen hat. Hüten Sie sich jetzt, etwa den Glauben zu erwecken, als hätten Sie Ihrem Herrn Bruder zwölfhunderttausend Francs für den Ankauf des Guts Rubempré gegeben ...« – »Zwölfhunderttausend Francs!« rief Madame Séchard erbleichend. »Und wo hat er sie hergenommen, der Unselige?« – »Ach, das ist es ja gerade«, sagte Derville, »ich fürchte, die Quelle dieses Vermögens ist recht unsauber.«

Eve standen Tränen in den Augen, was die Anwesenden bemerkten. »Wir haben Ihnen vielleicht einen Dienst geleistet«, sagte Derville zu ihr, »indem wir Sie hinderten, sich an einer Lüge zu beteiligen, die gefährliche Folgen haben könnte.«

Derville trat von Madame Séchard zurück, die bleich und mit Tränen auf den Wangen dasaß, und verbeugte sich vor der Gesellschaft. – »Nach Mansle!« sagte Corentin zu dem kleinen Burschen, der den Wagen kutschierte.

Im Eilpostwagen von Bordeaux nach Paris, der nachts durchkam, fand sich ein freier Platz: Derville bat Corentin, ihm zu erlauben, daß er ihn benutze, unter Hinweis auf seine Geschäfte; im Grunde jedoch mißtraute er seinem Reisegefährten, dessen diplomatische Geschicklichkeit und Kaltblütigkeit ihm von Erfahrung zu zeugen schienen. Corentin mußte drei Tage in Mansle bleiben, da er keine Gelegenheit zur Rückfahrt fand; er mußte schließlich nach Bordeaux schreiben und sich einen Platz belegen, und erst neun Tage nach seinem Aufbruch konnte er nach Paris zurückkehren.

Während dieser Zeit sprach Peyrade jeden Tag, sei es in Passy, sei es in Paris, in Corentins Wohnung vor, um sich zu überzeugen, ob jener zurückgekehrt sei. Am achten Tage ließ er in beiden Behausungen einen Brief zurück, der in einer nur ihnen beiden bekannten Geheimschrift abgefaßt war; er setzte darin dem Freund auseinander, welche Todesart ihm drohe, daß Lydie entführt worden sei, und welches grauenhafte Schicksal seine Feinde ihr zugedacht hätten. Peyrade, der hier der Angegriffene war, wie bislang nur er angegriffen hatte, blieb, ohne Corentin zur Seite zu haben, aber von Contenson unterstützt, darum nicht minder in seinem Nabobskostüm. Hatten seine unsichtbaren Feinde ihn auch entlarvt, so gedachte er doch klugerweise, einige Aufklärungen erlangen zu können, wenn er auf dem Schlachtfeld verblieb. Contenson hatte all seine Bekannten mobil gemacht und auf Lydies Spur gesetzt, er hoffte, das Haus ausfindig zu machen, in dem sie verborgen gehalten wurde; aber von Tag zu Tag, von Stunde zu Stunde steigerte die immer deutlicher werdende Unmöglichkeit, irgend etwas herauszubekommen, Peyrades Verzweiflung. Der alte Spitzel ließ sich von einer Leibwache umgeben, die aus den zwölf oder fünfzehn geschicktesten Polizeiagenten bestand. Die Umgebung der Rue des Moineaux und der Rue Taitbout, wo er als Nabob bei Madame du Val-Noble lebte, wurde überwacht. Während der drei letzten Tage der verhängnisvollen Frist, die Asia ihm gewährt hatte, um Lucien auf dem alten Fuß wieder im Palais Grandlieu Zulaß zu verschaffen, wich Contenson dem Veteranen des ehemaligen Generalpolizeiamtes nicht von der Seite. So tauchte die Angst, welche die Listen feindlicher Stämme in der Tiefe der amerikanischen Wälder verbreiten und deren Cooper sich so vortrefflich bedient hat, die kleinsten Einzelheiten des Pariser Lebens in ihre Poesie. Die Vorübergehenden, die Läden, die Droschken, irgend jemand, der an einem Fenster stand, all das bot den menschlichen Nummern, denen die Verteidigung des alten Peyrade, für den es ums Leben ging, anvertraut worden war, die ungeheure Bedeutung, die in Coopers Romanen ein Baumstamm, ein Biberbau, ein Fels, ein Büffelfell, ein regungslos daliegendes Kanu und eine Laubkrone dicht über dem Wasser besitzen.

»Wenn der Spanier tatsächlich abgereist ist, haben Sie nichts zu befürchten«, sagte Contenson zu Peyrade und machte ihn auf die tiefe Ruhe aufmerksam, deren sie sich erfreuten. – »Und wenn er nicht abgereist ist?« erwiderte Peyrade. – »Er hatte einen meiner Leute hinten auf seiner Kalesche sitzen, aber mein Mann hat in Blois absteigen müssen und dann den Wagen nicht wieder einholen können.«

Fünf Tage nach Dervilles Rückkehr empfing Lucien eines Morgens den Besuch Rastignacs. »Mein Lieber, ich bin in Verzweiflung über eine Unterhaltung, die mir unserer intimen Bekanntschaft wegen anvertraut worden ist. Mit deiner Heirat ist es aus, ohne daß du hoffen könntest, je wieder anzuknüpfen. Setze keinen Fuß mehr ins Palais Grandlieu. Um Clotilde zu heiraten, mußt du den Tod ihres Vaters abwarten, und der ist viel zu sehr Egoist geworden, um bald zu sterben. Alte Whistspieler pflegen lange an ihrem Tisch zu sitzen. Clotilde wird mit Madeleine de Lenoncourt-Chaulieu nach Italien reisen. Das arme Mädchen ist so in dich verschossen, mein Lieber, daß sie hat überwacht werden müssen; sie hat dich aufsuchen wollen, sie hatte ihren kleinen Fluchtplan schon fix und fertig ... Das mag dir zum Trost in deinem Unglück gereichen.«

Lucien erwiderte nichts; er blickte Rastignac an. »Ist das Ganze schließlich ein Unglück ...?« fuhr sein Landsmann fort; »du wirst leicht ein anderes, ebenso vornehmes Mädchen finden, das schöner ist als Clotilde ...! Madame de Sérisy wird dich aus Rache verheiraten; sie hat die Grandlieus nie leiden können, denn die haben sie nie empfangen wollen; sie hat eine Nichte, die kleine Clémence du Rouvre ...« – »Mein Lieber, seit unserem letzten Souper stehe ich mich nicht gut mit Madame de Sérisy; sie hat mich in Esthers Loge gesehen, hat mir eine Szene gemacht, und ich habe mich nicht dagegen gewehrt.« – »Eine Frau von über vierzig überwirft sich nicht auf lange mit einem so schönen jungen Menschen, wie du es bist«, sagte Rastignac. »Ich kenne mich in solcherlei Sonnenuntergängen ein bißchen aus ... Am Horizont dauert so was zehn Minuten, im Herzen einer Frau zehn Jahre.« – »Ich warte jetzt seit acht Tagen auf einen Brief von ihr.« – »Geh hin!« – »Jetzt wird es nötig sein.« – »Kommst du wenigstens zur Val-Noble? Ihr Nabob erwidert Nucingens Souper.« – »Ich bin eingeladen und werde hingehen«, sagte Lucien mit ernster Stimme.

Am Tage nach der Bestätigung seines Unglücks, über die Asia sofort Carlos unterrichtete, begab sich Lucien mit Rastignac und Nucingen zu dem unechten Nabob.

Um Mitternacht vereinigte Esthers ehemaliges Eßzimmer nahezu alle Gestalten dieses Dramas, dessen unter dem Bett dieser gießbachähnlichen Existenzen verborgene geheime Antriebe nur Esther, Lucien, Peyrade, dem Mulatten Contenson und Paccard bekannt waren, welch letzterer dabei war, um seine Herrin zu bedienen. Asia war, ohne daß Peyrade und Contenson etwas davon wußten, von Madame du Val-Noble gebeten worden, ihrer Köchin zu helfen. Als zu Tische gegangen wurde, fand Peyrade, der Madame du Val-Noble fünfhundert Francs gegeben hatte, damit sie ihre Sache gut machen konnte, in seiner Serviette einen kleinen Zettel, auf dem er folgende mit Bleistift geschriebene Worte las: ›Die zehn Tage sind in dem Augenblick abgelaufen, in dem Sie sich zu Tisch setzen.‹ Peyrade reichte Contenson, der hinter ihm stand, den Zettel und fragte ihn auf englisch: »Hast du das da für mich hineingesteckt?« Contenson las dieses Mene Tekel Upharsin beim Kerzenlicht und schob den Zettel in die Tasche; aber er wußte nur zu gut, wie schwierig es ist, eine Bleistiftschrift zu identifizieren, zumal wenn der ganze Satz in Großbuchstaben geschrieben ist, das heißt mit sozusagen geometrischen Linien, denn die großen Buchstaben bestehen einzig aus Kurven und Geraden, in denen man die Eigenarten der Handschrift unmöglich erkennen kann, wie in der sogenannten Kursivschrift.

Es war ein Souper ohne jedwede Heiterkeit. Peyrade war sichtlich geistesabwesend. Von den jungen Lebemännern, die ein Souper fröhlich zu machen wußten, waren nur Lucien und Rastignac da. Lucien war traurig und nachdenklich. Rastignac hatte vor dem Souper zweitausend Francs verloren und aß und trank mit dem Gedanken, sie nach dem Souper wiederzugewinnen. Die drei Frauen, die diese Kühle betroffen machte, sahen einander an. Die Langeweile beraubte die Speisen ihres Wohlgeschmacks. Es geht mit den Soupers wie mit den Theaterstücken und Büchern, sie haben ihre vom Zufall abhängigen Schicksale. Am Schluß des Soupers wurde Eis mit Früchten aufgetragen, à la Plombières. Jedermann weiß, daß da auf dem Eis kleine, sehr feine kandierte Früchte liegen; das Ganze wird in Gläsern serviert, nicht, wie üblich, in Pyramidenform. Dieses Eis hatte Madame du Val-Noble bei Tortoni bestellt, dessen berühmter Laden an der Ecke der Rue Taitbout und des Boulevards liegt. Die Köchin ließ den Mulatten rufen, damit er die Rechnung des

Eishändlers bezahle. Contenson, dem die Forderung des Burschen ungewöhnlich vorkam, eilte hinunter und fuhr ihn mit den Worten an: »Sie sind ja gar nicht von Tortoni . . .!« und hastete auf der Stelle wieder hinauf. Aber Paccard hatte diese Abwesenheit bereits benutzt, um das Eis an die Gäste zu verteilen. Kaum war der Mulatte an der Wohnungstür, als einer der Agenten, die die Rue des Moineaux überwachten, im Treppenhaus hinaufrief: »Nummer siebenundzwanzig.« – »Was ist denn los?« antwortete Contenson und lief, so schnell er konnte, von neuem hinab. – »Sagen Sie dem Papa, daß seine Tochter nach Hause gekommen ist; aber in welchem Zustand, du großer Gott! Er soll kommen, sie stirbt!«

In dem Augenblick, da Contenson wieder ins Eßzimmer trat, schluckte der alte Peyrade, der übrigens viel getrunken hatte, die kleine Kirsche hinunter, die oben auf seinem Eis gelegen hatte. Es wurde auf Madame du Val-Nobles Gesundheit angestoßen; der Nabob füllte sein Glas mit sogenanntem Kapwein und leerte es. So sehr Contenson auch durch die Nachricht, die er Peyrade mitteilen sollte, betroffen war: es fiel ihm, als er eintrat, dennoch auf, mit welcher Spannung Paccard den Nabob anstarrte. Die beiden Augen des Dieners der Madame de Champy glichen zwei Stichflammen. Diese Beobachtung durfte jedoch trotz ihrer Wichtigkeit den Mulatten nicht aufhalten, und er beugte sich zu seinem Herrn nieder, als Peyrade gerade sein leeres Glas wieder auf den Tisch stellte.

»Lydie ist zu Hause«, sagte Contenson, »und zwar in recht traurigem Zustand.« – Peyrade stieß den französischsten aller französischen Flüche aus, und noch dazu in so ausgesprochen südländischem Tonfall, daß sich auf den Gesichtern der Gäste das tiefste Erstaunen zeigte. Als er sich seines Fehlers bewußt wurde, gestand Peyrade auch noch seine Verkleidung ein, indem er Contenson in gutem Französisch zurief: »Besorge rasch einen Wagen . . .! Ich räume das Feld.«

Alle sprangen auf. – »Wer sind Sie denn?« rief Lucien. – »Tja!« sagte der Baron. – »Bixiou hatte bereits behauptet, Sie spielten den Engländer besser als er, und ich hatte es nicht glauben wollen«, sagte Rastignac. – »Es ist sicher irgendein erwischter Bankrotteur«, sagte du Tillet laut; »ich habe es ja geahnt . . .!«

»Was für ein merkwürdiges Nest doch dies Paris ist . . .!« sagte Madame du Val-Noble. »Ein Kaufmann, der in seinem Stadtviertel Bankrott gemacht hat, taucht im selben Viertel ungestraft als Nabob und auf den Champs-Elysées als Dandy auf . . .! Oh, ich habe wirklich Pech, die Pleiten sind mein Ungeziefer!« – »Es heißt, alle Blumen hätten ihr Ungeziefer«, sagte Esther ruhig; »meins gleicht dem der Kleopatra, der Natter.«

»Was ich bin . . .?« rief Peyrade an der Tür. »Haha, das sollen Sie erfahren! Denn wenn ich sterbe, komme ich aus meinem Grab und ziehe Sie jede Nacht an den Füßen . . .!« Bei diesen letzten Worten sah er Esther und Lucien an; dann benutzte er das allgemeine Staunen, um mit äußerster Behendigkeit zu verschwinden, da er nach Hause laufen wollte, ohne auf die Droschke zu warten. Auf der Straße hielt Asia, die in einen Umhang gehüllt war, wie ihn damals die Frauen trugen, wenn sie vom Ball kamen, den Spitzel auf der Schwelle der Einfahrt am Arm zurück.

»Schicke nach den Sakramenten, Papa Peyrade«, sagte sie mit jener Stimme, mit der sie ihm schon einmal sein Unglück prophezeit hatte. Ein Wagen stand bereit, Asia sprang hinein und verschwand, als habe der Wind sie entführt. Es hatten fünf Wagen gehalten; Peyrades Leute konnten nichts herausbekommen. –

Als Corentin in seinem Landhaus anlangte – es lag an einer der verstecktesten und heitersten Stellen der kleinen Stadt Passy, in der Rue des Vignes, wo er als ein Kaufmann galt, der von der Leidenschaft für Gärtnerei besessen war –, fand er den in Geheimschrift abgefaßten Brief seines Freundes Peyrade vor. Statt sich zu verschnaufen, stieg er sofort wieder in den Wagen, der ihn hergefahren hatte, und ließ sich in die Rue des Moineaux bringen, wo er nur Katt vorfand. Er erfuhr von der Flämin, wie Lydie verschwunden war, und war tief betroffen, daß er und Peyrade einen solchen Mangel an Voraussicht bewiesen hatten. »Mich kennen sie noch nicht«, sagte er sich. »Diese Kerle sind zu allem fähig; ich muß herauskriegen, ob sie Peyrade tatsächlich umbringen; denn dann zeige ich mich nicht mehr . . .«

Je infamer das Leben eines Menschen ist, desto mehr hängt

er daran; es ist dann gleichsam ein Protest, eine Rache, die sich unablässig auswirkt. Corentin eilte die Treppe hinunter und nach Hause, wo er sich in einen kleinen kränklichen Greis mit grünlichem Rock und Queckenperücke verkleidete. Dann kehrte er, getrieben von seiner Freundschaft für Peyrade, zu Fuß zurück. Er wollte seinen geheimsten und gewandtesten Nummern Befehle erteilen. Als er die Rue Saint-Honoré entlangging, um von der Place Vendôme aus in die Rue Saint-Roche einbiegen zu können, sah er vor sich her ein Mädchen in Pantoffeln gehen, das gekleidet war, wie eine Frau sich für die Nacht anzieht. Das Mädchen, das eine weiße Nachtjacke und auf dem Kopf eine Nachthaube trug, stieß von Zeit zu Zeit ein Schluchzen aus, das von unwillkürlichen Klagelauten unterbrochen wurde; Corentin überholte sie um ein paar Schritte und erkannte Lydie.

»Ich bin der Freund Ihres Vaters, des Monsieur Canquoëlle«, sagte er mit seiner natürlichen Stimme. – »Oh, endlich jemand, dem ich vertrauen kann . . .!« sagte sie. – »Lassen Sie sich nicht anmerken, daß Sie mich kennen«, fuhr Corentin fort, »wir werden von grausamen Feinden verfolgt und sind gezwungen, uns zu verkleiden. Aber erzählen Sie mir, was Ihnen zugestoßen ist . . .« – »Oh«, sagte das arme Mädchen, »Sie haben gut reden, so was erzählt man nicht . . . Ich bin entehrt, bin verloren, ohne daß ich mir erklären kann, wie . . .« – »Woher kommen Sie?« – »Ich weiß es nicht. Ich bin in solcher Hast weggelaufen; ich bin durch so viele Straßen gelaufen und habe Umwege gemacht, weil ich glaubte, ich würde verfolgt . . . Und wenn ich einem anständig aussehenden Menschen begegnet bin, habe ich ihn nach dem Weg zu den Boulevards gefragt, damit ich in die Rue de la Paix käme! Und schließlich, als ich so lange gegangen war . . . wie spät ist es?« – »Halb zwölf!« sagte Corentin. – »Ich bin bei Einbruch der Dunkelheit weggelaufen, also bin ich jetzt fünf Stunden unterwegs . . .!« rief Lydie.

»Kommen Sie, Sie sollen sich ausruhen, zu Haus ist Ihre gute Katt . . .« – »Oh, für mich gibt es keine Ruhe mehr! Ich will keine Ruhe mehr als die des Grabes; und die will ich in einem Kloster erwarten, wenn man mich der Aufnahme für würdig erachtet . . .« – »Arme Kleine! Haben Sie sich lange gesträubt?« – »Ja. Wenn Sie wüßten, unter was für verworfene Geschöpfe ich gesteckt worden bin ...« – »Sicher sind Sie eingeschläfert worden?« – »Ach, so ist es gekommen?« sagte die arme Lydie. »Noch ein bißchen Kraft, dann komme ich bis nach Hause. Ich fühle, daß ich immer schwächer werde, und meine Gedanken sind nicht sehr klar ... Eben hatte ich geglaubt, ich sei in einem Garten ...«

Corentin nahm Lydie auf die Arme, in denen sie das Bewußtsein verlor, und trug sie die Treppe hinauf. »Katt!« rief er. Katt erschien und stieß einen Freudenruf aus. »Freuen Sie sich nicht zu früh!« sagte Corentin nachdrücklich; »das Mädchen ist sehr krank.«

Als Lydie auf ihr Bett gelegt worden war, als sie beim Licht zweier Kerzen, die Katt angezündet hatte, ihr Zimmer erkannte, fing sie an zu delirieren. Sie sang zu anmutigen Melodien Kehrreime und stieß zwischendurch gewisse scheußliche Worte aus, die sie wohl gehört hatte. Ihr schönes Gesicht war mit violetten Abschattungen marmoriert. Sie vermischte die Erinnerungen ihres makellosen Lebens mit denen dieser zehn Tage der Gemeinheit. Katt weinte. Corentin ging im Zimmer auf und ab; von Zeit zu Zeit blieb er stehen und schaute Lydie an.

»Sie zahlt für ihren Vater!« sagte er. »Sollte es eine Vorsehung geben? Oh, wie recht hatte ich, als ich keine Familie haben wollte ... Ein Kind, auf Ehre, das ist, ich weiß nicht welcher Philosoph es sagt, ein Unterpfand, das man dem Unglück gibt ...!«

»Oh«, sagte das arme Mädchen, setzte sich im Bett auf und ließ sein schönes Haar herabfallen, »statt hier zu liegen, Katt, müßte ich auf dem Grund der Seine im Sande liegen ...« – »Katt, statt zu weinen und Ihr Kind anzustarren, denn davon wird sie nicht gesund, sollten Sie lieber einen Arzt holen, den vom Bürgermeisteramt zunächst, und dann Desplein und Bianchon ... Dies unschuldige Geschöpf muß gerettet werden ...« Und Corentin schrieb die Adressen der beiden berühmten Ärzte auf. In diesem Augenblick stieg jemand die Treppe herauf, dem alle ihre Stufen vertraut waren; die Tür tat sich auf, und schweißgebadet, mit bläulich rotem Gesicht und fast blutigen Augen, keuchend wie ein Delphin, stürzte Peyrade in Lydies Zimmer und schrie: »Wo ist meine Tochter ...?«

Er sah Corentin eine traurige Geste vollführen; Peyrades

Blick folgte jener Geste. Lydies Zustand kann nur mit dem einer Blüte verglichen werden, die ein Blumenliebhaber liebevoll gepflegt hat, die von ihrem Stengel gefallen ist und die der eisenbeschlagene Schuh eines Bauern zertreten hat. Man übertrage dieses Bild in das Herz eines liebenden Vaters, und man wird begreifen, welchen Schlag Peyrade erhielt; dicke Tränen traten ihm in die Augen.

»Da schluchzt jemand: das ist mein Vater«, sagte das Kind. Lydie vermochte ihren Vater noch zu erkennen; sie stand auf und warf sich dem alten Mann zu Füßen, als er gerade in einen Lehnstuhl gesunken war. »Verzeih mir, Papa . . .!« sagte sie mit einer Stimme, die Peyrade in ebendem Augenblick ins Herz drang, als er etwas wie einen Keulenschlag auf dem Schädel verspürte. – »Ich sterbe . . . Ach! die Schurken . . .!« Das war sein letztes Wort.

Corentin wollte den Freund stützen; er empfing nur dessen letzten Seufzer. – Vergiftet . . .! sagte sich Corentin. »Gut, da kommt der Arzt«, rief er, als er das Geräusch eines Wagens hörte.

Contenson, der sich seiner Mulattenfarbe entledigt hatte, kam herein und blieb wie in eine Bronzestatue verwandelt stehen, als er Lydie sagen hörte: »Verzeihst du mir denn nicht, Vater . . .? Es ist nicht meine Schuld!« Sie merkte nicht, daß ihr Vater tot war. »Oh, was für Augen er mir macht!« sagte die arme Irre . . .

»Wir müssen sie ihm zudrücken«, sagte Contenson, als er den toten Peyrade aufs Bett trug. »Wir begehen eine Dummheit«, sagte Corentin, »wir müssen ihn in seine Wohnung hinübertragen; seine Tochter ist schon halb wahnsinnig; sie wird es ganz, wenn sie merkt, daß er tot ist, sie wird glauben, sie habe ihn umgebracht.« Als Lydie sah, daß ihr Vater fortgetragen wurde, blieb sie stumpfsinnig stehen.

»Da liegt nun mein einziger Freund . . .!« sagte Corentin; er schien bewegt, als Peyrade in seinem Zimmer auf seinem Bett ausgestreckt dalag. »Er hat in seinem ganzen Leben nur einen habsüchtigen Gedanken gehabt, und den einzig um seiner Tochter willen . . .! Laß dir das als Lehre dienen, Contenson. Jeder Stand hat seine Ehre. Peyrade hat unrecht daran getan, sich in Privatdinge einzumischen; wir dürfen uns eben nur mit öffentlichen Angelegenheiten befassen. Aber was auch geschehen möge, ich schwöre«, sagte er mit einem Ton, einem Blick und einer Geste, die Contenson mit Entsetzen erfüllten, »meinen armen Peyrade zu rächen! Ich werde die Urheber seines Todes und der Schande seiner Tochter ausfindig machen ...! Und bei meinem eigenen Egoismus, bei den paar Lebensstufen, die mir noch bleiben und die ich für diese Rache aufs Spiel setze, all diese Leute da sollen ihr Leben um vier Uhr morgens, in voller Gesundheit, um ihren Kopf verkürzt, sauber rasiert, auf dem Grève-Platz beenden ...!« – »Und ich will Ihnen dabei helfen!« sagte Contenson erschüttert.

Nichts ist an erregender Wirkung mit dem Hervorbrechen der Leidenschaft bei einem kühlen, beherrschten, methodischen Menschen vergleichbar, an dem seit zwanzig Jahren niemand die geringste Gefühlsregung wahrgenommen hatte. Das ist wie ein geschmolzener Eisenbarren, der alles, womit er in Berührung kommt, zum Schmelzen bringt. Daher fühlte auch Contenson einen Aufruhr in seinem Innersten. »Der arme Vater Canquoëlle!« fuhr er mit einem Blick auf Corentin fort; »er hat mich so oft in der Kneipe freigehalten ... Und, sehen Sie – so was kann nur ein lasterhafter Mensch tun –, er hat mir oft zehn Francs geschenkt, damit ich spielen gehen konnte ...«

Nach dieser Leichenrede gingen die beiden Rächer Peyrades zu Lydie hinüber, da sie Katt und den Arzt der Bürgermeisterei auf der Treppe hörten.

»Geh zum Polizeikommissar«, sagte Corentin, »der königliche Staatsanwalt würde hier schwerlich die Voraussetzungen zu einer gerichtlichen Verfolgung entdecken; wir jedoch wollen einen Bericht bei der Polizeipräfektur einreichen, das kann vielleicht zu etwas dienlich sein. – Herr Doktor«, sagte er zu dem Amtsarzt, »Sie werden in dem Zimmer dort einen Toten finden; ich glaube nicht, daß er eines natürlichen Todes gestorben ist; Sie werden die Obduktion in Gegenwart des Herrn Polizeikommissars vornehmen, der auf meine Bitte hin gleich kommen wird. Versuchen Sie, die Spuren des Giftes zu entdecken; übrigens werden Ihnen in wenigen Augenblicken die Herren Desplein und Bianchon zu Hilfe kommen, die ich hergebeten habe, damit sie die Tochter meines besten Freundes untersuchen; sie ist in einem noch schlimmeren Zustand als ihr Vater, obwohl er tot ist ...«

»Ich brauche jene Herren nicht«, sagte der Amtsarzt, »um zu tun, was meines Amtes ist . . .« – Na, meinetwegen! dachte Corentin. – »Lassen wir das auf sich beruhen, Herr Doktor«, fuhr Corentin fort. »Folgendes ist kurz und bündig meine Auffassung: Die, die den Vater umgebracht haben, haben auch die Tochter geschändet.«

Als es Tag geworden, war Lydie schließlich ihrer Erschöpfung erlegen; sie schlief, als der berühmte Chirurg mit dem jungen Arzt anlangte. Der mit der Feststellung des Todes betraute Arzt hatte inzwischen Peyrade seziert und suchte nach der Todesursache.

»Würden Sie wohl«, sagte Corentin zu den beiden berühmten Medizinern, »bis die Kranke geweckt worden ist, einem Ihrer Kollegen bei einer Feststellung helfen, die sicherlich von Interesse für Sie ist? Und Ihre Ansicht dürfte im Protokoll nicht überflüssig sein.«

»Ihr Verwandter ist am Schlagfluß gestorben«, sagte der Arzt, »es sind Beweise eines erschreckenden Blutandrangs zum Gehirn vorhanden . . .« – »Sehen Sie sich die Sache an, meine Herren«, sagte Corentin, »und überlegen Sie, ob die Toxikologie nicht Gifte kennt, die dieselbe Wirkung hervorrufen.« – »Der Magen«, sagte der Arzt, »war gänzlich mit Speisen angefüllt; aber sofern die Spuren nicht durch eine chemische Analyse festgestellt werden, sehe ich keinerlei Anzeichen von Gift.« – »Wenn die Symptome des Blutandrangs zum Gehirn richtig erkannt worden sind, haben wir hier in Anbetracht des Alters des Betroffenen eine zulängliche Todesursache«, sagte Desplein und deutete auf die riesige Menge von Speisen.

»Hat er hier gegessen?« fragte Bianchon. – »Nein«, sagte Corentin, »er ist vom Boulevard in aller Hast hierher geeilt und hat seine Tochter vergewaltigt vorgefunden . . .« – »Das ist das wahre Gift, wenn er seine Tochter sehr liebgehabt hat«, sagte Bianchon.

»Welches Gift könnte eine solche Wirkung hervorrufen?« fragte Corentin, der seinen Gedanken nicht aufgeben wollte. – »Es gibt nur eins«, sagte Desplein, nachdem er alles sorgfältig untersucht hatte. »Ein Gift vom Javanischen Archipel; es wird aus noch wenig bekannten Sträuchern gewonnen, die der Gattung der Strychnos verwandt sind, und dazu benutzt, jene gefährlichen Waffen, die malaiischen Kris, zu ergiften ... Wenigstens wird das behauptet ...«

Der Polizeikommissar kam; Corentin teilte ihm seinen Verdacht mit und bat ihn, einen Bericht aufzusetzen, nachdem er ihm gesagt hatte, in welchem Hause und mit welchen Leuten der Tote gespeist habe; dann unterrichtete er ihn über das Komplott gegen Peyrades Leben und über die Ursachen des Zustands, in dem Lydie sich befand. Corentin ging in die Wohnung des armen Mädchens hinüber, wo Desplein und Bianchon die Kranke untersucht hatten; er traf sie jedoch schon auf der Türschwelle.

»Nun, meine Herren?« fragte Corentin. – »Bringen Sie das Mädchen in eine Heilanstalt; wenn sie ihre Vernunft nicht bei der Niederkunft zurückerlangt, falls sie überhaupt schwanger werden sollte, so wird sie ihr Leben als schwermütige Geisteskranke beschließen. Für die Heilung gibt es kein anderes Mittel als das Muttergefühl – sofern es bei ihr erwacht ...«

Corentin zahlte jedem der beiden Ärzte zwanzig Francs in Gold und wandte sich dann dem Polizeikommissar zu, der ihn am Ärmel zupfte.

»Der Arzt behauptet, er sei eines natürlichen Todes gestorben«, sagte der Beamte, »und ich kann um so weniger einen Bericht einreichen, als es sich um den Vater Canquoëlle handelt; er hat sich in sehr viele Angelegenheiten eingemischt, und wir können nicht wissen, an wen wir geraten ... Solcherlei Leute sterben oft auf Befehl ...« – »Ich heiße Corentin«, sagte Corentin leise zu dem Polizeikommissar. Der Kommissar tat eine Geste der Überraschung. »Machen Sie sich also Notizen; sie werden später sehr nützlich sein«, fuhr Corentin fort, »und reichen Sie sie nur als vertrauliche Mitteilung ein. Das Verbrechen ist nicht beweisbar, und ich weiß, daß eine Untersuchung bereits beim ersten Schritt niedergeschlagen würde ... Aber ich werde eines Tages die Schuldigen ans Messer liefern; ich will sie überwachen und auf frischer Tat ertappen.« Der Polizeikommissar verbeugte sich vor Corentin und ging.

»Monsieur«, sagte Katt, »Mademoiselle tut nichts als singen und tanzen; was soll ich tun ...?« – »Ist denn noch etwas hinzugetreten?« – »Sie hat begriffen, daß ihr Vater gestorben ist ...« – »Setzen Sie sich in eine Droschke und bringen Sie sie ganz einfach nach Charenton; ich schreibe dem Generalpolizeidirektor des Königreichs ein paar Zeilen, damit sie anständig untergebracht wird. Die Tochter in Charenton, der Vater im Armengrab«, sagte Corentin. »Contenson, bestell den Leichenwagen für die Armen ... Jetzt rechnen wir beide ab, Don Carlos Herrera ...!« – »Carlos?« sagte Contenson, »der ist in Spanien.« – »Er ist in Paris«, sagte Corentin peremptorisch. »Zwar haben wir es mit etwas von dem spanischen Genie aus den Zeiten Philipps II. zu tun, aber ich habe Schlageisen für jedermann, sogar für Könige.«

Fünf Tage nach dem Verschwinden des Nabobs saß Madame du Val-Noble um neun Uhr morgens an Esthers Bett und weinte, denn sie fühlte, daß sie unaufhaltsam ins Elend hinabglitt. »Hätte ich doch wenigstens hundert Louis Rente! Damit, meine Liebe, kann man sich in irgendeine kleine Stadt zurückziehen und einen finden, der einen heiratet ...« – »Die kann ich dir verschaffen«, sagte Esther. »Und wie?« rief Madame du Val-Noble. »Oh, auf ganz einfache Weise. Hör zu. Du tust, als wolltest du dich umbringen; spiel diese Komödie gut: Du läßt Asia kommen und versprichst ihr zehntausend Francs für zwei schwarze Perlen aus sehr dünnem Glas, in denen ein Gift enthalten ist, das innerhalb einer Sekunde tötet; die bringst du mir, ich gebe dir fünfzigtausend Francs dafür ...« – »Weshalb verlangst du sie nicht selber?« fragte Frau du Val-Noble. – »Mir würde Asia sie nicht verkaufen.« – »Es ist nicht etwa für dich ...?« fragte Madame du Val-Noble. – »Vielleicht.« – »Für dich, die du inmitten der Freude, des Luxus und in einem eigenen Hause lebst? Kurz vor einem Fest, von dem noch zehn Jahre lang geredet werden wird und das Nucingen zehntausend Francs kostet? Es soll, so wird geredet, jetzt im Februar Erdbeeren, Spargel, Trauben und Melonen zu essen geben ... Für tausend Taler Blumen sollen in den Zimmern sein!« – »Was sagst du da? Für tausend Taler Rosen sind allein im Treppenhaus!« – »Es heißt, deine Toilette koste zehntausend Francs?« – »Ja, mein Kleid ist aus Brüsseler Spitzen, und Delphine, seine Frau, ist deswegen wütend. Aber ich habe nun mal ein Brautkleid haben wollen.« – »Wo sind denn die bewußten zehntausend Francs?« fragte Madame du Val-Noble. – »Sie sind mein ganzes Kleingeld«, sagte Esther lächelnd. »Mach meinen Toilettentisch auf, sie liegen unter meinem Papier zum Lockenwickeln ...« – »Wenn man vom Sterben spricht, begeht man schwerlich Selbstmord«, sagte Madame du Val-Noble; »wenn du es nun dazu brauchen wolltest, um ...« – »Ein Verbrechen zu begehen? Schwatz doch keinen Unsinn!« sagte Esther und sprach den Gedanken ihrer zögernden Freundin aus. »Du kannst unbesorgt sein«, fuhr sie fort, »ich will niemanden umbringen. Ich hatte eine Freundin, eine sehr glückliche Frau, sie ist gestorben, ich folge ihr nach ... Das ist alles.« – »Bist du dumm ...!« – »Hilft nichts, wir hatten es einander versprochen.« – »Den Wechsel laß getrost zu Protest gehen«, sagte die Freundin lächelnd. – »Tu, was ich dir sage, und geh. Ich höre einen Wagen kommen; das ist Nucingen, ein Mensch, der vor Glück wahnsinnig werden wird! Er liebt mich ... Weshalb lieben wir nicht die, die uns lieben, denn schließlich tun sie doch alles, um uns zu gefallen ...« – »Ach«, sagte Madame du Val-Noble, »das ist die Geschichte des Herings, der ist der intriganteste aller Fische.« – »Warum denn?« – »Ja, das hat noch keiner herausbekommen können.« – »Nun geh doch, mein Herzchen, ich muß um deine fünfzigtausend Francs bitten.« – »Also, leb wohl ...«

Seit drei Tagen hatte sich Esthers Verhalten gegenüber dem Baron völlig gewandelt. Das Äffchen war zum Kätzchen geworden und das Kätzchen zur Frau. Esther überschüttete den alten Mann mit Schätzen an Zärtlichkeiten, sie gab sich reizend. Ihre Äußerungen, die jeder Bosheit und jeder Bitterkeit bar und von zärtlichen Schmeicheleien erfüllt waren, hatten den schwerfälligen Bankier zu der Überzeugung gebracht, er werde geliebt; sie nannte ihn sogar Fritz.

»Mein armer Fritz«, sagte sie, »ich habe dich auf eine harte Probe gestellt, dich arg gequält; du bist wundervoll gewesen in deiner Geduld, du liebst mich, ich sehe es, und ich will dich dafür belohnen. Jetzt gefällst du mir; ich weiß nicht, wie es gekommen ist, aber ich würde dich jetzt einem jungen Manne vorziehen. Vielleicht hat es die Erfahrung bewirkt. Auf die Dauer merkt man, daß die Lust das Vermögen der Seele ist, und es ist nicht schmeichelhafter, um der Lust willen geliebt zu werden als um seines Geldes willen ... Und dann sind die jungen Leute viel zu egoistisch, sie denken mehr an sich als an uns, während du nur an mich denkst. Ich bin dein ganzes Leben. Deshalb will ich auch nichts mehr von dir; ich will dir beweisen, wie uneigennützig ich bin.« – »Ich hab Ihnen noch nix gegeben«, antwortete der entzückte Baron; »ich gedenke Ihnen morgen draißigtausend Francs Rente ßu bringen ... Das soll main Hochßaitsgeschenk sein ...« Esther küßte Nucingen so reizend, daß er auch ohne Pillen ganz blaß wurde. – »Oh«, sagte sie, »glauben Sie ja nicht, ich wäre der dreißigtausend Francs Rente wegen so zu Ihnen; es geschieht nur, weil ich dich jetzt ... liebe, mein dicker Frédéric ...« – »Gott der Gerechte, warum haben Se mich geprieft ... ich hätte können sain so glücklich seit drai Monaten ...« – »Sind sie zu drei oder fünf Prozent, mein Süßer?« fragte Esther, fuhr Nucingen mit den Händen durchs Haar und ordnete es nach ihrer Laune. »Szu drai ... davon habe ich massenhaft gehabt.«

Der Baron brachte also an jenem Morgen die Staatsschuldverschreibungen; er kam, um mit seinem lieben kleinen Mädchen zu Mittag zu essen und ihre Befehle für den folgenden Tag entgegenzunehmen, den berühmten Samstag, den großen Tag! »Da, maine klaine Frau, maine ainßige Frau«, sagte der Bankier, dessen Gesicht vor Glück strahlte, »da haben Se genug, um fier den Rest Ihrer Tage die Küchenrechnung ßu beßahlen ...«

Esther nahm die Papiere, ohne sich etwas anmerken zu lassen, faltete sie zusammen und legte sie in ihren Toilettentisch. »Nun sind Sie wohl froh, Sie verderbtes Scheusal«, sagte sie und versetzte Nucingen einen leichten Schlag auf die Wange, »daß ich endlich etwas von Ihnen annehme. Fortan kann ich Ihnen nicht mehr die Wahrheit über Sie sagen, denn ich teile die Früchte dessen, was Sie Ihre Arbeit nennen ... Dies ist kein Geschenk, mein armer Junge, es ist eine Rückzahlung ... Kommen Sie, schneiden Sie nicht Ihr Börsengesicht. Du weißt doch, daß ich dich liebe.« – »Maine schöne Esther, main Liebesengel«, sagte der Bankier, »reden Se nicht mehr so zu mir ... Sehen Se ... es wäre mir egal, wenn mich auch die ganze Welt fier ainen Dieb hielte, sofern ich nur in Ihren Augen ain ehrlicher Mensch bin ... Ich liebe Se jeden Tag mehr.«

»Das habe ich ja auch gewollt«, sagte Esther. »Deshalb werde ich dir auch nie wieder etwas sagen, das dir Kummer macht, mein süßer Elefant, denn du bist naiv geworden wie ein Kind ... Wahrhaftig, du dicker Verbrecher, du bist nie unschuldig gewesen; die Unschuld, die du mitbekommen hast, als du zur Welt kamst, mußte schon irgendwann einmal wieder an die Oberfläche steigen; aber sie lag so tief versunken, daß sie erst nach sechsundsechzig Jahren wieder hoch gekommen ist ... herausbefördert vom Angelhaken der Liebe. Dies Phänomen kommt bei alten Herren vor ... Und deshalb mußte ich dich schließlich lieben, du bist jung, sehr jung ... Nur ich habe diesen Frédéric gekannt ... ich ganz allein ..., denn du bist ja schon mit fünfzehn Jahren Bankier gewesen ... In der Schule hast du sicher deinen Kameraden eine Murmel geliehen unter der Bedingung, daß sie dir zwei dafür wiedergäben ...« (Sie hüpfte ihm auf den Schoß, als sie ihn lachen sah.) – »Also mach, was du willst! Mein Gott! plündere die Leute aus ... warte nur ab, ich helfe dir dabei. Die Menschen sind es nicht wert, daß man sie liebt. Napoleon hat sie getötet wie die Fliegen. Ob nun die Franzosen dir oder dem Fiskus Steuern zahlen, was kann ihnen das ausmachen ...? Mit dem Fiskus kann man nicht ins Bett gehen, und wahrhaftig ... sieh, ich hab' es mir genau überlegt, du hast ganz recht ... schere die Schafe, das steht nach Béranger[60] im Evangelium ... Küssen Sie Ihre Esther ... Ja, sag mal, du schenkst doch der armen Val-Noble die Möbel der Wohnung in der Rue Taitbout, nicht wahr? Und dann bringst du ihr morgen fünfzigtausend Francs ..., das macht einen guten Eindruck, mußt du wissen, mein Katerchen. Du hast Falleix den Hals gebrochen, die Leute fangen an, hinter dir herzuschreien ... Solche Großmut wird sich ganz babylonisch ausnehmen ... alle Frauen werden von dir reden. Oh! Groß und edel bist in Paris dann nur du, und die Welt ist nun einmal so geschaffen, daß Falleix in Vergessenheit gerät. So ist das Geld letztlich gut angelegt, nämlich in Achtung ...!«

»Recht haste, mein Engel, du kennst die Welt«, erwiderte er, »du sollst main Ratgeber sein.« – »Nun«, fuhr Esther fort, »du siehst, wie ich an die Geschäfte meines Mannes, an sein Ansehen, seine Ehre denke ... Geh, hol mir die fünfzigtausend Francs ...«

– Sie wollte Nucingen loswerden, um einen Wechselagenten kommen zu lassen und die Staatsschuldscheine noch am selben Abend an der Börse zu verkaufen. – »Und warum jetzt gleich ...?« fragte er. – »Da fällt mir ein, mein Katerlein, du mußt sie in einem kleinen Satinkasten überreichen und einen Fächer damit umwickeln. Dann sagst du zu ihr: ›Hier, Madame, haben Sie einen Fächer, der Ihnen, wie ich hoffe, Vergnügen machen wird ...‹ Dann wirst du bloß für einen Turcaret[61] gehalten und Beaujon[62] in den Schatten stellen!« – »Raizend! raizend!« rief der Baron; »ich soll also auch noch gaistraich werden ...! Ja, ich sage, was Sie gesagt haben ...«

In dem Augenblick, da die arme Esther sich, ermüdet von der Anstrengung, die es sie kostete, ihre Rolle zu spielen, setzte, trat Europa ein. »Madame«, sagte sie, »draußen ist ein Bote, den Célestin, Monsieur Luciens Diener, vom Quai Malaquais schickt ...« – »Führ ihn herein ...! Ach was, ich gehe ins Vorzimmer.« – »Er bringt einen Brief von Célestin an Madame.«

Esther hastete in das Vorzimmer, sah den Boten prüfend an und erblickte in ihm einen Botengänger vom reinsten Wasser. – »Sag ihm, er möge herunterkommen«, sagte Esther mit schwacher Stimme, als sie den Brief gelesen hatte, und sank in einen Sessel. »Lucien will Selbstmord begehen ...«, flüsterte sie Europa zu. »Zeig ihm übrigens den Brief.«

Carlos Herrera, der noch immer sein Kostüm als Handlungsreisender trug, kam sofort herunter, und auf der Stelle fiel sein Blick auf den Boten, als er im Vorzimmer einen Fremden fand. – »Du hattest mir doch gesagt, es sei niemand da«, sagte er leise zu Europa. Und aus übertriebener Vorsicht ging er rasch ins Wohnzimmer hinüber, nachdem er den Boten gemustert hatte. Der ›Todtäuscher‹ wußte nicht, daß seit einiger Zeit der berüchtigte Chef des Sicherheitsdienstes, der ihn in der Pension Vauquer verhaftet hatte, einen Rivalen besaß, der als sein Nachfolger bezeichnet wurde. Dieser Rivale war der Bote.

»Es stimmt«, sagte der falsche Bote zu Contenson, der ihn auf der Straße erwartete. »Der, den Sie mir geschildert haben, ist im Hause; aber er ist kein Spanier, und ich lege meine Hand dafür ins Feuer, daß unter dieser Soutane ein Wild für uns steckt.« – »Er ist so wenig Priester, wie er Spanier ist«, sagte Contenson. – »Davon bin ich überzeugt«, sagte der Agent der Pariser Sicherheitsbrigade. – »Ach, wenn wir doch recht hätten ...!« rief Contenson.

Lucien war in der Tat zwei Tage weggeblieben, und diese Abwesenheit war wahrgenommen worden, um die Falle zu stellen; aber noch am gleichen Abend kam er, und Esthers Unruhe beschwichtigte sich.

Am folgenden Tage, um die Stunde, da die Kurtisane aus dem Bade stieg und sich noch einmal ins Bett legte, kam ihre Freundin. »Ich habe die beiden Perlen!« sagte die Val-Noble. »Laß sehen!« sagte Esther, richtete sich auf und stützte ihren hübschen Ellbogen in ein spitzenbesetztes Kopfkissen. Madame du Val-Noble reichte der Freundin zwei Kügelchen, die wie zwei schwarze Johannisbeeren aussahen. Der Baron hatte Esther zwei jener Windhunde einer berühmten Rasse geschenkt, die schließlich den Namen des großen zeitgenössischen Dichters erhielt, der sie in Mode gebracht hat[63]; daher war die Kurtisane sehr stolz auf diesen Besitz und hatte ihnen die Namen der Stammeltern der beiden Hunde, Romeo und Julia, belassen. Es erübrigt sich, von der Zierlichkeit, der Weiße und Anmut dieser Tiere zu sprechen, die für das Zimmer wie geschaffen sind und deren Gehaben etwas von der englischen Zurückhaltung besitzt. Esther rief Romeo; Romeo kam auf seinen Beinen, die so biegsam und so dünn, so fest und so nervig waren, daß man sie für Stahlfedern hätte halten können, herbeigelaufen und blickte seine Herrin an. Esther vollführte, um seine Aufmerksamkeit zu erregen, eine Bewegung, als wolle sie ihm eine der beiden Perlen zuwerfen. »Sein Name bestimmt ihn einem solchen Tode!« sagte Esther und warf die Perle; Romeo zerknackte sie zwischen den Zähnen. Der Hund gab keinen Laut von sich; er drehte sich um sich selber und fiel starr und tot um. Das geschah, während Esther noch den einen Satz der Leichenrede sagte.

»Du lieber Himmel!« rief Madame du Val-Noble. – »Du hast einen Wagen, nimm Romeo mit«, sagte Esther, »sein Tod würde hier einen ärgerlichen Auftritt zur Folge haben. Ich habe ihn dir geschenkt, er ist dir weggelaufen, laß eine Anzeige erscheinen. Beeile dich, heute abend bekommst du deine fünfzigtausend Francs.«

Das wurde so ruhig, mit so vollkommener Kurtisanenfühllosigkeit gesagt, daß Madame du Val-Noble ausrief: »Du bist tatsächlich unsere Königin!« – »Komm beizeiten und mach dich schön ...«

Um fünf Uhr nachmittags machte Esther Brauttoilette. Sie zog ihre Spitzenrobe über ein Unterkleid aus weißem Satin, sie legte einen weißen Gürtel um, zog Schuhe aus weißem Satin an und schlang sich um die schönen Schultern einen Schal aus englischen Spitzen. Auf dem Kopf trug sie frische weiße Kamelien, die den Kranz einer jungen Braut nachahmten; auf der Brust ein Perlenkollier, das Nucingen ihr für dreißigtausend Francs gekauft hatte. Obgleich ihre Toilette um sechs Uhr beendet war, hielt sie ihre Tür vor jedermann geschlossen, selbst vor Nucingen. Europa wußte, daß Lucien ins Schlafzimmer geführt werden sollte. Lucien kam gegen sieben; Europa fand Mittel und Wege, ihn zu Madame zu führen, ohne daß jemand sein Kommen bemerkt hätte.

Lucien sagte sich bei Esthers Anblick: Weshalb nicht mit ihr auf Rubempré leben, fern von der Welt, ohne je nach Paris zurückzukehren ...? Ich habe fünf Jahre eines solchen Lebens im voraus genossen, und dies liebe Geschöpf würde sich niemals Lügen strafen ...! Wo fände ich je wieder ein solches Meisterwerk?

»Mein Freund, du, aus dem ich meinen Gott gemacht habe«, sagte Esther und kniete vor Lucien auf einem Kissen nieder, »segne mich!« Lucien wollte Esther aufheben, um sie zu küssen; er sagte zu ihr: »Was soll dieser Scherz bedeuten, mein Geliebtes?« Und er versuchte, Esther um die Hüften zu fassen; sie aber machte sich mit einer Bewegung frei, die ebensoviel Ehrfurcht wie Schrecken verriet. »Ich bin deiner nicht mehr würdig, Lucien«, sagte sie, während ihr Tränen aus den Augen rollten. »Ich flehe dich an, segne mich und schwöre mir, daß du im Hôtel-Dieu zwei Betten stiften willst ... Denn was die Gebete in der Kirche angeht, so wird Gott einzig mir selbst vergeben ... Ich habe dich allzu sehr geliebt, mein Freund. Sag mir nur, daß ich dich glücklich gemacht habe und daß du bisweilen an mich denken willst ... sag es!«

Lucien gewahrte an Esther so viel feierliche Aufrichtigkeit, daß er nachdenklich wurde. – »Du willst dich töten!« sagte er endlich mit einem Stimmklang, der auf tiefes Grübeln deutete. – »Nein, mein Freund; aber heute, siehst du, stirbt die reine, keusche, liebende Frau, die du gehabt hast ... und ich fürchte recht sehr, der Kummer könnte mich töten.« – »Armes Kind, warte!« sagte Lucien; »ich habe während der beiden letzten Tage viele Anstrengungen unternommen, ich habe bis zu Clotilde vordringen können.« – »Immer nur Clotilde ...!« sagte Esther in verhaltenem Zorn. – »Ja«, fuhr er fort, »wir haben einander geschrieben ... Dienstagmorgen reist sie ab, aber ich habe in Fontainebleau, auf der Landstraße nach Italien, eine Zusammenkunft mit ihr ...« – »Ach! Was wollt ihr denn für Frauen, ihr ...? – Holzplanken ...!« rief die arme Esther. »Sag doch, wenn ich sieben oder acht Millionen hätte, würdest du mich dann nicht heiraten?« – »Kind! Ich hatte dir gerade sagen wollen, daß ich, wenn für mich dies alles unwiderruflich zu Ende ist, keine andere Frau möchte als dich ...«

Esther senkte den Kopf, um ihre plötzliche Blässe und die Tränen, die sie sich abwischte, nicht zu zeigen. »Liebst du mich denn ...?« fragte sie und blickte Lucien mit tiefem Schmerz an. »Nun, dann habe ich meinen Segen. Kompromittier dich nicht, geh durch die Geheimtür und tu, als kämst du aus dem Vorraum ins Wohnzimmer. Küß mich auf die Stirn«, sagte sie. Sie nahm Lucien, drückte ihn rasend an die Brust und sagte noch einmal: »Geh ...! Geh ...! Oder ich bleibe am Leben.«

Als die Todgeweihte im Wohnzimmer erschien, erscholl ein Ruf der Bewunderung. Esthers Augen strahlten die Unendlichkeit aus, in der sich die Seele verlor, wenn man in sie hineinschaute. Das bläuliche Schwarz ihres feinen Haares brachte die Kamelien voll zur Geltung. Kurz, alle Wirkungen, die dieses wundervolle Mädchen beabsichtigt hatte, wurden erreicht. Sie hatte keine Rivalinnen. Sie erschien als der höchste Ausdruck des zügellosen Luxus, dessen Schöpfungen sie umgaben. Überdies sprühte sie von Geist. Sie leitete die Orgie mit der kühlen, ruhigen Kraft, die Habeneck[64] im Conservatoire bei den Konzerten entfaltet und durch die er die ersten Musiker Europas zu einer wahren Erhabenheit des Spiels hinreißt, wenn sie Mozart oder Beethoven interpretieren. Aber mit Schrecken beobachtete sie, daß Nucingen wenig aß und nichts trank und dabei den Hausherrn spielte. Um Mitternacht war niemand mehr bei klarem Verstand. Die Gläser wurden zerbrochen, damit sie niemals wieder benützt würden. Zwei bemalte chinesische Vorhänge wurden zerrissen. Bixiou hatte sich zum zweitenmal in seinem Leben betrunken. Da niemand sich mehr auf den Füßen halten konnte und die Frauen auf den Diwans eingeschlafen waren, konnten die Gäste den zuvor zwischen ihnen verabredeten Scherz nicht ausführen; sie hatten, in zwei Reihen geordnet, Leuchter in der Hand und das ›Buona Sera‹ aus dem Barbier von Sevilla[65] singend, Esther und Nucingen ins Schlafzimmer geleiten wollen. Nur Nucingen reichte Esther die Hand. Bixiou sah sie, obwohl er betrunken war; und er hatte noch die Kraft, wie Rivarol[66] aus Anlaß der letzten Heirat des Herzogs von Richelieu, zu sagen: »Man sollte den Polizeipräfekten benachrichtigen ... hier wird ein schlimmer Streich begangen ...« Der Spötter glaubte zu spotten: Er war ein Prophet.

Nucingen erschien erst Montagmittag wieder zu Hause; um ein Uhr kam sein Wechselagent und teilte ihm mit, Madame Esther van Gobseck habe die Staatsschuldverschreibung in Höhe von dreißigtausend Francs Rente schon am Freitag wieder verkauft und den Erlös in bar erhoben. »Aber, Herr Baron«, sagte er, »der Bürovorsteher des Anwalts Derville kam in dem Augenblick zu mir, als ich von dieser Transferierung spach; und als er den wirklichen Namen der Mademoiselle Esther gesehen hatte, sagte er mir, sie erbe ein Vermögen von sieben Millionen.« – »Pah!« – »Ja, sie soll die einzige Erbin des alten Diskontwucherers Gobseck sein ... Derville will die Sachlage untersuchen. Wenn die Mutter Ihrer Geliebten ›die schöne Holländerin‹ ist, so erbt sie ...« – Waiß ich«, sagte der Bankier, »sie hat mir erßählt ihr Leben ... Ich schreibe Derville ain paar Zeilen ...!«

Der Baron setzte sich an seinen Schreibtisch, schrieb Derville einen kurzen Brief und ließ ihn durch einen seiner Bedienten überbringen. Dann ging er gegen drei Uhr, nach der Börse, zu Esther.

»Madame hat verboten, sie zu wecken, unter welchem Vorwand es auch sei; sie ist zu Bett gegangen und schläft ...!« – »Ah, den Teifel auch!« rief der Baron. »Europa, se wird nicht ärgerlich sein, wenn se erfährt, daß se einen Berg Geld bekommt. Sieben Millionen erbt se. Der alte Gobseck ist tot und hinterläßt sieben Millionen, und daine Herrin ist ainßige Erbin, denn ihre Mutter ist Gobsecks Nichte gewesen, außerdem hat er ain Testament gemacht. Ich konnte nicht ahnen, daß ain Millionär wie er Esther im Elend gelassen hat ...« – »Ha, schön, dann ist Ihre Herrschaft zu Ende, Sie alter Hanswurst!« sagte Europa und sah den Baron mit einer Frechheit an, die einer Molièreschen Zofe würdig gewesen wäre. »Hei, Sie alter elsässischer Rabe ...! Sie liebt Sie ungefähr, wie man die Pest liebt ...! Herrgott noch mal! Millionen ...! Aber da kann sie ja ihren Geliebten heiraten! Oh, wie wird sie sich freuen!«

Und Prudence Servien ließ den Baron wie vom Blitz getroffen stehen, um ihrer Herrin diese Schicksalswende als erste zu melden. Der alte Mann, der trunken war von übermenschlicher Wollust und der an das Glück glaubte, hatte in seiner Liebesglut eine Dusche kalten Wassers erhalten, als sie gerade auf dem höchsten Hitzegrad angelangt war. »Sie hat mich betrogen ...!« rief er mit Tränen in den Augen. »Sie hat mich betrogen ...! Oh, Esther ...! Oh, main Leben ...! Ich Dummkopf! Wachsen jemals solche Blumen fier alte Männer ...? Alles kann ich kaufen, nur die Jugend nicht ...! Gott, de Gerechte! Was soll ich tun? Was soll aus mir werden? Se hat recht, die grausame Europa! Esther is fier mich verloren, wenn se raich ist ... Soll ich mich aufhängen? Was is das Leben ohne die göttliche Flamme der Lust, die ich gekostet habe ...! Gott, de Gerechte ...!« Und der Luchs raufte sich die falschen Haare aus, die er seit drei Monaten unter sein Grau gemischt hatte. Ein gellender Schrei, den Europa ausstieß, jagte Nucingen ein Beben bis in die Eingeweide. Der arme Bankier stand auf und schritt vorwärts auf taumelnden Beinen, trunken vom Becher der Enttäuschung, den er gerade geleert hatte, denn nichts berauscht so sehr wie der Wein des Unglücks. Von der Tür des Schlafzimmers aus sah er, daß Esther starr auf dem Bett lag; sie war vom Gift bläulich verfärbt und tot! Er trat an das Bett heran und fiel auf die Knie. »Du hast recht, se hatte es gesagt! ... Se is an mir gestorben ...«

Paccard, Asia, das ganze Haus lief zusammen. Es war ein Schauspiel, eine Überraschung, doch kein Grund zur Verzweiflung. Die Bedienten überkam ein bißchen Unsicherheit. Der Baron wurde wieder zum Bankier, in ihm stieg ein Argwohn auf, und er beging die Unvorsichtigkeit, zu fragen, wo die siebenhundertfünfzigtausend Francs aus dem Erlös der Rente seien. Paccard, Asia und Europa sahen einander daraufhin auf eine so merkwürdige Weise an, daß Herr von Nucingen sofort das Haus verließ, denn er glaubte an einen Diebstahl und einen Mord. Europa, die unterm Kopfkissen ihrer Herrin ein verschnürtes Päckchen entdeckte, dessen Weichheit ihr Banknoten verriet, begann die Tote aufzubahren, wie sie sagte.

»Lauf und sag Monsieur Bescheid, Asia . . .! Daß sie hat sterben müssen, ehe sie erfuhr, daß sie sieben Millionen besaß! Gobseck, der Onkel der Verstorbenen . . .!« rief sie. Europas Manöver fand Verständnis bei Paccard. Sowie Asia den Rücken gewandt hatte, entsiegelte Europa das Paket, auf das die arme Kurtisane die Worte geschrieben hatte: »Monsieur Lucien de Rubempré zuzustellen!« Siebenhundertfünfzig Tausendfrancscheine schimmerten vor Prudence Serviens Augen, und sie rief: »Könnte man damit nicht für den Rest seiner Tage glücklich und anständig leben . . .?« Paccard erhob keinen Einwand; seine Diebsnatur war stärker als seine Anhänglichkeit an den ›Todtäuscher‹. »Durut ist tot«, antwortete er und nahm die Scheine an sich; »meine Schulter ist noch nicht gebrandmarkt, laß uns zusammen fliehen, laß uns die Summe teilen, damit wir nicht alle Eier in einen Korb legen, und dann wird geheiratet.« – »Aber wo sollen wir uns verstecken?« fragte Prudence. »In Paris«, antwortete Paccard. Prudence und Paccard hasteten mit der Geschwindigkeit ehrlicher Leute, die sich in Diebe verwandelt haben, die Treppe hinunter.

»Liebes Kind«, sagte der ›Todtäuscher‹ zu der Malaiin auf deren erste Worte hin, »such einen Brief von Esther, während ich in aller Form ein Testament aufsetze; du bringst Testament und Brief zu Girard; aber er soll sich beeilen, wir müssen das Testament unter Esthers Kopfkissen schieben, ehe hier die Siegel angelegt werden.« Und er entwarf folgendes Testament:

Da ich in meinem Leben keinen andern Menschen geliebt habe als Monsieur Lucien Chardon de Rubempré und da ich entschlossen bin, lieber meinem Leben ein Ende zu machen, als ins Laster und in die Gemeinheit zurückzusinken, daraus seine Barmherzigkeit mich hervorgezogen hat, schenke und vermache ich besagtem Lucien Chardon de Rubempré alles, was ich am Tage meines Todes besitze, unter der Bedingung, daß er in der Pfarrkirche Saint-Roche eine ewige Messe stifte für die Ruhe derer, die ihm alles gab, selbst ihren letzten Gedanken.

Esther Gobseck

Das ist ganz ihr Stil, sagte sich der ›Todtäuscher‹.

Um sieben Uhr abends schob Asia das abgeschriebene und versiegelte Testament unter Esthers Kopfkissen. »Jacques«, sagte sie, als sie wieder hinaufgeeilt war, »als ich das Zimmer verließ, ist die Polizei gekommen....« – »Du meinst, der Friedensrichter ...?« – »Nein, Söhnchen; der Friedensrichter auch, aber er hat Gendarmen bei sich. Der Staatsanwalt und der Untersuchungsrichter sind auch dabei; die Türen werden bewacht.« – »Dieser Tod hat schnell Aufsehen erregt!« sagte Collin. – »Halt! Europa und Paccard sind nicht wieder zum Vorschein gekommen; ich fürchte, sie haben die siebenhundertfünfzigtausend Francs gestohlen«, sagte Asia. »Ha, die Kanaillen ...!« sagte der ›Todtäuscher‹. »Durch ihren Diebstahl richten sie uns zugrunde ...!«

Die menschliche Justiz, die Pariser Justiz, das heißt die mißtrauischste, scharfsinnigste, gewandteste, bestunterrichtete Justiz der Welt – sie ist sogar allzu scharfsinnig, denn sie deutelt jeden Augenblick am Gesetz herum – legte endlich die Hand auf die Anstifter dieser grauenhaften Intrige. Der Baron von Nucingen glaubte, als er die Wirkungen des Giftes wahrgenommen und seine siebenhundertfünfzigtausend Francs nicht vorgefunden hatte, daß eine der verhaßten Persönlichkeiten, die ihm stets mißfallen hatten, Paccard oder Europa, des Verbrechens schuldig seien. In seiner ersten Wut lief er auf die Polizeipräfektur Das war ein Glockenschlag, der Corentins sämtliche Nummern zusammenrief. Die Präfektur, die Staatsanwaltschaft, der Polizeikommissar, der Friedensrichter, der Untersuchungsrichter –

alles war im Nu auf den Beinen. Um neun Uhr abends nahmen drei dazu befohlene Ärzte die Obduktion der armen Esther vor, und die Nachforschungen begannen. Der von Asia gewarnte ›Todtäuscher‹ rief: »Man weiß nicht, daß ich hier bin; ich kann noch verduften!« Er schwang sich durch die Dachluke seiner Mansarde und gelangte mit einer Behendigkeit ohnegleichen aufs Dach, wo er mit der Kaltblütigkeit eines Dachdeckers die Umgebung zu mustern begann. »Gut!« sagte er, als er fünf Häuser weiter, in der Rue de Provence, einen Garten gewahrte, »das kommt mir zustatten ...!«

»Du bist erledigt!« antwortete ihm Contenson, der hinter einem Schornstein hervortrat. »Du kannst Monsieur Camusot erklären, was für eine Messe du auf den Dächern lesen wolltest, Herr Abbé; vor allem aber, weshalb du davongelaufen bist...« – »Ich habe Feinde in Spanien«, sagte Carlos. – »Wir wollen nach Spanien, aber durch deine Mansarde«, erwiderte Contenson.

Der falsche Spanier tat, als gebe er nach; aber sobald er Halt am Fensterrahmen gefunden hatte, packte er Contenson und schleuderte ihn mit solcher Wucht von sich weg, daß der Spitzel mitten in die Gosse der Rue Saint-Georges stürzte. Contenson starb auf seinem Felde der Ehre. Jacques Collin kehrte ruhig in seine Mansarde zurück und legte sich zu Bett.

»Gib mir etwas, das mich schwerkrank macht, aber ohne mich zu töten«, sagte er zu Asia, »denn ich muß in Agonie liegen, um den ›Neugierigen‹ nicht antworten zu können. Fürchte nichts; ich bin Priester und werde Priester bleiben. Ich habe mich eben des einen von denen, die mich entlarven könnten, auf die natürlichste Weise entledigt.«

Am Tag zuvor war Lucien um sieben Uhr abends in seinem Kabriolett aufgebrochen, versehen mit einem Fahrschein nach Fontainebleau, den er sich morgens besorgt hatte; er übernachtete dort im letzten Gasthaus nach Nemours zu. Am folgenden Morgen ging er gegen sechs Uhr allein weiter, und zwar in den Wald, durch den er bis Bouron marschierte. »Hier ist es«, sagte er sich und setzte sich auf einen der Felsen, von denen aus man die schöne Landschaft von Bouron überschaut, die schicksalsträchtige Stätte, an der Napoleon zwei Tage vor seiner Abdankung eine Riesenanstrengung unternehmen zu können hoffte.

Mit Tagesanbruch hörte er das Geräusch eines Postwagens und sah eine Britschka[67] vorüberfahren, in der sich die Bedienten der jungen Herzogin von Lenoncourt-Chaulieu und die Zofe Clotildes de Grandlieu befanden.

»Da sind sie«, sagte Lucien vor sich hin; »jetzt heißt es diese Komödie gut spielen, dann bin ich gerettet und werde dem Herzog zum Trotz sein Schwiegersohn.«

Eine Stunde später ließ sich die Berline, in der die beiden Frauen saßen, mit ihrem leicht erkennbaren Rollen eines eleganten Reisewagens vernehmen. Die beiden Damen hatten befohlen, daß vor dem Abfallen der Straße nach Bouron die Hemmschuhe angelegt würden, und der Diener, der hinten saß, brachte die Berline zum Stehen. In diesem Augenblick trat Lucien vor. »Clotilde!« rief er und klopfte ans Fenster.

»Nein«, sagte die junge Herzogin zu ihrer Freundin, »er darf nicht in den Wagen steigen, und wir wollen nicht mit ihm allein bleiben, meine Liebe. Ich willige in eine letzte Unterredung mit ihm; aber sie soll auf der Landstraße stattfinden, und wir gehen zu Fuß, während Baptiste uns folgt ... Es ist ein schöner Tag, wir sind warm angezogen und brauchen die Kälte nicht zu scheuen; der Wagen kann hinter uns herfahren ...« Und die beiden Frauen stiegen aus. »Baptiste«, sagte die junge Herzogin, »der Postillion soll langsam fahren; wir wollen ein Stück Weges zu Fuß gehen, und Sie werden uns begleiten.«

Madeleine de Mortsauf nahm Clotilde am Arm und ließ Lucien mit ihr reden. So gingen sie zusammen bis zu dem Dörfchen Grez. Es war gerade acht Uhr, und dort verabschiedete sich Clotilde von Lucien.

»Also, mein Freund«, sagte sie und schloß die lange Unterredung voller Noblesse ab, »ich werde mich nie verheiraten, es sei denn mit Ihnen. Ich will lieber an Sie glauben als an die Menschen, an meinen Vater und meine Mutter ... Ein stärkeres Zeichen der Anhänglichkeit ist niemals gegeben worden, nicht wahr ...? Jetzt versuchen Sie, die falschen Anklagen, die auf Ihnen lasten, zunichte zu machen ...«

In diesem Augenblick wurde der Galopp mehrerer Pferde vernehmlich, und zum großen Erstaunen der beiden Damen umringte die Gendarmerie die kleine Gruppe.

»Was wollen Sie ...?« fragte Lucien mit der Anmaßung des Dandys. »Sind Sie Monsieur Lucien Chardon de Rubempré?« fragte der Staatsanwalt von Fontainebleau. – »Ja.« – »Dann werden Sie heute in La Force[68] übernachten«, lautete die Antwort; »ich habe einen Haftbefehl gegen Sie.« – »Wer sind diese Damen ...?« fragte der Wachtmeister. – »Ach ja ... Verzeihung, meine Damen, Ihre Pässe? Denn Monsieur Lucien hat nach meinen Instruktionen Umgang mit Frauen, die für ihn imstande wären ...« – »Halten Sie die Herzogin von Lenoncourt-Chaulieu für eine Dirne?« sagte Madeleine und warf dem Staatsanwalt einen Blick zu. – »Schön genug sind Sie dafür ...«, erwiderte der Beamte geistesgegenwärtig. – »Baptiste, zeigen Sie unsere Pässe«, erwiderte die junge Herzogin lächelnd.

»Und welchen Verbrechens ist der Herr angeklagt?« fragte Clotilde, die von der Herzogin gedrängt wurde, wieder in den Wagen zu steigen. – »Der Mitschuld bei einem Diebstahl und einem Mord«, antwortete der Gendarmeriewachtmeister.

Baptiste trug Mademoiselle de Grandlieu, die in eine tiefe Ohnmacht gefallen war, in den Wagen.

Um Mitternacht kam Lucien in La Force an, dem Gefängnis an der Rue Payenne und der Rue des Ballets[69], wo er in strengen Einzelgewahrsam gebracht wurde; der Abbé Carlos Herrera befand sich bereits seit seiner Verhaftung dort.

Anmerkungen

Was alte Herren sich die Liebe kosten lassen

1 Die Rue Neuve-Saint-Marc bildet heute den Teil der Rue Saint-Marc zwischen der Rue de Richelieu und der Rue Favart.

2 Das Theater ›Gymnase dramatique‹ wurde 1820 gegründet und von der Herzogin von Berry, der Schwiegertochter Karls X., gefördert; damals trug es die Bezeichnung ›Théâtre de Madame‹. Es pflegte hauptsächlich das Vaudeville und das Singspiel.

3 Die Rue Sainte-Barbe trägt heute den Namen Rue Thorel; sie verbindet die Rue Beauregard mit dem Boulevard Bonne-Nouvelle.

4 Sainte-Pélagie: ehedem berühmtes Pariser Gefängnis in der Rue du Puits-de-l'Ermite, gebaut 1792, abgerissen 1899. Außer Frauen wurden hier vor allem politische Gefangene und Schriftsteller inhaftiert.

5 Marais: ehemaliges Pariser Stadtviertel (III. und IV. Arrondissement) mit zahlreichen Adelspalästen. – Die Rue de la Perle verbindet die Rue Thorigny mit der Rue Vieille-du-Temple.

6 Caroline Dupont (1794–1864) debütierte 1810 an der Comédie-Française und entsagte bereits 1840 der Bühne.

7 Saint-Lazare: Frauengefängnis in Paris.

8 An dem alten Opernhaus; hier handelt es sich um die nördliche, die heute, wie die Rue Pinon, mit der Rue Rossini verschmolzen ist.

9 Der Gedanke, mehrere Personen zugleich gegen Entgelt in Fahrzeugen zu befördern, stammt von Pascal. Er wurde erst während der Restauration von Baudry aufgegriffen, so daß der erste Omnibus in Paris erst im Januar 1826 fuhr, während es in Nantes bereits 1824, in Bordeaux gar schon seit 1817 Omnibuslinien gab. Die erste Linie, mit viertelstündigem Verkehr, fuhr über die Großen Boulevards; die Wagen hatten zunächst fünfzehn, dann achtzehn Plätze, und der Platz kostete anfangs fünf, später zehn Sous. Die erste Gesellschaft erhielt bald Konkurrenz; es wurden zahlreiche Konzessionen erteilt, die mannigfache Namen führten. Die Vereinigung der verschiedenen Gesellschaften erfolgte im Februar 1855.

10 Louis Mandrin (1724–1753) organisierte im Osten Frankreichs als ganz junger Mensch eine wahre Armee von Banditen, die dem Schmuggel oblag und ihre Beute unter Gewaltmaßnahmen an die Verwalter von Lagern an Monopolwaren verkaufte. Mandrin schreckte nicht davor zurück, sich zu wiederholten Malen mit den

Truppen des Königs zu messen. Sein Kampf gegen die für die kleinen Leute unerträglichen Monopole und deren Pächter machte ihn trotz seiner Ausschreitungen volkstümlich. Als er sich der Stadt Beaune bemächtigt hatte, wurde er feierlich vom Bürgermeister empfangen, der ihm den Ehrentrunk bot. Als er verhaftet wurde, ergriff ein Dorf die Waffen, um ihn zu befreien. Er wurde zum Tode verurteilt und gerädert. Das Volk bewahrte ihm ein dankbares Gedenken, und die phantastischen Berichte, die die Generalpächter gegen ihn in Umlauf brachten, trugen zur Bildung einer Mandrin-Legende bei.

11 Jacques Cœur (um 1395–1456), reicher Kaufherr in Bourges, finanzierte Karls VII. Kriege gegen die Engländer, wurde aber durch ein Komplott der Feinde des Finanzmanns exiliert. Ludwig XI. rehabilitierte ihn. Sein schönes Stadtpalais in Bourges ist heute Museum.

12 Medici: berühmte Florentiner Bankiersfamilie, die die Regierung der Republik übernahm. Alessandro dei Medici wurde 1531 von Karl V. als erblicher Herzog von Florenz eingesetzt. Cosimo I. wurde von Papst Pius V. 1569 zum Großherzog ernannt. Mit Giovanni Gastone starb 1737 die regierende Linie aus.

13 Jean Ango (Ende des 15. Jhdts.–1561), reicher Reeder und Gouverneur von Dieppe unter Franz I., unternahm auf eigene Kosten einen Feldzug gegen den König von Portugal und zwang ihn, der Plünderung eines seiner Schiffe wegen, ihm eine Entschädigung zu zahlen.

14 Die Auffredi waren eine berühmte protestantische Reederfamilie in La Rochelle. Als ihr Ahnherr gilt Alexandre Auffredi, der 1203 das Hôspital Saint-Barthélemy stiftete.

15 Fugger: Augsburger Kaufherrngeschlecht, später geadelt, finanzierten mehrere Kriege der Kaiser Maximilian I. und Karl V.

16 Tiepolo und Corner: venezianische Patriziergeschlechter.

17 ›Turcaret‹: berühmte Komödie von Alain-René Le Sage (1668 bis 1747), Erstaufführung 1709, deren Titelgestalt, ein gewissenloser, betrügerischer Steuerpächter, sprichwörtlich geworden ist.

18 Die Rue des Trois-Frères, ein Gäßchen auf dem Montmartre, ist heute verbreitert und führte zu Balzacs Zeit lediglich vom Vieux-Chemin (heute Rue Ravignan) zur Rue de la Mairie (heute Rue Drevet).

19 Angélique: weibliche Hauptgestalt in Regnards Komödie ›Le Joueur‹ (1696).

20 In dem einaktigen Vaudeville ›L'Ours et le Pacha‹ von Eugène Scribe, das am 10. Februar 1820 in Les Variétés uraufgeführt

wurde, will Marécot, der Ratgeber des Paschas Schahabaham, Ersatz für den weißen Bären schaffen, den sein Herr verloren hat. Laringeole bietet ihm einen andern Bären an, der genauso aussieht, nur daß er schwarz ist. Um seinen Herrn auf andere Gedanken zu bringen, möchte Marécot auch irgendeinen absonderlichen Fisch, worauf Laringeole antwortet: »Großartig! Da kann ich Ihnen dienen! Nehmen Sie meinen Bären!«

21 Marie-Anne Bigot, Dame de Cornuel (1614–1694) unterhielt in der zweiten Hälfte des 17. Jhdts. einen von Schöngeistern sehr geschätzten Salon, den auch Madame de Sévigné häufig besucht hat.

22 Sébastien Zamet (1549–1614), italienischer Finanzmann, ließ sich unter Heinrich III. in Frankreich nieder und wurde Finanzberater und Tischgenosse Heinrichs IV.

23 Karl-Joseph, Fürst von Ligne (1735–1814), österreichischer Feldherr und Staatsmann, geistvoller Schriftsteller, Held zahlloser Anekdoten.

24 Frontin: Dienergestalt mehrerer älterer Komödien, zumal aber der durchtriebene Diener in Le Sages ›Turcaret‹ (vgl. Anmerkung 17).

25 Baron Martin de Garat (1748–1830), Verwaltungsbeamter, einer der Gründer der Banque de France 1800 und deren erster Generaldirektor. Die von der Bank herausgegebenen Noten trugen seinen Namensstempel.

26 Marie-Anne-Adélaïde Lenormand (1772–1843), berühmte, geschickte, mit psychologischem Scharfsinn begabte Hellseherin, zu deren Kunden Madame Joséphine de Beauharnais, die spätere Kaiserin, zählte. Joséphine behauptete, die Lenormand habe ihr bereits 1794 ihr Schicksal vorausgesagt. Durch die geschwätzige Kaiserin wußte die Wahrsagerin um viele Geheimnisse des Kaisers.

27 Jean Ramponneau, berühmter Gastwirt, der in La Courtille eine Schenke unterhielt; sie führte seinen Namen. Anfangs verkehrten dort Soldaten und Dirnen, die die Wohlgelauntheit des Wirts und sein wohlfeiler Wein anzogen. Ramponneau starb 1765, aber der Ruf seiner Schenke hielt an; seit 1770 begann dort die elegante Welt zu verkehren. Dennoch blieb die Schenke, wie sie gewesen war: ein Kellerlokal mit plumpen Möbeln und naiven, wilden Malereien.

28 Panurge: Gestalt aus Rabelais' ›Pantagruel‹.

29 Es handelt sich um Edme-Samuel Castaing (1797–1823), der zunächst seinen Freund Hippolyte Ballet vergiftete, um in den Besitz eines Teils von dessen Vermögen zu gelangen, und alsdann Hippolytes Bruder Auguste Ballet, der zu Castaings Gunsten ein Testament gemacht hatte. Ein Freund Balzacs und der Brüder Ballet,

Horace Raisson, hatte die Indizien gegen ihn gesammelt, und er wurde zum Tode verurteilt.

30 Robert d'Arbrissel (1047–1117), großer, strenger Prediger, Vikar der Diözese Rennes und Professor der Theologie in Angers, zog sich in den Wald von Craon zurück und nahm härteste Bußübungen auf sich, weil er, wie es heißt, allzu intimen Umgang mit seinen weiblichen Beichtkindern gehabt hatte. Der Drang zum Predigen führte ihn in die Welt zurück; er gründete mehrere Klöster, darunter das zu Fontrevault.

31 Die italienische Sängerin Amigo sang die Rolle der Henriette de France in Bellinis Oper ›I Puritani di Scozia‹, die in der Pariser Italienischen Oper am 25. Januar 1835 aufgeführt wurde.

32 Die Modistin Madame Thomas hatte ihren Laden in der Rue de Filles-Saint-Thomas 23.

33 Die Blumenhändlerin Madame Prévost unterhielt einen Laden im Palais-Royal.

34 Der Lebensmittelhändler Chevet, Lieferant des Hofes und mehrerer Fürstlichkeiten, hatte sein Geschäft im Palais-Royal, Galérie vitrée 220. Er war um seiner primeurs, seiner sehr teuren Frühgemüse willen geschätzt. Balzac kaufte bei ihm; aus dem Jahr 1836 ist eine Rechnung an Balzac in Höhe von 264 frcs erhalten.

35 François-Marie Charles Fourier (1772–1847), französischer Sozialist, Gründer des nach ihm benannten Systems, das Arbeitsgemeinschaften (Phalanstères) vorsah.

36 Der Herzog von Marino-Torlonia usw. (1795–1865) entstammte einer römischen Fürstenfamilie, die durch Bankiers- und Handelsgeschäfte zu ungeheurem Reichtum gelangt war.

37 Alexandre du Sommerard (1779–1842), Rat am Rechnungshof, hatte den Italienischen Feldzug von 1800 mitgemacht und Geschmack an der Kunst und der Kunstgeschichte gefunden. Ohne großes Wissen, aber von einem sicheren Sammlerinstinkt geleitet, brachte er während der Restauration eine großartige Sammlung an Möbeln und Kunstgegenständen aus Mittelalter und Renaissance zusammen und stellte sie im ehemaligen Stadtpalais der Äbte von Cluny auf, das er zu diesem Zweck gemietet hatte. Nach seinem Tod kaufte der Staat Haus und Sammlung auf und ließ die letztere neu ordnen und von allem Beiläufigen befreien.

38 ›Richard d'Arlington‹, Prosadrama in vier Akten von Alexandre Dumas, Erstaufführung am 10. Dezember 1831 im Theater an der Porte Saint-Martin. (Balzac verlegt also die Premiere um zwei Jahre vor.) Es handelt sich um die Geschichte des natürlichen Sohns eines Unbekannten und einer jungen Dame aus der höchsten eng-

lischen Gesellschaft, der aus Ehrgeiz nicht vor Verbrechen zurückscheut. Als er schließlich drauf und dran ist, seine natürliche Schwester zu heiraten, wird er daran durch seinen Vater gehindert - den Henker!

39 Frédéric Lemaître (1800–1876), französischer Schauspieler, triumphierte im romantischen Drama und war mit Balzac befreundet.

40 Siehe Anmerkung 34.

41 Madame Zayonszcek war die Frau des polnischen Generals Joseph Zayonszcek (1752–1826), der unter Kosciuszko für die Freiheit seines Vaterlandes und dann seit 1797 in der französischen Armee unter Napoleon gekämpft hatte. 1815 wurde er durch den Zaren Alexander I., dessen Gefolgsmann er geworden war, zum Generalstatthalter von Polen ernannt; seither haßten und verleugneten ihn seine Landsleute.

42 Le bailli de Ferrette: der Amtmann von Pfirt (Elsaß), außerordentlicher Gesandter und Bevollmächtigter des Großherzogs von Baden in Paris, ein kleiner, magerer Herr, Gönner der Künstler, Stammgast der Oper. 1828 war eine Mlle Conté die Geliebte des Sechsundachtzigjährigen.

43 Alceste: Hauptgestalt in Molières ›Le Misanthrope‹.

44 Musson: zu Balzacs Zeiten lebender Maler, bekannt vor allem durch seine Künste als Mystifikator.

45 Das Théâtre des Variétés wurde 1807 durch den Architekten Célerier für die Truppe des Théâtre Montansier erbaut, die nicht länger im Palais-Royal spielen durfte. Das neue Theater widmete sich von Anfang an energisch und mit Erfolg dem Vaudeville, und zumal zu Anfang dem Schwank. Einiger allzu großer Freiheiten wegen zog es sich 1809 mehrmals Drohungen des Polizeiministers zu. Der Versuch, sich während der Restauration dem ernsten Drama zuzuwenden, mißlang. Unter Louis-Philippe erlebten ›Les Variétés‹ eine neue Blütezeit durch Vaudeville-Aufführungen, während des Zweiten Kaiserreichs durch Offenbachs Operetten.

46 Am 30. April 1827 hatte der Dey von Algier dem französischen Konsul, der ihm Vorhaltungen machte, einen Schlag mit seinem Fächer versetzt. Daraufhin blockierte ein französisches Geschwader Algier, was den Dey keineswegs einschüchterte: nach einer Zusammenkunft mit dem kommandierenden Admiral ließ er dessen Flaggschiff bombardieren. Die Minister Villèle und Martignac hatten sich stets einer Landung widersetzt; auf diese neue Beleidigung hin schritt der gerade zur Ministerpräsidentschaft gelangte Fürst Polignac zum Kriege, trotz der Drohungen Englands. Fast hundert Kriegs- und fünfhundert Transportschiffe wurden in Toulon

zusammengezogen; sie sollten 36 000 Mann unter dem Befehl des Marschalls Bourmont transportieren. Die Flotte lief am 25. Mai 1830 aus, langte jedoch infolge ungünstigen Wetters erst am 13. Juni vor Algier an. Die Armee landete bei Sidi-Ferruch, siegte bei Staouëli und nahm die Stadt Algier nach einer sehr kurzen Belagerung am 5. Juli 1830 ein, worauf die Eroberung von Algerien begann. Aber schon am 27. Juli brach in Paris die Revolution aus, die Karl X. stürzte. Dabei hatte England die Hand im Spiel.

47 Gabriel de Sartine, Graf d'Alby (1729–1801), wurde 1759 zum Generalleutnant der Polizei ernannt. Sein Verdienst ist die Reorganisation des gesamten Polizeiwesens, zumal der politischen Polizei. Er stellte die Spielhäuser und die Bordelle unter Polizeiverordnungen. Er steuerte der willkürlichen Erlassung von Siegelbriefen. 1774 trat er sein Amt an Lenoir ab und wurde einer der tüchtigsten französischen Marineminister. Als er sich einiger Budgetschwierigkeiten wegen mit Necker überwarf, entließ dieser ihn. Sartine starb in der Emigration.

48 Jean-Charles-Pierre Lenoir (1732–1807) hatte mehrere Ämter in der Verwaltung innegehabt, als er als Nachfolger Sartines zum Generalleutnant der Polizei ernannt wurde. Er übte diese Funktion neun Jahre lang aus, wirkte bei der Abschaffung der Folter mit und sorgte für die Reinigung und Beleuchtung der Pariser Straßen.

49 Das Hotel Mirabeau lag in der Rue de la Paix und wurde 1830 von Proton-Beaulieu geleitet.

50 Das Innenministerium war damals in den Nummern 101 und 103 der Rue de Grenelle untergebracht.

51 Erst seit 1789 fanden in Paris regelmäßig Aufführungen italienischer Opern statt; das Privileg dazu hatte Léonard, der Friseur der Königin, erhalten; es spielte die ›Troupe de Monsieur‹, bis sie sich durch die beginnende Revolution am 10. August auflöste. Nach einem fruchtlosen Versuch der Mlle Montansier, einer Schauspielerin und Theaterdirektorin, die 1790 in der Salle de Beaujolais ein nach ihr benanntes Theater (das heutige Théâtre du Palais-Royal) eröffnete (siehe Anmerkung 45), das Théâtre-Italien auferstehen zu lassen, gelang es 1804 Louis-Benoît Picard, die Truppe neu zu organisieren und italienische Opern zu spielen, zunächst in der Salle Louvois, Rue de Richelieu, dann im Odéon, wo er mit dem Théâtre-Français abwechselnd spielte. Direktoren des Théâtre-Italien waren u. a. Spontini und die Catalani. Die letztere verzichtete 1819 auf ihr Privileg. Im folgenden Jahr wurde das Theater neu organisiert und teilte sich mit der Comédie-Française die Salle

Louvois, wo es seine Glanzzeit zumal mit den Opern Rossinis erlebte, in denen die berühmtesten Sängerinnen jener Zeit auftraten: die Malibran, die Pasta, die Fodor, die Rubini und die Grisi. Von 1827 bis 1838 siedelte es in die Salle Favart über, dann ins Odéon, schließlich in die Salle Ventadour. Nach 1870 schlug ein Versuch zur Wiederbelebung des Théâtre-Italien an derselben Stätte fehl.

52 Léopold Huret stellte Geldschränke her, die sich besonders durch Schlösser seiner Erfindung auszeichneten. Das gleiche gilt für den Schlosser Fichet.

53 Von Balzac erfundene, geistreiche Juristengestalt, die in mehreren Romanen der ›Menschlichen Komödie‹ auftritt.

54 Au Cadran-Bleu: Restaurant am Boulevard du Temple; an der Ecke der Rue Charlot.

55 O'Connell, Pitt, Fox, Canning, Lord Brougham. – Daniel O'Connell, der große irische Agitator und Freiheitsvorkämpfer, kam 1830 ins Unterhaus. William Pitt, der Tory-Minister, und Fox, sein großer Gegner, waren beide schon seit vierzehn Jahren tot; Lord Henry Brougham wurde Lordkanzler in einem Whig-Ministerium.

56 Lord Fitz-William, Lord Ellenborough, Lord Hertfort. – Charles-William-Francis Wentworth, Graf von Fitz-William, hatte sich 1830 aus der Politik zurückgezogen, nachdem er zuvor Lord-Leutnant von Irland gewesen war. – Edward Law, Graf von Ellenborough, war 1828 zum Lordsiegelbewahrer im Kabinett Wellington ernannt worden; später wurde er Gouverneur von Indien und Erster Lord der Admiralität. – Seymour Conway, Marquis von Hertfort, war Tory-Mitglied des Oberhauses.

57 Anthelme Brillat-Savarin (1755–1826), einer Juristenfamilie des Bugey entstammend, mußte 1793 emigrieren. Unter dem Directoire kehrte er nach Frankreich zurück und wurde unter dem Konsulat beim Kassationsgericht angestellt. Bei seinem wohlgelaunten Skeptizismus nahm er alle politischen Umwälzungen in Kauf: sie hätten nie seine Verdauung gestört, sagte er. Er hatte Geist, Kultur und Geschmack und fühlte sich im Salon wohler als bei der Tafel; er lebt fort durch sein geistvolles, einem gepflegten Epikurismus huldigendes Werk ›Physiologie du Goût ou Méditation sur la Gastronomie transcendante‹.

58 La malle, die Briefpost und Depeschenpost, fuhr noch schneller als die Eilpostwagen (diligences).

59 Die Messagerie du Grand-Bureau: der Posthof lag zwischen der

Rue Montmartre und der Rue Notre-Dame-des-Victoires in dem Häuserblock, der durch die Rue Joquelet und die Rue Saint-Pierre begrenzt wurde.

60 Pierre-Jean Béranger (1780–1857) populärster französischer Liederdichter des 19. Jhdts. Sohn eines armen Handwerkers, Kellner, Schriftsetzer, später Sekretär an der Sorbonne. Von Lucien Bonaparte begönnert, veröffentlichte er mit großem Erfolg politische Chansons, die ihm 1821 und 1828 Gefängnisstrafen eintrugen, was seine Beliebtheit noch steigerte. Napoleon III. ehrte ihn durch ein Staatsbegräbnis.

61 Turcaret: siehe Anmerkung 17.

62 Nicolas Beaujon (1718–1786), Bankier, Inhaber einträglicher Staatsämter, verwandte sein riesiges Vermögen für wohltätige Zwecke; so gründete er im Faubourg du Roule ein Altersheim; es ist heute in ein Krankenhaus umgewandelt worden, das seinen Namen trägt.

63 Anspielung auf Lamartine, dessen Denkmal in der Avenue Henri-Martin ihn zusammen mit seinem Lieblingswindspiel zeigt.

64 François-Antoine Habeneck (1781–1849), Violinist, später Dirigent der Konzerte des Conservatoire, deren Direktion er übernahm und die er zu Weltruf führte (erstes Konzert 8. März 1828). Er hat als erster Beethovens Orchestermusik durch vorbildliche Aufführungen in Paris durchgesetzt. Er wurde Direktor der Großen Oper und deren Dirigent sowie Violinprofessor und Inspektor des Conservatoire. Auch mit Kompositionen ist er hervorgetreten, darunter zwei Violinkonzerten.

65 Das ›buona sera‹ findet sich im zweiten Akt von Rossinis ›Barbier von Sevilla‹, dessen Uraufführung am 26. Dezember 1816 in Rom, dessen Pariser Erstaufführung am 26. Oktober 1816 in der Salle Louvois stattfand.

66 Louis-François-Armand du Plessis, Herzog von Richelieu (1696 bis 1788), war bis ins hohe Alter der Typus des aristokratischen Lebemanns des 18. Jhdts., zugleich aber ein Politiker und Feldherr hohen Ranges. Als Gesandter in Wien brachte er das Bündnis Frankreichs und Österreichs zuwege; im Polnischen Erbfolgekrieg trug er wesentlich zum Sieg bei Fontenoy bei, befreite Genua, bemächtigte sich Port-Mahons und eroberte Hannover.

67 Britschka: nach russischem Vorbild konstruierte Reisekalesche.

68 Das Gefängnis La Force lag nicht in der Rue Payenne, wie Balzac schreibt, sondern in der Rue Pavée. Das Gebäude war 1559 durch den Kardinal von Lothringen als Stadtpalais erbaut worden und ging im 17. Jhdt. in den Besitz Henris de Caumont, Herzog von

La Force, über, dessen Namen es behielt. 1782 wurde es in ein Männergefängnis umgewandelt, das benachbarte Hôtel de Brienne 1785 in ein solches für Dirnen. Hier wurde 1789 die Prinzessin de Lamballe, die Freundin der Königin, vom Pöbel viehisch ermordet. Gegen Ende der Regierung Louis-Philippes wurde das Gefängnis La Force aufgehoben.

69 Die Rue des Ballets ist die heutige, seit 1848 verlängerte Rue Malher.

Biographische Notizen über die Romangestalten

WAS ALTE HERREN SICH DIE LIEBE KOSTEN LASSEN

Da ›Glanz und Elend der Kurtisanen‹ als ein einziger Roman gedacht ist, finden sich die Biographischen Notizen zu sämtlichen Gestalten dieses vierteiligen Werks im Anschluß an den 4. Teil, ›Vautrins letztes Abenteuer‹ (in Band VII dieser Gesamtausgabe).

Wohin schlechte Wege führen

Übertragung von Felix Paul Greve. Bearbeitet von Ernst Sander

Der Roman ›Où mènent les mauvais chemins‹, der dritte Teil des Zyklus ›Splendeurs et Misères des Courtisanes‹, erschien erstmals vom 7. bis 29. Juli 1846 als Feuilletonabdruck in ›L'Époque‹ unter dem Titel ›Une Instruction criminelle‹. Im August desselben Jahres wurde er zum XII. Band der ›Comédie Humaine‹ und zum dritten der ›Scènes de la Vie parisienne‹, und zwar unter dem heutigen Titel. Jedoch im folgenden Jahr ließ Balzac eine Sonderausgabe unter dem Titel ›Un Drame dans les prisons‹ erscheinen. Nach Abschluß dieses Romans ergab sich in der Weiterführung der Gestalten und Geschehnisse eine Pause. Balzac schrieb, ehe er sie wieder aufnahm, das Diptychon ›Les Parents pauvres‹. In ›La Cousine Bette‹ läßt er kurz Jacqueline Collin auftreten, die dem Leser unter dem Namen ›Asia‹ bereits bekannte Tante Jacques Collins, und erinnert an deren Neffen, den Polizeichef (zu dem Collin im vierten Teil wird), dessen Gestalt er also keineswegs aus den Augen verloren hatte.

Einer der gegen Balzac nach der Veröffentlichung von ›Où mènent les mauvais chemins‹ gerichteten Angriffe basierte auf der Schilderung von Lucien de Rubemprés Selbstmord. Balzac hatte die Einzelheiten und Begleitumstände allzu genau einem damals in aller Munde befindlichen Fall entlehnt, dem Selbstmord des jungen Durantin, des Geliebten der Mme Delphine Girardin, die ihrerseits sich doch sehr porträtähnlich in der Gestalt der Mme de Sérisy gezeichnet fand.

Was nun den Widmungsempfänger, den Fürsten Antonio Serafino Porcia betrifft, dem bereits die Vorform ›La Torpille« des Zyklus dediziert worden war, so war er Balzacs Gastgeber bei dessen Aufenthalt in Mailand im Jahre 1838. An Mme Hanska schrieb Balzac im Mai jenes Jahres: ›Das Gasthausleben war mir unerträglich geworden, und ich wohne jetzt durch die Güte Seiner Hoheit, des Fürsten Porcia, in einem kleinen Zimmer, das auf die Gärten hinausgeht; ich arbeite bei ihm so ungehindert wie bei einem Freund, und das ist er ja auch für mich.‹ Die ›Juli 1838‹ datierte Widmung von ›La Torpille‹ spricht von einem in des Fürsten Haus ›meditierten‹ Werk, woraus zu schließen ist, daß Balzac in Mailand den gesamten Zyklus konzipiert oder vielleicht sogar skizziert hat.

Am folgenden Tage kamen um sechs Uhr zwei Wagen, die das Volk in seiner drastischen Ausdrucksweise ›Salatkörbe‹ nennt, in schneller Fahrt aus La Force und fuhren in Richtung auf die Conciergerie beim Justizpalast davon.

Es gibt wenig Spaziergänger, die einem solchen fahrbaren Gefängnis noch nicht begegnet wären; aber obwohl die meisten Bücher einzig für die Pariser geschrieben werden, wird es Fremden sicherlich nicht unlieb sein, hier eine Schilderung dieses furchtbaren Apparats unserer Kriminalpolizei zu finden. Wer weiß, vielleicht wird die russische, deutsche oder österreichische Polizei, vielleicht werden die Behörden der Länder, die noch keine ›Salatkörbe‹ kennen, sie sich zunutze machen; und in mehreren fremden Ländern dürfte die Nachahmung dieser Transportweise sicherlich eine Wohltat für die Gefangenen bedeuten.

Jenes Fahrzeug der Schande mit dem gelben Wagenkasten, der auf zwei Rädern ruht und innen mit Blech verkleidet ist, hat zwei Abteile. Vorn befindet sich eine mit Leder überzogene Bank, die mit einem Spritzleder bedeckt ist. Das ist der offene Teil des ›Salatkorbs‹; er ist für einen Gerichtsdiener und einen Gendarm bestimmt. Ein starkes, netzartiges Eisengitter trennt diese Art Kabriolett in der ganzen Höhe und Breite des Wagens von dem zweiten Abteil, in dem sich, wie in den Omnibussen, zu beiden Seiten des Wagenkastens je eine Holzbank hinzieht; darauf setzen sich die Gefangenen; sie kommen mittels eines Wagentritts durch eine fensterlose Tür am hintern Ende hinein. Der Spitzname ›Salatkorb‹ rührt daher, daß ursprünglich der Wagen auf allen Seiten nur aus einem Gitterwerk bestand, so daß man die Gefangenen deutlich sehen konnte, wenn sie, genau wie Salatköpfe im Korb, hin und her geschüttelt wurden. Der größeren Sicherheit halber, um jedem Zwischenfall vorzubeugen, folgt diesem Wagen ein berittener Gendarm, vor allem, wenn darin zum Tode Verurteilte zum Richtplatz gefahren werden. Ein Ausbrechen ist also unmöglich. Da der Wagen innen mit Blech verkleidet ist, läßt er sich mit keinem Werkzeug durchbohren, ganz abgesehen davon, daß die Gefangenen im Augenblick ihrer Verhaftung oder ihrer Eintragung ins Register sorgfältig durchsucht werden und höchstens noch Uhrfedern besitzen können, die zwar zum Durchsägen von Gitterstangen geeignet, aber glatten Flächen gegenüber machtlos sind. So ist denn auch der durch die erfinderische Pariser Polizei vervollkommnete ›Salatkorb‹ schließlich zum Vorbild für den Zellenwagen geworden, in dem die Sträflinge in die Strafanstalt gebracht werden; er ist an die Stelle des grauenhaften Karrens getreten, jener Schmach vergangener Kulturzustände, so sehr dieser auch durch Manon Lescaut[1] berühmt geworden sein mag.

Es werden im ›Salatkorb‹ in erster Linie die Angeklagten aus den verschiedenen Untersuchungsgefängnissen der Hauptstadt in den Justizpalast befördert, damit sie dort vom Untersuchungsrichter verhört werden. In der Gefängnissprache heißt das: zur Untersuchung gehen. Alsdann werden die Angeklagten aus denselben Gefängnissen noch einmal zur Aburteilung in den Justizpalast gebracht, freilich nur, wenn es um eine Anklage vor dem Sittenpolizeigericht geht; sobald es sich indessen, wie man in der Juristensprache sagt, um Schwerverbrecher handelt, werden sie aus den Untersuchungsgefängnissen in die Conciergerie, das Gerichtsgebäude des Seine-Départements, überführt. Schließlich werden im ›Salatkorb‹ auch die zum Tode Verurteilten von Bicêtre zur Barrière Saint-Jacques gebracht; dort finden seit der Juli-Revolution die Hinrichtungen statt. Dank den Bemühungen der Philanthropen machen jene Unglücklichen nicht mehr die Folter der früheren Überführung von der Conciergerie zum Grèveplatz durch; sie ging auf einem Karren vor sich, wie ihn die Holzhändler benutzen. Dieser Karren wird heute nur noch zum Rücktransport vom Schafott benutzt. Ohne eine solche Erklärung würde man einen Ausspruch nicht verstehen, den ein berühmter Verurteilter seinem Mitschuldigen gegenüber tat, als er in den ›Salatkorb‹ stieg: Jetzt ist es nur noch Sache der Pferde! Unmöglich läßt sich bequemer zur Hinrichtung gelangen, als man heutzutage in Paris hinfährt.

In diesem Augenblick dienten die beiden ›Salatkörbe‹, die zu so früher Stunde hatten losfahren müssen, ausnahmsweise dazu, zwei Untersuchungsgefangene aus dem Untersuchungsgefängnis La Force in die Conciergerie zu überführen; und jeder dieser Häftlinge hatte einen ›Salatkorb‹ für sich.

Neun Zehntel der Leser, ja auch noch neun Zehntel des letzten Zehntels der Leser kennen schwerlich die beträchtlichen Unterschiede, die zwischen folgenden Worten bestehen: Angeschuldigter, Untersuchungsgefangener, Angeklagter, Strafgefangener, Polizeigewahrsam, Untersuchungsgefängnis und Strafgefängnis; daher werden denn auch alle wahrscheinlich staunend hören, daß es sich da um unser ganzes Strafrecht handelt, das ihnen gleich kurz und verständlich erklärt werden soll, und zwar ebensosehr um sie zu belehren, wie um ihnen den Verlauf dieser Geschichte klarzumachen. Wenn man überdies erfährt, daß der erste ›Salatkorb‹ Jacques Collin barg, der zweite jedoch Lucien, der innerhalb weniger Stunden vom Gipfel gesellschaftlicher Geltung bis zur Tiefe des Kerkers hinabgestürzt war, so wird die Neugier zur Genüge geweckt sein. Die Haltung der beiden Komplicen war bezeichnend. Lucien de Rubempré versteckte sich, um den Blicken zu entgehen, die die Vorübergehenden auf das Gitter des unheimlichen, verhängnisvollen Wagens warfen, während er durch die Rue Saint-Antoine fuhr, um durch die Rue du Martroi und die Arcade Saint-Jean, die man damals passieren mußte, wenn man die Place de l'Hôtel-de-Ville[2] überqueren wollte, die Kais zu erreichen; heute bildet jener Durchgang die Einfahrt zum Sitz des Präfekten des Seine-Départements im riesengroßen Munizipalpalast. Der verwegene Zuchthäusler dagegen preßte das Gesicht an das Gitter im Wagen, und zwar genau zwischen dem Gerichtsdiener und dem Gendarm, die ihren ›Salatkorb‹ vollkommen sicher hielten und miteinander plauderten.

Die Julitage des Jahres 1830 und ihr furchtbarer Sturm haben die früheren Ereignisse mit ihrem Lärm so sehr in den Hintergrund gedrängt, das Interesse an der Politik hat während der sechs letzten Monate dieses Jahres Frankreich so sehr in Anspruch genommen, daß sich heute niemand oder kaum noch jemand jener privaten, gerichtlichen oder finanziellen Katastrophen entsinnt, so merkwürdig sie auch gewesen sein mochten, und so sehr sie die jährliche Nahrung der Pariser Neugier bildeten; sie fehlten auch in den ersten sechs Monaten dieses Jahres nicht. Es ist also nötig, eigens darauf aufmerksam zu machen, wie sehr Paris im ersten Augenblick in Aufregung geriet, als sich die Nachricht von der Verhaftung eines spanischen Priesters, der bei einer Kurtisane gefunden worden sei, und von derjenigen des eleganten Lucien de Rubempré, des Verlobten der Mademoiselle de Grandlieu, verbreitete, der in dem Dörfchen Grez auf der Landstraße nach Italien ergriffen worden sei; beide würden eines Mordes verdächtigt, dessen Beute sich auf sieben Millionen belaufe. Der Skandal dieses Prozesses schwächte ein paar Tage lang das fabelhafte Interesse ab, das die letzten Wahlen unter Karl X. erweckten[3].

Zunächst war dieser Kriminalprozeß zum Teil die Folge einer Anzeige des Barons von Nucingen. Ferner stand Lucien unmittelbar davor, Privatsekretär des Ministerpräsidenten zu werden, und gehörte der höchsten Pariser Gesellschaft an. In jedem Pariser Salon entsann sich mehr als ein junger Herr, daß er Lucien beneidet habe, als er von der schönen Herzogin von Maufrigneuse ausgezeichnet worden war, und alle Frauen wußten, daß eben jetzt Madame de Sérisy sich für ihn interessierte, die Gattin eines der ersten Männer im Staat. Schließlich hatte die Schönheit des Opfers in den verschiedenen Welten, aus denen Paris besteht, eine besondere Berühmtheit genossen: in der großen Gesellschaft, in der Finanzwelt, in der Welt der Kurtisanen, in dem Kreis der jungen Leute, in der literarischen Welt. Seit zwei Tagen sprach also ganz Paris von diesen beiden Verhaftungen. Der Untersuchungsrichter Camusot, der mit dem Fall betraut worden war, erblickte darin eine Möglichkeit zur Beförderung, und um mit jeder erdenklichen Beschleunigung vorgehen zu können, hatte er angeordnet, daß die beiden Angeschuldigten von La Force in die Conciergerie überführt werden sollten, sobald Lucien de Rubempré aus Fontainebleau angekommen sei. Da der Abbé Carlos nur zwölf Stunden, Lucien nur eine halbe Nacht in La Force zugebracht hatte, erübrigt es sich, jenes Gefängnis zu schildern, dessen Einrichtung heute gänzlich umgestaltet worden ist; und was die Einzelheiten der Eintragung ins Register angeht, so wären sie nur eine Wiederholung dessen, was sich in der Conciergerie abspielen sollte.

Aber bevor wir uns auf das furchtbare Drama der Untersuchung in diesem Strafprozeß einlassen, ist es, wie gesagt, unentbehrlich, den normalen Verlauf eines derartigen Prozesses zu schildern. Einmal werden seine verschiedenen Entwicklungsstufen in Frankreich wie im Ausland dann leichter verständlich, und zum andern werden alle, die die Strafprozeßordnung, wie sie die Gesetzgeber unter Napoleon festgelegt haben, nicht kennen, sie zu würdigen lernen. Es ist das um so wichtiger, als jenes schöne und große Werk gegenwärtig durch das sogenannte Besserungssystem von der Vernichtung bedroht wird.

Ein Verbrechen wird begangen. Wenn die Verbrecher auf frischer Tat ertappt werden, so werden die Angeschuldigten in den nächsten Polizeigewahrsam geführt und in jener Zelle untergebracht, die das Volk die Geige nennt, vermutlich, weil dort Musik gemacht wird: man schreit oder weint. Von dort aus werden die Angeschuldigten dem Polizeikommissar vorgeführt, der eine Voruntersuchung unternimmt und sie freilassen kann, wenn ein Irrtum vorliegt; schließlich werden die Angeschuldigten in das Präfekturgefängnis gebracht, wo die Polizei sie zur Verfügung des Staatsanwalts und des Untersuchungsrichters hält; und diese beiden, die je nach der Schwere des Falles mehr oder minder schnell benachrichtigt werden, kommen und verhören die Leute, die sich in vorläufiger Haft befinden. Je nach Art der Mutmaßungen erläßt dann der Untersuchungsrichter einen Haftbefehl und läßt die Angeschuldigten im Untersuchungsgefängnis unterbringen. Paris hat drei Untersuchungsgefängnisse: Sainte-Pélagie[4], La Force[5] und die Madelonnettes[6].

Man beachte den Ausdruck ›die Angeschuldigten‹. Unser Gesetzbuch hat im Strafrecht drei wesentliche Unterscheidungen geschaffen: Die Anschuldigung, die Untersuchungshaft, den Anklagezustand. Solange der Haftbefehl nicht unterschrieben ist, sind die vermutlichen Urheber eines Verbrechens oder eines schweren Vergehens Angeschuldigte; unter der Last des Haftbefehls werden sie zu Untersuchungsgefangenen; Untersuchungsgefangene bleiben sie, solange die Untersuchung dauert. Wenn die Untersuchung abgeschlossen ist, werden sie, sobald das Gericht beschlossen hat, die Hauptverhandlung gegen den Untersuchungsgefangenen zu eröffnen, zu Angeklagten, genauer: nachdem das Gericht zweiter Instanz auf Antrag des Generalstaatsanwalts bestätigt hat, daß genügend Belastungsmomente vorliegen, um ihn vor ein Schwurgericht zu stellen. So machen die eines Verbrechens Verdächtigen drei verschiedene Zustände durch; sie gehen durch drei Siebe, ehe sie vor der sogenannten Landesjustiz erscheinen. Im ersten Zustand steht den Unschuldigen juristisch noch eine Fülle von Rechtfertigungsmitteln zur Verfügung: das Publikum, die Wache und die Polizei. Im zweiten Zustand stehen sie vor einem Beamten, sie werden Zeugen gegenübergestellt und in Paris von einer Gerichtskammer, in den Départements von einem ganzen Gericht unter Anklage gestellt. Im dritten Zustand erscheinen sie vor zwölf Räten, und im Falle eines Rechtsirrtums oder eines Formfehlers kann der Angeklagte nach alledem noch beim Kassationshof die Rückverweisung an das Schwurgericht beantragen. Die Geschworenen wissen gar nicht, wieviel Volks-, Verwaltungs- und Gerichtsautoritäten sie ins Gesicht schlagen, wenn sie einen Angeklagten freisprechen. Daher scheint es wenigstens uns in Paris (von den anderen Gerichtssprengeln reden wir hier nicht) fast unmöglich, daß ein Unschuldiger sich je auf die Anklagebank vor dem Schwurgericht setzen sollte.

Ein Strafgefangener ist ein Verurteilter. Unser Strafrecht hat Untersuchungsgefängnisse, Gerichtsgefängnisse und Strafgefängnisse geschaffen; es sind das juristische Unterscheidungen, die denen eines Untersuchungsgefangenen, eines Angeklagten und eines Verurteilten entsprechen. Durch Strafhaft wird eine leichte Strafe zur Sühne eines geringen Vergehens vollstreckt; das Strafgefängnis jedoch vollstreckt eine Leibesstrafe, die unter Umständen entehrend ist. Wer also heute das Besserungssystem einführen will, stößt ein wundervolles Strafrecht um, in dem die Strafen in überlegener Weise abgestuft sind; und er wird dahin gelangen, daß er kleine Vergehen fast ebenso schwer bestraft wie große Verbrechen. Man wird übrigens in den ›Szenen aus dem politischen Leben‹ (siehe ›Eine dunkle Begebenheit‹) die merkwürdigen Unterschiede vergleichen können, die zwischen dem Strafrecht der Gesetzgebung vom Brumaire des Jahres IV und dem des Code Napoléon herrschen, der jene ersetzte.

In den meisten großen Prozessen werden die Angeschuldigten wie in diesem sofort zu Untersuchungsgefangenen. Der Richter erläßt auf der Stelle den Haftbefehl. Tatsächlich werden ja in der Mehrzahl der Fälle die Angeschuldigten entweder flüchtig, oder aber sie werden im Augenblick der Tat überrascht. Daher waren denn auch, wie man gesehen hat, die Polizei, die hier nur ein Werkzeug der Vollstreckung ist, und die Justiz mit Blitzesschnelle in Esthers Wohnung erschienen. Auch wenn keine Rachemotive, wie Corentin sie der Kriminalpolizei zugeflüstert hatte, Verdacht erregt hätten, so lag doch noch die Anzeige des Barons von Nucingen über einen Diebstahl von siebenhundertfünfzigtausend Francs vor.

In dem Augenblick, da der erste Wagen, in dem Jacques Collin saß, die Arcade Saint-Jean, eine enge, düstere Durchfahrt, erreichte, zwang ein Hindernis den Kutscher, unter dem Torbogen haltzumachen. Die Augen des Untersuchungsgefangenen blitzten wie zwei Karfunkel durch das Gitter, obwohl er sich noch am Abend zuvor als ein Sterbender gestellt hatte, so daß es dem Direktor von La Force notwendig erschienen war, einen Arzt zu rufen. Seine Blicke waren in dieser Minute frei, denn weder der Gendarm noch der Gerichtsdiener wandten sich, um nach ihrem ›Kunden‹ zu sehen; und diese flammenden Blicke redeten eine so deutliche Sprache, daß ein geschickter Untersuchungsrichter, wie zum Beispiel Popinot, in dem Kirchenschänder den Sträfling erkannt haben würde. Tatsächlich gab Jacques Collin, seit der ›Salatkorb‹ das Tor von La Force hinter sich gelassen hatte, auf alles am Wege genau acht. Trotz der schnellen Fahrt überflog er mit gierigem, nichts übersehendem Blick die Häuser vom obersten Stockwerk an bis zum Erdgeschoß. Er musterte alle Vorübergehenden und analysierte sie. Gott durchschaut seine Schöpfung in ihren Mitteln und ihrem Ziel nicht genauer, als dieser Mensch die geringsten Unterschiede in der Masse der Dinge und der Menschen wahrnahm. Mit einer Hoffnung bewaffnet wie der letzte der Horatier[7] mit seinem Schwert, wartete er auf Hilfe. Jedem anderen außer diesem Machiavelli[8] des Zuchthauses wäre die Verwirklichung dieser Hoffnung als etwas so Unmögliches erschienen, daß er mechanisch alles mit sich hätte geschehen lassen, wie es die Schuldigen tun. Keiner von ihnen denkt in der Lage, in die die Justiz und die Pariser Polizei den Untersuchungsgefangenen bringen, noch an Widerstand, am wenigsten jene, die wie Lucien und Jacques Collin in strengem

Einzelgewahrsam gehalten werden. Man kann sich die plötzliche Vereinsamung eines Untersuchungsgefangenen nicht vorstellen: die Gendarmen, die ihn verhaften, der Kommissar, der ihn verhört, jene, die ihn ins Gefängnis bringen, die Wächter, die ihn ins ›Loch‹ führen – es wird buchstäblich so genannt –, jene, die ihn am Arm fassen, um ihn zum Einsteigen in den ›Salatkorb‹ zu veranlassen, kurz, all die Menschen, die ihn vom Augenblick seiner Verhaftung an umgeben, sind stumm oder merken sich seine Worte, um sie der Polizei oder dem Richter zu wiederholen. Diese absolute Scheidewand, die auf so einfache Weise zwischen der ganzen Welt und dem Untersuchungsgefangenen errichtet wird, hat einen vollständigen Umsturz seiner Fähigkeiten, eine ungeheure Bedrücktheit des Geistes zur Folge, und zwar vor allem dann, wenn es sich um einen Menschen handelt, der durch sein Vorleben noch nicht mit dem Vorgehen der Justiz vertraut ist. Der Zweikampf zwischen dem Schuldigen und dem Richter ist um so furchtbarer, als die Justiz das Schweigen der Mauern und die unbestechliche Gleichgültigkeit ihrer Agenten zu Helfern hat.

Jacques Collin oder Carlos Herrera (es ist nötig, ihm je nach den Umständen den einen oder den andern Namen zu geben) nun aber kannte die Art und Weise der Polizei, des Kerkers und der Justiz schon von langer Hand her. Daher hatte denn auch dieser Koloß an List und Verderbtheit alle seine Geisteskräfte und sein gesamtes schauspielerisches Können aufgeboten, um täuschend die Überraschung, die Unerfahrenheit eines Unschuldigen zu mimen, während er den Beamten zugleich die Komödie eines Todeskampfs vorführte. Wie man gesehen hat, hatte ihm Asia, die kundige Locusta[9], ein Gift gegeben, das genau darauf abgestimmt war, den Schein einer tödlichen Krankheit zu erwecken. Die Tätigkeit Camusots, die des Polizeikommissars und der Eifer des auf das Verhör erpichten Staatsanwalts waren dadurch, nämlich durch die Auswirkungen eines (scheinbaren) Schlaganfalls, auf wirksame Weise lahmgelegt worden.

»Er hat sich vergiftet!« hatte Camusot ausgerufen, entsetzt über die Leiden des angeblichen Priesters, als dieser in grauenhaften Krampfzuckungen aus der Mansarde hinabgetragen wurde. Vier Polizeiagenten hatten den Abbé Carlos nur mit großer Mühe über die Treppe in Esthers Schlafzimmer schaffen können, in dem sich die Beamten und die Gendarmen versammelt hatten. – »Das war das beste, was er tun konnte, wenn er schuldig ist«, hatte der Staatsanwalt erwidert. – »Halten Sie ihn tatsächlich für krank ..?« hatte der Polizeikommissar gefragt.

Die Polizei zweifelt stets an allem. Jene drei Beamten hatten, wie man sich denken kann, flüsternd gesprochen; aber Jacques Collin hatte aus ihren Gesichtszügen erraten, worüber sie redeten; und das hatte er ausgenutzt, um das summarische Verhör, das im Augenblick einer Verhaftung immer vorgenommen wird, unmöglich oder gänzlich bedeutungslos zu machen; er hatte Sätze gestammelt, in denen sich das Spanische und das Französische in einer Weise mischten, daß sie keinen Sinn ergaben.

In La Force hatte diese Komödie zunächst einen um so vollständigeren Erfolg davongetragen, als der Sicherheitschef (Abkürzung für Chef der Sicherheitspolizeibrigade), Bibi-Lupin, der Jacques Collin damals in der Familienpension der Madame Vauquer verhaftet hatte, sich mit einem Auftrag in der Provinz befand und durch einen Agenten vertreten wurde, der zu Bibi-Lupins Nachfolger bestimmt worden und dem der Sträfling unbekannt war.

Bibi-Lupin, selber ehemaliger Sträfling und Zuchthausgefährte Jacques Collins, war sein persönlicher Feind. Jene Feindschaft hatte ihren Ursprung in Streitigkeiten, bei denen Jacques Collin stets die Oberhand behalten hatte, und in der vom Todtäuscher über seine Gefährten ausgeübten Herrschaft. Schließlich war Jacques Collin in Paris zehn Jahre hindurch die ›Vorsehung‹ der freigelassenen Sträflinge, ihr Führer, ihr Ratgeber und ihr Schatzmeister und daher Bibi-Lupins Widersacher gewesen.

Obwohl er also in Einzelhaft gehalten wurde, zählte er auf die intelligente, unbedingte Treue Asias, seiner ›rechten Hand‹, und vielleicht auch Paccards, seiner ›linken Hand‹; denn er schmeichelte sich mit dem Gedanken, diesen sorgsamen Unterführer wieder seinen Befehlen gehorsam zu finden, sobald jener erst die gestohlenen siebenhundertfünfzigtausend Francs in Sicherheit gebracht hätte. Das war der Grund der übermenschlichen Aufmerksamkeit, mit der er alles auf seinem Wege ins Auge gefaßt hatte. Seltsam! Diese Hoffnung sollte sich uneingeschränkt erfüllen.

Die beiden mächtigen Mauern der Arcade Saint-Jean waren bis zu einer Höhe von sechs Fuß mit einer dauernden Schmutzschicht überkleidet, die von den Spritzern der Gosse herrührte; die Fußgänger hatten damals, um sich vor dem unablässigen Hin und Her der Wagen und den sogenannten Fußtritten der Karren zu schützen, nichts als die von den Radnaben seit langem ausgehöhlten Prellsteine. Mehr als einmal hatte dort der Karren eines Fuhrmanns unachtsame Leute totgefahren. So sah es lange Zeit hindurch in vielen Pariser Stadtvierteln aus. Dieser Hinweis dürfte die Enge der Arcade Saint-Jean vor Augen führen und erklären, wie leicht es war, sie zu versperren. Es brauchte nur eine Droschke vom Grèveplatz aus einzufahren, während eine Gemüsehändlerin ihren kleinen Handwagen voller Äpfel durch die Rue du Martroi schob: dann veranlaßte bereits ein dritter Wagen, der etwa hinzukam, eine Stauung. Die Fußgänger brachten sich entsetzt in Sicherheit, indem sie einen Prellstein suchten, der sie vor der Berührung mit den altertümlichen Radnaben sichern konnte; diese waren damals so über die Maßen lang, daß es eines Gesetzes bedurfte, damit sie kürzer gemacht wurden. Als also der ›Salatkorb‹ anlangte, war der Durchgang von einer jener Gemüsehändlerinnen versperrt, deren Typus um so merkwürdiger ist, als es davon auch heute noch, trotz der wachsenden Zahl der Obstläden, einige Exemplare in Paris gibt. Sie war so sehr eine typische Straßenhändlerin, daß selbst ein Sergent de Ville, wenn diese Einrichtung damals schon bestanden hätte[10], sie ungeachtet ihrer unheimlichen Physiognomie, die nur zu deutlich von Verbrechen sprach, hätte weiterziehen lassen, ohne nach ihrem Gewerbeschein zu fragen. Der Kopf, der mit einem dreckigen, karierten, zerfetzten baumwollenen Taschentuch bedeckt war, starrte von rebellischen Haarsträhnen, die wie Eberborsten aussahen. Der rote, verrunzelte Hals erweckte Grauen, und das Brusttuch verdeckte ihre von der Sonne, dem Staub und dem Schmutz gegerbte Haut nicht völlig. Das Kleid sah aus wie ein Flickenteppich. Die Schuhe schnitten Grimassen, daß man hätte meinen können, sie machten sich über das Gesicht lustig, das ebenso viele Löcher aufwies wie das Kleid. Und erst der Brustlatz ...! Ein Salbenpflaster wäre weniger schmierig gewesen. Auf zehn Schritte mußte diese wandelnde, übelriechende Lumpenmasse den Geruchssinn empfindlicher Leute beleidigen. Die Hände mußten hundert Ernten hinter sich gebracht haben! Entweder kam diese Frau von einem deutschen Hexensabbat oder aus einem Bettlergefängnis. Und was für Blicke . . .! Welch eine verwegene Intelligenz, welches zusammengeballte Leben, als die magnetischen Strahlen ihrer Augen und derjenigen Jacques Collins einander begegneten, um einen Gedanken auszutauschen.

»Platz da, du altes Lausespital . . .!« rief der Kutscher mit rauher Stimme. – »Willst mich wohl zu Mus fahren, du Schafotthusar«, antwortete sie; »deine Ware ist nicht soviel wert wie meine!« Und indem die Händlerin versuchte, sich zwischen zwei Prellsteine zu drücken, um die Durchfahrt freizugeben, versperrte sie den Weg gerade so lange, wie sie brauchte, um ihren Plan durchzuführen. Oh, Asia! sagte sich Jacques Collin, der seine Helferin auf der Stelle erkannt hatte; dann geht alles gut.

Der Kutscher tauschte noch immer Liebenswürdigkeiten mit Asia aus, und in der Rue de Martroi stauten sich die Wagen.

»Ahé . . .! Pecairé fermati. Souni là. Vedrem . . .!« rief die alte Asia in dem illinoisischen Tonfall, wie er den Straßenhändlerinnen eigen ist; sie entstellen ihre Worte so sehr, daß sie zu Onomatopöien werden, die nur den Parisern verständlich sind.

Im Straßenlärm und bei dem Geschrei sämtlicher Kutscher, die mittlerweile hinzugekommen waren, konnte niemand auf diesen wilden Ruf achten, der der gewohnte der Händlerin zu sein schien. Aber dieser Aufschrei, den Jacques Collin deutlich heraushörte, warf ihm in einem verabredeten Dialekt, der aus korrumpiertem Italienisch und Provenzalisch bestand, den furchtbaren Satz ins Ohr: Dein armer Junge ist im Gefängnis; aber ich bin da. Du siehst mich wieder . . .!

Inmitten der unendlichen Freude, die ihm sein Triumph über die Justiz einflößte, denn er hoffte jetzt, mit der Außenwelt in Verbindung bleiben zu können, hatte Jacques Collin ein Rückschlag getroffen, der jeden anderen als ihn getötet hätte. Lucien verhaftet . . .! sagte er sich. Und er wäre fast ohnmächtig geworden. Diese Nachricht war für ihn furchtbarer als eine Ablehnung der beantragten Revision, wenn er zum Tode verurteilt gewesen wäre.

Nun die beiden ›Salatkörbe‹ über die Kais rollen, müssen im Interesse dieser Geschichte ein paar Worte über die Conciergerie

rie gesagt werden, die die Zeit ausfüllen sollen, bis die Wagen dort anlangen. Die Conciergerie – ein historischer Name[11] und ein furchtbares Wort, doch als Erinnerung noch furchtbarer – ist eng verknüpft mit allen französischen Revolutionen und vor allem mit denen von Paris. Sie hat die meisten großen Verbrecher beherbergt. Wenn sie von allen Pariser Baudenkmälern das interessanteste ist, so ist sie auch das unbekannteste – wenigstens für die, die den oberen Klassen der Gesellschaft angehören; aber so interessant diese historische Abschweifung auch ist, sie soll ebenso rasch vonstatten gehen, wie die ›Salatkörbe‹ fahren.

Wo wäre der Pariser, der Ausländer oder der Provinzler, wenn sie auch nur zwei Tage in Paris gewesen sind, der nicht die schwarzen Mauern gesehen hätte, die von drei starken Türmen mit den Spitzdächern flankiert werden, von denen zwei paarweise dicht nebeneinander stehen: jenen düstern, geheimnisvollen Schmuck des Quai des Lunettes? Dieser Kai beginnt am Fuß des Pont au Change und erstreckt sich bis zum Pont-Neuf. Ein viereckiger Turm, genannt der Uhrturm, von dem herab das Signal zur Bartholomäusnacht gegeben wurde, ein Turm, der fast ebenso hoch ist wie der von Saint-Jacques-la-Boucherie, zeigt, wo der Justizpalast anfängt, und bildet die Ecke des Kais. Jene vier Türme und jene Mauern sind mit dem schwärzlichen Leichentuch überkleidet, wie es in Paris alle nach Norden gerichteten Fassaden annehmen. Etwa in der Mitte des Kais beginnen mit einer nicht mehr benutzten Arkade die besonderen Bauten, deren Lage die Errichtung des Pont-Neuf unter Heinrich IV. bestimmte. Die Place Royale war lediglich eine Wiederholung der Place Dauphine. Es ist dasselbe Architektursystem, Ziegelstein mit Rahmen aus senkrecht gefügten Mauersteinquadern. Diese Arkade und die Rue de Harlay bezeichnen im Westen die Grenzen des Justizpalastes. Ehemals hing die Polizeipräfektur, der Wohnsitz der ersten Parlamentspräsidenten, mit dem Palast zusammen. Der Oberste Rechnungshof und das Obersteuergericht ergänzten dort die höchste Rechtsprechung, die des Souveräns. Man sieht, daß vor der Revolution der Justizpalast jene Abgeschlossenheit besaß, die man heute wieder herzustellen trachtet.

Dieses Viereck, diese Insel von Wohnhäusern und Monumentalbauten, auf der sich die Sainte-Chapelle befindet, das herrlichste Juwel im Schrein des heiligen Ludwig, dieser Raum ist das Sanktuarium von Paris; er ist die Weihestätte, seine Bundeslade. Und anfangs war dieser Raum für sich allein die ganze Stadt, denn das Gebiet der Place Dauphine war eine Wiese, die zum Krongut gehörte; dort befand sich eine Münze, in der Geld geprägt wurde[12]. Daher der Name der Rue de la Monnaie für die Straße, die zum Pont-Neuf führt. Daher auch der Name des einen der drei runden Türme, des zweiten, der die Tour d'Argent heißt; und dieser Name scheint zu beweisen, daß zuerst in ihm Münzen geschlagen worden sind. Das berühmte Münzwerk, das man auf den alten Stadtplänen von Paris sieht, wäre demnach wahrscheinlich später erbaut, als nicht mehr im Palast selbst geprägt wurde, und vermutlich verdankte es sein Entstehen der Vervollkommnung der Prägekunst. Der erste Turm, der sich fast an die Tour d'Argent anlehnt, heißt Tour de Montgomery. Der dritte, der kleinste, aber am besten erhaltene von den dreien, denn er hat auch seine Zinnen bewahrt, heißt Tour Bonbec. Die Sainte-Chapelle und diese vier Türme (einschließlich des Uhrturms) umschreiben vortrefflich den Umriß, den Perimeter, wie ein Katasterbeamter sagen würde, des Palastes von der Zeit der Merowinger an bis zum ersten Haus der Valois; aber für uns repräsentiert dieser Palast infolge seiner Umwandlungen vor allem die Epoche des heiligen Ludwig.

Karl V. überließ den Palast als erster dem Parlament[13], einer damals neu geschaffenen Einrichtung, und übersiedelte unter dem Schutz der Bastille in das berühmte Hôtel Saint-Pol, an das später das Palais des Tournelles[14] angebaut wurde. Dann kehrte unter den letzten Valois die königliche Familie in den Louvre zurück, der ihre erste Bastille gewesen war. Die erste Wohnung der französischen Könige, der Palast des heiligen Ludwig, der kurzweg den Namen ›der Palast‹ bewahrt hat, um den Palast an sich zu bezeichnen, ist jetzt ganz und gar begraben unter dem Justizpalast; er bildet dessen Kellerräume, denn er war, wie die Kathedrale, in die Seine hineingebaut worden, und zwar so sorgfältig, daß der Fluß auch bei Hochwasser kaum seine ersten Stufen bedeckte. Etwa zwanzig Fuß unter dem Quai de l'Horloge liegen jetzt diese zehn Jahrhunderte alten Bauten. Die Wagen rollen auf dem Niveau der Kapitelle der mächtigen Säulen der drei Türme, deren Höhe ehemals mit der Eleganz des Palastes in Einklang gestanden haben muß, als sie noch malerisch über dem Wasser standen; denn noch heute nehmen jene Türme es an Höhe mit den höchsten Bauwerken von Paris auf. Betrachtet man die weithin sich erstreckende Hauptstadt von der Höhe der Laterne des Pantheon herab, so ist der Palast mit der Sainte-Chapelle noch immer das, was unter so viel Monumenten den monumentalsten Eindruck macht. Dieser Palast unserer Könige, über den man hinwegschreitet, wenn man die ungeheure Halle des Pas-Perdus durchwandelt, war ein Wunder der Architektur; er ist es für die verständnisvollen Augen des Dichters, der ihn eingehend betrachtet, wenn er die Conciergerie besichtigt, noch heute. Ach! die Conciergerie ist eingedrungen in den Palast der Könige. Das Herz blutet einem, wenn man sieht, wie Zellen, Nischen, Gänge, Wohnungen, Säle ohne Licht und Luft in diese große Komposition hineingemeißelt worden sind, in der das Byzantinische, das Romanische und das Gotische, diese drei Antlitze der alten Kunst, durch die Architektur des zwölften Jahrhunderts vereinigt wurden. Dieser Palast bedeutet für die erste Epoche der Geschichte der französischen Baukunst, was das Schloß von Blois für die Geschichte ihrer zweiten Epoche darstellt. Wie man zu Blois (siehe ›Über Katharina von Medici‹ in den ›Philosophischen Studien‹) in einem Hof das Schloß der Grafen von Blois, das Ludwigs XII., das Franz' I. und das Gastons[15] bewundern kann, so findet man innerhalb desselben Umkreises in der Conciergerie den Charakter der ersten Geschlechter und in der Sainte-Chapelle die Architektur des heiligen Ludwig wieder. Ihr Stadträte, wenn ihr Millionen hergebt, so stellt den Architekten einen oder zwei Dichter zur Seite, wenn anders ihr die Wiege von Paris, die Wiege der Könige retten wollt, während ihr euch überlegt, wie ihr Paris und eurem höchsten Gerichtshof einen Frankreichs würdigen Palast zu schenken vermögt! Es ist das eine Frage, die ein paar Jahre lang überlegt sein will, ehe man irgend etwas beginnt. Noch ein oder zwei Gefängnisbauten gleich dem von La Roquette[16], und der Palast des heiligen Ludwig ist gerettet.

An vielen Wunden krankt heute dieses riesenhafte Bauwerk, das gleich einem jener vorsintflutlichen Tiere im Kalk von Montmartre unter dem Palast und dem Kai vergraben liegt; aber die größte Wunde ist die, daß es als Conciergerie dienen muß! Man versteht dieses Wort[17]. In den ersten Zeiten der Monarchie wurden die großen Missetäter, denn die Villains (man muß diese Schreibweise beibehalten, die dem Wort seine Bedeutung ›Bauern‹ beläßt) und Bürger unterstanden städtischer oder ritterschaftlicher Rechtsprechung, wurden die Inhaber der großen oder kleinen Lehen dem König zugeführt und in der Conciergerie in Haft gehalten. Da nur wenige solcher großer Missetäter festgenommen werden konnten, genügte die Conciergerie für die Rechtsprechung des Königs. Es ist schwer, die Baustelle der ersten Conciergerie genau zu erkennen. Da jedoch die Küchen des heiligen Ludwig noch vorhanden sind und heute das ausmachen, was als die Souricière (Mausefalle) bezeichnet wird, ist anzunehmen, daß die ursprüngliche Conciergerie da lag, wo sich vor 1825 die Conciergerie des Parlamentsgerichts befand, nämlich unter der Arkade rechts von der großen Außentreppe, die zum Zweitinstanzlichen Gericht hinaufführt. Dort kamen bis 1825 die Verurteilten heraus, wenn sie zum Schafott gebracht wurden. Dort kamen alle großen Verbrecher, alle Opfer der Politik heraus, die Marschallin d'Ancre[18] wie die Königin von Frankreich[19], Semblançay[20] wie Malesherbes[21], Damiens[22] wie Danton[23], Desrues[24] wie Castaing[25]. Das Zimmer Fouquier-Tinvilles[26] war wie das Zimmer des heutigen Staatsanwalts so gelegen, daß der öffentliche Ankläger die Leute, die das Revolutionsgericht verurteilt hatte, auf ihren Karren vorbeiziehen sehen konnte. Dieser Mensch, der zum Fallbeil geworden war, konnte auf diese Weise noch einen letzten Blick auf seine Opfer werfen.

Seit 1825 hat unter dem Ministerium de Peyronnet[27] im Palast eine große Veränderung stattgefunden. Das alte Portal der Conciergerie, hinter dem die Zeremonien der Aufnahme und der letzten Toilette vor sich gingen, wurde geschlossen und dorthin verlegt, wo es sich heute befindet: zwischen dem Uhrturm und die Tour de Montgomery, auf einen inneren Hof, in den eine Arkade führt. Links befindet sich die Souricière, rechts die Einlaßpforte. Die ›Salatkörbe‹ fahren in diesen ziemlich unregelmäßigen Hof hinein; sie können dort halten, können wenden und auch im Fall einer Meuterei dort bleiben, geschützt gegen jeden Anschlag durch das starke Gitter des Arkadentores; früher dagegen hatten sie nicht die mindeste Möglichkeit, sich in dem engen Raum, der die große Außentreppe vom rechten Flügel des Palastes trennt, zu bewegen. Heute nimmt die Conciergerie, die kaum für die Angeklagten ausreicht (man müßte dort für dreihundert Menschen, Männer und Frauen, Platz haben), nur noch bei seltenen Gelegenheiten Untersuchungsgefangene oder Strafgefangene auf; eine solche Ausnahme führte Jacques Collin und Lucien dorthin.

Alle hier Gefangengehaltenen müssen vor dem Schwurgericht erscheinen. Ausnahmsweise dulden die Behörden dort Verbrecher aus der höchsten Gesellschaftsschicht, die schon genügend durch ein Geschworenenurteil entehrt sind und über alles Maß hinaus bestraft würden, wenn sie ihre Zuchthauszeit zu Melun oder zu Poissy abzubüßen hätten. Ouvrard[28] zog den Aufenthalt in der Conciergerie dem in Sainte-Pélagie vor. Gegenwärtig verbüßen der Notar Lehon[29] und der Fürst von Bergues[30] ihre Gefangenschaft dort, und zwar dank einer willkürlichen, aber sehr menschlichen Nachsicht.

Im allgemeinen werden die Angeschuldigten, sei es, daß sie, nach der Gaunersprache, zur Untersuchung gehen, sei es, daß sie zum Polizeiverhör gebracht werden sollen, von den ›Salatkörben‹ direkt in die Souricière eingeliefert. Die Souricière, die dem Portal gegenüberliegt, setzt sich aus einer gewissen Zahl von Zellen zusammen, die in die Küchen des heiligen Ludwig eingebaut sind; dort warten die Angeschuldigten, die aus ihren Gefängnissen geholt worden sind, auf die Stunde, in der das Gericht zusammentritt oder in der ihr Untersuchungsrichter eintrifft. Die Souricière wird im Norden vom Kai begrenzt, im Osten vom Wachtgebäude der Munizipalgarde, im Westen vom Hof der Conciergerie und im Süden von einem riesigen gewölbten Saal (sicherlich dem ehemaligen Festsaal), der noch keine Bestimmung hat. Oberhalb der Souricière erstreckt sich ein inneres Wachlokal, das durch ein Fenster den Hof der Conciergerie beherrscht; es ist das Lokal der Departementsgendarmerie, und die Treppe mündet dort hinein. Wenn die Stunde der Gerichtsverhandlung schlägt, rufen die Gerichtsdiener die Angeschuldigten auf; die Gendarmen steigen in gleicher Anzahl wie die Häftlinge hinab, jeder Gendarm nimmt einen von ihnen beim Arm; und so steigen sie paarweise die Treppe hinauf, durchqueren das Wachlokal und kommen durch lange Gänge in einen Raum neben dem Saal, in dem die berühmte Sechste Kammer des Gerichts tagt, der die Rechtsprechung des Sittenpolizeigerichts obliegt. Es ist der Weg, den auch die Angeklagten entlanggehen, wenn sie sich aus der Conciergerie zum Schwurgericht begeben oder von dort zurückkehren.

In der Salle des Pas-Perdus gewahrt man zwischen der Tür der Ersten Kammer des Erstinstanzlichen Gerichts und der Freitreppe, die zur Sechsten führt, auch wenn man zum erstenmal hindurchgeht, sogleich einen türlosen Durchgang ohne jeden architektonischen Schmuck: ein wahrhaft häßliches viereckiges Loch. Von dort aus betreten die Richter und die Advokaten die Gänge, kommen in das Wachlokal und steigen dann in die Souricière und zur Einlaßpforte der Conciergerie hinab. Sämtliche Amtszimmer der Untersuchungsrichter liegen in verschiedenen Stockwerken in diesem Teil des Palastes. Man erreicht ihn über scheußliche Treppen hinweg: ein Labyrinth, in dem sich alle, die sich im Palast nicht auskennen, fast immer verirren. Die Fenster dieser Zimmer blicken zum Teil auf den Kai, zum Teil auf den Hof der Conciergerie. 1830 gingen auch einige Zimmer der Untersuchungsrichter auf die Rue de la Barillerie[31] hinaus.

Wenn nun also im Hof der Conciergerie ein ›Salatkorb‹ nach links abbiegt, bringt er Angeschuldigte in die Souricière; wendet er sich indessen nach rechts, so liefert er Untersuchungsgefangene in die Conciergerie ein. Nach dieser Seite hin also wurde der ›Salatkorb‹ gelenkt, in dem Jacques Collin sich befand, denn er sollte an der Einlaßpforte abgeliefert werden. Nichts ist grauenhafter. Verbrecher wie Besucher sehen zwei schmiedeeiserne Gitter, die durch einen Zwischenraum von etwa sechs Fuß voneinander getrennt sind und die sich stets nur nacheinander öffnen; dort wird auf alles so peinlich achtgegeben, daß sogar die Leute, denen eine Besuchserlaubnis erteilt worden ist, erst diesen Raum zwischen den Gittern durchschreiten müssen, ehe sich der Schlüssel im Schloß umdreht. Sogar die Untersuchungsrichter, ja, die Staatsanwälte kommen nicht hinein, ohne sich legitimiert zu haben. Und da spreche man noch von der Möglichkeit eines Verkehrs mit der Außenwelt oder eines Ausbruchs ...! Der Direktor der Conciergerie wird ein Lächeln auf den Lippen tragen, vor dem der verwegenste Romandichter bei seinen Verstößen wider die Wahrscheinlichkeit in Zweifeln erstarren muß. Man kennt in den Annalen der Conciergerie nur den Ausbruch La Valettes; aber die Gewißheit allerhöchster Nachsicht[32], die heute erwiesen ist, hat, wenn nicht die Aufopferung der Gattin, doch die Gefahr eines Mißerfolgs vermindert. Wer sich an Ort und Stelle über das Wesen der Hindernisse vergewissert, wird, und sei er ein noch so großer Freund des Wunderbaren, anerkennen müssen, daß jene Hindernisse zu allen Zeiten genauso unüberwindlich waren, wie sie es noch heute sind. Keine Worte können die Gewalt der Mauern und Gewölbe schildern, man muß sie sehen. Obwohl das Pflaster des Hofes schon niedriger liegt als das des Kais, muß man, wenn man die Einlaßpforte passiert, noch mehrere Stufen hinabsteigen, um in einen ungeheuren gewölbten Saal zu gelangen, dessen gewaltige Mauern mit prachtvollen Säulen geschmückt und von der Tour de Montgomery, die heute einen Teil der Wohnung des Direktors der Conciergerie bildet, und der Tour d'Argent flankiert werden, die heute den Wächtern, Pförtnern oder Schließern, wie man sie nun bezeichnen will, als Schlafgebäude dient. Die Zahl jener Angestellten ist nicht so hoch, wie man sich wohl denkt (es sind ihrer zwanzig); ihr Schlafraum und ihr Bettzeug unterscheidet sich nicht von dem in der sogenannten ›Pistole‹[33]. Dieser Name rührt sicherlich daher, daß die Gefangenen ehemals für diese Unterkunft wöchentlich eine Pistole zahlten; die Nacktheit der Räume erinnert an die kalten Mansarden, wie alle großen Männer ohne Vermögen sie in Paris zunächst bewohnen. Links von diesem riesengroßen Eingangssaal liegt die Kanzlei der Conciergerie, eine Art Büro, das durch Glaswände abgetrennt ist; dort sitzen der Direktor und sein Kanzlist, dort befinden sich die Aufnahmeregister. Hier wird der Angeschuldigte oder der Angeklagte eingetragen, beschrieben und durchsucht; hier wird die Frage der Unterbringung entschieden, deren Lösung vom Geldbeutel des Betroffenen abhängt. Gegenüber dem Eingang dieses Saales sieht man eine Glastür; sie führt in ein Sprechzimmer, in dem Verwandte und Advokaten durch ein Fenster mit doppeltem Holzgitter mit den Häftlingen sprechen können. Dieses Sprechzimmer erhält sein Licht vom Gefängnishof her, dem inneren Wandelweg, auf dem die Häftlinge zu bestimmten Stunden Luft schöpfen und sich Bewegung machen können.

Jener große Saal, der durch das zweifelhafte Licht der beiden Türen erhellt wird – denn das einzige Fenster, das auf den Einfahrtshof hinausgeht, wird gänzlich von der Kanzlei beansprucht, die es umrahmt –, zeigt den Blicken eine Beleuchtung und eine Atmosphäre, die vollauf mit den von der Phantasie vorgefaßten Bildern in Einklang steht. Das Ganze wirkt um so erschreckender, als man parallel mit den Türmen, der Tour d'Argent und der Tour de Montgomery, jene geheimnisvollen, gewölbten, furchtbaren, lichtlosen Krypten wahrnimmt, die das Sprechzimmer umgeben und zu den Kerkern der Königin, der Madame Elisabeth[34] und den sogenannten Geheimzellen führen. Dieses Labyrinth an Quadersteinen ist, nachdem es die Feste des Königstums gesehen hat, zum Kellergeschoß des Gerichtspalastes geworden. Von 1825 bis 1832 wurde in diesem ungeheuren Saal zwischen einem ungeschlachten Ofen, der ihn heizt, und der ersten der beiden Gittertüren die Zeremonie der Toilette vorgenommen. Noch jetzt schreitet man nicht ohne Erbeben über diese Fliesen, die das Grauen und das Geständnis so vieler letzter Blicke aufgefangen haben.

Um seinen abscheulichen Wagen zu verlassen, bedurfte der Sterbende der Hilfe zweier Gendarmen, die ihn unter je einem Arm packten, ihn stützten und, da er ohnmächtig zu sein schien, in die Kanzlei trugen. Der dem Tode Nahe hob, als er so dahingeschleppt wurde, die Blicke in einer Weise gen Himmel, daß er dem vom Kreuze herabgestiegenen Heiland glich. Wahrlich, Jesus zeigt auf keinem Gemälde ein leichenhafteres, entstellteres Gesicht, als dieser falsche Spanier es tat; er schien nahe daran, den Atem aufzugeben. Als er in der Kanzlei hingesetzt worden war, wiederholte er mit versagender Stimme die Worte, die er seit seiner Verhaftung an jeden gerichtet hatte: »Ich berufe mich auf Seine Exzellenz den spanischen Gesandten . . .« – »Das«, antwortete der Direktor, »können Sie dem Herrn Untersuchungsrichter sagen . . .« – »Oh, Jesus!« entgegnete Jacques Collin seufzend. »Kann ich nicht ein Brevier bekommen ... ? Wird mir noch immer ein Arzt verweigert ... ? Ich habe keine zwei Stunden mehr zu leben.«

Da Carlos Herrera in strengen Einzelgewahrsam gebracht werden sollte, war es unnötig, ihn zu fragen, ob er auf die Vergünstigung der ›Pistole‹ Anspruch erhebe, das heißt auf das Recht, in einem der Zimmer untergebracht zu werden, in denen man den einzigen Komfort genießt, den die Justiz zuläßt. Diese Zimmer liegen am Ende des Gefängnishofs, von dem später die Rede sein wird. Der Gerichtsdiener und der Kanzlist erfüllten gemeinsam und phlegmatisch die Formalitäten der Aufnahme.

»Herr Direktor«, sagte Jacques Collin in geradebrechtem Französisch, »ich liege im Sterben, Sie sehen es. Sagen Sie diesem Herrn Richter, wenn Sie es können, sagen Sie es ihm vor allem so rasch wie möglich, daß ich als eine Gunst erflehe, was ein Verbrecher am meisten fürchten müßte, nämlich vor ihm erscheinen zu dürfen, sobald er eintrifft; denn meine Leiden sind wirklich unerträglich; und sobald ich ihn sehe, muß jeder Irrtum sich aufklären ...«

Es ist eine allgemeine Regel, daß alle Verbrecher von Irrtum reden. Man gehe in die Zuchthäuser und befrage die Verurteilten, sie sind fast stets Opfer eines Justizirrtums. Daher entlockt denn auch dieses Wort allen, die mit Angeschuldigten, Untersuchungsgefangenen und Verurteilten in Berührung kommen, ein unmerkliches Lächeln.

»Ich kann mit dem Untersuchungsrichter über Ihren Wunsch sprechen«, antwortete der Direktor. – »Ich werde Sie dafür segnen ...!« erwiderte der falsche Spanier und hob die Augen zum Himmel auf.

Als Carlos Herrera ins Register eingetragen worden war, packte ihn an jedem Arm ein Munizipalgardist; ein Aufseher, dem der Direktor die Einzelzelle bezeichnete, in der der Untersuchungsgefangene unterzubringen sei, begleitete sie, und so wurde er durch das unterirdische Labyrinth der Conciergerie in eine, was gewisse Philanthropen auch sagen mögen, durchaus gesunde Zelle geführt, die jedoch keine Möglichkeit eines Verkehrs mit der Außenwelt offen ließ.

Als er verschwunden war, sahen die Aufseher, der Gefängnisdirektor, sein Kanzlist, der Gerichtsdiener und die Gendarmen einander wie Leute an, die sich gegenseitig nach ihrer Meinung fragen; und auf allen Gesichtern malte sich der Zweifel; aber beim Anblick des zweiten Untersuchungsgefangenen verfielen die Zuschauer von neuem in ihre berufsbedingte Unbestimmbarkeit, die unter einer gleichgültigen Miene verborgen wird. Wenn nicht außerordentliche Umstände vorliegen, sind die Beamten der Conciergerie wenig neugierig, denn die Verbrecher sind für sie das, was für die Friseure die Kunden sind. Daher gehen denn auch all die Förmlichkeiten, vor denen die Phantasie sich entsetzt, einfacher vonstatten als bei einem Bankier die Geldgeschäfte, und oft wird dabei die Höflichkeit besser gewahrt. Lucien bot den Anblick des niedergeschlagenen Missetäters, denn er ließ alles mit sich geschehen, er hielt mechanisch still. Seit Fontainebleau grübelte der Dichter über seinen Zusammenbruch nach und sagte sich, daß die Stunde der Sühne geschlagen habe. Er war blaß und verstört und hatte keine Ahnung von dem, was seit seiner Abwesenheit bei Esther vorgefallen war; er wußte, daß er der vertraute Gefährte eines ausgebrochenen Sträflings war: und diese Lage genügte, ihm Katastrophen vorzuspiegeln, die schlimmer waren als der Tod. Wenn sein Denken sich mit einem Plan trug, so war es der des Selbstmords. Er wollte um jeden Preis der Schmach entgehen, die er wie ein qualvolles Traumgesicht vor Augen hatte.

Jacques Collin wurde als der gefährlichere der beiden Untersuchungsgefangenen in eine Zelle gebracht, die ganz aus Haustein gebaut war und ihr Licht aus einem jener kleinen Binnenhöfe bezog, wie man sie im Umkreis des Palastes findet; sie lag in dem Flügel, in dem der Generalstaatsanwalt sein Zimmer hat. Dieser kleine Hof dient als Wandelplatz für die Frauenabteilung. Lucien wurde auf demselben Wege in eine Zelle geführt, die der ›Pistole‹ benachbart war, denn nach den vom Untersuchungsrichter gegebenen Befehlen nahm der Direktor ein wenig Rücksicht auf ihn.

Im allgemeinen machen sich Leute, die niemals mit den Gerichten zu tun haben werden, die schwärzesten Vorstellungen über die Einzelhaft. Die Meinungen über die Strafjustiz sind noch immer nicht frei von den alten Begriffen der ehemaligen

Folter, der Ungesundheit der Gefängnisse, der kalten Steinmauern, aus denen Tränen sickern, der Grobheit der Schließer und der schlechten Ernährung, jener obligatorischen Zutaten der Schauertragödien; aber es ist nicht überflüssig, hier einmal zu sagen, daß diese Übertreibungen nur auf dem Theater existieren; Richter und Anwälte und alle, die die Gefängnisse aus Neugier besuchen oder sich über sie unterrichten, lächeln über so etwas. Lange war das alles furchtbar. Es ist sicher, daß unter dem alten Parlamentsgericht, in den Jahrhunderten Ludwigs XIII. und Ludwigs XIV., die Angeklagten wirr durcheinander in eine Art Zwischenstock über dem alten Portal geworfen wurden. Die schlechte Verfassung der Gefängnisse ist auch eine der Untaten der Revolution von 1789 gewesen, und es genügt, den Kerker der Königin und den der Madame Elisabeth zu sehen, um einen tiefen Abscheu vor den damaligen Formen der Gerichtsbarkeit zu empfinden. Aber heute hat die Philanthropie, wenn sie der Gesellschaft auch unberechenbaren Schaden angetan hat, doch dem Einzelwesen einigen Nutzen gebracht. Wir verdanken Napoleon unser Strafgesetzbuch; und es wird in höherem Grade als der Code civil, der in einigen Punkten dringend der Reform bedarf, eins der größten Monumente dieser so kurzen Regierung bleiben. Dieses neue Strafrecht hat einen ganzen Abgrund von Leiden zugeschüttet. Daher kann man auch, abgesehen von den grauenhaften moralischen Foltern, denen die Angehörigen der oberen Klassen ausgesetzt sind, wenn sie sich in den Händen der Gerichtsbarkeit befinden, behaupten, daß die Handhabung dieser Macht von einer Milde und einer Einfachheit ist, die um so größer erscheinen, weil sie unerwartet sind. Der Angeschuldigte und der Untersuchungsgefangene wohnen sicherlich nicht wie zu Hause; aber alles Notwendige ist in den Pariser Gefängnissen vorhanden. Übrigens nimmt das Lastende der Gefühle, denen man sich überläßt, den Nebendingen des Lebens ihre gewöhnliche Bedeutung. Nie leidet dort der Körper. Der Geist ist in einem solchen Erregungszustand, daß jedes Unbehagen, jede Brutalität, sofern man etwas davon in dem Milieu, in dem man sich befindet, antrifft, leicht zu ertragen wären. Und es muß zugegeben werden, daß der Unschuldige, zumal in Paris, schnell in Freiheit gesetzt wird.

Lucien fand also, als er seine Zelle betrat, das genaue Abbild des ersten Zimmers vor, das er im Hôtel Cluny in Paris bewohnt hatte. Ein Bett, ähnlich dem der armseligeren Logierhäuser des Quartier Latin, Stühle mit geflochtenem Strohsitz, ein Tisch und ein paar Geräte bildeten die Einrichtung einer jener Kammern, in denen man oft zwei Angeklagte zusammentut, wenn sie sich ruhig benehmen und ihre Verbrechen, wie Fälschungen oder Bankrotte, keinen Anlaß zur Beunruhigung bieten. Diese Ähnlichkeit zwischen seinem unschuldsvollen Anfang und dem Ende, der letzten Stufe der Schmach und Erniedrigung, wurde von einem letzten Aufflackern seines poetischen Empfindens so stark erfaßt, daß der Unglückliche in Tränen ausbrach. Er weinte vier Stunden lang, dem Anschein nach empfindungslos wie eine Steinfigur, in Wirklichkeit aber leidend unter all seinen zuschanden gewordenen Hoffnungen, getroffen in all seinen zermalmten gesellschaftlichen Eitelkeiten, in seinem vernichteten Stolz, in all den verschiedenen Ichs, die der Ehrgeizige, der Liebhaber, der Glückliche, der Dandy, der Pariser, der Dichter, der Lüstling und der Bevorrechtigte darstellten. Alles in ihm war durch diesen Ikarussturz zerbrochen.

Carlos Herrera indessen lief, sobald er allein war, in seiner Zelle umher wie der Eisbär des Jardin des Plantes in seinem Käfig. Er untersuchte sorgfältig die Tür und überzeugte sich, daß, abgesehen von dem Guckloch, keine Öffnung darin angebracht war. Er prüfte alle Mauern, sah sich die Fensterhöhle an, durch deren schlothaften Schlund schwaches Licht herabfiel, und sagte sich: Ich bin in Sicherheit! Er setzte sich in einen Winkel, wo ihn das Auge eines Aufsehers von dem vergitterten Guckloch aus nicht sehen konnte. Dann nahm er die Perücke ab und löste schnell ein Stück Papier daraus los, das hineingeklebt war. Die Seite des Papiers, die mit dem Kopf in Berührung gestanden hatte, war so fettig, daß es die Innenseite der Perücke zu sein schien. Wenn Bibi-Lupin auf den Gedanken gekommen wäre, diese Perücke abzunehmen, um die Identität des Spaniers mit Jacques Collin festzustellen, hätte er dieses Papier nicht beargwöhnt, so sehr schien es zur Arbeit des Perückenmachers zu gehören. Die andere Seite des Papiers war noch weiß und sauber genug, um ein paar Zeilen aufnehmen zu können. Mit dem schwierigen, behutsamen Vorgang des Loslösens hatte er schon in La Force begonnen; zwei Stunden hätten dazu nicht genügt, er hatte bereits den vorigen Tag zur Hälfte darauf verwandt. Der Untersuchungsgefangene schnitt zunächst von diesem kostbaren Papier einen Streifen von etwa acht bis zehn Millimeter Breite ab und teilte ihn in mehrere Stücke; dann legte er seinen Papiervorrat, nachdem er die Schicht von Gummiarabikum, mit dem er die Klebkraft wieder herstellen konnte, befeuchtet hatte, in sein absonderliches Vorratslager zurück. In einer Strähne seines Haares suchte er einen jener Bleistifte, die so dünn sind wie eine Nadel und deren neuerliche Erfindung man Susse[35] verdankt; er war dort mit Leim befestigt; er brach sich ein Stück ab, das lang genug war, um damit schreiben, und klein genug, um es im Ohr verbergen zu können. Nachdem Jacques Collin diese Vorbereitungen mit der Geschwindigkeit und Sicherheit aller alten Sträflinge, die behend sind wie Affen, getroffen hatte, setzte er sich auf den Rand seines Bettes und begann, sich seine Anweisungen für Asia zu überlegen; denn er war überzeugt davon, daß er sie auf seinem Wege treffen werde, so sehr zählte er auf die geniale Begabung dieser Frau. Bei meinem ersten, summarischen Verhör, sagte er sich, habe ich den Spanier gespielt, der schlecht Französisch spricht, sich auf seinen Gesandten beruft, diplomatische Vorrechte geltend macht und nicht versteht, was man ihn fragt; all das untermalt und betont durch Schwächeanfälle, Gestöhn und Seufzer, kurzum: alles Getue eines Sterbenden. Dabei wollen wir bleiben. Meine Papiere sind in Ordnung. Asia und ich, wir werden schon mit Monsieur Camusot fertig werden; er ist nicht allzu stark. Denken wir also an Lucien; es handelt sich darum, ihn innerlich auf die Beine zu bringen; wir müssen auf alle Fälle zu diesem Jungen durchdringen und ihm einen Feldzugsplan vorschreiben; sonst liefert er sich und mich ans Messer und verdirbt alles . . .! Vor seinem Verhör muß ihm das eingetrichtert werden. Ferner brauche ich Zeugen, die mir meinen Priesterstand bestätigen!

Das war die moralische und physische Verfassung der beiden Gefangenen, deren Schicksal in diesem Augenblick von Camusot abhing, dem Untersuchungsrichter beim Gericht Erster Instanz im Seine-Département; er konnte während der Frist, die das

Strafgesetz ihm dafür zubilligte, unbeschränkte Entscheidungen über die kleinsten Einzelheiten dieses Daseins treffen; denn er allein konnte erlauben, daß der Geistliche und der Arzt der Conciergerie, oder wer auch sonst immer, mit den Gefangenen in Verbindung traten.

Keine menschliche Macht, weder der König noch der Justizminister noch der Ministerpräsident, vermögen in die Befugnisse eines Untersuchungsrichters einzugreifen; nichts kann ihn aufhalten, keiner ihm Vorschriften machen. Er ist ein Souverän, der einzig seinem Gewissen und dem Gesetz untersteht. In diesem Augenblick, in dem Philosophen, Philanthropen und Publizisten unablässig damit beschäftigt sind, alle sozialen Gewalten zu mildern, ist auch die Macht, die unsere Gesetze den Untersuchungsrichtern geben, zum Gegenstand von Angriffen geworden; diese sind um so furchtbarer, als eben jene Macht, die – sagen wir es offen – ungeheuer ist, sie beinahe rechtfertigt; nichtsdestoweniger muß für jeden verständigen Menschen diese Macht unangefochten bleiben; man kann in gewissen Fällen ihre Ausübung durch weitgehende Zulassung von Kautionen mildern; aber die Gesellschaft, die bereits durch die Verständnislosigkeit und Schwäche der Geschworenen (einer erhabenen und höchst löblichen Einrichtung, die nur auserwählten Notabilitäten übertragen werden dürfte) so stark erschüttert worden ist, würde vom Untergang bedroht sein, wenn man diese Säule zu Fall brächte, die unser ganzes Strafrecht stützt. Die Untersuchungshaft ist eine jener furchtbaren, notwendigen Einrichtungen, deren soziale Gefahr gerade durch ihre Unentbehrlichkeit aufgewogen wird. Übrigens ist ein Mißtrauen gegen die Rechtsprechung der Beginn der gesellschaftlichen Auflösung. Man zerstöre diese Einrichtung, man baue sie auf anderer Grundlage wieder auf; man verlange, wie vor der Revolution, von den Richtern ungeheure Vermögensgarantien; aber man mache daraus kein Abbild der Gesellschaft, um ihrer zu spotten. Heute hat der Richter, der bezahlt wird wie jeder andere Beamte auch, der meistens zeitlebens arm ist, seine ehemalige Würde mit einem Amtsdünkel vertauscht, der all denen unerträglich scheint, die man ihm gleichgestellt hat; denn Amtsdünkel ist eine Würde, die keine Stützpunkte hat. Darin beruht das Fehlerhafte der gegenwärtigen Einrichtung.

Wenn Frankreich in zehn Gerichtssprengel eingeteilt wäre, könnte man den Richterstand heben, indem man von den Richtern ein großes Vermögen verlangt; bei sechsundzwanzig Sprengeln ist das nicht möglich. Die einzige Verbesserung, die man in der Ausübung der dem Untersuchungsrichter anvertrauten Macht verlangen könnte, wäre die Reform des Untersuchungsgefängnisses. Die Untersuchungshaft dürfte keinerlei Wandel in den Gewohnheiten der Betroffenen mit sich bringen. Die Untersuchungsgefängnisse müßten in Paris so gebaut, möbliert und angelegt werden, daß sich die Vorstellungen von der Lage der Untersuchungsgefangenen in der Öffentlichkeit von Grund aus änderten. Das Gesetz ist gut und notwendig; aber seine Handhabung ist schlecht; und die Leute beurteilen die Gesetze nach der Art, wie sie gehandhabt werden. Die öffentliche Meinung in Frankreich verurteilt in einem unerklärlichen Widerspruch die Untersuchungsgefangenen und rehabilitiert die Angeklagten. Vielleicht ist das das Ergebnis des seinem Wesen nach tadelsüchtigen Geistes des Franzosen. Diese Inkonsequenz des Pariser Publikums war eins der Motive, die zur Katastrophe dieses Dramas führten; sie war sogar, wie man sehen wird, eins der mächtigsten. Um die furchtbaren Szenen, die sich im Zimmer eines Untersuchungsrichters abspielen, zu verstehen, um die gegenseitige Lage der beiden kriegführenden Parteien, der Untersuchungsgefangenen und der Justiz, völlig zu erkennen – denn ihr Kampf dreht sich um das Geheimnis, das jene gegen die Neugier des Richters verteidigen, der in der Gaunersprache so treffend ›der Neugierige‹ genannt wird –, darf man nie vergessen, daß die Untersuchungsgefangenen nichts von alledem ahnen, was die sieben oder acht ›Öffentlichkeiten‹ reden, die die Öffentlichkeit ausmachen, nichts von alledem, was die Richter und die Polizei von den Einzelheiten des Verbrechens wissen, noch von dem wenigen, was die Zeitungen darüber veröffentlichen. Daher bedeutet es, wenn man einem Untersuchungsgefangenen eine Nachricht zukommen läßt, wie Jacques Collin sie soeben durch Asia über Luciens Verhaftung erhalten hatte, etwa soviel, wie wenn man einem Ertrinkenden einen Strick zuwirft. Man wird daher sehen, wie ein Anschlag mißglückt, der den Sträfling ohne diese Mitteilung sicherlich zugrunde gerichtet hätte. Nachdem diese

Voraussetzungen einmal festgestellt sind, werden auch die nicht so leicht zu erschütternden Leute vor dem erschrecken, was diese drei Ursachen der Angst zur Folge haben: Abschließung, Schweigen und Gewissensbisse.

Camusot, der Schwiegersohn eines der Türhüter des Königlichen Kabinetts, der schon zu bekannt ist, als daß es nötig wäre, seine Verbindungen und seine Stellung darzulegen, befand sich in diesem Augenblick, was die ihm anvertraute Untersuchung betraf, in einer Ratlosigkeit, die der Carlos Herreras fast gleichkam. Noch eben Präsident eines Gerichtshofes im Sprengel, war er dieser Stellung entrissen und zum Untersuchungsrichter in Paris ernannt worden, einer der meistbegehrten Stellungen im ganzen Richterstand, und zwar auf Grund der Fürsprache der berühmten Herzogin von Maufrigneuse, deren Gatte als mit dem Dauphin zusammen erzogen und als Oberst eines der Kavallerieregimenter der königlichen Garde beim König ebenso hoch in Gunst stand, wie sie bei Madame[36]. Durch einen winzigen Dienst, der aber für die Herzogin von höchster Bedeutung war und den er ihr zur Zeit der Anklage wegen Fälschung, die damals ein Bankier in Alençon gegen den jungen Grafen d'Esgrignon angestrengt, geleistet hatte (siehe ›Das Antiquitätenkabinett‹ in den ›Szenen aus dem Provinzleben‹), war er aus einem einfachen Provinzrichter zum Präsidenten geworden und aus einem Präsidenten zum Untersuchungsrichter in Paris. Während der achtzehn Monate, die er jetzt im wichtigsten Gerichtshof des Königreichs saß, hatte er sich bereits auf die Empfehlung der Herzogin von Maufrigneuse hin in den Gesichtskreis einer nicht weniger mächtigen Dame, der Marquise d'Espard, vorwagen können; doch ohne Erfolg (siehe ›Die Entmündigung‹ in den ›Szenen aus dem Privatleben‹). Lucien hatte, wie wir zu Beginn dieser Szene gesagt haben, um sich an Madame d'Espard, die ihren Gatten entmündigen lassen wollte, zu rächen, dem Generalstaatsanwalt und dem Grafen de Sérisy über den wahren Sachverhalt die Augen öffnen können. Als diese beiden mächtigen Männer sich den Freunden des Marquis d'Espard angeschlossen hatten, war die Frau einzig durch die Milde ihres Gatten einem Verweis von seiten des Gerichts entgangen. Als nun die Marquise d'Espard am Tage zuvor von Luciens Verhaftung hörte, hatte sie ihren Schwager, den Chevalier d'Espard, zu Madame Camusot geschickt. Madame Camusot hatte sich auf der Stelle zu der berühmten Marquise begeben. Vor dem Abendessen kam sie wieder nach Hause und nahm in ihrem Schlafzimmer ihren Mann beiseite.

»Wenn du den kleinen Gecken, den Lucien de Rubempré, vors Schwurgericht bringen kannst und seine Verurteilung durchgesetzt wird, wirst du Rat am Königlichen Gerichtshof ...« – »Wieso?« – »Madame d'Espard möchte es erleben, daß der Kopf dieses armen jungen Menschen fällt. Es lief mir kalt über den Rücken, als ich soviel Haß aus einer hübschen Frau sprechen hörte.« – »Mische dich nicht in die Angelegenheiten des Justizpalastes«, antwortete Camusot seiner Frau. – »Ich, und mich einmischen?« entgegnete sie. »Es hätte uns getrost ein Dritter belauschen können, und er hätte nicht gewußt, um was es sich handelte. Die Marquise und ich, wir waren beide genauso entzückend heuchlerisch, wie du es in diesem Augenblick gegen mich bist. Sie wollte mir für deine guten Dienste in ihrer Angelegenheit danken und sagte, trotz des Mißerfolges sei sie dir dafür erkenntlich. Sie hat mir etwas von der furchtbaren Vollmacht vorgeredet, die das Gesetz euch gebe. ›Es ist gräßlich, einen Menschen aufs Schafott schicken zu müssen; aber den! das wäre nur Gerechtigkeit ...!‹ und so weiter. Sie hat gejammert, daß es mit einem so schönen jungen Menschen, den ihre Cousine, Madame du Châtelet, nach Paris gebracht habe, eine so schlimme Wendung genommen hätte. ›Dahin‹, hat sie gesagt, ›bringen schlechte Weiber wie diese Coralie und diese Esther junge Leute, die verderbt genug sind, den unsauberen Gewinn mit ihnen zu teilen!‹ Schließlich kamen schöne Tiraden über die Barmherzigkeit und die Religion! Madame du Châtelet habe ihr gesagt, Lucien verdiene tausendmal den Tod, denn er habe seine Schwester und seine Mutter beinah ums Leben gebracht ... Sie hat eine Vakanz am Königlichen Gerichtshof erwähnt, sie kenne den Großsiegelbewahrer. ›Ihr Gatte, Madame, hat eine schöne Gelegenheit, sich auszuzeichnen!‹ hat sie zum Schluß noch gesagt. Da hast du's.« – »Wir zeichnen uns tagtäglich aus, indem wir unsere Pflicht tun«, sagte Camusot. – »Du wirst es weit bringen, wenn du überall Richter bist, sogar deiner Frau gegenüber«, rief Madame Camusot. »Sieh, ich hatte dich für einen Tropf gehalten; heute jedoch bewundere ich dich ...« Der Richter hatte jenes Lächeln auf den Lippen, das nur Richter kennen und das ebenso seinen besonderen Charakter hat wie das der Tänzerinnen.

»Darf ich eintreten?« fragte die Zofe. – »Was wollen Sie?« fragte ihre Herrin. – »Madame, die erste Zofe der Frau Herzogin von Maufrigneuse ist hier gewesen, während Madame fort waren, und sie bittet Madame im Auftrag ihrer Herrin, alles stehen und liegen zu lassen und ins Palais Cadignan zu kommen.« – »Es soll mit dem Abendessen gewartet werden«, sagte die Frau des Richters, da ihr einfiel, daß der Kutscher der Droschke, mit der sie heimgefahren war, noch auf seine Bezahlung wartete.

Sie setzte sich den Hut wieder auf, stieg wieder in den Wagen und war binnen zwanzig Minuten im Palais Cadignan. Madame Camusot, die ohne weiteres hinaufgeführt wurde, blieb zehn Minuten lang allein in einem Boudoir, das neben dem Schlafzimmer der Herzogin lag; die Herzogin erschien strahlend, denn sie wollte nach Saint-Cloud aufbrechen, wohin eine Einladung des Hofes sie rief.

»Kleines, unter uns, zwei Worte genügen.« – »Ja, Frau Herzogin.« – »Lucien de Rubempré ist verhaftet; Ihr Gatte führt die Untersuchung, ich bürge für die Unschuld des armen Jungen, er muß innerhalb von vierundzwanzig Stunden wieder frei sein. Das ist noch nicht alles. Es will jemand morgen Lucien heimlich in seinem Gefängnis besuchen; Ihr Gatte kann, wenn er will, dabei sein, wenn er sich nicht erblicken läßt ... Ich bin denen, die mir gefällig sind, treu, wie Sie wissen. Der König erhofft sich viel vom Mut seiner Richter, denn er wird sich bald in ernsten Umständen befinden; ich werde Ihren Gatten in den Vordergrund rücken; ich werde ihn als einen Mann empfehlen, der dem König ergeben bleibt, und müßte er dabei seinen Kopf wagen. Unser Camusot wird zunächst Gerichtsrat, dann Erster Präsident, einerlei wo ... Adieu ... ich werde erwartet, Sie entschuldigen mich, nicht wahr? Sie verpflichten sich damit nicht nur den Generalstaatsanwalt, der sich in dieser Angelegenheit nicht äußern kann; Sie retten auch einer Frau, die dahinsiecht, das Leben, nämlich Madame de Sérisy. Also fehlt es Ihnen nicht an Unterstützung ... Sie sehen, wie sehr ich Ihnen vertraue, ich brauche Ihnen nicht erst zu empfehlen, daß Sie ... Sie wissen ja!« Sie legte einen Finger auf die Lippen und verschwand.

Und ich habe ihr nicht einmal sagen können, daß die Marquise d'Espard Lucien auf dem Schafott sehen will ...! dachte die Frau des Richters, als sie zu ihrer Droschke zurückging.

Sie kam so bestürzt nach Hause, daß der Richter, als er sie erblickte, fragte: »Amélie, was hast du ...?« – »Wir stehen zwischen zwei Feuern ...«

Sie berichtete ihrem Gatten von ihrer Unterredung mit der Herzogin, doch sprach sie dabei ganz leise, so sehr fürchtete sie, die Zofe könne an der Tür lauschen.

»Welche von den beiden ist die Mächtigere?« fragte sie zum Schluß. »Die Marquise hätte dich bei ihrem dummen Antrag auf Entmündigung ihres Gatten beinahe kompromittiert, während wir der Herzogin alles verdanken. Die eine hat mir unbestimmte Versprechungen gemacht, während die andere sagte: ›Er wird erst Gerichtsrat, dann Erster Präsident ...!‹ Gott bewahre mich davor, dir einen Rat geben zu wollen, ich mische mich nicht in die Angelegenheiten des Justizpalastes ein; aber ich muß dir doch getreulich berichten, was bei Hofe gesagt wird und was sich dort vorbereitet ...« – »Du weißt nicht, Amélie, was mir der Polizeipräfekt heute morgen geschickt hat, und noch dazu durch wen! Durch einen der wichtigsten Männer der politischen Polizei des Königreichs, durch den Bibi-Lupin der Politik, der mir sagte, der Staat habe geheime Interessen an diesem Prozeß. Laß uns essen und in Les Variétés gehen ... Wir wollen heute nacht in der Stille meines Arbeitszimmers über all das reden, denn ich werde deine Klugheit brauchen; die des Richters genügt vielleicht nicht ...«

Neun Zehntel der Richter dürften leugnen, daß bei solchen Gelegenheiten die Frau Einfluß auf den Mann haben kann; aber wenn es auch eine der größten Ausnahmen im gesellschaftlichen Leben ist, so kann man doch beobachten, daß sie vorkommt, wenn auch nur gelegentlich. Der Richter gleicht darin dem Priester, vor allem in Paris, wo die Elite des Richterstandes zu finden ist; er redet selten von den Angelegenheiten des Justizpalastes, sofern es sich nicht um bereits erledigte Fälle handelt. Die

Frauen tun nicht nur so, als wüßten sie niemals etwas, sie haben auch alle genug Taktgefühl, zu erraten, daß sie ihrem Gatten schaden würden, wenn sie es sich anmerken ließen, daß sie über irgendein Geheimnis unterrichtet seien. Nichtsdestoweniger haben bei den großen Gelegenheiten, in denen es sich je nach dieser oder jener Entscheidung um die Beförderung handelt, viele Frauen, wie Amélie, bei den Überlegungen des Richters mitgeholfen. Schließlich hängen diese Ausnahmen, die um so leichter abzustreiten sind, als sie ja immer unbekannt bleiben, völlig von der Art ab, wie der Kampf der beiden Charaktere in der häuslichen Verborgenheit verlaufen ist. Nun jedoch beherrschte Madame Camusot ihren Gatten völlig. Als alles im Hause schlief, setzten der Richter und seine Frau sich an den Schreibtisch, auf dem der Richter die Prozeßakten bereits geordnet hatte.

»Hier sind die Notizen, die der Polizeipräfekt mir hat zustellen lassen; übrigens auf meine Bitte«, sagte Camusot.

Der Abbé Carlos Herrera

Dieses Individuum ist sicherlich ein gewisser Jacques Collin, genannt der Todtäuscher, dessen letzte Verhaftung bis ins Jahr 1819 zurückgeht; sie wurde vorgenommen im Hause einer gewissen Dame Vauquer, die in der Rue Neuve Sainte-Geneviève eine Familienpension führte, in der er unter dem Namen Vautrin wohnte.

Am Rand war in der Handschrift des Polizeipräfekten zu lesen:

Bibi-Lupin, dem Chef der Sicherheitsbrigade, ist telegraphisch Befehl erteilt worden, auf der Stelle zurückzukehren, um eine Konfrontation vorzunehmen; denn er kennt Jacques Collin persönlich, da er ihn 1819 unter Mitwirkung einer Mademoiselle Michonneau verhaftet hat.

Die Pensionsgäste, die damals im Hause Vauquer wohnten, leben noch und können geladen werden, um die Identität festzustellen.

Der angebliche Carlos Herrera ist der intime Freund und Ratgeber Luciens de Rubempré, den er drei Jahre hindurch mit beträchtlichen Summen versehen hat, die offenbar aus Diebstählen stammten.

Diese Solidarität wird, wenn sich die Identität des angeblichen Spaniers mit Jacques Collin feststellen läßt, zur Verurteilung des Lucien de Rubempré führen.

Der plötzliche Tod des Polizeiagenten Peyrade ist durch eine Vergiftung erfolgt, die Jacques Collin, Rubempré oder deren Helfershelfer begangen haben. Das Motiv für diesen Mord liegt darin, daß der Agent den beiden geschickten Verbrechern seit langem auf der Spur war.

Der Richter deutete auf folgenden Satz, den der Polizeipräfekt selber an den Rand geschrieben hatte:

Dies auf Grund meines persönlichen Wissens; und ich habe Beweise dafür, daß Lucien de Rubempré mit seiner Herrlichkeit, dem Grafen de Sérisy und dem Herrn Generalstaatsanwalt ein unwürdiges Spiel getrieben hat.

»Was sagst du dazu, Amélie?« – »Es ist erschreckend ...!« antwortete die Frau des Richters. »Lies doch weiter! Die Verwandlung des Sträflings Collin in den spanischen Priester ist das Ergebnis irgendeines Verbrechens, das geschickter durchgeführt worden ist als das, vermöge dessen Coignard[37] sich zum Grafen de Saint-Hélène gemacht hat.«

Lucien de Rubempré

Lucien Chardon, Sohn eines Apothekers in Angoulême, verdankt, da seine Mutter eine geborene de Rubempré war, einem Erlaß des Königs das Recht, den Namen de Rubempré zu führen. Dieser Erlaß ist auf die Bitte der Frau Herzogin von Maufrigneuse und des Herrn Grafen de Sérisy erfolgt.

Im Jahre 182.. ist dieser junge Mann ohne alle Existenzmittel nach Paris gekommen, und zwar im Gefolge der Frau Gräfin Sixtus du Châtelet, damals Madame de Bargeton, einer Cousine der Madame d'Espard.

Undankbar gegen Madame de Bargeton, hat er in ehelicher Gemeinschaft mit einer Demoiselle Coralie gelebt, einer verstorbenen Schauspielerin des Gymnase, die um seinetwillen Monsieur Camusot, einen Seidenhändler in der Rue des Bourdonnais, verlassen hatte.

Als er bald darauf ins Elend geriet, weil die Zuschüsse, die jene Schauspielerin ihm gab, nicht ausreichten, kompromittierte er seinen ehrenwerten Schwager, einen Buchdrucker zu Angoulême, aufs schwerste, indem er falsche Wechsel ausstellte, wegen deren Einlösung David Séchard, während eines kurzen Aufenthalts besagten Luciens in Angoulême, verhaftet wurde.

Diese Angelegenheit führte zur Flucht Rubemprés, der plötzlich mit dem Abbé Carlos Herrera wieder in Paris auftauchte.

Ohne irgendwelche bekannte Existenzmittel zu besitzen, hat Lucien de Rubempré während der ersten drei Jahre seines zweiten Aufenthalts in Paris etwa dreihunderttausend Francs ausgegeben, die er nur von dem angeblichen Abbé Carlos Herrera erhalten haben kann; aber auf Grund welchen Anspruchs?

Er hat außerdem in letzter Zeit mehr als eine Million für den Ankauf des Stammguts Rubempré ausgegeben, um eine Bedingung zu erfüllen, die ihm für seine Heirat mit Mademoiselle Clotilde de Grandlieu gestellt worden war. Der Abbruch dieses Verlöbnisses beruht darauf, daß die Familie Grandlieu, der Monsieur de Rubempré gesagt hatte, er habe jene Summen von seinem Schwager und seiner Schwester erhalten, bei dem ehrenwerten Ehepaar Séchard Erkundigungen einziehen ließ, und zwar durch den Anwalt Derville; jene wußten jedoch nicht nur nichts von jenen Erwerbungen, sondern hielten Lucien sogar für außerordentlich verschuldet.

Hinzu kommt, daß die Erbschaft, die den Ehegatten Séchard zugefallen ist, aus Immobilien bestand, und daß das bare Geld sich nach der Erklärung der beiden nur auf zweihunderttausend Francs belief.

Lucien hat heimlich mit Esther Gobseck zusammengelebt; es ist also sicher, daß all die verschwenderischen Aufwendungen des Barons von Nucingen, des Gönners dieser jungen Dame, besagtem Lucien zugeflossen sind.

Lucien und sein Genosse, der Sträfling, haben sich vor der Welt länger halten können als Coignard, weil sie ihre Mittel aus der Prostitution besagter Esther bezogen, die ehemals unter Polizeiaufsicht gestanden hat.

Trotz der Wiederholungen, die diese Notizen in den Bericht über das Drama bringen, war es nötig, sie wörtlich anzuführen, um klarzumachen, welche Rolle die Polizei in Paris spielt. Die Polizei hat, wie man es übrigens schon aus dem über Peyrade angeforderten Bericht ersehen konnte, fast stets zuverlässige Akten über alle Familien und Individuen, deren Leben verdächtig und deren Handlungsweise tadelnswert ist. Sie ist stets genau über alle Abwege unterrichtet. Dieses allgemeine Notizbuch, eine Bilanz der Gewissen, wird ebenso sorgfältig geführt, wie die Bank von Frankreich über die Vermögensstände Buch führt. Gerade wie die Bank jede kleine Zahlungsverzögerung notiert, wie sie jeden Kredit abwägt, jeden Kapitalisten einschätzt und ein Auge auf seine Transaktionen hat, macht es die Polizei mit der Ehrlichkeit der Bürger. Dabei hat wie im Justizpalast die Unschuld nichts zu befürchten; jene Tätigkeit erstreckt sich nur auf die Fehltritte. Wie hoch eine Familie auch gestellt sein möge, sie könnte sich dennoch nicht vor dieser Einrichtung der Gesellschaft schützen. Dabei ist übrigens deren Diskretion ebenso groß wie ihr Machtbereich. Die ungeheure Menge von Protokollen der Polizeikommissare, von Berichten, Notizen, Akten, dieser Ozean von Auskünften ruht regungslos, tief und ruhig wie das Meer. Wenn ein Unglück geschieht, wenn ein Vergehen oder ein Verbrechen augenfällig wird, wendet sich die Justiz an die Polizei; und wenn es dann Akten über die Beschuldigten gibt, nimmt der Richter alsbald Kenntnis davon. Jene Akten, in denen das Vorleben analysiert wird, sind indessen nur Auskünfte, die innerhalb der Mauern des Justizpalastes leblos daliegen; die Justiz kann von ihnen keinen gesetzmäßigen Gebrauch machen; sie läßt sich durch sie aufklären und bedient sich ihrer, weiter nichts. Jene Blätter zeigen, gleichsam wie die Rückseite eines Gobelins, die ersten und fast immer unbekannten Ursachen des Verbrechens. Kein Geschworenenkollegium würde daran glauben, das ganze Land würde sich entrüstet erheben, wenn man sich in der mündlichen Verhandlung vor dem Schwurgericht darauf berufen wollte. Kurz, sie enthalten die Wahrheit, die, wie immer und überall, verurteilt ist, in ihrem Brunnenschacht zu bleiben. Es gibt in Paris keinen Richter, der nicht nach zwölfjähriger Praxis wüßte, daß das Schwur- und das Sittenpolizeigericht die

Hälfte all jener Gemeinheiten verborgen halten, die gleichsam das Nest sind, auf dem das Verbrechen lange Zeit hindurch gebrütet hat; keinen Richter, der nicht zugestände, daß die Justiz nicht einmal die Hälfte der begangenen Missetaten bestraft. Wenn die Öffentlichkeit wüßte, wie weit die Verschwiegenheit der Polizeibeamten, die doch immerhin ein Gedächtnis haben, geht, sie würde diese wackeren Leute ebensosehr verehren wie einen Cheverus[38]. Man hält die Polizei für verschlagen, für machiavellistisch: sie ist von höchster Güte; die Sache ist nur die, daß sie die Leidenschaften in ihren Paroxysmen belauscht, daß sie Denunziationen entgegennimmt und alle ihre Notizen aufbewahrt. Furchtbar ist sie nur auf der einen Seite. Was sie für die Justiz tut, das tut sie auch für die Politik. Aber in der Politik ist sie ebenso grausam, ebenso parteiisch wie einstmals die Inquisition.

»Lassen wir das«, sagte der Richter und legte die Notizen wieder in den Aktendeckel, »das ist ein Geheimnis zwischen der Polizei und der Justiz; der Richter wird schon sehen, wieviel das wert ist; aber die Eheleute Camusot haben davon nie etwas erfahren.« – »Mußt du mir das wiederholen?« fragte Madame Camusot. – »Lucien ist schuldig«, fuhr der Richter fort, »aber wessen?« – »Ein Mann, der von der Herzogin von Maufrigneuse, von der Gräfin de Sérisy, von Clotilde de Grandlieu geliebt wird, ist nicht schuldig«, erwiderte Amélie; »der andere muß alles getan haben.« – »Aber Lucien ist mitschuldig!« rief Camusot. – »Willst du auf mich hören . . .?« fragte Amélie. »Gib den Priester der Diplomatie zurück, deren schönste Zierde er ist; mach diesen elenden kleinen Burschen unschuldig und such andere Schuldige . . .« – »Wie du dich ins Zeug legst . . .!« antwortete der Richter lächelnd. »Die Frauen laufen quer durch die Gesetze aufs Ziel los wie die Vögel, die in der Luft nichts hemmt.« – »Aber«, fuhr Amélie fort, »sei er nun Diplomat oder Sträfling, der Abbé Carlos wird dir schon jemanden bezeichnen, durch den du dich aus der Affäre ziehen kannst.« – »Ich bin nur die Nachtmütze, der Kopf bist du«, sagte Camusot zu seiner Frau. – »Also gut, die Sitzung ist geschlossen, komm und gib deiner Mélie einen Kuß, es ist ein Uhr . . .«

Und Madame Camusot ging zu Bett und ließ ihren Gatten

zurück, damit er für die Verhöre, die er am folgenden Tage mit den beiden Untersuchungsgefangenen vornehmen sollte, seine Akten und seine Gedanken ordnen könne.

Während also die beiden ›Salatkörbe‹ Jacques Collin und Lucien in die Conciergerie brachten, durchquerte der Untersuchungsrichter nach dem Frühstück Paris zu Fuß, wie es der Einfachheit der Sitten entsprach, die sich die Pariser Richter zu eigen gemacht haben; er begab sich in sein Amtszimmer, wo bereits alle Akten über den Fall eingetroffen waren. Dies war auf folgende Weise geschehen:

Alle Untersuchungsrichter haben einen Kanzlisten, eine Art vereidigten Gerichtssekretär, deren Rasse sich ohne Belohnungen und Ermutigungen fortpflanzt und ausgezeichnete Leute hervorbringt, solche, die von Natur unverbrüchliches Schweigen bewahren. Im Justizpalast ist seit der Einsetzung der Parlamentsgerichte bis auf den heutigen Tag kein Beispiel eines von den Kanzlisten der Untersuchungsrichter begangenen Vertrauensbruchs bekannt geworden. Gentil hat die von Louise von Savoyen an Semblançay ausgestellte Quittung verkauft[39], ein Schreiber des Kriegsministeriums hat Tschernitscheff[40] den Plan des russischen Feldzugs verkauft; all diese Verräter waren mehr oder minder reich. Hingegen genügen die Aussicht auf eine Stellung im Justizpalast, auf das Amt in einer Kanzlei und das Amtsgewissen, um den Kanzlisten eines Untersuchungsrichters gleichsam zum ›glücklichen Rivalen des Grabes‹ zu machen; denn seit die Chemie ihre Fortschritte gemacht hat, ist auch das Grab indiskret geworden. Solch ein Beamter ist die Schreibfeder des Richters. Vielen Leuten dürfte es begreiflich sein, daß man die Welle einer Maschine bleibt, aber sie werden sich fragen, wie man Schräubchen darin sein mag; aber das Schräubchen ist glücklich; vielleicht hat es Angst vor der Maschine? Camusots Kanzlist, ein Mensch von zweiundzwanzig Jahren namens Coquart, war frühmorgens gekommen, um alle Akten und die Notizen des Richters abzuholen, und er hatte im Amtszimmer schon alles vorbereitet, als der Richter noch die Kais entlangschlenderte, sich die Antiquitäten in den Läden ansah und sich fragte: Wie kann man es mit einem so gerissenen Burschen wie Jacques Collin aufnehmen, immer vorausgesetzt, daß er es ist? Der Chef der Sicherheitsbrigade wird ihn wiedererkennen; ich muß also tun, als täte ich, was meines Amtes ist, und wäre es nur um der Polizei willen! Ich sehe soviel Unmöglichkeiten, daß es das beste wäre, die Marquise und die Herzogin aufzuklären, indem ich ihnen die Polizeiakten zeigte; dabei würde ich obendrein meinen Vater rächen, dem Lucien Coralie genommen hat ... Wenn ich so schwarze Verbrecher überführe, wird meine Geschicklichkeit bekannt, und Lucien wird bald von seinen Freunden verleugnet werden. Nun, das Verhör wird darüber entscheiden.

Er trat, angelockt von einer Boule-Uhr[41], in einen Antiquitätenladen. Mein Gewissen nicht zu belügen und den beiden großen Damen eine Gefälligkeit zu erweisen, das wäre ein Meisterstück der Gewandtheit, dachte er. – »Oh, Sie ebenfalls hier, Herr Generalstaatsanwalt«, sagte Camusot mit lauter Stimme, »Sie suchen wohl Medaillen?« – »Das ist eine Liebhaberei fast aller Juristen«, erwiderte lachend der Graf de Granville, »der Rückseiten wegen.« – Und nachdem er sich ein paar Minuten lang in dem Laden umgeschaut hatte, als beende er damit seine Suche, führte er Camusot am Kai entlang, ohne daß Camusot an anderes als an einen Zufall glauben konnte.

»Sie verhören heute morgen Monsieur de Rubempré«, sagte der Generalstaatsanwalt. »Der arme junge Mensch! Ich hatte ihn recht gern ...« – »Es liegt vieles gegen ihn vor«, sagte Camusot. – »Ja, ich habe die Polizeiakten eingesehen; aber sie stammen zum Teil von einem Agenten, der nicht der Präfektur unterstand, von dem berüchtigten Corentin, einem Mann, der mehr Unschuldigen den Kopf hat abschlagen lassen, als Sie je Schuldige aufs Schafott schicken werden, und ... Aber der Bursche ist für Sie nicht erreichbar. Ohne das Gewissen eines Richters, wie Sie es sind, beeinflussen zu wollen, kann ich mich doch nicht enthalten, Sie darauf aufmerksam zu machen, daß, wenn Sie die Überzeugung gewinnen können, Lucien habe von dem Testament jener Dirne nichts gewußt, sich daraus ergeben würde, daß er an ihrem Tod kein Interesse hatte, denn sie hat ihm immer fabelhaft viel Geld zukommen lassen ...« – »Wir haben die Gewißheit, daß er während der Vergiftung dieser Esther nicht in Paris war«, sagte Camusot. »Er wartete in Fontainebleau auf den Wagen der Mademoiselle de Grandlieu und der Herzogin von Lenoncourt.« – »Oh«, entgegnete der Generalstaatsanwalt, »er hoffte nach wie vor mit aller Bestimmtheit auf seine Heirat mit Mademoiselle de Grandlieu (das weiß ich von der Herzogin von Grandlieu selbst), so daß man unmöglich annehmen könne, ein so intelligenter Mensch werde alles durch ein unnötiges Verbrechen aufs Spiel setzen.« – »Ja«, sagte Camusot, »vor allem, wenn diese Esther ihm tatsächlich alles gegeben hat, was sie verdiente . . .« – »Derville und Nucingen sagen, sie sei gestorben, ohne etwas von der Erbschaft zu wissen, die ihr schon vor geraumer Zeit zugefallen war«, fügte der Generalstaatsanwalt hinzu. – »Was halten Sie nun eigentlich davon?« fragte Camusot; »denn irgend etwas liegt doch vor.« – »Ich glaube, daß die Dienstboten das Verbrechen begangen haben«, erwiderte der Generalstaatsanwalt. – »Unglücklicherweise«, gab Camusot zu bedenken, »entspricht es ganz den Gepflogenheiten Jacques Collins – denn der spanische Priester ist sicherlich der entsprungene Sträfling –, die siebenhundertfünfzigtausend Francs, die den Erlös der von Nucingen geschenkten dreiprozentigen Rente darstellen, an sich zu bringen . . .« – »Sie werden alles abwägen, mein lieber Camusot; seien Sie vorsichtig. Der Abbé Carlos Herrera hängt mit der Diplomatie zusammen . . . aber ein Diplomat, der ein Verbrechen beginge, würde natürlich durch seine Dienststellung keinen Schutz finden. Ist er der Abbé Carlos Herrera, oder ist er es nicht? Das ist die wichtigste Frage . . .« Und Monsieur de Granville verabschiedete sich wie einer, der keine Antwort wünscht.

Auch er will also Lucien retten? dachte Camusot, als er über den Quai des Lunettes[42] ging, während der Generalstaatsanwalt durch die Cour de Harlay den Justizpalast betrat.

Als Camusot im Hof der Conciergerie angelangt war, sprach er beim Direktor dieses Gefängnisses vor und führte ihn mitten auf das Hofpflaster, wo kein Ohr sie belauschen konnte.

»Bester Herr, tun Sie mir den Gefallen, gehen Sie nach La Force und erkundigen Sie sich bei Ihrem Kollegen, ob er in der angenehmen Lage sei, augenblicklich ein paar Sträflinge zu beherbergen, die zwischen 1810 und 1815 im Zuchthaus von Toulon gesessen haben; sehen Sie auch nach, ob Sie selber welche haben. Wir würden die aus La Force auf einige Tage hierherbringen lassen, und Sie werden mir dann sagen, ob der angebliche spanische Priester von ihnen als Jacques Collin, genannt der Todtäuscher, erkannt wird.« – »Gut, Monsieur Camusot; aber Bibi-Lupin ist schon wieder da ...« – »Ah, schon?« rief der Richter aus. – »Er war in Melun. Es ist ihm gesagt worden, es handle sich um den Todtäuscher, er hat vor Vergnügen geschmunzelt und erwartet Ihre Befehle ...« – »Schicken Sie ihn zu mir.«

Jetzt konnte der Direktor der Conciergerie dem Untersuchungsrichter Jacques Collins Bitte vortragen und ihm dessen kläglichen Zustand schildern. – »Ich hatte ohnehin die Absicht, ihn zuerst zu verhören«, antwortete der Richter; »freilich nicht seines Gesundheitszustands wegen. Ich habe heute morgen eine Meldung des Direktors von La Force bekommen, danach hat dieser Kerl, der angeblich seit vierundzwanzig Stunden mit dem Tod ringt, so gut geschlafen, daß man in seine Zelle hat gehen können, ohne daß er den Arzt gehört hätte, den der Direktor von La Force hatte holen lassen; der Arzt hat ihm nicht mal den Puls gefühlt, er hat ihn schlafen lassen, was beweist, daß er ein ebenso gutes Gewissen wie eine gute Gesundheit hat. Ich tue lediglich, als glaube ich an diese Krankheit, um das Komödienspiel dieses Burschen zu studieren«, sagte Camusot lächelnd. – »Man lernt jeden Tag bei den Untersuchungsgefangenen und den Angeklagten etwas hinzu«, bemerkte der Direktor der Conciergerie.

Zwischen der Polizeipräfektur und der Conciergerie besteht eine unmittelbare Verbindung, und die Richter können, wie auch der Gefängnisdirektor, vermöge ihrer Kenntnis jener unterirdischen Gänge mit größter Schnelligkeit dorthin gelangen. So erklärt sich die an ein Wunder grenzende Leichtigkeit, mit der der Öffentliche Ankläger und die Vorsitzenden des Schwurgerichts während der Sitzung gewisse Auskünfte erhalten können. Daher fand Camusot, als er die Treppe erstiegen hatte, die zu seinem Zimmer führte, Bibi-Lupin bereits vor; er war durch die Salle des Pas-Perdus herbeigeeilt.

»Welch ein Eifer!« sagte der Richter lächelnd. – »Oh, wenn er es ist«, antwortete der Chef der Sicherheitsbrigade, »dann werden Sie auf dem Gefängnishof einen furchtbaren Tanz erleben, sofern Retourpferde (in der Gaunersprache: rückfällige

Sträflinge) da sind.« – »Und weshalb?« – »Der Todtäuscher hat ihr Sparschwein vernascht, und ich weiß, daß sie geschworen haben, ihn kaltzumachen.« – Sie waren die Zuchthäusler, deren Schatz dem Todtäuscher seit zwanzig Jahren anvertraut worden war; wie man weiß, hatte Lucien ihn vergeudet. – »Könnten Sie noch Zeugen auftreiben, die bei seiner letzten Verhaftung anwesend waren?« – »Geben Sie mir zwei Zeugenvorladungen, und ich bringe sie Ihnen noch heute.« – »Coquart«, sagte der Richter, während er sich die Handschuhe auszog und Stock und Hut in in einen Winkel trug, »füllen Sie nach den Angaben des Herrn Agenten zwei Vorladungen aus.«

Er schaute in den Spiegel über dem Kamin, auf dessen Sims statt der Stutzuhr eine Waschschüssel und eine Wasserkanne standen. Ferner auf der einen Seite eine Flasche voll Wasser mit einem Glas, auf der andern eine Lampe. Der Richter schellte. Nach einigen Minuten kam der Gerichtsdiener.

»Sind schon Leute da?« fragte er den Gerichtsdiener, der die Zeugen zu empfangen, ihre Vorladungen zu prüfen und sie nach der Reihenfolge ihres Eintreffens zu ordnen hatte. – »Ja.« – »Schreiben Sie die Namen der Gekommenen auf und bringen Sie mir die Liste.«

Die Untersuchungsrichter, die mit ihrer Zeit geizen müssen, sind bisweilen genötigt, mehrere Untersuchungen zugleich zu führen. Deshalb müssen die Zeugen oft lange in dem Zimmer warten, in dem sich die Gerichtsdiener aufhalten und in dem die Klingeln der Untersuchungsrichter ertönen.

»Danach«, sagte Camusot zu seinem Gerichtsdiener, »holen Sie mir den Abbé Carlos Herrera.« – »Aha, er spielt den Spanier? den Priester, ist mir gesagt worden. Bah, damit macht er Collet[43] nach, Monsieur Camusot«, rief der Chef der Sicherheitsbrigade. »Es ist alles schon dagewesen«, antwortete Camusot.

Und der Richter unterschrieb zwei jener furchtbaren Vorladungen, die jedermann betroffen machen, auch die unschuldigsten Zeugen, wenn die Justiz sie auf solcherlei Weise unter Androhung schwerer Strafen für den Fall des Ungehorsams zum Erscheinen auffordert.

In diesem Augenblick war Jacques Collin bereits seit etwa einer halben Stunde mit seiner gründlichen Überlegung fertig, und er stand unter Waffen. Nichts kann das Bild dieser Gestalt aus dem Volk, das im Kampf gegen die Gesetze steht, besser abrunden als die wenigen Zeilen, die er auf seine fettigen Papierstücke geschrieben hatte.

Dem Sinn nach lautete das erste folgendermaßen (denn geschrieben war es in der zwischen Asia und ihm vereinbarten Sprache, einer Gaunersprache innerhalb der Gaunersprache, wobei die Geheimschrift dem Inhalt angepaßt war):

Geh zur Herzogin von Maufrigneuse oder zu Madame de Sérisy; eine von beiden muß vor seinem Verhör zu Lucien gehen und ihm beiliegenden Zettel zu lesen geben. Ferner müssen Europa und Paccard ausfindig gemacht werden, damit die beiden Diebe mir zur Verfügung stehen und bereit sind, die Rolle zu spielen, die ich ihnen vorschreiben werde.

Lauf zu Rastignac, sag ihm im Auftrag dessen, dem er auf dem Opernball begegnet ist, er müsse kommen und bezeugen, daß der Abbé Carlos Herrera in nichts dem Jacques Collin gleicht, der damals bei der Vauquer verhaftet worden ist.

Das gleiche beim Doktor Bianchon durchsetzen.

Die beiden ›Lucien-Weiber‹ in diesem Sinne arbeiten lassen.

Auf dem beigelegten Zettel stand in gutem Französisch:

Lucien, gesteh über mich nichts ein. Ich muß für Dich der Abbé Carlos Herrera sein. Das ist nicht nur Deine Rechtfertigung; bezeug noch ein wenig Haltung, und Du bekommst auch noch sieben Millionen, außer der geretteten Ehre.

Diese beiden Papierstücke klebte er mit den Schriftseiten so zusammen, daß man glauben mußte, sie seien ein Stück desselben Blattes; dann wurden sie mit besonderer Kunst, wie sie nur den Sträflingen bekannt ist, die im Zuchthaus von Mitteln und Wegen zur Freiheit geträumt haben, zusammengerollt. Das Ganze nahm die Form und die Konsistenz einer Fettkugel von der Dicke jener Wachskugeln an, die sparsame Frauen an die Nähnadeln setzen, wenn das Öhr zerbrochen ist.

Wenn ich als erster verhört werde, sind wir gerettet; wenn es aber der Junge ist, dann ist alles verloren, sagte er sich während des Wartens.

Dieser Augenblick war so grausam, daß dem starken Mann der helle Schweiß auf die Stirn trat. Auf diese Weise erriet dieser erstaunliche Mensch in seiner Sphäre des Verbrechens die Wahrheit, wie Molière es in der Sphäre der dramatischen Dichtung, Cuvier[44] in derjenigen hingeschwundener Schöpfungsphasen tat. Genialität ist bei allen Dingen Intuition. Auf der Stufe unterhalb dieses Phänomens wird der Rest der bemerkenswerten Werke nur dem Talent verdankt. Darin besteht der Unterschied zwischen den Menschen ersten Ranges und denen zweiten Ranges. Auch das Verbrechen hat seine genialen Menschen. Jacques Collin hatte sich jetzt, in seiner äußersten Bedrängnis, mit der ehrgeizigen Madame Camusot und mit Madame de Sérisy zusammengetan, deren Liebe unter dem Schlag der furchtbaren Katastrophe, die Lucien in den Abgrund riß, von neuem erwacht war. Das war die höchste Anstrengung der menschlichen Intelligenz gegen den stählernen Panzer der Justiz.

Als Jacques Collin das schwere Eisenwerk der Schlösser und Riegel an seiner Tür kreischen hörte, nahm er wieder die Maske des Sterbenden an. Ihm half dabei die berauschende Empfindung der Freude, die das Geräusch der Schuhe des Aufsehers auf dem Flur in ihm auslöste. Er wußte nicht, durch welche Mittel Asia zu ihm gelangen werde; aber er rechnete fest damit, ihr auf seinem Weg zu begegnen, zumal seit er in der Arcade Saint-Jean ihr Versprechen erhalten hatte.

Asia war nach dieser glücklichen Begegnung zum Grèveplatz hinabgegangen. Vor 1830 hatte der Name Grèveplatz noch einen heute verlorengegangenen Sinn[45]. Der ganze Teil des Kais zwischen dem Pont d'Arcole und dem Pont Louis-Philippe war damals noch so, wie die Natur ihn geschaffen hatte, nur den gepflasterten Fahrweg ausgenommen, der übrigens auf einer Art Böschung verlief. Daher konnte man bei Hochwasser im Boot an den Häusern entlang und in die abfallenden Straßen hineinfahren, die zum Fluß hinunterführten. Auf diesem Kai waren die Erdgeschosse fast sämtlich um einige Stufen erhöht. Wenn das Wasser den Fuß der Häuser bespülte, fuhren die Wagen durch die schauerliche Rue de la Mortellerie, die heute ganz und gar abgebrochen worden ist, damit das Rathaus, das Hôtel-de-Ville, vergrößert werden konnte. Es war also für die falsche Hökerin ein leichtes, den kleinen Wagen rasch bis unten ans Ufer zu schieben und ihn dort zu verstecken, bis die echte Hökerin, die übrigens den Erlös ihres Pauschalverkaufs in einer jener gemeinen Kneipen der Rue de la Mortellerie vertrank, wiederkam, um ihn dort abzuholen, wo die Leiherin ihn stehenzulassen versprochen hatte. Zu jener Zeit wurde gerade die Verbreiterung des Quai Pelletier[46] zu Ende geführt; der Eingang zur Baustelle wurde von einem Invaliden bewacht, und der dessen Obhut anvertraute Karren lief keinerlei Gefahr.

Asia hatte auf dem Rathausplatz sofort eine Droschke genommen und zu dem Kutscher gesagt: »Zum Temple, und ein bißchen Trab; es gibt was zu verdienen!«

Eine wie Asia gekleidete Frau konnte sich, ohne die geringste Neugier zu erwecken, in der weiten Halle verlieren, in der sich alle Lumpen von Paris einfinden, in der tausend Hausierer wimmeln und in der zweihundert Trödlerinnen schwatzen. Die beiden Untersuchungsgefangenen waren kaum ins Register eingetragen worden, als Asia sich auch schon in einem kleinen, feuchten, niedrigen Zwischenstock über einem jener grauenhaften Läden, in denen alle durch Näherinnen oder Schneider gestohlenen Stoffreste verkauft werden, umkleidete: dieser Laden gehörte einer alten Jungfer, die ›die Romette‹ hieß, nach ihrem Vornamen Jeromette. Die Romette war für die Kleiderhökerinnen, was diese für in Verlegenheit befindliche sogenannte elegante Damen sind: eine Wucherin, die hundert Prozent nahm.

»Mein Kind!« sagte Asia, »es handelt sich darum, mich herauszustaffieren. Ich muß mindestens eine Baronin aus dem Faubourg Saint-Germain sein. Und vor allen Dingen muß es schnell gehen!« fuhr sie fort; »ich stehe mit den Füßen in siedendem Öl. Du weißt, welche Kleider mir passen. Also her mit dem Schminktopf; such mir feine Spitzen heraus und gib mir die auffallendsten Kinkerlitzchen ... Schick die Kleine nach einer Droschke, und sie soll sie an der Hintertür warten lassen.« – »Jawohl, Madame«, antwortete die alte Jungfer mit der Unterwürfigkeit und dem Eifer einer Dienstmagd, die vor ihrer Herrin steht. Wenn diese Szene einen Zeugen gehabt hätte, so hätte dieser ohne weiteres gemerkt, daß die Frau, die sich unter dem Namen Asia verbarg, hier im eigenen Hause war.

»Mir werden Diamanten angeboten ...«, sagte die Romette, während sie Asia frisierte. – »Sind sie gestohlen ...?« – »Ich glaube.« – »Dann – wieviel du auch dabei verdienen könntest, mein Kind – mußt du es dir verkneifen. Wir haben eine Weile die ›Neugierigen‹ zu fürchten.«

Man versteht jetzt sicherlich, wieso Asia schon eine Viertelstunde vor dem Kommen des Richters, eine Vorladung in der Hand, in der Salle des Pas-Perdus des Justizpalastes sein konnte, wo sie sich durch die Gänge und über die Treppen führen ließ, die zu den Untersuchungsrichtern führen, und nach Camusot fragte.

Asia sah sich selbst nicht mehr ähnlich. Nachdem sie die Maske der Alten wie eine Schauspielerin abgeschminkt und Rot und Weiß aufgelegt, hatte sie sich den Kopf mit einer wundervollen blonden Perücke bedeckt. Gekleidet wie eine Dame aus dem Faubourg Saint-Germain, die ihren verlorenen Hund sucht, schien sie vierzig Jahre alt zu sein, denn sie verbarg ihr Gesicht unter einem herrlichen Schleier aus schwarzen Spitzen. Ein übertrieben enges Korsett schnürte ihre Köchinnentaille zusammen. Sie trug tadellose Handschuhe und eine etwas starke Tournüre, und sie strömte einen Duft von Puder à la maréchale aus. Während sie mit einer Handtasche spielte, die einen goldenen Bügel hatte, teilte sie ihre Aufmerksamkeit zwischen den Mauern des Justizpalastes, die sie offenbar zum erstenmal durchirrte, und der Leine eines hübschen Kingsdog. Eine solche adlige Witwe mußte den Scharen in schwarzer Robe in der Salle des Pas-Perdus bald auffallen.

Außer den unbeschäftigten Advokaten, die diesen Saal mit ihren Roben fegen und ihre großen Kollegen bei ihren Vornamen nennen – wie große Herren es unter sich tun, um glauben zu machen, daß sie zur Aristokratie des Standes gehören –, sieht man dort oft geduldige junge Leute, die ehrerbietig neben den Anwälten stehen und um einer einzigen Streitsache willen warten, die als letzte angesetzt worden ist, aber vielleicht schon früher verhandelt werden könnte; sofern nämlich die Advokaten der früher angesetzten Verhandlungen auf sich warten lassen. Es würde ein merkwürdiges Bild ergeben, wenn man die Unterschiede zwischen den verschiedenen schwarzen Roben malen wollte, die, immer zu dritt, bisweilen zu viert, in diesem riesigen Saal auf und ab wandeln und durch ihre Unterhaltungen das gewaltige Summen hervorrufen, das beständig in diesem Saal hallt; er führt seinen Namen mit Recht, denn ihr Hin und Her der verlorenen Schritte nimmt die Advokaten ebensosehr in Anspruch wie ihre außerordentliche Wortverschwendung; aber jenes Bild soll erst in der Studie Platz finden, in der die Advokaten von Paris geschildert werden. Asia hatte auf die Müßiggänger des Justizpalastes gerechnet; sie lachte verstohlen über einige Scherze, die sie hörte, und schließlich gelang es ihr, die Aufmerksamkeit Massols auf sich zu lenken, eines jungen, pflichtgemäß hier anwesenden Anwalts, der indessen von der Gerichtszeitung, der Gazette des Tribunaux, mehr in Anspruch genommen wurde als von seinen Klienten und der einer so gut parfümierten und so reich gekleideten Dame mit lächelnder Bereitwilligkeit seine Dienste zur Verfügung stellte.

Asia nahm eine Fistelstimme an, um diesem liebenswürdigen Herrn auseinanderzusetzen, daß sie der Vorladung eines Richters namens Camusot folge ... – »Ah, in der Sache Rubempré.« Der Prozeß hatte also schon seinen Namen. – »Oh, es handelt sich nicht um mich – sondern um meine Zofe, ein Mädchen mit dem Spitznamen Europa, das ich vierundzwanzig Stunden gehabt habe und das die Flucht ergriffen hat, als es sah, daß mir mein Schweizer dieses amtliche Formular brachte.«

Darauf verhielt sie sich wie alle alten Frauen, deren Leben mit Schwätzereien am Kamin verstreicht, sie machte, von Massol dazu gedrängt, Parenthesen und erzählte, wie unglücklich sie mit ihrem ersten Gatten, einem der drei Direktoren der Territorialkasse, gewesen sei. Sie konsultierte den jungen Advokaten darüber, ob sie gegen ihren Schwiegersohn, den Grafen Groß-Narp, der ihre Tochter so unglücklich mache, einen Prozeß anstrengen solle, und ob das Gesetz ihn ermächtige, über deren Vermögen zu verfügen. Massol konnte trotz seiner Bemühungen nicht herausbekommen, ob die Vorladung der Herrin oder der Zofe galt. Im ersten Augenblick hatte er sich damit begnügt, einen Blick auf jenes Dokument zu werfen, dessen Formular so wohlbekannt ist; denn um der Zeitersparnis willen ist es vorgedruckt, und die Kanzlisten der Untersuchungsrichter haben nur noch die Stellen auszufüllen, die für die Namen und die Wohnungen der Zeugen, für die Stunde der Ladung usw. ausgespart worden sind. Asia ließ sich den Justizpalast erklären, obwohl sie ihn genauer kannte als der Advokat. Schließlich fragte sie ihn, um welche Zeit dieser Monsieur Camusot komme.

»Nun, im allgemeinen beginnen die Untersuchungsrichter ihre Verhöre gegen zehn Uhr.« – »Es ist ein Viertel vor zehn«, sagte sie, nachdem sie auf eine hübsche kleine Uhr geblickt hatte, ein wahres Meisterwerk der Goldschmiedekunst, bei dessen Anblick Massol dachte: Wo zum Teufel doch der Reichtum sich einnistet ...!

In diesem Augenblick war Asia bis zu jenem düsteren Saal gelangt, der auf den Hof der Conciergerie blickt und in dem sich die Gerichtsdiener aufhalten. Als sie durchs Fenster die Eingangspforte gewahrte, rief sie: »Was für große Mauern sind denn das da?« – »Das ist die Conciergerie.« – »Ach, die Conciergerie, in der unsere arme Königin ... Oh, ich möchte so gern ihren Kerker sehen ...« – »Das ist unmöglich, Frau Baronin«, antwortete der Advokat, an dessen Arm die falsche adlige Witwe ging; »da muß man eine Erlaubnis haben, die sehr schwer zu erlangen ist.« – »Mir ist gesagt worden«, fuhr sie fort, »Ludwig XVIII. selber habe die lateinische Inschrift verfaßt, die sich im Kerker Marie Antoinettes befindet[47] « – »Jawohl, Frau Baronin.« – »Ich wollte, ich könnte Lateinisch, um die Worte dieser Inschrift lesen zu können!« antwortete sie. »Glauben Sie, daß Monsieur Camusot mir die Erlaubnis geben kann?« – »Das geht ihn nichts an; aber er könnte Sie begleiten ...« – »Aber seine Verhöre?« fragte sie. – »Oh«, versetzte Massol, »die Untersuchungsgefangenen können warten.« – »Ach ja, sie sind dann Untersuchungsgefangene, natürlich!« rief Asia naiv. »Aber ich kenne Monsieur de Granville, Ihren Generalstaatsanwalt ...«

Diese Zwischenbemerkung hatte eine magische Wirkung auf die Gerichtsdiener und den Advokaten. – »Ah, Sie kennen den Herrn Generalstaatsanwalt?« fragte Massol, dem der Gedanke kam, um den Namen und die Adresse der Klientin zu bitten, die der Zufall ihm verschafft hatte. – »Ich sehe ihn oft bei Monsieur de Sérisy, seinem Freund. Madame de Sérisy ist durch die Ronquerolles mit mir verwandt ...«

»Aber wenn Madame in die Conciergerie hinuntergehen will«, sagte ein Gerichtsdiener, »dann könnte sie ...« – »Ja«, sagte Massol.

Und die Gerichtsdiener ließen den Advokaten und die Baronin hinuntergehen; und bald befanden sie sich in dem kleinen Wachlokal, in das die Treppe aus der Souricière einmündet, eine Örtlichkeit, die Asia genau kannte und die, wie man gesehen hat, zwischen der Souricière und der Sechsten Kammer gleichsam einen Beobachtungsposten bildet, an dem jedermann vorbeischreiten muß.

»Fragen Sie doch diese Herren, ob Monsieur Camusot etwa schon gekommen ist«, sagte sie, als sie die Gendarmen erblickte, die beim Kartenspielen saßen. – »Ja, Madame, er ist eben aus der Souricière heraufgekommen.« – »Aus der Souricière?« fragte sie; »was ist denn das . . .? Oh, wie dumm von mir, daß ich nicht gleich zum Grafen de Granville gegangen bin . . . Aber ich habe keine Zeit mehr . . . Führen Sie mich zu Monsieur Camusot, damit ich ihn spreche, ehe er beschäftigt ist.« – »Oh, Madame, Sie haben noch Zeit genug, mit Monsieur Camusot zu sprechen«, sagte Massol. »Wenn Sie ihm Ihre Karte hineinreichen lassen, dürfte er Ihnen die Unannehmlichkeit ersparen, mit den Zeugen antichambrieren zu müssen . . . Hier im Justizpalast wird Rücksicht auf Damen wie Sie genommen . . . Sie haben doch wohl Ihre Karte bei sich . . .?«

In diesem Augenblick standen Asia und ihr Advokat genau vor dem Fenster des Wachlokals, durch das die Gendarmen die Bewegung zwischen den Pfosten der Eingangspforte der Conciergerie sehen können. Die Gendarmen, die in der Achtung vor den Verteidigern der Witwen und Waisen erzogen werden und außerdem die Vorrechte der Amtsrobe kennen, duldeten einige Augenblicke lang die Anwesenheit einer Baronin im Geleit eines Advokaten. Asia ließ sich von dem jungen Anwalt die Schauergeschichten erzählen, die ein junger Anwalt über die Einlaßpforte vorzubringen hat. Sie wollte nicht glauben, daß hinter den Gittern, die man ihr bezeichnete, den zum Tode Verurteilten das Haar geschnitten werde; aber der Wachtmeister bestätigte es ihr. – »Wie gern sähe ich das mal . . .!« sagte sie.

Sie blieb dort stehen und schwatzte mit dem Wachtmeister und ihrem Advokaten, bis sie Jacques Collin erblickte; zwei Gendarmen stützten ihn, und Camusots Gerichtsdiener ging vor ihm her, als er aus der Pforte kam.

»Ah, da ist sicher der Anstaltsgeistliche, der einen Unglücklichen zum Tode vorbereiten soll ...« – »Nein, nein, Frau Baronin«, antwortete der Gendarm, »das ist ein Untersuchungsgefangener, der zum Verhör geht.« – »Und wessen ist er angeklagt?« – »Er ist in diese Vergiftungsgeschichte verwickelt ...« – »Oh, ich möchte ihn so gern aus der Nähe sehen ...!« – »Sie können nicht hierbleiben«, sagte der Wachtmeister, »er ist in Einzelhaft, und er muß durch unser Wachlokal kommen. Hier, Madame, diese Tür führt auf die Treppe ...« – »Danke, Herr Offizier«, sagte die Baronin, ging auf die Tür zu, hastete dann die Treppe hinauf und rief laut aus: »Aber wo bin ich denn?«

Diese hallende Stimme drang bis zum Ohr Jacques Collins, den sie auf diese Weise darauf vorbereiten wollte, daß er sie sehen werde. Der Wachtmeister lief der Frau Baronin nach, faßte sie um den Körper und trug sie, als sei sie eine Feder, in eine Gruppe von fünf Gendarmen, die wie ein Mann aufgesprungen waren; denn in diesem Wachlokal ist man mißtrauisch gegen alles. Das war Willkür, aber notwendige Willkür. Sogar der Advokat hatte voll Schreck zwei Rufe ausgestoßen: »Madame! Madame!« so sehr fürchtete er, sich zu kompromittieren.

Der fast ohnmächtige Abbé Carlos Herrera mußte sich im Wachlokal auf einen Stuhl setzen. »Der Ärmste!« sagte die Baronin. »Ist das ein Schuldiger?«

Obwohl diese Worte dem jungen Advokaten zugeflüstert wurden, verstand sie ein jeder, denn es herrschte in diesem scheußlichen Wachlokal Totenstille. Ein paar bevorzugte Persönlichkeiten erhalten gelegentlich die Erlaubnis, sich die berühmten Verbrecher anzusehen, während sie durch dieses Wachlokal oder durch die Gänge gehen, und so kam es, daß der Gerichtsdiener und die Gendarmen, die beauftragt waren, den Abbé Carlos Herrera zu führen, nicht darauf achtgaben. Übrigens lag zwischen beiden, dank dem Diensteifer des Wachtmeisters, der die Baronin gepackt hatte, um jede Fühlungnahme zwischen dem in Einzelhaft befindlichen Untersuchungsgefangenen und der Fremden zu verhindern, ein Zwischenraum, der in hohem Grade beruhigen konnte.

»Weiter!« sagte Jacques Collin und erhob sich mühsam.

In diesem Augenblick fiel ihm die kleine Kugel aus dem Ärmel, und die Baronin, der ihr Schleier erlaubte, den Blick frei zu gebrauchen, merkte sich die Stelle, wo sie liegengeblieben war. Die Kugel war feucht und fettig und deswegen nicht weitergerollt; denn diese Kleinigkeiten, die scheinbar so gleichgültig waren, hatte Jacques Collin vorausberechnet, damit alles gelinge. Als der Untersuchungsgefangene auf den oberen Teil der Treppe geführt wurde, ließ Asia auf sehr natürliche Weise ihre Tasche fallen und hob sie schnell wieder auf; aber als sie sich bückte, hatte sie auch schon die Kugel ergriffen, die durch ihre Farbe, die völlig der des Staubes und des Schmutzes am Fußboden glich, nicht hatte bemerkt werden können.

»Ach«, sagte sie, »das hat mir im Herzen weh getan ... Das war doch ein Sterbender!« – »Oder er tat so«, erwiderte der Wachtmeister. – »Monsieur«, sagte Asia zu dem Advokaten, »führen Sie mich jetzt schnell zu Monsieur Camusot; ich komme doch in dieser Angelegenheit ... Und vielleicht wird er nur zu froh sein, wenn er mich sprechen kann, ehe er diesen armen Abbé verhört ...«

Der Advokat und die Baronin verließen das Wachlokal mit den öligen, rußbeschmutzten Wänden, aber als sie oben auf der Treppe anlangten, stieß Asia einen Schrei aus: »Und mein Hund ...! Oh, Monsieur, mein armer Hund!« Und wie eine Wahnsinnige stürzte sie in die Salle des Pas-Perdus und verlangte von jedermann ihren Hund. Sie gelangte in die Galerie Marchande und lief mit dem Ruf: »Da ist er ...!« auf eine Treppe zu. Jene Treppe war die, die in die Cour de Harlay führt; von dort aus warf sie sich, nun sie ihre Komödie ausgespielt hatte, in eine der Droschken, die auf dem Quai des Orfèvres halten, und verschwand mit der gegen Europa, deren wahren Namen Justiz und Polizei noch nicht kannten, erlassenen Vorladung. »Rue Neuve Saint-Marc[48]«, rief sie dem Kutscher zu.

Asia konnte sich auf die unverbrüchliche Verschwiegenheit einer Kleiderhändlerin verlassen, die Madame Nourrisson hieß und auch unter dem Namen Madame de Saint-Estève bekannt war; diese lieh ihr nicht nur ihre Individualität, sondern auch ihren Laden; dort hatte Nucingen um Esthers Auslieferung verhandelt. Asia war hier wie zu Hause, denn sie hatte ein Zimmer in der Wohnung der Madame Nourrisson inne. Sie bezahlte die

Droschke und ging in ihr Zimmer hinauf, nachdem sie Madame Nourrisson auf eine Weise gegrüßt hatte, die ihr zu verstehen gab, daß sie nicht die Zeit habe, auch nur zwei Worte mit ihr zu wechseln.

Nun Asia vor jeder Bespitzelung sicher war, begann sie die Papierblätter mit der gleichen Sorgfalt auseinanderzufalten, wie die Gelehrten sie aufwenden, wenn sie Palimpseste entrollen. Als sie die Anweisungen gelesen hatte, hielt sie es für nötig, die für Lucien bestimmten Zeilen auf Briefpapier abzuschreiben; dann stieg sie zu Madame Nourrisson hinunter und verwickelte sie in eine Unterhaltung, während ein kleines Ladenmädchen auf den Boulevard des Italiens lief, um eine Droschke zu holen. Auf diese Weise erfuhr Asia die Adressen der Herzogin von Maufrigneuse und der Madame de Sérisy, die die Nourrisson auf Grund ihrer Beziehungen zu deren Zofen kannte.

Diese verschiedenen Gänge, die sorgfältige Erledigung ihrer Aufträge beanspruchten mehr als zwei Stunden. Die Frau Herzogin von Maufrigneuse, die oben im Faubourg Saint-Honoré wohnte, ließ Madame de Saint-Estève eine Stunde lang warten, obwohl ihr die Zofe, nachdem sie angeklopft hatte, durch die Tür des Boudoirs Madame de Saint-Estèves Karte gereicht, auf die Asia geschrieben hatte: Kommt eines eiligen Schrittes wegen, der Lucien betrifft.

Beim ersten Blick, den Asia auf das Gesicht der Herzogin warf, begriff sie, wie ungelegen ihr Besuch kam; sie entschuldigte sich daher, wenn sie im Hinblick auf die Gefahr, in der Lucien schwebe, die Ruhe der Frau Herzogin gestört habe.

»Wer sind Sie . . .?« fragte die Herzogin ohne jede Höflichkeitsfloskel und maß Asia mit den Blicken; denn Asia konnte wohl in der Halle des Pas-Perdus von dem Advokaten Massol für eine Baronin gehalten werden, aber auf den Teppichen des kleinen Salons im Palais Cadignan wirkte sie wie ein Fleck Wagenschmiere auf einem weißen Satinkleid.

»Ich bin eine Kleiderhändlerin, Frau Herzogin; denn in solchen Lagen wendet man sich an Frauen, deren Beruf auf unverbrüchlicher Verschwiegenheit beruht. Ich habe niemals jemanden verraten, und Gott weiß, wieviel große Damen mir auf einen Monat ihre Diamanten anvertraut haben, indem sie einen

Schmuck aus falschen verlangt haben, der dem ihren völlig gleich war . . .« – »Haben Sie auch noch einen anderen Namen?« fragte die Herzogin und mußte über eine Erinnerung lächeln, die ihr bei dieser Antwort gekommen war. – »Ja, Frau Herzogin, ich bin bei den großen Gelegenheiten Madame de Saint-Estève; aber in meinem Laden nenne ich mich Madame Nourrisson.« – »Schön, schön . . .«, antworte die Herzogin lebhaft und wechselte den Ton. – »Ich kann«, fuhr Asia fort, »große Dienste leisten, denn wir kennen die Geheimnisse der Ehegatten ebenso gut wie die der Frauen. Ich habe viele Geschäfte mit Monsieur de Marsay getätigt, den die Frau Herzogin . . .« – »Genug, genug!« rief die Herzogin; »wir wollen uns lieber mit Lucien befassen.« – »Wenn die Frau Herzogin ihn retten will, müßte sie den Mut haben, keine Zeit mit dem Ankleiden zu verlieren; übrigens könnte die Frau Herzogin nicht schöner sein, als sie es in diesem Augenblick ist. Sie sind zum Anbeißen hübsch, auf das Ehrenwort einer alten Frau! Kurz und gut, lassen Sie nicht anspannen, Madame, steigen Sie mit mir in die Droschke. Kommen Sie mit zu Madame de Sérisy, wenn Sie schlimmeres Unheil vermeiden wollen, als es der Tod dieses Cherubims wäre . . .« – »Gehen Sie, ich folge Ihnen«, sagte die Herzogin nach einem Augenblick des Zögerns. »Wir beide werden Léontine Mut einflößen . . .«

Trotz der wahrhaft höllischen Betriebsamkeit dieser Dorine[49] des Zuchthauses schlug es zwei Uhr, als sie mit der Herzogin von Maufrigneuse bei Madame de Sérisy eintrat, die in der Rue de la Chaussée d'Antin wohnte. Aber dank der Herzogin wurde kein Augenblick mehr verloren. Sie wurden beide auf der Stelle zur Gräfin geführt, die sie mitten in einem von den seltensten Blumen durchdufteten Garten in einer winzigen Sennhütte auf einem Diwan liegend vorfanden.

»Das ist gut«, sagte Asia und hielt Umschau, »hier kann uns niemand hören.«

»Ach, Liebste, ich sterbe! Sag, Diane, was hast du getan . . .?« rief die Gräfin und sprang auf wie ein Rehkitz, faßte die Herzogin an den Schultern und brach in Tränen aus. – »Komm, Léontine, es gibt Augenblicke, in denen die Frauen nicht weinen dürfen, sondern handeln müssen«, sagte die Herzogin und zwang die Gräfin, sich mit ihr wieder auf den Diwan zu setzen.

Asia musterte die Gräfin eingehend mit dem Blick, der sittenlosen alten Weibern eigen ist und den sie mit der Geschwindigkeit, mit der die Sonde des Chirurgen eine Wunde untersucht, über die Seele einer Frau schweifen lassen. Jacques Collins Genossin gewahrte die Spuren des bei den Damen der großen Welt seltensten Gefühls: eines wahren Schmerzes . . .! jenes Schmerzes, der unauslöschliche Furchen in Herz und Antlitz gräbt. In der Kleidung nicht die geringste Koketterie! Die Gräfin zählte damals zweiundvierzig Lenze, und ihr ganz zerknittertes Hauskleid aus bedrucktem Musselin ließ ihre Büste ohne jede stützende Hülle, ja ohne Korsett sehen . . .! Die von einem dunklen Ring umgebenen Augen und die marmorierten Wangen zeugten von bitteren Tränen. Um das Kleid keinen Gürtel. Die Stickereien des Unterrocks und des Hemdes waren gleichfalls zerknittert. Das Haar, das unter eine Spitzenhaube geschoben worden war, hatte die Pflege durch den Kamm seit vierundzwanzig Stunden entbehrt und zeigte einen kurzen, dünnen Zopf und alle gelockten Strähnen in ihrer Armseligkeit. Léontine hatte vergessen, ihre falschen Zöpfe anzulegen.

»Sie lieben zum erstenmal in Ihrem Leben . . .«, sagte Asia bedeutungsvoll zu ihr.

Da erst bemerkte Léontine Asia und tat eine Bewegung des Schreckens. »Wer ist das, liebe Diane?« fragte sie die Herzogin von Maufrigneuse. – »Wen sollte ich dir wohl zuführen, wenn nicht eine Frau, die Lucien ergeben ist und die uns dienen will?«

Asia hatte die Wahrheit erraten. Madame de Sérisy, die als eine der leichtfertigsten Frauen der Gesellschaft galt, hatte zehn Jahre lang eine heftige Neigung für den Marquis d'Aiglemont gehegt. Seit der Marquis in die Kolonien gegangen war, hatte sie sich wahnsinnig in Lucien verliebt und ihn der Herzogin von Maufrigneuse entrissen, ohne um Luciens Liebe zu Esther zu wissen, von der übrigens ganz Paris nichts ahnte. In der großen Welt schadet ein eingestandener Liebhaber dem Ruf einer Frau mehr als zehn heimliche Abenteuer; und erst zwei solcher Bindungen nacheinander! Da jedoch niemand Madame de Sérisy zur Rechenschaft gezogen hat, so kann auch der Historiker sich nicht dafür verbürgen, daß ihre Tugend nur zwei schadhafte Stellen hatte. Sie war eine mittelgroße Blondine, die sich so gut erhalten hatte, wie sich eben Blondinen konservieren; das heißt, sie wirkte wie dreißig; sie war schmächtig, ohne mager zu sein, hellhäutig und aschblond; die Füße, die Hände, der Körper waren von aristokratischer Erlesenheit; sie war geistreich, wie eben eine Ronquerolles es ist, und also ebenso boshaft gegen die Frauen wie gut zu den Männern. Durch ihr großes Vermögen, durch die hohe Stellung ihres Gatten und durch die ihres Bruders, des Marquis de Ronquerolles, war sie vor den üblen Nachwirkungen bewahrt geblieben, die sicherlich jeder andern Frau das Leben verbittert hätten. Sie besaß einen großen Vorzug: sie war in ihrer Verderbtheit offenherzig: sie gab zu, daß sie mit den Sitten der Zeit der Régence[50] einen Kult treibe. Nun aber war diese Frau mit zweiundvierzig Jahren, der die Männer bislang nur angenehme Spielzeuge gewesen waren, denen sie, seltsam!, viel gewährt hatte, ohne in der Liebe etwas anderes zu sehen als ein Opfer, das gebracht werden mußte, um sie zu beherrschen, bei Luciens Anblick von einer Liebe ergriffen worden, die der des Barons von Nucingen zu Esther glich. Sie hatte damals, wie Asia es ihr gesagt hatte, zum erstenmal in ihrem Leben geliebt. Dieses Transponieren der Jugend tritt bei Pariserinnen und großen Damen häufiger ein, als man glaubt, und es ist schuld an dem unerklärlichen Zufallkommen mancher tugendhaften Frau, die gerade den Hafen der Vierzig erreicht hat. Die Herzogin von Maufrigneuse war die einzige Vertraute dieser furchtbaren bedingungslosen Leidenschaft, deren Glück von den kindlichen Empfindungen der ersten Liebe an bis zu den gigantischen Narrheiten der Wollust Léontine toll und unersättlich machte.

Die wahre Liebe ist, wie man weiß, unerbittlich. Der Entdekkung von Luciens Verhältnis zu einem Mädchen wie Esther war eine der cholerischen Entzweiungen gefolgt, bei denen die Raserei der Frauen bis zum Mord gehen kann; dann kam die Periode der Feigheiten, denen sich die wahre Liebe mit soviel Wonnen hingibt. Daher hätte die Gräfin seit einem Monat zehn Jahre ihres Lebens dafür hingegeben, wenn sie Lucien auf acht Tage hätte wiedersehen können. Schließlich war sie gerade dahin gekommen, daß sie die Nebenbuhlerschaft Esthers in Kauf genommen hätte, als in ebendiese überströmende Zärtlichkeit gleich einer Posaune des Jüngsten Gerichts die Nachricht von der Verhaftung des Geliebten hineingedröhnt hatte. Die Gräfin war dem Tode nahe gewesen; der Gatte hatte selber an ihrem Bett gewacht, da er fürchtete, sie könnte sich im Delirium verraten; und jetzt lebte sie seit vierundzwanzig Stunden mit einem Dolch im Herzen. Im Fieber hatte sie zu ihrem Mann gesagt: »Befrei Lucien, und ich will nur noch für dich leben!«

»Es gilt hier nicht, die Augen zu verdrehen wie eine tote Ziege, pflegt die Frau Herzogin zu sagen«, rief die furchtbare Asia und rüttelte die Gräfin am Arm. »Wenn Sie ihn retten wollen, ist keine Minute zu verlieren. Er ist unschuldig, ich schwöre es bei den Gebeinen meiner Mutter!« – »O ja, nicht wahr?« rief die Gräfin und blickte die scheußliche Vettel voller Güte an. – »Aber«, fuhr Asia fort, »wenn Camusot ihn schlecht verhört, so kann er ihn mit zwei Sätzen zum Schuldigen machen; und wenn es in Ihrer Macht steht, sich die Conciergerie öffnen zu lassen und mit ihm zu reden, fahren Sie schleunigst hin und geben ihm diesen Zettel ... Dann ist er morgen frei, dafür verbürge ich mich ... Holen Sie ihn wieder heraus, denn Sie haben ihn hineingebracht ...« – »Ich?« – »Ja, Sie ...! Ihr großen Damen habt nie einen Sou, auch wenn ihr Millionärinnen seid. Als ich mir noch den Luxus leistete, meine Jüngelchen zu haben, da haben sie immer die Taschen voll Gold gehabt. Mich hat es stets amüsiert, wenn sie sich gute Tage machten. Es ist so wohltuend, zugleich Mutter und Geliebte zu sein! Ihr aber laßt die Leute, die ihr liebt, vor Hunger verrecken, ohne sie nach ihren Geldumständen zu fragen. Esther hat keine langen Redensarten gemacht; sie hat ihm um den Preis der Verderbnis ihres Leibes und ihrer Seele die Million gegeben, die von ihrem Lucien gefordert worden war; und das hat ihn in die Lage gebracht, in der er sich befindet ...« – »Das arme Mädchen! Das hat sie getan? Dafür liebe ich sie ...!« sagte Léontine. – »Ach so, jetzt!« sagte Asia mit eisiger Ironie. – »Sie war schön, aber jetzt, mein Engel, bist du schöner als sie ... Und Luciens Heirat mit Clotilde ist so gründlich in die Brüche gegangen, daß nichts sie wieder zusammenstücken könnte«, sagte die Herzogin ganz leise zu Léontine.

Diese Erwägung und diese Aussichten hatten eine solche Wirkung auf die Gräfin, daß sie nicht mehr litt; sie strich sich mit der Hand über die Stirn, sie war wieder jung. – »Los, Kleine, hoch das Bein, und rasch ...!« sagte Asia, die diese Verwandlung mit ansah und die Triebfeder erriet.

»Aber«, sagte Madame de Maufrigneuse, »wenn wir Camusot vor allem daran hindern müssen, Lucien zu verhören, so können wir das tun, indem wir ihm ein paar Zeilen schreiben, die wir durch deinen Diener in den Justizpalast schicken werden, Léontine.« – »Laß uns zu mir hinaufgehen«, sagte Madame de Sérisy.

Während Luciens Gönnerinnen den Befehlen gehorchten, die Jacques Collin niedergeschrieben hatte, ging im Justizpalast folgendes vor.

Die Gendarmen trugen den Sterbenden auf einen Stuhl, der in Camusots Zimmer dem Fenster gegenüber stand; der Richter saß in einem Sessel an seinem Schreibtisch. Coquart saß, die Feder in der Hand, ein paar Schritte von ihm entfernt an einem kleinen Tisch.

Die Lage der Zimmer der Untersuchungsrichter ist nicht gleichgültig, und wenn diejenige gerade dieses Zimmers nicht absichtlich gewählt worden ist, dann muß zugegeben werden, daß der Zufall der Gerechtigkeit eine brüderliche Hand geboten hat. Jene Richter gleichen den Malern: sie brauchen das gleichmäßige, reine Licht, das von Norden kommt; denn das Gesicht ihrer Verbrecher ist ein Gemälde, das sie beständig studieren müssen. Deshalb stellen fast alle Untersuchungsrichter ihren Schreibtisch so auf, wie der Camusots stand; das heißt, sie selber kehren dem Licht den Rücken zu und haben somit das Gesicht derer, die sie verhören, in voller Beleuchtung vor sich. Keiner von ihnen vergißt nach sechs Monaten der Übung, falls er keine Brille trägt, während der Dauer eines Verhörs eine gleichgültige, zerstreute Miene zur Schau zu tragen. Einer jähen Verwunderung im Gesicht, die auf diese Weise beobachtet und durch eine unerwartete Frage veranlaßt wurde, war die Aufdeckung des von Castaing begangenen Verbrechens zu danken; sie trat in einem Augenblick ein, da der Richter nach langer Beratung mit dem Generalstaatsanwalt diesen Verbrecher aus Mangel an Beweisen der Gesellschaft zurückgeben wollte. Diese kleine Einzelheit vermag auch den wenig verständnisvollen Leuten zu zeigen, wie lebendig, interessant, merkwürdig, dramatisch und furchtbar der Kampf einer Strafuntersuchung ist, dieser Kampf ohne Zeugen, dessen Verlauf jedoch stets protokolliert wird. Gott weiß, was von einer solchen eisigen und zugleich glühenden Szene auf dem Papier noch übrigbleibt; einer Szene, in der die Blicke, der Tonfall, ein Zeichen im Gesicht, die leichteste, durch eine Empfindung hervorgerufene Veränderung der Farbe schon gefährlich gewesen ist, gerade wie unter den Wilden, die einander belauern, um eine Blöße zu entdecken und einander zu töten. Ein Protokoll ist nur noch die Asche nach einer Feuersbrunst.

»Wie heißen Sie in Wirklichkeit?« fragte Camusot Jacques Collin. – »Don Carlos Herrera, Kanonikus des Königlichen Kapitels von Toledo, geheimer Gesandter Seiner Majestät Ferdinands VII.«

Wir müssen hier anmerken, daß Jacques Collin das Französische sprach wie eine spanische Kuh; er radebrechte in einer Weise, daß seine Antworten fast unverständlich wurden und er sich immer wieder bitten lassen mußte, sie zu wiederholen. Die Germanismen des Herrn von Nucingen haben diesen Roman schon allzu bunt durchwirkt, als daß wir noch weitere schwer lesbare Dialektzeilen hineinflechten könnten; sie würden der Geschwindigkeit der Entwicklung schaden.

»Haben Sie Papiere, die die Titel bestätigen, von denen Sie reden?« fragte der Richter. – »Ja, einen Paß und einen Brief Seiner Katholischen Majestät, der mir Vollmacht für meine Mission erteilt . . . Schließlich können Sie auf der Stelle ein paar Zeilen zur spanischen Gesandtschaft schicken, die ich vor Ihren Augen schreiben werde; dann wird meine Auslieferung verlangt werden. Wenn Sie überdies noch Beweise brauchen, werde ich an Seine Eminenz den Großalmosenier von Frankreich schreiben, und er wird sofort seinen Privatsekretär hierher schicken.« – »Geben Sie sich immer noch für einen Sterbenden aus?« fragte Camusot. »Wenn Sie die Leiden, über die Sie seit Ihrer Verhaftung gejammert haben, wirklich durchgemacht hätten, müßten Sie längst tot sein«, fügte der Richter ironisch hinzu. – »Sie machen dem Mut eines Unschuldigen und der Kraft seines Temperaments den Prozeß«, erwiderte der Untersuchungsgefangene sanft.

»Coquart, schellen Sie! Lassen Sie den Arzt der Conciergerie mit einem Krankenwärter kommen . . . Wir sind genötigt, Ihnen den Rock auszuziehen und zur Feststellung der Brandmale[51] auf Ihrer Schulter zu schreiten«, fuhr Camusot fort. – »Ich bin in Ihrer Hand, Monsieur.«

Der Untersuchungsgefangene fragte, ob sein Richter die Güte haben wolle, ihm zu erklären, was für ein Brandmal das sei und warum man es auf seiner Schulter suche. Der Richter hatte diese Frage erwartet. – »Sie stehen im Verdacht, Jacques Collin zu sein, ein entsprungener Zuchthäusler, dessen Verwegenheit vor nichts zurückweicht, nicht einmal vor einem Sakrileg ...«, sagte der Richter lebhaft und tauchte den Blick in die Augen des Untersuchungsgefangenen.

Jacques Collin zuckte nicht zusammen, er errötete nicht; er blieb ruhig und schaute Camusot mit naiv neugieriger Miene an. – »Ich ein Zuchthäusler ...? Der Orden, dem ich angehöre, und Gott mögen Ihnen einen derartigen Mißgriff verzeihen! Sagen Sie mir, was ich tun muß, um zu verhindern, daß Sie bei einem so schweren Verstoß gegen das Völkerrecht, die Kirche und den König, meinen Herrn, verharren.«

Der Richter erklärte dem Gefangenen, ohne ihm hierauf zu antworten, daß, wenn er das Brandmal empfangen habe, das die Gesetze damals für die zur Zuchthausstrafe Verurteilten vorschrieben, die Buchstaben durch Schläge auf die Schulter sogleich wieder sichtbar zu machen seien. »Oh«, sagte Jacques Collin, »es wäre ein großes Unglück, wenn meine Aufopferung für die Sache des Königs mir verhängnisvoll werden sollte.« – »Drücken Sie sich deutlicher aus«, sagte der Richter, »dazu sind Sie hier.« – »Ja, ich muß viele Narben auf dem Rücken haben, denn ich bin, obgleich ich doch meinem König treu war, als Vaterlandsverräter von den Konstitutionellen von hinten erschossen worden; und sie haben mich als tot liegen lassen.« – »Sie sind erschossen worden, und Sie leben ...?« fragte Camusot. – »Ich stand in einem gewissen Einverständnis mit den Soldaten, denen fromme Leute Geld gegeben hatten; da haben Sie mich in solcher Entfernung aufgestellt, daß ich nur noch matte Kugeln abbekam; die Soldaten haben auf den Rücken gezielt. Das ist eine Tatsache, die Seine Exzellenz der Gesandte Ihnen wird bezeugen können ...« – Dieser Teufelskerl hat auf alles eine Antwort! Um so besser übrigens! dachte Camusot, der nur deshalb so streng tat, weil er den Forderungen der Justiz und der Polizei genugtun wollte. – »Wie kommt es, daß ein Mann Ihres Standes sich bei der Geliebten des Barons von Nucingen aufhielt, und bei was für einer Geliebten, einer ehemaligen Dirne ..!« – »Der Grund, weshalb man mich im Hause einer Kurtisane fand, ist dieser«, erwiderte Jacques Collin; »aber ehe ich Ihnen sage, was mich dorthin geführt hat, muß ich Sie darauf aufmerksam machen, daß ich in dem Augenblick, da ich die erste Stufe der Treppe betrat, einen plötzlichen Anfall meiner Krankheit erlitt; ich hatte also keine Zeit mehr, mit dem Mädchen zu sprechen. Ich hatte Kenntnis davon erhalten, daß Mademoiselle Esther mit der Absicht umgehe, sich das Leben zu nehmen; und da es sich um die Interessen des jungen Lucien de Rubempré handelte, für den ich aus mir heiligen Gründen eine besondere Zuneigung hege, wollte ich versuchen, das arme Geschöpf von dem Wege abzubringen, auf den die Verzweiflung es geführt hatte: ich wollte ihr sagen, daß Luciens letzte Versuche bei Mademoiselle Clotilde gescheitert seien; und durch die Nachricht, daß sie sieben Millionen erbe, hoffte ich, ihr neuen Lebensmut zu geben. Ich bin überzeugt, Herr Richter, daß ich das Opfer der mir anvertrauten Geheimnisse geworden bin. Aus der Art, wie ich zusammenbrach, schließe ich, daß ich schon am Morgen vergiftet worden bin; aber meine kräftige Konstitution hat mich gerettet. Ich weiß, daß ich schon seit langem von einem Agenten der politischen Polizei verfolgt werde und er mich in irgendeine üble Angelegenheit zu verwickeln sucht ... Wenn Sie nach meiner Verhaftung auf meine Bitte hin einen Arzt hätten kommen lassen, so hätten Sie den Beweis für das erhalten, was ich Ihnen in diesem Augenblick über meinen Gesundheitszustand sage. Glauben Sie mir, Leute, die höher stehen als wir, haben ein heftiges Interesse daran, mich mit irgendeinem Verbrecher zu verwechseln, um das Recht zu haben, sich meiner entledigen zu können. Man gewinnt nicht immer dabei, wenn man den Königen dient, sie haben ihre Schwächen; die Kirche allein ist vollkommen.«

Es ist unmöglich, das Mienenspiel Jacques Collins zu schildern; er brauchte absichtlich zehn Minuten zu dieser Tirade, die er Satz für Satz vorbrachte; all das war so wahrscheinlich, besonders die Anspielung auf Corentin, daß der Richter schwankend wurde. – »Können Sie mir die Gründe Ihrer Neigung zu Lucien de Rubempré anvertrauen?« – »Erraten Sie sie nicht? Ich bin sechzig Jahre alt . . . Ich flehe Sie an, lassen Sie dies nicht zu Protokoll nehmen . . . Es ist . . . Muß es unbedingt sein . . .?« – »Es liegt in Ihrem Interesse und vor allem im Interesse Luciens de Rubempré, daß Sie alles sagen«, entgegnete der Richter. »Nun denn . . . o mein Gott . . .! Er ist mein Sohn!« fügte Collin murmelnd hinzu. Und er wurde ohnmächtig.

»Schreiben Sie das nicht auf, Coquart«, sagte Camusot ganz leise. Coquart stand auf und holte eine kleine Flasche Vierräuberessig[52]. Wenn das Jacques Collin ist, dann ist er ein großer Komödiant . . .! dachte Camusot. Coquart gab dem alten Sträfling den Essig zu riechen, während der Richter ihn mit dem scharfen Blick des Luchses und des Richters überwachte. »Er wird wohl oder übel die Perücke abnehmen müssen«, sagte Camusot, während er wartete, daß Jacques Collin wieder zu sich komme.

Der alte Sträfling hörte diesen Satz und erzitterte vor Furcht, denn er wußte, welchen abscheulichen Ausdruck seine Züge dann annahmen. – »Wenn Sie selber nicht die Kraft haben, Ihre Perücke abzunehmen . . . ja, Coquart, nehmen Sie sie ab«, sagte der Richter zu seinem Kanzlisten.

Jacques Collin streckte dem Kanzlisten mit bewundernswerter Ergebenheit den Kopf hin; jetzt aber bot sein Kopf, dieser Zierde beraubt, einen grauenhaften Anblick dar; er zeigte seinen wahren Charakter. Dieser Anblick stürzte Camusot in tiefe Ungewißheit. Während er auf den Arzt und den Krankenpfleger wartete, begann er all die Papiere und Gegenstände, die in Luciens Wohnung beschlagnahmt worden waren, zu ordnen und sie sich genau anzusehen. Nachdem die Justiz in der Rue Saint-Georges bei Esther ihres Amtes gewaltet hatte, war sie auf den Quai Malaquais gegangen, um auch dort ihre Nachforschungen vorzunehmen.

»Sie legen Hand an die Briefe der Frau Gräfin de Sérisy«, sagte Carlos Herrera; »aber ich weiß nicht, warum Sie fast alle Papiere Luciens hier haben?« fügte er mit einem Lächeln niederschmetternder Ironie hinzu. Camusot, dem dieses Lächeln nicht entging, begriff in vollem Umfang, was dieses fast bedeutete.

»Lucien de Rubempré steht im Verdacht, Ihr Mitschuldiger

zu sein, und er ist verhaftet«, erwiderte er; er wollte sehen, welche Wirkung diese Nachricht auf seinen Untersuchungsgefangenen haben würde. – »Da haben Sie ein großes Unglück angerichtet, er ist nämlich ebenso unschuldig wie ich«, versetzte der falsche Spanier, ohne die geringste Erschütterung zu bekunden. – »Das werden wir ja sehen; vorläufig handelt es sich nach wie vor um Ihre Identifizierung«, bemerkte Camusot, den die Ruhe des Gefangenen überraschte. »Wenn Sie wirklich Don Carlos Herrera sind, so ändert diese Tatsache die Lage Lucien Chardons auf der Stelle.« – »Ja, es war Madame Chardon, geborene de Rubempré!« murmelte Carlos. »Ach, es ist eine der schlimmsten Sünden meines Lebens!« Er hob die Augen gen Himmel; und nach der Art, wie er die Lippen bewegte, schien er ein glühendes Gebet zu sprechen.

»Wenn Sie indessen Jacques Collin sind, wenn er wissentlich der Genosse eines entsprungenen Zuchthäuslers, eines Religionsschänders war, dann werden sämtliche Verbrechen, die die Justiz argwöhnt, mehr als wahrscheinlich.«

Carlos Herrera verblieb wie ein bronzenes Standbild, als er diesen Satz hörte, den der Richter geschickt hingeworfen hatte, und bei den Worten ›wissentlich‹ und ›entsprungenen Zuchthäuslers‹ hob er statt aller Antwort in einer Geste edlen Schmerzes die Hände. – »Herr Abbé«, fuhr der Richter ungemein höflich fort, »Sie werden uns alles verzeihen, was wir im Interesse der Justiz und der Wahrheit zu tun genötigt sind, wenn Sie tatsächlich Don Carlos Herrera sind ...«

Jacques Collin erriet allein schon aus dem Tonfall des Richters die Falle, als dieser ›Herr Abbé‹ sagte: die Haltung dieses Mannes blieb die gleiche; Camusot hatte eine Freudenregung erwartet, sie wäre ein erstes Indiz dafür gewesen, daß es sich wirklich um einen Zuchthäusler handelte, nämlich durch die unaussprechliche Genugtuung des Verbrechers, der seinen Richter hinters Licht führt; aber dieser fand den Heros des Zuchthauses gewappnet mit machiavellistischer Verstellungskunst.

»Ich bin Diplomat und gehöre einem Orden an, in dem man sehr strenge Gelübde ablegt«, antwortete Jacques Collin mit apostolischer Sanftmut, »ich verstehe alles und bin daran gewöhnt zu leiden. Ich wäre schon frei, wenn Sie bei mir das Versteck entdeckt hätten, in dem meine Papiere liegen; denn ich sehe, Sie haben nur Blätter ohne jede Bedeutung beschlagnahmt . . .«

Das war für Camusot ein Gnadenstoß: Jacques Collin hatte bereits durch seine Ruhe und seine Schlichtheit jeden Argwohn ausgeglichen, den der Anblick seines Kopfes geweckt hatte. – »Wo sind diese Papiere . . .?« – »Ich gebe Ihnen das Versteck an, wenn Sie Ihren Boten von einem Legationssekretär der spanischen Gesandtschaft begleiten lassen; der kann sie in Empfang nehmen, und ihm sind Sie dafür verantwortlich, denn es handelt sich um meinen Staat, um diplomatische Akten und um Geheimnisse, die den verstorbenen König Ludwig XVIII. bloßstellen. Ach, es wäre besser . . . Nun, Sie sind Richter . . .! Im übrigen wird der Gesandte, auf den ich mich in alledem berufe, entscheiden.«

In diesem Augenblick traten der Arzt und der Krankenwärter ein, nachdem der Gerichtsdiener sie gemeldet hatte. – »Guten Tag, Monsieur Lebrun«, sagte Camusot; »ich habe Sie holen lassen, damit Sie feststellen, in welchem Gesundheitszustand sich dieser Untersuchungsgefangene hier befindet. Er sagt, er sei vergiftet worden; er behauptet, seit vorgestern dem Tode nahe zu sein; sehen Sie zu, ob es gefährlich ist, ihn auszukleiden und zur Feststellung des Brandmals zu schreiten . . .«

Der Doktor Lebrun ergriff Jacques Collins Hand, fühlte ihm den Puls, ließ ihn die Zunge herausstrecken und musterte ihn sehr aufmerksam. Diese Untersuchung dauerte etwa zehn Minuten.

»Der Untersuchungsgefangene«, sagte der Doktor, »hat schwer gelitten, aber er erfreut sich in diesem Augenblick großer Kraft . . .« – »Diese trügerische Kraft entstammt der nervösen Erregung, deren Ursache meine seltsame Lage ist«, erwiderte Jacques Collin mit der Würde eines Bischofs. – »Das ist möglich«, sagte Lebrun.

Auf einen Wink des Richters wurde der Untersuchungsgefangene entkleidet; die Hose wurde ihm belassen, aber alles übrige wurde ihm ausgezogen, sogar das Hemd; und nun gab es einen behaarten Rumpf von zyklopischer Kraft zu bewundern. Es war der neapolitanische Herkules Farnese ohne dessen überlebensgroße Ungeschlachtheit. – »Wozu bestimmt die Natur so gebaute Menschen . . .?« sagte der Arzt zu Camusot.

Der Gerichtsdiener kehrte mit jenem Ebenholzstab zurück, der seit unvordenklichen Zeiten das Wahrzeichen seines Amts ist und der die Zuchtrute genannt wird; er schlug damit ein paarmal auf die Stelle, wo der Henker die schändenden Buchstaben aufgedrückt hatte. Siebzehn Löcher wurden sichtbar, alle willkürlich verteilt; aber trotz der Sorgfalt, mit der der Rücken untersucht wurde, war nirgends die Form eines Buchstabens zu erkennen. Nur der Gerichtsdiener machte darauf aufmerksam, daß der Querstrich des T von zwei Löchern markiert werde, deren Abstand so lang sei, wie jener Strich zwischen den beiden Häkchen, die ihn an den Enden abschließen, sein müsse, während ein weiteres Loch das untere Ende des senkrechten Strichs angebe. »Das ist doch recht unbestimmt«, sagte Camusot, als er sah, wie sich auf dem Gesicht des Arztes der Conciergerie ein Zweifel abzeichnete. Carlos ersuchte, daß die gleiche Probe auf der andern Schulter und in der Rückenmitte wiederholt werde. Es kamen etwa fünfzehn weitere Narben zum Vorschein, die der Doktor auf Verlangen des Spaniers eingehend ansah; er erklärte daraufhin, der Rücken sei so tief von Wunden durchfurcht worden, daß das Brandmal selbst dann nicht wieder sichtbar werden könne, wenn der Henker es tatsächlich aufgedrückt habe.

In diesem Augenblick kam ein Kanzleidiener der Polizeipräfektur herein, überreichte Camusot ein zusammengefaltetes Schriftstück und bat um Antwort. Als der Richter es gelesen hatte, trat er zu Coquart und sprach mit ihm, aber so leise, daß niemand etwas verstehen konnte. Nur Jacques Collin erriet aus einem Blick Camusots, daß durch den Polizeipräfekten eine Auskunft über ihn übermittelt worden sei. Ich habe immer noch Peyrades Freund auf den Hacken, dachte Jacques Collin; wenn ich ihn kennte, würde ich mich seiner wie Contensons entledigen. Könnte ich nur Asia noch einmal sehen . . .!

Als der Richter das von Coquart geschriebene Protokoll unterzeichnet hatte, schob er es in einen Umschlag und reichte diesen dem Boten des Delegationsbüros. Das Delegationsbüro ist ein der Justiz unentbehrliches Hilfsmittel. Es wird geleitet von einem Polizeikommissar, der ad hoc ernannt wird, und setzt sich zusammen aus Polizeibeamten, die mit Hilfe der Polizeikommissare der einzelnen Stadtviertel die Haussuchungen und sogar Verhaftungen in den Häusern derer vornehmen, die in Verdacht stehen, an Verbrechen oder Vergehen mitschuldig zu sein. Jene Delegierten der Justiz ersparen den mit einer Untersuchung betrauten Richtern kostbare Zeit.

Auf einen Wink des Richters wurde der Untersuchungsgefangene von Lebrun und dem Krankenwärter wieder angekleidet; dann zogen die beiden sich mit dem Gerichtsdiener zurück. Camusot setzte sich an seinen Schreibtisch und begann mit seiner Schreibfeder zu spielen. – »Sie haben eine Tante«, sagte er dann unvermittelt zu Jacques Collin. – »Eine Tante?« erwiderte Carlos Herrera erstaunt; »aber ich habe doch keine Verwandten; ich bin ein nicht anerkanntes Kind des verstorbenen Herzogs von Ossuna[53].« Und zu sich selber sagte er: Es brennt!, eine Anspielung auf das Versteckspiel, das übrigens ein kindliches Gleichnis für den furchtbaren Kampf zwischen der Justiz und dem Verbrecher ist.

»Unsinn!« sagte Camusot, »geben Sie's nur zu, Sie haben Ihre Tante noch, Mademoiselle Jacqueline Collin, nur Sie hatten sie unter dem wunderlichen Namen Asia bei der Demoiselle Esther untergebracht.« Jacques Collin zuckte gleichgültig die Achseln, wie es vollauf der neugierigen Miene entsprach, mit der er die Worte des Richters entgegennahm, während jener ihn mit heimtückischer Aufmerksamkeit ansah. – »Nehmen Sie sich in acht«, fuhr Camusot fort, »und hören Sie mir genau zu.« – »Ich höre.« – »Ihre Tante ist Händlerin im Temple; ihr Geschäft wird geführt von einer Mademoiselle Paccard, der Schwester eines Verurteilten, übrigens einem durchaus ehrenwerten Mädchen mit dem Spitznamen ›die Romette‹. Die Justiz ist Ihrer Tante auf der Spur, und in wenigen Stunden dürften wir entscheidende Beweise in Händen haben. Jene Frau ist Ihnen sehr ergeben . . .« – »Fahren Sie fort«, sagte Jacques Collin ruhig; das war seine Antwort auf die Pause, die Camusot machte, »ich höre Ihnen zu.« – »Ihre Tante, die um etwa fünf Jahre älter ist als Sie, ist die Geliebte Marats[54], unseligen Angedenkens, gewesen. Aus dieser blutigen Quelle stammt der Grundstock des Vermögens, das sie besitzt... Sie ist nach den Auskünften, die ich erhalte, eine sehr gewandte Hehlerin, denn es gibt noch immer keine Beweise gegen sie. Nach dem Tode Marats soll sie, nach dem Bericht, den ich hier in Händen halte, einem im Jahre XII wegen Falschmünzerei zum Tode verurteilten Chemiker angehört haben. Sie ist als Zeugin im Prozeß vernommen worden. Bei diesem intimen Verhältnis soll sie sich Kenntnisse in der Toxikologie erworben haben. Vom Jahre XII bis 1806 ist sie Kleiderhändlerin gewesen. In den Jahren 1812 und 1816 hat sie zwei Jahre Gefängnis verbüßt, weil sie Minderjährige verkuppelt hatte... Sie selber waren wegen Urkundenfälschung schon damals vorbestraft, Sie waren aus dem Bankhaus ausgeschieden, in dem Ihre Tante Ihnen auf Grund der Erziehung, die Sie genossen haben, und dank ihrer Beziehungen zu Leuten, deren Verderbtheit sie ihre Opfer zugeführt hatte, eine Stellung als Lehrling verschafft hatte... All das, Untersuchungsgefangener, würde wenig zur Größe der Herzöge von Ossuna stimmen... Bleiben Sie bei Ihrem Leugnen?«

Während Jacques Collin Camusot anhörte, mußte er an seine glückliche Kindheit im Kloster der Oratorianer denken, dem er den Rücken gekehrt hatte; diese Gedanken gaben ihm den wahrhaft erstaunten Ausdruck. Trotz seiner Gewandtheit im Stellen von Fragen entlockte Camusot diesen gelassenen Zügen nicht die geringste Bewegung.

»Wenn Sie die Erklärung, die ich Ihnen gleich zu Anfang gegeben hatte, getreulich niedergeschrieben haben, können Sie sie nochmals durchlesen«, erwiderte Jacques Collin; »ich vermag daran nichts zu ändern... Ich habe bei der Kurtisane nicht verkehrt; wie sollte ich also wissen, wen sie zur Köchin hatte? Ich bin den Personen, von denen Sie sprechen, ein völlig Fremder.« – »Wir werden trotz Ihres Leugnens zur Gegenüberstellung schreiten; die dürfte Ihre Sicherheit erschüttern.« – »Ein schon einmal erschossener Mann ist auf alles gefaßt«, antwortete Jacques Collin sanft.

Camusot wandte sich wieder dem Durchsehen der beschlagnahmten Papiere zu, während er auf die Rückkehr des Chefs der Sicherheitsbrigade wartete; dieser hatte sich sehr beeilt, denn es war halb zwölf, gegen halb elf hatte das Verhör begonnen, und jetzt kam der Gerichtsdiener und meldete dem Richter mit leiser Stimme, Bibi-Lupin sei eingetroffen. – »Er soll hereinkommen!« antwortete Camusot.

Bei seinem Eintreten blieb Bibi-Lupin, von dem man ein ›Er ist es tatsächlich ...!‹ erwartet hatte, überrascht stehen. Er erkannte den Kopf seines ›Kunden‹ in diesem pockennarbigen Gesicht nicht wieder. Dieses Zögern machte auf den Richter tiefen Eindruck. – »Es ist sein Wuchs, seine Korpulenz«, sagte der Agent. »Aha, du bist es, Jacques Collin«, fuhr er fort, als er die Augen, die Form der Stirn und die Ohren genau angesehen hatte. »Es gibt Dinge, die man nicht verwandeln kann ... Er ist es tatsächlich, Monsieur Camusot ... Jacques hat auf dem linken Arm eine Narbe von einem Messerstich; lassen Sie ihn den Rock ausziehen, dann werden Sie sie sehen ...«

Von neuem wurde Jacques Collin gezwungen, seinen Rock auszuziehen; Bibi-Lupin streifte ihm den Ärmel des Hemdes hoch und zeigte die genannte Narbe. – »Die rührt von einer Kugel her«, antwortete Don Carlos Herrera; »hier sind noch viele andere Narben.« – »Ha, das ist seine Stimme!« rief Bibi-Lupin. – »Ihre Gewißheit«, sagte der Richter, »gilt nur als einfache Auskunft, nicht als Beweis.« – »Ich weiß«, erwiderte Bibi-Lupin demütig, »aber ich werde Zeugen für Sie beschaffen. Einer der weiblichen Gäste der Pension Vauquer ist schon da ...«, sagte er mit einem Blick auf Collin.

Das gelassene Gesicht, das Collin nach wie vor bewahrte, zuckte nicht. – »Lassen Sie diese Person hereinkommen«, sagte Camusot sehr bestimmt; trotz seiner zur Schau getragenen Gleichgültigkeit war seine Unzufriedenheit spürbar.

Diese Regung fiel Jacques Collin auf; er hatte schwerlich mit der Sympathie seines Untersuchungsrichters gerechnet, und er versank in Apathie; sie war die Folge des angestrengten Nachdenkens, dem er sich bei der Suche nach ihrer Ursache überlassen hatte. Der Gerichtsdiener führte Madame Poiret herein; ihr unerwarteter Anblick rief bei dem Sträfling ein leichtes Zusammenzucken hervor; aber dieses Erbeben wurde von dem Richter, der seine Entscheidung gefällt zu haben schien, nicht bemerkt.

»Wie heißen Sie?« fragte der Richter; er schritt zur Durchführung der Formalitäten, mit denen alle Aussagen und Verhöre beginnen.

Madame Poiret, eine kleine, weißhaarige Greisin, runzlig wie Kalbsmilch, in einem Kleid aus grellblauer Seide, erklärte, sie heiße Christine Michelle Michonneau, Gattin des Sieur Poiret; sie sei einundfünfzig Jahre alt, in Paris geboren, wohne Rue des Poules, Ecke Rue des Postes[55], und sei von Beruf Zimmervermieterin. – »Sie haben«, sagte der Richter, »1818 und 1819 in einer Familienpension gewohnt, die von einer Dame Vauquer geleitet wurde?« – »Ja, und da habe ich Monsieur Poiret kennengelernt, einen pensionierten Beamten, der später mein Mann wurde; seit einem Jahr ist er bettlägerig, und ich muß ihn pflegen ... Der Ärmste! er ist so krank. Deshalb kann ich auch nicht lange von zu Hause wegbleiben ...« – »Hat damals in jener Pension auch ein gewisser Vautrin gewohnt?« fragte der Richter. – »Ach, das ist eine ganze Geschichte! Das war ein grauenhafter Galeerensträfling ...« – »Sie haben bei seiner Verhaftung mitgewirkt.« – »Das ist nicht wahr ...« – »Sie stehen hier vor Gericht, nehmen Sie sich in acht ...«, sagte Camusot streng. Madame Poiret bewahrte Schweigen. »Suchen Sie sich zu erinnern«, fuhr Camusot fort. »Entsinnen Sie sich noch dieses Menschen ...? Würden Sie ihn wiedererkennen?« – »Ich glaube.« – »Ist es der da ...?« fragte der Richter.

Madame Poiret setzte ihre Brille auf und musterte den Abbé Carlos Herrera. – »Es sind seine Schultern, sein Wuchs; aber ... nein ... doch ... Herr Richter«, erwiderte sie; »wenn ich seine Brust nackt sehen könnte, würde ich ihn auf der Stelle wiedererkennen.« (Siehe ›Vater Goriot‹ in den ›Szenen aus dem Privatleben‹.)

Der Richter und der Kanzlist konnten sich trotz des Ernstes ihrer Obliegenheiten eines Lachens nicht erwehren; Jacques Collin teilte ihre Heiterkeit, doch gemessen. Der Untersuchungsgefangene hatte den Rock, den Bibi-Lupin ihm ausgezogen hatte, noch nicht wieder angelegt, und auf einen Wink des Richters knöpfte er willfährig sein Hemd auf. »Es ist seine Behaarung ... Aber sie ist grau geworden, Monsieur Vautrin!« rief Madame Poiret.

»Was haben Sie darauf zu sagen?« fragte der Richter den Untersuchungsgefangenen. »Daß das eine Irrsinnige ist!« sagte Jacques Collin. – »Ach, mein Gott, wenn ich noch einen Zweifel hätte, denn dasselbe Gesicht hat er nicht mehr, so würde diese Stimme genügen ... Das ist der, der mich bedroht hat ... Ja, das ist sein Blick!«

»Der Kriminalbeamte und diese Frau«, wandte der Richter sich an Jacques Collin, »haben sich nicht darüber verständigen können, die gleichen Dinge über Sie auszusagen, denn weder er noch sie hatten Sie vorher gesehen; wie erklären Sie sich das?« – »Die Justiz hat noch ärgere Irrtümer begangen als den, zu dem die Aussage dieser Frau, die einen Mann an der Behaarung seiner Brust wiedererkennt, und der Verdacht eines Polizeiagenten führen würden«, erwiderte Jacques Collin. »Man findet bei mir Ähnlichkeiten in Stimme, Blick und Wuchs mit einem großen Verbrecher, das ist schon recht unbestimmt. Was die Erinnerung angeht, die beweisen würde, daß zwischen der Frau und meinem Doppelgänger Beziehungen bestanden haben, über die sie nicht errötet ... so haben Sie selber darüber gelacht. Wollen Sie, Monsieur, im Interesse der Wahrheit, die ich für mich noch lebhafter festgestellt wünsche, als Sie es zugunsten der Justiz wünschen können ... wollen Sie diese Madame ... Foi-« – »Poiret.« – »Poret – verzeihen Sie! (Ich bin Spanier) fragen, ob sie sich entsinnt, welche anderen Leute in dieser ... Wie nennen Sie das Haus?« – »Eine Familienpension«, sagte Madame Poiret. – »Ich weiß nicht, was das ist«, antwortete Jacques Collin. – »Das ist ein Haus, in dem man im Abonnement zu Abend und zu Mittag ißt.« –

»Sie haben recht«, rief Camusot und vollführte mit dem Kopf eine Jacques Collin günstige Bewegung, so sehr machte ihn der gute Wille betroffen, mit dem der Untersuchungsgefangene ihm die Mittel angab, wie man zu einem Ergebnis gelangen könne. »Versuchen Sie, sich der Abonnenten zu entsinnen, die sich zur Zeit der Verhaftung Jacques Collins in der Pension befanden.« – »Da wohnte Monsieur de Rastignac, der Doktor Bianchon, Vater Goriot, Mademoiselle Taillefer ...« – »Schön«, sagte der Richter, der Jacques Collin unablässig beobachtet hatte; dessen Gesicht war jedoch völlig gelassen geblieben. »Also gut, dieser Vater Goriot ...« – »Der ist tot«, sagte Madame Poiret.

»Herr Richter«, sagte Jacques Collin, »ich bin bei Lucien mehrmals mit einem Monsieur de Rastignac zusammengetroffen, der, wie ich glaube, mit Madame de Nucingen befreundet ist; und wenn es der sein sollte, von dem hier die Rede ist, so hat er mich niemals für den Sträfling gehalten, mit dem man mich hier zu verwechseln versucht ...« – »Monsieur de Rastignac und Doktor Bianchon nehmen beide eine solche Stellung in der Gesellschaft ein, daß ihre Aussage, wenn sie Ihnen günstig ist, hinreichen würde, Sie freizulassen. – Coquart, stellen Sie die Vorladungen für die beiden Herren aus.«

Innerhalb weniger Minuten waren die Formalitäten der Aussage der Madame Poiret erledigt; Coquart las ihr das Protokoll der Szene, die sich eben abgespielt hatte, vor, und sie unterschrieb es; aber der Untersuchungsgefangene verweigerte die Unterschrift, indem er sich darauf berief, daß ihm die Formen der französischen Rechtsprechung unbekannt seien.

»Das dürfte für heute genügen«, sagte Camusot; »Sie werden das Verlangen verspüren, etwas Nahrung zu sich zu nehmen; ich lasse Sie in die Conciergerie zurückführen.« – »Ach, ich habe zu große Schmerzen, als daß ich essen könnte«, antwortete Jacques Collin.

Camusot hatte es so einrichten wollen, daß der Augenblick der Rückkehr Jacques Collins mit der Stunde des Spaziergangs der Angeklagten im Gefängnishof zusammenfiel; aber er wollte zuvor eine Antwort des Direktors der Conciergerie auf die Weisung abwarten, die er ihm morgens gegeben hatte; er schellte also, um seinen Gerichtsdiener hinunterzuschicken. Der Gerichtsdiener kam und sagte, die Pförtnerin des Hauses auf dem Quai Malaquais habe ihm ein wichtiges Dokument zu übergeben, das sich auf Monsieur Lucien de Rubempré beziehe. Dieser Zwischenfall wurde so bedeutungsvoll, daß Camusot darüber seine Absicht vergaß. »Sie soll hereinkommen«, sagte er.

»Verzeihung, Entschuldigung, Herr Richter«, sagte die Pförtnerin und knickste abwechselnd vor dem Richter und dem Abbé Carlos Herrera. »Wir sind so aufgeregt gewesen, mein Mann und ich, durch die Leute vom Gericht; zweimal sind sie gekommen, und wir haben in unserer Kommode einen Brief vergessen, der an Monsieur Lucien gerichtet ist; und dabei haben wir noch zehn

Sous dafür bezahlt, obgleich er aus Paris ist; er ist nämlich sehr schwer[56]. Wollen Sie mir das Porto ersetzen? Gott weiß, wann wir unsere Mieter wiedersehen!« – »Ist der Brief Ihnen vom Briefträger eingehändigt worden?« fragte Camusot, der den Umschlag sehr aufmerksam betrachtet hatte. – »Ja.« – »Coquart, Sie nehmen diese Erklärung zu Protokoll. – Kommen Sie, gute Frau. Geben Sie uns Ihren Namen, Ihren Stand und so weiter an.« Camusot vereidigte die Pförtnerin; dann diktierte er das Protokoll.

Während er diese Förmlichkeiten erledigte, untersuchte er den Poststempel, der die Aufgabe- und die Ausgabestunden zeigte und das Datum angab. Nun war jener Brief, der am Tag nach Esthers Tod in Luciens Wohnung abgegeben worden war, ohne allen Zweifel am Tage der Katastrophe geschrieben und zur Post gegeben worden.

Jetzt wird man sich also vorstellen können, wie verblüfft Camusot war, als er diesen Brief las, der von dem Wesen geschrieben und unterzeichnet worden war, das die Justiz für das Opfer eines Verbrechens hielt.

Montag, den 13. Mai 1830

Esther an Lucien

(Am letzten Tag meines Lebens, zehn Uhr morgens.)

Mein Lucien, ich habe keine Stunde mehr zu leben. Um elf Uhr bin ich tot, und ich werde ohne jeden Schmerz sterben. Ich habe fünfzigtausend Francs für eine hübsche kleine schwarze Johannisbeere bezahlt, die ein mit Blitzesschnelle tötendes Gift enthält. Du kannst Dir also sagen, mein Liebster: Meine kleine Esther hat nicht gelitten ... Ja, ich habe nur gelitten, während ich Dir diese Seiten schrieb.

Der gräßliche Kerl, der mich so teuer gekauft hat, obwohl er wußte, daß der Tag, an dem ich mich als ihm gehörig ansehen würde, kein Morgen für mich haben sollte, dieser Nucingen ist eben weggegangen; er war berauscht wie ein Bär, der betrunken gemacht worden ist. Zum ersten und letztenmal in meinem Leben habe ich meinen ehemaligen Beruf als Freudenmädchen mit dem Leben der Liebe verglichen, die Zärtlichkeit, die im Unendlichen aufblüht, mit dem Grauen der Pflicht überdecken können, die den Körper so sehr auslöschen möchte, daß nicht einmal für einen Kuß mehr Raum bleibt. Es bedurfte dieses Ekels, damit ich den Tod anbetungswürdig fand ... Ich habe ein Bad genommen; ich wollte, ich hätte den Beichtvater des Klosters, in dem ich die Taufe empfing, kommen lassen, beichten und mir die Seele reinwaschen können. Aber es hat ohnehin genug an Prostitution gewaltet; es wäre die Entweihung eines Sakraments gewesen, und ich fühle zudem, daß ich schon in den Wassern einer aufrichtigen Reue gebadet bin. Gott wird mit mir tun, was er will.

Lassen wir all dies Gewinsel, ich will für Dich bis zum letzten Augenblick Deine Esther sein, Dich nicht mehr mit meinem Tod, mit der Zukunft, mit dem lieben Gott langweilen, der nicht mehr lieb wäre, wenn er mich in der andern Welt folterte, nachdem ich in dieser schon so viel Schmerzen habe in mich hineinwürgen müssen.

Ich habe Dein entzückendes Bild, das Madame de Mirbel[57] gemalt hat, vor mir stehen. Dieses Elfenbeinplättchen hat mich über Dein Fernsein hinweggetröstet; ich sehe es an und bin trunken, während ich Dir meine letzten Gedanken schreibe und Dir meine letzten Herzschläge schildere. Ich lege Dir das Bildnis in diesen Brief, weil ich nicht will, daß es gestohlen oder verkauft werde. Der bloße Gedanke daran, daß das, was meine Freude war, im Schaufenster eines Händlers mit Bildern von Damen oder Offizieren aus der Zeit des Kaiserreichs oder chinesischen Kuriositäten durcheinandergeraten könnte, jagt mir einen Schüttelfrost über den Körper. Mein Liebster, vernichte dieses Bild, gib es niemandem ... es sei denn, daß dieses Geschenk Dir das Herz jener wandelnden, kleidertragenden Latte, jener Clotilde de Grandlieu, zurückeroberte, die Dir nachts Beulen stoßen wird, so spitze Knochen hat sie ... Ja, darein willige ich, da wäre ich Dir noch wie zu Lebzeiten zu etwas nütze. Ach, um Dir Freude zu machen, oder wenn Dich das auch nur zum Lachen gebracht hätte, wäre ich vor einem Kohlenbecken niedergekniet, einen Apfel im Munde, um ihn Dir zu braten! Mein Tod wird Dir also noch nützlich sein ... Ich hätte Deine Ehe gestört ... Oh, diese Clotilde! Ich verstehe sie nicht! Sie könnte Deine Frau sein, Deinen Namen tragen, brauchte Dich weder bei Tag noch bei Nacht zu verlassen, dürfte Dir gehören und macht Umstände! Dazu muß man aus dem Faubourg Saint-Germain sein! Und keine zehn Pfund Fleisch auf den Knochen haben ...

Armer Lucien! Lieber, erfolgloser Ehrgeiziger, ich denke an Deine Zukunft! Sieh, Du wirst mehr als einmal Deinen armen treuen Hund herbeisehnen, das gute Mädchen, das für Dich gestohlen hätte, das sich vors Schwurgericht hätte schleppen lassen, um Dein Glück zu sichern; deren einzige Beschäftigung es war, auf Deine Genüsse bedacht zu sein, Dir neue zu erfinden; der die Liebe zu Dir im Haar, in den Füßen, in den Ohren stak; kurz Deine *ballerina,* deren sämtliche Blicke ebensoviel Segenssprüche waren; die sechs Jahre hindurch nur an Dich gedacht hat, die so sehr Dein Eigentum war, daß sie stets nur eine Ausstrahlung Deiner Seele bildete, wie das Licht eine Ausstrahlung der Sonne ist. Aber schließlich, da es mir an Geld und Ehre mangelt, kann ich leider nicht Deine Frau werden ... Immerhin habe ich für Deine Zukunft gesorgt, indem ich Dir alles gab, was ich besitze ... Komm, sobald Du diesen Brief erhalten hast, und nimm, was unter meinem Kopfkissen liegt, denn ich mißtraue den Leuten im Hause ...

Siehst Du, ich will schön sein als Tote, ich lege mich hin und strecke mich auf dem Bett aus, als sei ich das Modell eines Malers! Dann drücke ich die Johannisbeere gegen den Gaumen, und so werde ich weder durch Krämpfe noch durch eine lächerliche Haltung entstellt sein.

Ich weiß, daß Madame de Sérisy sich um meinetwillen mit Dir überworfen hat; aber siehst Du, mein Katerchen, Du wirst ihr wieder den Hof machen, und sie wird Dich gut verheiraten, wenn die Grandlieus bei ihrer Weigerung verharren.

Mein Liebster, ich will nicht, daß Du in lautes Wehgeschrei ausbrichst, wenn Du von meinem Tode erfährst. Vor allem muß ich Dir sagen, daß die elfte Stunde am Montag, dem 13. Mai, nur der Abschluß einer langen Krankheit ist, die begann, als Ihr mich auf der Terrasse von Saint-Germain in mein ehemaliges Leben zurückstießet ... Man leidet seelisch, wie man körperlich leidet. Nur kann die Seele das Leiden nicht so dumm über sich ergehen lassen wie der Körper; der Körper hilft der Seele nicht, wie die Seele dem Körper hilft, und die Seele hat die Möglichkeit, in der Gedankenreihe Heilung zu suchen, aus der heraus die Näherinnen ihre Zuflucht zum Kohlenbecken nehmen. Du hast mir vorgestern ein ganzes Leben zum Geschenk gemacht, als Du sagtest, wenn Clotilde Dich nochmals zurückstieße, würdest Du mich heiraten. Es wäre für uns beide ein großes Unglück geworden, ich wäre sozusagen nur um so mehr tot; denn es gibt Tode, die mehr oder minder bitter sind. Nie hätte die Gesellschaft uns aufgenommen.

Jetzt sinne ich schon seit zwei Monaten über sehr viele Dinge nach. Eine arme Dirne steckt im Schmutz, wie ich es tat, ehe ich ins Kloster eintrat; die Männer finden sie schön; sie machen sie ihren Lüsten dienstbar und entbinden sich dabei jeder Rücksichtnahme; sie schicken sie zu Fuß davon, nachdem sie sie im Wagen geholt hatten; wenn sie ihr nicht auch noch ins Gesicht speien, so liegt das daran, daß die Schönheit der Dirne sie vor dieser Beschimpfung schützt; aber moralisch tun sie Schlimmeres. Nun, wenn aber eine solche Dirne fünf bis sechs Millionen erbt, dann werden Fürsten hinter ihr her sein, sie wird achtungsvoll gegrüßt werden, wenn sie im Wagen vorüberfährt; sie hat die Wahl unter den ältesten Wappenschildern Frankreichs und Navarras. Die gleiche Gesellschaft, die über uns zetern würde, wenn sie zwei schöne Wesen im Glück vereint sähe, hat sich unablässig vor Madame de Staël verneigt, trotz all ihrer ständigen Liebesaffären, weil sie zweihunderttausend Francs Rente besaß. Die Gesellschaft, die sich vor dem Reichtum und dem Ruhm duckt, will sich weder vor dem Glück noch vor der Tugend beugen, denn ich hätte auch viel Gutes getan ... Oh, wie viele Tränen hätte ich getrocknet ...! Ebensoviel, wie ich vergossen habe! Ja, ich hätte nur für Dich und für die Werke der Wohltätigkeit leben wollen.

Das sind die Gedanken, die mir den Tod liebenswert machen. Also stimm keine Klagelieder an, hörst du, mein Katerchen? Sag Dir oft: Es hat zwei gute Mädchen, zwei schöne Geschöpfe gegeben; beide sind für mich gestorben, ohne mir zu grollen, und sie haben mich angebetet! Errichte in Deinem Herzen Coralie und Esther einen Gedenkstein und geh Deines Weges! Entsinnst Du Dich noch des Tages, da Du mir eine verhutzelte Alte mit melonengrüner Haube und flohfarbenem Mantel mit dunklen Fettflecken zeigtest, die vor der Revolution die Geliebte eines Dichters gewesen war? Die Sonne wärmte sie kaum, obwohl sie sich wie ein Spalierbaum in die Tuilerien gestellt hatte, während sie sich um einen gräßlichen Mops ängstigte, um den letzten ihrer Möpse. Du weißt, sie hat einmal Lakaien, Equipagen und ein Palais gehabt! Ich habe Dir damals gesagt: Es ist doch besser, man stirbt mit dreißig Jahren! Nun, an jenem Tage fandest Du mich nachdenklich; Du hast Narrheiten getrieben, um mich zu erheitern; und zwischen zwei Küssen habe ich Dir noch gesagt: Jeden Tag verlassen die Frauen das Theater vor dem Schluß ...! Ja, ich habe den letzten Akt nicht mehr sehen wollen, das ist alles ...

Ich muß Dir geschwätzig vorkommen, aber es ist ja mein letztes Geplapper. Ich schreibe Dir, wie ich immer mit Dir gesprochen habe, und ich will lustig mit Dir sprechen. Jammernde Nähmädchen habe ich stets verabscheut; Du weißt, ich habe schon einmal gut zu sterben verstanden, als ich von jenem unseligen Opernball heimgekommen war, wo Dir gesagt wurde, ich sei eine Dirne gewesen!

O nein, mein Liebster, verschenke dieses Bild niemals! Wenn Du wüßtest, in welche Fluten der Liebe ich eben versunken bin, als ich während einer Pause, die ich machte, berauscht Deine Augen anschaute, so würdest Du glauben, daß die Seele Deines geliebten Rehleins darin eingegangen sei, wenn Du die Liebe daraus zurückempfängst, die diesem Elfenbeinplättchen einzuprägen ich versuchte.

Eine Tote, die um ein Almosen bettelt, ist das nicht komisch ...? Laß, man muß es verstehen, sich in seinem Grabe ruhig zu verhalten.

Du weißt nicht, wie heroisch mein Tod den Dummköpfen erscheinen würde, wenn sie wüßten, daß Nucingen mir heute nacht zwei Millionen geboten hat, wenn ich ihn lieben wollte, wie ich Dich geliebt habe. Er wird sich hübsch gefoppt vorkommen, wenn er erfährt, daß ich ihm Wort gehalten habe dadurch, daß ich an ihm verreckt bin. Ich habe alles versucht, um auch fernerhin die Luft atmen zu können, die Du atmest. Ich habe diesem dicken Dieb gesagt: ›Wollen Sie geliebt werden, wie Sie es wünschen? Ich will mich sogar verpflichten, Lucien nie wiederzusehen ...‹ – ›Was muß ich tun?‹ hat er gefragt. – ›Geben Sie mir zwei Millionen für ihn!‹ Nein, hättest Du gesehen, was für eine Grimasse er geschnitten hat! . . . Ach, ich hätte darüber gelacht, wenn es für mich nicht so tragisch gewesen wäre. ›Ersparen Sie sich eine Ablehnung‹, habe ich gesagt; ›ich sehe, Ihnen liegt mehr an Ihren zwei Millionen als an mir. Eine Frau ist immer froh, wenn sie weiß, was sie wert ist‹, habe ich hinzugefügt und ihm den Rükken gekehrt.

In ein paar Stunden weiß der alte Gauner, daß ich nicht gescherzt habe.

Wer wird Dir wie ich den Scheitel ins Haar ziehen? Bah, ich will an nichts, was mit dem Leben zusammenhängt, mehr denken, ich habe nur noch fünf Minuten; die schenke ich Gott; sei nicht eifersüchtig auf ihn, mein geliebter Engel, ich will zu ihm von Dir sprechen, Dein Glück als Preis für meinen Tod und meine Strafen in der andern Welt erbitten. Es verdrießt mich, daß ich in die Hölle komme; ich hätte gern die Engel gesehen und gewußt, ob sie Dir gleichen . . .

Lebwohl, mein Liebster, lebwohl! Ich segne Dich mit meinem ganzen Unglück. Bis ins Grab hinein bleibe ich

Deine Esther.

Es schlägt elf Uhr. Ich habe mein letztes Gebet verrichtet, ich will mich jetzt hinlegen und sterben. Noch einmal, lebwohl! Ich wollte, die Wärme meiner Hand ließe hier meine Seele zurück, wie ich einen letzten Kuß darauf drücke; und ich will Dich noch einmal mein niedliches Katerchen nennen, obwohl Du die Ursache des Todes bist

Deiner Esther.

Eine Regung der Eifersucht zog dem Richter das Herz zusammen, als er die Lektüre des einzigen Selbstmörderbriefes beendet, den er je von einer solchen Fröhlichkeit erfüllt gefunden hatte, wenn es auch eine fiebrige Fröhlichkeit und der letzte Kraftaufwand einer blinden Zärtlichkeit war. Was hat er nur so Besonderes, daß er so geliebt wird? dachte er und wiederholte damit nur, was alle Männer sagen, denen die Gabe ermangelt, den Frauen zu gefallen. – »Wenn es Ihnen möglich ist zu beweisen, daß Sie nicht nur nicht Jacques Collin sind, ein entsprungener Sträfling, sondern auch, daß Sie wirklich Don Carlos Herrera, der Kanonikus von Toledo, der geheime Gesandte Seiner Majestät Ferdinands VII. sind«, sagte der Richter zu Jacques Collin, »werden Sie auf freien Fuß gesetzt, denn die Unparteilichkeit, die mein Amt erfordert, verpflichtet mich, Ihnen zu sagen, daß ich in diesem Augenblick von Demoiselle Esther Gobseck einen Brief erhalten habe, in dem sie die Absicht ausspricht, Selbstmord zu begehen, und über ihre Dienstboten einen Argwohn andeutet, der jene als die Urheber der Entwendung der siebenhundertfünfzigtausend Francs zu bezeichnen scheint.«

Während er sprach, verglich Camusot die Schrift des Briefes mit der des Testamentes, und es wurde ihm klar, daß der Brief von derselben Person geschrieben worden war wie das Testament. – »Herr Richter, Sie hatten zu voreilig an einen Mord geglaubt, glauben Sie nicht jetzt zu voreilig an einen Diebstahl!« – »Ah . . .«, sagte Camusot und warf einen Richterblick auf den Untersuchungsgefangenen. – »Glauben Sie nicht, ich kompromittiere mich, wenn ich Ihnen sage, daß jene Summe sich wiederfinden kann«, fuhr Jacques Collin fort, womit er dem Richter zu verstehen gab, er habe dessen Argwohn begriffen. »Das arme Mädchen ist von seinen Bedienten herzlich geliebt worden; und wenn ich frei wäre, würde ich es übernehmen, das Geld zu suchen, das jetzt Lucien gehört, dem Wesen, das ich von allen in der Welt am meisten liebe . . . Würden Sie die Güte haben, mich den Brief lesen zu lassen? Das dürfte schnell geschehen sein . . . Es ist der Beweis für die Unschuld meines armen Sohns . . . Sie können nicht fürchten, daß ich ihn vernichte . . . noch auch, daß ich darüber rede: ich bin ja in Einzelhaft.« – »In Einzelhaft . . .!« rief der Richter; »darin sollen Sie nicht länger bleiben. Ich bitte Sie, Ihre Identität so schnell wie möglich aufzuklären; bedienen Sie sich der Hilfe des Gesandten, wenn Sie wollen . . .« Und er reichte Jacques Collin den Brief.

Camusot war glücklich, daß er aus der Verlegenheit herauskam und es dem Generalstaatsanwalt und den Damen Maufrigneuse und Sérisy recht machen konnte. Nichtsdestoweniger musterte er das Gesicht seines Untersuchungsgefangenen kühl und neugierig, während jener den Brief der Kurtisane las; und trotz der Aufrichtigkeit der Empfindungen, die sich darauf malten, sagte er sich: Und dennoch ist es eine Zuchthausphysiognomie!

»Da sehen Sie, wie er geliebt wird . . .!« sagte Jacques Collin, als er den Brief zurückgab . . . Und er ließ Camusot ein von Tränen überströmtes Gesicht sehen. »Wenn Sie ihn kennten!« fuhr er fort. »Er ist eine so junge, so frische Seele, von so wundervoller Schönheit, ein Knabe, ein Dichter . . . Unwiderstehlich empfindet man das Verlangen, sich ihm zu opfern, ihm die geringsten Wünsche zu erfüllen. Der liebe Lucien ist so reizend, wenn er schmeichelt . . .!«

»Hören Sie«, sagte der Richter in einer letzten Bemühung, die Wahrheit zu ergründen, »Sie können nicht Jacques Collin sein . . .« – »Nein . . .«, sagte der Sträfling. Und Jacques Collin war mehr denn je Don Carlos Herrera. In dem Wunsch, sein Werk zu krönen, trat er auf den Richter zu, führte ihn in die Fensternische und gab sich das Ansehen eines Kirchenfürsten, wobei er einen vertraulichen Ton anschlug.

»Ich habe diesen Jungen so lieb, Herr Richter, daß ich, wenn ich zu dem Verbrecher würde, für den Sie mich halten, um diesem Idol meines Herzens eine Unannehmlichkeit zu ersparen, mich selbst anklagen würde«, sagte er leise. »Ich würde tun wie das arme Mädchen, das sich umgebracht hat, damit er einen Nutzen davon habe. Deshalb, Herr Richter, flehe ich Sie an, mir eine Gunst zu gewähren, und zwar die, daß Sie Lucien auf der Stelle in Freiheit setzen.« – »Dem widersetzt sich meine Pflicht«, antwortete Camusot gutmütig, »aber wenn man mit dem Himmel einen Vergleich schließen kann, dann weiß die Justiz Rücksichten zu nehmen, und wenn Sie mir gute Gründe dafür anführen können . . . Sprechen Sie, dies wird nicht protokolliert.«

»Gut«, fuhr Jacques Collin fort, da die Gutmütigkeit Camusots ihn täuschte, »ich weiß, was der arme Junge in diesem Augenblick leidet; er ist imstande, sich etwas anzutun, wenn er sich im Gefängnis sieht . . .« – »Oh, was das angeht . . .«, sagte Camusot mit einem Ruck des Oberkörpers. – »Sie wissen nicht, wen Sie sich verpflichten, wenn Sie mich verpflichten«, fügte Jacques Collin hinzu, denn er wollte jetzt andere Saiten anschlagen. »Sie leisten einem Orden einen Dienst, der mächtiger ist als die Gräfin de Sérisy und die Herzogin von Maufrigneuse, die beiden werden Ihnen nicht verzeihen, daß Sie ihre Briefe in Ihrem Amtszimmer hatten . . .«, sagte er und deutete auf zwei parfümierte Briefbündel. »Mein Orden hat ein gutes Gedächtnis.« – »Genug«, sagte Camusot, »genug! Suchen Sie nach anderen Gründen, die Sie mir angeben können. Ich bin ebenso sehr für den Angeschuldigten verantwortlich wie für die Wahrnehmung der öffentlichen Interessen.« – »Gut, gut, glauben Sie mir, ich kenne Lucien, er hat die Seele einer Frau, eines Dichters und eines Südländers, eine Seele ohne Halt und Willenskraft«, fuhr Jacques Collin fort; er glaubte jetzt endlich erraten zu haben, daß der Richter auf seiner Seite stehe. »Sie sind von der Unschuld des jungen Mannes überzeugt; quälen Sie ihn nicht, verhören Sie ihn nicht; übergeben Sie ihm diesen Brief, sagen Sie ihm, daß er Esthers Erbe sei, und setzen Sie ihn in Freiheit ... Wenn Sie anders handeln, werden Sie einst darüber in Verzweiflung geraten; wenn Sie ihn dagegen ganz einfach freilassen, so werde ich Ihnen (behalten Sie mich in Einzelhaft) morgen, heute abend noch alles erklären, was Ihnen in dieser Angelegenheit noch geheimnisvoll erscheinen könnte, sowie auch die Gründe der erbitterten Verfolgung, die sich gegen mich richtet; aber ich setze dabei mein Leben aufs Spiel, seit fünf Jahren wollen sie mir an den Kragen ... Ist Lucien frei, reich und mit Clotilde de Grandlieu vermählt, dann ist meine Aufgabe auf Erden erfüllt, und ich werde mich meiner Haut nicht länger wehren ... Mein Verfolger ist ein Spitzel Ihres letzten Königs ...« – »Ah, Corentin!« – »Sieh da, Corentin heißt er ...? Ich danke Ihnen ... Also, Herr Richter, wollen Sie mir versprechen, zu tun, um was ich Sie bitte?« – »Ein Richter kann und darf nichts versprechen. – Coquart, beauftragen Sie den Gerichtsdiener und die Gendarmen, den Untersuchungsgefangenen in die Conciergerie zurückzuführen ... – Ich werde Befehl erteilen, daß Sie heute abend in der ›Pistole‹ untergebracht werden«, fügte er freundlich hinzu und nickte dem Gefangenen leicht zu.

Da Camusot die Bitte aufgefallen war, die Jacques Collin gerade eben an ihn gerichtet hatte, und da er sich zugleich entsann, mit welcher Beharrlichkeit der Häftling verlangt hatte, als erster verhört zu werden, wobei er sich auf seinen Krankheitszustand berufen hatte, kehrte sein ganzes Mißtrauen zurück. Während er auf seinen unbestimmten Argwohn lauschte, fiel ihm auf, wie der angeblich dem Tode Nahe gleich einem Herkules davonging, ohne all die gut gespielten Grimassen, die sein Auftreten begleitet hatten. – »Monsieur . . .?« Jacques Collin wandte sich um. – »Mein Kanzlist wird Ihnen das Protokoll Ihres Verhörs vorlesen trotz Ihrer Weigerung, es zu unterschreiben.«

Der Untersuchungsgefangene erfreute sich einer ausgezeichneten Gesundheit; die Bewegung, mit der er sich neben den Kanzlisten setzte, war für den Richter ein letzter Lichtblitz. – »Sie sind rasch wieder gesund geworden?« fragte Camusot. Jetzt bin ich ertappt, dachte Jacques Collin; dann antwortete er laut: »Die Freude ist das einzige Allheilmittel, das es gibt . . . Dieser Brief, der Beweis einer Unschuld, an der ich nicht zweifelte . . . das ist die große Arznei.«

Der Richter folgte seinem Untersuchungsgefangenen, als ihn der Gerichtsdiener und die Gendarmen umringten, mit einem nachdenklichen Blick. Dann richtete er sich auf wie ein Erwachender und warf Esthers Brief auf den Tisch seines Kanzlisten. »Coquart, machen Sie eine Abschrift von diesem Brief.«

Wenn es an sich schon in der Natur des Menschen liegt, allem zu mißtrauen, was zu tun man ihn bittet, sobald es gegen seine Interessen oder gegen seine Pflicht geht, oft sogar auch, wenn es ihm gleichgültig ist, so ist diese Empfindung für den Untersuchungsrichter Gesetz. Je mehr Wolken der Untersuchungsgefangene, dessen Identität noch nicht feststand, am Horizont ahnen ließ, falls Lucien verhört werden sollte, desto notwendiger erschien Camusot jenes Verhör. Wäre diese Formalität auch nach dem Gesetz und dem Brauch nicht unbedingt erforderlich gewesen, so wurde sie durch die Frage nach der Identität des Abbé Carlos Herrera unerläßlich. In allen Laufbahnen gibt es ein Berufsgewissen Auch wenn Camusot nicht neugierig gewesen wäre, hätte er Lucien aus Rücksicht auf seine Richterehre dennoch genau verhört, wie er eben Jacques Collin ausgefragt hatte, nämlich unter Entfaltung der Listen, die sich sogar der rechtschaffenste Richter erlaubt. Die Gefälligkeiten, die er erweisen konnte, seine Beförderung, all das kam bei Camusot erst nach dem Wunsch, die Wahrheit zu erfahren, sie zu erraten, um sie dann vielleicht zu verschweigen. Er trommelte gegen die Fensterscheiben und überließ sich dem strömenden Lauf seiner Vermutungen, denn in solchen Augenblicken gleicht das Denken einem

Fluß, der tausend Gegenden durcheilt. Als Liebhaber der Wahrheit gleichen die Richter den eifersüchtigen Frauen; sie geben sich tausend Vermutungen hin und durchwühlen sie mit dem Dolch des Argwohns, wie etwa der antike Opferpriester den Opfern die Eingeweide herausnahm; dann machen sie halt, nicht bei der Wahrheit, sondern beim Wahrscheinlichen, und schließlich dämmert ihnen die Wahrheit auf. Eine Frau fragt einen geliebten Mann aus, wie ein Richter einen Verbrecher verhört. In solcher Stimmung genügt ein Blitz, ein Wort, ein Schwanken der Stimme, ein Zögern, um auf das Geschehene, den Verrat, das Verbrechen, auf alles, was noch im Verborgenen liegt, hinzuweisen.

Die Art, wie er mir seine Liebe zu seinem Sohn geschildert hat – wenn es sein Sohn ist –, könnte mich zu dem Glauben bringen, er habe sich ins Haus dieser Dirne begeben, um über das Geld zu wachen; und ohne zu ahnen, daß das Kopfkissen der Toten ein Testament verbarg, hat er zur Vorsicht für seinen Sohn die siebenhundertfünfzigtausend Francs gestohlen ... Deshalb hat er versprochen, die Summe wieder herbeizuschaffen. Monsieur de Rubempré ist es sich selbst, ist es der Justiz schuldig, den Zivilstand seines Vaters aufzuklären ... Und mir das Wohlwollen seines Ordens – seines Ordens! – zu versprechen, wenn ich Lucien nicht verhöre ...! Bei diesem Gedanken verweilte er.

Wie man soeben gesehen hat, leitet ein Untersuchungsrichter das Verhör ganz nach Belieben. Es steht ihm frei, mit allem Raffinement vorzugehen oder nicht. Ein Verhör ist nichts und alles. Darin beruht die Möglichkeit der Begünstigung. Camusot schellte, der Gerichtsdiener war bereits zurückgekommen. Er gab Weisung, Lucien de Rubempré zu holen, doch schärfte er zugleich ein, ihn während der Überführung mit niemandem sprechen zu lassen, wer es auch sei. Es war gerade zwei Uhr nachmittags.

Hier liegt ein Geheimnis verborgen, sagte der Richter zu sich selbst, und dieses Geheimnis muß recht wichtig sein. Der Gedankengang meines Amphibiums, das weder Priester noch Laie, weder Sträfling noch Spanier ist, das indessen aus dem Munde seines Schützlings irgendein furchtbares Wort keinesfalls herauslassen will, verläuft folgendermaßen: Der Dichter ist schwach, er ist wie eine Frau; er ist nicht wie ich, der ich der Herkules der Diplomatie bin; und sie würden ihm unser Geheimnis leicht entreißen! Nun, dann werden wir eben von dem Unschuldigen alles erfahren . . .!

Und er fuhr fort, mit seinem elfenbeinernen Brieföffner gegen den Tischrand zu klopfen, während sein Kanzlist Esthers Brief kopierte. Wieviel Wunderlichkeiten es doch bei der Anwendung unserer Verstandeskräfte gibt! Camusot nahm alle nur möglichen Verbrechen an, und nur das einzige, das der Untersuchungsgefangene begangen hatte, übersah er: die Testamentsfälschung zugunsten Luciens. Alle, deren Neid gegen das Amt des Richters anrennt, mögen sich ein solches Leben vorstellen, das in beständigem Argwohn verstreicht, die Folter, der solche Leute ihren Geist unterwerfen, denn Zivilprozesse sind nicht minder verwickelt als Kriminalprozesse; dann werden sie sich vielleicht sagen, daß der Priester und der Richter Panzer tragen, die gleich schwer sind und gleichermaßen innen mit Stacheln versehen. Übrigens hat jeder Beruf sein Büßerhemd und seine oftmals nicht lohnende Mühsal.

Gegen zwei Uhr sah Camusot Lucien de Rubempré eintreten; er war bleich und niedergeschlagen, mit roten geschwollenen Augen, kurz, er befand sich in einem ganz verzweifelten Zustand, der es dem Richter ermöglichte, die Natur mit dem Erkünstelten zu vergleichen, den echten Todeskandidaten mit dem gespielten. Die Überführung aus der Conciergerie bis in das Amtszimmer des Richters, zwischen zwei Gendarmen, denen ein Gerichtsdiener voraufschritt, hatte Luciens Verzweiflung auf den Gipfel getrieben. Es liegt in der Wesensart eines Dichters, daß er die Marter dem Urteil vorzieht. Als Camusot dieses Menschenwesen gewahrte, dem jener moralische Mut, wie er den Richter auszeichnete und wie der andere Gefangene ihn in so hohem Grade besaß, völlig mangelte, überkam ihn ein Mitleid ob seines leichten Sieges, und diese Geringschätzung erlaubte ihm, entscheidende Schläge zu führen, weil sie ihm jene furchtbare Freiheit des Geistes gab, die für den Schützen typisch ist, wenn er nur auf Puppen zielt.

»Beruhigen Sie sich, Monsieur de Rubempré; Sie stehen vor einem Richter, den es drängt, das Unrecht wieder gutzumachen, das die Justiz durch eine Untersuchungshaft wider ihren Willen begeht, sofern sie grundlos ist. Ich halte Sie für unschuldig, Sie werden sofort in Freiheit gesetzt werden. Hier ist der Beweis für Ihre Unschuld: ein Brief, den Ihre Pförtnerin in Ihrer Abwesenheit aufbewahrt und den sie mir eben gebracht hat. In ihrer Aufregung über die gerichtliche Haussuchung und die Nachricht von Ihrer Verhaftung zu Fontainebleau hatte die Frau den Brief vergessen; er ist von Mademoiselle Esther Gobseck . . . Lesen Sie!«

Lucien nahm den Brief, las ihn und brach in Tränen aus. Vor Schluchzen konnte er kein Wort hervorbringen. Nach einer Viertelstunde, in der Lucien seine Kraft mühsam sammeln mußte, reichte der Kanzlist ihm die Abschrift des Briefes und bat ihn, durch seine Unterschrift zu bestätigen, daß es sich um eine Abschrift, wörtlich gleich der Urschrift, jederzeit auf Verlangen vorzuzeigen, solange die Untersuchung des Prozesses dauern werde, handle; er bot ihm an, die beiden Schriftstücke zunächst zu vergleichen; aber Lucien verließ sich natürlich betreffs der Richtigkeit auf Coquarts Wort.

»Monsieur«, sagte der Richter mit einer Miene voller Gutmütigkeit, »dennoch ist es schwierig, Sie in Freiheit zu setzen, ohne daß zuvor unsere Formalitäten erfüllt worden sind und ich Ihnen einige Fragen gestellt habe . . . Ich bitte Sie, gewissermaßen als Zeuge zu antworten. Einen Mann wie Sie, glaube ich, brauche ich nicht erst darauf aufmerksam zu machen, daß der Eid, die ganze Wahrheit zu sagen, hier nicht nur einen Appell an Ihr Gewissen bedeutet, sondern auch eine Notwendigkeit für die Klärung Ihrer Situation, die für ein paar Augenblicke zweideutig ist. Die Wahrheit vermag nichts wider Sie, wie auch immer sie laute; aber eine Lüge würde Sie vors Schwurgericht bringen, und ich wäre gezwungen, Sie in die Conciergerie zurückführen zu lassen. Wenn Sie mir jedoch meine Fragen offen beantworten, dann schlafen Sie heute abend in Ihrem Hause, und Sie sind rehabilitiert, wenn die Zeitungen die Nachricht veröffentlichen: Monsieur de Rubempré, der gestern in Fontainebleau verhaftet wurde, ist auf der Stelle nach einem sehr kurzen Verhör wieder entlassen worden.«

Diese Rede machte auf Lucien lebhaften Eindruck, und als der Richter die Bereitschaft seines Untersuchungsgefangenen sah, fügte er hinzu:

»Ich wiederhole es Ihnen, Sie standen im Verdacht der Mitschuld an einem Morde, nämlich der Vergiftung der Demoiselle Esther; wir haben den Beweis für ihren Selbstmord, und alles ist in Ordnung; nun aber ist eine Summe von siebenhundertfünfzigtausend Francs entwendet worden, die zum Nachlaß gehört, und Sie sind der Erbe: da liegt also unglücklicherweise ein Verbrechen vor. Jenes Verbrechen ist vor der Auffindung des Testaments begangen worden. Nun aber hat die Justiz Gründe zu der Annahme, daß eine Persönlichkeit, die Sie geliebt hat, und zwar ebenso sehr wie jene Demoiselle Esther Sie liebte, sich dieses Verbrechen zu Ihren Gunsten herausgenommen hat ... Unterbrechen Sie mich nicht«, sagte Camusot und erlegte Lucien, der reden wollte, durch eine Handbewegung Schweigen auf, »ich verhöre Sie noch nicht. Ich will Ihnen nur begreiflich machen, wie sehr Ihre Ehre von dieser Frage berührt wird. Lassen Sie den falschen, den elenden Ehrenstandpunkt fallen, der Komplicen untereinander verbindet, und sagen Sie die ganze Wahrheit.«

Man dürfte bereits gemerkt haben, wie ungleich die Waffen in diesem Kampf zwischen den Untersuchungsgefangenen und den Untersuchungsrichtern verteilt sind. Sicherlich hat ein geschickt gehandhabtes Leugnen das Absolute seiner Form für sich und genügt für die Verteidigung des Verbrechers; aber es ist gewissermaßen ein Rüstzeug, das seinen Träger zermalmt, wenn das Stilett des Verhörs eine Lücke darin findet. Sowie das Leugnen gewissen offenkundigen Tatsachen gegenüber versagt, ist der Untersuchungsgefangene dem Richter gänzlich ausgeliefert. Man stelle sich jetzt einen Halbschuldigen wie Lucien vor; würde er aus dem ersten Schiffbruch seiner Ehrenhaftigkeit gerettet, so könnte er sich bessern und seinem Lande nützlich werden: in den Fallen eines Verhörs jedoch kommt er um. Der Richter redigiert danach dann ein sehr trockenes Protokoll, eine getreue Analyse der Fragen und Antworten; aber von seinen heimtückisch väterlichen Reden, von seinen verfänglichen Ermahnungen – gleich dieser hier – ist darin nichts enthalten. Die Richter der höheren Gerichtsbarkeit und die Geschworenen sehen also nur die Resultate, ohne die Wege zu kennen, die zu ihnen führten. Daher wäre, wie einige treffliche Köpfe meinen, auch das Geschworenenkollegium ausgezeichnet für die Untersuchung geeignet, die es ja auch in England tatsächlich führt. In Frankreich war dieses System ebenfalls eine Zeitlang üblich. Unter dem Gesetzbuch vom Brumaire des Jahres IV wurde diese Jury im Gegensatz zur Urteilsjury als die Anklagejury bezeichnet. Was den eigentlichen Prozeß angeht, so müßte dieser, wenn wieder auf die Anklagejury zurückgegriffen würde, an den Königlichen Gerichtshof fallen, bei denen dann keine Geschworenen mitzuwirken hätten.

»Also«, sagte Camusot nach einer Pause, »wie heißen Sie? – Achtung, Herr Coquart«, fügte er für den Kanzlisten hinzu. – »Lucien Chardon de Rubempré.« – »Wo sind Sie geboren?« – »In Angoulême . . .« Und Lucien gab Tag, Monat und Jahr an. – »Ein väterliches Erbteil ist Ihnen nicht zugefallen?« – »Nein.« – »Dennoch haben Sie während eines ersten Aufenthalts in Paris im Vergleich zu Ihrem geringen Vermögen sehr beträchtliche Ausgaben gemacht.« – »Ja; aber zu jener Zeit hatte ich in Mademoiselle Coralie eine zu jeder Aufopferung bereite Freundin, die zu verlieren ich das Unglück hatte. Der Schmerz über diesen Tod hat mich in meine Heimat zurückgetrieben.« – »Gut«, sagte Camusot, »ich lobe Ihre Offenheit, wir werden sie zu würdigen wissen.« Lucien war, wie man sieht, auf dem Weg zu einer Generalbeichte.

»Sie haben seit Ihrer Rückkehr aus Angoulême in Paris noch sehr viel beträchtlichere Aufwendungen gemacht«, fuhr Camusot fort, »Sie haben gelebt wie ein Mann, der etwa sechzigtausend Francs Renten hat.« – »Ja.« – »Wer hat Ihnen das Geld dazu geliefert?« – »Mein Gönner, der Abbé Carlos Herrera.« – »Wo haben Sie den kennengelernt?« – »Ich bin ihm auf der Landstraße begegnet, und zwar in einem Augenblick, da ich mich des Lebens durch Selbstmord entledigen wollte . . .« – »Hatten Sie in Ihrer Familie, etwa durch Ihre Mutter, nie von ihm gehört?« – »Nie.« – »Hat Ihre Mutter Ihnen nie erzählt, daß sie dem Spanier einmal begegnet sei?« – »Nie.« – »Können Sie sich entsinnen, in welchem Jahr und welchem Monat Sie die Bekanntschaft der Demoiselle Esther machten?« – »Es war Ende 1823, in einem kleinen Boulevardtheater.« – »Sie hat Sie zunächst Geld gekostet?« – »Ja.« – »Sie haben letzthin in der Absicht, Mademoiselle de Grandlieu zu heiraten, die Überreste des Schlosses

Rubempré gekauft; Sie haben noch für eine Million Ländereien hinzuerworben, Sie haben der Familie Grandlieu gesagt, Ihre Schwester und Ihr Schwager hätten eine beträchtliche Erbschaft gemacht, und Sie verdankten ihrer Freigebigkeit diese Summen. Haben Sie der Familie Grandlieu das gesagt?« – »Ja.« – »Den Grund für den Abbruch Ihrer Verlobung kennen Sie nicht?« – »Nein.« – »Nun, die Familie Grandlieu hat einen der angesehensten Anwälte von Paris zu Ihrem Schwager geschickt, um Auskünfte einzuholen. In Angoulême hat der Anwalt durch das Geständnis eben Ihrer Schwester und Ihres Schwagers erfahren, daß sie Ihnen nicht nur sehr wenig geliehen haben, sondern daß auch die Erbschaft lediglich aus freilich bedeutenden Immobilien bestanden habe; die Summe der Kapitalien dagegen belaufe sich auf kaum zweihunderttausend Francs ... Sie dürften es nicht merkwürdig finden, daß eine Familie wie die Grandlieus vor einem Vermögen zurückscheut, dessen Ursprung sich nicht feststellen läßt ... Dahin hat eine Lüge Sie geführt ...«

Lucien erstarrte vor dieser Enthüllung zu Eis, und die geringe Geisteskraft, die er noch besaß, verließ ihn.

»Die Polizei und die Justiz erfahren alles, was sie erfahren wollen«, sagte Camusot, »bedenken Sie das wohl. Nun«, fuhr er fort, da ihm einfiel, daß Jacques Collin sich als Luciens Vater bezeichnet hatte, »wissen Sie, wer dieser angebliche Carlos Herrera ist?« – »Ja, aber ich habe es zu spät erfahren.« – »Wieso zu spät? Drücken Sie sich deutlicher aus.« – »Er ist kein Priester, er ist kein Spanier, er ist ...« – »Ein entsprungener Sträfling?« fragte der Richter lebhaft. – »Ja«, antwortete Lucien. »Als mir dies verhängnisvolle Geheimnis enthüllt wurde, stand ich schon in seiner Schuld; ich hatte geglaubt, ich schlösse mich einem ehrwürdigen Geistlichen an ...« – »Jacques Collin ...« – begann der Richter einen Satz. – »Ja, Jacques Collin«, wiederholte Lucien, »so heißt er.« – »Gut. Jacques Collin«, fuhr Herr Camusot fort, »ist vorhin von jemandem wiedererkannt worden, und wenn er seine Identität noch leugnet, so geschieht es, glaube ich, in Ihrem Interesse. Aber ich habe Sie lediglich gefragt, ob Sie wüßten, wer dieser Mensch sei, um einen weiteren Betrug Jacques Collins aufzudecken.«

Lucien fühlte, als er diese beängstigende Bemerkung hörte,

sofort etwas wie ein rotglühendes Eisen in seinen Eingeweiden.

»Sie wissen wohl nicht«, fuhr der Richter fort, »daß er sich, um die ungewöhnliche Zuneigung, die er für Sie hegt, zu erklären, als Ihren Vater ausgibt?« – »Er? Mein Vater...? Oh! das hat er gesagt?« – »Haben Sie einen Verdacht, woher die Summen kamen, die er Ihnen einhändigte? Denn wenn man dem Brief, den Sie in der Hand halten, glauben darf, hätte Ihnen die Demoiselle Esther, das arme Mädchen, später dieselben Gefälligkeiten erwiesen wie früher die Demoiselle Coralie; aber Sie haben, wie Sie selber soeben gesagt haben, ein paar Jahre hindurch gelebt, und zwar großartig gelebt, ohne etwas von ihr zu erhalten.« – »Ich muß Sie bitten, mir zu sagen«, rief Lucien, »woher Sträflinge Geld nehmen...! Ein Jacques Collin mein Vater...! Oh, meine arme Mutter...!« Und er brach in Tränen aus.

»Kanzlist, lesen Sie dem Untersuchungsgefangenen die Stelle aus dem Verhör des angeblichen Carlos Herrera vor, an der er sich als den Vater Lucien de Rubemprés bezeichnet.« – Der Dichter hörte der Vorlesung in einem Schweigen und in einer Haltung zu, die mit anzusehen schmerzlich war.

»Ich bin verloren!« rief er aus. – »Man verliert sich nicht auf dem Wege der Ehre und Wahrheit«, sagte der Richter. – »Aber werden Sie Jacques Collin jetzt vor das Schwurgericht bringen?« fragte Lucien. – »Freilich«, sagte Camusot, der Lucien noch weiter zum Reden bringen wollte. »Führen Sie Ihren Gedanken zu Ende.«

Aber trotz der Bemühungen und Ermahnungen des Richters antwortete Lucien nicht mehr. Die Besinnung war zu spät gekommen, wie sie bei allen Männern zu spät kommt, die Sklaven ihrer Empfindungen sind. Darin besteht der Unterschied zwischen einem Dichter und einem Tatmenschen: der eine überläßt sich dem Gefühl, um es in lebendigen Bildern darzustellen, und er urteilt erst nachher; der andere fühlt und urteilt gleichzeitig. Lucien stand finster und blaß da; er sah sich auf dem Boden des Abgrundes liegen, in den der Untersuchungsrichter ihn gestürzt hatte, da er, der Dichter, sich von dessen Gutmütigkeit hatte fangen lassen. Er hatte nicht nur seinen Wohltäter, sondern auch seinen Mitschuldigen verraten, der seinerseits ihrer beider Stellung mit Löwenmut und mit lückenloser Geschicklichkeit verteidigt hatte. Da, wo Jacques Collin durch seine Verwegenheit alles gerettet, hatte Lucien, der Geistesmensch, durch seine Verständnislosigkeit und seinen Mangel an Überlegung alles zugrunde gerichtet. Die gemeine Lüge, die ihn entrüstete, hatte eine noch gemeinere Wahrheit verhüllt. Verwirrt durch den Scharfblick des Richters, entsetzt ob dessen grausamer Gewandtheit, ob der Geschwindigkeit der Hiebe, die jener dadurch gegen ihn geführt hatte, daß er sich der Fehltritte seines ans Licht gezerrten Lebens wie einer Sonde bediente, mit der er sein Gewissen durchforschte, glich Lucien dem Tier, das das Schlagbeil des Schlachthauses gefehlt hat. Als er dies Amtszimmer betreten hatte, war er frei und unschuldig gewesen; jetzt stand er auf Grund seiner eigenen Geständnisse als Verbrecher da. Schließlich hatte der Richter ihn – ein letzter ernsthafter Scherz – noch ruhig und kühl darauf hingewiesen, daß seine Enthüllungen das Ergebnis eines Irrtums seien. Camusot hatte einzig an die Vaterschaft gedacht, die Jacques Collin sich zugeschrieben hatte, wogegen Lucien, ganz beherrscht von der Angst, seine Verbindung mit einem entsprungenen Sträfling könne der Öffentlichkeit bekannt werden, die berühmte Unachtsamkeit der Mörder des Ibykus nachgeahmt hatte.

Es gereicht Royer-Collard[58] zum Ruhm, daß er den beständigen Triumph der natürlichen Gefühle über die aufgezwungenen Empfindungen verkündete; er vertrat die Sache der Eidespriorität, indem er behauptete, daß zum Beispiel das Gesetz der Gastfreundschaft bis zu einem Grade bindend sei, der den Gerichtseid aufhebe. Er hat diese Theorie der ganzen Welt und den französischen Gerichten gegenüber bekannt; er hat mutig die Verschwörer gerühmt, er hat gezeigt, daß es menschlich ist, eher den Gesetzen der Freundschaft zu gehorchen, als den tyrannischen Satzungen, die für diese oder jene Gelegenheit aus der Rüstkammer der Gesellschaft hervorgeholt werden. Kurzum, das Naturrecht kennt Gesetze, die niemals verkündet worden und die dennoch wirksamer und besser bekannt sind als die von der Gesellschaft erfundenen. Lucien hatte, und zwar zu seinem Schaden, das Gesetz der Solidarität verkannt, das ihn verpflichtet hätte, zu schweigen und Jacques Collin sich verteidigen zu lassen; mehr noch, er hatte ihn belastet! In seinem eigenen Interesse hätte dieser Mensch für ihn immer Carlos Herrera bleiben müssen.

Camusot genoß seinen Triumph, er hielt zwei Schuldige gefangen: er hatte einen der Lieblinge der Mode mit der Hand der Justiz zu Boden geschlagen und den unauffindbaren Jacques Collin aufgestöbert. Jetzt mußte er als einer der geschicktesten Untersuchungsrichter anerkannt werden. Daher ließ er seinen Untersuchungsgefangenen denn auch in Ruhe; aber er beobachtete eingehend dies bestürzte Schweigen; er sah, wie die Schweißtropfen auf diesem fassungslosen Gesicht anwuchsen, immer größer wurden, anschwollen und sich schließlich mit zwei Tränenbächen mischten und niedertropften.

»Weshalb weinen, Monsieur de Rubempré? Sie sind, wie ich schon sagte, der Erbe der Mademoiselle Esther, die weder Nebenerben noch direkte Erben hinterlassen hat und deren Nachlaß sich auf nahezu acht Millionen beläuft, wenn die vermißten siebenhundertfünfzigtausend Francs sich wiederfinden.«

Das war für den Schuldigen der letzte Schlag. Zehn Minuten lang Haltung, wie Jacques Collin auf seinen Zettel geschrieben hatte, und Lucien hätte das Ziel all seiner Wünsche erreicht! Er hätte sich mit Jacques Collin auseinandergesetzt, sich von ihm getrennt, wäre reich gewesen und hätte Mademoiselle de Grandlieu geheiratet. Nichts spricht beredter als diese Szene für die Macht, die die Untersuchungsrichter durch die Isolierung und Trennung der Angeschuldigten in Händen haben, und für den Wert einer Mitteilung, wie es die Asias an Jacques Collin war.

»Ach, Herr Richter«, erwiderte Lucien mit der Bitterkeit und der Ironie eines Mannes, der sich aus seinem Unglück ein Piedestal erschafft, »wie richtig ist es, wenn es in Ihrer Ausdrucksweise heißt: ein Verhör erleiden ...! Zwischen der körperlichen Folter von ehedem und der moralischen Folter von heute würde ich für mein Teil niemals schwanken; ich würde die Leiden vorziehen, die einem früher der Henker zufügte ... Was wollen Sie noch von mir?« fuhr er voller Stolz fort. – »Hier, Monsieur«, sagte der Richter, der jetzt als Antwort auf den Hochmut des Dichters heimtückisch dünkelhaft wurde, »habe nur ich das Recht, Fragen zu stellen.« – »Ich habe das Recht gehabt, keine Antwort zu geben«, flüsterte der arme Lucien, denn inzwischen war ihm der Verstand in seiner ganzen Klarheit wieder zuteil geworden.

»Kanzlist, lesen Sie dem Untersuchungsgefangenen sein Verhör vor ...« – Ich bin wieder zum Untersuchungsgefangenen geworden! sagte sich Lucien.

Während der Schreiber vorlas, faßte Lucien einen Entschluß, der ihn zwang, Camusot zu schmeicheln. Als das Murmeln der Stimme Coquarts verstummte, widerfuhr dem Dichter das Zusammenzucken eines Mannes, der bei einem Geräusch schläft, an das seine Sinne sich gewöhnt haben, und den dessen Verstummen aufweckt.

»Sie haben das Protokoll Ihres Verhörs zu unterschreiben«, sagte der Richter. – »Und setzen Sie mich dann in Freiheit?« fragte Lucien, der jetzt seinerseits ironisch wurde. – »Noch nicht«, sagte Camusot; »aber morgen nach Ihrer Konfrontierung mit Jacques Collin werden Sie sicherlich freigelassen werden. Die Justiz muß jetzt untersuchen, ob Sie an den Verbrechen, die dieses Individuum seit seinem Ausbruch im Jahre 1820 begangen hat, mitschuldig sind oder nicht. Freilich sind Sie nicht mehr im strengen Gewahrsam. Ich will dem Direktor schreiben, er solle Sie im besten Zimmer der ›Pistole‹ unterbringen.« – »Finde ich dort Schreibmaterial vor?« – »Sie bekommen dort alles, was Sie verlangen; ich lasse den Befehl durch den Gerichtsdiener übermitteln, der Sie führt.«

Lucien unterschrieb mechanisch das Protokoll und setzte seinen Namenszug unter die Randbemerkungen, wobei er mit der Sanftmut des ergebenen Opfers den Anweisungen Coquarts gehorchte. Eine kleine Einzelheit wird mehr über seinen Zustand aussagen, als es die genaueste Schilderung zu tun vermöchte. Die Aussicht auf seine Konfrontierung mit Jacques Collin hatte die Schweißtropfen auf seinem Gesicht getrocknet, und seine brennenden Augen schimmerten in unerträglichem Glanz. Kurz, er wurde in einem blitzschnellen Augenblick das, was Jacques Collin war: ein Mensch aus Bronze.

Bei Leuten, deren Charakter demjenigen Luciens gleicht und die Jacques Collin so treffend analysiert hatte, sind solcherlei plötzliche Übergänge aus einem Zustand völliger Demoralisation in einen gewissermaßen metallischen – so sehr spannen sich die menschlichen Kräfte an – die hervorstechendsten Erscheinungen ihres Innenlebens. Der Wille kehrt zurück wie das versiegte Wasser einer Quelle; er strömt in den Apparat hinein, der für das Spiel der unbekannten Materie, aus dem er besteht, vorbereitet worden ist; und dann wird der Leichnam zum Menschen, und der Mensch stürzt sich voll Kraft in letzte Kämpfe.

Lucien legte Esthers Brief mitsamt dem Bildnis, das sie ihm geschickt hatte, aufs Herz. Dann grüßte er Camusot geringschätzig und ging zwischen zwei Gendarmen festen Schrittes durch die Korridore.

»Das ist ein abgründiger Halunke!« sagte der Richter zu seinem Kanzlisten, um sich für die zermalmende Verachtung zu rächen, die der Dichter ihm bezeigt hatte. »Er hat sich zu retten geglaubt, indem er seinen Komplicen preisgab.« – »Von den beiden«, sagte Coquart schüchtern, »ist der Sträfling der Stärkere ...«

»Ich gebe Ihnen für heute frei, Coquart«, sagte der Richter. »Es ist wohl jetzt genug. Schicken Sie die Leute, die draußen warten, weg und bestellen Sie sie für morgen wieder. Ja, gehen Sie gleich mal zum Herrn Generalstaatsanwalt und sehen Sie nach, ob er noch in seinem Zimmer ist; wenn ja, bitten Sie ihn um einen Augenblick Gehör für mich. Oh, er wird noch da sein«, fuhr er nach einem Blick auf eine scheußliche, grüngestrichene und mit vergoldeten Leisten versehene Holzuhr fort. »Es ist ein Viertel nach drei.«

Dergleichen Verhöre, die sich so schnell lesen, müssen in Fragen und Antworten vollständig niedergeschrieben werden und beanspruchen deshalb ungeheuer viel Zeit. Das ist einer der Gründe für die Langsamkeit aller Kriminaluntersuchungen und die lange Dauer der Untersuchungshaft. Für die kleinen Leute bedeutet das den Ruin; für die Reichen die Schande; denn für die letzteren kann nur eine sofortige Freilassung das Unheil einer Verhaftung wieder gutmachen, soweit es sich überhaupt wieder gutmachen läßt. So hatten denn die beiden Szenen, die soeben getreulich wiedergegeben worden sind, die ganze Zeit in Anspruch genommen, die Asia gebraucht hatte, um die Befehle ihres Herrn und Meisters zu entziffern, eine Herzogin aus ihrem Boudoir hervorzulocken und Madame de Sérisy Mut einzuflößen.

Camusot, der aus seiner Geschicklichkeit Vorteile zu ziehen

gedachte, nahm die beiden Protokolle, las sie noch einmal durch und beschloß, sie dem Generalstaatsanwalt vorzulegen und ihn um seine Meinung zu befragen. Während der Überlegung, der er sich hingab, kam sein Gerichtsdiener zurück und sagte ihm, der Diener der Frau Gräfin de Sérisy wolle ihn unbedingt sprechen. Auf einen Wink Camusots trat ein Diener ein, der gekleidet war wie ein Herr, sah abwechselnd auf den Gerichtsdiener und den Richter und fragte: »Ich habe doch die Ehre, mit Monsieur Camusot . . .?« – »Ja«, antworteten Richter wie Gerichtsdiener.

Camusot nahm einen Brief, den der Bedienstete ihm reichte, und las folgendes:

Im Zusammenhang mit vielen Dingen, die Ihnen begreiflich sein werden, mein lieber Camusot, dürfen Sie Monsieur de Rubempré nicht verhören; wir bringen Ihnen die Beweise für seine Unschuld, damit er sofort freigelassen werde.

D. de Maufrigneuse. L. de Sérisy

P. S. Verbrennen Sie diesen Brief.

Camusot erkannte, daß er einen ungeheuren Fehler begangen habe, indem er Lucien Fallen stellte, und gehorchte zunächst einmal den beiden großen Damen: er steckte eine Kerze an und verbrannte den von der Herzogin geschriebenen Brief. Der Diener verbeugte sich ehrfurchtsvoll. – »Madame de Sérisy wird also hierher kommen?« fragte Camusot. – »Es wurde angespannt«, versetzte der Diener.

In diesem Augenblick meldete Coquart Camusot, daß der Generalstaatsanwalt ihn erwarte.

Unter der Last des Fehlers, den er um der Justiz willen wider seinen eigenen Vorteil begangen hatte, wollte sich der Richter, bei dem sieben Jahre der Übung jene Schlauheit entwickelt hatten, mit der jeder bewehrt ist, der sich während seines Rechtsstudiums mit Grisetten gemessen hat, Waffen gegen den Groll der beiden großen Damen verschaffen. Die Kerze, an der er den Brief verbrannt hatte, war noch nicht ausgeblasen, und also bediente er sich ihrer, um die dreißig Briefe der Herzogin von Maufrigneuse an Lucien und die ziemlich umfangreiche Korrespondenz der Madame de Sérisy zu versiegeln. Dann begab er sich zu dem Generalstaatsanwalt.

Der Justizpalast ist ein wirrer Haufe übereinandergetürmter Bauwerke, von denen die einen voll Größe sind, die anderen aber kümmerlich; durch den Mangel an Einheitlichkeit schaden sie sich gegenseitig. Die Salle des Pas-Perdus ist der größte aller bekannten Säle; aber seine Kahlheit stößt ab und entsetzt das Auge. Diese ungeheure Kathedrale der Rechtsverdrehung lastet erdrückend auf dem Königlichen Gerichtshof. Schließlich führt auch noch die Galerie Marchand zu zwei Kloaken. In jener Galerie gewahrt man eine Doppeltreppe, die ein wenig größer ist als die des Polizeigerichts; unter ihr tut sich eine große, zweiflüglige Tür auf. Die Treppe führt zum Schwurgericht, und die Tür darunter zu einem zweiten Schwurgerichtssaal. Es gibt Jahre, in denen die im Seine-Département begangenen Verbrechen zwei Gerichtsverhandlungen gleichzeitig erforderlich machen. Dort unten befinden sich auch die Räumlichkeiten des Generalstaatsanwalts, die Anwaltskammer, die Bibliothek der Anwälte, die Zimmer der Staatsanwälte beim oberen Gericht sowie die der Vertreter des Generalstaatsanwalts. Alle diese Lokalitäten - denn man muß sie doch unter einem Sammelnamen zusammenfassen – stehen durch kleine Wendeltreppen und durch düstere Gänge miteinander in Verbindung, welche für die Architektur an sich, für die der Stadt Paris und die Frankreichs eine Schmach sind. In seiner Inneneinrichtung übertrifft der erste unserer Gerichtshöfe die Gefängnisse an der diesen eigenen Scheußlichkeit. Der Sittenschilderer muß vor der Notwendigkeit zurückschrekken, den elenden, ein Meter breiten Gang zu beschreiben, in dem sich die Zeugen für das oberste Schwurgericht aufhalten. Was den Ofen angeht, der dazu dient, den Sitzungssaal zu heizen, so würde er einem Café des Boulevard Montparnasse Unehre machen.

Das Arbeitszimmer des Generalstaatsanwalts ist in einem achteckigen Pavillon untergebracht, der die Galerie Marchande flankiert und der – gemessen am Alter des Palastes – erst kürzlich vom Gebiet des Gefängnishofs neben der Frauenabteilung abgetrennt worden ist. Dieser ganze Teil des Justizpalastes liegt im Schatten des hohen, prachtvollen Baus der Sainte-Chapelle. Daher ist es dort düster und still.

Monsieur de Granville, dieser würdige Nachfolger der großen

Richter des alten Parlamentsgerichts, hatte den Palast nicht verlassen wollen, ohne daß in Luciens Angelegenheit eine Lösung eingetreten wäre. Er erwartete Nachricht von Camusot, und die Botschaft des Richters tauchte ihn in jene unwillkürliche Träumerei, die die Erwartung auch bei den äußerst gefestigten Geistern hervorzurufen vermag. Er hatte in der Fensternische seines Arbeitszimmers gesessen; jetzt stand er auf und begann hin und her zu gehen, denn er hatte Camusot am Morgen, als er sich ihm in den Weg gestellt, wenig verständnisvoll gefunden; er verspürte eine unbestimmte Unruhe, er litt. Der Grund dafür war der folgende: Die Würde seines Amtes erlaubte ihm nicht, die absolute Unabhängigkeit des ihm untergeordneten Richters zu verletzen, und dabei handelte es sich in diesem Prozeß um die Ehre und das Ansehen seines besten Freundes, eines seiner wärmsten Fürsprecher, des Staatsministers Graf de Sérisy, Mitglieds des Geheimen Rats, Vizepräsidenten des Staatsrats, des künftigen Kanzlers von Frankreich, falls der edle Greis, der dieses erhabene Amt[59] gegenwärtig innehatte, sterben sollte. Monsieur de Sérisy hatte das Unglück, seine Frau trotz alledem sehr lieb zu haben; er deckte sie stets mit seinem persönlichen Ansehen. Nun erriet der Generalstaatsanwalt nur zu gut, welches furchtbare Aufsehen in der Gesellschaft und bei Hofe die Schuldhaftigkeit eines Mannes erregen mußte, dessen Name so oft boshaft zusammen mit dem der Gräfin genannt worden war.

Ach! sagte er sich und kreuzte die Arme, ehemals besaß die königliche Macht die Möglichkeit, eine höhere Instanz eingreifen zu lassen . . . Unsere Gleichheitsmanie wird diese Zeit zugrunde richten . . .

Dieser würdige Beamte wußte um die fortreißende Kraft und das Unselige ungesetzlicher Liebesbindungen. Esther und Lucien hatten, wie man weiß, die Wohnung gemietet, in der der Graf de Granville heimlich mit Mademoiselle Bellefeuille wie in einer Ehe zusammengelebt hatte und aus der sie eines Tages, entführt von einem Elenden, entflohen war (siehe: ›Eine doppelte Ehe‹ in den ›Szenen aus dem Privatleben‹).

In dem Augenblick, da der Generalstaatsanwalt sich sagte: Camusot wird uns sicher irgend etwas Dummes angerichtet haben! pochte der Untersuchungsrichter zweimal an die Tür des Amtszimmers. »Nun, mein lieber Camusot, wie steht es mit der Angelegenheit, von der ich heute morgen mit Ihnen gesprochen habe?« – »Schlecht, Herr Graf; lesen Sie und urteilen Sie selber . . .«

Er reichte die beiden Protokolle Granville hin, der sein Lorgnon nahm, in die Fensternische trat und las. Es war eine hastige Lektüre. »Sie haben Ihre Pflicht getan«, sagte der Generalstaatsanwalt mit bewegter Stimme. »Es ist alles getan worden, die Gerechtigkeit kann ihren Lauf nehmen . . . Sie haben zuviel Geschicklichkeit bewiesen, als daß man sich je eines Untersuchungsrichters, wie Sie es sind, berauben könnte . . .«

Hätte Monsieur de Granville zu Camusot gesagt: Sie werden Ihr Leben lang Untersuchungsrichter bleiben! so hätte er sich nicht unmißverständlicher ausgedrückt als durch jenes Kompliment. Camusot wurde es im Innersten kalt.

»Die Frau Herzogin von Maufrigneuse, der ich viel verdanke, hatte mich gebeten . . .« – »Ah, die Herzogin von Maufrigneuse, das ist die Freundin der Madame de Sérisy«, unterbrach Granville den Richter; »freilich . . . Sie haben, wie ich sehe, keiner Beeinflussung nachgegeben. Daran haben Sie wohlgetan; Sie werden ein großer Richter werden.«

In diesem Augenblick öffnete der Graf Octave de Bauvan ohne anzuklopfen die Tür und sagte zum Grafen de Granville: »Mein Lieber, ich bringe dir hier eine hübsche Frau, die nicht wußte, wohin sie sich wenden sollte; sie war drauf und dran, sich in unserm Labyrinth zu verlaufen.« Und der Graf Octave hielt die Gräfin de Sérisy an der Hand, die seit einer Viertelstunde im Justizpalast umherirrte. – »Sie hier, Madame?« rief der Generalstaatsanwalt und rückte ihr seinen eigenen Stuhl hin, »und in welchem Augenblick . . .! Dies ist Monsieur Camusot«, fügte er hinzu, auf den Richter deutend. »Bauvan«, fuhr er fort und wandte sich diesmal an den berühmten Ministerialredner der Restaurationszeit, »erwarte mich beim Ersten Präsidenten, er ist noch da. Ich treffe dich dort wieder.« Der Graf Octave de Bauvan durchschaute nicht nur, daß er überflüssig sei, sondern auch, daß der Generalstaatsanwalt einen Grund haben wolle, sein Zimmer zu verlassen.

Madame de Sérisy hatte nicht den Fehler begangen, in ihrem

prachtvollen, blauen wappengeschmückten Coupé mit dem betreßten Kutscher und den beiden Dienern in weißseidener Hose und gleichen Strümpfen in den Justizpalast zu kommen. Beim Aufbrechen hatte Asia den beiden großen Damen begreiflich gemacht, wie notwendig es sei, daß sie die Droschke nähmen, in der sie mit der Herzogin gekommen war, schließlich hatte sie der Geliebten Luciens auch jene Toilette aufgezwungen, die für die Frauen ist, was ehemals der mauerfarbene Mantel für die Männer war. Die Gräfin trug einen braunen Mantel, einen alten schwarzen Schal und einen Samthut, dessen Blumen abgerissen und durch einen sehr dichten, schwarzen Schleier ersetzt worden waren.

»Haben Sie unsern Brief erhalten . . .?« fragte sie Camusot, dessen stumpfsinnige Miene sie für einen Beweis bewundernder Achtung hielt. – »Leider zu spät, Frau Gräfin«, erwiderte der Richter, der Takt und Geist nur in seinem Zimmer den Untersuchungsgefangenen gegenüber aufbrachte. – »Wieso zu spät . . .?« Sie schaute Granville an und sah die Betroffenheit seines Gesichts. »Es kann, es darf noch nicht zu spät sein«, fügte sie mit dem Tonfall einer Despotin hinzu.

Die Frauen, die hübschen Frauen in der Stellung der Madame de Sérisy sind die verzogenen Kinder der französischen Kultur. Wenn die Frauen anderer Länder wüßten, was in Paris eine elegante, reiche Frau mit einem Adelstitel bedeutet, würden sie alle nichts im Kopf haben, als herzukommen und diese herrliche Königswürde zu genießen. Die Frauen, die sich einzig den Fesseln der Schicklichkeit fügen, jener Sammlung kleiner Verhaltungsregeln, die wir in der ›Menschlichen Komödie‹ schon oft genug das weibliche Gesetzbuch genannt haben, lachen über die von den Männern geschaffenen Gesetze. Sie sagen alles, sie weichen vor keinem Fehler, vor keiner Dummheit zurück; denn sie haben alle bewundernswürdig begriffen, daß sie für nichts im Leben verantwortlich sind, außer für ihre weibliche Ehre und für ihre Kinder. Lachend sagen sie die größten Ungeheuerlichkeiten. Bei jeder Gelegenheit wiederholen sie den Ausspruch, den in den ersten Tagen ihrer Ehe die hübsche Madame de Bauvan getan, als sie ihren Mann im Justizpalast abholen kam: »Sprich schnell das Urteil und komm!«

»Madame«, sagte der Generalstaatsanwalt, »Lucien de Rubempré ist weder eines Diebstahls noch eines Giftmordes schuldig; aber Monsieur Camusot hat ihn zum Eingestehen eines weit ärgeren Verbrechens gebracht . . .« – »Welches?« fragte sie. – »Er hat zugegeben«, flüsterte der Generalstaatsanwalt ihr zu, »daß er der Freund, der Schüler eines entsprungenen Sträflings war. Der Abbé Carlos Herrera, jener Spanier, der seit etwa sieben Jahren mit ihm zusammenlebte, soll unser berüchtigter Jacques Collin sein . . .«

Madame de Sérisy empfand die Worte des Richters wie Schläge mit einer Eisenstange; dieser berühmte Name jedoch gab ihr den Gnadenstoß. »Und die Moral von alledem . . .?« fragte sie mit einer Stimme, die nur noch ein Hauch war. – »Ist«, antwortete Granville und setzte damit den Satz der Gräfin leise fort, »daß der Verbrecher vors Schwurgericht gestellt wird; und wenn Lucien dort nicht an seiner Seite steht, weil er wissentlich aus den Verbrechen dieses Menschen Nutzen gezogen hat, wird er als schwer kompromittierter Zeuge erscheinen müssen . . .« – »Ah, das niemals . . .!« rief sie laut mit unglaublicher Festigkeit. »Was mich angeht, so würde ich nicht schwanken zwischen dem Tod und der Aussicht, einen Mann, den die Welt als meinen besten Freund angesehen hat, vor Gericht zum Kameraden eines Sträflings stempeln zu lassen . . . Der König schätzt meinen Gatten sehr . . .« – »Madame«, sagte der Generalstaatsanwalt lächelnd und mit lauter Stimme, »der König hat nicht die geringste Macht über den kleinsten Untersuchungsrichter seines Reiches oder über die Verhandlungen eines Schwurgerichts. Darin liegt die Größe unserer neuen Einrichtungen. Ich selber habe eben Monsieur Camusot zu seiner Geschicklichkeit beglückwünscht . . .« – »Zu seiner Ungeschicklichkeit«, verbesserte die Gräfin lebhaft; denn Luciens Verkehr mit einem Banditen machte ihr weit weniger Sorge als seine Beziehungen zu Esther. – »Wenn Sie die Verhöre läsen, denen Monsieur Camusot die beiden Untersuchungsgefangenen unterworfen hat, würden Sie sehen, daß alles von ihm abhängt . . .«

Nach diesem Satz, dem einzigen, den der Generalstaatsanwalt sich erlauben durfte, und nach einem Blick von einer gleichsam weiblichen oder, wenn man will, juristischen Abgefeimtheit ging er zur Tür seines Zimmers; auf der Schwelle wandte er sich um und sagte noch: »Entschuldigen Sie mich, ich habe Bauvan noch ein paar Worte zu sagen.« Das hieß für die Gräfin in der Sprache der Gesellschaft: Ich darf bei dem, was zwischen Ihnen und Camusot jetzt vorgeht, nicht Zeuge sein.

»Was für Verhöre sind denn das«? fragte Léontine freundlich Camusot; er stand wie ein armer Sünder vor der Frau einer der höchsten Persönlichkeiten im Staat. »Madame«, antwortete Camusot, »ein Kanzlist schreibt die Fragen des Richters und die Antworten des Untersuchungsgefangenen auf; das Protokoll wird von dem Kanzlisten, dem Richter und dem Untersuchungsgefangenen unterschrieben. Diese Protokolle bilden die Grundlage für das Verfahren, sie entscheiden darüber, ob die Anklage erhoben wird und die Angeklagten vor das Schwurgericht gestellt werden.« – »Also«, fuhr sie fort, »wenn man nun diese Verhöre unterschlüge ...?« – »Oh, das wäre ein Verbrechen, wie es kein Richter begehen kann; ein Verbrechen an der Gesellschaft!« – »Es ist ein noch größeres Verbrechen gegen mich, daß sie niedergeschrieben worden sind; aber augenblicklich bilden sie den einzigen Beweis für Luciens Schuld. Kommen Sie, lesen Sie mir sein Verhör vor, damit ich sehe, ob noch ein Mittel bleibt, uns alle zu retten. Mein Gott, es handelt sich nicht nur um mich, denn ich würde kaltblütig in den Tod gehen, es handelt sich auch um das Glück meines Mannes.« – »Madame«, sagte Camusot, »glauben Sie nicht etwa, daß ich vergessen hätte, welche Rücksicht ich Ihnen schulde. Wenn zum Beispiel Popinot mit dieser Untersuchung betraut worden wäre, so wären Sie noch viel unglücklicher geworden, als Sie es durch mich sind; denn er hätte nicht den Generalstaatsanwalt um Rat gefragt. Es wäre nichts bekannt geworden. Sehen Sie, es ist bei Monsieur Lucien alles beschlagnahmt worden, sogar Ihre Briefe ...« – »Oh, meine Briefe!« – »Hier sind sie, versiegelt«, sagte der Richter.

Die Gräfin schellte in ihrer Verwirrung, als sei sie daheim, und der Bürodiener des Generalstaatsanwalts trat ein. – »Licht«, sagte sie.

Der Diener steckte eine Kerze an und stellte sie auf den Kaminsims, während die Gräfin ihre Briefe durchsah, zählte, zerriß und in den Kamin warf. Dann entzündete die Gräfin diesen Papierhaufen; sie drehte den letzten Brief zusammen und benützte ihn als Fidibus. Camusot sah zu wie ein Tropf, während die Papierblätter aufflammten; er hielt seine beiden Protokolle nach wie vor in der Hand. Die Gräfin, die einzig damit beschäftigt schien, die Beweise ihrer Zärtlichkeit zu vernichten, beobachtete den Richter aus den Augenwinkeln heraus. Sie wartete ihren Augenblick ab; sie berechnete seine Bewegungen, langte dann mit Katzenbehendigkeit nach den beiden Protokollen und warf sie ins Feuer; aber Camusot riß sie wieder heraus, die Gräfin stürzte sich auf den Richter und ergriff die brennenden Papiere von neuem. Es folgte ein Kampf, während dessen Camusot rief: »Madame! Madame! Sie vergreifen sich an ... Madame!«

Ein Mann hastete ins Zimmer, und die Gräfin konnte einen Aufschrei nicht unterdrücken, als sie den Grafen de Sérisy erkannte, dem de Granville und de Bauvan folgten. Nichtsdestoweniger ließ Léontine, die Lucien um jeden Preis retten wollte, die furchtbaren amtlichen Papiere, die sie mit Zangenkraft festhielt, nicht los, obwohl die Flamme auf ihrer zarten Haut bereits Brandflecke hervorgerufen hatte. Schließlich schien Camusot, dessen Finger gleichfalls schon vom Feuer versehrt waren, sich dieser Situation zu schämen und gab die Papiere preis; es war nur noch das wenige von ihnen übrig, das die Hände der beiden Ringenden zusammengepreßt hatten und das Feuer nicht hatte erreichen können. Diese Szene hatte sich in weit kürzerer Zeit abgespielt, als man braucht, um den Bericht darüber zu lesen.

»Um was mag es sich zwischen Ihnen und meiner Frau gehandelt haben?« fragte der Staatsminister Camusot.

Ehe der Richter hatte antworten können, hielt die Gräfin die Papierfetzen an die Kerze und warf sie auf die Überreste ihrer Briefe, die das Feuer noch nicht völlig verzehrt hatte. – »Ich könnte«, sagte Camusot, »Klage gegen die Frau Gräfin erheben.« – »Und was hat sie getan?« fragte der Generalstaatsanwalt und schaute abwechselnd die Gräfin und den Richter an. – »Ich habe die Protokolle der Verhöre verbrannt«, antwortete lachend die elegante Frau, die über ihren Streich so glücklich war, daß sie ihre Brandwunden noch nicht spürte. »Wenn das ein Verbrechen ist, nun, dann kann der Herr ja seine abscheuliche Kritzelei von neuem beginnen.« – »Allerdings«, antwortete Camusot, der versuchte, seine Würde wiederzufinden.

»Na ja, dann steht ja alles zum besten«, sagte der Generalstaatsanwalt. »Aber, liebste Gräfin, Sie dürfen sich nicht oft den Richtern gegenüber solche Freiheiten erlauben; diese könnten sonst vergessen, wer Sie sind.« – »Monsieur Camusot hat tapfer einer Frau Widerstand geleistet, gegen die für gewöhnlich jeder Widerstand nutzlos ist: die Ehre der Robe ist gerettet!« sagte lachend der Graf de Bauvan. – »Sieh da, Camusot hat Widerstand geleistet . . .?« fragte lachend der Generalstaatsanwalt; »er ist tapfer, denn ich würde es nicht wagen, mich der Gräfin zu widersetzen.«

Im Handumdrehen war diese schwerwiegende Gewalttat zum Scherz einer hübschen Frau geworden, über den sogar Camusot lachen mußte.

Da jedoch erblickte der Generalstaatsanwalt einen Mann, der nicht lachte. Mit Recht erschreckt über die Haltung und den Gesichtsausdruck des Grafen de Sérisy nahm Granville ihn beiseite. »Lieber Freund«, sagte er leise zu ihm, »dein Schmerz bestimmt mich dazu, zum ersten- und letztenmal in meinem Leben mit meiner Pflicht einen Vergleich abzuschließen.«

Es schellte; sein Bürodiener kam. »Bitten Sie Monsieur de Chargeboeuf, zu mir zu kommen.« Chargeboeuf, ein junger, seine Probezeit absolvierender Advokat, war der Sekretär des Generalstaatsanwalts.

»Mein lieber Herr Untersuchungsrichter«, fuhr der Generalstaatsanwalt fort und zog Camusot in die Fensternische, »gehen Sie in Ihr Zimmer und stellen Sie mit einem Kanzlisten das Verhör des Abbé Carlos Herrera wieder her; da es nicht von ihm unterschrieben worden ist, kann es unbedenklich nochmals ausgefertigt werden. Morgen konfrontieren Sie diesen spanischen Diplomaten mit den Herren de Rastignac und Bianchon; beide werden in ihm unsern Jacques Collin nicht wiedererkennen. Wenn er seiner Freilassung sicher ist, wird dieser Mensch die Protokolle unterschreiben. Was nun Lucien de Rubempré betrifft, so setzen Sie ihn, noch bevor es Abend ist, in Freiheit; er wird schon nichts von dem Verhör sagen, dessen Protokoll beseitigt worden ist, zumal, wenn ich ihm eine Ermahnung zuteil werden lasse. Die ›Gazette des Tribunaux‹[60] wird dann morgen die sofortige Entlassung dieses jungen Herrn melden. Jetzt wollen wir sehen, ob die Gerechtigkeit unter diesen Maßnahmen leidet. Wenn der Spanier der Sträfling ist, verfügen wir über tausend Mittel, ihn von neuem zu fassen und ihm den Prozeß zu machen, denn wir werden uns auf diplomatischem Wege über seinen Lebenswandel in Spanien Aufklärung verschaffen; Corentin, der Chef der Geheimpolizei, wird ihn überwachen; übrigens werden auch wir ihn nicht aus den Augen verlieren; behandeln Sie ihn also gut: keinen strengen Gewahrsam mehr; lassen Sie ihn für diese Nacht in der ›Pistole‹ unterbringen ... Können wir den Grafen und die Gräfin de Sérisy und Lucien zugrunde richten, um eines noch obendrein hypothetischen Diebstahls von siebenhundertfünfzigtausend Francs willen, der zu Luciens Nachteil begangen worden sein muß? Ist es nicht besser, er verliert diese Summe, als daß er seinen guten Ruf einbüßt ...? Vor allem, weil er in seinen Sturz einen Staatsminister, dessen Frau und die Herzogin von Maufrigneuse hineinreißen würde ...? Dieser junge Mann ist eine Orange mit einem Fleck, machen Sie sie nicht ganz und gar faulig .. Das alles ist Sache einer halben Stunde. Gehen Sie, wir wollen auf Sie warten. Es ist halb vier, Sie werden noch Richter vorfinden; melden Sie mir, ob Sie einen Beschluß zur Einstellung des Verfahrens in aller Form durchsetzen können ... Sonst muß Lucien bis morgen früh warten.«

Camusot verbeugte sich und ging hinaus; aber Madame de Sérisy, die jetzt ihre Brandwunden lebhaft spürte, hatte seinen Gruß nicht erwidert. Monsieur de Sérisy, der plötzlich aus dem Zimmer geeilt war, während der Generalstaatsanwalt mit dem Richter sprach, kehrte mit einem kleinen Gefäß voll ungeschmolzenem Wachs zurück und verband seiner Frau die Hände, wobei er ihr zuflüsterte: »Léontine, wie konntest du hierher kommen, ohne mich zu benachrichtigen?« – »Armer lieber Freund«, antwortete sie ihm leise, »verzeih mir! Ich scheine wahnsinnig zu sein, aber es handelte sich ebenso sehr um dich wie um mich.« – »Liebe den jungen Mann, wenn das Schicksal es so will, aber zeige deine Leidenschaft nicht jedermann«, antwortete der arme Gatte.

»Also, liebe Gräfin«, sagte Granville, der eine Weile mit dem Grafen Octave geplaudert hatte, »ich hoffe, Sie können Monsieur de Rubempré heute abend zum Essen mitnehmen.« – Dieses halbe Versprechen übte eine solche Wirkung auf Madame de Sérisy aus, daß sie in Tränen ausbrach. – »Ich hatte geglaubt, ich hätte keine Tränen mehr«, sagte sie lächelnd. »Könnten Sie Monsieur de Rubempré nicht hier warten lassen . . . ?« fügte sie hinzu. – »Ich will versuchen, Gerichtsdiener zu finden, die ihn zu uns führen, damit er nicht von Gendarmen begleitet zu werden braucht«, erwiderte Granville. – »Sie sind gut wie Gott!« antwortete sie dem Generalstaatsanwalt mit überströmender Empfindung, die ihre Stimme wie göttliche Musik klingen ließ. Immer, dachte der Graf Octave, sind gerade solche Frauen entzückend und unwiderstehlich . . . ! Und ihn überkam, als er an seine eigene Frau dachte, ein Anfall von Melancholie (siehe ›Honorine‹ in den ›Szenen aus dem Privatleben‹).

Monsieur de Granville wurde beim Hinausgehen von dem jungen Chargeboeuf angehalten; er sprach mit ihm und gab ihm seine Anweisungen über das, um was er Massol, einen der Redakteure der ›Gazette des Tribunaux‹, bitten sollte.

Während sich hübsche Frauen, Minister und Richter miteinander verschworen, um Lucien zu retten, geschah in der Conciergerie mit ihm folgendes. Als er durch die Eingangspforte gegangen war, hatte der Dichter in der Kanzlei gesagt, Monsieur Camusot habe ihm zu schreiben erlaubt, und er bitte um Feder, Tinte und Papier; ein Aufseher erhielt, nachdem Camusots Gerichtsdiener dem Direktor ein paar Worte zugeflüstert hatte, sofort Befehl, ihm alles zu bringen. Während der kurzen Zeit, die der Aufseher brauchte, um, was Lucien erwartete, zu suchen und zu ihm hinaufzutragen, versank der arme junge Mensch, dem der Gedanke an seine Konfrontierung mit Jacques Collin unerträglich war, in eine jener verhängnisvollen Betrachtungen, in denen der Gedanke an Selbstmord – dem er schon einmal verfallen war, ohne ihn ausführen zu können – zur Manie wird. Nach einigen großen Psychiatern ist der Selbstmord bei gewissen Konstitutionen der Abschluß einer Geisteszerrüttung. Seit seiner Verhaftung hatte Lucien daraus eine fixe Idee gemacht. Esthers Brief, den er mehrmals durchlas, steigerte noch die Intensität seines Verlangens nach dem Tode, da sie ihm Romeos Entschluß ins Gedächtnis rief, durch den er Julia folgte. Er schrieb folgendermaßen:

In der Conciergerie, den 15. Mai 1830

Dies ist mein Testament.

Ich, der Unterzeichnete, schenke und vermache den Kindern meiner Schwester Eve Chardon, Gattin des David Séchard, ehemaligen Buchdruckers in Angoulême, und jenem David Séchard die Gesamtheit der beweglichen und unbeweglichen Habe, die mir am Tage meines Todes gehört, abzüglich der Zahlungen und Legate, die ich meinen Testamentsvollstrecker auszuzahlen bitte.

Ich flehe Monsieur de Sérisy an, das Amt meines Testamentsvollstreckers zu übernehmen.

Es soll ausgezahlt werden: 1. an den Herrn Abbé Carlos Herrera die Summe von dreihunderttausend Francs; 2. an den Herrn Baron von Nucingen die Summe von vierzehnhunderttausend Francs, die um siebenhundertfünfzigtausend Francs zu kürzen ist, wenn die bei Mademoiselle Esther entwendete Summe sich wiederfindet.

Ich schenke und vermache als Erbe der Mademoiselle Esther Gobseck die Summe von siebenhundertsechzigtausend Francs den Pariser Krankenhäusern, und zwar zur Gründung eines Asyls, das eigens für solche öffentlichen Dirnen bestimmt sein soll, die ihre Laufbahn des Lasters und Verderbens verlassen möchten.

Außerdem hinterlasse ich den Krankenhäusern die Summe, die erforderlich ist für den Ankauf einer fünfprozentigen Staatsschuldenrente von dreißigtausend Francs. Die jährlichen Zinsen sollen halbjährlich dazu verwandt werden, um Schuldgefangene in Freiheit zu setzen, deren Schuld sich auf höchstens zweitausend Francs beläuft. Die Krankenhausverwaltung soll die Auswahl unter den ehrenwertesten der Schuldgefangenen treffen.

Ich bitte Monsieur de Sérisy, die Summe von vierzigtausend Francs für ein Grabmal zu verwenden, das auf dem Ost-Friedhof für Mademoiselle Esther zu errichten ist; ich bitte, neben ihr begraben zu werden. Dieses Grab soll die Gestalt antiker Gräber erhalten; es soll viereckig sein; auf dem Deckel sollen in weißem Marmor unsere beiden Gestalten ruhen, den Kopf auf Kissen, die Hände zum Himmel erhoben. Das Grab soll keine Inschrift tragen.

Ich bitte den Herrn Grafen de Sérisy, Monsieur Eugène de Rastignac als Andenken das goldene Toilettegerät zu überreichen, das sich in meiner Wohnung befindet.

Schließlich bitte ich meinen Testamentsvollstrecker, in gleichem Sinne zu erlauben, daß ich ihm meine Bibliothek zum Geschenk mache.

Lucien Chardon de Rubempré.

Dieses Testament wurde einem Brief an den Grafen de Granville, den Generalstaatsanwalt am Königlichen Gerichtshof in Paris, beigelegt, der folgendermaßen lautete:

Herr Graf!

Ich vertraue Ihnen mein Testament an. Wenn Sie diesen Brief entfalten, werde ich nicht mehr sein. In dem Wunsch, mir die Freiheit zurückzugewinnen, habe ich auf die verfänglichen Fragen Monsieur Camusots so feige Antworten gegeben, daß ich, trotz meiner Unschuld, in einen schmählichen Prozeß verwickelt werden kann. Auch wenn ich annehme, daß ich ohne Makel freigesprochen würde, wäre mir das Leben bei der Unduldsamkeit der Gesellschaft dennoch unerträglich.

Ich bitte Sie, beiliegenden Brief, ungeöffnet, dem Abbé Carlos Herrera zu übergeben und Monsieur Camusot den förmlichen Widerruf zukommen zu lassen, den ich hier beifüge.

Ich glaube nicht, daß man das Siegel eines Briefes zu erbrechen wagt, der an Sie gerichtet ist. In dieser Zuversicht sage ich Ihnen Lebewohl, spreche Ihnen zum letztenmal meine verehrende Hochachtung aus und bitte Sie zu glauben, daß ich Ihnen durch diesen Brief ein Zeichen meines Dankes für all die Güte gebe, mit der Sie Ihren verstorbenen Diener überhäuft hatten.

Lucien de R.

An den Abbé Carlos Herrera.

Mein lieber Abbé, ich habe von Ihnen nichts als Wohltaten empfangen, und dennoch habe ich Sie verraten. Dieser unfreiwillige Undank tötet mich, und wenn Sie diese Zeilen lesen, werde ich nicht mehr am Leben sein; Sie sind nicht mehr da und können mich nicht abermals retten.

Sie hatten mir vollauf das Recht eingeräumt, wenn ich meinen Vorteil dabei fände, Sie zugrunde zu richten, Sie zu Boden zu werfen wie einen Zigarrenrest; aber ich bin dumm mit Ihnen verfahren. Um sich selber aus der Verlegenheit zu ziehen, hat sich Ihr geistiger Sohn, der, den Sie an Kindes Statt angenommen haben, verführt durch eine geschickte Frage des Untersuchungsrichters, auf die Seite derer gestellt, die Sie um jeden Preis ums Leben bringen wollen, indem sie den Glauben an eine Identität zwischen Ihnen und einem französischen Verbrecher erwecken wollen, deren Unmöglichkeit ich kenne. Damit ist alles gesagt.

Zwischen einem Mann von Ihrer Macht und mir, aus dem Sie eine größere Persönlichkeit machen wollten, als ich sein konnte, darf im Augenblick der letzten Trennung kein Austausch von nichtigen Phrasen stattfinden. Sie haben mich mächtig und glorreich machen wollen, und Sie haben mich in den Abgrund des Selbstmords gestürzt; weiter nichts. Seit langem schon spürte ich, wie das Schwindelgefühl mir nahte.

Es gibt die Nachkommenschaft Kains und die Abels, wie Sie bisweilen sagten. Kain ist im großen Drama der Menschheit die Opposition. Sie stammen in jener Linie von Adam ab, in der der Teufel das Feuer, dessen erster Funke auf Eva geworfen war, weiter angefacht hat. Unter den Dämonen dieser Abkunft finden sich von Zeit zu Zeit furchtbare Wesen von weitgespannten Fähigkeiten, die alle menschlichen Kräfte in sich vereinen und jenen fiebergehetzten Tieren der Wüste gleichen, deren Leben der unermeßlichen Räume bedarf, die sich dort finden. Solche Menschen sind innerhalb der Gesellschaft ebenso gefährlich, wie es Löwen mitten in der Normandie wären: sie brauchen ihren Fraß; sie verschlingen gewöhnliche Menschen und fressen das Geld der Tröpfe auf; ihr Spiel ist so gefährlich, daß sie den demütigen Hund, den sie zu ihrem Gefährten, zu ihrem Idol machten, schließlich töten. Wenn Gott es will, werden diese geheimnisvollen Wesen zu einem Moses, Attila, Karl dem Großen, Mohammed oder Napoleon; aber wenn er diese riesenhaften Werkzeuge auf dem Grunde des Ozeans einer Generation verrosten läßt, so bleibt davon nur ein Pugatscheff[61], Robespierre, Louvel[62] oder der Abbé Carlos Herrera übrig. Sie sind mit einer ungeheuren Macht über zarte Seelen begabt; sie locken sie an und zermalmen sie. Das ist in seiner Art groß und schön. Es ist die Giftpflanze mit den reichen Farben, die die Kinder im Wald berückt. Es ist die Poesie des Bösen. Menschen wie Sie müßten in Höhlen wohnen und dürften sie nie verlassen . . . Du hast mich dieses gigantische Leben leben lassen, und ich habe meinen Anteil am Dasein gehabt. So kann ich denn den Kopf aus dem gordischen Knoten Deiner Politik zurückziehen und ihn in die gleitende Schlinge meiner Krawatte stecken.

Um meinen Fehler wieder gutzumachen, übergebe ich dem Generalstaatsanwalt einen Widerruf meiner Aussagen. So werden Sie aus diesem Dokument Nutzen ziehen können.

Auf Grund eines formgemäßen Testaments, Herr Abbé, werden Ihnen die Ihrem Orden gehörigen Summen zurückerstattet, über die Sie infolge der väterlichen Zärtlichkeit, die Sie mir entgegenbrachten, sehr unklugerweise zu meinen Gunsten verfügt hatten.

Leben Sie also wohl, leben Sie wohl, Sie grandioses Standbild des Bösen und der Verderbnis; leben Sie wohl, der Sie auf dem guten Wege mehr geworden wären als Ximenez[63], mehr als Richelieu! Sie haben Ihr Versprechen gehalten: ich bin wieder das, was ich am Ufer der Charente war, nachdem Sie mich inzwischen den Zauber eines Traumes erleben ließen; aber leider ist es nicht mehr der Fluß meiner Heimat, in dem ich meine kleinen Jugendsünden ertränken wollte: es ist die Seine, und mein Loch ist eine Zelle der Conciergerie.

Sehnen Sie sich nicht nach mir zurück: meine Verachtung für Sie war meiner Bewunderung gleich.

Lucien.

ERKLÄRUNG

Ich, der Unterzeichnete, erkläre, daß ich alles zurücknehme, was in dem Protokoll des Verhörs steht, dem mich heute Monsieur Camusot unterworfen hat.

Der Abbé Carlos Herrera hat sich für gewöhnlich meinen geistigen Vater genannt, und ich muß mich getäuscht haben, weil dieses Wort von dem Richter, zweifellos irrtümlicherweise, in einem anderen Sinn verstanden wurde.

Ich weiß, daß zu einem politischen Zweck, um nämlich Geheimnisse zu vernichten, die die Kabinette von Spanien und die der Tuilerien angehen, niedere Agenten der Diplomatie den Abbé Carlos Herrera für einen Sträfling namens Jacques Collin auszugeben versuchen; aber der Abbé Carlos Herrera hat mir in dieser Hinsicht niemals andere Mitteilungen gemacht als solche über seine Bemühungen, sich die Beweise für den Tod oder die Existenz Jacques Collins zu verschaffen.

In der Conciergerie, am 15. Mai 1830

Lucien de Rubempré.

Das Fieber des Selbstmords verlieh Lucien eine große Gedankenklarheit und jene Regsamkeit der Hand, die die vom Fieber des Schaffens gepackten Dichter kennen. Jene Erregung war bei ihm so groß, daß diese vier Dokumente in einer halben Stunde niedergeschrieben wurden; er machte ein Päckchen daraus, schloß es mit Siegeloblaten, drückte mit der Kraft, die das Delirium verleiht, das Wappen des Siegelrings, den er am Finger trug, darauf und legte es sehr sichtbar mitten auf den Boden. Schwerlich hätte man in einer so üblen Situation, in die Lucien durch soviel Gemeinheit geraten war, mehr Würde bewahren können: er rettete sein Andenken vor jedem Schimpf, und er machte das seinem Genossen angetane Unrecht wieder gut, soweit der Geist des Dandy das durch die Vertrauensseligkeit des Dichters Getane ungeschehen machen konnte.

Wenn Lucien in einer der Einzelhaftzellen gewesen wäre, hätte ihm die Unmöglichkeit, dort seinen Plan auszuführen, Halt geboten; denn diese Kästen aus Quaderstein haben als Mobiliar nichts als eine Art Feldbett und einen Kübel zur Verrichtung der Notdurft. Dort findet sich kein Nagel, kein Stuhl, nicht einmal ein Schemel. Das Feldbett ist so fest an den Boden geschraubt, daß es unmöglich ist, es von der Stelle zu rücken, ohne eine Anstrengung, die dem Aufseher auffallen müßte, denn das vergitterte Guckloch steht stets offen. Schließlich wird der Untersuchungsgefangene, wenn er zu Befürchtungen Anlaß gibt, auch noch von einem Gendarmen oder Agenten überwacht. In den Zimmern der ›Pistole‹ aber und in dem, in das Lucien gebracht worden war, weil der Richter einem jungen Manne, der der höchsten Pariser Gesellschaft angehörte, Rücksichtnahme erweisen wollte, können das bewegliche Bett, der Tisch und der Stuhl sehr wohl zur Ausführung eines Selbstmords dienen, ohne ihn freilich leicht zu machen. Lucien trug eine lange blaue Seidenkrawatte; und schon, als er vom Verhör zurückkam, dachte er an die Art, wie Pichegru[64] sich mehr oder minder freiwillig umgebracht hat. Um sich jedoch aufzuhängen, muß man einen Stützpunkt finden, der zwischen dem Körper und dem Boden einen Raum freiläßt, groß genug, um zu verhindern, daß die Füße einen Halt finden. Nun aber besaß das Fenster seiner Zelle keinen Drehriegel, und die außen eingemauerten Eisengitter waren von Lucien um die ganze Dicke der Mauern getrennt, so daß er auch an ihnen keinen festen Punkt finden konnte.

Der Plan, den Lucien mit Hilfe seiner Erfindungsgabe zur Ausführung seines Selbstmords faßte, war folgender: Wenn die Blende vor der Fensteröffnung Lucien den Ausblick in den Gefängnishof nahm, so hinderte ebenjene Blende auch die Aufseher, zu sehen, was in seiner Zelle vorging. Nun waren zwar im unteren Teil des Fensters die Scheiben durch zwei dicke Bretter ersetzt worden, aber der obere Teil hatte auf jeder Seite zwei kleine Scheiben, die von den umrahmenden Querleisten getrennt und gehalten wurden. Wenn Lucien auf den Tisch stieg, so konnte er den verglasten Teil seines Fensters erreichen, zwei Scheiben herauslösen oder zerbrechen, und dann fand er in der ersten Querleiste einen festen Haltepunkt. Er wollte seine Krawatte darum schlingen, eine Drehung um sich selbst ausführen, damit sie sich ihm um den Hals legte, und den Tisch mit einem Fußtritt von sich stoßen.

Also schob er den Tisch geräuschlos unter das Fenster, legte Rock und Weste ab, stieg ohne Zögern auf den Tisch und durchbrach die Scheiben über und unter der ersten Querleiste. Als er auf dem Tisch stand, konnte er in den Gefängnishof sehen: ein magischer Anblick, den er zum erstenmal wahrnahm. Der Direktor der Conciergerie, der von Camusot den Befehl erhalten hatte, Lucien mit der größten Rücksicht zu behandeln, hatte ihn, wie man gesehen hat, durch die inneren Gänge der Conciergerie führen lassen, deren Eingang im dunklen Untergeschoß der Tour d'Argent gegenüberliegt; auf diese Weise war vermieden worden, der Schar der auf dem Gefängnishof spazierengehenden Angeklagten einen eleganten jungen Herrn zu zeigen. Man kann wohl beurteilen, ob der Anblick dieses Wandelraums so beschaffen ist, daß er eine Dichterseele stark ergreift.

Der Gefängnishof der Conciergerie wird nach dem Kai zu von der Tour d'Argent und der Tour Bonbec begrenzt; die Entfernung zwischen ihnen also zeigt von außen genau die Breite des Hofs. Die Galerie, die den Namen des heiligen Ludwig trägt und die von der Galerie Marchande zum Kassationsgericht und zur Tour Bonbec führt, in der sich, wie es heißt, noch heute das Gemach des heiligen Ludwig befindet, kann den Wißbegierigen die Länge des Gefängnishofs angeben, denn sie stimmt mit ihm genau überein. Die Einzelzellen und die ›Pistole‹ liegen also unter der Galerie Marchande. Daher wurde die Königin Marie Antoinette, deren Verlies unter den gegenwärtigen Geheimzellen lag, zum Revolutionstribunal, das seine Sitzungen in dem feierlichen Sitzungssaal des Kassationsgerichts abhielt, über eine grauenerregende Treppe geführt, die in die Dicke der Mauern unter der Galerie Marchande gebrochen worden war; diese Stiege wird heute nicht mehr benutzt. Die eine der Seiten des Gefängnishofs, diejenige, deren erster Stock von der Galerie des heiligen Ludwig eingenommen wird, zeigt den Blicken eine Reihe gotischer Säulen, zwischen denen die Baumeister von wer weiß welcher Epoche zwei Stockwerke von Zellen angebracht haben, damit möglichst viele Angeklagte untergebracht werden konnten; sie haben die Kapitelle, die Spitzbogen und die Säulenschäfte dieser prachtvollen Galerie mit Gips, Gittern und Mörtelverkleidungen verdorben. Unter dem sogenannten Gemach des heiligen Ludwig steigt in der Tour Bonbec eine Wendeltreppe empor, die zu jenen Zellen führt; diese Entweihung der größten Erinnerungen Frankreichs macht einen abscheulichen Eindruck.

Von der Höhe herab, in der Lucien sich befand, schweifte sein Blick schräg auf diese Galerie und die Einzelheiten des Hauptgebäudes, das die Tour d'Argent mit der Tour Bonbec verbindet; er sah die Spitzdächer der beiden Türme. Er stand ganz starr vor Staunen; sein Selbstmord wurde durch sein bewunderndes Schauen verzögert. Heute sind die Phänomene der Halluzination so ausnahmslos von der medizinischen Wissenschaft bestätigt, daß sich diese Spiegelung unserer Sinne, diese seltsame Fähigkeit unseres Geistes nicht mehr leugnen läßt. Der Mensch befindet sich unter dem Druck einer starken Empfindung, die kraft ihrer Intensität zu einer Monomanie wird, oftmals in dem Zustand, in den ihn das Opium, das Haschisch, das Stickstoffmonoxyd versetzen. Dann erscheinen ihm Gespenster und Phantome; dann nehmen die Träume körperliche Gestalt an, untergegangene Dinge leben in ihrem früheren Zustand wieder auf; was im Gehirn nur ein Gedanke war, wird ein beseeltes oder lebendiges Wesen. Die Wissenschaft glaubt heute, daß das Gehirn sich unter dem Druck der Leidenschaften in ihrem Paroxysmus mit Blut vollsaugt und daß dieser Blutandrang die beängstigenden Spiele des Traumes im wachen Zustand hervorruft; so sehr wehrt man sich dagegen, das Denken als eine lebendige, zeugende Kraft anzusehen (siehe ›Louis Lambert‹ in den ›Philosophischen Studien‹). Lucien sah den Palast in seiner ganzen ursprünglichen Schönheit vor sich. Der Säulengang war schlank, jung und frisch. Der Wohnsitz des heiligen Ludwig stand wieder so da, wie er gewesen war; Lucien bewunderte seine babylonischen Maßverhältnisse und seine orientalische Willkürlichkeit. Er nahm diese erhabene Vision als ein poetisches Lebewohl menschlichen Schöpfungsvermögens hin. Während er seine Maßnahmen zum Sterben traf, fragte er sich, wie solch ein Wunder in Paris unbekannt existieren könne. Es gab jetzt zwei Luciens: einen Dichter Lucien, der im Mittelalter einherwandelte, unter den Arkaden und den Türmchen des heiligen Ludwig, und einen Lucien, der sich zum Selbstmord rüstete. –

Gerade als Granville seinem jungen Sekretär seine Anweisungen gegeben hatte, fand sich der Direktor der Conciergerie ein, und sein Gesichtsausdruck war derart, daß den Generalstaatsanwalt die Ahnung eines Unheils überkam.

»Sind Sie Camusot begegnet?« fragte er ihn. – »Nein, Herr Graf«, antwortete der Direktor. »Sein Kanzlist Coquart hat mir gesagt, ich solle für den Abbé Carlos Herrera die Einzelhaft aufheben und Monsieur de Rubempré entlassen; aber es ist zu spät . . .« – »Mein Gott! was ist geschehen?« – »Hier«, sagte der Direktor, »ist ein Päckchen Briefe für Sie; es wird Ihnen die Katastrophe erklären. Der Aufseher des Gefängnishofs hat das

Geräusch zerbrechender Scheiben gehört, und Monsieur Luciens Nachbar in der ›Pistole‹ hat ein gellendes Geschrei ausgestoßen, er hat das Todesröcheln des armen jungen Menschen gehört. Der Aufseher ist, ganz blaß von dem Anblick, der sich seinen Augen geboten hat, zurückgekommen; er hat den Untersuchungsgefangenen an seiner Krawatte am Fensterkreuz erhängt vorgefunden.«

Obwohl der Direktor mit gedämpfter Stimme gesprochen hatte, bewies der furchtbare Schrei, den Madame de Sérisy ausstieß, daß unseren Organen bei außerordentlichen Gegebenheiten unberechenbare Fähigkeiten innewohnen. Die Gräfin hatte etwas gehört oder erahnt; doch ehe Granville sich noch umgewandt hatte, ehe Sérisy oder Bauvan so schnellen Bewegungen hätten Einhalt gebieten können, war sie pfeilschnell zur Tür hinausgeflogen und in die Galerie Marchande, wo sie bis zu der Treppe lief, die in die Rue de la Barillerie hinabführt.

Ein Advokat legte gerade an der Tür eines jener Verkaufsläden, die sich so lange Zeit hindurch in jener Galerie drängten und in denen Schuhe verkauft und Roben und Barette verliehen wurden, seinen Überwurf ab. Die Gräfin fragte nach dem Weg zur Conciergerie. »Gehen Sie hinunter und wenden Sie sich dann nach links; der Eingang liegt auf dem Quai de l'Horloge, in der ersten Arkade.« – »Die Frau ist irrsinnig . . .«, sagte die Händlerin, »der müßte nachgegangen werden.«

Niemand hätte Léontine folgen können; sie flog. Ein Arzt würde erklären können, woher die Damen der Gesellschaft, die ihre Kräfte ja nie einzusetzen brauchen, in kritischen Augenblikken des Lebens eine derartige Schwungkraft nehmen. Die Gräfin stürzte sich mit solcher Hast durch die Arkade auf das Portal, daß der Posten stehende Gendarm sie nicht einmal eindringen sah. Wie eine vom wütenden Wind fortgewirbelte Feder warf sie sich gegen das Gitter und rüttelte mit solcher Raserei an den Eisenstangen, daß sie die, die sie gepackt hatte, herausriß. Die beiden abgebrochenen Stücke drangen ihr in die Brust, so daß das Blut hervorquoll, und sie brach zusammen und schrie dabei mit einer Stimme, die die Aufseher erstarren ließ: »Aufmachen! Aufmachen!«

Der Schließer eilte herbei. – »Aufmachen! Der Generalstaatsanwalt schickt mich, um den Toten zu retten . . .!«

Während die Gräfin den Umweg über die Rue de la Barillerie

und über den Quai de l'Horloge gemacht hatte, waren Granville und Sérisy, da sie die Absicht der Gräfin ahnten, durch das Innere des Justizpalastes zur Conciergerie hinabgeeilt; aber trotz ihrer Eile langten sie erst dort an, als die Gräfin am ersten Gitter ohnmächtig zusammengebrochen war und von den Gendarmen, die aus ihrem Wachlokal herbeiliefen, aufgehoben wurde. Beim Erblicken des Direktors der Conciergerie wurde das Portal geöffnet und die Gräfin in die Kanzlei getragen; sie aber sprang auf die Füße und fiel mit gefalteten Händen auf die Knie.

»Ihn sehen ...! Ihn sehen ...! Oh, ich will nichts Arges tun! Aber wenn Sie nicht wollen, daß ich hier sterbe, dann lassen Sie mich Lucien sehen, lebend oder tot. – Ach, du bist da, mein Freund, du hast die Wahl zwischen meinem Tod und ...« Sie sank zusammen. »Du bist gut«, fuhr sie fort, »ich will dich liebhaben ...!«

»Sollen wir sie forttragen ...?« sagte Monsieur de Bauvan. – »Nein, wir wollen in die Zelle gehen, in der Lucien ist«, entgegnete Granville, da er in den verstörten Augen Sérisys dessen Absichten las. Und er ergriff die Gräfin, hob sie empor und faßte sie unterm einen Arm, während Bauvan sie unter dem andern faßte. – »Herr Direktor«, sagte Sérisy, »Todesschweigen über dies alles.« – »Keine Sorge«, versetzte der Direktor. »Sie haben das richtige Mittel gewählt. Diese Dame ...« – »Es ist meine Frau ...« – »Oh, Verzeihung. Ja, sie wird sicherlich ohnmächtig werden, wenn sie den jungen Mann sieht, und während ihrer Ohnmacht kann sie in einen Wagen getragen werden.« – »Das war auch mein Gedanke«, sagte der Graf. »Schicken Sie einen Ihrer Beamten zu meinen Leuten in der Cour de Harlay, damit sie am Portal vorfahren; es ist nur mein Wagen da ...«

»Wir können ihn retten«, sagte die Gräfin und schritt mit einem Mut und einer Kraft aus, die ihre Hüter überraschten. »Es gibt Mittel, ihn ins Leben zurückzurufen ...« Und sie zog die beiden Beamten mit sich fort und rief dem Aufseher zu: »Gehen Sie doch schneller ...! Eine Sekunde entscheidet über das Leben dreier Menschen!«

Als die Tür zur Zelle geöffnet worden war und die Gräfin Lucien hängen sah, als habe man seine Kleidung an einen Garderobenhaken gehängt, machte sie zunächst einen Sprung auf ihn zu, als wolle sie ihn umarmen und packen, stürzte dann jedoch mit dem Gesicht auf den Fußboden der Zelle, wobei sie Schreie ausstieß, die eine Art Röcheln erstickte. Fünf Minuten darauf trug sie der Wagen des Grafen in sein Palais; sie wurde auf ein Polster gebettet, ihr Gatte kniete vor ihr. Der Graf de Bauvan war einen Arzt holen gegangen, der der Gräfin die erste Hilfe leisten sollte.

Der Direktor der Conciergerie untersuchte das äußere Gitter des Portals und sagte zu seinem Kanzlisten: »Es ist an nichts gespart worden! Die Stangen sind aus Schmiedeeisen, sie sind einer Probe unterworfen; es ist schweres Geld dafür bezahlt worden, und dennoch muß in dieser Stange eine Bruchstelle gewesen sein . . .!«

Der Generalstaatsanwalt sah sich, als er wieder in seinem Zimmer war, gezwungen, seinem Sekretär andere Weisungen zu geben. Zum Glück war Massol noch nicht da.

Wenige Augenblicke nach Granvilles Fortgehen – er hatte es eilig, zu Monsieur de Sérisy zu gelangen – traf Massol mit seinem Kollegen Chargeboeuf in den Räumen des Generalstaatsanwalts zusammen.

»Mein Lieber«, sagte der junge Sekretär, »wenn Sie mir einen Gefallen tun wollen, dann bringen Sie, was ich Ihnen jetzt diktieren möchte, in der morgigen Nummer Ihrer Zeitschrift, und zwar in der Spalte ›Aus den Gerichtssälen‹; die Überschrift des Artikels machen Sie selber. – Schreiben Sie.« Und er diktierte:

»Es hat sich herausgestellt, daß Mademoiselle Esther Gobseck freiwillig in den Tod gegangen ist. – Das genau festgestellte Alibi des Monsieur Lucien de Rubempré und dessen Schuldlosigkeit lassen seine Verhaftung um so bedauerlicher erscheinen, als der junge Herr in dem Augenblick, da der Untersuchungsrichter Befehl gab, ihn zu entlassen, ganz plötzlich gestorben ist.«

»Ich brauche Ihnen nicht erst zu sagen, mein Lieber«, sagte der junge Anwaltskandidat zu Massol, »daß Sie über die kleine Gefälligkeit, die von Ihnen verlangt wird, größte Verschwiegenheit zu bewahren haben.« – »Da Sie mir die Ehre erweisen, mir Vertrauen zu bezeigen«, antwortete Massol, »nehme ich mir die Freiheit, Ihnen eine Bemerkung zu machen. Diese Notiz wird lästerliche Kommentare über die Justiz zur Folge haben . . .« –

»Die Justiz ist stark genug, sie zu ertragen«, versetzte der junge Gehilfe der Staatsanwaltschaft mit dem Stolz eines künftigen Richters aus der Schule Granvilles. – »Gestatten Sie, lieber Herr Kollege, mit zwei Sätzen könnte man diesem Unglück vorbeugen.« Und der Advokat schrieb:

Die Formen der Rechtsprechung haben mit diesem traurigen Ereignis nicht das mindeste zu tun. Die auf der Stelle vorgenommene Obduktion ergab, daß der Tod infolge des Aufbrechens einer im letzten Stadium stehenden Arteriengeschwulst eingetreten ist. Hätte Monsieur Lucien de Rubempré seine Verhaftung heftig erschüttert, so wäre der Tod weit früher eingetreten. Daher glauben wir behaupten zu können, daß dieser bedauernswerte junge Mann, weit davon entfernt, sich seiner Verhaftung wegen zu grämen, vielmehr darüber lachte und zu denen, die ihn von Fontainebleau nach Paris überführten, gesagt hat, sowie er vor dem Richter erscheine, würde seine Unschuld erkannt werden.

»Wird auf diese Weise nicht alles gerettet . . .?« fragte der Advokat und Journalist. – »Da haben Sie recht, lieber Kollege.« – »Der Generalstaatsanwalt wird Ihnen morgen Dank wissen«, entgegnete Massol mit leiser Bosheit.

So werden, wie man sieht, die größten Ereignisse des Lebens in mehr oder minder wahren Notizen der Pariser Nachrichten gespiegelt. Ebenso geht es mit vielen weit bedeutenderen Dingen, als diese es waren.

Vielleicht dünkt es jetzt sowohl die große Masse als auch die wenigen Auserwählten, diese Studie sei mit Esthers und Luciens Tod noch nicht völlig abgeschlossen; vielleicht interessieren Jacques Collin, Asia, Europa und Paccard trotz der Ehrlosigkeit ihres Daseins zur Genüge, so daß man wissen möchte, welches ihr Ende war. Dieser letzte Akt des Dramas kann übrigens das Sittengemälde, das diese Studie darbietet, vervollständigen: er gibt die Lösung von allerlei noch in der Schwebe befindlichen Fragen, in die sich Luciens Leben auf so merkwürdige Weise verwickelte, als es ein paar der unedlen Gestalten des Zuchthauses unter die der höchstgestellten Persönlichkeiten mischte.

Anmerkungen

Wohin schlechte Wege führen

1 Manon Lescaut, Heldin des berühmten, 1731 erschienenen Romans des Abbé Prévost, wurde wegen leichtfertigen Lebenswandels zur Deportation verurteilt und zusammen mit andern Prostituierten in einem Karren zum Hafen gefahren.

2 Das alte Hôtel-de-Ville, das Pariser Stadthaus, 1533 nach Plänen italienischer Architekten im französischen Renaissancestil erbaut, hatte eine abwechslungsreiche Geschichte und ging im Mai 1871 während des Kommunardenaufstands zugrunde. Das heutige Hôtel-de-Ville ist eine vergrößerte, reichere Nachbildung des alten und wurde 1872 bis 1882 errichtet.

3 Jene Wahlen fanden nach der Kammerauflösung vom 16. Mai am 23. Juni und 3. Juli 1830 statt und führten zu einer schweren Niederlage der Regierung (145 Stimmen gegen 270 der Opposition); sie gingen der Juli-Revolution, die zum Sturz Karls X. führte, unmittelbar voraus.

4 Sainte-Pélagie, Gefängnis in der Rue de la Clef, bis 1826 Schuldgefängnis, später Gefängnis für politische Gefangene; in neuerer Zeit abgebrochen.

5 La Force, Gefängnis zwischen der Rue Pavée, der Rue des Ballets (heute Rue Malher) und der Rue du Roi-de-Sicile gelegen, war im ehemaligen Stadtpalais de La Force untergebracht und bestand aus einer Männer- und einer Frauenabteilung; in der letzteren wurden u. a. öffentliche Dirnen gefangengehalten. In La Force wurde die Prinzessin Lamballe, die Freundin der Königin Marie Antoinette, vom Pöbel ermordet.

6 Die Madelonettes wurden benannt nach den reuigen Dirnen, die unter dem Ancien Régime zu einer Art Kongregation zusammengefaßt wurden. Seit 1795 wurden die Madelonnettes im Gefängnis Saint-Lazare untergebracht.

7 Der letzte der Horatier: legendärer römischer Held und Gestalt aus Corneilles Tragödie ›Horace‹.

8 Machiavelli, Niccolò (1469–1527), Florentiner Staatsmann und Schriftsteller, schrieb u. a. die Komödie ›La mandragola‹ sowie das berühmte Buch ›Il Principe‹, in dem er eine Technik des politischen Handelns entwickelt, das lediglich unter dem Gesichtspunkt der

Zweckmäßigkeit im Hinblick auf die Erhaltung des Staates zu erfolgen habe.

9 Locusta: römische Giftmischerin, deren Agrippina sich bediente.

10 Sergent de Ville: Die unter Ludwig XVI. durch Sartines und Lenoir vortrefflich organisierte Pariser Polizei war während der Revolution in Verfall geraten und unter dem Kaiserreich, das große Gewicht auf die politische Polizei legte, vernachlässigt worden. Erst 1829 konnte Debelleyme, der vorletzte Polizeipräfekt Karls X., sich der Überwachung der Pariser Straßen widmen und unter der Bezeichnung ›Sergents de Ville‹ ein reguläres Polizeikorps schaffen; das Tragen der Uniform ermächtigte seine Mitglieder zum Eingreifen.

11 Conciergerie: diese Bezeichnung führte der Wohnsitz des Gouverneurs des Königlichen Palastes. Seit dem Ende des 18. Jhts. trugen die Konservatoren der königlichen Schlösser und Sammlungen den Titel ›Concierge‹. Als König Karl V. vom Palais de la Cité in das Palais Saint-Pol übersiedelte, wurde die Conciergerie Parlamentsgefängnis.

12 La Monnaie, die Münze, lag auf der Spitze der Île de la Cité; ihre Maschinen wurden durch eine Wassermühle betätigt. Die Gründung erfolgte 1551 unter Heinrich II.

13 Parlament: unter dem Ancien Régime höchster Gerichtshof Frankreichs.

14 Das Palais des Tournelles wurde unter Karl VII. königliche Residenz; es umfaßte das ganze gegenwärtige Stadtviertel um die Place Royale. Das Hôtel Saint-Pol, das Karl V. zur königlichen Residenz erhoben hatte, war mit seinen Gärten und mannigfachen Nebengebäuden noch umfangreicher.

15 Gaston d'Orléans (1608–1660): jüngerer Bruder Ludwigs XIII., mäßig begabter, feiger Intrigant, an allen Komplotten gegen Richelieu beteiligt.

16 Das Gefängnis La Roquette (nicht zu verwechseln mit dem heutigen Jugendgefängnis in der Rue de la Roquette) lag diesem gegenüber an der andern Straßenseite, war 1837 erbaut und ist inzwischen abgebrochen worden.

17 Über den Namen Conciergerie siehe Anmerkung 11.

18 Die Marschallin d'Ancre (Gemahlin des Marschalls Concini d'Ancre; dieser war ein Günstling der Maria Medici; Minister unter Ludwig XIII.; habgierig und unfähig; durch Luynes ersetzt und 1617 durch den Hauptmann der Leibwache Vitry ermordet) hatte

großen Einfluß auf Maria Medici, deren Kammerfrau sie früher gewesen war, wurde in einen Hexenprozeß verwickelt und wenige Monate nach dem Tode ihres Mannes lebendig verbrannt.

19 Marie Antoinette, Gemahlin Ludwigs XVI.

20 Jacques de Beaune, Seigneur de Semblançay (1454–1527), war zu Beginn der Regierung Franz' I. Oberintendant der Finanzen. Nach der Niederlage bei Bicocca (1522), wo die Franzosen und Schweizer unter Lautrec von den Kaiserlichen besiegt worden waren, wurde er 1524 der Vergeudung von Staatsgeldern angeklagt. Er antwortete, er habe die betreffenden Summen der Regentin Louise von Savoyen übergeben. Diese jedoch wollte ihn zugrunde richten und ließ durch René Gentil, einen Beamten des Oberintendanten, die Quittungen beiseite schaffen; Gentil mußte deswegen später an den Galgen. Aber Semblançay vermochte der Rachsucht Louises nicht zu entgehen. Er wurde in Montfaucon gehenkt.

21 Malesherbes, Chrétien-Guillaume de Lamoigne de (1721–1794), Staatsminister Ludwigs XVI., den er vor dem Konvent verteidigte. Er wurde guillotiniert.

22 Damiens, Robert-François (1715–1757), beging am 5. Januar 1757 mit einem Messer auf Ludwig XV. einen Anschlag und verletzte ihn leicht; er wurde gevierteilt.

23 Georges-Jacques Danton (1759–1794), eine der großen Gestalten der Französischen Revolution; er wurde guillotiniert.

24 Desrues, Antoine-François (1744–1777), vergiftete eine Mutter und deren Sohn, um ihnen den Kaufpreis für ein Landstück vorzuenthalten, das er von ihnen erworben hatte. Das Verbrechen war auf eine niedrige, gemeine Weise begangen worden; der Schuldige wurde gerädert und verbrannt.

25 Castaing, Edme-Samuel (1797–1823), ein Arzt, hatte sowohl einen seiner Freunde, Hippolyte Ballet, vergiftet, um sich eines Teils von dessen Besitz zu bemächtigen, als auch Hippolytes Bruder Auguste, der ein Testament zu Castaings Gunsten aufgesetzt hatte. Ein Freund Balzacs und der Brüder Ballet, Horace Raisson, schöpfte Verdacht, sammelte Indizien und brachte Castaing vors Schwurgericht, das ihn, trotz Berryers glänzender Verteidigung, zum Tode verurteilte.

26 Fouquier-Tinville, Antoine-Quentin (1746–1795), öffentlicher Ankläger des Revolutionstribunals während der Schreckensherrschaft, brachte zahlreiche Menschen auf die Guillotine und starb selber auf dem Schafott.

27 Peyronnet, Pierre-Denis, Graf de (1778–1854), Minister während der Restauration. Er gehörte einem Kreis hochgebildeter, lebensfroher Royalisten an. Sein Eifer für die Sache des Königtums und seine hohen juristischen Talente führten zu seiner Ernennung zum Justizminister im Kabinett Villèle und später zum Innenminister im Kabinett Polignac. Als Mitverfasser der berüchtigten Juli-Ordonnanzen, die die Juli-Revolution auslösten, wurde er 1831 von der Pairskammer verurteilt.

28 Ouvrard, Gabriel-Julien (1770–1846), Finanzmann und Heereslieferant während der Revolution und des Kaiserreichs.

29 Lehon, Pariser Notar, der um 1842 in Konkurs geriet; Bruder des belgischen Diplomaten Graf Lehon.

30 Über den Prince des Bergues hat sich nichts feststellen lassen.

31 Die Rue de la Barillerie ist sehr verbreitert und zum Boulevard du Palais geworden.

32 Antoine-Marie Chamans, Graf de La Valette (1768–1830), hatte Louise de Beauharnais geheiratet, eine angeheiratete Nichte der Kaiserin Joséphine. Er hatte dem Kaiser treu gedient und wurde 1815, bei der Zweiten Restauration, vor das Schwurgericht gestellt, weil er sich nach der Rückkehr von Elba des Hôtel des Postes bemächtigt hatte. Er war zum Tode verurteilt worden, der König hatte das Gnadengesuch abgelehnt. Am Vorabend der Hinrichtung besuchte seine Gemahlin ihn im Gefängnis, tauschte die Kleider mit ihm und ermöglichte es ihm, zu entweichen. La Valette gelang die Flucht ins Ausland; aber seine Frau wurde infolge der Aufregungen geisteskrank. La Valette wurde 1822 begnadigt und kehrte nach Frankreich zurück. Es scheint, daß Ludwig XVIII., gerührt vom Flehen der Madame de La Valette, beim Entweichen des Grafen heimlich die Hand im Spiel gehabt hat.

33 Pistole: alte Münze im Wert von etwa elf Francs; hier: Separatzimmer für solche Gefangene, die das Recht haben, sich selbst zu verpflegen.

34 Madame Elisabeth: Schwester Ludwigs XVI. (1764–1794).

35 Susse: Farbenhändler und Erfinder eines Schreibstifts mit nicht sich abnutzender Spitze, hatte Läden in der Passage des Panoramas und an der Place de la Bourse.

36 Madame: die Herzogin von Berry, Witwe des ermordeten Sohns Karls X. und Mutter des Herzogs von Bordeaux, Grafen von Chambord, der Thronprätendent war.

37 Coignard, Graf de Sainte-Hélène (1779–1831), berühmter Aben-

teurer, dem es gelang, obwohl er vier Jahre im Zuchthaus gesessen hatte, ins Heer einzutreten und während des Kaiserreichs im Spanienkrieg zum Bataillonschef befördert zu werden. Er heiratete die Witwe eines Emigranten, des Grafen de Sainte-Hélène, legte sich dessen Namen bei, folgte Ludwig XVIII. nach Gent, wurde Oberstleutnant der Seine-Legion und nahm eine hohe gesellschaftliche Stellung ein, die es ihm erlaubte, eine von ihm organisierte Diebesbande mit Weisungen zu versehen. Bei einer Parade wurde er von einem ehemaligen Kettengenossen erkannt, angezeigt und zu lebenslänglichem Zuchthaus verurteilt.

38 Cheverus: Jean-Louis Lefebvre, Kardinal von Cheverus (1768 bis 1836), Bischof von Montauban, dann Erzbischof von Bordeaux, zeichnete sich durch seine Tugenden und seine schrankenlose Mildtätigkeit aus.

39 Gentil: Jacques de Beaune, Seigneur de Semblançay (siehe Anmerkung 20).

40 Alexander Iwanowitsch Tschernitscheff (1779–1857), russischer General und Staatsmann, war 1811 in diplomatischer Mission zu Napoleon gesandt worden und bestach bei dieser Gelegenheit einen Beamten des Kriegsministeriums, ihm den Plan des Rußlandfeldzugs zu verkaufen. 1812 zeichnete Tschernitscheff sich durch seine Bekämpfung der Nachhuten der französischen Armee aus.

41 Boulle (auch Boule), André-Charles (1642–1732), Architekt, Maler und Bildhauer, besonders bekannt als Kunsttischler der Krone. Zumal bei den nach ihm benannten Uhren bediente er sich des Schildpatts und der Bronze zu Inkrustationen.

42 Quai des Lunettes: volkstümlicher Name des Quai de l'Horloge, wegen der großen Zahl der dort wohnenden Optiker.

43 Collet, Anthime (1785–1840), geschickter, kühner und witziger Hochstapler, der während des Kaiserreichs und der ersten Jahre der Restauration seine Streiche verübte. Er trat abwechselnd in der Maske eines Mönchs, Leutnants, Pfarrers, Generals, Bischofs, Steuerkommissars, Kanonikus' und Philanthropen auf; bekam von allen Seiten Geld, das er großzügig und in einigen Fällen sogar zu wohltätigen Zwecken ausgab. Endlich wurde er 1820 zu Zuchthaus verurteilt, wo er auf Grund unerschöpflicher Geldmittel unbekannter Herkunft glänzend lebte; er starb 1840. Collet hinterließ Memoiren, die er, als letzten Gaunerstreich, gleichzeitig an zwei Verleger verkaufte.

44 François Cuvier (1769–1832), bedeutender, von Balzac hochver-

ehrter und häufig genannter Naturwissenschaftler. Goethe behandelte den am 15. Februar 1830 einsetzenden Akademie-Streit zwischen Cuvier und Geoffroy-Saint-Hilaire in einem ausführlichen Aufsatz unter dem Titel ›Principes de philosophie zoologique‹, mit dem er am 30. Juli 1830 begann und dessen zweiten Abschnitt er am 11. Dezember 1831 fertigstellte. Abgedruckt in der Hamburger Ausgabe, Bd. XIII, p. 219–250, Kommentar p. 589 ff.

45 Grèveplatz: Place de Grève, seit 1806 Place de l'Hôtel-de-Ville. Dort fanden die Hinrichtungen statt.

46 Der Quai Pelletier ist der Teil des gegenwärtigen Quai de Gesvres zwischen dem Pont d'Arcole und dem Pont Notre-Dame.

47 Der Kerker Marie-Antoinettes ist zu einer Gedächtniskapelle umgestaltet worden. Nur die Bodenfliesen sind alt.

48 Die Rue Neuve Saint-Marc ist heute der Teil der Rue Saint-Marc zwischen der Rue de Richelieu und der Rue Favart.

49 Dorine: Zofengestalt Molières in ›Le Malade imaginaire‹.

50 Régence: im besonderen die Regierungszeit des Herzogs Philipp von Orléans während der Minderjährigkeit Ludwigs XV. (1715–1723). Politisch betrachtet war jene Epoche eine Reaktion gegen die absolute Herrschaft Ludwigs XIV. Jene Zeit war in besonderem Maße leichtlebig; das Schrifttum der Revolution jedoch hat ihre Immoralität übertrieben geschildert, um dem monarchischen Gedanken zu schaden.

51 Das den Zuchthäuslern eingebrannte Mal bestand aus den Buchstaben T. F. (Travaux Forcés, Zwangsarbeit).

52 Vierräuberessig: Während der Pest in Marseille (1720) plünderten vier Diebe die Leichen aus, ohne die Ansteckung zu fürchten. Nach ihrer Verhaftung gaben sie gegen Zusage der Begnadigung ihr Geheimnis preis: sie tranken einen Essig und wuschen sich damit, in dem sie einen Monat lang Wermut, Salbei, Rosmarin, Minze, Raute, Lavendel, Knoblauch, Gewürznelken, Zimt u. a. m. hatten ziehen lassen.

53 Auf der Wende vom 18. zum 19. Jht. hat tatsächlich ein Herzog von Ossuna gelebt, den Stendhal wiederholt in ›De l'Amour‹ erwähnt.

54 Marat, Jean-Paul (1743–1793), Demagoge, Herausgeber des ›Ami du peuple‹, vielleicht Urheber der Septembermorde, trat fanatisch für die Hinrichtung des Königs ein; von Charlotte Corday in der Badewanne ermordet.

55 Die Rue des Poules ist heute die Rue de La Romiguière; die Rue des Postes die Rue Lhomond.

56 Vor der Erfindung der Briefmarke (London, Januar 1840; in Paris ab 1. Januar 1849) war das sehr hohe, vom Gewicht und der Entfernung abhängige Briefporto vom Empfänger zu entrichten.

57 Lizinska de Mirbel, geborene Aimée-Zoé Rue (1796–1849), berühmte Miniaturenmalerin, geschätzt wegen der Korrektheit und Ähnlichkeit ihrer Porträts von Persönlichkeiten der hohen Gesellschaft.

58 Pierre-Paul Royer-Collard (1763–1845), Mitglied des Rats der Fünfhundert unter dem Direktorium und Professor der Philosophie unter dem Kaiserreich. Seine royalistische Einstellung bewog ihn, 1815 in die ›Chambre introuvable‹ einzutreten. Zunächst reiner Royalist, ging er allmählich zu den Doktrinären über, deren Theoretiker er war. Trotzdem war er ein entschlossener, beredter Gegner der Revolution von 1830.

59 Claude-Pierre Marquis de Pastoret (1736–1840), ehemaliger Rat am Obersteueramt, dann Mitglied des Rats der Fünfhundert, Staatsminister unter Karl X., 1829 als Kanzler Nachfolger des Vicomte Dambray. Sein Amt wurde durch die Juli-Revolution beseitigt.

60 ›Gazette des Tribunaux‹: 1826 gegründete juristische Zeitung mit Gerichtsberichten.

61 Yemelka Pugatscheff (1726–1773), Donkosake, brachte einen Aufstand der Uralkosaken zuwege, indem er sich für den Zaren Peter III. ausgab, den seine Gemahlin, die Zarin Katharina, hatte ermorden lassen. Er sah jenem Zaren ähnlich. Nach großen Anfangserfolgen wurde er vom Fürsten Galitzin, dann vom Grafen Panin besiegt, gefangengenommen und später enthauptet.

62 Louvel, Louis-Pierre (1783–1820), plante seit 1814, das gesamte französische Königshaus auszurotten. 1815 ließ er sich ein als Mordinstrument geeignetes Messer anfertigen. Am 13. Februar 1820 ermordete er auf der Freitreppe der Oper den Herzog von Berry, den einzigen Fürsten, den er der Erzeugung eines Thronerben für fähig hielt. Obwohl der sterbende Herzog um Gnade für seinen Mörder gebeten hatte, wurde Louvel zum Tode verurteilt und hingerichtet. Die Witwe des Ermordeten, die Herzogin von Berry, kam wenige Monate später mit einem Knaben nieder, dem Herzog von Bordeaux, dem späteren Grafen von Chambord, der, als Thronprätendent, von seinen Anhängern Heinrich V. genannt wurde. Das Attentat auf den Herzog von Berry rief eine heftige

Welle der Reaktion hervor, die zum Rücktritt des liberal eingestellten Ministeriums Decazes führte.

63 Ximenez, Kardinal (1436–1517), spanischer Staatsmann, Großinquisitor von Toledo.

64 Pichegru, Charles (1761–1804), 1793 Divisionsgeneral, kämpfte erfolgreich in den Niederlanden, besetzte 1795 Amsterdam und nahm 1796 mit seiner Kavallerie die im Eis des Texel eingefrorene holländische Flotte. Am 12. Germinal warf er den Aufstand der Pariser Vorstädte nieder, kehrte zum Heer zurück und besetzte Mannheim. Um jene Zeit knüpfte er Verbindungen zum Prinzen Condé und den Royalisten in Frankreich an. Er begünstigte den Aufstand der Sektionen von 1796, den Bonaparte auf den Stufen von Saint-Roch niederkartätschte. Auch als Mitglied des Rats der Fünfhundert war er in Komplotte verwickelt. Am 18. Fructidor 1798 wurde er verhaftet und nach Sinnamari in Französisch-Guayana deportiert, von wo er entwich. Nach Reisen in Deutschland und England wollte er sich dem Chouanführer Cadoudel anschließen, wurde aber von einem Freund, dem er sich anvertraut hatte, an die Polizei ausgeliefert. Sein Prozeß war noch im Stadium der Voruntersuchung, als er erdrosselt in seinem Bett aufgefunden wurde.

Biographische Notizen über die Romangestalten

Wohin schlechte Wege führen

Da ›Glanz und Elend der Kurtisanen‹ als ein einziger Roman gedacht ist, finden sich die Biographischen Notizen zu sämtlichen Gestalten dieses vierteiligen Werks im Anschluß an den 4. Teil, ›Vautrins letztes Abenteuer‹ (in Band VII dieser Gesamtausgabe).

Vautrins letztes Abenteuer

Übertragung von Felix Paul Greve. Bearbeitet von Ernst Sander

Der Roman ›La Dernière Incarnation de Vautrin‹, jetzt als der vierte Teil des Zyklus ›Splendeurs et Misères des Courtisanes‹ eingesetzt, erschien zum erstenmal vom 13. April bis 4. Mai 1847 als Feuilletonabdruck in der Zeitung ›La Presse‹. Im gleichen Jahr, freilich vorausdatiert auf 1848, erschien eine gesonderte, dreibändige Buchausgabe. Erst nach Balzacs Tod wurde der Roman 1855 abweichend von dem Plan von 1845 als Schlußteil von ›Glanz und Elend der Kurtisanen‹ in einem Supplementband der ›Menschlichen Komödie‹ veröffentlicht, und die späteren Ausgaben des Gesamtwerks gliederten ihn als vierten Teil hinter ›Où mènent les mauvais chemins‹ und den ganzen Zyklus in die ›Scènes de la Vie parisienne‹ ein.

Modell zu der Gestalt des Vautrin hat ein gewisser François-Eugène Vidocq gestanden. Diese zwielichtige Erscheinung wurde 1775 zu Arras geboren, in kleinen Verhältnissen. Vidocq entwendete (nach neueren Forschungen; siehe ›Dictionnaire de Balzac‹, Larousse) Geld, wandte seiner Familie den Rücken, wurde Soldat im Regiment Bourbon, desertierte, trat in den österreichischen Heeresdienst ein, kehrte nach Frankreich zurück, wurde dort abermals Soldat, verfiel aber bald einem Abenteuererdasein hart am Rand der Gesetze. Es heißt, er sei einer Urkundenfälschung wegen, die er im Interesse eines Freundes begangen hatte, verhaftet und im Zuchthaus zu Nantes festgesetzt worden. Dort brach er zweimal aus, und da er es satt war, ständig in Konflikten mit der Polizei zu leben, bot er im Jahre 1809 seine Kenntnisse und Erfahrungen in Verbrecherkreisen dem Polizeipräsidenten Baron Pasquier (1767 bis 1862) an. Tatsächlich wurde ihm eine Ermittlungsbrigade der Sicherheitspolizei anvertraut, die aus ehemaligen Sträflingen gleich ihm bestand. Er führte sämtliche Aufträge erfolgreich durch, nahm aber 1827 den Abschied und wurde Leiter einer Papierfabrik, die alsbald Bankrott machte. 1830 gehörte er eine Zeitlang als überzählig der politischen Polizei an. Im Verlangen, seine frühere Stellung wiederzugewinnen, zettelte er Machenschaften, einen fingierten Diebstahl, an, um den neuen Polizeipräfekten Gisquet zu zwingen, ihn anzustellen. Das Komplott wurde jedoch entdeckt. Vidocq führte danach eine Zeitlang ein privates Auskunftsbüro. Er starb 1857 vergessen und im Elend, nachdem er Balzac, mit dem er bekannt, aber nicht befreundet gewesen war, vielerlei Material über Verbrecher und Polizei geliefert hatte. Die unter seinem Namen erschienenen Memoiren sind unecht.

»Was ist los, Madeleine?« fragte Madame Camusot, als sie ihre Zofe mit jener Miene eintreten sah, wie Dienstboten sie in kritischen Augenblicken aufzusetzen verstehen. – »Madame«, antwortete Madeleine, »Monsieur ist eben aus dem Justizpalast heimgekommen; aber er macht ein so bestürztes Gesicht und ist in einem derartigen Zustand, daß Madame vielleicht gut daran täte, zu ihm in sein Arbeitszimmer zu gehen.« – »Hat er was gesagt?« fragte Madame Camusot. – »Nein, aber ein solches Gesicht haben wir bei Monsieur noch nie gesehen; man könnte meinen, er werde krank; ganz gelb sieht er aus, er scheint ganz aufgelöst zu sein, er ...«

Ohne das Ende des Satzes abzuwarten, stürzte Madame Camusot zum Zimmer hinaus und eilte zu ihrem Gatten. Sie sah den Untersuchungsrichter mit von sich gestreckten Beinen in einem Sessel sitzen, den Kopf an der Rückenlehne; seine Hände hingen schlaff herab, sein Gesicht war bleich, die Augen stumpf, und es machte ganz den Eindruck, als sei er einer Ohnmacht nahe.

»Was hast du denn, mein Freund?« fragte die junge Frau entsetzt. – »Ach, meine arme Amélie, es ist etwas Grauenhaftes geschehen ... Ich zittere deswegen noch immer. Stell dir vor, daß der Generalstaatsanwalt ... nein, daß Madame de Sérisy ... daß ... Ich weiß nicht, wo ich anfangen soll ...« – »Fang mit dem Schluß an ...«, sagte Madame Camusot. – »Also gut, in dem Augenblick, als Popinot im Beratungszimmer der Ersten Kammer die letzte erforderliche Unterschrift unter den Beschluß zur Einstellung des Verfahrens auf Grund meines Berichtes gesetzt hatte, wodurch Lucien de Rubempré in Freiheit gesetzt worden wäre ... Kurz und gut, es war alles zu Ende, der Kanzlist trug das Schriftstück schon fort, ich glaubte, die ganze Angelegenheit hinter mir zu haben ... Da kommt der Gerichtspräsident herein, liest den Haftentlassungsbescheid durch und sagt mit kühl spöttischer Miene zu mir: ›Sie entlassen einen Toten; der junge Mensch ist, wie Monsieur de Bonald[1] das zu nennen pflegt, vor seinen natürlichen Richter getreten. Er ist einem

Schlagfluß erlegen ...‹ – Ich atmete auf, denn ich glaubte an einen unglücklichen Zufall. – ›Wenn ich recht verstehe, Herr Präsident‹, hat Popinot da gesagt, ›handelt es sich dabei um den Schlagfluß Pichegrus[2] ...‹ – ›Meine Herren‹, hat der Präsident mit ernster Miene entgegnet, ›merken Sie sich, für die Außenwelt ist der junge Lucien de Rubempré infolge des Bruchs einer Arteriengeschwulst gestorben.‹ – Wir haben einander angeschaut. – ›Es sind in diese Angelegenheit hohe Persönlichkeiten verwickelt‹, hat der Präsident gesagt. ›Gott gebe in Ihrem Interesse, Monsieur de Camusot, obwohl Sie nichts als Ihre Pflicht getan haben, daß Madame de Sérisy durch den Schlag, den sie erhalten hat, nicht wahnsinnig bleibt! Sie wird gerade wie eine Tote weggetragen. Ich habe unsern Generalstaatsanwalt in einem Zustand der Verzweiflung angetroffen, der mich schmerzlich berührt hat. Sie sind auf den falschen Weg geraten, mein lieber Camusot!‹ hat er noch ganz leise hinzugefügt. Wirklich, liebe Freundin, beim Hinausgehen habe ich mich kaum auf den Beinen halten können. Sie zitterten so sehr, daß ich mich nicht auf die Straße gewagt habe, und da bin ich wieder in mein Zimmer gegangen, um mich auszuruhen. Coquart, der dabei war, die Akten dieser unseligen Untersuchung zu ordnen, hat mir erzählt, eine schöne Dame sei in die Conciergerie gestürmt, sie habe Lucien, in den sie rasend verliebt sei, das Leben retten wollen und sei ohnmächtig geworden, als sie ihn am Fenster der ›Pistole‹ an seiner Krawatte erhängt sah. Der Gedanke, daß die Art, wie ich diesen unglücklichen jungen Menschen, der übrigens – unter uns gesagt – durchaus unschuldig war, verhört habe, ihn zum Selbstmord hat treiben können, verfolgt mich, seit ich den Palast verlassen habe, und ich bin noch immer einer Ohnmacht nahe ...« – »Du wirst dich doch nicht etwa für einen Mörder halten, weil sich ein Untersuchungsgefangener in seiner Zelle in dem Augenblick aufgehängt hat, da du ihn freilassen wolltest ...?« rief Madame Camusot; »ein Untersuchungsrichter ist in solch einem Fall wie ein General, dem ein Pferd unterm Leib erschossen worden ist ... und weiter gar nichts!« – »Solcherlei Vergleiche, meine Liebe, taugen bestenfalls für Scherze, und ein Scherz ist hier unangebracht. In diesem Falle holt sich der Tote den Lebenden. Lucien nimmt unsere Hoffnungen mit in den Sarg.« – »Wirklich ...?«

fragte Madame Camusot mit beißender Ironie. – »Ja, mit meiner Laufbahn ist es zu Ende. Ich werde mein Leben lang einfacher Richter am Seinetribunal bleiben. Granville war schon vor diesem verhängnisvollen Geschehnis sehr unzufrieden mit der Wendung, die die Untersuchung genommen hatte; daß er aber mit unserm Präsidenten gesprochen hat, beweist mir, daß ich, solange Granville Generalstaatsanwalt bleibt, niemals avancieren werde.«

Avancieren! Das ist das furchtbare Wort, das ist der Gedanke, der heutzutage den Richter zum Beamten macht.

Ehemals war der Richter von Anfang an alles, was er werden konnte. Die Erwerbung von den drei oder vier Kammerpräsidentenmützen, die es gab, genügten in jedem Parlamentsgericht dem Ehrgeiz. Das Amt eines Rates genügte einem de Brosses[3] wie einem Molé[4], in Dijon wie in Paris. Dieses Amt, das schon an sich ein Vermögen darstellte, erforderte indessen, um mit Würde getragen werden zu können, wiederum den Besitz eines großen Vermögens. In Paris konnten außerhalb des Parlamentsgerichts die eine Robe tragenden Männer nur nach drei höheren Stellungen streben: nach der des Generalkontrolleurs, der des Siegelbewahrers oder der des Kanzlers. Unterhalb der Parlamentsgerichte, in der niedrigen Sphäre, war schon ein Präsidialstellvertreter eine so bedeutende Persönlichkeit, daß er glücklich war, wenn er sein Leben lang in seinem Amt verblieb. Man vergleiche die Stellung eines Rats am Pariser Königlichen Gerichtshof im Jahre 1829, wo er statt allen Vermögens nur sein Gehalt hat, mit der Stellung eines Rats am Parlamentsgericht von 1729. Der Unterschied ist groß. Heute, wo das Geld zur allgemeinen gesellschaftlichen Bürgschaft geworden ist, sind die Richter der Bedingung enthoben, wie ehedem ein großes Vermögen besitzen zu müssen; daher kann man es erleben, daß sie zugleich Abgeordnete und Pairs von Frankreich sind und Amt auf Amt türmen: sie sind Richter und Gesetzgeber in einer Person und erborgen sich ihr Ansehen von andern Ämtern als denen, die ihnen eigentlich ihren Glanz verleihen sollten.

Kurzum, die Richter sind darauf bedacht, sich auszuzeichnen, um zu avancieren, wie man im Heer und in der Verwaltung avanciert.

Wenn dieser Gedanke auch nicht geradezu die Unabhängigkeit des Richters untergräbt, so ist er doch zu bekannt und zu natürlich, als daß nicht durch ihn die Majestät des Richterstands in der öffentlichen Meinung Einbuße erlitte. Das vom Staat bezahlte Gehalt macht aus dem Priester und dem Richter einfache Beamte. Die zu ersteigenden Rangstufen entwickeln den Ehrgeiz; der Ehrgeiz erzeugt Willfährigkeit gegenüber der Macht; ferner stellt die moderne Gleichheitssucht die dem Gericht Unterstehenden und den Richter auf die gleiche Stufe der sozialen Leiter. So sind die beiden Säulen jeder gesellschaftlichen Ordnung, die Religion und die Justiz, im neunzehnten Jahrhundert geschwächt worden, von dem behauptet wird, es habe auf allen Gebieten einen Fortschritt gebracht.

»Und weshalb solltest du nicht mehr avancieren?« fragte Amélie Camusot. Sie sah ihren Gatten mit spöttischer Miene an, denn sie fühlte, daß es nötig sei, dem Mann, der der Träger ihres Ehrgeizes war und auf dem sie spielte wie auf einem Instrument, seine Energie zurückzugeben. »Weshalb verzweifeln?« fuhr sie mit einer Geste fort, die ihre Gleichgültigkeit gegenüber dem Tod des Untersuchungsgefangenen trefflich malte. »Dieser Selbstmord wird die beiden Feindinnen Luciens, Madame d'Espard und ihre Kusine, die Gräfin du Châtelet, glücklich machen. Madame d'Espard steht sich ausgezeichnet mit dem Großsiegelbewahrer, und durch sie kannst du bei Seiner Gnaden eine Audienz erhalten; dann kannst du ihn in das Geheimnis dieser Angelegenheit einweihen; wenn aber der Justizminister für dich ist, was hast du da von deinem Präsidenten und dem Generalstaatsanwalt zu fürchten?« – »Aber das Ehepaar Sérisy ...!« rief der arme Richter aus. »Ich wiederhole dir, Madame de Sérisy ist irrsinnig geworden! Und irrsinnig durch meine Schuld, wie behauptet wird!« – »Na, wenn sie irrsinnig ist, du Richter ohne Urteilskraft«, rief Madame Camusot lachend, »dann kann sie dir nicht mehr schaden! Komm, erzähl mir alles, was sich heute ereignet hat.« – »Mein Gott«, antwortete Camusot, »gerade als ich dem unglücklichen jungen Mann die Beichte abgenommen und er erklärt hatte, dieser angebliche spanische Priester sei tatsächlich Jacques Collin, schickten mir die Herzogin von Maufrigneuse und Madame de Sérisy durch einen Diener ein Billett, in dem sie mich baten, ihn nicht zu verhören. Doch da war schon alles geschehen ...« – »Aber du hast ja völlig den Kopf verloren«, sagte Amélie; »denn da du dich auf deinen Kanzlisten verlassen kannst, hättest du Lucien doch zurückholen lassen, ihn geschickt beruhigen und dein Verhör anders gestalten können!« – »Du bist wie Madame de Sérisy, du machst dich über die Justiz lustig!« sagte Camusot, der außerstande war, sich über seinen Beruf lustig zu machen. »Madame de Sérisy hat mir nämlich die Protokolle weggenommen und sie ins Feuer geworfen!« – »Das nenne ich eine Frau! Bravo!« rief Madame Camusot. – »Madame de Sérisy hat mir gesagt, sie würde eher den Justizpalast in die Luft sprengen, als zugeben, daß ein junger Mann, der ihre Gunst und die der Herzogin von Maufrigneuse besessen habe, sich neben einen Sträfling auf die Anklagebank des Schwurgerichts setzen müsse ...!« – »Aber Camusot«, sagte Amélie, die ein überlegenes Lächeln nicht unterdrücken konnte, »deine Lage ist ja prächtig ...« – »Ach ja, prächtig!« – »Du hast deine Pflicht getan ...« – »Leider, und trotz der jesuitischen Warnung Granvilles, der mir auf dem Quai Malaquais begegnet ist ...« – »Heute morgen?« – »Ja, heute morgen!« – »Wann?« – »Um neun Uhr.« – »Oh, Camusot«, sagte Amélie und rang die gefalteten Hände, »und ich wiederhole dir in einem fort, daß du auf alles achtgeben mußt ... Mein Gott, ich habe es mit keinem Mann, sondern einem Karren voll Steine zu tun ...! Aber Camusot, dein Generalstaatsanwalt hat dir unterwegs aufgelauert, er wird dir doch sicher einen Hinweis gegeben haben!« – »Allerdings ...« – »Und du hast ihn nicht verstanden! Wenn du taub bist, bleibst du dein Leben lang Untersuchungsrichter, aber einer ohne irgendeine Untersuchung[5]. Hab doch wenigstens so viel Verstand, mir jetzt zuzuhören!« sagte sie und brachte damit ihren Gatten, der antworten wollte, zum Schweigen. »Du meinst also, die Angelegenheit sei zu Ende?« fragte Amélie. Camusot starrte seine Frau mit jener Miene an, die die Bauern vor einem Marktschreier aufsetzen. »Wenn die Herzogin von Maufrigneuse und die Gräfin de Sérisy kompromittiert sind, müssen sie beide deine Gönnerinnen sein«, fuhr Amélie fort. »Paß auf! Madame d'Espard verschafft dir beim Großsiegelbewahrer eine Audienz; du weihst ihn in das Geheimnis ein, das hier obwaltet, und er amüsiert den König damit; denn alle Herrscher sehen gern einmal die Kehrseite des Wandteppichs und lernen die wirklichen Ursachen der Ereignisse kennen, die die Öffentlichkeit mit offenem Munde vorüberziehen sieht. Von da an sind weder der Generalstaatsanwalt noch Monsieur de Sérisy zu fürchten ...« – »Was für ein Schatz von einer Frau du doch bist!« rief der Richter, der wieder Mut gefaßt hatte. »Schließlich habe ich Jacques Collin aufgestöbert; er soll vor dem Schwurgericht Rechenschaft ablegen, ich werde seine Verbrechen enthüllen. Ein solcher Prozeß ist ein Sieg in der Laufbahn eines Untersuchungsrichters ...« – »Camusot«, erwiderte Amélie, als sie erfreut sah, wie ihr Mann sich von seiner seelischen und körperlichen Niedergeschlagenheit erholte, in die ihn der Selbstmord Luciens de Rubempré gestürzt hatte, »der Präsident hat dir vorhin gesagt, du seist auf den falschen Weg geraten; aber jetzt schlägst du allzusehr den richtigen ein ... Du bist noch immer auf dem Holzweg, mein Freund!« Der Untersuchungsrichter saß da und schaute seine Frau verblüfft an. »Der König und der Großsiegelbewahrer sind vielleicht sehr erfreut, wenn sie das Geheimnis dieser Angelegenheit erfahren; und doch ärgern sie sich vielleicht gleichzeitig darüber, wenn sie es erleben müssen, daß die Fürsprecher der liberalen Anschauungen so bedeutende Persönlichkeiten wie die Sérisys, die Maufrigneuses und die Grandlieus, kurz alle, die direkt oder indirekt in diesen Prozeß verwickelt sind, vor die Schranken der öffentlichen Meinung und des Schwurgerichts schleppen.« – »Die sind alle hineinverwickelt ...! Aber habe ich sie in der Hand?« rief Camusot. Und der Richter stand auf und ging in seinem Zimmer auf und ab, wie Sganarelle[6] auf der Bühne umhergeht, wenn er aus einer schlimmen Lage herauszukommen sucht. »Hör, Amélie!« fuhr er fort und pflanzte sich dabei vor seiner Frau auf, »eben fällt mir ein Umstand ein, der dem Anschein nach winzig, aber in meiner Situation von ungeheurer Bedeutung ist. Stell dir vor, liebste Freundin, daß dieser Jacques Collin ein Koloß an List, Verstellungskunst und Verschlagenheit ist ... ein Mensch von einer Tiefe ... oh, er ist ... wie soll ich sagen? ... der Cromwell des Zuchthauses! Einem solchen Verbrecher bin ich noch nicht begegnet, er hat mich fast übertölpelt ...! Aber bei einer Strafuntersuchung läßt ein Fädchen, das von ungefähr vorübergleitet, einen ganzen Knäuel finden, mit dem man sich dann durch das Labyrinth der finstersten Gewissen oder der dunkelsten Tatsachen hindurchleitet. Als Jacques Collin sah, daß ich in den Briefen blätterte, die in Luciens de Rubempré Wohnung beschlagnahmt worden sind, hat der Kerl einen Blick darauf geworfen, als wolle er herausbekommen, ob sich nicht noch ein weiteres Päckchen dabei befinde, und dabei hat er sich eine sichtliche Regung der Befriedigung entschlüpfen lassen. Dieser Blick des Diebes, der einen Schatz bewertet, diese Geste des Untersuchungsgefangenen, der sich sagt: Ich habe meine Waffen! haben mir eine Welt von Dingen verständlich gemacht. Nur ihr Frauen könnt wie wir Richter und wie die Untersuchungsgefangenen ganze Szenen in einen ausgetauschten Blick legen, in dem Betrügereien offenbar werden, kompliziert wie Sicherheitsschlösser. Dann empfindet man, weißt du, innerhalb einer Sekunde ganze Bände von Verdachtsmomenten. So etwas ist erschreckend; in einem Augenzwinkern liegen Leben oder Tod. Der Bursche hat noch andere Briefe in Händen! habe ich gedacht. Dann haben mich die tausend anderen Einzelheiten der Angelegenheit wieder abgelenkt. Ich habe diesen Zwischenfall vernachlässigt, weil ich glaubte, meine Untersuchungsgefangenen konfrontieren und diesen Punkt der Untersuchung später aufklären zu können. Aber nehmen wir getrost als sicher an, daß Jacques Collin nach Art dieser Schurken die am meisten kompromittierenden Briefe der Korrespondenz des schönen, von so vielen . . . geliebten jungen Mannes an einem sichern Ort versteckt hat.« – »Und da zitterst du, Camusot? Du wirst Präsident des Königlichen Gerichtshofes, und zwar eher, als ich es geglaubt hätte . . .!« rief Madame Camusot, und ihr Gesicht strahlte. »Paß auf: du mußt dich so verhalten, daß du alle zufriedenstellst, denn die Angelegenheit wird so ernst, daß sie uns aus den Händen genommen werden könnte . . .! Ist Popinot nicht die Führung des Entmündigungsprozesses der Madame d'Espard gegen ihren Gatten weggenommen und dir anvertraut worden?« fragte sie als Antwort auf eine erstaunte Geste Camusots. »Kann etwa nicht der Generalstaatsanwalt, der ein so lebhaftes Interesse an der Ehre des Ehepaares de Sérisy nimmt, die ganze Angelegenheit dem Königlichen Gerichtshof übergeben und einen ihm ergebenen Königlichen Rat einsetzen, der dann eine neue Voruntersuchung einleitet?« – »Das ist denn doch, meine Liebe! Wo hast du eigentlich Strafrecht studiert?« rief Camusot. »Du weißt alles, du bist mein Meister ...« – »Glaubst du im Ernst, Granville werde nicht morgen früh vor dem immerhin möglichen Verteidigungsgeschwätz eines liberalen Advokaten Angst bekommen, den dieser Jacques Collin wohl aufzutreiben wissen wird? Denn die werden zu ihm gelaufen kommen und ihm Geld dafür bieten, daß sie ihn verteidigen dürfen ...! Jene Damen wissen ebensogut, um nicht zu sagen besser als du, in welcher Gefahr sie schweben; sie werden den Generalstaatsanwalt darüber ins Bild setzen; und da dieser Sträfling in engster Gemeinschaft mit Lucien de Rubempré, dem Verlobten der Mademoiselle de Grandlieu, dem Liebhaber Esthers, dem ehemaligen Liebhaber der Herzogin von Maufrigneuse und Geliebten der Madame de Sérisys gelebt hat, sieht der Anwalt alsbald jene Familien dicht an die Bank der Angeklagten herangezerrt. Du mußt also auf deine Weise vorgehen, daß du dir das Wohlwollen deines Generalstaatsanwalts, den Dank de Sérisys und zugleich den der Marquise d'Espard und der Gräfin du Châtelet gewinnst, daß du die Protektion der Madame de Maufrigneuse noch verstärkst durch die der Familie Grandlieu, und daß dein Präsident dir Komplimente macht. Ich übernehme die Damen d'Espard, Maufrigneuse und Grandlieu. Du mußt morgen früh zum Generalstaatsanwalt gehen. Monsieur de Granville lebt von seiner Frau getrennt; er hat einige zehn Jahre hindurch eine Mademoiselle de Bellefeuille zur Geliebten gehabt, die ihm uneheliche Kinder geschenkt hat, nicht wahr? Also ist dieser Richter kein Heiliger, er ist ein Mensch wie alle andern auch; man kann ihn also verführen, er gibt schon irgendwo eine Handhabe; man muß seine schwache Stelle entdecken und ihm schmeicheln; frag ihn um Rat, zeig ihm das Gefährliche der Angelegenheit; kurz und gut, versuch, ihn mit dir gemeinsam zu kompromittieren, und du wirst ...« – »Ich sollte die Spur deiner Schritte küssen«, unterbrach Camusot seine Frau, faßte sie um die Hüften und drückte sie ans Herz. »Amélie, du rettest mich!« – »Ich habe dich von Alençon nach Mantes geschleppt und von Mantes an das Seinetribunal«, antwortete Amélie. »Sei unbesorgt ...! Ich will in fünf Jahren mit Frau Präsidentin angeredet werden; aber, mein Liebster, denk doch immer gründlich nach, ehe du einen Entschluß faßt! Der Beruf eines Richters ist nicht der eines Feuerwehrmanns; eure Akten stehen nie in Flammen, du hast Zeit zum Überlegen; deshalb sind Dummheiten in deiner Stellung unentschuldbar . . .« – »Die Stärke meiner Position liegt einzig in der Identität des falschen spanischen Priesters mit Jacques Collin«, fuhr der Richter nach einer langen Pause fort. »Ist diese Identität erst sicher festgestellt, so bleibt das, auch wenn der Königliche Gerichtshof den Prozeß übernehmen sollte, eine Tatsache, die kein Richter aus der Welt schaffen kann, sei er nun Untersuchungsrichter oder Gerichtsrat. Ich habe es dann wie die Kinder gemacht, die der Katze eine Schelle an den Schwanz binden; wo auch die Voruntersuchung in dem Verfahren stattfinden möge, überall werden Jacques Collins Ketten rasseln.« – »Bravo!« sagte Amélie. – »Und der Generalstaatsanwalt wird sich lieber mit mir verständigen wollen, der ich allein dieses Damoklesschwert wegnehmen kann, das auf das Herz von Faubourg Saint-Germain gerichtet ist, als mit irgendeinem andern . . .! Aber du weißt nicht, wie schwierig es ist, dieses prächtige Resultat zu erreichen . . .! Eben sind der Generalstaatsanwalt und ich noch in seinem Arbeitszimmer übereingekommen, Jacques Collin als das gelten zu lassen, wofür er sich ausgibt, nämlich als einen Kanonikus des Kapitels von Toledo, als Carlos Herrera; wir haben uns dahin geeinigt, ihn einfach als diplomatischen Gesandten anzuerkennen, und daß die spanische Gesandtschaft ihn anfordert. Auf Grund dieser Vereinbarung habe ich den Bericht abgefaßt, der Lucien de Rubempré auf freien Fuß setzen sollte; ich habe die Protokolle der Verhöre neu aufgesetzt und meine Untersuchungsgefangenen weißgewaschen wie Schnee. Morgen sollen die Herren de Rastignac, Bianchon, und ich weiß nicht wer noch, mit dem angeblichen Kanonikus des Königlichen Kapitels von Toledo konfrontiert werden; sie werden Jacques Collin, der vor zehn Jahren in einer Familienpension, wo sie ihn unter dem Namen Vautrin gekannt haben, vor ihren Augen verhaftet worden ist, nicht wiedererkennen.«

Einen Augenblick lang herrschte Schweigen, derweilen überlegte Madame Camusot. »Bist du sicher, daß dein Untersuchungsgefangener tatsächlich Jacques Collin ist?« fragte sie. – »Absolut sicher«, antwortete der Richter, »und der Generalstaatsanwalt ist es auch.« – »Dann versuch doch, ohne wie ein gereizter Kater deine Krallen zu zeigen, im Justizpalast einen Eklat herbeizuführen! Wenn der Betreffende noch in Einzelhaft ist, dann suche sofort den Direktor der Conciergerie auf und richte es so ein, daß der Sträfling dort öffentlich wiedererkannt wird. Statt es wie die Kinder zu machen, ahme lieber die Polizeiminister in den absolut regierten Ländern nach, die eine Verschwörung gegen den Herrscher erfinden, um sich das Verdienst zu erwerben, daß sie sie vereitelt und sich nützlich gemacht haben; bring drei Familien in Gefahr, damit dir der Ruhm zufällt, sie gerettet zu haben!« – »Ach, welch ein Glück!« rief Camusot. »Mir ist so wirr im Kopf, daß ich diesen Umstand vollkommen vergessen habe. Ich habe Gault, dem Direktor der Conciergerie, durch Coquart den Befehl übermittelt, Jacques Collin in die ›Pistole‹ zu überführen. Nun aber hat Bibi-Lupin, Jacques Collins Feind, dafür gesorgt, daß drei Verbrecher, die Collin kennen, aus La Force in die Conciergerie gebracht worden sind; und wenn er morgen in den Gefängnishof hinunterkommt, darf man auf Schreckensszenen gefaßt sein ...« – »Und warum?« – »Jacques Collin ist der Vermögensverwalter der Zuchthaussträflinge; es handelt sich um beträchtliche Summen; nun aber heißt es, er habe sie vergeudet, um den Aufwand des verstorbenen Lucien zu bestreiten, und jetzt sollen seine Abrechnungen verlangt werden. Bibi-Lupin behauptet, es werde Mord und Totschlag geben, und die Aufseher würden einschreiten müssen, und dann ist das Geheimnis entdeckt. Es geht dabei um Jacques Collins Leben. Wenn ich mich also früh in den Justizpalast begebe, kann ich gleich ein Protokoll über die Identität aufnehmen.« – »Ach, wenn doch seine Gläubiger dich von ihm befreiten! Dann würdest du als ein höchst befähigter Mann angesehen werden. Geh nicht zu Granville; erwarte ihn mit dieser furchtbaren Waffe in seinem Sitzungszimmer. Das ist eine geladene Kanone, die auf die drei wichtigsten Familien bei Hofe und in der Pairschaft gerichtet ist. Sei kühn, schlag Granville vor, du wolltest dich im Interesse aller Jacques Collins entledigen, indem du ihn nach La Force schaffen ließest, wo die Sträflinge sich bekanntlich ihrer Denunzianten zu entledigen wissen. Ich selber werde zur Herzogin von

Maufrigneuse gehen, und die muß mich dann zu den Grandlieus führen. Vielleicht gehe ich auch zu Monsieur de Sérisy. Verlaß dich darauf, daß ich überall Alarm schlage. Schreib mir vor allem ein Kennwort, damit ich weiß, ob der spanische Priester gerichtlich als Jacques Collin identifiziert worden ist. Richte dich so ein, daß du um zwei Uhr aus dem Justizpalast weggehn kannst; bis dahin habe ich dir dann eine Audienz beim Großsiegelbewahrer erwirkt: vielleicht ist er dann schon bei der Marquise d'Espard.«

Camusot stand wie angewurzelt in seiner Bewunderung da, die der scharfsinningen Amélie ein Lächeln entlockte. – »Komm zu Tisch und sei guter Dinge«, sagte sie abschließend. »Sieh, wir sind erst zwei Jahre in Paris, und jetzt bist du auf dem besten Weg, vor Jahresschluß Königlicher Rat zu werden ... Von da, mein Liebster, bis zum Kammerpräsidenten am Königlichen Gerichtshof besteht dann nur noch ein kleiner Abstand, den ein Dienst in einer politischen Angelegenheit leicht überbrücken kann.«

Diese Geheimberatung zeigt, bis zu welchem Grad die Handlungen und die geringsten Worte Jacques Collins, des letzten, der von den Hauptgestalten dieser Studie noch übrig war, mit der Ehre der Familien zusammenhingen, in deren Schoß er seinen verstorbenen Schützling geführt hatte.

Luciens Tod und das Eindringen der Gräfin de Sérisy in die Conciergerie hatten im Räderwerk der Maschine eine solche Störung hervorgerufen, daß der Direktor vergessen hatte, die Einzelhaft des angeblichen spanischen Priesters aufzuheben.

Obwohl es in den Gerichtsannalen mehr als ein Beispiel dafür gibt, war doch der Tod eines Untersuchungsgefangenen während der Voruntersuchung etwas so Seltenes, daß Aufseher, Kanzlisten und der Direktor dadurch aus der Ruhe gebracht wurden, mit der sie für gewöhnlich ihr Amt ausüben. Für sie freilich bestand das große Ereignis weniger in dem Umstand, daß dieser schöne junge Mann so plötzlich zur Leiche geworden war, als daß eine Dame der Gesellschaft mit ihren zarten Händen eine schmiedeeiserne Stange des ersten Gitters im Portal hatte zerbrechen können. Daher versammelten sich denn auch, sobald der Generalstaatsanwalt und der Graf Octave de Bauvan mit der ohnmächtigen Gattin des Monsieur de Sérisy in dessen Wagen davongefahren waren, Direktor, Kanzlist und Aufseher am Portal; sie ließen Lebrun, den Gefängnisarzt, hinaus, der herbeigerufen worden war, um Luciens Tod festzustellen und um sich mit dem Leichenarzt des Arrondissements zu verständigen, in dem der unglückliche junge Mensch gewohnt hatte.

Als Leichenarzt wird in Paris der Arzt bezeichnet, der in jeder Mairie angestellt ist, den Eintritt des Todes zu bestätigen und die Todesursache festzustellen.

Mit dem raschen Blick, der ihn auszeichnete, hatte Monsieur de Granville erkannt, daß es im Interesse der Ehre der kompromittierten Familien nötig sei, den Totenschein Luciens in der Mairie ausstellen zu lassen, zu der der Quai Malaquais, wo der Verstorbene gewohnt hatte, gehört, dann sollte er aus seiner Wohnung in die Kirche Saint-Germain des Prés überführt werden, wo der Trauergottesdienst stattfinden sollte. Monsieur de Chargeboeuf, Granvilles Sekretär, hatte, als er fortgeschickt worden war, Weisungen in diesem Sinn erhalten. Die Überführung Luciens sollte während der Nacht vorgenommen werden. Der junge Sekretär war beauftragt, sich sofort mit der Mairie, dem Pfarramt und dem Begräbnisunternehmer ins Einvernehmen zu setzen. Lucien sollte also für die Gesellschaft als freier Mann in seinem Haus gestorben sein! Sein Leichenzug sollte von seinem Hause ausgehen, und seine Freunde sollten für die feierliche Einsegnung in seine Wohnung geladen werden.

In dem Augenblick also, da Camusot sich beruhigten Gemütes mit seiner ehrgeizigen Ehehälfte zu Tisch setzte, standen der Direktor der Conciergerie und Lebrun, der Gefängnisarzt, vor dem Portal und bedauerten die Zerbrechlichkeit von Eisenstangen und die Kraft verliebter Frauen.

»Niemand ahnt«, sagte der Doktor beim Abschied zu Monsieur Gault, »welch eine Kraft in einem von der Leidenschaft überreizten Menschen schlummert! Die Dynamik und die Mathematik haben keine Formeln und Gleichungen für die Berechnung dieser Kraft. Sehen Sie, gestern erst war ich Zeuge eines Experiments, bei dem mir gegraut hat und das mir die furchtbare physische Kraft, die diese kleine Dame eben entfaltet hat, erklärt.« – »Das müssen Sie mir erklären«, sagte Gault, »ich habe nämlich die Schwäche, daß ich mich für Magnetismus interessiere; ich glaube nicht daran, aber er beunruhigt mich.« – »Ein Arzt, der zugleich Magnetiseur ist, denn es gibt auch unter uns Medizinern Leute, die an den Magnetismus glauben«, fuhr Doktor Lebrun fort, »hatte mir vorgeschlagen, eine Erscheinung, die er mir schilderte und an der ich zweifelte, an mir selbst auszuprobieren. Da ich begierig war, am eigenen Leibe eine der merkwürdigen Nervenkrisen zu erleben, durch die die Existenz des Magnetismus bewiesen wird, willigte ich ein. Es geschah folgendes. Ich möchte nur zu gern wissen, was unsere Medizinische Akademie sagen würde, wenn man nacheinander ihre sämtlichen Mitglieder diesem Experiment unterwürfe, das dem Unglauben keinen Ausweg mehr läßt. Mein alter Freund . . . Jener Arzt«, sagte Doktor Lebrun als Einschaltung, »ist ein alter Herr, der seit Mesmers Zeiten[7] um seiner Ansichten willen von der Fakultät verfolgt wird; er ist siebzig oder zweiundsiebzig Jahre alt und heißt Bouvard. Er ist heute der Patriarch der Lehre vom tierischen Magnetismus. Ich bin für diesen wackeren Mann wie ein Sohn, ihm verdanke ich meine Stellung. Der alte, ehrwürdige Bouvard schlug mir also vor, mir zu beweisen, daß die vom Magnetiseur zur Auswirkung gebrachte Kraft zwar nicht unbegrenzt sei, denn der Mensch ist den Gesetzen der Endlichkeit unterworfen, aber daß sie wie die Naturkräfte wirke, deren Grundprinzipien sich unsern Berechnungen entziehen. ›Wenn du also‹, sagte er, ›dein Handgelenk der Hand einer Somnambule überlassen willst, die es in wachem Zustand nicht über eine gewisse abschätzbare Kraft hinaus drücken könnte, dann wirst du erkennen, daß ihre Finger in dem so dümmlich somnambul genannten Zustand die gleiche Kraft haben wie eine Blechschere in der Hand eines Schlossers.‹ Nun, als ich dem Griff der Frau mein Handgelenk hinhielt, sie war nicht ›eingeschläfert‹ – denn diesen Ausdruck verwirft Bouvard –, sondern ›isoliert‹, und als der alte Mann ihr befohlen hatte, mir mit aller Kraft das Handgelenk zu drücken, da bat ich in dem Augenblick, da mir das Blut aus den Fingerspitzen spritzen wollte, um Einhalt. Da! Sehen Sie sich das Armband an, das ich nun länger als drei Monate tragen muß.« – »Teufel!« sagte Gault und blickte auf den blutunterlaufenen Ring, der dem einer Brandwunde glich. – »Mein lieber Gault«, fuhr der Arzt fort, »hätte man mir das Fleisch in einen Eisenring gelegt, den ein Schlosser mit Hilfe einer Schraube verengt hätte, so würde ich jenes metallene Armband nicht so hart gefühlt haben wie die Finger dieser Frau; ihr Griff war wie aus unbiegsamem Stahl, und ich bin überzeugt, daß sie mir hätte die Knochen zerbrechen und die Hand vom Arm trennen können. Dieser Druck, der erst unmerklich begann, hat sich unablässig gesteigert, indem immer ein neuer Druck den alten verstärkte; kurz, eine Presse hätte sich nicht besser benehmen können als diese Hand, die in ein Folterwerkzeug verwandelt worden war. Es scheint mir also erwiesen, daß der Mensch unter der Herrschaft der Leidenschaft, die den auf einen Punkt gesammelten und zu einer unberechenbaren Gewalt der tierischen Kraft gesteigerten Willen bedeutet, wie es übrigens bei allen Arten der elektrischen Kraft der Fall ist, seine ganze vitale Kraft, sei es zum Angriff, sei es zum Widerstand, in das eine oder andere seiner Organe verlagern kann ... Die kleine Dame hatte unter dem Druck ihrer Verzweiflung ihre vitale Kraft in die Hände gedrängt.«

»Es gehört verteufelt viel Kraft dazu, eine schmiedeeiserne Stange zu zerbrechen ...«, sagte der Oberaufseher kopfschüttelnd. – »Es muß eine brüchige Stelle darin gewesen sein!« gab Gault zu bedenken. – »Ich«, fuhr der Arzt fort, »wage der Muskelkraft keine Grenzen mehr zuzuschreiben. Es ist übrigens bei den Müttern ebenso; um ihre Kinder zu retten, magnetisieren sie Löwen, sie laufen über Gesimse, auf denen sich kaum Katzen halten könnten, in ein brennendes Haus und ertragen die Qualen mancher Entbindungen. Darin beruht auch das Geheimnis der Versuche, durch die manche Gefangene und Sträflinge ihre Freiheit wiedererlangen wollen ... Wir kennen die Reichweite der vitalen Kräfte noch nicht, sie hängen unmittelbar mit den Naturgewalten zusammen, und wir schöpfen sie aus unbekannten Reservoiren.«

»Herr Direktor«, sagte ein Aufseher leise zu Gault, der den Doktor Lebrun bis zum äußersten Gitter der Conciergerie begleitet hatte, »Nummer zwei der Einzelzelle meldete sich krank und verlangt nach dem Arzt; er behauptet, er liege im Sterben.« – »Wirklich?« fragte der Direktor. – »Er röchelt!« antwortete der Aufseher. – »Es ist fünf Uhr«, sagte der Doktor, »ich habe noch nicht gegessen ... Aber schließlich, ich bin nun einmal da; wir wollen ihn uns mal ansehn, nur zu...« – »Der Einzelhäftling Nummer zwei ist eben jener spanische Priester, der für Jacques Collin gehalten wird«, sagte Gault zu dem Arzt, »und einer der Untersuchungsgefangenen in dem Prozeß, in den der arme junge Mensch verwickelt war...« – »Ich habe ihn heute morgen schon gesehen«, sagte der Doktor; »Monsieur Camusot hat mich rufen lassen, damit ich den Gesundheitszustand dieses Burschen feststellte; es geht ihm, unter uns gesagt, ausgezeichnet, und er könnte reich werden, wenn er in Jahrmarktstruppen als Herkules auftreten wollte.« – »Vielleicht will er ebenfalls Selbstmord begehen«, sagte Gault. »Lassen Sie uns rasch mal zusammen in die Einzelzellen gehen, ich muß ohnehin zu ihm, weil ich ihn in die ›Pistole‹ bringen soll. Camusot hat die Einzelhaft für diesen merkwürdigen Anonymus aufheben lassen...«

Jacques Collin, in der Welt der Zuchthäusler der ›Todtäuscher‹ genannt, der Mann, dem wir jetzt keinen andern Namen als den seinen mehr geben dürfen, befand sich seit dem Augenblick, in dem er auf Camusots Befehl in seine Einzelzelle zurückgeführt worden war, in einer angstvollen Erregung, wie er sie während seines ganzen Lebens noch nicht kennengelernt hatte, obwohl dieses durch so viele Verbrechen, durch drei Ausbrüche aus dem Zuchthaus und zwei Verurteilungen vor dem Schwurgericht gekennzeichnet war. Ist dieser Mensch, in dem das Leben, die Kraft, der Geist und die Leidenschaften des Zuchthauses zusammengefaßt sind und der dessen höchsten Ausdruck darstellt, nicht von unheimlicher Schönheit um seiner des Hundes würdigen Anhänglichkeit willen für den, den er zu seinem Freund erkoren hatte? So verdammungswürdig, infam und grauenhaft in vieler Hinsicht diese absolute Hingabe an sein Idol auch sein mochte, sie macht ihn so wahrhaft interessant, daß diese bereits recht umfangreiche Studie als unvollständig und als vorzeitig abgebrochen erscheinen müßte, wenn nicht der Ausgang dieses Verbrecherlebens das Ende Luciens de Rubempré begleitete. Nun das Wachtelhündchen tot ist, erhebt sich die Frage, ob sein furchtbarer Gefährte, ob der Löwe am Leben bleiben wird?

Im wirklichen Leben, in der Gesellschaft verketten sich die Tatsachen so verhängnisvoll mit andern Tatsachen, daß sie nicht ohne einander denkbar sind. Das Wasser des Stroms bildet gleichsam einen flüssigen Boden; es gibt keine Woge, so rebellisch sie auch sei und bis zu welcher Höhe sie sich auch erhebe, deren gewaltige Wassermenge nicht in der Masse der Gewässer verschwände, denn diese ist durch die Geschwindigkeit des Fließens stärker als die aufrührerischen Wirbel, die sich in der Tiefe bilden und mitwallen. Geradeso, wie man das Wasser fließen sieht und verworrene Bilder darin erblickt, möchte man vielleicht auch den Druck ermessen können, den die gesellschaftliche Macht auf den Wirbel mit dem Namen Vautrin ausübte. Man möchte sehen, nach welcher Zeit und an welcher Stelle die rebellische Woge wieder in den Strom zurücksinkt, und wie das Schicksal dieses wahrhaft teuflischen Menschen endet, der doch durch die Liebe mit dem Menschlichen verbunden geblieben war. Denn dieses himmlische Prinzip geht selbst in den brandigsten Herzen kaum je gänzlich zugrunde.

Der gemeine Sträfling hatte dadurch, daß er einen Dichtergedanken zur Wirklichkeit machte, von dem so viele Dichter geträumt haben: Moore[8], Lord Byron, Mathurin[9], Canalis[10] (ein böser Geist, der von einem Engel Besitz ergriffen und ihn in seine Hölle gelockt hatte, damit er ihn mit einem aus dem Paradies geraubten Tautropfen erquicke) – Jacques Collin hatte, wenn man dieses eherne Herz recht begriffen hat, seit sieben Jahren sich selbst entsagt. Seine gewaltigen Fähigkeiten waren voll von Lucien beansprucht worden, betätigten sich nur noch für Lucien; er freute sich über Luciens Erfolge, seine Liebeshändel, seinen Ehrgeiz. Für ihn war Lucien die eigene sichtbar gewordene Seele. Der Todtäuscher aß bei den Grandlieus zu Abend, er schlich sich in die Boudoirs großer Damen, er liebte Esther, und das alles durch einen Stellvertreter. Kurzum, er erblickte in Lucien einen schönen, jungen, vornehmen Jacques Collin, der nach einem Gesandtenposten strebte.

Der Todtäuscher hatte den deutschen Aberglauben vom Doppelgänger verwirklicht, und zwar vermöge einer Art moralischer Vaterschaft, wie sie Frauen begreiflich sein dürfte, die in ihrem Leben einmal wirklich geliebt haben; sie haben gefühlt, wie ihre Seele in die des Geliebten einging, sie haben sein Leben gelebt, sei es nun edel oder infam gewesen, glücklich oder unglücklich, ruhmlos oder glorreich; über alle Entfernungen hinweg haben sie Schmerzen im Bein verspürt, wenn er sich an dem seinen eine Wunde zugezogen hatte; sie haben gefühlt, daß er einen Zweikampf ausfocht, und um alles in einem Wort zu sagen: sie brauchten nicht erst von einer Untreue zu hören, um ihrer gewiß zu sein.

Als Jacques Collin in seine Zelle zurückgeführt worden war, sagte er sich: Jetzt wird der Junge verhört! Und er, der zu morden vermochte, wie ein Arbeiter trinkt, erschauerte. Ob er seine Geliebten noch hat sprechen können? überlegte er. Hat meine Tante diese verdammten Weibsbilder erreichen können? Haben diese Herzoginnen, diese Gräfinnen etwas unternommen, und haben sie das Verhör verhindert ...? Hat Lucien meine Anweisungen bekommen ...? Und wenn das Verhänignis will, daß er verhört wird, wie wird er sich halten ...? Der arme Junge, dahin habe ich ihn gebracht! Dieser Brigant Paccard und diese Marderin Europa sind schuld an dem ganzen Schlamassel, weil sie die siebenhundertfünfzigtausend Francs für die Staatsschuldscheine geklaut haben, die Nucingen Esther geschenkt hatte. Die beiden durchtriebenen Kreaturen haben uns beim letzten Schritt zum Straucheln gebracht; aber diesen Streich sollen sie mir teuer bezahlen! Noch einen Tag, und Lucien wäre reich gewesen! Er hätte seine Clotilde de Grandlieu geheiratet. Ich hätte Esther nicht mehr auf dem Hals gehabt. Lucien hat diese Hure allzusehr geliebt, wogegen er die Rettungsplanke, diese Clotilde, niemals geliebt hätte ... Ah, dann hätte der Junge ganz und gar mir gehört! Und wenn ich bedenke, daß unser Schicksal von einem Blick, von einem Erröten Luciens vor diesem Camusot abhängt, der alles sieht, dem es nicht an der Gerissenheit der Richter fehlt! Denn als er mir die Briefe zeigte, haben wir einen Blick gewechselt, durch den wir uns gegenseitig sondiert haben, und er hat erraten, daß ich die Geliebten Luciens kirre machen kann ...!

Dieser Monolog dauerte drei Stunden. Die Angst war so groß, daß sie schließlich diesen Organismus aus Eisen und Vitriol besiegte: Jacques Collin, in dessen Gehirn die Raserei wie eine Feuersbrunst wütete, empfand einen so verzehrenden Durst, daß er, ohne sich dessen bewußt zu sein, alles Wasser aus dem einen der beiden Kübel austrank, die mit dem Bett das ganze

Mobiliar einer Einzelhaftzelle bilden. Wenn er den Kopf verliert, was soll dann aus ihm werden? Denn der liebe Junge hat nicht Théodores Kraft ... sagte er sich und legte sich auf das Feldbett, das dem in einer Wachstube ähnlich war.

Ein Wort über diesen Théodore, an den Jacques Collin in dieser entscheidenden Stunden denken mußte. Théodore Calvi, ein junger Korse, der im Alter von achtzehn Jahren wegen elffachen Mordes zu lebenslänglichem Zuchthaus verurteilt worden war, war von 1819 bis 1820 dank gewisser mit Gold erkaufter Protektionen Jacques Collins Kettengenosse gewesen. Jacques Collins letzter Ausbruch, eine seiner besten Berechnungen (er war als Gendarm verkleidet fortgegangen und hatte Théodore Calvi als Sträfling neben sich hergeführt, als solle er zum Kommissar gebracht werden), dieser prächtige Ausbruch war im Hafen von Rochefort erfolgt, wo die Sträflinge wie die Fliegen sterben; man hatte wohl gehofft, daß auch diese beiden gefährlichen Persönlichkeiten dort enden würden. Zwar waren sie gemeinsam entkommen, aber die Zufälle während der Flucht hatten sie gezwungen, sich zu trennen. Théodore war wieder ergriffen und ins Zuchthaus zurückgebracht worden. Nachdem Jacques Collin nach Spanien gelangt war und dort die Verwandlung in Carlos Herrera vollzogen hatte, wollte er seinen Korsen in Rochefort abholen, aber da war er an den Ufern der Charente Lucien begegnet. Der Held der Banditen und Macchia, dem der Todtäuscher übrigens seine Kenntnis des Italienischen verdankte, wurde natürlich diesem neuen Idol geopfert.

Das Leben mit Lucien, einem noch nicht vorbestraften jungen Menschen, der sich nichts vorzuwerfen hatte als ein paar kleine Torheiten, hatte sich zudem schön und herrlich vor ihm erhoben wie die Sonne eines Sommertages, wogegen Jacques Collin bei einer Gemeinschaft mit Théodore nichts vor sich gesehen hätte als nach einer unausbleiblichen Reihe von Verbrechen das Schafott.

Die Vorstellung, daß die Schwäche Luciens, der in der Abgeschiedenheit der Einzelhaft ja den Kopf verlieren mußte, ein Unglück angerichtet haben könne, nahm in Jacques Collins Geist ungeheure Dimensionen an; und als er die Möglichkeit einer Katastrophe vermutete, fühlte der Unglückliche, wie ihm die

Augen von Tränen naß wurden: ein Phänomen, das sich bei ihm seit seiner Kindheit kein einziges Mal eingestellt hatte. Ich muß hohes Fieber haben, sagte er sich; vielleicht würde mich der Arzt, wenn ich ihn kommen lasse und ihm eine ansehnliche Summe anbiete, mit Lucien in Verbindung bringen.

In diesem Augenblick brachte der Aufseher dem Untersuchungsgefangenen das Essen. – »Das ist überflüssig, mein Junge, ich kann nicht essen. Sagen Sie dem Herrn Direktor dieses Gefängnisses, er möge mir den Arzt schicken; ich befinde mich so schlecht, daß ich glaube, meine letzte Stunde ist gekommen.«

Als der Aufseher die röchelnden Gutturallaute hörte, mit denen der Sträfling seine Worte begleitete, nickte er und ging.

Jacques Collin klammerte sich geradezu wütend an diese Hoffnung; aber als er den Doktor in Begleitung des Direktors in seine Zelle eintreten sah, betrachtete er seinen Versuch schon als mißlungen, und er wartete kühl das Ergebnis des Besuchs ab, indem er dem Arzt seinen Puls hinhielt.

»Der Herr hat Fieber«, sagte der Doktor zu Gault; »aber es ist das Fieber, das wir bei allen Untersuchungsgefangenen immer wieder feststellen und das«, flüsterte er dem falschen Spanier ins Ohr, »für mich stets der Beweis dafür, daß sich irgend etwas Verbrecherisches verbirgt.«

In diesem Augenblick ließ der Direktor, dem der Generalstaatsanwalt den von Lucien geschriebenen Brief an Jacques Collin eingehändigt hatte, damit er ihn ihm übermittele, den Doktor und den Gefangenen unter der Aufsicht des Wärters allein und ging jenen Brief holen.

»Herr Doktor«, sagte Jacques Collin, als er nur den Wärter an der Tür stehen sah und ohne sich das Fortgehen des Direktors erklären zu können, »es würde mir auf dreißigtausend Francs nicht ankommen, wenn ich Lucien de Rubempré fünf Zeilen zukommen lassen könnte.« – »Ich will Ihnen Ihr Geld nicht stehlen«, sagte der Doktor Lebrun; »mit dem kann sich niemand in der Welt mehr in Verbindung setzen . . .« – »Niemand?« fragte Jacques Collin verblüfft, »und warum nicht?« – »Weil er sich aufgehängt hat . . .«

Nie hat ein Tiger, der seine Jungen geraubt sieht, die Dschungel Indiens mit einem so grauenhaften Schrei durchbrüllt, wie

Jacques Collin ihn ausstieß, wobei er, wie der Tiger auf die Pranken, auf die Füße sprang; er warf einen lodernden Blick, der dem Blitz im Augenblick des Einschlagens glich, auf den Arzt, dann brach er auf seinem Feldbett zusammen und sagte: »Oh, mein Sohn!«

»Der Ärmste!« rief der Arzt, erschüttert von diesem furchtbaren Aufruhr der Natur. Und tatsächlich war diesem Ausbruch eine so vollständige Schwäche gefolgt, daß die Worte »Oh, mein Sohn!« nur noch ein Murmeln gewesen waren. – »Geht der uns auch noch unter den Händen ein?« fragte der Aufseher. – »Nein, das kann nicht sein!« fuhr Jacques Collin fort; er richtete sich auf und sah die beiden Zeugen dieser Szene mit einem Blick ohne Feuer und Wärme an. »Sie täuschen sich, es ist nicht er! Sie haben nicht recht gesehen. Man kann sich in einer Einzelzelle nicht erhängen! Sehen Sie doch, wie könnte ich mich hier aufhängen? Ganz Paris ist mir für dieses Leben verantwortlich! Gott ist es mir schuldig!«

Der Aufseher und der Arzt, die seit langem nichts mehr überraschen konnte, waren tief betroffen. Gault kam mit Luciens Brief in der Hand herein. Beim Erblicken des Direktors schien Jacques Collin, der von der Gewalt jener Explosion des Schmerzes zu Boden geschmettert war, sich zu beruhigen.

»Hier ist ein Brief, den ich Ihnen im Auftrag des Herrn Generalstaatsanwaltes geben soll; er hat mir erlaubt, daß Sie ihn ungeöffnet erhalten«, sagte Gault bedeutungsvoll. – »Er ist von Lucien ...«, sagte Jacques Collin. – »Ja.« – »Nicht wahr, Herr Direktor, dieser junge Mann ist ...« – »Ist tot«, ergänzte der Direktor. »Auch wenn der Herr Doktor im Hause gewesen wäre, wäre er leider zu spät gekommen ... Der junge Mann ist hier gestorben ... in einer der ›Pistolen‹ ...« – »Darf ich ihn mit eigenen Augen sehen?« fragte Jacques Collin schüchtern. »Erlauben Sie einem Vater, daß er hingeht und seinen Sohn beweint?« – »Sie können, wenn Sie wollen, sein Zimmer bekommen; ich habe Befehl, Sie in eins der Zimmer der ›Pistole‹ zu bringen. Ihre Einzelhaft ist aufgehoben worden.«

Die Augen des Untersuchungsgefangenen, die jeder Wärme und jedes Lebens bar waren, glitten langsam vom Direktor zum Arzt; Jacques Collin befragte sie, er glaubte an eine Falle und zögerte, seine Zelle zu verlassen. – »Wenn Sie die Leiche sehen wollen«, sagte der Arzt, »haben Sie keine Zeit zu verlieren; sie soll noch heute nacht weggeschafft werden.« – »Wenn Sie Kinder haben, meine Herren«, sagte Jacques Collin, »dann werden Sie meine Stumpfheit begreifen, ich kann kaum klar sehen ... Dieser Schlag ist für mich härter als der Tod; aber Sie können nicht verstehen, was ich sage ... Sie sind nicht Väter, und wenn Sie es sind, dann nur auf eine Art ... ich bin auch noch Mutter ...! Ich ... ich bin wahnsinnig ... ich fühle es.«

Wenn man durch die Gänge geht, deren unerbittliche Türen sich nur dem Direktor öffnen, kann man in wenigen Minuten von den Einzelhaftzellen zur ›Pistole‹ gelangen. Diese beiden Reihen von Behausungen sind durch einen unterirdischen, durch zwei dicke Mauern gebildeten Korridor getrennt; sie stützen das Gewölbe, auf dem die sogenannte Galerie Marchande des Justizpalastes ruht. Daher war Jacques Collin, den der Wärter unterm Arm faßte, während der Direktor vor und der Arzt hinter ihm herschritten, innerhalb weniger Minuten in der Zelle, in der Lucien lag; er war auf das Bett gelegt worden. Bei diesem Anblick brach Jacques Collin über der Leiche zusammen und klammerte sich verzweifelt daran fest; vor der leidenschaftlichen Kraft der Umarmung erzitterten die drei Zuschauer dieser Szene. – »Da«, sagte der Doktor zum Direktor, »haben Sie ein Beispiel für das, was ich Ihnen gesagt habe. Sehen Sie ... Dieser Mensch zerknetet die Leiche, und Sie wissen nicht, was das heißt, eine Leiche: die ist wie Stein ...«

»Lassen Sie mich hier ...!« sagte Jacques Collin mit erloschener Stimme, »ich kann ihn nicht mehr lange sehen, er soll ja weggeholt werden, und ...« Er hielt vor dem Wort begraben inne. »Sie müssen mir erlauben, daß ich irgend etwas von meinem geliebten Kind behalte ...! Haben Sie doch die Güte«, sagte er zu Doktor Lebrun, »mir ein paar Locken von seinem Haar abzuschneiden, ich selber könnte es nicht ...«

»Es ist wirklich sein Sohn!« sagte der Arzt. – »Meinen Sie?« fragte der Direktor mit einer vielsagenden Miene, die den Arzt in ein kurzes Nachsinnen versenkte.

Der Direktor sagte zu dem Wärter, er solle den Untersuchungsgefangenen in dieser Zelle lassen und, ehe die Leiche abgeholt werde, für den angeblichen Vater ein paar Locken vom Haupt des Sohnes abschneiden.

Um halb sechs kann man im Mai trotz der Gitterstangen und der Maschen des Eisendrahtgeflechts, die die Fenster versperren, auch in der Conciergerie einen Brief ohne Schwierigkeiten lesen. Jacques Collin entzifferte also den furchtbaren Brief, während er Luciens Hand in der seinen hielt.

Kein Mensch könnte zehn Minuten lang ein Stück Eis in der hohlen Hand halten und es kräftig drücken. Die Kälte eilt mit tödlicher Geschwindigkeit bis in die Quellen des Lebens hinein. Aber die Wirkung jener furchtbaren Kälte, die wie ein Gift arbeitet, ist kaum mit der Wirkung zu vergleichen, die die starre, eisige Hand eines Toten auf die Seele ausübt, wenn sie so gehalten, so gedrückt wird. Der Tod spricht dann zum Leben, er redet von dunklen Geheimnissen, die viele Gefühle abtöten; denn wenn die Gefühle sich wandeln, heißt das nicht: sterben?

Wenn wir den Brief Luciens nochmals zusammen mit Jacques Collin lesen, so wird dieses Schreiben in letzter Stunde als das erscheinen, was es für diesen Mann war: als ein Giftkelch.

An den Abbé Carlos Herrera

Mein lieber Abbé, ich habe von Ihnen nichts als Wohltaten empfangen, und dennoch habe ich Sie verraten. Dieser unfreiwillige Undank tötet mich, und wenn Sie diese Zeilen lesen, werde ich nicht mehr am Leben sein; Sie sind nicht mehr da und können mich nicht abermals retten.

Sie hatten mir vollauf das Recht eingeräumt, wenn ich meinen Vorteil dabei fände, Sie zugrunde zu richten, Sie zu Boden zu werfen wie einen Zigarrenstummel, aber ich bin dumm mit Ihnen verfahren. Um sich selber aus der Verlegenheit zu ziehen, hat sich Ihr geistiger Sohn, der, den Sie an Kindes Statt angenommen haben, verführt durch eine geschickte Frage des Untersuchungsrichters, auf die Seite derer gestellt, die Sie um jeden Preis ums Leben bringen wollen, indem sie den Glauben an eine Identität zwischen Ihnen und einem französischen Verbrecher erwecken wollen, deren Unmöglichkeit ich kenne. Damit ist alles gesagt.

Zwischen einem Mann von Ihrer Macht und mir, aus dem Sie eine größere Persönlichkeit machen wollten, als ich sein konnte, darf im Augenblick einer letzten Trennung kein Austausch von nichtigen Phrasen statthaben. Sie haben mich mächtig und glorreich machen wollen, und Sie haben mich in den Abgrund des Selbstmords gestürzt; weiter nichts. Seit langem schon spürte ich, wie das Schwindelgefühl sich mir nahte.

Es gibt die Nachkommenschaft Kains und die Abels, wie Sie bisweilen sagten. Kain ist im großen Drama der Menschheit die Opposition. Sie stammen in jener Linie von Adam ab, in der der Teufel das Feuer, dessen erster Funke auf Eva geworfen worden war, weiter angefacht hat. Unter den Dämonen dieser Abkunft finden sich von Zeit zu Zeit furchtbare von weitgespannten Fähigkeiten, die alle menschlichen Kräfte in sich vereinen und jenen fiebergehetzten Tieren der Wüste gleichen, deren Leben der unermeßlichen Räume bedarf, die sich dort finden. Solche Menschen sind innerhalb der Gesellschaft ebenso gefährlich, wie es Löwen mitten in der Normandie wären: sie brauchen ihren Fraß; sie verschlingen gewöhnliche Menschen und fressen das Geld der Tröpfe auf; ihr Spiel ist so gefährlich, daß sie den demütigen Hund, den sie zu ihrem Gefährten, zu ihrem Idol machten, schließlich töten. Wenn Gott es will, werden diese geheimnisvollen Wesen zu einem Moses, Attila, Karl dem Großen, Mohammed oder Napoleon; aber wenn er diese riesenhaften Werkzeuge auf dem Grunde des Ozeans einer Generation verrosten läßt, so bleibt davon nur ein Pugatscheff[11], Robespierre, Louvel[12] oder der Abbé Carlos Herrera übrig. Sie sind mit einer ungeheuren Macht über zarte Seelen begabt; sie locken sie an und zermalmen sie. Das ist in seiner Art groß und schön. Es ist die Giftpflanze mit den reichen Farben, die die Kinder im Wald berückt. Es ist die Poesie des Bösen. Menschen wie Sie müßten in Höhlen wohnen und dürften sie nie verlassen. Sie haben mich dieses gigantische Leben leben lassen, und ich habe meinen Anteil am Dasein gehabt. So kann ich denn den Kopf aus dem gordischen Knoten Ihrer Politik zurückziehen und ihn in die gleitende Schlinge meiner Krawatte stecken.

Um meinen Fehler wieder gutzumachen, übergebe ich dem Generalstaatsanwalt einen Widerruf meiner Aussagen. So werden Sie aus diesem Dokument Nutzen ziehen können.

Auf Grund eines formgemäßen Testaments, Herr Abbé, werden Ihnen die Ihrem Orden gehörigen Summen zurückerstattet, über die Sie infolge der väterlichen Zärtlichkeit, die Sie mir entgegenbrachten, sehr unklugerweise zu meinen Gunsten verfügt hatten.

Leben Sie also wohl, leben Sie wohl, Sie grandioses Standbild des Bösen und der Verderbnis; leben Sie wohl, der Sie auf dem guten Wege mehr geworden wären als Ximenes[13], mehr als Richelieu! Sie haben Ihr Versprechen gehalten: ich bin wieder das, was ich am Ufer der Charente war; doch verdanke ich Ihnen inzwischen den Zauber eines Traumes; aber leider ist es nicht mehr der Fluß meiner Heimat, in dem ich meine kleinen Jugendsünden ertränken wollte: es ist die Seine, und mein Loch ist eine Zelle der Conciergerie.

Sehnen Sie sich nicht nach mir zurück: meine Verachtung für Sie war meiner Bewunderung gleich.

Lucien

Als kurz vor ein Uhr morgens die Leiche abgeholt werden sollte, kniete Jacques Collin vor dem Bett; der Brief lag am Boden; sicherlich war er ihm entglitten, wie dem Selbstmörder die Pistole entgleitet, die ihn getötet hat; aber Luciens Hand hielt der Unglückliche nach wie vor zwischen seinen gefalteten Händen, und er betete zu Gott.

Als die Träger diesen Menschen sahen, blieben sie einen Augenblick stehen, denn er glich einer jener Steinfiguren, die bis in alle Ewigkeit auf mittelalterlichen Grabstätten knien, erfunden vom Genie der Steinmetzen. Dieser falsche Priester mit den hellen Tigeraugen flößte diesen Leuten in seiner übernatürlichen, starren Reglosigkeit eine solche Achtung ein, daß sie ihn sanft baten, er möge sich erheben.

»Warum denn?« fragte er schüchtern. Der Todtäuscher war schwach geworden wie ein Kind.

Der Direktor zeigte Monsieur de Chargeboeuf dieses Schauspiel; dieser war – zumal da er an die Vaterschaft glaubte, die Jacques Collin sich angemaßt hatte – von Ehrfurcht vor einem solchen Schmerz gepackt, und setzte die Weisungen Granvilles über den Trauergottesdienst und die Überführung Luciens auseinander; er müsse unbedingt in seine Wohnung am Quai Malaquais gebracht werden, wo der Geistliche ihn erwartete, um während des Restes der Nacht bei ihm zu wachen.

»Daran erkenne ich die große Seele dieses Richters«, rief der Sträfling mit bekümmerter Stimme. »Sagen Sie ihm, er könne sich auf meine Dankbarkeit verlassen ... Ja, ich bin imstande, viel für ihn zu tun ... Vergessen Sie diesen Satz nicht, er ist für ihn von höchster Bedeutung. Ach, es gehen seltsame Wandlungen im Herzen eines Menschen vor, wenn er sieben Stunden lang um einen Sohn wie diesen geweint hat ... Ich soll ihn also nicht mehr sehen ...!«

Und nachdem Jacques Collin Lucien mit dem Blick einer Mutter umhüllt hatte, der man die Leiche ihres Sohnes wegnimmt, sank er in sich selber zusammen. Doch als er sah, wie Luciens Leiche fortgetragen wurde, entrang sich ihm ein Stöhnen, das die Träger zur Eile antrieb.

Der Sekretär des Generalstaatsanwalts und der Direktor des Gefängnisses hatten sich diesem Schauspiel bereits entzogen.

Was war aus dieser ehernen Natur geworden, bei der die Entscheidung an Geschwindigkeit dem Blick gleichgekommen war, bei der Denken und Handeln wie ein einziger Blitz gezuckt hatten, deren durch drei Ausbrüche, durch drei Aufenthalte im Zuchthaus gestärkte Nerven die metallische Straffheit der Nerven eines Wilden erreicht hatten? Das Eisen gibt unter einem bestimmten Grad von Hammerschlägen oder unter wiederholtem Druck nach; seine undurchdringlichen Moleküle, die der Mensch gereinigt und gleichartig gemacht hat, lockern sich; und ohne daß das Metall schmilzt, hat es doch nicht mehr die gleiche Widerstandskraft. Die Hufschmiede, die Schlosser, die Grobschmiede, alle Handwerker, die beständig dieses Metall bearbeiten, drücken seinen Zustand dann durch ein Wort ihrer Fachsprache aus: Das Eisen ist müde! sagen sie und bedienen sich damit eines Ausdrucks, der sonst ausschließlich auf durch zu starkes Rösten mürbe gewordenen Hanf angewandt wird. Nun, in einem ähnlichen Zustand wie das Eisen befindet sich auch die menschliche Seele oder, wenn man will, die dreifache Energie des Körpers, des Herzens und des Geistes, wenn sie wiederholt gewissen Stößen ausgesetzt gewesen sind. Dann geht es mit den Menschen wie mit Hanf und Eisen: sie sind müde. Die Wissenschaft, die

Justiz und die Öffentlichkeit suchen tausend Ursachen für die furchtbaren Katastrophen, die bei den Eisenbahnen der Bruch einer Schiene im Gefolge hat; das furchtbarste Beispiel dafür war das Unglück von Bellevue[14]; aber niemand hat die wirklichen Kenner auf diesem Gebiet befragt, die Schmiede, die alle dasselbe gesagt haben: Das Eisen war müde. Diese Gefahr läßt sich nicht voraussehen. Das weich gewordene und das widerstandsfähig gebliebene Metall haben dasselbe Aussehen.

In diesem Zustand treffen die Beichtväter und Untersuchungsrichter oft die großen Verbrecher an. Die furchtbaren Aufregungen der Schwurgerichtsverhandlungen und der ›Toilette‹ rufen fast immer, sogar bei den stärksten Naturen, diese Ausrenkung des Nervenapparats hervor. Dann entschlüpfen den mit aller Gewalt zugepreßten Mündern die Geständnisse; die härtesten Herzen brechen dann; und seltsam, das geschieht erst in dem Augenblick, da Geständnisse nichts mehr nützen; diese letzte Schwäche reißt dem Menschen die Maske der Unschuld ab, unter der er dem Gerichtshof Unruhe eingeflößt hatte, weil dieser stets beunruhigt ist, wenn der Verurteilte stirbt, ohne sein Verbrechen eingestanden zu haben.

Napoleon hat diese Auflösung aller menschlichen Kräfte auf dem Schlachtfeld von Waterloo kennengelernt.

Als um acht Uhr morgens der Aufseher der ›Pistolen‹ in das Zimmer trat, in dem Jacques Collin sich befand, fand er ihn bleich und ruhig, wie es ein Mensch ist, der durch einen gewaltsamen Entschluß seine Kraft wiedergewonnen hat. »Jetzt ist die Stunde des Spazierengehens auf dem Hof«, sagte der Schließer; »Sie sind seit drei Tagen eingesperrt gewesen; wenn Sie Luft schöpfen und sich Bewegung machen wollen, können Sie es tun.«

Jacques Collin war ganz in seine verzehrenden Gedanken versunken; er nahm kein Interesse mehr an sich selbst; er sah sich als ein Kleidungsstück ohne einen Körper darin an, als einen Fetzen Zeug, und so argwöhnte er nichts von der Falle, die Bibi-Lupin ihm gestellt hatte, und auch nichts von der Bedeutung, die das Betreten des Gefängnishofes für ihn haben sollte. Der Unglückliche ging mechanisch hinaus und bog in den Korridor ein, der an den in die Gesimse der prachtvollen Arkaden des Palastes der französischen Könige eingelassenen Zellen entlangführt; auf diesen Arkaden ruht die sogenannte Galerie des heiligen Ludwig, durch die man heute zu den verschiedenen Räumlichkeiten des Kassationsgerichts geht. Dieser Korridor mündet in den, an dem die ›Pistolen‹ liegen; und es ist der Anmerkung wert, daß die Zelle, in der Louvel, einer der berühmtesten Königsmörder, gefangengehalten wurde, genau in dem rechten Winkel liegt, der durch das Zusammentreffen der beiden Korridore gebildet wird. Unter dem hübschen Amtszimmer in der Tour Bonbec befindet sich eine Wendeltreppe, zu der dieser düstere Korridor hinführt und über die die Gefangenen aus den ›Pistolen‹ und den andern Zellen zum Gefängnishof und von ihm aus wieder nach oben gehen.

Alle Gefangenen, die Angeklagten, die vor das Schwurgericht kommen sollen oder schon vor ihm erschienen sind, die Untersuchungsgefangenen, die sich nicht mehr in Einzelhaft befinden, kurzum: alle Gefangenen der Conciergerie gehen täglich ein paar Stunden, vor allem im Sommer, morgens früh auf diesem engen, vollständig gepflasterten Hof spazieren. Der Gefängnishof, das Vorzimmer zum Schafott oder zum Zuchthaus, mündet mit dem einen Ende auf diese Einrichtungen, mit dem andern hängt er durch den Gendarm, den Untersuchungsrichter und das Schwurgericht noch mit der Gesellschaft zusammen. So ist er ein eisigerer Anblick als das Schafott. Das Schafott kann zum Piedestal werden, von dem aus man in den Himmel steigt; aber der Gefängnishof ist die Sammelstätte aller Infamien der Erde, und er hat keinen Ausgang.

Sei es nun der Gefängnishof von La Force oder der von Poissy, seien es die von Melun oder Sainte-Pélagie: ein Gefängnishof bleibt ein Gefängnishof. Dieselben Dinge wiederholen sich bis ins kleinste hinein: bis auf die Farbe der Mauern, bis zu ihrer Höhe und Größe. Daher würden denn auch die ›Sittenstudien‹ ihren Titel Lügen strafen, wenn hier nicht die genaueste Schilderung dieses Pariser Pandämoniums folgte.

Unter den gewaltigen Gewölben, die den Sitzungssaal des Kassationsgerichts tragen, steht an der vierten Arkade ein Stein, der, wie man sagt, dem heiligen Ludwig dazu diente, seine Almosen zu verteilen, und der heutigentags als ein Tisch benützt wird, an dem den Gefangenen ein paar genießbare Dinge verkauft werden. Sowie sich also den Gefangenen der Gefängnishof auftut, scharen sie sich alle um diesen Stein mit den Gefangenenleckereien: mit Branntwein, Rum und dergleichen.

Die beiden ersten Arkaden dieser Seite des Gefängnishofes, die der prachtvollen byzantinischen Galerie gegenüberliegt, dem einzigen Überrest von der Eleganz des Palastes des heiligen Ludwig, werden von einem Sprechzimmer ausgefüllt, in dem sich Advokaten und Angeklagte miteinander besprechen; die Gefangenen gelangen durch ein mächtiges Portal hinein, das aus einem durch ungeheure Schranken gebildeten Doppeleingang besteht und in den Raum der dritten Arkade eingebaut ist. Dieser Doppelweg gleicht jenen Gäßchen, die man gegenwärtig an den Pforten der Theater anlegt, wo in Zeiten großer Erfolge zwischen Eisenschranken die Besucher Schlange stehen. Jenes Sprechzimmer, das am Ende des riesigen Eingangssaales der Conciergerie liegt, wird auf der Hofseite durch Lichtschächte beleuchtet und erhält neuerdings auch von der Portalseite her durch verglaste Luken Licht, so daß die Advokaten, die dort mit ihren Klienten reden, überwacht werden können. Diese Neuerung ist notwendig geworden, weil hübsche Frauen mit ihren Verteidigern allzu starke Verführungskünste trieben. Man weiß kaum noch, wo die Moral einmal haltmachen wird . . .! Diese Vorsichtsmaßregeln gleichen fix und fertig gelieferten Fragen zur Gewissensforschung, durch welche die reine Phantasie verderben muß, weil sie dadurch an ihr unbekannte Ungeheuerlichkeiten denken muß. In diesem Sprechzimmer finden auch die Zusammenkünfte der Eltern und der Freunde, die polizeiliche Erlaubnis haben, mit den Angeklagten oder Verurteilten statt.

Man wird jetzt begreifen, was der Gefängnishof für die zweihundert Gefangenen der Conciergerie bedeutet: er ist ihr Garten, ein Garten ohne Bäume, ohne Erde, ohne Blumen, kurz ein Gefängnishof! Seine Anhängsel, wie das Sprechzimmer und der Stein des heiligen Ludwig, auf dem die Eßwaren und die erlaubten Getränke feilgeboten werden, bilden die einzige Verbindung mit der Außenwelt, die möglich ist.

Die Augenblicke auf dem Gefängnishof sind die einzigen, in denen der Gefangene an die Luft und in Gesellschaft kommt; in den andern Gefängnissen freilich versammeln sich die Strafgefangenen wenigstens in den Arbeitssälen; aber in der Conciergerie kann man sich keinen Beschäftigungen widmen, es sei denn, man befinde sich in der ›Pistole‹. Überdies beschäftigen ja dort die dramatischen Vorgänge vor dem Schwurgericht alle Geister, denn man kommt nur dorthin, um die Voruntersuchung oder die Aburteilung über sich ergehen zu lassen. Der Hof bietet ein grauenhaftes Schauspiel dar; man kann es sich nicht vorstellen, man muß es sehen oder gesehen haben.

Zunächst bildet die Versammlung von etwa hundert Angeklagten oder Untersuchungsgefangenen, die auf einen Raum von vierzig Meter Länge und dreißig Meter Breite zusammengepfercht sind, nicht gerade die Elite der menschlichen Gesellschaft. Diese Elenden, die zum größten Teil den untersten Klassen angehören, sind schlecht gekleidet; ihr Gesichtsausdruck ist gemein oder furchtbar; denn ein Verbrecher, der aus den oberen sozialen Sphären stammt, ist eine zum Glück ziemlich seltene Ausnahme. Unterschlagung, Fälschung und betrügerischer Bankrott, die einzigen Verbrechen, die ›anständige‹ Leute hierher bringen können, genießen zudem das Vorrecht der ›Pistole‹, und der Angeklagte verläßt dann fast niemals seine Zelle.

Dieser Promenadenweg, der eingerahmt ist von festen, schwärzlichen, gewaltigen Mauern, von einer in Zellen geteilten Säulenreihe, von einem Befestigungswerk auf der Kaiseite und von den vergitterten Zellenfenstern der ›Pistole‹ im Norden; der überwacht wird von aufmerksamen Wärtern und benutzt wird von einer Herde gemeiner Verbrecher, die einander mißtrauen, wirkt allein schon durch die räumliche Beschaffenheit bedrükkend; aber er flößt alsbald Angst ein, wenn man sich dort zum Zielpunkt all dieser Blicke voll Haß, Neugier und Verzweiflung werden und sich diesen entehrten Wesen gegenübersieht. Keine Freude! Alles ist düster, Stätte wie Menschen. Alles ist stumm, die Mauern wie die Gewissen. Alles bedeutet Gefahr für die Unglücklichen; sie wagen einander nicht zu vertrauen, sofern nicht eine jener Freundschaften obwaltet, die finster sind wie das Zuchthaus, ihre Zeugungsstätte. Die Polizei, die sie beherrscht, vergiftet ihnen die Atmosphäre und verdirbt ihnen alles, selbst den Händedruck zweier befreundeter Schläger. Ein Verbrecher, der dort seinem besten Kameraden begegnet, weiß nicht, ob jener nicht etwa bereut, ob er nicht im Interesse seines Lebens ein Geständnis abgelegt hat. Dieser Mangel an Sicherheit, diese Furcht vor dem ›Hammel‹ zerstört die an sich schon so lügnerische Freiheit des Gefängnishofes. Im Gefängnisjargon ist der ›Hammel‹ ein Spitzel, der sich den Anschein gibt, als sei er mit einer üblen Geschichte belastet, und dessen sprichwörtliche Gewandtheit darin besteht, daß er sich für einen ›Freund‹ ausgibt. Das Wort ›Freund‹ bedeutet im Jargon einen ausgemachten Dieb, einen hartgesottenen Dieb, der seit langem mit der Gesellschaft gebrochen hat, der sein Leben lang ein Dieb bleiben will, aber den Gesetzen der großen Gaunerwelt trotz allem treu ist.

Verbrechen und Irrsinn besitzen einige Ähnlichkeit. Ob man die Gefangenen der Conciergerie auf dem Gefängnishof sieht oder die Irren im Garten eines Irrenhauses, das ist dasselbe. Die einen wie die andern weichen einander beim Gehen aus; sie werfen einander, je nach ihren augenblicklichen Gedanken, zumindest merkwürdige, oftmals wilde Blicke zu, nie jedoch heitere oder ernste, denn sie kennen oder sie fürchten einander. Die Erwartung einer Verurteilung, die Gewissensbisse, die Ängste geben den Spaziergängern im Gefängnishof das unruhige und verstörte Aussehen der Irren. Einzig die gewerbsmäßigen Verbrecher bekunden eine Sicherheit, die der Ruhe eines ehrbaren Lebenswandels, der Aufrichtigkeit eines reinen Gewissens gleicht.

Da Menschen aus den Mittelklassen dort Ausnahmen bilden, und da die Scham alle jene, die das Verbrechen dorthin schickt, in ihren Zellen festhält, sind die Stammgäste des Gefängnishofes im allgemeinen gekleidet wie die Leute der Arbeiterklasse. Die Bluse, der Kittel und die Samtjacke herrschen vor. Diese plumpe oder schmutzige Kleidung, die zu den gemeinen oder unheimlichen Gesichtszügen und den brutalen, nur von den traurigen Gedanken der Gefangenen leicht gedämpften Manieren stimmt, kurz alles, sogar die Stille der Örtlichkeit, trägt dazu bei, den seltenen Besucher, dem hohe Protektion das sparsam verliehene Vorrecht verschafft hat, die Conciergerie besichtigen zu dürfen, mit Grauen und Abscheu zu erfüllen.

Gerade wie der Anblick eines anatomischen Kabinetts, in dem ekelhafte Krankheiten in Wachsnachbildungen ausgestellt sind, den dort hingeführten jungen Menschen keusch macht und mit

Sehnsucht nach heiligen und edlen Liebschaften erfüllt, so flößt der Anblick der Conciergerie und des Gefängnishofs mit seinen dem Zuchthaus, dem Schafott oder irgendeiner entehrenden Strafe geweihten Gästen auch denen Furcht vor der menschlichen Gerechtigkeit ein, die vielleicht die göttliche Gerechtigkeit nicht fürchten, obwohl deren Stimme im Gewissen so vernehmlich spricht; und sie verlassen den Bau als Menschen, die auf lange Zeit hinaus ehrlich leben.

Da die Spaziergänger, die sich im Gefängnishof befanden, als Jacques Collin hinunterkam, die Mitspieler in einer im Leben des Todtäuschers höchst bedeutungsvollen Szene sein sollten, ist es nicht unwichtig, ein paar der wichtigsten Gestalten dieser furchtbaren Versammlung zu beschreiben.

Hier, wie überall, wo Menschen in großer Zahl beisammen sind, zum Beispiel in der Schule, führen körperliche und moralische Kraft die Herrschaft. Hier bildeten also wie im Zuchthaus die Schwerverbrecher die Aristokratie. Der, dessen Kopf auf dem Spiel steht, sticht alle anderen aus. Der Gefängnishof ist, wie man sich denken kann, eine hohe Schule des Strafrechts; die Vorlesungen sind dort unendlich viel besser als an der Place du Panthéon. Ein immer wiederkehrender Scherz besteht darin, daß man das Drama der Schwurgerichtsverhandlung aufführt; man ernennt einen Präsidenten, ein Geschworenenkollegium, einen öffentlichen Ankläger, einen Advokaten, und es wird ein Prozeß verhandelt. Diese grauenhafte Posse wird fast immer dann gespielt, wenn es sich um ein berühmtes Verbrechen handelt. Um diese Zeit war der große Strafprozeß, der auf der Tagesordnung des Schwurgerichts stand, der abscheuliche Mord, der an dem Ehepaar Crottat, ehemaligen Pächtersleuten und Eltern des Notars, begangen worden war; wie sich aus diesem unglücklichen Vorfall ergab, hatten sie achthunderttausend Francs in Gold im Hause gehabt. Der eine der Täter dieses Doppelraubmords war der berüchtigte Dannepont, genannt La Pouraille, ein entlassener Zuchthäusler, der mit Hilfe von sieben oder acht verschiedenen Namen seit fünf Jahren den eifrigsten Nachforschungen der Polizei entgangen war. Die Verkleidungen dieses Verbrechers waren stets so vollkommen, daß er unter dem Namen Delsouqs, eines seiner Schüler, eines berüchtigten Diebs, der bei seinen

Unternehmungen niemals den Zuständigkeitsbereich des Sittenpolizeigerichts überschritt, zwei Jahre Gefängnis hatte absitzen können. La Pouraille war seit seiner Entlassung aus dem Zuchthaus schon bei seinem dritten Mord angelangt. Die Gewißheit, daß er zum Tode verurteilt werden würde, machte diesen Angeklagten ebensosehr zum Gegenstand des Grauens und der Bewunderung der Gefangenen wie sein vermutlicher Reichtum; denn von dem gestohlenen Geld war kein einziger Franc wiedergefunden worden. Man erinnert sich trotz der Ereignisse des Juli 1830 noch heute des Entsetzens, das diese verwegene Tat in Paris hervorrief; in ihrer Bedeutung ist sie nur dem Medaillendiebstahl aus der Bibliothek[15] zu vergleichen; denn der unselige Hang unserer Zeit, alles in Ziffern umzusetzen, macht einen Mord um so auffälliger, je beträchtlicher die geraubte Summe ist.

La Pouraille, ein kleiner, dürrer, magerer Mensch mit einem Mardergesicht, jetzt fünfundvierzig Jahre alt, war eine der Berühmtheiten der drei Zuchthäuser gewesen, in denen er seit seinem neunzehnten Jahr nacheinander gesessen hatte, und er kannte Jacques Collin genau; man wird noch erfahren, wieso und warum. Zwei weitere Sträflinge, die vor vierundzwanzig Stunden zusammen mit La Pouraille aus La Force in die Conciergerie überführt worden waren, hatten diesen unheimlichen König, den Freund, der dem Schafott geweiht war, auf der Stelle erkannt und den ganzen Hof auf ihn aufmerksam gemacht. Einer dieser Sträflinge, ein Entlassener namens Sélérier, genannt der Auvergnat, Papa Ralleau und der Zugvogel, führte jedoch in der Gesellschaftsschicht, die im Zuchthaus als die große Gaunerwelt bezeichnet wird, den Spitznamen Seidenfaden; er verdankte ihn der Gewandtheit, mit der er den Gefahren seines Berufs entging, und er war einer der ehemaligen Spießgesellen des Todtäuschers. Der Todtäuscher nun aber hatte Seidenfaden so sehr in Verdacht, doppeltes Spiel zu spielen, nämlich zugleich im Rat der großen Gaunerwelt zu sitzen und im Sold der Polizei zu stehen, daß er ihm (siehe ›Vater Goriot‹ in den ›Szenen aus dem Privatleben‹) seine Verhaftung im Jahre 1819 in der Pension Vauquer zugeschrieben hatte. Sélérier, den wir Seidenfaden nennen müssen, gerade wie Dannepont La Pouraille heißen soll, war schon dadurch straffällig geworden, daß er sich der Polizeiaufsicht entzogen hatte; jetzt war er in eine Reihe schwerer Diebstähle verwickelt, bei denen zwar kein Tropfen Blut vergossen worden war, die ihn aber dennoch auf mindestens zwanzig Jahre wieder ins Zuchthaus bringen mußten. Der andere Sträfling hieß Riganson und bildete mit seiner La Biffe genannten Konkubine eines der meistgefürchteten Paare in der großen Gaunerwelt. Riganson, der schon vom zartesten Alter an mit der Justiz auf gespanntem Fuß lebte, trug den Spitznamen Le Biffon[16]. Le Biffon war das Männchen der Biffe, denn für die große Gaunerwelt gibt es nichts Heiliges. Diese Außenseiter achten weder das Gesetz noch die Religion, nichts, nicht einmal die Naturgeschichte, deren geweihte Nomenklatur, wie man sieht, von ihnen parodiert wird.

Hier ist eine Abschweifung nötig; denn Jacques Collins Auftreten auf dem Gefängnishof, sein Erscheinen mitten unter seinen Feinden, das Bibi-Lupin und der Untersuchungsrichter so gut vorbereitet hatten, die wunderlichen Szenen, die sich daraus ergeben sollten, all das wäre hier unerzählbar und unverständlich ohne ein paar Erläuterungen über die Welt der Diebe und des Zuchthauses, über ihre Gesetze, ihre Bräuche und vor allem über ihre Sprache, deren grauenhafte Poesie in diesem Teil der Erzählung unentbehrlich ist. Vor allem also ein Wort über die Sprache der Bauernfänger, der Gauner, der Diebe und der Mörder, die als Rotwelsch bezeichnet wird; sie wurde in letzter Zeit in der Literatur mit solchem Erfolg verwendet, daß mehr als ein Wort aus diesem seltsamen Wortschatz über die rosigen Lippen junger Frauen gekommen, in Zimmern mit vergoldeter Täfelung erklungen ist und Fürsten amüsiert hat, von denen mehr als einer zugeben muß, er sei ›beschuppt‹[17] worden. Wir wollen es getrost aussprechen, und vielleicht zum Erstaunen vieler: es gibt keine kraftvollere, farbigere Sprache als die dieser Unterwelt, die sich seit dem Entstehen der großen Reiche mit Hauptstädten in den Kellern, den untersten Pfuhlen, in der ›dritten Versenkung‹ – um dem Theater einen lebendigen und packenden Ausdruck zu entleihen – der Gesellschaft tummelt. Ist die Gesellschaft nicht ebenfalls ein Theater? Die dritte Versenkung ist der unterste Keller unter dem Bühnenfußboden der Oper; sie birgt die Maschinen, die Maschinisten, die Vorrichtung für die Rampenbeleuchtung, die Geistererscheinungen, die blauen Teufel, die die Hölle ausspeit, usw.

Jedes Wort dieser Sprache ist ein brutales, treffendes oder furchtbares Bild. Eine Kniehose ist eine Montante; wir wollen das nicht erklären. Im Argot schläft man nicht, man haut sich hin. Man beachte, mit welcher Kraft dieses Verbum die besondere Art des Schlafens malt, die dem verfolgten, ermüdeten, argwöhnischen Tier eigen ist, das als Dieb bezeichnet wird und das, sowie es in Sicherheit ist, unter den gewaltigen Flügeln des Verdachts, der immer über ihm schwebt, sich in die Abgründe eines tiefen, notwendigen Schlafes fallen läßt, hinabrollt; eines furchtbaren Schlafes, gleich dem des wilden Tieres, das schläft und schnarcht und dessen Ohren dennoch doppelt vorsichtig wachen[18].

Alles ist wild und wüst in diesem Idiom. Ob in den Anfangs- oder Endsilben: die Wörter sind herb und befremden auf seltsame Weise. Eine Frau ist eine largue. Und wieviel Poesie findet sich darin! Stroh ist la plume de Beauce. Das Wort Mitternacht wird wiedergegeben durch douze plombes crossent! Überläuft einen da nicht ein Schauer? Rincer une cabriole heißt: ein Zimmer ausräumen. Was ist der Ausdruck sich schlafen legen im Vergleich zu se piausser, sich eine andere Haut zulegen? Welche Lebendigkeit der Bilder! Domino spielen heißt: essen. Wie essen denn Verfolgte?

Das Rotwelsch ist übrigens in ständiger Bewegung; es folgt der Zivilisation auf den Fersen; es bereichert sich bei jeder neuen Erfindung um neue Ausdrücke. Die Kartoffel, die Ludwig XVI. und Parmentier[19] einführten und durchsetzten, wird vom Rotwelsch sogleich mit dem Namen Sauorange begrüßt. Die Banknoten werden erfunden, und sogleich nennt das Zuchthaus sie fafiots garatés, nach dem Namen Garats, des Kassierers, dessen Unterschrift sie tragen. Fafiot! Hört man nicht das Knistern von Seidenpapier? Der Tausendfrancsschein heißt fafiot mâle, Fafiotmännchen, der Fünfhundertfrancsschein fafiot femmelle, Fafiotweibchen. Man warte nur ab: auch die Scheine zu hundert oder zweihundert Francs werden schon noch von den Zuchthäuslern mit irgendwelchen bizarren Namen belegt werden.

Im Jahre 1790 erfindet Guillotin im Interesse der Menschlichkeit jenen rasch arbeitenden Mechanismus, der alle Vorwürfe entkräftet, die gegen die Qual der Todesstrafe erhoben worden sind. Sogleich beschäftigen die Zuchthäusler, die ehemaligen Galeerensträflinge sich mit diesem Mechanismus, der auf der Grenze zwischen dem alten monarchischen System und dem der neuen Justiz steht, und nennen ihn l'Abbaye de Mont-à-Regret! (die Abtei zum Reueaufstieg). Sie beschäftigen sich mit dem Winkel des stählernen Fallbeils und erfinden zur Kennzeichnung seiner Tätigkeit das Wort faucher, sicheln. Wenn man bedenkt, daß das Zuchthaus bei ihnen le pré, die Wiese, heißt, müssen diejenigen, die sich mit linguistischen Studien befassen, die Erschaffung dieser furchtbaren Vokabeln, wie Charles Nodier[20] gesagt hätte, bewundern.

Wir müssen uns übrigens das hohe Alter des Rotwelsch deutlich machen! Ein Zehntel seines Wortbestands entstammt dem Spätlateinischen, ein weiteres Zehntel der alten gallischen Sprache des Rabelais. Effondrer (enfoncer, eindämmen, betrügen), otolandrer (langweilen, ärgern), cambrioler (alles, was in einem Zimmer geschieht), aubert (Geld), gironde (schön; Name eines Flusses im Languedoc), fouillousse (Tasche) gehören der Sprache des vierzehnten und fünfzehnten Jahrhunderts an. Der Ausdruck l'affe für das Leben ist von höchster Altertümlichkeit. L'affe stören (troubler l'affe): daraus ist les affres geworden, und daher kommt das Wort affreux, das, übersetzt, bedeutet: was das Leben stört, usw.

Mindestens hundert Rotwelschwörter gehören der Sprache Panurges an, der in Rabelais' Werk das Volk symbolisiert, denn der Name ist aus zwei griechischen Wörtern zusammengesetzt worden, die bedeuten: Der, der alles tut. Die Wissenschaft ändert das Antlitz der Zivilisation durch die Eisenbahn, das Rotwelsch hat sie bereits le roulant vif genannt.

Die Bezeichnung des Kopfes, wenn er ihnen noch auf den Schultern sitzt, la sorbonne[21], weist auf die antike Quelle jener Sprache hin, deren die ältesten Romanschriftsteller wie Cervantes, wie die italienischen Novellisten und Aretino sich bedienen. Zu allen Zeiten war ja tatsächlich die Dirne, die Heldin so vieler alter Romane, Schützerin, Gefährtin und Trösterin des Bauernfängers, des Diebs, des Mantelklauers, des Gauners und Betrügers.

Die Prostitution und der Diebstahl sind zwei lebendige Proteste – ein weiblicher und ein männlicher – des Naturzustandes gegen den Zustand der Gesellschaft. Daher kommen denn auch die gegenwärtigen Philosophen, die Neuerer, die Humanitätsprediger, deren Gefolgschaft die Kommunisten und Fourieristen[22] bilden, ohne sich dessen bewußt zu sein, schließlich zu denselben beiden Resultaten: der Prostitution und dem Diebstahl. Der Dieb zieht nicht in sophistischen Büchern Eigentum, Erbrecht und soziale Garantien in Frage; er schafft sie einfach ab. Für ihn heißt stehlen: wieder zu dem Seinen kommen. Er kämpft nicht gegen die Ehe, er klagt sie nicht an, er fordert nicht in gedruckten Utopien jene gegenseitige Einwilligung, jenes enge Seelenbündnis, das zu verallgemeinern unmöglich ist; er paart sich mit einer Gewaltsamkeit, deren fesselnde Ketten unablässig vom Hammer der Notwendigkeit enger geschmiedet werden. Die modernen Neuerer schreiben teigige, faserige und nebelhafte Theorien oder philanthropische Romane; der Dieb dagegen handelt! Er ist klar wie eine Tatsache, er ist logisch wie ein Faustschlag. Und in was für einem Stil ...!

Noch eine Anmerkung! Die Welt der Dirnen, der Diebe und Mörder, die Zuchthäuser und Gefängnisse bergen ein Volk von ungefähr sechzig- bis achtzigtausend Individuen, Männer und Frauen. Diese Welt darf man in einem Gemälde unserer Sitten, in der genauen Wiedergabe unserer gesellschaftlichen Zustände nicht außer acht lassen. Die Justiz, die Gendarmerie und die Polizei umfassen beinahe die gleiche Anzahl von Beamten; ist das nicht seltsam? Diese Gegnerschaft der Leute, die einander suchen und meiden, hat einen ungeheuren, unerhört dramatischen Zweikampf zur Folge, den wir in dieser Studie skizziert haben. Es verhält sich mit dem Diebstahl und mit dem Gewerbe der öffentlichen Dirne wie mit dem Theater, der Polizei, der Priesterschaft und der Gendarmerie. In diesen sechs Ständen nimmt das Individuum einen unauslöschlichen Charakter ein. Es kann nichts anderes mehr werden, als was es ist. Die Stigmata des Priestertums sind unwandelbar, gerade wie die des Soldatenstandes. Genauso ist es in allen Ständen, die innerhalb der Zivilisation starke Gegensätze, Kontraste bilden. Diese ausgeprägten, wunderlichen, eigenartigen Kennzeichen, sui generis, machen die öffentliche Dirne und den Dieb, den Mörder und den Freigelassenen so leicht kenntlich, daß sie für ihre Feinde, den Spitzel und den Gendarmen, das sind, was für den Jäger das Wild ist: sie haben ein bestimmtes Wesen, Manieren, eine Gesichtshaut, Blicke, eine Farbe, einen Geruch, kurzum: unfehlbare Merkmale. Daher die große Meisterschaft im Sichverkleiden bei den Berühmtheiten des Zuchthauses.

Nun noch ein Wort über die Verfassung jener Welt, die die Abschaffung des Brandmals, die Milderung der Strafen und die stupide Nachsicht der Geschworenen zu etwas so Bedrohlichem machen. In zwanzig Jahren wird nämlich Paris von einem Heer von vierzigtausend freigelassenen Sträflingen eingeschlossen sein; denn das Département Seine ist mit seinen eineinhalb Millionen Einwohnern die einzige Stätte Frankreichs, wo diese Unglücklichen sich verbergen können. Paris ist für sie, was der Urwald für die wilden Tiere ist.

Die große Welt der Gauner, die für diese Gesellschaft das Faubourg Saint-Germain, also die Aristokratie ist, hatte sich 1816 nach einem Friedensschluß, der so viele Existenzen in Frage stellte[23], zu einer Verbindung zusammengeschlossen, die sich die Großen Fanandels nannte; in ihr hatten sich die berühmtesten Bandenführer und einige verwegene Leute, die damals ohne alle Hilfsmittel waren, vereinigt. Das Wort Fanandels bedeutet gleichzeitig Brüder, Freunde, Kameraden. Alle Diebe, Verbrecher, Strafgefangenen sind Fanandels. Die Großen Fanandels, die ›Blüte der Aristokratie‹, der großen Welt der Gauner, bildeten zwanzig und einige Jahre lang das ›Kassationsgericht‹, das ›Institut de France‹ und die ›Pairskammer‹ dieses Volkes. Die Großen Fanandels hatten jeder sein eigenes Vermögen, gemeinsame Kapitalien und eigene Gepflogenheiten. Sie waren sich gegenseitig in Notlagen Beistand schuldig und kannten einander. Sie waren übrigens sämtlich über die Listen und Verführungskünste der Polizei erhaben, sie hatten ihre besondere Charte und ihre Losungs- und Kennworte.

Diese Herzöge und Pairs der Zuchthauswelt hatten von 1815 bis 1819 die berühmte Vereinigung der ›Zehntausender‹ gebildet (siehe ›Vater Goriot‹ in den ›Szenen aus dem Privatleben‹), so benannt nach der Vereinbarung, auf Grund derer sie niemals etwas unternehmen durften, wobei weniger als zehntausend Francs zu erbeuten waren. Eben jetzt, 1829 und 1830, wurden Denkschriften veröffentlicht, in denen eine der Berühmtheiten der Kriminalpolizei[24] den damaligen Kräftestand jener Vereinigung und die Namen ihrer Mitglieder angab. Mit Schrecken gewahrte man darin ein Heer von Begabungen, Männer wie Frauen; und dieses Heer war so furchtbar, so geschickt und so oft vom Glück begünstigt, daß Diebe wie Levy, Pastourel, Collonge, Chimaux, die jetzt fünfzig und sechzig Jahre alt waren, als seit ihrer Kindheit im Aufstand gegen die Gesellschaft aufgeführt werden mußten . . .! Welches Ohnmachtszeugnis für die Justiz, daß es so alte Diebe gibt!

Jacques Collin war der Kassierer nicht nur der ›Zehntausender‹-Vereinigung, sondern auch der Großen Fanandels, der Herren des Zuchthauses. Nach dem Eingeständnis kompetenter Autoritäten haben die Zuchthäusler von je ihre Kapitalien gehabt. Diese eigentümliche Tatsache ist leicht erklärlich. Kein gestohlenes Gut wird wieder gefunden, es sei denn in Ausnahmefällen. Da die Verurteilten nichts mit ins Zuchthaus nehmen können, sehen sie sich genötigt, ihre Zuflucht zum Vertrauen, zu einem befähigten Kopf zu nehmen, ihre Gelder auf Treu und Glauben hinzugeben, wie man sie innerhalb der Gesellschaft einem Bankhaus anvertraut.

Ursprünglich hatte Bibi-Lupin, der nun seit zehn Jahren Chef der Sicherheitspolizei war, der Aristokratie der Großen Fanandels angehört. Sein Verrat war die Folge verletzter Eitelkeit gewesen: er hatte es erleben müssen, daß ihm beständig die große Intelligenz und die ungeheure Kraft des Todtäuschers vorgezogen wurde. Daher rührte die beharrliche Erbitterung des berühmten Chefs der Sicherheitspolizei gegen Jacques Collin. Daher rührten auch gewisse Kompromisse zwischen Bibi-Lupin und seinen alten Gefährten, mit denen sich die Behörden allmählich zu beschäftigen begannen.

In seinem Verlangen nach Rache also, dem der Untersuchungsrichter die Bahn geöffnet hatte, weil er die Identität Jacques Collins feststellen mußte, hatte der Chef der Sicherheitspolizei seine Helfer sehr geschickt ausgewählt, indem er La Pouraille, Seidenfaden und le Biffon gegen den falschen Spanier losließ, denn La Pouraille gehörte wie Seidenfaden zu den ›Zehntausenden‹, und le Biffon war ein Großer Fanandel.

La Biffe, die gefürchtete largue von le Biffon, die sich noch heute vermöge ihrer Verkleidung als Dame der Gesellschaft allen Nachforschungen der Polizei entzieht, war auf freiem Fuß. Diese Frau, die es wunderbar versteht, die Marquise, die Baronin und die Gräfin zu spielen, hat ihren Wagen und ihre Dienerschaft. Dieser Jacques Collin im Unterrock ist die einzige Frau, die sich mit jener Asia vergleichen läßt, der rechten Hand Jacques Collins. Es steht nämlich hinter jedem der Herren des Zuchthauses eine ihm ergebene Frau. Die Gerichtsannalen, die geheime Chronik des Justizpalastes, verraten es: keine Leidenschaft einer anständigen Frau, nicht einmal die einer Betschwester für ihren Beichtvater, nichts übertrifft die Anhänglichkeit der Geliebten, die die Gefahren der großen Verbrecher teilt.

Die Leidenschaft ist bei diesen Menschen fast immer die primitive Ursache ihrer verwegenen Unternehmungen und ihrer Morde. Die überschwengliche Liebe, die sie – wie die Ärzte sagen – konstitutionsbedingt zur Frau treibt, beansprucht alle moralischen und physischen Kräfte dieser energischen Männer. Daher der Müßiggang, der die Tage verschlingt, denn die Ausschweifungen in der Liebe verlangen zur Wiederherstellung der Kräfte Ruhe und gute Ernährung. Daher jener Haß gegen jede Arbeit, der diese Menschen zwingt, zu raschen Mitteln zu greifen, um sich Geld zu verschaffen. Nichtsdestoweniger bedeutet der Zwang, zu leben und gut zu leben, wenig im Vergleich mit der Verschwendung, zu der die Dirne hinreißt, denn diese großzügigen Liebhaber wollen ihr Juwelen und Kleider schenken, und sie liebt, da sie stets naschhaft ist, das Wohlleben. Die Dirne wünscht sich einen Schal, der Liebhaber stiehlt ihn, und die Frau sieht darin einen Beweis der Liebe! So kommt man zum Diebstahl, der, wenn man das menschliche Herz mit der Lupe untersuchen will, beim Mann fast als eine Naturveranlagung wahrzunehmen ist. Der Diebstahl führt zum Mord, und der Mord führt den Liebhaber von Stufe zu Stufe bis zum Schafott.

Die regellose, rein physische Liebe dieser Menschen wäre also, wenn man der medizinischen Fakultät glauben will, der Ursprung von sieben Zehnteln aller Verbrechen. Nebenbei gesagt:

man findet bei der Obduktion des Hingerichteten stets den auffallenden, handgreiflichen Beweis dafür. Daher werden diese ungeheuerlichen Liebhaber, diese Schreckbilder der Gesellschaft, in der Regel von ihren Geliebten angebetet. Diese weibliche Hingebung, die sich getreu an der Gefängnispforte niederkauert und stets darauf sinnt, die Anschläge der Voruntersuchung zu vereiteln, diese unbestechliche Hüterin der schwärzesten Geheimnisse macht so viele Prozesse dunkel und undurchdringlich. Darin beruht die Kraft und auch die Schwäche des Verbrechers. In der Sprache der Dirnen heißt ehrlich sein gegen keines der Gesetze dieser Anhänglichkeit verstoßen, dem gefangenen Liebhaber alles Geld geben, über sein Wohlsein wachen, ihm jede Art von Treue bewahren und alles für ihn unternehmen. Die grausamste Beschimpfung, die eine Dirne einer anderen an die ehrlose Stirn werfen kann, besteht darin, daß sie sie der Untreue gegen einen ›sitzenden‹ (inhaftierten) Geliebten zeiht. In diesem Falle würde die Dirne als eine Frau ohne Herz betrachtet werden ...!

La Pouraille liebte, wie man sehen wird, leidenschaftlich eine Frau. Seidenfaden, ein philosophischer Egoist, der stahl, um sich zu versorgen, glich Paccard, Jacques Collins Sklaven, der mit Prudence Servien und einem gemeinsamen Vermögen von siebenhundertfünfzigtausend Francs durchgebrannt war. Seidenfaden hatte keinerlei Herzensneigung, er verachtete die Frauen und liebte nur sich selber. Was le Biffon anging, so hatte er, wie man bereits weiß, seinen Spitznamen von seiner Verbindung mit La Biffe erhalten. Nun hatten die drei Musterbeispiele der Großen Welt der Gauner von Jacques Collin Abrechnungen zu verlangen, Abrechnungen, die zu liefern ziemlich schwierig war.

Nur der Kassierer wußte, wieviel Partner noch lebten und welches der Vermögensanteil eines jeden war. Die seinen Auftraggebern eigentümliche Sterblichkeit hatte der Todtäuscher in seinen Berechnungen genau berücksichtigt, als er beschloß, zu Luciens Vorteil das Sparschwein zu schlachten. Wenn Jacques Collin sich neun Jahre lang der Aufmerksamkeit seiner Kameraden und der Polizei entzog, durfte er nahezu sicher sein, auf Grund der Vereinbarung der Großen Fanandels zwei Drittel seiner Mandanten beerbt zu haben. Konnte er übrigens nicht auch Zahlungen vortäuschen, die er an ›gesichelte‹ Fanandels geleistet hätte? Kurzum, dieses Oberhaupt der Großen Fanandels unterstand keiner Kontrolle. Man verließ sich gezwungenermaßen auf ihn, denn das Leben eines wilden Tiers, wie die Sträflinge es führen, bedingte unter der Aristokratie dieser wilden Welt die höchste Behutsamkeit. Von den hunderttausend Talern, die er unterschlagen hatte, brauchte Jacques Collin jetzt vielleicht nur noch etwa hunderttausend Francs zu zahlen. In diesem Augenblick hatte, wie man sieht, La Pouraille, der eine der Gläubiger Jacques Collins, nur noch ein Vierteljahr zu leben. Da La Pouraille zudem im Besitz einer weit höheren Summe war, als sein Oberhaupt für ihn aufbewahrte, so würde er schon mit sich reden lassen.

Eins der untrüglichsten Kennzeichen, an denen die Gefängnisdirektoren und ihre Unterbeamten, die Polizei und ihre Gehilfen, ja selbst die Untersuchungsrichter die Retourpferde erkennen, das heißt jene, die ›Pferdebohnen‹ gegessen haben (wie sie als Nahrung für die Sträflinge des Staates dienen), besteht darin, daß sie mit dem Gefängnis vertraut sind; die Rückfälligen kennen alle dort herrschenden Sitten; sie sind zu Hause, sie wundern sich über nichts.

Daher hatte denn auch Jacques Collin, vor sich selbst auf der Hut, bisher sowohl in La Force wie in der Conciergerie seine Rolle als Unschuldiger und als Fremdling bewundernswert gespielt. Als er aber von seinem Schmerz niedergeworfen und von seinem doppelten Sterben zermalmt war, denn in dieser verhängnisvollen Nacht war er zweimal gestorben, wurde er wieder zu Jacques Collin. Der Wärter war verblüfft, als er dem spanischen Priester nicht erst zu sagen brauchte, wie er auf den Gefängnishof gelange. Dieser vollendete Schauspieler hatte seine Rolle vergessen; er stieg als Stammgast der Conciergerie die Wendeltreppe der Tour Bonbec hinab. Bibi-Lupin hat recht, sagte sich der Wärter, das ist ein Retourpferd, es ist Jacques Collin.

Als der Todtäuscher sich in dem Rahmen zeigte, den die Turmtür um ihn legte, verteilten sich gerade die Gefangenen, die an dem nach dem heiligen Ludwig benannten Steintisch ihre Einkäufe gemacht hatten, über den für sie stets zu engen Hof; der neue Gefangene wurde also von ihnen allen zugleich wahrgenommen, und zwar um so schneller, als kein Blick an Schärfe dem der Gefangenen gleicht, die wie die Spinnen in der Mitte ihres Netzes auf einem Gefängnishof stehen. Dieser Vergleich ist von mathematischer Genauigkeit, denn da der Blick auf allen Seiten von hohen, schwarzen Mauern gehemmt wird, sieht der Gefangene immer, auch wenn er nicht hinblickt, die Tür, durch die die Wärter eintreten, und die Fenster des Sprechzimmers und der Treppe der Tour Bonbec, die einzigen Öffnungen nach dem Hof hin. In der strengen Abgeschlossenheit, in der der Gefangene sich befindet, ist für ihn alles ein Ereignis; alles beschäftigt ihn; seine Langeweile, die der des Tigers im Käfig des Jardin-des-Plantes zu vergleichen ist, verzehnfacht seine Wahrnehmungskraft. Es ist auch nicht überflüssig, darauf hinzuweisen, daß Jacques Collin, der gekleidet war wie ein Geistlicher, der sich nicht streng an die Tracht hält, eine schwarze Hose, schwarze Strümpfe, Schuhe mit silbernen Schnallen, eine schwarze Weste und einen dunkelbraunen Rock trug, dessen Schnitt den Priester verrät, was auch immer er tue, zumal wenn diese Kennzeichen durch die charakteristische Haartracht ergänzt werden. Jacques Collin trug eine im höchsten Grade geistliche und wundervoll natürliche Perücke.

»Sieh da, sieh da!« sagte La Pouraille zu Biffon, »ein schlimmes Zeichen! Ein Schwarzwild (Priester)! Wie kommt so einer hierher?« – »Das ist einer ihrer Schliche, ein neuer Koch (Spitzel)«, antwortete Seidenfaden. »Das ist irgendein verkleideter Schnürenhändler (Gendarm) der ehemaligen ›Maréchaussée‹, der hier sein Gewerbe treiben will.«

Der Gendarm hat in Rotwelsch verschiedene Namen; wenn er einen Dieb verfolgt, ist er ein Schnürenhändler; wenn er ihn führt, ist er eine Richtplatzschwalbe; wenn er ihn zum Schafott bringt, ist er ein Guillotinenhusar.

Um das Gemälde des Gefängnishofes zu vervollständigen, ist es vielleicht nötig, in ein paar Worten auch die beiden andern Fanandels zu schildern. Sélérier, genannt ›der Auvergnat‹, ›Papa Ralleau‹, ›der Zugvogel‹ und ›Seidenfaden‹ (er hatte dreißig Namen und ebenso viele Pässe), soll nur noch mit dem letzten Spitznamen benannt werden, dem einzigen, mit dem er in der Hohen Gaunerwelt bezeichnet wurde. Dieser tiefgründige Philosoph, der in dem falschen Priester einen Gendarmen erblickt hatte, war ein Bursche von fünf Fuß vier Zoll Größe, dessen sämtliche Muskeln wunderlich ruckweise Bewegungen vollführten. Unter einem übergroßen Schädel ließ er kleine Augen umherflammen, die wie die der Raubvögel mit grauen glanzlosen harten Lidern verdeckt waren. Auf den ersten Blick ähnelte er einem Wolf, und zwar durch die Breite seiner kräftig entwickelten, vorspringenden Kiefer; aber wenn diese Ähnlichkeit auf große Grausamkeit, ja Wildheit deutete, so wurde das wieder ausgeglichen durch die Durchtriebenheit und Lebendigkeit seiner Züge, die freilich von Pockennarben durchlöchert waren. Der Rand einer jeden dieser Narben war sauber umrissen und wirkte gleichsam witzig. Aus jeder einzelnen ließen sich tausend Spöttereien lesen. Das Leben der Verbrecher, das Hunger und Durst mit sich bringt, Nächte unter freiem Himmel auf den Kais, den Uferböschungen, den Brücken und Straßen, und Orgien in starkem Branntwein, durch die Triumphe festlich begangen werden, hatte über dieses Gesicht gleichsam eine Firnisschicht gelegt. Wenn Seidenfaden sich gezeigt hätte, wie er von Natur aussah, so hätten ein Polizeiagent, ein Gendarm auf dreißig Schritte ihr Wild erkannt; aber er war Jacques Collin ebenbürtig in der Kunst, sich zu schminken und zu kostümieren. In diesem Augenblick trug Seidenfaden – er war wie alle großen Schauspieler, die nur auf der Bühne in ihrer Kleidung sorgfältig sind, im Negligé – eine Art Jagdjoppe, an der die Knöpfe fehlten und deren ausgefaserte Knopflöcher das weiße Futter sehen ließen, schlechte grüne Pantoffeln, eine schon schmutziggrau gewordene Nankinghose und auf dem Kopf eine schirmlose Mütze, unter der die Zipfel eines ausgefransten, zerfetzten und ausgewaschenen halbseidenen Kopftuchs hervorsahen.

Biffon bildete zu Seidenfaden einen vollständigen Gegensatz. Dieser berühmte Dieb war klein von Wuchs, dick und fett und dabei beweglich; seine Gesichtsfarbe war fahl, seine Augen schwarz und tiefliegend; er war wie ein Koch gekleidet und stand auf sehr krummen Beinen; er erschreckte durch eine Physiognomie, in der sämtliche den allesfressenden Tieren eigentümlichen Merkmale vorherrschten.

Seidenfaden und Biffon machten La Pouraille den Hof, denn

dieser hatte keinerlei Hoffnung mehr. Der rückfällige Mörder wußte, daß er in weniger als vier Monaten vor die Geschworenen gestellt, verurteilt und hingerichtet sein würde. Daher nannten Seidenfaden und Biffon, die Freunde La Pourailles, ihn nie anders denn den ›Kanonikus‹, das heißt den ›Kanonikus der Abtei zum Reueaufstieg‹. Man kann sich unschwer denken, weshalb Seidenfaden und Biffon La Pouraille um den Bart gingen. La Pouraille hatte zweihundertfünfzigtausend Francs in Gold vergraben, seinen Anteil an der Beute, die bei den Eheleuten Crottat (im Stil der Anklage) gemacht worden war. Welche wunderbare Erbschaft konnte er da den beiden Fanandels hinterlassen, obwohl die beiden alten Sträflinge binnen weniger Tage ins Zuchthaus zurückkehren mußten. Biffon und Seidenfaden sollten wegen schweren Diebstahls (das heißt eines Diebstahls unter Gewaltanwendung) zu fünfzehn Jahren verurteilt werden, auf die schwerlich die zehn Jahre einer früheren Verurteilung angerechnet werden würden, die zu unterbrechen sie sich die Freiheit genommen hatten. Wenngleich sie also, der eine zweiundzwanzig und der andere sechsundzwanzig Jahre Zuchthaus vor sich hatten, hofften sie beide, ausbrechen und sich dann La Pourailles Goldhaufen holen zu können. Aber der ›Zehntausender‹ hütete sein Geheimnis; es schien ihm unnötig, es preiszugeben, solange er noch nicht verurteilt worden war. Da er zur Hocharistokratie des Zuchthauses gehörte, hatte er über seine Mitschuldigen nichts verraten. Sein Charakter war bekannt; Popinot, der Untersuchungsrichter in dieser grauenhaften Angelegenheit, hatte nichts aus ihm herausbekommen können.

Dieses furchtbare Triumvirat stand am oberen Ende des Hofs, das heißt unterhalb der ›Pistolen‹. Seidenfaden hatte eben die Unterweisung eines jungen Menschen abgeschlossen, der erst seine ersten Streiche hinter sich hatte; da er sicher war, zu zehn Jahren Zuchthaus verurteilt zu werden, zog er über die verschiedenen ›Wiesen‹ Erkundigungen ein.

»Na, mein Junge«, sagte Seidenfaden gerade belehrend, als Jacques Collin auftrat, »der Unterschied zwischen Brest, Toulon und Rochefort ist der . . .« – »Weiter, Alter«, sagte der junge Mensch mit der Neugier eines Neulings.

Dieser Angeklagte, ein Sohn aus guter Familie, der einer Urkundenfälschung angeklagt war, kam aus der ›Pistole‹ neben derjenigen, die Lucien innegehabt hatte. – »Mein Jungchen«, fuhr Seidenfaden fort, »in Brest ist man sicher, wenn man im Kübel schöpft, schon beim dritten Löffel Pferdebohnen zu finden; in Toulon fischt man sie nur bei jedem fünften Löffel; in Rochefort aber nie, wenn man kein ›Alter‹ ist.«

Als der tiefe Philosoph das gesagt hatte, schloß er sich wieder an La Pouraille und Biffon an, die, da das ›Schwarzwild‹ sie sehr beunruhigte, den Hof hinabzugehen begannen, während Jacques Collin, in seinen Schmerz versunken, ihn heraufkam. Der Todtäuscher, der ganz seinen furchtbaren Gedanken hingegeben war, den Gedanken eines gestürzten Kaisers, war sich nicht bewußt, daß er der Mittelpunkt aller Blicke und der allgemeinen Aufmerksamkeit sei; er schritt langsam einher, die Augen auf das verhängnisvolle Fenster geheftet, an dem Lucien de Rubempré sich erhängt hatte. Keiner der Gefangenen wußte etwas von diesem Geschehnis, denn Luciens Nachbar, der junge Fälscher, hatte aus Gründen, die man bald erfahren wird, nichts davon ausgeplaudert. Die drei Fanandels stellten sich so auf, daß sie dem Priester den Weg versperrten.

»Das ist kein Schwarzwild«, sagte La Pouraille zu Seidenfaden, »das ist ein Retourpferd. Sieh doch, wie er das rechte Bein schleift!«

Da nicht alle Leser auf den Einfall gekommen sein werden, ein Zuchthaus zu besuchen, müssen wir hier erklären, daß jeder Sträfling dort mit einem andern durch eine Kette verbunden ist (immer je ein Alter und ein Junger zusammen). Das Gewicht dieser Kette, die an einem Ring oberhalb des Fußgelenks festgeschmiedet wird, ist so groß, daß der Sträfling nach einem Jahr einen Gehfehler zurückbehält, den er nie wieder ablegt. Der Verurteilte ist gezwungen, wenn er diesen Handgriff, so heißt im Zuchthaus diese Fesselung, schleppen will, mit dem einen Bein mehr Kraft aufzuwenden als mit dem andern; und diese Anstrengung wird ihm unfehlbar zur Gewohnheit. Wenn er später seine Kette nicht mehr schleppt, geht es mit diesem Gerät wie mit den abgenommenen Beinen, in denen der Amputierte immer noch Schmerzen fühlt; der Sträfling spürt seine Kette nach wie vor, und er kann den fehlerhaften Gang nicht mehr ablegen. In der Sprache der Polizei ›zieht er das rechte Bein nach‹. Dieses Merkmal, das die Sträflinge untereinander genauso gut kennen wie die Polizeiagenten, vervollständigt das Wiedererkennen eines Kameraden, wenn es nicht geradezu dazu führt.

Bei dem Todtäuscher, der schon vor acht Jahren ausgebrochen war, hatte sich diese Bewegung stark abgeschwächt; aber infolge seiner Gedankenversunkenheit ging er in einem so langsamen und feierlichen Schritt, daß der Gehfehler, so schwach er auch war, einem geübten Auge wie dem La Pouraillês auffallen mußte. Man versteht wohl auch, daß die Sträflinge, die im Zuchthaus stets beisammen sind und nur einander beobachten können, ihre Züge so gründlich studiert haben, daß sie gewisse Gewohnheiten kennen, die ihren systematischen Gegnern, den Spitzeln, den Gendarmen und Polizeikommissaren, entgehen. So verdankte denn auch der Oberstleutnant der Seine-Legion, der berüchtigte Coignard[25], seine Verhaftung einer bestimmten Zerrung der Kaumuskeln an der linken Backe, die ein zu einer Parade dieses Truppenkörpers geschickter Sträfling wiedererkannt hatte; denn trotz der Gewißheit Bibi-Lupins hatte die Polizei nicht gewagt, an die Identität des Grafen Pontis de Saint-Hélène mit Coignard zu glauben.

»Das ist unser Dab (Meister)!« sagte Seidenfaden, als er einen jener abwesenden Blicke Jacques Collins aufgefangen hatte, wie sie ein Verzweifelter auf das wirft, was um ihn ist. – »Donnerwetter, ja, das ist der Todtäuscher!« sagte le Biffon und rieb sich die Hände. »Ja, das ist sein Wuchs, seine Schulterbreite; aber was hat er gemacht? Er sieht sich selbst nicht mehr ähnlich.« – »Oh, ich hab's«, sagte Seidenfaden, »er hat einen Plan! Er will seine ›Tante‹ wiedersehen, die bald hingerichtet werden dürfte.«

Um eine ungefähre Vorstellung von dem zu geben, was die Eingesperrten, die Stockmeister und die Wärter als eine ›Tante‹ bezeichnen, genügt es wohl, den köstlichen Ausspruch anzuführen, den der Direktor eines Gefängnisses dem verstorbenen Lord Durham[26] gegenüber getan hat, der während seines Aufenthalts in Paris alle Gefängnisse besuchte. Jener Lord wollte alle Einzelheiten der französischen Justiz kennenlernen; er ließ sogar den verstorbenen Sanson[27], den Scharfrichter, eine Guillotine aufstellen und verlangte, es sollte ein lebendiges Kalb hingerichtet werden, um das Funktionieren der Maschine, die durch die Französische Revolution so berühmt geworden ist, mit eigenen Augen zu sehen. Als der Direktor ihm das ganze Gefängnis gezeigt hatte, die Höfe, die Arbeitssäle, die Zellen usw., deutete er mit dem Finger auf einen Raum und machte dabei eine Geste des Abscheus. »Dorthin führe ich Euer Lordschaft nicht«, sagte er, »da sind nämlich die ›Tanten‹ untergebracht ...« – »Oah!« sagte Lord Durham, »was ist das?« – »Das dritte Geschlecht, Mylord.«

»Sie wollen Théodore unter die Erde bringen (guillotinieren)!« sagte La Pouraille, »diesen netten Jungen! Was für eine Hand! Und das Köpfchen erst! Welch ein Verlust für die Gesellschaft!« – »Ja, Théodore Calvi kaut an seinem letzten Happen«, sagte Biffon. »Ach, seine largues werden schön mit den Augen pissen, sie haben ihn alle so lieb gehabt, den kleinen Lumpen!«

»Na, du da, alter Freund?« fragte La Pouraille Jacques Collin. Und gemeinsam mit seinen beiden Gefolgsleuten, die ihn untergefaßt hatten, versperrte er dem Ankömmling den Weg. »Oh, Dab, hast du dich zum Schwarzwild gemacht?« fügte La Pouraille hinzu. – »Es heißt, du hättest uns unsere Philipper (Goldstücke) geklemmt?« fuhr Biffon mit drohender Miene fort. – »Rückst du mit unserm Kies (Geld) 'raus?« fragte Seidenfaden.

Diese drei Fragen kamen wie drei Pistolenschüsse.

»Scherzen Sie nicht mit einem armen Priester, der aus Versehen hierher gebracht worden ist«, antwortete Jacques Collin mechanisch; er hatte seine drei Kameraden auf der Stelle erkannt. – »Das ist der Klang der Schelle, wenn es auch nicht mehr die Fresse ist«, sagte La Pouraille und legte die Hand auf Jacques Collins Schulter.

Diese Geste und der Anblick der drei Kameraden rissen den Dab gewaltsam aus seiner Niedergeschlagenheit heraus und gaben ihm die Empfindung für das wirkliche Leben wieder; denn während jener schicksalsträchtigen Nacht war er in den unendlichen geistigen Welten der Empfindung umhergeirrt und hatte nach einem neuen Weg gesucht.

»Schütte kein Ragout (Argwohn) auf deinen Dab!« sagte Jacques Collin leise mit hohler, drohender Stimme, die dem dumpfen Knurren eines Löwen glich. »Die Polente (Polizei) ist da; hilf mir, sie anzuschmieren. Ich spiele Mislocq (Komödie) für einen Fanandel, der bis zum Hals in der . . . sitzt.« Das sagte er salbungsvoll wie ein Priester, der Unglückliche zu bekehren versucht; und es wurde von einem Blick begleitet, mit dem Jacques Collin den ganzen Hof überflog; er sah die Wärter unter den Arkaden und zeigte sie höhnisch seinen drei Gefährten. »Sind keine Köche da? Steckt eure Hellen an und putzt den Docht (macht die Augen auf und paßt auf)! Ihr dürft mich nicht kennen, Vorsicht, behandelt mich als Schwarzwild, oder ich lege euch 'rein, euch und eure largues und euren Kies!« – »Bist du etwa bange vor uns?« fragte Seidenfaden. – »Willst du deine Tante 'rausholen?« – »Madeleine ist geputzt für den Richtplatz«, sagte La Pouraille.

»Théodore!« sagte Jacques Collin; er mußte gewaltsam ein Auffahren und einen Schrei unterdrücken. Das war der letzte Folterhieb für diesen vernichteten Koloß. – »Den wollen sie hinmachen«, wiederholte La Pouraille, »seit zwei Monaten ist er zum Tode verurteilt.«

Jacques Collin, der einen Schwächeanfall erlitt und dem die Knie wie abgehauen waren, wurde von seinen drei Gefährten aufgefangen; er brachte dabei die Geistesgegenwart auf, seine Hände wie in Zerknirschung zu falten. La Pouraille und Biffon stützten den Religionsschänder und Todtäuscher ehrfurchtsvoll, während Seidenfaden zum diensttuenden Wärter an die Tür lief, die ins Sprechzimmer führt.

»Der hochwürdige Priester möchte sich setzen, geben Sie mir einen Stuhl für ihn.«

Auf diese Weise mißglückte der Schlag, den Bibi-Lupin zu führen gedacht hatte. Der Todtäuscher hatte sich, gerade wie Napoleon, als seine Soldaten ihn wiedererkannten, von den drei Sträflingen Unterwerfung und Achtung erzwungen. Zwei Worte hatten genügt: eure largues und euer Kies (eure Weiber und euer Geld)! der Inbegriff der wahren Männerwünsche. Diese Drohung war für die drei Sträflinge das Zeichen der höchsten Macht: der Dab hatte ihr Vermögen immer noch in der Hand. Ihr Dab war draußen nach wie vor allmächtig, und er hatte sie nicht verraten, wie falsche Brüder behaupteten. Der ungeheure Ruf, in dem ihr Oberhaupt um seiner Gewandtheit und Geschicklichkeit willen stand, reizte überdies die Neugier der drei Sträflinge; denn im Gefängnis wird die Neugier zum einzigen Ansporn dieser welken Seelen. Die Verwegenheit der Verkleidung Jacques Collins, die er sogar noch hinter den Riegeln der Conciergerie beibehielt, benebelte zudem die drei Verbrecher.

»Ich bin seit vier Tagen in Einzelhaft und habe nicht gewußt, daß Théodore der Abtei schon so nahe ist . . .«, sagte Jacques Collin. »Ich bin hergekommen, um einen armen Jungen zu retten, der sich da gestern um vier Uhr aufgehängt hat; und jetzt stehe ich wieder vor einem neuen Unglück. Ich habe keine Asse mehr im Spiel . . .!« – »Armer Dab!« sagte Seidenfaden. – »Ach, der Bäcker (Teufel) läßt mich im Stich!« rief Jacques Collin, entwand sich den Armen seiner beiden Gefährten und richtete sich mit furchterregender Miene auf. »Es kommt der Augenblick, da die Gesellschaft stärker ist als wir! Der Storch (Justizpalast) schluckt uns schließlich über!«

Der Direktor der Conciergerie kam selber auf den Gefängnishof, als er von der Ohnmacht des spanischen Priesters verständigt worden war, um ihn auszuspionieren; er ließ ihn in der Sonne auf einen Stuhl setzen und beobachtete alles mit jenem Scharfblick, der bei der Ausübung solcher Ämter mit jedem Tag wächst und der mit zur Schau getragener Gleichgültigkeit getarnt wird.

»Oh, mein Gott!« sagte Jacques Collin, »unter diese Leute geraten zu sein, unter den Abschaum der Gesellschaft, unter Verbrecher und Mörder . . .! Aber Gott wird seinen Diener nicht verlassen. Lieber Herr Direktor, ich werde meinen Aufenthalt hier durch Taten der Barmherzigkeit verewigen, deren Andenken nicht vergehen soll! Ich werde diese Unglücklichen bekehren, sie sollen lernen, daß sie eine Seele haben, daß ihrer das ewige Leben wartet und daß sie, wenn sie auf Erden alles verloren haben, sich noch den Himmel erobern können, der ihnen um den Preis einer echten, aufrichtigen Reue gehört.«

Zwanzig oder dreißig Gefangene, die herbeigeeilt waren und sich hinter den drei furchtbaren Sträflingen gruppiert hatten, deren wilde Blicke drei Schritte Abstand zwischen sich und den Neugierigen erzwangen, hörten diese mit evangelischer Salbung gesprochenen Worte. – »Den da, Monsieur Gault«, sagte der furchteinflößende La Pouraille, »ja, den würden wir anhören . . .«

»Mir ist gesagt worden«, fuhr Jacques Collin, in dessen unmittelbarer Nähe Gault sich hielt, fort, »es befinde sich ein zum Tode Verurteilter in diesem Gefängnis.« – »Dem wird in diesem Augenblick die Verwerfung seiner Berufung vorgelesen!« sagte Gault. – »Ich weiß nicht, was das bedeutet«, sagte Jacques Collin naiv und warf einen Blick in die Runde. – »Mein Gott, ist das ein Simpel!« sagte das Jüngelchen, das kurz vorher Seidenfaden über das Blühen von ›Pferdebohnen‹ auf den ›Wiesen‹ ausgefragt hatte. – »Na, heute oder morgen wird er gesichelt!« sagte ein Gefangener. – »Gesichelt?« fragte Jacques Collin, dessen unschuldige, ahnungslose Miene seine drei Fanandels mit Bewunderung erfüllte. – »In ihrer Sprache«, antwortete der Direktor, »bezeichnen sie damit die Vollstreckung der Todesstrafe. Wenn der Kanzlist schon die Verwerfung verliest, bekommt sicherlich der Scharfrichter auch den Befehl zur Hinrichtung. Der arme Teufel hat die Tröstungen der Religion beständig zurückgewiesen ...« – »Ach, Herr Direktor, da ist eine Seele zu retten ...!« rief Jacques Collin.

Und der Religionsschänder faltete die Hände mit der Geste eines verzweifelten Liebenden, sie erschien dem die Augen offenhaltenden Direktor als die Äußerung einer heiligen Inbrunst. »Ach, Herr Direktor«, fuhr der Todtäuscher fort, »lassen Sie mich Ihnen beweisen, was ich bin und was ich vermag, indem Sie mir erlauben, in jenem verhärteten Herzen die Reue zum Erblühen zu bringen! Gott hat mir die Gabe verliehen, gewisse Worte zu sprechen, die große Wandlungen hervorrufen. Ich zerbreche die Herzen, ich tue sie auf ... Was befürchten Sie? Lassen Sie mich von Gendarmen begleiten, von Wärtern, von wem Sie wollen!« – »Ich will sehen, ob der Gefängnisgeistliche erlaubt, daß Sie an seine Stelle treten«, sagte Gault.

Und der Direktor zog sich zurück, betroffen ob der vollkommen gleichgültigen, wenn auch neugierigen Haltung, in der die Sträflinge und die Gefangenen diesen Priester anblickten, dessen salbungsvolle Stimme seinem halb spanischen, halb französischen Radebrechen Reiz verlieh.

»Wie kommen Sie eigentlich hierher, Herr Abbé?« fragte der junge Mann, der vorhin mit Seidenfaden gesprochen hatte. – »Oh, durch einen Irrtum«, antwortete Jacques Collin und maß den Sohn aus guter Familie mit den Blicken. »Ich bin bei einer Kurtisane angetroffen worden, die nach ihrem Tode bestohlen worden war. Dann wurde festgestellt, daß sie Selbstmord begangen hat; und die Diebe, wahrscheinlich ihre Dienstboten, sind noch nicht verhaftet.« – »Und dieses Diebstahls wegen hat der junge Mensch sich erhängt ...?« – »Der arme Junge hat wohl den Gedanken nicht ertragen können, daß er durch eine ungerechte Verhaftung entehrt worden war«, erwiderte der Todtäuscher und hob die Augen gen Himmel. – »Ja«, sagte der junge Mann, »er sollte gerade entlassen werden, als er Selbstmord begangen hat. Solch ein Pech!« – »Nur Unschuldige nehmen es sich so zu Herzen«, sagte Jacques Collin. »Bedenken Sie, daß der Diebstahl zu seinem Schaden begangen worden ist.« – »Und um wieviel handelt es sich?« fragte der tiefgründige, gewitzte Seidenfaden. – »Um siebenhundertfünfzigtausend Francs«, erwiderte Jacques Collin ganz langsam.

Die drei Sträflinge blickten einander an und entfernten sich aus der Gruppe, die sämtliche Gefangenen um den angeblichen Geistlichen gebildet hatten. – »Er selber hat den Keller der Hure ausgespült!« flüsterte Seidenfaden Biffon zu. »Und da haben sie uns um unser Moos (Geld) bange machen wollen!« – »Er ist und bleibt der Dab der Großen Fanandels«, antwortete La Pouraille. »Unser Kies ist nicht auseinandergeweht.« – La Pouraille war auf der Suche nach jemandem, dem er vertrauen konnte, und also hatte er ein Interesse daran, Jacques Collin vertrauenswürdig zu finden. Zudem glaubt man vor allem im Gefängnis an das, was man hofft! – »Ich wette, er haut den Storchdab (Generalstaatsanwalt) 'rein und bringt seine Tante hier 'raus!« sagte Seidenfaden. – »Wenn er das fertigbringt«, sagte Biffon, »halte ich ihn zwar immer noch nicht für einen Gott, aber dann hat er ganz bestimmt, wie behauptet wird, mit dem Bäcker (Teufel) eine Pfeife geraucht!« – »Hast du gehört, wie er gerufen hat: ›Der Bäcker läßt mich im Stich‹?« bemerkte Seidenfaden. – »Ach!« rief La Pouraille, »wenn er mir die Rübe retten wollte, was für ein Leben würde ich da mit meinem Kiestopf führen und mit meinen runden Gelben, die ich versteckt habe.« – »Tu, was er sagt«, rief Seidenfaden. – »Soll das ein Witz sein?« entgegnete La Pouraille und sah seinen Freund an. – »Bist du ein Simpel! Dir wird die Rübe abgesichelt. Also kannst du keine andere Falltür mehr heben, um auf den Stelzen zu bleiben und noch länger zu fressen, zu saufen und zu klauen«, sagte Biffon, »als daß du ihm den Buckel hinhältst!« – »Das soll ein Wort sein«, erwiderte La Pouraille; »wer von uns den Dab verrät, den will ich dahin mitnehmen, wohin ich gehe ...« – »Er täte, wie er gesagt hat!« rief Seidenfaden.

Auch wer für diese seltsame Welt nur sehr wenig Sympathie aufbringt, wird sich Jacques Collins Geistesverfassung vorstellen können; er stand zwischen der Leiche des Idols, an der er während der Nacht fünf Stunden lang gebetet hatte, und dem bevorstehenden Tode seines einstigen Kettengenossen, der künftigen Leiche des jungen Korsen Théodore. Und wäre es nur gewesen, um diesen Unglücklichen zu sehen: er hatte allein schon zu diesem Zweck eine ungewöhnliche Geschicklichkeit entfalten müssen; aber ihn zu retten, das wäre ein Wunder gewesen! Und dennoch sann er bereits über dieses Wunder nach.

Zum bessern Verständnis dessen, was Jacques Collin versuchen wollte, ist es notwendig, hier darauf aufmerksam zu machen, daß die Mörder, die Diebe und alle, die die Zuchthäuser bevölkern, nicht so furchtbar sind, wie man gemeinhin glaubt. Mit einigen sehr seltenen Ausnahmen sind diese Menschen samt und sonders feige, und zwar wahrscheinlich, weil ewige Angst ihnen das Herz bedrückt. Da all ihre Fähigkeiten unablässig auf den Diebstahl gerichtet sind und da das Stehlen eines Dings den Aufwand aller Lebenskräfte verlangt, eine geistige Behendigkeit, die der Gewandtheit des Leibes gleichkommt, und eine Aufmerksamkeit, die ihrer seelischen Kraft schadet, werden sie jenseits dieser gewaltsamen Willensanstrengungen aus demselben Grunde stumpfsinnig, aus dem eine Sängerin oder ein Tänzer nach einem ermüdenden Tanz oder nach einem jener gräßlichen Duette, wie moderne Komponisten sie dem Publikum zumuten, erschöpft zusammenbrechen. Die Übeltäter sind in der Tat so bar jeder Vernunft oder so niedergedrückt von der Furcht, daß sie gänzlich zu Kindern werden. Sie sind im höchsten Grade leichtgläubig, und daher fängt die einfachste List sie mit ihrem Vogelleim. Sowie ihnen ›ein Ding‹ geglückt ist, sind sie in einem solchen Zustand der Auflösung, daß sie sich sogleich unumgänglichen

Ausschweifungen überlassen, sich an Wein und Schnaps berauschen und sich wie rasend ihren Weibern in die Arme werfen, um dadurch Ruhe zu finden, daß sie all ihre Kräfte ausgeben, um ihr Verbrechen im Auslöschen ihrer Vernunft zu vergessen. In diesem Zustand sind sie der Polizei auf Gnade und Ungnade ausgeliefert. Werden sie dann verhaftet, so sind sie blind, sie verlieren den Kopf und haben ein solches Verlangen nach Hoffnung, daß sie allem Glauben schenken; daher gibt es keine Ungereimtheit mehr, die man ihnen nicht einreden könnte. Ein Beispiel wird deutlich machen, wie weit die Borniertheit eines eingelochten Verbrechers geht. Bibi-Lupin hatte kürzlich einen neunzehnjährigen Mörder dazu gebracht, ein Geständnis abzulegen, indem er ihm einredete, Minderjährige würden nicht hingerichtet. Als der junge Mann dann zur Urteilsvollstreckung in die Conciergerie gebracht wurde, nachdem seine Berufung verworfen worden war, hatte dieser furchtbare Polizeiagent ihn aufgesucht. »Weißt du ganz sicher, daß du noch nicht zwanzig Jahre alt bist?« hatte er ihn gefragt. – »Ja, ich bin erst neunzehneinhalb«, sagte der Mörder in aller Ruhe. – »Na«, hatte Bibi-Lupin geantwortet, »da kannst du beruhigt sein, zwanzig Jahre wirst du niemals alt werden...« – »Und warum nicht?« – »Oh, in drei Tagen wirst du gesichelt«, hatte der Chef der Sicherheitspolizei erwidert. Der Mörder, der auch nach seiner Verurteilung noch immer daran glaubte, daß Minderjährige nicht hingerichtet würden, brach zusammen wie eine Omelette soufflée.

Diese Menschen, die durch den Zwang, Zeugen zu beseitigen, so grausam werden – denn sie morden nur, um Beweise aus der Welt zu schaffen, und das ist einer der Gründe, wie sie jene anführen, die die Abschaffung der Todesstrafe verlangen; diese Kolosse an Gewandtheit und Geschicklichkeit, bei denen die Sicherheit der Hand, die Schnelligkeit des Blicks und die Sinne wie bei den Wilden geübt sind, werden nur auf dem Schauplatz ihrer Untaten zu Helden des Bösen. Nicht nur, daß, sobald das Verbrechen begangen ist, ihre Schwierigkeiten beginnen, denn die Notwendigkeit, ihren Raub zu verbergen, macht sie ebenso ratlos wie zuvor das bedrückende Elend; sie sind überdies noch geschwächt wie eine Frau, die gerade entbunden worden ist. In ihren Plänen bezeigen sie eine beängstigende Energie, aber nach dem Gelingen sind sie wie die Kinder. Sie haben, mit einem Wort, das Naturell der wilden Tiere, die leicht zu töten sind, wenn sie sich vollgefressen haben. Im Gefängnis sind diese merkwürdigen Menschen nur vermöge ihrer Verstellungskunst und ihrer Verschwiegenheit Männer; und die geben sie erst im letzten Augenblick auf, wenn sie durch die lange Dauer der Haft gebrochen und mürbe gemacht worden sind.

Jetzt dürfte begreiflich sein, weshalb die drei Sträflinge ihrem Oberhaupt, statt es zugrunde zu richten, helfen wollten; sie bewunderten Jacques Collin, weil sie vermuteten, er habe sich die gestohlenen siebenhundertfünfzigtausend Francs angeeignet; weil sie ihn auch hinter den Riegeln der Conciergerie noch gleichmütig sahen, und weil sie ihn für fähig hielten, sie unter seinen Schutz zu nehmen.

Als Gault den falschen Spanier verlassen hatte, kehrte er durch das Sprechzimmer in seine Kanzlei zurück und suchte Bibi-Lupin auf, der während der zwanzig Minuten, die seit Jacques Collins Verlassen seiner Zelle verstrichen waren, gegen eins der auf den Hof blickenden Fenster geschmiegt, alles durch ein Guckloch beobachtet hatte.

»Keiner von ihnen hat ihn wiedererkannt«, sagte Gault, »und Napolitas, der sie alle überwacht, hat nichts gehört. Der arme Priester hat heute nacht in seiner Not kein Wort gesprochen, aus dem hätte geschlossen werden können, daß unter seiner Soutane Jacques Collin steckt.« – »Das beweist, daß er sich im Gefängnis auskennt«, erwiderte der Chef der Sicherheitspolizei.

Napolitas, Bibi-Lupins Sekretär, war allen, die in diesem Augenblick in der Conciergerie gefangengehalten wurden, unbekannt; er spielte die Rolle des Sohnes aus guter Familie, der der Urkundenfälschung angeklagt war.

»Kurz und gut: er bittet, den zum Tode Verurteilten die Beichte abnehmen zu dürfen«, sagte der Direktor. – »Das ist unsere letzte Möglichkeit!« rief Bibi-Lupin, »daran hatte ich nicht gedacht. Théodore Calvi, dieser Korse, ist der Kettengenosse Jacques Collins gewesen; Jacques Collin hat ihm, wie ich gehört habe, auf der ›Wiese‹ immer die schönsten ›Pflaster‹ gemacht...«

Die Sträflinge fertigen sich Bäusche an, die sie zwischen ihren Eisenring und das Fleisch schieben, um das Gewicht des ›Handgriffs‹ auf den Knöcheln und am Fußgelenk abzuschwächen.

Diese Bäusche, die aus Werg und Leinen bestehen, heißen im Zuchthaus ›Pflaster‹.

»Wer hat Wache bei dem Verurteilten?« fragte Bibi-Lupin Gault. – »Coeur-la Virole.« – »Gut, ich tarne mich als Gendarm, ich will dabei sein; ich höre ihnen zu; ich verbürge mich für alles.« – »Fürchten Sie nicht, wenn er tatsächlich Jacques Collin ist, daß er Sie erkennen und erdrosseln könnte?« fragte der Direktor der Conciergerie Bibi-Lupin. – »Als Gendarm habe ich meinen Säbel«, erwiderte der Chef; »außerdem wird er, wenn er Jacques Collin ist, niemals etwas tun, was ihn den Hals kostet; wenn er aber Priester ist, so kann mir nichts passieren.« – »Wir dürfen keine Zeit mehr verlieren«, sagte jetzt Gault; »es ist halb neun, Pater Sauteloup hat eben die Verwerfung der Berufung verlesen; Sanson wartet im Saal auf den Befehl der Staatsanwaltschaft.« – »Ja, es soll heute noch sein; die Witwenhusaren (die ›Witwe‹, das ist ein weiterer Name für die Guillotine, und zwar ein furchtbarer) sind bestellt«, sagte Bibi-Lupin. »Ich verstehe freilich, weshalb der Generalstaatsanwalt zögert; der Bursche hat stets seine Unschuld beteuert, und mir scheint, überzeugende Beweise haben gegen ihn nicht vorgelegen.« – »Er ist ein echter Korse«, versetzte Gault, »er hat kein Wort gesagt und allem widerstanden.«

Die letzte Bemerkung des Direktors der Conciergerie an den Chef der Sicherheitspolizei enthielt die düstere Geschichte der zum Tode Verurteilten. Ein Mann, den die Justiz aus der Zahl der Lebenden gestrichen hat, gehört der Staatsanwaltschaft. Die Staatsanwaltschaft ist souverän; sie hängt von niemandem ab, sie hat nur ihr Gewissen zu befragen. Das Gefängnis gehört der Staatsanwaltschaft, sie ist dort unumschränkter Herr. Die Poesie hat sich bereits dieses sozialen Themas, der Situation des zum Tode Verurteilten, das so hervorragend geeignet ist, die Phantasie zu packen, bemächtigt! Die Poesie hat etwas Erhabenes daraus gemacht, die Prosa hat keine andern Mittel als die Wirklichkeit; aber die Wirklichkeit ist, so wie sie ist, furchtbar genug, um es mit der Verskunst aufnehmen zu können. Das Leben des zum Tode Verurteilten, der seine Verbrechen nicht gestanden, seine Mitschuldigen nicht verraten hat, ist grauenhaften Qualen unterworfen. Sie bestehen hier nicht in Spanischen Stiefeln, die die

Füße brechen, noch auch im Eingießen von Wasser in den Magen, noch auch im Ausrenken der Glieder mittels furchtbarer Maschinerien, sondern in einer heimtückischen, sozusagen negativen Folter. Die Staatsanwaltschaft überläßt den Verurteilten völlig sich selbst; sie läßt ihn allein im Schweigen und im Dunkel, aber mit einem Gefährten (einem ›Hammel‹), dem er mißtrauen muß.

Die liebenswürdige moderne Philanthropie glaubt, die grauenhafte Marter der Isolierung entdeckt zu haben; sie täuscht sich. Seit der Abschaffung der Folter hatte die Staatsanwaltschaft in dem sehr natürlichen Wunsch, das ohnehin schon allzu zarte Gewissen der Geschworenen zu beruhigen, erraten, welch furchtbare Waffen die Einsamkeit der Justiz gegen Gewissensbisse in die Hand gibt. Die Einsamkeit ist die Leere; und die moralische Natur hat vor der Leere ein ebenso großes Grauen wie die physische Natur. Die Einsamkeit ist nur für den genialen Menschen bewohnbar, der sie mit seinen Gedanken, den Töchtern der geistigen Welt, anfüllt, oder für den Betrachter der göttlichen Werke, dem sie als erleuchtet vom Licht des Himmels erscheint, als belebt vom Hauch und der Stimme Gottes. Außer diesen beiden Menschen, die dem Paradies schon so nahe sind, verhält sich die Einsamkeit zur Folter wie das Seelische zum Körperlichen. Zwischen der Einsamkeit und der Folter besteht derselbe Unterschied wie zwischen einer Nervenkrankheit und einer körperlichen Wunde. Sie ist das Leiden, multipliziert mit der Unendlichkeit. Der Körper rührt durch das Nervensystem an das Unendliche, wie der Geist durch den Gedanken darin eindringt. Daher lassen sich denn auch in den Annalen der Pariser Staatsanwaltschaft die Verbrecher an den Fingern abzählen, die keine Geständnisse ablegen.

Dieser unheimliche Zustand, der in gewissen Fällen, zum Beispiel in der Politik, wo es sich um eine Dynastie oder um einen Staat handelt, ungeheuerliche Proportionen annimmt, wird in der ›Menschlichen Komödie‹ am gegebenen Ort zur Darstellung gelangen. Hier jedoch vermöge die Schilderung des Steinkastens, in dem die Pariser Staatsanwaltschaft zur Zeit der Restauration den zum Tode Verurteilten unterbrachte, genügen, um eine schwache Vorstellung von dem Grauenhaften der letzten Tage eines der Hinrichtung Entgegensehenden zu geben.

Vor der Juli-Revolution gab es – und es gibt sie übrigens auch heute noch – die Kammer des zum Tode Verurteilten. Diese Kammer, die an die Aufnahmekanzlei grenzt, wird von ihr durch eine dicke Mauer ganz aus Quadern getrennt; und auf der andern Seite wird sie von der sieben oder acht Fuß dicken Mauer flankiert, die einen Teil der ungeheuren Salle des Pas-Perdus trägt. Man betritt sie durch die erste Tür in dem langen, düstern Gang, in den der Blick hinabtaucht, wenn man in der Mitte des großen gewölbten Saals hinter dem Eingangsportal steht. Diese unheimliche Kammer erhält ihr Licht durch eine mit mächtigen Stäben vergitterte Luke, die einem beim Betreten der Conciergerie kaum auffällt, denn sie ist eingebaut in den schmalen Raum zwischen dem Fenster der Kanzlei neben dem Portalgitter und der Wohnung des Conciergerie-Kanzlisten, die der Baumeister wie einen Schrank an den Hintergrund des Einfahrtshofes geklebt hat. Die Lage erklärt, warum jene von vier dicken Mauern umschlossene Kammer beim Umbau der Conciergerie für diesen unheimlichen, düstern Zweck bestimmt wurde. Ein Ausbrechen ist dort unmöglich. Der Gang, der zu den Einzelzellen und zur Frauenabteilung führt, mündet dem Ofen gegenüber, den stets Gendarmen und Aufseher umstehen. Die Luke, die einzige Öffnung nach außen, liegt neun Fuß oberhalb des Fliesenbodens und geht auf den ersten Hof hinaus, der an der Außentür der Conciergerie von diensttuenden Gendarmen bewacht wird. Keine menschliche Kraft vermag etwas wider die dicken Mauern. Außerdem trägt ein zum Tode Verurteilter stets die Zwangsjacke, ein Kleidungsstück, das bekanntlich den Gebrauch der Hände ausschließt; ferner ist er mit einem Fuß an sein Feldbett angekettet, und schließlich hat er zu seiner Bedienung und Bewachung einen ›Hammel‹. Der Boden der Kammer ist mit dicken Steinfliesen belegt, und das Licht ist so schwach, daß man kaum sehen kann.

Auch der Unempfindlichste muß bis in die Knochen hinein eine Kälte spüren, wenn er dort eintritt, selbst heute noch, obwohl die Kammer seit sechzehn Jahren nicht mehr benutzt worden ist, seit nämlich in Paris allerlei Änderungen in der Vollstreckung der Gerichtsurteile eingeführt wurden. Man stelle sich den Verbrecher hier bedrängt von seinen Gewissensbissen vor, vom Schweigen und der Finsternis, zwei Quellen des Grauens, und man wird sich fragen, ob das nicht zum Wahnsinn führen muß! Was für Konstitutionen müssen das sein, deren Härte einem solchen Zustand widersteht, zumal da die Zwangsjacke auch noch Bewegungslosigkeit und Untätigkeit erzwingt.

Théodore Calvi, jener damals siebenundzwanzigjährige Korse, hatte sich jedoch in den Schleier absoluter Verschwiegenheit gehüllt und seit zwei Monaten der Wirkung dieses Kerkers und dem verfänglichen Schwatzen des ›Hammels‹ widerstanden . . .! Und dies ist die Geschichte des einmaligen Strafprozesses, der dem Korsen die Verurteilung zum Tode eingetragen hatte. Obwohl über die Maßen merkwürdig, wird der Bericht schnell gegeben sein.

Es ist unangebracht, in der Weiterentwicklung einer ohnehin schon sehr umfangreichen Szene noch eine lange Abschweifung einzufügen, zumal da sie kein Interesse bietet als jenes, das sich Jacques Collin zuwendet, der Hauptfigur, die durch ihren furchtbaren Einfluß gewissermaßen den Roman ›Vater Goriot‹ mit den ›Verlorenen Illusionen‹ und die ›Verlorenen Illusionen‹ mit der vorliegenden Studie verbindet. Die Phantasie des Lesers wird außerdem dies dunkle Thema weiter ausspinnen, das den Geschworenen des Gerichtshofes, vor dem Théodore Calvi erschienen war, eben jetzt große Sorgen machte. Daher beschäftigte sich denn auch seit acht Tagen, seit die Berufung des Angeklagten vom Kassationsgericht verworfen worden war, Monsieur de Granville mit dieser Angelegenheit und schob den Befehl zur Hinrichtung von Tag zu Tag hinaus; so viel war ihm daran gelegen, die Geschworenen zu beruhigen, indem er eine Notiz veröffentlichte, daß der Verurteilte auf der Schwelle des Todes sein Verbrechen eingestanden habe.

Eine arme Witwe aus Nanterre, deren Haus einsam in diesem Gemeinwesen stand – es liegt bekanntlich mitten in der unfruchtbaren Ebene zwischen dem Mont Valérien, Saint-Germain und den Hügeln von Sartrouville und Argenteuil –, war ermordet und beraubt worden, nachdem sie ein paar Tage zuvor ihren Anteil an einer unverhofften Erbschaft in Empfang genommen hatte. Jener Anteil bestand aus dreitausend Francs, einem Dutzend Tischbestecken, einer Uhrkette, einer goldenen Uhr und Wäsche.

Statt die dreitausend Francs in Paris anzulegen, wie es ihr der Notar des verstorbenen Weinhändlers, den sie beerbt, geraten, hatte die alte Frau alles bei sich behalten wollen. Erstens hatte sie niemals so viel Geld in Händen gehabt, und zweitens mißtraute sie in allem Geschäftlichen jedermann, wie es auf dem Land die meisten Leute tun. Nach reiflichen Besprechungen mit einem Weinhändler in Nanterre, der mit ihr und auch mit dem verstorbenen Weinhändler verwandt war, hatte die Witwe sich entschlossen, das Geld in Leibrenten anzulegen, ihr Haus in Nanterre zu verkaufen und als Rentnerin nach Saint-Germain zu ziehen.

Das Haus, in dem sie wohnte und das von einem ziemlich großen Garten mit einem schlechten Lattenzaun umgeben war, war eines der häßlichen Häuser, wie sie sich die kleinen Bauern in der Umgebung von Paris zu bauen pflegen. Mörtel und Bausteine sind in Nanterre, dessen Gebiet übersät ist mit unter freiem Himmel abgebauten Steinbrüchen, wie man sie ziemlich häufig im Umkreis von Paris zu sehen bekommt, reichlich vorhanden; sie waren in aller Eile und ohne jeden architektonischen Plan zusammengeschichtet worden. So sehen ja fast immer die Hütten der zivilisierten Wilden aus. Das Haus bestand aus einem Erdgeschoß und einem ersten Stock, über dem Mansarden lagen.

Der Steinbruchbesitzer, der der Gatte jener Frau gewesen war und das Haus erbaut hatte, hatte vor allen Fenstern sehr starke Eisengitter angebracht. Die Eingangstür war von auffallender Festigkeit. Der Verstorbene hatte gewußt, daß er hier auf dem Lande und allein wohnte, und auf was für einem Lande! Seine Kundschaft bestand aus den angesehensten Pariser Maurermeistern; er hatte also die wichtigsten Baumaterialien zu seinem Haus, das fünfhundert Schritte von seinem Steinbruch entfernt lag, auf seinen Wagen herfahren lassen, wenn sie leer zurückkehrten. Er suchte sich bei Pariser Abbrüchen all das aus, was ihm zusagte, und kaufte es zu sehr niedrigem Preis auf. Fenster, Gitter, Türen, Laden, Zimmerwerk, alles stammte aus erlaubten Entwendungen und den Geschenken, die ihm seine Kunden gemacht hatten, gut und vorsichtig ausgewählten Geschenken. Waren zwei Fensterrahmen vorhanden, so nahm er den besseren. Das Haus, vor dem ein ziemlich umfangreicher Hof mit den Ställen lag, war nach der Straße zu von Mauern abgeschlossen. Ein starkes Gitter diente als Tor. Außerdem waren in den Ställen Wachhunde, und ein kleiner Hund blieb über Nacht im Haus. Hinter dem Haus lag ein Garten von etwa einem Hektar.

Nachdem nun die kinderlose Steinbruchbesitzersfrau Witwe geworden war, bewohnte sie mit nur einer Magd das Haus. Der Erlös des verkauften Steinbruchs hatte die Schulden ihres Mannes gedeckt, der vor zwei Jahren gestorben war. Die einzige Habe der Witwe war dieses einsam liegende Haus, wo sie Hühner und Kühe hielt und die Eier und die Milch in Nanterre verkaufte. Da sie keinen Stallknecht, keinen Fuhrmann und keine Steinbrucharbeiter mehr hatte – denn diese Arbeiter hatte der Verstorbene zu allen Arbeiten herangezogen –, bebaute sie ihren Garten nicht mehr, sondern schnitt nur das wenige Gras und erntete das Gemüse, das die Natur auf diesem steinigen Boden wachsen ließ.

Der Verkaufspreis des Hauses mochte zusammen mit der Erbschaft sieben- bis achttausend Francs ergeben, und die Frau sah sich schon in Saint-Germain mit den sieben- bis achthundert Francs Rente, die sie aus ihren achttausend Francs zu ziehen hoffte, ein glückliches Leben führen. Sie hatte bereits mehrere Besprechungen mit dem Notar von Saint-Germain gehabt, denn sie lehnte es ab, ihr Geld auf Leibrenten dem Weinhändler in Nanterre zu geben, der sie darum gebeten hatte. So standen die Dinge, als eines Tages weder die Witwe Pigeau noch ihre Magd mehr zum Vorschein kamen. Das Gittertor des Hofes, die Eingangstür des Hauses, die Fensterladen, alles war geschlossen. Nach drei Tagen nahm die Justiz, der die Sachlage gemeldet worden war, eine Untersuchung vor. Der Untersuchungsrichter Popinot kam zusammen mit dem Staatsanwalt aus Paris; sie stellten folgendes fest:

Weder das Gittertor des Hofes noch die Haustür trugen Spuren eines Einbruchs. Der Schlüssel steckte von innen in der Haustür. Keine Eisenstange war herausgebrochen worden. Die Schlösser, die Fensterladen, sämtliche Verschlüsse waren unberührt. Die Mauern zeigten keine Spur, die ein Überklettern durch die Übeltäter wahrscheinlich machte. Die Ziegelschornsteine waren unpassierbar und hatten unmöglich als Eingang dienen können. Die Firstziegel waren unbeschädigt und ganz und zeugten von keinerlei Gewaltanwendung. Als die Justizbeamten in die Zimmer des ersten Stocks eindrangen, fanden sie und Bibi-Lupins Gendarmen die Witwe Pigeau erdrosselt in ihrem Bett, die Magd lag erwürgt in dem ihren; beide waren mit ihren Kopftüchern ermordet worden. Die dreitausend Francs waren gestohlen und ebenso die Bestecke und die Wertsachen. Die beiden Leichen waren schon in Verwesung übergegangen, ebenso die des kleinen Hundes und eines großen Hofhundes. Der Lattenzaun des Gartens wurde untersucht; es war nichts herausgebrochen. Im Garten fanden sie auf den Wegen keinerlei Fußspuren. Der Untersuchungsrichter hielt es für wahrscheinlich, daß der Mörder auf dem Gras gegangen sei, um keine Fußabdrücke zu hinterlassen, sofern er überhaupt von dort gekommen war; wie aber hatte er in das Haus eindringen können? Die Tür auf der Gartenseite hatte ein Oberlicht, das von drei Eisenstangen geschützt wurde; sie waren unbeschädigt. Auch auf dieser Seite steckte der Schlüssel wie bei der Haustür der Hofseite innen im Schloß.

Als Popinot, Bibi-Lupin, der einen ganzen Tag dablieb, um alles genau zu untersuchen, der Staatsanwalt in Person und der Gendarmeriewachtmeister von Nanterre diese Unmöglichkeiten als unbestreitbar festgestellt hatten, wurde diese Mordtat zu einem grauenhaften Problem, bei dessen Lösung Polizei und Justiz unterliegen sollten.

Dieses Drama, das die ›Gazette des Tribuneaux‹ veröffentlichte, hatte sich im Winter 1828 auf 1829 ereignet. Gott weiß, welches neugierige Interesse das unheimliche Begebnis in Paris erregte; aber Paris, das jeden Morgen neue Dramen zu verschlingen hat, vergißt alles. Die Polizei dagegen vergißt nichts. Drei Monate nach jenen fruchtlosen Untersuchungen wollte eine öffentliche Dirne, die den Agenten Bibi-Lupins durch ihre Ausgaben aufgefallen war und ihres Umgangs mit ein paar Dieben wegen überwacht wurde, durch eine ihrer Freundinnen zwölf Bestecke, eine goldene Uhr und eine goldene Kette verpfänden lassen. Die Freundin weigerte sich. Die Sache kam Bibi-Lupin zu Ohren, und er erinnerte sich der zu Nanterre gestohlenen zwölf Bestecke, der Uhr und der Kette. Sogleich wurden alle Beamten des Mont-de-Piété sowie alle Pariser Hehler gewarnt, und Bibi-Lupin unterwarf Manon-la-Blonde einer strengen Überwachung.

Bald darauf erfuhr man, daß Manon-la-Blonde wahnsinnig in einen jungen Burschen verliebt sei, den man indessen fast niemals zu sehen bekam; es hieß, er sei taub gegen alle Liebesbeweise der blonden Manon. Geheimnis über Geheimnis. Der junge Mann wurde der Aufmerksamkeit der Spitzel empfohlen, und so bekam man ihn bald zu sehen; darauf wurde in ihm ein ausgebrochener Sträfling erkannt, der berühmte Held der korsischen Vendetten, der schöne Théodore Calvi, genannt Madeleine.

Es wurde einer jener doppelgesichtigen Hehler, die zugleich den Dieben und der Polizei dienen, auf Théodore gehetzt, und der versprach ihm, die Bestecke und die goldene Uhr mit Kette zu kaufen. In dem Augenblick, da der Alteisenhändler aus der Cour Saint-Guillaume[28] dem als Frau verkleideten Théodore das Geld hinzählte, es war halb elf Uhr abends, kam die Polizei, verhaftete Théodore und beschlagnahmte die Gegenstände.

Die Untersuchung begann auf der Stelle. Auf Grund so schwacher Indizien war es, im Stil der Staatsanwaltschaft ausgedrückt, unmöglich, eine Verurteilung zum Tode durchzusetzen. Nie widersprach sich Calvi. Er ließ sich nicht fangen: er sagte, eine Frau vom Lande habe ihm in Argenteuil diese Gegenstände verkauft, und als er sie erstanden hatte, habe das Gerücht von dem zu Nanterre begangenen Mord ihn darüber aufgeklärt, wie gefährlich der Besitz dieser Bestecke, dieser Uhr und der Schmucksachen sei; denn da sie in dem Verzeichnis des Nachlasses jenes Pariser Weinhändlers, des Onkels der Witwe Pigeau, genau beschrieben gewesen seien, hätten sie sich als die gestohlenen Gegenstände erwiesen. Schließlich, sagte er, sei er durch die Not gezwungen worden, jene Dinge zu verkaufen, und er habe sich ihrer durch Vermittlung einer noch unverdächtigen Person entledigen wollen.

Es war aus dem entsprungenen Sträfling nichts herauszubekommen; er verstand es, durch sein Schweigen und seine Festigkeit die Justiz glauben zu machen, der Weinhändler in Nanterre habe das Verbrechen begangen, und die Frau, von der er die kompromittierenden Dinge erhalten habe, sei die Gattin jenes Händlers. Der unglückliche Verwandte der Witwe Pigeau und seine Frau wurden verhaftet; aber nach acht Tagen der Haft und einer genauen Untersuchung wurde festgestellt, daß weder der

Gatte noch die Frau zur Zeit des Verbrechens ihre Wohnung verlassen hatten. Übrigens erkannte auch Calvi in der Gattin des Weinhändlers die Frau, die ihm nach seiner Behauptung die Silber- und Goldsachen verkauft hatte, nicht wieder.

Da Calvis Konkubine, die in den Prozeß verwickelt war, überführt wurde, vom Zeitpunkt des Verbrechens an bis zu dem Augenblick, da Calvi das Silber und die Goldsachen hatte verpfänden wollen, etwa tausend Francs ausgegeben zu haben, schienen all diese Indizien hinreichend, um den Sträfling und seine Konkubine vor das Schwurgericht zu stellen. Dieser Mord war der achtzehnte, den Théodore begangen hatte, und so wurde er zum Tode verurteilt, weil er der Urheber dieses so geschickt begangenen Verbrechens zu sein schien. Wenn er auch die Weinhändlerin aus Nanterre nicht wiedererkannt hatte, so war dafür er von der Frau und dem Ehemann wiedererkannt worden. Die Voruntersuchung hatte durch zahlreiche Zeugenaussagen festgestellt, daß Théodore sich etwa einen Monat lang in Nanterre aufgehalten habe; er hatte dort bei Maurern gearbeitet; sein Gesicht war stets mit Kalk bestäubt gewesen, seine Kleidung schlecht. In Nanterre hatte jeder diesen Burschen, der einen Monat lang ›dieses Ding ausbaldowert‹ hatte, für etwa achtzehn Jahre gehalten.

Die Staatsanwaltschaft glaubte an Mitschuldige. Der Durchmesser der Schornsteinrohre wurde gemessen und mit dem Körperumfang von Manon-la-Blonde verglichen; denn es sollte festgestellt werden, ob etwa sie durch die Schornsteine hätte eindringen können; aber nicht einmal ein sechsjähriges Kind hätte durch die Tonrohre hinabzugleiten vermocht, die die moderne Architektur an die Stelle der weiten Rauchschächte von ehedem gesetzt hat. Wäre nicht dieses sonderbare, aufregende Geheimnis gewesen, so wäre Théodore schon vor einer Woche hingerichtet worden. Der Gefängnisgeistliche war, wie man gesehen hat, völlig gescheitert.

Der Prozeß und Calvis Name waren Jacques Collins Aufmerksamkeit entgangen, weil er damals gänzlich mit seinem Kampf gegen Contenson, Corentin und Peyrade beschäftigt gewesen war. Überdies hatte der Todtäuscher versucht, die Freunde und alles, was den Justizpalast anging, so gründlich wie nur möglich zu vergessen. Er zitterte vor einer Begegnung, die ihn mit einem Fanandel zusammengeführt hätte; dann nämlich wäre von dem Dab Abrechnung verlangt worden, und eine solche hätte er unmöglich zu geben vermocht.

Der Direktor der Conciergerie begab sich auf der Stelle in die Räume des Generalstaatsanwalts und traf dort den Vertreter des Generalstaatsanwalts im Gespräch mit Monsieur de Granville; er hielt den Hinrichtungsbefehl in der Hand. Granville, der die ganze Nacht im Palais Sérisy zugebracht hatte, war, obwohl von Mattigkeit und Schmerz übermannt, da die Ärzte noch nicht zu versprechen wagten, daß die Gräfin bei klarem Verstand bleiben werde, um dieser wichtigen Hinrichtung willen gezwungen, ein paar Stunden seinem Büro zu widmen. Nachdem Monsieur de Granville ein paar Worte mit dem Direktor gewechselt hatte, nahm er seinem Vertreter den Hinrichtungsbefehl aus der Hand und überreichte ihn Gault.

»Die Hinrichtung soll vollstreckt werden«, sagte er, »sofern nicht außergewöhnliche Umstände eintreten, über die Sie selber entscheiden mögen. Die Errichtung des Schafotts kann bis halb elf verzögert werden; es bleibt Ihnen also noch eine Stunde. An einem solchen Morgen sind Stunden so viel wert wie Jahrhunderte, und in einem Jahrhundert finden viele Ereignisse Raum. Vermeiden Sie den Anschein eines Aufschubs. Wenn es nötig ist, soll die ›Toilette‹ vorgenommen werden; wenn nicht irgendeine Enthüllung erfolgt, überreichen Sie Sanson um halb zehn den Befehl. Er mag so lange warten.«

Als der Gefängnisdirektor das Arbeitszimmer des Generalstaatsanwalts verließ, begegnete er in dem Gewölbe des in die Galerie einmündenden Gangs Camusot, der auf dem Weg zur Staatsanwaltschaft war. Es ergab sich also ein rasches Gespräch zwischen ihm und dem Richter; und nachdem er ihn über alles unterrichtet hatte, was in der Conciergerie mit Jacques Collin geschehen war, stieg er hinab, um die Konfrontierung des Todtäuschers und Madeleines in die Wege zu leiten. Aber er erlaubte dem angeblichen Geistlichen nicht eher den zum Tode Verurteilten zu sprechen, als bis Bibi-Lupin, bewundernswürdig als Gendarm verkleidet, den ›Hammel‹, der den jungen Korsen überwachte, abgelöst hatte.

Man kann sich nicht vorstellen, mit welchem tiefen Erstaunen die drei Sträflinge sahen, daß ein Wärter kam und Jacques Collin abholte, um ihn in die Kammer des zum Tode Verurteilten zu führen. Sie sprangen mit einem einzigen, gleichzeitigen Satz zu dem Stuhl hin, auf dem Jacques Collin saß.

»Es ist heute, nicht wahr, Monsieur Julien?« fragte Seidenfaden den Wärter. – »Allerdings, Charlot ist schon da«, antwortete der Wärter völlig gleichgültig.

Das Volk und alle Angehörigen der Gefängnisse nennen so den Pariser Scharfrichter. Der Spitzname stammt aus der Revolution von 1789. Der Name rief tiefe Erschütterung hervor. Alle Gefangenen schauten einander an.

»Es ist aus!« fuhr der Wärter fort; »Monsieur Gault hat den Vollstreckungsbefehl erhalten, und das Urteil ist eben verlesen worden.« – »Dann hat also«, sagte La Pouraille, »die schöne Madeleine alle Sakramente bekommen ...?« – Er schluckte einen letzten Atemzug hinunter. – »Der arme kleine Théodore!« rief Biffon, »er ist ein so nettes Kerlchen! Schade, wenn einer in seinem Alter ›in den Sack kotzen‹ muß ...«

Der Wärter ging auf das Eingangsportal zu, denn er glaubte, Jacques Collin folge ihm; aber der Spanier ging langsam, und als er zehn Schritte hinter Julien zurückgeblieben war, schien es, als überkomme ihn ein Schwächeanfall, so daß er La Pouraille durch eine Geste um dessen Arm bat. – »Das ist ein Mörder«, sagte Napolitas, auf La Pouraille deutend, zu dem Priester und bot ihm seinerseits den Arm. – »Nein, für mich ist er ein Unglücklicher ...!« antwortete der Todtäuscher geistesgegenwärtig und salbungsvoll wie der Erzbischof von Cambrai. Und er machte sich von Napolitas los, der ihm auf den ersten Blick sehr verdächtig vorgekommen war. – »Er steht erst auf der untersten Stufe der ›Abtei zum Reueaufstieg‹; aber ich bin ihr Prior! Ich werde euch zeigen, wie ich den ›Storch‹ (Oberstaatsanwalt) 'reinzulegen verstehe! Ich will ihm diese ›Rübe‹ aus den Pfoten reißen!« – »Seiner Hose wegen?« fragte Seidenfaden lächelnd. – »Ich will diese Seele für den Himmel retten!« erwiderte Jacques Collin mit zerknirschter Miene, als er sah, daß ein paar andere Gefangene sie umringten. Und er holte beim Portal den Wärter ein.

»Er ist hergekommen, um Madeleine zu retten«, sagte Seidenfaden, »wir haben richtig geraten. Was für ein Dab ist das!« – »Aber wie ...? Die Guillotinehusaren sind schon da; er wird ihn nicht einmal zu sehen bekommen!« wandte Biffon ein. – »Er hat den Bäcker auf seiner Seite!« rief La Pouraille. »Der – und unsere Philipper klauen ... Dazu hängt er zu sehr an den Freunden! Er braucht uns! Sie haben gewollt, wir sollten ihn verpfeifen, aber wir sind doch keine Trottel! Wenn er seine Madeleine loseist, sage ich ihm mein Geheimnis!« Diese letzte Äußerung bewirkte, daß sich die Ergebenheit der drei Sträflinge für ihren Gott noch steigerte; denn in diesem Augenblick wurde ihr berühmter Dab zu ihrer ganzen Hoffnung.

Jacques Collin fiel trotz der Gefahr, in der Madeleine schwebte, nicht aus der Rolle. Dieser Mensch, der die Conciergerie genausogut kannte wie die drei andern Zuchthäuser, verirrte sich auf dem Weg so natürlich, daß der Wärter ihm jeden Augenblick sagen mußte: »Hier entlang ... Da!« bis sie in der Kanzlei angekommen waren. Dort sah Collin auf den ersten Blick einen großen, dicken Menschen am Ofen lehnen, dessen rotes Gesicht einer gewissen Vornehmheit nicht entbehrte, und er erkannte Sanson.

»Der Herr ist sicher der Gefängnisgeistliche«, sagte Collin und ging mit der gutmütigsten Miene auf ihn zu. Dieser Irrtum war so grauenhaft, daß alle Zuschauer zu Eis erstarrten. – »Nein, Herr Abbé«, sagte Sanson[29], »ich habe andere Obliegenheiten.«

Sanson, der Vater des letzten Scharfrichters dieses Namens – denn der ist kürzlich seines Amtes enthoben worden –, war der Sohn dessen, der Ludwig XVI. hingerichtet hatte. Nachdem die Familie vierhundert Jahre lang dies Amt innegehabt hatte, hatte der Erbe so vieler Folterknechte versucht, die erbliche Bürde auszuschlagen. Die Sansons waren zudem schon zweihundert Jahre lang in Rouen Henker gewesen, ehe sie mit dem in ihrem Beruf ersten Amte im Königreich bekleidet wurden, und seit dem dreizehnten Jahrhundert hatte nach dem Vater der Sohn die Urteile der Justiz vollstreckt. Es gibt wenig Familien, die ein Amt oder einen Adel aufzuweisen haben, der sich sechs Jahrhunderte lang vom Vater auf den Sohn vererbt hat. In dem

Augenblick, da dieser junge Mann, der es bis zum Rittmeister gebracht hatte, eine schöne militärische Laufbahn vor sich sah, verlangte sein Vater, daß er zurückkehre, um ihm bei der Hinrichtung des Königs behilflich zu sein. Danach machte er den Sohn zu seinem Gehilfen; denn 1793 wurden ständig zwei Hinrichtungsstätten benutzt: die eine an der Barrière du Trône, die andere auf dem Grèveplatz. Dieser furchtbare Beamte, der nun sechzig Jahre alt war, zeichnete sich durch vortreffliche Haltung, durch ein freundliches und gesetztes Wesen und durch eine große Verachtung für Bibi-Lupin und dessen Gefolgsleute, die Lieferanten der Guillotine, aus. Das einzige Kennzeichen, das bei diesem Mann das Blut der alten Folterknechte des Mittelalters verriet, war die furchtbare Breite und Dicke der Hände. Übrigens war er ziemlich gebildet, legte großen Wert auf seine Eigenschaft als Bürger und Wähler und liebte, wie es hieß, leidenschaftlich die Gärtnerei; der große, dicke, sehr leise sprechende, ruhige und verschlossene Mann mit der hohen, kahlen Stirn glich weit eher einem Angehörigen der englischen Aristokratie als einem Scharfrichter. Daher hätte ein spanischer Kanonikus sehr wohl den Irrtum begehen können, den Jacques Collin absichtlich beging.

»Das ist kein Sträfling«, sagte der Oberaufseher zu dem Direktor. Ich fange selber an, es zu glauben, sagte Gault sich und nickte seinem Untergebenen bestätigend zu.

Jacques Collin wurde in das kellerartige Gelaß geführt, in dem der junge Théodore, angetan mit der Zwangsjacke, auf dem Rand seines scheußlichen Feldbettes saß. Der Todtäuscher erkannte in dem Licht, das einen Augenblick vom Gang hereinfiel, auf der Stelle in dem Gendarmen, der, auf seinen Säbel gestützt, aufrecht dastand, Bibi-Lupin.

»Io sono Gabba-Morte! Parla nostro Italiano«, sagte Jacques Collin hastig. »Vengo ti salvar.« (Ich bin der Todtäuscher; sprich unser Italienisch; ich komme dich retten.)

Alles, was die beiden Freunde einander jetzt sagten, mußte für den falschen Gendarmen unverständlich bleiben, und da Bibi-Lupin angeblich den Gefangenen zu bewachen hatte, konnte er seinen Posten nicht verlassen. Die Wut des Chefs der Sicherheitspolizei läßt sich nicht beschreiben.

Théodore Calvi war ein junger Mensch von blasser, olivener Gesichtsfarbe, blondem Haar, tiefliegenden trübblauen Augen, gutem Körperbau und ungeheurer Muskelkraft, die sich unter jener lymphatischen Erscheinung barg, wie sie die Südländer bisweilen zeigen; ohne die gebogenen Brauen und ohne die gedrückte Stirn, was beides ihm etwas Unheimliches gab, ohne die wilde Grausamkeit der roten Lippen und ohne das Zucken der Muskeln, das die den Korsen eigene ungewöhnliche Reizbarkeit verriet, die diese Leute in einem jäh ausgebrochenen Streit so schnell zum Morde treibt, hätte er das reizendste Gesicht gehabt.

Théodore hob, von Staunen erfüllt, beim Klang dieser Stimme ruckhaft den Kopf und glaubte an eine Halluzination; da er aber durch den zweimonatigen Aufenthalt mit der dichten Finsternis in diesem Quaderkasten vertraut geworden war, so seufzte er, als er den falschen Geistlichen erblickte, tief auf. Er erkannte Jacques Collin nicht, das durch die Wirkung der Schwefelsäure ganz zerfressene Gesicht schien ihm nicht das seines Dab zu sein. »Ich bin es wirklich, dein Jacques; ich bin als Priester verkleidet und will dich retten. Begeh nicht die Dummheit, mich wiederzuerkennen und tu, als beichtest du.« Das wurde sehr schnell gesagt.

»Dieser junge Mensch ist ganz niedergeschlagen; er hat Angst vor dem Tode, er wird alles gestehen«, sagte Jacques Collin zu dem Gendarmen.

»Sag mir etwas, das mir beweist, daß du ›er‹ bist, denn du hast nur seine Stimme«, sagte Théodore.

»Da haben Sie's, er sagt, er sei unschuldig, der arme Unglückliche!« fuhr Jacques Collin, zu dem Gendarmen gewandt, fort. Bibi-Lupin wagte nichts zu sagen, weil er erkannt zu werden fürchtete.

»Sempremi[30]!« flüsterte Jacques Collin, als er sich wieder Théodore zugewandt hatte, ihm dieses Losungswort zu. – »Sempreti[31]!« sagte der junge Mann und ergänzte damit die Losung. »Es ist wirklich mein Dab . . .« – »Hast du das Ding gedreht?« – »Ja.« – »Erzähl mir alles, damit ich sehe, wie ich es anfangen muß, dich zu retten; es ist höchste Zeit, Charlot ist schon da.«

Der Korse warf sich sofort auf die Knie und tat, als wolle er beichten. Bibi-Lupin wußte nicht, was er tun sollte; denn dies

Gespräch ging so schnell vonstatten, daß es kaum die Zeit in Anspruch nahm, die man dazu braucht, es zu lesen. Théodore erzählte hastig die schon bekannten Umstände seines Verbrechens, von denen Jacques Collin indessen noch nichts wußte. – »Die Geschworenen haben mich ohne Beweise verurteilt«, sagte er zum Schluß. – »Junge, du redest noch hin und her, während dir schon das Haar geschoren werden soll . . .!« – »Aber es ist doch ganz gut möglich, daß ich nur beauftragt gewesen wäre, die Sachen zu verscheuern. Da sieht man, wie drauflos geurteilt wird! Und noch dazu in Paris . . .!« – »Aber *wie* hast du das Ding gedreht?« fragte der Todtäuscher. – »Ach so. Folgendermaßen. Seit du nicht mehr bei mir gewesen bist, habe ich die Bekanntschaft eines kleinen korsischen Mädchens gemacht; sie ist mir begegnet, als ich in Pantin (Paris) ankam.« – »Männer, die dumm genug sind, Weiber zu lieben«, rief Jacques Collin, »kommen immer dadurch um . . .! Weiber sind Tiger in Freiheit, Tiger, die schwätzen und sich im Spiegel besehen . . .! Du bist unvernünftig gewesen . . .!« – »Aber . . .« – »Also rede, wozu hat sie gedient, diese verfluchte largue . . .?« – »Dies entzückende Ding ist nicht größer als ein Holzscheit, dünn wie ein Aal und behend wie ein Affe; sie ist durch den Schornstein geklettert und hat mir die Tür aufgemacht. Die Hunde hatten wir mit Fleischklößen gefüttert, die waren tot. Ich habe die beiden Frauen kaltgemacht. Als ich das Geld hatte, da hat Ginetta die Tür wieder zugeschlossen und ist zum Schornstein 'rausgeklettert.« – »Eine so schöne Erfindung verdient, mit dem Leben belohnt zu werden!« sagte Jacques Collin; er bewunderte die Ausführung des Verbrechens, wie ein Ziseleur das Modell einer Statuette bewundert. – »Ich habe die Dummheit begangen, so viel Talent für ganze tausend Taler zu entfalten . . .!« – »Nein, für eine Frau!« entgegnete Collin. »Und dabei hatte ich dir gesagt, daß sie uns um den Verstand bringen . . .!« – Jacques Collin warf einen lodernden Blick der Verachtung auf Théodore. – »Du warst nicht mehr da!« antwortete der Korse, »ich war ganz allein.« – »Und liebst du denn die Kleine?« fragte Jacques Collin, da er fühlte, daß in dieser Antwort ein Vorwurf lag. – »Ach, wenn ich am Leben bleiben will, dann will ich es jetzt mehr für dich als für sie.« – »Bleib ruhig! Ich heiße nicht umsonst der Todtäuscher! Ich nehme dich auf mich!« – »Was! Leben …?« rief der junge Korse und hob die eingewickelten Arme zum feuchten Gewölbe des Kerkers hoch. – »Meine kleine Madeleine, mach dich darauf gefaßt, daß du lebenslänglich auf die ›Wiese‹ kommst«, erwiderte Jacques Collin. »Damit mußt du rechnen, mit Rosen wirst du nicht bekränzt, wie ein Pfingstochse …! Wenn sie uns schon nach Rochefort geschickt haben, dann heißt das, sie wollten uns loswerden! Aber ich lasse dich nach Toulon schicken, du brichst aus und kommst wieder nach Pantin, wo ich dir dann eine nette kleine Existenz verschaffe …«

Ein Seufzer, wie ihrer noch nicht viele unter diesem mitleidlosen Gewölbe erklungen waren, ein vom Glück der Befreiung ausgestoßener Seufzer schlug gegen den Stein, der diesen Klang – er hatte nicht seinesgleichen in der Musik –, dem verblüfften Bibi-Lupin ins Ohr hallte.

»Das ist die Wirkung der Absolution, die ich ihm eben seiner Enthüllungen wegen versprochen habe«, sagte Jacques Collin zu dem Chef der Sicherheitspolizei. »Diese Korsen, müssen Sie wissen, Herr Gendarm, sind voll des Glaubens! Aber er ist unschuldig wie das Jesuskindlein, und ich will versuchen, ihn zu retten …« – »Gott sei mit Ihnen, Herr Abbé …!« sagte Théodore auf französisch.

Der Todtäuscher, der mehr Carlos Herrera, mehr Kanonikus denn je war, verließ die Kammer des Verurteilten, stürzte in den Gang und spielte, als er vor Gault trat, helles Entsetzen. »Herr Direktor, dieser junge Mensch ist unschuldig, er hat mir den wahren Schuldigen verraten …! Er wollte aus falschem Ehrgefühl sterben … Er ist ein Korse! Gehen Sie«, sagte er, »und bitten Sie den Generalstaatsanwalt um fünf Minuten Gehör für mich. Monsieur de Granville wird sich nicht weigern, auf der Stelle einen spanischen Priester anzuhören, der unter den Irrtümern der französischen Justiz so sehr zu leiden hat!« – »Ich gehe hin!« antwortete Gault zum großen Erstaunen aller Zuschauer dieser ungewöhnlichen Szene. – »Aber«, fuhr Jacques Collin fort, »lassen Sie mich inzwischen wieder auf den Hof führen; ich will dort die Bekehrung eines Verbrechers vollenden, an dessen Herz ich schon gepocht habe … Sie haben nämlich ein Herz, diese Menschen!«

Diese Bemerkung rief unter allen Anwesenden eine Bewegung hervor. Die Gendarmen, der Kanzlist der Aufnahmekanzlei, Sanson, die Aufseher und der Gehilfe des Scharfrichters, die auf den Befehl zum Aufstellen des Mechanismus warteten, wie es im Gefangenenstil heißt, all diese Menschen, an denen für gewöhnlich die Empfindungen abgleiten, wurden von einer sehr begreiflichen Neugier gepackt.

In diesem Augenblick wurden die Geräusche einer mit prachtvollen Pferden bespannten Equipage vernehmlich, die auf dem Kai vor dem Gitter der Conciergerie auf bezeichnende Weise anhielt. Der Wagenschlag wurde so hastig geöffnet, der Wagentritt so schnell heruntergeklappt, daß alle glaubten, es sei eine große Persönlichkeit eingetroffen. Bald darauf erschien am Gittertor eine Dame, die ein blaues Papierblatt schenkte; ihr folgten ein Lakai und ein Leibjäger. Sie war ganz in Schwarz, aber prunkvoll gekleidet, und ihr Hut war mit einem Schleier bedeckt; sie wischte sich mit einem sehr großen gestickten Taschentuch die Tränen ab.

Jacques Collin erkannte sofort Asia oder, um dieser Frau ihren wahren Namen zu geben, Jacqueline Collin, seine Tante. Diese furchtbare, ihres Neffen würdige Alte, deren sämtliche Gedanken auf den Gefangenen konzentriert waren und die ihn mit einer Intelligenz und einem Scharfblick verteidigte, die denen der Justiz zumindest gleichkamen, hatte einen Erlaubnisschein, der am Tage zuvor auf den Namen der Zofe der Herzogin von Maufrigneuse ausgestellt worden war, und zwar auf Empfehlung Monsieur de Sérisys; jener Schein ermöglichte es ihr, mit Lucien und dem Abbé Carlos Herrera zu sprechen, sobald der letztere nicht mehr in Einzelhaft sei; der Abteilungschef, dem die Gefängnisse unterstanden, hatte ihn mit ein paar eigenhändigen Zeilen versehen. Das Papier bedeutete allein schon durch seine Farbe eine mächtige Empfehlung, denn dergleichen Erlaubnisscheine unterscheiden sich durch ihre Form und ihr Aussehen von anderen wie die Theaterfreikarten. Daher öffnete denn auch der Schließer sofort das Gitter, vor allem, als er den Jäger mit dem Federbusch gewahrte, dessen Livree in Grün und Gold glänzte wie die Uniform eines russischen Generals, und der auf eine aristokratische Besucherin mit einem fast königlichen Wappen deutete.

»Oh, mein lieber Abbé!« rief die falsche große Dame, die einen Tränenstrom vergoß, als sie den Geistlichen erblickte, »wie hat man einen so heiligen Mann auch nur für einen Augenblick hierher bringen können?«

Der Direktor nahm den Erlaubnisschein und las: »Auf Empfehlung Seiner Exzellenz des Grafen de Sérisy.«

»Ah, Señora Doña de San-Esteban! Frau Marquise«, sagte Carlos Herrera, »welch schöne Anhänglichkeit!« – »Madame, so darf mit den Gefangenen nicht gesprochen werden«, sagte der gute alte Gault. Und er selber versperrte dieser Tonne aus schwarzem Moiré und Spitzen den Weg. – »Aber auf diese Entfernung!« sagte Jacques Collin, »und in Ihrer Gegenwart ...?« fügte er hinzu und ließ seinen Blick über die Versammlung kreisen.

Die Tante, deren Toilette den Kanzlisten, den Direktor, die Aufseher und die Gendarmen blenden mußte, roch überstark nach Moschus. Sie trug außer Spitzen im Werte von tausend Talern einen schwarzen Kaschmirschal für sechstausend Francs[32]. Und der Leibjäger paradierte auf dem Hof der Conciergerie mit der Unverschämtheit eines Lakaien, der weiß, daß er einer anspruchsvollen Fürstlichkeit unentbehrlich ist. Mit dem Lakaien, der an dem bei Tage stets geöffneten Tor nach dem Kai zu stand, sprach er kein Wort.

»Was willst du, was soll ich tun?« fragte Madame de San-Esteban in dem Rotwelsch, das zwischen dem Neffen und der Tante verabredet war.

Diese Geheimsprache bestand darin, daß im Französischen wie im Rotwelsch den Endsilben ein ›ar‹ oder ›or‹, ›al‹ oder ›i‹ angehängt wurde, so daß die Wörter durch die Verlängerung entstellt wurden. Es war eine Anwendung der diplomatischen Chiffreschrift auf die gesprochene Sprache.

»Bring alle Briefe in Sicherheit, nimm die, durch die die beiden Damen am schwersten kompromittiert werden, und komm als Landstreicherin verkleidet in die Salle des Pas-Perdus zurück; da warte auf meine Befehle.« Asia oder Jacqueline kniete nieder, als wolle sie seinen Segen empfangen, und der falsche Abbé segnete seine Tante mit evangelischer Demutsmiene. – »Addio, Marchesa«, sagte er laut. »Und«, fügte er in der zwischen ihnen vereinbarten Sprache hinzu, »stöbere mir Paccard und Europa mit den siebenhundertfünfzigtausend Francs wieder auf, die sie gestohlen haben; wir brauchen sie.« – »Paccard steht da drüben«, antwortete die fromme Marquise und zeigte mit Tränen in den Augen auf den Leibjäger.

Daß sie auf diese Weise seinen Wunsch verständnisvoll schon im voraus erfüllt hatte, entriß diesem Menschen, den nur noch seine Tante in Erstaunen setzen konnte, nicht nur ein Lächeln, sondern auch eine Geste der Überraschung. Die falsche Marquise wandte sich wie eine Frau, die es gewohnt ist, sich zur Schau zu stellen, an die Zeugen dieser Szene und sagte in schlechtem Französisch: »Er ist verzweifelt, daß er nicht zum Begräbnis seines Sohnes gehen kann; denn dieser abscheuliche Mißgriff der Justiz hat ja das Geheimnis des heiligen Mannes enthüllt . . .! Ich werde der Totenmesse beiwohnen. Hier, Herr Direktor«, sagte sie zu Gault und reichte ihm eine Börse voller Goldstücke, »nehmen Sie das, um den armen Gefangenen ihr Los zu erleichtern.« – »Schick gefingert!« flüsterte ihr der befriedigte Neffe zu. Jacques Collin folgte dem Wärter, der ihn in den Hof hinausführen sollte.

Bibi-Lupin war in heller Verzweiflung; schließlich aber gelang es ihm, sich einem wirklichen Gendarmen bemerkbar zu machen, an den er, als Jacques Collin draußen war, bedeutsame ›Hm! Hm!‹ richtete und der ihn schließlich in der Kammer des Verurteilten ablöste. Immerhin aber kam dieser Gegner des Todtäuschers nicht mehr rechtzeitig, um noch die große Dame zu sehen, die eben in ihrer glänzenden Equipage verschwand und deren, wenngleich verstellte Stimme ihm noch heisere Säuferinnenlaute ins Ohr schickte.

»Dreihundert Francs für die Gefangenen . . .!« sagte der Oberaufseher und zeigte Bibi-Lupin die Börse, die Monsieur Gault seinem Kanzlisten gereicht hatte. – »Lassen Sie mal sehen, Jacomety«, sagte Bibi-Lupin.

Der Chef der Sicherheitspolizei nahm die Börse, schüttete sich die Goldstücke in die Hand und untersuchte sie aufmerksam. »Es ist tatsächlich Gold . . .!« sagte er, »und die Börse trägt ein Wappen! Ach, der Halunke, der versteht es! Der ist vollkommen! Der legt uns ’rein, und zwar jeden Augenblick . . .! Man sollte ihn niederschießen wie einen Hund!« – »Was gibt es denn?« fragte der Kanzlist und nahm die Börse wieder an sich. – »Was es gibt? Daß diese Frau eine Gaunerin sein muß . . .«, rief Bibi-Lupin und stampfte vor Wut mit dem Fuß auf die Fliesen vor dem Portal.

Diese Worte riefen unter den Zuschauern, die sich in einem gewissen Abstand um Sanson gruppiert hatten, lebhafte Sensation hervor. Der Scharfrichter stand nach wie vor da, den Rücken gegen den dicken Ofen in der Mitte dieses riesigen gewölbten Saales gelehnt; er wartete auf den Befehl, die ›Toilette‹ des Verbrechers vorzunehmen und auf dem Grèveplatz das Schafott zu errichten.

Als Jacques Collin wieder auf den Hof kam, ging er mit dem Schritt, den ein Stammgast der ›Wiese‹ haben muß, auf seine Freunde zu. – »Was hast du auf dem Kerbholz?« fragte er La Pouraille. – »Ich bin erledigt«, sagte der Mörder, den Jacques Collin in eine Ecke geführt hatte. »Jetzt brauche ich einen zuverlässigen Freund.« – »Und wozu?« – La Pouraille berichtete seinem Oberhaupt in Rotwelsch all seine Verbrechen und schilderte ihm bis in alle Einzelheiten die Ermordung und Beraubung des Ehepaars Crottat. – »Meine Hochachtung«, sagte Jacques Collin. »Das ist gute Arbeit; aber du scheinst mir einen Fehler gemacht zu haben.« – »Welchen?« – »Als das Geschäft gemacht war, hättest du einen russischen Paß haben, dich als russischer Fürst verkleiden, einen schönen, wappengeschmückten Wagen kaufen, dein Gold verwegen bei einem Bankier deponieren, einen Kreditbrief für Hamburg verlangen, in Begleitung eines Dieners, einer Zofe und deiner als Fürstin verkleideten Geliebten die Post besteigen und dich dann in Hamburg nach Mexiko einschiffen müssen. Mit zweihundertachtzigtausend Francs in Gold kann ein intelligenter Bursche machen, was er will, und gehen, wohin er will, du Tolpatsch!« – »Ah, solche Einfälle hast du, weil du eben der Dab bist . . .! Du verlierst nie den Kopf, wohl aber ich.« – »Kurzum, ein guter Rat in deiner Lage, das wäre Kraftbrühe für einen Toten«, fuhr Jacques Collin fort und warf seinem Fanandel einen bannenden Blick zu. – »Das stimmt«, sagte La Pouraille mit zweifelnder Miene; »aber gib deine Kraftbrühe nur her; wenn sie mich nicht mehr nährt, mache ich mir ein Fußbad draus ...« – »Jetzt hat dich der Storch mit fünf schweren Einbrüchen und drei Morden beim Wickel, deren letzter zwei reiche Bürger um die Ecke gebracht hat ... Das mögen die Geschworenen nämlich nicht, daß man Bürger umbringt ... Du bist zum Abhauen fertig und hast nicht die leiseste Hoffnung mehr ...!« – »Das haben sie mir alle gesagt«, antwortete La Pouraille wehleidig. – »Meine Tante Jacqueline, mit der ich vorhin mitten in der Kanzlei eine kleine Unterredung gehabt habe und die, wie du weißt, für die Fanandels eine wahre Mutter ist, hat mir gesagt, der Storch wolle dich los sein; so sehr fürchtet er dich.« – »Aber«, sagte La Pouraille mit einer Naivität, die beweist, wie sehr die Diebe von ihrem natürlichen Recht, zu stehlen, durchdrungen sind, »ich bin doch jetzt reich, was brauchen sie sich denn noch vor mir zu fürchten?« – »Wir haben jetzt keine Zeit zum Philosophieren«, sagte Jacques Collin, »wir werden uns lieber mit deiner Lage befassen ...« – »Was willst du mit mir anfangen?« unterbrach La Pouraille seinen Dab. – »Das wirst du schon sehen. Ein toter Hund ist auch noch was wert.« – »Für die andern!« sagte La Pouraille. – »Ich nehme dich mit in mein Spiel hinein!« antwortete Jacques Collin. – »Das ist immerhin schon was ...!« erwiderte der Mörder. »Und dann ...?« – »Ich frage dich nicht, wo dein Geld ist, aber was du damit anfangen willst!«

La Pouraille spähte mißtrauisch nach den undurchdringlichen Augen des Dab, der kalt fortfuhr: »Hast du irgendeine largue, die du liebhast, ein Kind oder einen Fanandel, dem du helfen willst? Ich bin in einer Stunde draußen; dann kann ich alles für die tun, denen du Gutes tun willst.«

La Pouraille zögerte noch; er blieb in seiner Unentschlossenheit gleichsam unter Gewehr stehen. Da schickte Jacques Collin sein letztes Argument ins Treffen. »Dein Anteil an unserer Kasse beträgt dreißigtausend Francs; hinterläßt du die den Fanandels? Schenkst du sie irgend jemandem? Dein Anteil ist in Sicherheit, ich kann ihn heute abend dem übergeben, dem du ihn vermachen willst.« Der Mörder verriet seine Freude durch eine Bewegung. – Ich habe ihn! dachte Jacques Collin. »Aber keine Umschweife! Überleg es dir ...!« fuhr er, La Pouraille ins Ohr flüsternd, fort. »Wir haben keine zehn Minuten für uns, alter Freund ... Der

Generalstaatsanwalt läßt mich gleich holen, ich habe nämlich eine Besprechung mit ihm. Den Mann habe ich in der Hand, ich kann dem Storch den Hals umdrehen! Ich bin mir sicher, daß ich Madeleine rette.« – »Wenn du Madeleine rettest, mein guter Dab, könntest du eigentlich auch mich ...« – »Laß uns unsere Spucke nicht verschwenden«, sagte Jacques Collin kurz angebunden, »mach dein Testament.« – »Nun, ich möchte der Gonore das Geld zukommen lassen«, erwiderte La Pouraille wehleidig. – »Sieh mal einer an, du lebst mit der Witwe des Juden Moses, der hinter den ›Zugvögeln‹ im Süden her war?« fragte Jacques Collin.

Gleich den großen Generalen kannte der Todtäuscher die Mannschaften seiner sämtlichen Truppenteile bewunderungswürdig genau.

»Ja, die«, sagte La Pouraille, im höchsten Grade geschmeichelt. – »Hübsche Frau!« sagte Jacques Collin, der sich prächtig darauf verstand, mit diesen furchtbaren Maschinen in Menschengestalt umzugehen. »Tadellose largue! Sie hat einen großen Bekanntenkreis und ist sehr ehrlich! Eine vollendete Gaunerin. Haha, du hast dich bei der Gonore aufgefrischt! Zu dumm, sich unter die Erde bringen zu lassen, wenn man so eine largue hat. Du Narr! Du hättest ein kleines ehrliches Geschäft anfangen und zurückgezogen und ruhig leben sollen ...! Und was treibt sie jetzt?« – »Sie wohnt in der Rue Sainte-Barbe[33]; sie führt da ein Haus ...« – »Die also setzt du zu deiner Erbin ein? So weit, mein Lieber, bringen uns diese Schlampen, wenn man dumm genug ist, sich in sie zu verknallen ...« – »Ja, aber gib ihr nichts, ehe meine Rübe gepurzelt ist.« – »Das ist heilige Pflicht«, sagte Jacques Collin ernst. »Die Fanandels bekommen also nichts?« – »Nein, die haben mich ans Messer geliefert!« antwortete La Pouraille gehässig. – »Wer hat dich denn verpfiffen? Willst du, daß ich dich räche?« fragte Jacques Collin lebhaft und versuchte auf diese Weise, die letzte Empfindung zu erwecken, die diese Herzen im letzten Augenblick in Schwingung versetzt. »Wer weiß, mein alter Fanandel, ob ich nicht gerade dadurch, daß ich dich räche, für dich mit dem Storch Frieden schließen kann?«

Jetzt sah La Pouraille seinen Dab mit einem Gesicht an, das vor Glück ganz töricht geworden war. »Aber«, antwortete der

Dab auf diesen sprechenden Ausdruck hin, »in diesem Augenblick spiele ich nur für Théodore Mislocq. Wenn mir die Posse glückt, alter Junge, bin ich für einen meiner Freunde, und zu denen gehörst du, zu mancherlei imstande!« – »Wenn ich es erlebe, daß du die Zeremonie für den armen kleinen Théodore auch nur aufschiebst, ja, dann will ich tun, was du verlangst.« – »Aber das ist doch schon erledigt, ich bin sicher, daß ich seine Rübe dem Storch aus den Pfoten reiße. Um sich 'rauszureißen, siehst du, La Pouraille, muß man Hand in Hand arbeiten ... Ganz allein kann man da nichts machen ...« – »Stimmt«, rief der Mörder.

Sein Vertrauen war so bedingungslos wiederhergestellt, und sein Glaube an den Dab war so fanatisch, daß er nicht mehr schwankte. La Pouraille gab das Geheimnis seiner Mitschuldigen preis, jenes Geheimnis, das er bislang so gut gehütet hatte. Weiter hatte Jacques Collin nichts wissen wollen.

»Die Geschichte war so. Ruffard, der Agent Bibi-Lupins, war bei dem Ding zu einem Drittel beteiligt, zusammen mit mir und Godet ...« – »Der Wollzupfer ...«, rief Jacques Collin, der damit Ruffard mit dessen Gaunernamen benannte. – »Ja, der. Die Lumpen haben mich verpfiffen, weil ich ihr Versteck kannte, sie aber meins nicht.« – »Du schmierst mir die Stiefel, Freundchen!« sagte Jacques Collin. – »Wieso denn?« – »Da kannst du mal sehen«, antwortete der Dab, »was für ein gutes Geschäft man macht, wenn man volles Vertrauen zu mir hat ...! Jetzt gehört deine Rache schon mit in das Spiel, das ich spiele ...! Ich verlange nicht von dir, daß du mir dein Versteck sagst; das kannst du im letzten Augenblick immer noch tun; aber sag mir alles, was Ruffard und Godet angeht.« – »Du bist und bleibst unser Dab, ich will kein Geheimnis vor dir haben«, erwiderte La Pouraille; »mein Gold steckt im Keller des Hauses, wo die Gonore wohnt.« – »Du befürchtest nichts von seiten deiner largue?« – »Ha, Mahlzeit! Die hat keine Ahnung von meinem Gemansch!« fuhr La Pouraille fort. »Ich hab die Gonore betrunken gemacht, obgleich sie so gebaut ist, daß sie nichts ausplaudert, auch wenn ihr Kopf schon unterm Fallbeil liegt. Aber so viel Gold ...!« – »Ja, da wird die Milch des reinsten Gewissens sauer!« entgegnete Jacques Collin. – »Ich habe also arbeiten können, ohne daß mich einer beleuchten konnte! Das ganze Geflügel hat im Hühnerstall geschlafen. Das Gold liegt drei Fuß unterm Boden hinter den Weinflaschen. Und drüber habe ich eine Schicht Kiesel und Mörtel gelegt.« – »Gut«, sagte Jacques Collin; »und die Verstecke der andern?« – »Ruffard hat seinen Raub bei der Gonore im Schlafzimmer der armen Frau versteckt; dadurch hat er sie in der Hand, denn sie kann als Hehlerin belangt werden und ihre Tage in Saint-Lazare[34] beschließen.« – »Ha, der Halunke! Wie die Polente einen zum Gauner ausbildet!« sagte Jacques. – »Godet hat seinen Anteil bei seiner Schwester untergebracht, der Feinwäscherin, einem anständigen Mädchen, das sich fünf Jahre Lorcaté (La Force) holen kann, ohne es zu ahnen. Der Fanandel hat die Fußbodenfliesen aufgehoben und wieder eingefügt; dann ist er verduftet.« – »Weißt du, was ich von dir will?« sagte jetzt Jacques Collin und richtete einen hypnotisierenden Blick auf La Pouraille. – »Na?« – »Du mußt Madeleines Geschichte auf dich nehmen ...« – La Pouraille gab es einen sonderbaren Ruck; aber unter dem starren Blick des Dab stand er gleich wieder in der Haltung des Gehorsams da. – »Was, schon jetzt zuckst du zurück? Du mischst dich in mein Spiel ein? Überleg doch mal! Vier Morde oder drei, ist das nicht ganz dasselbe?« – »Vielleicht.« – »Beim Meg (Gott) der Fanandels, du hast keinen Saft in der Wurmpelle (kein Blut in den Adern). Und ich hatte dich retten wollen ...!« – »Und wie denn?« – »Dummkopf! Wenn versprochen wird, daß die Familie das Geld zurückerhält, kommst du mit lebenslänglicher ›Wiese‹ davon. Ich würde keinen Pfifferling für deine Rübe geben, wenn sie das Geld schon gefunden hätten; aber in diesem Augenblick bist du siebenhunderttausend Francs wert, du Halbidiot!« – »Dab! Dab!« rief La Pouraille auf dem Gipfel des Glücks. – »Und«, fuhr Jacques Collin fort, »außerdem schieben wir die Morde auf Ruffard ... Damit fliegt Bibi-Lupin auf ... Den habe ich dann beim Schlafittchen!«

La Pouraille stand bei diesem Einfall starr vor Staunen da, seine Augen weiteten sich, und er wurde zur Statue. Seit drei Monaten war er in Haft, demnächst würde er vors Schwurgericht kommen; seine Berater waren die Freunde in La Force gewesen, und denen hatte er nichts von seinen Mitschuldigen gesagt; als er seine Verbrechen überdacht hatte, war er so ohne jede Hoffnung gewesen, daß dieser Plan all den eingelochten Intelligenzen entgangen war. Daher machte ihn dieser Hoffnungsschimmer fast schwachsinnig.

»Haben Ruffard und Godet schon mit dem Vernaschen angefangen? Haben sie schon welche von ihren Gelben an die frische Luft gebracht?« fragte Jacques Collin. – »Sie wagen's nicht«, antwortete La Pouraille. »Die Halunken warten, bis ich gesichelt bin. Das hat mir meine largue durch La Biffe sagen lassen, als sie Biffon hier besucht hat.« – »Na, binnen vierundzwanzig Stunden haben wir den Zaster!« rief Jacques Collin. »Dann können die Kerle nicht mehr, wie du, etwas zurückgeben; du bist dann weiß wie Schnee und sie rot von all dem Blut! Du wirst durch mich, dafür sorge ich, ein anständiger Bursche, der lediglich von ihnen mitgerissen worden ist. Ich habe dann dein Vermögen; damit verschaffe ich dir in deinen andern Prozessen Alibis, und bist du erst auf der ›Wiese‹, denn dahin mußt du zurück, dann siehst du zu, daß du ausbrechen kannst ... Es ist ein scheußliches Leben, aber immer noch ein Leben!« – In La Pourailles Augen flackerte der Wahnsinn. »Alter Junge! Mit siebenhunderttausend Francs kann man sich schon mancherlei leisten!« sagte Jacques Collin, wodurch er seinen Fanandel mit Hoffnung berauschte. – »Dab! Dab!« – »Ich streue dem Justizminister Sand in die Augen ...! Ruffard soll tanzen, da ist ein Spitzel stumpf zu machen. Bibi-Lupin ist geliefert!« – »Also abgemacht!« rief La Pouraille in wilder Freude; »befiehl, ich gehorche.« Und er drückte Jacques Collin an die Brust, in seine Augen traten Freudentränen, so sehr erschien es ihm jetzt als möglich, seinen Kopf zu retten.

»Das ist noch nicht alles«, sagte Jacques Collin; »der Storch hat eine schwere Verdauung, vor allem bei Fieberrückfällen (Enthüllungen neuer belastender Tatsachen). Jetzt handelt es sich darum, eine largue mit ins Spiel zu bringen.« – »Wieso denn? Und wozu?« fragte der Mörder. – »Hilf mir, du wirst schon sehen«, antwortete der Todtäuscher.

Jacques Collin enthüllte La Pouraille in knappen Worten das Geheimnis des in Nanterre begangenen Verbrechens; er machte ihm klar, wie notwendig es sei, eine Frau zu finden, die sich bereitfinden würde, die Rolle der Ginetta zu übernehmen. Dann ging er mit dem inzwischen frohgemut gewordenen La Pouraille zu Biffon.

»Ich weiß, wie lieb du La Biffe hast ...«, sagte Jacques Collin zu Biffon. Der Blick, den Biffon ihm zuwarf, war ein ganzes Gedicht des Grauens. »Was wird sie anfangen, während du auf der ›Wiese‹ bist?« Eine Träne feuchtete die wilden Augen Biffons. »Wie wäre es, wenn ich sie auf ein Jahr in die lorcefé des largues (die Frauenabteilung von La Force, die Madelonettes oder Saint-Lazare) brächte, bis du verurteilt bist, transportiert wirst, ankommst und ausbrichst?« – »Dies Wunder kannst du nicht vollbringen, sie ist unbeteiligt«, antwortete La Biffes Liebhaber. – »Ach, lieber Biffon«, sagte La Pouraille, »unser Dab ist mächtiger als der Meg.« – »Welches ist dein und ihr Losungswort?« fragte Jacques Collin Biffon mit der Sicherheit eines Lehrers, dem man keine ablehnende Antwort geben darf. – »Sorgue à Pantin (Pariser Nacht). An dem Wort erkennt sie, daß man von mir kommt; und wenn du willst, daß sie dir gehorcht, so zeig ihr ein Fünffrancsstück und sag das Wort Tondif.« – »Sie wird mit La Pouraille im selben Prozeß verurteilt und nach einem Jahr ›Finster‹, wenn die Sache aufgeklärt worden ist, begnadigt werden«, sagte Jacques Collin bedeutungsvoll und sah dabei La Pouraille an.

La Pouraille durchschaute den Plan seines Dab und versprach ihm durch einen einzigen Blick, Biffon zur Mitwirkung zu überreden; er mußte es durchsetzen, daß La Biffe die falsche Mitschuld an dem Verbrechen übernahm, dessen er sich bezichtigen wollte. »Lebt wohl, Kinder, ihr werdet bald erfahren, daß ich meinen Kleinen Charlot aus den Händen gerissen habe«, sagte der Todtäuscher. »Ja, Charlot stand mit seinen ›Zofen‹ schon in der Kanzlei, um die ›Toilette‹ an Madeleine vorzunehmen! Seht ihr, da werde ich zum Storchendab (Generalstaatsanwalt) geholt.«

Wirklich winkte eben ein Aufseher, der aus dem Portal heraustrat, dem außerordentlichen Menschen, dem die Gefahr, in der der junge Korse schwebte, die wilde Kraft zurückgegeben hatte, mit der er gegen die Gesellschaft zu kämpfen verstand.

Es ist nicht uninteressant, hier darauf hinzuweisen, daß

Jacques Collin in dem Augenblick, da Luciens Leiche ihm geraubt worden war, einen entscheidenden Entschluß gefaßt hatte: den nämlich, es mit einer letzten Inkarnation zu versuchen und sich diesmal nicht mit einem Menschen, sondern mit einer Sache zu identifizieren. Er war endlich zu der schicksalhaften Entscheidung gelangt, zu der Napoleon auf der Schaluppe gekommen ist, die ihn zur ›Bellerophon‹[34a] hinüberbrachte. Durch ein bizarres Zusammentreffen von Umständen kam diesem Genie des Bösen und der Verderbnis bei seinem Unternehmen alles zu Hilfe.

Daher ist es denn, auch auf die Gefahr hin, daß die unerwartete Entwicklung dieses Verbrecherlebens ein wenig von dem Wunderbaren einbüßt, das heutzutage nur durch unannehmbare Unwahrscheinlichkeiten zu erreichen ist, nötig, ehe wir mit Jacques Collin das Zimmer des Generalstaatsanwalts betreten, Madame Camusot zu den Personen zu folgen, die sie aufgesucht hatte, während all diese Ereignisse sich in der Conciergerie abspielten. Eine der Verpflichtungen, denen der Sittenschilderer sich keinesfalls entziehen darf, besteht darin, die Wahrheit nie durch eine dem Anschein nach dramatische Anordnung zu beeinträchtigen, vor allem dann nicht, wenn die Wahrheit sich die Mühe macht, romantisch zu werden. Die Beschaffenheit der Natur bringt, vor allem in Paris, solche Zufälle mit sich, derlei launenhafte Verschlingungen der Verhältnisse, daß die Phantasie der erfindenden Erzählung in jedem Augenblick übertroffen wird. Die Verwegenheit der Wirklichkeit erhebt sich zu Kombinationen, die der Kunst verboten sind, so unwahrscheinlich oder unschicklich wirken sie, wenn der Schriftsteller sie nicht mildert, säubert und beschneidet.

Madame Camusot hatte versucht, sich eine einigermaßen geschmackvolle Morgentoilette zusammenzustellen; ein ziemlich schwieriges Unterfangen für die Frau eines Richters, der seit sechs Jahren beständig in der Provinz gelebt hat. Es galt, weder bei der Marquise d'Espard noch bei der Herzogin von Maufrigneuse eine Handhabe zu geben, an ihr herumzukritteln, wenn sie sie zwischen acht und neun Uhr morgens aufsuchte. Amélie Cécile Camusot hatte, obwohl sie eine geborene Thirion war – beeilen wir uns, es zu sagen –, einen halben Erfolg. Doch heißt das nicht in Toilettendingen, sich doppelt täuschen?

Man kann sich nicht vorstellen, wie nützlich Pariser Frauen für die Ehrgeizigen jeglicher Art sind. Sie sind in der großen Welt genauso notwendig wie in der Welt der Diebe, wo sie, wie man soeben gesehen hat, eine gewaltige Rolle spielen. Man nehme einmal an, ein Mann sei gezwungen, wenn er nicht beim Rennen in der Arena zurückbleiben will, innerhalb einer gegebenen Zeit mit jener unter der Restauration äußerst wichtigen Persönlichkeit zu sprechen, die man heute den Großsiegelbewahrer oder Justizminister nennt. Man nehme einen Mann in der günstigsten Stellung an, einen Richter, also sozusagen einen, der im Haus aus und ein geht. Jener Richter sieht sich genötigt, entweder einen Abteilungschef, den Privatsekretär oder den Generalsekretär aufzusuchen und ihnen zu beweisen, wie unumgänglich es sei, sofort eine Audienz zu erhalten. Ist ein Justizminister nun aber jemals auf der Stelle zu sprechen? Wenn er tagsüber nicht in der Kammer ist, so sitzt er im Ministerrat, oder er gibt seine Unterschriften oder erteilt Audienzen. Morgens schläft er, und man weiß nicht, wo. Abends hat er seine gesellschaftlichen und persönlichen Verpflichtungen. Wenn alle Richter unter irgendeinem Vorwand eine Audienz erlangen könnten, würde auf den Justizminister Sturm gelaufen werden. Der Gegenstand einer besonderen sofortigen Audienz muß also erst der Beurteilung einer jener vermittelnden Mächte unterbreitet werden, die ein Hindernis darstellen, eine Tür, die erst geöffnet werden muß, sofern nicht schon ein Mitbewerber sie in der Hand hält Eine Frau aber sucht ohne weiteres eine andere Frau auf: sie kann unmittelbar in deren Schlafzimmer gehen, wenn sie die Neugier der Herrin oder der Zofe zu wecken versteht, vor allem jedoch, wenn für die Herrin ein großes Interesse oder eine dringliche Notwendigkeit auf dem Spiel steht. Man bezeichne die weibliche Macht zum Beispiel mit dem Namen der Marquise d'Espard; mit der mußte sogar ein Minister rechnen; diese Frau schreibt ein kleines, nach Ambra duftendes Billett, das ihr Diener dem Diener des Ministers überbringt. Der Minister erhält das Briefchen im Augenblick seines Aufwachens und liest es sofort. Wenn der Minister auch zu tun hat, so ist doch der Mann in ihm entzückt, daß er einer der Königinnen von Paris, einer der Mächtigen des Faubourg Saint-Germain, einer der begünstigten

Freundinnen ›Madames‹[35], der Dauphine oder des Königs einen Besuch zu machen hat. Casimir Périer[36], der einzige wirkliche Premierminister, den die Juli-Revolution gehabt hat, ließ alles im Stich, um einen ehemaligen Ersten Kammerherrn König Karls X. aufzusuchen.

Diese theoretischen Hinweise erklären die Macht der Worte: »Madame, Madame Camusot in einer sehr eiligen Sache, von der Madame weiß!« die die Zofe zu der Marquise d'Espard sagte, im Glauben, diese sei schon erwacht. Und die Marquise rief auf der Stelle, sie solle Amélie sogleich hereinführen. Die Frau des Richters fand williges Gehör, als sie mit den Worten begann: »Frau Marquise, wir sind verloren, weil wir Sie gerächt haben ...« – »Wieso, Sie hübsche kleine Frau ...?« fragte die Marquise und sah Madame Camusot an, die im Halbschatten der angelehnten Tür stand. »Sie sehen heute morgen mit Ihrem kleinen Hut göttlich aus. Wo finden Sie solche Modelle ...?« – »Madame, Sie sind sehr gütig ... Aber Sie wissen, daß die Art, wie Camusot Lucien de Rubempré verhörte, den jungen Mann zur Verzweiflung getrieben und daß er sich im Gefängnis erhängt hat ...« – »Was wird jetzt aus Madame de Sérisy werden?« rief die Marquise; sie spielte die Ahnungslose, um sich alles noch einmal erzählen zu lassen. – »Ach, es heißt, sie sei wahnsinnig geworden ...«, antwortete Amélie. »Oh, wenn Sie bei Seiner Gnaden durchsetzen könnten, daß er meinen Mann sofort durch Eilbefehl aus dem Justizpalast zu sich rufen läßt, so wird der Minister seltsame Geheimnisse erfahren; er wird sie sicherlich dem König mitteilen ... Dann müßten Camusots Feinde schweigen.« – »Wer sind denn Camusots Feinde?« fragte die Marquise. – »Aber doch der Generalstaatsanwalt, und jetzt auch Monsieur de Sérisy ...« – »Gut, Kleines«, versetzte Madame d'Espard, die den Herren de Granville und de Sérisy die Niederlage in ihrem schmählichen Entmündigungsprozeß gegen ihren Gatten verdankte, »ich will mich für Sie einsetzen. Ich vergesse weder meine Freunde noch meine Feinde.«

Sie schellte, ließ die Vorhänge aufziehen, so daß das Licht in Strömen hereinbrach, und verlangte ihr Schreibpult, das die Zofe brachte. Schnell kritzelte die Marquise ein paar Zeilen.

»Godard soll aufsitzen und diesen Brief in die Staatskanzlei bringen; auf Antwort braucht er nicht zu warten«, sagte sie zu ihrer Zofe. Die Zofe ging rasch weg, blieb aber trotz des Befehls ein paar Augenblicke an der Tür stehen.

»Es gibt also große Geheimnisse?« fragte Madame d'Espard. »Erzählen Sie mir doch davon, liebe Kleine. Ist Clotilde de Grandlieu auch hineinverwickelt?« – »Die Frau Marquise wird alles von Seiner Gnaden erfahren; mein Mann hat mir nichts gesagt, er hat mich nur auf die Gefahr hingewiesen, in der er schwebe. Es wäre besser für uns, wenn Madame de Sérisy stürbe, als daß sie wahnsinnig bliebe.« – »Die arme Frau!« sagte die Marquise. »Aber war sie es nicht schon von je?«

Die Damen der Gesellschaft beweisen durch die hundert Arten, wie sie denselben Satz auszusprechen verstehen, dem aufmerksamen Beobachter die unendlichen Möglichkeiten der Tonarten in der Musik. Die ganze Seele strömt, wie in den Blick, auch in die Stimme; sie prägt sich im Licht wie in der Luft aus, den Elementen, in denen die Augen und die Stimmbänder wirken. Durch die Betonung der Worte: ›Die arme Frau!‹ ließ die Marquise die Genugtuung des befriedigten Hasses, das Glück des Triumphes erraten. Ach, wieviel Unglück hatte sie der Gönnerin Luciens gewünscht! Die Rachsucht, die den Tod des gehaßten Wesens überlebt, die nie zu sättigen ist, flößt düsteres Grauen ein. So war denn auch Madame Camusot, obwohl sie harten, gehässigen und zänkischen Charakters war, arg betroffen. Sie fand keine Antwort und schwieg. – »Diane hat mir allerdings gesagt, Léontine sei ins Gefängnis gegangen«, fuhr Madame d'Espard fort. »Die liebe Herzogin ist verzweifelt über diesen Skandal; es ist nun mal ihre Schwäche, daß sie Madame de Sérisy sehr gern hat; aber das ist ja begreiflich, beide haben diesen kleinen Dummkopf Lucien fast gleichzeitig angebetet, und nichts verbindet oder entzweit zwei Frauen leichter, als wenn sie ihre Andacht vor dem gleichen Altar verrichten. Deshalb hat die liebe Freundin gestern zwei Stunden lang in Léontines Schlafzimmer gesessen. Es scheint, daß die arme Gräfin furchtbare Dinge gesagt hat! Ich habe gehört, es sei ganz ekelhaft... Eine wirkliche Dame dürfte sich nicht solchen Anfällen unterwerfen...! Pfui, es ist eine rein physische Leidenschaft... Als die Herzogin mich danach aufsuchte, war sie bleich wie eine Tote;

sie hat viel Mut bezeigt! Es kommen bei dieser Geschichte ungeheuerliche Dinge an den Tag . . .« – »Mein Mann wird zu seiner Rechtfertigung dem Justizminister alles sagen, denn Lucien sollte gerettet werden, und mein Mann, Frau Marquise, hat seine Pflicht getan. Ein Untersuchungsrichter muß die Leute, die in Einzelhaft sitzen, innerhalb einer vom Gesetz vorgeschriebenen Frist verhören . . .! Er mußte ihm doch Fragen stellen, dem unglücklichen Jungen, der nicht begriff, daß er nur der Form wegen verhört wurde, und der sofort ein Geständnis abgelegt hat . . .« – »Er war so dumm wie frech!« sagte Madame d'Espard trocken.

Die Frau des Richters bewahrte Schweigen, als sie diesen Urteilsspruch vernahm. – »Daß wir in dem Entmündigungsprozeß gegen meinen Mann unterlegen sind, ist nicht Camusots Schuld, daran werde ich immer denken!« fuhr die Marquise nach einer Pause fort. »Lucien, die Herren de Sérisy, de Bauvan und de Granville haben uns zu Fall gebracht. Mit der Zeit wird Gott schon auf meine Seite treten. Alle diese Leute sollen ins Unglück geraten. Seien Sie unbesorgt, ich schicke den Chevalier d'Espard zum Justizminister, damit er Ihren Gatten schleunigst zu sich holen läßt, wenn das von Nutzen ist . . .« – »Ach, Madame . . .« – »Hören Sie zu«, sagte die Marquise; »ich verspreche Ihnen schon jetzt für morgen die Auszeichnung durch die Ehrenlegion! Das dürfte ein deutliches Zeichen der Zufriedenheit mit Ihrem Verhalten in dieser Angelegenheit sein. Ja, das ist dann ein weiterer Schimpf für Lucien, das spricht ihn schuldig! Man hängt sich nur selten zum Vergnügen auf . . . Nun leben Sie wohl, liebe Schöne!«

Zehn Minuten danach betrat Madame Camusot das Schlafzimmer der schönen Diane de Maufrigneuse, die erst um ein Uhr morgens zu Bett gegangen und um neun Uhr noch nicht eingeschlafen war. So unempfindlich Herzoginnen auch sein mögen, diese Frauen, deren Herz aus Stuck ist, können dennoch keine ihrer Freundinnen dem Wahnsinn zur Beute fallen sehen, ohne daß dieses Schauspiel einen tiefen Eindruck auf sie machte. Zudem hatte der Liebesbund zwischen Diane und Lucien, wiewohl er vor achtzehn Monaten abgebrochen worden war, im Innern der Herzogin noch so viele Erinnerungen hinterlassen, daß auch ihr der unheimliche Tod dieses Jungen einen furchtbaren Schlag versetzte. Diane hatte die ganze Nacht hindurch den hübschen, so reizvollen, so poetischen jungen Menschen, der so gut zu lieben verstand, so hängen sehen, wie es ihr von Léontine in deren Anfällen unter fiebrigen Gesten geschildert worden war. Sie besaß von Lucien noch beredte, berauschende Briefe, die denen Mirabeaus an Sophie[37] zu vergleichen waren, nur waren sie literarischer, gepflegter, denn sie waren von der gewaltigsten aller Leidenschaften diktiert worden: von der Eitelkeit! Daß er die entzückendste aller Herzoginnen besaß, daß er es erlebte, wie sie für ihn Dummheiten beging, heimliche Dummheiten wohlverstanden, dieses Glück hatte Lucien den Kopf verdreht. Der Stolz des Liebhabers hatte den Dichter inspiriert. Wie gewisse alte Herren obszöne Stiche besitzen, hatte die Herzogin daher wegen der übertriebenen Lobpreisungen, die dem gespendet wurden, was an ihr am wenigsten herzoglich war, diese aufregenden Briefe aufbewahrt. Und er ist in einem vulgären Gefängnis gestorben! sagte sie sich und raffte jene Briefe erschrokken zusammen, als sie ihre Zofe leise an die Tür klopfen hörte.

»Madame Camusot in einer Sache von äußerster Wichtigkeit, die die Frau Herzogin angehe«, sagte die Zofe. Diane sprang entsetzt auf die Füße. – »Oh«, sagte sie und blickte Amélie an, die eine passende Miene aufgesetzt hatte, »ich ahne alles! Es handelt sich um meine Briefe ... Ach, meine Briefe ...! Ach, meine Briefe ...!« Und sie sank in einen Sessel. Jetzt erst fiel ihr wieder ein, daß sie im Überschwang ihrer Leidenschaft Lucien im selben Ton geantwortet, daß sie die Poesie des Mannes gesungen habe, wie er die Glorie der Frau besang, und in was für Dithyramben!

»Leider ja, Madame! Ich komme, um Ihnen mehr zu retten als das Leben! Es handelt sich um Ihre Ehre ... Kommen Sie zur Besinnung, ziehen Sie sich an, lassen Sie uns die Herzogin de Grandlieu aufsuchen; denn zu Ihrem Glück sind Sie nicht die einzige, die kompromittiert ist.« – »Aber Léontine hat doch gestern, wie mir gesagt worden ist, im Justizpalast alle bei unserm armen Lucien beschlagnahmten Briefe verbrannt?« – »Aber Madame! Hinter Lucien stand doch Jacques Collin!« rief die Frau des Richters. »Sie vergessen diese grauenhafte Gemeinschaft, die sicherlich die einzige Ursache für den Tod dieses reizenden, bedauernswerten jungen Herrn ist! Nun aber hat dieser Zuchthaus-Machiavelli noch nie den Kopf verloren! Mein Mann hat die Gewißheit, daß dieses Scheusal die am meisten kompromittierenden Briefe der Geliebten seines ...« – »Seines Freundes in Sicherheit gebracht hat«, sagte die Herzogin rasch. »Sie haben recht, schöne Kleine, wir müssen zu den Grandlieus gehen und uns beraten. Wir sind alle an dieser Angelegenheit interessiert, und zum Glück wird Sérisy uns behilflich sein.«

Die höchste Gefahr übt, wie wir es bei den Szenen in der Conciergerie sehen konnten, eine ebenso furchtbare Macht auf die Seele aus, wie die stärksten Reizmittel sie über den Körper besitzen. Sie ist gleichsam eine moralische Voltasche Säule[38]. Vielleicht ist der Tag nicht mehr fern, da die Art und Weise erkannt wird, wie die Empfindung sich chemisch in ein Fluidum umsetzt, das vielleicht dem der Elektrizität ähnlich ist.

Es hatte sich bei dem Sträfling und der Herzogin das gleiche Phänomen vollzogen. Die niedergeschlagene Frau, die dem Tode nahe war und nicht geschlafen hatte, diese Herzogin, die so schwer anzukleiden war, verfügte plötzlich über die Kraft einer umstellten Löwin und die Geistesgegenwart eines Generals mitten in der Schlacht. Diane wählte selber ihre Kleider aus und improvisierte ihre Toilette mit der Geschwindigkeit einer Grisette, die ihre eigene Zofe ist. Das kam der Zofe so erstaunlich vor, daß sie einen Augenblick regungslos wie angewurzelt dastand, so überrascht war sie, ihre Herrin im Hemd zu erblicken, die, vielleicht nicht ohne eine Lustempfindung, der Frau des Richters durch den hellen Nebel der Wäsche einen weißen Körper zeigte, der ebenso vollkommen war wie der von Canovas Venus[39]. Er war wie ein Schmuckstück in Seidenpapier. Diane war im Nu eingefallen, wo sich das Korsett für ihre galanten Abenteuer befand, jenes Korsett, das vorn zugehakt wird und Frauen, die es eilig haben, die Mühe und die bei solcherlei Gelegenheiten schlecht angewandte Zeit des Schnürens erspart. Sie hatte schon die Spitzen an ihrem Hemd zurechtgezupft und ihre schönen Brüste in der rechten Weise gruppiert, als die Zofe den Unterrock brachte und das Werk vollendete, indem sie ein Kleid hinreichte. Während Amélie auf einen Wink der Zofe der Herzogin half und das Kleid hinten zuknöpfte, holte die Zofe Strümpfe aus Fil d'Ecosse, zierliche Samtstiefel, einen Schal und einen Hut. Amélie und die Zofe bekleideten je ein Bein.

»Sie sind die schönste Frau, die ich je gesehen habe«, sagte Amélie geschickt und küßte Dianes feines, glattes Knie mit auffallender Leidenschaft. – »Madame hat nicht ihresgleichen«, sagte die Zofe. – »Schluß, Josette, halten Sie lieber den Mund«, erwiderte die Herzogin. »Haben Sie einen Wagen?« fragte sie Madame Camusot; »kommen Sie, Sie kleine Schöne, wir können unterwegs plaudern.« Und die Herzogin eilte die große Treppe des Palais Cadignan hinab und zog sich erst dabei die Handschuhe an, was man noch nie erlebt hatte. »Zum Palais Grandlieu, und zwar rasch!« sagte sie zu einem der Bedienten und gab ihm einen Wink, hinten auf den Wagen zu steigen. Der Diener zögerte, denn jener Wagen war eine Droschke.

»Ach, Frau Herzogin, Sie hatten mir nicht gesagt, daß der junge Herr Briefe von Ihnen besaß! Sonst wäre mein Mann ganz anders vorgegangen ...« – »Léontines Situation hatte mich so sehr beschäftigt, daß ich mich selber völlig vergessen habe«, sagte sie. »Die arme Frau war schon vorgestern fast wahnsinnig; und nun stellen Sie sich vor, welche Verwirrung erst dieser verhängnisvolle Ausgang bei ihr anrichten mußte! Ach, wenn Sie wüßten, Kleine, was für einen Morgen wir gestern erlebt haben ... Nein, so etwas könnte einen zum Verzicht auf alle Liebe treiben! Gestern sind wir beide, Léontine und ich, von einer scheußlichen Alten, einer Kleiderhändlerin, einem Mannweib, in die stinkende, blutige Gosse geschleppt worden, die man das Gericht nennt; ich habe ihr auf der Fahrt zum Justizpalast gesagt: ›Könnte man nicht auf die Knie fallen und wie Frau von Nucingen rufen, als sie auf der Überfahrt nach Neapel einen der beängstigenden Stürme des Mittelmeers erlebte: ‚Mein Gott, rette mich diesmal, dann brauchst du es nie wieder zu tun!'‹ Jedenfalls waren dies zwei Tage, die in meinem Leben Marksteine bilden werden! Sind wir nicht dumm, daß wir überhaupt schreiben ...? Aber man liebt! Man bekommt Briefe, die einem durch die Augen das Herz verbrennen, und dann steht alles in Flammen! Und mit der Vorsicht ist es aus, und man antwortet ...« – »Warum antworten, wenn man doch handeln kann?« fragte Madame Camusot. – »Es ist so schön, sich gehenzulassen ...!«

rief die Herzogin stolz. »Das ist die Wollust der Seele.« – »Schöne Frauen«, versetzte Madame Camusot bescheiden, »sind zu entschuldigen, sie haben öfter als wir Gelegenheit zu erliegen.«

Die Herzogin lächelte. »Wir sind immer zu großmütig«, fuhr Diane de Maufrigneuse fort. »Ich werde es machen wie die gräßliche Madame d'Espard.« – »Und wie macht die es?« fragte die Frau des Richters neugierig. – »Sie hat tausend Liebesbriefe geschrieben ...« – »So viel ...!« unterbrach die Camusot die Herzogin. – »Freilich, Liebste, aber es läßt sich darin kein einziger Satz finden, der sie kompromittierte ...!« – »Sie wären nicht imstande, solch eine Kühle, solch eine Bedachtsamkeit zu bewahren«, antwortete Madame Camusot. »Sie sind durch und durch Frau, Sie gehören zu jenen Engeln, die dem Teufel nicht widerstehen könnten ...« – »Ich habe mir geschworen, nie mehr etwas zu schreiben. In meinem ganzen Leben habe ich lediglich an den unglückseligen Lucien geschrieben ... Ich werde seine Briefe bis zu meinem Tode aufbewahren! Liebe Kleine, darin ist Feuer, und das braucht man bisweilen ...« – »Wenn sie gefunden würden!« sagte die Camusot mit einer kleinen, schamhaften Geste. – »Oh, dann würde ich sagen, es seien Briefe aus einem begonnenen Roman; ich habe sie nämlich alle abgeschrieben und die Originale verbrannt!« – »Oh, Madame, lassen Sie sie mich doch zur Belohnung lesen ...« – »Vielleicht«, sagte die Herzogin. »Dann werden Sie sehen, Liebste, daß er an Léontine solche Briefe nicht geschrieben hat!«

Diese letzte Äußerung zeigte die Frau an sich, die Frau aller Zeiten und aller Länder.

Wie der Frosch in der Fabel La Fontaines platzte Madame Camusot in ihrer Haut vor Vergnügen, weil sie in Gesellschaft der schönen Diane de Maufrigneuse zu den Grandlieus kam. Sie wollte an diesem Morgen eine der Verbindungen anknüpfen, die für den Ehrgeiz so notwendig sind. Schon hörte sie sich ›Frau Präsidentin‹ nennen. Sie empfand den unsäglichen Genuß, über ungeheure Hindernisse zu triumphieren, deren größtes die noch nicht kundgewordene, ihr selbst jedoch wohlbekannte Untüchtigkeit ihres Mannes war. Einem mittelmäßigen Menschen zum Erfolg zu verhelfen, das heißt für eine Frau wie für einen König, sich das Vergnügen leisten, das so viele große Schauspieler anlockt und das darin besteht, ein schlechtes Stück hundertmal zu spielen. Es ist der Rausch des Egoismus! Kurzum, es sind gewissermaßen die Saturnalien der Macht. Die Macht beweist sich ihre Kraft nur durch den seltsamen Mißbrauch, daß sie irgendeine Absurdität mit den Palmen des Erfolgs krönt, und zwar dem Genie zum Spott, der einzigen Kraft, der die absolute Macht nichts anhaben kann. Die Rangerhöhung des Pferds des Caligula[40], dieser kaiserliche Schwank, hat von je viele Wiederholungen erlebt und wird sie immer wieder erleben.

Innerhalb weniger Minuten gelangten Diane und Amélie aus der eleganten Unordnung, in der sich das Schlafzimmer der schönen Diane befunden hatte, in die Korrektheit eines grandiosen strengen Luxus, wie er bei der Herzogin von Grandlieu herrschte.

Diese sehr fromme Portugiesin stand stets um acht Uhr auf, um in der kleinen Kirche Sainte-Valère, die damals auf der Esplanade des Invalides lag und eine Filialkirche von Saint-Thomas d'Aquin war, die Messe zu hören. Jene heute abgebrochene Kapelle ist in die Rue de Bourgogne verlegt worden; wo sie gestanden hat, wird eine gotische Kirche erbaut, die der heiligen Klotilde geweiht werden soll.

Als Diane de Maufrigneuse der Herzogin von Grandlieu ein paar Worte zugeflüstert hatte, ging die fromme Frau in die Gemächer ihres Gemahls hinüber, mit dem sie sogleich wieder hereinkam. Der Herzog musterte Madame Camusot mit einem jener raschen Blicke, durch die große Herren eine ganze Existenz und oft auch die Seele analysieren. Amélies Toilette half dem Herzog bedeutsam dabei, dies bürgerliche Leben von Alençon bis Mantes und von Mantes bis Paris zu erraten. Ach, wenn die Frau des Richters diese Sehergabe der Herzöge hätte ahnen können, so hätte sie diesen höflich ironischen Blick nicht mit Anstand zu ertragen vermocht; aber sie sah darin nichts als Höflichkeit. Die Unwissenheit hat manchmal Anteil an den Privilegien der Gewitztheit.

»Dies ist Madame Camusot, die Tochter Thirions, eines der Türhüter des königlichen Kabinetts«, sagte die Herzogin zu ihrem Gatten. Der Herzog grüßte die Richtersfrau sehr höflich, und sein Gesicht verlor ein wenig von seiner Würde. Der Diener des Herzogs, nach dem sein Herr geschellt hatte, trat ein. »Sie müssen zur Rue Honoré-Chevalier[41]; nehmen Sie einen Wagen. Dort schellen Sie an einer kleinen Tür Nummer zehn. Dem Diener, der Ihnen aufmacht, sagen Sie, ich bäte seinen Herrn, zu mir zu kommen; wenn der Herr daheim ist, bringen Sie ihn mit. Nennen Sie meinen Namen; der genügt zur Überwindung aller Schwierigkeiten. Sehen Sie zu, daß Sie für all das nicht mehr als eine Viertelstunde brauchen.«

Kaum war der Diener des Herzogs fort, so erschien ein zweiter, der der Herzogin. – »Gehen Sie zum Herzog von Chaulieu und lassen Sie ihm in meinem Namen diese Karte hineinreichen.« Der Herzog gab ihm seine Karte, die er zuvor auf eine ganz bestimmte Weise einkniffte. Wenn diese beiden Freunde das Verlangen hatten, einander in einer eiligen, geheimen Sache, die keine schriftliche Mitteilung zuließ, sofort zu sprechen, benachrichtigten sie sich auf diese Weise.

Man sieht, daß in allen Schichten der Gesellschaft die Bräuche einander gleichen und nur in der Art und Weise, dem Äußerlichen und der Nuance verschieden sind. Auch die große Gesellschaft hat ihr Rotwelsch; aber dieses Rotwelsch heißt Stil.

»Sind Sie sich ganz sicher, Madame, daß die Briefe, die Mademoiselle Clotilde de Grandlieu angeblich an den jungen Mann geschrieben hat, wirklich existieren?« fragte der Herzog. Und er warf einen Blick auf Madame Camusot, wie ein Matrose etwa ein Lot wirft. »Gesehen habe ich sie nicht, aber es ist zu befürchten«, antwortete sie zitternd. – »Meine Tochter kann nichts geschrieben haben, was nicht gezeigt werden dürfte!« rief die Herzogin.

Die arme Herzogin! dachte Diane und warf dem Herzog von Grandlieu einen Blick zu, vor dem er erbebte. – »Was glaubst du, liebe kleine Diane?« fragte der Herzog flüsternd die Herzogin von Maufrigneuse, nachdem er sie in eine Fensternische gezogen hatte. – »Clotilde ist so wahnsinnig in Lucien verliebt, mein Lieber, daß sie ihm vor ihrer Abreise noch ein Stelldichein gegeben hat. Ohne die kleine Lenoncourt wäre sie vielleicht mit ihm in den Wald von Fontainebleau entflohen. Ich weiß, daß Lucien an Clotilde Briefe geschrieben hat, die einer Heiligen hätten den Kopf verdrehen können. Wir sind drei Evastöchter, die von der Schlange des Briefschreibens umgarnt worden sind ...«

Der Herzog und Diane traten aus der Nische wieder zu der Herzogin und Amélie, die leise miteinander plauderten. Amélie folgte dem Rat der Herzogin von Maufrigneuse und spielte die Fromme, um sich das Herz der stolzen Portugiesin zu gewinnen.

»Wir sind in der Gewalt eines gemeinen entsprungenen Sträflings!« sagte der Herzog mit einem bezeichnenden Achselzucken. »Das hat man davon, wenn man Leute bei sich empfängt, deren man nicht unbedingt sicher ist! Ehe man jemanden in sein Haus läßt, muß man über sein Vermögen, seine Eltern und sein ganzes Vorleben genau Bescheid wissen ...« Dieser Satz ist vom aristokratischen Standpunkt aus die Moral dieser Geschichte. – »Es ist nun mal geschehen«, sagte die Herzogin von Maufrigneuse. »Wir müssen jetzt darauf bedacht sein, Madame de Sérisy, Clotilde und mich aus der Patsche zu ziehen ...« – »Wir können nichts tun, als auf Henri zu warten, ich habe ihn herbitten lassen; aber es hängt alles von der Persönlichkeit ab, die Gentil holen soll. Gebe Gott, daß der Betreffende in Paris ist! – Madame«, wandte er sich an Madame Camusot, »ich danke Ihnen, daß Sie an uns gedacht haben ...«

Das war Madame Camusots Verabschiedung. Die Tochter des Türhüters hatte Verstand genug, den Herzog zu verstehen; sie stand auf; aber die Herzogin von Maufrigneuse nahm Amélie mit jener anbetungswürdigen Anmut, die ihr so viel Rücksichtnahme und Freundschaft eintrug, bei der Hand, führte sie dem Herzog und der Herzogin auf eine bedeutungsvolle Weise zu. »Denken Sie nur an mich und nicht daran, daß sie ums Frührot aufgestanden ist, um uns alle zu retten, wenn ich Sie um mehr als ein freundliches Rückdenken für meine kleine Madame Camusot bitte. Zunächst hat sie mir bereits Gefälligkeiten erwiesen, die man nicht vergißt; und ferner steht sie mit ihrem Gatten ganz auf unserer Seite. Ich habe versprochen, für das Avancement ihres Mannes zu sorgen, und ich bitte Sie vor allem mir zuliebe, ihn zu protegieren.« – »Sie bedürfen dieser Empfehlung nicht«, sagte der Herzog zu Madame Camusot. »Die Grandlieus vergessen niemals die Dienste, die ihnen geleistet worden sind. Die Anhänger des Königs werden binnen kurzem Gelegenheit haben, sich auszuzeichnen; es wird Treue von ihnen verlangt, und Ihr Gatte wird in die Bresche geschickt werden ...«

Madame Camusot zog sich stolz, glücklich und so geschwollen zurück, daß sie kaum zu atmen vermochte. Triumphierend eilte sie heim; sie bewunderte sich, sie lachte über die Feindschaft des Generalstaatsanwalts. Sie sagte sich: Wenn wir jetzt Monsieur de Granville in die Luft sprengten?

Es war hohe Zeit gewesen, daß Madame Camusot sich zurückgezogen hatte. Der Herzog von Chaulieu, einer der Günstlinge des Königs, war der Bürgersfrau auf der Freitreppe begegnet.

»Henri«, rief der Herzog von Grandlieu, als er hörte, wie sein Freund gemeldet wurde, »ich bitte dich, begib dich so schnell wie möglich ins Schloß, versuche, den König zu sprechen, es handelt sich um folgendes.« Und er führte den Herzog in die Fensternische, in der er sich schon mit der leichtfertigen, anmutigen Diane unterhalten hatte.

Von Zeit zu Zeit warf der Herzog von Chaulieu der tollen Herzogin verstohlene Blicke zu, während diese mit der frommen Herzogin plauderte, sich eine Predigt halten ließ und dabei zugleich das Äugeln des Herzogs von Chaulieu erwiderte.

»Liebes Kind«, sagte schließlich der Herzog von Grandlieu, als die heimliche Unterredung beendet war, »seien Sie doch verständig! Sehen Sie«, fügte er hinzu und ergriff Dianes Hände, »wahren Sie doch die Form; kompromittieren Sie sich nicht mehr, schreiben Sie nie wieder Briefe! Briefe, meine Liebste, haben schon ebensoviel privates wie öffentliches Unglück angerichtet ... Was verzeihlich ist bei einem jungen Mädchen wie Clotilde, das zum erstenmal liebt, ist unentschuldbar bei ...« – »... bei einem alten Grenadier, der schon im Feuer gestanden hat!« sagte die Herzogin und zog dem Herzog ein Schmollmäulchen.

Dieses Mienenspiel zusammen mit dem Scherz lockte ein Lächeln auf die niedergeschlagenen Gesichter der beiden Herzöge und sogar der frommen Herzogin. »Schon seit vier Jahren habe ich keine Liebesbriefe mehr geschrieben ...! Rettet uns das?« fragte Diane, die ihre Angst unter Kindereien verbarg. – »Noch nicht«, sagte der Herzog von Chaulieu, »Sie wissen nicht, wie schwer es ist, Willkürakte zu begehen. Das ist für einen konstitutionellen König dasselbe wie eine Treulosigkeit für eine verheiratete Frau. Es ist sein Ehebruch.« – »Seine Lieblingssünde!«

sagte der Herzog von Grandlieu. – »Die verbotene Frucht!« fügte Diane lächelnd hinzu. »Oh, ich wäre so gern die Regierung, ich habe nämlich nichts mehr von der Frucht, ich habe sie schon ganz aufgegessen.« – »Aber Liebe, Liebe!« sagte die fromme Herzogin, »Sie gehen zu weit.«

Die beiden Herzöge hörten vor der Freitreppe mit dem Lärm, den galoppierende Pferde vollführen, einen Wagen halten; sie verabschiedeten sich von den beiden Damen, ließen sie allein und gingen in das Arbeitszimmer des Herzogs von Grandlieu, in das gerade auch der Anwohner der Rue Honoré-Chevalier geführt wurde; es war niemand anderes als der Chef der Sicherheitspolizei des Schlosses, der politischen Polizei, der unbekannte und doch so mächtige Corentin.

»Treten Sie näher«, sagte der Herzog von Grandlieu, »treten Sie näher, Monsieur de Saint-Denis.« Corentin, der erstaunt war, bei dem Herzog in so guter Erinnerung zu stehen, trat als erster ein, nachdem er sich vor den beiden Herzögen tief verneigt hatte.

»Es handelt sich immer noch um dieselbe Persönlichkeit, oder um etwas, was mit ihr zusammenhängt«, sagte der Herzog von Grandlieu. – »Aber er ist doch tot«, sagte Corentin. – »Es bleibt ein Genosse«, bemerkte der Herzog von Chaulieu, »ein recht übler Genosse.« – »Der Sträfling Jacques Collin!« antwortete Corentin.

»Sprich du, Ferdinand«, sagte der Herzog von Chaulieu zu dem ehemaligen Gesandten. – »Dieser Elende ist zu fürchten«, fuhr der Herzog von Grandlieu fort; »er hat sich nämlich, um sie als Lösegeld benutzen zu können, der Briefe bemächtigt, die die Damen de Sérisy und Maufrigneuse an diesen Lucien Chardon, seine Kreatur, geschrieben haben. Es scheint, das System dieses jungen Mannes hat darin bestanden, mittels seiner Briefe leidenschaftliche Antworten in die Hand zu bekommen; denn auch Mademoiselle de Grandlieu hat, wie verlautbart, ein paar geschrieben; wenigstens wird das befürchtet, und wir können nichts feststellen, da sie auf Reisen ist ...« – »Das Jüngelchen«, antwortete Corentin, »war außerstande, sich dergleichen Vorräte anzulegen ...! Das sind Vorsichtsmaßnahmen, die der Abbé Carlos Herrera getroffen hat!« Corentin stützte den Ellbogen auf die Armlehne des Sessels, in dem er saß, und legte nachsinnend den Kopf in die Hand. »Um des Geldes willen ...? Dieser Mensch hatte mehr als wir«, sagte er. »Esther Gobseck hat ihm als Köder gedient, um annähernd zwei Millionen aus dem Goldstücksteich namens Nucingen zu fischen ... Meine Herren, lassen Sie mir durch den, der dazu berechtigt ist, Vollmacht geben, und ich schaffe Ihnen diesen Menschen vom Leibe ...!« – »Und ... die Briefe?« fragte der Herzog von Grandlieu Corentin.

»Hören Sie, meine Herren«, fuhr Corentin fort, stand auf und zeigte sein Mardergesicht, das in siedender Bewegung war. Er steckte die Hände in die Taschen seiner Kniehose aus schwarzem Molton. Dieser große Schauspieler im historischen Drama unserer Zeiten hatte sich nur eine Weste und einen Rock angezogen, aber nicht mal seine Morgenhose abgelegt, so genau wußte er, wie dankbar die Großen bei gewissen Gelegenheiten für Geschwindigkeit sind. Er ging ungezwungen im Zimmer auf und ab und sprach mit lauter Stimme, als sei er allein. »Er ist ein Sträfling! Man könnte ihn ohne Prozeß in Bicêtre in Einzelhaft setzen; da ist keinerlei Verbindung mit der Außenwelt möglich, und ihn da verrecken lassen ... Aber er kann diesen Fall voraussehen und seinen Spießgesellen schon seine Anweisungen gegeben haben!« – »Aber er ist ja doch sofort in Einzelhaft gesetzt worden«, sagte der Herzog von Grandlieu, »nachdem er unvermutet bei jener Frau verhaftet worden war.« – »Gibt es für diesen Kerl überhaupt eine Einzelhaft?« antwortete Corentin; »der ist ebenso gerissen wie ... wie ich!« Was tun? fragten die beiden Herzöge einander durch einen Blick.

»Wir können den Schurken auf der Stelle wieder ins Zuchthaus bringen ... nach Rochefort; da ist er in einem halben Jahr tot! Oh, ohne Gewaltanwendung!« sagte Corentin als Antwort auf eine Geste des Herzogs von Grandlieu. »Nichts zu machen, ein Sträfling hält da einem heißen Sommer nicht länger als sechs Monate stand, wenn er mitten in den Fiebersümpfen der Charente zu wirklicher Arbeit gezwungen wird. Aber das nützt nichts, wenn er bezüglich der Briefe schon seine Maßnahmen getroffen hat. Hat der Bursche jedoch seinen Gegnern mißtraut, und das ist wahrscheinlich, so muß man herausbekommen, welches seine Maßnahmen gewesen sind. Ist der, der die Briefe in

Händen hat, arm, dann ist er auch bestechlich … Es handelt sich also darum, Jacques Collin zum Ausplaudern zu bringen. Was für ein Zweikampf! Dabei zöge ich den kürzeren. Besser wäre es, die Briefe durch andere Briefe zu erkaufen … durch Begnadigungsbriefe, und mir dann den Kerl in meine Budike zu liefern. Jacques Collin ist der einzige Mensch, der befähigt ist, mein Nachfolger zu werden, seit der arme Contenson und der gute Peyrade tot sind. Jacques Collin hat mir diese beiden unvergleichlichen Spitzel umgebracht, als wolle er sich selbst einen Platz freimachen. Sie sehen, meine Herren, Sie müssen mir Blankovollmacht geben. Jacques Collin ist in der Conciergerie. Ich suche Monsieur de Granville in der Staatsanwaltschaft auf. Schicken Sie mir also eine Vertrauensperson, die mich dort antrifft; ich brauche nämlich entweder einen Brief, den ich Granville zeigen kann, da er nichts von mir weiß, einen Brief, den ich übrigens dem Gerichtspräsidenten zurückgeben würde, oder einen sehr imponierenden Geleitsmann … Sie haben eine halbe Stunde Zeit, denn eine halbe Stunde brauche ich, um mich anzuziehen, das heißt, um das zu werden, was ich in den Augen des Generalstaatsanwalts sein muß.« – »Monsieur de Saint-Denis«, sagte der Herzog von Chaulieu, »ich kenne Ihre große Gewandtheit; ich verlange nichts als ein Ja oder ein Nein. Bürgen Sie für den Erfolg?« – »Ja, mit einer Generalvollmacht, und wenn Sie mir außerdem Ihr Wort geben, daß ich niemals über diese Sache befragt werde. Mein Plan ist fertig.«

Diese unheimliche Antwort verursachte den beiden Herrn einen leichten Schauder. – »Gehen Sie«, sagte der Herzog von Chaulieu. »Sie werden diese Angelegenheit auf das Konto derjenigen buchen, mit denen Sie für gewöhnlich beauftragt werden.« Corentin verbeugte sich vor den beiden großen Herren und ging. Henri de Lenoncourt, für den Ferdinand von Grandlieu einen Wagen hatte anspannen lassen, begab sich sofort zum König, bei dem er kraft seines Amtes jederzeit Zutritt hatte.

So also sollten die verschiedenen miteinander verflochtenen Interessen aus den unteren und oberen Schichten der Gesellschaft einander sämtlich im Amtszimmer des Generalstaatsanwalts begegnen; die Notwendigkeit führte sie zusammen, und vertreten wurden sie durch drei Männer: die Justiz durch Monsieur de Granville; die Familie durch Corentin; und ihnen beiden gegenüber stand als furchtbarer Gegner Jacques Collin, der in seiner wilden Energie das Böse in der Gesellschaft darstellte.

Welch ein Kampf, in dem sich die Justiz und die Willkür wider das Zuchthaus und dessen Tücken verbündeten! Wider das Zuchthaus, jenes Symbol der Verwegenheit, die Berechnung und Überlegung über den Haufen wirft, der alle Mittel recht sind, die die Heuchelei der Willkür nicht kennt und die in scheußlicher Weise den ausgehungerten Bauch, den blutigen, raschen Protest des Hungers symbolisiert! Standen sich hier nicht Angriff und Abwehr, Diebstahl und Besitz gegenüber? Die furchtbare Frage des sozialen Zustandes und des Naturzustandes, zusammengedrängt auf den denkbar engsten Raum? Kurzum, es war ein schreckliches lebendes Bild jener antisozialen Kompromisse, wie sie die zu schwachen Vertreter der Macht mit wilden Meuterern abschließen.

Als dem Generalstaatsanwalt Camusot gemeldet wurde, gab er einen Wink, ihn vorzulassen. Granville, der diesen Besuch vorausgeahnt hatte, wollte sich mit dem Richter über die Art verständigen, wie man die Angelegenheit Luciens zum Abschluß bringen könne. Jetzt konnte die Lösung nicht mehr die sein, zu der er am Tage zuvor, vor dem Tod des armen Dichters, mit Camusot zusammen gelangt war.

»Setzen Sie sich, Monsieur Camusot«, sagte Granville und ließ sich in seinen Sessel sinken. Nun der Generalstaatsanwalt mit dem Richter allein war, verbarg er nicht, in welchem Zustand der Erschöpfung er sich befand. Camusot blickte Granville an und gewahrte auf dessen so festem Gesicht eine fast fahle Blässe und die höchste Ermüdung: einen völligen Zusammenbruch, der auf vielleicht grausamere Leiden schließen ließ, als sie der zum Tode Verurteilte durchmachen muß, nachdem der Kanzlist ihm gemeldet hat, daß seine Berufung durch das Kassationsgericht verworfen sei. Und doch bedeutet die Verlesung dieses Beschlusses in den Gepflogenheiten der Justiz soviel wie: Rüsten Sie sich, dies sind Ihre letzten Augenblicke.

»Ich kann ja wiederkommen, Herr Graf«, sagte Camusot, »obwohl die Angelegenheit dringend ist . . .« – »Bleiben Sie«, versetzte der Generalstaatsanwalt würdevoll. »Wahre Richter müs-

sen ihre Ängste zu tragen und zu verbergen wissen. Ich hatte unrecht, wenn Sie mir meine Verstörtheit anmerken konnten ...«
Camusot vollführte eine Geste. »Gott gebe, Monsieur Camusot, daß Sie diese äußersten Notlagen unseres Lebens nie kennenlernen! Man kann schon Geringerem erliegen! Ich habe die Nacht bei einem meiner intimsten Freunde verbracht; ich habe nur zwei Freunde, den Grafen Octave de Bauvan und den Grafen de Sérisy. Wir drei, Monsieur de Sérisy, Graf Octave de Bauvan und ich, sind seit gestern abend um sechs bis heute früh um sechs immer abwechselnd vom Salon an das Bett der Gräfin de Sérisy gegangen; und jedesmal fürchteten wir, sie tot oder für alle Zeit wahnsinnig vorzufinden! Desplein, Bianchon und Sinard haben mit zwei Krankenpflegerinnen das Schlafzimmer nicht verlassen. Der Graf vergöttert seine Frau. Bedenken Sie, was für eine Nacht ich zwischen einer vor Liebe wahnsinnigen Frau und einem vor Verzweiflung irrsinnigen Freund verbracht habe. Ein Staatsmann ist auf andre Weise verzweifelt als ein Dummkopf! Sérisy war ruhig wie auf seinem Sitz im Staat, und dabei wand er sich in seinem Sessel, um uns ein ruhiges Gesicht zu zeigen, und der Schweiß krönte seine von so viel Arbeit geneigte Stirn. Ich habe, vom Schlummer übermannt, von fünf bis halb acht geschlafen, und um halb neun mußte ich hier sein, um Befehl zu einer Hinrichtung zu geben. Glauben Sie mir, Monsieur Camusot, wenn ein Richter sich die ganze Nacht hindurch in den Abgründen des Schmerzes gewälzt hat, wenn er Gottes Hand schwer auf den menschlichen Dingen hat lasten und mit Gewalt auf edle Herzen hat niederfallen fühlen, dann fällt es ihm sehr schwer, sich hier an seinen Schreibtisch zu setzen und kalt zu sagen: Um vier Uhr soll ein Kopf fallen! Vernichten Sie ein Geschöpf Gottes, das voll Leben, Kraft und Gesundheit ist! Und dabei ist das meine Pflicht ...! Selber vom Schmerz übermannt, soll ich den Befehl zur Errichtung des Schafotts erteilen ... Der Verurteilte weiß nicht, daß der Richter Qualen erduldet, die den seinen gleich sind. In diesem Augenblick sind wir, ich, die Gesellschaft, die sich rächt, und er, das zu sühnende Verbrechen, durch ein Blatt Papier miteinander verbunden; wir sind die beiden Gesichter desselben Zwangs, zwei Menschenwesen, die für einen Augenblick durch die Härte des Gesetzes zusammengeschweißt sind

Wer bemitleidet diese tiefe Qualen des Richters? Wer tröstet ihn ...? Es gereicht uns zum Ruhm, daß wir sie in der Tiefe unserer Herzen vergraben. Der Priester mit seinem Gott geweihten Leben und der Soldat mit seinen tausend Toden fürs Vaterland dünken mir glücklicher als der Richter mit seinen Zweifeln, seinen Ängsten und seiner furchtbaren Verantwortlichkeit. Wissen Sie, wer hingerichtet werden soll?« fuhr der Generalstaatsanwalt fort: »Ein junger Mensch von siebenundzwanzig Jahren, der schön ist wie unser Toter von gestern, blond wie er; wider Erwarten ist sein Kopf uns zugefallen, denn es lagen gegen ihn nur die Belastungsmomente der Hehlerei vor. Der Bursche ist verurteilt worden, und dabei hat er nichts gestanden! Seit siebzig Tagen wehrt er sich gegen alle Versuche, stets beteuert er seine Unschuld. Seit zwei Monaten trage ich zwei Köpfe auf den Schultern! Oh, ich würde sein Geständnis mit einem Jahr meines Lebens bezahlen, denn die Geschworenen müssen beruhigt werden ...! Urteilen Sie selber, was für einen Schlag es für die Justiz bedeutete, wenn eines Tages entdeckt würde, daß das Verbrechen, um dessentwillen er sterben soll, von einem andern begangen worden ist! In Paris nimmt alles eine furchtbare Bedeutung an, die kleinsten juristischen Zwischenfälle werden zu politischen Ereignissen. Das Geschworenenkollegium, diese Einrichtung, die die Gesetzgeber der Revolution für so stark gehalten haben, ist zum Element der Zerrüttung der Gesellschaft geworden; denn es erfüllt seine Mission nicht, es schützt die Gesellschaft nicht genügend. Das Geschworenenkollegium treibt ein Spiel mit seinen Funktionen. Die Geschworenen teilen sich in zwei Lager, von denen das eine die Todesstrafe nicht mehr will; daraus ergibt sich ein völliger Umsturz der Gleichheit vor dem Gesetz. Ein so furchtbares Verbrechen wie der Vatermord erlangt in einem Département einen Freispruch, während in einem anderen ein sozusagen gewöhnliches Verbrechen mit dem Tode bestraft wird (es gibt in den Zuchthäusern dreiundzwanzig Vatermörder, denen man die Wohltat mildernder Umstände zugebilligt hat. – Anmerkung Balzacs). Was sollte daraus werden, wenn in unserm Gerichtsbereich, in Paris, ein Unschuldiger hingerichtet würde!« – »Es ist ein entsprungener Sträfling«, bemerkte Monsieur Camusot schüchtern. – »Er würde in den Händen der Opposition und der Presse zum Osterlamm werden!« rief Granville, »und die Opposition hätte leichtes Spiel, wenn sie ihn reinwaschen wollte; denn es handelt sich um einen Korsen, der ein fanatischer Anhänger der Vorstellungen seiner Heimat ist; seine Morde sind Auswirkungen der Vendetta . . .! Auf jener Insel macht man seine Feinde kalt und hält sich für einen höchst ehrenwerten Menschen und wird auch dafür gehalten. Ach, wahre Richter sind sehr unglücklich! Sehen Sie, sie müßten, wie ehedem die Priester, von der ganzen menschlichen Gesellschaft abgeschlossen leben. Die Welt dürfte sie nur zu bestimmten Stunden sehen, wenn sie ernst, alt und ehrwürdig aus ihren Zellen hervortreten; und dann müßten sie Recht sprechen wie in den alten sozialen Gemeinschaften die Hohenpriester, die die richterliche und die priesterliche Gewalt in sich vereinigten! Man dürfte uns nur auf unserm Richtsitz erblicken . . . Heute jedoch sieht man uns, wie wir gleich anderen leiden und uns amüsieren! Man sieht uns in den Salons, in der Familie, als Bürger, als Menschen mit Leidenschaften, und es könnte sein, daß wir grotesk wirken statt furchterregend . . .«

Dieser Aufschrei höchster Qual wurde durch Pausen und Ausrufe unterbrochen und von Gesten begleitet, dic ihm eine auf dem Papier schwer wiederzugebende Beredsamkeit verliehen: er ließ Camusot erschauern. – »Auch ich, Herr Graf«, sagte er, »habe gestern meine Lehrjahre in den Leiden unseres Stands angetreten . . .! Ich wäre an dem Tode dieses jungen Mannes fast gestorben; er hatte meine Parteilichkeit nicht verstanden, der Unglückliche ist von sich aus ins Messer gelaufen . . .« – »Ach, Sie hätten ihn nicht verhören dürfen!« rief Granville; »es ist so leicht, sich durch eine Unterlassung nützlich zu machen . . .« – »Und das Gesetz?« fragte Camusot; »er war seit zwei Tagen verhaftet . . .!« – »Das Unglück ıst geschehen«, erwiderte der Generalstaatsanwalt. »Ich habe nach Kräften wieder gutgemacht, was freilich nicht wieder gutzumachen ist. Mein Wagen und meine Dienerschaft nehmen am Leichenzug des armen schwachen Dichters teil. Sérisy will dasselbe tun; ja noch mehr, er übernimmt den Auftrag, den dieser unselige junge Mann ihm übertragen hat; er wird sein Testamentsvollstrecker. Für diese Zusage hat er von seiner Frau einen Blick erhalten, in dem wieder

der klare Verstand aufblitzte. Und der Graf Octave schließlich wohnt dem Trauergottesdienst persönlich bei.« – »Ja, Herr Graf«, sagte Camusot, »aber wir müssen unser Werk zu Ende führen. Es bleibt uns noch ein recht gefährlicher Untersuchungsgefangener übrig. Sie wissen so gut wie ich, daß es Jacques Collin ist. Der Schurke wird als das erkannt werden, was er ist ...« – »Dann sind wir verloren!« rief Granville. – »Er ist in diesem Augenblick bei Ihrem zum Tode Verurteilten, der früher im Zuchthaus für ihn das war, was Lucien ihm in Paris gewesen ist ... sein Schützling! Bibi-Lupin hat sich als Gendarm verkleidet, um der Begegnung beizuwohnen.« – »In was mischt sich da die Kriminalpolizei?« sagte der Generalstaatsanwalt; »sie darf nur auf meinen Befehl eingreifen ...!« – »Die ganze Conciergerie wird binnen kurzem wissen, daß wir Jacques Collin haben ... Nun, ich bin hergekommen, um Ihnen zu sagen, daß dieser große, verwegene Verbrecher die gefährlichsten Briefe aus der Korrespondenz der Madame de Sérisy, der Herzogin von Maufrigneuse und der Mademoiselle Clotilde de Grandlieu in Händen haben muß.« – »Sind Sie dessen sicher?« fragte Granville, auf dessen Gesicht sich eine schmerzliche Überraschung abzeichnete. – »Urteilen Sie selber, Herr Graf, ob ich recht habe, wenn ich dieses Unglück befürchte. Als ich das Bündel Briefe aufmachte, das bei dem unglücklichen jungen Mann beschlagnahmt worden war, hat Jacques Collin einen scharfen Blick darauf geworfen, und es ist ihm ein befriedigtes Lächeln entschlüpft, über dessen Bedeutung sich ein Untersuchungsrichter nicht täuschen konnte. Ein so tiefgründiger Missetäter wie Jacques Collin dürfte sich hüten, dergleichen Waffen fahren zu lassen. Was sagen Sie dazu, wenn jene Briefe in die Hände eines Verteidigers gelangen, den der Kerl sich natürlich unter den Feinden der Regierung und der Aristokratie aussuchen wird! Meine Frau, die der Herzogin von Maufrigneuse sehr zugetan ist, hat sie aufgesucht, um sie zu warnen, und gerade jetzt müssen sie beide bei den Grandlieus sein, um zu beraten ...« – »Der Prozeß dieses Menschen ist eine glatte Unmöglichkeit!« rief der Generalstaatsanwalt, stand auf und ging mit großen Schritten in seinem Zimmer hin und her. »Er dürfte die Briefe in Sicherheit gebracht haben ...« – »Ich weiß, wo«, sagte Camusot.

Durch dieses eine Wort tilgte der Untersuchungsrichter alle Voreingenommenheit des Generalstaatsanwalts gegen ihn. – »Berichten Sie . . .!« sagte Granville und setzte sich wieder. – »Auf dem Weg von meinem Hause in den Justizpalast habe ich über diese trostlose Angelegenheit gründlich nachgedacht. Jacques Collin hat eine Tante, eine wirkliche, keine vorgebliche Tante; eine Frau, über die die politische Polizei der Präfektur einen Bericht geschickt hat. Er ist der Schüler und Abgott dieser Frau, der Schwester seines Vaters; sie heißt Jacqueline Collin. Dieses Frauenzimmer betreibt einen Kleiderhandel, und mittels der Beziehungen, die sie sich durch dieses Gewerbe geschaffen hat, dringt sie in viele Familiengeheimnisse ein. Wenn Jacques Collin die Papiere, die ihm zur Rettung werden können, irgend jemandem anvertraut hat, dann hat er sie der Obhut jener Kreatur übergeben; wir müssen sie verhaften lassen . . .«

Der Generalstaatsanwalt warf auf Camusot einen scharfen Blick, der besagte: Dieser Mensch ist nicht so dumm, wie ich gestern geglaubt hatte; nur ist er noch jung, er weiß mit den Zügeln der Justiz noch nicht richtig umzugehen.

»Aber«, fuhr Camusot fort, »damit es gelingt, müssen wir alle Maßnahmen, die wir gestern getroffen haben, abändern, und ich komme, um Sie um Ihren Rat, um Ihre Befehle zu bitten . . .«

Der Generalstaatsanwalt nahm sein Papiermesser und klopfte damit leise auf den Tischrand: eine Geste, wie sie allen Denkern vertraut ist, wenn sie sich völlig dem Nachsinnen hingeben. – »Drei große Familien in Gefahr!« rief er aus . . . »Hier darf kein einziger Schnitzer gemacht werden . . .! Sie haben recht, wir werden Fouchés Grundsatz befolgen: ›Verhaften!‹ Wir müssen Jacques Collin auf der Stelle wieder in Einzelhaft setzen.« – »Damit gäben wir zu, daß er der Sträfling ist! Damit beflecken wir das Andenken Luciens . . .« – »Was für eine grauenhafte Angelegenheit!« sagte Granville; »alles bedeutet Gefahr!«

In diesem Augenblick trat der Direktor der Conciergerie ein, freilich nicht, ohne zuvor angeklopft zu haben, aber ein Amtszimmer wie das des Generalstaatsanwalts wird so gut bewacht, daß einzig die Vertrauensmänner der Staatsanwaltschaft an die Tür klopfen können.

»Herr Graf«, sagte Gault, »der Untersuchungsgefangene, der

den Namen Carlos Herrera führt, wünscht Sie zu sprechen.« – »Hat er mit irgend jemandem gesprochen?« fragte der Generalstaatsanwalt. – »Mit den Gefangenen; er ist nämlich seit ungefähr halb acht auf dem Gefängnishof. Er hat den zum Tode Verurteilten gesehen, und der scheint ihm gegenüber geplaudert zu haben.«

Granville erkannte aus der Äußerung Camusots, die ihm wieder einfiel und wie ein Lichtstrahl wirkte, wieviel Nutzen für die Herausgabe der Briefe sich aus einem Eingeständnis der Freundschaft Jacques Collins mit Théodore Calvi ziehen lasse.

Der Generalstaatsanwalt war nur zu froh, daß er einen Grund zum Aufschieben der Hinrichtung hatte, und er winkte Gault zu sich. »Es ist meine Absicht«, sagte er, »die Hinrichtung auf morgen zu verschieben; aber in der Conciergerie darf von dieser Verzögerung nichts gemerkt werden. Absolutes Stillschweigen! Der Scharfrichter soll tun, als gehe er, um die Vorbereitungen zu überwachen. Schicken Sie uns diesen spanischen Priester unter guter Bewachung hierher; die spanische Gesandtschaft hat seine Auslieferung verlangt. Die Gendarmen mögen den Sieur Carlos über Ihre Verbindungstreppe führen, damit er niemandem begegnet. Schärfen Sie den Leuten ein, daß sie ihn zu zweit festhalten, jeder an einem Arm, und daß sie ihn erst an der Tür meines Zimmers loslassen. Sind Sie sicher, Monsieur Gault, daß dieser gefährliche Ausländer nur mit den Gefangenen hat sprechen können?« – »Mir fällt ein: in dem Augenblick, da er aus der Kammer des zum Tode Verurteilten kam, ist eine Dame erschienen, die ihn besuchen wollte.«

Die beiden Richter tauschten einen Blick aus, und was für einen Blick!

»Was für eine Dame?« fragte Camusot. – »Eins seiner Beichtkinder . . . eine Marquise«, erwiderte Gault. – »Immer schlimmer!« rief Granville und schaute Camusot an. – »Die Gendarmen und Aufseher haben durch sie Kopfschmerzen bekommen (= sind durch sie getäuscht worden. Der Übersetzer.)«, sagte Gault bestürzt. – »In Ihrem Amt ist nichts bedeutungslos«, sagte der Generalstaatsanwalt streng. »Die Conciergerie hat nicht umsonst so dicke Mauern. Wie ist die Dame hereingekommen?« – »Mit einem ordnungsgemäßen Erlaubnisschein, Herr Graf«, antwortete der Direktor. »Die Dame war tadellos gekleidet und ist in einer Equipage gekommen, begleitet von einem Leibjäger und einem Lakaien, um ihren Beichtvater aufzusuchen, ehe sie zur Beerdigung des unglücklichen jungen Mannes ging, den Sie von hier haben wegschaffen lassen.« – »Bringen Sie mir den Erlaubnisschein der Präfektur«, sagte Monsieur de Granville. – »Er ist auf Empfehlung Seiner Exzellenz des Grafen de Sérisy ausgestellt worden.« – »Wie sah die Frau aus?« fragte der Generalstaatsanwalt. – »Wir haben sie für eine vornehme Dame gehalten.« – »Haben Sie ihr Gesicht gesehen?« – »Sie trug einen schwarzen Schleier.« – »Was hat sie gesagt?« – »Nun, eine Betschwester mit einem Gebetbuch ... was hat die wohl sagen können ...? Sie hat den Abbé um seinen Segen gebeten, sie ist niedergekniet ...« – »Haben die beiden lange miteinander geredet?« fragte der Richter. – »Keine fünf Minuten; aber keiner von uns hat etwas von ihrer Unterredung verstanden, sie haben wahrscheinlich spanisch miteinander gesprochen.« – »Sagen Sie uns alles«, fuhr der Generalstaatsanwalt fort; »ich wiederhole Ihnen, die geringste Einzelheit ist für uns von entscheidender Bedeutung. Möge Ihnen dies als Warnung dienen!« – »Sie hat geweint, Herr Graf.« – »Hat sie tatsächlich geweint?« – »Das konnten wir nicht sehen, sie hatte ihr Gesicht mit dem Taschentuch bedeckt. Sie hat dreihundert Francs in Gold für die Gefangenen dagelassen.« – »Dann ist sie es nicht!« rief Camusot. – »Bibi-Lupin«, fuhr Gault fort, »hat ausgerufen: ›Das ist eine Gaunerin!‹« – »Er kennt sich in solchen Dingen aus«, sagte Granville. »Erlassen Sie Ihren Haftbefehl«, fügte er mit einem Blick auf Camusot hinzu, »und schleunigst bei ihr alles versiegeln, aber wirklich alles ...! Aber wie hat sie sich die Empfehlung Sérisys verschaffen können ...? Bringen Sie mir den Erlaubnisschein der Präfektur ... Gehen Sie, Monsieur Gault! Und schicken Sie mir sofort den Abbé. Solange wir ihn hier haben, kann die Gefahr nicht größer werden. Und in einer zweistündigen Unterredung macht man schon einige Fortschritte in der Kenntnis einer Menschenseele.« – »Vor allem ein Generalstaatsanwalt wie Sie«, sagte Camusot diplomatisch. – »Wir sind zu zweit«, erwiderte der Generalstaatsanwalt höflich. Und er versenkte sich wieder in seine Überlegungen. »Es müßte in allen

Sprechzimmern der Gefängnisse der Posten eines Aufsehers eingerichtet werden, der mit einem guten Gehalt verbunden und den geschicktesten und verläßlichsten Polizeiagenten als Ruhestellung verliehen werden müßte«, sagte er nach einer langen Pause. »So müßte Bibi-Lupin seine Lebenstage beschließen. Dann hätten wir Augen und Ohren an einer Stelle, die einer geschickteren Überwachung bedarf, als sie jetzt vorhanden ist. Gault hat uns nichts Entscheidendes sagen können.« – »Er hat so viel zu tun«, sagte Camusot; »aber zwischen den Einzelzellen und uns klafft eine Lücke, die es nicht geben dürfte. Um von der Conciergerie zu uns zu gelangen, muß man durch Gänge, Höfe und über Treppen gehen. Die Aufmerksamkeit unserer Gendarmen ebbt ab, während der Gefangene immer nur an seine Sache denkt. Es hat schon einmal, wie mir gesagt worden ist, eine Dame auf Jacques Collins Weg gestanden, als er aus seiner Zelle zum Verhör geführt wurde. Diese Frau ist bis zu den Gendarmenposten vorgedrungen, oben an der kleinen Treppe zur Souricière; die Gerichtsdiener haben es mir gemeldet, und ich habe die Gendarmen mit einem Verweis bestraft.« – »Oh, der Justizpalast müßte ganz und gar neu gebaut werden«, sagte Granville; »aber das würde eine Ausgabe von zwanzig bis dreißig Millionen bedeuten ...! Verlangen Sie doch von der Kammer dreißig Millionen für die Bequemlichkeit der Justiz!«

Die Schritte mehrerer Personen und das Geklirr von Waffen wurden vernehmlich. Es mußte Jacques Collin sein. Der Generalstaatsanwalt tarnte sein Gesicht mit einer Maske der Würde, unter der der Mensch verschwand. Camusot tat, was das betraf, wie der Leiter der Staatsanwaltschaft. Tatsächlich öffnete der Kanzleidiener dic Tür, und Jacques Collin trat ruhig und ohne jedes Staunen ein.

»Sie haben mich sprechen wollen«, sagte der Generalstaatsanwalt, »reden Sie.« – »Herr Graf, ich bin Jacques Collin, ich strecke die Waffen!« Camusot erzitterte, der Generalstaatsanwalt blieb ruhig. »Sie können sich denken, daß ich meine Gründe habe, so zu handeln«, fuhr Jacques Collin mit einem spöttischen Blick auf die beiden Richter fort. »Ich bereite Ihnen sicherlich riesige Ungelegenheiten; denn wenn ich spanischer Priester bliebe, würden Sie mich von der Gendarmerie bis zur Grenze bei Bayonne begleiten lassen, und dort würden die spanischen Bajonette Sie von mir befreien!« – Die beiden Richter verharrten reglos und stumm. »Herr Graf«, fuhr der Sträfling fort, »die Gründe, die mich treiben, so zu handeln, sind noch ernsterer Natur als die erwähnten, obgleich jene für mich verteufelt wichtig sind; aber ich kann sie nur Ihnen sagen ... Wenn Sie etwa Furcht hätten?« – »Furcht! Vor wem, wovor?« fragte der Graf de Granville. Haltung, Ausdruck, Kopfneigung, Geste und Blick machten in diesem Augenblick aus dem großen Generalstaatsanwalt ein lebendes Abbild des Richterstandes, der ja die schönsten Beispiele bürgerlichen Mutes bezeigen muß. In diesem so flüchtigen Augenblick stand er auf der Höhe der alten Richter des ehemaligen Parlamentsgerichts zur Zeit der Bürgerkriege, als die Gerichtspräsidenten dem Tod gegenübergestanden und Marmor geblieben waren wie die Statuen, die ihnen errichtet worden sind.

»Nun, Furcht, mit einem entsprungenen Sträfling allein zu bleiben.« – »Lassen Sie uns allein, Monsieur Camusot«, sagte der Generalstaatsanwalt lebhaft. – »Ich hatte Ihnen vorschlagen wollen, mir Hände und Füße fesseln zu lassen«, fuhr Jacques Collin kalt fort und warf dabei den beiden Richtern einen furchtbaren Blick zu. Er machte eine Pause und sagte dann ernst: »Herr Graf, Sie besaßen bislang lediglich meine Achtung, aber in diesem Augenblick haben Sie meine Bewunderung.« – »Halten Sie sich tatsächlich für so gefährlich?« fragte der Generalstaatsanwalt mit einer Miene voller Geringschätzung. – »Mich für gefährlich halten?« fragte der Verbrecher; »wieso? Ich bin es, und ich weiß es.«

Jacques Collin nahm einen Stuhl und setzte sich mit der ganzen Ungezwungenheit eines Mannes, der weiß, daß er bei einer Unterredung, bei der Macht gegen Macht steht, seinem Gegner gewachsen ist.

In diesem Augenblick trat Camusot, der schon auf der Schwelle gestanden hatte, ins Zimmer zurück; er trat an Granville heran und überreichte ihm zwei gefaltete Papiere. »Da, sehen Sie«, sagte der Richter und zeigte dem Generalstaatsanwalt das eine jener Papiere. – »Rufen Sie Gault zurück«, rief der Graf, sowie er den Namen der ihm bekannten Zofe der Herzogin von Maufrigneuse gelesen hatte.

Der Direktor der Conciergerie kam. »Beschreiben Sie uns«, flüsterte ihm der Generalstaatsanwalt zu, »die Frau, die mit dem Untersuchungsgefangenen gesprochen hat.« – »Klein, kräftig, dick, untersetzt«, antwortete Gault. – »Die Person, für die der Erlaubnisschein tatsächlich ausgestellt wurde, ist groß und schlank«, sagte Granville. »Und wie alt war sie etwa?« – »Sechzig Jahre.« – »Handelt es sich um mich, meine Herren?« fragte Jacques Collin. »Lassen Sie es gut sein«, fuhr er gutmütig fort, »zerbrechen Sie sich nicht den Kopf. Jene Person ist meine Tante, eine richtige Tante, eine Frau, eine Alte. Ich kann Ihnen einen guten Teil Verlegenheit ersparen ... Sie stöbern meine Tante nur auf, wenn ich es will ... Wenn wir weiterhin so schwätzen, kommen wir schwerlich vorwärts.« – »Der Herr Abbé spricht nicht mehr wie ein Spanier Französisch«, sagte Gault, »er radebrecht jetzt nicht mehr.« – »Weil die Dinge ohnehin verwickelt genug sind, lieber Monsieur Gault!« antwortete Jacques Collin mit einem bittern Lächeln; er redete den Direktor mit dessen Namen an.

In diesem Augenblick stürzte Gault auf den Generalstaatsanwalt zu und sagte leise zu ihm: »Seien Sie auf der Hut, Herr Graf, dieser Mensch ist in Wut.«

Granville richtete langsam den Blick auf Jacques Collin und fand ihn ruhig; aber er erkannte alsbald die Richtigkeit dessen, was der Direktor ihm gesagt hatte. Hinter der trügerischen Haltung verbarg sich die kalte, furchtbare Erregung der Nerven des Einzelgängers. In Jacques Collins Augen gor ein vulkanischer Ausbruch; seine Fäuste waren geballt. Er glich einem Tiger, der sich zusammenkrümmt, um auf seine Beute loszuspringen. – »Lassen Sie uns allein«, sagte der Generalstaatsanwalt mit ernster Miene zu dem Direktor und dem Richter.

»Sie haben gut daran getan, den Mörder Luciens wegzuschikken ...!« sagte Jacques Collin, ohne sich darum zu kümmern, ob Camusot ihn hören könne oder nicht, »ich konnte nicht mehr an mich halten, ich war drauf und dran, ihn zu erwürgen ...«

Und es durchschauerte Granville. Nie zuvor hatte er so viel Blut in den Augen eines Menschen gesehen, nie so viel Blässe der Wangen, so viel Schweiß auf einer Stirn, noch eine solche Anspannung der Muskeln. – »Was hätte dieser Mord Ihnen genützt?« fragte der Generalstaatsanwalt den Verbrecher ruhig. – »Sie rächen die Gesellschaft jeden Tag, oder glauben sie zu rächen, Herr Graf, und Sie fragen mich nach dem Grund einer Rache ...? Haben Sie nie in Ihren Adern gefühlt, wie die Rachsucht ihre Wogen hindurchrollte? Wissen Sie denn nicht, daß dieser Hansnarr von Richter ihn uns gemordet hat? Denn auch Sie haben ihn gern gehabt, meinen Lucien, und er Sie! Ich kenne Sie durch und durch, Herr Graf. Der liebe Junge hat mir immer alles erzählt, wenn er abends heimkam; ich habe ihn dann stets zu Bett gebracht, wie eine Kinderfrau ihr kleines Gör, und habe ihn dabei alles erzählen lassen ... Er hat mir alles anvertraut, bis hinab zu seinen leisesten Empfindungen ... Ach, nie hat eine gute Mutter ihren einzigen Sohn so geliebt wie ich diesen Engel. Wenn Sie wüßten! Das Gute wuchs in diesem Herzen, wie die Blumen auf den Wiesen ersprießen. Er war schwach, das war sein einziger Fehler, schwach wie die Saite der Leier, die doch so stark ist, wenn sie gespannt wird ... So sind nun mal die schönsten Naturen, ihre Schwäche ist ganz einfach Zärtlichkeit, Bewunderung, die Fähigkeit, in der Sonne der Kunst, der Liebe, des Schönen, das Gott unter tausend Formen für den Menschen erschuf, emporzublühen ...! Mit einem Wort, Lucien war eine mißlungene Frau. Ach, was habe ich dem blöden Vieh, das eben hinausgegangen ist, nicht alles gesagt ... Ach, Herr Graf, ich habe in meiner Sphäre als Untersuchungsgefangener vor dem Richter getan, was Gott für seinen Sohn getan hätte, wenn er, um ihn zu retten, ihn vor Pilatus begleitet hätte ...«

Ein Tränenstrom brach aus den hellen gelben Augen des Sträflings hervor, die eben noch wie die eines durch sechs Schneemonate in der Ukraine ausgehungerten Wolfes geflackert hatten. Er fuhr fort: »Dieser Tölpel hat auf nichts hören wollen, und er hat den Jungen zugrunde gerichtet ...! Herr Graf, ich habe die Leiche des Kleinen mit meinen Tränen gewaschen und dabei zu dem gefleht, den ich nicht kenne und der über uns allen ist! Ich, der ich nicht an Gott glaube ...! (Wäre ich kein Materialist, so wäre ich nicht ich!) Jetzt habe ich Ihnen in einem Satz alles gesagt! Sie wissen nicht, kein Mensch weiß, was Schmerz ist; ich allein kenne ihn. Das Feuer des Schmerzes hat meine Tränen so sehr getrocknet, daß ich heute nacht nicht habe weinen können.

Jetzt weine ich, weil ich fühle, daß Sie mich verstehen. Ich habe Sie eben gesehen, obwohl Sie die Justiz darstellten ... Ach, Herr Graf, möge Gott ... (ich fange an, an ihn zu glauben!) möge Gott Sie davor bewahren, je so unglücklich zu werden, wie ich es bin ... Dieser verfluchte Richter hat mir meine Seele genommen. Herr Graf, Herr Graf! In diesem Augenblick werden mein Leben, meine Schönheit, meine Tugend, mein Gewissen, meine ganze Kraft begraben! Stellen Sie sich einen Hund vor, dem ein Chemiker das Blut abzapft ... Dann haben Sie mich, ich bin jener Hund ... Deshalb bin ich zu Ihnen gekommen und habe zu Ihnen gesagt: ›Ich bin Jacques Collin, ich strecke die Waffen ...!‹ Ich hatte mich dazu heute morgen entschlossen, als sie gekommen sind und mir diesen Leichnam entrissen, den ich wie ein Wahnwitziger, wie seine Mutter geküßt habe, so, wie die Heilige Jungfrau Jesus im Grab geküßt haben muß .. Ich hatte mich bedingungslos der Justiz zur Verfügung stellen wollen ... Jetzt indessen muß ich Bedingungen stellen, Sie werden sehen, weshalb ...« – »Sagen Sie das Monsieur de Granville oder dem Generalstaatsanwalt?« fragte der Beamte.

Die beiden Männer, der eine die Verkörperung des Verbrechens, der andere die der Justiz, schauten einander an. Der Sträfling hatte den Staatsanwalt bis ins Innerste erschüttert, und den Beamten erfaßte ein göttliches Mitleid mit dem Unglücklichen; er erahnte dessen Leben und Empfindungen. Kurzum: der Staatsanwalt (ein Staatsanwalt bleibt immer Staatsanwalt), dem das Leben Jacques Collins seit seinem Ausbruch unbekannt war, glaubte, er könne sich zum Herrn und Meister dieses Verbrechers machen, der ja lediglich falscher Namensführung schuldig war. Und er wollte es dieser Natur gegenüber, die wie die Bronze aus verschiedenen Metallen zusammengesetzt war, aus Gutem und Bösem, mit Großmut versuchen. Hinzu kam, daß Monsieur de Granville, der jetzt dreiundfünfzig Jahre alt war, ohne daß er je hatte Liebe einflößen können, wie alle Männer, die nie geliebt worden sind, die zarten Naturen bewunderten. Vielleicht war diese Verzweiflung, das Los vieler Männer, denen die Frauen nur Achtung oder Freundschaft gewähren, das geheime Band in der tiefen und engen gegenseitigen Vertrautheit der Herren de Bauvan, de Granville und de Sérisy; denn das gleiche Unglück stimmt genau wie gemeinsames Glück die Seelen auf den gleichen Kammerton. – »Sie haben eine Zukunft . . .!« sagte der Generalstaatsanwalt und warf einen Inquisitorenblick auf den gebrochenen Missetäter. Dieser vollführte eine Geste, durch die er die tiefste Gleichgültigkeit gegen sich selber ausdrückte. »Lucien hinterläßt ein Testament, durch das er Ihnen dreihunderttausend Francs vermacht . . .« – »Der Ärmste! Der arme Junge, der arme Junge!« rief Jacques Collin; »immer allzu ehrenhaft! Ich verkörperte alle schlimmen Empfindungen, er das Gute, das Edle, das Schöne, das Erhabene! So schöne Seelen lassen sich nicht ändern! Er hatte von mir nur mein Geld angenommen, Herr Graf!«

Die schrecklichen Worte dieses Mannes bewiesen so eindeutig die tiefe, uneingeschränkte Aufgabe der Persönlichkeit, die der Richter nicht wieder zum Leben erwecken konnte, daß Monsieur de Granville als Mensch auf die Seite des Verbrechers trat. Es blieb aber noch der Generalstaatsanwalt übrig! »Wenn Sie nichts mehr interessiert«, fragte Granville, »weshalb sind Sie denn zu mir gekommen? Was hatten Sie mir sagen wollen?« – »Ist es nicht schon viel, daß ich die Waffen strecke? Sie ›brannten‹, aber Sie hatten mich noch nicht; ich würde Ihnen außerdem viel zuviel zu schaffen machen . . .!« – Was für ein Gegner! dachte der Generalstaatsanwalt. – »Herr Generalstaatsanwalt, Sie wollen einem Unschuldigen den Kopf abschlagen lassen, und ich habe den Schuldigen entdeckt«, fuhr Jacques Collin ernst fort und trocknete sich die Tränen. »Ich bin nicht um dieser beider willen hier, sondern um Ihretwillen. Ich hatte Ihnen Gewissensbisse ersparen wollen, denn ich liebe alle, die Lucien irgendwelches Interesse entgegengebracht haben, gerade wie ich alle mit meinem Haß verfolgen werde, die ihn am Weiterleben gehindert haben . . . Was bedeutet mir schon ein Sträfling?« fuhr er nach einer leichten Pause fort. »Ein Sträfling ist in meinen Augen kaum das, was für Sie eine Ameise ist. Ich bin wie die italienischen Briganten, und das sind stolze Kerle! Wenn ihnen der Reisende nur etwas mehr einbringt als den Preis des Schusses, legen sie ihn um! Nur an Sie habe ich gedacht. Ich habe diesem jungen Menschen die Beichte abgenommen; nur mir hat er sich anvertrauen können, er ist ja mein Kettengenosse! Théodore ist von Natur gut; er hatte gemeint, einer Geliebten eine Gefälligkeit zu erweisen, wenn er es übernahm, gestohlene Dinge zu verkaufen oder zu verpfänden; aber an dem Mord in Nanterre ist er als Verbrecher so wenig beteiligt wie Sie. Er ist Korse; es hängt mit deren Sitten zusammen, daß sie sich rächen, daß sie einander umbringen, als handle es sich um Fliegen. In Italien und Spanien hat man keinen Respekt vor dem Menschenleben, und zwar aus einem ganz einfachen Grund. Dort wird geglaubt, wir Menschen hätten eine Seele, ein Irgendwas, ein Abbild unserer selbst, das uns überlebt, das ewig lebt. Erzählen Sie doch unsern Annalenschreibern von diesem Hirngespinst! Nur die atheistischen und philosophischen Länder lassen das Menschenleben den, der es zerstört, teuer bezahlen, und sie haben recht, weil sie nur an die Materie, an die Gegenwart glauben! Wenn Calvi Ihnen die Frau angegeben hätte, von der die gestohlenen Gegenstände stammen, so hätten Sie zwar nicht den eigentlichen Schuldigen gefunden, denn den haben Sie bereits beim Wickel, wohl aber eine Mitschuldige, die der arme Théodore nicht zugrunde richten will, denn es ist eine Frau... Nichts zu machen! Jeder Stand hat seinen Ehrenkodex, auch das Zuchthaus und die Verbrecher haben den ihrigen! Ich kenne jetzt den Mörder jener beiden Frauen und diejenigen, die dieses verwegene, merkwürdige, absonderliche Verbrechen begangen haben; es ist mir in allen Einzelheiten geschildert worden. Schieben Sie die Hinrichtung Calvis auf, dann werden Sie alles erfahren; aber geben Sie mir Ihr Ehrenwort, daß Sie seine Strafe umwandeln lassen und ihn wieder ins Zuchthaus schicken... Leidet man Schmerzen wie ich, so macht man sich nicht die Mühe zu lügen, das wissen Sie. Was ich Ihnen sage, ist die Wahrheit...« – »Obwohl es eine Erniedrigung der Justiz bedeutet, die solcherlei Kompromisse niemals eingehen dürfte, glaube ich, Ihnen gegenüber, Jacques Collin, von der Strenge meiner amtlichen Obliegenheiten abweichen und den Fall an den weiterleiten zu können, dem das Recht der Entscheidung zusteht.« – »Schenken Sie mir dieses Leben?« – »Das dürfte möglich sein...« – »Herr Graf, ich flehe Sie an, geben Sie Ihr Wort, das soll mir genügen.« Monsieur de Granville tat eine Geste verletzten Stolzes. »Ich habe die Ehre dreier hochgestellter Familien in der Hand und Sie lediglich das Leben dreier Sträflinge«, fuhr Jacques Collin fort; »ich bin stärker als Sie.« – »Sie können wieder in Einzelhaft gebracht werden; was wollen Sie dann machen...?« fragte der Generalstaatsanwalt. – »Aha, wir spielen miteinander?« sagte Jacques Collin. »Ich habe frei von der Leber weg gesprochen! Nämlich zu Monsieur de Granville; aber wenn ich es mit dem Generalstaatsanwalt zu tun habe, nehme ich meine Karten wieder auf und lasse Sie nicht mehr hineinschauen. Und dabei hätte ich Ihnen, wenn Sie mir Ihr Wort gegeben hätten, die Briefe ausliefern wollen, die Mademoiselle Clotilde de Grandlieu an Lucien geschrieben hat!«

Das wurde in einem Tonfall, mit einer Kaltblütigkeit und einem Blick gesagt, die Granville einen Gegner offenbarten, bei dem der geringste Fehler gefährlich war. – »Ist das alles, was Sie verlangen?« fragte der Generalstaatsanwalt. – »Ich will Ihnen meine Vorschläge machen«, sagte Jacques Collin. »Die Ehre der Familie Grandlieu wird mit der Strafumwandlung Théodores bezahlt: das nenne ich viel geben und wenig dafür erhalten. Was ist denn ein auf Lebenszeit verurteilter Sträfling...? Wenn er ausbricht, können Sie sich seiner doch leicht entledigen! Es würde einen Wechsel auf die Guillotine bedeuten. Allein, da er in wenig liebenswürdiger Absicht nach Rochefort geschickt worden war, müssen Sie mir versprechen, daß man ihn nach Toulon überweist und dort empfiehlt, ihn gut zu behandeln. Doch jetzt zu mir selbst; ich will mehr; ich bin im Besitz der Briefe der Madame de Sérisy und der Herzogin von Maufrigneuse, und welcher Briefe...! Sehen Sie, Herr Graf: die öffentlichen Dirnen streben, wenn sie schreiben, nach Stil und schönen Empfindungen; nun, die großen Damen, die den ganzen Tag im Stil und in schönen Gefühlen schweben, die schreiben so, wie die Dirnen handeln. Die Philosophen mögen nach Gründen zu diesem Austausch forschen; mir liegt nichts daran, sie herauszubekommen. Die Frau ist ein inferiores Wesen, sie gehorcht zu sehr ihren Organen. Für mich ist die Frau nur schön, wenn sie einem Mann gleicht. Daher haben denn auch diese kleinen Herzoginnen, die mit dem Kopf männlich sind, Meisterwerke geschrieben... Oh, das ist von einem Ende bis zum andern herrlich wie Pirons[42] berühmte Ode...« – »Wirklich?« – »Wollen Sie sie sehen...?« fragte Jacques Collin lächelnd. Der Beamte schämte sich. »Ich kann Ihnen eine Probe zu lesen geben... Aber keine Possen!

Spielen wir offenes Spiel oder nicht? Sie geben mir die Briefe zurück, und Sie verbieten auch, daß Spitzel eingesetzt werden und daß die Person, die sie bringen wird, verfolgt oder unter die Lupe genommen wird.« – »Kostet das viel Zeit?« fragte der Generalstaatsanwalt. – »Nein, es ist jetzt halb zehn«, sagte Jacques Collin nach einem Blick auf die Stutzuhr; »also, binnen vier Minuten haben wir je einen Brief der beiden Damen; und wenn Sie sie gelesen haben, bestellen Sie die Guillotine ab! Lägen die Dinge nicht, wie sie liegen, so würden Sie mich nicht so ruhig sehen. Die Damen sind übrigens gewarnt.« Monsieur de Granville tat eine Geste der Überraschung. »Sie dürften in diesem Augenblick in heller Aufregung sein, sie werden den Justizminister ins Feld schicken, sie werden, wer weiß, vielleicht gar bis zum König gehen ... Geben Sie mir also Ihr Ehrenwort, daß Sie übersehen, wer kommt, und daß Sie jene Person eine Stunde lang weder verfolgen noch verfolgen lassen?« – »Ich verspreche es Ihnen.« – »Gut, jemand wie Sie kann nicht einen entsprungenen Sträfling betrügen wollen. Sie sind aus dem Holz, aus dem die Turennes[43] geschnitzt waren, Sie halten auch Dieben ihr Wort ... Also, in der Salle des Pas-Perdus steht in diesem Augenblick eine zerlumpte Bettlerin, ein altes Weib, mitten im Saal. Sie redet mit einem der Winkeladvokaten über irgendeinen Prozeß um eine Grenzmauer; schicken Sie Ihren Kanzleidiener zu ihr und lassen Sie ihn ihr sagen: ›Dabor ti mandana.‹ Dann kommt sie ... Aber seien Sie nicht unnötig grausam ...! Entweder nehmen Sie meine Vorschläge an, oder Sie wollen sich nicht mit einem Sträfling kompromittieren ... Ich bin nur ein Betrüger, beachten Sie das wohl ...! Bitte, lassen Sie Calvi nicht die entsetzlichen Ängste der Toilette durchmachen ...« – »Der Hinrichtungsbefehl ist bereits widerrufen worden ... Ich will nicht«, sagte Monsieur de Granville zu Jacques Collin, »daß die Justiz Ihnen nachsteht!«

Jacques Collin blickte den Generalstaatsanwalt mit einem gewissen Staunen an und sah, daß er an seiner Klingelschnur zog. »Sie laufen mir doch nicht etwa weg? Geben Sie mir Ihr Wort, ich begnüge mich damit. Gehen Sie, holen Sie selber jene Frau her ...« Der Kanzleidiener trat ein. »Félix, schicken Sie die Gendarmen fort ...«, sagte Monsieur de Granville.

Jacques Collin war besiegt. In diesem Zweikampf mit dem Staatsanwalt hatte er der Größere, der Stärkere, der Großmütigere sein wollen, und der Staatsanwalt hatte ihn zermalmt. Nichtsdestoweniger fühlte der Sträfling sich überlegen, weil er die Justiz geführt, weil er ihr eingeredet hatte, der Schuldige sei unschuldig, und weil er im Kampf um einen Kopf Sieger geblieben war; aber diese Überlegenheit mußte stumm bleiben, geheim, verborgen, während der Storch ihn in vollem Tageslicht überwältigte, und noch dazu majestätisch.

In dem Augenblick, da Jacques Collin Granvilles Zimmer verlassen hatte, stellte sich der Generalsekretär des Ministerratspräsidiums, ein Abgeordneter, der Graf des Lupeaulx, begleitet von einem kleinen, kränklich wirkenden Greis, ein. Diese Persönlichkeit, die in einen flohfarbenen wattierten Mantel gehüllt war, als herrsche noch Winter, hatte gepudertes Haar und ein kaltes, blasses Gesicht; sie ging wie ein Gichtbrüchiger unsicher auf Füßen einher, die durch Schuhe aus Orléans-Kalbsleder plump aussahen, und stützte sich, barhäuptig, den Hut in der Hand, das Knopfloch geschmückt mit einer Ordensschnalle, an der sieben Kreuze hingen, auf einen Stock mit goldenem Knauf.

»Was gibt es, lieber des Lupeaulx?« fragte der Generalstaatsanwalt. – »Der Fürst[44] schickt mich«, sagte er. »Sie haben Generalvollmacht zum Ankauf der Briefe der Damen Sérisy und Maufrigneuse und der der Mademoiselle Clotilde de Grandlieu. Sie können sich mit diesem Herrn hier verständigen . . .« – »Wer ist es?« fragte der Generalstaatsanwalt flüsternd des Lupeaulx. – »Ich habe keine Geheimnisse vor Ihnen, lieber Generalstaatsanwalt, es ist der berühmte Corentin. Seine Majestät läßt Ihnen sagen, Sie selber möchten ihm alle Einzelheiten dieser Angelegenheit bekanntgeben und auch die Voraussetzungen für einen Erfolg.« – »Tun Sie mir den Gefallen«, antwortete der Generalstaatsanwalt, »gehen Sie zum Fürsten und sagen Sie ihm, es sei alles bereits erledigt; ich hätte jenen Herrn nicht erst nötig gehabt«, fügte er hinzu und deutete auf Corentin. »Ich werde die Befehle Seiner Majestät über den Abschluß dieser Angelegenheit einholen; sie geht den Justizminister an; es sind nämlich zwei Begnadigungen zu gewähren.« – »Sie haben klug gehandelt, indem Sie die Sache schon weitergefüht haben«, sagte des Lupeaulx und drückte dem Generalstaatsanwalt die Hand. »Der König will es am Vorabend eines großen gewagten Unternehmens[45] nicht erleben, daß die Pairschaft und die großen Familien an den Pranger gestellt und besudelt werden ... Es handelt sich hier nicht mehr um einen gewöhnlichen Strafprozeß, sondern um eine Staatsangelegenheit ...« – »Aber sagen Sie dem Fürsten, bei Ihrem Kommen sei alles bereits erledigt gewesen!« – »Wirklich?« – »Ich glaube es.« – »Dann werden Sie Justizminister, wenn der gegenwärtige Justizminister Kanzler wird, mein Lieber ...« – »Ich habe keinen Ehrgeiz ...!« antwortete der Generalstaatsanwalt. Des Lupeaulx wandte sich lachend zum Gehen. »Bitten Sie den Fürsten, mir vom König gegen halb drei zehn Minuten Audienz zu erwirken«, sagte Monsieur de Granville noch, als er den Grafen des Lupeaulx hinausgeleitete. – »Und Sie wollen nicht ehrgeizig sein!« sagte des Lupeaulx und warf Granville einen durchtriebenen Blick zu. »Bedenken Sie: Sie haben zwei Kinder, Sie wollen doch mindestens Pair von Frankreich werden ...«

»Wenn der Herr Generalstaatsanwalt im Besitz der Briefe ist, wird mein Eingreifen überflüssig«, bemerkte Corentin, als er sich mit Granville allein sah, der ihn mit nur zu begreiflicher Neugier musterte. – »Ein Mann wie Sie ist in einer so heiklen Angelegenheit niemals überflüssig«, antwortete der Generalstaatsanwalt, da er merkte, daß Corentin alles durchschaut oder gehört habe. Corentin dankte durch ein kleines, fast gönnerhaftes Kopfneigen. »Kennen Sie die Persönlichkeit, um die es sich handelt?« – »Ja, Herr Graf, es ist Jacques Collin, das Oberhaupt der ›Zehntausender‹-Vereinigung, der Bankier der drei Zuchthäuser, ein Sträfling, der sich seit fünf Jahren unter der Soutane des Abbé Carlos Herrera zu verstecken gewußt hat. Wie hat er vom König von Spanien mit einer Mission an unsern verstorbenen König betraut werden können? Darüber die Wahrheit herauszubekommen, zerbrechen wir uns alle vergeblich den Kopf. Ich erwarte eine Antwort aus Madrid, wohin ich einen meiner Leute mit Berichten geschickt habe. Jener Sträfling ist im Besitz der Geheimnisse zweier Könige ...« – »Er ist ein Mann von ungewöhnlichem Format! Wir können nur eins von zwei

Dingen tun: ihn an uns fesseln oder uns seiner entledigen«, sagte der Generalstaatsanwalt. – »Da haben wir denselben Gedanken gehabt, und das ist eine große Ehre für mich«, erwiderte Corentin; »ich bin genötigt, für so viele Leute so viele Gedanken zu haben, daß ich schließlich unter ihnen allen einmal mit einem Mann von Geist zusammentreffen mußte.« Das wurde so trocken und in so eisigem Ton gesagt, daß der Generalstaatsanwalt Schweigen bewahrte und sich daran machte, ein paar eilige Akten zu erledigen.

Man kann sich nicht vorstellen, von welchem Staunen Mademoiselle Jacqueline Collin erfaßt wurde, als Jacques Collin in der Salle des Pas-Perdus erschien. Wie angewurzelt stand sie da, die Hände in die Hüften gestemmt, wie es ihrer Verkleidung als Gemüsehändlerin entsprach. So sehr sie auch an die Gewaltstreiche ihres Neffen gewöhnt sein mochte: dieser übertraf alles.

»Na, wenn du mich noch lange angaffst wie ein Naturhistorisches Kabinett«, sagte Jacques Collin, nahm seine Tante beim Arm und führte sie aus der Salle des Pas-Perdus, »dann werden wir womöglich für zwei Kuriositäten gehalten und wohl gar verhaftet; damit ginge Zeit verloren.« Und er stieg die Treppe zur Galerie Marchande hinab, die in die Rue de la Barillerie führt. »Wo ist Paccard?« – »Er erwartet mich bei der ›Rotschöpfigen‹ und geht auf dem Quai aux Fleurs spazieren.« – »Und Prudence?« – »Die ist bei ihr als mein Patenkind.« – »Laß uns hingehen . . .« – »Sieh dich um, ob uns wer folgt . . .«

Die ›Rotschöpfige‹, eine Eisenwarenhändlerin auf dem Quai aux Fleurs, war die Witwe eines berühmten Mörders, eines ›Zehntausender‹. Im Jahre 1819 hatte Jacques Collin diesem Mädchen im Namen ihres Liebhabers nach dessen Hinrichtung getreulich zwanzig- und einige tausend Francs eingehändigt. Einzig der Todtäuscher wußte um den intimen Verkehr dieser jungen Person, die damals Modistin war, mit seinem Fanandel.

»Ich bin der Dab deines Mannes«, hatte damals der Pensionsgast der Madame Vauquer zu der Modistin gesagt, die er in den Jardin des Plantes bestellt hatte. »Er wird dir von mir erzählt haben, Kleines. Wer mich verrät, stirbt innerhalb desselben Jahres; wer mir treu ist, hat von mir nie etwas zu fürchten. Ich bin ein Freund, der eher stirbt, als daß er ein Wort sagte, durch das die, die er mag, kompromittiert werden könnten. Gehöre mir, wie eine Seele dem Teufel gehört, und du wirst deinen Nutzen davon haben. Ich habe deinem armen Auguste, der dir Wohlstand hat schaffen wollen und der sich um deinetwillen hat sicheln lassen, versprochen, daß du glücklich sein sollst. Weine nicht. Hör mich an! Außer mir weiß niemand auf Erden, daß du die Geliebte eines Sträflings, eines Mörders, warst, der am Samstag unter die Erde gebracht worden ist; ich werde nie ein Wort davon sagen. Du bist zweiundzwanzig, bist hübsch und hast sechsundzwanzigtausend Francs Vermögen; vergiß Auguste, heirate und werde eine anständige Frau, wenn du kannst. Für dieses Leben in Ruhe und Frieden verlange ich von dir, daß du mir dienst, ohne Zögern und Schwanken, mir und denen, die ich zu dir schicke. Ich werde nie etwas von dir verlangen, das dich oder deine Kinder oder deinen Mann, wenn du einen hast, oder deine Familie kompromittieren könnte. Ich brauche in dem Gewerbe, das ich ausübe, häufig einen sichern Ort, wo ich mich besprechen oder mich verstecken kann. Ich brauche eine verschwiegene Frau, die einen Brief überbringt oder einen Auftrag übernimmt. Du sollst einer meiner Briefkästen sein, eine meiner Portierlogen, einer meiner Emissäre, nicht mehr, nicht weniger. Du bist rotblond. Auguste und ich haben dich immer ›die Rotschöpfige‹ genannt; den Namen sollst du behalten. Meine Tante, die Händlerin vom Temple, mit der ich dich zusammenbringen werde, soll die einzige Person auf der Welt sein, der du zu gehorchen hast. Sag ihr alles, was dir zustößt; sie wird dich unter die Haube bringen und dir sehr nützlich sein.«

So wurde einer jener Teufelspakte nach Art dessen abgeschlossen, der ihm Prudence Servien so lange untertan gemacht hatte und wie sie abzuschließen dieser Mensch niemals versäumte; denn wie der Teufel frönte er der Leidenschaft des Rekrutenanwerbens.

Jacqueline Collin hatte um 1821 die ›Rotschöpfige‹ mit dem ersten Kommis eines reichen Eisenhändlers en gros verheiratet. Jener erste Kommis hatte die Firma seines Brotherrn übernommen, war jetzt Vater zweier Kinder, Adjunkt der Mairie seines Stadtviertels und auf dem Weg zum Wohlstand. Die ›Rotschöpfige‹, die Madame Prélard geworden war, hatte nie auch nur den leisesten Grund gehabt, sich über Jacques Collin oder dessen Tante zu beschweren; aber bei jeder der ihr abverlangten Dienstleistungen hatte sie an allen Gliedern gezittert. Daher wurde sie auch blaß und fahl, als sie diese beiden furchtbaren Persönlichkeiten in ihren Laden eintreten sah.

»Wir müssen mit Ihnen Geschäftliches besprechen«, sagte Jacques Collin. – »Mein Mann ist da«, erwiderte sie. – »Na, im Augenblick brauchen wir nicht allzuviel von Ihnen; ich störe die Leute niemals unnötigerweise.« – »Lassen Sie eine Droschke holen, Kleines«, sagte Jacqueline Collin, »und sagen Sie meinem Patenkind, es solle herunterkommen; ich hoffe, es als Zofe bei einer großen Dame unterbringen zu können, deren Haushofmeister will sie mitnehmen.«

Paccard, der einem Gendarmen in Zivil glich, sprach in dem Augenblick mit Monsieur Prélard über eine bedeutende Lieferung von Eisendraht für eine Brücke.

Ein Kommis ging, eine Droschke zu holen; und ein paar Minuten darauf saßen Europa oder, um sie des Namens, unter dem sie Esther gedient hatte, zu entledigen, Prudence Servien, Paccard, Jacques Collin und dessen Tante zur großen Freude der ›Rotschöpfigen‹ zusammen in *einer* Kutsche; der Todtäuscher gab Weisung, zur Barrière d'Ivry zu fahren.

Prudence Servien und Paccard zitterten vor dem Dab, sie glichen schuldbeladenen Seelen vor dem Angesicht Gottes. »Wo sind die siebenhundertfünfzigtausend Francs?« fragte sie der Dab und richtete einen jener starren, hellen Blicke auf sie, die das Blut von dergleichen verdammten Seelen, sofern sie schuldig waren, so sehr aufstörte, daß sie ebensoviel Nadeln wie Haare auf dem Kopf zu haben meinten. – »Die siebenhundertdreißigtausend Francs«, erwiderte Jacqueline Collin ihrem Neffen, »sind in Sicherheit: ich habe sie heute morgen der Romette übergeben, in einem versiegelten Paket ...« – »Wenn ihr sie nicht Jacqueline ausgehändigt hättet«, sagte der Todtäuscher, »wäret ihr geradenwegs dahin marschiert ...«, und er zeigte auf den Grèveplatz, an dem der Wagen gerade vorüberfuhr.

Prudence Servien schlug, wie es in ihrer Heimat Brauch war, das Kreuzeszeichen, als habe sie den Blitz einschlagen sehen. – »Ich verzeihe euch«, fuhr der Dab fort, »unter der Bedingung, daß ihr dergleichen Fehler nie wieder begeht und daß ihr für mich in Zukunft seid, was mir diese beiden Finger meiner rechten Hand sind«; dies sagte er, indem er den Zeige- und den Mittelfinger hob, »denn der Daumen, das ist die gute largue da!« Und er klopfte seiner Tante auf die Schulter. »Hört zu. Du, Paccard, hast künftig nichts mehr zu fürchten, und du kannst in Pantin nach Belieben deiner Nase folgen! Ich erlaube dir, Prudence zu heiraten.« Paccard ergriff Jacques Collins Hand und küßte sie ehrfurchtsvoll. – »Was habe ich zu tun?« fragte er. – »Nichts, du sollst Renten und Frauen haben, deine eigene nicht mitgerechnet, denn du bist très-Régence[46], alter Freund ...! Das kommt dabei heraus, wenn man ein zu schöner Mann ist!«

Paccard errötete, als er dieses spöttische Lob seines Sultans empfing. »Du, Prudence«, fuhr Jacques fort, »brauchst eine Laufbahn, festen Boden unter den Füßen, eine Zukunft, und du mußt in meinem Dienst bleiben. Hör mir genau zu. Es gibt in der Rue Sainte-Barbe ein sehr gutes Haus; es gehört jener Madame de Saint-Estève, der meine Tante bisweilen den Namen entlehnt ... Es ist ein gutes Haus mit guter Kundschaft und bringt jährlich fünfzehn- bis zwanzigtausend Francs ein. Die Saint-Estève läßt dieses Haus von der ...« – »Der Gonore führen«, sagte Jacqueline. – »Der largue des armen La Pouraille«, sagte Paccard, »da hatte ich mich mit Europa am Sterbetag der armen Madame van Gobseck, unserer Herrin, versteckt ...« – »Schwätzt man, wenn ich rede?« sagte Jacques Collin. In der Droschke trat tiefstes Schweigen ein, und Prudence und Paccard wagten nicht mehr, einander anzublicken. – »Das Haus also wird von der Gonore geführt«, fuhr Jacques Collin fort. »Wenn du dich da mit Prudence versteckt hast, Paccard, merke ich, daß du intelligent genug bist, der Polizei ein Schnippchen zu schlagen, aber doch noch nicht gerissen genug, der ›Darbonne‹ was vorzumachen ...«, sagte er und tätschelte seiner Tante das Kinn. »Jetzt ahne ich, wie sie dich hat aufstöbern können ... Das trifft sich gut. Ihr kehrt zur Gonore zurück ... Jetzt weiter. Jacqueline unterhandelt mit Frau Nourrisson über den Ankauf ihres Unternehmens in der Rue Sainte-Barbe, und du kannst da reich werden, wenn du dich zu benehmen weißt, Kleines!« sagte er und blickte dabei Prudence an. »In deinem Alter Puffmutter, darum könnte dich eine königliche Prinzessin beneiden«, fügte er mit beißender Stimme hinzu.

Prudence fiel dem Todtäuscher um den Hals und küßte ihn; aber mit einem kurzen Stoß, der von seiner außerordentlichen Kraft kündete, warf der Dab sie so jäh zurück, daß das Mädchen, wäre nicht Paccard gewesen, mit dem Kopf gegen das Wagenfenster gefallen wäre und es zerbrochen hätte. »Pfoten weg! Solche Manieren mag ich nicht!« sagte der Dab trocken; »das nenne ich, es mir gegenüber an Respekt fehlen lassen.« – »Er hat recht, Kleines«, sagte Paccard. »Siehst du, das ist dasselbe, als ob der Dab dir hunderttausend Francs schenkte. So viel ist die Budike wert. Sie liegt auf dem Boulevard, dem Gymnase gegenüber. Da gehen alle Leute vorbei, wenn das Theater aus ist ...« – »Ich will noch mehr tun, ich kaufe das ganze Haus«, sagte der Todtäuscher. – »Dann sind wir in sechs Jahren Millionäre!« rief Paccard.

Da der Todtäuscher der Unterbrechungen überdrüssig war, versetzte er Paccard einen solchen Fußtritt gegen das Schienbein, als wolle er es ihm fast zerschlagen; aber Paccard hatte Nerven aus Kautschuk und Knochen aus Eisen. – »Genug, Dab! Wir halten den Mund!« antwortete er. – »Glaubt ihr, ich schwatze hier Albernheiten?« fuhr der Todtäuscher fort; erst jetzt merkte er, daß Paccard ein paar Gläschen zuviel getrunken hatte. »Hört zu! Im Keller des Hauses liegen zweihundertfünfzigtausend Francs in Gold ...« Abermals setzte in der Droschke tiefstes Schweigen ein. »Dies Gold liegt unter sehr hartem Mauerwerk. Diese Summe muß hinausgeschafft werden, und ihr habt nur drei Nächte zur Verfügung. Jacqueline hilft euch ... Hunderttausend Francs werden zur Bezahlung des Unternehmens benutzt, fünfzigtausend für den Kauf des Hauses, und den Rest laßt ihr liegen.« – »Wo?« fragte Paccard. – »Im Keller?« fragte Prudence. – »Still doch!« sagte Jacqueline. – »Ja, aber für die Übernahme des Betriebs ist die Erlaubnis der Polizei erforderlich«, warf Paccard ein. – »Die läßt sich beschaffen«, sagte der Todtäuscher trocken; »in was mischst du dich da ein ...?«

Jacqueline sah ihren Neffen an und war betroffen, wie sehr sich dieses Gesicht hinter der reglosen Maske, unter der dieser so starke Mensch gewöhnlich seine Empfindungen verbarg, verändert hatte.

»Mein Kind«, sagte Jacques Collin zu Prudence Servien, »meine Tante gibt dir die siebenhundertfünfzigtausend Francs zurück.« – »Siebenhundertdreißig«, sagte Paccard. – »Meinetwegen siebenhundertdreißig«, sprach Jacques Collin weiter. »Du mußt heute nacht unter irgendeinem Vorwand noch einmal in Madame Luciens Haus gehen. Du steigst durch die Dachluke und dringst durch den Kamin in das Schlafzimmer deiner verstorbenen Herrin ein; da versteckst du das Päckchen, das sie gemacht hatte, in der Matratze ihres Bettes ...« – »Und warum nicht durch die Tür?« fragte Prudence Servien. – »Schwachkopf! Die ist doch versiegelt!« versetzte Jacques Collin. »In ein paar Tagen wird das Inventar aufgenommen, dann seid ihr an dem Diebstahl unschuldig ...« – »Hoch lebe der Dab!« rief Paccard. »Ach, wie gütig er ist!« – »Kutscher, halt ...!« rief Jacques Collin mit seiner gewaltigen Stimme. Die Droschke war gerade vor dem Wagenhalteplatz am Jardin des Plantes angelangt. – »Aussteigen, Kinder«, sagte Jacques Collin, »und daß ihr keine Dummheiten macht! Seid heute nachmittag um fünf auf dem Pont des Arts, da sagt meine Tante euch, ob kein Gegenbefehl ergangen ist. Man muß auf alles gefaßt sein«, flüsterte er seiner Tante zu. »Jacqueline wird euch morgen auseinandersetzen, wie ihr es anfangen müßt, das Gold gefahrlos aus dem Keller zu holen. Das ist eine sehr heikle Sache ...«

Prudence und Paccard sprangen auf das Pflaster des Königs hinaus, glücklich wie zwei begnadigte Diebe. – »Ach, was für ein wackerer Mann ist doch der Dab!« sagte Paccard. – »Er wäre der König aller Männer, wenn er die Frauen nicht so sehr verachtete!« – »Ach was, sehr liebenswürdig ist er!« rief Paccard; »hast du gesehen, was für Fußtritte er mir versetzt hat? Wir hätten verdient, ad patres[47] geschickt zu werden, denn schließlich haben wir ihm doch alles eingebrockt ...« – »Wenn er uns nur nicht«, sagte die intelligente, klarsichtige Prudence, »in irgendein Verbrechen verwickelt, um uns auf die ›Wiese‹ zu schicken ...« – »Wenn er das wollte, würde er es uns offen sagen, da kennst du ihn nicht! Wie hübsch hat er dich versorgt! Jetzt sind wir brave Bürgersleute. Was für Aussichten! Oh, wenn er einen gern hat, dieser Mensch, dann hat er an Güte nicht seinesgleichen ...!«

»Mein Liebchen«, sagte Jacques Collin zu seiner Tante, »übernimm du die Gonore, du mußt sie einschläfern; sie wird nämlich in fünf Tagen verhaftet, und in ihrem Schlafzimmer werden hundertfünfzigtausend Francs in Gold gefunden werden; sie stammen von einem andern Beuteanteil her, von der Ermordung der alten Crottats, der Eltern des Notars.« – »Dafür bekommt sie ihre fünf Jahre Madelonettes«, sagte Jacqueline. – »So ungefähr«, antwortete Jacques Collin. »Das also ist der Grund für die Nourrisson, ihr Haus loszuschlagen; selber kann sie es nicht leiten, und Geschäftsführerinnen, wie man sie will, findet man nicht so leicht. Du kannst die Geschichte ohne weiteres in Ordnung bringen. Dann haben wir dort ein Auge ... Aber diese Unternehmungen sind alle drei nicht so wichtig wie der Handel, den ich bezüglich unserer Briefe angeknüpft habe. Trenn also deinen Rock auf und gib mir die Muster der zu verkaufenden Ware. Wo sind die drei Päckchen?« – »Na, bei der ›Rotschöpfigen‹.« – »Kutscher!« rief Jacques Collin, »kehren Sie um zum Justizpalast, aber Trab ...! – Ich habe Eile versprochen und bin jetzt schon eine halbe Stunde fort, das ist zuviel! Bleib bei der ›Rotschöpfigen‹ und gib die versiegelten Pakete dem Kanzleidiener, der nach Madame de Saint-Estève fragt. Das ›de‹ ist die Parole; dann muß er dir sagen: ›Madame, ich komme vom Generalstaatsanwalt; Sie wüßten, weshalb.‹ Stell dich vor der Tür der ›Rotköpfigen‹ auf und schau dir an, was auf dem Quai aux Fleurs vorgeht, damit Prélard keinen Verdacht schöpft. Sobald du die Briefe aus der Hand gegeben hast, kannst du Paccard und Prudence handeln lassen.« – »Ich kann mir denken, was du vorhast«, sagte Jacqueline, »du willst Bibi-Lupin verdrängen. Der Tod des jungen Menschen hat dich ganz auf den Kopf gestellt!« – »Und dazu noch Théodore, dem wollten sie schon das Haar scheren, und heute nachmittag um vier sollte er gesichelt werden!« rief Jacques Collin. – »Na, das ist ein Gedanke! Wir enden als ehrliche Leute und Bürger mit einem schönen Besitz in einem schönen Klima, in der Touraine.« – »Was hätte denn sonst aus mir werden sollen? Lucien hat meine Seele, mein ganzes glückliches Leben mitgenommen; ich sehe nur noch dreißig Jahre der Langweile vor mir, und ich verspüre keinen Mut mehr. Statt der Dab des Zuchthauses zu sein, werde ich der Figaro der

Justiz, und ich werde Lucien rächen. Nur wenn ich in der Haut der Polizei stecke, kann ich Corentin mit Sicherheit vernichten. Das heißt noch einmal leben, wenn ich einen Menschen zu fressen habe. Die Geltung, die man im Leben hat, ist nur Augenschein; die Realität, das ist die Idee!« fügte er hinzu und schlug sich an die Stirn. »Wieviel hast du jetzt in unserer Kasse?« – »Nichts«, sagte die Tante, erschrocken über den Tonfall und das Gehaben des Neffen. »Ich habe alles für deinen Jungen hergegeben. Die Romette hat nur noch zwanzigtausend Francs für ihren Handel. Madame Nourrisson habe ich alles abgenommen; sie hatte noch etwa sechzigtausend Francs für sich ... Ach, wir liegen in Laken, die seit einem Jahr nicht mehr gebleicht worden sind. Der Junge hat den Zaster der Fanandels, unser eigenes Geld und alles, was die Nourrisson besaß, vernascht.« – »Das machte?« – »Fünfhundertsechzigtausend Francs ...« – »Wir haben hundertfünfzigtausend in Gold, die Paccard und Prudence uns schulden. Ich werde dir sagen, woher du weitere zweihunderttausend nehmen kannst ... Der Rest kommt aus Esthers Nachlaß. Wir müssen der Nourrisson ihr Geld wiedergeben. Mit Théodore, Paccard, Prudence, der Nourrisson und dir werde ich das heilige Bataillon, das ich brauche, bald zusammen haben ... Hör zu, wir sind gleich da ...« – »Hier hast du die drei Briefe«, sagte Jacqueline, die eben den letzten Scherenschnitt in das Futter ihres Rockes getan hatte. – »Gut«, antwortete Jacques Collin und nahm die drei kostbaren Autogramme entgegen: drei noch duftende Velinbogen. »Théodore hat das Ding in Nanterre gedreht.« – »Aha, also doch ... !« – »Schweig, die Zeit ist kostbar. Er hat ein korsisches Vögelchen namens Ginetta füttern wollen ... Du mußt die Nourrisson dazu benutzen, diese Ginetta ausfindig zu machen; ich lasse dir die nötigen Anweisungen durch einen Brief zukommen, den Gault dir übergeben wird. Du kommst in zwei Stunden an das Portal der Conciergerie. Es handelt sich darum, dies kleine Mädchen bei einer Wäscherin unterzubringen, der Schwester Godets, da soll sie sich einnisten ... Godet und Ruffard sind die Helfershelfer La Pourailles bei dem Raubmord an den Crottats gewesen. Die vierhundertfünfzigtausend Francs sind unangetastet; ein Drittel im Keller der Gonore, das ist La Pourailles Anteil; das zweite

Drittel im Schlafzimmer der Gonore, das gehört Ruffard; das letzte Drittel ist bei Godets Schwester. Wir werden zunächst hundertfünfzigtausend Francs von La Pourailles Anteil nehmen, dann hunderttausend von dem Godets und hunderttausend von dem Ruffards. Wenn Ruffard und Godet im Loch sitzen, dann haben sie eben selber beiseite gebracht, was an ihren Anteilen fehlt. Ich mache ihnen etwas weis: dem Godet, daß wir hunderttausend für ihn auf die Seite gebracht haben, dem Ruffard und La Pouraille, daß die Gonore das ihrige für sie gerettet hat . . . ! Prudence und Paccard haben bei der Gonore zu arbeiten. Du und Ginetta, die mir ein gerissenes Dingelchen zu sein scheint, ihr werdet das Erforderliche bei Godets Schwester erledigen. Zu meinem Debüt als Komiker lasse ich den Storch von dem Raub bei den Crottats vierhunderttausend Francs nebst den Schuldigen wiederfinden. Dem Anschein nach kläre ich auch den Mord in Nanterre auf. Dann haben wir unsern Kies wieder und sitzen im Herzen der Polizei! Wir waren das Wild und werden die Jäger, das ist der ganze Unterschied. Gib dem Kutscher drei Francs.«

Die Droschke hielt vor dem Justizpalast. Die verblüffte Jacqueline bezahlte. Der Todtäuscher stieg die Treppe hinauf, um sich zum Generalstaatsanwalt zu begeben.

Ein vollständiger Umschwung im Lebenswandel bedeutet eine so heftige Krise, daß Jacques Collin, trotz seiner Entschlossenheit, die Stufen der Treppe, die von der Rue de la Barillerie zur Galerie Marchande hinaufführt, wo sich unter dem Peristyl des Schwurgerichts der düstere Eingang zur Staatsanwaltschaft befindet, nur langsam emporstieg. Ein politischer Prozeß veranlaßte am Fuß der ins Schwurgericht führenden Doppeltreppe ein gewisses Gedränge, so daß der Sträfling, der in seine Gedanken versunken war, dort von der Menge eine Weile aufgehalten wurde. Links von dieser Doppeltreppe erhob sich wie ein ungeheurer Pfeiler eine der Strebemauern des Palastes, und in dieser Steinmasse bemerkt man eine kleine Tür. Diese kleine Tür führt zu einer Wendeltreppe, die die Verbindung mit der Conciergerie herstellt. Sie darf vom Generalstaatsanwalt, dem Direktor der Conciergerie, den Präsidenten der Schwurgerichte, den Staatsanwälten und dem Chef der Sicherheitspolizei benutzt werden. Durch eine heute vermauerte Abzweigung dieser

Treppe wurde Marie-Antoinette, die Königin von Frankreich, vor das Revolutionstribunal geführt, das bekanntlich in dem großen Saal tagte, in dem die feierlichen Sitzungen des Kassationshofes stattfinden.

Beim Anblick dieser grauenerregenden Treppe krampft sich einem das Herz zusammen, wenn man bedenkt, daß die Tochter der Maria Theresia, die mit Gefolge, Frisur und Reifrock die große Treppe von Versailles ausfüllte, dort hat hindurch müssen . . . ! Vielleicht hat sie das Verbrechen ihrer Mutter gesühnt, die scheußliche Teilung Polens. Offenbar denken die Herrscher, die solche Verbrechen begehen, nicht an das Lösegeld, das die Vorsehung dafür verlangt.

In dem Augenblick, da Jacques Collin unter das Gewölbe der Treppe trat, um sich zum Generalstaatsanwalt zu begeben, kam Bibi-Lupin aus dieser in der Mauer verborgenen Tür heraus.

Der Chef der Sicherheitspolizei kam aus der Conciergerie und wollte gleichfalls zu Monsieur de Granville gehen. Man kann sich vorstellen, wie groß Bibi-Lupins Staunen war, als er vor sich den Überrock Carlos Herreras gewahrte, den er sich an diesem Morgen so genau angeschaut hatte; er lief, um ihn zu überholen; Jacques Collin drehte sich um. Die beiden Feinde standen einander gegenüber. Beide hatten mit einem Ruck innegehalten, und der gleiche Blick schnellte aus den so verschiedenen Augen hervor, wie wenn bei einem Duell zwei Pistolen in der gleichen Sekunde losgehen.

»Diesmal habe ich dich, Brigant!« sagte der Chef der Sicherheitspolizei. – »Aha . . . !« antwortete Jacques Collin mit ironischer Miene. Der Gedanke, daß Granville ihn habe verfolgen lassen, durchzuckte ihn, seltsamerweise tat es ihm weh, daß dieser Mann weniger groß sei, als er ihn sich vorgestellt hatte.

Mutig sprang Bibi-Lupin Jacques Collin an die Kehle; dieser jedoch hatte den Gegner im Auge behalten, versetzte ihm einen kurzen Stoß und schleuderte ihn, alle viere in der Luft, drei Schritt weit weg; dann ging der Todtäuscher gelassen auf Bibi-Lupin zu und hielt ihm die Hand hin, um ihm beim Aufstehen zu helfen, genau wie ein englischer Boxer, der, seiner Kraft gewiß, sich nichts Besseres wünscht, als von vorn anzufangen . . Bibi-Lupin war viel zu gewitzt, als daß er um Hilfe gerufen hätte; er sprang auf, lief zum Eingang des Ganges und winkte einem Gendarmen, sich dort aufzustellen. Dann kehrte er blitzschnell zu seinem Gegner zurück, der ihm ruhig zugesehen hatte. Jacques Collin hatte seinen Entschluß gefaßt: Entweder hat mir der Generalstaatsanwalt sein Wort gebrochen, oder er hat Bibi-Lupin nicht ins Vertrauen gezogen, und dann gilt es, meine Situation klarzulegen. – »Willst du mich verhaften?« fragte Jacques Collin seinen Feind. »Sag es ohne Umschweif. Weiß ich etwa nicht, daß du hier mitten im Storchennest stärker bist als ich? Dich könnte ich mit einem Fußtritt erledigen, aber mit den Gendarmen und dem Militär werde ich nicht fertig. Wir wollen keinen Lärm machen; wohin willst du mich führen?« – »Zu Monsieur Camusot.« – »Gut, laß uns zu Camusot gehen«, antwortete Jacques Collin. »Aber warum nicht gleich zum Generalstaatsanwalt ...? Das ist näher«, fügte er hinzu.

Bibi-Lupin, der wußte, daß er in den oberen Regionen der Justiz in Ungnade stand und beargwöhnt wurde, er habe sich an dem Geld der Verbrecher und ihrer Opfer bereichert, war keineswegs bekümmert, daß er sich mit einem solchen Fang in der Staatsanwaltschaft zeigen konnte. – »In Ordnung«, sagte er, »das paßt mir gerade! Aber wenn du dich schon ergibst, dann laß mich dich zurechtmachen; ich habe nämlich Angst vor deinen Ohrfeigen!« Und er zog Handschellen aus der Tasche. Jacques Collin hielt ihm die Hände hin, und Bibi-Lupin legte ihm die Fesseln an. »Na, wenn du so artig bist«, fuhr er fort, »dann sag mir mal, wie du aus der Conciergerie herausgekommen bist?« – »Genau wie du, über die kleine Treppe.« – »Dann hast du also wieder mal den Gendarmen einen Streich gespielt?« – »Nein, Monsieur de Granville hat mich auf Ehrenwort freigelassen.« – »Soll das ein Witz sein?« – »Das wirst du ja sehen ...! Vielleicht bist du es, der Handschellen bekommt.«

Im gleichen Augenblick sagte Corentin zum Generalstaatsanwalt: »Tja, Herr Graf, es ist jetzt genau eine Stunde her, seit unser Mann verschwunden ist; fürchten Sie nicht, daß er sich über Sie lustig gemacht hat? Vielleicht ist er unterwegs nach Spanien, und da bekommen wir ihn nicht wieder zu fassen, denn Spanien ist ein allzu phantastisches Land.« – »Entweder kenne ich mich nicht in den Menschen aus, oder er kommt zurück; all seine Interessen zwingen ihn dazu; er hat mehr von mir zu erhalten, als er mir gibt...« In diesem Augenblick kam Bibi-Lupin herein. – »Herr Graf«, sagte er, »ich habe Ihnen eine gute Nachricht zu überbringen: Jacques Collin, der ausgekniffen war, ist wieder gefaßt.« – »So halten Sie Ihr Wort!« rief Jacques Collin dem Generalstaatsanwalt zu. »Fragen Sie Ihren doppelgesichtigen Agenten, wo er mich gefunden hat.« – »Wo?« fragte der Generalstaatsanwalt. – »Ein paar Schritte von der Staatsanwaltschaft, unter dem Gewölbe«, antwortete Bibi-Lupin. – »Nehmen Sie dem Mann Ihre Bindfäden ab«, sagte Monsieur de Granville streng. »Merken Sie sich: Sie haben diesen Mann in Ruhe zu lassen, bis Ihnen befohlen wird, ihn abermals festzunehmen . . . Und jetzt hinaus mit Ihnen . . . ! Sie sind gewohnt, zu handeln und einzuschreiten, als seien Sie ganz allein Justiz und Polizei.« – Und der Generalstaatsanwalt wandte dem Chef der Sicherheitspolizei den Rücken; Bibi-Lupin wurde fahl, als er überdies noch einen Blick Jacques Collins auffing, in dem er seinen Sturz witterte.

»Ich habe mein Zimmer nicht verlassen und auf Sie gewartet, und Sie können nicht daran zweifeln, daß ich mein Wort gehalten habe wie Sie das Ihre«, sagte Granville zu Jacques Collin. – »Im ersten Augenblick hatte ich an Ihnen gezweifelt, Herr Graf, und vielleicht hätten Sie an meiner Stelle gedacht wie ich; aber die Überlegung hat mich gelehrt, daß ich ungerecht war. Ich bringe Ihnen mehr, als Sie mir geben, Sie hatten kein Interesse daran, mich zu täuschen . . .«

Der Beamte tauschte rasch einen Blick mit Corentin. Dieser Blick, der dem Todtäuscher nicht entgehen konnte, da seine ganze Aufmerksamkeit auf Granville gerichtet war, ließ ihn den kleinen wunderlichen Alten gewahren, der in einem Winkel auf einem Sessel saß. Jacques Collin wurde sofort von dem lebhaften, jähen Instinkt gewarnt, der die Anwesenheit eines Feindes verrät, und musterte diese Persönlichkeit; auf den ersten Blick sah er, daß die Augen nicht so alt waren, wie die Gewandung es glauben machen wollte, und so durchschaute er die Verkleidung. Innerhalb einer Sekunde nahm er Rache an Corentin für die rasche Blicksicherheit, mit der Corentin ihn bei Peyrade entlarvt hatte. [Siehe ›Was alte Herren sich die Liebe kosten lassen‹, ›Glanz und Elend der Kurtisanen II‹.]

»Wir sind nicht allein . . . !« sagte Jacques Collin zu Granville. – »Nein«, entgegnete der Generalstaatsanwalt trocken. – »Und der Herr da«, fuhr der Sträfling fort, »ist einer meiner besten Bekannten . . . glaube ich . . . !« – Er trat einen Schritt vor und erkannte Corentin, den wirklichen, eingestandenen Urheber von Luciens Untergang. Jacques Collin, dessen Gesicht ziegelrot war, wurde für einen schnellen, unmerklichen Augenblick blaß, ja fast weiß; sein ganzes Blut strömte ihm ins Herz; so glühend und irrsinnig war sein Drang, sich auf dieses gefährliche Tier zu stürzen und es zu zerreißen; aber er hielt das brutale Verlangen zurück und unterdrückte es vermöge der Kraft, die ihn so furchtbar machte. Er nahm eine liebenswürdige Miene, den Tonfall unterwürfiger Höflichkeit an, den er sich angewöhnt hatte, seit er die Rolle eines Geistlichen höheren Ranges spielte, und begrüßte den kleinen Greis. – »Monsieur Corentin«, sagte er, »verdanke ich dem Zufall die Freude, Ihnen zu begegnen, oder wäre ich etwa so glücklich, Ziel und Zweck Ihres Besuches in der Staatsanwaltschaft zu sein?«

Das Staunen des Generalstaatsanwalts gelangte auf den Höhepunkt, und er konnte sich nicht enthalten, die beiden einander gegenüberstehenden Männer zu mustern. Jacques Collins Bewegungen und der Ton, in dem er seine Worte sprach, ließen auf eine Krisis schließen, und er war begierig, deren Ursachen zu ergründen. Als Corentin sich auf so plötzliche und an ein Wunder grenzende Weise erkannt sah, richtete er sich auf wie eine Schlange, der man auf den Schwanz getreten hat.

»Ja, ich bin es, lieber Abbé Carlos Herrera.« – »Sind Sie hergekommen«, fragte der Todtäuscher, »um zwischen mich und den Herrn Generalstaatsanwalt zu treten . . . ? Sollte ich das Glück haben, der Gegenstand einer jener Unterhandlungen zu sein, in denen Ihre Talente glänzen? – Hier, Herr Graf«, wandte der Sträfling sich an den Generalstaatsanwalt, »lesen Sie, damit Sie keine so kostbaren Minuten verlieren, wie die Ihren es sind; hier ist ein Muster meiner Ware . . .« Und er reichte Monsieur de Granville die drei Briefe, die er aus seiner Rocktasche hervorgezogen hatte. »Während Sie davon Kenntnis nehmen, werde ich, wenn Sie gestatten, mit diesem Herrn plaudern.«

»Das ist eine große Ehre für mich«, sagte Corentin, der sich eines Schauders nicht erwehren konnte. – »Sie haben in unserm Handel einen vollständigen Erfolg davongetragen«, sagte Jacques Collin. »Ich bin geschlagen worden . . .«, fügte er leichthin und wie ein Spieler, der sein Geld verloren hat, hinzu; »aber auch Sie haben ein paar Leute auf dem Kampfplatz gelassen . . . Es ist ein kostspieliger Sieg . . .« – »Ja«, antwortete Corentin, der auf den scherzhaften Ton einging; »aber wenn Sie Ihre Königin verloren, so habe ich meine beiden Türme eingebüßt . . .« – »Oh, Contenson zählt nur als Bauer«, versetzte Jacques Collin spöttisch. »Dafür läßt sich Ersatz finden. Sie sind, erlauben Sie mir, Ihnen diesen Lobspruch ins Gesicht zu sagen, Sie sind, auf Ehrenwort, ein fabelhafter Mensch!« – »Nein, nein, ich neige mich vor Ihrer Überlegenheit«, entgegnete Corentin mit der Miene eines professionellen Spaßmachers, der etwa sagt: Du willst dich lustig machen, gut, dann machen wir uns eben lustig! »Wie? Ich verfüge über alles, und Sie, Sie stehen doch sozusagen ganz allein da . . . !« – »Oh! Oh!« sagte Jacques Collin. – »Und beinahe hätten Sie gesiegt«, sagte Corentin, dem dieser Ausruf nicht entging. »Sie sind der außerordentlichste Mensch, dem ich in meinem Leben begegnet bin, und ich habe viele Außerordentliche gesehen; denn die Leute, mit denen ich kämpfe, zeichnen sich samt und sonders durch ihre Verwegenheit und ihre kühnen Unternehmungen aus. Ich war leider sehr intim mit Monseigneur, dem verstorbenen Herzog von Otranto[48]; ich habe für Ludwig XVIII. gearbeitet, als er regierte; und als er noch verbannt war, für den Kaiser und das Direktorium . . . Sie sind vom Schlage Louvels[49], des schönsten politischen Werkzeugs, das ich je gesehen habe; aber Sie haben zugleich auch die Geschmeidigkeit des Fürsten der Diplomaten[50]. Und was für Hilfskräfte Sie haben . . . ! Ich gäbe viele für die Guillotine bestimmte Köpfe frei, wenn ich die Köchin der armen kleinen Esther in meinen Diensten hätte . . . Wo treiben Sie so schöne Geschöpfe wie das Mädchen auf, das für Monsieur de Nucingen eine Zeitlang jene Jüdin gespielt hat . . . Ich weiß nicht, woher ich sie nehmen soll, wenn ich sie gerade mal brauche.« – »Monsieur, Monsieur«, erwiderte Jacques Collin, »Sie überwältigen mich . . . Durch solche Lobsprüche aus Ihrem Munde könnte man den Kopf verlieren . . .« – »Sie sind verdient. Bedenken Sie doch! Sie haben

Peyrade hinters Licht geführt, er hat Sie für einen Polizeikommissar gehalten, ausgerechnet Peyrade . . .! Sehen Sie, wenn Sie nicht diesen kleinen Dummkopf zu verteidigen gehabt hätten, dann hätten Sie uns durchgewalkt . . .« – »Ah, Sie vergessen Contenson in seiner Verkleidung als Mulatte . . . und Peyrade als Engländer. Den Schauspielern kommt die Bühne zu Hilfe, aber am hellen Tage, zu jeder Stunde so vollkommen sein, das können nur Sie und die Ihren . . .« – »Schon gut, schon gut«, sagte Corentin, »wir sind beide von unserm Wert und unsern Verdiensten überzeugt. Aber wir stehen jetzt recht allein da; ich bin ohne meinen alten Freund, Sie ohne Ihren jungen Schützling. Ich bin im Augenblick der Stärkere, weshalb sollten wir es nicht machen wie in der ›Auberge des Adrets‹[51]? Ich reiche Ihnen die Hand und sage: ›Wir wollen uns umarmen, und all das soll zu Ende sein!‹ Ich biete Ihnen in Gegenwart des Herrn Generalstaatsanwalts volle und uneingeschränkte Begnadigung, und Sie werden einer der Meinen, der Erste nach mir, vielleicht mein Nachfolger.« – »Also bieten Sie mir eine Stellung an . . ?« erwiderte Jacques Collin. »Eine hübsche Stellung sogar! Ich war bei der Braunen und geh jetzt zur Blonden . . .« – »Sie sollen in einer Sphäre wirken, in der Ihre Talente richtig eingeschätzt und gut belohnt werden und in der Sie ganz nach Belieben schalten und walten können. Die politische Polizei, die Regierungspolizei haben ebenfalls ihre Gefahren. Ich selber, wie Sie mich hier sehen, bin schon zweimal im Gefängnis gewesen . . .; ich befinde mich deswegen nicht schlechter. Aber man macht Reisen, man ist, was man sein will . . . Man ist der Maschinist der politischen Dramen, man wird von den großen Herren höflich behandelt . . . Na, mein lieber Jacques Collin, paßt Ihnen das?« – »Haben Sie in diesem Zusammenhang Befehle?« fragte der Sträfling. – »Ich habe Vollmacht . . .«, entgegnete Corentin, der über diesen Einfall ganz glücklich war. – »Sie scherzen, Sie sind ein durch und durch gefährlicher Mensch, also werden Sie wohl erlauben, daß man Ihnen mißtraut . . . Sie haben mehr als einen verkauft, nachdem Sie ihn freiwillig in einen Sack hineinsteigen ließen und diesen dann zubanden . . . Ich kenne Ihre schönen Schlachten, die Affäre Montauran, die Affäre Simeuse[52] . . . Ah, das sind die Marengo-Schlachten des Spitzeltums.« – »Nun«, sagte Corentin, »achten Sie den Herrn Generalstaatsanwalt?« – »Ja«, sagte Jacques Collin und verneigte sich respektvoll; »ich bewundere seinen schönen Charakter, seine Festigkeit und seine Noblesse, und ich würde mein Leben hingeben, wenn ich ihn dadurch glücklich machen könnte. Deswegen werde ich auch zunächst einmal der Gefahr, in der Madame de Sérisy schwebt, ein Ende machen.« – Der Generalstaatsanwalt vermochte eine freudige Geste nicht zu unterdrücken. – »Nun, dann fragen Sie ihn«, fuhr Corentin fort, »ob ich nicht Vollmacht habe, Sie Ihrem schmählichen Gewerbe zu entreißen und Sie an meine Person zu fesseln.« – »So ist es«, sagte Granville, der den Sträfling nicht aus den Augen ließ. – »Wirklich? Ich erhielte Absolution für meine Vergangenheit und das Versprechen, Ihr Nachfolger zu werden, wenn ich Ihnen Beweise meiner Fähigkeiten gäbe?« – »Zwischen zwei Männern wie uns beiden kann kein Mißverständnis obwalten«, erwiderte Corentin mit einer Seelengröße, von der jedermann ergriffen gewesen wäre. – »Und der Preis dieser Transaktion ist sicherlich die Auslieferung der drei Briefpäckchen?« fragte Jacques Collin. – »Ich hätte nicht geglaubt, Ihnen das erst sagen zu müssen . . .« – »Mein lieber Corentin«, sagte der Todtäuscher mit einer Ironie, die jener würdig war, mit der Talma in der Rolle des Nicomède[53] triumphierte, »ich danke Ihnen; ich bin Ihnen dafür verpflichtet, daß ich meinen ganzen Wert erkenne und weiß, wieviel Gewicht darauf gelegt wird, mich meiner Waffen zu berauben . . . Ich werde es niemals vergessen . . . Ich werde Ihnen stets und jederzeit zu Diensten stehen, und anstatt wie Robert Macaire[54] zu sagen: ›Umarmen wir uns . . . !‹, umarme und küsse ich lieber Sie.«

Er faßte Corentin mit solcher Geschwindigkeit um die Körpermitte, daß jener sich nicht gegen die Umarmung wehren konnte; er drückte ihn wie eine Puppe ans Herz, küßte ihn auf beide Wangen, hob ihn wie eine Feder hoch, öffnete die Tür des Amtszimmers und setzte ihn, der von der ungebärdigen Umschließung wie zermalmt war, hinaus. »Adieu, mein Lieber«, flüsterte er ihm zu. »Uns trennen drei Leichenlängen; wir haben die Degen gekreuzt; sie sind von gleich gutem Stahl und gleicher Länge . . . Wir wollen einander achten; aber ich will Ihresgleichen sein, nicht Ihr Untergebener . . . Mit Ihren Waffen würden Sie mir als ein für Ihren Leutnant allzu gefährlicher General erscheinen. Wir wollen einen Graben zwischen uns legen. Wehe Ihnen, wenn Sie auf mein Gebiet herüberkommen . . . ! Sie nennen sich den Staat, gerade wie sich die Lakaien untereinander mit den Namen ihrer Herren benennen; ich dagegen will mich die Gerechtigkeit nennen; wir werden uns oft sehen; wir wollen einander auch fernerhin mit um so mehr Würde, mit um so mehr Anstand behandeln, als wir immer . . . wüste Kanaillen bleiben werden«, flüsterte er. »Ich habe Ihnen ein Beispiel gegeben, als ich Sie umarmte . . .«

Corentin stand zum erstenmal in seinem Leben als der Dumme da, und er ließ sich von seinem furchtbaren Gegner die Hand schütteln . . . – »Wenn es so ist«, sagte er, »glaube ich, es liegt in unser beider Interesse, daß wir Freunde bleiben . . .« – »Wir werden stärker sein, wenn jeder von uns auf seiner Seite bleibt, aber zugleich auch gefährlicher«, sagte Jacques Collin noch leise. »Deshalb müssen Sie mir auch erlauben, morgen ein Handgeld auf unsern Handel zu verlangen . . .« – »Na schön«, sagte Corentin gutmütig, »Sie nehmen mir Ihre Angelegenheit aus der Hand und geben sie dem Generalstaatsanwalt; Sie verhelfen ihm zur Beförderung; aber ich kann nicht umhin, Ihnen zu sagen, daß Sie gut daran tun . . . Bibi-Lupin ist zu bekannt, er hat seine Zeit abgedient; wenn Sie an seine Stelle treten, haben Sie die einzigen Lebensbedingungen gefunden, die für Sie passen, ich bin entzückt, Sie darin zu sehen . . . auf Ehrenwort . . .« – »Auf baldiges Wiedersehen«, sagte Jacques Collin.

Als der Todtäuscher sich umwandte, sah er den Generalstaatsanwalt, den Kopf in die Hände gestützt, am Schreibtisch sitzen.

»Wie könnten Sie verhindern, daß die Gräfin de Sérisy wahnsinnig wird . . . ?« fragte Monsieur de Granville. – »In fünf Minuten«, erwiderte Jacques Collin. – »Und Sie können mir alle Briefe der Dame ausliefern?« – »Haben Sie die drei gelesen . . . ?« – »Ja«, sagte der Generalstaatsanwalt lebhaft; »ich schäme mich für die, die sie geschrieben haben . . .« – »Wir sind jetzt allein: verbieten Sie jedem den Eintritt und lassen Sie uns unterhandeln«, sagte Jacques Collin. – »Erlauben Sie . . . Die Justiz muß vor allem tun, was ihres Amtes ist, und Camusot hat Befehl,

Ihre Tante zu verhaften . . .« – »Er wird sie niemals finden«, sagte Jacques Collin. – »Es wird am Temple bei einer Mademoiselle Paccard, die ihr das Geschäft führt, eine Haussuchung durchgeführt . . .« – »Dabei werden nur Lumpen, Kostüme, Diamanten und Uniformen gefunden. Nichtsdestoweniger müssen dem Eifer Camusots Grenzen gesetzt werden.«

Monsieur de Granville schellte seinem Kanzleidiener und befahl ihm, zu Camusot zu gehen und ihn auf ein paar Worte her zu bitten.

»Kommen Sie«, sagte er zu Jacques Collin, »wir wollen zum Schluß kommen! Ich möchte gern so schnell wie möglich Ihr Rezept für die Heilung der Gräfin kennenlernen . . .« – »Herr Generalstaatsanwalt«, sagte Jacques Collin ernst, »ich bin, wie Sie wissen, wegen Fälschung zu fünf Jahren Zuchthaus verurteilt worden. Ich liebe aber meine Freiheit . . .! Diese Liebe hat, wie jede Liebe, ihrem Ziel genau entgegengewirkt; denn wenn Liebende einander allzusehr anbeten wollen, verzanken sie sich. Dadurch, daß ich ausgebrochen und immer wieder gefaßt worden bin, habe ich sieben Jahre im Zuchthaus zugebracht. Sie brauchen mich also nur der Zusatzstrafen wegen begnadigen zu lassen, die ich mir ›auf der Wiese‹ (Verzeihung) im Zuchthaus zugezogen habe. In Wirklichkeit habe ich meine Strafe abgebüßt, und bis mir irgendeine schlimme Geschichte nachgewiesen wird – und das zu tun, fordere ich die Justiz und selbst Corentin heraus –, müßte ich wieder in meine Rechte als französischer Bürger eingesetzt werden. Aus Paris verbannt zu sein und unter Polizeiaufsicht zu stehen, ist das ein Leben? Wohin könnte ich gehen? Was könnte ich anfangen? Sie kennen meine Fähigkeiten . . . Sie haben gesehen, wie Corentin, dieses Magazin von Listen und Verrätereien, vor mir bleifahl geworden ist und dadurch meinen Talenten hat Gerechtigkeit widerfahren lassen . . . Dieser Mensch hat mir alles geraubt! Denn er, er allein hat, ich weiß nicht durch welche Mittel und aus welchen Motiven, das Gebäude von Luciens Glück zertrümmert . . . Corentin und Camusot haben das alles getan . . .« – »Klagen Sie nicht an«, sagte Monsieur de Granville, »kommen Sie zur Sache.« – »Gut, die Sache ist die. Als ich letzte Nacht die eisige Hand des jungen Toten in meiner Hand hielt, habe ich mir versprochen, auf den sinnlosen

Kampf zu verzichten, den ich seit zwanzig Jahren gegen die ganze menschliche Gesellschaft führe. Sie halten mich nach allem, was ich Ihnen über meine religiösen Anschauungen gesagt habe, schwerlich für imstande, Kapuzinerpredigten zu halten . . . Nun, ich habe seit zwanzig Jahren die Welt und Gesellschaft von der Kehrseite aus gesehen, in ihren Kellern, und ich habe erkannt, daß es im Gang der Dinge eine Macht gibt, die Sie Vorsehung nennen, die ich Zufall genannt habe und die meine Genossen Pech nennen. Jede böse Tat wird von irgendeiner Rache ereilt, so schnell sie sich ihr auch zu entziehen trachte. Man mag in diesem Kampfgewerbe das schönste Spiel in der Hand haben: die Vierzehn und die Quinte und die Vorhand: die Kerze fällt um, und die Karten verbrennen, oder den Spieler trifft der Schlag . . .! Das ist Luciens Geschichte. Dieser Junge, dieser Engel hat nicht den Schatten eines Verbrechens begangen; er hat alles mit sich, er hat alles geschehen lassen! Er war drauf und dran, Mademoiselle de Grandlieu zu heiraten, zum Marquis ernannt zu werden, er hatte ein Vermögen; nun, da vergiftete sich eine Dirne, sie versteckte den Erlös einer verkauften Rente, und der so mühsam errichtete Bau dieses schönen Glücks bricht im Nu in sich zusammen. Und wer führt den ersten Degenstich gegen uns? Ein Mann, der von der Schuld heimlich vollbrachter Gemeinheiten beladen ist, ein Ungeheuer, das in der Geschäftswelt derartige Verbrechen begangen hat (siehe ›Das Bankhaus Nucingen‹ in den ›Szenen aus dem Pariser Leben‹), daß jeder Taler seines Vermögens mit den Tränen einer Familie benetzt ist: ein Nucingen, der in der Welt der Taler ein gesetzlich geschützter Jacques Collin war. Nun, Sie kennen die Liquidationen, die Galgenstreiche dieses Menschen genauso gut wie ich. Bei mir werden meine Handlungen, auch die tugendhaftesten, immer durch meine Ketten gebrandmarkt werden. Wenn man der Ball zwischen zwei Schlägern, dem Zuchthaus und der Polizei, ist, so ist das ein Leben, in dem das Triumphieren unablässiges Sichmühen bedeutet, in dem mir Ruhe als etwas Unmögliches erscheint. Jacques Collin, Monsieur de Granville, wird in diesem Augenblick mit Lucien begraben, der eben jetzt mit Weihwasser besprengt wird und der nach dem Père-Lachaise aufbricht. Ich nun aber brauche jetzt eine Stätte, wohin ich gehen kann, nicht um zu leben, sondern um zu sterben ... Beim gegenwärtigen Stand der Dinge haben Sie, die Justiz, sich nicht mit dem bürgerlichen und sozialen Zustand des entlassenen Sträflings befassen wollen. Wenn dem Gesetz Genüge getan ist, ist das bei der Gesellschaft noch nicht der Fall; sie bewahrt ihr Mißtrauen, und sie tut alles, um es vor sich selbst zu rechtfertigen: Sie macht dem entlassenen Sträfling das Leben unmöglich, sie muß ihm alle seine Rechte zurückerstatten, aber sie verbietet ihm, innerhalb eines bestimmten Bereichs zu leben. Die Gesellschaft sagt zu diesem Unseligen: ›In Paris, dem einzigen Ort, an dem du dich verbergen kannst, und innerhalb seiner Bannmeile bis zu dem und dem Radius darfst du nicht wohnen ...!‹ Und ferner unterstellt sie den entlassenen Sträfling der Polizeiaufsicht. Und Sie glauben, es sei unter solcherlei Verhältnissen möglich zu leben? Um zu leben, muß man arbeiten, denn man verläßt das Zuchthaus nicht mit Renten. Sie sorgen dafür, daß der Sträfling deutlich gekennzeichnet wird, so daß man ihn wiedererkennen und einpferchen kann; und dann glauben Sie, die Bürger könnten Vertrauen zu ihm haben, während die Gesellschaft, die Justiz, die Welt, die ihn umgibt, keins hat. Sie verurteilen ihn zum Hunger oder zum Verbrechen. Er findet keine Arbeit, er wird mit Notwendigkeit dazu getrieben, sein altes Gewerbe wieder aufzunehmen, und das führt ihn aufs Schafott. So habe auch ich, obwohl ich auf meinen Kampf gegen das Gesetz hatte verzichten wollen, keinen Platz an der Sonne gefunden. Ein einziger paßt zu mir, der, auf dem ich mich zum Diener der Macht machen kann, die auf uns lastet; und als mir dieser Gedanke kam, zeigte sich rings um mich deutlich die höhere Macht, von der ich sprach. Drei große Familien sind in meiner Hand. Glauben Sie nicht, daß ich an ihnen eine Erpressung verüben will ... Die Erpressung ist einer der feigsten Morde. Sie ist in meinen Augen ein weit schurkischeres Verbrechen als der Mord. Der Mörder braucht einen wüsten Mut. Ich unterstreiche meine Anschauungen; denn die Briefe, die meine Sicherheit bedeuten, die mir erlauben, so mit Ihnen zu reden, die mich in diesem Augenblick mit Ihnen auf gleichen Fuß stellen, mich, das Verbrechen, mit Ihnen, der Justiz, diese Briefe stehen Ihnen zur Verfügung ... Ihr Kanzleidiener kann sie in Ihrem Namen holen, sie werden ihm ausgehändigt ... Ich verlange keine Entschädigung dafür, ich verkaufe sie nicht. Ach, Herr Generalstaatsanwalt, als ich sie beiseite brachte, habe ich nicht an mich gedacht, sondern an die Gefahr, in der Lucien sich eines Tages befinden konnte! Wenn Sie meiner Bitte nicht willfahren, habe ich mehr Mut, mehr Ekel vor dem Leben, als nötig wäre, um mir eine Kugel in den Kopf zu schießen und Sie von mir zu befreien ... Ich kann mit einem Paß nach Amerika gehen und in der Einsamkeit leben; ich trage alle Voraussetzungen in mir, die den Wilden ausmachen ... Das sind die Gedanken, in denen ich letzte Nacht befangen gewesen bin. Ihr Sekretär muß Ihnen ein Wort ausgerichtet haben, das ich ihn gebeten habe, Ihnen zu sagen ... Als ich erkannte, welche Vorsichtsmaßregeln Sie trafen, um Luciens Andenken vor jeder Schmach zu bewahren, habe ich Ihnen mein Leben geschenkt, eine armselige Gabe! Mir lag nichts mehr daran; ich sah, daß es unmöglich war ohne das Licht, das es beleuchtet, ohne das Glück, das es belebt hat, ohne den Gedanken, der sein Sinn, und ohne das Gedeihen dieses jungen Dichters, der seine Sonne gewesen; und ich hatte Ihnen die drei Briefpäckchen übergeben lassen wollen ...« – Granville neigte den Kopf. – »Als ich in den Gefangenenhof hinunterkam, habe ich die Täter des Verbrechens in Nanterre entdeckt und gehört, daß mein kleiner Kettengenosse unter dem Fallbeil liegt, weil er unfreiwilllig an diesem Verbrechen teilgenommen hat«, fuhr Jacques Collin fort. »Ich habe auch erfahren, daß Bibi-Lupin die Justiz hintergeht, daß einer seiner Agenten der Mörder der Crottats ist; war das nicht, wie Sie es ausdrücken, das Wirken der Vorsehung ...? Da gewahrte ich denn die Möglichkeit, Gutes zu tun, die Fähigkeiten, mit denen ich begabt bin, die traurigen Kenntnisse, die ich erworben habe, im Dienst der Gesellschaft zu verwenden, nützlich zu sein statt schädlich, und ich wagte es, auf Ihr Verständnis, auf Ihre Güte zu zählen.«

Der Ausdruck von Güte, von Naivität und Schlichtheit dieses Menschen, der in Worten ohne Bitterkeit beichtete, ohne jene Philosophie des Lasters, die bis dahin alles von ihm Ausgesagte so furchtbar gemacht hatte, konnte den Glauben an eine Verwandlung erwecken. Er war nicht mehr der alte.

»Ich glaube so sehr an Sie, daß ich Ihnen gänzlich zur Verfügung stehen möchte«, fuhr er mit der Demut eines Büßenden fort. »Sie sehen mich zwischen drei Wegen: dem Selbstmord, Amerika und der Rue de Jérusalem[55]. Bibi-Lupin ist reich, er hat seine Zeit abgedient; er ist ein doppelgesichtiger Beamter, und wenn Sie erlaubten, daß ich gegen ihn arbeite, würde ich ihn innerhalb von acht Tagen auf frischer Tat ertappen. Wenn Sie mir die Stellung dieses Halunken geben, dann leisten Sie der Gesellschaft den größten Dienst. Ich brauche fortan nichts mehr. (Ich werde ehrlich sein.) Ich besitze alle Eigenschaften, die für diesen Posten nötig sind. Ich habe mehr als Bibi-Lupin, nämlich Bildung; ich habe die Schule bis zum Rhétorique[56] besuchen dürfen, ich werde nicht so dumm sein wie er, ich kann mich benehmen, wenn ich will. Ich habe keinen andern Ehrgeiz, als ein Element der Ordnung und der Unterdrückung der Verderbnis zu sein anstatt die verkörperte Korruption. Ich werde niemanden mehr für die große Armee des Lasters anwerben. Wenn man im Krieg einen feindlichen General gefangennimmt, sehen Sie, Herr Graf, dann erschießt man ihn nicht; man gibt ihm seinen Degen zurück und weist ihm eine Stadt als Gefängnis an; nun, ich bin der General der Zuchthauswelt, und ich strecke die Waffen ... Nicht die Justiz, der Tod hat mich niedergeworfen ... Die Sphäre, in der ich handeln und leben möchte, ist die einzige, die mir zusagt, und ich werde in ihr die Kraft entfalten, die ich in mir verspüre ... Entscheiden Sie ...« Und Jacques Collin blieb in unterwürfiger, bescheidener Haltung stehen. – »Sie haben mir die Briefe zur Verfügung gestellt?« fragte der Generalstaatsanwalt. – »Sie können sie abholen lassen, sie werden der Person, die Sie schicken wollen, ausgehändigt werden ...« – »Und wie?« Jacques Collin las im Herzen des Generalstaatsanwalts und setzte dasselbe Spiel fort. – »Sie haben mir versprochen, daß die Todesstrafe für Calvi in zwanzig Jahre Zuchthaus umgewandelt wird. Oh, ich erinnere Sie nicht daran, um einen Vertrag zu schließen«, sagte er lebhaft, als er sah, daß der Generalstaatsanwalt eine Geste machte; »aber dieses Leben muß aus andern Gründen gerettet werden; der junge Mann ist unschuldig ...« – »Wie kann ich zu den Briefen gelangen?« fragte der Generalstaatsanwalt. »Ich habe das Recht und die Pflicht, zu erproben, ob Sie der sind, für den Sie sich ausgeben. Ich will, daß Sie sich bedingungslos ergeben ...« – »Schicken Sie einen

Vertrauensmann nach dem Quai aux Fleurs; er wird auf der Schwelle zum Laden eines Eisenhändlers, des Ladens ›Zum Schild des Achilles‹ ...« – »Dem Haus zum ›Schild‹ ...?« – »Eben dort«, sagte Jacques Collin mit bitterm Lächeln, »liegt auch mein Schild. Ihr Bote wird dort eine alte Frau vorfinden; sie ist, wie ich Ihnen schon sagte, als eine Fischhändlerin gekleidet, die Renten hat, mit Gehängen in den Ohren und in der Tracht einer reichen Marktfrau; er muß nach Madame de Saint-Estève fragen. Vergessen Sie nicht das ›de‹. Und er muß sagen: ›Ich komme vom Generalstaatsanwalt; Sie wüßten schon, weshalb ...‹ Und auf der Stelle erhalten Sie drei versiegelte Päckchen ...« – »Sind sämtliche Briefe darin?« fragte Granville. – »Na, Sie sind gewitzt! Sie haben Ihre Stellung nicht gestohlen«, sagte Jacques Collin mit einem Lächeln. »Ich merke, Sie halten mich für imstande, Sie nur zu prüfen und Ihnen weißes Papier zu geben ... Sie kennen mich nicht!« fügte er hinzu. »Ich vertraue mich Ihnen an wie ein Sohn seinem Vater.« – »Sie müssen jetzt in die Conciergerie zurück«, sagte der Generalstaatsanwalt, »und dort die Entscheidung abwarten, die über Ihr Schicksal gefällt werden wird.« Der Generalstaatsanwalt schellte, sein Kanzleidiener trat ein, und er sagte zu ihm: »Bitten Sie Monsieur Garnery, wenn er im Hause ist.«

Außer den achtundvierzig Polizeikommissaren, die gleich achtundvierzig kleinen Göttern über Paris wachen, ohne die Sicherheitspolizei mitzuzählen – der Name Quart-d'oeil (›Vierauge‹), den die Gauner ihnen in ihrem Rotwelsch verliehen haben, leitet sich davon ab, daß in jedem Arrondissement vier von ihnen sitzen –, gibt es zwei Kommissare, die zugleich der Polizei und der Justiz unterstehen; sie haben heikle Aufträge durchzuführen und in vielen Fällen den Untersuchungsrichter zu ersetzen. Das Büro dieser beiden Gerichtspersonen – die betreffenden Polizeikommissare sind Gerichtspersonen – heißt Delegationskanzlei, denn die beiden werden tatsächlich jedesmal in aller Form delegiert, um Haussuchungen oder Verhaftungen vorzunehmen. Diese Posten erfordern reife Männer von erprobter Tüchtigkeit, unbedingter Moral und absoluter Verschwiegenheit, und es ist eins der Wunder, die die Vorsehung für Paris tut, daß stets solche Charaktere ausfindig gemacht werden. Die

Schilderung des Justizpalastes wäre unvollständig, wenn man nicht diese präsumtiven Ämter, um mich so auszudrücken, erwähnte; sie sind nämlich die mächtigsten Helfer der Justiz, denn wenn die Justiz auch durch die Macht der Verhältnisse ihren ehemaligen Pomp, ihren früheren Reichtum eingebüßt hat, muß man dennoch anerkennen, daß sie praktisch gewonnen hat. Vor allem in Paris hat sich der Mechanismus wunderbar vervollkommnet.

Granville hatte Monsieur de Chargeboeuf, seinen Sekretär, zu Luciens Begräbnis geschickt; es hatte gegolten, ihn während dieser Mission durch einen zuverlässigen Mann zu ersetzen, und Monsieur Garnery war einer der beiden Delegationskommissare.

»Herr Generalstaatsanwalt«, sagte Jacques Collin, »ich habe Ihnen bereits den Beweis gegeben, daß ich Ehre im Leib habe... Sie haben mich freigelassen, und ich bin wiedergekommen... Es ist bald elf Uhr... Eben ist die Totenmesse für Lucien zu Ende, der Zug bricht zum Friedhof auf... Erlauben Sie mir, statt mich in die Conciergerie zu schicken, daß ich die Leiche des Jungen bis zum Père-Lachaise begleite; ich komme wieder und stelle mich im Gefängnis...« – »Gehen Sie«, sagte Monsieur de Granville mit einer Stimme voller Güte. – »Ein letztes Wort, Herr Generalstaatsanwalt. Das Geld jener Dirne, der Geliebten Luciens, ist nicht gestohlen worden... In den paar Augenblicken der Freiheit, die Sie mir gewährt hatten, habe ich die Dienerschaft verhören können... Ich bin ihrer sicher, wie Sie Ihrer Delegationskommissare sicher sind. Der Erlös der von Mademoiselle Esther Gobseck verkauften Rentenverschreibungen wird sich in ihrem Zimmer finden, sobald die Siegel abgenommen werden. Die Zofe hat mich darauf aufmerksam gemacht, daß die Verstorbene, wie man sagt, eine Heimliche war und sehr mißtrauisch gewesen ist; sie dürfte die Banknoten in ihrem Bett versteckt haben. Das Bett sollte sorgfältig durchsucht, auseinandergenommen, die Matratzen, die Unterlagen sollten aufgeschnitten werden, dann kommt das Geld sicher zum Vorschein...« – »Sind Sie davon überzeugt?« – »Ich bin von der relativen Ehrlichkeit meiner Banditen überzeugt, mich führen sie niemals hinters Licht... Ich habe bei ihnen Macht über Leben und Tod, ich richte und verurteile und vollstrecke meine Urteile ohne all Ihre

Formalitäten. Sie sehen ja die Wirkungen meiner Macht. Ich werde die bei dem Ehepaar Crottat geraubten Summen für Sie wiederfinden; ich entlarve Ihnen einen der Agenten Bibi-Lupins, seine rechte Hand, und ich werde das Geheimnis des in Nanterre begangenen Verbrechens aufklären ... Das ist doch ein Handgeld ...! Wenn Sie mich jetzt in den Dienst der Justiz und der Polizei einstellen, werden Sie sich in einem Jahr beglückwünschen, daß Sie mich entdeckt haben, ich werde redlich das sein, was ich sein soll; und in allen Angelegenheiten, die man mir anvertrauen wird, werde ich Erfolg haben.« – »Ich kann Ihnen lediglich mein Wohlwollen versprechen. Was Sie von mir verlangen, hängt nicht von mir ab. Nur dem König steht das Recht zu, auf den Bericht des Justizministers hin zu begnadigen, und die Stellung, die Sie haben wollen, wird durch den Polizeipräfekten besetzt.«

»Monsieur Garnery«, meldete der Kanzleidiener. Auf einen Wink des Generalstaatsanwalts trat der Delegationskommissar ein; er warf einen Kennerblick auf Jacques Collin und unterdrückte sein Staunen, als Monsieur de Granville zu Jacques Collin sagte: »Gehen Sie.« – »Würden Sie mir gestatten«, antwortete Jacques Collin, »erst zu gehen, wenn Monsieur Garnery Ihnen gebracht hat, was meine ganze Stärke ausmacht, damit ich ein Zeichen der Zufriedenheit von Ihnen auf den Weg nehmen kann?« – Diese Demut, dieser vollkommene gute Wille rührten den Generalstaatsanwalt. – »Gehen Sie«, sagte er, »ich bin Ihrer sicher.«

Jacques Collin verbeugte sich tief und mit der ganzen Unterwürfigkeit des Untergebenen vor seinem Vorgesetzten. Zehn Minuten später hatte Granville die in drei versiegelten, unberührten Päckchen enthaltenen Briefe in seinem Besitz. Aber über der Bedeutung dieser Angelegenheit, über Jacques Collins Beichte hatte er das Versprechen, zu Madame de Sérisy's Heilung beizutragen, vergessen.

Jacques Collin überkam, sobald er im Freien war, ein unglaubliches Gefühl des Wohlseins. Er fühlte sich frei und zu einem neuen Leben geboren; er ging rasch vom Justizpalast bis zur Kirche Saint-Germain des Prés. wo die Messe schon zu Ende war. Der Sarg wurde mit Weihwasser besprengt, und Jacques

Collin war gerade noch rechtzeitig gekommen, um der sterblichen Hülle des so zärtlich geliebten Jungen das christliche Lebewohl zu sagen; dann stieg er in einen Wagen und begleitete die Leiche bis zum Friedhof.

Wenn man von ungewöhnlichen Umständen absieht und natürlich von den ziemlich seltenen Fällen des Ablebens einer Berühmtheit, vermindert sich bei allen Pariser Begräbnissen die Menge, die in die Kirche gekommen ist, in dem Maße, in dem man sich dem Père-Lachaise nähert. Man hat Zeit, sich in der Kirche sehen zu lassen, aber jeder hat seine Geschäfte und geht ihnen so bald wie möglich wieder nach. Daher waren denn auch von den zehn Trauerwagen keine vier besetzt. Als der Leichenzug am Père-Lachaise anlangte, bestand das Gefolge nur noch aus etwa einem Dutzend Leuten, unter denen sich Rastignac befand. »Das nenne ich ›ihm‹ treu sein«, sagte Jacques Collin zu seinem alten Bekannten. Rastignac tat eine überraschte Bewegung, als er Vautrin hier gewahrte. »Seien Sie ruhig«, sagte der ehemalige Pensionsgast der Madame Vauquer, »Sie haben allein schon dadurch, daß ich Sie hier sehe, an mir einen Sklaven. Meine Unterstützung ist nicht zu verachten; ich bin, oder ich werde mächtiger denn je. Sie haben den Wind genutzt, Sie sind sehr geschickt gewesen; aber Sie werden mich vielleicht einmal nötig haben, ich werde Ihnen immer zur Verfügung stehen.« – »Aber was haben Sie denn vor?« – »Der Lieferant des Zuchthauses statt sein Mieter zu sein«, sagte Jacques Collin. Rastignac machte eine Bewegung des Widerwillens. »Ja, und wenn Sie bestohlen würden . . .?« Rastignac schritt rascher aus, um von Jacques Collin loszukommen. »Sie wissen nicht, in welche Lage Sie einmal geraten können.«

Der Zug war an der Grube angelangt, die neben Esthers Grab ausgehoben worden war. »Zwei Geschöpfe, die einander geliebt haben und glücklich gewesen sind!« sagte Jacques Collin; »jetzt sind sie vereint. Es ist immer noch ein Glück, wenn man gemeinsam verwesen kann. Auch ich werde mich hierher legen lassen.«

Als Luciens Leiche in die Grube hinabgelassen wurde, fiel Jacques Collin starr und ohnmächtig zu Boden. Dieser so starke Mensch konnte das leichte Aufschlagen der Erde nicht vertragen, die die Totengräber hinabschaufelten, um dann zu kommen und um ihr Trinkgeld zu bitten. In diesem Augenblick erschienen zwei Agenten der Sicherheitspolizei, erkannten Jacques Collin, ergriffen ihn und trugen ihn in eine Droschke.

»Worum handelt es sich denn jetzt wieder . . .?« fragte Jacques Collin, als er wieder zu sich gekommen war und sich im Wagen umgeblickt hatte. Er gewahrte sich zwischen zwei Polizeiagenten, von denen der eine ausgerechnet Ruffard war; daher warf er ihm einen Blick zu, der die Seele des Mörders bis zum Geheimnis der Gonore durchforschte. – »Darum, daß der Generalstaatsanwalt nach Ihnen gefragt hat«, antwortete Ruffard, »daß Sie überall gesucht und erst auf dem Friedhof gefunden wurden, wo Sie gerade einen Kopfsprung in das Grab dieses jungen Mannes hatten machen wollen.« Jacques Collin bewahrte einen Augenblick Schweigen. – »Läßt Bibi-Lupin mich suchen?« fragte er den andern Agenten. – »Nein, Monsieur Garnery hat uns auf die Suche geschickt.« – »Hat er Ihnen nichts gesagt?« Die beiden Agenten blickten einander an und berieten sich durch ein ausdrucksvolles Mienenspiel. »Heraus mit der Sprache! Wie hat er Ihnen den Befehl erteilt?« – »Er hat uns befohlen«, antwortete Ruffard, »Sie schleunigst aufzustöbern, und er hat gesagt, Sie seien in der Kirche Saint-Germain des Prés; aber wenn der Leichenzug die Kirche schon verlassen hätte, seien Sie auf dem Friedhof.« – »Hat der Generalstaatsanwalt nach mir verlangt . . .?« – »Vielleicht.« – »So ist es«, erwiderte Jacques Collin; »er braucht mich . . .«

Und er versank wieder in sein Schweigen, was die beiden Agenten sehr beunruhigte. Gegen halb drei trat Jacques Collin in Monsieur de Granvilles Arbeitszimmer, und dort erblickte er eine neue Persönlichkeit, nämlich Granvilles Vorgänger, den Grafen Octave de Bauvan, den einen der Präsidenten des Kassationsgerichts.

»Sie haben vergessen, in welcher Gefahr Madame de Sérisy sich befindet; Sie hatten mir versprochen, sie zu retten.« – »Fragen Sie, Herr Generalstaatsanwalt«, sagte Jacques Collin und winkte die beiden Agenten herein, »in welchem Zeitraum diese Kerle mich gefunden haben.« – »Bewußtlos, Herr Generalstaatsanwalt, am Rand des Grabes des jungen Mannes, der beerdigt wurde.« – »Retten Sie Madame de Sérisy«, sagte Monsieur de

Bauvan, »und Sie sollen alles haben, was Sie verlangen.« – »Ich verlange nichts«, erwiderte Jacques Collin; »ich habe mich auf Gnade und Ungnade ergeben, und der Herr Generalstaatsanwalt hat vermutlich ...« – »Sämtliche Briefe!« sagte Granville; »aber Sie haben mir versprochen, Madame de Sérisy vor dem Wahnsinn zu retten. Können Sie das? Ist es nicht nur Prahlerei?« – »Ich hoffe es zu können«, antwortete Jacques Collin bescheiden. – »Dann kommen Sie mit mir«, sagte Graf Octave. – »Nein, Herr Graf«, sagte Jacques Collin, »ich setze mich nicht in denselben Wagen wie Sie und neben Sie ... Ich bin noch immer ein Sträfling. Wenn ich den Wunsch habe, der Justiz zu dienen, möchte ich nicht damit anfangen, daß ich ihr Schande mache ... Gehen Sie zur Frau Gräfin, ich komme einige Zeit nach Ihnen ... Melden Sie ihr Luciens besten Freund, den Abbé Carlos Herrera ... Das Vorgefühl meines Besuches wird notwendigerweise Eindruck auf sie machen und die Krisis günstig beeinflussen. Sie werden mir nachsehen, daß ich noch einmal die lügnerische Maske des spanischen Kanonikus anlege: es geschieht, um einen so großen Dienst zu erweisen!« – »Ich werde Sie dort gegen vier Uhr treffen«, sagte Monsieur de Granville, »ich muß jetzt mit dem Justizminister zum König.«

Jacques Collin ging wiederum zu seiner Tante, die auf dem Quai aux Fleurs auf ihn wartete. »Nun«, fragte sie, »du hast dich also dem Storch ausgeliefert?« – »Ja.« – »Das ist gewagt!« – »Nein, ich hatte dem armen Théodore das Leben versprochen, und er wird begnadigt.« – »Und du?« – »Ich, ich werde, was ich sein muß! Alle unsere Leute werden auch weiterhin vor mir zittern! Aber wir müssen ans Werk! Geh und sage Paccard, er soll sich beeilen, so sehr er kann, und Europa soll meine Befehle ausführen.« – »Das ist eine Kleinigkeit; ich weiß schon, wie es mit der Gonore zu machen ist ...!« sagte die furchtbare Jacqueline. »Ich habe meine Zeit nicht damit vergeudet, hier zwischen den Nelken herumzustehen!« – »Die Ginetta, das korsische Mädchen, muß bis morgen gefunden sein«, erwiderte Jacques Collin lächelnd zu seiner Tante. – »Dazu müßte man ihre Spur haben.« – »Die bekommst du durch Manon-la-Blonde«, antwortete Jacques. – »Also genug zu tun für heute abend!« sagte die Tante. »Du hast es eiliger als ein Hahn ... Springt denn was dabei heraus?« – »Ich will durch meine ersten Streiche Bibi-Lupins beste übertreffen. Ich habe eine kleine Unterredung mit dem Scheusal gehabt, das mir Lucien ums Leben gebracht hat, und ich lebe nur noch, um mich an ihm zu rächen. Wir werden, dank unsern beiden Stellungen, die gleichen Waffen haben und den gleichen Schutz! Ich werde mehrere Jahre brauchen, bis ich den Schuft zu fassen bekomme; aber der Stoß soll ihn mitten in die Brust treffen.« – »Er dürfte dir ganz dasselbe versprochen haben«, sagte die Tante, »er hat nämlich Peyrades Tochter bei sich aufgenommen, du weißt doch, die Kleine, die wir an Madame Nourrisson verkauft haben?« – »Das erste, was wir zu tun haben, ist, daß wir ihm einen Bedienten aussuchen.« – »Das wird schwer halten, er dürfte sich darin auskennen!« sagte Jacqueline. »Los jetzt, der Haß erhält einen lebendig! Ans Werk!«

Jacques Collin nahm eine Droschke, fuhr sofort nach dem Quai Malaquais und wollte in das kleine Zimmer gehen, das er bewohnte und das mit Luciens Wohnung nicht zusammenhing. Der Portier, der sehr erstaunt war, ihn wiederzusehen, wollte ihm von den Ereignissen erzählen, die sich inzwischen zugetragen hatten. – »Ich weiß alles«, sagte der Abbé zu ihm. »Trotz meines geistlichen Standes bin ich hineingezogen worden; aber durch das Eingreifen des spanischen Gesandten haben sie mich wieder in Freiheit gesetzt.«

Und er stieg schnell in sein Zimmer hinauf, wo er aus dem Einband eines Breviers den Brief hervorzog, den Lucien an Madame de Sérisy geschrieben hatte, als er bei ihr in Ungnade gefallen war, weil sie ihn in der Italienischen Oper mit Esther zusammen gesehen hatte.

In seiner Verzweiflung hatte Lucien die Absendung jenes Briefs unterlassen, weil er sich auf alle Zeit für verloren gehalten hatte. Aber Jacques Collin hatte dieses Meisterwerk gelesen, und da ihm alles, was Lucien schrieb, heilig war, hatte er den Brief um des poetischen Ausdrucks dieser Liebe aus Eitelkeit willen in seinem Brevier versteckt. Als Monsieur de Granville ihm dann von dem Zustand gesprochen hatte, in dem Madame de Sérisy sich befand, hatte dieser tiefgründige Mensch sich mit Recht gesagt, daß die Verzweiflung und der Wahnsinn der großen Dame von dem Zerwürfnis herrühren könnten, das sie zwischen sich und Lucien hatte bestehen lassen. Er kannte die Frauen, wie die Richter die Verbrecher kennen; er erriet die geheimsten Regungen ihrer Herzen, und er hatte sich auf der Stelle gesagt, daß die Gräfin Luciens Tod zum Teil ihrer eigenen Strenge zuschrieb und sich bittere Vorwürfe machte. Offenbar wäre ein Mann, meinte sie, den sie mit Liebe überschüttete, nicht aus dem Leben geschieden. Wenn sie erfuhr, daß sie trotz ihrer Strenge immer noch geliebt worden sei, konnte ihr das die Vernunft zurückgeben.

Wenn Jacques Collin für die Sträflinge ein großer General war, so muß man zugeben, daß er ein nicht minder großer Seelenarzt war. Es bedeutete zugleich eine Schmach und eine Hoffnung, als dieser Mann die Räumlichkeiten des Palais Sérisy betrat. Mehrere Personen, der Graf und die Ärzte, saßen in dem kleinen Salon, der vor dem Schlafzimmer der Gräfin lag; aber um der Ehre willen schickte der Graf de Bauvan alle weg, so daß er mit seinem Freund allein blieb. Es war ohnehin schon ein empfindlicher Schlag für den Vizepräsidenten des Staatsrates, für ein Mitglied des Geheimen Rates, als er diese düstere, unheimliche Persönlichkeit hereinkommen sah.

Jacques Collin hatte sich umgekleidet, er trug Hose und Rock aus schwarzem Tuch, und sein Schritt, seine Blicke, seine Gesten, alles war von vollendetem Anstand. Er verbeugte sich vor den beiden Staatsmännern und fragte, ob er in das Schlafzimmer der Gräfin eintreten dürfe.

»Sie erwartet Sie voller Ungeduld«, sagte de Bauvan. – »Voller Ungeduld . . .? Dann ist sie gerettet«, sagte der furchtbare Beschwörer. In der Tat öffnete Jacques Collin nach einer halbstündigen Besprechung die Tür und sagte: »Kommen Sie, Herr Graf, Sie haben keine schlimme Wendung mehr zu befürchten.«

Die Gräfin hielt den Brief an ihr Herz gedrückt; sie war ruhig und schien mit sich selbst ausgesöhnt zu sein. Bei diesem Anblick vermochte der Graf eine Geste des Beglücktseins nicht zu unterdrücken.

Das sind nun also die, die über unsere Geschicke und die der Völker entscheiden! dachte Jacques Collin achselzuckend, als die beiden Freunde eingetreten waren. Der unwillige Seufzer eines Weibchens kehrt ihnen den Verstand um wie einen Handschuh!

Durch einen Blick verlieren sie den Kopf! Ein Rock wird ein bißchen höher oder tiefer gehalten, und sie laufen verzweifelt durch ganz Paris. Die Launen einer Frau wirken sich auf den ganzen Staat aus! Oh, wieviel Kraft gewinnt der Mann, wenn er sich, wie ich, dieser kindischen Tyrannei, dieser von der Leidenschaft gestürzten Redlichkeit, diesen treuherzigen Bosheiten, diesen Heimtücken entzogen hat, die wie die der Wilden sind. Die Frau ist und bleibt mit ihrem Henkergenie und ihren Foltertalenten das Verhängnis des Mannes. Generalstaatsanwalt und Minister, da werden sie alle blind und verdrehen alles um der Briefe einer Herzogin oder eines kleinen Mädchens oder um der klaren Vernunft einer Frau willen, die mit ihrem Verstand nur noch wahnsinniger sein wird, als sie es ohne ihn war. Er begann überheblich zu lächeln. Und, sagte er sich, sie glauben mir, sie handeln auf meine Enthüllungen hin und werden mich in meiner Stellung belassen! Ich werde auch weiterhin über die Welt herrschen, die mir seit fünfundzwanzig Jahren gehorcht . . .

Jacques Collin hatte die äußerste Macht eingesetzt, die er einst über die arme Esther besessen hatte; denn er verfügte, wie man viele Male gesehen hat, über jene Wortgewalt, jene Blicke und Gesten, die die Wahnsinnigen zähmen, und er hatte Lucien als einen geschildert, der das Bild der Gräfin mit sich hinübergenommen hätte.

Keine Frau widersteht dem Gedanken, sie sei die einzige Geliebte gewesen. »Sie haben keine Rivalin mehr!« das war das letzte Wort dieses kalten Spötters gewesen.

Eine volle Stunde lang blieb er vergessen in jenem Salon. Monsieur de Granville kam und fand ihn düster dastehen, versunken in Träumereien, wie sie jene überkommen mögen, die einen 18. Brumaire[57] in ihrem Dasein hinter sich gebracht haben. Der Generalstaatsanwalt trat an die Schwelle des Schlafzimmers der Gräfin und ging für ein paar Augenblicke hinein; dann kehrte er zu Jacques Collin zurück und fragte ihn: »Bleiben Sie bei ihrer Absicht?« – »Ja, Herr Graf.« – »Nun, dann treten Sie an Bibi-Lupins Stelle, und der Verurteilte Calvi wird begnadigt.« – »Er wird doch nicht nach Rochefort geschickt?« – »Nicht einmal nach Toulon, Sie können ihn in Ihrem Dienst verwenden; aber seine Begnadigung und Ihre Ernennung hängen davon ab, wie Sie sich in den sechs Monaten führen, die Sie Bibi-Lupin zugeteilt werden.«

Innerhalb einer Woche verschaffte der Beigeordnete Bibi-Lupins der Familie Crottat vierhunderttausend Francs wieder und überlieferte Ruffard und Godet der Justiz.

Der Erlös der von Esther Gobseck verkauften Rentenverschreibungen wurde im Bett der Kurtisane gefunden, und Monsieur de Sérisy ließ Jacques Collin die dreihunderttausend Francs anweisen, die ihm in Lucien de Rubemprés Testament vermacht worden waren.

Das von Lucien für Esther und sich geforderte Grabdenkmal gilt als eins der schönsten auf dem Père-Lachaise, und das Grab darunter gehört Jacques Collin.

Nachdem Jacques Collin seine Funktionen etwa fünfzehn Jahre lang ausgeübt hatte, trat er gegen 1845 in den Ruhestand.

Anmerkungen

Vautrins letztes Abenteuer

1 Nach der Thronbesteigung Karls X. schlug Minister Villèle der Kammer einen Gesetzesplan vor, nach dem die Gotteslästerung, also etwa die Entweihung einer Hostie, dem Vatermord gleichgesetzt und entsprechend bestraft werden sollte, nämlich durch Abhacken der Hand und nachfolgende Enthauptung. Während Chateaubriand den Plan bekämpfte, verteidigte der Philosoph und Staatsmann Louis-Gabriel-Ambroise, Vicomte de Bonald (1754 bis 1840), ihn unter der Begründung, er tue nichts, als den Verbrecher vor seinen natürlichen Richter zu schicken. Das Gesetz wurde mit 210 gegen 95 Stimmen angenommen; es fand sich jedoch keine Gelegenheit zu seiner Anwendung.

2 Pichegru, Charles (1761–1804), 1793 Divisionsgeneral, kämpfte erfolgreich in den Niederlanden, besetzte 1795 Amsterdam und nahm 1796 mit seiner Kavallerie die im Eis des Texel eingefrorene holländische Flotte. Am 12. Germinal warf er den Aufstand der Pariser Vorstädte nieder, kehrte zum Heer zurück und besetzte Mannheim. Um jene Zeit knüpfte er Verbindungen zum Prinzen Condé und den Royalisten in Frankreich an. Er begünstigte den Aufstand der Sektionen von 1796, den Bonaparte auf den Stufen von Saint-Roch niederkartätschte. Auch als Mitglied des Rats der Fünfhundert war er in Komplotte verwickelt. Am 18. Fructidor 1798 wurde er verhaftet und nach Sinnamari in Französisch-Guayana deportiert, von wo er entwich. Nach Reisen in Deutschland und England wollte er sich dem Chouanführer Cadoudel anschließen, wurde aber von einem Freund, dem er sich anvertraut hatte, an die Polizei ausgeliefert. Sein Prozeß war noch im Stadium der Voruntersuchung, als Pichegru erdrosselt in seinem Bett aufgefunden wurde.

3 Charles de Brosses (1709–1777), Erster Präsident des Parlaments von Dijon, auch Mitglied der ›Académie des Inscriptions‹. Berühmt geblieben ist er durch seine während einer Italienreise geschriebenen pikanten ›Lettres sur l'Italie‹.

4 Mathieu Molé (1584–1656), Erster Präsident des Pariser Parlamentsgerichts, verhielt sich während der Ersten Fronde unabhängig und tapfer. Bei den Streitigkeiten zwischen der königlichen Autorität und den Parlamentsgerichten verfocht er, unter Lebensgefahr, gleichzeitig die Rechte der Krone und die Privilegien des Richterstands.

5 Schwer übersetzbares Wortspiel; »... tu resteras toute ta vie juge d'instruction sans aucune espèce d'instruction.«

6 Sganarelle: Gestalt in Molières ›Le Médecin malgré lui‹.

7 Mesmer, Friedrich-Anton (1733–1815), deutscher Arzt, Begründer der Theorie des tierischen Magnetismus. Er lehrte eine im ganzen Kosmos wirkende Urkraft, die vom Menschen ausstrahle und große Intensität annehmen könne. Störungen dieser Kraft äußerten sich als Krankheit, die durch magnetische Striche geheilt werden könne.

8 Moore, Thomas (1799–1852), irischer Dichter, mit Byron befreundet, vernichtete nach dem Tode des Dichters getreu seinem Versprechen dessen Memoiren, benutzte sie aber als Grundlage seiner Byron-Biographie. Starb in geistiger Umnachtung. Moore dichtete zu alten irischen Volksmelodien neue, volksliedhafte Texte, die Shelleys Bewunderung fanden und die ihn, der unausgesetzt neue irische Lieder schuf, zum Nationaldichter machten. Beliebt war seine orientalisierende Versdichtung ›Lalla Rookh‹. Nach seiner Idylle ›The Paradise and the Peri‹ schrieb Schumann sein Oratorium. Seine Dichtung ›The Loves of the Angels‹ nach Genesis 6,2: »Da sahen die Kinder Gottes nach den Töchtern der Menschen, wie sie schön waren, und nahmen zu Weibern, welche sie wollten«, wird von Balzac erwähnt.

9 Maturin, Charles Robert (1782–1824); irischer Dichter von französisch-hugenottischer Abkunft, mit Scott und Byron befreundet, Autor von Dramen und Romanen, darunter der Schauerroman ›Melmoth the Wanderer‹ (1820): die Hauptgestalt ist Miltons Satan, Faust und dem Ewigen Juden verwandt; Melmoth schließt einen Teufelspakt, um in ewiger Jugendfrische zu leben. Maturins ins Französische übersetzte Werke sind von großem Einfluß auf den jungen Balzac gewesen, und noch der reife Meister inspirierte sich in ›Melmoth réconcilié‹ (›Melmoth‹) an dem Roman des Iren, söhnte dessen Helden aber am Schluß mit Gott aus. Bekanntlich nannte Oscar Wilde sich nach seiner Entlassung aus dem Zuchthaus ›Sebastian Melmoth‹.

10 Canalis, Constant-Cyr-Melchior, Baron de, von Balzac erfundene Gestalt der ›Comédie Humaine‹.

11 Yemelka Pugatscheff (1726–1773), Don-Kosak, brachte einen Aufstand der Ural-Kosaken zuwege, indem er sich für den Zaren Peter III. ausgab, den seine Gemahlin, die Zarin Katharina, hatte ermorden lassen. Er sah jenem Zaren ähnlich. Nach großen Anfangserfolgen wurde er vom Fürsten Galitzin, dann vom Grafen Panin besiegt, gefangengenommen und später enthauptet.

12 Louvel, Louis-Pierre (1783–1820), plante seit 1814, das gesamte französische Königshaus auszurotten. 1815 ließ er sich ein als Mordinstrument geeignetes Messer anfertigen. Am 13. Februar 1820 ermordete er auf der Freitreppe der Oper den Herzog von Berry, den einzigen Fürsten, den er der Erzeugung eines Thronerben fähig hielt. Obwohl der sterbende Herzog um Gnade für seinen Mörder gebeten hatte, wurde Louvel zum Tode verurteilt und hingerichtet. Die Witwe des Ermordeten, die Herzogin von Berry, kam wenige Monate später mit einem Knaben nieder, dem Herzog von Bourdeaux, dem späteren Grafen von Chambord, der, als Thronprätendent, von seinen Anhängern Heinrich V. genannt wurde. Das Attentat auf den Herzog von Berry rief eine heftige Welle der Reaktion hervor, die zum Rücktritt des liberal eingestellten Ministeriums Decazes führte.

13 Ximenez, Kardinal (1436–1517), spanischer Staatsmann, Großinquisitor von Toledo.

14 Als am 8. Mai 1842 ein Zug der Eisenbahn Paris–Versailles den Viadukt von Meudon passierte, fingen die Waggons nach einer Entgleisung Feuer. Sie konnten nur von außen durch die Beamten geöffnet werden, die den Schlüssel hatten, und so waren die Verluste an Menschenleben sehr hoch.

15 Es handelt sich um den berühmten Einbruchdiebstahl im ›Cabinet des Antiques‹, durch den im Jahre 1831 antike Münzen von hohem Wert unwiederbringlich verlorengingen, da die Diebe, als sie ergriffen wurden, schon zweitausend Münzen und Medaillen eingeschmolzen hatten. Einige Stücke wurden aus der Seine gefischt, so die ›Opferschale von Reims‹ und das goldene Siegel Ludwigs XII.

16 Anspielung auf den großen Naturforscher und Schriftsteller Georges-Louis Leclerc de Buffon (1707–1788), dessen in glänzendem Stil geschriebene ›Histoire naturelle générale et particulière‹ in 40 Bänden von den Zeitgenossen viel gelesen wurde.

17 Gaunerausdruck für betrügen.

18 An dieser Stelle fügt der Übersetzer Felix Paul Greve folgende Anmerkung ein: »Hier hat eine nicht unbedeutende Partie des Originals ausfallen müssen, da es nicht möglich ist, die Dinge, die Balzac am Argot rühmt, deutsch wiederzugeben; man müßte die Redensarten unübersetzt anführen, was wiederum unnötig ist, weil die folgenden Gespräche ebenfalls in zivilisierterer Sprache gegeben werden mußten.« Wenn der Herausgeber dieser Ausgabe der ›Menschlichen Komödie‹ sich entschloß, jenen nicht von Greve

übersetzten Teil dennoch einzufügen, so geschah dies um der Vollständigkeit willen. Die betreffenden Rotwelsch-Ausdrücke wurden unübersetzt beibehalten; denn sie hätten in ein schwerlich nachweisbares deutsches Rotwelsch übertragen werden müssen, wie es um 1830 im Schwang gewesen ist und das sich von der deutschen Gaunersprache unserer Zeit bedeutsam unterschieden hätte: es wäre für den deutschen Leser genauso unverständlich wie die Argot-Ausdrücke des Originals, die übrigens z. T. von Balzac erläutert werden.

19 Parmentier, Antoine-Augustin (1737–1813), Nationalökonom und Landwirt, führte die Kartoffel in Frankreich ein.

20 Nodier, Charles (1780–1844) schrieb kleine Romane und Novellen mit Neigung zum Phantastischen. Nachdem er unter Napoleon einer Satire wegen verfolgt worden war, wurde er 1824 zum Leiter der Bibliothèque de l'Arsenal ernannt, wo sich seine Freunde, die Dichter der Romantik, um ihn zu versammeln pflegten, darunter Vigny, Musset und Hugo.

21 Aus lateinisch: soror = die Schwester und bonus = gut.

22 Fourier, Charles (1772–1837), Philosoph und Soziologe, dessen Prinzip die Organisation der Arbeit durch Gemeinschaften war. Die praktische Durchführung mißlang 1838 völlig. Seine Theorien mündeten in alberne und groteske Phantastereien.

23 Gemeint ist der Zweite Friede von Paris 1815, der in Frankreich die Monarchie wieder einführte und große soziale Umwälzungen auslöste.

24 Vidocq, François-Eugène (1775–1857), versuchte zunächst, im Heeresdienst weiterzukommen, stürzte sich dann aber in Abenteuer, die ihn mit dem Strafgesetz in Konflikt brachten. Nachdem er bereits einige Delikte begangen hatte, wurde er (wie Balzacs Jacques Collin, dessen Urbild er ist) einer Fälschung wegen, die er für einen Freund begangen hatte, zu einer Zuchthausstrafe verurteilt, brach aus, wurde ergriffen, brach abermals aus, wurde wiederum ergriffen und entwich zum drittenmal. Des Lebens in Ungewißheit und Not satt, bot er 1809 seine Dienste dem Polizeipräfekten Baron Pasquier an, den er dahinbrachte, sich seine Kenntnisse und seine Erfahrungen mit Verbrechern zunutze zu machen. Es wurde ihm eine Ermittlungsbrigade anvertraut, die aus ehemaligen Sträflingen bestand und schließlich auf vierundzwanzig Mann erhöht wurde, als die ihm übertragenen Missionen erfolgreich durchgeführt worden waren. 1827 nahm er seinen Abschied, aber die Untätigkeit behagte ihm nicht, und so gehörte er nach 1830 eine Zeitlang der

politischen Polizei an. Um den neuen Polizeipräfekten Gisquet seiner Wiedereinstellung in den Dienst gewogen zu machen, zog er ein fingiertes Ränkespiel auf, wurde indessen entlarvt. Fortan betrieb er ein privates Auskunftsbüro und starb später im Elend. Zuvor jedoch hatte er seinem Freunde Balzac alle Hintergründigkeiten und Schliche der Geheimen Staats- und der Kriminalpolizei anvertraut. Verschiedene unter seinem Namen erschienene Bücher sind zwar auf Grund seiner Erinnerungen geschrieben worden, aber nicht von ihm selbst.

25 Coignard, Graf de Sainte-Hélène (1779–1831), berühmter Abenteurer, dem es gelang, obwohl er vier Jahre im Zuchthaus gesessen hatte, ins Heer einzutreten und während des Kaiserreichs im Spanienkrieg zum Bataillonschef befördert zu werden. Er heiratete die Witwe eines Emigranten, des Grafen de Sainte-Hélène, legte sich dessen Namen bei, folgte Ludwig XVIII. nach Gent, wurde Oberstleutnant der Seine-Legion und nahm eine hohe gesellschaftliche Stellung ein, die es ihm erlaubte, eine von ihm organisierte Diebesbande mit Weisungen zu versehen. Bei einer Parade wurde er von einem ehemaligen Kettengenossen erkannt, angezeigt und zu lebenslänglichem Zuchthaus verurteilt.

26 John-George Lambdon, Earl of Durham (1792–1840), wurde 1830 in dem liberalen Kabinett Lord Greys Siegelbewahrer und 1838 nach dem dortigen Aufstand Gouverneur von Kanada.

27 Henri Sanson (1767–1840), war der Sohn des Scharfrichters der Französischen Revolution, des Helden der Novelle ›Une Episode sous la Terreur‹ (›Eine Episode aus der Zeit der Schreckensherrschaft‹). Das Amt wurde von der Familie seit 1688 ausgeübt. Der letzte Henker aus diesem Geschlecht wurde 1847 abgesetzt, weil er die Guillotine an ein Leihhaus verpfändet hatte. Die berühmten ›Memoiren‹ der Sansons (an denen Balzac mitgearbeitet hat) sind zum überwiegenden Teil apokryph.

28 Die Cour Saint-Guillaume führte auf die Rue Neuve-Coquenard (die heutige Rue Rodier). Die Stätte wird heute von der Rue Choron überquert.

29 Sanson: vergleiche Anmerkung 27.

30 ›Immer mir‹.

31 ›Immer dir‹.

32 In den glanzvollen Tagen des Kaiserreichs wurden zum erstenmal Kaschmirschals nach Frankreich eingeführt, waren bald in allen Gesellschaftsklassen beliebt und blieben bis zum Ende des Zweiten

Kaiserreichs in Mode. Die echten Schals, Gewebe aus der Wolle der Kaschmirziegen, kamen aus Indien, speziell aus dem Pandschab, und waren sehr teuer. Elegante Damen bezahlten für echte Kaschmirschals mehrere tausend Francs. Noch in den ersten Jahren der Dritten Republik wurde einer Jungvermählten ein Kaschmirschal in die Aussteuer gegeben.

33 Rue Sainte-Barbe: kleine Verbindungsstraße zwischen der Rue Beauregard und dem Boulevard Bonne-Nouvelle, gegenüber dem Gymnase, die heutige Rue Thorel.

34 Das Leprosenhospital Saint-Lazare wurde 1632 an Saint Vincent de Paul gegeben, der dort die Missionspriester unterbrachte. Diese richteten die Baulichkeiten 1681 bis 1684 neu auf. 1794, während der Schreckensherrschaft, wurden dort Gefangene untergebracht: von dort aus trat André Chénier seine Fahrt zur Guillotine an. Seit dem Ersten Kaiserreich dient Saint-Lazare als Frauengefängnis.

34a Name des Schiffes (nach einem antiken Heros), auf dem Napoleon 1815 nach England gebracht wurde.

35 Madame: die Herzogin von Berry.

36 Périer, Casimir (1777–1832), Pariser Bankier, seit 1817 Abgeordneter, gehörte während der Restauration der Opposition an. Im besondern bekämpfte er 1827 das unter dem Ministerium Villèle eingebrachte Gesetz zur Einschränkung der Pressefreiheit. 1830 verhielt er sich zurückhaltend, schloß sich jedoch nach dem Gelingen der Revolution Louis-Philippe an, der ihm die Leitung des Ministeriums anvertraute. Er starb 1832 an der Behandlung, die Broussais ihm angedeihen ließ, als er als choleraverdächtig galt.

37 Mirabeau, Honoré-Gabriel Riquet, Marquis de (1749–1791), der glänzendste Redner der Französischen Revolution, Verfechter der konstitutionellen Monarchie, schrieb seine berühmten ›Lettres à Sophie‹ an Sophie de Monnier.

38 1800 erfand Alessandro Volta (1745–1827) die erste brauchbare Energiequelle, die nach ihm benannte Voltasche Säule. Sie besteht aus einer Zink- und einer Bleiplatte, die in verdünnte Schwefelsäure getaucht werden; dadurch wird eine elektrolytische Zersetzung der Schwefelsäure ausgelöst, die Elektrizität liefert.

39 Canova, Antonio (1757–1822), italienischer Bildhauer des Klassizismus. Er porträtierte u. a. Pauline Bonaparte als Venus.

40 Gaïus Caesar Augustus Germanicus, genannt Caligula (12–41), dritter römischer Kaiser, später geisteskrank, ernannte angeblich sein Pferd zum hohen Beamten; wurde ermordet.

41 Rue Honoré-Chevalier: kleine Verbindungsstraße zwischen der Rue Bonaparte und der Rue Cassette.

42 Pirons Ode: es handelt sich um die ›Ode à Priape‹, die der noch junge Piron (1689–1773) auf Grund einer Wette eines Tages bei Tisch geschrieben hatte; sie war so gewagt, daß der Präsident Bouhier dem Dichter vorschlug, er wolle, um ihm Unannehmlichkeiten zu ersparen, die Verfasserschaft auf sich nehmen.

43 Henri de La Tour d'Auvergne, Vicomte de Turenne (1611–1675), Marschall von Frankreich, berühmter Feldherr im Dreißigjährigen Krieg und in den Kriegen Ludwigs XIV. Er fiel bei Sasbach bei Achern im Badischen.

44 Der Fürst: Armand de Polignac, der Premierminister.

45 Die Wahlen vom Juni und Juli 1830 hatten als Ergebnis eine Mehrheit von 270 Stimmen der liberalen Opposition gegen 145 Stimmen für das Ministerium. Darauf erließen der König und Polignac die berüchtigten ›Juli-Ordonnanzen‹, deren erste die Pressefreiheit aufhob, deren zweite die Kammer für aufgelöst erklärte, und deren dritte ein neues Wahlgesetz befahl. Der Widerstand der Pariser löste die seit langem drohende Revolution aus, die Karl X. den Thron kostete.

46 Régence: im besonderen die Regierungszeit (1715–1723) des Herzogs Philippe d'Orléans während der Minderjährigkeit Ludwigs XV. Politisch betrachtet war jene Epoche eine Reaktion gegen die absolute Herrschaft Ludwigs XIV. Jene Zeit war in besonderem Maße leichtlebig; das Schrifttum der Revolution jedoch hat ihre Immoralität übertrieben geschildert, um dem monarchischen Gedanken zu schaden. – Hier: Du gleichst den Menschen der Régence.

47 Lateinisch: Zu den Vätern.

48 Der Herzog von Otranto: Fouché, der am 25. Dezember 1820 gestorben war.

49 Louvel: siehe Anmerkung 12.

50 Der Fürst der Diplomaten: Talleyrand.

51 ›L'Auberge des Adrets‹, ein dreiaktiges Melodram, Gemeinschaftsarbeit von Benjamin Antier, Saint-Amand und Paulyanthe, wurde am 2. Juli 1823 im Ambigu uraufgeführt und fiel durch. Frédérick-Lemaître, der glänzende Schauspieler der Romantik, bearbeitete das Stück und machte eine Posse daraus. Er selber übernahm die Rolle des Briganten Robert Macaire und stattete sie mit der Durchtriebenheit und Redegewandtheit des Pariser Apachen aus; ähnlich verfuhr er mit der Rolle seines Kollegen Bertrand: beide gediehen

zu satirischen Typen. Fortan wurden Robert Macaire und Bertrand legendäre Persönlichkeiten. Die Karikaturisten griffen die Gestalten des Gaunerpaars auf; Daumier widmete Robert Macaire eine ganze Serie von Lithographien.

52 Die Affäre Montauran spielt in ›Die Königstreuen‹ (›Les Chouans‹) eine Rolle, die Affäre Simeuse in ›Eine dunkle Begebenheit‹ (›Une ténébreuse Affaire‹).

53 Nicomède: Hauptgestalt der Tragödie gleichen Titels von Pierre Corneille (1651).

54 ›Robert Macaire‹: Komödie von Benjamin Antier und Frédérick-Lemaître, Erstaufführung 1834 in den ›Folies Dramatiques‹. Siehe Anmerkung 51.

55 Die Rue de Jérusalem verlief zu Balzacs Zeiten längs der Polizeipräfektur und mündete in die Rue de Nazareth (heute verschwunden). Sie war während der letzten Jahre ihres Bestehens nur eine Sackgasse und verschwand beim Neubau des Südflügels des Justizpalastes.

56 Entspricht im modernen deutschen Schulsystem etwa der Unterprima.

57 Der Tag (9. November 1799), an dem der aus Ägypten zurückgekehrte Bonaparte das Direktorium stürzte.

Biographische Notizen über die Romangestalten

Vautrins letztes Abenteuer

BAUVAN, Octave, Graf de, geboren 1787, hatte 1813 eine Kindheitsfreundin geheiratet: Honorine, die einige Jahre später mit einem Liebhaber durchging. Der verzweifelte Graf unternahm alles Erdenkliche, um sie wiederzufinden und zu sich zurückzuführen. Das gelang ihm um das Jahr 1832; aber Honorine starb bald vor Kummer und an Entkräftung. Bauvan nahm daraufhin seinen Abschied und reiste nach Italien (›Honorine‹).

BIXIOU, Jean-Jacques, geboren 1797, Vetter von Philippe und Joseph Bridau durch seine Großmutter Descoing, bildete in Gros'

Atelier seine Talente als Karikaturist und Spaßvogel aus. Von Beruf war er Beamter im Schatzamt. Nachdem er 1824 die Heirat Philippe Bridaus mit Flore Brazier begünstigt hatte, brachte er vier Jahre später die Ehe, die Philippe mit der Tochter des Grafen de Soulanges schließen wollte, absichtlich zum Scheitern (›Die ‚Fischerin im Trüben‘‹). Seine Beobachtungsgabe und sein satirisches Talent weihten ihn rasch in alle Ränke und Liebeshändel der literarischen Bohème ein (›Verlorene Illusionen‹), und ebenso in diejenigen der Welt der Dirnen (›Tante Bette‹), der Geschäftswelt (›Das Bankhaus Nucingen‹; ›Ein Geschäftsmann‹; ›Gaudissart II‹) und schließlich der Welt der Behörden. Aus der letzteren war er im Dezember 1824 ausgeschieden, nachdem er durch eine bissige Karikatur Xavier Rabourdin gezwungen hatte, seine Stellung als Bürochef im Schatzamt niederzulegen (›Die Beamten‹). Kurzum: gegen Ende der Regierung Louis-Philippes war er der beste Cicerone für Provinzler geworden, die sich in Paris nicht auskannten (›Die Komödianten wider ihr Wissen‹).

BIBI-LUPIN, ehemaliger Sträfling, Chef der Sicherheitspolizei unter dem Namen Gondureau von 1819 bis 1830, hatte 1819, unterstützt durch Mademoiselle Michonneau, in der Pension Vauquer Jacques Collin verhaftet, der sich dort unter dem Namen Vautrin versteckt hielt (›Vater Goriot‹).

BLONDET, Emile, geboren um 1800 in Alençon, war der natürliche Sohn eines ehemaligen Präfekten des Départements Orne und der Adoptivsohn des Richters Blondet, der sich seit 1818 völlig von ihm abgewandt hatte (›Die alte Jungfer‹; ›Das Antiquitätenkabinett‹). In jenem Jahr begab er sich nach Paris und wurde Journalist; da er geistvoll und alles andere als flach war, errang er unschwer Erfolge. Dennoch wurde er durch seinen Lebenswandel als Bohémien zum Mädchen für alles des Zeitschriften- und Zeitungsunternehmers Andoche Finot, unter dem er 1822 mit Lucien de Rubempré zusammenarbeitete (›Verlorene Illusionen‹). Obwohl als Journalist Liberaler, verkehrte er in den Salons der großen Welt, wo er seines Geistes wegen sehr geschätzt wurde, nämlich in dem der Mademoiselle des Touches (›Zweite Frauenstudie‹), dem der Marquise d'Espard (›Die Geheimnisse der Fürstin von Cadignan‹) und auch in dem seiner Kindheitsfreundin (›Das Antiquitätenkabinett‹) Virginie de Troisville, die Gräfin de Montcornet geworden war (›Eine Evastochter‹). Bei dieser hatte er auf ihrem Gut Les Aigues in Burgund den Sommer 1823 verbracht; er heiratete sie um 1840, als sie Witwe geworden war. Damals war er gerade zum Präfekten ernannt worden (›Die Bauern‹; ›Das Antiquitätenkabinett‹).

COLLIN, Jacques, geboren 1779, bei den Oratorianern erzogen, begann seine Laufbahn als Verbrecher, indem er die Schuld an einer von einem Freund begangenen Fälschung auf sich nahm. Das brachte ihn von 1810 bis 1815 ins Zuchthaus. Er entwich und hielt sich in Paris unter dem Namen Vautrin in der Familienpension der Madame Vauquer verborgen. In jener Pension lernte er den jungen Eugène de Rastignac kennen, interessierte sich für ihn, versuchte, ihn zu seinen anarchistischen Auffassungen zu bekehren und ihm seine Protektion aufzuzwingen, indem er ihm das Vermögen vorgaukelte, das ihm seine Heirat mit Victorine Taillefer einbringen würde; deren Bruder ließ er durch den Oberst Franchessini töten. Unwillig wies Rastignac dies unwürdige Bündnis zurück. Am andern Tage wurde Vautrin durch Mademoiselle Michonneau, gleichfalls einem Gast der Pension Vauquer, an die Polizei ausgeliefert, durch Bibi-Lupin verhaftet und abermals ins Zuchthaus gebracht (›Vater Goriot‹). 1823 brach er wiederum aus und durchreiste unter dem Namen eines Abbé Carlos Herrera Frankreich; an den Ufern der Charente begegnete er Lucien de Rubempré, der zum Selbstmord entschlossen war. Er flößte ihm neuen Lebensmut ein, bezahlte ihm seine Schulden und trieb ihn zur Eroberung der Macht und der großen Welt an (›Verlorene Illusionen‹).

COLLIN, Jacqueline, ging unter der Regierung Louis-Philippes ihrem Doppelgewerbe als Modistin und Kupplerin nach (›Die Komödianten wider ihr Wissen‹). 1839 verschaffte sie Hector Hulot Madame Marneffe (›Tante Bette‹).

CONTENSON, der Polizeispitzel, war kein anderer als Bernard-Polydor Bryon, Baron des Tours-Minières, geboren um 1772. Während der Revolution und unter dem Kaiserreich hatte er lebhaften Anteil an den royalistischen Verschwörungen und Aufständen genommen. 1809 schien er sich der Aufstandsbewegung im Westen angeschlossen zu haben; dort komprimittierte er schwer seine junge Frau Henriette Le Chantre de la Chanterie und verschwand. Dann verkaufte er unter dem Namen Lemarchand der kaiserlichen Polizei alle Fäden der Verschwörung und lieferte seine Frau der Justiz aus. Damals nahm er den Decknamen Contenson an und wurde Spitzel der Sicherheitspolizei (›Die Kehrseite der Zeitgeschichte‹).

CORENTIN, geboren 1777 in Vendôme, war sicherlich der natürliche Sohn Fouchés, der ihn schon frühzeitig in seiner Polizei beschäftigte. 1799 begleitete und überwachte er in der Gegend von Fougères die schöne Marie de Verneuil, die den Auftrag hatte, Alphonse de Montauran, den Führer der aufständischen Chouans, zu verführen und den republikanischen Armeen auszuliefern. Der Tod der beiden Liebenden war sein erster Triumph (›Die Königstreuen‹). 1803 hatte er zusammen mit Peyrade im Département Aube eine heikle politische Mission durchzuführen; bei dieser Gelegenheit kränkte er ungerechterweise die Würde der Mademoiselle de Saint-Cygne, die ihm mit der Reitpeitsche ins Gesicht schlug. Fünf Jahre später gelang es ihm, sich für diese Beleidigung zu rächen, indem er durch seine Machenschaften das junge Mädchen und dessen Vettern d'Hauteserre und de Simeuse in die Affäre der Entführung des Senators Malin de Gondreville verstrickte (›Eine dunkle Begebenheit‹). Nach Peyrades Tod nahm Corentin Lydie, die Tochter seines alten Freundes, bei sich auf und bezog mit ihr unter dem Namen du Portail eine Wohnung in der Rue Honoré-Chevalier. 1840 gelang es ihm, die Geisteskranke zu heilen und sie mit Théodose de la Peyrade zu verheiraten, dem Neffen des ehemaligen Polizeispitzels. Er hatte den Plänen dieses intriganten Heuchlers, zu Vermögen zu gelangen, entgegengearbeitet, und er sicherte ihm die Nachfolge in seinen hohen Funktionen bei der Geheimpolizei (›Die Kleinbürger‹).

ESPARD, Jeanne-Clémentine-Athénaïs de Blamont-Chauvry, Marquise d', geboren 1793, heiratete sehr jung den Marquis d'Espard, der sie 1816 verließ, um getrennt von ihr mit seinen Kindern zu leben, weil der zänkische, egoistische und tyrannische Charakter seiner Frau ihn abstieß. Die Marquise versuchte, sich dadurch zu rächen, daß sie einen Entmündigungsprozeß gegen ihren Mann anstrengte (›Die Entmündigung‹). Der Plan mißlang. Obwohl sie sehr mondän war und während der Restauration der Herzogin von Maufrigneuse das Zepter der Mode streitig gemacht hatte, war die Marquise d'Espard prüde und sittenstreng, freilich mehr aus Stolz und Herzenshärte als aus Tugend. Nachdem sie 1822 der Madame de Bargeton Lucien de Rubempré ausgespannt hatte (›Verlorene Illusionen‹), beleidigte sie 1840 in aller Öffentlichkeit Béatrix de Rochefide, die die Geliebte Calystes du Guénic geworden war (›Béatrix‹); andererseits hatte sie 1835 versucht, aus Eifersucht Madame Félix de Vandenesse Raoul Nathan in die Arme zu treiben (›Eine Evastochter‹) und die Fürstin von Cadignan, ihre beste Freundin, bei Daniel d'Arthez anzuschwärzen, der in die Fürstin verliebt war (›Die Geheimnisse der Fürstin von Cadignan‹).

FINOT, Andoche, Sohn eines Hutmachers, debütierte 1818 als Publizist durch die Abfassung des Werbesprospekts für das Haaröl, das der Parfümfabrikant Birotteau (›César Birotteau‹) erfunden hatte. Zwei Jahre später leitete er eine kleine Theaterzeitschrift, bei der Philippe Bridau als Kassierer angestellt war (›Die ‚Fischerin im Trüben‘‹) und an der 1822 Blondet, Lousteau und Lucien de Rubempré mitarbeiteten; der letztere rückte sofort an die erste Stelle. Übrigens verstand Finot sich trefflich auf die Ausbeutung seiner Redakteure (›Verlorene Illusionen‹). 1824 führte er eine Pressefehde gegen Baudoyer durch, den Rivalen Rabourdins bei der Besetzung einer Direktorenstelle im Finanzministerium (›Die Beamten‹); bis gegen Mitte der Regierungszeit Louis-Philippes hielt Finot seine Geltung in der Welt der Schauspielerinnen (›Ein Lebensbeginn‹), der Journalisten und der rührigen Geschäftsleute aufrecht (›Der berühmte Gaudissart‹; ›Das Bankhaus Nucingen‹).

GRANDLIEU, Ferdinand, Herzog von, war unter dem Konsulat und dem Kaiserreich wieder zu Vermögen und einer hohen Stellung gelangt, trat 1809 beim Fürsten Talleyrand für die Herren d'Hauteserre und de Simeuse ein, die zu Unrecht in die Affäre der Entführung des Senators Malin de Gondreville einbezogen worden waren (›Eine dunkle Begebenheit‹). 1818 nahm er an dem Familienrat teil, der Antoinette de Langeais daran zu hindern suchte, daß sie sich kompromittierte, indem sie ihre Liebe zum Marquis de Montriveau offenkundig machte (›Die Herzogin von Langeais‹).

GRANDLIEU, geborene d'Ajuda, Herzogin von, hatte um 1838 nicht geringeren Kummer um ihre vorletzte Tochter Sabine, als sie ihn 1830 um Clotilde gehabt hatte. Sabine war mit Calyste de Guénic verheiratet und stand in Gefahr, von ihrem Mann verlassen zu werden. Es bedurfte der ganzen Frömmigkeit und Geschicklichkeit der Herzogin, die von ihrem Beichtvater Abbé Brosette und Maxime de Trailles unterstützt wurde, Calyste von Béatrix loszulösen (›Béatrix‹). Die Herzogin von Grandlieu schmollte nicht mit der Juli-Regierung: nach der Revolution von 1830 führte sie sogleich wieder ein großes Haus.

GRANVILLE, Graf de, Generalstaatsanwalt, geboren um 1779, debütierte in den ersten Jahren des Kaiserreichs als Anwalt; 1809 verteidigte er Michu in der Affäre der Entführung des Senators Malin de Gondreville (›Eine dunkle Begebenheit‹). Dann gelangte er durch Cambacérès' Protektion in die kaiserliche Staatsanwaltschaft. Er heiratete seine Kindheitsfreundin Angélique Bomtems, deren lächerliche Bigotterie ihn aus dem Hause trieb und ihn Trost in einer außerehelichen Liebschaft suchen ließ. Sein Verhältnis mit Caroline Crochard endete schmerzlich: Caroline brannte mit einem andern Liebhaber durch, und der Sohn, den er von ihr hatte, wurde ein Übeltäter (›Eine doppelte Familie‹). Der Graf de Granville konnte zu seiner Freude in den ersten Regierungsjahren Louis-Philippes seine beiden legitimen Töchter gut verheiraten (›Eine Evastochter‹); durch seine Zuneigung half er Freunden, die an dem gleichen Kummer wie er litten: Philippe de Suzy (›Lebwohl‹) sowie de Sérisy und Octave de Bauvan (›Honorine‹). Während der Restauration war Granville zu den höchsten Justizämtern aufgestiegen; die Juli-Regierung beließ sie ihm: um 1840 wurde er Pair von Frankreich (›Vetter Pons‹).

MAUFRIGNEUSE, Diane d'Uxelles, Herzogin von, geboren 1796; schwang das Zepter der Mode während der Restauration und der ersten Jahre der Juli-Monarchie. Die Liebschaften dieser vollkommenen, anbetungswürdigen Célimène lassen sich nicht zählen. Bei einigen kam es zu dramatischen Umschwüngen, so bei der, die sie um 1828 mit Victurien d'Esgrignon unterhielt: der junge Edelmann ruinierte sich um ihretwillen und beging schließlich Fälschungen, die ihn vors Schwurgericht gebracht hätten, wenn die Herzogin sich nicht eingeschaltet und seine Ehre gerettet hätte (›Das Antiquitätenkabinett‹). Schließlich verliebte sich die Herzogin von Maufrigneuse, die nach dem Tod ihres Schwiegervaters Fürstin von Cadignan geworden war, in den großen legitimistischen Schriftsteller Daniel d'Arthez und wußte ihm einzureden, alle über ihre Liebeshändel umlaufenden Gerüchte seien pure Verleumdung. Von dieser letzten Liebschaft an brachte sie sich nicht mehr ins Gerede (›Die Geheimnisse der Fürstin von Cadignan‹).

PEYRADE (eigentlich de la Peyrade), geboren um 1758, trat 1778 in den Polizeidienst ein und zeichnete sich 1803 gelegentlich einer Nachforschung bei der Familie de Simeuse aus, die er gemeinsam mit Corentin unternahm. 1809 verwickelte er, gleichfalls gemeinschaftlich mit Corentin, Mademoiselle de Saint-Cygne und deren Vettern de Simeuse und d'Hauteserre in die Affäre der Entführung des Senators Malin de Gondreville (›Eine dunkle Begebenheit‹).

PEYRADE, Lydie de la, wurde von Corentin aufgenommen, der für sie sorgte und sie 1840 mit ihrem Vetter Théodose de la Peyrade verheiratete. Durch diese Heirat gesundete die arme Geisteskranke.

RASTIGNAC, Eugène, Baron, später Graf de, geboren zu Rastignac 1797, kam 1819 nach Paris, um Jura zu studieren, wohnte in der Pension der Madame Vauquer, wo er Horace Bianchon und den Vater Goriot kennenlernte, den er über die Undankbarkeit seiner

Töchter zu trösten versuchte; zugleich wurde er mit Jacques Collin bekannt, der sich unter dem Namen Vautrin in jener Pension verborgen hielt und ihm vergebens seinen Schutz aufzudrängen versuchte. Um jene Zeit tat Rastignac seine ersten Schritte in die große Welt und wurde der ausgehaltene Liebhaber der Madame de Nucingen, einer der Töchter des Vaters Goriot (›Vater Goriot‹). 1821 lernte Rastignac in Paris Lucien de Rubempré kennen; dieser war damals mit Madame de Bargeton befreundet, die durch Rastignac weidlich verspottet wurde. 1828 versuchte Rastignac, der der Madame de Nucingen überdrüssig war, der Marquise d'Espard zu gefallen (›Die Entmündigung‹) und vielleicht auch der Madame de Listomère (›Eine Frauenstudie‹); 1831 gedachte er sich mit einer Elsässerin zu verheiraten (›Das Chagrinleder‹). Schließlich heiratete er 1838 Augusta de Nucingen, die Tochter seiner einstigen Geliebten, die er erst 1835 endgültig verlassen hatte (›Tante Bette‹). Nach der Juli-Revolution wandte er sich unter der Schirmherrschaft de Marsays, der damals Minister war, der Politik zu und wurde sein Unterstaatssekretär (›Die Geheimnisse der Fürstin von Cadignan‹; ›Eine Evastochter‹; ›Eine dunkle Begebenheit‹), ohne indessen auf die Freundschaft mit Nucingen zu verzichten, der ihn 1826 an dem fingierten Bankrott der Bergwerke von Wortschin mit Gewinn beteiligt hatte (›Das Bankhaus Nucingen‹). Nachdem Rastignac 1845 Minister gewesen war, besaß er 300 000 Francs Einkünfte und wurde zum Pair von Frankreich ernannt (›Die Komödianten wider ihr Wissen‹).

RUBEMPRÉ, Lucien Chardon de, geboren 1800 in Angoulême, war der Sohn eines Militärarztes der republikanischen Armeen und einer Demoiselle de Rubempré. Des ärmlichen Lebens überdrüssig, das er in einer Vorstadt von Angoulême, betreut von seinem Schwager, dem Ingenieur David Séchard, führen mußte, verliebte Lucien, der sich Dichter glaubte, sich in eine adlige, literaturbegeisterte Provinzlerin, Madame de Bargeton, entführte sie, ging mit ihr nach Paris und verließ sie sehr bald auf Anstiften ihrer Kusine, der Marquise d'Espard. Zunächst glaubte er, er könne es einzig durch sein Talent zu Ruhm und Vermögen bringen; dabei wurde er durch den Kreis ermutigt, dem Daniel d'Arthez vorstand. Aber die Schwierigkeiten schreckten ihn ab; seine leicht errungenen Erfolge im liberalen Journalismus demoralisierten ihn noch mehr; er verliebte sich in die Schauspielerin Coralie, von der er sich aushalten ließ. Durch ein politisches Manöver geriet er in bitterste Not; Coralie starb, und Lucien brach zu Fuß und mittellos nach Angoulême auf. In seiner Vaterstadt trugen seine Geckenhaftigkeit und seine Unklugheiten zum Ruin seines Schwagers bei. Verzweifelt floh er, wollte sich ins Wasser stürzen und begegnete dem Kanonikus Herrera, der ihm neuen Lebensmut einflößte, ihm seine Schulden bezahlte und sich anheischig machte, ihn zu Vermögen gelangen zu lassen (›Verlorene Illusionen‹).

SÉCHARD, David, ehemaliger Schulkamerad Luciens de Rubempré, Drucker in Angoulême, hatte Luciens Schwester Eve Chardon geheiratet. Die Heirat mit der Mittellosen, Luciens Verschwendungssucht (er hatte Wechsel auf den Schwager gezogen), Séchards Forschungen auf dem Gebiet der Papierherstellung und der unlautere Wettbewerb der Gebrüder Cointet brachten Séchard dem Konkurs nahe. Er verkaufte sein Fabrikationsgeheimnis an die Cointets und zog sich mit seiner Frau auf das kleine Gut Marsac zurück, das er von seinem Vater geerbt hatte (›Verlorene Illusionen‹).

SÉRISY, Léontine de Ronquerolles, Gräfin de, geboren um 1784. Ehe sie den Grafen de Sérisy heiratete, den sie nie geliebt hat, war sie bereits mit dem republikanischen General Gaubert verheiratet gewesen (›Ein Lebensbeginn‹). Zur Zeit der Restauration war sie die Rivalin der größten Damen; sie huldigte dabei den freien Auffassungen der Régence-Zeit und hatte mehr Liebhaber, als ihr Mann ihr aus Liebe und Schwäche zugestand, darunter Victor d'Aiglemont (›Die Frau von dreißig Jahren‹).

VAL-NOBLE, Suzanne, genannt Madame de, geboren um 1800, war eine kleine Wäscherin in Alençon, die sich auf den Rat des Chevalier de Valois und mit dem Geld du Bousquiers schon früh einem leichtfertigen Lebenswandel widmete (›Die alte Jungfer‹). Während der Restauration hatte sie in Paris große Erfolge (›Verlorene Illusionen‹; ›Die ‚Fischerin im Trüben'‹). 1838 heiratete sie schließlich Théodore Gaillard, einen ihrer ehemaligen Liebhaber (›Béatrix‹; ›Die Komödianten wider ihr Wissen‹).

VERNOU, Félicien, Journalist ohne Talent und Charakter, schrieb bis gegen Ende der Regierungszeit Louis-Philippes für Zeitungen (›Die ‚Fischerin im Trüben'‹; ›Verlorene Illusionen‹; ›Eine Evastochter‹; ›Tante Bette‹).

Die Geheimnisse der Fürstin von Cadignan

Übertragung von Felix Paul Greve. Bearbeitet von Ernst Sander

Die Novelle ›Les Secrets de la Princesse de Cadignan‹ ist im Juni 1839 in Balzacs Villa ›Les Jardies‹ entstanden. Der Erstabdruck erfolgte vom 20. bis 26. August 1839 in der Zeitung ›La Presse‹, deren Feuilleton Théophile Gautier leitete. Das Werk führte zunächst den Titel ›Une Princesse Parisienne‹. Unter diesem Titel erschien es 1840 erstmals in einem Sammelband ›Le Foyer de l'Opéra‹, diesmal mit einer kurzen Widmung an Théophile Gautier versehen. 1844 wurde es unter seinem endgültigen Titel in die ›Scènes de la Vie Parisienne‹ eingegliedert. – Über die Entstehung des Werks berichtet Balzac, der um jene Zeit durch einen Sturz in seinem Garten zur Bewegungslosigkeit für mehrere Wochen verurteilt war, in einem Brief an Mme Hanska vom 15. Juli 1839. In jenem Brief bezeichnet er die Heldin der Novelle, die ehemalige Herzogin von Maufrigneuse, jetzige Fürstin von Cadignan, mit einem Wort der Mme de Girardin (die unter ihrem Mädchennamen Delphine Gay 1836 eine Novelle über Balzacs berühmten Spazierstock, ›La Canne de Monsieur Balzac‹, hatte erscheinen lassen) als eine ›Célimène amoureuse‹: er spielt damit auf die herzlose weibliche Hauptgestalt von Molières ›Le Misanthrope‹ an. – Der Dichter Théophile Gautier (1811–1872), dem Balzac seine Novelle widmete, wollte ursprünglich Maler werden, wandte sich dann jedoch der Literatur zu und wurde einer der glühendsten Anhänger der Romantik. Er unternahm ausgedehnte Reisen durch Spanien, Italien, Griechenland, die Türkei und Rußland. Als sein lyrisches Meisterwerk ist der formvollendete, sorglich ziselierte Band ›Émaux et Camées‹ (1852) anzusprechen; von seinen Romanen ist vor allem ›Mademoiselle de Maupin‹ (1835) bekannt geblieben. Auch als geistvoller Literatur- und Kunstkritiker ist er hervorgetreten. Außer mit Balzac war er mit Flaubert, den Goncourts, Daudet, Baudelaire und Zola befreundet. Seine Freundschaft mit Balzac begann 1835, als der Schöpfer der ›Comédie Humaine‹ die Leitung der ›Chronique de Paris‹ übernommen hatte und Mitarbeiter suchte. Gautier bewunderte Balzacs Genie wie dieser Gautiers Stil. Er hat Gautier mehrmals zur Mitarbeit herangezogen, ja, sich sogar von dem jüngeren Kameraden diese und jene Stelle ›entliehen‹. Das Gedicht ›La Tulipe‹ im zweiten Teil der ›Illusions perdues‹ stammt von Gautier. Nach Balzacs Tod veröffentlichte Gautier 1859 ein kleines Buch über den Dichter, das, neben lebendigen, farbigen Schilderungen der äußeren Erscheinung und Persönlichkeit, die erste große kritische Würdigung Balzacs durch einen Dichter seiner Zeit darstellt; einen Auszug daraus enthält der erste Band dieser Ausgabe.

Nach den Katastrophen der Julirevolution, die den vom Hof gestützten Wohlstand vieler aristokratischer Familien vernichtete, war die Fürstin von Cadignan geschickt genug gewesen, ihren gänzlichen Ruin, der die Folge ihrer Verschwendungssucht war, den politischen Ereignissen zuzuschreiben. Der Fürst hatte mit der königlichen Familie Frankreich verlassen; die Fürstin jedoch war in Paris zurückgeblieben; durch seine Abwesenheit war sie nämlich unangreifbar, denn die Schulden, für deren Tilgung der Erlös des verkaufbaren Besitzes nicht ausgereicht hätte, lasteten lediglich auf ihm. Die Einkünfte des Majorats waren gepfändet worden. Kurzum, die Angelegenheiten dieser großen Familie waren in ebenso schlimmem Zustand wie die des älteren Zweiges der Bourbonen. Die unter ihrem ersten Namen als Herzogin von Maufrigneuse so berühmt gewordene Dame entschloß sich jetzt verständigerweise dazu, in tiefster Zurückgezogenheit zu leben; sie wollte vergessen werden. Paris wurde durch einen Strom so schwindelerregender Ereignisse fortgerissen, daß die Herzogin von Maufrigneuse, die hinter der Fürstin von Cadignan verborgen war, nur zu bald gleichsam zu einer Fremden wurde, denn ihre Namensänderung blieb den meisten der neuen Akteure, die die Julirevolution auf die Bühne rief, unbekannt.

In Frankreich hat der Herzogstitel den Vorrang vor allen anderen, sogar vor dem Fürstentitel[1]; und dem ist so, obwohl in der Theorie der Heraldik – in der keine Sophistik obwaltet – die Titel völlig bedeutungslos sind und zwischen allen Leuten unbedingte Gleichheit herrscht. Diese bewundernswerte Gleichheit wurde ehemals vom französischen Königshaus sorgfältig aufrechterhalten; und sie wird es noch heute, wenigstens der Form nach, dadurch, daß die Könige ihren Kindern einfache Grafentitel[2] verleihen. Kraft dieses Systems machte Franz I. die prunkvollen Titel, die der prachtliebende Kaiser Karl V. sich beigelegt hatte, nicht, indem er eine Antwort an ihn mit ›Franz, Freiherr[3] von Vanves‹ unterzeichnete. Ludwig XI. hatte noch mehr getan; er hatte seine Tochter einem einfachen Edelmann ohne

Titel namens Pierre de Beaujeu vermählt. Ludwig XIV. indessen brach so gründlich mit dem Feudalsystem, daß der Herzogstitel[4] unter seiner Herrschaft zur höchsten und beneidenswertesten Ehre der Aristokratie wurde. Dennoch gibt es in Frankreich zwei oder drei Familien, in denen der Fürstentitel, der ehemals mit reichem Besitz verbunden war, mehr als der Herzogstitel gilt. Das Haus Cadignan, das für seine ältesten Söhne über den Titel eines Herzogs von Maufrigneuse verfügt hat, während die andern sich schlicht Chevaliers de Cadignan nennen, gehört zu diesen Ausnahmen. Wie früher auch zwei Fürsten aus dem Hause Rohan hatten die Fürsten von Cadignan das Recht auf eine eigene Hofhaltung, einen Thron innerhalb ihrer Besitzungen; sie durften sich Pagen und einen Hofstaat von Edelleuten halten. Diese Darlegung war nötig, um einerseits die dummen Einwände derer abzuwehren, die nichts von diesen Dingen wissen; andrerseits soll sie noch einmal die großen Grundzüge einer Gesellschaft aufzeigen, die, wie es heißt, im Untergang begriffen ist und die viele auch noch in den Abgrund stoßen, ohne sie richtig zu würdigen. Die Cadignans haben als Wappen im goldenen Felde fünf eng aneinandergeschobene und zum Balkenstreif geordnete schwarze Rauten; als Devise führen sie das Wort Memini[5]; die Krone ist geschlossen und hat weder Schildhalter noch Helmdecke. Heute beginnt die große Menge von Fremden, die nach Paris strömen, und die allgemein verbreitete Unkenntnis in heraldischen Dingen, den Fürstentitel in Mode zu bringen. Echte Fürsten sind nur jene, die begütert sind und denen die Anrede ›Hoheit‹ gebührt. Die Verachtung des französischen Adels für den Fürstentitel und die Gründe, die Ludwig XIV. hatte, dem Herzogstitel den Vorrang zu geben, haben verhindert, daß Frankreich für die wenigen Fürsten, die es dort gibt, den Titel Hoheit[6] beanspruchte; eine Ausnahme bilden die von Napoleon verliehenen Titel. Daher befinden sich die Fürsten von Cadignan, was die Anrede betrifft, im Vergleich zu den andern Fürsten des Kontinents auf einer niedrigeren Rangstufe.

Die der sogenannten Gesellschaft des Faubourg Saint-Germain Angehörenden begönnerten die Fürstin aus einem ehrfurchtsvollen Feingefühl heraus; das war man ihrem Namen, der zu denen gehört, die man ewig ehren wird, ihrem Unglück, das nicht mehr erörtert wurde, und ihrer Schönheit schuldig, dem einzigen, was von ihrem hingeschwundenen Reichtum übriggeblieben war. Die große Welt, deren Zierde sie gewesen, wußte ihr Dank dafür, daß sie gewissermaßen den Schleier genommen hatte, indem sie sich in ihrem Hause klösterlich einschloß. Dieser Beweis guten Geschmacks war für sie ein noch riesigeres Opfer, als er es für jede andere Frau gewesen wäre. Große Dinge machen in Frankreich stets so tiefen Eindruck, daß die Fürstin durch ihr Sichzurückziehen alles wiedergewann, was sie etwa in der öffentlichen Meinung zur Zeit ihres höchsten Glanzes eingebüßt hatte. Sie verkehrte nur noch mit einer einzigen ihrer ehemaligen Freundinnen, mit der Marquise d'Espard; und auch bei ihr besuchte sie niemals die großen Gesellschaften oder die Festlichkeiten. Die Fürstin und die Marquise suchten einander in den frühen Morgenstunden und gleichsam heimlich auf. Wenn die Fürstin bei ihrer Freundin speiste, schloß die Marquise ihre Tür. Madame d'Espard sorgte rührend für die Fürstin: Sie gab in der Italienischen Oper[7] ihre Loge im ersten Rang auf und nahm statt ihrer eine Parterreloge, so daß Madame de Cadignan ungesehen ins Theater kommen und es unerkannt verlassen konnte. Wenige Frauen besitzen so viel Feingefühl und untersagen sich das Vergnügen, eine gestürzte einstige Rivalin in ihrem Gefolge hinter sich herzuführen und sich obendrein als ihre Wohltäterin zu bezeichnen. So brauchte die Fürstin keine Toilette zu machen, die sie vollends zugrunde gerichtet hätte, und fuhr heimlich im Wagen der Marquise mit, obwohl sie öffentlich niemals darein gewilligt hätte. Die Gründe der Madame d'Espard für dieses Verhalten der Fürstin von Cadignan gegenüber sind niemals bekanntgeworden, auf jeden Fall aber war es erhaben und bedingte lange Zeit hindurch eine Fülle von kleinen Opfern, die einzeln gesehen als Kindereien erscheinen, in ihrer Gesamtheit jedoch etwas Großartiges darstellen. 1832 hatten gerade drei Jahre ihre Schneemassen über die Abenteuer der Herzogin von Maufrigneuse gedeckt und sie so gründlich weißgewaschen, daß es großer Anstrengungen des Gedächtnisses bedurfte, wenn man sich der schweren Verfehlungen ihrer Vergangenheit erinnern wollte. Von jener Königin, die so viele Höflinge angebetet hatten und deren Leichtfertigkeit mehrere Romane hätte anfüllen können, war nichts übriggeblieben als eine noch entzückend schöne Frau; sie war sechsunddreißig Jahre alt, brauchte indessen erst dreißig zuzugeben, obwohl sie die Mutter des Herzogs Georges de Maufrigneuse war, eines jungen Mannes von neunzehn Jahren. Dieser Sohn war schön wie Antinous[8] und arm wie Hiob; seine Zukunft mußte ihm deshalb die größten Erfolge bescheren, und seine Mutter wollte ihn vor allem reich verheiraten. Vielleicht war diese Absicht das Geheimnis ihres vertrauten Umgangs mit der Marquise, deren Salon als der erste in Paris gilt, und wo sie sich eines Tages unter den Erbinnen eine Frau für Georges aussuchen konnte. Noch sah die Fürstin fünf Jahre vor sich, ehe ihr Sohn heiraten konnte, öde, einsame Jahre, denn wenn eine gute Heirat zustande kommen sollte, mußte ihr Verhalten den Stempel der Klugheit tragen.

Die Fürstin bewohnte in einem kleinen Stadtpalais der Rue de Miromesnil ein billiges Erdgeschoß. Dort hatte sie die Überreste ihres einstigen Prunkes untergebracht. Nach wie vor lag über ihren Räumen der Hauch der Eleganz einer großen Dame. Sie war von all den schönen Dingen umgeben, die auf eine gehobene Lebensform deuten. Auf ihrem Kamin stand ein wundervolles Miniaturbild Karls X. von Madame de Mirbel[9], unter das die Worte ›Geschenk des Königs‹ eingraviert waren; und das Gegenstück dazu bildete ein Porträt Madames[10], die sich ihr gegenüber stets als besonders liebenswürdig bezeigt hatte. Auf einem Tisch prunkte ein Album von allerhöchstem Wert, wie es keine der Bürgersfrauen, die augenblicklich in unserer industriellen, lärmenden Gesellschaft thronen, auszulegen gewagt hätte. Diese Verwegenheit kennzeichnete wunderbar die ganze Frau. Das Album enthielt Bildnisse, darunter diejenigen von etwa dreißig intimen Freunden, die die Welt als ihre Liebhaber bezeichnet hatte. Diese Zahl war eine Verleumdung; höchstens bei zehn von ihnen handelte es sich, wie die Marquise d'Espard sagte, um eine vielleicht begründete Nachrede. Die Bildnisse Maximes de Trailles, de Marsays, Rastignacs, des Marquis d'Esgrignon, des Generals de Montriveau, des Marquis de Ronquerolles und d'Ajuda-Pintos, des Fürsten Galathionne, der jungen Herzöge von Grandlieu und Rhétoré, des schönen Lucien de Rubempré und des jungen Vicomte de Sérisy waren übrigens von den berühmtesten Künstlern mit größter Schmeichelkunst des Pinsels ausgeführt worden. Da die Fürstin nur noch zwei oder drei der in dieser Sammlung Vertretenen empfing, nannte sie das Buch scherzhaft die Sammlung ihrer Irrtümer. Das Unglück hatte aus dieser Frau eine gute Mutter gemacht. Während der fünfzehn Jahre der Restauration hatte sie sich viel zu gut amüsiert, um an ihren Sohn denken zu können; aber als die erlauchte Egoistin sich in die Verborgenheit zurückgezogen hatte, sagte sie sich: wenn sie die Mutterliebe bis zum Äußersten trieb, so würde sie als Absolution für ihre ganze sündige Vergangenheit gelten – eine Absolution, die jeder fühlende Mensch bestätigen mußte, da man einer vortrefflichen Mutter alles verzeiht. Sie liebte ihren Sohn um so inniger, als sie niemanden sonst zu lieben hatte. Georges de Maufrigneuse gehört im übrigen zu den Söhnen, die allen Eitelkeiten einer Mutter schmeicheln können, und so war es kein Wunder, daß sie ihm jedes Opfer brachte. Sie mietete ihm einen Stall und einen Wagenschuppen; und er wohnte in dem darübergelegenen Zwischenstock nach der Straße hin, der aus drei entzückend eingerichteten Zimmern bestand; sie erlegte sich vielerlei Entbehrungen auf, um ihm ein Reitpferd, ein Wagenpferd und einen jungen Diener halten zu können. Sie behielt nur ihre Zofe und als Köchin eines ihrer früheren Küchenmädchen bei sich. Der Groom des Herzogs hatte jetzt einen leidlich schweren Dienst. Toby, vormals Reitknecht des verblichenen Beaudenord, denn so bezeichnete der Spott der Gesellschaft jenen ruinierten Elegant, der junge Groom, der mit seinen fünfundzwanzig Jahren noch immer auf vierzehn geschätzt wurde, mußte die Pferde striegeln, Cabriolet oder Tilbury waschen, seinen Herrn begleiten, die Wohnung in Ordnung halten und bei der Fürstin im Vorzimmer stehen und die Besucher melden, wenn die Mutter seines Herrn einmal irgendeine hervorragende Persönlichkeit empfangen mußte. Wenn man bedenkt, welche Rolle während der Restauration die schöne Herzogin von Maufrigneuse gespielt hatte, eine der Königinnen von Paris, eine strahlende Königin, deren luxuriöses Dasein vielleicht das der reichsten Modedamen von London in den Schatten gestellt hatte, dann hatte es etwas Rührendes, sie in ihrem bescheidenen Schnekkenhaus in der Rue Miromesnil zu sehen, wenige Schritte von ihrem riesigen Palais entfernt, das keinen Käufer fand, der reich genug gewesen wäre, um es zu bewohnen, und daher unter dem Hammer der Spekulation zertrümmert wurde. Jene Frau, für deren Bedienung kaum dreißig Dienstboten ausgereicht hatten, die die schönsten Empfangsräume von Paris und die reizendsten kleinen Gemächer besessen und die so herrliche Feste gegeben hatte, lebte jetzt in einer Fünfzimmerwohnung: einem Vorzimmer, einem Eßzimmer, einem Salon, einem Schlafzimmer und einer Ankleidekammer, mit zwei Frauen als einziger Bedienung.

»Oh, sie ist ganz reizend zu ihrem Sohn«, sagte die gewitzte und geschwätzige Marquise d'Espard, »und zwar ohne Affektiertheit; sie ist glücklich. Man hätte eine so leichtsinnige Frau nie für fähig gehalten, mit einer solchen Beharrlichkeit bei einem Entschluß zu bleiben; deswegen ermutigt unser guter Erzbischof sie auch; er ist gütig gegen sie, und er hat die alte Gräfin de Cinq-Cygne überredet, ihr einen Besuch abzustatten.«

Übrigens müssen wir zugeben: man muß Königin sein, um in edler Weise abdanken und von einer hohen Stellung hinabsteigen zu können, die niemals gänzlich verloren ist. Nur jene, die das Bewußtsein haben, an sich nichts zu sein, bejammern ihren Sturz oder murren und reden von einer Vergangenheit, die niemals wiederkommt, weil sie sich sagen müssen, daß man nicht zweimal im Leben emporsteigt. Da die Fürstin den seltenen Blumen hatte entsagen müssen, von denen sie stets umgeben gewesen war und die ihre eigene Erscheinung so reizend hervorgehoben hatten – denn es war unmöglich, sie nicht mit einer Blume zu vergleichen –, hatte sie ihr Erdgeschoß bedachtsam ausgesucht; sie erfreute sich dort eines hübschen kleinen Gartens voller Büsche und mit einem Rasen, dessen Grün ihre friedliche Klause freundlich belebte. Sie mochte etwa zwölftausend Francs jährlicher Rente haben, und sogar dieses mäßige Einkommen setzte sich nur zusammen aus einer jährlichen Unterstützung, die die alte Herzogin von Navarreins, eine Vaterschwester des jungen Herzogs, zahlte und die bis zum Hochzeitstage des jungen Herrn laufen sollte; ferner aus einer zweiten Unterstützung, die die Herzogin von Uxelles ihr von ihrem Landgut aus schickte, wo sie sparsam wirtschaftete, wie nur alte Herzoginnen es verstehen, neben denen Harpagon[11] ein Abc-Schütze ist. Der Fürst lebte im

Ausland und hielt sich beständig seinen verbannten Gebietern zur Verfügung; er teilte ihr Unglück und diente ihnen als der vielleicht Intelligenteste von allen, die sie umgaben, mit uneigennütziger Ergebenheit. Die Stellung des Fürsten von Cadignan schützte auch seine Frau in Paris. Bei der Fürstin führte der Marschall[12], dem wir die Eroberung Afrikas verdanken, zur Zeit der Aufstandsversuche Madames[13] in der Vendée seine Besprechungen mit den Hauptführern der legitimistischen Partei; so verborgen lebte die Fürstin, und so wenig weckte ihre Notlage das Mißtrauen der gegenwärtigen Regierung! Als sie die furchtbare Ausweisung aus dem Reich der Liebe nahen spürte, welches zu Beginn der vierziger Jahre einer Frau nur noch wenig Möglichkeiten übrigläßt, hatte sie sich dem Königreich der Philosophie anbefohlen. Sie, die sechzehn Jahre lang das größte Grauen vor allen ernsten Dingen bekundet hatte, begann zu lesen. Heute sind Literatur und Politik für die Frauen das, was ihnen ehemals die Frömmigkeit war: ein letztes Asyl für all ihre Ansprüche. In den eleganten Zirkeln hieß es, Diane wolle ein Buch schreiben. Seit die Fürstin in der Erwartung, daß sie ganz vergessen würde, sich von einer hübschen und schönen zu einer geistreichen Frau gewandelt hatte, waren die Empfänge in ihrem Heim zu einer Ehre geworden, die für den Begünstigten eine hohe Auszeichnung bedeutete. Durch solcherlei Betätigungen gedeckt, konnte sie einen ihrer ersten Liebhaber täuschen, nämlich de Marsay, den einflußreichsten Mann der Bürgerlichen, die im Juli 1830 zur politischen Macht gekommen waren; ihn empfing sie bisweilen abends, während der Marschall und mehrere Legitimisten in ihrem Schlafzimmer leise von der Rückeroberung des Königreichs sprachen, die ohne Mitwirkung des geistigen Frankreich nicht gelingen konnte – den einzigen Bestandteil des Erfolgs, den die Verschwörer außer acht gelassen hatten. Dies Spiel war die liebenswürdige Rache einer hübschen Frau, das sie da mit dem Premierminister spielte: ihn zur spanischen Wand einer gegen seine eigene Regierung gerichteten Verschwörung zu machen. Dies den schönen Tagen der Fronde würdige Abenteuer bildete den Text des geistreichsten Briefes der Welt, eines Briefes, in dem die Fürstin Madame über die Unterhandlungen Bericht erstattete. Der junge Herzog von Maufrigneuse ging in die Vendée und konnte heimlich zurückkehren, ohne sich bloßgestellt zu haben, wenngleich er die Gefahren, die Madame lief, geteilt hatte; unglücklicherweise schickte sie ihn weg, als alles verloren zu sein schien. Vielleicht hätte die leidenschaftliche Wachsamkeit des jungen Herrn den Verrat vereitelt. Wie groß in den Augen der bürgerlichen Welt die Sünden der Herzogin von Maufrigneuse auch sein mochten, in den Augen der aristokratischen Welt hat das Verhalten ihres Sohnes sie jedenfalls getilgt. Es lag Adel und Größe darin, das Schicksal des einzigen Sohnes und Erben eines historischen Geschlechts so aufs Spiel zu setzen. Es gibt Menschen, die als ›wendig‹ bezeichnet werden, weil sie Fehltritte im Privatleben durch Leistungen im politischen Leben auszugleichen verstehen, und umgekehrt; aber bei der Fürstin von Cadignan lag keinerlei Berechnung vor. Vielleicht freilich darf man bei niemandem, der so handelt, von Berechnung sprechen. Die Ereignisse sind es, die zur Hälfte diesen Widerspruch hervorrufen.

An einem der ersten schönen Tage des Monats Mai 1833 gingen, man kann nicht sagen: lustwandelten, die Marquise d'Espard und die Fürstin gegen zwei Uhr nachmittags im letzten Schein der Sonne auf dem einzigen Gartenweg, der um den Rasen herumführte[14]. Die Strahlen, die von den Mauern zurückgeworfen wurden, schufen eine warme Atmosphäre auf dem kleinen, von den Blumen, die die Marquise geschenkt hatte, durchdufteten Platz.

»Wir werden de Marsay bald verlieren«, sagte Madame d'Espard zu der Fürstin, »und mit ihm geht unsere letzte Hoffnung dahin, daß der Herzog von Maufrigneuse sein Glück machen werde; denn seit Sie diesen großen Politiker so hübsch an der Nase herumgeführt haben, ist seine Neigung zu Ihnen wieder erwacht.« – »Mein Sohn wird sich niemals mit der jüngeren Linie[15] einlassen«, sagte die Fürstin, »und müßte er Hungers sterben oder müßte ich für ihn arbeiten. Aber Berthe de Cinq-Cygne haßt ihn nicht eben.« – »Kinder«, sagte Madame d'Espard, »haben nicht die gleichen Verpflichtungen wie ihre Väter . . .« – »Darüber lassen Sie uns lieber nicht reden«, unterbrach die Fürstin sie. »Wenn ich die Marquise de Cinq-Cygne nicht kirre machen kann, muß sich mein Sohn mit der Tochter irgendeines Hüttenbesitzers verheiraten, wie der kleine d'Esgrignon es getan hat.« – »Haben Sie den geliebt?« fragte die Marquise. – »Nein«, antwortete die Fürstin ernst; »d'Esgrignons Naivität war eine Art Provinzlerdummheit, die ich ein wenig zu spät bemerkt habe, oder, wenn Sie wollen, zu früh.« – »Und de Marsay?« – »De Marsay hat mit mir gespielt wie mit einer Puppe. Ich war ja noch so jung: die Männer, die sich zu unsern Schulmeistern aufwerfen, lieben wir niemals; sie verletzen allzu sehr unsere kleinen Eitelkeiten.« – »Und der arme Junge, der sich erhängt hat?« – »Lucien? Der war ein Antinous und ein großer Dichter; ich habe ihn zwar gewissenhaft angeschwärmt, und ich hätte glücklich werden können. Aber er liebte eine Dirne, und ich habe ihn an Madame de Sérisy abgetreten ... Wenn er geneigt gewesen wäre, mich zu lieben, hätte ich ihn da hergegeben?« – »Wie absonderlich, daß Sie an einer Esther Anstoß nehmen!« – »Sie war schöner als ich«, sagte die Fürstin. »Jetzt lebe ich bald drei Jahre in völliger Einsamkeit«, fuhr sie nach einer Pause fort; »nun, diese Ruhe hat nichts Schmerzliches für mich gehabt. Ihnen allein wage ich zu sagen, daß ich mich hier glücklich gefühlt habe. Ich war abgestumpft gegen die Anbetungen, ermüdet, ohne zu genießen; ich fühlte einen oberflächlichen Kitzel, ohne daß die Erregung mir das Herz durchdrang. Alle Männer, die ich kennenlernte, sind mir klein, verkrüppelt und oberflächlich vorgekommen; keiner von ihnen hat mir die geringste Überraschung bereitet; sie hatten keine Unschuld, keine Größe und kein Feingefühl. Ich wäre gern einmal einem begegnet, der mir imponiert hätte.« – »Ist es Ihnen also gegangen wie mir, Liebste?« fragte die Marquise. »Sind Sie, wenn Sie zu lieben versuchten, nie der Liebe begegnet?« – »Nie«, unterbrach die Fürstin die Marquise und legte ihr die Hand auf den Arm.

Sie setzten sich auf eine Holzbank, die unter einem blühenden Jasminstrauch stand. Beide hatten eines jener Worte ausgesprochen, die im Munde von Frauen ihres Alters so feierlich klingen.

»Gleich Ihnen«, fuhr die Fürstin fort, »bin ich vielleicht mehr geliebt worden als andere Frauen; aber ich fühle, daß ich trotz all meiner Abenteuer das Glück nicht kennengelernt habe. Ich habe viele Torheiten begangen, aber sie hatten ein Ziel, und das Ziel wich desto mehr zurück, je weiter ich ging! Ich verspüre in meinem gealterten Herzen eine Unschuld, die noch unberührt geblieben ist. Ja, unter all meinen Erfahrungen ruht eine erste Liebe, die noch mißbraucht werden könnte; gerade wie ich mich trotz all meiner Mattigkeit und meines Welkens jung und schön fühle. Wir können lieben, ohne glücklich zu sein; wir können glücklich sein, ohne zu lieben; aber lieben und glücklich sein - diese beiden großen menschlichen Genüsse zu verbinden, dazu bedarf es eines Wunders. Dies Wunder ist mir nicht widerfahren.« - »Und ebensowenig mir«, sagte Madame d'Espard. - »Mich verfolgt in meiner Zurückgezogenheit ein grauenhafter Kummer: ich habe mich amüsiert, aber geliebt habe ich nicht.« - »Wie unglaublich! Was für ein Geheimnis!« rief die Marquise aus. - »Ach, Liebste«, antwortete die Fürstin, »dergleichen Geheimnisse können wir nur uns selbst eingestehen; kein Mensch in ganz Paris würde uns glauben.« - »Und«, fuhr die Marquise fort, »wenn wir nicht beide über unser sechsunddreißigstes Jahr hinaus wären, würden wir dieses Geständnis vielleicht nicht einmal uns selbst machen ...« - »Ja, solange wir jung sind, bezeigen wir eine geradezu bornierte Eitelkeit!« sagte die Fürstin. »Wir gleichen da bisweilen den mittellosen jungen Leuten, die mit einem Zahnstocher spielen, um den Glauben zu erwecken, sie hätten gut gespeist.« - »Kurz und gut, so steht es mit uns«, antwortete Madame d'Espard mit koketter Anmut und vollführte eine reizende Geste aufgeklärter Unschuld, »und mir scheint, wir sind noch lebendig genug zu einer Revanchepartie.« - »Als Sie mir neulich sagten, Béatrix sei mit Conti auf und davon gegangen, habe ich die ganze Nacht daran denken müssen«, sprach die Fürstin nach einer Weile weiter. »Man muß doch recht glücklich sein, um auf diese Weise seine Stellung und seine Zukunft zu opfern und für alle Zeit dem Leben in der Gesellschaft zu entsagen!« - »Sie ist eine kleine Närrin«, sagte Madame d'Espard ernst. »Mademoiselle des Touches war nur zu froh, daß sie Conti los wurde. Béatrix hat nicht gemerkt, wie deutlich dieser Verzicht einer überlegenen Frau, die ihr angebliches Glück keinen Augenblick lang verteidigt hat, Contis Nichtigkeit bewies.« - »Dann wird sie also unglücklich werden?« - »Sie ist es schon«, entgegnete Madame d'Espard. »Wozu denn seinen Mann verlassen? Ist das nicht für eine Frau das Eingeständnis ihrer Ohnmacht?« - »Also glauben Sie, Madame de Rochefide habe sich nicht durch den Wunsch bestimmen lassen, in Ruhe eine echte Liebe auszukosten, jene Liebe, deren Genüsse für uns beide noch ein Traum sind?« – »Nein, sie hat nur Madame de Beauséant und Madame de Langeais nachgeäfft, die, unter uns gesagt, wie auch Sie in einem weniger vulgären Jahrhundert Gestalten von der Größe der La Vallière[16], der Montespan[17], der Diane de Poitiers[18], der Herzoginnen von Etanges[19] und Châteauroux[20] geworden wären.« – »Oh, aber minus den König, Liebste. Ich wollte, ich könnte diese Frauen beschwören und sie fragen ...« – »Ach«, unterbrach die Marquise die Fürstin, »es ist gar nicht erst nötig, die Toten zum Reden zu bringen, wir kennen ja lebende Frauen, die glücklich sind. Ich habe mit der Gräfin de Montcornet wohl zwanzigmal ein vertrauliches Gespräch über dergleichen Dinge angefangen, und seit fünfzehn Jahren lebt sie mit dem kleinen Emile Blondet als die glücklichste Frau der Welt; keine Untreue, kein abschweifender Gedanke! Sie stehen noch heute zueinander wie am ersten Tag; aber wir wurden stets im interessantesten Augenblick gestört und unterbrochen. In den lange andauernden Bindungen wie der Rastignacs mit Madame de Nucingen zum Beispiel oder der der Madame de Camps, ihrer Kusine, mit ihrem Octave liegt ein Geheimnis, und dieses Geheimnis kennen wir nicht, Liebste. Die Welt erweist uns die hohe Ehre, uns für Lebedamen zu halten, die des Hofs des Regenten[21] würdig gewesen wären, und dabei sind wir unschuldig wie zwei kleine Schulmädchen.« – »Mit einer solchen Unschuld könnte ich noch glücklich sein«, sagte die Fürstin spöttisch; »unsere Unschuld ist ärger; es wohnt ihr etwas Demütigendes inne. Es hilft nun mal nichts! Wir müssen Gott diese Kasteiung als Sühne für unser fruchtloses Suchen darbringen; denn es ist nicht eben wahrscheinlich, Liebste, daß wir in der Nachsaison die schöne Blume finden, die uns im Frühling und im Sommer gefehlt hat.« – »Nicht darum handelt es sich«, fuhr die Marquise nach einer Weile nachdenklichen Rücksinnens fort. »Wir sind noch schön genug, um eine Leidenschaft einzuflößen; aber niemals können wir jemanden von unserer Unschuld und unserer Tugend überzeugen.« – »Wenn sie eine Lüge wären, so würde diese bald mit Erklärungen ausstaffiert und mit hübschen Beilagen serviert werden, die sie glaubhaft machten, und dann würde sie wie eine köstliche Frucht verzehrt werden; aber einer Wahrheit Glauben verschaffen! Ach, daran sind die größten Männer zugrunde gegangen!« fügte die Fürstin mit einem feinen Lächeln hinzu, wie es einzig der Pinsel Leonardo da Vincis wiederzugeben vermocht hat.

»Und doch lieben manchmal auch Tröpfe«, sagte die Marquise. – »Aber hierfür«, gab die Fürstin zu bedenken, »sind sogar Tröpfe nicht leichtgläubig genug.« – »Sie haben recht«, sagte die Marquise lachend. »Aber wir sollten weder nach einem Dummkopf noch sogar nach einem Mann von Talent suchen. Um ein solches Problem zu lösen, brauchen wir einen Mann von Genie. Einzig das Genie besitzt den Glauben der Kindheit und die Religion der Liebe, und es läßt sich gern die Augen verbinden. Sehen Sie sich Canalis und die Herzogin von Chaulieu an. Wenn wir, Sie und ich, Männer von Genie begegnet sind, so standen sie uns vielleicht zu fern oder waren zu beschäftigt, und wir waren zu frivol, zu hingerissen, zu ergriffen.« –»Ach, und dennoch möchte ich diese Welt nicht gern verlassen, ohne die Freuden der echten Liebe kennengelernt zu haben!« rief die Fürstin aus. – »Sie einzuflößen ist nichts«, sagte Madame d'Espard; »es handelt sich darum, sie zu empfinden. Ich kenne viele Frauen, die lediglich der Vorwand für eine Leidenschaft sind, anstatt zugleich deren Ursache und Wirkung zu sein.« – »Die letzte Leidenschaft, die ich eingeflößt habe«, sagte die Fürstin, »war etwas Heiliges und Schönes, sie barg Möglichkeiten. Der Zufall hatte mir diesmal jenen genialen Mann zugesandt, dessen wir bedürfen und den man so schwer an sich fesseln kann, weil es mehr schöne Frauen als geniale Männer gibt. Aber bei diesem Abenteuer hatte der Teufel die Hand im Spiel.« – »Erzählen Sie, Liebste, das ist mir ja ganz neu.« – »Ich bin mir dieser schönen Leidenschaft erst um die Mitte des Winters 1829 bewußt geworden. Jeden Freitag sah ich in der Oper auf einem Parkettplatz einen jungen Mann von etwa dreißig Jahren, der eigens meinetwegen kam und stets denselben Stuhl innehatte; er schaute mich mit brennenden Blicken an; aber oft wirkte er bekümmert, weil eine so große Entfernung zwischen uns lag, oder vielleicht auch, weil ihn der Erfolg unmöglich dünkte.« – »Der arme Junge! Wenn man liebt, wird man so dumm«, sagte die

Marquise. – »In jeder Pause schlüpfte er in den Gang hinaus«, fuhr die Fürstin fort, wobei sie über die freundschaftliche Bosheit lächelte, mit der die Marquise sie unterbrochen hatte. »Und ein- oder zweimal drückte er, um mich zu sehen oder sich bemerklich zu machen, die Nase gegen die Fensterscheibe einer Loge, die der meinen gegenüberlag. Wenn jemand zu mir kam, sah ich, wie er sich an meine Tür drängte, denn dann konnte er mir einen verstohlenen Blick zuwerfen; schließlich kannte er alle Leute, mit denen ich verkehrte, und folgte ihnen, wenn sie auf meine Loge zugingen, um den Augenblick, da meine Tür sich auftat, wahrzunehmen. Der arme Kerl hat zweifellos bald herausbekommen, wer ich war, denn er kannte von Ansehen meinen Mann und meinen Schwiegervater. Von da an fand ich meinen geheimnisvollen Unbekannten in der Italienischen Oper stets auf einem Platz, von dem aus er mich in naiver Ekstase von vorn bewunderte; das war das Hübsche daran. Wenn ich die Italienische oder die Komische Oper verließ, sah ich ihn mitten in der Menge wie angewurzelt stehen; er wurde geschubst, aber er wich nicht von der Stelle. Wenn er mich am Arm irgendeines Bevorzugten sah, verloren seine Augen an Glanz. Abgesehen davon: kein Wort, kein Brief, keine Äußerung. Geben Sie zu, daß das guter Geschmack war. Bisweilen fand ich, wenn ich morgens nach Hause kam, jenen Mann auf einem der Prellsteine meines Einfahrtstors. Dieser Verliebte hatte sehr schöne Augen, einen langen, dichten, majestätischen Fächerbart, Schnurrbart und Bakkenbart; man sah nur die weißen Backenknochen und eine schöne Stirn; mit einem Wort, es war ein wahrhaft antiker Kopf. Mein Mann hat, wie Sie wissen, in den Julitagen die Kaiseite der Tuilerien verteidigt. Abends, als alles verloren war, ist er nach Saint-Cloud zurückgekommen. ›Liebe‹, hat er zu mir gesagt, ›gegen vier wäre ich beinahe gefallen. Einer der Aufständischen hat auf mich gezielt, aber da hat ihm ein langbärtiger junger Mensch, den ich in der Italienischen Oper gesehen zu haben glaube und der den Angriff führte, den Gewehrlauf beiseite geschlagen.‹ Der Schuß hat irgendwen getroffen, einen Feldwebel des Regiments, der zwei Schritte neben meinem Mann stand. Der junge Mensch muß also Republikaner gewesen sein. Als ich 1831 zurückgekommen und hier eingezogen bin, habe ich ihn gesehen, wie er mit dem Rücken an die Mauer dieses Hauses gelehnt dastand; er schien sich über meinen Zusammenbruch zu freuen; vielleicht hat er gemeint, wir kämen einander dadurch näher; aber seit den Ereignissen in Saint-Merri[22] habe ich ihn nicht wieder gesehen; er ist dort gefallen. Am Tage vor dem Begräbnis des Generals Lamarque habe ich mit meinem Sohn zu Fuß das Haus verlassen, und mein Republikaner ist uns gefolgt; er ging von der Madeleine bis zur Passage des Panoramas, in die ich wollte, bald vor, bald hinter uns her.« – »Und das ist alles?« fragte die Marquise. – »Alles!« antwortete die Fürstin. »Ach ja, am Morgen der Erstürmung von Saint-Merri hat ein Gassenbube mich persönlich sprechen wollen; er hat mir einen Brief gegeben, der auf schlechtem Papier geschrieben und mit dem Namen des Unbekannten unterzeichnet war.« – »Zeigen Sie ihn mir«, sagte die Marquise. – »Nein, Liebste. Die Liebe war diesem Mannesherzen zu groß und zu heilig, als daß ich sein Geheimnis verletzen dürfte. Der kurze, schreckliche Brief bewegt mir noch immer das Herz, wenn ich daran denke. Dieser Tote erregte in mir tiefere Empfindungen als alle Lebenden, die ich ausgezeichnet habe; er kehrt in meinen Gedanken immer wieder.« – »Wie hieß er denn?« fragte die Marquise. – »Oh, es war ein ganz gewöhnlicher Name: Michel Chrestien.« – »Sie haben recht daran getan, ihn mir zu sagen«, rief Madame d'Espard lebhaft. »Ich habe oft von ihm gehört. Dieser Michel Chrestien war mit einem berühmten Mann befreundet, den Sie schon einmal hatten kennenlernen wollen, nämlich Daniel d'Arthez, der ein- oder zweimal im Winter zu mir kommt. Es hat diesem Chrestien, der wirklich bei Saint-Merri gefallen ist, nicht an Freunden gefehlt. Mir ist gesagt worden, er sei einer jener großen Politiker gewesen, die, wie de Marsay, bei ihrem Ballonaufstieg nur den Auftrieb einer günstigen Luftströmung gebraucht hätten, um mit einem Schlag zu werden, was sie hätten werden müssen.« – »Dann ist es besser, daß er tot ist«, sagte die Fürstin mit einer melancholischen Miene, unter der sie ihre Gedanken verbarg. – »Wollen Sie eines Abends bei mir mit d'Arthez zusammentreffen?« fragte die Marquise. »Dann können Sie mit ihm von Ihrem geheimnisvollen Unbekannten plaudern.« – »Gern, Liebste.«

Einige Tage nach dieser Unterhaltung versprachen Blondet

und Rastignac, die d'Arthez gut kannten, Madame d'Espard, ihn dazu zu bringen, einmal bei ihr zu Abend zu essen. Dieses Versprechen wäre zweifellos unvorsichtig gewesen, wenn sie nicht den Namen der Fürstin genannt hätte, der zu begegnen dem großen Schriftsteller nicht gleichgültig sein konnte.

Daniel d'Arthez, einer der seltenen Männer unserer Zeit, die mit einem schönen Talent einen schönen Charakter vereinigen, hatte sich bereits, wenn auch noch nicht die Volkstümlichkeit, die seine Werke ihm später erwerben sollten, so doch jene ehrfurchtsvolle Achtung errungen, der nicht einmal Ausnahmemenschen etwas hinzufügen konnten. Sein Ruhm konnte sicherlich noch wachsen, aber er hatte schon damals in den Augen der Kenner das Höchstmaß seiner Entfaltung erreicht: es gibt Schriftsteller, die früher oder später auf den ihnen gebührenden Platz kommen und ihn dann nicht mehr verlieren. Als armer Edelmann hatte er seine Zeit verstanden und erwartete alles von seiner persönlichen Wirkung. Er hatte lange in der Pariser Arena gerungen, und zwar wider den Willen eines reichen Onkels, der – die Eitelkeit möge die Inkonsequenz rechtfertigen! –, nachdem er ihn mit dem schwersten Elend hatte kämpfen lassen, dem berühmten Mann das Vermögen vermachte, das er dem unbekannten Schriftsteller unerbittlich verweigert hatte. Dieser plötzliche Wandel jedoch änderte an Daniel d'Arthez' Lebensweise nichts; er führte seine Arbeiten in einer Einfachheit, die der alten Zeiten würdig gewesen wäre, fort und erlegte sich neue auf, indem er einen Sitz in der Abgeordnetenkammer annahm, wo er sich der Rechten anschloß. Seit er zu Ruhm gelangt war, hatte er sich bisweilen in der Gesellschaft gezeigt. Einer seiner alten Freunde, ein großer Arzt, Horace Bianchon, hatte ihn mit dem Baron de Rastignac bekannt gemacht, der Unterstaatssekretär in einem Ministerium und mit de Marsay befreundet war. Jene beiden Politiker hatten auf vornehme Weise ihren Beistand geliehen, als Daniel, Horace und ein paar andere intime Freunde Michel Chrestiens die Leiche dieses Republikaners in die Kirche Saint-Merri zurückbringen wollten, um ihm die letzte Ehre zu erweisen. Der Dank für eine Großzügigkeit, welche zu der Strenge, die in jener Zeit der Entfesselung aller politischen Leidenschaften bei behördlichen Maßnahmen zu beobachten war, so sehr im Gegensatz stand, hatte zwischen d'Arthez und Rastignac eine enge Freundschaft begründet. Der Unterstaatssekretär und der berühmte Minister waren zu gewandte Leute, um diesen Umstand nicht auszunutzen; sie wußten ein paar Freunde Michel Chrestiens zu gewinnen, die übrigens dessen Ansichten nicht geteilt hatten und die sich jetzt der neuen Regierung anschlossen. Einer von ihnen, Léon Giraud, der zunächst zum Referenten über die Bittschriften ernannt wurde, ist seither Staatsrat geworden. Daniel d'Arthez widmet sein ganzes Leben der Arbeit; die Gesellschaft bekommt ihn nur dann und wann einmal zu sehen, und sie ist für ihn gleichsam ein Traum. Sein Haus ist ein Kloster, in dem er das Leben eines Benediktiners führt: die gleiche Nüchternheit in seiner Lebensweise, die gleiche Regelmäßigkeit in seinen Betätigungen. Seine Freunde wissen, daß die Frau für ihn bisher nichts war als ein stets gefürchtetes Unglück; er hat sie zu genau beobachtet, um nicht Angst vor ihr zu haben; aber er hat sie so lange studiert, daß er sie jetzt überhaupt nicht mehr kennt; darin ist er jenen großen Strategen gleich, die auf einem Gelände mit unvorhergesehenen Schwierigkeiten stets geschlagen würden, weil ihre wissenschaftlichen Grundsätze dort Wandlungen und Störungen erfahren. Er ist das reinste Kind geblieben, während er sich freilich zugleich als der erfahrenste Beobachter zeigt. Dieser dem Anschein nach unmögliche Widerspruch ist ohne weiteres allen verständlich, die den Abgrund erkannt haben, der die geistigen Fähigkeiten von den Empfindungen trennt: jene entspringen dem Kopf, diese dem Herzen. Man kann ein großer Mann und ein Halunke sein, genau wie man ein Dummkopf sein kann und zugleich ein wundervoller Liebhaber. D'Arthez gehört zu jenen bevorzugten Menschen, bei denen die Erlesenheit des Geistes, die Größe der intellektuellen Begabung weder die Stärke noch die Weite der Empfindung ausschließen. Er ist vermöge einer seltenen Begnadung zugleich ein Mann der Tat und des Gedankens. Sein Privatleben ist edel und rein. Wenn er bislang die Liebe bedachtsam geflohen hatte, so war das aus genauer Kenntnis seines Ich geschehen; er wußte im voraus, in welchem Maß eine Leidenschaft ihn beherrschen würde. Lange Zeit hindurch waren die aufreibenden Arbeiten, durch die er den festen Grund für seine glorreichen Werke bereitete, und die

Kälte des Elends ein vortreffliches Schutzmittel. Als der Wohlstand kam, knüpfte er die vulgärste und unbegreiflichste Liaison mit einer Frau an, die zwar recht schön war, aber zur unteren Klasse gehörte, keinerlei Bildung und Lebensart besaß und allen Blicken sorgfältig verborgen wurde. Michel Chrestien hatte genialen Männern die Macht zugesprochen, die massivsten Geschöpfe in Sylphiden, die dümmsten Weiber in geistvolle Frauen, Bäuerinnen in Marquisen zu verwandeln; je vollendeter eine Frau sei, desto mehr verliere sie in seinen Augen, denn dann, so pflegte er zu sagen, habe seine Phantasie nichts mehr zu tun. Die Liebe war seiner Ansicht nach für geringwertige Wesen nur ein einfaches Bedürfnis der Sinne, aber für hochstehende Menschen das gewaltigste, spannendste und seelische Schöpfungswerk. Er berief sich, um d'Arthez zu rechtfertigen, auf das Beispiel Raffaels und der Fornarina[23]. Er hätte in dieser Beziehung auch sich selber als Vorbild anführen können, da er in der Herzogin von Maufrigneuse einen Engel erblickte. D'Arthez' wunderliche Laune hätte sich übrigens auf mannigfache Weise rechtfertigen lassen; vielleicht hatte er gleich von Anfang an daran gezweifelt, hier auf Erden eine Frau zu finden, die dem köstlichen Traumbild entsprach, wie jeder Mann von Geist es sich entwirft und im Herzen hegt; vielleicht besaß er ein zu empfindliches, zu zartes Herz, um es einer Dame der Gesellschaft auszuliefern; vielleicht zog er es vor, der Natur ihren Tribut zu zollen und sich seine Illusion dadurch zu bewahren, daß er sein Ideal sorglich hütete; vielleicht hatte er auch die Liebe gänzlich ausgeschaltet, weil sie mit seiner Arbeit, mit der Regelmäßigkeit eines mönchischen Lebens, in dem die Leidenschaft alles verwirrt hätte, unvereinbar war. Seit einigen Monaten bildete d'Arthez den Gegenstand der Spöttereien Blondets und Rastignacs, die ihm vorwarfen, er kenne weder die Welt noch die Frauen. Ihren Reden nach waren seine Werke zahlreich und vorgeschritten genug, daß er sich auch Zerstreuungen gönnen dürfe; er besitze ein schönes Vermögen und lebe dabei wie ein Student; er koste nichts aus, weder sein Geld noch seinen Ruhm; er wisse nichts von den erlesenen Genüssen der edlen und zarten Leidenschaft, die gewisse wohlerzogene Frauen aus guten Familien einzuflößen oder zu empfinden vermöchten; war es seiner nicht unwürdig, daß er nur erst die derbsten Formen der Liebe kennengelernt hatte? Sobald die Liebe sich auf das beschränkte, wozu die Natur sie gemacht hatte, war sie in ihren Augen die dümmste Erfindung der Welt. Es sei eine der rühmlichen Taten der Gesellschaft, dort die Frau geformt zu haben, wo die Natur nur das Weibchen geschaffen; dort die Beständigkeit des Verlangens begründet zu haben, wo die Natur nur die Erhaltung der Gattung im Sinn gehabt hat: kurzum, die Liebe erfunden zu haben, die schönste Religion der Menschen. D'Arthez wisse nichts von den reizenden Feinheiten der Ausdrucksweise, nichts von den Beweisen herzlicher Neigung, die Geist und Seele unaufhörlich geben, nichts von den Begierden, die durch verfeinerte Lebensart geadelt werden, nichts von den engelhaften Formen, die die Dame der Gesellschaft den gröbsten Dingen leiht. Er kenne vielleicht die Frau, aber die Gottheit kenne er nicht. Es bedurfte – nach ihnen – verschwenderischer Künste, zahlreicher schöner Gewandungen der Seele und des Leibes, damit eine Frau wirklich lieben könne. Kurzum, diese beiden Verführer rühmten all die köstlichen Verderbtheiten des Geistes, aus denen die Pariser Koketterie besteht, und bedauerten d'Arthez, der von gesunder Kost ohne jede Würze lebte, daß er die Köstlichkeiten der hohen Pariser Küche nie versucht habe, und so reizten sie seine Neugier aufs lebhafteste. Doktor Bianchon, den d'Arthez ins Vertrauen zog, merkte, daß jene Neugier endlich erweckt worden sei. Die langdauernde Liaison des großen Schriftstellers mit einer vulgären Frau war ihm, statt ihm vermöge der Gewöhnung zu gefallen, unerträglich geworden; aber ihn hielt die übertriebene Schüchternheit zurück, die sich aller einsamen Menschen bemächtigt.

»Wie kommt es«, sagte Rastignac, »wenn man schon ›den Pfennig und den Ballen im Schilde führt, der schräg in Rot und Gold geteilt ist‹, daß man da dieses pikardische Wappen nicht auf einem Wagenschlag glänzen läßt? Sie haben dreißigtausend Francs Rente und die Einkünfte Ihrer Feder; Sie haben Ihre Devise, die das von unsern Vorfahren so lange gesuchte Wortspiel bildet, zur Wahrheit gemacht: Ars thesaurusque virtus![24] und Sie führen sie nicht im Bois de Boulogne spazieren! Wir leben in einem Jahrhundert, in dem die Tugend sich zeigen muß.« – »Wenn Sie der dicken Laforêt[25], an der Sie sich entzücken, wenigstens Ihre Werke vorläsen, so würde ich Ihnen verzeihen, daß Sie an ihr festhalten«, sagte Blondet. »Aber, mein Lieber, wenn Sie schon, materiell gesprochen, gleichsam von trocknem Brot leben, so haben Sie, in geistiger Beziehung, nicht einmal das Brot ...«

Dieser freundschaftliche Kleinkrieg zwischen Daniel und seinen Freunden hatte bereits ein paar Monate angedauert, als Madame d'Espard Rastignac und Blondet bat, d'Arthez dahin zu bringen, daß er einmal bei ihr zu Abend esse; dabei sagte sie ihnen zugleich, die Fürstin von Cadignan hege den lebhaften Wunsch, diesen berühmten Mann kennenzulernen. Eine solche Neugier ist für gewisse Frauen, was für Kinder die Laterna magica[26] ist: ein übrigens ziemlich armseliges Vergnügen für die Augen, das nur Enttäuschung mit sich bringt. Je mehr Gefühle ein Mann von Geist von weitem erweckt, um so weniger wird er ihnen aus der Nähe entsprechen; je glänzender er im Traum erschien, um so glanzloser wird er selber sein. In dieser Hinsicht wird die enttäuschte Neugier bisweilen zur Ungerechtigkeit. Weder Blondet noch Rastignac konnten d'Arthez etwas vormachen; lachend sagten sie ihm, es biete sich ihm die verführerischste Gelegenheit, sein Herz abzuschleifen und die höchsten Entzückungen kennenzulernen, die die Liebe einer Pariser großen Dame zu spenden vermöge. Die Fürstin sei tatsächlich in ihn verliebt, er habe bei dieser Begegnung nichts zu fürchten, aber alles zu gewinnen; es werde ihm nicht möglich sein, von dem Piedestal herabzusteigen, auf das Madame de Cadignan ihn erhoben habe. Weder Blondet noch Rastignac erblickten etwas Unziemliches darin, der Fürstin diese Liebe anzudichten; sie konnte diese Verleumdung ohne weiteres tragen, da ihre Vergangenheit schon Anlaß zu so vielen Anekdoten geboten habe. Beide machten sie sich daran, d'Arthez die Liebesabenteuer der Herzogin von Maufrigneuse zu erzählen: ihre ersten Leichtfertigkeiten mit de Marsay, ihre zweite Unüberlegtheit mit d'Ajuda, den sie seiner Frau entfremdet und auf diese Weise Madame de Beauséant gerächt hatte; ihre dritte Liaison mit dem jungen d'Esgrignon, der sie nach Italien begleitet und sich um ihretwillen entsetzlich kompromittiert hatte; sie berichteten, wie unglücklich sie mit einem berühmten Gesandten, wie glücklich mit einem russischen General gewesen sei, wie sie die Egeria[27] zweier Minister der auswärtigen Angelegenheiten geworden war, und so weiter. D'Arthez sagte ihnen, er wisse durch ihren armen Freund Michel Chrestien, der sie vier Jahre lang heimlich angebetet habe und fast darüber wahnsinnig geworden sei, mehr, als sie ihm zu sagen vermöchten.

»Ich habe meinen Freund oft in die Oper begleitet«, sagte Daniel. »Der arme Kerl ist mit mir durch die Straßen neben dem Wagen der Fürstin hergelaufen, genauso schnell wie die Pferde, damit er sie durch die Scheiben ihres Coupés hindurch bewundern konnte. Dieser Liebe verdankt der Fürst von Cadignan das Leben, denn Michel hat einen jungen Burschen daran gehindert, ihn niederzuknallen « – »Da haben Sie ja gleich einen Gesprächsstoff zur Hand«, sagte Blondet lächelnd. »Das ist ganz die Frau, die Sie brauchen; sie wird nur aus Feingefühl grausam sein, und sie wird Sie überaus huldvoll in die Mysterien der Eleganz einweihen; aber nehmen Sie sich in acht! Sie hat manches Vermögen verschlungen! Die schöne Diane gehört zu den Verschwenderinnen, die keinen Centime kosten und für die man dennoch Millionen ausgibt. Schenken Sie sich ihr mit Leib und Seele, aber behalten Sie Ihr Geld fest in der Hand, wie der Alte in der ›Sintflut‹ Girodets[28].«

Nach dieser Unterhaltung hätte die Fürstin die Tiefe eines Abgrunds, die Anmut einer Königin, die Verderbtheit der Diplomaten, das Geheimnisvolle einer Mysterien-Einweihung und die Gefährlichkeit einer Sirene besitzen müssen. Die beiden geistreichen Herren, die nicht voraussehen konnten, welche Entwicklung dieser Scherz nehmen würde, hatten schließlich aus Diane d'Uxelles die ungeheuerlichste Pariserin, die gewandteste Kokette, die berauschendste Kurtisane der Welt gemacht. Obwohl sie damit recht hatten, blieb die Frau, die sie so leichtherzig abtaten, für d'Arthez heilig und geweiht, denn seine Neugier brauchte nicht erst geweckt zu werden; er willigte auf der Stelle ein, ihr zu begegnen, und etwas anderes hatten die beiden Freunde ja nicht von ihm gewollt.

Madame d'Espard suchte die Fürstin auf, sobald sie die Antwort hatte. »Liebste, fühlen Sie sich vollauf schön und kokett?« fragte sie. »Kommen Sie in einigen Tagen zum Abendessen zu mir, dann tische ich Ihnen d'Arthez auf. Unser genialer Mann ist von Natur sehr ungesellig, er hat Angst vor den Frauen und noch nie geliebt. Machen Sie daraus Ihr Gesprächsthema. Er ist außerordentlich geistvoll und von einer Einfalt, die einen täuscht, weil sie einem jedes Mißtrauen nimmt. Sein Scharfsinn erschöpft sich gänzlich in Rückblicken, wirkt sich erst hinterher aus und macht jede Berechnung zunichte. Heute haben Sie ihn vielleicht überrascht, aber morgen läßt er sich durch nichts mehr täuschen.« – »Ach«, sagte die Fürstin, »wenn ich bloß dreißig wäre, würde ich mich wundervoll dabei amüsieren! Bislang hat mir ein Mann von Geist als Spielzeug gefehlt. Ich habe immer nur Partner gehabt und niemals Gegner. Die Liebe war ein Spiel, anstatt ein Kampf zu sein.« – »Liebe Fürstin, geben Sie zu, daß ich sehr großzügig bin, denn schließlich, eine gut angewandte Wohltat ...«

Die beiden Damen schauten einander lachend an und ergriffen sich bei den Händen, die sie sich freundschaftlich drückten. Freilich hatten sie alle beide wichtige Geheimnisse voreinander, und sicherlich zählten sie den einzelnen Mann und eine zu leistende Gefälligkeit nicht so genau; denn damit eine Freundschaft zwischen Frauen aufrichtig und dauerhaft werde, muß sie mit kleinen Verbrechen gekittet werden. Wenn zwei Freundinnen sich gegenseitig töten können und einander anblicken, den vergifteten Dolch in der Hand, so bieten sie das rührende Schauspiel einer Harmonie dar, die erst in dem Augenblick gestört wird, da die eine der beiden aus Versehen ihre Waffe sinken läßt. Acht Tage später fand also bei der Marquise eine jener Abendgesellschaften statt, die sie als ihre kleinen Empfänge bezeichnet und die ihrem intimen Kreis vorbehalten sind; zu ihnen kommt niemand ohne eine mündliche Einladung, und während ihres Verlaufs bleibt ihre Tür geschlossen. Diese Abendgesellschaft wurde für fünf Personen gegeben: für Emile Blondet und Madame de Montcornet, für Daniel d'Arthez, Rastignac und die Fürstin von Cadignan. Die Herrin des Hauses mitgezählt, waren es gleich viel Herren und Damen. Nie hätte der Zufall geschickter spielen können, das Zusammentreffen d'Arthez' und der Madame de Cadignan in die Wege zu leiten. Die Fürstin gilt noch heute als eine in Fragen des Putzes ganz besonders bewanderte Dame; und die Toilette ist für die Frauen die erste unter allen Künsten. Sie trug eine Robe aus blauem Samt mit weiten, hängenden weißen Ärmeln und durchsichtigem Einsatz aus leicht gekräuseltem Tüll, der blau gesäumt war, vier Finger breit den Hals frei ließ und die Schultern bedeckte, wie man es auf einigen Bildnissen Raffaels sieht. Ihre Zofe hatte ihr geschickt ein wenig weißes Heidekraut in die blonden Haarkaskaden gesteckt; sie bildeten eine der schönen Besonderheiten, denen sie ihre Berühmtheit verdankte. Tatsächlich, Diane sah aus, als sei sie noch nicht fünfundzwanzig. Vier Jahre der Einsamkeit und der Ruhe hatten ihrer Gesichtshaut wieder Straffheit zuteil werden lassen. Und gibt es übrigens nicht Augenblicke, in denen der Wunsch zu gefallen die Schönheit der Frauen noch steigert? Der Wille ist nicht ohne Einfluß auf die Wandlungen des Gesichts. Wenn gewaltsame Erregungen die Macht besitzen, bei Leuten von sanguinischem oder melancholischem Temperament weiße Töne zu gelben zu machen und lymphatische Gesichter grünlich zu färben, muß dann nicht auch dem Verlangen, der Freude, der Hoffnung die Fähigkeit zugesprochen werden, den Teint aufzuhellen, den Blick mit lebhaftem Glanz zu vergolden, die Schönheit durch ein pikantes Licht, wie etwa das eines hübschen Morgens, zu beleben? Die so berühmte Blässe der Fürstin hatte eine gereifte Tönung angenommen, die ihr etwas Erhabenes lieh. In diesem Augenblick ihres Lebens stand ihre hohe Träumerstirn in wundervollem Einklang mit ihren blauen, ruhigen majestätischen Augen, denn damals waren ein strenges Insichgehen und viele ernsthafte Gedanken für sie bezeichnend. Auch dem geschicktesten Physiognomen wäre es unmöglich gewesen, unter dieser unerhörten Zartheit der Züge Berechnung und Entschlossenheit zu mutmaßen. Es gibt Frauengesichter, die durch ihre Ruhe und ihre Feinheit den Kundigen täuschen und die Beobachtung irreführen; man müßte sie prüfend betrachten können, wenn die Leidenschaften sprechen, und das ist schwierig; oder wenn sie gesprochen haben, was aber zu nichts mehr nütze ist: denn dann ist die Frau alt und verstellt sich nicht mehr. Die Fürstin gehört zu den undurchschaubaren Frauen; sie kann sich zu dem machen, was sie sein will: mutwillig, kindlich und unschuldig zum Verzweifeln; oder klug, ernst und tief und eben dadurch beunruhigend. Sie war mit der Absicht zur Marquise gekommen, eine sanfte, schlichte Frau zu spielen, der das Leben nur durch seine Enttäuschungen bekannt war, eine seelenvolle Frau, die verleumdet worden ist, die sich indessen darein geschickt hat, kurzum, einen mißhandelten Engel. Sie war beizeiten gekommen, um sich am Kamin neben Madame d'Espard so auf die Causeuse setzen zu können, wie sie gesehen werden wollte, in einer jener Haltungen, bei denen das Bewußte unter dem köstlichen Schein des Natürlichen verborgen ist, in einer jener einstudierten, raffinierten Posen, welche die schöne Schlangenlinie hervorheben, die am Fuß beginnt, anmutig bis zur Hüfte steigt und sich in herrlichen Rundungen bis zu den Schultern fortsetzt, wobei sie den Blicken das ganze Profil des Körpers darbietet. Eine nackte Frau wäre minder gefährlich, als es ein auf diese Weise kundig hingebreitetes Kleid ist, das alles bedeckt und zugleich ins Licht rückt. Mit einem Raffinement, auf das die wenigsten Frauen verfallen wären, hatte Diane sich zur größten Verblüffung der Marquise vom Herzog von Maufrigneuse begleiten lassen. Nach einem Augenblick der Überlegung drückte Madame d'Espard der Fürstin mit wissender Miene die Hand: »Ich verstehe Sie! Wenn Sie d'Arthez zwingen, gleich auf den ersten Blick alle Schwierigkeiten in Kauf zu nehmen, brauchen Sie später nicht mehr dagegen anzukämpfen.«

Die Gräfin de Montcornet war mit Blondet gekommen. Rastignac hatte d'Arthez mitgebracht. Die Fürstin machte dem berühmten Mann keins der Komplimente, mit denen ihn vulgäre Menschen zu überhäufen pflegten, sondern bezeigte ihm eine Zuvorkommenheit, die voller Anmut und Achtung war und die wohl die äußerste Grenze ihres Entgegenkommens bildete. So verhielt sie sich zweifellos auch dem König von Frankreich und den Prinzen gegenüber. Sie schien glücklich, den großen Mann vor sich zu sehen, und zufrieden, die Begegnung in die Wege geleitet zu haben. Menschen von Geschmack wie die Fürstin zeichnen sich vor allem durch ihre Art des Zuhörens aus, durch eine Liebenswürdigkeit ohne Beimischung von Spott, die sich zur Höflichkeit verhält wie die tätige zur nur gedanklichen Tugend. Wenn der berühmte Mann sprach, bekundete ihre Haltung eine Aufmerksamkeit, die tausendmal schmeichelhafter war, als die schmackhaftesten Komplimente es gewesen wären. Sie waren einander durch die Marquise vorgestellt worden, und zwar ohne jede Emphase und ganz auf die übliche Weise. Bei Tisch erhielt d'Arthez den Platz neben der Fürstin, die, weit davon entfernt, die übertriebene Diät der Zierpuppen nachzuahmen, mit sehr gutem Appetit aß und ihre Ehre darein setzte, als ganz natürliche Frau ohne alle Wunderlichkeiten zu erscheinen. Zwischen zwei Gängen machte sie sich einen Augenblick zunutze, in dem die Unterhaltung allgemein wurde, um d'Arthez mit Beschlag zu belegen.

»Der geheime Grund dafür, mir das Vergnügen Ihrer Gesellschaft zu verschaffen«, sagte sie, »beruht in dem Wunsch, einiges über einen unglücklichen Freund von Ihnen zu erfahren, der für eine andere Sache als die unsrige gestorben ist; ich bin ihm sehr verpflichtet, ohne daß ich es je anerkennen oder ihm vergelten konnte. Mein Mann teilt mein Bedauern. Ich habe erfahren, daß Sie einer der besten Freunde dieses armen jungen Menschen gewesen sind. Ihrer beider reine, ungetrübte Freundschaft stellt in meinen Augen einen Wert dar. Also werden Sie es nicht absonderlich finden, daß ich alles wissen möchte, was Sie mir über jenen Menschen sagen können, der Ihnen so teuer war. Wenn ich auch an dem vertriebenen Königshaus hänge und verpflichtet bin, monarchistische Anschauungen zu hegen, gehöre ich doch nicht zu der Zahl derer, die Republikanertum und Edelmut für unvereinbar halten. Die Monarchie und die Republik sind die beiden einzigen Staatsformen, die die schönen Gefühle nicht ersticken.« – »Michel Chrestien war ein Engel, Madame«, antwortete Daniel mit bewegter Stimme. »Ich kenne unter den Heroen des Altertums keinen, der ihm überlegen gewesen wäre. Hüten Sie sich davor, ihn für einen jener beschränkten Republikaner zu halten, die den Konvent und die Späßchen des Wohlfahrtsausschusses wiederholen wollen; nein, Michel träumte von einer Anwendung der Schweizer Bundesverfassung auf ganz Europa. Übrigens wollen wir unter uns zugeben, daß nächst der glanzvollen Regierung durch einen einzelnen – die, wie ich glaube, unserm Lande angemessen ist – Michels System am besten die Unterdrückung des Krieges in der Alten Welt und ihren Wiederaufbau auf einer andern Grundlage als derjenigen des

Eroberers gewährleistet, die ehedem die Feudalverfassung gegeben hat. Die Republikaner standen seinen Gedanken in dieser Hinsicht am nächsten; deshalb hat er ihnen im Juli und bei Saint-Merri seinen Arm geliehen. Obwohl unsere Anschauungen sehr weit auseinandergingen, sind wir eng befreundet geblieben.« – »Das ist das schönste Lob für Ihre beiden Charaktere«, sagte Madame de Cadignan zurückhaltend. – »Während der letzten vier Jahre seines Lebens«, fuhr Daniel fort, »hat er einzig mir seine Liebe zu Ihnen eingestanden; und eben dieses Vertrauen hat die ohnehin schon starken Bande unserer brüderlichen Freundschaft noch enger geknüpft. Er allein, Madame, hat Sie geliebt, wie Sie geliebt werden müßten. Wie oft bin ich nicht durchgeregnet, wenn wir Ihren Wagen bis zu Ihrem Hause begleiteten und dabei an Geschwindigkeit mit Ihren Pferden wetteiferten, damit wir neben Ihnen blieben und Sie sehen . . . Sie bewundern konnten!« – »Da werde ich Sie wohl entschädigen müssen!« sagte die Fürstin. – »Weshalb ist Michel nicht hier?« erwiderte Daniel schwermütig. – »Er hätte mich vielleicht nicht lange geliebt«, sagte die Fürstin und schüttelte bekümmert den Kopf. »Die Republikaner sind in ihren Ideen noch absoluter als wir Absolutisten, die wir durch unsere Nachsicht sündigen. Er hat mich wahrscheinlich als etwas Vollkommenes geträumt, und er wäre grausam enttäuscht worden. Wir Frauen werden ebensoviel von Verleumdungen verfolgt, wie Sie sie im literarischen Leben zu ertragen haben, und wir können uns weder durch den Ruhm noch durch unsere Werke verteidigen. Man hält uns nicht für das, was wir sind, sondern nur für das, was man aus uns macht. Nur zu bald hätte man ihm die unbekannte Frau, die in mir steckt, mit dem falschen Bildnis der imaginären Frau überdeckt, die für die Welt als die wahre gilt. Er hätte mich der edlen Empfindungen, die er mir entgegenbrachte, für unwürdig gehalten, für außerstande, sie zu begreifen.« Hier schüttelte die Fürstin den Kopf und bewegte dabei in einer wundervollen Gebärde die schönen blonden Locken mit dem darein gesteckten Heidekraut. Die trostlosen Zweifel, die heimliche Not, denen sie Ausdruck gab, lassen sich nicht schildern. Daniel verstand alles und blickte die Fürstin erschüttert an. »Und doch war ich an dem Tag, da ich ihn wiedersah, lange nach dem Juliaufstand«, fuhr sie fort, »nahe daran, meinem Wunsch zu unterliegen und ihn in der Säulenvorhalle der Italienischen Oper vor aller Welt bei der Hand zu nehmen, sie ihm zu drücken und ihm meinen Blumenstrauß zu schenken. Allein, ich sagte mir, daß dieser Beweis des Dankes, wie so viele andere edle Dinge, die heute als die Tollheiten der Madame de Maufrigneuse gelten, falsch gedeutet werden würde, Dinge, die ich niemals offen darlegen könnte; denn nur mein Sohn und Gott werden mich jemals kennen.«

Diese Worte, die dem Lauschenden zugeflüstert wurden, so daß sie den andern Gästen entgingen, und zwar in einem Tonfall, der der geschicktesten Komödiantin würdig gewesen wäre, mußten zu Herzen dringen; daher gelangten sie auch in Daniel d'Arthez' Herz. Es handelte sich dabei ja nicht um den berühmten Schriftsteller; diese Frau suchte sich um eines Toten willen zu rechtfertigen. Sie konnte verleumdet worden sein; sie wollte wissen, ob sie etwa auch in den Augen dessen, der sie geliebt hatte, durch irgend etwas besudelt worden war. Ob er mit ungeminderten Illusionen gestorben war?

»Michel«, antwortete d'Arthez, »war einer der Männer, die bedingungslos lieben und die, wenn sie falsch wählen, darunter leiden können, ohne jemals auf die zu verzichten, die sie sich erkoren hatten.« – »Bin ich denn wirklich so geliebt worden?« rief sie mit der Miene verzückter Seligkeit. – »Ja, Madame.« – »Also habe ich ihn beglückt?« – »Vier Jahre lang.« – »So etwas kann keine Frau hören, ohne eine stolze Genugtuung zu empfinden«, sagte sie und wandte d'Arthez in einer Bewegung voll keuscher Verwirrung ihr sanftes, edles Antlitz zu.

Es gehört zu den kundigsten Manövern von dergleichen Komödiantinnen, daß sie ihr Gehaben verschleiern, wenn die Worte allzu ausdrucksvoll werden, und daß sie, sobald das Gesagte auf gewisse Grenzen stößt, die Augen sprechen lassen. Diese geschickten Dissonanzen, die sie in die Musik ihrer wahren oder falschen Liebe einfügen, besitzen eine unbesiegliche Verführungskraft.

»Hat man nicht«, fuhr sie fort, wobei sie die Stimme noch mehr dämpfte und sich ihrer Wirkung vergewisserte, »hat man nicht sein Schicksal erfüllt, wenn man einen großen Mann ohne einen Verstoß glücklich gemacht hat?« – »Hat er Ihnen nie geschrieben?« – »Ja, aber ich wollte meiner Sache ganz sicher sein, denn glauben Sie mir, er hat sich nicht getäuscht, wenn er mich so hoch stellte.«

Die Frauen wissen ihren Worten eine ganz besondere Weihe zu geben; sie teilen ihnen irgendein Vibrieren mit, das den Sinn der Gedanken ausweitet und ihnen Tiefe leiht; wenn dann ihr bezauberter Zuhörer sich nicht später Rechenschaft über das ablegt, was sie gesagt haben, ist ihr Ziel völlig erreicht, und gerade darin beruht ja der eigentliche Sinn der Beredsamkeit. Die Fürstin hätte in diesem Augenblick die Krone Frankreichs tragen können, ohne daß ihre Stirn deswegen eindrucksvoller gewirkt hätte, als sie es unter dem schönen Diadem ihres zu einem Turm in Zöpfen aufgesteckten und mit dem hübschen Heidekraut gezierten Haars war. Wie der Heiland über die Wogen des Sees von Tiberias, schien diese Frau auf den Fluten der Verleumdung einherzuschreiten, eingehüllt in das Leichentuch dieser Liebe wie ein Engel in seinen Heiligenschein. Nichts deutete auf die Notwendigkeit hin, so zu sein, noch auch auf den Wunsch, als groß oder liebreich zu erscheinen; alles war schlicht und ruhig. Nie hätte ein Lebender der Fürstin die Dienste erweisen können, die jener Tote ihr leistete. D'Arthez, ein einsamer Schaffender, dem der praktische Umgang mit Welt und Gesellschaft fremd war und den die literarische Arbeit mit ihren schützenden Schleiern umhüllt hatte, ließ sich von diesem Tonfall und diesen Worten täuschen. Er stand unter dem Zauber dieser erlesenen Manieren, er bewunderte die vollkommene Schönheit, die das Unglück gereift hatte und die in der Zurückgezogenheit zur Ruhe gelangt war; er betete die so seltene Vereinigung eines feinen Geistes und einer schönen Seele an. Kurzum, es verlangte ihn, das Erbe Michel Chrestiens anzutreten. Der Anfang dieser Leidenschaft war, wie bei den meisten tiefen Denkern, eine Idee. Nun er die Fürstin aus größerer Nähe sah als damals, als er seinen Freund bei dessen tollem Lauf begleitet hatte, nun er die Form ihres Kopfes, die Gliederung ihrer sanften Züge, ihren Wuchs, ihren Fuß, ihre fein modellierten Hände genau anschaute, nahm er das überraschende Phänomen des seelischen zweiten Gesichts wahr, das der von der Liebe außer sich geratene Mensch in sich gewahrt. Mit welcher Hellsicht hatte doch Michel Chrestien in diesem Herzen, in dieser von den Feuern der Liebe erhellten Seele gelesen! Auch der Föderalist war also verstanden worden! Sicherlich wäre er glücklich gewesen! So besaß denn die Fürstin in d'Arthez' Augen einen großen Zauber: sie war von einer poetischen Aureole umgeben. Während des Essens fielen dem Schriftsteller die verzweifelten Geständnisse des Republikaners und dessen Hoffnungen ein, als er sich geliebt geglaubt hatte; seine schönen Gedichte, wie sie eben wahre Empfindung diktiert, hatte er für sich allein einzig um dieser Frau willen gesungen. Ohne sein Wissen begann Daniel diese Erfahrungen, die er dem Zufall verdankte, auszunutzen. Es geschieht selten, daß ein Mann, ohne Gewissensbisse zu empfinden, aus dem Vertrauten zum Nebenbuhler wird, und das konnte d'Arthez jetzt, ohne sich schuldig zu machen. In einem Augenblick durchschaute er, welch ungeheurer Unterschied zwischen den Damen der Gesellschaft, jenen Blüten der großen Welt, und den vulgären Frauen besteht, die er indessen gleichfalls erst in einem einzigen Beispiel kannte; er wurde also an den zugänglichsten, zartesten Stellen seiner Seele und seines Genius überrumpelt. Seine Naivität und das Ungestüm seiner Gedanken trieben ihn an, sich dieser Frau zu bemächtigen; dennoch fühlte er sich gehemmt durch die Gesellschaft, durch die Schranke, die die Lebensart und, sagen wir es, das Hoheitsvolle der Fürstin zwischen ihm und ihr errichtete. Auch lag für diesen Mann, der nicht gewohnt war, diejenige, die er liebte, zu achten, darin irgend etwas Lockendes, irgend etwas Köderndes, das um so mächtiger war, als er sich gezwungen sah, diesen Köder hinunterzuschlucken und die dadurch verursachte Verzweiflung zu ertragen, ohne sich zu verraten. Die Unterhaltung, die bis zum Dessert bei Michel Chrestien verharrte, bildete für Daniel wie für die Fürstin einen wunderbaren Vorwand, mit leiser Stimme von Liebe, Sympathie, Ahnung zu sprechen: für sie, sich als Verleumdete, Verkannte hinzustellen; für ihn, die Füße in die Schuhe des toten Republikaners zu stekken. Vielleicht ertappte sich dieser harmlose Mann dabei, daß er sich weniger als zuvor nach seinem Freund zurücksehnte? In dem Augenblick, als ein wunderbares Dessert den Tisch verschönte, beim Schein der Kerzen, im Schutz der Sträuße aus natürlichen

Blumen, die die Gäste durch eine glänzende, üppig und bunt von Früchten und Zuckerwerk durchwirkte Hecke trennten, gefiel die Fürstin sich darin, die Reihe von vertraulichen Geständnissen mit einem entzückenden Ausspruch zu beschließen, den sie mit einem jener Blicke begleitete, die eine blonde Frau brünett erscheinen lassen, einem Ausspruch, durch den sie den Gedanken, Michel und Daniel seien Zwillingsseelen gewesen, erlesen ausdrückte. Danach beteiligte sich d'Arthez sogleich wieder an der allgemeinen Unterhaltung, und er trug die Freude eines Kindes hinein, mit ein wenig eitler Miene, die eines Schulknaben würdig gewesen wäre. Die Fürstin nahm zwanglos Daniels Arm und ging mit ihm in den kleinen Salon der Marquise zurück. Als sie den großen Salon durchschritten, ging sie langsam; und als ein ziemlich weiter Abstand sie von der Marquise trennte, der Blondet den Arm gereicht hatte, hielt sie d'Arthez an.

»Ich will für den Freund des armen Republikaners nicht unzugänglich sein«, sagte sie. »Und obgleich ich es mir zum Gesetz gemacht habe, niemanden zu empfangen, sollen von allen Menschen der Welt Sie allein bei mir Zutritt haben. Glauben Sie nicht, das sei eine Gunst. Gunst gilt immer nur für Fremde, und mir ist, als seien wir bereits alte Freunde; ich möchte in Ihnen Michels Bruder erblicken.«

D'Arthez konnte der Fürstin nur den Arm drücken; er fand keine Antwort. Als der Kaffee serviert wurde, hüllte Diane de Cadignan sich mit einer koketten Bewegung in einem großen Schal ein und stand auf. Blondet und Rastignac waren zu sehr Politiker und zu sehr an die große Welt gewöhnt, als daß sie den geringsten bürgerlichen Ausruf hätten tun oder die Fürstin hätten zurückhalten wollen; aber Madame d'Espard nötigte die Freundin, sich nochmals zu setzen, indem sie sie bei der Hand nahm und ihr zuflüsterte: »Warten Sie, bis auch die Dienerschaft gegessen hat; der Wagen steht noch nicht bereit.« Und sie gab dem Diener, der das Tablett mit dem Kaffee wieder forttrug, einen Wink. Madame de Montcornet erriet, daß die Fürstin und Madame d'Espard sich etwas zu sagen hätten, und sie nahm d'Arthez, Rastignac und Blondet beiseite und amüsierte sie durch eine jener tollen, paradoxen Attacken, auf die Pariserinnen sich so wundervoll verstehen.

»Na«, sagte die Marquise, »wie finden Sie ihn?« – »Er ist ein anbetungswürdiges Kind, er kommt gerade aus den Wickelbändern. Wahrhaftig, dies ergibt noch einmal, wie bisher, einen Triumph ohne Kampf.« – »Das könnte einen zur Verzweiflung treiben«, sagte Madame d'Espard, »aber es gibt ein Hilfsmittel.« – »Und welches?« – »Lassen Sie mich Ihre Nebenbuhlerin werden.« – »Wie Sie wollen«, antwortete die Fürstin; »ich bin zu einem Entschluß gelangt. Das Genie ist eine Wesensform des Intellekts; was das Herz dabei gewinnt, weiß ich nicht; wir wollen später einmal darüber plaudern.«

Als Madame d'Espard dieses letzte, ihr unauslegbare Wort vernommen hatte, beteiligte sie sich wieder an der allgemeinen Unterhaltung und schien weder durch das ›Wie Sie wollen‹ verletzt noch auch neugierig darauf zu sein, was sich aus dieser ersten Zusammenkunft ergeben würde. Die Fürstin blieb noch etwa eine Stunde lang auf der Causeuse beim Kamin sitzen, und zwar in der lässigen, selbstverlorenen Haltung, die Guérin der Dido[29] hat zuteil werden lassen; sie lauschte mit der Aufmerksamkeit einer Gedankenversunkenen und sah Daniel kurze Augenblicke lang an, ohne eine Bewunderung zu verhehlen, die indessen nie die Grenzen überschritt. Sie entschlüpfte unauffällig, als der Wagen vorgefahren war, nachdem sie zuvor noch mit der Marquise einen Händedruck und mit Madame de Montcornet ein Nicken ausgetauscht hatte.

Die Abendgesellschaft ging hin, ohne daß von der Fürstin noch ferner die Rede gewesen wäre. Man machte sich die Begeisterung zunutze, in der d'Arthez sich befand, denn er breitete alle Schätze seines Geistes aus. Freilich besaß er in Rastignac und Blondet zwei an Geschliffenheit des Geistes und Reichweite des Verstandes erstklassige Sekundanten. Was nun die beiden Damen betrifft, so galten sie seit langem als die geistreichsten der hohen Gesellschaft. Es war also für diese fünf Menschen, die für gewöhnlich in der Welt, in den Salons und in der Politik auf der Hut zu sein hatten, ein Rasttag in der Oase, ein seltenes und durchaus gewürdigtes Glück. Es gibt Menschen, die das Vorrecht besitzen, unter den andern dazustehen wie jene wohltätigen Gestirne, deren Licht die Geister erleuchtet und deren Strahlen die Herzen erwärmen. D'Arthez war eine dieser schönen Seelen. Ein

Schriftsteller, der sich zu der ihm gemäßen Höhe aufschwingt, gewöhnt sich daran, alles zu denken, und vergißt in der Gesellschaft bisweilen, daß man nicht alles sagen darf; es ist ihm unmöglich, die Zurückhaltung der Leute zu bewahren, die beständig darin leben; aber da seine Verstöße fast immer den Stempel der Originalität tragen, beschwert sich niemand darüber. Die bei allen Talenten so seltene Würze, nämlich das Jugendliche voller Schlichtheit, das d'Arthez eine so noble Originalität verleiht, machte diese Abendgesellschaft zu einem besonderen Fest. Er brach mit dem Baron de Rastignac auf, der, als er ihn heimbegleitete, natürlich auf die Fürstin zu sprechen kam und ihn fragte, wie er sie finde.

»Michel hatte recht, daß er sie liebte«, antwortete d'Arthez; »sie ist eine außergewöhnliche Frau.« – »Sehr außergewöhnlich«, versetzte Rastignac spöttisch. »Ich merkte es Ihrem Tonfall an, daß Sie sie bereits lieben; ehe drei Tage vergehen, werden Sie bei ihr sein, und ich kenne mich schon zu lange in Paris aus, um nicht zu wissen, was zwischen Ihnen beiden geschehen wird. Aber, mein lieber d'Arthez, ich flehe Sie an, lassen Sie sich zu keiner Gemeinschaft der Interessen hinreißen. Lieben Sie die Fürstin, wenn Sie Liebe zu ihr im Herzen verspüren; aber denken Sie an Ihr Vermögen. Sie hat niemals, von wem es auch sei, zwei Liards angenommen oder erbeten; dazu ist sie zu sehr d'Uxelles und Cadignan; aber meines Wissens sind durch sie, abgesehen von ihrem eigenen Vermögen, das sehr beträchtlich war, mehrere Millionen draufgegangen. Wie? Wozu? Auf welche Weise? Das weiß niemand, nicht einmal sie selber weiß es. Ich habe es, das ist jetzt dreizehn Jahre her, mit angesehen, wie sie innerhalb von zwanzig Monaten das Vermögen eines reizenden jungen Menschen und das eines alten Notars obendrein verschlungen hat.« – »Vor dreizehn Jahren!« sagte d'Arthez. »Wie alt ist sie denn?« – »Haben Sie denn bei Tisch nicht ihren Sohn gesehen, den Herzog von Maufrigneuse?« antwortete Rastignac lachend, »einen jungen Herrn von neunzehn Jahren? Neunzehn und siebzehn machen ...« – »Sechsunddreißig!« rief der Schriftsteller überrascht. »Ich habe sie für zwanzig gehalten!« – »Das wird sie gelten lassen«, sagte Rastignac; »aber seien Sie deswegen unbesorgt; für Sie wird sie immer zwanzig bleiben. Sie werden in eine phantastische Welt geraten! – Guten Abend, hier sind Sie ja zu Hause«, sagte der Baron, als er seinen Wagen in die Rue de Bellefond[30] einbiegen sah, wo d'Arthez ein hübsches, ihm gehörendes Haus bewohnte. »Wir sehen uns wohl im Lauf der Woche bei Mademoiselle des Touches.«

D'Arthez ließ die Liebe in sein Herz eindringen wie unser Onkel Tobby[31], nämlich ohne den geringsten Widerstand zu leisten; er überließ sich der kritiklosen Anbetung, der ausschließlichen Bewunderung. Die Fürstin, diese schöne Kreatur, eine der bemerkenswertesten Schöpfungen des ungeheuerlichen Paris, wo im Guten wie im Schlimmen alles möglich ist, wurde, wie abgenutzt diese Bemerkung auch durch die unselige Zeit geworden ist, zum erträumten Engel. Um die plötzliche Verwandlung des berühmten Schriftstellers ganz zu verstehen, müßte man wissen, wieviel Unschuld Einsamkeit und beständige Arbeit dem Herzen lassen; wieviel Begierden und Phantasien die Liebe, die zum Bedürfnis gemacht und einer unedlen Frau gegenüber peinlich geworden ist, im Herzen entwickelt, wieviel Reue sie erregt und wieviel göttliche Empfindungen sie in den höchsten Regionen der Seele weckt. D'Arthez war wirklich noch das Kind, noch der Gymnasiast, den der Takt der Fürstin jäh erwittert hatte. Eine ganz ähnliche Erleuchtung hatte sich bei der schönen Diane vollzogen. Jetzt endlich war sie dem überlegenen Manne begegnet, nach dem alle Frauen sich sehnen, und sei es nur, um mit ihm zu spielen: der Macht, der zu gehorchen sie bereit sind, und sei es nur um der Lust willen, sie gleichzeitig zu beherrschen; endlich hatte sie Größe des Geistes verbunden mit Naivität des Herzens und Unerfahrenheit in der Leidenschaft gefunden; und zudem sah sie zu ihrem unerhörten Glück all diese Reichtümer in einem Äußern vereinigt, das ihr gefiel. D'Arthez dünkte ihr schön; vielleicht war er es auch. Obwohl er mit seinen achtunddreißig Jahren unmittelbar vor dem reifen Mannesalter stand, hatte er sich Jugendblüte bewahrt dank seines nüchternen und keuschen Lebens; und wie alle Stubenhocker, wie die Staatsmänner, war er von mäßiger Beleibtheit. In sehr jungen Jahren hatte er eine vage Ähnlichkeit mit Bonaparte als General gehabt. Diese Ähnlichkeit bestand noch immer, soweit ein Mensch mit schwarzen Augen und dichtem dunkelbraunem

Haar jenem Herrscher mit den blauen Augen und dem kastanienbraunen Haar gleichen kann; aber der glühende, noble Ehrgeiz, der ehemals in d'Arthez' Augen gelegen hatte, war durch den Erfolg gleichsam gemildert worden. Die Gedanken, die sich hinter seiner Stirn verborgen hatten, waren erblüht, die Hohl wangen seines Gesichts hatten sich ausgefüllt. Dort, wo in seiner Jugend das Elend die gelben Farben jener Temperamente aufgetragen hatte, die sich hartnäckig anspannen müssen, um zermalmende, unaufhörliche Kämpfe zu ertragen – dort hatte der Wohlstand goldene Farbtöne ausgebreitet. Wenn man sich sorgfältig die schönen Gesichter der antiken Philosophen anschaut, gewahrt man in ihnen stets jene Abweichungen vom vollkommenen Typus des menschlichen Gesichts, denen jede Physiognomie ihre Eigenart verdankt; und jene Abweichungen werden korrigiert durch die Gewohnheit des Nachdenkens, durch die beständige Ruhe, die für geistige Arbeit notwendig ist. Den gequältesten Gesichtern, wie zum Beispiel dem des Sokrates, wird auf die Dauer eine fast göttliche Heiterkeit zuteil. Mit der edlen Einfalt, die sein kaiserliches Haupt zierte, verband d'Arthez den Ausdruck der Naivität, die Natürlichkeit der Kinder und eine rührende Gutmütigkeit. Jene stets von Falschheit geprägte Höflichkeit besaß er nicht, jene Höflichkeit, durch die in der Gesellschaft die besterzogenen und liebenswürdigsten Menschen Eigenschaften vortäuschen, die ihnen oft fehlen und deren Mangel die verletzt, die erkennen, daß sie sich haben täuschen lassen. Er konnte seiner Vereinsamung wegen gegen ein paar gesellschaftliche Regeln verstoßen; aber da er niemals wirklich unangenehm auffiel, machte diese kleine Ungeschliffenheit die Liebenswürdigkeit, die hochbegabten Männern eigen ist, noch anmutiger; sie verstehen sich nämlich darauf, ihre Überlegenheit daheim zu lassen und zum Niveau der Gesellschaft hinabzusteigen, um wie Heinrich IV. den Kindern ihren Rücken und den Tröpfen ihren Geist darzubieten.

Als sie nach Hause gekommen war, stellte die Fürstin ebensowenig Erörterungen mit sich selbst an, wie d'Arthez sich gegen den Zauber sträubte, mit dem sie ihn bestrickt hatte. Für sie war alles entschieden: sie liebte mit all ihrem Wissen und ihrer Unbewußtheit. Wenn sie sich eine Frage stellte, so war es die, ob sie ein so großes Glück verdiene und was sie für den Himmel geleistet habe, daß er ihr einen solchen Engel sandte. Sie wollte dieser Liebe würdig werden, wollte sie verewigen und sie sich auf alle Zeit zu eigen machen, um ihr früheres Leben, das Dasein einer hübschen Frau, in dem Paradies enden zu lassen, welches sie vor sich erstehen sah. An Widerstand, Neckerei oder Koketterie dachte sie nicht einmal. Sie dachte an ganz andere Dinge! Sie hatte die Größe der genialen Männer begriffen und erraten, daß sie Frauen von erlesenem Rang keinen Alltagsgesetzen unterwerfen. Daher hatte sie sich auch in jener raschen Erkenntnis, wie sie weiblichen großen Geistern eigen ist, vorgenommen, sich dem ersten Begehren gegenüber als schwach zu bezeigen. Sie kannte sich nach einem einzigen Beisammensein in d'Arthez' Charakter gut genug aus, um zu mutmaßen, daß jenes Begehren nicht eher ausgesprochen werden würde, als bis ihr Zeit geblieben wäre, sich zu dem zu machen, was sie in den Augen dieses wundervollen Liebhabers sein wollte und sein mußte.

Hier beginnt nun eine jener unbekannten Komödien, die sich auf dem Forum des Gewissens zwischen zwei Menschen abspielen, von denen der eine sich vom andern täuschen läßt und die die Grenzen der Verderbtheit erweitern; eins jener düsteren und zugleich komischen Dramen, neben denen das Drama des Tartuffe[32] eine Nichtigkeit ist; aber sie gehören nicht etwa dem Wirkungsbereich der Bühne an; nein, obwohl alles an ihnen außerordentlich ist, sind sie selber doch ganz natürlich, herkömmlich und durch die Notwendigkeit gerechtfertigt; man müßte dieses furchtbare Drama als die Kehrseite des Lasters bezeichnen. Die Fürstin verschaffte sich zunächst d'Arthez' sämtliche Werke, denn sie hatte noch keine Zeile von ihm gelesen, und dennoch hatte sie zwanzig Minuten lang, ohne fehlzugreifen, ihm ihre lobreiche Anerkennung gezollt. Sie las alles. Dann wollte sie diese Bücher mit dem Besten vergleichen, das die zeitgenössische Literatur hervorgebracht hatte. An dem Tage, da d'Arthez sie besuchte, hatte sie sich geistig übernommen. In Erwartung dieses Besuchs hatte sie jeden Tag eine ganz andere Toilette gemacht, eine der Toiletten, die einen Gedanken ausdrücken und jenem Gedanken durch die Augen Eingang verschaffen, ohne daß man weiß, wie und weshalb. Sie bot den

Blicken eine harmonische Zusammenstellung grauer Farben dar, eine Art Halbtrauer, anmutig und voll Verzicht, die Kleidung einer Frau, die nur noch durch ein paar natürliche Bande, vielleicht durch ihr Kind, ans Leben gefesselt wird und die sich darin langweilt. Sie bekundete einen eleganten Ekel, der jedoch nicht bis zum Selbstmord reichte; sie lebte eben ihre Zeit im irdischen Kerker zu Ende. Sie empfing d'Arthez wie eine Frau, die ihn erwartete, und als sei er schon hundertmal bei ihr gewesen; sie erwies ihm die Ehre, ihn wie einen alten Bekannten zu behandeln; sie machte es ihm durch eine einzige Geste behaglich, indem sie nämlich auf eine Causeuse deutete, damit er sich dort setze, während sie einen begonnenen Brief beendete. Die Unterhaltung begann auf die allergewöhnlichste Art: das Wetter, das Ministerium, die Krankheit de Marsays, die Hoffnungen der Legitimisten. D'Arthez war Absolutist; die Fürstin mußte um die Anschauungen eines Mannes wissen, der in der Kammer unter den fünfzehn oder zwanzig Männern saß, die die legitimistische Partei vertraten; sie fand Gelegenheit, ihm zu erzählen, wie sie de Marsay an der Nase herumgeführt habe; dann lenkte sie Daniels Aufmerksamkeit durch einen Übergang, den ihr die Ergebenheit des Fürsten von Cadignan für die königliche Familie und für Madame lieferte, auf ihren Mann.

»Er hat wenigstens das eine für sich, daß er seine Herren liebt und ihnen ergeben ist«, sagte sie. »Sein Verhalten in der Öffentlichkeit tröstet mich über all die Leiden hinweg, die mir sein Verhalten im Privatleben bereitet hat. Denn«, fuhr sie fort und ließ den Fürsten geschickt beiseite, »haben Sie noch nicht bemerkt, Sie, der Sie alles wissen, daß die Männer zwei Charaktere haben? Den einen haben sie für ihr Heim, für ihre Frauen, für ihr geheimes Leben, und das ist der wahre; da gibt es keine Maske mehr, keine Verstellung; da machen sie sich nicht die Mühe, etwas vorzutäuschen; sie sind, was sie sind, und oft sind sie grauenhaft. Die Welt aber, die andern, die Salons, der Hof, der Herrscher und die Politik sehen sie als groß, edel und freigebig, in ihrem mit Tugenden bestickten Kostüm, mit schönen Worten verbrämt und ausgestattet mit vortrefflichen Eigenschaften. Was für eine entsetzliche Komik! Und wundert man sich bisweilen über das Lächeln gewisser Frauen, über ihr überlegenes

Gehaben ihren Männern gegenüber, über ihre Gleichgültigkeit ....«

Sie ließ die Hand, ohne den Satz zu beenden, rasch an der Lehne ihres Sessels hinabgleiten, und diese Geste ergänzte wundervoll ihre Worte. Da sie sah, daß d'Arthez damit beschäftigt war, ihre biegsame Gestalt zu mustern, die sich so gut in die Tiefe ihres weichen Sessels schmiegte; daß er das Fallen ihres Kleides und die hübschen eingekrausten Fältchen über der Brust betrachtete, eine der Kühnheiten der Toilette, die den Frauen nur stehen, wenn sie schlank genug sind, um keinerlei Einbuße zu erleiden, nahm sie den Verlauf ihrer Gedanken wieder auf, als spreche sie mit sich selbst: »Ich fahre nicht fort. Es ist euch Schriftstellern nun glücklich gelungen, die Frauen lächerlich zu machen, die sich für verkannt halten, die unglücklich verheiratet sind, die sich dramatisieren und interessant machen, was mir übrigens als außerordentlich kleinbürgerlich erscheint. Man fügt sich, und damit gut; oder man leistet Widerstand und amüsiert sich. In beiden Fällen muß man schweigen. Ich freilich habe mich weder ganz zu fügen gewußt noch ganz zu widerstreben; aber vielleicht war das nur ein um so ernsterer Grund zum Schweigen. Welche Dummheit von den Frauen, sich zu beklagen! Wenn sie nicht die Stärkeren geblieben sind, so hat es ihnen an Geist, an Takt, an Feinheit gefehlt, und sie verdienen ihr Schicksal. Sind sie in Frankreich nicht Königinnen? Sie machen sich über euch lustig wie sie wollen, wann sie wollen und solange sie wollen.« (Sie ließ in einer wundervollen Bewegung voll weiblicher Keckheit und spöttischer Lustigkeit ihr Riechfläschchen tanzen.) – »Ich habe oft gehört, wie erbärmliche kleine Geschöpfe bedauerten, daß sie Frauen seien; sie wollten lieber Männer sein; ich habe sie stets nur voller Mitleid betrachtet«, fuhr sie fort. »Wenn ich zu wählen hätte, würde ich auch heute noch vorziehen, Frau zu sein. Welch eine Lust, seine Triumphe der Macht und all den Kräften zu verdanken, die uns die von euch erlassenen Gesetze geben! Aber wenn wir euch zu unsern Füßen sehen, wenn ihr Dummheiten redet und begeht, ist es dann nicht ein berauschendes Glück, in sich die triumphierende Schwäche zu verspüren? Wenn wir Erfolg gehabt haben, müssen wir also Schweigen bewahren, sonst büßen wir unsere Herrschaft ein.

Und wenn die Frauen besiegt worden sind, so müssen sie aus Stolz erst recht schweigen. Die Stummheit des Sklaven ängstigt den Herrn.«

Dies Geplauder wurde mit einer so sanft spöttischen, so niedlichen Stimme und unter so koketten Kopfbewegungen geflötet, daß d'Arthez, dem Frauen dieser Art gänzlich unbekannt waren, sich wie das Rebhuhn verhielt, das vom Jagdhund gestellt ist.

»Ich bitte Sie, Madame«, sagte er schließlich, »erklären Sie mir, wie ein Mann Ihnen hat Schmerzen verursachen können; und sein Sie überzeugt, daß Sie vornehm blieben, wo alle andern Frauen vulgär würden, auch wenn Sie nicht über die Dinge auf eine Art zu sprechen wüßten, die sogar ein Kochbuch interessant machen könnte.« – »Sie schreiten rasch voran in der Freundschaft«, sagte sie in einem ernsten Tonfall, der d'Arthez nachdenklich und besorgt machte.

Das Thema wurde gewechselt, die Stunde rückte vor. Der arme geniale Mann verabschiedete sich zerknirscht, weil er neugierig geschienen und wohl gar dieses Herz verletzt hatte; er glaubte nämlich, diese Frau habe über die Maßen gelitten. Dabei hatte sie ihr Leben damit hingebracht, daß sie sich amüsierte; sie war ein richtiger weiblicher Don Juan gewesen, wenngleich mit dem Unterschied, daß sie die steinerne Statue nicht zum Nachtmahl eingeladen hatte; und sicherlich wäre sie auch mit der Statue fertig geworden.

Es ist nicht möglich, diese Erzählung weiterzuführen, ohne ein Wort über den Fürsten von Cadignan zu sagen, der unter dem Namen des Herzogs von Maufrigneuse besser bekannt ist; sonst büßten die wunderbaren Erfindungen der Fürstin ihre Würze ein, und Fremde verstünden nichts von der furchtbaren Pariser Komödie, die sie um eines Mannes willen zu spielen begann. Der Herzog von Maufrigneuse ist als echter Sohn des Fürsten von Cadignan ein langer, dürrer Mann mit den elegantesten Umgangsformen, ein Mann voller Liebenswürdigkeit, der reizende Dinge sagt; von Gottes Gnaden wurde er Oberst und von Zufalls Gnaden ein guter Offizier; im übrigen ist er bei jeder Gelegenheit tapfer wie ein Pole, hat kein eigenes Urteil und verbirgt die Leere seines Kopfes hinter der Redeweise der großen Gesellschaft. Schon mit sechsunddreißig Jahren bezeigte er dem schönen Geschlecht gezwungenermaßen dieselbe Gleichgültigkeit wie König Karl X., sein Herr; gleich seinem Herrn wurde er dafür bestraft, daß er, wie dieser, in seiner Jugend allzusehr gefallen hatte. Achtzehn Jahre lang war er der Abgott des Faubourg Saint-Germain gewesen und hatte, wie alle Söhne großer Häuser, ein lockeres Leben geführt, das einzig von Genüssen ausgefüllt worden war. Sein durch die Revolution ruinierter Vater hatte bei der Rückkehr der Bourbonen sein Amt, die Verwaltung eines königlichen Schlosses, zurückerhalten, sowie Gehälter und Pensionen; aber dieses substanzlose Vermögen verzehrte der alte Fürst gut und gern, denn er blieb der große Herr, der er vor der Revolution gewesen war; und als die Indemnitätsakte[33] kam, wurden die Summen, die er ausbezahlt erhielt, durch den Luxus verschlungen, den er in seinem riesigen Stadtpalais entfaltete, dem einzigen Grundbesitz, den er noch vorgefunden hatte und dessen größerer Teil von seiner Schwiegertochter bewohnt wurde.

Der Fürst von Cadignan starb einige Zeit vor der Julirevolution im Alter von siebenundachtzig Jahren. Er hatte seine Frau ruiniert und lange mit dem Herzog von Navarreins auf gespanntem Fuß gestanden; jener Herzog hatte in erster Ehe die Tochter des Fürsten geheiratet, und dieser hatte ihm nur unter Schwierigkeiten Abrechnungen geleistet. Der Herzog von Maufrigneuse hatte eine Liaison mit der Herzogin von Uxelles gehabt. Um 1814, als Monsieur de Maufrigneuse sechsunddreißig Jahre alt wurde, gab die Herzogin ihm, da er arm war, sich aber mit dem Hofe gut stand, ihre Tochter zur Frau, die etwa fünfzig- oder sechzigtausend Francs Rente hatte, ungerechnet das, was sie von der Mutter noch erwarten konnte. So wurde Mademoiselle d'Uxelles Herzogin, und ihre Mutter wußte, daß sie sich wahrscheinlich der größten Freiheit erfreuen würde. Nachdem der Herzog das unverhoffte Glück gehabt hatte, einen Erben zu zeugen, ließ er seiner Frau völlige Handlungsfreiheit und zog von Garnison zu Garnison, um sich zu amüsieren; den Winter verbrachte er in Paris und machte Schulden, die sein Vater stets bezahlte. In ehelichen Dingen bekundete er die größte Nachsicht und unterrichtete die Herzogin stets acht Tage zuvor von seiner Rückkehr nach Paris. Er wurde von seinem Regiment angebetet und vom Dauphin geschätzt; er war ein gewandter Hofmann, spielte ein wenig und war im übrigen frei von jeder Ziererei; nie konnte die Herzogin ihn dazu überreden, daß er sich wenigstens um des Scheins willen und aus Rücksicht auf sie, wie sie scherzend sagte, ein Mädchen von der Oper nehme. Der Herzog, der die Anwartschaft auf das Amt seines Vaters hatte, wußte sich bei beiden Königen, bei Ludwig XVIII. und Karl X., beliebt zu machen, was beweist, daß er seine Nichtigkeit recht gut auszunutzen verstand; aber sein Verhalten, sein Leben war vom schönsten Firnis überdeckt: Sprache, Noblesse der Umgangsformen und Haltung waren vollkommen; sogar die Liberalen mochten ihn. Es war ihm nicht möglich, die Tradition der Cadignans weiterzuführen, die, wie der alte Fürst, dafür bekannt waren, daß sie ihre Frauen ruinierten, denn die Herzogin verzehrte ihr Vermögen allein. Diese Einzelheiten waren in der Hofwelt und im Faubourg Saint-Germain so bekannt, daß man sich während der letzten fünf Jahre der Restauration über jemanden, der darüber hätte sprechen wollen, genauso lustig gemacht hätte, wie wenn er vom Tode Turennes[34] oder Heinrichs IV. hätte erzählen wollen. Keine Dame sprach von dem charmanten Herzog, ohne sein Lob zu singen: er hatte sich seiner Frau gegenüber vollendet benommen; es war schwer für einen Mann, seiner Frau so viel Güte zu bezeigen wie Maufrigneuse der Herzogin; er hatte sie frei über ihr Vermögen verfügen lassen und sie bei jeder Gelegenheit verteidigt und unterstützt. Sei es aus Stolz, sei es aus Güte, sei es aus Ritterlichkeit, feststeht, daß Monsieur de Maufrigneuse die Herzogin oftmals aus Situationen gerettet hatte, in denen jede andere Frau verloren gewesen wäre, trotz ihrer Umgebung, trotz des Ansehens der alten Herzogin von Uxelles, des Herzogs von Navarreins, ihres Schwiegervaters und der Tante ihres Gatten. Heute gilt der Fürst von Cadignan als einer der nobelsten Charaktere der Aristokratie. Vielleicht ist die Treue in der Not einer der schönsten Siege, die ein Höfling über sich selber davontragen kann. Die Herzogin von Uxelles war fünfundvierzig, als sie ihre Tochter an den Herzog von Maufrigneuse verheiratete; sie sah also noch lange ohne Eifersucht und sogar mit Interesse den Erfolgen ihres einstigen Freundes zu. Vom Augenblick der Heirat ihrer

Tochter mit dem Herzog an sprach aus ihrem Verhalten eine Noblesse, die die Unmoral dieser Verbindung aufhob. Dennoch fand die Bosheit der Hofleute Ursache zu Spötteleien; es wurde nämlich behauptet, dies schöne Verhalten koste die Herzogin nicht viel, obgleich sie sich seit ungefähr fünf Jahren der Frömmigkeit und der Reue jener Frauen ergeben hatte, die für vieles der Verzeihung bedürfen.

Mehrere Tage lang bezeigte die Fürstin immer auffälligere Kenntnisse in der Literatur. Sie machte sich dank täglicher und nächtlicher Lektüre, die sie mit einer höchsten Lobes würdigen Unerschrockenheit betrieb, mit größter Kühnheit an die schwierigsten Fragen heran. D'Arthez war verblüfft; er konnte ja nicht argwöhnen, daß Diane d'Uxelles abends hersagte, was sie morgens gelesen hatte, wie es viele Schriftsteller tun, und also hielt er sie für eine höher geartete Frau. Diese Unterhaltungen lenkten Diane vom Ziel ab; sie versuchte, wieder auf das Gelände der vertraulichen Geständnisse zu gelangen, von dem ihr Liebhaber sich klüglich zurückgezogen hatte; allein es wurde ihr nicht leicht, einen Mann seiner Art dorthin zurückzuleiten, nachdem er einmal scheu geworden war. Immerhin wurde d'Arthez nach einem Monat literarischer Feldzüge und schöner platonischer Dialoge kühner und kam täglich um drei Uhr. Um sechs zog er sich zurück, und abends um neun erschien er nochmals, um dann mit der Regelmäßigkeit eines ungeduldigen Liebenden bis Mitternacht oder ein Uhr morgens zu bleiben. Die Fürstin war um die Stunde, da d'Arthez sich einstellte, stets mehr oder minder raffiniert gekleidet. Diese gegenseitige Treue, die Mühe, die sie sich umeinander machten, all das sprach von Gefühlen, die sie sich nicht einzugestehen wagten; denn die Fürstin erriet wundervoll, daß dieses große Kind ebensoviel Angst vor einer Aussprache hatte, wie sie selbst Lust dazu verspürte. Nichtsdestoweniger legte d'Arthez in seine beständigen stummen Erklärungen eine Ehrerbietung hinein, die der Fürstin unendlich gefiel. Beide fühlten sich von Tag zu Tag um so enger verbunden, als sie im Ablauf ihrer Gedanken nichts Ausgemachtes oder bestimmt Erklärtes hemmte, während doch für gewöhnlich zwischen zwei Liebenden auf der einen Seite bestimmte Forderungen stehen und auf der andern eine ehrlich gemeinte oder kokette

Verteidigung. Wie alle Männer, die jünger sind, als sie ihren Jahren nach sein müßten, wurde d'Arthez von jener aufregenden Unentschlossenheit gequält, die von der Macht des Verlangens und der Angst zu mißfallen, erzeugt wird, eine Lage, von der eine junge Frau nichts versteht, wenn sie darein verstrickt ist, die aber die Fürstin zu oft geschaffen hatte, um ihr Lustvolles nicht auszukosten. Daher genoß Diane diese köstlichen Kindereien um so mehr, als sie genau wußte, wie sie ihnen ein Ende machen könne. Sie glich einem großen Künstler, der sich in den unbestimmten Linien einer Skizze gefällt, weil er gewiß ist, in einer Stunde der Inspiration das noch unfertige Kunstwerk vollenden zu können. Wie oft, wenn sie sah, daß d'Arthez bereit war, einen Schritt vorwärts zu tun, gefiel sie sich nicht darin, ihn durch eine imponierende Miene zurückzuhalten! Sie wies die geheimen Stürme dieses jungen Herzens mit einem Blick ab, weckte sie wieder und beruhigte sie, indem sie ihm die Hand zum Kuß reichte oder mit bewegter und gerührter Stimme belanglose Worte sagte. Dieser kühl überlegte, aber göttlich gespielte Kunstgriff grub ihr Bild immer tiefer in die Seele des geistvollen Schriftstellers ein, den sie so gern zum Kind machte, zu einem zutraulichen, schlichten und beinahe einfältigen Kind; aber bisweilen hielt sie auch in sich Einkehr, und dann konnte sie nicht umhin, das Gemisch von soviel Größe und soviel Unschuld zu bewundern. Dies Spiel der großen Koketten fesselte sie unmerklich selber an ihren Sklaven. Schließlich aber verlor Diane diesem verliebten Epiktet[35] gegenüber die Geduld, und als sie glaubte, ihn zur vollkommensten Gläubigkeit vorbereitet zu haben, schickte sie sich an, ihm die dichteste Binde vor die Augen zu legen.

Eines Abends fand Daniel die Fürstin nachdenklich; sie hatte einen Ellbogen auf einen kleinen Tisch gestützt, und ihr schöner Blondkopf wurde von der Lampe mit Licht überflutet; sie spielte mit einem Brief, den sie auf der Tischdecke tanzen ließ. Als d'Arthez jenes Papierblatt gesehen haben mußte, faltete sie es schließlich zusammen und steckte es in den Gürtel. – »Was ist Ihnen?« fragte d'Arthez. »Sie scheinen beunruhigt zu sein.« – »Ich habe einen Brief von meinem Mann bekommen«, antwortete sie. »So schweres Unrecht er mir auch angetan hat, mußte ich, als ich seinen Brief gelesen hatte, doch daran denken, daß er im Exil lebt, ohne Familie und seinen Sohn, den er sehr lieb hat.«

Diese Worte, die mit seelenvoller Stimme gesprochen wurden, verrieten engelhafte Feinfühligkeit. D'Arthez war bis ins tiefste erschüttert. Die Neugier des Liebenden wurde sozusagen zu einer fast psychologischen und literarischen Neugier. Er wollte wissen, bis zu welchem Grade diese Frau groß war, auf welche Kränkungen ihr Verzeihen sich erstreckte und wie weit die Damen der großen Welt, die der Frivolität, der Herzenshärte und des Egoismus bezichtigt wurden, Engel sein konnten. Da er sich entsann, schon einmal abgewiesen worden zu sein, als er dieses himmlische Herz hatte kennenlernen wollen, kam ihm etwas wie ein Zittern in die Stimme, als er die durchsichtige, schmächtige Hand Dianes mit den spindelartig geformten Fingern ergriff und sagte: »Sind wir jetzt befreundet genug, daß Sie mir sagen, was Sie gelitten haben? Ihr früherer Kummer kann an dieser Gedankenversunkenheit nicht unbeteiligt sein.« – »Ja«, hauchte sie, und diese eine Silbe klang wie der süßeste Ton, den jemals Tulous Flöte[36] geseufzt hat.

Sie sank in ihre Träumerei zurück, und ihre Augen verschleierten sich. Daniel verharrte, von der Feierlichkeit des Augenblicks durchdrungen, in angstvoller Erwartung. Seine Dichterphantasie zeigte ihm gewissermaßen Wolken, die sich langsam zerteilten und ihm das Heiligtum enthüllten, darin er zu Gottes Füßen das verwundete Lamm erblicken sollte. »Nun . . .?« fragte er mit sanfter, ruhiger Stimme.

Diane blickte den zärtlich Bittenden an; dann schlug sie langsam die Augen nieder und senkte mit einer Bewegung, die edelste Scham verriet, die Lider. Einzig ein Fühlloser hätte in der anmutigen Wellenbewegung, mit der die boshafte Fürstin den hübschen kleinen Kopf wieder hob, um noch einen Blick in die gierigen Augen des großen Mannes zu tauchen, Heuchelei zu sehen vermocht.

»Kann ich es? Darf ich es?« fragte sie, wobei sie eine Geste des Zögerns vollführte und d'Arthez mit dem wundervollsten Ausdruck träumerischer Zärtlichkeit anschaute. »Die Männer sind in solchen Dingen so unzuverlässig! Sie halten sich so wenig zum Schweigen verpflichtet.« – »Oh, wenn Sie mir mißtrauen, wozu bin ich dann hier?« rief d'Arthez. – »Ach, lieber Freund«, erwiderte sie und ließ seinen Ausruf als ein unwillkürliches Geständnis gelten, »wenn eine Frau sich fürs Leben bindet, rechnet sie dann? Es handelt sich nicht um meine Weigerung (was kann ich Ihnen verweigern?), sondern um die Vorstellung, die Sie von mir haben werden, wenn ich rede. Ich will Ihnen gern anvertrauen, in welcher seltsamen Lage ich mich in meinem Alter befinde, aber was müßten Sie von einer Frau denken, die die geheimen Wunden der Ehe aufdeckte, die die Geheimnisse eines anderen verriete? Turenne hat auch Dieben sein Wort gehalten; bin ich nicht meinen Henkern die Redlichkeit Turennes schuldig?« – »Haben Sie jemandem Ihr Wort gegeben?« – »Mein Mann hat es nicht für nötig gehalten, Verschwiegenheit von mir zu verlangen. Wollen Sie denn mehr von mir als meine Seele? Tyrann! Sie wollen also, daß ich meine Redlichkeit in Ihnen begrabe?« fragte sie und warf d'Arthez einen Blick zu, durch den sie diesem falschen Geständnis mehr Wert verlieh als ihrem ganzen Ich. – »Sie machen einen gar zu gewöhnlichen Menschen aus mir, wenn Sie von mir das geringste Übel fürchten«, sagte er mit schlecht verhehlter Bitterkeit. – »Verzeihung, liebster Freund«, antwortete sie und ergriff seine Hand, betrachtete sie, nahm sie in ihre Hände, streichelte sie und ließ ihre Finger mit einer Bewegung von größter Sanftheit darüber hingleiten. »Ich weiß, was Sie wert sind. Sie haben mir Ihr ganzes Leben erzählt; es ist edel, es ist schön, es ist erhaben, es ist Ihres Namens würdig; vielleicht bin ich Ihnen dafür auch meines schuldig? Aber ich fürchte in diesem Augenblick, in Ihren Augen zusammenzusinken, wenn ich Ihnen Geheimnisse erzähle, die nicht mir allein gehören. Überdies werden Sie, ein Mann der Einsamkeit und der Poesie, vielleicht nicht einmal an die Schrecknisse des Gesellschaftslebens glauben können. Ach, Sie wissen nicht, wenn Sie Ihre Dramen erfinden, daß sie durch jene übertroffen werden, die sich im Schoße der Familien abspielen, die dem Anschein nach am einigsten sind. Sie kennen die Ausmaße manches vergoldeten Unglücks nicht.« – »Ich weiß alles«, rief er aus. – »Nein«, erwiderte sie, »Sie wissen nichts. Darf eine Tochter jemals ihre Mutter preisgeben?«

Als d'Arthez dieses Wort vernahm, glich er einem Mann, der

sich in dunkler Nacht in den Alpen verirrt hat und beim ersten Morgenlicht erkennt, daß er einen bodenlosen Abgrund überschreitet. Er sah die Fürstin mit stumpfem Blick an; es rieselte ihm kalt über den Rücken. Diane glaubte, dieser geniale Mann sei geistesschwach, aber da gewahrte sie in seinen Augen einen Glanz, der sie beruhigte.

»Kurz und gut, Sie sind für mich fast zum Richter geworden«, sagte sie mit dem Ausdruck der Verzweiflung. »Kraft des Rechtes, das jedes verleumdete Wesen hat, seine Unschuld zu erweisen, darf ich reden. Man hat mich solch großer Leichtfertigkeit, so vieler schlimmer Dinge angeklagt, und man klagt mich ihrer nach wie vor an (soweit man sich noch der armen Eremitin entsinnt, die durch die Welt gezwungen wurde, der Welt zu entsagen), daß es mir wohl erlaubt sein muß, mich in dem Herzen, in dem ich eine Zuflucht finde, so einzunisten, daß ich nicht daraus zu verjagen bin. Ich habe in der Rechtfertigung stets eine schwere Verletzung der Unschuld erblickt, und deshalb habe ich es bis jetzt verschmäht zu reden. Und an wen sollte ich mich überdies wenden? So grausame Dinge darf man nur Gott anvertrauen oder jemandem, der ihm nahezustehen scheint, einem Priester zum Beispiel, oder einem zweiten Ich. Nun, wenn meine Geheimnisse dort ...«, und sie legte d'Arthez ihre Hand aufs Herz, »nicht ebensogut aufgehoben sind, wie sie es hier waren ...«, und sie bog mit den Fingern den Rand ihrer Schnürbrust nach innen – »dann sind Sie nicht der große d'Arthez, dann bin ich getäuscht worden!«

Eine Träne feuchtete d'Arthez' Augen, und Diane verschlang diese Träne mit einem Seitenblick, bei dem sie weder die Wimper noch den Augapfel bewegte. Das geschah gewandt und scharf wie die Bewegung einer Katze beim Fangen einer Maus. D'Arthez wagte seit sechzig Tagen der Vorverhandlung endlich, ihre lauwarme, duftende Hand zu ergreifen; er zog sie an die Lippen und drückte einen langen Kuß darauf, den er in so zarter Wollust vom Handgelenk bis zu den Nägeln gleiten ließ, daß die Fürstin den Kopf senkte und sich sehr viel von der Literatur versprach. Sie sagte sich, Männer von Genie müßten viel vollkommener lieben als die Gecken, die Gesellschaftsmenschen, die Diplomaten und sogar die Offiziere, obwohl sie nichts als das zu tun haben. Sie war Kennerin und wußte, daß der für die Liebe begabte Charakter sich auf irgendeine Weise in Winzigkeiten bekundet. Eine wissende Frau kann ihre Zukunft in einer einfachen Geste lesen, so wie Cuvier[37], wenn er einen Bruchteil einer Tatze sah, sagten konnte: ›Diese stammt von einem Tier von der und der Größe, mit oder ohne Hörner, einem Fleischfresser, einem Pflanzenfresser, einer Amphibie usw. und ist soundso viel tausend Jahre alt.‹ Da sie überzeugt war, bei d'Arthez in der Liebe ebensoviel Phantasie zu finden, wie er in seinen Stil hineinlegte, hielt sie es für angebracht, ihn bis zum höchsten Grad der Leidenschaft und des Glaubens zu treiben. Sie zog die Hand mit einer wunderbar bedeutungsvollen Geste zurück. Hätte sie gesagt: Hören Sie auf, Sie bringen mich um!, so hätte sie weniger unmißverständlich gesprochen. Eine Sekunde lang ließ sie ihre Augen in Daniels Augen ruhen, mit einem Ausdruck von Glück, Prüderie, Furcht, Vertrauen, Sehnsucht, unbestimmtem Verlangen und jungfräulicher Scham. Jetzt war sie wirklich erst zwanzig! Aber man bedenke auch, daß sie sich auf diese Stunde der lächerlichen Lüge mit unerhörter Toilettenkunst vorbereitet hatte; sie lag in ihrem Sessel wie eine Blume, die beim ersten Kuß der Sonne aufblühen soll. Ob sie nun trog oder wahr blieb, sie berauschte Daniel. Wenn es erlaubt ist, hier eine persönliche Ansicht einzuflechten, wollen wir gestehen, daß es köstlich wäre, lange Zeit hindurch auf diese Weise getäuscht zu werden. Sicherlich hat Talma[38] auf der Bühne die Natur oftmals übertroffen. Aber ist nicht die Fürstin von Cadignan die größte Schauspielerin unserer Zeit? Dieser Frau fehlt nur ein aufmerksames Parkett. Leider verschwinden in Zeiten, die von politischen Stürmen gepeinigt werden, die Frauen wie Wasserlilien, die, um zu blühen und sich vor unsern entzückten Augen auszubreiten, eines klaren Himmels und der lauesten Westwinde bedürfen.

Die Stunde war gekommen; Diane stand im Begriff, den großen Mann in die unentwirrbaren Schlingen eines seit langem vorbereiteten Romans zu verwickeln, dem er lauschen mußte, wie in den schönen Tagen des christlichen Glaubens ein Neubekehrter der Epistel eines Apostels gelauscht hat. »Lieber Freund, meine Mutter, die noch heute auf Uxelles lebt, hat mich 1814 in meinem siebzehnten Jahre (Sie sehen, ich bin schon recht alt) mit Monsieur de Maufrigneuse verheiratet, und zwar nicht, weil sie mich, sondern weil sie ihn liebte. Sie vergalt dem einzigen Manne, den sie je geliebt, alles Glück, das sie von ihm empfangen hatte. Oh, wundern Sie sich nicht über diese grauenhafte Verbindung, sie kommt häufig vor. Viele Frauen sind mehr Geliebte als Mütter, gerade, wie die meisten bessere Mütter als Gattinnen sind. Jene beiden Gefühle, die Liebe und die Mütterlichkeit, wie sie nun einmal durch unsere Sitten entwickelt worden sind, bekämpfen einander oft im Herzen der Frauen; eins von beiden muß notwendig unterliegen, wenn sie nicht gleich stark sind, was einige außergewöhnliche Frauen zum Ruhm unseres Geschlechts macht. Ein Mann von Ihrem Genie muß diese Dinge verstehen, die für Dummköpfe etwas Erstaunliches, die aber darum nicht minder wahr sind; ja, ich gehe noch weiter, sie lassen sich sogar rechtfertigen durch die Verschiedenheit der Charaktere, der Temperamente, der Neigungen und der Umstände. Wäre zum Beispiel ich in diesem Augenblick nach zwanzig Jahren des Unglücks, der Enttäuschungen, der ertragenen Verleumdungen, der lastenden Langeweile und der hohlen Freuden nicht bereit, mich einem Mann, der mich aufrichtig und für immer lieben wollte, zu Füßen zu werfen? Ja, und würde ich dann nicht von der Welt verdammt werden? Und bildeten nicht dennoch zwanzig Jahre der Leiden eine Entschuldigung dafür, daß ich die zwölf Jahre der Schönheit, die ich noch vor mir habe, einer heiligen und reinen Liebe schenke? Es wird nicht sein, ich bin nicht töricht genug, meine Verdienste in Gottes Augen zu mindern. Ich habe die Last des Tages und der Hitze bis zum Abend getragen, ich werde mein Tagewerk vollenden und mir meinen Lohn verdient haben . . .« – Welch ein Engel! dachte d'Arthez. – »Kurzum, ich habe der Herzogin von Uxelles niemals gegrollt, weil sie Monsieur de Maufrigneuse mehr geliebt hat als die arme Diane hier. Meine Mutter hatte mich sehr selten gesehen, sie hatte mich vergessen; aber sie hat mir gegenüber schlecht gehandelt, von Frau zu Frau, denn was zwischen Frau und Frau schon schlecht ist, wird grauenhaft, wenn es sich um Mutter und Tochter handelt. Mütter, die ein Leben wie das der Herzogin von Uxelles führen, halten sich ihre Töchter fern; und also bin ich erst vierzehn Tage vor meiner Heirat in die Gesellschaft eingeführt worden. Können Sie sich meine Unschuld vorstellen? Ich wußte nichts, ich war außerstande, das Geheimnis dieser Verbindung zu durchschauen. Ich besaß ein schönes Vermögen: sechzigtausend Francs Rente aus Wäldern, die die Revolution zu verkaufen vergessen hatte, unten im Nivernais, oder die sie nicht hatte verkaufen können; sie gehörten zu dem schönen Schloß von Anzy. Mein Mann hatte so viel Schulden wie ein Sieb Löcher. Zwar habe ich später gelernt, was es heißt, Schulden zu haben, aber damals wußte ich zu wenig vom Leben, als daß ich es hätte ahnen können. Die Ersparnisse, die sich aus meinem Vermögen ergeben hatten, dienten dazu, die Angelegenheiten meines Mannes in Ordnung zu bringen. Er war achtunddreißig Jahre alt, als ich ihn heiratete; aber jene Jahre glichen den Kriegsjahren der Offiziere, sie zählten doppelt. Ach, er war viel älter als sechsundsiebzig. Meine Mutter stellte mit vierzig noch Ansprüche, und ich stand zwischen einer doppelten Eifersucht. Was für ein Leben habe ich zehn Jahre lang geführt ...! Ach, wenn man wüßte, was diese arme, kleine, so sehr beargwöhnte Frau gelitten hat! Von einer Mutter bewacht zu werden, die auf ihre Tochter eifersüchtig ist! Gott ...! Ihr Dramatiker werdet euch niemals ein Stück ausdenken, das so düster und grausam ist wie dieses! Nach dem wenigen, das ich von der Literatur weiß, ist ein Drama für gewöhnlich eine Abfolge von Ereignissen, Reden und Handlungen, die alle auf eine Katastrophe zueilen; aber in dem, wovon ich spreche, ist die grauenhafteste Katastrophe zu etwas Dauerndem geworden! Es ist wie eine Lawine, die am Morgen über einen hinwegrollt und am Abend wiederkommt und am nächsten Morgen abermals. Mich friert, während ich hier mit Ihnen rede und während ich in die kalte, düstere, ausgangslose Höhle hineinleuchte, in der ich gelebt habe. Wenn ich Ihnen alles sagen soll: die Geburt meines armen Jungen, der übrigens mein zweites Ich ist ... seine Ähnlichkeit mit mir dürfte Ihnen aufgefallen sein? Er hat mein Haar, meine Augen, den Schnitt meines Gesichts, meinen Mund, mein Lächeln, mein Kinn, meine Zähne ... Nun, seine Geburt ist ein Zufall oder das Ergebnis einer Vereinbarung zwischen meiner Mutter und meinem Mann. Ich bin noch lange nach meiner Hochzeit Mädchen geblieben; ich wurde gewissermaßen am andern Morgen sitzengelassen, ich war Mutter, ohne Frau zu sein. Die Herzogin gefiel sich darin, meine Unwissenheit zu verlängern; und wenn eine Mutter dieses Ziel erreichen will, befindet sie sich ihrer Tochter gegenüber grauenhaft im Vorteil. Ich, die arme Kleine, die in einem Kloster wie eine mystische Rose aufgezogen worden war, wußte nichts von der Ehe; ich war spät entwickelt und fühlte mich sehr glücklich; ich genoß das gute Einvernehmen und die Harmonie in unserer Familie. Schließlich wurde ich von dem Gedanken an meinen Mann – der mir nicht sehr gefiel und der nichts tat, um sich liebenswert zu zeigen, durch die ersten Freuden der Mutterschaft gänzlich abgelenkt: sie waren um so größer, als ich vom Dasein anderer Freuden nichts ahnte. Man hatte mir so oft die Ohren vollgeredet, wieviel Achtung eine Mutter sich selbst schulde! Und überdies spielt jedes Mädchen nur zu gern Mama. In meinem damaligen Alter ersetzt ein Kind die Puppe. Ich war so stolz darauf, daß ich diese schöne Blume hatte – denn Georges war schön . . . ein wahres Wunder! Wie könnte man an Welt und Gesellschaft denken, wenn man das Glück hat, einen kleinen Engel zu nähren und zu pflegen? Ich bete Kinder an, wenn sie ganz klein, weiß und rosig sind. Ich habe einzig meinen Sohn gesehen, ich habe mit meinem Sohn gelebt, ich habe nicht geduldet, daß seine Kinderfrau ihn an- und auszog oder ihn windelte. Diese Mühen, die für Mütter mit einem Haufen Kinder so langweilig sind, waren für mich eitel Freude. Aber da ich nicht gerade dumm bin, drang nach drei oder vier Jahren trotz der Sorgfalt, mit der man mir die Augen verband, endlich das Licht bis zu mir durch. Können Sie sich mein Erwachen vorstellen, vier Jahre danach, 1819? ›Die feindlichen Brüder‹[39] sind eine Rosenwassertragödie neben einer Mutter und einer Tochter, die so zueinander stehen wie wir damals, die Herzogin und ich; ich habe sie beide, meine Mutter und meinen Mann, durch öffentliche Koketterien herausgefordert, über die die Welt geredet hat . . . Gott weiß, wie sehr! Sie sehen wohl ein, lieber Freund, daß die Männer, mit denen man mich der Leichtfertigkeit verdächtigte, für mich den Wert eines Dolches hatten, dessen man sich bedient, um einen Feind zu treffen. Ich hatte nichts im Kopf als meine Rache und spürte die Wunden nicht, die ich mir selbst schlug. Ich war unschuldig wie ein Kind, und ich galt für eine perverse Frau, für die schlechteste Frau der Welt, und ich wußte nichts davon. Die Welt ist sehr dumm, sehr blind und sehr unwissend; sie durchschaut nur die Geheimnisse, die sie amüsieren, die ihrer Bosheit dienen; die größten Dinge, die edelsten, die will sie nicht sehen, und deshalb hält sie sich die Hand vor die Augen. Aber mir scheint, daß ich zu jener Zeit die Blicke und die Haltungen der empörten Unschuld gehabt habe, Gesten des Stolzes, deren Anblick für große Maler Glücksfälle gewesen wären. Ich muß durch die Gewitter meines Zorns, durch die Gießbäche meiner Verachtung ganze Ballsäle durchstrahlt haben. Verlorene Poesie! Dergleichen erhabene Gedichte macht man nur in der Entrüstung, die uns mit zwanzig Jahren packt! Später entrüstet man sich nicht mehr; da wird man müde; man staunt nicht mehr über das Laster, man ist feige, man hat Angst. Ich habe es bunt getrieben, oh, sehr bunt! Ich habe die dümmste Rolle der Welt gespielt: ich habe die Last der Frevel getragen, ohne ihre Vorteile zu genießen. Es machte mir so viel Vergnügen, mich zu kompromittieren! Ach, ich habe Kinderstreiche verübt! Ich bin mit einem jungen Leichtfuß nach Italien gereist und habe ihn sitzenlassen, als er mir von Liebe sprach; aber als ich erfuhr, daß er sich um meinetwillen kompromittiert hatte (er hatte eine Fälschung begangen, um zu Geld zu gelangen!), da eilte ich, um ihn zu retten. Meine Mutter und mein Mann, die um das Geheimnis dieser Dinge wußten, hielten mich am Zügel, als sei ich eine Verschwenderin. Oh, dies eine Mal bin ich bis zum König gegangen. Sogar Ludwig XIII., dieser Mann ohne Herz, wurde gerührt, er hat mir hunderttausend Francs aus seiner Privatschatulle geschenkt. Der Marquis d'Esgrignon, der junge Mann, dem Sie vielleicht in der Gesellschaft schon begegnet sind und der schließlich noch eine sehr reiche Heirat gemacht hat, ist durch mich aus dem Abgrund gerettet worden, in den er sich gestürzt hatte. Dies Abenteuer, die Folge meines Leichtsinns, hat mich zur Besinnung gebracht. Ich merkte, daß ich das erste Opfer meiner Rache war. Meine Mutter, mein Mann, mein Schwiegervater hatten Welt und Gesellschaft auf ihrer Seite, sie schienen meine Torheiten zu decken. Meine Mutter, die wußte, daß ich zu stolz, zu groß, zu sehr eine d'Uxelles war, um mich vulgär aufzuführen, erschrak endlich vor dem Unheil, das sie angerichtet hatte.

Sie war zweiundfünfzig Jahre alt; sie verließ Paris und zog nach Uxelles. Jetzt bereut sie ihr Unrecht; sie sühnt es durch die übertriebenste Frömmigkeit und durch eine grenzenlose Liebe zu mir. Aber 1823 hat sie mich mit Monsieur de Maufrigneuse allein gelassen, von Angesicht zu Angesicht. Oh, lieber Freund, ihr Männer könnt nicht wissen, was ein alter Mann ist, der sich der Frauengunst erfreut. Was für ein häusliches Leben mußte ein Mann führen, der an die Anbetung der Frauen von Welt gewöhnt war und der bei sich zu Hause weder Weihrauch noch Räucherfaß vorfand, der für alles erstorben ist und eben deshalb eifersüchtig? Ich wollte, als mein Mann mir ganz allein gehörte, eine gute Frau sein; aber ich habe mich an all den Rauheiten eines vergrämten Geistes gestoßen, an all den Launen der Ohnmacht, an den Kindereien der Albernheit, an all den Eitelkeiten der Selbstgefälligkeit, an einem Mann, der die langweiligste Elegie der Welt war und der mich wie ein kleines Mädchen behandelte, der sich darin gefiel, bei jeder Gelegenheit meine Selbstachtung zu demütigen, mich mit dem Pochen auf seine Erfahrung niederzuschmettern, mir zu beweisen, daß ich nichts, absolut nichts wisse. In einem fort hat er mich verletzt und gekränkt. Kurzum, er hat alles getan, um sich meinen Abscheu zuzuziehen und mir das Recht zu geben, ihn zu betrügen; ich jedoch habe mich von meinem guten Herzen und von dem Verlangen, Gutes zu tun, drei oder vier Jahre hindurch täuschen lassen! Wissen Sie, welche infame Redensart mich zu neuen Torheiten getrieben hat? Können Sie sich jemals den Inbegriff aller gesellschaftlichen Verleumdung ausdenken? ›Die Herzogin von Maufrigneuse hat wieder auf ihren Mann zurückgegriffen!‹ hieß es. – ›Pah, aber nur aus Verderbtheit, es ist ein Triumph, die Toten zum Leben zu erwecken; etwas anderes ist ihr ja nicht mehr übriggeblieben‹, hat meine beste Freundin geantwortet, eine Verwandte, bei der ich das Glück hatte, Ihnen zu begegnen.« – »Madame d'Espard!« rief Daniel und tat eine Geste des Grauens. – »Oh, ich habe ihr vergeben, mein Freund. Zunächst ist jener Ausspruch außerordentlich geistreich, und dann habe ich selber vielleicht grausamere Epigramme gegen arme Frauen geschleudert, die ebenso rein sind, wie ich es war.«

D'Arthez küßte abermals die Hand dieser heiligen Frau, die

ihm erst eine in Stücke zerhackte Mutter serviert und dann aus dem Fürsten von Cadignan, den wir ja kennen, einen dreifach wachsamen Othello gemacht hatte, um dann kein gutes Haar an sich zu lassen und sich ins Unrecht zu setzen, damit sie sich in den Augen des arglosen Schriftstellers mit der Jungfräulichkeit tarnen konnte, die sogar die einfältigste Frau ihrem Liebhaber um jeden Preis darzubieten sucht.

»Sie verstehen, lieber Freund, daß ich mit Eklat wieder in die Gesellschaft zurückkehrte, um dort Eklat zu machen. Ich habe neue Kämpfe auf mich genommen; ich mußte meine Unabhängigkeit erobern und meinen Mann kaltstellen. Ich habe also aus andern Gründen ein abwechslungsreiches Leben geführt. Um mich zu betäuben, um das wirkliche Leben über einem phantastischen Leben zu vergessen, habe ich geglänzt, Feste gegeben, die Fürstin gespielt und Schulden gemacht. Daheim habe ich Vergessen im Schlummer der Erschöpfung gefunden, für die Welt erstand ich immer von neuem in Schönheit, Übermut und Tollheit; aber bei diesem traurigen Kampf der Phantasie gegen die Wirklichkeit habe ich mein Vermögen aufgebraucht. Die Revolte von 1830 fiel in den Augenblick, da ich am Abschluß dieses Daseins aus Tausendundeine Nacht der heiligen, reinen Liebe begegnet bin, die ich (ich bin offen!) kennenzulernen wünschte. Geben Sie es zu! War das nicht etwas ganz Natürliches bei einer Frau, deren aus soviel Ursachen und durch soviel Unglück bedrücktes Herz in einem Alter erwachte, in dem die Frau sich enttäuscht fühlt, während ich mich doch zugleich von so vielen Frauen umgeben sah, die durch die Liebe glücklich waren? Ach, weshalb empfand Michael Chrestien soviel Respekt? Darin hat für mich nochmals der reine Hohn gelegen. Hilft nichts! Als ich zu Falle kam, hatte ich alles verloren, ich hatte über nichts mehr Illusionen; alles hatte ich ausgepreßt, nur eine Frucht noch nicht, an der ich jetzt keinen Geschmack mehr finde und für die ich keine Zähne mehr habe. Kurzum, ich war enttäuscht und ernüchtert von der Gesellschaft, als ich die Gesellschaft verlassen mußte. Darin liegt etwas wie Vorsehung, gerade wie im Absterben des Empfindungsvermögens, das uns auf den Tod vorbereitet.« (Sie machte eine Bewegung religiöser Ergebung.) »Alles hat mir damals genützt«, fuhr sie fort, »der Zusammenbruch der Monarchie und ihre Trümmer haben geholfen, mich zu begraben. Mein Sohn tröstet mich über vieles hinweg. Die Mutterliebe ersetzt uns all die andern enttäuschten Empfindungen! Und dabei wundert die Welt sich über meine Zurückgezogenheit; ich jedoch habe in ihr mein Glück gefunden. Oh, wenn Sie wüßten, wie glücklich hier das arme Geschöpf ist, das Sie vor sich sehen! Indem ich meinem Sohn alles opfere, vergesse ich das Glück, das ich nicht kenne und das ich niemals kennenlernen werde. Wer würde glauben, daß das Leben für die Fürstin von Cadignan aus einer argen Hochzeitsnacht besteht, und all die Abenteuer, die man ihr zuschreibt, aus der Herausforderung eines kleinen Mädchens an zwei furchtbare Leidenschaften? Natürlich niemand. Heute fürchte ich mich vor allem. Sicherlich würde ich in der Erinnerung aus soviel Falschheit und Unglück auch eine wahre Empfindung, irgendeine echte und reine Liebe zurückweisen, gerade wie reiche Leute, die von ein paar Schelmen durch vorgetäuschtes Elend geprellt worden sind, auch tugendhaftes Unglück unbeachtet lassen, weil sie vor der Wohltätigkeit einen Abscheu bekommen haben. All das ist grausig, nicht wahr? Aber glauben Sie mir, was ich Ihnen erzähle, ist die Geschichte sehr vieler Frauen.«

Diese letzten Worte wurden in einem scherzhaften und leichtfertigen Ton gesprochen, der an die elegante, spöttische Dame erinnerte. D'Arthez war verblüfft. In seinen Augen waren die Menschen, die die Tribunale ins Zuchthaus schicken, weil sie gemordet, weil sie einen schweren Diebstahl begangen, weil sie sich auf einem Wechsel bei ihrer Namensunterschrift ›geirrt‹ haben, im Vergleich mit den Gesellschaftsmenschen kleine Heilige. Diese wüste Elegie, im Arsenal der Lüge geschmiedet und gehärtet in den Wassern des Pariser Styx, war in dem unnachahmlichen Tonfall der Wahrheit aufgesagt worden. Der Schriftsteller blickte die anbetungswürdige Frau einen Augenblick lang an, wie sie in ihrem Sessel versunken dasaß und wie ihre beiden Hände gleich zwei Tautropfen am Rand einer Blüte über die beiden Armlehnen herabhingen; sie war gleichsam überwältigt von ihrer Enthüllung, gleichsam vernichtet dadurch, daß sie anscheinend im Erzählen alle Schmerzen ihres Lebens noch einmal empfunden hatte; kurzum, sie war ein Engel der Melancholie.

»Und sagen Sie sich selbst«, sagte sie und richtete sich dabei jäh auf, hob eine ihrer Hände und schleuderte Blitze aus Augen, in denen zwanzig angeblich keusche Jahre flammten, »sagen Sie sich jetzt selbst, welchen Eindruck die Liebe Ihres Freundes auf mich machen mußte; und ist es nicht ein grauenhafter Hohn des Schicksals ... oder vielleicht Gottes ... denn damals, das gebe ich zu, hätte mich ein Mann, aber ein meiner würdiger Mann, schwach gefunden, so sehr dürstete ich nach dem Glück! Und nun ist er tot, und er mußte sterben, indem er wem? ... meinem Mann das Leben rettete! Staunen Sie jetzt immer noch, daß Sie mich in Gedanken versunken vorfanden ...?«

Das war der letzte Hieb, und der arme d'Arthez hielt ihm nicht stand; er warf sich auf die Knie, drückte den Kopf in die Hände der Fürstin und weinte in sie hinein, vergoß jene süßen Tränen, wie die Engel sie vergießen würden, wenn Engel weinen könnten. Als Daniels Kopf dort lag, konnte Madame de Cadignan ein boshaftes Lächeln des Triumphes über ihre Lippen irren lassen, ein Lächeln, das Affen bei einem glänzenden Streich zeigen würden, wenn Affen lachen könnten. Jetzt habe ich ihn! dachte sie. Und sie hatte ihn tatsächlich.

»Aber Sie sind ja ...«, sagte er, hob seinen schönen Kopf und schaute sie liebevoll an, – »... Jungfrau und Märtyrerin«, beendete sie den Satz und lächelte über die Banalität dieses alten Scherzes, dem sie doch durch dieses Lächeln voll grausamer Lustigkeit einen reizenden Sinn lieh. »Wenn Sie mich lachen sehen, so liegt es daran, daß ich an die Fürstin denken muß, wie die Welt sie kennt, an jene Herzogin von Maufrigneuse, der man sowohl de Marsay wie den ehrlosen de Trailles, einen politischen Strauchdieb, den kleinen Dummkopf d'Esgrignon und Rastignac, Rubempré und Gesandte und Minister und russische Generale zu eigen gibt und, was weiß ich? ganz Europa! Man hat über das Album geredet, das ich habe anfertigen lassen, weil ich glaubte, die, die mich bewunderten, seien meine Freunde. Ach, es ist furchtbar. Ich begreife nicht, daß ich einen Mann zu meinen Füßen dulde: sie sämtlich verachten, das müßte meine Religion sein.«

Sie stand auf und trat mit einer majestätischen Bewegung in die Fensternische. D'Arthez setzte sich wieder in den weichen warmen Lehnstuhl; er wagte der Fürstin nicht zu folgen, aber er blickte ihr nach; er hörte, wie sie tat, als schneuze sie sich. Eine Fürstin, die sich schneuzt? Diane versuchte das Unmögliche, um den Glauben an ihre Sensibilität zu wecken. D'Arthez glaubte, sein Engel schwimme in Tränen; er eilte hinzu, faßte sie um die Taille und drückte sie an sein Herz. – »Nein, lassen Sie mich«, stammelte sie mit schwacher Stimme; »ich habe zuviel Zweifel, um noch zu irgend etwas zu taugen. Mich mit dem Leben zu versöhnen, das ist eine Aufgabe, die die Kräfte eines Mannes übersteigt.« – »Diane! Ich will Sie für Ihr ganzes verlorenes Leben lieben!« – »Nein, sprechen Sie nicht so zu mir«, antwortete sie. »Ich schäme mich und zittere in diesem Augenblick, als hätte ich die größten Sünden begangen.«

Sie war wieder ganz zur Unschuld kleiner Mädchen zurückgekehrt und zeigte sich nichtsdestoweniger erhaben, groß, edel wie eine Königin. Es ist unmöglich, die Wirkung dieses Kunstgriffes, der so geschickt gespielt wurde, daß er zur reinen Wahrheit wurde, auf eine unerfahrene, freimütige Seele wie die Daniels zu schildern. Der große Schriftsteller stand vor Bewunderung stumm und reglos in der Fensternische; er erwartete ein Wort, während die Fürstin einen Kuß erwartete; aber sie war ihm zu heilig. Als es die Fürstin zu frieren begann, nahm sie ihren Platz im Sessel wieder ein; ihre Füße waren eiskalt. Es wird lange dauern, dachte sie und musterte Daniel mit erhobener Stirn und einem vor lauter Tugend erhabenen Gesicht. Ist das eine Frau? fragte sich der tiefe Beobachter des Menschenherzens. Wie soll ich mich ihr gegenüber verhalten?

Bis zwei Uhr morgens vertrieben sie sich die Zeit damit, daß sie einander jene Dummheiten sagten, wie geniale Frauen, und die Fürstin ist eine geniale Frau, sie so anbetungswürdig zu äußern wissen. Diane behauptete, sie sei zu verbraucht, zu alt, zu verblüht; d'Arthez bewies ihr, wovon sie überzeugt war, daß sie die zarteste Haut habe; sie sei köstlich zu betasten, schneeweiß und duftend; sie selber aber sei jung und stehe in ihrer Blüte. Sie stritten über jeden einzelnen Zug der Schönheit, über jede Kleinigkeit, und zwar in Wendungen wie: »Glauben Sie?« – »Sie sind wahnsinnig!« – »Das ist nur die Begierde!« – »In vierzehn Tagen werden Sie sehen, wie ich bin.« – »Kurz und gut, ich bin bald vierzig; kann man eine so alte Frau lieben?« – D'Arthez ließ eine stürmische Gymnasiastenberedsamkeit spielen, die durchsetzt war mit den übertriebensten Beiwörtern. Als die Fürstin diesen geistvollen Schriftsteller die Abgeschmacktheiten eines verliebten Unterleutnants sagen hörte, lauschte sie ihm mit zerstreuter Miene und ganz gerührt, aber innerlich lachte sie.

Als d'Arthez auf der Straße stand, überlegte er, ob er nicht minder respektvoll hätte sein müssen. Er ging in seinem Gedächtnis noch einmal alle jene befremdlichen Bekenntnisse durch, die hier natürlich stark gekürzt worden sind; es hätte eines ganzen Buches bedurft, um sie in ihrer honigsüßen Fülle und mit allen Begleitumständen wiederzugeben. Der rückblickende Scharfsinn dieses so natürlichen und tiefen Mannes wurde durch die Natürlichkeit dieses Romans, durch seine Tiefe und durch den Tonfall der Fürstin irregeführt.

Wirklich, sagte er sich, als er nicht einschlafen konnte, es gibt solche Dramen in der Gesellschaft; sie verdeckt dergleichen Greuel mit den Blumen ihrer Eleganz, mit dem bunten Gewirk ihrer üblen Nachreden, durch das Geistvolle ihrer Berichte. Wir erfinden immer nur die Wahrheit. Die arme Diane! Michel hatte dieses Rätsel geahnt, er sagte, es gebe unter dieser Eisschicht Vulkane! Und Bianchon und Rastignac haben recht: wenn ein Mann die Größe des Ideals und die Genüsse der Begierden vereinigen kann, indem er eine Frau von guten Manieren liebt, eine Frau von Geist und Takt, so muß das ein namenloses Glück sein. Und er sondierte in seinem Innern seine Liebe und fand, daß sie unendlich sei.

Am folgenden Tage gegen zwei kam, getrieben von einem Übermaß der Neugier, Madame d'Espard, die die Fürstin seit über einem Monat nicht mehr gesehen und kein einziges erhellendes Wort von ihr gehört hatte. Nichts ist lustiger als die erste halbe Stunde der Unterhaltung dieser beiden abgefeimten Nattern. Diane d'Uxelles hütete sich davor, von d'Arthez zu reden, wie sie sich davor hütete, ein gelbes Kleid zu tragen. Die Marquise schweifte um dieses Thema herum wie ein Beduine um eine reiche Karawane. Diane amüsierte sich, die Marquise war wütend. Diane wartete; sie wollte ihre Freundin nutzbringend einsetzen und sich in ihr einen Jagdhund schaffen. Von diesen beiden in der gegenwärtigen Gesellschaft so berühmten Damen war die eine noch stärker als die andere. Die Fürstin überragte die Marquise um Haupteslänge, und die Marquise erkannte innerlich diese Überlegenheit an. Vielleicht beruhte darin das Geheimnis dieser Freundschaft. Die Schwächere schmiegte sich in ihre falsche Anhänglichkeit hinein, um die von allen Schwachen so lange erharrte Stunde abzuwarten, in der sie der Stärkeren an die Kehle springen konnte, um ihr frohlockend das Mal eines Bisses aufzuprägen. Diane sah das nur zu gut. Alle Welt ließ sich von den Schmeicheleien der beiden Freundinnen täuschen. In dem Augenblick, da die Fürstin auf den Lippen ihrer Freundin die Frage wahrnahm, sagte sie: »Ja, Liebste, ich verdanke Ihnen ein vollkommenes, unermeßliches, unendliches, himmlisches Glück.« – »Was wollen Sie damit sagen?« – »Wissen Sie noch, was wir vor drei Monaten in dem kleinen Garten hier auf der Bank und im Sonnenschein unter dem Jasmin besprochen haben? Ach, nur die genialen Männer verstehen zu lieben. Gern würde ich auf meinen Daniel d'Arthez das Wort des Herzogs von Alba an Katharina von Medici anwenden: ›Der Kopf eines einzigen Salms wiegt die Köpfe sämtlicher Frösche auf.‹« – »Jetzt wundere ich mich nicht mehr darüber, daß ich Sie niemals sehe«, sagte Madame d'Espard. – »Versprechen Sie mir, wenn Sie ihn sehen, ihm kein Wort über mich zu sagen, mein Engel«, sagte die Fürstin und ergriff die Marquise bei der Hand. »Ich bin glücklich, oh, glücklich über alle Worte hinaus, und Sie wissen ja, wozu in der Gesellschaft ein Witzwort, ein Scherz führen können! Ein Wort tötet, so viel Gift kann man in ein Wort hinein tun! Wenn Sie wüßten, wie sehr ich Ihnen seit acht Tagen eine ähnliche Leidenschaft wünsche! Kurz und gut, es ist süß, es ist ein schöner Triumph für uns Frauen, unser Frauenleben in einer glühenden, reinen, hingebenden, vollkommenen, abzugslosen Liebe zu vollenden und in ihr einzuschlummern, zumal wenn man sie so lange gesucht hat.« – »Weshalb bitten Sie mich, meiner besten Freundin treu zu sein?« fragte Madame d'Espard. »Halten Sie mich für fähig, Ihnen einen schlimmen Streich zu spielen?« – »Wenn eine Frau einen solchen Schatz besitzt, dann ist die Angst, ihn zu verlieren, eine so natürliche Empfindung, daß sie ängstliche Gedanken einflößt. Ich bin absurd, vergeben Sie mir, Liebste.«

Ein paar Minuten später verabschiedete sich die Marquise; und als die Fürstin sie weggehen sah, mußte sie denken: Wie sie mich zurichten wird! Möchte sie doch alles über mich sagen! Doch um ihr die Mühe zu ersparen, Daniel erst hier herauszureißen, will ich ihn zu ihr schicken.

Um drei, nur ganz kurz danach, kam d'Arthez. Mitten in einer interessanten Unterhaltung schnitt die Fürstin ihm das Wort ab und legte ihm die schöne Hand auf den Arm. »Verzeihung, lieber Freund«, sagte sie, als sie ihn unterbrach, »aber ich würde vergessen, was ich sagen wollte; es scheint eine Albernheit zu sein und ist dennoch von höchster Wichtigkeit. Sie haben seit dem tausendfach glücklichen Tage, an dem ich Ihnen begegnet bin, keinen Fuß mehr in Madame d'Espards Haus gesetzt; gehen Sie doch hin, nicht um Ihretwillen und auch nicht aus Höflichkeit, sondern um meinetwillen. Vielleicht haben Sie sie mir zur Feindin gemacht, wenn sie gehört haben sollte, daß Sie seit ihrem Diner sozusagen mein Haus nicht mehr verlassen haben. Überdies, lieber Freund, möchte ich nicht zusehen müssen, wie Sie Ihre Beziehungen und die Gesellschaft oder Ihre Betätigungen und Werke vernachlässigen. Ich würde noch einmal auf die seltsamste Weise verleumdet werden. Was würde man nicht alles schwatzen? Ich führte Sie am Gängelband, ich saugte Sie auf, ich fürchtete Vergleiche, ich wollte noch einmal von mir reden machen, ich wüßte, wie ich meine Eroberung zu sichern hätte, im Wissen, daß es die letzte sei! Wer könnte erraten, daß Sie mein einziger Freund sind? Wenn Sie mich so sehr lieben, wie Sie sagen, daß Sie mich lieben, dann machen Sie die Welt glauben, daß wir ganz einfach Bruder und Schwester sind. Jetzt fahren Sie bitte fort.«

D'Arthez wurde durch die unsägliche Sanftmut, mit der die anmutige Frau ihr Kleid zurechtlegte, um seine Eleganz hervorzuheben, auf ewig in Zucht genommen. In dieser Rede war irgend etwas Feines, Zartes gewesen, das ihn bis zu Tränen rührte. Die Fürstin ließ all das bürgerliche kommune Getue der Frauen, die sich auf einem Sofa sträuben und Stück für Stück streitig machen, weit hinter sich; sie entfaltete eine unerhörte Größe;

sie brauchte es nicht erst zu sagen: die Vereinigung verstand sich zwischen ihnen in nobler Selbstverständlichkeit. Sie vollzog sich weder gestern noch morgen, noch heute; sie würde geschehen, wenn sie beide es wollten; ohne das endlose Abwickeln der Binden dessen, was vulgäre Frauen ein Opfer nennen; sicherlich wissen sie, was alles sie dabei zu verlieren haben, während dieses Fest für Frauen, die gewiß sind, dabei zu gewinnen, ein Triumph ist. In jenem Satz war alles unbestimmt wie ein Versprechen, süß wie eine Hoffnung und doch fest umrissen wie ein Recht. Geben wir es offen zu: diese Art von Größe findet sich nur bei solcherlei erlauchten und wunderbaren Betrügerinnen; sie bleiben auch da noch königlich, wo andere Frauen Untertaninnen werden. Jetzt konnte d'Arthez den Abstand zwischen diesen Frauen und anderen ermessen. Die Fürstin zeigte sich stets würdig und schön. Das Geheimnis dieser Noblesse liegt vielleicht in der Kunst, mit der die großen Damen sich ihrer Schleier zu entledigen wissen; es gelingt ihnen, in dieser Situation den antiken Statuen zu gleichen; wenn sie noch einen Fetzen anbehielten, wären sie schamlos. Die Bürgersfrau versucht immer, sich einzuhüllen.

Da d'Arthez mit Zärtlichkeit gewappnet war und durch die glänzendsten Tugenden gestützt wurde, gehorchte er und ging zu Madame d'Espard, die ihre reizendsten Koketterien für ihn entfaltete. Die Marquise hütete sich, d'Arthez auch nur ein Wort über die Fürstin zu sagen; sie bat ihn lediglich, an einem der nächsten Tage bei ihr zu Abend zu speisen.

D'Arthez fand an jenem Tage eine zahlreiche Gesellschaft vor. Die Marquise hatte Rastignac, Blondet, den Marquis d'Ajuda-Pinto, Maxime de Trailles, den Marquis d'Esgrignon, die beiden Vandenesse, du Tillet, einen der reichsten Bankiers von Paris, den Baron von Nucingen, Nathan und Lady Dudley eingeladen; ferner zwei der perfidesten Gesandtschaftsattachés und den Chevalier d'Espard, einen der tiefsinnigsten Männer dieses Salons, der gleichsam die Hälfte des politischen Feldzugplanes seiner Schwägerin darstellte.

Lachend fragte Maxime de Trailles d'Arthez: »Verkehren Sie viel bei der Fürstin von Cadignan?« D'Arthez nickte als Antwort auf diese Frage trocken. Maxime de Trailles war ein

›Bravo‹ von hohem Rang; ein Mann ohne Glauben, ohne Gesetz, der zu allem imstande war und die Frauen, die sich an ihn hängten, zugrunde richtete, indem er sie dazu trieb, ihre Diamanten zu verpfänden; dabei tarnte er dieses Verhalten mit einem glänzenden Firnis, mit bezaubernden Umgangsformen und satanischem Witz. Er flößte allen gleichermaßen Furcht und Verachtung ein; da aber niemand verwegen genug war, ihm andere als die höflichsten Gesinnungen zu bezeigen, merkte er vielleicht nichts davon, oder er machte die allgemeine Verstellung mit. Er verdankte dem Grafen de Marsay den Aufstieg zur höchsten beruflichen Position, die er erreichen konnte. De Marsay, der Maxime seit langem kannte, hatte in ihm die Begabung für gewisse diplomatische Geheimverhandlungen wahrgenommen, mit denen er fortan betraut wurde und die er ausgezeichnet durchführte. D'Arthez war seit einiger Zeit genügend in die Geschäfte der Politik eingeweiht, um diese Persönlichkeit gründlich zu durchschauen; und er allein stand vielleicht charakterlich hoch genug, um laut auszusprechen, was alle leise dachten.

»Das ist sicher wegen ihr, daß er die Kammer vernachlässigt«, sagte der Baron von Nucingen. – »Haha, die Fürstin ist eine der gefährlichsten Frauen, deren Haus ein Mann betreten könnte«, warf der Marquis d'Esgrignon leise ein, »ich verdanke ihr die Niederträchtigkeit, mit der man mich zu meiner Ehe zwang.« – »Gefährlich?« fragte Madame d'Espard. »Reden Sie nicht so von meiner besten Freundin. Ich habe von der Fürstin niemals etwas erfahren oder gesehen, was sich nicht mit der erhabendsten Gesinnung vertrüge.« – »Lassen Sie den Marquis doch reden«, sagte Rastignac. »Wenn ein Mann von einem hübschen Pferd aus dem Sattel geworfen wird, findet er Fehler an ihm und verkauft es.«

Durch dieses Wort verärgert, blickte der Marquis d'Esgrignon d'Arthez an und sagte: »Ich hoffe doch, daß der Herr mit der Fürstin nicht so steht, daß es uns hindern könnte, über sie zu reden?« – D'Arthez bewahrte Schweigen. D'Esgrignon, der nicht ohne Geist war, antwortete Rastignac mit dem Entwurf eines apologischen Porträts der Fürstin, das die ganze Tafelrunde in gute Laune versetzte. Da diese Spötterei d'Arthez völlig unverständlich blieb, beugte er sich zu Madame de Montcornet, seiner

Nachbarin, hin und fragte sie nach der Bedeutung dieser Scherzreden. – »Ja, außer Ihnen – das schließe ich aus der guten Meinung, die Sie von der Fürstin hegen, haben, wie es heißt, alle Gäste hier ihre Gunst genossen.« – »Ich kann Ihnen versichern, daß diese Auffassung ganz und gar falsch ist«, antwortete Daniel. – »Und dennoch sehen Sie da Monsieur d'Esgrignon, einen Edelmann aus dem Perche[40], der sich vor zwölf Jahren um ihretwillen vollständig ruiniert hat; fast hätte er um ihretwillen das Schafott besteigen müssen.« – »Ich kenne die Geschichte«, sagte d'Arthez, »Madame de Cadignan hat Monsieur d'Esgrignon vor dem Schwurgericht gerettet, und so lohnt er es ihr heute!«

Madame den Montcornet musterte d'Arthez mit fast stumpfsinniger Verwunderung und Neugier; dann richtete sie die Augen wieder auf Madame d'Espard und deutete auf ihn, als wolle sie sagen: Er ist behext! Während dieser kurzen Unterhaltung wurde Madame de Cadignan durch Madame d'Espard gedeckt; aber diese Deckung glich dem Blitzableiter, der den Blitz anzieht. Als d'Arthez sich wieder der allgemeinen Unterhaltung zuwandte, hörte er, wie Maxime de Trailles folgenden Ausspruch machte: »Bei Diane ist die Verderbtheit nicht Wirkung, sondern Ursache; vielleicht verdankt sie dieser Ursache ihr vortreffliches Naturell; sie sucht nicht, sie erfindet nichts; sie bietet einem das durch höchstes Raffinement Gefundene als eine Eingebung der naivsten Liebe dar, und es ist einem unmöglich, ihr nicht zu glauben.« – Dieser Satz, der eigens für einen Mann von der Bedeutung Daniels vorbereitet zu sein schien, stand so festgefügt da, daß er gleichsam einen Abschluß bildete. Alle ließen fortan die Fürstin in Ruhe; sie schien abgetan zu sein. D'Arthez jedoch blickte de Trailles und d'Esgrignon spöttisch an. – »Das größte Unrecht dieser Frau besteht darin, daß sie den Männern ins Gehege kommt«, sagte er. »Gleich ihnen vergeudet sie nicht zur Mitgift gehörende Güter; sie schickt ihre Liebhaber zu Wucherern, sie vernascht Brautschätze, sie richtet Waisen zugrunde, sie schmilzt alte Schlösser ein, sie regt Verbrechen an und begeht sie vielleicht gar selber; aber ...« Nie hatte einer der beiden Herren, denen d'Arthez antwortete, etwas so Kräftiges gehört. Doch dieses ›aber‹ machte die ganze Tafelrunde betroffen; sämtliche Gäste saßen starr da, die Gabeln in der Luft und die Augen abwechselnd auf den mutigen Schriftsteller und die Meuchelmörder der Fürstin geheftet; man harrte in furchtbarem Schweigen des Schlusses. – »Aber«, fuhr d'Arthez in spöttisch leichtem Ton fort, »die Fürstin von Cadignan hat vor den Männern eins voraus: wenn man sich um ihretwillen in Gefahr begeben hat, so rettet sie uns und redet über niemanden Schlechtes. Weshalb sollte sich in der großen Zahl nicht einmal eine Frau finden, die sich über die Männer amüsiert, wie die Männer sich über die Frauen amüsieren? Weshalb sollte das schöne Geschlecht nicht von Zeit zu Zeit einmal Rache nehmen . . .?«

»Das Genie ist stärker als der Witz«, sagte Blondet zu Nathan.

Diese Lawine von Epigrammen hatte tatsächlich wie das Feuer einer Geschützbatterie gegen Gewehrfeuer gewirkt. Schleunigst wurde das Thema gewechselt. Weder der Graf de Trailles noch der Marquis d'Esgrignon schienen geneigt, mit d'Arthez in Streit zu geraten. Als der Kaffee serviert wurde, traten Blondet und Nathan mit einem Eifer, den niemand nachzuahmen wagte, zu dem Schriftsteller; so schwierig war es, die Bewunderung, die sein Verhalten eingeflößt hatte, mit der Furcht in Einklang zu bringen, daß man sich zwei mächtige Feinde schaffen könne.

»Nicht erst seit heute wissen wir, daß Ihr Charakter an Größe Ihrem Talent gleichkommt«, sagte Blondet zu ihm. »Sie haben sich vorhin nicht als ein Mann bezeugt, sondern als ein Gott. Sich weder von seinem Herzen noch von seiner Phantasie fortreißen lassen, nicht die Verteidigung einer geliebten Frau zu ergreifen – ein Mißgriff, der von Ihnen erwartet wurde und über den diese von Eifersucht auf die literarischen Berühmtheiten verzehrte Gesellschaft triumphiert hätte –, oh, erlauben Sie mir, es offen auszusprechen: das ist der Inbegriff aller privaten Politik.« – »Sie sind ein Staatsmann«, sagte Nathan. »Es ist ebenso geschickt wie schwierig, eine Frau zu rächen, ohne daß man sie verteidigt.« – »Die Fürstin ist eine der Heroinen der legitimistischen Partei; ist es nicht für jeden Mann von Herz eine Pflicht, sie ›trotzdem‹ zu schützen?« erwiderte d'Arthez kühl. »Was sie für die Sache ihrer Herrn und Meister getan hat, würde das tollste Leben entschuldigen.«

»Er spielt vorsichtig«, sagte Nathan zu Blondet. – »Ganz als verlohnte die Fürstin die Mühe!« antwortete Rastignac, der zu ihnen getreten war.

D'Arthez ging zur Fürstin, die ihn unter Qualen der größten Ängste erwartete. Das Ergebnis des Experiments, das Diane selber herbeigeführt hatte, konnte ihr verhängnisvoll werden. Zum erstenmal in ihrem Leben litt die Frau an Herzbeklemmungen und schwitzte in ihrem Kleid. Sie wußte nicht, was sie anfangen sollte, wenn d'Arthez der Welt glaubte, die die Wahrheit sagte, statt ihr, Diane, zu glauben, die gelogen hatte; denn niemals war ihr ein so schöner Charakter, ein so vollkommener Mann, eine so reine Seele, ein so naives Gewissen unter die Hände geraten. Wenn sie so grausame Lügen gesponnen, hatte das Verlangen sie getrieben, die wahre Liebe kennenzulernen. Diese Liebe fühlte sie in ihrem Herzen keimen, sie liebte d'Arthez; sie war dazu verurteilt, ihn zu täuschen, denn sie wollte für ihn die wundervolle Schauspielerin bleiben, die vor seinen Augen Komödie gespielt hatte. Als sie Daniels Schritt im Eßzimmer vernahm, durchrüttelte die Erregung, das Zittern sie bis in die Untergründe ihres Lebens hinein. Diese Erschütterung, die sie während des für eine Frau ihres Ranges höchst abenteuerlichen Lebens niemals verspürt hatte, sagte ihr jetzt, daß sie ihr Glück aufs Spiel gesetzt hatte. Ihre Augen, die ins Leere blickten, umfingen d'Arthez ganz und gar; sie sah durch seine leibliche Hülle hindurch und las in seiner Seele: der Argwohn hatte ihn mit seinem Fledermausgeflügel nicht einmal gestreift! Die furchtbare Spannung der Angst schlug ins Gegenteil um; die Freude hätte die glückliche Diane fast erstickt; denn es gibt kein Geschöpf, das nicht mehr an Kraft besäße, wenn es gilt, Kummer zu ertragen, als wenn es gilt, dem höchsten Glück standzuhalten.

»Daniel, ich bin verleumdet worden, und du hast mich gerächt!« rief sie aus, stand auf und streckte ihm die offenen Arme entgegen. Daniel ließ in dem tiefen Staunen über diese Worte, deren Wurzeln ihm unsichtbar blieben, seinen Kopf von zwei schönen Händen ergreifen, und die Fürstin küßte ihn keusch auf die Stirn. – »Woher wissen Sie das . . .?« – »Oh, du berühmter Tropf! Siehst du denn nicht, daß ich dich bis zum Wahnsinn liebe?«

Seit jenem Tage sind weder die Fürstin noch d'Arthez fernerhin durchgehechelt worden. Die Fürstin hat von ihrer Mutter ein kleines Vermögen geerbt; sie verbringt jeden Sommer mit dem großen Schriftsteller in einer Villa in Genf und kehrt nur im Winter auf einige Monate nach Paris zurück. D'Arthez läßt sich nur noch in der Kammer sehen. Und schließlich sind seine Veröffentlichungen außerordentlich selten geworden. Ist das eine Lösung? Für alle Leute von Geist: ja, für jene, die alles wissen wollen: nein.

Anmerkungen

Die Geheimnisse der Fürstin von Cadignan

1 Das Folgende bezieht sich auf den französischen Titel ›prince‹, dem im Deutschen sowohl ›Fürst‹ wie ›Prinz‹ entsprechen kann. Der Adel gliederte sich in Frankreich etwas anders als in Deutschland.

2 Französisch: comte

3 Französisch: seigneur

4 Französisch: duc

5 Lateinisch: sich erinnern

6 Französisch: altesse

7 Erst seit 1789 fanden in Paris regelmäßige Aufführungen italienischer Opern statt. Das Privileg dazu hatte Léonard, der Friseur der Königin Marie Antoinette, erhalten. Am 10. August, mit der anhebenden Revolution, löste die Truppe sich auf. Nach einem mißlungenen Versuch der Mlle Montansier (1730–1820), einer Schauspielerin und Theaterleiterin, aus deren Bühne das heutige Théâtre du Palais-Royal hervorging, organisierte 1804 der Schauspieler, Dramatiker und spätere Romancier Picard die schon zur Rückkehr nach Italien bereite Sängertruppe neu und führte, gestützt auf eine Subvention der kaiserlichen Regierung, zunächst in der Salle Louvois (Rue de Richelieu), alsdann im Odéon italienische Opern auf. Eine Zeitlang war Spontini Direktor des Théâtre-Italien; ihm folgte während der Restauration die Catalani. Ihre Glanzzeit erlebte die Italienische Oper in den Jahren 1820 bis 1838, als Rossinis Opern dort aufgeführt wurden und große Sängerinnen wie die Pasta, die Malibran, die Fodor, die Grisi ihre Triumphe feierten.

8 Antinous: junger, schöner Günstling des Kaisers Hadrian, ertrank 130 n. Chr. im Nil; er opferte sich wahrscheinlich für den Kaiser, der ihn später zum Gott erhob. Es sind von ihm etwa 300 antike Darstellungen erhalten.

9 Lizinska-Aimée-Zoé Rue, Dame de Mirbel (1796–1849), berühmte Miniaturenmalerin, Schülerin Augustins, Frau des Botanikers Charles de Mirbel.

10 Madame: am Bourbonenhof der Titel der Töchter des Königs und des Dauphins sowie der Frau des Bruders des Königs. Hier bezieht der Titel sich auf die Herzogin von Berry, die Witwe des

1820 von Louvel ermordeten zweiten Sohns Karls X., des damaligen Grafen von Artois.

11 Hauptgestalt in Molières ›L'Avare‹ (›Der Geizige‹).

12 Es handelt sich um Louis de Ghaines de Bourmont, der unter dem Fürsten Polignac Kriegsminister war; er trat von seinen Funktionen zurück, um das Kommando des Expeditionskorps in Algerien zu übernehmen, das er mit Tapferkeit und Umsicht führte.

13 Die Witwe des ermordeten Herzogs von Berry (vgl. Anmerkung 10) unternahm 1832 in der Vendée einen Aufstandsversuch gegen die konstitutionelle Regierung Louis-Philippes zugunsten des absoluten Königtums. Das Unternehmen scheiterte, die Herzogin wurde in Blaye gefangengehalten und verfiel der Lächerlichkeit, als sie, seit zwölf Jahren Witwe, ein Kind bekam.

14 Flüchtigkeitsfehler Balzacs.

15 Gemeint ist die jüngere Linie, das Haus Orléans, das 1830 mit Louis-Philippe den französischen Thron bestiegen hatte.

16 Louise de La Baume Le Blanc, Herzogin von La Vallière (1644 bis 1710), Geliebte Ludwigs XIV., verbrachte ihr Lebensende bei den Karmeliterinnen.

17 Françoise-Athénaïs de Rochechouart, Marquise de Montespan (1641–1707), Geliebte Ludwigs XIV.

18 Diane de Poitiers (1499–1566), Geliebte Heinrichs II., der für sie das Schloß Anet erbauen ließ und das Herzogtum Valentinois an sie gab.

19 Julie d'Étanges: Hauptgestalt in Rousseaus ›Nouvelle Héloïse‹.

20 Marie-Anne de Mailly-Nesle, Herzogin von Châteauroux (1717 bis 1744), eine der Geliebten Ludwigs XV.

21 Philippe d'Orléans (1674–1723), Neffe Ludwigs XIV., Sohn der Liselotte von der Pfalz, war während der Minderjährigkeit Ludwigs XV. Regent. Seine Regierungszeit, die eine Reaktion gegen Ludwig XIV. bildet, und seine Persönlichkeit als sinnenfreudiger Lebemann sind durch das Schrifttum der Revolution und ihrer Nachfahren arg entstellt geschildert worden. Erst in jüngster Zeit läßt ihm die Geschichtsschreibung Gerechtigkeit widerfahren.

22 Am 16. Mai 1831 starb Casimir Périer, der Ministerpräsident Louis-Philippes und Haupt der ›widerstrebenden‹ Politik. Die von der konstitutionellen Monarchie enttäuschten Republikaner erhoben jetzt wieder das Haupt. Am 15. Juni, bei den Begräbnisfeierlichkeiten des Ministers, kam es zu Zusammenrottungen, die bald zu

einem sozialistischen Volksaufstand führten. Trotz anfänglichen Erfolgen des Aufruhrs, der die ganze Osthälfte von Paris beherrschte, weigerten sich die Führer der republikanischen Partei, ihn gutzuheißen. Diese Ablehnung machte der Regierung wieder Mut: die Nationalgarde wurde eingesetzt und warf den Aufstand durch Zerstörung der letzten Barrikaden an der Ecke der Rue Saint-Merri und der Rue Saint-Martin mittels Artilleriebeschuß endgültig nieder.

23 Geliebte Raffaels, Römerin von großer Schönheit, Tochter eines Bäckers. Raffaels berühmtes Porträt von ihr befindet sich in Rom.

24 Lateinisch: Ein Schatz an Kunst und Tugend.

25 Laforêt: Molières Köchin und Geliebte; an ihr erprobte er die Wirkung seiner Komödien, indem er sie ihr vorlas.

26 Die Laterna magica oder Zauberlaterne, ein Projektionsapparat für lichtdurchlässige Bilder, wurde im 17. Jahrhundert entwikkelt und ist der Vorläufer des modernen Bildwerfers. Sie war vielfach auf Jahrmärkten zu finden, wo das Publikum durch abenteuerliche Bilder angelockt wurde.

27 Egeria: Römische Quellnymphe, nach der Sage Gemahlin und Beraterin des Königs Numa Pompilius.

28 Girodets Gemälde ›Une Scène du Déluge‹ (›Die Sintflut‹) gewann 1810 den Preis gegen Davids ›Sabines‹ (›Der Raub der Sabinerinnen‹). Das Bild wurde 1818 von Ludwig XVIII. angekauft und befindet sich heute im Louvre.

29 Guérins Gemälde ›Enée racontant ses Aventures à Didon‹ (›Äneas erzählt Dido seine Abenteuer‹) wurde 1813 gemalt, 1817 im Salon ausgestellt und 1818 von Ludwig XVIII. angekauft.

30 Die Rue de Bellefond verbindet die Rue Rochechouart mit dem Faubourg Poissonière.

31 Onkel Tobby ist eine der Gestalten aus Lawrence Sternes Roman ›Tristram Shandy‹; er verliebt sich in die kokette Witwe Wadman.

32 Hauptgestalt der Komödie Molières (1669).

33 Die Akte ordnete Rückgabe der von der Revolution beschlagnahmten Güter an den Adel an.

34 Henri de la Tour d'Auvergne, Vicomte de Turenne (1611–1675), Marschall von Frankreich, fiel bei Sasbach im Badischen.

35 Stoischer Philosoph des 1. Jahrhunderts n. Chr.

36 Jean-Louis Tulou (1786–1865), erster Flötist an der Italienischen Oper, später an der Oper während des Kaiserreichs. Trat wäh-

rend der Restauration zurück, aber übernahm 1826 seinen Posten aufs neue. 1829 wurde er zum Professor am Conservatoire ernannt.

37 Georges Cuvier (1773–1838), Naturwissenschaftler, von Balzac hochgeschätzt. Vergleiche die ›Vorrede zur Menschlichen Komödie‹ im ersten Band.

38 Francois-Joseph Talma (1763–1826), großer Schauspieler, von Napoleon I. besonders geschätzt.

39 ›La Thébaïde ou les deux Frères Ennemis‹, Racines erste Tragödie, 1664 durch Molières Truppe aufgeführt.

40 Le Perche, ehemalige französische Grafschaft, berühmt durch Pferdezucht.

Biographische Notizen über die Romangestalten

Die Geheimnisse der Fürstin von Cadignan

ARTHEZ, Daniel d', geboren um 1795, vereinte ein schönes Talent mit einem schönen Charakter. Schon 1820 war er das Haupt eines Literatenkreises, dem die Elite der Gelehrten und Schriftsteller seiner Zeit angehörte. Obwohl selber arm, half d'Arthez 1822 Lucien de Rubempré in dessen erster Pariser Zeit (›Verlorene Illusionen‹) und gewährte einige Jahre später Marie Gaston die gleiche Hilfe. Als Marie Gaston 1833 Louise de Chaulieu, die Witwe des Barons de Macumer, heiratete, war er sein Trauzeuge (›Memoiren zweier Jungvermählter‹).

BLONDET, Emile, geboren um 1800 in Alençon, war der natürliche Sohn eines ehemaligen Präfekten des Départements de l'Orne und der gesetzliche Sohn des Richters Blondet, der sich 1818 völlig von ihm abwandte (›Die alte Jungfer‹; ›Das Antiquitätenkabinett‹). Als Lucien de Rubempré 1821 in Paris anlangte, war Blondet Journalist und führte ein Leben als literarischer, galanter Bohemien (›Verlorene Illusionen‹; ›Glanz und Elend der Kurtisanen‹), verkehrte aber zugleich in den Salons der Gesellschaft, wo er um seines Geistes willen geschätzt wurde: in dem der Mlle des Touches (›Zweite Frauenstudie‹), dem der Marquise d'Espard (›Die Geheimnisse der Fürstin von

Cadignan‹) und schließlich in dem seiner Kindheitsfreundin Virginie de Troisville (›Das Antiquitätenkabinett‹), die inzwischen Gräfin de Montcornet geworden war (›Eine Evastochter‹). Er hatte den Sommer 1823 bei ihr auf dem Gut Les Aigues in Burgund verbracht und heiratete sie um 1840, als sie Witwe geworden war. Blondet war damals gerade zum Präfekten ernannt worden (›Die Bauern‹; ›Das Antiquitätenkabinett‹).

CADIGNAN, Diane d'Uxelles, Herzogin von Maufrigneuse, Fürstin von, geboren 1796, hatte sich 1822 in Victurnien d'Esgrignon verliebt und ihn durch ihre Verschwendungssucht nur zu bald ruiniert. Nachdem d'Esgrignon auch das Vermögen des alten Notars Chesnel durchgebracht hatte, blieb ihm nichts, als gefälschte Wechsel auf Du Bousquier auszustellen. Darauf hatte dieser neidische Liberale nur gewartet; er reichte gegen den Abkömmling der d'Esgrignons Klage ein. Der Vicomte wurde durch das Eingreifen der Herzogin von Maufrigneuse vor der Verurteilung bewahrt, blieb indessen ruiniert. Schließlich heiratete er die Nichte Du Bousquiers (›Das Antiquitätenkabinett‹). Die Herzogin von Maufrigneuse, die mit sinnlichster Leidenschaft Lucien de Rubempré geliebt hatte, versuchte 1830 vergebens, das Leben des unglücklichen jungen Dichters zu retten; Jacques Collin händigte ihr die Briefe aus, die sie an Lucien geschrieben hatte (›Glanz und Elend der Kurtisanen‹).

ESGRIGNON, Victurnien d', siehe die Anmerkungen über die Fürstin von Cadignan.

ESPARD, Jeanne-Clémentine-Athénaïs de Blamont-Chauvry, Marquise d', geboren 1793, heiratete sehr jung den Marquis d'Espard, der sie 1816 verließ, weil er zurückgezogen mit seinen Kindern leben wollte; der streitsüchtige, egoistische und tyrannische Charakter seiner Frau war ihm unerträglich gewesen. 1829 versuchte die Marquise sich dadurch zu rächen, daß sie ihren Mann entmündigen lassen wollte (›Die Entmündigung‹), was ihr indessen nicht gelang (›Glanz und Elend der Kurtisanen‹). Obwohl sie sehr mondän war und während der Restauration der Herzogin von Maufrigneuse das Zepter der Mode streitig gemacht hatte, war sie streng und prüde, wenn auch mehr aus Ehrgeiz und Herzensdürrheit denn aus Tugend. 1821 brachte sie es fertig, Mme de Bargeton von Lucien de Rubempré zu trennen, wofür dieser sich einige Jahre später an ihr rächte: er vereitelte die Entmündigung ihres Gatten (›Glanz und Elend der Kurtisanen‹). 1840 beleidigte sie öffentlich Béatrix de Rochefide, die die Geliebte Calystes du Guénic geworden war (›Béatrix‹);

1835 hatte sie aus Eifersucht Mme Félix de Vandenesse mit Raoul Nathan zu verkuppeln versucht (›Eine Evastochter‹).

RASTIGNAC, Eugène, Baron, später Graf de, geboren 1797 auf Rastignac, 1819 nach Paris gekommen, um Jura zu studieren, mietete sich in der Pension der Mme Vauquer ein, wo er Horace Bianchon und den Vater Goriot kennenlernte, den er über die Undankbarkeit von dessen Töchtern zu trösten suchte. Auch Jacques Collin lernte er dort kennen, der sich in der Pension unter dem Namen Vautrin verborgen hielt und vergebens versuchte, dem jungen Adligen seine Protektion aufzudrängen. Um jene Zeit tat Rastignac seine ersten Schritte in die Gesellschaft und wurde der ausgehaltene Liebhaber der Mme de Nucingen, einer der Töchter Goriots (›Vater Goriot‹). 1821 lernte Rastignac in Paris Lucien de Rubempré kennen, der damals mit Mme de Bargeton liiert war (›Verlorene Illusionen‹). 1828 hatte Rastignac die Baronin Nucingen satt und versuchte, der Marquise d'Espard zu gefallen (›Die Entmündigung‹), und vielleicht auch Mme de Listomère (›Eine Frauenstudie‹); 1833 plante er, sich mit einer Elsässerin zu verheiraten (›Das Chagrinleder‹); schließlich heiratete er 1838 Augusta de Nucingen, die Tochter seiner alten Geliebten, von der er sich 1835 endgültig abgewandt hatte (›Tante Bette‹). Nach der Juli-Revolution wandte er sich, von de Marsay protegiert, der Politik zu und wurde dessen Unterstaatssekretär (›Die Geheimnisse der Fürstin von Cadignan‹; ›Eine Evastochter‹; ›Eine dunkle Begebenheit‹), ohne indessen seinen Umgang mit Nucingen abzubrechen, der ihn 1826 an dem Gewinn aus dem fingierten Bankrott der Bergwerke von Wortschin hatte teilnehmen lassen (›Das Bankhaus Nucingen‹). Nachdem er Minister gewesen war, wurde Eugène de Rastignac, im Besitz von Einkünften in Höhe von dreihunderttausend Francs, Pair von Frankreich (›Die Komödianten wider ihr Wissen‹).

Facino Cane

Übertragung von Ernst Sander

Die Novelle ›Facino Cane‹, nach einer Notiz Balzacs im März 1836 in Paris entstanden, wurde zum erstenmal in ›La Chronique de Paris‹ abgedruckt, und zwar am 17. März 1837 wurde sie in den XII. Band der vierten Auflage der ›Études philosophiques‹ aufgenommen. 1843 erschien die Novelle unter dem Titel ›Le Père Canet‹ zusammen mit ›La Muse du Département‹ und ›Rosalie‹ in dem Sammelwerk ›Les Mystères de Province‹. 1844 ging sie unter ihrem ursprünglichen Titel in die ›Scènes de la Vie Parisienne‹ in die ›Comédie Humaine‹ ein. Diese Ausgabe trug die Widmung: ›Für Louise als ein Zeugnis herzlicher Dankbarkeit.‹ Die Widmung wurde später fortgelassen und durch keine andere ersetzt. Balzac hat jene geheimnisvolle Freundin nie gesehen, sondern nur unter dem Namen Louise gekannt. Dreiundzwanzig Briefe an sie sind erhalten geblieben, von Louise nur ein einziger. Der Briefwechsel endete 1857. Aus welchem Grund Balzac die Widmung unterdrückt hat, ist unbekannt.

Bonifazio Facino Cane (um 1360–1412) war ein piemonteser Condottiere im Dienst des Giovanni-Galeazzo Visconti, der ihn mit Gütern im Mailändischen belehnte. Nach dem Tode des Fürsten machte er sich nach und nach unabhängig; er wollte durch die Besetzung Genuas einen ungleichen Kampf mit Frankreich anzetteln, starb jedoch, bevor er seinen Plan verwirklichen konnte.

Ich wohnte damals in einer kleinen Straße, die ihr schwerlich kennen werdet, nämlich in der Rue de Lesdiguières: sie beginnt in der Rue Saint-Antoine gegenüber einem Brunnen in der Nähe der Place de la Bastille und mündet in die Rue de la Cerisaie ein. Meine Liebe zur Wissenschaft hatte mich in einer Mansarde landen lassen, wo ich während der Nacht arbeitete; den Tag verbrachte ich in einer nahegelegenen Bibliothek, derjenigen Monsieurs[1]. Ich lebte kärglich, ich hatte mich in alle Bedingungen eines klösterlichen Lebens geschickt, wie es sich für einen geistigen Arbeiter gebührt. Bei schönem Wetter unternahm ich kaum je einen Spaziergang auf dem Boulevard Bourdon. Eine einzige

Leidenschaft drohte, mich dem gewohnten Fleiß zu entreißen; aber gehörte nicht auch sie meinem Studienplan an? Ich unterrichtete mich nämlich über das Leben des Faubourg, seine Bewohner und deren Charaktere. Da ich genauso schlicht gekleidet war wie die Arbeiter und gleichgültig gegen alles Äußere, fiel ich ihnen nicht weiter auf; ich konnte mich in ihre Gruppen mischen, zuschauen, wie sie ihre Einkäufe tätigten und wie sie zu der Stunde, zu der sie ihre Arbeit beendet hatten, miteinander stritten. Das Beobachten war bei mir bereits intuitiv geworden, es drang bis zum Wesen vor, ohne das Äußere zu vernachlässigen; oder vielmehr, es erfaßte die äußeren Einzelheiten so trefflich, daß es augenblicklich darüber hinausging; es verlieh mir die Fähigkeit, das Leben des betreffenden Individuums, das ich beobachtete, zu leben; ich konnte mich in jenen Menschen hineinversetzen, wie der Derwisch in ›Tausendundeine Nacht‹ Leib und Seele derer annahm, über die er bestimmte Worte sprach.

Wenn ich zwischen elf Uhr und Mitternacht einem mit seiner Frau vom Ambigu-Comique[2] heimkehrenden Arbeiter begegnete, machte es mir Spaß, ihnen vom Boulevard du Pont-aux-Choux[3] bis zum Boulevard Beaumarchais nachzugehen. Die wackeren Leute redeten anfangs über das Stück, das sie gesehen hatten, aber nach und nach kamen sie auf ihre eigenen Angelegenheiten zu sprechen; die Mutter zerrte an der Hand ihr Kind hinter sich her, ohne auf sein Jammern und Bitten zu hören; die Eheleute überrechneten das Geld, das ihnen am nächsten Tag ausgezahlt werden würde, und gaben es auf zwanzig verschiedene Arten aus. Dann kamen Einzelheiten des Haushalts dran, sie stöhnten über die übertrieben hohen Kartoffelpreise, oder den allzu langen Winter und die Erhöhung des Torfpreises, sie erörterten energisch, was sie beim Bäcker schuldeten, schließlich wurde das Hinundhergerede immer giftiger, und beide enthüllten ihren Charakter in pittoresken Ausdrücken. Wenn ich dergleichen Leuten lauschte, vermochte ich in ihr Leben einzudringen, ich verspürte ihre Lumpen auf dem eigenen Rücken, ich schritt in ihren durchlöcherten Schuhen einher; ihre Wünsche, ihre Nöte durchglitten meine Seele, oder meine Seele glitt in die ihrige hinein. Es war wie ein Wachtraum. Ich erhitzte mich mit ihnen über die Vorarbeiter in den Werkstätten, von denen sie tyrannisiert wurden, oder über üble Gepflogenheiten, die bedingten, daß sie mehrmals wiederkommen mußten, ohne bezahlt zu werden. Meine Gewohnheiten abzulegen, ein anderer als ich selber zu werden durch den Rausch meiner geistig-seelischen Fähigkeiten, und dieses willkürliche Spiel zu betreiben: darin bestand meine einzige Abwechslung. Wem verdanke ich diese Gabe? Ist es eine Art zweites Gesicht? Ist es eine der Fähigkeiten, deren Mißbrauch zum Wahnsinn führen würde? Nie habe ich den Ursachen dieser Kraft nachgespürt; ich besitze sie und bediene mich ihrer, und damit basta. Ihr sollt lediglich noch erfahren, daß ich damals bereits die Grundbestandteile der ›das Volk‹ genannten heterogenen Masse zergliedert, daß ich sie analysiert hatte, um ihre guten und schlechten Eigenschaften richtig abschätzen zu können. Ich wußte bereits, wozu diese Stadtgegend nütze sein könne, diese Brutstätte der Revolutionen, die Helden in sich birgt, Erfinder, Techniker, Schurken, Verworfene, Tugenden und Laster, samt und sonders vom Elend zusammengepreßt, von der Not erstickt, vom Wein ertränkt, vom Schnaps entkräftet. Ihr könnt euch nicht vorstellen, wie viele vergeblich bestandene Abenteuer, wie viele vergessene Tragödien sich in dieser Stadt des Schmerzes abgespielt haben! Wie viele schauerliche und schöne Dinge! Nie wird die Phantasie an die Wirklichkeit heranreichen, die sich hier verbirgt und die niemand aufzudecken vermag; man muß zu tief hinabsteigen, um zu den wunderbaren oder tragischen oder komischen Szenen zu gelangen, diesen vom Zufall gezeugten Meisterwerken. Ich weiß nicht, warum ich die Geschichte, die ich euch jetzt erzählen will, so lange bei mir behalten habe; sie gehört zu jenen seltsamen Erzählungen, die wie Lotterienummern im Sack bleiben, aus dem das Gedächtnis sie dann launisch hervorzieht: ich verfüge noch über eine Fülle anderer, genauso seltsamer wie diese es ist, und sie sind ebenfalls verborgen; aber auch sie werden drankommen, glaubt es nur.

Eines Tages bat mich meine Haushälterin, die Frau eines Arbeiters, ich möge doch die Hochzeitsfeier einer ihrer Schwestern mit meiner Anwesenheit beehren. Um euch verständlich zu machen, was es mit jener Hochzeit auf sich hatte, muß ich euch sagen, daß ich dieser armen Kreatur, die mir alle Morgen das Bett machte, die Schuhe putzte, meine Garderobe ausbürstete, das

Zimmer ausfegte und mir das Frühstück bereitete, monatlich vierzig Sous gab; den Rest des Tages über drehte sie an der Kurbel einer Maschine und verdiente sich durch diese harte Arbeit täglich zehn Sous. Ihr Mann, ein Kunstschreiner, verdiente vier Francs. Da indessen das Ehepaar drei Kinder hatte, konnte es kaum in Ehren sein Brot essen. Nie bin ich einer verläßlicheren Rechtschaffenheit begegnet als bei diesem Mann und dieser Frau. Als ich schon aus jener Stadtgegend weggezogen war, ist die Mutter Vaillant noch fünf Jahre lang zu meinem Namenstag gekommen, hat mich beglückwünscht und mir einen Blumenstrauß und Orangen gebracht, und dabei hat sie sich nie zehn Sous auf die hohe Kante legen können. Die Not hatte uns einander nahegebracht. Ich habe ihr nie mehr als zehn Francs geben können, und die habe ich mir oftmals für diese Gelegenheit leihen müssen. Das möge erklären, weshalb ich versprach, zu jener Hochzeitsfeier zu kommen; ich rechnete damit, mich in die Freude dieser armen Leute hineinducken zu können.

Das Festessen und die Tanzerei, all das fand bei einem Weinhändler in der Rue de Charenton statt, im ersten Stock, in einem großen Zimmer, das von Lampen mit Weißblechreflektoren erhellt wurde; die Wände waren bis zur Tischhöhe mit einer schmutzigen Tapete beklebt, und an den Wänden entlang standen Holzbänke. In diesem Zimmer befanden sich achtzig Leute im Sonntagsstaat, geschmückt mit Blumensträußen und Bändern, alle angefeuert vom Geist der Courtille[4], mit entflammten Gesichtern, und sie tanzten, als stehe der Weltuntergang bevor. Die Brautleute küßten einander zur allgemeinen Freude; es wurde Hehe! und Haha! geschrien, was spaßig war, aber im Grunde weniger ungehörig als das schüchterne Äugeln wohlerzogener junger Mädchen. All diese Menschen bezeigten eine ungehobelte Freudigkeit, der förmlich etwas Ansteckendes innewohnte.

Aber weder die Physiognomien dieser Gesellschaft noch die Hochzeit, noch irgend etwas aus diesem Kreis hat etwas mit meiner Geschichte zu tun. Behaltet lediglich das Bizarre des Rahmens. Stellt euch die gemeine, rotgetünchte Kneipe vor, schnuppert ihren Weindunst, vernehmt das Freudengeheul, bleibt in diesem Stadtteil, inmitten dieser Arbeiter, dieser alten Männer, dieser armen Frauen, die sich für eine Nacht der Freude hingaben!

Die Tanzkapelle bestand aus drei Blinden aus Les Quinze-Vingts[5]; der erste spielte Geige, der zweite Klarinette, der dritte die Schnabelflöte. Alle drei zusammen erhielten für diese Nacht sieben Francs. Für diesen Preis warteten sie natürlich weder mit Rossini noch mit Beethoven auf, sie spielten, was sie wollten und was sie konnten; keiner machte ihnen einen Vorwurf daraus, was von bezauberndem Takt zeugte! Ihre Musik griff das Trommelfell so brutal an, daß ich, nachdem ich die Versammlung flüchtig gemustert hatte, mir dies Blindentrio anschaute und sogleich nachsichtig gestimmt wurde, als ich ihre Uniform gewahrte. Diese Künstler saßen in einer Fensternische; um also ihre Gesichter genau anschauen zu können, mußte man ganz dicht zu ihnen hintreten: das tat ich nicht auf der Stelle; als ich jedoch zu ihnen ging, ich weiß nicht, wie es kam, da war alles entschieden, die Hochzeitsgesellschaft und die Musik verschwanden, meine Neugier wurde in höchstem Maße angefacht, denn meine Seele ging in den Leib des Klarinettisten über. Der Geiger und der Schnabelflötenspieler hatten vulgäre Gesichter, die wohlbekannten Blindengesichter, angespannt, aufmerksam und ernst; das des Klarinettisten jedoch bot eins der Phänomene dar, die sogleich den Künstler und den Philosophen stutzig machen.

Stellt euch vor, die Gipsmaske Dantes werde von rötlichem Lampenlicht übergossen, und es erhebe sich darüber ein Wald von silberweißem Haar. Der bittere, schmerzliche Ausdruck dieses prächtigen Kopfes wurde durch die Blindheit noch gesteigert, denn die toten Augen erhielten neues Leben durch den Geist; es ging von ihnen etwas wie ein loderndes Leuchten aus, das von einem einzigen, unablässigen Wunsch herrührte; er stand kraftvoll auf einer gewölbten Stirn geschrieben, die von Falten durchzogen war wie eine Wand von Rissen. Der Alte blies, wie es gerade kam, ohne dem Rhythmus oder der Melodie die geringste Beachtung zu schenken, seine Finger senkten oder hoben sich, sie betätigten die alten Klappen in mechanischer Gewohnheit, er genierte sich kein bißchen, das hervorzubringen, was Orchestermusiker als Quietscher bezeichnen; die Tanzenden bemerkten das ebensowenig wie die beiden Kollegen meines Italieners; ich wollte nämlich, daß er Italiener sei, und er war auch Italiener. Es haftete diesem alten Homer etwas Großes und Despotisches an; er trug wohl eine zur Vergessenheit verdammte Odyssee in sich. Es handelte sich um eine so echte Größe, daß sie noch über seine tiefe Erniedrigung triumphierte, und um einen so ausgeprägten Despotismus, daß er die Armut beherrschte. Keine der heftigen Leidenschaften, die den Menschen zum Guten wie zum Bösen führen, die aus ihm einen Sträfling oder einen Helden machen, ermangelte diesem edel geschnittenen Gesicht, das fahlgelb war wie bei vielen Italienern, und beschattet von ergrauten Brauen; sie warfen ihre Schatten über tiefe Augenhöhlen, und es durchschauerte einen, wenn man meinte, das Licht des Denkens könne darin wiedererscheinen, gerade wie man fürchtet, aus dem Eingang einer Höhle könnten ein paar Räuber mit Fackeln und Dolchen hervorbrechen. Dieser Käfig aus Fleisch und Blut barg einen Löwen, einen Löwen, dessen Wut sich an Eisenstäben nutzlos erschöpft hatte. Die Feuersbrunst der Verzweiflung war zu Asche verloht, die Lava erkaltet; aber die Erdrisse, Verwüstungen, ein wenig Rauch zeugten von der Heftigkeit der Eruption, den Verheerungen durch das Feuer. Diese Vorstellungen, die der Anblick jenes Mannes erweckte, waren in meinem Innern so heiß, wie sie auf seinem Antlitz kalt waren.

Nach jedem Kontertanz hängten Geiger und Schnabelflötenbläser, die sich ernstlich nur für Glas und Flasche interessierten, ihr Instrument an den Knopf ihres rötlichen Überrockes, streckten die Hand nach einem in der Fensternische stehenden kleinen Tisch aus, der ihnen als Kantine diente und reichten dem Italiener jedesmal ein volles Glas; er selber konnte es sich nicht nehmen, da der Tisch hinter seinem Stuhl stand; jedesmal dankte der Klarinettist durch ein freundliches Nicken. Ihre Bewegungen vollzogen sich mit einer Exaktheit, die einen bei den Blinden aus Les Quinze-Vingts stets erstaunt und die glauben macht, sie könnten sehen. Ich trat zu den drei Blinden hin, weil ich sie belauschen wollte; doch als ich ganz dicht vor ihnen stand, witterten sie nach mir hin, merkten wohl, daß ich kein Arbeiter sei und verhielten sich still.

»Aus welcher Gegend stammen Sie eigentlich, Sie, der Klarinettist?«

»Aus Venedig«, antwortete der Blinde mit einem leichten italienischen Akzent.

»Sind Sie blind geboren worden, oder sind Sie erblindet durch ...«

»Durch einen unglücklichen Zufall«, antwortete er lebhaft; »durch einen gottverfluchten schwarzen Star.«

»Venedig ist eine schöne Stadt, ich habe mich von je gesehnt, mal hinzufahren.«

Die Züge des Alten belebten sich, seine Falten zuckten, er war heftig erschüttert.

»Wenn ich mit Ihnen führe, würden Sie Ihre Zeit nicht vergeuden«, sagte er.

»Reden Sie mit ihm nicht über Venedig«, sagte der Geiger zu mir, »sonst legt unser Doge los; hinzu kommt, daß er schon zwei Pullen im Bauch hat, der Fürst!«

»Los, weiter, Papa Quietscher«, sagte der Flötist.

Alle drei fingen wieder zu spielen an; aber während sie vier Kontertänze spielten, witterte der Venezianer zu mir hin; er ahnte wohl das sehr tiefe Interesse, das ich ihm entgegenbrachte. Sein Gesicht verlor den kalten Ausdruck der Traurigkeit, irgendeine Hoffnung erhellte seine Züge und rann wie eine blaue Flamme durch seine Runzeln; er lächelte und wischte sich die Stirn ab, seine kühne, furchtbare Stirn; schließlich wurde er heiter wie jemand, der sein Steckenpferd bestiegen hat.

»Wie alt sind Sie eigentlich?« fragte ich ihn.

»Zweiundachtzig!«

»Und seit wann sind Sie blind?«

»Es sind nun bald fünfzig Jahre«, antwortete er in einem Tonfall, der bezeugte, daß sein Kummer nicht nur mit dem Verlust des Augenlichts zusammenhing, sondern mit dem einer grosen Macht, die er eingebüßt haben mußte.

»Warum werden Sie ›der Doge‹ genannt?« fragte ich ihn.

»Ach, nur um mich zu ärgern«, sagte er, »ich bin venezianischer Patrizier, hätte also wie jeder andere Doge werden können.«

»Wie heißen Sie denn?«

»Hier«, sagte er, »der alte Canet. Nur so hat mein Name in die amtlichen Register eingetragen werden können; aber auf Italienisch heiße ich Marco Facino Cane, Fürst von Varese.«

»Wie? Sie stammen also von dem berühmten Condottiere

Facino Cane ab, dessen Eroberungen an die Herzöge von Mailand gefallen sind?«

»E vero[6]«, sagte er. »Damals ist der Sohn des Cane nach Venedig geflohen, damit die Visconti ihn nicht umbrachten, und hat sich ins Goldene Buch eintragen lassen. Heute freilich gibt es weder einen Cane noch das Goldene Buch mehr.« Und er vollführte eine erschreckende Geste, aus der erloschener Patriotismus und Ekel vor allem Menschlichen sprach.

»Aber wenn Sie venezianischer Senator waren, müßten Sie doch reich sein; wodurch sind Sie Ihres Vermögens verlustig gegangen?«

Auf diese Frage hob er den Kopf zu mir hin, als wolle er mich in einer wahrhaft tragischen Aufwallung anschauen, und antwortete: »Durch Unglück!«

Er dachte nicht mehr ans Trinken, er wies sogar durch eine Geste das Glas Wein zurück, das der alte Flötenspieler ihm in diesem Augenblick hinhielt; dann senkte er den Kopf. Das alles war nicht geeignet, meine Neugier zu dämpfen. Während des Kontertanzes, den diese drei Musikapparate jetzt spielten, musterte ich den alten venezianischen Nobile mit Gefühlen, wie sie einen Zwanzigjährigen verzehren. Ich sah Venedig und die Adria vor mir, ich sah es verwüstet in seinem verwüsteten Gesicht. Ich erging mich in der von ihren Bewohnern so heiß geliebten Stadt, ich schlenderte vom Rialto zum Canale Grande, von der Riva degli Schiavoni fuhr ich zum Lido, ich kehrte zum Dom zurück, der auf eine ganz besondere Weise ehrwürdig ist; ich beschaute die Fenster der Cà d'Oro[7], deren jedes andersgeartetes Zierwerk hat; ich betrachtete die alten, üppigen Marmorpaläste, kurzum: all die Wunder, mit denen der Kundige um so mehr sympathisiert, als er sie nach seinem Gefallen ausschmükken kann und seine Träume nicht durch den Anblick der Wirklichkeit des Poetischen berauben läßt. Ich malte mir den Lebenslauf dieses Abkömmlings des größten aller Condottieri aus und forschte nach den Spuren seines Unglücks und den Ursachen dieser tiefen physischen und moralischen Erniedrigung, die indessen die Funken von Größe und Adel, die in diesem Augenblick wieder aufgeglüht waren, noch schöner machte. Offenbar hegten wir die gleichen Gedanken, denn ich glaube, daß die Blindheit den intellektuellen Austausch sich rascher vollziehen läßt, weil sie der Aufmerksamkeit verwehrt, sich an die Außendinge zu heften. Der Beweis unserer beiderseitigen Sympathie ließ nicht auf sich warten. Facino Cane hörte auf zu blasen, stand auf, trat zu mir hin und sagte: »Wir wollen gehen!«, was auf mich wie ein elektrischer Schlag wirkte. Ich reichte ihm den Arm, und wir gingen weg.

Als wir auf der Straße waren, sagte er: »Wollen Sie mich nach Venedig geleiten, mich hinführen, wollen Sie mir Glauben schenken? Dann sollen Sie reicher werden als die zehn reichsten Handelsfirmen in Amsterdam oder London, reicher als die Rothschilds, mit einem Wort: reich wie in ›Tausendundeine Nacht‹.«

Ich meinte, der Mann sei wahnsinnig; allein in seiner Stimme bekundete sich eine Macht, der ich gehorchte. Ich ließ mich führen, und er brachte mich zu den Bastillegräben, als habe er Augen. An einer sehr abgelegenen Stelle, wo seither die Brücke gebaut worden ist, unter der der Saint-Martin-Kanal in die Seine mündet, setzte er sich auf einen Stein. Ich setzte mich auf einen andern dem alten Mann gegenüber, dessen weißes Haar im Mondlicht schimmerte wie Silberdraht. Die Stille, die kaum von dem zu uns dringenden gewitternden Lärm der Boulevards gestört wurde, und die Reinheit der Nacht trugen dazu bei, daß die Szene zu etwas wahrhaft Phantastischem gedieh.

»Sie sprechen zu einem jungen Menschen von Millionen, und Sie glauben, er könne zaudern, tausend Übel zu erdulden, um sie einzuheimsen? Sie machen sich doch nicht etwa über mich lustig?«

»Möge ich ohne Beichte sterben«, fuhr er mich an, »wenn das, was ich Ihnen sagen will, nicht wahr ist. Ich bin zwanzig gewesen, wie Sie es gegenwärtig sind, ich war reich, war schön, von Adel, und ich habe mit der ersten unter allen Torheiten begonnen, mit der Liebe. Ich habe geliebt, wie heute keiner mehr liebt, so, daß ich mich in einen Geldschrank sperren ließ, auf die Gefahr hin, erdolcht zu werden, und das alles, ohne daß mir anderes verheißen worden wäre als ein Kuß. Für sie zu sterben dünkte mich ein ganzes Leben. 1760 hatte ich mich in eine Vendramin[8] verliebt, sie war achtzehn und mit einem Sagredo[9] verheiratet, einem der reichsten Senatoren, einem Mann von dreißig

Jahren und versessen auf seine Frau. Die, die ich liebte, und ich, wir waren unschuldig wie zwei Cherubine, als der Sposo uns bei einem Gespräch über die Liebe überraschte; ich war waffenlos, er fehlte mich, ich warf mich auf ihn, würgte ihn mit meinen beiden Händen und drehte ihm den Hals um wie einem Hähnchen. Ich wollte mit Bianca auf und davon, doch sie wollte mir nicht folgen. Da haben Sie die Frauen! Ich bin allein geflohen, bin verurteilt worden, meine Güter wurden zugunsten meiner Erben beschlagnahmt; aber ich hatte meine Diamanten mitgenommen, fünf zusammengerollte Bilder von Tizian und all mein Gold. Ich ging nach Mailand, wo niemand mir ein Haar krümmte: der Staat war an meinem Fall uninteressiert.

Gestatten Sie eine kleine Bemerkung, ehe ich fortfahre«, sagte er nach einer Pause. »Ob nun die Einbildungen einer Frau auf das Kind, während sie es trägt oder wenn sie es empfängt, von Einfluß sind oder nicht: als gewiß bleibt bestehen, daß meine Mutter während ihrer Schwangerschaft eine Leidenschaft für Gold empfand. Ich nun aber hänge mit einer Manie am Gold, und deren Befriedigung ist für mein Leben so notwendig, daß ich in jeder Lage, darein ich geriet, immer Gold bei mir gehabt habe; in einem fort fingere ich an Gold herum; in meiner Jugend trug ich stets Schmuck und hatte immer zwei- oder dreihundert Dukaten bei mir.«

Mit diesen Worten zog er zwei Dukaten aus der Tasche und zeigte sie mir.

»Ich rieche das Gold. Obwohl ich blind bin, bleibe ich vor den Juwelierläden stehen. Diese Leidenschaft hat mir Unheil gebracht, ich bin zum Spieler geworden, um mit Gold spielen zu können. Ich war kein Gauner, wurde jedoch begaunert, und so kam es zu meinem Ruin. Als ich keinerlei Geldmittel mehr besaß, überkam mich ein wütender Drang, Bianca zu sehen; heimlich fuhr ich nach Venedig zurück, fand sie wieder, war sechs Monate glücklich; sie hielt mich versteckt und versorgte mich mit Nahrung. Hingerissen vermeinte ich, auf diese Weise mein Leben zu beenden. Der Proveditore umwarb sie; er witterte einen Rivalen, in Italien erschnuppert man so etwas: er spionierte uns nach, überraschte uns im Bett, der Feigling! Stellen Sie sich die Heftigkeit unseres Kampfes vor: ich brachte ihn nicht um, ich verwundete ihn schwer. Dies Abenteuer zerbrach mein Glück. Seit jenem Tage habe ich Bianca nie wiedergesehen. Ich habe große, lustvolle Freuden erlebt, ich war am Hof Ludwigs XV. unter den berühmtesten Frauen; aber bei keiner habe ich die köstlichen Eigenschaften, die Anmut, die Liebe meiner geliebten Venezianerin wiedergefunden. Der Proveditore hatte seine Dienstleute bei sich gehabt, sie gerufen, den Palazzo umzingeln lassen, sie waren eingedrungen; ich verteidigte mich, um unter Biancas Augen zu sterben; sie half mir, den Proveditore kaltzumachen. Ehedem hatte sie nicht mit mir fliehen wollen; doch nach diesen sechs Monaten des Glücks wollte sie mit mir zusammen sterben und bekam mehrere Degenstiche. Es wurde mir ein großer Mantel übergeworfen, ich wurde hineingerollt, in eine Gondel getragen und in einen unterirdischen Kerker, ein Brunnenloch, geworfen. Ich bin damals zweiundzwanzig gewesen, ich hielt den Stumpf meines Degens so fest, daß man, um ihn mir abzunehmen, mir die Faust hätte abhauen müssen. Ein seltsamer Zufall oder vielmehr die Eingebung eines Gedankens der Vorsicht ließ mich dieses Stück Eisen in einem Winkel verstecken, als könne ich mich seiner noch einmal bedienen. Ich wurde verbunden. Keine meiner Wunden war tödlich. Mit zweiundzwanzig übersteht man alles. Ich sollte enthauptet werden; da spielte ich den Kranken, um Zeit zu gewinnen. In der Annahme, mein Kerker sei in der Nähe des Kanals gelegen, heckte ich einen Fluchtplan aus: ich wollte die Mauer durchbohren und durch den Kanal schwimmen, auch auf die Gefahr hin, zu ertrinken. Auf folgende Erwägungen stützte sich meine Hoffnung. Jedesmal, wenn der Kerkermeister mir das Essen brachte, las ich an die Mauern geschriebene Hinweise: Palastseite, Kanalseite, Kellerseite, und schließlich gewahrte ich einen Plan, dessen Kompliziertheit mir einige Unruhe schuf; er war indessen durch den gegenwärtigen, unvollendeten Zustand des Dogenpalastes erklärbar. Mit dem Genie, das das Verlangen nach Wiedergewinn der Freiheit einem verleiht, gelang es mir, durch Abtasten der Oberfläche eines Steins eine arabische Inschrift zu enträtseln, durch die der Urheber dieses Werks seinen Nachfolgern kundtat, er habe in der untersten Schicht zwei Steine gelockert und elf Fuß tief in den Untergrund hinein weitergewühlt. Um sein Werk fortzusetzen, mußten die

Bruchstücke von Stein und Mörtel, die sich bei diesem Ausbruch ergaben, auf den ganzen Kerkerboden verteilt werden. Hätte die Anlage des Bauwerks, das nur eine Überwachung von außen her zu erfordern schien, die Wächter oder die Inquisitoren nicht ohnehin schon sicher gemacht, so hätte die Lage des Brunnenschachts, zu dem man auf ein paar Stufen hinabsteigt, es gleichwohl gestattet, den Boden nach und nach aufzuhöhen, ohne daß die Wärter es gemerkt hätten. Diese Riesenarbeit war dem Anschein nach überflüssig gewesen, wenigstens für den, der sie in Angriff genommen hatte, denn daß sie unvollendet geblieben war, verkündete den Tod des Unbekannten. Damit sein hingebungsvolles Tun nicht bis in alle Ewigkeit vergebens vollbracht sei, bedurfte es eines Gefangenen, der Arabisch konnte; ich nun aber hatte mich im Kloster der Armenier mit orientalischen Sprachen befaßt. Ein Satz auf der Hinterseite des Steins sagte vom Schicksal des Unglücklichen aus: er war als ein Opfer seiner unermeßlichen Reichtümer gestorben, die Venedig begehrt und deren es sich bemächtigt hatte. Es kostete mich einen Monat, bis ich zu einem Ergebnis gelangt war. Während ich grub und in den Minuten, da die Erschöpfung mich auslöschte, hörte ich den Klang des Goldes, sah ich Gold vor mir, war ich geblendet von Diamanten! Oh, hören Sie zu! Eines Nachts stieß mein stumpf gewordener Stahl auf Holz. Ich schärfte mein Degenende und bohrte in jenes Holz ein Loch. Um arbeiten zu können, mußte ich wie eine Schlange auf dem Bauch kriechen; ich habe mich, um wühlen zu können wie ein Maulwurf, nackt ausgezogen, die Hände vor mich hin gestreckt; als Stützpunkt diente mir der Stein. Zwei Tage, bevor ich vor meinen Richtern erscheinen sollte, wollte ich nachts einen letzten Versuch unternehmen; ich durchbohrte das Holz, und dahinter fand mein Eisen nirgends mehr Widerstand. Stellen Sie sich meine Überraschung vor, als ich die Augen an das Loch drückte! Ich hatte die Wandverschalung eines Kellerraums durchbohrt, in dem ein matter Lichtschein mich einen Haufen Gold sehen ließ. In jenem Keller befanden sich der Doge und ein Mitglied des Rats der Zehn; ihren Reden konnte ich entnehmen, daß sich dort der Geheimschatz der Republik befinde, die Stiftungen der Dogen, die Reserven aus der Beute, die ›der venezianische Denar‹ genannt werden, dort hinein floß ein gewisser Anteil der Kriegserträgnisse. Ich war gerettet! Als der Kerkermeister kam, schlug ich ihm vor, er solle mein Entweichen begünstigen, mit mir auf und davon gehen und alles mitnehmen, was wir an uns raffen könnten. Es gab kein Zaudern, er willigte ein. Ein Schiff nach der Levante lag unter Segel, alle Vorschriftsmaßregeln wurden getroffen, Bianca unterstützte die Maßnahmen, die ich meinem Helfershelfer diktierte. Damit kein Argwohn entstehe, sollte Bianca erst in Smyrna mit uns zusammentreffen. In einer Nacht wurde das Loch erweitert, und wir stiegen in das Gemach hinein, in dem Venedigs Geheimschatz lag. War das eine Nacht! Vier Tonnen voll Gold habe ich vor mir stehen sehen. In dem Gemach daneben lag Silber in zwei Haufen aufgeschichtet, so daß ein Weg dazwischen frei blieb, damit man durch den Raum hindurchgehen konnte, in dem die Geldstücke wie Böschungen etwa fünf Fuß hoch an den Mauern emporgeschichtet lagen. Ich glaubte, der Kerkermeister würde wahnsinnig werden; er sang, er hüpfte umher, er lachte, er trieb Narrenpossen im Gold; ich drohte ihm, ich würde ihn erwürgen, wenn er Zeit verliere oder Lärm mache. In seiner Freude sah er zunächst gar nicht einen Tisch, auf dem die Diamanten lagen. Behend stürzte ich mich darauf und stopfte mir meine Matrosenbluse und die Hosentaschen voll. Mein Gott! Nicht mal ein Drittel habe ich an mich nehmen können. Unter dem Tisch lagen Goldbarren. Ich brachte meinen Kameraden dahin, daß er so viele Säcke mit Gold füllte, wie wir tragen konnten; ich gab ihm zu bedenken, daß dies das einzige Mittel sei, im Ausland nicht entdeckt zu werden. »Perlen, Geschmeide, Diamanten würden uns nur verraten«, sagte ich. So groß auch unsere Habgier war, mehr als zweitausend Pfund Gold konnten wir nicht fortschaffen, und dazu war erforderlich, daß wir den Weg vom Gefängnis bis zur Gondel sechsmal zurücklegten. Der Wachtposten am Wassertor war durch ein Säckchen mit zehn Pfund Gold bestochen worden. Was die beiden Gondoliere betraf, so glaubten sie, der Republik einen Dienst zu erweisen. Als es hell wurde, liefen wir aus. Als wir auf hoher See waren, als ich an diese Nacht zurückdachte, als ich mich aller durchgemachten Aufregungen erinnerte, als ich mir den ungeheuren Schatz vergegenwärtigte, wo ich meiner Schätzung nach dreißig Millionen in Silber und zwanzig in Gold, mehrere Millionen in Diamanten, Perlen und Rubinen zurückgelassen hatte, vollzog sich etwas wie aufwallender Wahnwitz in mir. Ich hatte das Goldfieber. In Smyrna ließen wir uns an Land setzen und schifften uns sogleich nach Frankreich ein. Als wir an Bord des französischen Schiffes gegangen waren, hatte Gott die Gnade, mich meines Helfershelfers zu entledigen. In jenem Augenblick bedachte ich nicht die volle Tragweite dieser Missetat des Zufalls, über die ich mich sehr freute. Wir waren beide so erschöpft gewesen, daß wir kaum miteinander gesprochen und darauf gewartet hatten, in Sicherheit zu sein und dann nach Kräften genießen zu können. Was Wunder, daß sich dem armen Kerl alles im Kopf drehte. Sie werden noch hören, wie Gott mich gestraft hat. Ich glaubte mich erst sicher, als ich zwei Drittel meiner Diamanten in London und Amsterdam verkauft und meinen Goldstaub in Wertpapieren angelegt hatte. Fünf Jahre lang hielt ich mich in Madrid verborgen; dann bin ich 1770 unter falschem Namen nach Paris übergesiedelt und habe dort ein glänzendes Leben geführt. Bianca war gestorben. Mitten in meinen Wollüsten, als ich die Erträgnisse eines Vermögens von sechs Millionen genoß, wurde ich von Blindheit geschlagen. Ich bin überzeugt, daß dieses Leiden die Folge meines Aufenthalts im Kerker gewesen ist, meines Wühlens durch das Gestein, sofern meine Fähigkeit, Gold zu sehen, nicht den Sieg über meine Sehkraft davongetragen und mich zum Verlust des Augenlichts prädestiniert hat. Zu jener Zeit liebte ich eine Frau, von der ich annahm, ich könne mein Schicksal an das ihre binden; ich hatte ihr das Geheimnis meines Namens anvertraut, sie gehörte einer mächtigen Familie an, ich erhoffte mir alles von der Gunst, die Ludwig XV. mir gewährte, ich hatte all mein Vertrauen in jene Frau gesetzt, die die Freundin der Madame du Barry war; sie riet mir, einen berühmten Londoner Augenarzt zu konsultieren: doch nach ein paar Monaten des Aufenthalts in jener Stadt hat jene Frau mich im Hyde-Park stehenlassen; sie hatte mein ganzes Vermögen an sich gebracht und mich völlig mittellos gemacht; denn da ich meinen Namen geheimhalten mußte, der mich der Rache Venedigs preisgegeben hätte, konnte ich niemands Beistand anrufen, ich fürchtete Venedig. Mein Leiden wurde von Spitzeln ausgebeutet, die jene Frau mir nachschickte. Ich könnte Ihnen Abenteuer erzählen, die des Gil Blas[10] würdig wären. Dann kam Ihre Revolution. Ich wurde gezwungen, in Les Quinze-Vingts einzutreten, wohin jene Kreatur mich überweisen ließ, nachdem sie mich zwei Jahre lang als Geisteskranken in Bicêtre hatte festsetzen lassen; ich habe sie nicht umbringen können, ich konnte ja nichts mehr sehen, und ich war zu arm, um mir einen Helfershelfer zu dingen. Wenn ich Benedetto Carpi, meinen Kerkermeister, ehe ich ihn verlor, nach der Lage meines Kerkers gefragt hätte, dann hätte ich auf den Schatz hinweisen und nach Venedig zurückkehren können, als Napoleon der Republik ein Ende gemacht hatte. Aber lassen Sie uns trotz meiner Blindheit nach Venedig reisen! Ich kann das Gefängnistor wiederfinden, ich sehe Gold durch die Mauern hindurch, ich erwittere es unter den Fluten, in die es versenkt worden ist; denn die Geschehnisse, die Venedigs Macht gebrochen haben, sind solcherart, daß das Geheimnis des Schatzes sicherlich mit Vendramin zugrunde gegangen ist, dem Bruder Biancas, einem Dogen[11], der, wie ich hoffte, meinen Frieden mit dem Rat der Zehn angebahnt haben würde. Ich habe Eingaben an den Ersten Konsul gemacht, ich habe dem Kaiser von Österreich einen Vertrag vorgeschlagen, alle haben mich abgewiesen wie einen Irrsinnigen! Kommen Sie, lassen Sie uns nach Venedig reisen, wir brechen als Bettler auf und kehren als Millionäre zurück; wir kaufen meine Besitztümer wieder auf, und Sie sollen mein Erbe, sollen Fürst von Varese sein.«

Bestürzt über dieses Geständnis, das in meiner Phantasie die Ausmaße einer Dichtung angenommen hatte, beim Anblick dieses weißhaarigen Kopfes und angesichts des dunklen Wassers der Bastillegräben, eines schlafenden Wassers wie das der Kanäle von Venedig, gab ich keine Antwort. Sicherlich glaubte Facino Cane, ich beurteilte ihn wie die andern, mit verachtendem Mitleid; er tat eine Geste, die der ganzen Philosophie der Verzweiflung Ausdruck gab. Vielleicht hatte seine Erzählung ihn in seine Tage des Glücks in Venedig zurückgetragen: er nahm seine Klarinette und blies schwermütig ein venezianisches Lied, eine Barkarole, bei deren Spielen er sein jugendliches Talent, sein Talent als liebender Patrizier, wiederfand. Es klang wie etwa das Super flumina Babylonis[12]. Meine Augen füllten sich mit Tränen. Falls ein paar späte Heimkehrer den Boulevard Bourdon entlanggegangen sind, sind sie sicherlich stehengeblieben und haben dem letzten Gebet des Verbannten gelauscht, der letzten Klage über einen verlorenen Namen, in die sich die Erinnerung an Bianca mischte. Doch nur zu bald gewann das Gold wieder die Oberhand, und die verhängnisvolle Leidenschaft brachte das Aufschimmern von Jugend zum Erlöschen.

»Jenen Schatz«, sagte er zu mir, »sehe ich immerfort vor mir, im Wachen wie im Traum; ich gehe dazwischen umher, die Diamanten blitzen, ich bin nicht so blind, wie Sie glauben: Gold und Diamanten erhellen meine Nacht, die Nacht des letzten Facino Cane, denn mein Titel geht auf die Memmi[13] über. Mein Gott! Die Bestrafung des Mörders hat beizeiten eingesetzt. Ave Maria ...«

Er murmelte mehrere Gebete; ich hörte ihm nicht zu.

»Wir fahren nach Venedig«, rief ich, als er aufstand.

»Also bin ich einem Menschen begegnet«, rief er, und sein Gesicht erglühte.

Ich bot ihm den Arm und geleitete ihn; an der Pforte von Les Quinze-Vingts drückte er mir die Hand; es kamen gerade Hochzeitsgäste vorbei und grölten aus vollem Halse.

»Fahren wir morgen los?« fragte der alte Mann.

»Sobald wir einiges Geld beisammen haben.«

»Aber wir können doch zu Fuß gehen, ich bettele um Almosen ... Ich bin rüstig, und wenn man Gold vor sich sieht, wird man jung.«

Facino Cane ist im Lauf des Winters gestorben, nach zwei Monaten des Hinsiechens. Der arme Mann hatte einen Lungenkatarrh.

ANMERKUNGEN

Facino Cane

1 Im alten Frankreich der Hoftitel des jüngeren Bruders des Königs. Hier ist die heutige Bibliothèque de l'Arsenal gemeint, die unter Ludwig XV. durch den Marquis d'Argenson, einen früheren Gesandten, gegründet worden ist. Kurz vor der Revolution war sie vom Grafen von Artois (der nach der Thronbesteigung Ludwigs XVIII. ›Monsieur‹ wurde) erworben und durch den Ankauf der Bibliothek des Herzogs von La Vallière bedeutsam erweitert worden.

2 Das Ambigu-Comique wurde 1759 gegründet, und zwar auf der Foire Saint-Germain; später wurde es auf dem Boulevard du Temple durch einen Schauspieler der Comédie-Italienne neu eingerichtet. Er ließ zunächst Marionetten, dann Kinder spielen und hatte so begeisterten Erfolg, daß sogar der Besuch der Oper nachließ. 1827 wurde das Theater durch ein Feuer zerstört und an seinem heutigen Platz durch Hittorf wieder erbaut. Zumal bis zur Juli-Monarchie spielte das Ambigu vor allem Vaudevilles (= Singspiele) und leichte Komödien, ehe es sich dem Melodrama zuwandte.

3 Einen Boulevard du Pont-aux-Choux hat es nie gegeben, wohl aber eine kleine Straße dieses Namens, die auf den Boulevard des Filles-du-Calvaire mündet.

4 La Courtille ist eine zur ehemaligen Gemeinde Belleville gehörende Stadtgegend, die gegen Ende des 18. Jahrhunderts in Mode kam, weil sich dort viele Schenken mit kleinen Gärten und Lauben befanden; in ihnen ließen die Pariser es sich wohlsein, zumal in der Nacht vom Fastnachtsdienstag zum Aschermittwoch. Der Heimzug der Maskierten und Verkleideten nach Paris dauerte sechs Stunden.

5 Vom heiligen Ludwig 1260 gestiftetes Blindenasyl.

6 Italienisch: wahrhaftig.

7 Cà d'Oro: zierlicher gotischer Palazzo am Canal Grande, dessen Fassadenornamente früher vergoldet waren: daher der Name ›Goldenes Haus‹. Der Palazzo wurde 1421–1436 für Piero Contarini erbaut. Balzac träumte davon, ihn zu erwerben.

8–9 Venezianische Adelsgeschlechter.

10 ›Gil Blas, ou le Diable boiteux‹, Schelmenroman von Alain-René Lesage (1668–1747), erschienen 1707.

11 Der letzte Doge von Venedig war Lodovico Manin, der 1797, nach der Besetzung der Stadt durch Bonaparte, abdankte. Im Frieden von Campo Formio kam Venezien an Österreich.

12 Lateinisch: ›An den Wassern Babylons‹; später berühmter Chor aus Verdis Jugendoper ›Nabucco‹ (Uraufführung 1842).

13 Venezianisches Adelsgeschlecht.

Die Gestalten der Novelle ›Facino Cane‹ treten in der ›Menschlichen Komödie‹ nicht wieder auf.

SARRASINE

Übertragung von Ernst Sander

Der Erstdruck der Novelle ›Sarrasine‹ erfolgte in der ›Revue de Paris‹ am 21. und 28. November 1830. Im folgenden Jahr gliederte Balzac sie in die Reihe ›Romans et Contes philosophiques‹ ein. 1835 wurde sie in die ›Scènes de la Vie Parisienne‹ aufgenommen und Charles de Bernard gewidmet. Der Erstdruck in der ›Revue de Paris‹ trug als Motto die Zeilen: »Glauben Sie, daß einzig Deutschland das Privileg besitze, absurd und phantastisch zu sein?« Das weist auf den Einfluß E. T. A. Hoffmanns hin, der während der dreißiger Jahre des 19. Jahrhunderts besonders eifrig gelesen wurde. – Der Widmungsempfänger Charles-Bernard Dugreil de la Villette, genannt Charles de Bernard (1805–1850), hatte in seiner in Besançon erscheinenden Zeitung ›La Gazette de Franche-Comté‹ am 13. August 1831 einen lobenden Artikel über ›La Peau de Chagrin‹ erscheinen lassen, der den Anknüpfungspunkt zu einem Briefwechsel und einer Freundschaft zwischen Balzac und Bernard bildete. Charles de Bernard siedelte 1835 nach Paris über und wurde Mitarbeiter der von Balzac geleiteten ›Chronique de Paris‹. Er hat mehrere schätzenswerte Romane geschrieben und ist einige Monate vor Balzac gestorben.

Ich war in eine jener tiefen Träumereien versunken, in die jedermann, sogar ein frivoler Mensch, mitten in den rauschendsten Festen verfällt. Die Uhr des Elysée-Bourbon[1] hatte gerade Mitternacht geschlagen. Ich saß in einer Fensternische hinter den sich sanft bewegenden Falten eines Moirévorhangs, der mich verbarg, und konnte nach Belieben in den Park des Stadtpalais, in dem ich den Abend verbrachte, hinabschauen. Die nur unvollkommen beschneiten Bäume hoben sich schwach von dem graugetönten Hintergrund ab, den ein bewölkter, kaum vom Mond weißlich überhauchter Himmel bildete. In dieser phantastischen Atmosphäre ähnelten sie irgendwie nur notdürftig in ihre Leichentücher gehüllten Gespenstern: ein gigantisches Ebenbild des berühmten ›Totentanzes‹[2]. Wenn ich mich nach der anderen Seite wandte, konnte ich mich an dem Tanz der Lebenden erfreuen, an einem glänzenden Salon mit Wänden, an denen Gold und Silber glitzerten, an schimmernden Kronleuchtern mit strahlenden Kerzen! Dort wimmelten, schwangen und flatterten schmetterlinghaft die hübschesten Pariser Frauen, die reichsten, die mit den höchsten Titeln: glanzvoll, prunkend, mit blendendem Diamantengefunkel, Blumen auf dem Kopf, auf den Brüsten, im Haar, über die Kleider verteilt, oder in Gewinden zu ihren Füßen. Das leichte Lusterschauern, die wollüstigen Schritte ließen die Spitzen, die Seidenstickereien, den Musselin um ihre köstlichen Hüften kreisen. Hier und dort drangen allzu lebhafte Blicke durch, verdunkelten ihre Lichter, das Feuer der Diamanten und machten Herzen, die bereits glühten, noch heißer Es waren auch schon bedeutungsvolle Kopfbewegungen zu den Liebhabern hin zu erspähen, und ablehnende Gebärden zu den Ehemännern. Ausrufe der Spieler bei jedem unvorhergesehenen Ergebnis, das Klingen des Geldes mischten sich in die Musik und das Gemurmel der Plaudernden. Um die ohnehin schon von allem, was die Welt an Verführerischem darzubieten hat, trunkene Menge vollends zu betäuben, wirkten Parfümdunst und ein allgemeiner Rausch sich auf die betörte Einbildungskraft aus. So hatte ich also zur Rechten das düstere, schweigende Bild des Todes, zu meiner Linken die dezenten Bacchanalien des Lebens: hier die kalte, trübsinnige, trauernde Natur; dort von Freude erfüllte Menschen. Ich, auf der Grenze dieser beiden so unterschiedlichen Anblicke, die, da sie sich tausendfach auf die mannigfachste Weise wiederholen, Paris zur amüsantesten Stadt der Welt und der am meisten philosophischen machen, ich bildete ein moralisches buntes Allerlei, halb Lust, halb Todestrauer. Mit dem linken Fuß schlug ich den Takt, den andern glaubte ich in einem Sarg zu haben. Tatsächlich war mein Bein eiskalt von der Zugluft, die einem die eine Körperhälfte gefrieren läßt, während die andere die feuchte Wärme des Salons verspürt; so etwas widerfährt einem bei einem Ball häufig.

»Monsieur de Lanty ist wohl noch nicht lange Besitzer dieses Stadtpalais?«

»Doch. Vor bald zehn Jahren hat der Marschall de Carigliano es ihm verkauft . . .«

»Ach so!«

»Die Leute müssen ein riesiges Vermögen haben!«

»Ja, das muß der Fall sein.«

»Was für ein Fest! Ein geradezu unverschämter Luxus.«

»Halten Sie sie für ebenso reich wie Monsieur de Nucingen oder Monsieur de Gondreville?«

»Aber sind Sie denn nicht im Bilde?«

Ich streckte den Kopf vor und erkannte in den beiden Gesprächspartnern Angehörige der Clique von Neugierigen, die sich in Paris ausschließlich mit dem Warum?, dem Wieso?, Woher kommt er?, Was für Leute sind das?, Was ist los?, Was hat sie angestellt? befassen. Sie fingen jetzt an, leiser zu sprechen und entfernten sich, um auf irgendeinem abseits stehenden Sofa ungestörter plaudern zu können. Niemals hatte sich für auf Geheimnisse Erpichte eine ertragreichere Mine aufgetan. Es wußte nämlich niemand, woher die Familie de Lanty gekommen war, noch aus welchem Handelszweig, welcher Plünderung, welcher Piraterie oder Erbschaft ihr Vermögen stammte, das auf mehrere Millionen geschätzt wurde. Sämtliche Mitglieder jener Familie sprachen Italienisch, Französisch, Spanisch, Englisch und Deutsch, und zwar so vollendet, daß zu vermuten stand, sie hätten sich längere Zeit unter diesen verschieden gearteten Völkern aufgehalten. Waren sie Zigeuner? Waren sie Seeräuber?

»Und wenn es mit dem Teufel zuginge«, sagten junge Politiker, »ihre Empfänge sind wunderbar!«

»Auch wenn der Graf de Lanty eine Kasbah[3] ausgeplündert hätte, ich würde dennoch seine Tochter heiraten!« hatte ein Philosoph gerufen.

Wer hätte auch Marianina nicht heiraten mögen, ein sechzehnjähriges Mädchen, dessen Schönheit die Märchenträume orientalischer Dichter hatte Wirklichkeit werden lassen? Wie die Sultanstochter in der Geschichte von der Wunderlampe hätte sie verschleiert bleiben müssen. Ihr Gesang ließ die unvollkommenen Talente der Malibran[4], der Sontag[5], der Fodor[6] verblassen, bei denen das Vorherrschen einer Eigenheit stets die Vollkommenheit des Gesamts ausgeschlossen hat, während Marianina im gleichen Maß Reinheit des Tons, Sensibilität, Ausgewogenheit der Agogik und der Intonation, Seele und Technik, Korrektheit und Gefühl zu vereinigen wußte. Dieses Mädchen verkörperte die geheime Poesie, die das gemeinsame Band aller Künste ist, und die stets die flieht, die sie suchen. Marianina war sanft und bescheiden, gebildet und geistvoll und vermochte von niemandem überschattet zu werden, wenn nicht von ihrer Mutter.

Seid ihr jemals Frauen begegnet, deren sprühende Schönheit den Attacken des Alters Trotz bietet und die mit sechsunddreißig Jahren noch begehrenswerter wirken, als sie es fünfzehn Jahre früher gewesen sind? Ihr Antlitz ist eine von Leidenschaft durchglühte Seele, es funkelt; jeder Zug darin schimmert von Intelligenz; jede Pore besitzt einen besonderen Glanz, zumal bei künstlichem Licht. Ihre verführerischen Augen locken, verweigern, sprechen oder schweigen; ihr Schreiten ist auf unschuldige Weise bewußt; ihre Stimme entfaltet die melodiösen Reichtümer der kokettesten süßen und zarten Tonfülle. Ihre sich auf Vergleiche gründenden Lobreden schmeicheln der Eigenliebe der Empfindlichsten. Eine Bewegung ihrer Brauen, ihr leisestes Augenspiel, ihre sich kräuselnde Lippe flößen denen einen Schrekken ein, die ihr Leben und ihr Glück von solcherlei Frauen abhängig machen. Ein in der Liebe unerfahrenes und dem gesprochenen Wort zugängliches Mädchen kann sich verführen lassen; aber für diese Art von Frauen muß ein Mann wie Jaucourt[7] sich darauf verstehen, nicht aufzuschreien, wenn ihm beim Versuch, sich im Nebenzimmer zu verstecken, eine Zofe zwei Finger in einer Türspalte zerbricht. Diese mächtigen Sirenen lieben: heißt das nicht, sein Leben aufs Spiel setzen? Und eben deshalb lieben wir sie vielleicht so leidenschaftlich! So war die Gräfin de Lanty beschaffen.

Filippo, Marianinas Bruder, besaß, wie seine Schwester, die wundervolle Schönheit der Gräfin. Um alles in einem Wort zu sagen: der junge Herr war ein lebendes Abbild des Antinous[8], nur von schlankerer Gestalt. Aber seine mageren, zarten Proportionen passen gut zur Jugend, wenn ein olivenfarbener Teint, kräftige Augenbrauen und das Feuer eines samtigen Auges für die Zukunft männliche Leidenschaften und großherzige Gedanken verheißen! Wenn Filippo in allen Mädchenherzen als ein Idealtyp verharrte, galt er auf gleiche Weise für die an ihn zurückdenkenden Mütter als die beste Partie Frankreichs.

Schönheit, Vermögen, Geist und Anmut dieser beiden Kinder

stammten einzig von ihrer Mutter her. Der Graf de Lanty war klein, häßlich und pockennarbig, düster wie ein Spanier, langweilig wie ein Bankier. Er galt übrigens als ein tiefsinniger Politiker, vielleicht, weil er nur selten lachte und in einem fort Metternich oder Wellington zitierte.

Diese geheimnisvolle Familie besaß alles Anziehende einer Dichtung Lord Byrons, deren Schwierigkeiten von jedem der großen Welt angehörenden anders gedeutet wurde: von Strophe zu Strophe ein dunkler, erhabener Gesang. Die Zurückhaltung, die Monsieur und Madame de Lanty über ihren Ursprung, ihr früheres Leben und ihre Beziehungen zu den vier Weltteilen bewahrten, hätte in Paris nicht lange einen Gegenstand der Verwunderung gebildet. Vielleicht wird nirgendwo das Axiom Vespasians[9] besser verstanden. Hier verraten die Taler, auch wenn sie mit Blut oder Schmutz befleckt sind, nichts und bedeuten alles. Wenn die gute Gesellschaft die Ziffer eures Vermögens kennt, werdet ihr unter die Summen, die der eurigen gleich sind, eingegliedert, und es fragt euch dann niemand nach Pergamenten, weil jeder weiß, wie wenig sie kosten. In einer Stadt, in der die sozialen Probleme nach algebraischen Gleichungen gelöst werden, haben die Abenteurer eben deswegen gute Möglichkeiten. Auch wenn die gute Gesellschaft annahm, jene Familie stamme von Zigeunern ab, war sie doch so reich, so anziehend, daß man ihr ihre kleinen Geheimnisse gut und gern verzeihen konnte. Leider jedoch bot die rätselhafte Geschichte des Hauses Lanty der Neugier unablässig Stoff, fast so wie die Romane der Anne Radcliffe[10].

Leuten mit wachen Augen, solchen, die Wert darauf legen, zu erfahren, in welchem Geschäft man seine Kandelaber kauft, oder die einen nach dem Mietpreis fragen, wenn sie unsere Wohnung schön finden, war dann und wann bei Festen, Konzerten, Bällen und Empfängen, die die Gräfin veranstaltete, das Erscheinen einer befremdlichen Persönlichkeit aufgefallen. Es handelte sich um einen Mann. Das erstemal zeigte er sich in dem Stadtpalais gelegentlich eines Konzerts; anscheinend hatte Marianinas zauberhafte Stimme ihn in den Salon gelockt.

»Seit ein paar Augenblicken ist mir kalt«, sagte eine nahe der Tür sitzende Dame zu ihrer Nachbarin.

Der Unbekannte, der neben jener Dame stehengeblieben war, ging weiter.

»Wie sonderbar! Jetzt ist mir wieder warm«, sagte die Dame, als der Fremde sich entfernt hatte. »Und Sie halten mich vielleicht für närrisch, aber ich kann nicht umhin, zu glauben, daß mein Nachbar, der schwarzgekleidete Herr, der eben weggegangen ist, die Ursache meines Kältegefühls war.«

Bald ließ die bei Leuten der guten Gesellschaft angeborene Übertreibungssucht die amüsantesten Ideen, die absonderlichsten Redereien, die lächerlichsten Geschichten über diese geheimnisvolle Persönlichkeit entstehen. Ohne geradezu ein Vampir, ein gespenstischer Leichenfresser, ein Homunkulus[11], eine Art Faust oder Robin Hood[12] zu sein, hatte er, wie die Liebhaber des Phantastischen behaupten, von all diesen anthropomorphen Gestalten etwas an sich. Hin und wieder fanden sich Deutsche, die diesen geistvollen Ulk der Pariser bösen Zungen für bare Münze nahmen. Dabei war jener Fremde lediglich ein alter Mann. Mehrere unter den jungen Leuten, die es gewohnt sind, allmorgendlich mit ein paar eleganten Redensarten über die Zukunft Europas zu entscheiden, wollten in dem Unbekannten irgendeinen großen Verbrecher und den Besitzer unermeßlicher Reichtümer sehen. Romanschriftsteller erzählten das Leben des Greises und tischten wahrhaft merkwürdige Einzelheiten über die wüsten Taten auf, die er begangen haben sollte, als er im Dienst des Fürsten von Mysore gestanden habe. Bankiers, positiver eingestellte Leute, verbreiteten eine glaubhaftere Legende: »Pah!« sagten sie und zuckten in einer mitleidigen Bewegung die breiten Achseln, »der kleine Alte hat einen Genueser Kopf!«

»Wenn es nicht indiskret ist, hätten Sie dann wohl die Güte, mir zu erklären, was Sie unter einem Genueser Kopf verstehen?«

»Das ist jemand, an dessen Leben riesige Kapitalien gebunden sind und auf dessen guter Gesundheit sicherlich die Einkünfte dieser Familie beruhen.«

Ich erinnere mich, bei Madame d'Espard einem Magnetiseur gelauscht zu haben, der mittels vollauf glaubwürdiger historischer Erwägungen bewies, daß dieser alte Mann, unter die Lupe genommen, kein anderer als der berüchtigte Balsamo, genannt Cagliostro[13], sei. Dieser moderne Alchimist behauptete, der sizilische Abenteurer sei dem Tode entschlüpft und belustige sich damit, für seine Enkelkinder Gold zu machen. Der Amtmann von Pfirt behauptete, er habe in dieser eigentümlichen Persönlichkeit den Grafen von Saint-Germain[14] wiedererkannt. Diese Abgeschmacktheiten, die in dem geistreichelnden Ton und mit der spöttischen Miene vorgebracht wurden, wie sie heutzutage für eine glaubenslose Gesellschaft bezeichnend sind, nährten vage Gerüchte über die Familie de Lanty. Schließlich rechtfertigten die Mitglieder jener Familie durch ein seltsames Zusammentreffen von Umständen die Mutmaßungen der Gesellschaft, weil sie nämlich ein recht mysteriöses Verhalten dem alten Mann gegenüber zur Schau trugen, dessen Leben sich irgendwie allen Nachforschungen entzog.

Überschritt diese Persönlichkeit die Schwelle der Wohnung, die sie, wie vermutet wurde, im Palais Lanty bewohnte, so verursachte ihr Erscheinen in der Familie stets große Aufregung. Man hätte meinen können, es sei ein Ereignis von höchster Bedeutung. Einzig Filippo, Marianina, Madame de Lanty sowie ein alter Diener genossen den Vorzug, dem Unbekannten beim Gehen, beim Aufstehen und beim Sichsetzen behilflich zu sein. Sie alle überwachten seine geringsten Bewegungen. Es hatte den Anschein, als sei er ein verzaubertes Wesen, von dem das Glück, das Leben oder das Vermögen aller abhing. Geschah es aus Furcht oder aus Zuneigung? Die Gesellschaft konnte keinen Hinweis entdecken, der ihr zur Lösung dieses Problems hätte dienlich sein können. Monatelang blieb dieser Hausgeist in einem unbekannten Sanktuarium versteckt und kam daraus nur ganz plötzlich und flüchtig hervor, unerwartet, und erschien inmitten der Gesellschaftsräume wie die Feen alter Zeiten, die von ihren geflügelten Drachen herabstiegen, um die Festlichkeiten zu stören, zu denen sie nicht geladen worden waren. Dann konnten nur die geübtesten Beobachter die Beunruhigung ihrer Gastgeber wahrnehmen, die, was sie empfanden, mit eigenartiger Geschicklichkeit zu verbergen verstanden. Manchmal indessen warf die allzu naive Marianina, ohne die Quadrille zu unterbrechen, einen von Grauen erfüllten Blick auf den Alten, den sie inmitten der Gästegruppen beobachtete. Oder Filippo schob sich rasch durch die Menge und trat zu ihm, blieb zärtlich und aufmerksam bei ihm, als könne die Berührung mit Menschen oder der leiseste Hauch dies absonderliche Wesen zerbrechen. Die Gräfin versuchte, sich ihm zu nähern, ohne dabei den Anschein zu erwecken, sie gehe absichtlich zu ihm hin; sie nahm dann ein Gehaben und einen Gesichtsausdruck an, der ebensosehr von Dienstfertigkeit wie Zärtlichkeit, von Unterwürfigkeit wie Despotismus geprägt war, sprach ein paar Worte, denen der Alte sich fast immer fügte; er verschwand, von ihr geleitet, oder besser: weggeschleppt. Wenn Madame de Lanty nicht anwesend war, wandte der Graf tausend Listen an, um an ihn heranzukommen; aber dann sah es aus, als könne der Graf sich nur schwer verständlich machen, und er behandelte den Alten, als sei er ein verzogenes Kind, dessen Launen die Mutter hinnimmt oder dessen Aufsässigkeit sie fürchtet. Als ein paar Taktlose sich herausgenommen hatten, den Grafen de Lanty unverblümt zu fragen, hatte es den Anschein gehabt, als sei der kalte, zurückhaltende Herr außerstande, die Fragen der Neugierigen zu verstehen. Daher trachtete nach so vielen Versuchen, die die Wachsamkeit aller Familienmitglieder zuschanden gemacht hatte, niemand mehr danach, ein so wohlbehütetes Geheimnis zu enthüllen. Die Salonspitzel, die Einfaltspinsel und Politiker waren schließlich – des Krieges satt – übereingekommen, sich nicht mehr mit diesem Geheimnis zu befassen.

Aber trotzdem gab es vielleicht gerade jetzt in diesen strahlenden Salons Philosophen, die, während sie ein Eis, einen Sorbet nahmen oder ihr leeres Punschglas auf eine Konsole stellten, zueinander sagten: »Es würde mich nicht weiter wundern, wenn ich erführe, diese Leute seien Gauner. Dieser Alte, der sich verborgen hält und nur zur Tag- und Nachtgleiche oder zur Sonnenwende zum Vorschein kommt, sieht mir ganz nach einem Mörder aus . . .«

»Oder nach einem Bankrotteur . . .«

»Das ist beinah dasselbe. Einen Menschen um sein Vermögen bringen ist gelegentlich schlimmer als ihn umzubringen.«

»Ich habe zwanzig Louis gesetzt; ich bekomme vierzig heraus.«

»Du lieber Himmel, es liegen doch nur dreißig auf dem Tisch . . .«

»Ha! Da können Sie sehen, was für eine gemischte Gesellschaft hier verkehrt. Nicht mal richtig spielen kann man hier.«

»Stimmt. Aber jetzt haben wir schon seit bald einem halben Jahr den ›Geist‹ nicht mehr zu Gesicht bekommen. Glauben Sie, daß er ein lebendiges Wesen ist?«

»Haha! Höchstens ...«

Diese letzten Worte waren ganz in meiner Nähe von Unbekannten gesprochen worden, die in dem Augenblick weggingen, da ich meine aus Schwarz und Weiß, Leben und Tod gemischten Betrachtungen in einem letzten Gedanken hatte zusammenfassen wollen. Meine tolle Phantasie sowie meine Augen schauten im gleichen Maß abwechselnd auf das festliche Treiben, das den höchsten Grad seines Glanzes erreicht hatte, und auf das düstere Bild der Parks. Ich weiß nicht, wie lange ich über diese beiden Seiten der menschlichen Medaille nachgegrübelt hatte; aber plötzlich wurde ich durch das unterdrückte Auflachen einer jungen Frau erweckt. Ich war sprachlos beim Gewahren des Bildes, das sich meinen Blicken darbot. Durch eine der seltensten Launen der Natur war der Halbtrauer tragende Gedanke, der sich in meinem Hirn getummelt hatte, daraus hervorgetreten, er stand vor mir, Gestalt geworden, lebendig, er war ihm entsprungen wie Minerva dem Haupt des Jupiter, groß und stark, er war zugleich hundert Jahre und zwanzig Jahre alt, lebendig und tot. Der kleine Greis war seinem Zimmer entschlüpft wie ein Geisteskranker seiner Zelle; sicherlich hatte er sich geschickt hinter einer Reihe von Leuten hindurchgeschlängelt, die andächtig Marianinas Stimme lauschten; sie beendete gerade die Kavatine aus ›Tankred‹[15]. Er mutete an, als sei er der Versenkung entstiegen, durch irgendeinen Bühnenmechanismus emporgehoben. Unbeweglich und düster stand er eine Weile da und musterte das Fest, dessen Rauschen vielleicht an sein Ohr gedrungen war. Seine fast nachtwandlerische Versunkenheit hatte sich so sehr auf die Außendinge konzentriert, daß er sich inmitten der Gesellschaft befand, ohne sie wahrzunehmen. Ohne weitere Umstände war er neben einer der entzückendsten Pariser Frauen aufgetaucht, einer eleganten, jungen Tänzerin von köstlichen Körperformen und einem Gesicht, das jung und frisch war wie das eines Kindes, jung und rosig, und dabei so zart, so durchsichtig, daß ein Männerblick es zu durchdringen schien wie Sonnenstrahlen reines Glas. Da standen sie vor mir, die beiden, dicht nebeneinander, vereint und so eng, daß der Fremde das Tüllkleid, die Blumengewinde, das leicht gelockte Haar und die wehende Schärpe streifte.

Ich hatte jene junge Dame auf dem Ball der Madame de Lanty geführt. Da sie zum erstenmal in dieses Haus gekommen war, verzieh ich ihr ihr unterdrücktes Auflachen; aber ich gab ihr rasch irgendeinen gebieterischen Wink, der sie stumm machte und ihr Respekt für den neben ihr Stehenden einflößte. Sie setzte sich zu mir. Der Alte wollte das liebreizende Geschöpf nicht verlassen, an das er sich eigensinnig und mit der stummen, anscheinend ursachlosen Beharrlichkeit angeschlossen hatte, deren sehr alte Leute fähig sind und die sie Kindern ähnlich macht. Um sich neben die junge Dame setzen zu können, mußte er sich einen Faltstuhl heranziehen. Seine spärlichsten Bewegungen waren durch die kalte Schwerfälligkeit, die stupide Unentschlossenheit gekennzeichnet, die für die Gesten eines Paralytikers typisch sind. Langsam, äußerst vorsichtig ließ er sich auf seinen Sitz nieder und brummelte dabei ein paar unverständliche Worte. Seine geborstene Stimme klang wie das Geräusch eines in einen Brunnen fallenden Steins. Die junge Dame drückte mir heftig die Hand, als suche sie Halt am Rand eines Abgrunds, und sie erbebte, als jener Mann, den sie anschaute, ihr zwei Augen ohne Glanz zuwandte, zwei seegrüne Augen, die sich nur mit unpoliertem Perlmutter vergleichen ließen.

»Ich habe Angst«, flüsterte sie, sich zu mir neigend.

»Sie können laut sprechen«, antwortete ich. »Er ist sehr schwerhörig.«

»Kennen Sie ihn denn?«

»Ja.«

Da faßte sie hinreichend Mut, um eine Weile dieses Geschöpf zu betrachten, für das die menschliche Sprache keinen Namen hat, diese Form ohne Substanz, dieses Sein ohne Leben, oder Leben ohne Tatkraft. Sie stand im Bann der ängstlichen Neugier, die die Frauen dazu treibt, sich gefährliche Erregungen zu verschaffen, sich Tiger hinter Gittern anzuschauen, oder Boas, und dabei Grauen zu empfinden, daß sie von ihnen nur durch schwache Schranken getrennt sind. Obwohl der Rücken des kleinen Greises gekrümmt war wie der eines Tagelöhners, ließ sich ohne weiteres wahrnehmen, daß sein Wuchs einmal der übliche gewesen sein müsse. Seine übertriebene Magerkeit, die Zartheit seiner Glieder bewiesen, daß er stets schlank gewesen war. Er trug eine schwarzseidene Kniehose, die seine fleischlosen Schenkel umschlotterte und dabei Falten bildete wie ein gerafftes Segel. Ein Anatom hätte auf der Stelle die Symptome eines grausigen Muskelschwunds erkannt, wenn er die Beinchen erblickt hätte, die diesen befremdlichen Körper trugen. Es war, als lägen zwei Knochen kreuzweise auf einem Grab. Ein Gefühl tiefen Grauens vor diesem Mann überkam das Herz, wenn ein fatales Hinschauen einem die Merkmale enthüllte, die die Hinfälligkeit diesem ungewissen Mechanismus aufgeprägt hatte. Der Unbekannte trug eine weiße, goldgestickte, altmodische Weste, und seine Wäsche war blendend weiß. Ein rötlichgelbes Jabot aus englischer Spitze, dessen Kostbarkeit den Neid einer Königin erregt hätte, bildete auf seiner Brust ein gelbes Gefältel; aber bei ihm mutete jenes Spitzengespinst eher wie ein Lumpen als wie ein Schmuck an. Mitten auf dem Jabot strahlte ein Diamant von unermeßlichem Wert wie die Sonne. Dieser altmodische Luxus, dieser nur an sich kostbare, geschmacklose Schatz hoben das Gesicht dieses bizarren Wesens noch mehr hervor. Der Rahmen war des Porträts würdig. Das dunkle Gesicht war winklig und ausgehöhlt in jedem Sinne. Das Kinn war hohl; die Schläfen waren hohl; die Augen saßen tief in gelblichen Höhlen. Infolge der unbeschreiblichen Magerkeit sprangen die Backenknochen vor und ließen auf jeder Wange Höhlungen entstehen. Diese mehr oder weniger vom Kerzenschein beleuchteten Buckel erzeugten seltsame Schatten und Glanzlichter, die vollends dazu beitrugen, aus diesem Gesicht das für das menschliche Antlitz Bezeichnende zu verbannen. Zudem hatten die Jahre die gelbe, dünne Haut dieses Gesichts so fest an die Knochen geklebt, daß sie überall eine Fülle von Falten oder Kreisen bildeten, wie die Wellen einer Wasserfläche, die durch einen von einem Jungen hineingeworfenen Stein aufgestört wird, oder sternförmig wie eine gesprungene Fensterscheibe, immer jedoch tief und aneinander gepreßt wie die Seiten am Schnitt eines Buches. Manche alte Männer bieten uns oftmals ein noch häßlicheres Bild dar; was hier indessen am meisten dazu beitrug, dem vor uns aufgetauchten Gespenst den Anschein eines künstlichen Gebildes zu verleihen, war das auf ihm glänzende Rot und Weiß. Die Brauen seiner Maske erhielten vom Kerzenlicht einen Glanz, der eine sehr sorgfältig durchgeführte Schminkarbeit erkennen ließ. Zum Glück für den traurig stimmenden Anblick von soviel Zerstörtem war sein leichenhafter Schädel unter einer blonden Perücke verborgen, deren unzählige Locken von einer ungewöhnlichen Eitelkeit zeugten. Übrigens wurde die weibliche Koketterie dieser phantasmagorischen Persönlichkeit ziemlich energisch durch die Goldringe betont, die ihm an den Ohrläppchen hingen, durch Ringe, deren wundervolle Steine an seinen knochenhaften Fingern schimmerten, sowie durch eine Uhrkette, die funkelte wie eine Brillantenschnur auf einem Frauenhals. Schließlich hatte dies an ein japanisches Götzenbild erinnernde Wesen auf seinen bläulichen Lippen ein erstarrtes, fest gewordenes Grinsen, ein unversöhnliches, höhnisches Grinsen wie das eines Totenkopfs. Stumm und reglos wie eine Statue saß er da und strömte den Moschusduft alter Kleider aus, die die Erben einer Herzogin beim Ordnen des Nachlasses aus den Schubfächern nehmen. Wenn der Alte die Augen auf die Festgäste richtete, hatte es den Anschein, als würden diese Kugeln, die außerstande waren, Licht zurückzustrahlen, mittels einer nicht wahrnehmbaren Maschinerie bewegt. Sah man neben diesem menschlichen Wrackstück nun aber eine junge Frau, deren Hals, Arme und Brustansatz nackt und weiß waren; deren üppige, in Schönheit erblühten Formen, deren über einer Alabasterstirn gefällig sich wellendes Haar Liebe einflößten, deren Augen kein Licht empfingen, sondern ausstrahlten, die von köstlicher Anmut und jung war, und deren duftige Locken, deren balsamischer Atem zu schwer, zu stark, zu mächtig für diesen Schatten zu sein schienen, diesen schon zu Staub gewordenen Mann, ja, dann hatte man Tod und Leben vor sich, meinen Gedanken, eine imaginäre Arabeske, eine Chimäre, zur Hälfte Abscheu erregend, durch den Oberleib auf göttliche Weise weiblich.

Dabei gibt es solche Ehen in der großen Welt ziemlich häufig, sagte ich mir.

»Er riecht nach Friedhof«, rief die junge Frau erschrocken und drängte sich an mich, als wolle sie sich meines Schutzes versichern; ihre stürmischen Bewegungen ließen erkennen, daß sie große Angst hatte. – »Ein grausiger Anblick ist das«, fuhr sie fort, »ich möchte nicht länger hierbleiben. Wenn ich ihn noch weiterhin ausschaue, könnte ich glauben, der Tod sei gekommen und wolle mich holen. Ist er denn überhaupt lebendig?«

Mit der Kühnheit, die die Frauen aus der Heftigkeit ihrer Begierden schöpfen, legte sie die Hand auf das Phänomen; aber aus ihren Poren brach kalter Schweiß, denn als sie den Alten berührte, hatte sie einen Aufschrei vernommen, der wie eine Schnarre klang. Die schrille Stimme, sofern es überhaupt eine Stimme war, entrang sich einer fast ausgetrockneten Kehle. Dem Aufschrei folgte sogleich ein konvulsivisches Kinderhüsteln von ganz besonderer Klangfarbe. Auf dieses Geräusch hin warfen Marianina, Filippo und Madame de Lanty uns Blicke zu, die wie Blitze waren. Die junge Frau hätte am liebsten auf dem Grund der Seine gelegen. Sie nahm meinen Arm und zog mich in ein Boudoir. Herren und Damen, jedermann machte uns Platz. Als wir am Ende der Empfangsräume angelangt waren, betraten wir ein kleines, halbkreisförmiges Kabinett. Meine Begleiterin warf sich auf einen Diwan; sie bebte vor Entsetzen, ohne daß sie wußte, wo sie sich befand.

»Sie sind ja völlig außer sich«, sagte ich zu ihr.

»Ja«, entgegnete sie nach einem kurzen Schweigen, währenddessen ich sie verwundert anschaute, »ist das etwa meine Schuld? Warum läßt Madame de Lanty Wiedergänger[16] in ihrem Palais umherirren?«

»Aber, aber«, antwortete ich, »Sie reden ja wie nicht klug. Sie halten einen kleinen, alten Mann für ein Gespenst.«

»Schweigen Sie«, antwortete sie mit der imposanten, spöttischen Miene, die alle Frauen so vortrefflich aufzusetzen verstehen, wenn sie recht haben wollen. – »Wie hübsch dieses Boudoir ist!« rief ich und hielt Umschau. – »Blauer Satin als Wandbespannung macht sich stets wunderbar. Wie kühl er wirkt! Ach, das schöne Bild!« fügte sie hinzu, stand auf und trat vor das prächtig gerahmte Gemälde hin.

Wir verharrten eine Weile in der Betrachtung dieses Wunderwerks, das ein übernatürlicher Pinsel geschaffen zu haben schien.

Das Bild stellte den auf einem Löwenfell hingelagerten Adonis dar. Die in der Mitte des Boudoirs hängende Lampe, eine Alabasterschale, beleuchtete das Bild mit einem sanften Schimmer, der es uns ermöglichte, alle Schönheiten der Malerei in uns aufzunehmen.

»Gibt es wirklich ein Menschenwesen von solcher Vollkommenheit?« fragte sie mich, nachdem sie mit einem lieblichen Lächeln des Einverständnisses die erlesene Anmut der Konturen, die Haltung, die Tönung, das Haar, kurzum alles betrachtet hatte.

»Er ist zu schön für einen Mann«, fuhr sie fort; sie hatte das Bild gemustert, als sei es eine Rivalin.

Oh, wie verspürte ich jetzt das Aufwallen der Eifersucht, an die mich glauben zu lassen ein Dichter vergebens versucht hatte: die Eifersucht auf Kupferstiche, Gemälde, Statuen, in denen die Künstler die menschliche Schönheit übersteigern, auf Grund der Doktrin, die sie dazu treibt, alles zu idealisieren.

»Es ist ein Porträt«, antwortete ich ihr. »Wir verdanken es dem Talent Viens[17]. Aber dieser große Maler hat das Original nie gesehen, und Ihre Bewunderung dürfte sich mindern, wenn Sie erfahren, daß dieses Aktbild nach einer Frauenstatue gemalt worden ist.«

»Aber wen stellt es dar?«

Ich zögerte.

»Ich will es wissen«, beharrte sie lebhaft.

»Ich glaube«, sagte ich, »daß dieser Adonis einen ... einen ... einen Verwandten der Madame de Lanty darstellt.«

Voller Schmerz sah ich, wie sie sich in die Betrachtung dieser Gestalt versenkte. Schweigend saß sie da, ich setzte mich neben sie und nahm ihre Hand, ohne daß sie sich dessen gewahr wurde! Vergessen um eines Bildnisses willen! In diesem Augenblick war in der Stille das leise Geräusch der Schritte einer Frau zu vernehmen, deren Kleid raschelte. Wir sahen die junge Marianina herzukommen, sie wirkte noch strahlender durch ihren unschuldigen Gesichtsausdruck als durch ihre Anmut und ihr jugendliches Kleid; sie ging langsam, und sie hielt mit mütterlicher Fürsorglichkeit und töchterlicher Besorgtheit das bekleidete Gespenst an der Hand, das uns aus dem Musiksalon hatte fliehen lassen; sie geleitete es und beobachtete mit einer Art Unruhe, wie es langsam die entkräfteten Füße setzte. Beide gelangten ziemlich mühselig an eine in der Wandbespannung verborgene Tür. Marianina klopfte behutsam an. Sogleich erschien, wie durch Magie, ein großer, dürrer Mann, eine Art Hausgeist. Ehe das junge Mädchen den Greis diesem geheimnisvollen Hüter anvertraute, küßte sie ehrerbietig diesen wandelnden Leichnam, und dieser keuschen Liebkosung wohnte etwas von der anmutigen Schmeichelei inne, die das Geheimnis einiger bevorzugter Frauen ist.

»Addio, addio!« sagte sie im reizendsten Tonfall ihrer jungen Stimme.

Sie fügte der letzten Silbe sogar einen bewundernswürdig gut, aber leise ausgeführten Triller an; es war, als wolle sie das Überströmen ihres Herzens durch einen poetischen Ausdruck schildern. Als werde er plötzlich von irgendeiner Erinnerung heimgesucht, blieb der alte Mann auf der Schwelle des geheimen Gemachs stehen. In der tiefen Stille vernahmen wir jetzt einen schweren Seufzer seiner Brust entsteigen: er streifte den schönsten der Ringe, mit denen seine Skelettfinger beladen waren, ab und ließ ihn zwischen Marianinas Brüste gleiten. Die junge Närrin fing zu lachen an, zog den Ring wieder hervor, schob ihn über den Handschuh an einen Finger und ging eilends auf den Salon zu, aus dem gerade die Einleitungstakte eines Kontertanzes erklangen. Sie gewahrte uns.

»Oh! Sie waren dabei?« fragte sie errötend.

Nachdem sie uns angeschaut hatte, als wolle sie uns ausfragen, lief sie mit dem sorglosen Ungestüm ihres Alters auf ihren Tänzer zu.

»Was bedcutet dies alles?« fragte mich meine junge Begleiterin. »Ist er ihr Mann? Ich glaube zu träumen. Wo bin ich?«

»Sie!« antwortete ich, »Sie, die Sie außer sich sind; Sie, die Sie so gut die unmerklichsten Regungen verstehen, die Sie in einem Männerherzen das köstlichste der Gefühle erblühen zu lassen wissen, ohne es zum Welken zu bringen, ohne es gleich am ersten Tag zu knicken; Sie, die Sie Mitleid mit Herzensnöten haben, die Sie mit dem Geist einer Pariserin eine leidenschaftliche Seele vereinen, wie sie Italiens und Spaniens würdig wäre ...«

Sie merkte nur zu gut, daß meine Redeweise von bitterer

Ironie durchtränkt war; und da, ohne den Anschein zu erwecken, als sei sie sich dessen bewußt, unterbrach sie mich und sagte: »Oh, Sie schaffen mich nach Ihrem Gefallen um. Merkwürdige Tyrannei! Sie wollen, daß ich nicht ich bin.«

»Gar nichts will ich!« rief ich, den ihre strenge Haltung erschreckte. »Stimmt es nicht wenigstens, daß Sie nur zu gern die Geschichte der mächtigen Leidenschaften erzählen hören möchten, die die entzückenden Frauen des Südens in unseren Herzen erstehen lassen?«

»Doch. Ja, und?«

»Gut, dann komme ich morgen abend gegen neun zu Ihnen und enthülle Ihnen das Geheimnis.«

»Nein«, antwortete sie mit rebellischer Miene, »ich will es auf der Stelle erfahren.«

»Sie haben mir noch nicht das Recht verliehen, Ihnen zu gehorchen, wenn Sie sagen: Ich will.«

»Jetzt eben«, antwortete sie mit einer Koketterie, die einen zur Verzweiflung treiben konnte, »verspüre ich das lebhafteste Verlangen, das Geheimnis kennenzulernen. Vielleicht würde ich Ihnen morgen nicht zuhören ...«

Sie lächelte, und wir trennten uns; sie wie stets stolz und abweisend und ich in diesem Augenblick genauso lächerlich wie stets. Sie hatte die Kühnheit, mit einem jungen Adjutanten Walzer zu tanzen[18], und ich wechselte ab mit Wut, Schmollen, Bewunderung, Verliebtheit, Eifersucht.

»Also morgen«, sagte sie um zwei Uhr morgens zu mir, als sie den Ball verließ.

Ich gehe nicht hin, dachte ich, und ich lasse dich sitzen. Du bist vielleicht noch tausendmal launischer und wunderlicher ... als meine Phantasie.

Am folgenden Tage saßen wir beide in einem kleinen, eleganten Salon vor einem guten Kaminfeuer; sie auf einer Causeuse, ich auf Kissen beinahe zu ihren Füßen, meine Augen unter den ihrigen. Auf der Straße war es still. Die Lampe warf milden Schein. Es war ein für die Seele köstlicher Abend, einer der Augenblicke, die man nie wieder vergißt, eine der Stunden, die in Frieden und Verlangen hingehen und deren Zauber später stets einen Gegenstand der Sehnsucht bildet, auch wenn man dann glücklicher ist. Wer vermag den lebhaften Eindruck der ersten dringlichen Bitten der Liebe auszulöschen?

»Los jetzt«, sagte sie. »Ich höre zu.«

»Ja, ich wage aber nicht, anzufangen. In dem Abenteuer kommen Stellen vor, die für den Erzähler gefährlich werden könnten. Wenn ich in Begeisterung gerate, gebieten Sie mir womöglich Schweigen.«

»Fangen Sie doch an.«

»Wie Sie wollen.«

»Ernest-Jean Sarrasine war der einzige Sohn eines Sachwalters in der Franche-Comté«, begann ich nach einer Pause. »Sein Vater hatte verhältnismäßig ehrenhaft sechs- bis achttausend Francs Rente verdient, was als Vermögen eines Provinzanwalts damals als kolossal galt. Der alte Advokat Sarrasine hatte nur dies eine Kind und wollte bei dessen Erziehung nichts verabsäumen; er hoffte, aus ihm einen Richter zu machen und lange genug zu leben, um in seinen alten Tagen zu sehen, wie der Enkel des Matthieu Sarrasine, eines Bauern in der Gegend von Saint-Dié, auf dem Richterstuhl mit dem Lilienwappen saß und zum höchsten Ruhm der Juristerei während der Sitzung schlief; aber der Himmel enthielt dem Sachwalter diese Freude vor. Der junge Sarrasine, der beizeiten den Jesuiten anvertraut worden war, bekundete ein ungewöhnliches Ungestüm. Seine Kindheit war die eines Mannes von Talent. Er wollte nur lernen, wenn es ihm gerade paßte, rebellierte oft und blieb bisweilen ganze Stunden in wirre Grübeleien versunken; bald war er beschäftigt, seinen Kameraden bei ihren Spielen zuzuschauen, bald damit, sich die homerischen Helden vorzustellen. Wenn es ihm in den Sinn kam, sich zu zerstreuen, betrieb er seine Spiele mit außerordentlichem Eifer. Kam es zu einer Prügelei zwischen einem Kameraden und ihm, so endete der Kampf nur selten, ohne daß dabei Blut geflossen wäre. War er der Schwächere, so biß er. Er war abwechselnd tätig oder passiv, unbegabt oder allzu intelligent, und so machte sein bizarrer Charakter ihn bei seinen Lehrern genauso gefürchtet wie bei seinen Kameraden. Anstatt die Grundelemente des Griechischen zu lernen, zeichnete er den ehrwürdigen Pater, der ihnen eine Thukydidesstelle erklärte, skizzierte den Mathematiklehrer, den Studienaufseher, die Schuldiener, den Superior und beschmierte alle Wände mit ungestalten Entwürfen. Anstatt in der Kirche das Lob des Herrn zu singen, amüsierte er sich während des Gottesdienstes damit, an einer Bank herumzuschnitzeln; oder, wenn er ein Stück Holz gestohlen hatte, schnitzte er eine weibliche Heiligenfigur. Fehlte es ihm an Holz, Stein oder Stift, modellierte er, was ihm einfiel, aus Brotkrumen. Sei es, daß er die Gestalten der Bilder kopierte, die den Chor schmückten, sei es, daß er improvisierte: immer hinterließ er auf seinem Platz plumpe Skizzen, deren Liederlichkeit sogar die jüngsten Patres zur Verzweiflung brachte; böse Zungen behaupteten, die alten Jesuiten lächelten darüber. Kurzum, wenn der Chronik des Instituts Glauben geschenkt werden darf, wurde er hinausgeworfen, weil er am Karfreitag, als er wartete, bis er am Beichtstuhl an die Reihe komme, aus einem dicken Holzscheit eine Christusfigur geschnitzt hatte. Die Gottlosigkeit, die aus dieser Statue sprach, war allzu stark, als daß sie dem Künstler keine Züchtigung eingetragen hätte. Hatte er nicht die Frechheit gehabt, jene hinlängliche zynische Figur oben auf das Tabernakel zu stellen? Gegen den ihm drohenden väterlichen Fluch suchte Sarrasine eine Zuflucht in Paris. Da er die starke Willenskraft besaß, die keine Hindernisse kennt, gehorchte er den Befehlen seines Genius und trat in Bouchardons[19] Atelier ein. Er arbeitete den ganzen Tag über; abends erbettelte er sich seinen Lebensunterhalt. Bouchardon war begeistert von den Fortschritten und der Intelligenz des jungen Künstlers; er erriet bald das Elend, in dem sein Schüler dahinlebte; er unterstützte ihn, gewann ihn lieb und behandelte ihn, als sei er sein Sohn. Als dann Sarrasines Genie sich in einem Werke offenbart hatte, in denen die künftige Begabung gegen den Überschwang der Jugend ankämpft, versuchte der großherzige Bouchardon, ihn wieder mit dem alten Sachwalter auszusöhnen. Vor der Autorität des berühmten Bildhauers schwand der väterliche Zorn hin. Ganz Besançon beglückwünschte sich, einen künftigen großen Mann zur Welt gebracht zu haben. Im ersten Augenblick der Ekstase, in die der geizige Provinzanwalt durch seine geschmeichelte Eitelkeit versetzt worden war, gab er ihm die Mittel, vorteilhaft ausgestattet in der Gesellschaft zu erscheinen. Die langen, mühseligen Studien, die die Bildhauerkunst erfordert, zähmten längere Zeit hindurch den ungestümen Charakter und das wilde Genie Sarrasines. Bouchardon ahnte, mit welcher Heftigkeit die Leidenschaften sich in dieser jungen Seele entfesseln würden, die vielleicht so gewaltsam gehärtet werden mußte wie die Michelangelos; und so erstickte er ihre Ungebärdigkeit unter unaufhörlicher Arbeit. Es gelang ihm, Sarrasines ungemeinen künstlerischen Schwung dadurch in den richtigen Grenzen zu halten, daß er ihm zu arbeiten verbot und vorschlug, sich doch Ablenkungen zu verschaffen, wenn er merkte, daß der Schüler vom Wüten eines Gedankens fortgerissen wurde, oder er vertraute ihm in dem Augenblick, da er drauf und dran war, sich einem Leben in Saus und Braus hinzugeben, wichtige Arbeiten an. Bei dieser leidenschaftlichen Seele war Sanftmut stets die mächtigste aller Waffen, und der Meister erlangte nur dann die Oberherrschaft über seinen Schüler, wenn er ihn durch väterliche Güte zur Dankbarkeit aufreizte. Im Alter von zweiundzwanzig Jahren wurde Sarrasine gezwungenermaßen dem heilsamen Einfluß entzogen, den Bouchardon auf seine Moral und seinen Lebenswandel ausgeübt hatte. Er erhielt den Lohn für die Mühsal, die sein Genie ihm bereitet hatte, indem er den Bildhauerpreis gewann, der vom Marquis de Marigny, dem Bruder der Madame de Pompadour, der so viel für die Künste getan hat, gestiftet worden ist. Diderot hat die Statue von Bouchardons Schüler als ein Meisterwerk gerühmt. Nicht ohne Schmerz ließ der Bildhauer des Königs den jungen Menschen, den er, seinen Grundsätzen entsprechend, in tiefer Unkenntnis über die Dinge des Lebens gelassen hatte, nach Italien ziehen. Sarrasine war sechs Jahre lang Bouchardons Tischgenosse gewesen. Als ein Fanatiker seiner Kunst, wie später Canova[20], war er ums Morgengrauen aufgestanden, ins Atelier gegangen, hatte es erst bei Dunkelwerden wieder verlassen und nur mit seiner Muse gelebt. War er einmal in die Comédie-Française gegangen, so nur, wenn sein Meister ihn mitgenommen hatte. Bei Madame Geoffrin[20a] und in der großen Welt, in die Bouchardon ihn einzuführen versuchte, hatte er sich so beklommen gefühlt, daß er lieber allein geblieben war und die Genüsse dieser lasterhaften Zeit verschmäht hatte. Er hatte keine Geliebten gehabt außer der Bildhauerkunst und Clotilde, eine der Berühmtheiten der Oper. Und dabei war dieses Verhältnis nicht einmal von Dauer gewesen. Sarrasine war ziemlich häßlich, immer schlecht gekleidet, und von Charakter so ungehemmt, so regellos in seinem Privatleben, daß die illustre Nymphe aus Furcht vor irgendeiner Katastrophe den Bildhauer nur zu bald der Liebe zur Kunst zurückerstattet hatte. Sophie Arnoud[21] hat darüber ein Witzwort geprägt. Wie ich glaube, hat sie sich gewundert, daß ihre Kollegin über die Statuen hatte triumphieren können. 1758 brach Sarrasine nach Italien auf. Unterwegs entflammte sich seine glühende Phantasie unter einem kupferfarbenen Himmel und beim Erblicken der wundervollen Bauwerke, mit denen die Heimat der Künste besät ist. Er bewunderte die Statuen, die Fresken, die Gemälde; und erfüllt vom Verlangen, zu wetteifern, langte er in Rom an, gepackt von dem Wunsch, seinen Namen zwischen den Michelangelos und den Bouchardons zu schreiben. Deswegen teilte er denn auch während der ersten Tage seine Zeit zwischen seinen Arbeiten im Atelier und der Besichtigung der Kunstwerke, von denen Rom überquillt. Schon hatte er vierzehn Tage in der Ekstase verbracht, die alle jungen phantasiebegabten Menschen überkommt, wenn sie die Königin der Ruinenstädte erblicken, als er eines Abends ins Argentina-Theater ging, vor dem sich eine große Menschenmenge drängte. Er erkundigte sich nach der Ursache dieser Ansammlung, und die Leute antworteten ihm mit zwei Namen: ›Zambinella! Jommelli[22]!‹ Er geht hinein und nimmt im Parterre Platz, eingezwängt zwischen zwei bemerkenswert dicken Abbati; allein es war ein recht guter Platz nahe der Bühne. Der Vorhang ging auf. Zum erstenmal in seinem Leben hörte er die Musik, deren Köstlichkeit ihm Monsieur Jean-Jacques Rousseau bei einer Abendgesellschaft des Barons de Holbach[23] so beredt gepriesen hatte. Die Sinne des jungen Bildhauers wurden durch die wundervollen, singenden Harmonien Jommellis gewissermaßen eingeölt. Das angeborene Schmachtende der italienischen Stimmen, die sich gewandt miteinander vermählten, tauchte ihn in eine wonnige Hingerissenheit. Stumm und reglos saß er da und spürte nicht einmal, daß er von den beiden Priestern arg gedrückt wurde. Seine Seele ging in seine Ohren und Augen über. Mit allen seinen Poren glaubte er zu lauschen. Plötzlich begrüßte ein Beifallsklatschen, das den Theaterraum zum Einsturz zu bringen schien, das Auftreten der Primadonna. Kokett trat sie an die Rampe und begrüßte das Publikum mit unendlicher Anmut. Die Beleuchtung, der Enthusiasmus eines ganzen Volkes, das Bühnenbild, der Zauber ihrer Gewandung, die zu jener Zeit recht verführerisch war, verschworen sich zugunsten dieser Frau. Sarrasine stieß Schreie des Entzückens aus. Er bewunderte in diesem Augenblick die ideale Schönheit, deren Vollkommenheit er bislang in der Natur immer nur hier und dort gesucht hatte, indem er von einem oftmals vulgären Modell die Rundungen eines vollendeten Beins gefordert hatte, von einem anderen die Konturen der Brüste; von dieser die weißen Schultern; von einem jungen Mädchen hatte er den Hals genommen, von jener Frau die Hände, und die glatten Knie von einem Kind, ohne jemals unter dem frostigen Pariser Himmel den reichen, lieblichen Schöpfungen des antiken Griechenland zu begegnen. Die Zambinella zeigte ihm vereinigt, lebendig und zart, die erlesenen Proportionen des weiblichen Körpers, die er so glühend gewünscht hatte und deren strengster und gleichzeitig leidenschaftlichster Richter der Bildhauer ist. Der Mund war ausdrucksvoll, die Augen verhießen Liebe, der Teint war von blendender Weiße. Und man füge diesen Einzelheiten, die einen Maler entzückt hätten, alle Wunder der Venusstatuen hinzu, die die Griechen verehrt und mit dem Meißel nachgestaltet haben. Der Künstler wurde es nicht müde, die unnachahmliche Anmut anzustaunen, mit der die Arme sich der Büste anfügten, die bezaubernde Rundung des Halses, die harmonischen Linien, die die Augenbrauen beschrieben, die Nase, das vollkommene Oval des Gesichts, die Reinheit der lebensvollen Konturen, die Wirkung der dichten, aufgebogenen Wimpern, in die die breiten, wollüstigen Lider ausliefen. Dies war mehr als eine Frau, es war ein Meisterwerk! Diese unverhoffte Schöpfung barg Liebe, die alle Männer entzücken mußte, und Schönheit, um einem Kritiker genugzutun. Sarrasine verschlang mit den Blicken die Statue Pygmalions, die für ihn von ihrem Sockel herabgestiegen war. Als die Zambinella sang, erhob sich eine delirierende Begeisterung. Den Künstler durchschauerte es; dann spürte er, wie in den Tiefen seines Innern, das wir mangels eines anderen Wortes das Herz nennen, ein Glutherd aufprasselte! Er klatschte nicht Beifall, er sagte nichts, er empfand ein Aufwallen des Wahnsinns, eine Art Raserei, die uns in jenem Alter durchtobt, wo dem Begehren etwas Erschreckendes und Höllisches innewohnt. Sarrasine wollte sich auf die Bühne hinaufschwingen und sich dieser Frau bemächtigen. Seine durch einen seelischen Druck, den zu erklären unmöglich ist, da solcherlei Phänomene sich in einer der menschlichen Beobachtungen unzugänglichen Sphäre vollziehen, verhundertfachte Kraft strebte danach, sich mit schmerzlicher Heftigkeit zu äußern. Hätte man ihn jetzt gesehen, so würde man ihn für einen kalten, stumpfen Menschen gehalten haben. Ruhm, Können, Zukunft, Dasein, Lorbeerkränze, alles zerbröckelte. – Von ihr geliebt werden oder sterben, das war der Urteilsspruch, den Sarrasine über sich selber aussprach. Er war so völlig berauscht, daß er weder den Zuschauerraum noch die Zuschauer, noch die Darsteller mehr sah, noch die Musik hörte. Besser gesagt: es bestand zwischen ihm und der Zambinella kein Abstand mehr, er besaß sie, seine an ihr haftenden Augen hatten sich ihrer bemächtigt. Eine beinah diabolische Macht ließ ihn den Atemhauch jener Stimme spüren, ihn den balsamischen Puder ihres Haars wittern, die Halbflächen ihres Gesichts sehen, die blauen Adern darin zählen, die ihre seidige Haut schattierten. Und dann die Stimme in ihrer Jugendlichkeit und mit ihrem silbrigen Klang, die geschmeidig war wie ein Spinnwebfaden, dem der leiseste Windhauch eine Form gibt, den er auf- und abrollt, entfaltet und auflöst, diese Stimme drang so heftig in seine Seele ein, daß er sich mehrmals unwillkürliche Schreie entschlüpfen ließ, wie konvulsivische Verzückung sie einem entreißt, die den menschlichen Leidenschaften allzu selten gewährt ist. Bald mußte er das Theater verlassen. Fast weigerten seine zitternden Beine sich, ihn zu tragen. Er war niedergeschlagen, schwach wie ein Nervenkranker, der einen entsetzlichen Wutanfall hinter sich hat. Er hatte eine solche Lust durchlebt oder vielleicht auch so viel durchlitten, daß sein Leben verronnen war wie Wasser aus einer umgestoßenen Vase. Er verspürte eine Leere in sich, ein Ausgelöschtsein wie die Schwächezustände, die die Genesenden nach schwerer Krankheit zur Verzweiflung bringen. Eine unerklärliche Traurigkeit hatte sich seiner bemächtigt; er mußte sich auf die Stufen einer Kirche setzen. Dort lehnte er den Rücken an eine Säule und verlor sich in ein Grübeln, das wirr war wie ein Traum. Als er wieder in seiner Behausung angelangt war, befiel ihn ein Schaffensrausch, der uns das Vorhandensein neuer Elemente in unserm Dasein ankündigt. Er war im Bann des ersten Liebesfiebers, das ebensoviel Lust wie Qual enthält; er wollte seine Ungeduld und seine Geistesverwirrung dadurch bändigen, daß er Zambinella aus dem Gedächtnis zeichnete. So entstand gleichsam ein Niederschlag seiner Meditationen. Das eine Blatt zeigte die Zambinella in jener dem Anschein nach ruhigen, kühlen Haltung, die Raffael, Giorgione und alle großen Maler geschätzt haben. Auf einem anderen wandte sie beim Vollenden einer Koloratur zart den Kopf zur Seite und schien sich selbst zu lauschen. In allen Posen zeichnete Sarrasine seine Geliebte: unverhüllt, sitzend, stehend, liegend, keusch oder amourös; durch das Delirieren seiner Stifte verwirklichte er alle kapriziösen Einfälle, in denen die Phantasie sich ergeht, wenn wir inständig an eine Geliebte denken. Aber seine wütenden Gedanken gingen weiter als die Zeichnung. Er sah die Zambinella vor sich, er sprach mit ihr, er flehte sie an, erschöpfte mit ihr tausend Lebensjahre des Glücks, brachte sie in jede erdenkliche Lage und kostete gewissermaßen die Zukunft mit ihr aus. Am anderen Tag ließ er durch seinen Diener für die ganze Spielzeit eine Loge unmittelbar neben der Bühne mieten. Wie alle jungen Menschen mit kraftvoller Seele übertrieb er die Schwierigkeiten seines Unterfangens und spendete seiner Leidenschaft als erste Labung das Glück, die Geliebte ungehindert bewundern zu können. Dies goldene Zeitalter der Liebe, darin wir unser eigenes Gefühl genießen und darin wir fast allein durch uns selber glücklich sind, sollte bei Sarrasine nicht lange dauern. Denn die Ereignisse überraschten ihn bereits, als er noch unter dem Zauberbann der zugleich naiven und wollüstigen frühlingshaften Halluzinationen stand. Etwa acht Tage lang durchlebte er ein ganzes Leben; morgens beschäftigte er sich mit dem Kneten des Tons, mittels dessen es ihm gelungen war, die Zambinella nachzugestalten trotz aller Umhüllungen, Röcke, Korsette und Seidenschleifen, die sie ihm entzogen hatten. Abends fand er sich beizeiten in seiner Loge ein; allein, auf einem Sofa liegend wie ein vom Opium berauschter Türke, erschuf er sich ein so fruchtbares, so überschwengliches Glück, wie er es sich nur wünschen konnte. Anfangs machte er sich stufenweise mit den allzu heftigen Erschütterungen vertraut, die der Gesang der Geliebten in ihm auslöste; dann zwang er seine Augen, sie anzuschauen, und schließlich konnte er sie betrachten, ohne das Ausbrechen der stumpfen Wut befürchten zu müssen, die ihn am ersten Tag durchlodert hatte. Indem seine Leidenschaft sich beschwichtigte, wurde sie tiefer. Übrigens litt der ungestüme Bildhauer es nicht, daß seine von Bildern bevölkerte und von Phantasien der Hoffnung geschmückte, von Glück erfüllte Einsamkeit durch seine Kameraden gestört wurde. Er liebte mit einer solchen Kraft und so naiv, daß er all die unschuldigen Zweifel auskosten mußte, von denen wir bestürmt werden, wenn wir zum erstenmal lieben. Als ihm klarzuwerden begann, daß er etwas unternehmen, sich bemühen, erfragen müsse, wo die Zambinella wohne, herausbekommen, ob sie eine Mutter habe, einen Onkel, einen Vormund, eine Familie; als er schließlich Mittel und Wege überlegte, wie er zu ihr gelangen, mit ihr sprechen könne, fühlte er, wie sein Herz von so ehrgeizigen Vorstellungen schwoll, daß er diese Sorgen auf den nächsten Tag verschob, im gleichen Maß glücklich über seine körperlichen Leiden wie über die Freuden, die sein Geist ihm erschuf.«

»Aber«, sagte Madame de Rochefide zu mir, »bislang habe ich noch nichts von Marianina und ihrem kleinen Alten zu sehen bekommen.«

»Sie sehen nur ihn«, rief ich mit der Ungeduld eines Autors, der um einen Bühneneffekt gebracht worden ist. »Seit ein paar Tagen«, fuhr ich nach einer Pause fort, »hatte Sarrasine sich so getreulich in seiner Loge eingefunden, und seine Blicke hatten so viel Liebe ausgedrückt, daß seine Leidenschaft für die Stimme der Zambinella für ganz Paris das Tagesgespräch gebildet hätte, wenn dieses Abenteuer dort geschehen wäre; aber in Italien, Madame, ist jeder auf eigene Rechnung mit seinen Leidenschaften, seinen Herzensneigungen im Theater, und das schließt alle Bespitzelung durch Operngläser aus. Indessen konnte die Besessenheit des Bildhauers den Blicken der Sänger und Sängerinnen nicht lange entgehen. Eines Abends gewahrte der Franzose, daß in den Kulissen über ihn gelacht wurde. Schwerlich läßt sich vorstellen, zu welchen Maßlosigkeiten er sich hätte hinreißen lassen, wenn nicht gerade die Zambinella aufgetreten wäre. Sie warf Sarrasine einen der beredten Blicke zu, die oft weit mehr sagen, als die Frauen hatten sagen wollen. Jener Blick war vollauf eine Offenbarung. Sarrasine wurde geliebt! – Wenn es nur eine Laune ist, dachte er und beschuldigte seine Geliebte bereits allzu großen Eifers, dann kennt sie nicht die Herrschaft, der sie anheimfallen wird. Ihre Laune, das hoffe ich, muß andauern, solange ich lebe. – In diesem Augenblick ließen drei leise Schläge an die Tür seiner Loge den Künstler auffahren. Er öffnete. Geheimnisvoll kam eine alte Frau herein. – ›Junger Mann‹, sagte sie, ›wenn Sie glücklich sein wollen, dann bewahren Sie Vorsicht, hüllen Sie sich in einen Umhang, drücken Sie sich einen Schlapphut über die Augen, und dann finden Sie sich gegen zehn Uhr abends auf dem Corso vor dem Albergo Spagna ein.‹ – ›Ich komme hin‹, antwortete er und drückte der Dueña zwei Louis in die rissige Hand. Er schlüpfte aus seiner Loge, nachdem er zuvor der Zambinella ein Zeichen des Einverständnisses gemacht hatte, die schamhaft die wollüstigen Lider senkte wie eine Frau, die glücklich ist, endlich verstanden worden zu sein. Dann eilte er heim, um seiner Kleidung alles Verführerische zuteil werden zu lassen, das er ihr leihen konnte. Beim Verlassen des Theaters hatte ihn ein Unbekannter am Arm festgehalten. – ›Seien Sie auf der Hut, Herr Franzose‹, hatte er ihm zugeraunt. ›Es geht um Leben und Tod. Der Kardinal Cicognara ist Zambinellas Protektor, und mit dem ist nicht zu spaßen.‹ Hätte ein böser Geist die Schlünde der Hölle zwischen Sarrasine und der Zambinella aufklaffen lassen, er hätte sie in diesem Augenblick mit einem einzigen Satz übersprungen. Wie die Rosse der Unsterblichen, die Homer schildert, hätte die Liebe des Bildhauers in der Zeit eines Wimperzuckens unendliche Weiten durchmessen. – ›Und wenn mich beim Verlassen meines Hauses der Tod erwartete, ich würde nur noch schneller gehen‹, hatte er geantwortet. – ›Poverino[24]!‹ hatte der Unbekannte gerufen und war verschwunden. Einem Verliebten von Gefahr sprechen, heißt das nicht, ihm Wonnen verkaufen? Nie zuvor hatte Sarrasines Diener seinen Herrn so sorgfältig Toilette machen sehen. Sein schönster Degen, ein Geschenk Bouchardons, die Schleife, die Clotilde ihm geschenkt hatte, sein mit

Flittern besetzter Rock, seine Weste aus Silbergewebe, seine goldene Tabaksdose, seine kostbarsten Uhren: alles wurde aus den Schränken hervorgeholt, und er schmückte sich wie ein junges Mädchen, das vor ihrem ersten Geliebten einherwandeln soll. Zur vereinbarten Stunde, trunken vor Liebe und glühend vor Hoffnung, hastete Sarrasine, die Nase tief im Mantelkragen, nach dem ihm von der Alten angegebenen Treffpunkt. Die Dueña erwartete ihn. – ›Sie haben sich Zeit gelassen!‹ sagte sie zu ihm. ›Kommen Sie.‹ Sie zog den Franzosen durch mehrere Gassen und hielt vor einem Palazzo inne, der recht ansehnlich aussah. Sie pochte. Die Tür tat sich auf. Die Alte führte Sarrasine durch ein Labyrinth von Treppen, Galerien und Gemächern, die nur vom ungewissen Mondschein erhellt wurden, und gelangte bald an eine Tür, durch deren Spalten helles Licht drang und hinter der fröhlicher Lärm mehrerer Stimmen erscholl. Sarrasine stand plötzlich geblendet da, als er auf ein Kennwort der Alten hin in dieses geheimnisvolle Zimmer eingelassen wurde; er befand sich in einem ebenso glänzend erleuchteten wie prunkvoll möblierten Salon, in dessen Mitte ein üppig gedeckter Tisch mit wertvollen Flaschen und heiteren Karaffen mit geschliffenen Stöpseln stand, deren Facetten rötlich funkelten. Er erkannte die Sänger und Sängerinnen des Theaters und dazwischen entzückende Frauen, alle bereit, mit einem Künstlerfest anzufangen; sie schienen nur noch auf ihn gewartet zu haben. Sarrasine unterdrückte eine Geste des Unmuts und machte gute Miene. Er hatte sich ein unzulängliches Gemach erhofft, seine Geliebte bei einem Kohlenbecken, einen Eifersüchtigen in unmittelbarer Nähe, Tod und Liebe, leise ausgetauschte Geständnisse, Herz an Herz, gefährliche Küsse, und die Gesichter so nahe aneinander, daß das Haar der Zambinella seine von Begehren schwere, vor Glück glühende Stirn gestreift hätte. – ›Hoch lebe die Tollheit!‹ rief er. ›Signori e belle donne[25], Sie müssen mir gestatten, mich später zu revanchieren und Ihnen meine Dankbarkeit für die Art und Weise zu bezeigen, mit der Sie einen armen Bildhauer empfangen.‹ Er wurde recht herzlich von den meisten der Anwesenden begrüßt, die er vom Sehen kannte, und versuchte dann, sich der Bergère zu nähern, auf der die Zambinella lässig lag. Oh, wie schlug ihm das Herz, als er niedliche Füße erblickte; sie steckten in Pantoffeln, die, gestatten

Sie mir, es auszusprechen, Madame, ehedem den Füßen der Frauen einen so koketten Reiz verliehen, daß ich nicht weiß, wie die Männer ihm haben widerstehen können. Die straff sitzenden weißen Strümpfe mit den grünen Zwickeln, die kurzen Röcke, die spitzen Pantoffeln mit den hohen Hacken aus der Zeit Ludwigs XV. haben vielleicht etwas dazu beigetragen, Europa und die Geistlichkeit ein wenig zu demoralisieren.«

»Nur ein wenig?« fragte die Marquise. »Haben Sie denn nichts gelesen?«

»Die Zambinella«, fuhr ich lächelnd fort, »hatte herausfordernd die Beine übereinandergeschlagen und wippte mit dem oben liegenden spielerisch auf und ab; es war die Haltung einer Herzogin, und sie paßte gut zu ihrer kapriziösen, von einer gewissen einladenden Weichlichkeit erfüllten Schönheit. Sie hatte ihr Bühnenkostüm abgelegt und trug ein Mieder, in dem sich eine schlanke Taille abzeichnete; diese wurde durch einen seidenen, mit blauen Blumen bestickten Reifrock noch mehr betont. Ihre Brust, deren Köstlichkeit durch eine Spitze verhüllt wurde, was ein Übermaß an Koketterie war, schimmerte weiß. Sie war etwa so frisiert, wie Madame du Barry[26] sich zu frisieren pflegte; obwohl ihr Gesicht mit einer breiten Haube überladen war, wirkte es unter dieser Frisur nur um so lieblicher, und der Puder stand ihr gut. Sie so zu sehen, hieß sie anbeten. Anmutig lächelte sie dem Bildhauer zu. Sarrasine war unzufrieden, daß er nur vor Zeugen mit ihr sprechen konnte; höflich setzte er sich zu ihr und unterhielt sich mit ihr über Musik, wobei er ihr an ein Wunder grenzendes Talent pries; aber seine Stimme zitterte vor Liebe, vor Furcht und Hoffnung. – ›Was befürchten Sie denn?‹ fragte ihn Vitagliani, der berühmteste Sänger der Truppe. ›Sehen Sie: Sie haben hier keinen einzigen Rivalen zu befürchten.‹ Der Tenor lächelte stumm vor sich hin. Dieses Lächeln wiederholte sich auf den Lippen aller Gäste, deren Aufmerksamkeit eine gewisse verhohlene Bosheit innewohnte; sie mußte einem Liebenden entgehen. Diese Offenkundigkeit war für Sarrasine wie ein Dolchstoß ins Herz. Obwohl ihm eine gewisse Charakterstärke eigen war, und wenngleich kein äußerer Umstand seine Liebe hätte beeinflussen können, hatte er vielleicht noch nicht zur Genüge bedacht, daß Zambinella beinahe eine Kurtisane war und daß er nicht gleichzeitig die reinen Wonnen, die die Liebe eines jungen Mädchens zu etwas so Köstlichem machen, und die stürmische Hingerissenheit werde genießen können, mit der eine Bühnenkünstlerin die Schätze ihrer Leidenschaft erkaufen läßt. Er sann nach und resignierte. Das Nachtmahl wurde aufgetragen. Sarrasine und die Zambinella nahmen ohne Förmlichkeit nebeneinander Platz. Die halbe Mahlzeit hindurch bewahrten die Künstler einige Zurückhaltung, und der Bildhauer konnte mit der Sängerin plaudern. Er erkannte, daß sie geistvoll und gewitzt war; aber sie war auch von überraschender Unwissenheit und bezeigte sich als schwach und abergläubisch. Die Weichlichkeit ihrer Glieder fand ihr Widerspiel in ihrer Urteilskraft. Als Vitagliani die erste Champagnerflasche entkorkte, las Sarrasine in den Augen der neben ihm Sitzenden eine ziemlich heftige Angst vor dem kleinen Knall, den das Entweichen des Gases hervorruft. Das unwillkürliche Zusammenzucken dieses weiblichen Organismus wurde von dem verliebten Künstler als ein Anzeichen äußerster Sensibilität gedeutet. Diese Schwächlichkeit bezauberte den Franzosen. Der Liebe eines Mannes wohnt so viel Verlangen zu schützen inne! – ›Sie können über meine Kraft verfügen wie über einen Schild!‹ Steht dieser Satz nicht im Hintergrund aller Liebeserklärungen geschrieben? Sarrasine war viel zu sehr von Leidenschaft erfüllt, um der schönen Italienerin mit galanten Worten aufzuwarten; wie alle Liebenden war er bald ernst, bald übersprudelnd vor Heiterkeit oder in sich gekehrt. Obwohl er den Gästen zuzuhören schien, hörte er kein Wort von dem, was sie sagten, so sehr gab er sich der Freude hin, bei ihr zu sein, ihre Hand zu streifen, sie zu bedienen. Er schwamm in geheimen Wonnen. Trotz der Beredsamkeit einiger wechselseitiger Blicke erstaunte ihn die Zurückhaltung, deren sich die Zambinella ihm gegenüber befleißigte. Zwar hatte sie als erste damit angefangen, leise auf seinen Fuß zu treten und ihn mit der Durchtriebenheit einer leichtfertigen, amourösen Frau zu reizen; als sie dann aber Sarrasine eine kleine Begebenheit hatte erzählen hören, die für die außerordentliche Heftigkeit seines Charakters bezeichnend war, hatte sie sich plötzlich in die Schüchternheit eines jungen Mädchens gehüllt. Als das abendliche Fest zu einer Orgie wurde, fingen die vom Peralta und dem Pedroximenez angefeuerten

Tischgenossen zu singen an. Es gab entzückende Duette, Volkslieder aus Kalabrien, spanische Seguedillen, neapolitanische Kanzonetten. In aller Augen, in der Musik, in den Herzen und Stimmen war Trunkenheit. Jäh brach eine bezaubernde Lebhaftigkeit aus, ein herzliches Gelöstsein, eine italienische Herzensoffenheit, von der sich keiner eine Vorstellung machen kann, der nur die Pariser Gesellschaften, die Londoner Routs oder die Wiener Empfänge kennt. Scherzreden und Liebeswort kreuzten sich wie Geschosse in einer Schlacht, zwischen Gelächter, Flüchen, Anrufungen der heiligen Jungfrau oder des Bambino[27]. Einer legte sich auf ein Sofa und schlief ein. Ein junges Mädchen lauschte einer Liebeserklärung, ohne sich gewahr zu werden, daß sie Sherry auf das Tischtuch goß. Inmitten dieses Durcheinanders saß die Zambinella nachdenklich da, wie im Bann einer Angst. Sie lehnte es ab, zu trinken, aß indessen vielleicht ein bißchen zuviel; aber die Vorliebe für gutes Essen ist, wie es heißt, bei den Frauen etwas Reizvolles. Sarrasine bewunderte die Zurückhaltung seiner Geliebten und hing ernsten Gedanken über die Zukunft nach. – ›Sicherlich will sie geheiratet werden‹, sagte er sich. Dann malte er sich die Wonnen dieser Ehe aus. Sein ganzes Leben dünkte ihn nicht lang genug zum Ausschöpfen des Glücksborns, den er im Grund ihrer Seele gewahrte. Der neben ihm sitzende Vitagliani schenkte ihm so oft zu trinken ein, daß Sarrasine gegen drei Uhr morgens, ohne völlig betrunken zu sein, in sich nicht mehr die Kraft fand, gegen sein rasendes Begehren anzukämpfen. In einem Augenblick des Außersichseins hob er die Frau hoch und trug sie in eine Art Boudoir, das an den Salon stieß und dessen Tür er bereits mehr als einmal die Blicke zugewandt hatte. Die Italienerin war mit einem Dolch bewaffnet. – ›Wenn du mir nahekommst‹, sagte sie, ›muß ich dir diese Waffe ins Herz tauchen. Laß mich! Du würdest mich verachten. Ich habe zu viel Achtung vor deinem Charakter gewonnen, um mich so preiszugeben. Ich will nicht des Gefühls verlustig gehen, das du mir entgegenbringst.‹ – ›Haha!‹ sagte Sarrasine, ›eine Leidenschaft anzufachen, um sie zu erlöschen, ist ein schlechtes Mittel. Bist du denn so verderbt und ist dein Herz so vergreist, daß du dich wie eine junge Kurtisane benimmst, die die Gefühle schärft, aus denen sie ein Geschäft macht?‹ – ›Aber heute ist doch Freitag‹, antwortete sie, entsetzt über die Heftigkeit des Franzosen. Sarrasine, der nicht fromm war, fing zu lachen an. Die Zambinella sprang auf wie ein junges Reh und entkam in den Festsaal. Als Sarrasine, der ihr nachgelaufen war, dort ebenfalls erschien, empfing ihn ein höllisches Gelächter. Er sah die Zambinella ohnmächtig auf einem Sofa liegen. Sie war bleich und wie erschöpft von der ungemeinen Anstrengung, die sie hinter sich gebracht hatte. Obwohl Sarrasine nur wenig Italienisch konnte, hörte er, wie seine Geliebte leise zu Vitagliani sagte: ›Er wird mich noch umbringen!‹ Diese seltsame Szene verwirrte den Bildhauer völlig. Er kam wieder zur Vernunft. Anfangs stand er starr da; dann fand er die Sprache wieder, setzte sich zu seiner Geliebten und beteuerte ihr, daß er sie achte. Er brachte die Kraft auf, seiner Leidenschaft anderen Ausdruck zu verleihen und wartete jener Frau mit den exaltiertesten Redewendungen auf; um seine Liebe zu schildern, entbreitete er die Schätze magischer Beredsamkeit, der geschäftigen Mittlerin, der zu glauben die Frauen nur selten sich sträuben. Als das erste Morgengrauen die Gäste überraschte, schlug eine der Damen vor, man solle nach Frascati fahren. Alle begrüßten mit lebhaftem Beifall den Gedanken, den Tag in der Villa Ludovisi zu verbringen. Vitagliani ging hinunter und besorgte die Mietwagen. Sarrasine hatte das Glück, mit der Zambinella in einem Phaeton zu fahren. Als sie aus Rom heraus waren, erwachte plötzlich die Heiterkeit wieder, die eine Weile durch den Kampf unterdrückt worden war, den jeder dem Schlaf geliefert hatte. Sämtliche Herren wie Damen schienen an dieses sonderbare Leben gewöhnt zu sein, an beständige Lustbarkeiten, an die Hingerissenheit der Künstler, die aus dem Leben ein unaufhörliches Fest machen, bei dem ohne Hintergedanken gelacht wird. Die Gefährtin des Bildhauers war die einzige, die bedrückt wirkte. – ›Ist Ihnen nicht wohl?‹ fragte Sarrasine sie. ›Möchten Sie lieber heimfahren?‹ – ›Ich bin zu schwächlich, um all diesen Ausschweifungen standzuhalten‹, antwortete sie. ›Ich bedarf großer Schonung; aber wenn ich bei Ihnen bin, ist mir so wohl! Ohne Sie wäre ich nicht bei diesem Souper geblieben; eine durchwachte Nacht läßt mich all meine Frische einbüßen.‹ – ›Sie sind so zart!‹ entgegnete Sarrasine und betrachtete die lieblichen Züge dieses bezaubernden Geschöpfs. – ›Die Orgien verderben mir meine Stimme.‹ – ›Jetzt, wo wir allein sind‹, rief der Künstler, ›und wo Sie die Glut meiner Leidenschaft nicht mehr zu fürchten brauchen, müssen Sie mir sagen, daß Sie mich lieben.‹ ›Warum?‹ erwiderte sie. ›Wozu wäre das nütze? Ich scheine Ihnen gefallen zu haben. Aber Sie sind Franzose, und Ihr Gefühl wird rasch vergehen. Ach, Sie würden mich nicht lieben, wie ich geliebt werden möchte.‹ – ›Wie denn?‹ – ›Ohne das Ziel der vulgären Leidenschaft, in aller Reinheit. Ich verabscheue die Männer vielleicht noch mehr, als ich die Frauen hasse. Ich muß mich in die Freundschaft flüchten. Die Welt ist für mich eine Wüste. Ich bin ein Geschöpf, das unter einem Fluch steht, dazu verdammt, das Glück zu verstehen, es zu fühlen, es zu begehren, und bin dabei, wie so viele andere, gezwungen zu erleben, wie es mich in jeder Stunde flieht. Denken Sie stets daran, Herr, daß ich Sie nicht hinters Licht geführt habe. Mich zu lieben, verbiete ich Ihnen. Ich könnte Ihnen ein treuer Freund sein, da ich Ihre Kraft und Ihren Charakter bewundere. Ich brauche einen Bruder, einen Schützer. Seien Sie das alles für mich, aber nicht mehr.‹ – ›Sie nicht lieben?‹ rief Sarrasine; ›aber, geliebter Engel, du bist doch mein Leben, mein Glück!‹ – ›Wenn ich ein einziges Wort sagte, würden Sie mich voller Abscheu zurückstoßen.‹ – ›Du Herzlose! Nichts vermöchte mich zu erschrecken. Sag mir, daß du mich meine Zukunft kosten würdest, daß ich in zwei Monaten sterben müßte, daß ich verdammt wäre, weil ich dich ein einziges Mal geküßt hätte.‹ Trotz des Sträubens der Zambinella, die sich diesem leidenschaftlichen Kuß entziehen wollte, umschlang er sie. – ›Sag mir, daß du ein böser Geist bist, daß ich dir mein Vermögen, meinen Namen, all meinen Ruhm opfern muß! Willst du, daß ich nicht mehr Bildhauer bin? Sprich!‹ – ›Wenn ich nun keine Frau wäre?‹ fragte die Zambinella scheu mit süßer, silbriger Stimme. – ›Nicht solche Scherze!‹ rief Sarrasine. ›Glaubst du, du könntest ein Künstlerauge täuschen? Habe ich nicht seit zehn Tagen all deine Vollkommenheiten verschlungen, ausgeforscht, bewundert? Nur eine Frau kann so runde, volle Arme haben, so elegante Konturen. Ach, du bist auf Komplimente erpicht!‹ Sie lächelte traurig und flüsterte: ›Verhängnisvolle Schönheit!‹ Sie schaute zum Himmel auf. In diesem Augenblick hatte ihr Blick irgendeinen Ausdruck so heftigen, so lebhaften Entsetzens, daß

Sarrasine deswegen erbebte. – ›Herr Franzose‹, fuhr sie fort, ›vergessen Sie auf ewig einen Augenblick des Wahnwitzes. Ich schätze Sie sehr; aber Liebe dürfen Sie von mir nicht erbitten; dieses Gefühl ist in meinem Herzen erstickt. Ich habe kein Herz!‹ rief sie schluchzend. ›Die Bühne, auf der Sie mich gesehen haben, das Beifallsklatschen, die Musik, der Ruhm, zu dem ich verdammt bin, das ist mein Leben, ein anderes habe ich nicht. In ein paar Stunden werden Sie mich nicht mehr mit denselben Augen anschauen, dann ist die Frau, die Sie lieben, tot.‹ Der Bildhauer antwortete nicht. Er war einer dumpfen Wut anheimgefallen, die ihm das Herz zusammenpreßte. Er vermochte nichts, als diese ungewöhnliche Frau mit entzündeten, brennenden Augen anzustarren. Die von Schwäche durchtränkte Stimme, die Haltung, das Benehmen, die Gesten der Zambinella, die durch Trauer, Melancholie und Mutlosigkeit gekennzeichnet waren, erweckten in seiner Seele alle Überschwenglichkeiten der Leidenschaft. Jedes Wort war ein Stachel gewesen. Sie waren in diesem Augenblick in Frascati angelangt. Als der Künstler den Arm um die Geliebte legte, um ihr beim Aussteigen behilflich zu sein, spürte er, wie sie am ganzen Leibe bebte. – ›Was ist Ihnen? Ich müßte an Ihnen sterben‹, rief er, als er sie erbleichen sah, ›wenn Sie den geringsten Schmerz empfänden, dessen Ursache ich wäre, auch ohne mein Verschulden.‹ – ›Eine Schlange!‹ sagte sie und zeigte auf eine Natter, die sich in einem Graben ringelte. ›Ich habe Angst vor diesen widerlichen Tieren.‹ Sarrasine zermalmte den Kopf der Natter mit einem Fußtritt. – ›Wie bringen Sie nur den Mut dazu auf?‹ fragte die Zambinella und betrachtete mit sichtlichem Entsetzen das tote Reptil. – ›Ja‹, sagte der Künstler lächelnd, ›wagen Sie jetzt immer noch zu behaupten, Sie seien keine Frau?‹ Sie gesellten sich wieder zu ihren Gefährten und ergingen sich in den Lusthainen der Villa Ludovisi, die zu jener Zeit dem Kardinal Cicognara gehörte. Der Morgen verrann allzu schnell für den verliebten Bildhauer, aber er war erfüllt von einer großen Zahl kleiner Zwischenfälle, die ihm die Koketterie, die Schwäche, die Ziererei dieser schlaffen, energielosen Seele enthüllten. Es war die Frau mit ihren plötzlichen Ängsten, ihren grundlosen Stimmungswechseln, ihren instinktiven Verstörtheiten, ihrem ursachlosen Wagemut, ihren Aufschneidereien und ihrer köstlichen Raffinesse in allem, was das Gefühl betraf. Es kam ein Augenblick, da die kleine Schar der frohgemuten Sänger, als sie sich in die Campagna hinausgewagt hatte, in der Ferne einige bis an die Zähne bewaffnete Männer erblickte, deren Tracht alles andere als beruhigend wirkte. Bei den Worten: ›Das sind Briganten‹ verdoppelte ein jeder seine Schritte, um in den Schutz der Umfassungsmauer der Kardinalsvilla zu gelangen. In diesem kritischen Augenblick erkannte Sarrasine aus der Blässe der Zambinella, daß sie nicht mehr die Kraft zum Gehen habe; da nahm er sie in die Arme und trug sie eine Zeitlang laufend. Als er an einem nahen Weinberg angelangt war, ließ er die Geliebte zu Boden gleiten. – ›Erklären Sie mir‹, sagte er zu ihr, ›wie dieses Übermaß an Schwäche, das bei jeder anderen Frau abstoßend wirken und mir mißfallen und dessen geringstes Anzeichen hinreichen würde, meine Liebe zum Erlöschen zu bringen, mir bei Ihnen gefällt und mich bezaubert? – Ach, wie sehr liebe ich Sie!‹ fuhr er fort. ›Alle Ihre Fehler, Ihre Furchtsamkeit, Ihre kleinen Schwächen steigern nur noch auf mir unbekannte Weise die Anmut Ihrer Seele. Ich fühle: eine Sappho voller Tapferkeit und Energie und Leidenschaft würde mich abstoßen. O du zerbrechliches, süßes Geschöpf! Wir könntest du anders sein? Die Engelsstimme, diese köstliche, zarte Stimme wäre ein Widersinn, wenn sie einem anderen Körper als dem deinen entströmte.‹ – ›Ich kann Ihnen keine Hoffnungen machen‹, sagte sie. ›Reden Sie nicht länger so zu mir, denn sonst würden Sie ausgelacht werden. Ich kann Ihnen den Besuch des Theaters unmöglich verbieten; aber wenn Sie mich wirklich lieben oder wenn Sie klug und vernünftig sind, dann kommen Sie nicht mehr hin. Hören Sie auf mich, Herr‹, sagte sic mit ernster Stimme. – ›Oh, schweige!‹ sagte der berauschte Künstler. ›Die Hindernisse schüren nur noch die Liebe in meinem Herzen.‹ Die Zambinella verharrte in einer anmutsvollen, bescheidenen Haltung; aber sic schwieg jetzt, als habe ihr ein schrecklicher Gedanke Unheil offenbart. Als nach Rom zurückgekehrt werden mußte, stieg sie in eine viersitzige Berline und befahl dem Bildhauer mit einer grausam herrischen Miene, allein im Phaeton zurückzufahren. Unterwegs beschloß Sarrasine, die Zambinella zu entführen. Die ganze Nacht brachte er damit hin, einen ungereimten Plan nach dem anderen zu schmieden. Als die Nacht niedersank und er sich anschickte, sein Haus zu verlassen und ein paar Leute zu fragen, wo der von seiner Geliebten bewohnte Palazzo liege, begegnete er vor der Haustür einem seiner Kollegen. – ›Mein Lieber‹, sagte dieser zu ihm, ›unser Gesandter hat mich beauftragt, dich für heute abend zu ihm einzuladen. Er gibt ein herrliches Konzert, und wenn du hörst, daß Zambinella mitwirken wird . . .‹ – ›Zambinella!‹ rief Sarrasine, der bei diesem Namen außer sich geriet, ›in Zambinella bin ich reinweg vernarrt!‹ – ›Da geht es dir wie allen andern auch‹, antwortete der Kollege. – ›Aber wenn ihr wahrhaft meine Freunde seid, du, Vien[28], Lautherbourg[29] und Allegrain[30], dann leiht ihr mir euern Beistand für einen Handstreich nach der Festlichkeit‹, bat Sarrasine. – ›Es geht doch wohl nicht darum, einen Kardinal umzubringen, oder einen . . .‹ – ›Nein, nein‹, sagte Sarrasine, ›ich bitte euch um nichts, was anständige Menschen nicht tun könnten.‹ Innerhalb kurzer Zeit regelte der Bildhauer alles, wessen es für das Gelingen seines Vorhabens bedurfte. Als einer der letzten langte er bei dem Gesandten an, aber er kam in einem Reisewagen, vor den kräftige Pferde gespannt waren und der von einem der verwegensten vetturini[31] Roms kutschiert wurde. Der Palazzo des Botschafters war voller Menschen, nicht ohne Mühe gelangte der Bildhauer, der allen Anwesenden unbekannt war, in den Salon, in dem Zambinella in diesem Augenblick sang. – ›Sicher geschieht es aus Rücksicht auf die Kardinäle, die Bischöfe und Abbés, die hier sind‹, fragte Sarrasine, ›daß sie als Mann gekleidet ist, einen Haarbeutel hinten am Kopf hängen hat und gekräuseltes Haar und einen Degen trägt?‹ – ›Sie? Welche sie denn?‹ fragte der alte Herr, an den Sarrasine sich gewandt hatte. – ›Die Zambinella.‹ ›Die Zambinella?‹ entgegnete der römische Fürst. ›Belieben Sie zu scherzen? Woher kommen Sie? Hat je eine Frau auf einer der römischen Bühnen gestanden? Und wissen Sie denn nicht, von was für Kreaturen die Frauenrollen im Kirchenstaat gespielt werden? Ich, Monsieur, habe Zambinella seine Stimme verschafft. Ich habe dem Burschen alles bezahlt, sogar seinen Gesangslehrer. Na, und er hat mir so wenig Dankbarkeit für den ihm erstatteten Dienst bezeigt, daß er nie wieder den Fuß über meine Schwelle gesetzt hat. Und dabei: wenn er jetzt zu Gelde kommt, dankt er es ganz und gar mir.‹ Fürst Chigi hätte sicherlich noch lange reden können, aber Sarrasine hörte gar nicht mehr hin. Eine grausige Wahrheit hatte seine Seele durchdrungen. Er stand da wie vom Blitz getroffen, starr, die Augen auf den vorgeblichen Sänger gerichtet. Sein flammender Blick auf Zambinella übte eine magnetische Wirkung aus, denn der musico wandte schließlich mit einemmal die Augen Sarrasine zu, und da schwankte seine himmlische Stimme. Er bebte! Ein unwillkürliches Murmeln entrang sich der Zuhörerschaft, die an seinen Lippen gehangen hatte, und machte ihn noch verwirrter; er mußte sich setzen und seine Arie abbrechen. Der Kardinal Cicognara, der aus den Augenwinkeln erspäht hatte, welche Richtung der Blick seines Schützlings genommen, gewahrte den Franzosen; er neigte sich einem seiner geistlichen Gefolgsleute zu und schien nach dem Namen des Bildhauers zu fragen. Als er die gewünschte Antwort erhalten hatte, musterte er sehr aufmerksam den Künstler, gab einem Abbate Befehle, der eilends verschwand. Inzwischen hatte Zambinella sich erholt und begann von neuem das Stück, das er so eigenwillig abgebrochen hatte; aber er sang es schlecht, und trotz aller an ihn gerichteten Bitten weigerte er sich, etwas anderes zu singen. Es war das erstemal, daß er die launische Tyrannei bekundete, die ihn später nicht minder berühmt machte als sein Talent und sein riesiges Vermögen, das er, wie es hieß, in gleichem Maß seiner Stimme und seiner Schönheit verdankte. ›Es ist eine Frau‹, sagte Sarrasine, der sich allein glaubte. ›Dahinter steckt eine geheime Intrige. Der Kardinal Cicognara führt den Papst und ganz Rom hinters Licht!‹ Sofort verließ der Künstler den Salon, sammelte seine Freunde um sich und legte sie im Hof des Palazzo in den Hinterhalt. Als Zambinella sich versichert hatte, daß Sarrasine fortgegangen sei, schien er halbwegs seine Ruhe wiederzufinden. Nachdem er wie einer, der einen Feind sucht, durch die Säle geirrt war, verließ der musico gegen Mitternacht die Gesellschaft. In dem Augenblick, da er die Tür des Palazzo durchschritt, wurde er gewandt von Männern gepackt, die ihn mit einem Taschentuch knebelten und in den von Sarrasine gemieteten Wagen hoben. Vor Schrecken zu Eis erstarrt, blieb Zambinella in einer Ecke sitzen und wagte sich nicht zu regen. Er sah das furchteinflößende Gesicht des Künstlers vor sich, der in Todesschweigen verharrte. Die Fahrt war kurz. Der von Sarrasine entführte Zambinella befand sich bald in einem finsteren, kahlen Atelier. Der halbtote Sänger blieb auf einem Stuhl sitzen und wagte es nicht, eine Frauenstatue anzusehen, in der er die eigenen Züge erkannt hatte. Er brachte kein Wort hervor, aber seine Zähne klapperten. Er war ganz starr vor Angst. Sarrasine ging mit großen Schritten auf und ab. Plötzlich blieb er vor Zambinella stehen. – ›Sag mir die Wahrheit‹, bat er mit dumpfer, veränderter Stimme. ›Bist du eine Frau? Der Kardinal Cicognara . . .‹ Zambinella fiel auf die Knie und antwortete nur dadurch, daß er den Kopf sinken ließ. – ›Ha, du bist eine Frau!‹ rief der Künstler außer sich, ›denn nicht einmal ein . . .‹ Er unterbrach sich. – ›Nein‹, fuhr er fort, ›auch so einer würde nicht so viel Niedrigkeit aufbringen.‹ – ›Oh, morden Sie mich nicht‹, rief Zambinella und zerschmolz in Tränen. ›Nur um meinen Kollegen gefällig zu sein, die einmal lachen wollten, habe ich eingewilligt, Sie zu täuschen.‹ – ›Lachen!‹ antwortete der Bildhauer mit einer Stimme von höllischem Klang. ›Lachen, lachen! Du hast es gewagt, mit der Leidenschaft eines Mannes dein Spiel zu treiben, ausgerechnet du?‹ – ›O Gnade!‹ entgegnete Zambinella. – ›Ich müßte dich umbringen!‹ schrie Sarrasine und zog mit einer jähen Bewegung den Degen. ›Aber‹, fuhr er mit kalter Verachtung fort, ›wenn ich mit einem Dolch in deinem Innern herumwühlte, würde ich dann ein Gefühl finden, das ich austilgen, eine Rache, die ich stillen könnte? Du bist ein Nichts. Wärst du ein Mann oder ein Weib, so würde ich dich umbringen! Aber . . .‹ Sarrasine tat eine Geste des Ekels, die ihn zwang, den Kopf abzuwenden, und da erblickte er die Statue. – ›Und das ist eine Sinnestäuschung!‹ schrie er auf. Dann wandte er sich Zambinella zu: ›Ein Frauenherz wäre für mich ein Asyl, eine Heimat. Hast du Schwestern, die dir ähneln? Nein. Dann also stirb! Doch nein, du sollst leben. Dir das Leben lassen, heißt das nicht, dich etwas Schlimmerem überantworten als dem Tod? Weder um mein Blut noch um mein Dasein jammere ich, sondern um meine Zukunft und die Schätze meines Herzens. Deine schwächliche Hand hat mein Glück umgestürzt. Welche Hoffnung könnte ich dir rauben für alle, die du zum Welken gebracht hast? Du hast mich bis zu dir hin erniedrigt. Lieben, geliebt werden! Das sind fortan sinnleere Worte für dich wie für mich. Unablässig werde ich beim Erblicken einer wirklichen Frau an diese imaginäre denken.‹ Mit einer verzweifelten Handbewegung deutete er auf die Statue. – ›Immer werde ich eine himmlische Harpyie[32] in der Erinnerung tragen, und sie wird ihre Klauen in meine Mannesgefühle schlagen und alle anderen Frauen mit einem Makel der Unvollkommenheit zeichnen. Du Scheusal, das kein Leben spenden kann, du hast mir die Erde von allen Frauen entvölkert!‹ Sarrasine setzte sich dem vor Angst schlotternden Sänger gegenüber. Zwei dicke Tränen entrannen seinen trockenen Augen, rollten seine männlichen Wangen hinab und fielen zu Boden: zwei Tränen der Wut, zwei bittere, brennende Tränen. – ›Keine Liebe mehr! Ich bin erstorben für alle Lust, für alle menschlichen Regungen.‹ Bei diesen Worten ergriff er einen Hammer und schleuderte ihn mit so übertriebener Wucht gegen die Statue, daß er sie verfehlte. Er vermeinte, das Denkmal seines Wahns zerstört zu haben, langte abermals nach seinem Degen und holte aus, um den Sänger zu töten. Zambinella stieß gellende Schreie aus. In diesem Augenblick kamen drei Männer herein, und plötzlich taumelte der von drei Stilettstichen durchbohrte Bildhauer. – ›Im Auftrag des Kardinals Cicognara‹, sagte einer der drei. – ›Eine gute Tat und eines Christen würdig‹, antwortete der Franzose und starb. Die drei düsteren Sendboten ließen Zambinella die Besorgnis seines Schutzherrn wissen, der vor der Tür in einem geschlossenen Wagen warte, um ihn mitzunehmen, sobald er befreit sei.«

»Aber«, sagte Madame de Rochefide zu mir, »welche Beziehung besteht nun eigentlich zwischen dieser Geschichte und dem kleinen Alten, den wir bei den Lantys gesehen haben?«

»Madame, der Kardinal Cicognara hat sich in den Besitz der Statue Zambinellas gesetzt und sie in Marmor ausführen lassen; sie befindet sich heute im Museum Albani. Erst 1791 hat die Familie Lanty sie wiederentdeckt und Vien gebeten, sie zu kopieren. Das Bildnis, das Ihnen Zambinella als Zwanzigjährigen gezeigt hat, kurz nachdem Sie ihn als Hundertjährigen gesehen hatten, hat später Girodet als Vorlage für seinen ›Endymion‹[33] gedient; Sie haben wohl bemerkt, daß der ›Adonis‹ dem gleichen Typus angehört.«

»Aber dieser oder diese Zambinella?«

»Ist niemand anders als Marianinas Großonkel. Es dürfte Ihnen jetzt wohl verständlich sein, welches Interesse Madame de Lanty daran hat, den Ursprung eines Vermögens geheimzuhalten, das herrührt von ...«

»Genug!« sagte sie und wehrte mir mit einer gebieterischen Gebärde.

Eine Zeitlang bewahrten wir tiefstes Schweigen.

»Nun?« fragte ich schließlich.

»Ach!« rief sie, stand auf und ging mit großen Schritten im Zimmer auf und ab. Sie blickte mich an und sagte mit gewandelter Stimme: »Sie haben mir für lange Zeit Leben und Leidenschaften verekelt. Enden nicht, wie angesichts dieses Scheusals, alle menschlichen Gefühle in grausigen Enttäuschungen? Sind wir Mütter, so morden uns unsere Kinder entweder durch ihren schlimmen Lebenswandel oder durch ihre Herzenskälte. Sind wir Gattinnen, so werden wir betrogen. Sind wir Geliebte, so werden wir verlassen, verstoßen. Freundschaft! Gibt es die denn? Am liebsten würde ich morgen Nonne, wenn ich nicht inmitten der Stürme des Lebens ein unersteigbarer Fels zu bleiben verstünde. Wenn die Zukunft, an die der Christ glaubt, ebenfalls nur eine Illusion ist, so wird sie doch wenigstens erst nach dem Tode zerstört. Lassen Sie mich jetzt allein.«

»O weh!« sagte ich. »Sie verstehen sich aufs Strafen.«

»Sollte ich damit unrecht haben?«

»Ja«, antwortete ich mit einer Art Mut. »Als Abschluß dieser Geschichte, die übrigens in Italien ziemlich bekannt ist, kann ich Ihnen einen hohen Begriff von den Fortschritten der heutigen Kultur geben. Man präpariert dort jene unglücklichen Geschöpfe nicht mehr.«

»Paris«, sagte sie, »ist ein recht gastfreundlicher Boden; es nimmt alles auf, die auf Schande beruhenden und die blutbefleckten Vermögen. Verbrechen und Infamie haben hier ein Anrecht auf Asyl, einzig der Tugend werden keine Altäre gebaut. Ja, die reinen Seelen haben eine Heimat im Himmel! Niemand soll mich erkannt haben! Darauf bin ich stolz.«

Und die Marquise verlor sich in tiefes Sinnen.

ANMERKUNGEN

Sarrasine

1 Der Elysée-Palast ist unter Ludwig XV. durch den Architekten Molet für Henri de la Tour d'Auvergne, Grafen d'Evreux, erbaut worden. Ihm folgten als Bewohner Mme de Pompadour und deren Bruder, der Marquis de Marigny. Bei Ausbruch der Revolution war der Palast im Besitz der Herzogin von Bourbon, der er, nachdem Murat und danach Napoleon ihn innegehabt hatten, während der Restauration wiedererstattet wurde. Sie trat ihn dem Herzog von Berry ab, der ihn bis zu seiner Ermordung 1820 bewohnte. Unter Louis-Pilippe diente das Elysée durchreisenden Souveränen als Unterkunft. Die Zweite Republik erhob es zum Palast des Staatspräsidenten. 1856 ist das Elysée durch Lacroix vergrößert und umgebaut worden.

2 Die Darstellung des Totentanzes ist ein beliebtes Sujet der bildenden Kunst. Auf welches Kunstwerk Balzac hier anspielt, bleibt unklar.

3 Zitadelle und Palast eines Herrschers in den Berberstaaten.

4 Maria-Felicia Garcia, verehelichte Malibran (1808–1836), Tochter eines berühmten spanischen Tenors und Gesanglehrers, hatte 1828 ihren ersten Erfolg in Rossinis ›Semiramide‹ und feierte Triumphe in ›Otello‹ und ›Tancredi‹.

5 Henriette Sontag (1805–1854), deutsche Sängerin, trat 1826 in der Italienischen Oper zu Paris auf und war während der vier Jahre ihrer ersten Bühnenlaufbahn die Rivalin der Malibran. 1830 heiratete sie den Grafen Rossi und zog sich von der Bühne zurück; erst 1852 trat sie abermals auf.

6 Giuseppina Mainvielle-Fodor (1793–1870), eine in Paris geborene Italienerin von hoher Begabung, lernte nie, in französischer Sprache zu singen. Sie glänzte in Cimarosas ›Il matrimonio segreto‹, in ›Don Juan‹, Rossinis ›Il Barbiere‹ und ›Semiramide‹, in welcher Oper sie 1825 während der ersten Szene plötzlich die Stimme verlor.

7 Louis, Chevalier de Jaucourt (1704–1779), Gelehrter, Mitarbeiter an der Enzyklopädie.

8 Vergleiche ›Die Geheimnisse der Fürstin von Cadignan‹, Anmerkung 8.

9 Kaiser Vespasian (7–79) hatte den römischen Latrinen eine Steuer

auferlegt. Als sein Sohn Titus sich darüber wunderte, hielt er ihm mit den Worten »Non olet« (»Es stinkt nicht«), ein Geldstück unter die Nase.

10 Anne Radcliffe (1764–1823) ist die Autorin einiger Schauerromane, in denen das Schreckliche und das Wunderbare sich mischen. Ihre Heldinnen sind von düsterer Leidenschaftlichkeit und dämonisch, ihre Charakterzeichnungen treffend, ihre Landschaftsschilderungen von dichterischer Schönheit.

11 In der Retorte entstandener, künstlicher Mensch.

12 Englischer Volksheld, Verkörperung der sächsischen Auflehnung gegen die normannische Eroberung, vielleicht eine historische Gestalt, vielleicht eine Schöpfung der Volksphantasie, Hauptgestalt zahlreicher Balladen, häufig in der Literatur benutzt, so durch Sir Walter Scott.

13 Alexander, Graf von Cagliostro, eigentlich Giuseppe Balsamo (1743–1795); italienischer Abenteurer; lernte als Apothekergehilfe eine Reihe Geheimmittel kennen, die er auf seinen Reisen vor allem in Süd- und Westeuropa gewinnbringend verkaufte; beschäftigte sich mit Spiritismus und Alchimie und stand im Ruf, Gold machen zu können. Mußte Frankreich wegen der berüchtigten Halsbandaffäre verlassen und wurde in Rom als Ketzer zum Tode verurteilt; später zu lebenslänglicher Haft begnadigt.

14 ›Graf von Saint-Germain‹ war der angenommene Name eines geheimnisvollen, sehr intelligenten, geistvollen und reichen Mannes, der zwischen 1750 und 1780 ganz Europa erstaunte. Wer er wirklich war, ist nie entdeckt worden; anscheinend ist er der Sohn der Marie-Anne von Neuburg, Gemahlin Karls II. von Spanien, (der Heldin von Victor Hugos ›Ruy Blas‹) und des Bankiers Adamero gewesen, eines portugiesischen Juden, den die Gunst der Königin zum Minister erhob. Der Graf von Saint-Germain hat zehn Jahre, von 1750–1760, in Frankreich verbracht. Er hatte das Auftreten eines Grandseigneur, war reich, großherzig und ehrenhaft, liebte es indessen, mit der menschlichen Leichtgläubigkeit sein Spiel zu treiben. Seine Beziehungen zur Freimaurerei und zur Sekte der Illuminaten, sein immer gleich jugendliches Aussehen erlaubten ihm, zahlreichen Hohlköpfen einzureden, er sei unsterblich. Gern behauptete er, Heinrich IV., Karl V. und Franz I. gekannt zu haben. Es wurde sogar behauptet, er sei ein Zeitgenosse der heiligen Anna gewesen. Seine Beziehungen zum Ausland und seine Welt- und Menschenkenntnis verschafften ihm

Einfluß auf Ludwig XV.; der König scheint ihn für seine private Politik benutzt zu haben, die er ohne das Wissen seines Außenministers, des Herzogs von Choiseul, betrieb. 1760 verließ Saint-Germain Frankreich und bereiste England, Rußland und Deutschland, wo er gestorben ist.

15 ›Tancredi‹, große Oper von Rossini, Uraufführung 1813 im Teatro La Fenice zu Venedig.

16 Gespenster.

17 Joseph-Marie Vien (1716–1809), Lehrer Jacques-Louis Davids, Vorläufer des Klassizismus.

18 Der Walzertanz galt zur damaligen Zeit in weiten Gesellschaftskreisen als unschicklich.

19 Edme Bouchardon (1698–1762), Bildhauer, Schüler Coustous d. J. Er wurde von den Zeitgenossen ›der französische Phidias‹ genannt.

20 Antonio Canova (1757–1822), bedeutender italienischer Bildhauer, Hauptvertreter des klassizistischen Stils, Meister in der Darstellung weiblicher Schönheit.

20a Marie-Thérèse Rodet, Dame Geoffrin (1699–1777) unterhielt einen literarischen Salon, in dem die Philosophen der Enzyklopädie verkehrten.

21 Sängerin an der Oper (1744–1802), bedeutende Gluck-Interpretin, berühmt um ihres Geistes willen.

22 Niccolò Jommelli (1714-1774), einer der bedeutendsten Opernkomponisten der neapolitanischen Schule. Er hat sich übrigens 1758 nicht in Rom befunden. Die Schreibweise des Namens des Komponisten weicht im Italienischen ab.

23 Paul-Henri, Baron de Holbach (1723–1789), Philosoph, Materialist und Atheist.

24 Italienisch: Armer!

25 Italienisch: Meine Herren und schöne Damen!

26 Jeanne Bécu, Gräfin du Barry (1743–1793), Geliebte Ludwigs XV., während der Schreckensherrschaft enthauptet.

27 Italienisch: des Jesuskindes.

28 Joseph-Marie Vien (siehe Anmerkung 17) war in Rom als Gast der französischen Akademie von 1745 bis 1749, dann als deren Direktor von 1775 bis 1781.

29 Philippe Lautherbourg (1740–1812), Landschaftsmaler und Radierer.

30 Bildhauer Gabriel Allegrain (1710–1795).
Die drei Künstler können sich nicht in Rom getroffen haben.

31 Italienisch: Kutscher.

32 Windgeist der griechischen Sage; auch Raubvogel.

33 Der ›Schlummernde Endymion‹, eins der Hauptwerke von Girodet-Troison (1767–1824), wurde 1818 von Ludwig XVIII. angekauft und dem Louvre geschenkt. Das Bild ist zwar in Rom gemalt worden, wie Balzac andeutet, aber erst 1792.

Die Gestalten der Novelle ›Sarrasine‹ treten in der ›Menschlichen Komödie‹ nicht wieder auf.

Pierre Grassou

Übertragung von Ernst Sander

Die Novelle ›Pierre Grassou‹ entstand, wie Balzac angibt, im Dezember 1839 in Paris. Sie wurde zum erstenmal 1840 in dem Sammelwerk ›Babel‹ veröffentlicht, einer Publikation der ›Société des Gens de Lettres‹. Ein Neudruck, zusammen mit ›Pierrette‹, erfolgte im gleichen Jahr; 1844 wurde die Novelle in den III. Band der ›Scènes de la Vie Parisienne‹ der ›Comédie Humaine‹ aufgenommen und dem Oberstleutnant der Artillerie Louis-Nicolas Périolas (1785–1859) gewidmet. Er war mit Balzacs Freundin Zulma Carraud befreundet; der Dichter hatte ihn 1829 kennengelernt und ihn zur Dokumentation des Zyklus ›Scènes de la Vie militaire‹ herangezogen, zumal des nie geschriebenen Romans ›La Bataille‹. Périolas lehnte es ab, sich an Balzacs ›todsicheren‹ Spekulationen zu beteiligen, was der Meister ihm indessen nicht verübelte; er hat bis zu seinem Tode mit ihm in freundschaftlicher Verbindung gestanden.

Hat euch nicht jedesmal, wenn ihr ernstlich die Ausstellung von Werken der Plastik und der Malerei besichtigen wolltet, wie sie seit der Revolution von 1830 stattfindet, beim Anblick der langen, überfüllten Galerien ein Gefühl der Beunruhigung, der Langeweile, der Traurigkeit überkommen? Seit 1830 existiert der Salon nicht mehr. Zum zweitenmal ist der Louvre vom Volk der Künstler im Sturm genommen worden, und es hat sich darin behauptet. Dadurch, daß der Salon ehemals die Elite der Kunstwerke darbot, brachte er den dort ausgestellten Schöpfungen die höchsten Ehren. Unter den zweihundert ausgewählten Bildern traf das Publikum abermals eine Auswahl: von unbekannten Händen wurde dem Meisterwerk der Kranz zugesprochen. Es entspannen sich vor einem Bilde leidenschaftliche Streitgespräche. Die gegen Delacroix, gegen Ingres geschleuderten Schimpfworte haben zu ihrem Ruhm nicht weniger beigetragen als die Lobeserhebungen und der Fanatismus ihrer Anhänger. Heute ereifern sich weder die Menge noch die Kritiker mehr über die Produkte dieses Bazars. Da es ihnen obliegt, die Wahl zu treffen, was ehedem die Jury auf sich nahm, erlahmt ihre Aufmerksamkeit bei diesem Unterfangen; und wenn es vollbracht ist, wird die Ausstellung geschlossen. Vor 1817 nahmen die zugelassenen Bilder nie mehr Raum ein als den zwischen den beiden ersten Säulen der langen Galerie, in der sich die Werke der alten Meister befinden; dieses Jahr nun aber füllten sie zum großen Erstaunen des Publikums deren ganzen Raum aus. Die Historienmalerei, die Genremalerei im eigentlichen Sinne, die kleinen Staffeleibilder, die Landschaftsbilder, die Blumenbilder, die Tierbilder und die Aquarelle, diese sieben Sondergebiete sollten nicht mehr als zwanzig, den Augen des Publikums würdige Bilder darbieten, da dieses keiner größeren Menge von Werken seine Aufmerksamkeit widmen kann. Je mehr die Zahl der Künstler anwuchs, um so strenger hatte die Jury sich erweisen müssen. Alles wurde verdorben, als der Salon bis in die Galerie hinein ausgedehnt wurde. Der Salon hätte ein festgelegter, beschränkter Raum von unveränderlichen Ausmaßen bleiben müssen, in dem jedes Sondergebiet seine besten Leistungen ausgestellt hätte. Zehnjährige Erfahrung hat den Wert der früheren Einrichtung bewiesen. Statt eines Turniers habt ihr jetzt eine Rauferei; statt einer ruhmvollen Ausstellung einen tumultuösen Bazar; statt einer Auswahl ein Gesamt. Was kommt dabei heraus? Der große Künstler hat den Nachteil. Decamps'[1] ›Türkisches Café‹, ›Kinder am Brunnen‹, ›Folterszene‹ und ›Joseph‹ hätten mehr zu seinem Ruhm beigetragen, wenn sie alle vier zusammen im großen Salon mit den hundert guten Gemälden dieses Jahres ausgestellt worden wären, als seine zwanzig Bilder, die sich unter dreitausend in sechs Galerien durcheinandergehängten Werken verloren. Absonderlicher- und befremdlicherweise ist, seit sich die Tür allen und jedem aufgetan hat, viel von verkannten Genies geredet worden. Als vor zwölf Jahren die ›Kurtisane‹ von Ingres[2] und die von Sigalon[3], ›Das Floß der Medusa‹ von Géricault[4], ›Das Gemetzel auf Chios‹ von Delacroix[5] und die ›Taufe Heinrichs IV.‹ von Eugène Devéria[6] von der Eifersucht verdächtigten Berühmtheiten zugelassen wurden und trotz der Ablehnungen durch die Kritik die Welt lehrten, daß junge, glühende Paletten existierten, ist keine Beschwerde erhoben worden. Jetzt indessen, nun der geringste Leinwandbesudler sein Werk einreichen kann, ist nur noch von Unverstandenen die Rede. Wo kein Urteil mehr ist, gibt es auch nichts Beurteiltes mehr. Was immer die Künstler tun mögen, sie werden auf die Prüfung zurückgreifen, die ihre Werke der Bewunderung durch die Menge empfiehlt, für die sie doch arbeiten. Ohne die Auswahl durch die Akademie gibt es keinen Salon mehr, und ohne Salon könnte die Kunst zugrunde gehen.

Seit das kleine Katalogheft zum dicken Wälzer geworden ist, finden sich darin sehr viele Namen, die in ihrer Unbekanntheit verbleiben, trotz des Verzeichnisses von zehn oder zwölf Bildern, das sie begleitet. Unter jenen Namen ist vielleicht der unbekannteste derjenige eines Künstlers namens Pierre Grassou; er stammt aus Fougères, wird in der Künstlerwelt einfach Fougères genannt und erfreut sich heute eines sehr guten Platzes an der Sonne; er regt zu den bitteren Erwägungen an, mit der seine Lebensskizze beginnt; sie gelten auch für einige andere Angehörige des Künstlerstandes. Im Jahre 1832 wohnte Fougères in der Rue de Navarin, und zwar im vierten Stock eines jener schmalen, hohen Häuser, die dem Obelisken von Luxor[7] ähneln; sie haben einen Eingangsflur, eine kleine, dunkle Treppe mit gefährlichen Windungen, nur drei Fenster in jedem Stockwerk, und sie umschließen einen Hof, oder, um es genauer auszudrücken, einen viereckigen Brunnenschacht. Oberhalb der drei oder vier Zimmer der Wohnung, die Grassou de Fougères innehatte, war sein Atelier gelegen, und zwar nach dem Montmartre hin. Das ziegelrot getünchte Atelier, der sorgfältig braun bemalte, blank geriebene Fliesenboden, die Stühle, auf deren jedem ein gesäumtes Deckchen lag, das Sofa, das übrigens ganz einfach, aber sauber wie das im Schlafzimmer einer Spießbürgersfrau war – das alles sprach vernehmlich vom engen Leben kleiner Geister und der Sorglichkeit eines armen Mannes. Es standen auch noch eine Kommode da, in die das Ateliergerät gepackt wurde, ein Eßtisch, eine Anrichte, ein Sekretär, und schließlich noch die Utensilien, deren ein Maler nun einmal bedarf, alles ordentlich aufgestellt und sauber. Der Ofen hatte teil an diesem System holländischer Sauberkeit, die um so mehr ins Auge fiel, als das reine, wenig veränderliche Nordlicht diesen riesengroßen Raum mit klarer, kalter Helle überflutete. Fougères, ein schlichter Genremaler, bedarf nicht des enormen Aufwandes, der die Historienmaler zugrunde richtet; er hat sich nie hinlängliche Fähigkeiten zuerkannt, sich der großen Malerei zu nähern; er hielt sich nach wie vor an Staffeleibilder. Zu Dezemberbeginn dieses Jahres, einem Zeitpunkt, zu dem die Pariser Bürgersleute regelmäßig auf die burleske Idee verfallen, ihre an sich schon recht überflüssigen Gesichter zu verewigen, bereitete der beizeiten aufgestandene Pierre Grassou seine Palette vor, steckte seinen Ofen an, aß eine in Milch getauchte flûte[8] und wartete, um arbeiten zu können, bis seine Fensterscheiben aufgetaut waren und das Tageslicht hereinließen. Draußen war trockenes, schönes Wetter. In diesem Augenblick, als der Künstler mit der geduldigen, resignierten Miene, die so vielerlei sagt, dasaß und frühstückte, erkannte er den Schritt eines Mannes, der auf sein Leben den Einfluß gehabt hatte, den dergleichen Leute eben auf das fast aller Künstler haben: den Schritt des Elias Magus, eines Bilderhändlers und Wucherers in Gemälden. Tatsächlich, Elias Magus überraschte den Maler in dem Augenblick, da er sich in dem sauberen Atelier ans Werk begeben wollte.

»Tag, wie geht's, alter Gauner?« begrüßte ihn der Maler.

Fougères hatte das Kreuz der Ehrenlegion bekommen; daher kaufte Elias ihm seine Bilder für zweihundert oder dreihundert Francs ab; er spielte sich als großer Künstler auf.

»Das Geschäft geht schlecht«, antwortete Elias. »Ihr seid samt und sonders anspruchsvoll und redet jetzt immer von zweihundert Francs, wenn ihr für sechs Sous Farbe auf ein Stück Leinen geschmiert habt ... Aber Sie, Sie sind ein wackerer Mann. Sie legen Wert auf Ordnung, und ich bringe Ihnen ein gutes Geschäft.«

»Timeo Danaos et dona ferentes[9]«, sagte Fougères. »Sie verstehen doch Latein?«

»Nein.«

»Na, das heißt, daß die Griechen den Trojanern kein gutes Geschäft vorschlagen, ohne dabei was zu verdienen. Früher hieß es: ›Nehmt mein Pferd!‹ Heute sagen wir: ›Nehmen Sie doch meinen Bären ...[10]‹ Was haben Sie mit mir vor, Odysseus-Laringeole Elias Magus?«

Diese Worte lassen die Sanftmut und den Geist ermessen, mit

denen Fougères sich dessen bediente, was die Maler als Atelierjargon bezeichnen.

»Ich will damit andeuten, daß Sie mir eigentlich zwei Bilder gratis malen müßten.«

»Oh! Oh!«

»Ich lasse Ihnen die Entscheidung, ich fordere sie nicht von Ihnen. Sie sind ein anständiger Künstler.«

»Tatsächlich?«

»Na also: ich bringe Ihnen einen Vater, eine Mutter und eine Tochter, was Einzigartiges.«

»Sind sie alle drei einzigartig?«

»Ganz bestimmt . . .! Sie wollen sich malen lassen. Es sind Bourgeois, die ganz verrückt auf die Kunst sind und sich nie in ein Atelier gewagt haben. Das Mädchen hat hunderttausend Francs Mitgift. Sie könnten die Leute recht gut malen. Vielleicht werden für Sie Familienporträts daraus.«

Die altdeutsche Holzplastik, die für einen Menschen gilt und Elias Magus heißt, unterbrach sich und lachte ein trockenes Lachen, dessen Hall den Maler erschreckte. Ihm war, als höre er Mephisto vom Heiraten reden.

»Die Porträts werden das Stück mit fünfhundert Francs bezahlt. Sie können mir dafür drei Bilder machen.«

»Na ja«, sagte Fougères aufgeräumt.

»Und wenn Sie die Tochter heiraten, dann vergessen Sie mich bitte nicht.«

»Ich, und heiraten?« rief Pierre Grassou. »Ich, zu dessen Gewohnheiten es gehört, ganz allein zu Bett zu gehen, früh am Morgen aufzustehen, ich mit meinem geregelten Leben . . .«

»Hunderttausend Francs«, sagte Magus, »und ein sanftes Mädchen mit lauter Goldtönen wie ein echter Tizian!«

»Was tun und treiben die Leute?«

»Ehemalige Geschäftsleute; gegenwärtig Kunstliebhaber, Besitzer eines Landhauses in Ville-d'Avray, mit zehn- oder zwölftausend Francs Renten.«

»Mit was haben sie gehandelt?«

»Mit Flaschen.«

»Sprechen Sie das Wort nicht aus, mir ist dann immer, als

hörte ich, wie Korken durchgeschnitten werden, und das macht mir die Zähne stumpf . . .«

»Soll ich sie herbringen?«

»Drei Porträts, die bringe ich in den Salon, ich könnte mich auf Bildnismalerei verlegen, na, also gut . . .«

Der alte Elias stieg hinab und holte die Familie Vervelle. Damit wir ermessen können, wie der Vorschlag auf den Maler gewirkt hatte und welchen Eindruck auf ihn Sieur und Dame Vervelle mit der Zier ihrer einzigen Tochter machen mußten, ist es erforderlich, einen kurzen Blick auf das bisherige Leben des Pierre Grassou de Fougères zu werfen.

Als Malschüler hatte Fougères Zeichenunterricht bei Servin[11] genommen, der in der Welt der Kunstakademie als ein großer Zeichner galt. Danach war er zu Schinner gegangen, um bei ihm der Geheimnisse des kraftvollen, prächtigen Kolorits habhaft zu werden, das diesen Meister auszeichnet. Aber der Meister wie die Schüler hatten nichts ausgeplaudert. Pierre war nicht dahintergekommen. Von dort war Fougères in Sommervieux' Atelier übergewechselt, um sich mit dem als Komposition bezeichneten Teilgebiet der Kunst vertraut zu machen, aber die Komposition war für ihn ein wildes, wüstes Gebiet. Dann hatte er versucht, Granet[12] und Drolling[13] das Geheimnis ihrer Effekte bei Interieurs zu entreißen. Die beiden Meister hatten sich nichts entreißen lassen. Schließlich hatte Fougères seine Lehrjahre bei Duval-Lecamus[14] abgeschlossen. Während dieser Studien und mannigfachen Wandlungen hatte Fougères jenen ruhigen, ordentlichen, Lebenswandel geführt, der in den unterschiedlichen Ateliers, in denen er geweilt, Anlaß zu Sticheleien geboten hatte; überall jedoch hatte er seine Kollegen durch seine Bescheidenheit, seine Geduld und seine Lammessanftmut entwaffnet. Die Meister hatten für diesen braven Knaben keine Sympathie empfunden; den Meistern sind glänzende, exzentrische, lustige, stürmische Kerle oder düstere, tief nachdenkliche, die ein künftiges Talent bekunden, lieber. Alles an Fougères deutete auf Mittelmäßigkeit. Sein Beiname Fougères, derjenige des Malers in Eglantines Stück[15], war der Urquell von tausend Hänseleien; aber durch die Macht der Umstände schickte er sich in den Namen der Stadt, wo er das Licht der Welt erblickt hatte.

Grassou de Fougères glich seinem Namen. Er war grassouillet, dicklich und mittelgroß, hatte eine bläßlich-fade Gesichtsfarbe, braune Augen, schwarzes Haar, eine aufgestülpte Nase, einen ziemlich breiten Mund und lange Ohren. Seine sanfte, passive und resignierte Miene hob nicht gerade diese Hauptzüge seiner sehr gesunden, aber aller Tatkraft entbehrenden Physiognomie. Augenscheinlich wurde er weder von einer Überfülle an Blut noch von ungestümen Gedanken gequält, noch von der seltsamen Schwunghaftigkeit, die ein Kennzeichen der großen Künstler ist. Dieser junge Mensch, der dazu geboren worden war, ein tugendsamer Bürger zu sein, war aus seiner Heimat nach Paris gekommen, um als Lehrling bei einem Farbenhändler einzutreten, der aus Mayenne stammte und ein entfernter Verwandter der d'Orgemonts[16] war, er wurde jedoch Maler und blieb es dank der Hartnäckigkeit, die für den Charakter der Bretonen bezeichnend ist. Was er gelitten und wie er während seiner Studienzeit gelebt hat, weiß Gott allein. Er litt das gleiche wie alle großen Männer, wenn das Elend sie hetzt und wenn sie wie wilde Tiere von der Meute der Mittelmäßigen und der Schar der von Rachsucht angestachelten Eitlen gejagt werden. Sobald er sich die Kraft zugetraut hatte, mit eigenen Fittichen zu fliegen, hatte Fougères sich oben auf der Rue des Martyrs ein Atelier gemietet, und dort hatte er emsig zu arbeiten begonnen. 1819 hatte er zum erstenmal ausgestellt. Das erste Bild, das er der Jury für die Ausstellung im Louvre einreichte, hatte eine Dorfhochzeit dargestellt, eine ziemlich peinliche Nachahmung von Greuzes[17] Gemälde. Es wurde abgelehnt. Als Fougères die fatale Entscheidung erfuhr, bekam er keineswegs einen der Wutausbrüche oder der epileptischen Anfälle von Selbstliebe, in denen stolze Geister sich ergehen, und die gelegentlich darauf hinauslaufen, daß dem Direktor oder dem Sekretär des Museums Kartellträger geschickt oder aber sie mit Mord und Totschlag bedroht werden. Fougères nahm in aller Ruhe sein Bild in Empfang, wickelte es in sein Taschentuch, trug es in sein Atelier zurück und schwur sich, er wolle dennoch ein großer Maler werden. Er stellte das Bild auf die Staffelei und ging zu seinem alten Meister, einem Mann von gewaltigem Talent, zu Schinner, dem freundlichen, geduldigen Künstler, der im letzten Salon einen absoluten Erfolg davongetragen hatte; er bat ihn, zu ihm zu kommen und das abgelehnte Werk zu begutachten. Der große Künstler ließ alles stehen und liegen und kam mit. Als der arme Fougères ihn vor das Werk geführt hatte, warf Schinner nur einen Blick darauf und drückte dann dem ehemaligen Schüler die Hand.

»Du bist ein wackerer Kerl und hast ein Herz von Gold, dir darf nichts vorgeredet werden. Hör zu: du hältst alles, was du im Atelier versprochen hast. Wenn man so was mit spitzem Pinsel zustande bringt, läßt man besser seine Farben bei Brullon[18] und nimmt den andern nicht die Leinwand vor der Nase weg. Komm heute abend beizeiten heim, zieh dir eine baumwollene Schlafmütze über die Ohren und geh um neun zu Bett; morgen früh um zehn gehst du dann in irgendein Büro, bewirbst dich um eine Anstellung und kehrst der Kunst den Rücken.«

»Lieber Freund«, sagte Fougères, »mein Bild ist bereits verrissen worden, ich möchte kein Urteil, sondern die Begründung.«

»Also hör: du malst grau und düster, du siehst die Natur durch einen Trauerschleier; deine Zeichnung ist schwerfällig und teigig; deine Komposition ist ein Pasticcio[19] nach Greuze, und der hat seine Fehler nur durch Qualitäten wettgemacht, die dir fehlen.«

Als Schinner die Fehler des Bildes bis in alle Einzelheiten erörterte, nahm er aus Fougères' Gesicht einen so tiefen Ausdruck des Bekümmertseins wahr, daß er ihn mit zum Abendessen nahm und ihn zu trösten versuchte. Am anderen Morgen stand Fougères von morgens um sieben an vor seiner Staffelei und überarbeitete das verworfene Bild; er gestaltete das Kolorit wärmer, brachte die Korrekturen an, auf die Schinner ihn hingewiesen hatte, und übermalte die Figuren. Dann packte ihn Ekel ob seines Flickwerkes, und er trug es zu Elias Magus. Elias Magus, so etwas wie ein holländisch-belgischer Flame, war aus drei Gründen geworden, was er war, nämlich geizig und reich. Er war aus Bordeaux gekommen und stand zu jener Zeit in seinen Pariser Anfängen; er handelte mit Bildern und wohnte am Boulevard Bonne-Nouvelle. Fougères, der sich an seine Palette halten mußte, wenn er zum Bäcker gehen wollte, aß höchst beharrlich Brot und Nüsse, oder Brot und Milch, oder Brot und Kirschen, oder Brot und Käse, je nach der Jahreszeit. Elias Magus, dem

Pierre sein erstes Bild anbot, schaute es lange blinzelnd an und rückte dann dafür fünfzehn Francs heraus.

»Mit einer jährlichen Einnahme von fünfzehn Francs und Ausgaben von tausend Francs«, sagte Fougères lachend, »kommt man nicht weit.«

Elias Magus machte eine Bewegung und biß sich auf die Daumen, weil er meinte, er hätte das Bild für hundert Sous bekommen können. Ein paar Tage hindurch ging Fougères jeden Morgen die Rue des Martyrs hinab, versteckte sich auf dem Boulevard in der Menge auf der Magus' Laden gegenüberliegenden Seite und richtete den Blick auf sein Bild, das indessen keineswegs die Blicke der Vorübergehenden auf sich lenkte. Gegen Ende der Woche war das Bild verschwunden. Fougères ging den Boulevard hinauf, begab sich in den Laden des Trödlers und tat, als mache er einen Spaziergang. Der Jude stand in der Tür.

»Na, haben Sie mein Bild verkauft?«

»Hier ist es«, sagte Magus, »ich mache einen Rahmen darum, damit ich es wem anbieten kann, der sich in der Malerei auszukennen glaubt.«

Fougères wagte nicht mehr, den Boulevard wieder zu betreten, er fing ein neues Bild an; die Arbeit daran dauerte zwei Monate, er aß derweile wie ein Mäuslein und schuftete sich ab wie ein Galeerensklave.

Eines Abends ging er bis zum Boulevard, seine Füße trugen ihn wie von Schicksals wegen zu Magus' Laden; er sah sein Bild nirgendwo.

»Ich habe Ihr Bild verkauft«, sagte der Händler zum Künstler.

»Und für wieviel?«

»Ich habe meine Kosten und ein kleines Aufgeld hereingeholt. Malen Sie mir flämische Interieurs, eine Anatomie und eine Landschaft, ich bezahle sie Ihnen«, sagte Elias.

Fougères hätte Magus am liebsten in die Arme geschlossen, er sah ihn an wie einen Vater. Freudigen Herzens ging er heim: der große Maler Schinner hatte sich also geirrt! In dieser unermeßlichen Stadt Paris fanden sich also Herzen, die im Einklang mit dem Grassous schlugen, sein Talent wurde verstanden und geschätzt. Der arme Kerl besaß mit seinen siebenundzwanzig Jahren die Unschuld eines Jünglings von sechzehn. Ein anderer, einer der mißtrauischen, ungebärdigen Künstler, hätte Elias Magus' diabolischen Gesichtsausdruck bemerkt, das Zucken seiner Barthaare wäre ihm aufgefallen, die Ironie seines Schnurrbarts, die Bewegung seiner Schultern, was alles bei Walter Scott die Genugtuung des Juden anzeigt, der einen Christen übers Ohr haut. Fougères ging mit einer Freude über die Boulevards, die seinem Gesicht einen stolzen Ausdruck verlieh. Er sah aus wie ein Gymnasiast, der eine Frau beschützt. Er begegnete einem seiner Kameraden, nämlich Joseph Bridau, einem jener exzentrischen Talente, die zum Ruhm und zum Unglück bestimmt sind. Joseph Bridau, der, nach seinem Gesichtsausdruck zu schließen, ein paar Sous in der Tasche hatte, nahm Fougères mit in die Oper. Fougères sah weder das Ballett, noch hörte er die Musik, er entwarf Bilder, er malte. Noch ehe die Vorstellung zu Ende war, verabschiedete er sich von Joseph, lief heim, machte beim Lampenlicht Skizzen, erfand dreißig Bilder, die voller Reminiszenzen waren, und hielt sich für ein Genie. Am anderen Tag kaufte er Farben und Leinwände unterschiedlichen Formats; er legte Brot und Käse auf seinen Tisch, goß Wasser in einen Krug, schichtete einen Holzvorrat für seinen Ofen zurecht; darauf legte er seine Bilder an, wie es im Atelierjargon heißt; er hatte ein paar Modelle, und Magus lieh ihm Stoffe. Nach zwei Monaten der Zurückgezogenheit hatte der Bretone vier Bilder vollendet. Abermals erbat er Schinners Rat, und er gesellte ihm Joseph Bridau hinzu. Die beiden Maler erblickten in den Bildern knechtische Nachahmungen holländischer Landschaften, der Interieurs des Metsu[20], und in dem vierten eine Kopie der ›Anatomie des Doktors Tromp‹ von Rembrandt.

»Schon wieder Pasticci«, sagte Schinner. »Ach, Fougères wird es schwerfallen, selbständig zu sein.«

»Du solltest was anderes anfangen als zu malen«, sagte Bridau.

»Was denn?« fragte Fougères.

»Versuch es doch mal mit der Literatur.«

Fougères senkte den Kopf wie die Schafe bei Regen. Dann erbat und erhielt er weitere nützliche Ratschläge und übermalte seine Bilder, ehe er sie zu Elias trug. Elias zahlte für jedes der Gemälde fünfundzwanzig Francs. Bei diesem Preis verdiente

Fougères nicht, aber er büßte auch, in Anbetracht seiner Mäßigkeit, nichts ein. Er machte ein paar Spaziergänge, um zu sehen, was aus seinen Bildern würde, und hatte eine seltsame Halluzination. Seine so sorglich gemalten, so sauberen Bilder, die dauerhaft waren wie Eisenblech und leuchtend wie Porzellanmalerei, wirkten wie von einem Nebel bedeckt; sie sahen aus wie alte Bilder. Elias war gerade fortgegangen, Fougères konnte keine Auskünfte über dieses Phänomen erlangen. Er glaubte, er habe nicht richtig gesehen. Der Maler ging wieder in sein Atelier und malte neue alte Bilder. Nach sieben Jahren unablässiger Arbeit gelang es Fougères, annehmbare Bilder zu komponieren und zu malen. Er tat sein Werk genauso gut wie alle zweitrangigen Künstler. Elias kaufte und verkaufte sämtliche Bilder des armen Bretonen, der mühselig im Jahr hundert Louis verdiente und nicht mehr als zwölfhundert Francs ausgab.

Bei der Ausstellung von 1829 empfanden Léon de Lora[21], Schinner und Bridau, die alle drei eine große Stellung innehatten und an der Spitze der Kunstbewegung standen, Mitleid mit der Ausdauer und der Armut ihres alten Kameraden, und sie setzten durch, daß in der Ausstellung, und zwar im großen Salon, ein Bild von Fougères gezeigt wurde. Dieses Bild, das großes Interesse erregte und in bezug auf seinen Gefühlsinhalt von Vigneron[22] und von der Frühzeit Dubufes[23] hinsichtlich der Ausführung abhängig war, stellte einen jungen Menschen dar, dem in einer Gefängniszelle die Nackenhaare wegrasiert werden. Auf der einen Seite ein Priester, auf der andern eine alte und eine junge Frau in Tränen. Ein Gerichtsdiener verlas ein amtliches Dokument. Auf einem schäbigen Tisch war eine Mahlzeit zu sehen, die niemand angerührt hatte. Durch die Gitterstäbe eines hoch angebrachten Fensters fiel das Tageslicht herein. Es lag etwas darin, das die Bürger zum Erschauern bringen konnte, und die Bürger erzitterten. Fougères hatte sich ganz einfach durch Gerard Dous[24] Meisterwerk inspirieren lassen: er hatte die Gruppe mit der wassersüchtigen Frau nach dem Fenster hin gedreht, anstatt sie von vorn darzustellen. Die Sterbende hatte er durch den zum Tode Verurteilten ersetzt: dieselbe Blässe, derselbe Blick, dieselbe Anrufung Gottes. Anstatt des flämischen Arztes hatte er die kalte Amtsgestalt des schwarzgekleideten Gerichtsdieners gemalt; aber er hatte Gerard Dous jungem Mädchen eine alte Frau beigestellt. Zu guter Letzt überragte die Gruppe noch das auf grausame Weise gutmütige Gesicht des Henkers. Das geschickt getarnte Plagiat wurde nicht als solches erkannt.

Im Katalog stand zu lesen:

510. Grassou de Fougères (Pierre), Rue de Navarin 2.

Die letzte Toilette eines 1809 zum Tode verurteilten Chouan

Obwohl mittelmäßig, hatte das Bild einen ungeheuren Erfolg, denn es erinnerte an den Fall der Feuermänner[25] von Mortagne. Jeden Tag bildeten sich Menschengruppen vor dem zum Tagesgespräch gewordenen Gemälde, und Karl X. blieb davor stehen. Madame[26], die über das geduldige Leben des armen Bretonen unterrichtet worden war, begeisterte sich für ihn. Der Herzog von Orléans[27] verhandelte über den Preis. Die Geistlichkeit ließ die Frau Dauphine wissen, das Thema enthalte eine Fülle vortrefflicher Gedanken: in der Tat herrschte darin eine wohltuende religiöse Stimmung. Monseigneur le Dauphin[28] bewunderte den Staub auf den Fensterscheiben, der indessen einen dikken, plumpen Fehler darstellte, denn Fougères hatte überall grünliche Farbtöne angebracht, um die Feuchtigkeit unten an den Mauern anzudeuten. Madame kaufte das Bild für tausend Francs, der Dauphin bestellte ein weiteres. Karl X. gab dem Sohn des Bauern, der ehedem, 1799, für die Sache des Königtums gekämpft hatte, das Kreuz der Ehrenlegion. Joseph Bridau, der große Maler, wurde nicht ausgezeichnet. Der Innenminister bestellte bei Fougères zwei Kirchenbilder. Dieser Salon wurde für Pierre Grassou zum Gesamt seines Glücks, seines Ruhms, seiner Zukunft, seines Lebens. Immer um jeden Preis erfinden, heißt, bei kleinem Feuer sterben wollen; kopieren heißt leben. Nachdem Grassou de Fougères endlich eine Goldader entdeckt hatte, praktizierte er den Teil dieser grausamen Maxime, dem die Gesellschaft die infamen Mittelmäßigkeiten verdankt, die heutzutage damit beauftragt sind, die Ausschlaggebenden in allen sozialen Klassen zu erwählen; aber die natürlich sich selber wählen und einen erbitterten Krieg gegen die wahren Talente führen. Wird der Grundsatz der freien Wahl auf alles und jedes angewandt, so ist er falsch; Frankreich wird sich davon wieder abwenden. Nichtsdestoweniger ließen die Bescheidenheit, die Einfalt und die Überraschung des guten, sanften Fougères alle Anschuldigungen und allen Neid verstummen. Überdies hatte er die schon arrivierten Grassous auf seiner Seite; sie waren solidarisch mit den künftigen Grassous. Ein paar Leute waren gerührt von der Energie eines Mannes, der sich durch nichts hatte entmutigen lassen; sie sprachen von Dominichino[29] und sagten: »Auch der gute Wille in der Kunst muß belohnt werden! Grassou hat sich seinen Erfolg nicht gestohlen! Seit zehn Jahren läßt er es sich sauer werden, der arme, gute Kerl!« Dieser Ausdruck ›der arme, gute Kerl‹ kam in der Hälfte der Zustimmungen und Beglückwünschungen vor, die dem Maler zuteil wurden. Das Mitleid bringt genausoviel Mittelmäßigkeiten hoch wie der Neid große Künstler zu Fall bringt. Die Presse hatte mit Kritiken nicht gespart, der Ritter der Ehrenlegion Fougères verdaute sie, wie er die Ratschläge seiner Freunde verdaut hatte: nämlich mit engelhafter Geduld. Er besaß damals an die fünfzehntausend mühselig verdienter Francs, er stattete seine Wohnung und sein Atelier in der Rue de Navarin mit Möbeln aus, er malte dort das von Monseigneur le Dauphin bestellte Bild und die beiden vom Ministerium bestellten Kirchenbilder innerhalb der ihm gesetzten Frist und lieferte alles mit einer Pünktlichkeit ab, die die an andere Verhaltensweisen gewöhnte Kasse des Ministeriums zur Verzweiflung brachte. Bewundert also das Glück von Menschen, bei denen Ordnung herrscht! Denn hätte Grassou getrödelt, so hätte ihn die Juli-Revolution überrascht, und er wäre nicht bezahlt worden. Mit siebenunddreißig Jahren hatte Fougères für Elias Magus ungefähr zweihundert völlig unbekannt gebliebene Bilder angefertigt; aber durch sie war er zu jener befriedigenden Manier und Vollendung der Ausführung gelangt, über die der wahre Künstler die Achseln zuckt und die die Bourgeoisie schätzt. Fougères war bei seinen Freunden beliebt um der Rechtlichkeit seines Denkens, der Verläßlichkeit seiner Gefühle, seiner vollkommenen Gefälligkeit und seiner großen Treue willen; zwar hatten sie keine Achtung vor seiner Palette, aber sie hatten den Menschen gern, der sie hielt. – »Wie schade, daß Fougères dem Laster des Malens huldigt!« sagten seine Kollegen. Dennoch gab Grassou vortreffliche Ratschläge, darin den Feuilletonisten gleich, die außerstande sind, ein Buch zu schreiben, aber nur zu gut wissen, worin es bei den Büchern hapert; es bestand jedoch zwischen den Literaturkritikern und Fougères ein Unterschied: er war ungemein empfänglich für alles Schöne, er erkannte es an, und seine Ratschläge waren durchdrungen von einem Gefühl für das Richtige, das seine Bemerkungen als gerecht hinnehmen ließ. Seit der Juli-Revolution schickte Fougères an die zehn Bilder zur Ausstellung, von denen die Jury vier oder fünf annahm. Er lebte in strengster Sparsamkeit, und seine ganze Bedienung erledigte eine Aufwartfrau. Seine einzige Ablenkung bestand in Besuchen bei seinen Freunden, im Besichtigen von Kunstgegenständen; auch gestattete er sich ein paar kleine Reisen innerhalb Frankreichs; er plante auch, in die Schweiz zu fahren und sich dort Inspirationen zu verschaffen. Dieser miserable Künstler war ein vortrefflicher Bürger: er zog auf Wache, ging zu den Paraden, bezahlte seine Miete und seine Zechen mit der bourgeoisesten Pünktlichkeit. Da er immer nur in Arbeit und Not gelebt hatte, war ihm nie Zeit zur Liebe geblieben. Bislang war er Junggeselle und arm gewesen, und so dachte er nicht daran, sein so einfaches Dasein zu komplizieren. Unfähig, sich Mittel und Wege zur Vermehrung seines Vermögens auszudenken, trug er alle Vierteljahre seine Ersparnisse und Einnahmen während eines Trimesters zu seinem Notar Cardot. Wenn der Notar für Grassou tausend Taler beisammen hatte, legte er sie in einer ersten Hypothek an, wobei vereinbart wurde, daß der Geldgeber in die Rechte der Ehefrau eintrete, wenn der Entleiher verheiratet war, oder in die Rechte des Verkäufers, falls der Entleiher etwas Sonstiges zu zahlen hatte. Der Notar selber zog die Zinsen ein und legte sie zu den Teilzahlungen, die Grassou de Fougères ihm machte. Der Maler wartete den gesegneten Augenblick ab, da seine Verträge zu der imposanten Ziffer von zweitausend Francs Rente gelangt sein würden, um sich das otium cum dignitate[30] des Künstlers zu geben und Bilder zu malen, oh, und was für Bilder! Endlich richtige Bilder, vollendete Bilder, prächtige, prima, hochnobelpiekfeine Bilder! Seine Zukunft, seine Träume vom Glück, der Superlativ seiner Hoffnung: wollt ihr wissen, was das war? Ins Institut de France gewählt zu werden und die Rosette eines

Offiziers der Ehrenlegion zu bekommen! Sich neben Schinner und Léon de Lora zu setzen, vor Bridau in die Akademie zu gelangen! Eine Rosette im Knopfloch zu tragen! Welch ein Traum! Nur Durchschnittsmenschen können an alles denken.

Als Fougères im Treppenhaus das Geräusch mehrerer Schritte vernahm, strich er sich seinen Haarschwall zurecht, knöpfte seinen flaschengrünen Samtrock zu und war nicht wenig erstaunt, als ein Gesicht hereinkam, das im Atelierjargon vulgärerweise als eine Melone bezeichnet wird. Diese Frucht überragte einen Kürbis, der in blaues Tuch gekleidet und mit einem Bündel klingender Berlocken geschmückt war. Die Melone schnaufte wie ein Tümmler, der Kürbis schritt auf Futterrüben einher, die unpassenderweise als Beine fungierten. So hätte ein echter Maler die Karikatur des kleinen Flaschenhändlers gezeichnet und ihn sofort mit den Worten, er male kein Gemüse, vor die Tür gesetzt. Fougères musterte den Kunden, ohne zu lachen, denn Monsieur Vervelle stellte auf dem Hemd einen Diamanten im Wert von tausend Talern zur Schau.

Fougères blickte Magus an und sagte mit einem Atelierausdruck, der damals im Schwange war: »Da ist Fett abzuschöpfen.«

Als Monsieur dieses Wort vernahm, runzelte er die Brauen. Der Bourgeois hatte in der Person seiner Frau und seiner Tochter eine andere Zusammenstellung von Gemüsen hinter sich hergezogen. Die Frau hatte auf dem Gesicht die bekannte Mahagonitönung; sie sah aus wie eine Kokosnuß, die von einem Kopf überragt und durch einen Gürtel eingeschnürt worden war. Sie drehte sich auf den Füßen um die eigene Achse, ihr Kleid war gelb und schwarz gestreift. Auf Händen, die den ausgestopften einer Schaufensterpuppe glichen, trug sie stolz extravagante Halbhandschuhe. Der Federschmuck eines Leichenwagens erster Klasse wogte auf einem überdimensionalen Hut. Spitzenwerk schmückte Schultern, die sich nach hinten ebenso wölbten wie nach vorn: so wurde die sphärische Form der Kokosnuß vollkommen. Die Füße waren von der Art derjenigen, die die Maler als »Flossen« bezeichnen; sie waren sechs Linien[31] über dem Lackleder der Schuhe mit einem hervorquellenden Wulst verziert. Wie waren die Füße da hineingekommen? Das weiß niemand.

Es folgte eine junge Spargelstange, grün und gelb durch das Kleid, sie hatte einen kleinen Kopf, der von einer in breiten, platten Streifen herabfallenden Scheitelfrisur gekrönt war, karottenfarben, daß ein Römer hingerissen gewesen wäre, spindeldürre Arme, Sommersprossen auf ziemlich heller Gesichtsfarbe, große, unschuldige Augen mit weißen Wimpern, spärliche Brauen; sie trug einen Florentiner Strohhut mit zwei ehrbaren Satinschleifen und gesäumt mit einer Borte aus weißem Satin; ihre Hände waren tugendhaft rot, und ihre Füße wie die der Mutter. Als die drei im Atelier Umschau hielten, bezeigten sie den glücklichen Ausdruck, der von einer achtenswerten Begeisterung für die Kunst zeugte.

»Und Sie sind also der Herr, der uns lebensähnlich malen wird?« fragte der Vater und setzte dabei eine kleine, verwegene Miene auf.

»Freilich«, antwortete Grassou.

»Vervelle, er hat das Kreuz«, sagte die Frau ganz leise zu ihrem Mann, als der Maler ihnen gerade den Rücken zukehrte.

»Hätte ich unsere Bildnisse etwa von einem Künstler malen lassen sollen, der keinen Orden hat . . .?« fragte der ehemalige Flaschenhändler.

Elias Magus verbeugte sich vor der Familie Vervelle und wandte sich zum Gehen, Grassou begleitete ihn bis auf den Treppenabsatz.

»Nur Sie bringen es fertig, solche Brocken zu angeln.«

»Hunderttausend Francs Mitgift!«

»Ja; aber was für eine Familie!«

»Dreihunderttausend Francs in Aussicht, Haus in der Rue Boucherat[32] und Landhaus in Ville d'Avray.«

»Boucherat, bouteilles, bouchons, bouchés, débouchés[33]«, sagte der Maler.

»Sie wären für den Rest Ihrer Lebenstage vor aller Not geschützt«, sagte Elias.

Dieser Gedanke drang in Pierre Grassous Kopf ein, wie das Morgenlicht in seine Mansarde hineingeplatzt war. Als er den Vater der jungen Dame zurechtsetzte, fand er, daß er gar nicht so übel sei, und zollte dem Gesicht mit der Fülle violetter Töne Bewunderung. Mutter und Tochter umhüpften den Maler und entzückten sich über seine Vorbereitungen, er dünkte sie ein Gott. Diese deutlich wahrnehmbare Anbetung gefiel Fougères. Das Goldene Kalb warf über diese Familie seinen phantastischen Widerschein.

»Sie müssen ein tolles Geld verdienen, aber Sie geben es sicher aus, wie Sie es einnehmen?« sagte die Mutter.

»Nein«, antwortete der Maler, »ich gebe es nicht aus, ich habe nichts für Amüsements übrig. Mein Notar legt mein Geld an, er weiß, wieviel ich habe, wenn das Geld erst mal bei ihm ist, mache ich mir keine Gedanken mehr darüber.«

»Und dabei ist mir vorgeredet worden«, rief Papa Vervelle aus, »alle Künstler seien lockere Zeisige.«

»Wer ist denn Ihr Notar, wenn man fragen darf?« fragte Madame Vervelle.

»Ein wackerer Mann, rundheraus gesagt: Cardot.«

»Sieh mal einer an! Ist das komisch!« sagte Vervelle. »Cardot ist nämlich auch unserer.«

»Bitte bewegen Sie sich nicht!« sagte der Maler.

»Aber halt dich doch ruhig, Anténor«, sagte die Frau, »sonst verpatzt es der Herr, und wenn du ihn arbeiten sähest, würdest du verstehen . . .«

»Mein Gott! Warum habt ihr mich nicht die Kunst lernen lassen?« fragte Mademoiselle Vervelle ihre Eltern.

»Virginie«, rief die Mutter, »eine junge Dame darf gewisse Dinge nicht lernen. Wenn du erst verheiratet bist . . . dann gut! Aber bis dahin verhalte dich ruhig.«

Während dieser ersten Sitzung freundete die Familie Vervelle sich beinahe mit dem ehrenwerten Künstler an. Zwei Tage später sollte sie wiederkommen. Beim Hinausgehen ließen die Eltern Virginie vorausgehen, aber trotz des Abstands schnappte sie folgende Worte auf, deren Sinn ihre Neugier erwecken mußte:

»Ein Mann mit der Ehrenlegion . . . siebenunddreißig Jahre . . . ein Künstler mit Aufträgen, der sein Geld durch unseren Notar anlegen läßt. Wollen wir uns bei Cardot erkundigen? Ha, Madame de Fougères heißen . . .! Er sieht nicht danach aus, als sei er ein schlechter Mensch . . .! Du wirst mir natürlich sagen, ein Geschäftsmann sei besser . . .? Aber solange ein Geschäftsmann nicht im Ruhestand lebt, weißt du nicht, was aus deiner Tochter noch werden kann! Während doch ein sparsamer Künstler ... und außerdem haben wir für die Kunst was übrig ... Also kurz und gut ...!«

Während die Familie Vervelle Grassou unter die Lupe nahm, nahm er die Familie Vervelle unter die Lupe. Er brachte es nicht fertig, ruhig in seinem Atelier zu bleiben, er erging sich auf dem Boulevard und musterte dort alle rothaarigen Frauen, die vorübergingen! Er stellte die seltsamsten Überlegungen an: Gold war das schönste der Metalle, die gelbe Farbe stellte Gold dar, die Römer hatten eine Schwäche für rothaarige Frauen, und er wurde einfach zum Römer, usw. Welcher Mann kümmert sich nach zwei Ehejahren noch um die Haarfarbe seiner Frau? Schönheit vergeht . . . aber Häßlichkeit bleibt. Geld ist die Hälfte des Glücks. Am Abend, beim Schlafengehen, fand der Maler Virginie Vervelle bereits ganz reizend.

Als die drei Vervelles am Tag der zweiten Sitzung hereinkamen, hieß der Künstler sie mit einem liebenswürdigen Lächeln willkommen. Der durchtriebene Mensch hatte sich rasieren lassen und weiße Wäsche angezogen; sein Haar war angenehm frisiert, er hatte eine sehr vorteilhafte Hose und rote Schnabelhausschuhe angezogen. Die Familie antwortete mit einem Lächeln, das ebenso schmeichelhaft war wie das des Künstlers. Virginie nahm die Farbe ihres Haars an, senkte den Blick, wandte den Kopf ab und machte sich an die Betrachtung der Studien. Pierre Grassou fand diese kleinen Zierereien entzückend. Virginie besaß Anmut, zum Glück war sie weder nach dem Vater noch nach der Mutter geartet; aber nach wem denn?

Ach, jetzt hab' ich's, sagte er sich immer wieder, sicher hat die Mutter ein Gegenstück zu ihrem Handel gehabt.

Während der Sitzung kam es zu Vorgefechten zwischen der Familie und dem Maler, der sich erkühnte, den Papa Vervelle geistvoll zu finden. Diese Schmeichelei führte dazu, daß die Familie im Sturmschritt Einzug in das Herz des Künstlers hielt, er schenkte Virginie eine seiner Zeichnungen und der Mutter eine Skizze.

»Ganz umsonst?« fragten sie.

Pierre Grassou konnte sich ein Lächeln nicht verkneifen.

»Sie dürfen Ihre Bilder nicht so einfach verschenken, sie sind doch bares Geld«, sagte Vervelle zu ihm.

Bei der dritten Sitzung erzählte Papa Vervelle von einer schönen Gemäldegalerie, die er in seinem Landhaus zu Ville-d'Avray habe: Bilder von Rubens, Gerard Dou, Mieris[34], Terburg[35], Rembrandt, einen Tizian, mehrere Paulus Potter[36], usw.

»Mein Mann hat sich wie nicht klug benommen«, sagte Madame Vervelle hochtrabend, »er hat für hunderttausend Francs Bilder.«

»Ich habe nun mal eine Schwäche für die Kunst«, entgegnete der ehemalige Flaschenhändler.

Als das Porträt der Madame Vervelle begonnen wurde, war das des Ehegatten fast vollendet, und da kannte die Begeisterung der Familie keine Grenzen mehr. Der Notar hatte das Lob des Malers in den höchsten Tönen gesungen: in seinen Augen war Pierre Grassou der anständigste Kerl auf Erden, einer der wenigen Künstler in tadellos geordneten Verhältnissen, der außerdem sechsunddreißigtausend Francs zusammengespart habe; die Tage der Not lägen hinter ihm, er verdiene an die zehntausend Francs jährlich, die Zinsen lege er zum Kapital; mit einem Wort: er sei außerstande, eine Frau unglücklich zu machen. Dieser letzte Satz warf ein gewaltiges Gewicht in die Waagschale. Die Bekannten der Vervelles hörten von nichts anderem mehr reden als von dem berühmten Fougères. An dem Tag, da Fougères das Porträt Virginies in Angriff nahm, war er in petto schon der Schwiegersohn der Familie Vervelle. Die drei Vervelles blühten in dem Atelier auf; sie gewöhnten sich daran, es als eine ihrer Wohnstätten zu betrachten: der saubere, gepflegte, hübsche, künstlerische Raum besaß für sie eine unerklärliche Anziehungskraft. Abyssus abyssum[37], der Bourgeois zieht den Bourgeois an. Gegen Ende der Sitzung erscholl auf der Treppe Lärm, die Tür wurde brutal aufgestoßen, und herein kam Joseph Bridau: er kam wie der Sturmwind, sein Haar war wirr; er ließ sein großes, verwüstetes Gesicht sehen, schleuderte die Blitze seines Blicks nach allen Seiten, unternahm einen Rundgang durchs Atelier und trat dann brüsk vor Grassou hin, wobei er seinen Rock in der Magengegend zusammenraffte und vergebens versuchte, ihn zuzuknöpfen, da der Knopf aus seiner Tuchhülle entsprungen war.

»Das Holz ist teuer«, sagte er zu Grassou.

»Siehe da!«

»Die Gläubiger sind hinter mir her. Nanu? So'n Zeug malst du?«

»Halt doch den Mund!«

»Ach so!«

Die Familie Vervelle, die sich von dieser befremdlichen Erscheinung im höchsten Maße abgestoßen fühlte, verwandelte ihr gewöhnliches Rot in das Kirschrot lodernder Flammen.

»Das bringt was ein!« fuhr Joseph fort. »Bist du bei Kasse?«

»Brauchst du viel?«

»Einen Fünfhunderter . . . Hinter mir ist ein Krämer vom Geschlecht der Doggen her, die, wenn sie einmal zugebissen haben, nicht wieder loslassen, bis sie ein Stück Fleisch geschnappt haben. Ist das eine Rasse!«

»Ich schreibe dir ein paar Zeilen an meinen Notar . . .«

»Also einen Notar hast du?«

»Ja.«

»Jetzt wird mir klar, weshalb du nach wie vor die Backen mit rosa Tönen malst, das ist das beste für Reklameschilder von Parfümhändlern!«

Grassou konnte nicht anders als zu erröten, Virginie warf sich in die Brust.

»Pack doch die Natur an, wie sie ist«, fuhr der große Maler fort. »Mademoiselle ist fuchsrot. Na, ist das etwa eine Todsünde? In der Malerei ist alles und jedes prachtvoll. Drück doch Zinnober auf deine Palette, bring Leben in die Backen, stich die kleinen braunen Flecken hinein, trag dick auf! Willst du mehr Geist haben als die Natur?«

»Komm«, sagte Fougères, »vertritt mich, ich schreibe inzwischen.«

Vervelle kugelte bis an den Tisch und beugte sich zu Grassous Ohr nieder.

»Aber dieser grobe Kerl muß doch alles verderben«, sagte der Kaufmann.

»Wenn er das Porträt Ihrer Virginie malen wollte, würde es tausendmal mehr wert sein als meins«, antwortete Fougères unwillig.

Als der Kaufmann diesen Ausspruch vernahm, trat er vorsichtig den Rückzug zu seiner Frau an, die verblüfft über das Eindringen der wilden Bestie war und sehr beunruhigt, als sie sah, daß Joseph am Bildnis ihrer Tochter mitarbeitete.

»Da, folg diesen Fingerzeigen«, sagte Bridau, gab die Palette zurück und nahm den Brief in Empfang. »Danken tu' ich dir nicht! Jetzt kann ich zurück in d'Arthez' Schloß; ich male da ein Eßzimmer aus, und Léon de Lora hat die Supraporten übernommen, meisterliche Arbeiten. Kommst du mal zu uns?«

Ohne zu grüßen, ging er, so sehr hatte er die Nase voll von Virginies Anblick.

»Was ist das eigentlich für ein Mensch?« fragte Madame Vervelle.

»Ein großer Künstler«, antwortete Grassou.

Ein Moment des Schweigens.

»Sind Sie auch ganz sicher«, fragte Virginie, »daß er meinem Bild keinen Schaden zugefügt hat? Er hat mich erschreckt.«

»Er hat ihm nur Gutes angetan«, antwortete Grassou.

»Wenn er auch ein großer Künstler ist: mir sind große Künstler lieber, die Ihnen ähneln«, sagte Madame Vervelle.

»Ach, Mama, Monsieur Grassou ist ein viel größerer Künstler, er will mich in Lebensgröße malen«, gab Virginie zu bedenken

Das Gehaben des Genies hatte diese ordnungsliebenden Bürger verblüfft.

Es setzte jetzt die Phase des Herbstes ein, die so freundlich als Altweibersommer bezeichnet wird. Mit der Schüchternheit eines Neulings gegenüber einem genialen Mann wagte Vervelle eine Einladung in sein Landhaus für den nächsten Sonntag: er wisse, wie wenig Anziehungskraft eine Bürgerfamilie für einen Künstler biete.

»Leute wie ihr«, sagte er, »brauchen Aufregungen! Große Aufmachung und geistvolle Menschen; aber es gibt bei mir gute Weine, und ich verlasse mich darauf, daß meine Galerie Sie für die Langeweile entschädigt, die ein Künstler wie Sie bei Kaufleuten empfinden muß.«

Diese Vergötzung, die ausschließlich seiner Eigenliebe schmeichelte, bezauberte den armen Pierre Grassou, der so wenig daran gewöhnt war, dergleichen Komplimente zu empfangen. Der ehrenwerte Künstler, diese infame Mittelmäßigkeit, dies goldene Herz, dieser Mann mit dem anständigen Leben, dieser blöde Nachzeichner, dieser wackere Kerl, der mit dem königlichen Orden der Ehrenlegion ausgezeichnet worden war, wappnete sich, um in Ville-d'Avray die letzten schönen Tage des Jahres zu genießen. Der Maler fuhr bescheidentlich mit der öffentlichen Post hin und konnte nicht umhin, das schöne Landhaus des Flaschenhändlers anzustaunen, das oberhalb von Ville d'Avray auf dem schönsten Aussichtspunkt inmitten eines fünf Morgen großen Parks lag. Virginie heiraten: das hieß, eines Tages diese schöne Villa besitzen! Er wurde von den Vervelles mit einer Begeisterung empfangen, einer Freude, einer Gutherzigkeit, einer unverhohlenen bürgerlichen Dummheit, die ihn beschämte. Es wurde ein Tag des Triumphes. Der künftige Schwiegersohn wurde in die nankingfarbenen Parkwege geführt, die geharkt worden waren, wie es sich für einen großen Mann geziemte. Sogar die Bäume wirkten, als seien sie frisiert worden, die Rasenflächen waren gemäht. Die reine Landluft führte unendlich erquickende Küstendüfte mit sich. Alle im Haus sagten: »Wir haben einen großen Künstler bei uns.« Der kleine Papa Vervelle kollerte wie ein Apfel durch seinen Park, die Tochter schlängelte sich wie ein Aal, und die Mutter folgte noblen, würdigen Schrittes. Sieben Stunden lang ließen die drei Grassou nicht los. Nach dem Abendessen, dessen Dauer seiner Üppigkeit entsprach, kam für das Ehepaar Vervelle der große Theatereffekt: die Öffnung der mit wohlberechnetem Lampenlicht erleuchteten Galerie. Drei Nachbarn, ehemalige Geschäftsleute, ein Erbonkel, die zu Ehren des großen Künstlers geladen worden waren, eine altjüngferliche Demoiselle Vervelle und die ferner Geladenen folgten Grassou in die Galerie, recht begierig darauf, seine Meinung über die berühmte Sammlung des kleinen Papa Vervelle zu vernehmen, der ihnen immerfort mit dem fabelhaften Wert seiner Bilder in den Ohren lag. Der Flaschenhändler schien mit König Louis-Philippe und den Galerien von Versailles gewetteifert haben zu wollen. Die prächtig gerahmten Bilder hatten Schildchen, auf denen in schwarzen Buchstaben auf Goldgrund zu lesen stand:

RUBENS
Tanzende Faune und Nymphen

REMBRANDT
Inneres eines Seziersaals
Doktor Tromp hält seinen Schülern
eine Vorlesung

Es gab hundertfünfzig Bilder zu sehen, alle gefirnißt und abgestaubt, manche waren von grünen Vorhängen verhüllt, die, wenn junge Mädchen dabei waren, nicht weggezogen wurden.

Der Künstler stand da, mit wie gebrochen niederhängenden Armen und klaffendem Munde, kein Wort kam über seine Lippen; er erkannte in dieser Galerie die Hälfte seiner eigenen Bilder wieder: er selber war Rubens, Paulus Potter, Mieris, Metsu, Gerard Dou! Er allein war zwanzig große Meister.

»Was ist Ihnen? Sie werden ja ganz blaß!«

»Tochter, ein Glas Wasser«, rief Mutter Vervelle.

Der Maler nahm Papa Vervelle beim Rockknopf und führte ihn unter dem Vorwand, sich einen Murillo ansehen zu wollen, in eine Ecke.

»Haben Sie Ihre Bilder bei Elias Magus gekauft?«

»Ja, alles Originale!«

»Unter uns, wieviel hat er Ihnen für die abgenommen, die ich Ihnen jetzt bezeichnen möchte?«

Sie unternahmen zu zweit einen Rundgang durch die Galerie. Die Gäste bestaunten den Ernst, mit dem der Künstler sich gemeinsam mit seinem Gastgeber an die Prüfung der Meisterwerke machte.

»Dreitausend Francs!« sagte Vervelle leise vor dem letzten Bild. »Aber ich sage, es seien vierzigtausend gewesen!«

»Vierzigtausend Francs für einen Tizian?« entgegnete laut der Künstler. »Aber das wäre ja geschenkt.«

»Wenn ich Ihnen doch gesagt habe, daß ich für hunderttausend Taler Bilder mein eigen nenne!« rief Vervelle.

»Diese Bilder habe samt und sonders ich gemalt«, flüsterte Pierre Grassou ihm ins Ohr, »und alle zusammen habe ich sie für höchstens zehntausend Francs verkauft . . .«

»Beweisen Sie es mir«, sagte der Flaschenhändler, »und ich verdoppele die Mitgift meiner Tochter, denn dann sind Sie Rubens, Rembrandt, Terburg und Tizian!«

»Und Magus ist ein famoser Bilderhändler!« sagte der Maler, dem nun das altertümliche Aussehen seiner Bilder und der Verkaufswert der Sujets klar wurde, die der Trödler von ihm verlangt hatte.

Weit davon entfernt, in der Wertschätzung seines Bewunderers zu sinken, stieg Monsieur de Fougères, wie die Familie Pierre Grassou zu nennen sich versteifte, darin so sehr, daß er die Porträts der Familie kostenlos malte und sie natürlich seinen Schwiegereltern und seiner Frau zum Geschenk machte.

Heute gilt Pierre Grassou, der keine einzige Ausstellung ausläßt, in bürgerlichen Kreisen als ein guter Porträtmaler. Er verdient im Jahr gut und gern zwölftausend Francs und verdirbt für fünfhundert Francs Leinwand. Seine Frau hat eine Mitgift mit sechstausend Francs Rente bekommen; er wohnt bei seinen Schwiegereltern. Die Familien Vervelle und Grassou verstehen sich wunderbar, haben ein Gespann und sind die glücklichsten Leute von der Welt. Pierre Grassou verbleibt innerhalb eines bürgerlichen Bekanntenkreises, in dem er als einer der größten Künstler der Epoche angesehen wird; es wird zwischen der Barrière du Trône und der Rue du Temple kein Familienbild gemalt, das nicht bei diesem großen Maler entstünde und nicht mindestens fünfhundert Francs kostete. Der Hauptgrund der Bourgeois, sich gerade dieses Künstlers zu bedienen ist der folgende: Sagt von ihm, was ihr wollt, er legt jedes Jahr durch seinen Notar zwanzigtausend Francs an! Da Grassou bei den Unruhen am 12. Mai[38] tapfer seinen Mann gestanden hat, ist er zum Offizier der Ehrenlegion ernannt worden. Er ist Bataillonschef in der Nationalgarde. Das Versailler Museum hat nicht umhin können, bei einem so vortrefflichen Mitbürger ein Schlachtenbild zu bestellen; Grassou ist daraufhin in ganz Paris herumgelaufen, um seine früheren Kollegen zu treffen und ihnen mit strahlender Miene zu sagen: »Der König hat mich beauftragt, eine Schlacht zu liefern!«[39]

Madame de Fougères vergöttert ihren Mann; sie hat ihm zwei Kinder geschenkt. Der Maler ist ein guter Vater und guter Gatte, kann indessen aus seinem Herzen einen fatalen Gedanken nicht ausmerzen: die Künstler machen sich über ihn lustig, sein Name dient in den Ateliers als Schimpfwort, die Presse befaßt sich nicht mit seinen Werken. Aber er arbeitet nach wie vor, und er strebt der Akademie entgegen, in die er auch gelangen wird. Und überdies – und das ist eine Rache, die ihm das Herz weit macht! – kauft er den berühmten Malern, wenn sie in Gelddruck sind, ihre Werke ab und ersetzt die Schinken in der Galerie zu Ville d'Avray durch wahre Meisterwerke, die nicht er gemalt hat.

Es gibt bösartigere und gehässigere Mittelmäßigkeiten als Pierre Grassou, der übrigens anonyme Wohltätigkeit übt und ein vollendet liebenswürdiger Mensch ist.

ANMERKUNGEN

Pierre Grassou

1 Alexandre-Gabriel Decamps (1803–1860), dessen Bilder glühende Schilderungen orientalischen Lebens darbieten.

2 Jean-Augustin-Dominique Ingres (1780–1867).

3 Xavier Sigalon (1788–1837).

4 André-Jean-Louis-Théodore Géricault (1791–1824).

5 Eugène Delacroix (1798–1863).

6 Eugène Devéria (1805–1865).

7 Der Obelisk steht auf der Place de la Concorde; 1831 von Pascha Mohammed Ali dem König Louis-Philippe geschenkt und 1836 aufgestellt. Der Obelisk stammt aus dem 8. Jahrhundert v. Chr. und wurde damals von Ramses II. im oberägyptischen Theben errichtet.

8 Ein langes Weißbrot, sog. Flöte.

9 Lat.: Ich fürchte die Geschenke der Danaer. (Vergil, Aeneis II, 49).

10 In dem Vaudeville ›L'Ours et le Pacha‹, von Scribe und Xavier, aufgeführt im Théâtre des Variétés am 10. Februar 1820, will Marécot, der Ratgeber des Paschas Schahabaham, Ersatz für einen Eisbären schaffen, den sein Herr verloren hat. Laringeole schlägt ihm einen andern vor, »der ganz genauso aussieht, nur daß er schwarz ist«. Deswegen möchte Marécot seinen Herrn durch irgendeinen absonderlichen Fisch ablenken. Da antwortet Laringeole: »Da kann ich Ihnen helfen! Nehmen Sie doch meinen Bären!« – In der Folgezeit galt das Wort ›Bär‹ als Bezeichnung für schlechte Stücke, die sich schwer anbringen ließen.

11 Servin, Schinner und Sommervieux sind von Balzac erfundene Malergestalten.

12 François-Marius Granet (1775–1849).

13 Martin Drolling (1752–1817).

14 Pierre Duval-Lecamus (1790–1854), Schüler Davids.

15 Es handelt sich um ›L'Intrigue épistolaire‹, aufgeführt im Palais-Royal 1791, von Philippe Fabre d'Églantine (1750–1794), Dichter und Konventsmitglied. Ihm ist, neben dem Liedchen ›Il pleut, il pleut, bergère‹ der Republikanische Kalender mit seiner Benennung der Monate und Tage zu danken. Er starb mit Danton und dessen Anhängern auf dem Schafott.

16 Ein geiziger, um 1799 in Fougères (Bretagne, Département Ille-et-Vilaine) ansässiger Bankier und dessen Bruder, ein 1795 gestorbener Pfarrer (Vergleiche: ›Les Chouans‹ – ›Die Königstreuen‹ in den ›Szenen aus dem Soldatenleben‹).

17 Jean-Baptiste Greuze (1725–1805).

18 Farbenhändler in der Rue de l'Arbre-Sec. Sein Laden hieß ›A la Palette d'Or‹.

19 Italienisch: wirres Zeug.

20 Gabriel Metsu (1630–1667).

21 Ebenfalls eine von Balzac erfundene Malergestalt.

22 Pierre-Roche Vigneron (1789–1872).

23 Claude-Marie Dubufe (1789–1864).

24 Gerard Dou (1613–1680), Schüler Rembrandts. Die ›Wassersüchtige‹ befindet sich im Louvre, Travée F, Kabinett XXIII, Nr. 2348.

25 Räuber, die während der Revolution ihren Opfern die Füße verbrannten, damit sie gestanden, wo ihr Geld versteckt war. Mortagne liegt in der Vendée.

26 Karls X. Schwiegertochter, die Herzogin von Berry.

27 Der spätere König Louis-Philippe.

28 Dauphin und Dauphine: das Herzogspaar von Berry.

29 Domenico Zampiero, genannt Dominichino (1581–1641).

30 Lateinisch: Freiheit in Würde.

31 Pariser Linie: 1/12 Pariser Zoll, 2,2558 mm.

32 Teil der gegenwärtigen Rue de Turenne zwischen der Rue des Filles-du-Calvaire und der Rue Charlot.

33 Unübersetzbare Wortwitzelei mit dem Straßennamen und den französischen Worten für: Flaschen, Korken, Zugestopftsein, Entkorktsein.

34 Frans van Mieris d. Ä. (1635–1681) oder dessen Sohn Willem van Mieris (1662–1747).

35 Gerard Ter Borch oder Terburg (ca. 1617–1681).

36 Paulus Potter (1625–1654).

37 Lateinisch: Der Abgrund zieht hinab.

38 Anfang Mai 1839, während der langen Regierungskrise, die auf den Sturz des Ministeriums Molé folgte, hielt die Geheimgesellschaft der ›Saisons‹, die aus mehr als tausend Republikanern unter der Führung von Barbès und Blanqui stand, den Augenblick für

eine Revolution für günstig. Während der König eine Parade der Truppen auf dem Champ-de-Mars abnahm, bemächtigte sich Barbès mit höchstens hundert Männern der Wache des Justizpalastes, überschritt den Pont au Change und vereinigte sich auf der Place du Châtelet mit einer andern Schar, die Blanqui befehligte. Beide bemächtigten sich des Hôtel de Ville, ohne daß ein Schuß fiel. Die Menge schien mit ihnen zu sympathisieren, verhielt sich jedoch ruhig, und die Zahl der Aufständischen nahm nicht zu. Schließlich trafen die Truppen ein, warfen die Aufständischen zurück und umzingelten sie im Stadtteil Beaubourg, nahmen im Sturm die Barrikaden und bemächtigten sich der Aufrührer. Das Pairsgericht verurteilte Barbès und Blanqui zum Tode, aber der König verwandelte die Strafe in eine mildere. Dieser Aufruhr war der letzte Versuch der Republikaner bis zum Februar 1848. –
Armand Barbès (1809–1870), Politiker, 1848 Volksrepräsentant, 1849 gefangengesetzt, 1854 wieder frei, emigrierte und starb im Haag. Louis-Auguste Blanqui (1805–1881), Sozialist und Revolutionär, verbrachte die Zeit von 1839 bis 1848 im Gefängnis, wurde nach den Aufständen im März, April und Mai 1848 zu zehn Jahren Gefängnis verurteilt, darauf 1861 neuer Umtriebe wegen zu vier Jahren. Nahm 1871 am Pariser Kommune-Aufstand teil und erhielt abermals eine Gefängnisstrafe.

39 Die Einrichtung der ›Schlachtengalerie‹ im Südflügel des Schlosses zu Versailles erfolgte unter Louis-Philippe. Die Galerie ist 130 m lang und 30 m breit und enthält 34 riesige Gemälde mit Darstellungen französischer Siege von Zülpich bis Wagram, darunter Werke von Ary Scheffer, Delacroix, Gérard, Horace Vernet, Philippoteaux und Bouchot, sowie etwa 50 Büsten in der Schlacht gefallener Heerführer.

Biographische Notizen über die Romangestalten

Pierre Grassou

BRIDAU, Joseph, geboren 1799, romantischer Maler, hatte es, trotz seines Genies und trotz seines verbissenen Fleißes, trotz der Förderung durch seine Lehrer Gros und Gérard, in seinen Anfängen äußerst schwer: er mußte seine Mutter und seine Tante Descoings unterstützen, die sein Bruder Philippe ausgeplündert hatte (›Die ‚Fischerin im Trüben‘‹). Aber unterstützt durch den Kreis, dem d'Arthez vorstand, stellte er 1823 zum erstenmal aus, wurde 1827 dekoriert und danach berühmt (›Verlorene Illusionen‹). Auf Empfehlung seines alten Freundes Schinner wurde er 1822 mit der Ausmalung des Schlosses zu l'Isle-Adam für den Grafen de Sérisy beauftragt, der ihn um 1839 die einzige Tochter eines ehemaligen, Gütermakler gewordenen Pächters heiraten ließ (›Ein Lebensbeginn‹). Er war sehr angetan von dem Salon der Mlle des Touches (›Zweite Frauenstudie‹), erwies sich andrerseits jedoch als ein treuer und verläßlicher Freund: seine Verbindung mit Schinner datierte aus den ersten Tagen der Restauration (›Die Börse‹); 1833 wurde er Trauzeuge Marie Gastons bei dessen Hochzeit mit Louise de Chaulieu, verwitwete Baronin Macumer (›Memoiren zweier Jungvermählter‹); 1838 tat er sich mit Stidmann und Léon de Lora zusammen, um ihren in Schuldhaft sitzenden gemeinsamen Freund, den polnischen Bildhauer Wenceslaus Steinbock, zu befreien (›Tante Bette‹). Der Tod seines Bruders Philippe machte Joseph Bridau zum Besitzer des Gutes Brambourg und zum Träger des Grafentitels (›Die ‚Fischerin im Trüben'‹).

GRASSOU, Pierre, malte unter der Juli-Monarchie das Porträt der Crevels (›Tante Bette‹), der Thilliers (›Die Kleinbürger‹), sowie des Direktors eines kleinen Theaters, des Vorgängers Gaudissarts (›Vetter Pons‹), usw.

MAGUS, Elias, Trödler abwechselnd in Paris und in Bordeaux seit dem Kaiserreich bis gegen Ende der Regierung Louis-Philippes (›La Vendetta‹; ›Der Ehekontrakt‹; ›Die ‚Fischerin im Trüben'‹; ›Vetter Pons‹).

SCHINNER, Hippolyte, war Bridaus Kamerad im Atelier Gros' gewesen (›Die ‚Fischerin im Trüben'‹). Er schloß zu Beginn der Restauration eine Liebesheirat mit Adelaïde de Rouville (›Die Börse‹), arbeitete 1822 für den Grafen de Sérisy, empfahl ihm Joseph Bridau (›Ein Lebensbeginn‹) und schuf unter Louis-Philippe die Deckengemälde im Palais Laginski (›Die falsche Geliebte‹). 1845 wohnte er in der Rue de Berlin, in der Nähe seines Freundes, des Landschaftsmalers Léon de Lora (›Die Komödianten wider ihr Wissen‹).

Die armen Verwandten

1. Tante Bette

Tante Bette

Übertragung von Ernst Sander

Die Reihe ›Die armen Verwandten‹ (ursprünglich ›Die Geschichte der armen Verwandten‹ betitelt) innerhalb der ›Menschlichen Komödie‹ sollte zunächst nur die Romane ›Tante Bette‹ und ›Vetter Pons‹ enthalten; Balzac hat ihnen später (Brief an Mme Hanska vom 16. Juni 1846) den bereits 1839 geschriebenen Roman ›Pierrette‹ angliedern wollen. Beide Romane, die in dem für Balzac enttäuschenden, von Sorgen und Krankheit erfüllten Jahr 1846 entstanden (siehe die ›Lettres à l'Etrangère‹), waren der Zeitung ›Le Constitutionel‹ zugedacht, die dem Autor ein Honorar von 22,074 Francs zahlte. ›Tante Bette‹ begann am 8. Oktober 1846 zu erscheinen, ohne daß das Manuskript abgeschlossen gewesen wäre; der Stoff nahm immer größere Ausmaße an und mußte innerhalb weniger Wochen bewältigt werden: der Vorabdruck endete am 3. Dezember 1846. Die erste Buchausgabe, die, in mehreren Bänden, beide Romane enthielt, erschien 1847/48. Seltsamerweise enthält jene Ausgabe auch, als Schlußstück, eine Novelle ›Ethel von Dick‹ von Pierre Zaccone. 1848 wurden beide Romane als Band XVII der ›Menschlichen Komödie‹ eingefügt, wo sie einen Ergänzungsband der ›Szenen aus dem Pariser Leben‹ bilden.

Der Roman ›Tante Bette‹ wurde Don Michele-Angelo Cajetani, Herzog von Sermonetta, Fürsten von Teano, gewidmet, der einer erlauchten römischen Familie angehörte. Er hatte die Gräfin Calixte Rzewuska geheiratet, eine Kusine der Mme Hanska; Balzac hatte ihn im Frühjahr 1846 in Rom kennengelernt. Calixte hat ihm in einigen Zügen als Modell für Modeste Mignon gedient. Seine überschwengliche Widmungsepistel an Cajetani ist ohne allgemeines Interesse.

Gegen Mitte Juli des Jahres 1838 fuhr einer der erst seit kurzem in Paris verkehrenden, »Mylords«[1] genannten Wagen durch die Rue de l'Université und beförderte einen dicken Mann, der die Uniform eines Hauptmanns der Nationalgarde trug.

Innerhalb der großen Zahl jener Pariser, von denen es heißt, sie seien so geistreich, sind viele des Glaubens, sie wirkten unendlich viel besser in Uniform als in ihrer gewöhnlichen Kleidung; mehr noch, sie vermuten bei Frauen einen so verderbten Geschmack, daß sie sich einbilden, eine Bärenfellmütze und ein Offizierswaffenrock müßten einen vorteilhaften Eindruck machen.

Die Züge jenes Hauptmanns, der der zweiten Legion[2] angehörte, zeugten von einer Selbstzufriedenheit, die seine rötliche Gesichtsfarbe und sein pausbäckiges Antlitz strahlen ließ. An dieser Aureole, die der im Handel erworbene Reichtum der Stirn von Krämern aufprägt, die sich zur Ruhe gesetzt haben, erkannte man einen der Auserkorenen von Paris, zumindest einen ehemaligen Beigeordneten seines Arrondissements. So muß man denn glauben, daß das Bändchen der Ehrenlegion[3] auf seiner nach preußischer Art großtuerisch herausgedrückten Brust nicht fehlte. Stolz lehnte er in der Ecke des »Mylord«, dieser Mann mit der Ordensauszeichnung, und ließ den Blick über die Passanten hingleiten, die dabei in Paris oftmals ein freundliches Lächeln empfingen, das eigentlich an abwesende schöne Augen gerichtet war.

Der »Mylord« hielt in dem Straßenabschnitt zwischen der Rue Belle-Chasse und der Rue de Bourgogne vor dem Tor eines Hauses, das erst unlängst auf einem Teil des Hofs eines alten Stadtpalais mit Garten erbaut worden war. Das eigentliche Palais war verschont geblieben; es stand in seiner ursprünglichen Gestalt im Hintergrund des um die Hälfte verkleinerten Hofs.

Schon allein aus der Art und Weise, wie der Hauptmann die Dienstfertigkeit des Kutschers in Anspruch nahm, als er dem »Mylord« entstieg, hätte man den Fünfziger erkennen können. Es gibt Gebärden, deren offenkundige Schwerfälligkeit genauso indiskret wie ein Geburtsschein ist. Der Hauptmann streifte den gelben Handschuh wieder über die rechte Hand und bewegte sich ohne irgendeine Frage an den Hausmeister auf die Freitreppe des Erdgeschosses des Stadtpalais zu, und zwar mit einer Miene, die zu besagen schien: »Hier bin ich der Herr!« Pariser Hausmeister haben einen scharfen Blick; Leute mit Ordensauszeichnungen, in Uniform und mit gewichtigem Schritt halten sie nicht an; kurzum, sie kennen die Reichen.

Jenes Erdgeschoß wurde ganz und gar von dem Baron Hulot

d'Ervy bewohnt, der unter der Republik Kriegskommissar und später Generalintendant der Armee gewesen war; jetzt hatte er einen der wichtigsten Verwaltungsposten im Kriegsministerium inne, war Staatsrat, Großoffizier der Ehrenlegion usw. usw.

Dieser Baron Hulot hatte seinem Namen den seiner Vaterstadt Ervy[4] zugefügt, um sich von seinem Bruder zu unterscheiden, dem berühmten General Hulot, Oberst[5] der Grenadiere der Kaiserlichen Garde, den der Kaiser nach dem Feldzug von 1809 zum Grafen von Pforzheim ernannt hatte. Der ältere Bruder, der Graf, der mit der Obhut über seinen jüngeren Bruder betraut war, hatte ihn aus väterlicher Klugheit bei der Heeresverwaltung untergebracht, wo der Baron, dank der Doppeldienste beider, die Gunst Napoleons erlangt und verdient hatte. Seit 1807 war der Baron Hulot Generalintendant der in Spanien stehenden Armeen gewesen.

Nachdem der Bürgerhauptmann geschellt hatte, strich er sich mühselig den Waffenrock glatt, der durch die Auswirkungen eines birnenförmigen Bauchs hinten und vorn hochgerutscht war. Sofort eingelassen, nachdem der livrierte Diener ihn bemerkt hatte, folgte der gewichtige, eindrucksvolle Mann dem Bediensteten, der an der Wohnzimmertür meldete: »Monsieur Crevel!«

Beim Vernehmen dieses Namens, der wunderbar zu der äußeren Erscheinung seines Trägers paßte[6], schien eine hochgewachsene blonde, noch immer sehr gut aussehende Dame etwas wie einen elektrischen Schlag bekommen zu haben; sie stand rasch auf.

»Hortense, mein Engel, geh mit Tante Bette in den Garten«, sagte sie hastig zu ihrer Tochter, die dicht bei ihr saß und stickte.

Mademoiselle Hortense Hulot bedachte den Hauptmann mit einem anmutigen Nicken, ging durch eine Fenstertür hinaus und nahm eine ausgedörrte alte Jungfer mit sich, die weit älter als die Baronin wirkte, obwohl sie fünf Jahre jünger war.

»Es handelt sich um deine Heirat«, flüsterte Tante Bette ihrer kleinen Nichte Hortense zu; sie schien nicht gekränkt über die Art und Weise zu sein, mit der die Baronin sie beide hinausgewiesen hatte, wobei sie beinahe als nicht vorhanden behandelt worden war.

Die Kleidung jener Tante hätte allein schon notfalls diese Zwanglosigkeit erklärt.

Die alte Jungfer trug ein korinthenfarbenes Merinokleid, dessen Schnitt und Besatz noch aus den Zeiten der Restauration stammten, einen gestickten Kragen, der vielleicht drei Francs gekostet hatte, und einen mit blauseidenen, mit Strohhalmen eingefaßten Bandschleifen benähten Strohhut, wie man ihn bei den Hökerinnen in der Markthalle sehen kann. Beim Erblicken ihrer ziegenledernen Schuhe, deren Form auf einen Schuster letzten Ranges schließen ließ, hätte ein Fremder gezögert, die Tante Bette wie eine Verwandte des Hauses zu begrüßen; denn sie ähnelte völlig einer Näherin auf Tageslohn. Dennoch verließ die alte Jungfer nicht das Zimmer, ohne Monsieur Crevel einen kleinen, herzlichen Gruß zukommen zu lassen, der von jener Persönlichkeit mit einem Zeichen des Einvernehmens erwidert wurde.

»Sie kommen doch morgen, nicht wahr, Mademoiselle Fischer?« fragte Crevel.

»Kommt sonst noch jemand?« fragte Tante Bette.

»Nur meine Kinder und Sie«, entgegnete der Besucher.

»Gut«, antwortete sie, »dann rechnen Sie also auf mich.«

»Zur Stelle, Madame, ganz gehorsamst«, sagte der Hauptmann der Bürgermiliz und verneigte sich abermals vor der Baronin Hulot.

Und er warf Madame Hulot einen Blick zu wie Tartüffe Elmire, wenn ein Provinzschauspieler in Poitiers oder Coutances es für angebracht hält, die Absichten dieser Rolle deutlich zu betonen.

»Kommen Sie mit mir dort hinein, Monsieur; wir sind dort besser aufgehoben als in diesem Wohnzimmer, wenn wir Geschäftliches besprechen wollen«, sagte Madame Hulot und deutete auf ein anstoßendes Gemach, das in der Anordnung der Wohnung ein Spielzimmer bildete.

Jenes Zimmer war nur durch eine dünne Wand von dem Boudoir getrennt, dessen Fenster nach dem Garten hinausging; Madame Hulot ließ Monsieur Crevel für eine kurze Weile allein, da sie es als notwendig erachtete, Fenster und Tür des Boudoirs zu schließen, damit niemand hineingehen und lauschen könne.

Dieselbe Vorsicht leitete sie, als sie ebenso die Fenstertür des großen Wohnzimmers schloß und dabei ihrer Tochter und ihrer Kusine zulächelte, die sie in einem alten Pavillon ganz hinten im Garten sitzen sah. Sie kam zurück und ließ dabei die Tür des Spielzimmers offen, damit sie hörte, wenn die des großen Wohnzimmers bei jemandes Eintreten geöffnet wurde. Beim Hinundhergehen ließ die von niemand beobachtete Baronin ihre Züge sagen, was sie dachte; wer sie gesehen hätte, wäre wohl erschrocken über ihre Erregung gewesen. Als sie indessen aus der Tür des großen Wohnzimmers wieder in das Spielzimmer trat, war ihr Gesicht in die undurchdringliche Zurückhaltung gehüllt, über die alle Frauen, auch die freimütigsten, wie auf Befehl zu verfügen scheinen.

Während dieser zumindest seltsamen Vorbereitungen hatte der Nationalgardist die Einrichtung des Raumes gemustert, in dem er sich befand. Als er die ehemals roten, durch die Einwirkung des Sonnenlichts ins Violette verschossenen, an den Falten durch langen Gebrauch verschlissenen Seidenvorhänge wahrnahm, einen Teppich, dessen Farben hingeschwunden waren, Möbel mit verblaßter Vergoldung, deren Seide durch Flecken marmoriert und an den Kanten durchgescheuert war, folgten auf dem platten Gesicht des emporgekommenen Händlers auf naive Weise einander Verachtung, Zufriedenheit und Hoffnung. Er betrachtete sich musternd in dem Spiegel oberhalb einer Stutzuhr, als das Rascheln des Seidenkleids ihm die Baronin ankündigte. Und sogleich gab er sich wieder Haltung.

Nachdem die Baronin sich auf ein kleines Sofa hatte sinken lassen, das um das Jahr 1809 sicherlich sehr schön gewesen war, wies sie für Crevel auf einen Sessel, dessen Lehnen in bronzierte Sphinxköpfe ausliefen; die Farbe blätterte ab und ließ stellenweise das Holz sehen. Sie bedeutete ihm, sich zu setzen.

»Ihre Vorsichtsmaßregeln, Madame, würden ein bezauberndes Vorzeichen sein für einen . . .«

»Einen Liebenden«, unterbrach sie den Nationalgardisten.

»Der Ausdruck ist schwach«, sagte er, legte seine rechte Hand aufs Herz und machte Rollaugen, wie sie fast stets eine Frau zum Lachen reizen, wenn sie herzenskalt eine solche Mimik zu sehen bekommt. »Liebenden! Sagen Sie lieber: einen Bezauberten!«

»Hören Sie mal zu, Monsieur Crevel«, fuhr die Baronin fort; sie war allzu ernst, als daß sie hätte lachen können. »Sie sind fünfzig Jahre alt, also zehn Jahre jünger als mein Mann; ich weiß es; aber in meinem Alter müssen die Torheiten einer Frau durch Schönheit, Jugend, Berühmtheit, große Leistungen, durch irgend etwas Glänzendes gerechtfertigt werden, das uns so sehr blendet, daß wir darüber alles vergessen, sogar unser Alter. Wenn Sie fünfzigtausend Francs Zinsen haben, dann gleicht Ihr Vermögen zwar Ihr Alter aus; im übrigen aber besitzen Sie nichts von alledem, was eine Frau verlangt . . .«

»Und die Liebe?« sagte der Nationalgardist, stand auf und trat vor, »eine Liebe, die . . .«

»Nein, Monsieur, es ist Halsstarrigkeit!« unterbrach ihn die Baronin, um dieser lächerlichen Szene ein Ende zu machen.

»Ja, Halsstarrigkeit und Liebe«, entgegnete er, »aber auch etwas Besseres, nämlich Rechte . . .«

»Rechte?« rief Madame Hulot; sie wurde erhaben vor Verachtung, Trotz und Unwillen. »Aber«, fuhr sie fort, »in dieser Tonart kommen wir nie zu einem Ende, und ich habe Sie nicht herzukommen gebeten, um mit Ihnen über das zu reden, was Sie trotz der verwandtschaftlichen Verbindung unserer beiden Familien von uns ferngehalten hat.«

»Ich hatte gemeint . . .«

»Schon wieder!« fuhr sie fort. »Erkennen Sie denn nicht, Monsieur, aus der leichten, zwanglosen Art, mit der ich über Liebhaber, Liebe, über alles spreche, was es an Schlüpfrigem für eine Frau gibt, daß ich vollkommen sicher bin, tugendhaft zu bleiben? Ich fürchte nichts, nicht einmal, in Verdacht zu geraten, weil ich mich mit Ihnen eingeschlossen habe. Ist das das Verhalten einer schwachen Frau? Sie wissen doch wohl, warum ich Sie gebeten habe, herzukommen . . .?«

»Nein, Madame«, erwiderte Crevel und wurde frostig.

Mit zusammengekniffenen Lippen setzte er sich dann abermals in Positur.

»Gut denn; ich werde mich knapp fassen, um unsere beiderseitige Marter abzukürzen«, sagte die Baronin Hulot und blickte Crevel an.

Crevel machte eine ironische Verbeugung; einer vom Bau

hätte darin die Verbindlichkeit eines ehemaligen Handelsreisenden wiedererkannt.

»Unser Sohn hat Ihre Tochter geheiratet ...«

»Als ob das rückgängig gemacht werden könnte ...!« sagte Crevel.

»Ein zweitesmal würde diese Ehe nicht geschlossen werden«, antwortete die Baronin lebhaft, »ich bezweifle es. Dennoch haben Sie keinen Grund zu Beschwerden. Mein Sohn ist nicht nur einer der ersten Pariser Advokaten, sondern seit einem Jahr ist er überdies Abgeordneter, und sein Debüt in der Kammer ist so glänzend verlaufen, daß angenommen werden kann, er werde binnen kurzem Minister sein. Victorin ist zweimal zum Referenten über wichtige Gesetze ernannt worden, und wenn er nur wollte, könnte er bereits Generalanwalt am Kassationsgericht sein. Sollten Sie mir also zu verstehen geben, Sie hätten einen Schwiegersohn ohne Vermögen ...«

»Ich habe einen Schwiegersohn, für dessen Unterhalt ich sorgen muß«, fiel Crevel ihr ins Wort, »und das dünkt mich noch übler, Madame. Von den fünfhunderttausend Francs, die die Mitgift meiner Tochter darstellten, sind zweihunderttausend hin, weiß Gott, zu welchem Zweck ...! Um die Schulden Ihres Herrn Sohns zu bezahlen, um sein Haus aufs allernobelste zu möblieren, ein Haus, das eine halbe Million wert ist und kaum fünfzehntausend Francs einbringt, da er den schönsten Teil davon selber bewohnt, und auf dem zweihundertsechzigtausend Francs Hypotheken lasten ... Die Einkünfte decken kaum die Zinsen. Dieses Jahr gebe ich meiner Tochter gut und gern zwanzigtausend Francs, damit sie halbwegs auskommt. Und mein Schwiegersohn, der im Justizpalast, wie es heißt, seine dreißigtausend Francs verdienen könnte, vernachlässigt den Justizpalast der Abgeordnetenkammer wegen ...«

»Das, Monsieur Crevel, ist nach wie vor bloß die Vorspeise und bringt uns vom Thema ab. Aber, um damit fertig zu werden, wenn mein Sohn Minister wird, wenn er Sie zum Offizier der Ehrenlegion ernennen läßt und zum Rat in der Pariser Präfektur, dann können Sie als ehemaliger Parfümhändler sich doch wirklich nicht beklagen ...?«

»Ach so, darauf wollen Sie hinaus, Madame. Ich bin ein Krämer, einer hinter dem Verkaufstisch, ein ehemaliger Verkäufer von Mandelpaste, Eau de Portugal und Haaröl; ich muß mich hochgeehrt fühlen, daß ich meine einzige Tochter mit dem Sohn des Herrn Baron Hulot d'Ervy verheiratet habe, daß meine Tochter Baronin wird. Das ist Régence, das ist Ludwig XV., das Ochsenauge[7]! Gut und schön . . . Ich habe Célestine lieb, wie man eine einzige Tochter liebhat; ich habe sie so lieb, daß ich, um ihr keine Geschwister zu geben, alle Unbequemlichkeiten des Witwertums in Paris (und noch dazu in den besten Jahren, Madame!) auf mich genommen habe; aber merken Sie sich, trotz dieser unsinnigen Liebe zu meiner Tochter werde ich mein Vermögen nicht für Ihren Sohn anzapfen; seine Ausgaben sind für mich, einen alten Kaufmann, allzu durchsichtig . . .«

»Monsieur, augenblicklich haben wir im Handelsministerium Monsieur Popinot, einen ehemaligen Drogisten aus der Rue des Lombards . . .«

»Meinen Freund, Madame . . .!« sagte der Parfümhändler im Ruhestand. »Denn ich, Célestin Crevel, ehedem erster Kommis beim Papa César Birotteau, habe Geschäft und Lager besagten Birotteaus gekauft, des Schwiegervaters Popinots, und besagter Popinot ist simpler Kommis in jenem Geschäftsunternehmen gewesen; er in Person hat mich daran erinnert; er ist nämlich nicht eingebildet (diese Gerechtigkeit muß man ihm widerfahren lassen) gutgestellten Leuten gegenüber, die über sechzigtausend Francs Zinsen verfügen.«

»Gut, gut, Monsieur, die Gedanken, die Sie durch das Wort ›Régence‹ kennzeichneten, sind also nicht mehr kleidsam für eine Epoche, in der man die Menschen um ihres persönlichen Wertes willen billigt? Und ebendas haben Sie doch getan, als Sie Ihre Tochter mit meinem Sohn verheirateten . . .«

»Sie wissen nicht, wie diese Ehe geschlossen worden ist . . .!« rief Crevel. »Ach, dies verdammte Junggesellenleben! Ohne meine üble Lebensführung würde meine Célestine heute Vicomtesse Popinot sein!«

»Also nochmals, wir wollen uns nicht gegenseitig angesichts vollendeter Tatsachen beschuldigen«, entgegnete die Baronin energisch. »Lassen Sie uns lieber über die Ursache zu der Beschwerde reden, die Ihr befremdliches Verhalten mir gibt. Meine

Tochter Hortense hätte sich verheiraten können; die Eheschließung hing ganz und gar von Ihnen ab; ich habe bei Ihnen edelmütige Empfindungen vermutet; ich habe gemeint, Sie würden eine Frau unbehelligt lassen, die nie ein anderes Bild als das ihres Gatten im Herzen getragen hat; gemeint, daß Sie ihr die für sie bestehende Notwendigkeit zuerkannt hätten, keinen Mann bei sich zu empfangen, der imstande sei, sie zu kompromittieren, und daß Sie sich gedrängt fühlen würden, zu Ehren der Familie, mit der Sie in verwandtschaftliche Beziehungen getreten sind, die Verbindung Hortenses mit dem Gerichtsrat Lebas zu begünstigen ... Sie jedoch, Monsieur, haben diese Heirat hintertrieben ...«

»Madame«, antwortete der ehemalige Parfümhändler, »ich habe als Ehrenmann gehandelt. Ich bin gefragt worden, ob die zweihunderttausend Francs Mitgift, die Mademoiselle Hortense zugeschrieben wurden, wirklich bezahlt werden würden. Wortwörtlich habe ich das Folgende geantwortet: ›Dafür würde ich nicht bürgen. Mein Schwiegersohn, dem die Familie Hulot die gleiche Summe als Heiratsgut zur Verfügung stellte, hatte Schulden, und ich glaube, wenn Monsieur Hulot d'Ervey morgen stürbe, stände seine Witwe mittellos das.‹ So ist es gewesen, schöne Dame.«

»Würden Sie diese Sprache auch geführt haben, Monsieur«, fragte Madame Hulot und blickte Crevel fest an, »wenn ich um Ihretwillen gegen meine Pflichten verstoßen hätte ...«

»Dann würde ich nicht das Recht gehabt haben, mich so auszudrücken, liebe Adeline«, rief der eigenartige Liebhaber und schnitt damit der Baronin das Wort ab; »dann hätten Sie nämlich die Mitgift in meiner Brieftasche vorgefunden ...«

Und um seiner Rede den Beweis hinzuzufügen, beugte der dicke Crevel ein Knie und küßte Madame Hulot die Hand, als er sah, daß jene Worte sie in ein stummes Entsetzen gestürzt hatten, das er indessen für Unschlüssigkeit hielt.

»Das Glück meiner Tochter um den Preis erkaufen, daß ich mich ... Oh, stehen Sie auf, Monsieur, oder ich läute.«

Der ehemalige Parfümhändler erhob sich äußerst mühsam. Dieser Umstand machte ihn so wütend, daß er sich wieder »in Positur« setzte. Fast alle Männer tragen eine Haltung zur

Schau, durch die sie sämtliche Vorzüge hervorzukehren glauben, mit denen die Natur sie bedacht hat. Bei Crevel bestand diese Haltung darin, daß er die Arme kreuzte wie Napoleon, den Kopf dreiviertel zur Seite drehte und den Blick so warf, wie der Maler es ihn geheißen hatte, als sein Bildnis gemalt wurde, nämlich in die Weite.

»Die Treue«, sagte er mit gut gespielter Wut, »die Treue einem Roué hal . . .«

»Einem Ehemann vielmehr, Monsieur, der ihrer würdig ist«, unterbrach Madame Hulot Crevel, damit er eine Äußerung, die sie nicht hören wollte, nicht beendete.

»Hören Sie mal, Madame, Sie haben mir geschrieben, ich solle herkommen; Sie wollen die Gründe meines Verhaltens wissen, Sie reizen mich bis dorthinaus mit Ihrem unnahbaren Gehabe, Ihrer Verachtung und Ihrem . . . Hohn! Möchte man nicht meinen, ich sei ein Neger! Ich wiederhole es Ihnen: Glauben Sie mir, ich besäße ein Anrecht darauf, Sie zu umwerben . . . denn . . . Nein. Ich liebe Sie genugsam, um zu schweigen . . .«

»Sprechen Sie getrost, Monsieur, ich werde dieser Tage achtundvierzig Jahre alt; ich bin nicht auf alberne Weise prüde, ich kann alles anhören . . .«

»Das werden wir sehen. Geben Sie mir Ihr Wort als anständige Frau, denn Sie sind zu meinem Unglück eine anständige Frau, meinen Namen nie zu nennen und nicht zu sagen, daß ich Ihnen dies Geheimnis preisgegeben habe . . .?«

»Wenn das die Bedingung der Enthüllung ist, dann schwöre ich, niemandem, und nicht einmal meinem Mann, den Namen dessen zu nennen, von dem ich die Ungeheuerlichkeit erfahren habe, die Sie mir anvertrauen wollen.«

»Das will ich wohl glauben; es handelt sich nämlich um Sie und ihn . . .«

Madame Hulot erbleichte.

»Ja, ja, wenn Sie Hulot noch immer lieben, dann wird es Ihnen wehtun! Wollen Sie lieber, daß ich schweige . . .?«

»Reden Sie; wie Sie sagen, handelt es sich doch darum, in meinen Augen die seltsamen Anträge zu rechtfertigen, die Sie mir gemacht haben, und dazu die Beharrlichkeit, mit der Sie eine

Frau meines Alters quälen, die nichts will, als ihre Tochter zu verheiraten, und dann ... in Frieden zu sterben!«

»Da sehen Sie es, Sie sind unglücklich ...«

»Ich, Monsieur?«

»Ja, du schönes, nobles Geschöpf!« rief Crevel, »du hast nur allzu sehr gelitten ...«

»Monsieur, schweigen und gehen Sie! Oder sprechen Sie zu mir, wie es sich gebührt.«

»Wissen Sie, Madame, wie der edle Hulot und ich einander kennengelernt haben ...? Bei unsern Geliebten, Madame.«

»Oh, Monsieur ...«

»Bei unseren Geliebten, Madame«, wiederholte Crevel melodramatischen Tones und gab seine Haltung auf, um mit der rechten Hand eine Geste zu vollführen.

»Na, und was ist dabei ...?« fragte die Baronin zur größten Verblüffung Crevels in vollendeter Ruhe.

Verführer mit niedrigen Beweggründen verstehen niemals große Seelen.

»Ich, der ich seit fünf Jahren Witwer bin«, fuhr Crevel fort und redete dabei wie jemand, der eine Geschichte erzählen will, »und der ich mich im Interesse meiner vergötterten Tochter nicht wiederverheiraten, aber auch in meinem Haus keine Liebesverhältnisse unterhalten wollte, obwohl ich damals in meinem Kontor eine sehr hübsche Schreibdame hatte – ich habe, wie man so sagt, ein kleines, fünfzehnjähriges Arbeitermädchen ›in die eigenen Möbel gesetzt‹; sie war wunderbar schön, und ich, wie ich gestehe, verliebte mich in sie bis zur Kopflosigkeit. Deswegen, Madame, habe ich meine eigene Tante, die ich aus meiner Heimat kommen ließ (die Schwester meiner Mutter!), gebeten, mit diesem entzückenden Geschöpf zusammenzuwohnen und darüber zu wachen, daß es so brav bliebe, wie das in dieser, wie soll ich mich ausdrücken ...? anstößigen ... nein, unerlaubten Situation möglich war! Die Kleine, deren musikalische Begabung offensichtlich war, hat Lehrer, hat eine Ausbildung bekommen (sie mußte doch beschäftigt werden!). Und überdies wollte ich ja auch gleichzeitig ihr Vater, ihr Wohltärer und, riskieren wir das Wort, ihr Liebhaber sein; ich hatte zwei Fliegen mit einer Klappe schlagen, nämlich eine gute Tat vollbringen und mir eine gute

Freundin schaffen wollen. Fünf Jahre lang bin ich glücklich gewesen. Die Kleine hat eine der Stimmen, die für ein Theater ein Vermögen bedeuten, und ich kann sie nicht anders kennzeichnen, als wenn ich sage, sie ist Duprez[8] im Unterrock. Sie hat mich jährlich zweitausend Francs gekostet; ich meine damit ihre Ausbildung zur Sängerin. Zum Musiknarren hat sie mich gemacht; ich habe für sie und meine Tochter eine Loge in der Italienischen Oper gemietet. Abwechselnd bin ich hingegangen, den einen Tag mit Célestine, den andern mit Josépha ...«

»Wie? Mit dieser berühmten Sängerin ...?«

»Ja, Madame«, fuhr Crevel voller Stolz fort, »die berühmte Josépha dankt alles mir ... Kurz und gut, im Jahre 1834, als die Kleine zwanzig war und ich sie für immer an mich gefesselt zu haben glaubte und ihr gegenüber sehr schwach geworden war, wollte ich ihr ein bißchen Abwechslung verschaffen und machte sie mit einer hübschen kleinen Schauspielerin bekannt, mit Jenny Cadine, deren Schicksal einige Ähnlichkeit mit dem ihren besaß. Jene Schauspielerin verdankt ebenfalls alles einem Gönner, der alles für sie getan hatte. Jener Gönner war der Baron Hulot ...«

»Das weiß ich«, sagte die Baronin ruhig und ohne die mindeste Bestürzung.

»Na ja!« rief der mehr und mehr verblüffte Crevel. »Gut und schön! Aber wissen Sie auch, daß Ihr Scheusal von Mann Jenny Cadine von ihrem dreizehnten Lebensjahr an ›begönnert‹ hat?«

»Na, und?« fragte die Baronin.

»Als Jenny Cadine«, fuhr der ehemalige Kaufmann fort, »zwanzig geworden war, gerade wie Josépha, als die beiden einander kennenlernten, hatte der Baron bereits seit 1826 die Rolle Ludwigs XV. bei Mademoiselle de Romans[9] gespielt, und Sie waren damals zwölf Jahre jünger ...«

»Monsieur, ich habe Gründe gehabt, meinem Mann seine Freiheit zu lassen.«

»Diese Lüge, Madame, dürfte sicherlich genügen, alle Sünden auszulöschen, die Sie begangen haben, und sie wird Ihnen die Pforten des Paradieses öffnen«, entgegnete Crevel mit einem abgefeimten Lächeln, das die Baronin erröten ließ. »Machen Sie das, Sie erhabene, angebetete Frau, anderen Leuten weis, nicht jedoch dem alten Crevel, der, vernehmen Sie es nur, allzu oft zu viert mit Ihrem Schuft von Mann gepraßt hat, um nicht genau zu wissen, was Sie wert sind! Manchmal, zwischen zwei Flaschen, hat er sich Selbstvorwürfe gemacht und mir alle Ihre Vorzüge bis in die Einzelheiten geschildert. Oh, ich kenne Sie durch und durch: Sie sind ein Engel. Zwischen einem zwanzigjährigen Mädchen und Ihnen würde ein Roué schwanken; ich aber nicht.«

»Monsieur . . .!«

»Gut, ich beherrsche mich . . . Aber vernehmen Sie, Sie heilige, würdige Frau, daß die Ehemänner, wenn sie angeheitert sind, vielerlei Dinge über ihre Ehefrauen im Dabeisein ihrer Geliebten ausplaudern, die dann bis zum Platzen darüber lachen.«

Tränen der Scham, die den schönen Lidern der Baronin entquollen, ließen den Nationalgardisten jäh verstummen; er dachte nicht länger daran, sich in Positur zu setzen.

»Ich fahre fort«, sagte er. »Wir haben uns angefreundet, der Baron und ich, durch unsere Schelme von Mädchen. Wie alle lasterhaften Männer ist der Baron sehr liebenswürdig und tatsächlich ein guter Kerl. Oh, er hat mir schon gefallen, dieser tolle Bursche! Nein, hatte der Einfälle . . . Doch genug von dergleichen Erinnerungen . . . Wir haben zueinander gestanden wie zwei Brüder . . . Er war ruchlos, ganz und gar Stil Régence; er versuchte, mich zu verderben, mir in bezug auf die Frauen den Saint-Simonismus zu predigen, mir Grandseigneur-Ideen einzuflößen, solche, wie sie Herren im enganschließenden blauen Leibrock[10] haben; aber sehen Sie, ich hatte meine Kleine so lieb, daß ich sie geheiratet haben würde, wenn ich nicht Angst gehabt hätte, Kinder zu bekommen. Wir waren zwei alte Papas, wir waren . . . nun ja, Freunde; hatten wir da nicht auf den Gedanken kommen müssen, unsere Kinder miteinander zu verheiraten? Drei Monate nach der Hochzeit seines Sohnes mit meiner Célestine hat Hulot – ich weiß nicht, wie ich seinen Namen über die Lippen bringe; der niederträchtige Kerl hat nämlich Sie und mich betrogen, Madame . . .! –, na also, der niederträchtige Kerl hat mir meine kleine Josépha ausgespannt. Der ruchlose Mensch hatte sich im Herzen Jenny Cadines, deren Erfolge immer ›knalliger‹ geworden waren, durch einen jungen Staatsrat und einen Künstler (entschuldigen Sie, daß es nur so wenige waren!) ausstechen lassen und dann mir meine arme kleine Geliebte genommen, dies

Juwel von einer Frau; aber Sie haben sie ja sicherlich in der Italienischen Oper gehört, wo er sie durch seine Beziehungen untergebracht hat. Ihr Mann ist nicht so vorsichtig wie ich, bei dem alles nach der Uhr geht, säuberlich wie die Linien auf einem Blatt Notenpapier (er hatte sich schon gehörig durch Jenny Cadine ausweiden lassen; die hat ihn jährlich so an die dreißigtausend Francs gekostet). Also kurz und gut, Sie sollen es wissen, um Josépbas willen richtet er sich jetzt vollends zugrunde. Josépha, Madame, ist Jüdin; eigentlich heißt sie Mirah (das ist ein Anagramm aus Hiram), ein israelitisches Geheimzeichen, um sie wiedererkennen zu können; sie ist nämlich ein Findelkind aus Deutschland (die Nachforschungen, die ich anstellen ließ, haben ergeben, daß sie die natürliche Tochter eines reichen jüdischen Bankiers ist). Die Bühne und zumal die Unterweisungen, die Jenny Cadine, Madame Schontz, Malaga und Carabine der Kleinen, die ich ein anständiges und nicht eben kostspieliges Leben hatte führen lassen, über die Ausbeutung alter Herren gegeben hatten, haben in ihr den Drang der ersten Hebräer nach Gold und Kleinodien entwickelt, nach dem Goldenen Kalb! Die berühmte Sängerin war begierig auf das Waidrecht geworden; sie will reich, sehr reich sein. Daher vergeudet sie nichts von dem, was für sie vergeudet wird. Sie hat sich an dem edlen Hulot versucht; sie hat ihn kahl gerupft, gerupft, daß man sagen könnte, sie habe ihn glattrasiert! Nachdem der Unglücksmensch gegen einen der Gebrüder Keller und gegen den Marquis d'Esgrignon angekämpft hatte, die beide verrückt auf Josépha waren, ganz abgesehen von den unbekannten Anbetern, muß er es erleben, daß sie ihm von jenem über die Maßen reichen Herzog entführt wird, der die Künste protegiert. Wie heißt er doch gleich . . . dieser Zwerg . . . ja, richtig, der Herzog von Hérouville. Dieser große Herr erhebt den Anspruch, Josépha ganz für sich allein zu haben, die ganze Kurtisanenwelt spricht davon, und der Baron hat keine Ahnung; es geht nämlich im dreizehnten Arrondissement zu wie in allen übrigen: wie die Ehemänner ist der Liebhaber der letzte, der etwas erfährt. Sind Sie sich jetzt über meine Rechte klar? Ihr Herr Gemahl, schöne Dame, hat mich meines Glückes beraubt, der einzigen Freude, die ich hatte, seit ich Witwer geworden war. Ja, wenn mir nicht das Unglück widerfahren wäre, diesem alten Hurenbock zu begegnen, würde ich Josépha noch besitzen; denn, wissen Sie, ich würde sie von mir aus nie zur Bühne haben gehen lassen; sie wäre im Dunkel geblieben, ehrbar und mein. Ach, hätten Sie sie vor acht Jahren gesehen: schlank und nervig, goldbraun von Haut wie eine Andalusierin, wie man so sagt; mit schwarzem Haar, das wie Atlas schimmerte; blitzende Augen mit langen braunen Wimpern; in ihren Gesten hatte sie die Vornehmheit einer Herzogin, dazu die Bescheidenheit der Armut, die Anmut der Ehrsamkeit, und die Lieblichkeit eines Rehs im Walde. Durch die Schuld des Barons Hulot sind dieser Zauber, diese Reinheit zu einer Wolfsfalle geworden, zu einem Sparbüchsenschlitz für Hundertsousstücke. Die Kleine ist die Königin der Unkeuschen, wie man zu sagen pflegt. Kurz und gut, heute ›protzt‹ sie, und dabei ist sie früher völlig ahnungslos gewesen; nicht mal jenes Wort hat sie gekannt!«

In diesem Augenblick wischte der ehemalige Parfümhändler sich die Augen, denen ein paar Tränen entrollt waren. Die Aufrichtigkeit dieses Schmerzes ging Madame Hulot nahe; sie ließ die Grübelei hinter sich, in die sie versunken gewesen war.

»Sagen Sie selber, Madame, findet man mit zweiundfünfzig Jahren nochmals einen solchen Schatz? In diesem Alter kostet die Liebe jährlich dreißigtausend Francs, ich kenne die Ziffer durch Ihren Herrn Gemahl, und ich habe Célestine viel zu lieb, um sie zu ruinieren. Als ich Sie bei der ersten Abendgesellschaft, die Sie gaben, erblickte, habe ich nicht begriffen, daß der ruchlose Hulot eine Jenny Cadine aushalten könne . . . Sie wirkten fürstlich. Sie sind keine dreißig Jahre alt«, fuhr er fort, »ich halte Sie für jung, Sie sind schön. Mein Ehrenwort, an jenem Tag bin ich tief erschüttert gewesen und habe mir gesagt: ›Wenn ich meine Josépha nicht hätte, dann wäre diese Frau, da der alte Hulot sich ja nicht um sie kümmert, für mich gerade die richtige Handschuhnummer.‹ Verzeihung! Das ist so ein Ausdruck aus meinem ehemaligen Gewerbe. Dann und wann kommt der Parfümhändler wieder zum Vorschein; das hindert mich daran, nach der Würde eines Abgeordneten zu trachten. Deswegen habe ich mir geschworen, als ich von dem Baron so schändlich betrogen worden war, denn unter uns alten Burschen müßten doch die Geliebten unserer Freunde für uns unantastbar sein, habe ich mir geschworen, ihm seine Frau zu nehmen. Das ist nur gerecht. Der Baron hätte nichts einzuwenden gehabt, wir wären straflos davongekommen. Aber bei dem ersten Wort, das ich Ihnen über den Zustand meines Herzens angedeutet habe, haben Sie mich vor die Tür gejagt wie einen räudigen Köter; aber gerade dadurch haben Sie meine Liebe oder meine Halsstarrigkeit, wie Sie sagen, verdoppelt, und Sie werden mein sein.«

»Und auf welche Weise?«

»Das weiß ich nicht; aber es wird geschehen. Bedenken Sie, Madame, ein Dummkopf von Parfümhändler (im Ruhestand!), der nur diesen einen Gedanken im Kopf hat, ist stärker als ein Mann von Geist, der über deren tausend verfügt. Ich bin in Sie vernarrt, und Sie sind meine Rache! Es ist, als liebte ich doppelt. Ich spreche ganz offenherzig zu Ihnen, als ein Mann, der weiß, was er will. Wenn Sie mir auch sagen: ›Ich werde Ihnen nie angehören‹, plaudere ich kaltlächelnd mit Ihnen. Kurz und gut, ich spiele mit offenen Karten. Ja, zur gegebenen Zeit werden Sie mir gehören ... Oh, auch wenn Sie fünfzig wären, würden Sie noch immer meine Geliebte sein. Und das wird geschehen; denn von seiten Ihres Mannes erwarte ich alles ...«

Madame Hulot warf dem berechnenden Bourgeois einen so schreckensstarren Blick zu, daß er glaubte, sie sei irrsinnig geworden, und einlenkte.

»Sie haben es gewollt; Sie haben mich mit Ihrer Verachtung überschüttet; Sie haben mich herausgefordert; ich habe gesprochen!« sagte er; er empfand das Verlangen, die Wüstheit seiner letzten Äußerungen zu rechtfertigen.

»Oh, meine Tochter, meine Tochter!« rief die Baronin mit der Stimme einer Sterbenden.

»Ach, ich weiß nicht mehr aus noch ein!« entgegnete Crevel. »An dem Tag, da Josépha mir genommen worden ist, bin ich gewesen wie eine Tigerin, der man ihre Jungen geraubt hat ... Kurzum, mir war, wie Ihnen in diesem Augenblick ist. Ihre Tochter! Die ist für mich das Mittel, Sie zu erlangen. Ja, ich habe die Eheschließung Ihrer Tochter vereitelt ... und ohne meine Hilfe werden Sie sie schwerlich je unter die Haube bringen. So schön Mademoiselle Hortense auch sein möge, sie braucht eine Mitgift ...«

»Leider ist dem so!« sagte die Baronin und trocknete sich die Augen.

»Na, versuchen Sie doch mal, den Baron um zehntausend Francs zu bitten«, entgegnete Crevel und setzte sich in Positur.

Er wartete einen Augenblick, wie ein Schauspieler, der eine Pause macht.

»Wenn er sie hätte, würde er sie derjenigen schenken, die einmal Josépha Nachfolgerin sein wird!« sagte er und bannte sein »Medium«. »Macht man auf dem Weg halt, auf dem er ist? Erstens hat er viel zu viel für die Frauen übrig! (Es gibt bei allen Dingen einen goldenen Mittelweg, wie unser König gesagt hat.)[11] Und zweitens kommt seine Eitelkeit hinzu! Er ist ein gut aussehender Mann! Er bringt euch durch seine Liebesfreuden noch alle an den Bettelstab. Übrigens seid ihr bereits auf dem Weg ins Armenspital. Da, seit ich Ihr Haus nicht betrat, haben Sie nicht mal Ihre Wohnzimmermöbel auffrischen lassen können. Alle Risse in den Stoffen speien das Wort ›Geldknappheit‹ hervor. Welcher Schwiegersohn machte nicht erschrocken kehrt angesichts der schlecht getarnten Beweise des grausigsten Elends, das es gibt, des Elends vornehmer Leute? Ich habe hinter dem Ladentisch gestanden; ich kenne mich darin aus. Nichts kommt dem Blick eines Pariser Kaufmanns gleich, wenn es herauszubekommen gilt, ob der Reichtum echt oder nur Augenschein ist . . . Keinen roten Heller haben Sie«, sagte er mit gesenkter Stimme. »Das sieht man an allem, sogar an der Livree Ihres Dieners. Soll ich Ihnen die abscheulichen Geheimnisse enthüllen, die Ihnen verhehlt werden . . .?«

»Monsieur«, sagte Madame Hulot, die so sehr weinte, daß ihr Taschentuch ganz feucht wurde, »hören Sie auf, bitte, hören Sie auf!«

»Die Sache ist ganz einfach die, daß mein Schwiegersohn seinem Vater Geld zusteckt; und eben das habe ich Ihnen einleitend über das Verhalten Ihres Sohnes sagen wollen. Aber ich wache über die Interessen meiner Tochter . . . da können Sie unbesorgt sein.«

»Oh, meine Tochter verheiraten und sterben . . .!« sagte die unglückliche Frau; sie hatte den Kopf verloren.

»Na, dazu gibt es ja Mittel und Wege«, entgegnete Crevel.

Madame Hulot blickte ihn mit einem Hoffnungsschimmer an, der ihre Züge so schnell verwandelte, daß allein schon diese Wandlung Crevel hätte rühren und von seinem lächerlichen Vorhaben hätte abbringen müssen.

»Sie werden noch zehn Jahre lang schön sein«, sagte er und setzte sich wieder in Positur; »seien Sie nett zu mir, und Mademoiselle Hortense kommt unter die Haube. Hulot hat mir das Recht eingeräumt, wie ich Ihnen gesagt habe, den Handel kurz und bündig abzuschließen; er wird sich nicht groß darüber ärgern. Seit drei Jahren lege ich mein Geld an; ich habe meine Seitensprünge eingeschränkt. Abgesehen von meinem Vermögen habe ich dreihunderttausend Francs auf die hohe Kante gelegt; sie gehören Ihnen ...«

»Verschwinden Sie, Monsieur«, sagte Madame Hulot, »verschwinden Sie, und lassen Sie sich nie wieder vor mir blicken. Ohne die Notwendigkeit, in die Sie mich versetzt haben, das Geheimnis Ihres niederträchtigen Verhaltens in der Angelegenheit von Hortenses geplanter Heirat zu erfahren ... Ja, niederträchtig ...«, wiederholte sie auf eine Handbewegung Crevels hin. »Wie kann man eine solche Feindschaft auf ein armes Mädchen häufen, auf ein schönes, unschuldiges Geschöpf ...? Ohne diese Notwendigkeit, die mein Mutterherz durchbohrt hat, würden Sie nie wieder mit mir gesprochen, würden Sie mein Haus nie wieder betreten haben. Zweiunddreißig Jahre der Ehre, der weiblichen Treue sollen nicht unter den Hieben von Ihresgleichen zuschanden werden ...«

»Des ehemaligen Parfümhändlers, des Nachfolgers César Birotteaus in der Firma ›Zur Rosenkönigin‹ in der Rue Saint-Honoré», sagte Crevel spöttisch, »des ehemaligen Bürgermeister-Adjunkts, Hauptmanns der Nationalgarde, Ritters der Ehrenlegion, ganz genau wie mein Vorgänger ...«

»Monsieur«, fuhr die Baronin fort, »mein Mann hat nach zwanzigjähriger Treue seiner Frau überdrüssig werden können; das geht nur mich an; aber Sie sehen ja, daß er es verstanden hat, seine Treulosigkeiten gut geheim zu halten, denn ich habe nicht gewußt, daß er Ihr Nachfolger im Herzen der Mademoiselle Josépha geworden ist ...«

»Oh!« rief Crevel, »um pures Gold, Madame ... Dies Vögelchen kostet ihn seit zwei Jahren mehr denn zweihunderttausend Francs. Haha! Sie sind noch nicht am Ende ...«

»Lassen wir das alles, Monsieur Crevel. Ich werde um Ihretwillen nicht auf das Glück verzichten, das eine Mutter empfindet, wenn sie ihre Kinder küssen kann, ohne im Herzen einen Gewissensbiß zu verspüren; wenn sie von ihrer Familie geachtet und geliebt wird; und ich werde meine Seele ohne Schmutzfleck Gott zurückerstatten ...«

»Amen!« sagte Crevel mit der diabolischen Bitterkeit, die sich über das Gesicht Anspruchsvoller breitet, wenn sie abermals bei derlei Unternehmungen Schiffbruch erleiden. »Sie kennen nicht das Elend in seiner letzten Stufe, die Schmach ... die Schande ... Ich habe versucht, Sie aufzuklären; ich hatte Sie retten wollen, Sie und Ihre Tochter ...! Gut denn, Sie werden die moderne Parabel vom ›verlorenen Vater‹ herunterleiern, vom ersten bis zum letzten Buchstaben. Ihre Tränen und Ihr Stolz rühren mich; denn eine Frau, die man liebt, weinen sehen, ist etwas Gräßliches ...«, sagte Crevel und setzte sich. »Alles, was ich Ihnen versprechen kann, liebe Adeline, ist, daß ich nichts gegen Sie noch gegen Ihren Mann unternehme; aber schicken Sie niemals jemanden um Auskünfte zu mir. Weiter kann ich nichts tun.«

»Was also soll geschehen?« rief Madame Hulot.

Bis jetzt hatte die Baronin tapfer die dreifache Marter erduldet, die diese Erklärung ihrem Herzen auferlegt hatte; denn sie litt als Frau, als Mutter und als Gattin. Solange der Schwiegervater ihres Sohnes sich nämlich als roh und angreiferisch bezeigte, hatte sie Kraft in dem Widerstand gefunden, den sie der Brutalität des Krämers entgegengesetzt hatte; aber die Biederkeit, die er inmitten seiner Verzweiflung als zurückgewiesener Liebhaber und als schöner, gedemütigter Nationalgardist bekundete, entspannte ihre Nervenfasern, die nahe am Zerreißen gewesen waren; sie rang die Hände, sie zerschmolz in Tränen, und sie geriet in einen solchen Zustand stumpfsinniger Niedergeschlagenheit, daß sie sich von dem knienden Crevel die Hände küssen ließ.

»Mein Gott, was soll werden?« sprach sie weiter und trocknete sich die Augen. »Kann eine Mutter kaltblütig zusehen, wenn ihre Tochter vor ihren Augen hinwelkt? Was wird das Schicksal eines so prächtigen Geschöpfs sein, das so stark durch das keusche Leben ist, das es in der Nähe seiner Mutter geführt hat, das durch seine natürlichen Anlagen so bevorzugt ist? An manchen Tagen geht sie im Garten umher und ist traurig, ohne zu wissen, warum; und ich sehe, daß sie Tränen in den Augen hat.«

»Sie ist einundzwanzig«, sagte Crevel.

»Muß sie ins Kloster geschickt werden?« fragte die Baronin. »Denn in solcherlei Krisen vermag die Religion oftmals nichts gegen die Natur, und die am frömmsten erzogenen Mädchen verlieren den Kopf ...! Aber stehen Sie doch auf, Monsieur; sehen Sie denn nicht ein, daß jetzt alles zwischen uns aus ist, daß Sie mir Entsetzen einflößen, daß Sie die letzte Hoffnung einer Mutter umgestürzt haben ...?«

»Und wenn ich sie wieder aufrichtete ...?« fragte er.

Madame Hulot blickte Crevel mit einem irrlichternden Ausdruck an, der ihn rührte, allein er vergrub das Mitleid wieder in seinem Herzen, und zwar der Äußerung wegen: »Sie flößen mir Entsetzen ein!« Die Tugend ist stets ein wenig allzu sehr aus einem Stück; sie kennt nicht die Nuancen und die Mäßigungen, mittels deren man in einer schiefen Lage laviert.

»Heutzutage wird kein so schönes Mädchen wie Mademoiselle Hortense ohne Mitgift geheiratet«, fuhr Crevel fort und nahm dabei wieder sein gespreiztes Wesen an. »Ihre Tochter ist eine der Schönheiten, die den Ehemännern Angst machen; das ist wie bei einem Luxuspferd, dessen Pflege allzu kostspielig ist, als daß es viele Käufer fände. Kann man mit einer solchen Frau am Arm zu Fuß gehen? Alle Welt würde einen anschauen, einem nachsteigen, eine solche Frau begehren. Dieser Erfolg beunruhigt viele Leute; ihnen liegt nichts an Liebhabern, die sie umbringen müßten; denn schließlich hat man nicht nur *einen* umzubringen. In Ihrer Lage können Sie Ihre Tochter nur auf drei Arten verheiraten; mit meiner Hilfe wollen Sie es nicht – das wäre die erste Art. Einen alten Herrn von sechzig Jahren für sie zu finden, der sehr reich und kinderlos ist und welche haben möchte; das ist schwierig, kommt jedoch vor; es gibt viele Bejahrte, die Mädchen wie Josépha, wie Jenny Cadine nehmen – warum sollte sich nicht einer finden, der die gleiche Dummheit legitim beginge ...? Wenn ich nicht meine Célestine und unsere beiden

Enkelkinder hätte, würde *ich* Hortense heiraten. Das wäre also die zweite Art! Die dritte ist die leichteste ...«

Madame Hulot hob den Kopf und blickte den ehemaligen Parfümhändler angstvoll an.

»Paris ist eine Stadt, in der alle energischen Menschen, die wie Wildlinge aus dem französischen Boden schießen, zusammenströmen, und es wimmelt dort von Talenten ohne Heim und Herd, von Beherzten, die zu allem fähig sind, sogar dazu, zu Vermögen zu gelangen ... Na, und dergleichen Leute ... Ihr ergebener Diener hat seinerzeit dazu gehört, und er hat ihrer einige gekannt ...! Was hat denn du Tillet vor zwanzig Jahren gehabt? Was Popinot ...? Sie patschten beide in Papa Birotteaus Laden umher und hatten kein anderes Kapitel als den Drang, hochzukommen, und dieser Drang wiegt meiner Meinung nach das schönste Kapital auf ...! Kapitalien kann man verbrauchen, aber die inneren Fähigkeiten, die sind unantastbar ...! Was habe ich selber denn gehabt? Den Drang, hochzukommen, und Mut. Du Tillet steht heutzutage mit den größten Persönlichkeiten auf einer Stufe. Der kleine Popinot, der reichste Drogist in der Rue des Lombards, ist Abgeordneter geworden, und heute ist er Minister ... Also: einer dieser *condottieri,* wie man sagt, der Kommanditgesellschaften, der Feder oder des Pinsels ist in Paris der einzige, der imstande ist, ein schönes Mädchen ohne Vermögen zu heiraten; denn diese Leute verfügen aber alle Arten von Mut. Monsieur Popinot hat Mademoiselle Birotteau ohne Hoffnung auf auch nur einen Liard als Mitgift geheiratet. Dergleichen Leute sind verrückt! Sie glauben an die Liebe, wie sie an ihr Glück und an ihre Fähigkeiten glauben ...! Machen Sie einen Mann voller Energie ausfindig, der sich in Ihre Tochter verliebt und sie dann heiraten wird, ohne darauf zu achten, wie die Dinge liegen. Hier müssen Sie zugeben, daß ich, als ein Feind, es nicht an Großherzigkeit fehlen lasse; denn dieser Rat ist gegen mich gerichtet.«

»Ach, Monsieur Crevel, wenn Sie doch mein Freund sein und auf alle Ihre lächerlichen Ideen verzichten wollten ...«

»Lächerliche Ideen? Madame, schädigen Sie sich nicht auf diese Weise, bedenken Sie doch Ihre Lage ... Ich liebe Sie, und Sie werden zu mir kommen! Eines Tages will ich zu Hulot sagen:

›Du hast mir Josépha genommen; jetzt habe ich deine Frau . . .!‹ Das ist das alte Talion-Gesetz![12] Und ich werde an der Durchführung meines Vorhabens weiterarbeiten, sofern Sie nicht über die Maßen häßlich werden. Es wird mir gelingen, und zwar aus folgendem Grund«, sagte er, setzte sich in Positur und blickte Madame Hulot an.

»Sie werden weder einen alten Herrn noch einen verliebten Jüngling finden«, fuhr er nach einer Pause fort, »weil Sie Ihre Tochter viel zu lieb haben, um sie den Praktiken eines alten Roués auszuliefern, und weil Sie, die Baronin Hulot, die Schwägerin des alten Generalleutnants, der die graubärtigen Grenadiere der Alten Garde kommandiert hat, sich nicht dazu herablassen werden, einen Mann voller Energie da aufzulesen, wo er grade sein wird; denn er könnte ja ein simpler Handwerker sein, wie dieser und jener heutige Millionär vor zehn Jahren ein simpler Mechaniker, Werkführer oder Vorarbeiter in einer Fabrik gewesen ist. Und ferner, wenn Sie Ihre Tochter ansehen, die von ihren zwanzig Jahren getrieben wird und imstande ist, Ihnen Schande zu machen, dann werden Sie sich sagen: ›Lieber will ich in Schande geraten als sie; und wenn Monsieur Crevel reinen Mund zu halten gelobt, will ich die Mitgift meiner Tochter gewinnen, zweihunderttausend Francs gegen zehn Jahre der Anhänglichkeit an diesen ehemaligen Handschuhhändler . . . den Papa Crevel . . .!‹ Ich langweile Sie, und was ich da sage, ist durch und durch unmoralisch, nicht wahr? Aber wenn *Sie* von einer unwiderstehlichen Leidenschaft gepackt wären, dann würden Sie, um mich zum Nachgeben zu zwingen, mit Rechtfertigungsgründen aufwarten, wie alle liebenden Frauen sie anstellen . . . Gut, gut, das Interesse Hortenses wird Ihrem Herzen die Kapitulationsbedingungen des Gewissens eingeben . . .«

»Es bleibt Hortense noch ein Onkel.«

»Wer denn? Etwa der alte Fischer . . .? Der bringt gerade seine geschäftlichen Angelegenheiten in Ordnung, und zwar abermals durch das Verschulden des Herrn Baron; der zieht nämlich seinen Rechen durch alle Kassen, die in seiner Reichweite liegen.«

»Der Graf Hulot . . .«

»Ach, Ihr Mann, Madame, hat längst die Ersparnisse des alten

Generalleutnants kleingekriegt; er hat damit das Haus seiner Sängerin möbliert. Also hören Sie, wollen Sie mich wirklich ohne jede Hoffnung weggehen lassen?«

»Adieu, Monsieur. Es ist leicht, von einer Leidenschaft für eine Frau meines Alters zu genesen; und Sie werden sich zu christlichen Gedanken bekehren. Gott schützt alle, die im Unglück sind . . .«

Die Baronin stand auf, um den Hauptmann zum Rückzug zu zwingen, und beförderte ihn wieder in das große Wohnzimmer.

»Sollte die schöne Madame Hulot wirklich inmitten dieses Gerümpels leben?« fragte er.

Und er deutete auf eine alte Lampe, einen Kronleuchter mit verblichener Vergoldung, einen fadenscheinigen Teppich, kurzum, auf die kärglichen Reste der Üppigkeit, die aus diesem großen Wohnzimmer in Weiß, Gold und Rot einen Kadaver der kaiserlichen Feste machte.

»Die Tugend, Monsieur, überstrahlt all das. Ich habe keine Lust, dadurch zu einem prächtigen Mobiliar zu gelangen, daß ich aus der Schönheit, die Sie mir zuerkennen, ›Wolfsfallen mit einem Sparbüchsenschlitz für Hundertsousstücke‹ mache.«

Der Hauptmann biß sich auf die Lippen, als er die Ausdrücke wiedererkannte, mit denen er vorhin die Habgier Josèphas gegeißelt hatte.

»Und wem gilt diese Beharrlichkeit?« fragte er.

Die Baronin hatte den ehemaligen Parfümhändler gerade bis an die Tür geleitet.

»Einem Roué . . .!« ergänzte er und verzog den Mund wie ein Tugendbold und Millionär.

»Wenn Sie recht hätten, Monsieur, dann läge in meiner Beständigkeit wenigstens etwas Verdienstliches, und weiter nichts.«

Sie ließ den Hauptmann stehen, nachdem sie ihn gegrüßt hatte, wie man grüßt, um einen lästigen Menschen loszuwerden, und wendete sich allzu hurtig um, um ein letztesmal zu sehen, wie er sich in Positur setzte. Sie öffnete die Türen wieder, die sie geschlossen hatte, und konnte also nicht die drohende Geste wahrnehmen, mit der Crevel sich von ihr verabschiedete. Sie schritt stolz und nobel einher wie eine Märtyrerin im Kolosseum.

Dennoch hatte sie ihre Kräfte erschöpft; denn sie ließ sich auf das Ruhebett ihres blauen Boudoirs sinken wie eine Frau, die nahe daran ist, sich unwohl zu fühlen, und so saß sie da und richtete die Blicke auf den zerfallenen Pavillon, wo ihre Tochter mit Tante Bette schwatzte.

Von den ersten Tagen ihrer Ehe an bis zu diesem Augenblick hatte die Baronin ihren Mann geliebt, wie Joséphine schließlich Napoleon geliebt hat, mit einer bewundernden, mütterlichen, einer feigen Liebe. Zwar hatte sie die Einzelheiten nicht gewußt, die Crevel ihr soeben mitgeteilt hatte; aber sie hatte nur zu gut gewußt, daß der Baron Hulot sie seit zwanzig Jahren hinterging; doch sie hatte sich einen bleiernen Schleier vor die Augen gezogen, sie hatte stumm geweint, und es war ihr nie ein Wort des Vorwurfs entschlüpft. Als Gegengabe für diese engelhafte Sanftmut war ihr die ehrfürchtige Verehrung ihres Mannes zuteil geworden und etwas wie ein göttlicher Kult rings um sie her. Die herzliche Neigung, die eine Frau ihrem Mann entgegenbringt, und die Achtung, mit der er sie umgibt, wirken ansteckend auf die Familie. Hortense hielt ihren Vater für das vollendete Musterbild ehelicher Liebe. Was nun den Sohn Hulot betraf, der in der Bewunderung des Barons aufgewachsen war, in dem jeder einen der Giganten sah, die Napoleon unterstützt hatten, so wußte er, daß er seine Stellung dem Namen, dem Rang und dem Ansehen seines Vaters verdankte; überdies üben die Eindrücke der Kindheit einen lange andauernden Einfluß aus, und er hatte noch immer Angst vor seinem Vater; auch wenn er die von Crevel enthüllten Seitensprünge geahnt hätte, war er noch allzu sehr von Achtung erfüllt, um sich darob zu beschweren; er würde sie zudem aus den Gründen entschuldigt haben, die der Art und Weise entspringen, wie Männer dergleichen Dinge zu betrachten pflegen.

Jetzt ist es erforderlich, die ungewöhnliche Opferwilligkeit dieser schönen, edlen Frau zu erklären; und dieses ist in wenigen Worten ihre Lebensgeschichte.

In einem Dorf an den äußersten Grenzen Lothringens, am Fuß der Vogesen, waren drei Brüder namens Fischer, schlichte Landarbeiter, infolge der Aushebungen der Republik zur sogenannten Rhein-Armee aufgebrochen.

Im Jahre 1799 hatte André, der zweite der Brüder, Witwer und Vater der Madame Hulot, seine Tochter der Obhut seines älteren Bruders Pierre Fischer überlassen, den eine 1797 empfangene Verwundung dienstunfähig gemacht hatte; André betätigte sich durch besondere Unternehmungen im militärischen Nachschubwesen, welche Stellung er durch die Protektion des Kommissars Hulot d'Ervy erhalten hatte. Durch einen recht natürlichen Zufall hatte Hulot, der nach Straßburg gekommen war, die Familie Fischer kennengelernt. Adelines Vater und dessen jüngerer Bruder waren zu jener Zeit Bewerber um Heereslieferungen im Elsaß.

Die damals sechzehnjährige Adeline konnte mit der berühmten Madame du Barry[13] verglichen werden, die wie sie eine Tochter Lothringens gewesen war. Sie war eine der vollkommenen, strahlenden Schönheiten, eine der Frauen vom Schlag der Madame Tallien[14], wie die Natur sie mit besonderer Sorgfalt fertigt; sie verleiht ihnen ihre kostbarsten Gaben: Vornehmheit, Noblesse, Anmut, Klugheit, Eleganz, sondergeartete Körperschönheit, einen Teint, der in der unbekannten Werkstatt zuwege gebracht wird, in der der Zufall am Werk ist. Solcherlei Frauen ähneln einander samt und sonders. Bianca Capello[15], deren Bildnis eins der Meisterwerke des Bronzino[16] ist; die Venus von Jean Goujon[17], deren Original die berühmte Diane de Poitiers[18] ist; die Signora Olympia[19], deren Porträt in der Galerie Doria[20] hängt, und schließlich Ninon[21], Madame du Barry, Madame Tallien, Mademoiselle George[22], Madame Récamier[23], alle diese Frauen, die den Jahren, ihren Leidenschaften oder ihrem maßlosen Freudenleben zum Trotz schön geblieben sind, haben im Wuchs, im Knochenbau, im Eigentümlichen ihrer Schönheit frappante Ähnlichkeiten und lassen glauben, es gebe im Ozean der Generationen eine aphrodisische Strömung, aus der alle Venusgestalten geboren werden, Töchter derselben Salzflut!

Adelines Tochter, eine der Schönsten dieses göttlichen Stammes, besaß die erhabenen Merkmale, die schlangenhaften Linien, das giftige Hautgewebe dieser zu Königinnen geborenen Frauen. Das blonde Haar, das unsere Urmutter Eva aus Gottes Hand erhalten hat, ein fürstlicher Wuchs, ein hoheitsvolles Gebaren, erlauchte Züge des Profils und dabei eine dörfliche Bescheidenheit ließen alle Männer stehenbleiben, wenn sie vorüberging; sie waren bezaubert, wie Kunstliebhaber es angesichts eines Raffael sind; so kam es, daß der Kriegskommissar, als er Mademoiselle Adeline Fischer kennengelernt hatte, sie innerhalb der vom Gesetz vorgeschriebenen Zeit zu seiner Frau machte, zum großen Erstaunen der Brüder Fischer, die sämtlich in der Bewunderung ihrer Vorgesetzten aufgewachsen waren.

Der älteste, seit 1792 Soldat, beim Sturm auf die Linien von Weißenburg schwer verwundet, vergötterte den Kaiser Napoleon und alles, was mit der Großen Armee zusammenhing. André und Johann sprachen voller Respekt von dem Kriegskommissar Hulot, des Kaisers Günstling, dem sie übrigens ihr Los verdankten, denn Hulot d'Ervy, der ihrer beider Intelligenz und Redlichkeit erkannt hatte, hatte sie von Fuhrleuten der Armee zu Leitern eines wichtigen Verwaltungsbüros gemacht. Die Brüder Fischer hatten sich während des Feldzugs von 1804 trefflich bewährt. Nach Friedensschluß hatte ihnen Hulot die Fourrage-Lieferungen im Elsaß verschafft, ohne zu wissen, daß er später nach Straßburg versetzt werden würde, um dort den Feldzug von 1806 vorzubereiten.

Jene Eheschließung war für das junge Bauernmädchen etwas wie eine Himmelfahrt. Die schöne Adeline glitt ohne Übergang aus Schmutz und Enge ihres Dorfs in das Paradies des Kaiserlichen Hofs hinein. Zu jener Zeit wurde nämlich der Kriegskommissar, einer der redlichsten und eifrigsten unter den in seinem Korps Tätigen, zum Baron ernannt, in die Umgebung des Kaisers berufen und der Kaiserlichen Garde zugeteilt. Die Dorfschöne brachte den Mut auf, aus Liebe zu ihrem Mann, in den sie buchstäblich vernarrt war, ihre Bildung zu vervollkommnen. Übrigens war der Chef-Kommissar als Mann das Gegenbild zu Adeline als Frau. Er gehörte zu dem Elite-Korps der gutaussehenden Männer. Groß, wohlgestaltet, blond, mit blauen Augen von einem Feuer, einer Beweglichkeit, einer unwiderstehlichen Nuancierung und von eleganter Gestalt, fiel er sogar unter Männern wie d'Orsay[24], Forbin[25] und Ouvrard[26] und mithin im Bataillon der »Beaux« des Kaiserreichs auf. Als geborener Eroberer und von den Vorstellungen des Directoire bezüglich der

Frauen erfüllt, wurde seine Karriere als Galan damals auf geraume Zeit durch seine eheliche Bindung unterbrochen.

Für Adeline war der Baron also von Anfang an ein Gott, der unfehlbar war; sie verdankte ihm alles: Vermögen, ihren Wagen, ein Stadtpalais, allen Luxus der Zeit; das Glück, denn sie wurde offensichtlich geliebt; einen Titel, denn sie war Baronin; und schließlich Berühmtheit, da sie in Paris die schöne Madame Hulot genannt wurde; und letztlich hatte sie die Ehre, die Huldigungen des Kaisers zurückzuweisen, der ihr ein Diamanten-Halsband geschenkt und der sie stets ausgezeichnet hatte; denn dann und wann hatte er gefragt: »Und die schöne Madame Hulot? Ist sie nach wie vor unnahbar?« Er wäre durchaus imstande gewesen, sich an jemandem zu rächen, der dort triumphiert haben würde, wo er selber gescheitert war.

Es bedarf somit nicht allzu großer Intelligenz, um in einer schlichten, naiven, schönen Seele die Beweggründe für den Fanatismus wahrzunehmen, den Madame Hulot ihrer Liebe beimischte. Nachdem sie sich einleuchtend gesagt hatte, ihr Mann vermöge ihr gegenüber nie ein Unrecht zu begehen, wurde sie innerlich die demütige, opferwillige, blinde Dienerin ihres Schöpfers. Es sei übrigens darauf hingewiesen, daß sie mit einem guten Teil gesunden Menschenverstands begabt war, jenem gesunden Menschenverstand des Volkes, durch den ihre Bildung solid untermauert wurde. In der Gesellschaft sprach sie wenig, redete von niemandem Übles und war nicht darauf erpicht, zu glänzen; sie dachte über alles nach, hörte zu und formte sich nach den ehrbarsten Frauen bester Herkunft.

Im Jahre 1815 folgte Hulot der Verhaltensweise des Fürsten von Weißenburg, eines seiner intimsten Freunde, und wurde einer der Organisatoren jener improvisierten Armee, deren Niederlage bei Waterloo die napoleonische Periode abschloß. 1816 wurde der Baron einer der Bestgehaßten des Ministeriums Feltre[27]; erst im Jahre 1823 wurde er wieder in das Intendantur-Korps eingestellt; man bedurfte seiner für den spanischen Krieg[28]. Im Jahre 1830 gelangte er aufs neue in den Verwaltungsdienst als eine Art Minister, zu der Zeit nämlich, da Louis-Philippe so etwas wie eine Aushebung unter den Scharen der Napoleon-Anhänger veranstaltete. Nach der Thronbesteigung der jüngeren

Linie, deren tätiger Mitarbeiter er wurde, blieb er ein unentbehrlicher Ministerialdirektor im Kriegsministerium. Überdies hatte er seinen Marschallstab erlangt, und mehr konnte der König nicht für ihn tun, sofern er ihn nicht zum Minister oder zum Pair von Frankreich machen wollte.

Während der erzwungenen Mußezeit von 1818 bis 1823 hatte der Baron Hulot sich dem aktiven Dienst bei den Frauen anbefohlen. Madame Hulot rechnete die ersten Treulosigkeiten ihres Hector dem großen Finale des Kaiserreichs zu. Somit hatte sie zwölf Jahre lang in ihrem Haushalt die Rolle der *prima donna assoluta*[29] ungeteilt gespielt. Nach wie vor erfreute sie sich der alten, gewohnheitsmäßigen Zuneigung, die Ehemänner ihren Frauen bezeigen, wenn diese sich mit der Rolle der sanften, tugendhaften Gefährtin begnügen; sie wußte, daß keine Rivalin sich auch nur zwei Stunden lang halten würde, wenn sie ein vorwurfsvolles Wort äußerte; aber sie schloß die Augen und hielt sich die Ohren zu; sie wollte von der Lebensweise ihres Mannes außerhalb des Hauses nichts wissen. Kurzum, sie behandelte ihren Hector wie eine Mutter einen Hätschelsohn. Drei Jahre vor der Auseinandersetzung, die soeben stattgefunden, hatte Hortense ihren Vater in Les Variétés in einer Parterreloge erkannt, und zwar in Gesellschaft von Jenny Cadine, und ausgerufen: »Da sitzt ja Papa.« – »Du irrst dich, mein Kind, er ist beim Marschall«, hatte die Baronin geantwortet. Selbstverständlich hatte die Baronin Jenny Cadine gesehen; aber anstatt ein Zusammenkrampfen des Herzens bei der Wahrnehmung, wie hübsch Jenny war, zu verspüren, hatte sie sich gesagt: »Dieser Schwerenöter von Hector muß recht glücklich sein.« Dennoch litt sie; heimlich erging sie sich in schauerlichen Wutanfällen; doch wenn sie ihren Hector wiedersah, hatte sie stets ihre zwölf Jahre reinen Glücks vor Augen und fand nicht die Kraft, eine einzige Klage zu äußern. Es wäre ihr das liebste gewesen, wenn ihr Mann sie zur Vertrauten erkoren hätte; aber nie hatte sie es über sich gebracht, ihm zu verstehen zu geben, sie wisse um seine Seitensprünge, aus Respekt vor ihm. Solch ein Übermaß an Takt findet sich nur bei jenen schönen Mädchen aus dem Volk, die Schläge entgegenzunehmen wissen, ohne sie zu erwidern; sie haben in den Adern Reste des Bluts der ersten Märtyrerinnen.

Hochgeborene Mädchen, die auf gleicher Stufe mit ihren Ehemännern stehen, empfinden das Verlangen, sie zu quälen, und wie man beim Billardspiel die Points markiert, markieren sie Bezeigung von Nachsicht durch spitzige Äußerungen, in einem Verlangen nach diabolischer Rache, entweder, um sich eine Überlegenheit zu sichern, oder ein Recht auf Vergeltung.

Die Baronin hatte einen leidenschaftlichen Bewunderer in ihrem Schwager, dem Generalleutnant Hulot, dem verehrungswürdigen Kommandeur der Grenadiere zu Fuß der Kaiserlichen Garde, dem man für seine letzten Tage den Marschallstab hatte geben müssen. Nachdem dieser alte Herr 1830 bis 1834 die Division befehligt hatte, in der sich Truppen aus der Bretagne befanden, dem Schauplatz seiner Heldentaten während der Jahre 1799 und 1800, hatte er sich in Paris niedergelassen, in der Nähe seines Bruders, dem er nach wie vor väterliche Zuneigung entgegenbrachte. Sein altes Soldatenherz sympathisierte mit dem seiner Schwägerin; er bewunderte sie als das edelste und heiligste Geschöpf ihres Geschlechts. Er hatte nicht geheiratet, weil er einer zweiten Adeline hatte begegnen wollen; nach ihr hatte er in zwanzig Ländern und zwanzig Feldzüge hindurch vergebens gesucht. Um nicht an Wertschätzung in der Seele dieses alten Republikaners einzubüßen, von dem Napoleon gesagt hatte: »Der wackere Hulot ist der dickköpfigste Republikaner, aber er wird mich niemals verraten«, hätte Adeline noch heftigere Leiden ertragen als die, die sie jetzt bedrängten. Aber jener zweiundsiebzigjährige Greis, den dreißig Feldzüge hart mitgenommen und der bei Waterloo zum siebenundzwanzigsten Mal verwundet worden war, war für Adeline ein Gegenstand der Bewunderung, aber kein Schutz. Abgesehen von andern Gebrechen konnte der arme Graf kein Wort ohne Zuhilfenahme eines Hörrohrs verstehen!

Solange der Baron Hulot d'Ervy ein schöner Mann war, hatten seine Liebschaften keinerlei Einfluß auf sein Vermögen; aber als Fünfziger muß man die Gunstbeweise zählen. In diesem Alter wird bei älteren Herren die Liebe zum Laster; es mischen sich unsinnige Eitelkeiten hinein. Daher gewahrte Adeline zu jener Zeit bei ihrem Mann unglaubliche Ansprüche, was seine Toilette betraf; er färbte sich Haar und Backenbart und trug

Leibbinden und Korsetts. Um jeden Preis wollte er schön bleiben. Diesen Kult der eigenen Person, ein Fehler, den er ehedem bei andern bespöttelt hatte, trieb er bis zur Kleinlichkeit. Schließlich mußte Adeline sich eingestehen, daß der Geldstrom, der den Geliebten des Barons zufloß, seine Quelle in ihrem eigenen Hause hatte. Innerhalb von acht Jahren war ein ansehnliches Vermögen vergeudet worden, und zwar so gründlich, daß, als der junge Hulot sich vor zwei Jahren auf eigene Füße gestellt hatte, der Baron genötigt gewesen war, seiner Frau einzugestehen, daß sein Gehalt ihrer beider ganzes Vermögen darstelle. – »Wohin soll uns das führen?« hatte Adelines Antwort gelautet. »Sei unbesorgt«, hatte der Staatsrat geantwortet, »ich überlasse euch die Einkünfte aus meiner Stellung, und ich sorge für Hortenses Aussteuer und unsere Zukunft durch geschäftliche Unternehmungen.« Der tiefe Glaube jener Frau an die Macht und den hohen Wert, an die Fähigkeiten und den Charakter ihres Mannes hatten jene vorübergehende Besorgnis beschwichtigt.

Jetzt, nach Crevels Fortgehen, dürften die Natur der Erwägungen der Baronin und ihre Ängste vollauf begreiflich sein. Seit zwei Jahren wußte die arme Frau sich in der Tiefe eines Abgrunds; aber sie hatte sich allein darin geglaubt. Sie hatte nicht gewußt, wie die Heirat ihres Sohns zustandegekommen war; sie hatte nichts von der Liebschaft Hectors mit der geldgierigen Josépha gewußt; kurzum, sie hatte gehofft, daß niemand auf Erden um ihre Schmerzen wisse. Wenn nun aber Crevel so unverhohlen von der Verschwendungssucht des Barons sprach, mußte Hector Einbuße an seiner Geltung erfahren. Sie witterte in den plumpen Redereien des gereizten ehemaligen Parfümhändlers die häßliche geheime Kumpanei, der die Eheschließung des jungen Advokaten zu verdanken war. Zwei verdorbene Mädchen waren somit die Priesterinnen dieser Heirat gewesen, die bei irgendeiner Orgie aufs Tapet gebracht worden war, inmitten der erniedrigenden Vertraulichkeiten bezechter Greise! »Er vergißt also Hortense«! sagte sie sich, »und dabei sieht er sie doch tagtäglich; sucht er ihr etwa einen Mann im Kreis seiner liederlichen Weiber?« Die Mutter, die stärker war als die Frau, sprach ganz allein in diesem Augenblick; denn sie sah gerade, wie Hortense mit ihrer Tante Bette das ausgelassene

Lachen sorgloser Jugend lachte; und sie wußte, daß diese nervösen Lachausbrüche genauso schreckliche Indizien waren wie die tränenseligen Grübeleien bei einem einsamen Spaziergang im Garten.

Hortense ähnelte ihrer Mutter, allein sie hatte goldblondes, natürlich gewelltes und erstaunlich üppiges Haar. Sein Glanz gemahnte an denjenigen von Perlmutter. Man erkannte in ihr die Frucht einer ehrsamen Ehe, einer edlen und in all ihrer Stärke reinen Liebe. In ihrem Antlitz war eine leidenschaftliche Beweglichkeit; in allen Zügen eine Heiterkeit, ein jugendlicher Schwung, eine Lebensfrische, ein Reichtum an Gesundheit, was alles aus ihr herausschwang und etwas wie elektrische Strahlungen bewirkte. Hortense lenkte den Blick auf sich. Wenn ihre ultramarinblauen Augen, die in dem Fluidum schwammen, das die Unschuld darein ergießt, sich auf einen Vorübergehenden richteten, so zuckte dieser unwillkürlich zusammen. Übrigens entstellte keine einzige der Sommersprossen, mit denen die Goldblonden ihre Milchweiße bezahlen müssen, ihren Teint. Sie war groß, mollig, ohne dicklich zu sein, von schlankem Wuchs, dessen Adel dem der Mutter glich, und so verdiente sie die Bezeichnung »Göttin«, mit der die alten Autoren so verschwenderisch umgehen. Daher konnte keiner, der Hortense auf der Straße erblickte, den Ausruf unterdrücken: »Mein Gott! Ist das aber mal ein schönes Mädchen!« Sie war so durch und durch unschuldig, daß sie dann beim Heimkommen sagte: »Was haben sie nur alle, Mama, daß sie rufen: ›Was für ein schönes Mädchen!‹, wenn du bei mir bist? Bist du denn nicht schöner als ich . . .?« Und wirklich, obwohl sie die Siebenundvierzig schon überschritten hatte, konnte die Baronin von Liebhabern der Sonnenuntergänge ihrer Tochter vorgezogen werden; sie hatte nämlich, wie die Frauen zu sagen pflegen, noch nichts »von ihren Vorzügen« eingebüßt; das war durch eins der zumal in Paris seltenen Phänomene geschehen, wo in dieser Hinsicht Ninon Empörung erregt hatte, so sehr hat sie dem Anschein nach dem siebzehnten Jahrhundert seinen Ruf nehmen wollen, es sei reich an häßlichen Frauen.

Beim Nachsinnen über ihre Tochter kam die Baronin wieder auf den Vater zurück; sie sah ihn vor sich, wie er von Tag zu

Tag stufenweise bis in den sozialen Kot hinabglitt und vielleicht eines Tages aus dem Ministerium entlassen werden würde. Der Gedanke an den Sturz ihres Idols, den eine verschwommene Vision der Unglücksfälle begleitete, die Crevel prophezeit hatte, war so schmerzlich für die arme Frau, daß ihr wie den von ekstatischen Krämpfen Befallenen das Bewußtsein entschwand.

Die mit Hortense plaudernde Tante Bette hatte von Zeit zu Zeit hinübergeschaut, ob sie beide wieder ins Wohnzimmer zurückkehren könnten; aber ihre junge Nichte hatte sie so sehr mit Fragen bestürmt, daß sie es gar nicht merkte, als die Baronin die Fenstertür wieder öffnete.

Lisbeth Fischer, die fünf Jahre jünger als Madame Hulot und dennoch die Tochter des ältesten der Brüder Fischer war, war weit davon entfernt, so schön wie ihre Kusine zu sein; deswegen war sie von jeher über die Maßen eifersüchtig auf Adeline gewesen. Die Eifersucht, der Neid bildeten die Grundlage dieses an »Exzentrizitäten« reichen Charakters, welches Wort die Engländer für die Narrheiten nicht der kleinen, sondern der großen Geschlechter erfunden haben. Ein Bauernkind aus den Vogesen im wahrsten Sinn des Wortes, hager, braun, mit glänzend schwarzem Haar, dichten Brauen, die zu einem Büschel zusammengewachsen waren, langen, kräftigen Armen, dicken Füßen, ein paar Warzen im länglichen affenartigen Gesicht: das ist das treffende Bildnis dieser Jungfrau.

Die in Gemeinschaft lebende Familie hatte das vulgäre Mädchen dem hübschen aufgeopfert, die bittere Frucht der leuchtenden Blume. Lisbeth mußte Feldarbeit tun, während ihre Kusine verhätschelt wurde; daher geschah es eines Tages, daß sie, als sie mit Adeline allein war, ihr die Nase abbeißen wollte, eine wahrhaft griechische Nase, die die alten Frauen bewunderten. Obgleich sie dieser Untat wegen Prügel erhielt, fuhr sie dennoch fort, die Kleider der Bevorzugten zu zerreißen und deren Halskragen zu besudeln.

Angesichts der phantastischen Heirat ihrer Kusine hatte Lisbeth sich vor diesem Schicksal gebeugt, wie die Geschwister Napoleons sich vor dem Glanz des Throns und der Macht des Befehle Gebenden gebeugt hatten. Die überaus gütige, sanfte Adeline hatte sich in Paris Lisbeths erinnert und sie um das Jahr 1809 nach dort kommen lassen, in der Absicht, sie der Not zu entreißen und sie unterzubringen. Bei der Unmöglichkeit, dieses Mädchen mit den dunklen Augen und den kohlschwarzen Brauen, das weder lesen noch schreiben konnte, so schnell unter die Haube zu bringen, wie Adeline es gewollt hatte, verschaffte der Baron ihr zunächst einmal eine Beschäftigung; er steckte sie bei den Stickern des Kaiserhofs in die Lehre, den berühmten Gebrüdern Pons.[30]

Die Kusine, die mit dem verkürzten Namen »Bette« angeredet wurde, war nun also Wirkerin von Gold- und Silberborten geworden; da sie energisch wie alle Gebirgsbewohner war, brachte sie es über sich, lesen, rechnen und schreiben zu lernen, weil ihr Vetter, der Baron, ihr klargemacht hatte, diese Kenntnisse müsse sie unbedingt besitzen, wenn sie ein Stickereigeschäft führen wolle. Sie wollte reich werden, und so wandelte sie sich innerhalb zweier Jahre. Im Jahre 1811 war aus dem Bauernmädchen eine recht nette, recht geschickte und intelligente Vorarbeiterin geworden.

Jener Teil der Firma, genannt die Gold- und Silber-Posamenterie, umfaßte die Anfertigung von Epauletten, Degenquasten, Achselschnüren, kurz, jener ungeheuren Menge glänzender Dinge, die auf den prunkenden Uniformen der französischen Armee und den Fräcken der Beamten glitzerten. Der Kaiser war als Italiener ein großer Freund von auffälligen Trachten; er hatte alle Nähte der ihm Dienenden mit Gold und Silber bestickt, und sein Reich umfaßte hundertdreiunddreißig Départements. Jene Zubehörteile wurden für gewöhnlich an Schneider geliefert, reiche, verläßliche Leute, oder auch direkt an die Großwürdenträger; sie bildeten einen sicheren Handelszweig.

Gerade als die Tante Bette, die geschickteste Arbeiterin der Firma Pons, deren Fabrikation sie leitete, sich hätte selbständig machen können, brach die Katastrophe des Kaiserreichs herein. Der Friedensölbaumzweig, den die Bourbonen in der Hand hielten, erschreckte Lisbeth; sie hatte Angst vor einer Baisse in dieser Handelssparte, für die es nur noch sechsundachtzig statt hundertdreiunddreißig Départements zum Ausbeuten gab, ganz abgesehen von der riesigen Verminderung des Heers. Sie schrak schließlich vor dem Schwanken in den Aussichten der Industrie zurück und lehnte die Angebote des Barons ab; er hielt sie für verrückt. Diese Auffassung rechtfertigte sie dadurch, daß sie sich mit Monsieur Rivet überwarf, dem Käufer der Firma Pons, zu dessen Teilhaberin der Baron sie hatte machen wollen; sie wurde wieder einfache Arbeiterin.

Die Familie Fischer war damals in die prekäre Situation zurückgesunken, aus der der Baron Hulot sie herausgerissen hatte.

Die drei Brüder Fischer wurden durch die Katastrophe von Fontainebleau[31] ruiniert; in ihrer Verzweiflung traten sie in die Freikorps von 1815 ein. Der älteste, Lisbeths Vater, fiel. Adelines Vater wurde von einem Kriegsgericht zum Tode verurteilt, floh nach Deutschland und starb im Jahre 1820 in Trier. Johann, der jüngste, kam nach Paris, um die Königin der Familie anzuflehen, von der es hieß, daß sie in Gold und Silber schwimme, daß sie bei gesellschaftlichen Veranstaltungen immer nur mit Diamanten auf dem Kopf und um den Hals erscheine. Diamanten, dick wie Haselnüsse und vom Kaiser ihr geschenkt. Der damals dreiundvierzigjährige Johann Fischer erhielt vom Baron Hulot die Summe von zehntausend Francs, damit er in Versailles eine kleine Futtermittelhandlung aufmachen könne, die das Kriegsministerium ihm durch den geheimen Einfluß der Freunde des ehemaligen Generalintendanten bewilligte.

Diese Unglücksfälle innerhalb der Familie, die Ungnade des Barons Hulot, die Gewißheit, in dem ungeheuren Auf und Ab von Menschen, Interessen und Geschäften, das aus Paris eine Hölle und ein Paradies macht, wenig zu bedeuten, hatten Bette schließlich zahm gemacht. Das Mädchen gab jetzt jeden Gedanken eines Kampfes und Vergleichs mit ihrer Kusine auf, deren Überlegenheit auf mannigfachen Gebieten sie gespürt hatte; doch im Grunde ihres Herzens ruhte verborgen der Neid, wie ein Pestkeim, der aufsprießen und eine ganze Stadt verheeren kann, wenn man den verhängnisvollen Wollballen aufmacht, in dem er eingeschlossen ist. Von Zeit zu Zeit sagte sie sich wohl: »Adeline und ich entstammen demselben Blut, unsere Väter waren Brüder, sie wohnt in einem Stadtpalais, und ich hause in einer Bodenkammer.« Aber alljährlich erhielt Lisbeth zu ihrem Namenstag oder zu Neujahr Geschenke von der Baronin und dem Baron; der Baron, der nett zu ihr war, bezahlte ihr das Brennholz für den Winter; der alte General Hulot empfing sie jede Woche einmal zum Abendessen; bei ihrer Kusine war stets für sie gedeckt. Zwar machte man sich gern über sie lustig, aber man errötete nie um ihretwillen. Kurz und gut, man hatte ihr in Paris ihre Selbständigkeit verschafft, und sie lebte dort, wie sie wollte.

Dieses Mädchen hatte nämlich Furcht vor jedem Joch. Ihre Kusine hatte ihr angeboten, sie in ihrem Haus wohnen zu lassen ... Bette witterte darin den Halfter des Haustierdaseins; mehrere Male hatte der Baron das schwierige Problem gelöst, sie zu verheiraten; das hatte sie auf den ersten Anhieb verlockt; doch nur zu bald weigerte sie sich, weil es sie davor bangte, daß ihr ihr Mangel an Bildung vorgeworfen werden könne, ihre Unwissenheit, ihre Vermögenslosigkeit; kurzum, wenn die Baronin ihr davon sprach, sie solle doch zu ihrem Onkel ziehen und ihm anstelle einer Haushälterin und Geliebten, die doch sehr viel kosten müsse, den Haushalt führen, antwortete sie, daß sie sich auf *diese* Weise noch weit weniger verheiraten würde.

Tante Bette bekundete in ihren Anschauungen die Absonderlichkeit, die man bei Naturen feststellt, die sich sehr spät entwickelt haben, etwa bei den Wilden, die viel denken und wenig sprechen. Übrigens hatte ihre bäuerliche Intelligenz durch die Plaudereien in den Werkstätten, durch den Umgang mit Arbeitern und Arbeiterinnen eine Dosis der Pariser Schärfe abbekommen. Dieses Mädchen, dessen Charakter ausgiebig dem der Korsen ähnelte, wurde nutzlos von den Instinkten starker Naturen gepeinigt; gern hätte sie einen schwachen Mann beschützt; aber da sie in der Großstadt hatte leben müssen, hatte die Großstadt sie an der Oberfläche verändert. Die Pariser Politur bildete Rost auf dieser kräftig gestählten Seele. Sie war mit einer Verschmitztheit begabt, die tief geworden war, wie bei allen Leuten, die tatsächlich ehelos leben; und da ihre Gedanken jetzt etwas Verletzendes hatten, hätte sie in jeder anderen Lage erschreckend gewirkt. Sie war bösartig; sie hätte die einträchtigste Familie auseinandergebracht.

Während der ersten Zeit, als sie noch einige Hoffnungen hatte, in deren Geheimnis sie niemanden einweihte, hatte sie sich entschlossen, Korsetts zu tragen und sich der Mode anzupassen; sie gelangte damals zu einer kurzen Spanne des Glanzes, und während dieser fand der Baron sie heiratsfähig. Lisbeth war zu jener Zeit die »pikante Bräunliche« des alten französischen Romans. Ihr durchdringender Blick, ihr olivenfarbener Teint, ihr schilfrohrhaft schlanker Wuchs hätten einen Major auf Halbsold verlocken können; aber sie begnügte sich damit, wie sie lachend sagte, sich selber zu bewundern. Übrigens gelangte sie schließlich dahin, zu meinen, sie führe ein glückliches Leben; der materiellen Sorgen war sie enthoben; denn nachdem sie von Sonnenaufgang an gearbeitet hatte, aß sie allabendlich in der Stadt zu Abend. Somit hatte sie nur für ihr Mittagessen und die Miete aufzukommen; mit Kleidung wurde sie versorgt, und viele Lebensmittel wie Zucker, Kaffee, Wein usw. erhielt sie geschenkt.

Im Jahre 1837, nachdem Tante Bettes Lebensunterhalt siebenundzwanzig Jahre lang zur Hälfte von der Familie Hulot, zur anderen Hälfte von ihrem Onkel Fischer bezahlt worden war, fand sie sich damit ab, nichts darzustellen, und ließ es zu, daß man mit ihr keine Umstände machte; sie versagte es sich selbst, an den großen Abendessen teilzunehmen und zog statt dessen den kleinen Kreis vor, der es ihr gestattete, zur Geltung zu kommen und Kränkungen ihrer Eigenliebe zu entgehen. Überall, beim General Hulot, bei Crevel, bei dem jungen Hulot, bei Rivet, dem Nachfolger der Gebrüder Pons, mit dem sie sich ausgesöhnt hatte und bei dem sie in Ansehen stand, sowie bei der Baronin gehörte sie gewissermaßen zum Hause. Zudem wußte sie sich auch überall bei den Dienstboten beliebt zu machen, da sie ihnen dann und wann kleine Trinkgelder zusteckte und stets ein paar Augenblicke mit ihnen plauderte, ehe sie den Salon betrat. Diese Vertraulichkeit, durch die sie sich freiwillig auf eine Stufe mit der Dienerschaft stellte, verschaffte ihr deren subalternes Wohlwollen, was für Schmarotzer etwas sehr Wesentliches ist. »Sie ist ein gutes, wackeres Mädchen!« hieß es von ihr bei jedermann. Ihre Gefälligkeit war grenzenlos, wenn sie nicht beansprucht wurde; aber sie war im übrigen, ebenso wie ihre geheuchelte Gutmütigkeit, durch ihre Stellung bedingt. Sie war schließlich dahin gelangt, das Leben zu verstehen, nun sie sah, daß sie von jedermann abhängig sei; und da sie jedermann gefallen wollte, lachte sie mit den jungen Leuten, denen sie sympathisch war, weil sie ihnen nach dem Munde redete, was auf die Jugend immer verführerisch wirkt; sie erriet und förderte ihre Wünsche und machte sich zu ihrer Mittlerin; sie dünkte sie eine gute Vertrauensperson; denn sie besaß ja nicht das Recht, sie auszuschelten. Ihre absolute Verschwiegenheit trug ihr das Vertrauen von Leuten reiferen Alters ein; denn sie besaß, wie Ninon, männliche Eigenschaften. Im allgemeinen wendet man sich mit vertraulichen Geständnissen mehr nach unten als nach oben. Bei geheimen Angelegenheiten bedient man sich sehr viel häufiger Menschen, die unter, als solcher, die über einem stehen; diese werden dann zu Mitwissern unserer verhehlten Gedanken, sie nehmen an unseren Überlegungen teil; auf diese Weise hielt Richelieu sich für einen gemachten Mann, als er das Recht erlangt hatte, am Staatsrat[32] teilzunehmen. Man meinte, das arme Mädchen sei so abhängig von jedermann, daß sie zu absoluter Stummheit verdammt schien. Sie selber hatte sich den Spitznamen »der Familienbeichtstuhl« beigelegt. Einzig die Baronin, die die schlechte Behandlung nicht vergessen hatte, die ihr während der Kindheit von der kräftigeren, wenngleich jüngeren Kusine zuteilgeworden war, beharrte in einem gewissen Mißtrauen. Auch hätte sie aus Schamhaftigkeit ihre häuslichen Kümmernisse lediglich Gott anvertraut.

An dieser Stelle ist vielleicht der Hinweis angebracht, daß das Haus der Baronin in den Augen der Tante Bette all seinen Glanz bewahrt hatte; sie war nicht, wie der emporgekommene Parfümhändler, stutzig geworden durch die Nöte, die auf den verschlissenen Sesseln, den geschwärzten Draperien und der rissig gewordenen Seide geschrieben standen. Um die Möbel, mit denen man lebt, ist es bestellt wie mit uns selbst. Mustert man sich täglich, so gelangt man, wie der Baron, dahin, zu glauben, man habe sich wenig verändert und sei jung, während die anderen auf unseren Köpfen einen Haarwuchs, graumeliert wie Chinchillapelz, bemerken, daß auf unserer Stirn Runzeln erscheinen und daß wir einen dicken Kürbisbauch haben. Diese Wohnung, die für Tante Bette nach wie vor von dem bengalischen Feuer der kaiserlichen Siege beleuchtet war, strahlte noch immer Glanz aus.

Mit der Zeit hatte Tante Bette recht eigenartige altjüngferliche Gewohnheiten angenommen. Beispielsweise wollte sie, anstatt der Mode zu gehorchen, daß die Mode sich ihren Eigenarten anpasse und sich in ihre stets im Rückstand befindlichen Einfälle schicke. Wenn die Baronin ihr einen hübschen neuen Hut schenkte, ein nach der Tagesmode geschneidertes Kleid, so arbeitete Tante Bette jedes Ding daheim schleunigst nach ihrem Geschmack um und verdarb es dadurch, daß sie daraus ein Kleidungsstück fertigte, das nach der Mode des Empire oder nach ihrer alten lothringischen Landestracht aussah. Ein Hut, der dreißig Francs gekostet hatte, wurde zu einer Vogelscheuchenkopfbedeckung, das Kleid ein Fetzen. Bette war in dieser Beziehung störrisch wie ein Maulesel; sie wollte nur sich selbst gefallen und glaubte, sie sehe auf diese Weise bezaubernd aus, während doch diese Angleichung an das, was sie von Kopf bis Füßen zur alten Jungfer machte, sie so lächerlich erscheinen ließ, daß mit dem besten Willen niemand sie zu größeren Festlichkeiten einladen konnte.

Der Widerspruchsgeist, der launische Unabhängigkeitsdrang, die unerklärliche Eigenbrötelei dieses Mädchens, für das der Baron viermal Ehepartner ausfindig gemacht hatte (einen Beamten aus seinem Verwaltungsbereich, einen Major, einen Lebensmittelgroßhändler und einen Hauptmann im Ruhestand) und das einem seither reich gewordenen Posamentierer einen Korb gegeben hatte, trugen ihr den Spitznamen »Ziege« ein, mit dem der Baron sie lachend belehnt hatte. Allein dieser Spitzname entsprach nur den Absonderlichkeiten der Oberfläche, jenen Mannigfaltigkeiten, die wir alle einander innerhalb der Gesellschaft darbieten. Dieses Mädchen, das, wenn es gut beobachtet worden wäre, die ungezähmte Seite der bäuerlichen Klasse verkörpert hätte, war nach wie vor das Kind, das seiner Kusine die Nase hatte abbeißen wollen, und das sie, wäre sie nicht inzwischen vernünftig geworden, vielleicht in einem Paroxysmus des Neides und der Eifersucht umgebracht haben würde. Nur durch die Kenntnis der Gesetze und der Welt und Gesellschaft bezähmte sie die angeborene Jäheit, mit der Landleute, gerade wie Wilde, vom Gefühl zur Tat überwechseln. Gerade darin besteht vielleicht der ganze Unterschied, der den natürlichen Menschen vom Kulturmenschen trennt. Der Wilde hat nur Gefühle, der

Kulturmensch hat Gefühle und Gedanken. Daher empfängt bei den Wilden das Gehirn sozusagen nur wenig Eindrücke; er gehört gänzlich dem Gefühl, das auf ihn eindringt, während beim Kulturmenschen die Gedanken sich aufs Herz niedersenken und es verwandeln; dieser ist tausend Interessen, mehreren Gefühlen unterworfen, während der Wilde immer nur einen Gedanken auf einmal in sich hineinläßt. Das ist die Ursache der zeitweiligen Überlegenheit des Kindes über die Eltern, die aufhört, sobald der Wunsch befriedigt ist, wogegen bei den der Natur nahen Menschen jene Ursache fortdauert. Tante Bette, die eigenbrötlerische, ungebändigte Lothringerin, die ein bißchen hinterhältig war, gehörte jener Kategorie von Charakteren an, die im Volke weiter verbreitet ist, als man für gewöhnlich meint, und die dessen Verhalten bei Revolutionen zu erklären vermag.

Wenn zu dem Zeitunkt, da dieser Roman beginnt, Tante Bette sich modisch hätte kleiden lassen; wenn sie sich, wie die Pariserinnen, daran gewöhnt hätte, jede neue Mode zu tragen, wäre sie vorzeigbar und annehmbar gewesen; so aber wirkte sie starr und steif wie ein Stock. Nun aber hat eine Frau ohne Anmut in Paris keine Existenzberechtigung. Wie die Dinge lagen, machten das schwarze Haar, die schönen, harten Augen, die Strenge der Gesichtszüge und die kalabresische Trockenheit der Hautfarbe aus der Tante Bette eine Giotto-Gestalt; eine wahre Pariserin hätte aus alledem Nutzen gezogen; ihr jedoch lieh ihre seltsame Kleidung ein so absonderliches Aussehen, daß sie bisweilen den in Frauenkleidern gesteckten Affen ähnelte, die von Savoyardenknaben umhergetragen werden. Da sie wohlbekannt in den Häusern war, die mancherlei Bande mit der Familie, in der sie lebte, verknüpften, da sie ihren gesellschaftlichen Verkehr auf diesen Kreis beschränkte, da sie ihr eigenes Heim liebte, wunderten ihre Absonderlichkeiten niemanden mehr; und außerhalb des Hauses tauchten sie unter in der ungeheuren Bewegung des Pariser Straßenlebens, wo einzig hübsche Frauen eines Blikkes gewürdigt werden.

Hortenses Lachen hatte in dieser Minute seine Ursache in einem Triumph, den sie über Tante Bettes Bockigkeit davongetragen hatte; sie hatte ihr gerade ein Geständnis entlockt, um das sie sie drei Jahre lang gebeten hatte. So verstockt eine alte

Jungfer auch sein möge, es gibt ein Gefühl, das sie stets ihre Enthaltsamkeit von allen mündlichen Äußerungen brechen läßt, und das ist die Eitelkeit! Seit drei Jahren hatte Hortense, die in bezug auf gewisse Dinge außerordentlich neugierig geworden war, ihre Tante mit Fragen bestürmt, die übrigens völlige Unschuld atmeten: sie wollte wissen, warum die Tante nicht geheiratet hatte. Hortense, die die Geschichte von den fünf abgewiesenen Bewerbern kannte, hatte sich einen kleinen Roman zurechtgezimmert; sie glaubte, Tante Bette trage eine Leidenschaft im Herzen, und daraus hatte sich ein scherzhafter Krieg ergeben. Hortense pflegte zu sagen: »Wir jungen Mädchen!«, wenn sie von sich und der Tante sprach. Mehrmals hatte Tante Bette in scherzendem Ton geantwortet: »Wer sagt dir denn, daß ich keinen Liebhaber habe?« Fortan wurde der in Tante Bette Verliebte, ob es ihn nun gab oder nicht, zum Gegenstand harmloser Neckereien. Schließlich war nach zwei Jahren dieses Kleinkriegs beim letzten Kommen Tante Bettes Hortenses erste Frage gewesen: »Wie geht es denn deinem Liebhaber?« – »Oh, gut«, hatte sie geantwortet; »nur ein bißchen leidend ist er, der arme, junge Mensch.« – »Ach! Dann ist er wohl von zarter Gesundheit?« hatte die Baronin lachend gefragt. – »Ich glaube; er ist blond ... Ein kohlrabenschwarzes Mädchen wie ich kann nur einen Blonden, einen Mondscheinfarbenen lieben.« – »Aber wer ist es denn? Was tut und treibt er?« fragte Hortense. »Ist es ein Prinz?« – »Ein Werkzeugprinz, so wie ich Nähspulenkönigin bin. Kann ein armes Mädchen wie ich von einem geliebt werden, der ein eigenes Haus und Staatsrentenpapiere hat, oder von einem Herzog oder Pair, oder von einem Prinzen aus deinen Märchenbüchern?« – »Ach, ich möchte ihn so gern mal sehen ...«, hatte Hortense lächelnd ausgerufen. – »Um zu wissen, wie jemand aussieht, der eine alte Ziege lieben kann?« hatte Tante Bette geantwortet. – »Das muß doch ein Scheusal von altem Beamten mit einem Bocksbart sein?« hatte Hortense gefragt und ihre Mutter angeblickt. – »Da irrst du dich aber, mein Kind!« – »Also hast du wirklich einen Geliebten?« hatte Hortense mit triumphierender Miene gefragt. – »So gewiß, wie du keinen hast!« hatte die Tante pikiert geantwortet. – »Ja, wenn jemand in dich verliebt ist, Bette, warum heiratest du ihn dann nicht . . .?« hatte die Baronin gefragt und der Tochter zugeblinzelt. »Seit drei Jahren ist jetzt von ihm die Rede; du hast Zeit genug gehabt, dich eingehend mit ihm zu befassen, und wenn er dir treu geblieben ist, solltest du eine für ihn ermüdende Situation nicht in die Länge ziehen. Außerdem ist das eine Gewissenssache; und ferner, wenn er jung ist, dann ist es an der Zeit, eine Stütze fürs Alter zu nehmen.« Tante Bette hatte die Baronin starr angeblickt, und als sie sah, daß sie lachte, hatte sie geantwortet: »Das würde heißen, Hunger und Durst zu vermählen; er ist Handwerker, ich bin Arbeiterin; wenn wir Kinder bekämen, müßten sie ebenfalls Arbeiter werden . . . Nein, nein, wir lieben einander nur seelisch . . . Das ist billiger!« – »Warum versteckst du ihn?« hatte Hortense gefragt. – »Weil er seine Arbeiterkleidung trägt«, hatte die alte Jungfer lachend geantwortet. – »Liebst du ihn wirklich?« hatte die Baronin gefragt. – »Ach, ich glaube schon! Ich liebe ihn um seiner selbst willen, diesen Cherubino[33]. Seit vier Jahren trage ich ihn im Herzen.« – »Na, wenn du ihn um seiner selbst willen liebst«, hatte die Baronin ernst gesagt, »und wenn er wirklich existiert, dann würdest du ihm gegenüber höchst übel handeln. Du weißt nicht, was lieben heißt.« – »Auf dieses Handwerk verstehen wir Frauen uns doch von Geburt an . . .!« hatte die Tante gesagt. – »Nein, es gibt auch Frauen, die lieben und dabei Egoistinnen bleiben, und gerade das ist bei dir der Fall . . .!« Die Tante hatte den Kopf gesenkt, und ihr Blick hätte denjenigen, den er getroffen hätte, erzittern gemacht, aber sie hatte auf ihre Nähspule geblickt. – »Wenn du uns deinen vorgeblichen Liebhaber vorstelltest, könnte Hector ihn irgendwo unterbringen und ihm eine Stellung verschaffen, in der er zu Vermögen gelangen könnte.« – »Das geht nicht«, hatte Tante Bette gesagt. – »Und warum nicht?« – »Er ist eine Art Pole, ein Flüchtling . . .« – »Ein Verschwörer . . .«, hatte Hortense ausgerufen. »Hast du aber mal ein Glück . . .! Hat er Abenteuer erlebt . . .?« – »Er hat doch für Polen gekämpft. Er war Lehrer an dem Gymnasium, dessen Schüler mit dem Aufstand angefangen haben, und da er durch den Großfürsten Konstantin[34] dort eingesetzt worden war, kann er nicht auf Gnade hoffen . . .« – »Was für ein Lehrer denn . . .?« – »Für die schönen Künste . . .!« – »Und nach der

Niederlage ist er dann nach Paris gekommen ...?« – »1833. Zu Fuß durch ganz Deutschland ...« – »Der arme junge Mensch! Wie alt ist er denn ...?« – »Beim Aufstand war er knapp vierundzwanzig; jetzt ist er neunundzwanzig ...« – »Fünfzehn Jahre jünger als du«, hatte da die Baronin gesagt. – »Wovon lebt er denn ...?« hatte Hortense gefragt. – »Von seinem Talent ...« – »Dann gibt er also Unterricht ...?« – »Nein«, hatte Tante Bette geantwortet, »er bekommt welchen, und zwar sehr harten ...!« – »Hat er einen hübschen Vornamen?« – »Wenceslaus!« – »Was für eine Einbildungskraft alte Mädchen doch haben!« hatte die Baronin gerufen. »Wenn man dich so reden hört, könnte man dir beinah glauben, Lisbeth.« – »Siehst du denn nicht, Mama, daß er ein Pole und so an die Knute gewöhnt ist, daß Bette ihn an diese kleine Annehmlichkeit seines Vaterlandes erinnert?«

Alle drei hatten lachen müssen, und Hortense hatte gesungen: »Wenceslaus, du Idol meiner Seele!« statt: »O Mathilde ...«[35] Und dann war es zu einem kurzen Waffenstillstand gekommen. – »Diese kleinen Mädchen«, hatte Tante Bette gesagt und Hortense angeblickt, als diese sich wieder zu ihr gesetzt hatte, »glauben immer, die Männer könnten nur sie lieben.« – »Hör mal«, hatte Hortense geantwortet, als sie wieder allein mit der Tante war, »beweis mir, daß Wenceslaus kein Märchen ist; dann schenke ich dir meinen gelben Kaschmir-Schal.« – »Sogar Graf ist er ...!« – »Alle Polen sind Grafen!« – »Er ist ja gar kein Pole; er ist Li ...« – »Litauer ...?« – »Nein.« – »Etwa Livländer ...?« – »Richtig!« – »Aber wie heißt er denn?« – »Erst will ich wissen, ob du ein Geheimnis bewahren kannst ...« – »O Tante, ich werde stumm sein ...« – »Wie ein Fisch?« – »Wie ein Fisch ...!« – »Bei deiner Seligkeit?« – »Bei meiner Seligkeit!« – »Nein: bei deinem Glück auf dieser Erde?« – »Ja.« – »Also, er heißt Graf Wenceslaus Steinbock!« – »So hat einer der Generale Karls XII. geheißen.« – »Das war sein Großonkel! Nach dem Tode des Königs von Schweden hat sein Vater sich in Livland niedergelassen; aber durch den Feldzug von 1812 hat er sein Vermögen verloren und ist gestorben und hat den armen, achtjährigen Jungen hilflos zurückgelassen. Des Namens Steinbock wegen hat Großfürst Konstantin sich seiner angenommen und ihn auf eine Schule geschickt . . .« – »Ich halte mein Versprechen«, hatte Hortense geantwortet. »Gib mir einen Beweis, daß er existiert, dann bekommst du meinen gelben Schal! Ach, diese Farbe ist die Schminke der Braunhäutigen.« – »Du wirst also mein Geheimnis bewahren?« – »Ich vertraue dir die meinen an.« – »Also gut; wenn ich das nächstemal komme, bringe ich den Beweis mit.« – »Aber der Beweis ist dein Liebhaber in Person«, hatte Hortense gesagt.

Tante Bette, die seit ihrer Ankunft in Paris bewundernd im Bann der Kaschmir-Schals[36] gestanden hatte, war hingerissen von der Vorstellung, jenen gelben Schal zu besitzen, den der Baron im Jahre 1808 seiner Frau geschenkt hatte und der, gemäß dem Brauch bei einigen Familien, im Jahre 1830 von der Mutter auf die Tochter übergegangen war. Innerhalb von zehn Jahren war der Schal einigermaßen verschlissen; aber das kostbare Gewebe, das stets in einem Sandelholzkasten lag, dünkte die alte Jungfer nach wie vor neu wie das Mobiliar der Baronin. So hatte sie denn also in ihrem Handarbeitsbeutel ein Geschenk mitgebracht, das sie der Baronin zum Geburtstag überreichen wollte und das ihrer Meinung nach die Existenz des phantastischen Liebhabers beweisen sollte.

Dieses Geschenk war ein silbernes Petschaft, das aus drei aneinandergelehnten, mit Laub umrankten, einen Globus tragenden Figürchen bestand. Die drei Gestalten stellten Glaube, Liebe und Hoffnung dar. Die Füße ruhten auf einander zerfleischenden Ungeheuern, unter denen sich die symbolische Schlange ringelte. Heute, im Jahre 1848, nach dem gewaltigen Schritt, den Mademoiselle de Fauveau[37], Männer wie Wagner[38], Jeanest[39], Froment-Meurice[40] und Holzbildhauer wie Liénard[41] die Kunst des Benvenuto Cellini[42] haben tun lassen, würde dieses Meisterwerk niemanden überraschen; zu jener Zeit jedoch mußte ein in Kleinkunstdingen erfahrenes Mädchen Mund und Nase aufsperren, wenn es das Petschaft in der Hand drehte und wendete, das Tante Bette ihr mit den Worten: »Sag mal, wie findest du das?« hingehalten hatte. Durch ihre Linienführung, ihre Draperien und ihre Bewegung gehörten die Figuren der Schule Raffaels an; durch ihre Ausführung erinnerten sie an die Schule der Florentiner Bronze-Künstler, die Männer wie Donatello[43], Bruneleschi[44], Ghiberti[45], Benvenuto Cellini und Giovanni da Bologna[46] usw. hervorgebracht hat. Die französische Renaissance hatte Ungeheuer nie willkürlicher sich winden lassen als diese, die die bösen Leidenschaften symbolisierten. Die Palmen, Farne, Binsen und Schilfhalme, die die Tugenden umhüllten, waren von einer Wirkung, einem Geschmack, einer Geschicklichkeit in der Anordnung, die die Berufsgenossen zur Verzweiflung hätten treiben können. Ein Band schlang sich von einem der Köpfe zum andern, und auf den Zwischenräumen zwischen den Köpfen waren ein W, ein Steinbock und das Wort *fecit*[47] zu sehen.

»Wer hat denn das gestaltet?« fragte Hortense.

»Ja, mein Verehrer«, antwortete Tante Bette. »Es stecken darin sechs Monate Arbeit; daher verdiene ich mehr, wenn ich Quasten und Troddeln anfertige ... er hat mir gesagt, Steinbock sei die deutsche Bezeichnung für ein Tier, das in den Felsen lebt, eine Art Gemse. So will er alle seine Werke signieren ... Haha, jetzt bekomme ich deinen Schal ...«

»Und warum?«

»Kann ich ein solches Kleinod kaufen? Oder in Auftrag geben? Ausgeschlossen. Also hat er es mir geschenkt. Wer kann solcherlei Geschenke machen? Doch nur ein Verliebter!«

Mittels einer Verstellung, die Lisbeth Fischer erschreckt haben würde, wenn sie sie wahrgenommen hätte, hütete Hortense sich, ihrer vollen Bewunderung Ausdruck zu geben, obwohl sie die Ergriffenheit der Menschen empfand, deren Seele sich dem Schönen auftut, wenn sie unerwartet ein makelloses, vollendetes Meisterwerk erblicken.

»Wahrhaftig«, sagte sie, »recht nett.«

»Ja, nett«, entgegnete die alte Jungfer, »aber mir ist ein orangener Kaschmirschal lieber. Also, Kleines, mein Verehrer bringt seine Zeit damit hin, in diesem Stil zu arbeiten. Seit seiner Ankunft in Paris hat er drei oder vier solcher kleinen Dummheiten angefertigt, und das ist nun die Frucht von vier Jahren der Studien und der Arbeit. Er ist Lehrling bei Gießern, Formern und Goldschmieden gewesen ... pah! Tausende und Hunderte von Francs sind dabei draufgegangen. Und dabei sagt mir der Herr jetzt, innerhalb von ein paar Monaten werde er berühmt und reich sein ...«

»Besuchst du ihn denn?«

»Ja, glaubst du etwa, er sei ein Fabeltier? Ich habe dir lachend die Wahrheit gesagt.«

»Und er liebt dich?« fragte Hortense aufgeregt.

»Anbeten tut er mich!« erwiderte die Tante und setzte eine ernste Miene auf. »Siehst du, Kleines, er hat bislang nur blasse, fade Frauen kennengelernt, wie sie alle im Norden sind; ein braunes, schlankes, junges Mädchen wie ich hat ihm natürlich das Herz entflammt. Aber den Mund gehalten! Das hast du mir versprochen.«

»Es wird mit ihm gehen wie mit den fünf andern«, sagte das junge Mädchen spöttisch und betrachtete das Petschaft.

»Sechs, Mädchen. Einen habe ich in Lothringen sitzenlassen, und der würde für mich noch heute den Mond loshaken.«

»Der hier tut was Besseres«, antwortete Hortense, »er bringt dir die Sonne.«

»Wie kann man die zu Gelde machen?« fragte Tante Bette. »Es bedarf einer Menge an Erdboden, um etwas von der Sonne zu haben.«

Diese Scherzreden wurden Schlag auf Schlag hingesprochen, und die Narreteien, die ihnen begreiflicherweise folgten, erzeugten jenes Gelächter, das die Ängste der Baronin verdoppelt hatte, weil es sie die Zukunft der Tochter mit der Gegenwart vergleichen ließ, nun sie sah, wie sie sich der ganzen Fröhlichkeit ihres Alters überließ.

»Aber um die Kleinode zu schenken, die ein halbes Jahr Arbeit beanspruchen, muß er dir gegenüber doch große Verpflichtungen haben?« fragte Hortense, die der Kunstgegenstand tief nachdenklich gemacht hatte.

»Ach, du willst zuviel auf einmal wissen!« antwortete Tante Bette. »Aber paß mal auf ... ja, ich will dich in ein Komplott einweihen.«

»Komme ich dabei mit deinem Verehrer zusammen?«

»Ach so, du möchtest ihn wohl mal sehen? Aber du mußt einsehen, eine alte Jungfer wie deine Tante Bette, die einen Verehrer fünf Jahre lang zu verheimlichen verstanden hat, verbirgt ihn gut ... Also laß uns in Ruhe. Du weißt ja, ich habe weder einen Kater noch einen Kanarienvogel noch einen Hund noch einen Papagei; ein altes Reff wie ich muß irgendwas zum Liebhaben und zum Schurigeln haben; na ja ... da leiste ich mir eben einen Polen.«

»Hat er einen Schnurrbart?«

»Einen *so* langen«, sagte Bette und zeigte ihr ein Schiffchen voller Goldfäden.

Sie brachte stets ihre Arbeit mit in die Stadt und beschäftigte sich damit bis zur Essensstunde.

»Wenn du mir in einem fort Fragen stellst, erfährst du nichts«, fuhr sie fort. »Du bist erst zweiundzwanzig und schwatzhafter als ich, die ich zweiundvierzig oder gar dreiundvierzig bin.«

»Ich höre dir zu, wie wenn ich aus Holz wäre«, sagte Hortense.

»Mein Verehrer hat eine zehn Zoll hohe Bronzegruppe gemacht«, fuhr Tante Bette fort. »Sie stellt Simson dar, wie er einen Löwen zerreißt; die hat er eingegraben, damit sie Grünspan ansetzt, so daß sie jetzt den Glauben erweckt, sie sei so alt wie Simson. Dies Meisterwerk ist bei einem der Kuriositätenhändler ausgestellt, die ihre Läden auf der Place du Carrousel[48] haben, dicht bei meinem Haus. Wenn dein Vater, der doch Monsieur Popinot kennt, den Minister für Handel und Landwirtschaft, oder den Grafen de Rastignac, mit den beiden von dieser Gruppe als von einem schönen antiken Werk sprechen könnte, das er im Vorbeigehen gesehen habe ... Es scheint nämlich, daß diese hochgestellten Persönlichkeiten solchen Dingen große Aufmerksamkeit schenken, anstatt sich mit unseren Wirkarbeiten zu befassen, und daß das Glück meines Verehrers gemacht wäre, wenn sie dieses vertrackte Bronzeding kauften oder sich doch wenigstens mal ansähen. Der arme Junge behauptet, man könne das Zeug wirklich für antik halten und würde es sehr teuer bezahlen. Wenn dann einer der Minister die Gruppe nähme, würde er sich ihm vorstellen und beweisen, er sei ihr Schöpfer, und dann würde er laut gerühmt werden! Oh, er glaubt sich schon auf dem Gipfel, der junge Mensch, er ist stolz für zwei.«

»Michelangelo hat so was auch schon getan[49]; aber für einen Verliebten hat er nicht eben den Verstand verloren ...«, sagte Hortense. »Wieviel will er denn dafür haben?«

»Fünfzehnhundert Francs ... Billiger darf der Händler die Bronze nicht abgeben; er braucht einen Auftrag.«

»Papa«, sagte Hortense, »ist augenblicklich Beauftragter des Königs; die beiden Minister sieht er jeden Tag in der Abgeordnetenkammer; er wird das für dich tun, ich nehme die Sache auf mich. Sie sollen reich werden, Frau Gräfin Steinbock!«

»Nein, dazu ist mein Mann zu faul; er verbringt ganze Wochen damit, an rotem Wachs herumzubosseln, und nichts kommt weiter. Pah! Er verbringt sein Leben im Louvre und in der Bibliothek, schaut sich Stiche an und zeichnet sie nach. Er ist ein Bummler.«

Und die beiden Verwandten fuhren fort zu scherzen. Hortense lachte wie jemand, der sich zum Lachen zwingt, denn es hatte sie eine Liebe überkommen, der alle jungen Mädchen erliegen, die Liebe zu einem Unbekannten, die Liebe im Zustand der Verschwommenheit, deren Gedanken sich um eine Gestalt kristallisieren, die der Zufall ihnen in den Weg geworfen hat, wie wenn Rauhreifblumen sich an Strohhalmen bilden, die der Wind an eine Fensterumrahmung geweht hat. Seit zehn Monaten hatte sie aus dem phantastischen Verehrer ihrer Tante ein wirkliches Wesen gemacht, und zwar aus dem Grunde, daß sie, wie auch ihre Mutter, an die ewige Ehelosigkeit Bettes glaubte; und seit acht Tagen war jenes Phantom der Graf Wenceslaus Steinbock geworden; der Traum hatte Wirklichkeit gewonnen; der Dunst hatte sich zu einem jungen Mann von dreißig Jahren verfestigt. Das Petschaft, das sie in Händen hielt, eine Art Verkündigung, aus der das Genie hervorstrahlte wie eine Lichterscheinung, besaß die Macht eines Talismans. Hortense fühlte sich so glücklich, daß sie zu bezweifeln begann, jene Geschichte sei ein Märchen; ihr Blut gor; sie lachte wie toll, um ihre Tante irrezuführen.

»Mir scheint, die Wohnzimmertür steht offen«, sagte Tante Bette. »Komm, wir wollen mal nachsehen, ob Monsieur Crevel weggegangen ist ...«

»Mama ist seit zwei Tagen recht bekümmert; sicherlich wird nichts aus der Heirat, von der die Rede war ...«

»Ach, Unsinn, das läßt sich schon wieder einrenken; es handelt sich (ich kann es dir ja sagen) um einen Gerichtsrat. Möchtest du Frau Präsidentin sein? Ja, wenn es von Monsieur Crevel abhängt, wird er mir was darüber sagen, und dann weiß ich morgen, ob Hoffnung besteht ...!«

»Tante, laß mir das Petschaft«, bat Hortense, »ich zeige es auch niemandem ... Mamas Geburtstag ist erst in einem Monat; ich gebe es dir am Morgen wieder ...«

»Nein, gib es mir gleich ... es muß in ein Kästchen.«

»Aber ich muß es doch Papa zeigen, damit er im Bilde ist; die Maßgebenden dürfen sich nicht kompromittieren«, sagte sie.

»Na, schön, aber du darfst es deiner Mutter nicht zeigen, weiter verlange ich nichts; denn wenn sie wüßte, ich hätte einen Verehrer, würde sie sich über mich lustig machen ...«

»Ich verspreche es dir.«

Tante und Nichte kamen gerade in dem Augenblick an die Boudoir-Tür, als die Baronin ohnmächtig geworden war; der von Hortense ausgestoßene Schrei genügte, um sie wieder zu sich zu bringen. Bette holte schleunigst Riechsalz. Bei ihrer Rückkehr fand sie Tochter und Mutter einander in den Armen liegen; die Mutter beschwichtigte die Ängste der Tochter; sie sagte: »Es ist nichts, bloß eine Nervenschwäche. – Da kommt dein Vater«, sagte sie noch, als sie an der Art des Schellens den Baron erkannte, »sag ihm keinesfalls etwas davon ...«

Adeline stand auf, um ihrem Mann entgegenzugehen; sie wollte ihn während des Wartens auf das Essen in den Garten führen, um mit ihm über die zunichte gewordene Eheschließung zu sprechen, ihn zu Äußerungen über die Zukunft veranlassen und versuchen, ihm ein paar Ratschläge zu geben.

Der Baron Hector Hulot trat in einer parlamentarischen, napoleonischen Haltung auf, denn man erkennt die »Kaiserlichen« (die dem Kaiserreich verhafteten Leute) leicht an der militärisch vorgewölbten Brust, ihren blauen, bis oben mit Goldknöpfen geschlossenen Fräcken, ihren Halsbinden aus schwarzem Taft und an ihrem selbstbewußten Schritt, den sie sich durch die Gewohnheit despotischen Kommandierens angeeignet haben, das die schnell wechselnden Umstände erfordert hatten, in denen sie sich befanden. An dem Baron, das muß zugegeben werden, wirkte nichts greisenhaft; sein Sehvermögen war nach wie vor so gut, daß er ohne Brille las; sein schönes, ovales, von einem leider allzu schwarzen Backenbart gerahmtes Gesicht zeigte einen von Äderchen belebten Fleischton, der auf das Temperament eines Sanguinikers schließen ließ; und sein Bauch, den ein Gürtel zurückdämmte, hatte, wie Brillat-Savarin[50] sagt, etwas Majestätisches. Ein betont aristokratisches Gebaren und große Leutseligkeit dienten dem Roué, mit dem Crevel so viele ausgelassene Abende verlebt hatte, als Außenseite. Er war ganz und gar einer der Männer, deren Augen beim Anblick einer hübschen Frau aufleuchten, die allen Schönen zulächeln, sogar denen, die vorübergehen und die sie nie wiedersehen werden.

»Hast du eine Rede gehalten, Lieber?« fragte Adeline angesichts seiner sorgenvollen Stirn.

»Nein«, antwortete Hector, »aber ich bin hundemüde, weil ich zwei Stunden lang habe Reden anhören müssen, ohne daß es zu einer Abstimmung gekommen wäre... Sie vollführen Wortgefechte, bei denen das, was vorgebracht wird, wie Kavallerie-Attacken wirkt, die den Feind nicht auseinandertreiben. Das Wort ist an die Stelle der Tat getreten, und daran haben Leute, die es gewohnt sind, zu marschieren, wenig Freude; das habe ich dem Marschall gesagt, als wir uns verabschiedeten. Aber es genügt wohl, daß man sich auf den Ministerbänken gelangweilt hat; hier wollen wir vergnügt sein... Tag, Ziege! Tag, Zicklein!«

Und er nahm die Tochter beim Halse, küßte sie, neckte sie, zog sie auf seine Knie und lehnte ihren Kopf an seine Schulter, um ihr schönes, goldenes Haar an seinem Gesicht zu spüren.

»Er ist verstimmt und müde«, sagte sich Madame Hulot, »und gleich werde ich ihn noch mehr verstimmen, darauf bin ich gefaßt. – Bleibst du heute abend bei uns...?« fragte sie laut.

»Nein, Kinder. Nach dem Essen gehe ich fort, und wenn der heutige Tag nicht der Ziege, meinen Kindern und meinem Bruder gehörte, hättet ihr mich gar nicht zu sehen bekommen...«

Die Baronin nahm die Zeitung, überflog die Theaterankündigungen und legte das Blatt wieder hin; in der Spalte »Oper« hatte sie gelesen, es werde »Robert der Teufel«[51] gegeben. Josépha, die die Italienische Oper seit einem halben Jahr an die Französische Oper[52] abgetreten hatte, sang die Rolle der Alice. Dieses stumme Spiel war dem Baron keineswegs entgangen; er sah seine Frau scharf an. Adeline schlug die Augen nieder und ging in den Garten; er folgte ihr.

»Na, was ist denn los, Adeline?« fragte er, faßte sie um die Taille, zog sie zu sich heran und drückte sie an sich. »Weißt du denn nicht, daß ich dich mehr liebe als ...«

»Mehr als Jenny Cadine und als Josépha?« unterbrach sie ihn kühn.

»Und wer hat dir das gesagt?« fragte der Baron, ließ seine Frau los und trat zwei Schritte zurück.

»Ich habe einen anonymen Brief bekommen und ihn gleich verbrannt, darin wurde mir gesagt, Lieber, Hortenses Eheschließung sei an der bedrängten Lage gescheitert, in der wir uns befinden. Deine Frau, Hector, hätte nie ein Wort verlauten lassen; sie hat um deine Liaison mit Jenny Cadine gewußt, und hat sie sich je darüber beschwert? Aber Hortenses Mutter schuldet dir die Wahrheit ...«

Nach einer kurzen Weile des Schweigens, das für seine Frau schrecklich war, denn das Pochen ihres Herzens war vernehmlich, breitete Hulot die Arme aus, umfing sie, drückte sie an sein Herz, küßte sie auf die Stirn und sagte zu ihr mit der übertriebenen Lautstärke, die die Hingerissenheit verleiht: »Adeline, du bist ein Engel, und ich bin ein Schuft ...«

»Ach was!« sagte die Baronin und legte ihm jäh die Hand auf die Lippen, um ihn daran zu hindern, schlecht von sich zu sprechen.

»Ja, im Augenblick könnte ich Hortense keinen roten Heller geben; ich bin sehr übel dran; aber da du mir auf diese Weise dein Herz öffnest, kann ich all die Kümmernisse hineinschütten, die mich ersticken ... Wenn dein Onkel Fischer in Geldnöten ist, dann habe ich ihn hineingebracht; er hat für mich Wechsel in Höhe von fünfundzwanzigtausend Francs unterzeichnet! Und all das um einer Frau willen, die mich hintergeht, die meiner spottet, wenn ich nicht da bin, und die mich einen alten, angemalten Kater nennt! Ach ... es ist schauderhaft, daß die Befriedigung eines Lasters kostspieliger ist als die Ernährung einer Familie ...! Und ich kann nicht dagegen an ... Ich könnte dir auf der Stelle versprechen, ich würde nie wieder zu dieser erbärmlichen Israelitin zurückkehren; aber wenn sie mir zwei

Zeilen schriebe, würde ich zu ihr gehen, wie man unter dem Kaiser ins Feuer stürmte.«

»Quäl dich nicht, Hector«, sagte die arme, verzweifelte Frau; und angesichts der Tränen, die aus den Augen ihres Mannes rollten, vergaß sie die Tochter. »Sieh, ich habe doch meine Diamanten; rette vor allem meinen Onkel!«

»Deine Diamanten sind heutzutage kaum zwanzigtausend Francs wert. Das würde für den alten Fischer nicht reichen; also behalt sie für Hortense; ich will morgen zum Marschall gehen.«

»Du Ärmster!« rief die Baronin, ergriff die Hände ihres Mannes und küßte sie.

Das war die ganze Auseinandersetzung. Adeline gab ihre Diamanten preis, der Vater übereignete sie Hortense, und sie betrachtete dieses Unterfangen als erhaben und war widerstandslos.

»Er ist der Herr und Meister, er kann hier über alles verfügen, dabei läßt er mir meine Diamanten, er ist ein Gott.«

So dachte diese Frau, die durch ihre Sanftmut mehr erreicht hatte als eine andere durch einen eifersüchtigen Zornesausbruch.

Ein Moralist vermöchte nicht zu leugnen, daß im allgemeinen wohlerzogene und ungemein lasterhafte Leute sehr viel liebenswürdiger sind als tugendhafte; da sie sich von Vergehen freizukaufen haben, bitten sie schon von vornherein um Nachsicht und bezeigen sich leichtherzig gegenüber den Fehlern ihrer Richter; und so werden sie für vortreffliche Menschen gehalten. Obwohl es auch unter den Tugendbolden reizende Leute gibt, hält die Tugend sich an sich schon für etwas so Schönes, daß sie meint, sie brauche sich nicht in Unkosten zu stürzen; überdies leben fast alle wahrhaft tugendhaften Leute – denn Heuchler müssen beiseite gelassen werden – in einem leichten Argwohn hinsichtlich ihrer Lage; sie kommen sich auf dem großen Markt des Lebens übers Ohr gehauen vor und machen gern säuerliche Bemerkungen nach der Art von Leuten, die da meinen, sie seien verkannt. Also setzte der Baron, der sich den Ruin seiner Familie vorwarf, alle Hilfsmittel seines Geistes, seiner verführerischen Liebenswürdigkeit gegenüber seiner Frau, seinen Kindern und seiner Kusine Bette ein. Als er seinen Sohn und Célestine Crevel, die einen kleinen Hulot nährte, kommen sah, war er zu seiner

Schwiegertochter ganz reizend und überschüttete sie mit Liebenswürdigkeiten; das war eine Nahrung, an die Célestines Eitelkeit nicht gewöhnt war; denn kaum jemals ist ein reiches Mädchen so vulgär und so völlig bedeutungslos gewesen. Der Großvater nahm den kleinen Jungen, küßte ihn, fand ihn köstlich und entzückend; er sprach mit ihm, wie die Ammen sprechen, prophezeite, dies Wickelkind würde einmal größer als er werden, sagte seinem Sohn ein paar beiläufige Schmeicheleien und reichte das Kind dann wieder der dicken Normannin, der es oblag, es zu tragen. So wechselte Célestine denn mit der Baronin einen Blick, der besagte: »Was für ein bezaubernder Mann!« Selbstverständlich verteidigte sie ihren Schwiegervater gegen alle Angriffe ihres eigenen Vaters.

Nun der Baron sich als angenehmer Schwiegervater und zuckriger Großpapa bezeigt hatte, führte er seinen Sohn in den Garten und wartete ihm mit klugen Bemerkungen über die Haltung auf, die man in der Abgeordnetenkammer unter so heiklen Umständen wie denjenigen des Vormittags einnehmen müsse. Er erfüllte den jungen Advokaten durch die Tiefgründigkeit seiner Anschauungen mit Bewunderung; er stimmte ihn weich durch den freundschaftlichen Ton und ganz besonders durch die Achtungsbezeigung, die andeutete, daß er ihn fortan wie seinesgleichen behandeln zu wollen schien.

Der junge Hulot war ganz und gar der Jüngling, wie ihn die Revolution von 1830 hervorgebracht hat: den Geist töricht voreingenommen für die Politik, voller Respekt gegenüber den eigenen Hoffnungen, die er hinter geheuchelter Ernsthaftigkeit verbarg, höchst eifersüchtig auf alle bereits Berühmten, mit Phrasen um sich werfend anstatt mit schneidenden Worten, den Diamanten der französischen Kunst der Unterhaltung, dünkelhafte Zurückhaltung für Würde haltend. Diese Leute sind wandelnde Särge, in denen ein Franzose von ehedem liegt; gelegentlich regt der Franzose sich und versetzt seiner englischen Hülle Stöße; aber der Ehrgeiz hält ihn zurück, und er ist einverstanden, darin zu ersticken. Jener Sarg ist stets mit schwarzem Tuch bedeckt.[53]

»Ach, da kommt ja mein Bruder!« rief der Baron und ging zur Wohnzimmertür, um den Grafen dort zu begrüßen.

Nachdem er den wahrscheinlichen Nachfolger des verstorbenen Marschalls Montcornet auf beide Wangen geküßt hatte, führte er ihn beiseite und reichte ihm dabei mit Bezeigungen der Zuneigung und der Achtung den Arm.

Dieser Pair von Frankreich, den seine Taubheit von der Teilnahme an den Sitzungen befreite, hatte einen schönen, durch die Jahre ein wenig frostig wirkenden Kopf und graues Haar, das noch voll genug war, um durch den Druck des Huts angedrückt zu werden. Er war klein, untersetzt und ausgedörrt und trug sein unverbrauchtes Alter mit munterer Miene; und da er einen außerordentlichen Betätigungsdrang besaß, der zur Ruhe verdammt war, teilte er seine Zeit zwischen Lektüre und Spaziergängen. Seine sanften Sitten wurden durch sein weißes Gesicht, seine Haltung, seine noble Redeweise und die vernünftigen Dinge wahrnehmbar, die er äußerte. Nie sprach er von Krieg und Feldzügen; er verstand sich darauf, allzu groß zu wirken, um es nötig zu haben, mit Großtun zu prunken. In einem Salon beschränkte er seine Rolle auf eine ständige Beobachtung der Wünsche der Damen.

»Ihr seid alle aufgeräumt«, sagte er, als er die Belebung wahrnahm, die der Baron in dieser kleinen Familienversammlung verbreitet hatte. »Dabei ist aus Hortenses Eheschließung nichts geworden«, fügte er hinzu, als er auf dem Antlitz der Schwägerin Spuren von Melancholie erkannte.

»Das wird immer noch früh genug kommen«, rief ihm Bette mit furchtbarer Stimme ins Ohr.

»Na, und dir geht es also gut, du schlechtes Samenkorn, das nicht hat blühen wollen?« antwortete er lachend.

Der Held von Pforzheim hatte die Tante Bette recht gern; es bestanden Ähnlichkeiten zwischen den beiden. Auch er war ohne eigentliche Bildung und aus dem Volk hervorgegangen; seinen militärischen Aufstieg dankte er einzig seinem Mut, und sein gesunder Menschenverstand ersetzte bei ihm den Geist. Er war ein Ehrenmann mit sauberen Händen, und er endete strahlend sein schönes Leben inmitten dieser Familie, der seine ganze Zuneigung galt, ohne daß er eine Ahnung von den noch geheimen Abwegen seines Bruders gehabt hätte. Keiner genoß wie er das schöne Schauspiel dieser Gemeinschaft, in der sich niemals der geringste Anlaß zu Zwietracht ergab, in der Brüder und Schwestern einander gleichermaßen liebhatten, denn Célestine war sogleich als zur Familie gehörig betrachtet worden. Deswegen fragte der wackere kleine Graf von Zeit zu Zeit Hulot, warum eigentlich der alte Crevel nicht komme. »Mein Vater ist auf dem Lande!« schrie Célestine ihm dann immer ins Ohr. Diesmal wurde ihm gesagt, der ehemalige Parfümhändler sei auf Reisen.

Jene wahre Einträchtigkeit ihrer Familie ließ Madame Hulot denken:

»Dies ist das verläßlichste Glück; könnte jener Mann es uns rauben?«

Als der General sah, wie sein Liebling Adeline vom Baron mit Aufmerksamkeiten überschüttet wurde, machte er darüber seine Scherze, so daß der Baron fürchtete, sich lächerlich zu machen, und seine galanten Bemerkungen an seine Schwiegertochter richtete, die bei solcherlei Essen im Familienkreis stets der Gegenstand seiner Schmeicheleien und Liebenswürdigkeiten war; er hoffte nämlich, den alten Crevel durch sie zurückzubringen und ihn zur Abkehr von seinem nachtragenden Groll zu bewegen. Wer dieses Familienbild gesehen hätte, dem wäre es schwergefallen, zu glauben, daß der Vater in einer hoffnungslosen Lage war, die Mutter verzweifelt, der Sohn in einem Höchstmaß an Besorgnis um die Zukunft seines Vaters und die Tochter drauf und dran, ihrer Tante den Verehrer abspenstig zu machen.

Als der Baron um sieben Uhr seinen Bruder, seinen Sohn, die Baronin und Hortense damit beschäftigt sah, Whist zu spielen, ging er fort, um in der Oper seiner Geliebten Beifall zu klatschen; Tante Bette nahm er mit; sie wohnte in der Rue du Doyenné[54] und benutzte die Abgelegenheit dieser menschenleeren Stadtgegend als Vorwand, immer gleich nach dem Abendessen zu verschwinden. Pariser werden zugeben, daß die Vorsicht der alten Jungfer durchaus vernünftig war.

Die Existenz dieses Sammelsuriums von Häusern, das sich längs des alten Louvre hinzieht, ist einer der Proteste, wie ihn die Franzosen so gern gegen den gesunden Menschenverstand veranstalten, damit Europa sich über die Dosis an Geist, die man ihnen zugesteht, beruhige und sich nicht länger fürchtet. Vielleicht bekunden wir damit, ohne es zu wissen, einen großartigen politischen Gedanken. Es dürfte kaum nur als Vorspeise anzusehen sein, wenn wir diesen Winkel des heutigen Paris beschreiben; denn später wird man ihn sich nicht mehr vorstellen können; und unsere Neffen, die den Louvre sicherlich fertiggestellt sehen werden, würden sich weigern, zu glauben, daß eine solche Barbarei sechsunddreißig Jahre lang im Herzen von Paris fortbestanden hat und einem Palast gegenüber, in dem drei Dynastien[55] während jener letzten sechsunddreißig Jahre die Elite Frankreichs und Europas empfangen haben.

Von dem Portal aus, das zum Pont du Carrousel bis zur Rue du Musée führt, fällt jedem, der, und sei es nur für ein paar Tage, nach Paris kommt, etwa ein Dutzend Häuser mit brüchigen Fassaden auf, deren mutlose Besitzer keine Reparaturen mehr vornehmen lassen und die der Rest eines alten Abbruchviertels seit dem Tage sind, als Napoleon sich entschloß, den Louvre fertigbauen zu lassen. Die Rue du Doyenné und die gleichnamige Sackgasse sind die einzigen Verkehrswege innerhalb dieses düsteren, öden Häusergewirrs, dessen Bewohner wahrscheinlich Gespenster sind, denn man bekommt kaum je jemanden zu Gesicht. Das Pflaster liegt beträchtlich tiefer als das des Fahrdamms der Rue du Musée und etwa auf gleicher Höhe mit dem der Rue Froidmanteau[56]. Diese Häuser, die durch die Erhöhung des Bodens ohnehin aussehen, als seien sie verschüttet, sind umhüllt von dem ewigen Schatten, den die hohen Galerien des Louvre werfen, die an dieser Seite geschwärzt sind vom Hauch des Nordwinds. Die Düsternis, das Schweigen, die eisige Luft und die Kellertiefe des Erdbodens wetteifern, um aus diesen Häusern gewissermaßen Krypten zu machen, lebendige Gräber. Fährt man im Kabriolett an diesem halb dem Tod überantworteten Viertel entlang, und der Blick verirrt sich in die Ruelle du Doyenné, so fröstelt einen die Seele und man überlegt, wer dort wohnen könne und was dort bei Dunkelheit passieren müsse, zu der Stunde, da dieses Gäßchen sich in eine Mördergrube verwandelt, und wo alle Pariser Laster im Deckmantel der Nacht freien Lauf haben. Dieses an sich schon erschreckende Problem wird grausig, wenn man sieht, daß diese angeblichen Häuser nach der Rue de Richelieu hin von einem Sumpfgelände umgürtet sind; nach der Rue des Tuileries von einem Ozean durcheinanderliegender Pflastersteine; auf die Galerien zu von kleinen Gärten, von unheimlichen Baracken; und auf der Seite des alten Louvre von wahren Steppen von Hausteinen und von Abbruchstrümmern. Heinrich III. und seine Lustknaben, die ihre Hosen, und die Liebhaber Marguérites[57], die ihre Köpfe suchen, müssen bei Mondschein Sarabanden auf diesen öden Stätten tanzen, die von der Wölbung einer noch stehenden Kapelle überragt werden, gleichsam als Beweis, daß die in Frankreich so lebenskräftige katholische Religion alles überlebt. Seit nun bald vierzig Jahren schreit der Louvre aus allen Mäulern dieser aufgebrochenen Mauern, diesen leeren Fensterhöhlen: »Schneidet diese Warzen aus meinem Antlitz!« Sicherlich hat man die Nützlichkeit dieser Mördergrube erkannt, und außerdem die Notwendigkeit, im Herzen von Paris das intime Miteinander von Elend und Glanz zu symbolisieren, das für die Königin der Weltstädte charakteristisch ist. Daher werden diese kalten Ruinen, in deren Schoß sich die Zeitung der Legitimisten die Krankheit zugezogen hat, an der sie stirbt, werden die schändlichen Bruchbuden der Rue du Musée, werden der Plankenzaun der Schausteller, die sie zieren, vielleicht länger und gedeihlicher leben als jene drei Dynastien!

Seit dem Jahre 1823 hatte die Bescheidenheit des Mietzinses jener dem Verschwinden geweihten Häuser Tante Bette veranlaßt, sich dort einzuquartieren, trotz der Verpflichtung, die der Zustand der Stadtgegend ihr auferlegte, vor Einbruch der Dunkelheit wieder daheim zu sein. Diese Notwendigkeit entsprach übrigens ihrer beibehaltenen dörflerischen Gewohnheit, mit der Sonne zu Bett zu gehen und aufzustehen, wodurch die Landleute beträchtlich an Licht und Heizung sparen. Sie wohnte also in einem jener Häuser, die nach dem Abbruch des berühmten Stadtpalais, das Cambacérès[58] innegehabt hatte, einen freien Ausblick nach dem Platz hatten.

Gerade als der Baron Hulot die Kusine seiner Frau an der Tür jenes Hauses absetzte und zu ihr sagte: »Guten Abend, Kusine!«, schlüpfte eine junge, zierliche, schlanke, hübsche, überaus elegant gekleidete und ein erlesenes Parfüm ausströmende Frau zwischen dem Wagen und der Mauer hindurch, um ebenfalls in das Haus einzutreten. Jene Dame wechselte ohne jedweden Vorbedacht einen Blick mit dem Baron, einzig, um sich den Vetter ihrer Hausgenossin anzusehen; der Roué jedoch empfand darob den lebhaften Eindruck, der allen Parisern widerfährt, wenn sie einer hübschen Frau begegnen, die, wie die Entomologen sagen, ihre »Desiderata« verkörpert; er zog sich, ehe er wieder in den Wagen stieg, einen seiner Handschuhe mit bedachtsamer Langsamkeit an und gab sich damit zusätzlich Haltung, um mit dem Blick der jungen Frau folgen zu können, deren Kleid auf sympathische Weise durch etwas anderes ins Schwingen geriet als durch die gräßlichen, trügerischen Krinolinenunterröcke.

»Das ist mal«, sagte er sich »eine nette kleine Frau, die ich gern glücklich machte, weil sie mich ganz bestimmt glücklich machen würde.«

Als die Unbekannte auf dem Absatz der Treppe angelangt war, die dem nach der Straße zu gelegenen Teil des Hauses als Verbindung diente, warf sie, ohne jedoch gänzlich den Kopf zu wenden, einen Blick zur Haustür hin und sah den Baron wie angewurzelt vor Bewunderung und verzehrt von Neugier und Verlangen nach wie vor an derselben Stelle stehen. Es geht hier Ähnliches vor wie bei den Blumen, an denen alle Pariserinnen lustvoll schnuppern, wenn sie sie unterwegs finden. Manche pflichtbewußte, tugendhafte, hübsche Frau kommt mißgestimmt nach Hause, wenn sie auf dem Spaziergang nicht ihr Sträußchen pflücken konnte.

Rasch stieg die junge Frau die Treppe hinauf. Bald wurde ein Fenster des zweiten Stockwerks geöffnet, und die junge Frau erschien darin, zusammen mit einem Mann jedoch, dessen kahler Schädel und etwas unwilliger Blick auf einen Ehemann schließen ließen.

»Wie gewitzt und einfallsreich sie sind, diese Geschöpfe ...!« dachte der Baron, »auf diese Weise zeigt sie mir, wo sie wohnt. Ein bißchen allzu hastig, zumal in dieser Stadtgegend. Obacht!« Der Ministerialdirektor hob den Blick, als er in den »Mylord« gestiegen war, und da zogen die Frau und der Ehemann sich rasch zurück, wie wenn das Gesicht des Barons auf sie die mythologische Wirkung des Medusenhaupts ausgeübt hätte. »Man könnte meinen, sie kennten mich«, dachte der Baron. »Dann wäre alles erklärlich.« Tatsächlich, als der Wagen den Fahrdamm der Rue du Musée hinaufgefahren war, und er sich vorbeugte, um die Unbekannte nochmals zu sehen, war sie ans Fenster zurückgekehrt. Die junge Frau beschämt, dabei betroffen worden zu sein, nach dem Wagenverdeck auszulugen, unter dem ihr Bewunderer saß, zog sich rasch zurück. »Ich werde durch die Ziege erfahren, wer es ist«, dachte der Baron.

Der Anblick des Staatsrats hatte, wie man noch sehen wird, auf das Ehepaar tiefen Eindruck gemacht.

»Aber das ist ja der Baron Hulot, der Leiter der Abteilung, in der mein Büro sich befindet!« rief der Ehemann und trat von der Fensterbrüstung weg.

»Ja, Marneffe, und die alte Jungfer im dritten Stock, Hofseite, die mit dem jungen Mann zusammenwohnt, ist seine Kusine? Spaßig, daß wir das erst heute erfahren haben, und dazu durch Zufall!«

»Mademoiselle Fischer soll mit einem jungen Mann zusammenwohnen . . .?« echote der Beamte. »Das ist Pförtnerinnengeschwätz; wir dürfen nicht so leichtfertig von der Kusine eines Staatsrats sprechen, der im Ministerium Regen und Sonnenschein macht. Los, laß uns zu Abend essen; seit vier Stunden warte ich auf dich!«

Die sehr hübsche Madame Marneffe, die uneheliche Tochter des Grafen de Montcornet, eines der berühmtesten Heerführer Napoleons, war mittels einer Mitgift von zwanzigtausend Francs an einen Subalternbeamten am Kriegsministerium verheiratet worden. Durch den Einfluß des hochangesehenen Generalleutnants, während der letzten sechs Monate seines Lebens Marschall von Frankreich, war dieser Federfuchser unverhofft in die Stellung eines Bürovorstehers aufgerückt; aber gerade als Marneffe Unterchef hatte werden sollen, schnitt der Tod des Marschalls seine und seiner Frau Hoffnungen an der Wurzel ab. Die Kärglichkeit der Vermögensumstände des edlen Marneffe, der bereits die Mitgift der Mademoiselle Valérie Fortin zum Opfer gefallen war, teils um damit die Schulden des Beamten zu begleichen, teils für Anschaffungen, die ein Junggeselle machen muß, der sich einen Haushalt einrichtet; vor allem aber die Ansprüche einer hübschen Frau, die im Haus ihrer Mutter an Daseinsfreuden gewöhnt worden war, auf die sie nicht verzichten wollte, hatten das Ehepaar gezwungen, am Mietzins zu sparen. Die Lage der Rue du Doyenné in der Nähe des Kriegsministeriums und des Pariser Zentrums hatte Monsieur und Madame Marneffe zugesagt; seit etwa vier Jahren wohnten sie im selben Haus wie Mademoiselle Fischer.

Der edle Jean-Paul-Stanislas Marneffe war eine jener Beamtennaturen, die der Verstumpfung durch eine Art Widerstandskraft entgehen, wie die Verderbtheit sie verleiht. Dieses magere Männlein mit dünnem Haar und Bart, mit kümmerlichem, bläßlichem, mehr verbrauchtem als faltigem Gesicht, mit an den Lidern leicht geröteten, bebrillten Augen, mit miserablem Gang und noch miserablerer Haltung verkörperte den Typus, den jedermann sich von einem Menschen ausmalt, der eines Sittlichkeitsverbrechens wegen vor dem Schwurgericht steht.

Die Wohnung, die dieses Ehepaar innehatte, Typ zahlreicher Pariser Haushalte, bot den trügerischen Augenschein jenes falschen Luxus, der in so vielen Häuslichkeiten herrscht. Im Wohnzimmer zeugten die mit verblichenem Baumwollsamt bezogenen Möbel, die Kleinplastiken aus Gips, der Florentiner Bronze vortäuschte, der schlecht ziselierte Kronleuchter, der einfach übertüncht worden war und Kerzenleuchter aus Preßglas trug, der Teppich, dessen Billigkeit eine späte Erklärung fand durch die Menge der vom Fabrikanten eingewebten und nun dem bloßen Auge erkennbaren Baumwolle; alles bis hin zu den Vorhängen, die einen hätten lehren können, daß Wolldamast höchstens eine Glanzzeit von drei Jahren hat; all das zeugte von Not wie ein zerlumpter Bettler an einer Kirchentür.

Das Eßzimmer wurde von einem einzigen Hausmädchen schlecht betreut; es bot den Übelkeit erregenden Anblick der Speiseräume von Provinzhotels dar; alles darin war unsauber und ungepflegt.

Das Schlafzimmer Monsieurs glich so ziemlich einer Studentenbude; es war ausgestattet mit seinem Junggesellenbett, seinem Junggesellenmobiliar, das so abgenutzt und schäbig aussah wie er selber; es wurde einmal wöchentlich gesäubert; dieses abscheuliche Schlafzimmer, in dem alles umherlag, in dem alte Socken über dunklen Roßhaarstühlen hingen, deren Blumenmuster wirkten, als seien sie mit Staub gezeichnet worden, ließ deutlich einen Mann erkennen, dem seine Häuslichkeit gleichgültig ist, der außerhalb des Hauses lebt, in Spielsälen, in Cafés oder sonstwo.

Madames Schlafzimmer bildete eine Ausnahme in der erniedrigenden Schlamperei, die die allen zugänglichen Räume der Wohnung entehrte, wo die Vorhänge überall gelb von Rauch und Staub waren, wo das offenbar sich selbst überlassene Kind überall sein Spielzeug herumliegen ließ. Valéries Schlafzimmer und Ankleideraum lagen in dem Flügel, der nur mit einer Seite an das Haus stieß, das vorn an der Straße an das Wohnhaus angebaut worden war, das hinten auf den Hof des Nachbargrundstücks hinausging; beide Räume waren mit bemalter Leinwand elegant verkleidet, mit Möbeln aus Palisanderholz und einem Plüschteppich ausgestattet; es roch darin nach hübscher Frau und, sagen wir es, fast nach ausgehaltener Frau. Auf dem mit Samt bezogenen Kaminsims stand eine Stutzuhr, wie sie damals Mode war. Man sah eine kleine, recht gut gefüllte Etagère und luxuriös bepflanzte Blumenschalen aus chinesischem Porzellan. Das Bett, der Toilettetisch, der Spiegelschrank, das Ecksofa, der unentbehrliche Flitterkram zeugten von der Geziertheit oder der Willkür der Tagesmode.

Obwohl dies alles, was Prunk und Eleganz betraf, nur drittrangig war, obwohl es erst drei Jahre alt war, hätte ein Dandy nichts gefunden, was rundweg abzulehnen gewesen wäre, hätte dieser Luxus nicht einen spießbürgerlichen Beigeschmack gehabt. Kunst, Vornehmheit als das Ergebnis von etwas, das der Geschmack sich anzueignen weiß, fehlten hier völlig. Ein Kenner des sozialen Lebens hätte aus einigen dieser nicht eben wertvollen, aber augenfällig gearbeiteten Schmuckstücke auf einen Liebhaber geschlossen; sie konnten nur von jenem Halbgott herrühren, der im Haus einer verheirateten Frau stets abwesend und stets anwesend ist.

Das Abendessen, das der Ehemann, die Frau und das Kind verzehrten, dieses um vier Stunden verspätete Abendessen, hätte allein schon die finanzielle Krise erklären können, unter der diese Familie litt; denn das, was auf den Tisch kommt, ist das verläßlichste Barometer der Vermögensumstände in Pariser

Haushaltungen. Eine Suppe aus Kräutern und dem Wasser gekochter Bohnen, dann Kartoffeln und ein Stück Kalbsbraten, das statt im eigenen Saft in einer rötlichen Sauce schwamm, eine Schüssel grüner Bohnen und schließlich Kirschen geringer Qualität, das Ganze aufgetragen und gegessen aus abgestoßenen Tellern und Schüsseln mit nicht klingenden, jämmerlichen Neusilberbestecken, war das eine dieser hübschen Frau würdige Speisenfolge? Der Baron hätte geweint, wenn er Zeuge davon gewesen wäre. Die angelaufenen Karaffen tarnten nicht die abscheuliche Farbe des Weins, der literweise vom Weinhändler an der Ecke geholt wurde. Die Servietten wurden schon seit einer Woche benutzt. Kurzum, aus allem sprach bittere Not ohne Würde und ein mangelnder Sinn von Frau und Ehemann für die Familie. Sogar ein durchschnittlicher Beobachter würde sich beim Anblick dieser beiden Menschen gesagt haben, sie seien an dem unheilvollen Punkt angelangt, wo der Daseinskampf zur Suche nach einer erfolgversprechenden Betrügerei wird.

Der erste Satz, den Valérie zu ihrem Mann sagte, dürfte übrigens die Verspätung des Abendessens erklären, das wohl der interessierten Treue der Köchin zu verdanken war.

»Samanow will deine Wechsel nur zu fünfzig Prozent übernehmen und verlangt als Garantie eine Zahlungsanweisung auf dein Gehalt.«

Die Geldnot, die bei dem Ministerialdirektor im Kriegsministerium noch geheim war, der überdies als »spanische Wand« ein Gehalt von vierundzwanzigtausend Francs hatte, ganz abgesehen von den Gratifikationen, war somit bei dem Beamten ins letzte Stadium getreten.

»Du hast meinen Abteilungsleiter ›beschwipst‹ gemacht«, sagte der Ehemann und blickte seine Frau an.

»Ja, ich glaube«, antwortete sie, ohne über den Hintersinn dieses dem Theaterjargon entstammenden Ausdrucks zu erschrecken.

»Was soll aus uns werden?« fuhr Marneffe fort. »Morgen läßt der Hausbesitzer uns pfänden. Und dabei hat dein Vater es sich einfallen lassen, ohne Testament zu sterben! Mein Ehrenwort, diese Leute aus der Kaiserzeit halten sich alle für unsterblich, wie ihr Kaiser.«

»Mein armer Vater«, sagte sie, »ich bin sein einziges Kind gewesen, und er hat mich sehr lieb gehabt! Die Gräfin muß das Testament verbrannt haben. Wie sollte er mich vergessen haben, wo er uns doch dann und wann drei oder vier Tausendfrancsscheine auf einmal geschenkt hat?«

»Wir sind vier Mieten schuldig, fünfzehnhundert Francs! Ist unser Mobiliar die wert? *That is the question!* hat Shakespeare gesagt.«

»Ja, dann adieu, mein Katerchen«, sagte Valérie; sie hatte nur ein paar Happen von dem Kalbsbraten gegessen, dessen Saft die Köchin für einen tapferen, gerade aus Algier zurückgekommenen Soldaten abgeschöpft hatte. »Große Übel erfordern große Heilmittel!«

»Valérie! Wohin gehst du?« rief Marneffe und schnitt seiner Frau den Weg zur Tür ab.

»Ich will unseren Hauswirt aufsuchen«, antwortete sie und ordnete sich die Locken unter ihrem hübschen Hut. »Du selber solltest versuchen, dich mit der alten Jungfer gut zu stellen, wenn sie schon die Kusine des Ministerialdirektors ist.«

Die Unkenntnis, in der die Mieter ein und desselben Hauses sich über die soziale Lage des anderen befinden, ist eine der immer gegebenen Tatsachen, die am deutlichsten von der Hast des Pariser Lebens zu zeugen vermögen; aber es ist unschwer zu verstehen, daß ein Beamter, der täglich am frühen Morgen in sein Büro geht, der erst zum Abendessen wieder heimkommt, der jeden Abend ausgeht, sowie eine dem Pariser Freudenleben zugetane Frau nichts vom Dasein einer alten Jungfer wissen können, die im dritten Stock ihres Hauses zur Hofseite hin wohnt, zumal wenn jene alte Jungfer die Lebensgewohnheiten der Mademoiselle Fischer hat.

Lisbeth war stets die erste im Haus, die ihre Milch, ihr Brot und ihre Feuerung einkaufte; sie sprach dabei mit niemandem und sie ging mit der Sonne wieder zu Bett; nie empfing sie Briefe oder Besuche, und nachbarlichen Verkehr pflegte sie nicht. Sie war eine der anonymen, insektenhaften Existenzen, wie sie in manchen Häusern anzutreffen sind, wo etwa man erst nach vier Jahren erfährt, daß im vierten Stock ein alter Herr hause, der Voltaire, Pilâtre du Rozier[59], Beaujon[60], Marcel[61], Molé[62],

Sophie Arnould[63], Franklin[64] und Robespierre gekannt habe. Was die Eheleute Marneffe soeben über Lisbeth Fischer geäußert, hatten sie auf Grund der Abgelegenheit der Stadtgegend und durch die Beziehungen erfahren, die sich durch ihre beschränkte Lage zu den Hausmeistersleuten gebildet hatten, auf deren Wohlwollen sie so sehr angewiesen waren, daß diese Beziehungen sorglich gepflegt wurden. Nun aber hatten das stolze Gebaren, das Schweigen und die Zurückhaltung der alten Jungfer bei den Hausmeistersleuten jenen übertriebenen Respekt, jene kühle Verhaltensweise gezeitigt, die beide auf eine uneingestandene Mißstimmung des Tieferstehenden schließen lassen. Übrigens hielten die Hausmeistersleute sich als gleich an Rang und Stand, wie man im Justizpalast sagt, mit einer Mieterin, deren Miete nur zweihundertfünfzig Francs betrug. Da die vertraulichen Mitteilungen der Tante Bette an ihre kleine Nichte Hortense stimmten, wird jeder verstehen, daß die Hausmeistersfrau bei irgendeiner intimen Unterhaltung mit dem Ehepaar Marneffe sie hatte anschwärzen können, wobei sie des Glaubens gewesen war, sie klatschte bloß über sie.

Als die alte Jungfer aus den Händen der ehrenwerten Madame Olivier, der Hausmeistersfrau, ihren Leuchter entgegengenommen hatte[65], trat sie vor, um nachzusehen, ob die Mansardenfenster oberhalb ihrer Wohnung erhellt waren. Es war zu dieser Stunde sogar im Juli so dunkel in der Tiefe des Hofs, daß die alte Jungfer nicht ohne Licht zu Bett gehen konnte.

»Oh, seien Sie unbesorgt, Monsieur Steinbock ist daheim; er hat nicht mal das Haus verlassen«, sagte Madame Olivier boshaft zu Mademoiselle Fischer.

Die alte Jungfer gab keine Antwort. Auch in dieser Hinsicht war sie Bäuerin geblieben; sie zuckte die Achseln über das Gerede unter ihr Stehender; und gerade wie die Bauern nur ihr Dorf sehen, war ihr einzig an der Meinung des kleinen Kreises gelegen, in dem sie lebte. Also stieg sie entschlossen hinauf, nicht etwa in ihre eigene Wohnung, sondern zu jener Mansarde. Und zwar aus folgendem Grund. Beim Nachtisch hatte sie für ihren Verehrer Obst und Konfekt in ihr Arbeitskörbchen gesteckt und das wollte sie ihm jetzt bringen, ganz genau wie eine alte Jungfer ihrem Hund einen Leckerbissen mitbringt.

Sie traf den Helden von Hortenses Träumen bei der Arbeit an, und zwar beim Schein einer kleinen Lampe, deren Licht dadurch gesteigert wurde, daß es durch eine mit Wasser gefüllte Glaskugel fiel; er war ein blasser, blonder junger Mann, und er saß an einer Art Arbeitstisch, auf dem Ziselierwerkzeug, rotes Wachs, Modellierhölzer, grobgeschnitze Sockel und Messingbarren lagen; er trug einen Arbeitskittel und hielt in der Hand eine kleine Gruppe aus Modellierwachs, die er mit der Aufmerksamkeit eines seiner Arbeit obliegenden Dichters betrachtete.

»Da, Wenceslaus, das hier habe ich Ihnen mitgebracht«, sagte sie und stellte ihren Leuchter auf eine Tischecke.

Dann entnahm sie ihrem Körbchen behutsam die Leckereien und die Früchte.

»Sie sind sehr gütig, Mademoiselle«, antwortete der arme Verbannte mit trauriger Stimme.

»Das wird Sie erfrischen, Sie armer Junge. Sie erhitzen sich das Blut, wenn Sie so arbeiten; für ein so rauhes Gewerbe sind Sie nicht geschaffen.«

Wenceslaus Steinbock sah die alte Jungfer verwundert an.

»Essen Sie doch«, fuhr sie barsch fort, »anstatt mich anzuschauen wie eine Ihrer Figuren, wenn sie Ihnen gefällt.«

Als der junge Mensch diese Art Fausthieb in Worten erhielt, wich sein Erstaunen, denn jetzt erkannte er seinen weiblichen Mentor wieder, dessen Zärtlichkeitsanwandlungen ihn stets überraschten, so sehr war er es gewöhnt, grob behandelt zu werden. Obgleich Steinbock neunundzwanzig Jahre alt war, wirkte er, wie manche Blonde, fünf oder sechs Jahre jünger, und wenn man dieser Jugend, deren Frische durch die Entbehrungen und Nöte des Exils hingeschwunden war, neben jenem trockenen, harten Gesicht sah, hätte man gemeint, die Natur habe sich bei der Zuteilung ihrer Geschlechter geirrt. Er stand auf, ließ sich auf eine alte Bergère im Stil Louis-Quinze sinken, die mit gelbem Utrechter Samt bespannt war, und schien sich dort verschnaufen zu wollen. Da nahm die alte Jungfer eine Reineclaude und hielt sie dem Freunde sanftmütig hin.

»Danke«, sagte er und nahm die Frucht.

»Sind Sie müde?« fragte sie und gab ihm eine zweite Frucht.

»Nicht müde von der Arbeit, aber lebensmüde«, antwortete er.

»Das sind mir Gedanken!« entgegnete sie mit einer gewissen Schärfe. »Haben Sie etwa keinen guten Geist, der über Sie wacht?« fragte sie, reichte ihm das Zuckerzeug und sah zu, wie er alles begierig aufaß. »Sie sehen ja, als ich bei meiner Kusine zu Abend aß, habe ich an Sie gedacht . . .«

»Ich weiß«, sagte er und bedachte Lisbeth mit einem zugleich zärtlichen und kläglichen Blick, »daß ich ohne Sie schon längst nicht mehr am Leben sein würde; aber, liebe Dame, Künstler brauchen Ablenkungen . . .«

»Aha! So liegen die Dinge . . .!« unterbrach sie ihn, stemmte die Fäuste in die Hüften und richtete flammende Augen auf ihn. »Sie wollen sich Ihre Gesundheit im Pariser Sündenpfuhl ruinieren, wie so viele Schaffende, die schließlich im Spital sterben! Unsinn! Schaffen Sie sich erstmal ein Vermögen, und wenn Sie Zinsen haben, dann amüsieren Sie sich, mein Junge; dann können Sie Ärzte und Liebesfreuden bezahlen, Sie Leichtfuß.«

Als Wenceslaus Steinbock diese Breitseite empfing, die von Blicken begleitet war, die ihn mit einer magnetischen Flamme durchdrangen, senkte er den Kopf. Wenn das bissigste Lästermaul auch nur den Anfang dieser Szene gesehen hätte, würde es bereits das Unzutreffende der Verleumdungen erkannt haben, die das Ehepaar Olivier gegen die Demoiselle Fischer geäußert hatte. Alles im Stimmklang, in der Gestik und den Blicken dieser beiden Menschenwesen zeugte von der Reinheit ihres geheimen Lebens. Die alte Jungfer entfaltete die Zärtlichkeit einer ungefügen, aber echten mütterlichen Zuneigung. Der junge Mensch unterlag wie ein von Achtung erfüllter Sohn der Tyrannei einer Mutter. Dieses absonderliche Verhältnis schien das Ergebnis einer mächtigen Willenskraft zu sein, die sich unablässig auf einen schwachen Charakter auswirkte, auf die den Slawen eigentümliche Haltlosigkeit, die ihnen zwar heldischen Mut auf den Schlachtfeldern beläßt, ihnen jedoch in ihrer Lebensführung eine unglaubliche Zerfahrenheit leiht, eine moralische Weichlichkeit, mit deren Ursachen die Physiologen sich befassen sollten; denn die Physiologen sind für die Politik, was die Entomologen für die Landwirtschaft sind.

»Und wenn ich sterbe, bevor ich reich bin?« fragte Wenceslaus melancholisch.

»Sterben ...?« rief die alte Jungfer. »Oh, ich lasse Sie keinesfalls sterben. In mir steckt Leben für zwei, und ich würde Ihnen mein Blut spenden, wenn es sein müßte.«

Als Steinbock diesen stürmischen und naiven Ausruf vernahm, feuchteten Tränen seine Lider.

»Lassen Sie den Kopf nicht hängen, kleiner Wenceslaus«, fuhr Lisbeth gerührt fort. »Hören Sie mal, ich glaube, meine Nichte Hortense hat Ihr Petschaft recht hübsch gefunden. Ja, ja, ich werde es wohl fertigbringen, daß Ihre Bronzegruppe verkauft wird; dann sind Sie Ihre Schulden bei mir los; Sie können tun und lassen, was Sie wollen; Sie sind Ihr eigener Herr! Na, lachen Sie doch ...!«

»Ich werde ewig in Ihrer Schuld bleiben, Mademoiselle«, antwortete der arme Verbannte.

»Wieso denn ...?« fragte die Bäuerin aus den Vogesen und ergriff damit die Partei des Livländers gegen sich selber.

»Weil Sie mich nicht nur im Elend ernährt, mir Unterkunft gewährt und für mich gesorgt, sondern weil Sie mir überdies Kraft gegeben haben! Sie haben mich zu dem gemacht, was ich bin; Sie sind zwar oft hart mit mir umgesprungen, Sie haben mir weh getan ...«

»Ich?« fragte die alte Jungfer. »Fangen Sie jetzt wieder von vorn an mit Ihren Dummheiten über die Poesie, über die Künste, und lassen Ihre Finger knacken und verrenken sich die Arme, wenn Sie vom Schönheitsideal sprechen, von Ihren nordländischen Narrheiten? Das Schöne ist nicht soviel wert wie das Verläßliche, das Solide, und das Solide bin *ich*! Sie haben Ideen im Gehirn? Das ist was Rechtes! Ich habe nämlich ebenfalls Ideen ... Wozu dient, was man im Innern hat, wenn man nicht praktischen Nutzen daraus zieht? Wer Ideen hat, der hat es noch nicht so weit gebracht wie einer, der keine hat, aber der es versteht, sich umzutun ... Sie dürfen nicht an Ihre Traumgespinste denken, Sie müssen arbeiten ... Was haben Sie zustandegebracht, seit ich weggegangen bin ...?«

»Was hat denn Ihre hübsche Nichte gesagt?«

»Wer hat Ihnen gesagt, daß sie hübsch sei?« fragte Lisbeth

lebhaft und in einem Tonfall, in dem die Eifersucht einer Tigerin röhrte.

»Sie selber natürlich.«

»Das habe ich getan, um zu sehen, was für eine Grimasse Sie schneiden würden! Drängt es Sie etwa, Schürzenjäger zu werden? Sie haben viel für Frauen übrig; na, schön, schmelzen Sie sie ein, setzen Sie Ihr Verlangen in Bronze um; denn eine Zeitlang werden Sie noch ohne Liebschaften auskommen müssen, und vor allem ohne meine Nichte, Freundchen. Die ist kein Wildbret für Ihre Nase; die braucht einen Mann mit sechzigtausend Francs Zinsen ... und der ist bereits gefunden. Siehe da, nicht mal das Bett ist gemacht worden!« sagte sie, als sie in das Nebenzimmer blickte, »ach, Sie armer Junge, das habe ich vergessen ...«

Sogleich entledigte sich das kräftige Mädchen ihres Mantels, ihres Hutes und ihrer Handschuhe; und wie eine Magd richtete sie behend das schmale Schuljungenbett her, in dem der Künstler schlief. Dieses Gemisch von Derbheit, ja, sogar Rauheit und Güte vermag die Herrschaft zu erklären, die Lisbeth über diesen Mann gewonnen hatte; sie hatte aus ihm ein Etwas gemacht, das ganz ihr gehörte. Wirkt das Leben auf uns nicht fesselnd durch seine Wechselfolge von Gut und Böse? Wäre der Livländer statt Lisbeth Fischer Madame Marneffe begegnet, so würde er in seiner Gönnerin ein Entgegenkommen gefunden haben, das ihn auf einen schmutzigen, entehrenden Weg geführt hätte, auf dem er in die Irre gegangen wäre. Schwerlich würde er gearbeitet, der Künstler würde sich nicht erschlossen haben. Obwohl er unter der harten Habsucht der alten Jungfer stöhnte, riet ihm doch seine Vernunft, diesen eisernen Arm dem trägen, gefährlichen Dasein vorzuziehen, das manche seiner Landsleute führten.

Jetzt soll das Geschehnis berichtet werden, durch das die Verbindung dieser weiblichen Energie und dieser männlichen Schwäche zustandegekommen war; es liegt darin ein gewisser Widersinn, der, wie es heißt, in Polen nicht eben selten ist.

Im Jahre 1833 hatte Mademoiselle Fischer, die manchmal, wenn sie viel zu tun hatte, auch nachts arbeitete, gegen ein Uhr morgens einen starken Geruch nach Kohlenoxyd[66] verspürt und das Stöhnen eines Sterbenden vernommen. Der Kohlengasgeruch und das Röcheln kamen aus einer Mansarde, die über den beiden Zimmern lag, aus denen ihre Wohnung bestand; sie vermutete, ein junger Mann, der erst unlängst ins Haus gekommen war und in der Mansarde wohnte, die seit drei Jahren leerstand, sei drauf und dran, Selbstmord zu begehen. Rasch stieg sie hinauf, drückte mit ihrer Lothringerinnenkraft als Hebel die Tür ein und erblickte den Mieter, wie er sich auf einem Gurtbett in den Krämpfen der Agonie wand. Sie löschte die Kohlenpfanne. Durch die offene Tür strömte frische Luft herein, der Verbannte kam mit dem Leben davon; als Lisbeth ihn dann gebettet hatte wie einen Kranken und als er eingeschlafen war, konnte sie die Ursache des Selbstmords aus der völligen Kahlheit der beiden Kammern dieser Mansardenwohnung erkennen; es standen darin lediglich ein schäbiger Tisch, das Gurtbett und zwei Stühle.

Sie las den auf dem Tisch liegenden Zettel:

»Ich bin Graf Wenceslaus Steinbock, geboren zu Preli in Livland.

Man bezichtige niemanden der Schuld an meinem Tode; die Gründe für meinen Selbstmord sind in Kosciuszkos[67] Ausruf: ›Finis Poloniae!‹[68] enthalten.

Der Großneffe eines tapferen Generals Karls XII. hat nicht betteln wollen. Meine schwache Gesundheit verbot mir den Militärdienst, und gestern habe ich das Ende der hundert Taler erlebt, mit denen ich von Dresden nach Paris gekommen bin. Ich lasse fünfundzwanzig Francs im Schubfach dieses Tischs liegen, damit die Miete bezahlt werden kann, die ich dem Hausbesitzer schulde.

Da ich keine Verwandten mehr habe, interessiert mein Tod niemanden. Ich bitte meine Landsleute, der französischen Regierung nichts vorzuwerfen. Ich habe mich nicht als Flüchtling zu erkennen gegeben; ich habe um nichts gebeten; ich bin mit keinem andern Verbannten zusammengetroffen; niemand in Paris weiß, daß ich existiere.

Ich sterbe in christlichen Gedanken. Möge Gott dem Letzten aus dem Geschlecht der Grafen Steinbock verzeihen!

Wenceslaus.«

Mademoiselle Fischer war tief gerührt ob der Redlichkeit des Todeskandidaten, der seine Miete hatte bezahlen wollen; sie öffnete das Schubfach und fand tatsächlich fünf Hundertsousstücke.

»Der arme junge Mensch!« rief sie. »Und kein Mensch auf Erden nimmt sich seiner an!«

Sie stieg in ihre Wohnung hinunter, holte ihr Strickzeug, fuhr in jener Mansarde fort zu arbeiten und wachte bei dem livländischen Edelmann. Man kann sich das Erstaunen des Verbannten vorstellen, als er beim Erwachen eine Frau an seinem Lager sitzen sah; er glaubte, ein Traum dauere fort. Die alte Jungfer hatte sich gelobt, während sie Goldtroddeln für eine Uniform fertigte, die Hand über diesen armen Jungen zu halten, den sie, als er schlief, bewundernd angeblickt hatte. Als der junge Graf völlig wach war, sprach Lisbeth ihm Mut zu und fragte ihn aus, weil sie wissen wollte, auf welche Weise er seinen Lebensunterhalt verdienen könne. Wenceslaus erzählte seine Geschichte und fügte hinzu, er habe seine Anstellung seiner anerkannten künstlerischen Befähigung verdankt; er habe von jeher Anlagen für die Bildhauerei verspürt; aber die Ausbildungszeit sei ihm für einen Unbemittelten als zu lang erschienen, und er habe sich gegenwärtig viel zu schwach gefühlt, um sich einer handwerklichen Tätigkeit oder gar der Bildhauerei großen Stils zu widmen. Sie antwortete dem armen Teufel, Paris biete so viele Hilfsquellen, daß ein Mensch mit gutem Willen dort unbedingt leben könne. Beherzte Menschen gingen dort nicht unter, wenn sie über einen gewissen Vorrat an Geduld verfügten.

»Ich selber bin nur ein armes Mädchen, eine Bäuerin, und dennoch habe ich es fertiggebracht, mir hier eine gewisse Unabhängigkeit zu schaffen«, sagte sie abschließend. »Hören Sie auf mich. Wenn Sie wirklich ernsthaft arbeiten wollen, dann habe ich einige Ersparnisse; ich werde Ihnen Monat für Monat das zum Leben erforderliche Geld leihen; aber nur, damit Sie streng geregelt leben, und nicht, damit Sie bummeln oder hinter den Mädchen herlaufen. Man kann in Paris für fünfundzwanzig Sous den Tag seine Hauptmahlzeit bestreiten, und das Frühstück mache ich Ihnen jeden Tag mit dem meinen. Außerdem statte ich Ihnen Ihr Zimmer aus und bezahle Ihnen die Lehrstunden, die Sie anscheinend für unerläßlich halten. Sie geben mir korrekte Schuldscheine über das Geld, das ich für Sie aufwende; und wenn Sie reich geworden sind, erstatten Sie mir alles zurück. Wenn Sie aber nicht arbeiten, betrachte ich mich als zu nichts verpflichtet und lasse Sie sitzen.«

»Ach!« rief der Unglückliche, der noch die Bitternis seiner ersten Umarmung mit der Todesgottheit verspürte, »die Verbannten aller Länder haben nur zu recht, nach Frankreich zu verlangen wie die Seelen im Fegefeuer nach dem Paradies. In welcher andern Nation finden sich soviel Hilfsbereitschaft und soviel edelmütige Herzen, sogar in einer Mansarde wie dieser hier! Sie sollen alles für mich sein, geliebte Wohltäterin; ich bin hinfort Ihr Sklave! Seien Sie meine Freundin«, sagte er mit einer der Zärtlichkeitsbekundungen, die den Polen so vertraut sind und die dazu geführt haben, daß man sie zu Unrecht der Unterwürfigkeit geziehen hat.

»O nein, dazu bin ich allzu eifersüchtig, ich würde Sie unglücklich machen; aber ich will gern so etwas wie Ihre Kameradin sein«, entgegnete Lisbeth.

»Ach, wenn Sie wüßten, mit welcher Glut ich ein Geschöpf, und wäre es ein Tyrann gewesen, herbeigerufen habe, das sich um mich kümmern würde, als ich in der Leere von Paris umherzappelte!« fuhr Wenceslaus fort. »Ich habe mich nach Sibirien gesehnt, wohin der Zar mich schicken würde, wenn ich heimkehrte ...! Werden Sie meine Vorsehung ... Ich will arbeiten, ich will ein besserer Mensch werden, obwohl ich kein Bösewicht bin.«

»Wollen Sie alles tun, was ich von Ihnen verlangen werde?« fragte sie.

»Ja ...!«

»Gut, dann nehme ich Sie an Kindesstatt an«, sagte sie fröhlich. »Da habe ich nun einen Jungen, der sich gerade aus dem Sarg erhoben hat. Los! Wir wollen anfangen. Ich gehe hinunter und besorge meine Einkäufe; Sie ziehen sich an, dann kommen Sie und frühstücken mit mir zusammen, wenn ich mit meinem Besenstiel an die Zimmerdecke klopfe.«

Am nächsten Tag erkundigte sich Mademoiselle Fischer bei dem Fabrikanten, zu dem sie ihre Arbeit hintrug, über den Bildhauerberuf. Nach mancherlei Fragen gelang es ihr, die Werkstatt von Florent und Chanor[69] ausfindig zu machen; das war eine Spezialfirma, wo kostbare Bronzen und luxuriöses Silbergerät gegossen und ziseliert wurden. Sie meldete Steinbock dort als Bildhauerlehrling an, und dieser Vorschlag machte einen absonderlichen Eindruck. Es wurden dort die Modelle der berühmtesten Künstler ausgeführt, aber wie sie zu modellieren wären, wurde dort nicht gezeigt. Der Ausdauer und der Hartnäckigkeit der alten Jungfer gelang es, ihren Schützling als Zeichner von Ornamenten unterzubringen. Steinbock lernte schnell, Ornamente zu modellieren; er erfand neue hinzu; er erwies sich als begabt. Fünf Monate nach Abschluß seiner Lehrzeit als Ziseleur machte er die Bekanntschaft des berühmten Stidmann, des wichtigsten Bildhauers der Firma Florent. Nach Ablauf von zwanzig Monaten konnte Wenceslaus mehr als sein Meister; nach dreißig Monaten jedoch waren die von der alten Jungfer sechzehn Jahre lang Stück für Stück zusammengehäuften Ersparnisse völlig draufgegangen. Zweitausendfünfhundert Francs in Gold! Eine Summe, die sie in Leibrenten anzulegen gedacht hatte; und was war der Gegenwert? Der Wechsel eines Polen. Deswegen arbeitete Lisbeth gegenwärtig wie in ihrer Jugend, um die Ausgaben des Livländers auch weiterhin decken zu können. Als sie in ihren Händen statt ihrer Goldstücke ein Blatt Papier sah, verlor sie den Kopf und fragte Monsieur Rivet um Rat, der seit fünfzehn Jahren der Ratgeber und Freund seiner geschicktesten Arbeiterin war. Als Monsieur und Madame Rivet von diesem Abenteuer erfuhren, schalten sie Lisbeth aus, bezeichneten sie als verrückt und schimpften auf die Flüchtlinge, deren Umtriebe, um abermals eine Nation zu werden, dem Gedeihen des Handels und dem Frieden um jeden Preis schadeten; sie hetzten die alte Jungfer dazu auf, sich das zu verschaffen, was man im kaufmännischen Leben als ›Sicherheiten‹ bezeichnet.

»Die einzige Sicherheit, die dieser Bursche Ihnen bieten kann, ist seine Freiheit«, sagte Rivet.

Monsieur Achille Rivet war Richter am Handelsgericht.

»Das ist nämlich für Ausländer kein Honigschlecken«, fuhr er fort. »Ein Franzose bleibt fünf Jahre im Gefängnis, und danach wird er freigelassen, ohne seine Schulden bezahlt zu haben, denn dann untersteht er keinem gesetzlichen Zwang mehr, nur seinem Gewissen, und das ist ihm stets ein Ruhekissen; aber ein Ausländer kommt nie wieder aus dem Gefängnis heraus. Geben Sie mir Ihren Wechsel; wir lassen ihn auf den Namen meines Buchhalters laufen; er läßt ihn zu Protest gehen, Sie reichen beide die Klage ein, erhalten kontradiktorisch ein Urteil, das auf Haft lautet, und wenn dann alles gut geregelt ist, unterzeichnet er Ihnen eine Gegenverschreibung. Wenn Sie so handeln, bleiben Ihre Interessen stets gewahrt, und Sie bekommen eine geladene Pistole gegen Ihren Polen in die Hand!«

Die alte Jungfer tat das Erforderliche und sagte ihrem Schützling, er solle sich über dieses Verfahren keine Sorge machen; es sei einzig eingeleitet worden, um einem Wucherer eine Bürgschaft zu geben, der bereit sei, ihnen einiges Geld vorzustrecken. Diesen Vorwand hatte der erfinderische Geist des Handelsrichters ausgeheckt. Der ahnungslose Künstler in seinem blinden Vertrauen zu seiner Wohltäterin steckte sich mit den amtlichen Dokumenten die Pfeife an; denn wie alle Leute, die Sorgen haben oder die ihre Energie einschläfern wollen, rauchte er. Eines schönen Tages zeigte Monsieur Rivet Mademoiselle Fischer ein Aktenstück und sagte zu ihr: »Jetzt haben Sie Wenceslaus Steinbock an Händen und Füßen gefesselt in der Hand, und zwar so trefflich, daß Sie ihn innerhalb von vierundzwanzig Stunden für den Rest seiner Tage in Clichy[70] einquartieren können.«

Der würdige, ehrenwerte Handelsrichter empfand an jenem Tag die Genugtuung, eine schlichte gute Tat vollbracht zu haben. Die Wohltätigkeit hat in Paris so mannigfache Formen, daß dieser seltsame Ausdruck einer ihrer Varianten entspricht. Nachdem der Livländer einmal in die Stricke des handelsgerichtlichen Verfahrens geraten war, handelte es sich darum, die Zahlung durchzusetzen; denn der achtbare Handelsmann hielt Wenceslaus Steinbock für einen Gauner. Herz, Redlichkeit und Poesie waren in seinen Augen, den Augen eines Geschäftsmannes, faule Geschichten. Rivet suchte im Interesse der armen Mademoiselle Fischer, die, wie er sich ausdrückte, von einem Polen »angeschmiert« worden war, die reichen Fabrikanten auf, von denen Steinbock Aufträge erhalten hatte. Nun aber befand sich Stidmann, der, unterstützt von den bemerkenswertesten Pariser Goldschmieden, die französische Kleinkunst zu ihrer jetzigen Vollkommenheit gebracht hat, so daß sie den Wettbewerb mit den Florentinern und der Renaissance aufnehmen kann, gerade in Chanors Geschäftszimmer, als der Posamentierer dort erschien, um Auskünfte über einen gewissen Steinbock, einen polnischen Flüchtling, einzuholen.

»Wen meinen Sie mit ›einem gewissen Steinbock‹?« rief Stidmann spöttisch. »Sollte es sich zufällig um einen jungen Livländer handeln, der mein Schüler gewesen ist? Vernehmen Sie, Monsieur, daß dieser ein großer Künstler ist. Es heißt von mir, ich sei ein Teufelskerl; na, und dieser arme Junge weiß gar nicht, daß aus ihm ein Gott werden kann ...«

»So so! Obwohl Sie recht burschikos zu einem Mann sprechen, der die Ehre hat, Richter am Handelsgericht des Départements Seine zu sein ...«

»Entschuldigen Sie, Herr Konsul[71] ...!« antwortete Stidmann und legte sich den Handrücken an die Stirn.

»Ich freue mich über das, was Sie da eben gesagt haben. Auf diese Weise wird der junge Mann also Geld verdienen können ...«

»Freilich«, sagte der alte Chanor, »aber er muß arbeiten; er hätte schon einen ganzen Haufen haben können, wenn er bei uns geblieben wäre. Aber da ist nichts zu machen; Künstler verabscheuen nun mal die Abhängigkeit.«

»Sie sind sich ihres Wertes und ihrer Würde bewußt«, antwortete Stidmann. »Ich tadele Wenceslaus nicht, daß er versucht, sich auf eigene Faust einen Namen zu machen und ein großer Mann zu werden; das ist sein gutes Recht! Und dabei habe ich viel verloren, als er von mir weggegangen ist!«

»Da haben wir's!« rief Rivet. »Das ist die Anmaßung der jungen Leute, wenn sie gerade aus dem Ei geschlüpft sind ... Sie sollten sich doch erst mal ein Vermögen schaffen und danach auf Ruhm erpicht sein!«

»Man verdirbt sich die Hand, wenn man Taler zusammenscharrt!« antwortete Stidmann. »Erst der Ruhm läßt uns zu Vermögen gelangen.«

»Nichts zu machen!« sagte Chanor zu Rivet. »Man kann sie nicht anbinden ...«

»Sie würden den Halfter mit den Zähnen zernagen!« erwiderte Stidmann.

»Alle diese Herren«, sagte Chanor und schaute Stidmann an, »haben genausoviel Phantasie wie Talent. Sie leben ungeheuer verschwenderisch, haben Loretten, werfen das Geld zum Fenster hinaus und finden nicht mehr die Zeit, ihre Arbeit zu machen; sie vernachlässigen ihre Aufträge; wir gehen zu Handwerkern, die weit weniger leisten, aber reich werden; und dann jammern die Herren über die schlechten Zeiten, während sie doch, wenn sie fleißig gewesen wären, Berge von Gold haben könnten ...«

»Sie alter Schlauberger«, sagte Stidmann, »Sie kommen mir vor wie der Verleger aus der Zeit vor der Revolution, der zu sagen pflegte: ›Ach, wenn ich Montesquieu, Voltaire und Rousseau, diese Lumpen, in meinen Hängeboden sperren und ihre Hosen in meiner Kommode einschließen könnte, was für gute Büchlein würden sie mir dann schreiben, und wie würde ich dazu zu Gelde kommen!‹ Könnte man schöne Werke schmieden wie Nägel, dann würden die Laufburschen welche machen ... Geben Sie mir tausend Francs und seien Sie still!«

Der biedere Rivet ging hochentzückt um der armen Demoiselle Fischer willen heim; sie aß jeden Montag bei ihm zu Abend; er würde sie bei sich zu Hause antreffen.

»Wenn Sie ihn dazu bringen, tüchtig zu arbeiten, dann haben Sie mehr Glück als Verstand und bekommen Ihr Geld wieder, Zinsen, Unkosten und Kapital eingeschlossen. Dieser Pole hat Talent, er kann seinen Lebensunterhalt verdienen; aber schließen Sie seine Hosen und seine Schuhe ein, hindern Sie ihn daran, nach der Chaumière und der Gegend um Notre-Dame-de-Lorette zu gehen, halten Sie ihn an der Leine. Ohne diese Vorsichtsmaßnahmen wird Ihr Bildhauer zu bummeln anfangen, und wenn Sie wüßten, wie diese Künstler sich aufs Bummeln verstehen! Grauenhaft ist das! Ich habe eben gehört, daß bei denen ein Tausendfrancschein grade für einen Tag langt.«

Diese Episode hatte einen schrecklichen Einfluß auf das häusliche Leben Wenceslaus' und Lisbeths. Die Wohltäterin tauchte das Brot des Verbannten in den Wermut der Vorwürfe, nun sie glaubte, ihr Kapital sei gefährdet, und sehr häufig glaubte sie es sogar verloren. Die gute Mutter wurde zur Stiefmutter; sie schulmeisterte den armen Jungen, sie schikanierte ihn; sie warf ihm vor, er arbeite nicht schnell genug und er habe einen heiklen Beruf ergriffen. Sie konnte nicht glauben, daß Modelle aus rotem Wachs, Kleinplastiken, Entwürfe zu Ornamenten und Versuche Wert haben könnten. Mitunter jedoch ärgerte sie sich über ihre Härte und versuchte, deren Spuren durch Fürsorglichkeit, Freundlichkeiten und Aufmerksamkeiten auszulöschen. Wenn dann der arme junge Mensch gestöhnt hatte, in die Abhängigkeit von dieser Megäre und unter die Herrschaft einer Bäuerin aus den Vogesen geraten zu sein, war er entzückt ob dieser Schmeicheleien und dieser mütterlichen Betreuung, die sich indessen nur auf die physische, die materielle Seite des Lebens erstreckte. Er war wie eine Frau, die die schlechte Behandlung während einer Woche um der Liebesbezeigungen einer flüchtigen Versöhnung willen verzeiht. Auf diese Weise gewann Mademoiselle Fischer über diese Seele eine absolute Herrschaft. Die Liebe zum Herrschen, die in diesem altjüngferlichen Herzen im Keimzustand verblieben war, entwickelte sich rasch. Jetzt konnte sie ihren Hochmut und ihren Tätigkeitsdrang befriedigen; nannte sie nicht ein Geschöpf ihr eigen, das sie ausschimpfen, gängeln, dem sie schmeicheln, das sie glücklich machen konnte, ohne daß sie irgendeine Nebenbuhlerin zu fürchten brauchte? Das Gute und das Böse ihres Charakters wirkte sich also gleichermaßen aus. Wenn sie auch bisweilen den armen Künstler malträtierte, bezeigte sie als Ausgleich dafür eine zarte Sorgfalt, die der Anmut von Wiesenblumen vergleichbar war; sie hatte ihre Freude daran, daß er nichts entbehrte; sie hätte ihr Leben für ihn hingegeben; dessen war Wenceslaus sich gewiß. Wie alle schönen Seelen vergaß der arme Junge das Böse und die Fehler dieses Mädchens, das ihm übrigens gleichsam als Entschuldigung ihrer Schroffheit ihre Lebensgeschichte erzählt hatte, und gedachte immer nur ihrer Wohltaten. Als eines Tages Wenceslaus, statt zu arbeiten, bummeln gegangen war, machte sie ihm eine Szene.

»Sie gehören *mir*!« sagte sie zu ihm. »Wenn Sie ein anständiger Mensch sind, müßten Sie bemüht sein, mir so bald wie möglich zurückzuzahlen, was Sie mir schulden . . .«

Der Edelmann, in dem das Blut der Grafen Steinbock aufflammte, wurde blaß.

»Mein Gott!« sagte sie, »bald haben wir nur noch die dreißig Sous zum Leben, die ich verdiene, ich armes Mädchen . . .«

Die beiden Bedürftigen erhitzten sich im Zorn ihres Wortschwalls immer mehr, und jetzt warf der arme Künstler seiner Wohltäterin zum erstenmal vor, ihn dem Tod entrissen zu haben, um ihn ein Sträflingsleben führen zu lassen, das schlimmer sei als das Nichts, wo er wenigstens Ruhe gehabt hätte, wie er sagte, und dann sprach er von Flucht.

»Flucht . . .!« rief die alte Jungfer. »Ach, Monsieur Rivet hat recht gehabt!«

Und sie setzte dem Polen kategorisch auseinander, daß er binnen vierundzwanzig Stunden für den Rest seiner Tage ins Gefängnis gesteckt werden könne. Das war ein Keulenschlag. Steinbock versank in finstere Melancholie und absolute Stummheit. In der nächsten Nacht hörte Lisbeth Vorbereitungen zum Selbstmord, stieg zu ihrem Pflegling hinauf und hielt ihm das Dokument und eine ordnungsgemäß ausgefertigte Quittung hin.

»Da, mein Junge, verzeihen Sie mir!« sagte sie mit feuchten Augen. »Seien Sie glücklich, verlassen Sie mich, ich quäle Sie gar zu sehr; aber sagen Sie mir, ob Sie manchmal an das arme Mädchen denken werden, daß Sie in den Stand gesetzt hat, Ihren Lebensunterhalt zu verdienen. Gehen Sie, Sie selber sind ja die Ursache meiner Gehässigkeiten; ich könnte sterben, aber was würde aus Ihnen ohne mich . . .? Das ist der Grund meiner Ungeduld, daß ich Sie in der Lage sehen möchte, Dinge zu machen, die sich verkaufen lassen! Ich will mein Geld doch nicht für mich selber wiederhaben, das können Sie mir glauben . . .! Ich habe lediglich Angst vor Ihrer Faulheit, die Sie Nachsinnen nennen, vor ihrem Grübeln über Plänen, das so viele Stunden kostet, in denen Sie in den Himmel starren; und ich möchte, daß Sie sich an regelmäßige Arbeit gewöhnen.«

Das wurde in einem Tonfall gesagt, mit einem Blick, mit Tränen und in einer Haltung, daß es dem adligen Künstler durch und durch ging; er umarmte seine Wohltäterin, drückte sie ans Herz und küßte sie auf die Stirn.

»Behalten Sie diese Schriftstücke«, antwortete er mit einer gewissen Fröhlichkeit. »Warum wollen Sie mich nach Clichy schicken? Sitze ich hier nicht gefangen durch Dankbarkeit?«

Diese Episode ihres gemeinsamen, heimlichen Lebens, die jetzt ein halbes Jahr zurücklag, hatte Wenceslaus drei Dinge schaffen lassen: das Petschaft, das sich in Hortenses Händen befand; die Gruppe, die bei dem Kuriositätenhändler ausgestellt war, und eine Stutzuhr, die er gerade jetzt fertigstellte, denn er drehte in das Modell die letzten Schrauben ein.

Jene Stutzuhr stellte die zwölf Stunden dar, wundervoll verkörpert in zwölf Frauengestalten in einem so tollen, schnellen Tanz, daß drei Amoretten, die auf einen Hügel von Blumen und Früchten geklettert waren, nur noch die Mitternachtsstunde festhalten konnten, deren zerrissene Chlamys in den Händen des kecksten Amorbübleins geblieben war. Das Ganze ruhte auf einem runden Sockel mit köstlichem Schmuckwerk, einem Durcheinander von phantastischen Tieren. Das Zifferblatt war im gähnend klaffenden Maul eines Ungeheuers angebracht worden. Jede Stunde bot glücklich ersonnene Sinnbilder dar, die charakterisierten, was in ihnen für gewöhnlich geschah.

Es ist jetzt leicht, die ungemeine Zuneigung zu begreifen, die Mademoiselle Fischer für ihren Livländer gefaßt hatte; sie wollte, daß er glücklich sei, und sie sah, wie er in seiner Mansarde hinwelkte und verkümmerte. Man versteht wohl, wie es zu dieser schauerlichen Situation gekommen war. Die Lothringerin überwachte diesen Sohn des Nordens mit der Zärtlichkeit einer Mutter, der Eifersucht einer Frau und der Klugheit eines Drachen; auf diese Weise brachte sie es fertig, ihm jede Torheit, jedes Überdiesträngeschlagen dadurch unmöglich zu machen, daß sie ihn stets ohne Geld ließ. Sie wollte ihr Opfer und ihren Gefährten ganz für sich allein haben, keusch, wie er es gezwungenermaßen war, und sie verstand nicht das Barbarische dieses unsinnigen Wunsches, weil sie selber sich an sämtliche Arten der Enthaltsamkeit gewöhnt hatte. Sie liebte Steinbock zur Genüge, um ihn nicht zu heiraten, und sie liebte ihn zu sehr, als daß sie ihn einer anderen Frau abgetreten hätte; sie vermochte sich nicht dazu zu bescheiden, nur seine Mutter zu sein, und sie hielt sich für verrückt, wenn sie an die andere Rolle dachte. Diese Widersprüche, diese wüste Eifersucht, dieses Glück, für sich allein einen Mann zu besitzen, all das durchtobte maßlos das Herz dieses Mädchens. Seit vier Jahren war sie richtig verliebt; sie hätschelte die irrsinnige Hoffnung, dieses unmögliche und aussichtslose Leben könne von Dauer sein, und dabei sollte gerade ihr Starrsinn zur Ursache des Untergangs desjenigen werden, den sie ihren Sohn nannte. Dieser Kampf zwischen ihren Instinkten und ihrer Vernunft machte sie ungerecht und tyrannisch. Sie rächte sich an diesem jungen Menschen dafür, daß sie weder jung, noch vermögend, noch schön war; nach jedem Racheakt indessen sah sie ihr Unrecht ein, und es kam zu unendlichen Selbstdemütigungen und Zärtlichkeitsbezeigungen. Sie wurde sich über das ihrem Idol zu bringende Opfer erst klar, nachdem sie es ihre Macht mit Axthieben hatte spüren lassen. Kurzum, es war Shakespeares »Sturm« in der Umkehrung; Caliban war der Beherrscher Ariels und Prosperos. Was nun den unglücklichen jungen Menschen mit den hochfliegenden Gedanken betraf, der zum Nachsinnen und zur Trägheit neigte, so war in seinen Augen wie in denjenigen der Löwen im Jardin-des-Plantes hinter ihren Gitterstäben die Wüste zu sehen, die seine Beschützerin in seiner Seele hatte entstehen lassen. Die Zwangsarbeit, die Lisbeth von ihm forderte, hatte die Bedürfnisse seines Herzens nicht unterdrückt. Seine Verdrossenheit wurde zu einer physischen Krankheit, und er siechte hin, ohne um die Erlaubnis für eine oftmals notwendige Tollheit bitten zu können oder zu wissen, wie er sich das Geld dazu verschaffen solle. An manchen Tagen, wenn seine Energie erwacht war, wenn die Empfindung seiner Notlage seine Verzweiflung noch steigerte, blickte er auf Lisbeth wie ein verdurstender Wanderer, der einen wasserlosen Küstenstrich durchquert, auf einen Salzwassertümpel blicken muß. Diese bitteren Früchte der Armut und der Zurückgezogenheit mitten in Paris wurden von Lisbeth genossen wie Liebesfreuden. Deswegen sah sie voller Schrecken voraus, daß die geringste Liebesregung ihr ihren Sklaven entreißen müsse. Manchmal machte sie sich Vorwürfe, daß sie durch ihre Tyrannei und ihr Maulen diesen Dichter gezwungen hatte, ein großer Gestalter kleiner Dinge zu werden und ihm damit die Mittel gegeben zu haben, ohne sie auszukommen.

Am folgenden Tag sollten diese drei Existenzen, die auf so verschiedene Art so wirklich übel dran waren, die verzweifelte Mutter, das Ehepaar Marneffe und der arme Flüchtling, sämtlich durch Hortenses naive Liebe und das seltsame Ende beeinflußt werden, das die unselige Liebe des Barons zu Josépha fand.

Gerade als der Staatsrat die Oper betreten wollte, blieb er angesichts des ein wenig düsteren Aussehens des Tempels in der Rue Lepelletier stehen; er erblickte weder Gendarmen, noch Lichter, noch Bediente und ebensowenig irgendwelche Schranken zum Zurückhalten der Menge. Er warf einen Blick auf das Theaterplakat und sah einen weißen Streifen darübergeklebt, in dessen Mitte die feierliche Ankündigung prangte:

Keine Vorstellung wegen Erkrankung

Sogleich hastete er zu Josépha, die, wie alle der Oper angehörenden Künstler, in der Nähe wohnte, in der Rue Chauchat.

»Zu wem möchten Sie, Monsieur?« fragte ihn zu seiner größten Verwunderung der Portier.

»Sie kennen mich also nicht mehr?« antwortete der Baron beunruhigt.

»Im Gegenteil, Monsieur; gerade weil ich die Ehre habe, Monsieur wiederzuerkennen, habe ich gefragt: ›Zu wem möchten Sie?‹«

Ein tödliches Erschauern ließ den Baron zu Eis erstarren.

»Was ist passiert?« fragte er.

»Wenn der Herr Baron in Mademoiselle Mirahs Wohnung hinaufginge, würde er Mademoiselle Héloïse Brisetout, Monsieur Bixiou, Monsieur Léon de Lora, Monsieur Lousteau, Monsieur de Vernisset, Monsieur Stidmann und nach Patchouli duftende Damen vorfinden; sie feiern den Einzug ins neue Heim ...«

»Ja, und wo ist dann ...?«

»Mademoiselle Mirah ...? Ich weiß nicht, ob ich recht daran tue, es Ihnen zu sagen.«

Der Baron drückte dem Portier zwei Hundertsousstücke in die Hand.

»Na, gut denn; sie wohnt jetzt in der Rue de la Ville l'Évêque in einem Stadtpalais, das ihr, wie es heißt, der Herzog von Hérouville geschenkt hat«, antwortete der Portier mit gesenkter Stimme.

Der Baron fragte nach der Hausnummer jenes Stadtpalais, nahm einen »Mylord« und gelangte zu einem jener hübschen modernen Häuser mit zweiflügligen Türen, wo, bei der Gaslaterne beginnend, Luxus glänzt.

Der Baron in seinem Frack, der weißen Halsbinde, der weißen Weste, der Nankinghose, den Lackstiefeln, dem steifgestärkten Jabot wurde von dem Portier dieses neuen Eden für einen verspäteten Gast gehalten. Sein vornehmes Aussehen, sein Gang, alles an ihm rechtfertigte diese Meinung.

Auf ein Klingelzeichen des Portiers hin erschien ein Diener in der Säulenvorhalle. Jener Diener, der neu war wie das Stadtpalais, ließ den Baron eintreten, und dieser sagte ihm in herrischem Tonfall, den eine ebensolche Geste begleitete: »Laß diese Karte Mademoiselle Josépha bringen ...«

Der Patito[72] musterte mechanisch den Raum, in dem er sich befand; es war ein Empfangszimmer voll seltener Blumen; die Ausstattung mußte viertausend Taler zu je hundert Sous gekostet haben. Der Diener kam wieder und bat Monsieur, im Salon zu warten, bis die Herrschaften von Tische aufgestanden seien und den Kaffee tränken.

Obgleich der Baron den Luxus des Kaiserreichs, seine außerordentliche Üppigkeit, gekannt hatte, und selbst wenn dessen Schöpfungen zwar nur von kurzer Dauer waren, dennoch aber tolle Summen verschlungen hatten, stand er nun doch schier betäubt und wie geblendet in diesem Salon, dessen drei Fenster auf einen märchenhaften Garten hinausgingen, einen jener Gärten, die innerhalb eines Monats mit aufgeschütteter Erde und verpflanzten Blumen hergestellt werden und deren Rasen chemischen Prozessen zu entstammen scheint. Er bewunderte nicht nur die Erlesenheiten, die Vergoldungen, die kostspieligen Plastiken im sogenannten Pompadour-Stil, die wundervollen Stoffe, lauter Dinge, die der erstbeste Krämer gegen Fluten von Gold hätte bestellen und erhalten können, sondern überdies das, was auszuwählen, aufzustöbern, zu bezahlen und zu schenken nur Fürsten befähigt sind: zwei Bilder von Greuze und zwei von Watteau, zwei Porträts von van Dyck, zwei Landschaften von Ruysdael, zwei von Dughet[73], einen Rembrandt und einen Holbein, einen van Huysum und einen Abraham Mignon, kurzum, für zweihunderttausend Francs wundervolle gerahmte Gemälde. Die Rahmen waren fast so wundervoll wie die Bilder.

»Na, ist dir jetzt alles klar, Alterchen?« fragte Josépha.

Sie war durch eine Tapetentür auf Zehenspitzen über Perserteppiche hereingekommen und überraschte ihren Verehrer in einer Form von Bestürzung, bei der man nichts anderes mehr hört als die Totenglocke einer Katastrophe.

Der Ausdruck »Alterchen«, gemünzt auf diesen hohen Verwaltungsbeamten, kennzeichnete prachtvoll die Kühnheit, mit der solcherlei Geschöpfe die größten Persönlichkeiten herabwürdigen; es hatte zur Folge, daß der Baron wie angenagelt dastand. Die ganz in Weiß und Gelb gekleidete Josépha war für dieses Fest so herrlich geschmückt, daß sie inmitten dieses wahnwitzigen Luxus als das seltenste Kleinod zu glänzen vermochte.

»Nicht wahr, das ist doch schön?« fuhr sie fort. »Der Herzog hat den ganzen Gewinn aus einem Kommanditgeschäft hineingesteckt; seine Aktien sind bei einer Hausse verkauft worden. Der ist nicht dumm, mein kleiner Herzog! Nur die großen Herrn von ehedem verstehen sich darauf, Steinkohle in Gold zu verwandeln. Vor dem Abendessen hat mir der Notar den Kaufvertrag zur Unterschrift gebracht; er enthält zugleich die Quittung über den Preis. Da sie hier alle große Herren sind, d'Esgrignon, Rastignac, Maxime, Lenoncourt, Verneuil, Laginski, Rochefide, La Palférine, und was die Bankiers anbelangt, Nucingen und du Tillet, dazu Antonia, Malaga, Carabine und die Schontz[74], haben sie alle dein Pech bedauert. Ja, alter Knabe, du bist natürlich eingeladen, aber nur unter der Bedingung, daß du auf der Stelle zwei Flaschen Ungarwein, Champagner oder Kapwein trinkst, damit du auf ihr Niveau kommst. Wir sind hier alle so in Stimmung, mein Lieber, daß die Oper getrost mal ausfallen konnte; mein Direktor ist sternhagelvoll; er quakt bloß noch!«

»O Josépha!« rief der Baron.

»Eine Auseinandersetzung wäre blöd«, antwortete sie lächelnd. »Hör mal zu, bist du die sechshunderttausend Francs wert, die Haus und Einrichtung kosten? Kannst du mir Staatspapiere mit dreißigtausend Francs Zinsen verschaffen, wie der Herzog sie mir in einer Tüte aus weißem Papier voll Krämerbonbons geschenkt hat . . .? Das ist doch ein hübscher Einfall!«

»Welch eine Verderbtheit!« sagte der Staatsrat; er hätte in diesem Augenblick der Wut die Diamanten seiner Frau durch Simili ersetzt, um den Herzog von Hérouville für vierundzwanzig Stunden auszustechen.

»Verderbtheit gehört zu meinem Beruf!« entgegnete sie. »Ha ha, *so* faßt du also die Sache auf? Warum hast du nicht in Aktien spekuliert? Mein Gott, du armer lackierter Kater, du solltest mir dankbar sein; ich verlasse dich in dem Augenblick, da du mit mir zusammen die Zukunft deiner Frau und die Mitgift deiner Tochter vernascht hättest . . . Oh, du weinst! Das Kaiserreich geht in die Brüche . . .! Ich will das Kaiserreich grüßen.«

Sie nahm eine tragische Pose ein und sagte:

»Ihr Name ist Hulot! Ich kenne Sie nicht mehr . . .!«

Und damit verschwand sie.

Die spaltbreit geöffnete Tür ließ wie einen Blitz eine Lichtflut hereingleiten und mit ihr mit dem glänzenden Crescendo der Orgie, den Schwall der Düfte eines Festes ersten Ranges.

Die Sängerin kam zurück und schaute durch den Türspalt, und als sie Hulot dastehen sah, als sei er aus Bronze, trat sie einen Schritt vor und erschien abermals vor ihm.

»Monsieur«, sagte sie, »ich habe den Plunder in der Rue Chauchat an Bixious kleine Héloïse Brisetout abgetreten; wenn Sie dort Ihre baumwollene Nachtmütze, Ihren Stiefelknecht, Ihre Leibbinde und Ihre Bartwichse abholen wollen, habe ich angeordnet, daß Ihnen die Sachen ausgehändigt werden.«

Dieser grausige Spott hatte zur Folge, daß der Baron sich davonmachte wie Lot aus Gomorrha, aber ohne sich umzuwenden wie Madame Lot.

Hulot ging heim, wütend schritt er einher und führte Selbstgespräche; er fand seine Familie geruhsam bei dem Whist um zwei Sous, dessen Beginn er gesehen hatte. Als die arme Adeline ihren Mann erblickte, glaubte sie, es sei ein schreckliches Unheil geschehen, etwas Unehrenhaftes; sie übergab ihre Karten Hortense und zog Hector in das gleiche kleine Wohnzimmer, in dem Crevel ihr vor fünf Stunden die schmählichsten Todeszuckungen des Elends vorausgesagt hatte.

»Was hast du?« fragte sie erschrocken.

»Ach, verzeih mir; aber laß mich dir all diese Gemeinheiten erzählen.«

Zehn Minuten lang ließ er seinem Zorn freie Bahn.

»Aber lieber Freund«, antwortete die arme Frau heroisch, »dergleichen Geschöpfe wissen doch nicht, was Liebe ist! Die reine, opferwillige Liebe, die du verdienst; wie könntest du, der du doch so scharfsinnig bist, den Ehrgeiz haben, gegen eine Million anzukämpfen?«

»Geliebte Adeline!« rief der Baron, umfing seine Frau und drückte sie an sein Herz.

Die Baronin hatte Balsam auf die blutenden Wunden seiner Eitelkeit geträufelt.

»Man nehme dem Herzog von Hérouville sein Vermögen«, sagte der Baron, »dann würde sie zwischen uns beiden gewiß nicht schwanken.«

»Lieber«, fuhr Adeline fort und unternahm dabei eine letzte Kraftanstrengung, »wenn du unbedingt Geliebte haben mußt, warum nimmst du dann nicht wie Crevel Frauen, die billig sind und die einer Klasse angehören, wo sie lange mit wenig glücklich sind? Dabei würden wir alle gewinnen. Dein Verlangen ist mir begreiflich, aber nicht deine Eitelkeit ...«

»Oh, welch gute, vortreffliche Frau du bist!« rief er aus. »Ich bin ein alter Narr; ich verdiene nicht, einen Engel wie dich als Gefährtin zu haben.«

»Ich bin ganz einfach die Joséphine meines Napoleon«, antwortete sie mit einem Anhauch von Melancholie.

»Josephine war weniger wert als du«, sagte er. »Komm, ich will mit meinem Bruder und meinen Kindern Whist spielen; ich muß jetzt meine Aufgabe als Familienvater erfüllen, meine Hortense verheiraten und den Lebemann begraben ...«

Dieses willige Einlenken rührte die arme Adeline so sehr, daß sie sagte: »Jenes Geschöpf hat einen sehr schlechten Geschmack, daß es, wen auch immer, meinem Hector vorzieht. Ach, auf dich würde ich nicht um alles Gold der Erde verzichten. Wie kann man dich lassen, wenn man das Glück hat, von dir geliebt zu werden ...!«

Der Blick, durch den der Baron die Schwärmerei seiner Frau belohnte, bestätigte sie in ihrer Auffassung, daß Sanftmut und Unterwürfigkeit die mächtigsten Waffen der Frau seien. Hier irrte sie sich. Die bis zur Unbedingtheit vorgetriebenen edlen Gefühle führen zu Wirkungen, die denjenigen der größten Laster gleich sind. Bonaparte ist Kaiser geworden, weil er das Volk ein paar Schritt von der Stelle entfernt hat niederkartätschen lassen[75], wo vor ihm Ludwig XVI. die Monarchie ins Verderben stürzte und den eigenen Kopf verlor, nachdem er das Blut eines Monsieur Sauce[76] nicht hat vergießen lassen wollen.

Am nächsten Tag war Hortense, die Wenceslaus' Petschaft unter ihr Kopfkissen gelegt hatte, um sich während des Schlummers nicht davon trennen zu müssen, frühzeitig angekleidet; sie ließ ihren Vater bitten, in den Garten zu kommen, sobald er aufgestanden sei.

Gegen halb zehn reichte der Vater, der einer Bitte seiner Tochter natürlich nachgegeben hatte, ihr den Arm, und sie gingen zusammen die Quais entlang, über den Pont Royal auf die Place du Carrousel.

»Wir wollen so tun, als gingen wir spazieren, Papa«, sagte Hortense, als sie aus dem Tor herauskamen, um jenen riesigen Platz zu überqueren.

»Hier spazierengehen ...?« fragte der Vater spöttisch.

»Man wird glauben, wir gingen ins Museum, und dort hinten«, sagte sie und zeigte auf die Holzbuden, die sich an die Wände der Häuser lehnten, die einen rechten Winkel zur Rue du Doyenné bilden, »sieh, da sind die Kuriositäten- und Bilderhändler ...«

»Da wohnt deine Tante ...«

»Ich weiß; aber sie braucht uns nicht zu sehen ...«

»Und was hast du vor?« fragte der Baron; er befand sich etwa dreißig Schritte von den Fenstern der Madame Marneffe entfernt, an die er unvermittelt hatte denken müssen.

Hortense hatte ihren Vater vor das Schaufenster eines der Läden an der Ecke des Häusergewirrs geführt, das sich an den Galerien des alten Louvre entlangzieht und dem Hôtel de Nantes gegenüberliegt. Sie ging in den Laden hinein, ihr Vater aber beschäftigte sich damit, zu den Fenstern der hübschen kleinen Dame hinaufzuschauen, die tags zuvor ihr Bild im Herzen des alten Beaus hinterlassen hatte, wie um dort die Wunde zu besänftigen, die er empfangen sollte; er konnte nicht umhin, den Rat seiner Frau in die Praxis umzusetzen.

»Dann stürzen wir uns eben auf die kleinen Bürgerfrauen«, sagte er sich und gedachte der anbetungswürdigen Reize der Madame Marneffe. »Dies Frauchen da wird mich schnell die geldgierige Josépha vergessen lassen.«

Innerhalb wie außerhalb des Ladens ereignete sich nun aber einiges im gleichen Augenblick.

Während der Baron zu den Fenstern seiner neuen »Belle« hinaufspähte, gewahrte er den Ehemann, der eigenhändig seinen Gehrock ausbürstete, dabei auszulugen und anscheinend jemanden auf dem Platz zu erwarten schien. Aus Furcht, bemerkt und später wieder erkannt zu werden, wandte der verliebte Baron der Rue du Doyenné den Rücken, aber nur mit einer Dreiviertelwendung, damit er von Zeit zu Zeit einen Blick hinwerfen könne. Diese Bewegung führte dazu, daß er plötzlich fast Auge in Auge Madame Marneffe gegenüberstand; sie kam von den Quais und umrundete das Vorgebirge der Häuser, um in ihr eigenes zurückzukehren. Valérie durchzuckte etwas wie ein elektrischer Schlag, als sie den erstaunten Blick des Barons auffing, und sie antwortete darauf mit einem prüden Augenaufschlag.

»Was für eine hübsche Frau!« rief der Baron aus. »Man könnte für sie mancherlei Torheiten begehen!«

»Ja, Monsieur«, antwortete sie und wandte sich um wie eine Frau, die einen jähen Entschluß gefaßt hat, »Sie sind der Baron Hulot, nicht wahr?«

Der völlig verblüffte Baron nickte zustimmend.

»Nun, da der Zufall unsere Blicke sich zum zweitenmal hat

kreuzen lassen und ich das Glück habe, Sie neugierig gemacht oder interessiert zu haben, möchte ich Ihnen sagen, daß Sie, anstatt Torheiten zu begehen, lieber Gerechtigkeit walten lassen sollten . . . Das Geschick meines Mannes hängt von Ihnen ab.«

»Was verstehen Sie darunter?« fragte der Baron galant.

»Er ist Beamter in Ihrer Sektion im Kriegsministerium, Abteilung Lebrun, Büro Coquet«, antwortete sie lächelnd.

»Ich fühle mich geneigt, Madame . . . Madame?«

»Madame Marneffe.«

»Geneigt, liebe kleine Madame Marneffe, um Ihrer schönen Augen willen Ungerechtigkeiten zu begehen . . . In Ihrem Haus wohnt eine Kusine von mir; die werde ich dieser Tage, und zwar so bald wie möglich, besuchen; legen Sie mir Ihr Gesuch dort vor.«

»Entschuldigen Sie meine Kühnheit, Herr Baron; aber Sie werden wohl verstehen, wieso ich es gewagt habe, so zu sprechen; ich habe nämlich keine Protektion.«

»Haha!«

»Oh, Monsieur, Sie mißverstehen mich«, sagte sie und schlug die Augen nieder.

Der Baron glaubte, die Sonne sei plötzlich verschwunden.

»Ich bin in einer verzweifelten Lage, aber ich bin eine anständige Frau«, fuhr sie fort. »Vor einem halben Jahr habe ich meinen einzigen Beschützer verloren, den Marschall Montcornet.«

»Ach so! Sie sind seine Tochter.«

«Ja, Monsieur, aber er hat mich nie anerkannt.«

»Damit er Ihnen einen Teil seines Vermögens hätte hinterlassen können.«

»Nichts hat er mir hinterlassen; es ist kein Testament gefunden worden.«

»Ach, arme Kleine, der Marschall ist von einem Schlaganfall überrascht worden . . . Lassen Sie die Hoffnung nicht sinken, Madame; gegenüber der Tochter eines der Ritter Bayard[77] des Kaiserreichs bestehen Verpflichtungen.«

Madame Marneffe verabschiedete sich anmutig und war über ihren Erfolg genauso stolz wie der Baron über den seinen.

»Wo, zum Teufel, kommt sie in dieser frühen Morgenstunde her?« fragte er sich und hing Gedanken über die wogende Bewegung ihres Kleids nach, der sie eine vielleicht übertriebene Anmut lieh. »Ihr Gesicht ist zu angegriffen, als daß sie aus dem Bade kommen könnte, und ihr Mann wartet auf sie. Das ist unerklärlich und gibt mancherlei zu denken.«

Als Madame Marneffe in der Haustür verschwunden war, wollte der Baron wissen, was seine Tochter in dem Laden treibe. Da er noch immer zu den Fenstern der Madame Marneffe hinsah, wäre er beim Hineingehen fast mit einem jungen Mann mit blasser Stirn und grauen, flackernden Augen zusammengestoßen, der einen Sommermantel aus schwarzem Merinostoff, eine grobe Leinenhose und gelblederne Gamaschenschuhe trug; er kam wie ein Hühnerhund herausgeschossen. Der Baron sah ihn zum Haus der Madame Marneffe hinüberlaufen und darin verschwinden. Hortense hatte beim Betreten des Ladens sogleich die bewußte Gruppe erblickt; sie war auf einem Tisch mitten in dem freien Raum hinter dem Eingang auffällig zur Schau gestellt.

Auch ohne die Umstände, denen das junge Mädchen seine Kenntnis von der Gruppe verdankte, wäre Hortense wahrscheinlich von dem Meisterwerk betroffen gewesen, das heißt von dem, was als das *Brio* eines Kunstwerks bezeichnet werden muß; sie selbst aber hätte sicherlich in Italien Modell für eine Statue des *Brio,* des heiligen Feuers, stehen können.

Nicht alle Werke geniebegabter Menschen lassen in gleichem Maß jenes Glanzvolle, Leuchtende für eines jeden Augen, sogar für die der Ahnungslosen, sichtbar werden. So erregen manche Bilder Raffaels, etwa die berühmte »Verklärung«, die »Madonna di Foligno« und die Fresken in den Stanzen des Vatikan nicht das jähe Erstaunen wie der »Violinspieler« der Galerie Sciarra, die Bildnisse der Doni und die »Vision des Hesekiel« im Palazzo Pitti, die »Kreuztragung« in der Galerie Borghese, die »Vermählung der Jungfrau« in der Brera zu Mailand. Der »Johannes der Täufer« in der Tribuna und »Der heilige Lukas, die Madonna malend« in der Accademia zu Rom haben nicht den Zauber des Porträts Leos X. und der Dresdener Madonna. Dennoch hat all das den gleichen Rang. Und mehr noch! Die Stanzen, die »Verklärung«, die Loggien und die Tafelbilder des Vatikan sind der letzte Grad des Erhabenen und der Vollkommenheit. Aber diese Meisterwerke erfordern auch von dem geschultesten Bewunderer eine Art Anspannung, ein genaues Betrachten, um in allen Teilen verstanden zu werden, während der »Violinspieler«, die »Vermählung der Jungfrau« und die »Vision des Hesekiel« durch die Doppelpforte der Augen einem von selber ins Herz dringen und sich darin ihren Platz schaffen; man ist nur zu gern bereit, sie auf diese Weise mühelos in sich aufzunehmen; sie bilden nicht den Gipfel der Künste, sondern die Beglückung durch die Kunst. Diese Tatsache beweist, daß wir in der Geschlechterfolge der künstlerischen Werke die nämlichen Zufälle der Geburt finden wie in den Familien, wo es Sonntagskinder gibt, die schön und ohne ihren Müttern Schmerzen zu bereiten, zur Welt kommen, denen alles lächelt, denen alles glückt; es gibt, mit einem Wort, Blüten des Genies wie Blüten der Liebe.

Ein solches Brio[78], ein unübersetzbares italienisches Wort, das sich bei uns einzubürgern beginnt, ist charakteristisch für Frühwerke. Es ist die Frucht des Ungestüms und des lodernden Schwungs junger Talente, ein Ungestüm, das sich später in gewissen glücklichen Stunden wieder einstellt; dann jedoch entspringt ein solches Brio nicht mehr dem Herzen des Künstlers, und anstatt ihn in seine Werke zu ergießen, wie ein Vulkan sein Feuer speit, erleidet er ihn; er verdankt ihn den Umständen, der Liebe, der Eifersucht auf Nebenbuhler, häufig dem Haß und häufiger noch dem Zwang eines Ruhms, den es aufrechtzuerhalten gilt.

Wenceslaus' Gruppe verhielt sich zu seinen künftigen Werken wie die »Vermählung der Jungfrau Maria« zu Raffaels Gesamtwerk; sie war der erste Schritt des Talents, vollführt in einer unnachahmlichen Begnadung, mit der Kraft, die unter einer rosigen und weißen Haut verborgen liegt, in die sich Grübchen höhlen, die anmuten wie das Echo des beglückten Lachens der Mutter: Prinz Eugen[79] hat, wie es heißt, vierhunderttausend Francs für dieses Bild gezahlt, das für ein Land, das keine Bilder Raffaels besaß, eine Million wert gewesen wäre, und man würde diese Summe nicht für das schönste der Fresken geben, deren Wert als Kunstwerk indessen weit höher ist.

Hortense unterdrückte ihre Bewunderung, als sie der Summe gedachte, die sie als junges Mädchen gespart hatte; sie setzte eine gleichgültige Miene auf und fragte den Händler: »Wie teuer ist das da?«

»Fünfzehnhundert Francs«, antwortete der Händler und blinzelte zu einem jungen Mann hinüber, der in einem Winkel auf einem Schemel saß.

Dem jungen Mann verschlug es den Atem, als er das lebendige Meisterwerk des Barons Hulot erblickte. Die auf diese Weise aufmerksam gewordene Hortense erkannte jetzt den Künstler an der Röte, die sein vom Leiden gebleichtes Gesicht überzog; sie sah in zwei grauen Augen einen Funken aufleuchten, den ihre Frage entzündet hatte; sie betrachtete das hagere, längliche Gesicht, das wie das eines der Askese ergebenen Mönchs wirkte; sie war hingerissen von dem hellroten, gut gezeichneten Mund, dem noblen Kinn und dem kastanienbraunen Haar mit den seidigen, dünnen Strähnen des Slawen.

»Hätten Sie zwölfhundert Francs gesagt«, antwortete sie, »so würde ich Sie gebeten haben, mir die Gruppe zu schicken.«

»Sie ist antik, Mademoiselle«, gab der Händler zu bedenken, der, wie alle seine Kollegen, sich einbildete, mit diesem *nec plus ultra*[80] des Kunsthandels alles gesagt zu haben.

»Entschuldigen Sie, Monsieur, die Gruppe ist in diesem Jahr entstanden«, antwortete sie in aller Sanftmut, »und ich bin ausdrücklich hergekommen, um Sie zu bitten, falls wir uns auf diesen Preis einigen, den Künstler zu uns zu schicken; wir könnten ihm vielleicht recht wichtige Aufträge verschaffen.«

»Wenn die zwölfhundert Francs für ihn sind, was würde dann für mich bleiben? Ich bin nun mal Händler«, sagte der Händler voller Biederkeit.

»Ja, das stimmt«, entgegnete das junge Mädchen und ließ sich einen verächtlichen Ausdruck entschlüpfen.

»Oh, nehmen Sie sie, Mademoiselle! Ich werde mich mit dem Händler schon einigen«, rief der Livländer außer sich.

Bezaubert von Hortenses erhabener Schönheit und der Liebe zur Kunst, die sich in ihr bekundete, sagte er noch: »Ich habe diese Gruppe gestaltet; seit zehn Tagen komme ich dreimal täglich hierher, um zu sehen, ob jemand ihren Wert erkenne und sie kaufe. Sie sind meine erste Bewunderin, nehmen Sie sie!«

»Kommen Sie, Monsieur, zusammen mit dem Händler in einer Stunde zu uns . . . hier ist die Visitenkarte meines Vaters«, antwortete Hortense.

Als sie dann sah, daß der Händler in ein Zimmer ging, um die Gruppe in Leinwand zu hüllen, fügte sie zum Erstaunen des Künstlers, der zu träumen vermeinte, ganz leise hinzu: »Im Interesse Ihrer Zukunft, Monsieur Wenceslaus, zeigen Sie diese Karte und sagen Sie den Namen Ihres Käufers nicht Mademoiselle Fischer; sie ist nämlich mit uns verwandt.«

Die Bemerkung »sie ist mit uns verwandt« löste in dem Künstler ein Flimmern vor den Augen aus; er erblickte das Paradies und sah darin eine der gefallenen Even. Er hatte geradeso von der schönen Nichte geträumt, von der Lisbeth ihm erzählt hatte, wie Hortense von dem Liebhaber ihrer Tante geträumt hatte, und bei ihrem Eintreten hatte er gedacht: »Ach, wenn sie so aussehen würde!« Man kann sich den Blick wohl vorstellen, den die beiden Liebenden tauschten; er war flammengleich, denn tugendhafte Verliebte kennen keine Heuchelei.

»Na, was, zum Teufel, treibst du denn hier drinnen?« fragte der Vater die Tochter.

»Ich habe meine ersparten zwölfhundert Francs ausgegeben – komm!«

Sie nahm den Arm ihres Vaters, und dieser wiederholte: »Zwölfhundert Francs!«

»Sogar dreizehn ... aber den Rest wirst du mir wohl leihen!«

»Und wofür ... noch dazu in dieser Budike ... hast du diese Summe vertan?«

»Ja, eben hier!« antwortete das glückliche junge Mädchen. »Und wenn ich dabei einen Mann gefunden hätte, dann wäre das doch nicht teuer.«

»Einen Mann, Kind, in dieser Budike?«

»Hör mal, Väterchen, würdest du mir verbieten, einen großen Künstler zu heiraten?«

»Nein, mein Kind. Ein großer Künstler ist heutzutage ein Fürst ohne Titel. Er bedeutet Ruhm und Geld, die beiden größten sozialen Vorzüge – nächst der Tugend«, führte er in leicht scheinheiligem Tonfall hinzu.

»Selbstverständlich«, antwortete Hortense. »Und was hältst du von der Bildhauerei?«

»Das ist ein ziemlich schlechtes Geschäft«, sagte Hulot kopfschüttelnd. »Da muß man einflußreiche Gönner und außerdem großes Talent haben; denn der einzige Abnehmer ist die Regierung. Heutzutage ist das eine Kunst ohne Absatzmöglichkeiten; es gibt ja kein Leben im großen Stil, keine großen Vermögen, keine erblichen Schlösser und keine Majorate[81] mehr. Wir können nur noch kleine Bilder, kleine Plastiken unterbringen; auch die Künste werden vom ›Kleinen‹ bedroht.«

»Aber ein großer Künstler, der Absatzmöglichkeiten finden würde ...«

»Das wäre des Rätsels Lösung.«

»Und der unterstützt würde!«

»Desto besser!«

»Und der von Adel ist!«

»Pah!«

»Graf!«

»Und dann bildhauert er?«

»Er hat kein Vermögen.«

»Und rechnet auf das der Mademoiselle Hortense Hulot?« fragte der Baron spöttisch und senkte einen inquisitorischen Blick in die Augen der Tochter.

»Dieser große Künstler und bildhauernde Graf hat Ihre Tochter jetzt eben zum erstenmal gesehen, Herr Baron«, antwortete Hortense dem Vater mit ruhiger Miene. »Gestern, mußt du wissen, mein liebes, gutes Väterchen, während du in der Abgeordnetenkammer warst, ist Mama ohnmächtig geworden. Diese Ohnmacht, die sie ihren Nerven zuschreibt, rührte von irgendeinem Kummer über meine fehlgeschlagene Eheschließung her; denn sie hat mir gesagt, daß du, um mich loszuwerden ...«

»Sie hat dich zu lieb, um einen Ausdruck gebraucht zu haben, der ...«

»... wenig parlamentarisch ist«, fuhr Hortense lachend fort. »Nein, sie hat sich dieses Ausdrucks nicht bedient; aber ich weiß, daß eine heiratsfähige Tochter, die nicht heiratet, ein sehr schweres Kreuz für ehrenwerte Eltern ist. Gut also; sie glaubt, wenn sich ein Mann voller Tatkraft und Talent einfände, dem eine Mitgift von dreißigtausend Francs genügen würde, dann wären wir alle froh! Kurz und gut, sie hat es für richtig gehalten, mich auf die Kärglichkeit meines künftigen Schicksals vorzubereiten, und mich daran gehindert, mich allzu schönen Träumen hinzugeben ... Das alles wegen des Scheiterns meiner Eheaussichten und weil ich keine Mitgift habe.«

»Deine Mutter ist eine sehr gütige, edle und vortreffliche Frau«, antwortete der Vater; er war tief gedemütigt, obwohl recht glücklich über diese Vertrauensbekundung.

»Gestern hat sie mir erzählt, du habest sie ermächtigt, ihre Diamanten zu verkaufen, damit ich heiraten könne; aber ich möchte, daß sie ihre Diamanten behält, und ich möchte mir von mir aus einen Mann suchen. Ich glaube, ich habe jenen Mann gefunden, den Bräutigam, der Mamas Vorhaben entspricht ...«

»Dort ...? Auf der Place du Carrousel ...? An einem einzigen Vormittag?«

»Oh, Papa, das Gute liegt immer nah«, antwortete sie boshaft.

»Na, Kleines, wir werden sehen, besprich nur alles mit deinem Väterchen«, bat er und verbarg seine Besorgnis unter einer schmeichlerischen Miene.

Hortense ließ sich unbedingtes Stillschweigen geloben und erzählte kurz zusammengefaßt von ihren Gesprächen mit Tante Bette. Daheim zeigte sie dann ihrem Vater das bewußte Petschaft als Beweis für die Scharfsinnigkeit ihrer Mutmaßungen. Insgeheim bewunderte der Vater die tiefe Geschicklichkeit junger Mädchen, die vom Instinkt geleitet werden, als er die Einfachheit des Plans erkannte, den diese ideale Liebe innerhalb einer einzigen Nacht diesem unschuldigen Mädchen eingeflößt hatte.

»Du wirst das Meisterwerk sehen, das ich vorhin gekauft habe; es wird hergebracht, und der liebe Wenceslaus wird den Händler begleiten ... Der Schöpfer einer solchen Gruppe muß es zu etwas bringen; aber du mußt ihm durch deinen Einfluß den Auftrag zu einem Denkmal und alsdann eine Wohnung im Institut[82] verschaffen ...«

»Wie rasch du vorwärtsgehst!« rief der Vater. »Wenn man euch freie Bahn ließe, würdet ihr innerhalb der gesetzlichen Frist von elf Tagen verheiratet sein ...«

»Elf Tage muß man warten?« antwortete sie lachend. »Dabei habe ich ihn innerhalb von fünf Minuten liebgehabt, gerade wie du Mama beim ersten Sehen liebgehabt hast! Und er liebt mich, als kennten wir einander seit zwei Jahren. Ja«, sagte sie auf eine Geste ihres Vaters hin, »ich habe in seinen Augen zehn Bände Liebesromane gelesen. Und wird er von dir und von Mama nicht als mein Ehemann gutgeheißen werden, wenn er euch bewiesen hat, daß er ein Mann von Genie ist? Die Bildhauerei ist die erste der Künste!« rief sie und klatschte hüpfend in die Hände. »Paß auf! Ich will dir alles sagen ...«

»Steckt denn noch etwas dahinter?« fragte der Vater lächelnd.

Diese völlige, redebegierige Harmlosigkeit hatte den Baron im Handumdrehen beruhigt.

»Ein Geständnis von größter Wichtigkeit«, antwortete sie. »Ich habe ihn geliebt, ohne ihn zu kennen; aber seit der Stunde, da ich ihn sah, bin ich vernarrt in ihn.«

»Ein bißchen allzu vernarrt«, antwortete der Baron, der am Anblick dieser naiven Liebesleidenschaft seine Freude hatte.

»Bestraf mich nicht für meine Vertrauensseligkeit«, fuhr sie fort. »Es tut so wohl, in ein Vaterherz hineinrufen zu können: ›Ich liebe, und ich bin glücklich, daß ich liebe‹!« entgegnete sie. »Du wirst meinen Wenceslaus sehen! Was für eine Stirn voller Melancholie er hat ... Augen, aus denen die Sonne des Genies strahlt ...! Und wie vornehm er ist! Was meinst du dazu? Ist Livland ein schönes Land ...? Und daß Tante Bette diesen jungen Menschen hat heiraten wollen, sie, die doch seine Mutter sein könnte ...! Das wäre ja der reinste Mord! Wie eifersüchtig ich auf alles bin, was sie für ihn hat tun dürfen! Ich glaube, meine Heirat wird ihr nicht eben eine Freude sein.«

»Hör zu, mein Engel, wir dürfen vor deiner Mutter nichts geheim halten«, sagte der Baron.

»Man müßte ihr das Petschaft zeigen, und dabei habe ich versprochen, die Tante nicht bloßzustellen ... Sie hat, wie sie sagt, Angst vor Mamas Spöttereien«, antwortete Hortense.

»Du bist voller Rücksicht, was das Petschaft betrifft, und dabei stiehlst du der Tante Bette ihren Verehrer.«

»Des Petschafts wegen habe ich ein Versprechen gegeben; bezüglich seines Schöpfers habe ich nichts versprochen.«

Dieses Abenteuer von patriarchalischer Schlichtheit entsprach auf seltsame Weise der geheimen Lage dieser Familie; daher lobte zwar der Baron die Tochter ihres Vertrauens wegen, sagte ihr jedoch, daß sie sich fortan auf die Klugheit ihrer Eltern verlassen müsse.

»Du mußt einsehen, Kleines, daß es nicht *dir* zukommt, dich zu vergewissern, ob der Verehrer deiner Tante tatsächlich Graf ist, ob seine Papiere in Ordnung sind und ob seine Lebensführung Bürgschaft bietet ... Was nun deine Tante betrifft, so hat sie fünf Partien ausgeschlagen, als sie zwanzig Jahre jünger war; sie wäre kein Hindernis, und ich nehme die Sache auf mich.«

»Hör, Vater, wenn du mich verheiratet sehen willst, dann erzähl der Tante von unserm Liebhaber erst in dem Augenblick, da mein Ehekontrakt unterzeichnet wird ... Seit sechs Monaten habe ich sie deswegen ausgefragt ... Ja, es steckt in ihr etwas Rätselhaftes ...«

»Was denn?« fragte der Vater neugierig.

»Kurzum, ihre Blicke sind nicht gut, wenn ich zu weit gehe in bezug auf ihren Liebhaber, auch wenn es lachend geschieht. Zieh Erkundigungen ein; aber laß mich mein Schifflein steuern. Mein Vertrauen muß dich beruhigen.«

»Der Herr hat gesagt: ›Lasset die Kindlein zu mir kommen!‹ Du bist eins jener Kinder, die da nahen«, antwortete der Baron mit einem leichten Anflug von Spott.

Nach dem Mittagessen wurden der Händler, der Künstler und die Gruppe gemeldet. Die jähe Röte, die das Antlitz ihrer Tochter verfärbte, machte die Baronin zunächst unruhig, dann aufmerksam, und Hortenses Verwirrung, das Aufleuchten ihres Blicks enthüllten ihr alsbald das Geheimnis, das in diesem jungen Herzen so wenig hatte bewahrt werden können.

Der völlig in Schwarz gekleidete Graf Steinbock machte auf den Baron den Eindruck eines sehr vornehmen jungen Mannes.

»Könnten Sie eine Statue in Bronze zuwegebringen?« fragte er ihn, als er die Gruppe in der Hand hielt.

Nachdem er das Bronzewerk unbefangen bewundert hatte, reichte er es seiner Frau, die nichts von Plastik verstand.

»Nicht wahr, Mama, das ist doch etwas sehr Schönes?« fragte Hortense flüsternd die Mutter.

»Eine Statue ...! Herr Baron, die ist nicht so schwierig zustande zu bringen wie die Stutzuhr hier, die der Herr hier so freundlich gewesen ist, mitzubringen«, antwortete der Künstler auf die Frage des Barons.

Der Händler war damit beschäftigt, auf dem Eßzimmerbüfett das Wachsmodell der Zwölf Stunden aufzustellen, die die Amoretten aufzuhalten versuchen.

»Überlassen Sie mir diese Uhr hier«, sagte der ob der Schönheit jenes Werks verblüffte Baron. »Ich will sie dem Innenminister und dem Handelsminister zeigen.«

»Wer ist dieser junge Mann, für den du dich so sehr interessierst?« fragte die Baronin ihre Tochter.

»Ein Künstler, der reich genug wäre, dieses Modell auszubeuten, könnte dabei hunderttausend Francs verdienen«, bemerkte jetzt der Kunsthändler und setzte eine geheimnisvolle Kennermiene auf, als er den Zusammenklang der Blicke zwischen dem jungen Mädchen und dem Künstler wahrgenommen hatte. »Es genügte, zwanzig Exemplare zu je achttausend Francs zu verkaufen; denn jeder Abguß würde etwa tausend Taler Herstellungskosten erfordern; aber wenn jedes Exemplar numeriert und das Modell vernichtet würde, dann würde man gut und gern zwanzig Liebhaber finden, die nur zu froh wären, die einzigen Besitzer eines solchen Werks zu sein.«

»Hunderttausend Francs!« rief Steinbock und blickte nacheinander den Händler, Hortense, den Baron und die Baronin an.

»Ja, hunderttausend Francs!« wiederholte der Händler, »und wenn ich reich genug wäre, würde ich selber Ihnen das Modell für zwanzigtausend Francs abkaufen; denn wenn es zerstört wird, dann wird es ein Unikum ... Und einer der Prinzen würde schon dreißig- oder vierzigtausend Francs für dieses Meisterwerk zahlen und damit seinen Salon schmücken. Nie zuvor ist in der Kunstgeschichte ein Werk geschaffen worden, das gleichermaßen die Bürger und die Kenner zufriedenstellt, und dieses da, Monsieur, ist die Lösung dieses schwierigen Problems ...«

»Dies hier ist für Sie, Monsieur«, sagte Hortense und übergab dem Händler sechs Goldstücke; er zog sich zurück.

»Erzählen Sie von diesem Besuch niemandem«, sagte an der Tür der Künstler hastig zu dem Händler. »Wenn Sie gefragt werden, zu wem wir die Gruppe gebracht haben, dann geben

Sie den Herzog von Hérouville an, den berühmten Kunstliebhaber in der Rue de Varennes.«

Der Händler nickte zustimmend.

»Wie ist Ihr Name?« fragte der Baron den zurückkommenden Künstler.

»Graf Steinbock.«

»Haben Sie Papiere, die beweisen, wer und was Sie sind?«

»Sicher, Herr Baron; sie sind in russischer und deutscher Sprache ausgefertigt, aber ohne Beglaubigung . . .«

»Fühlen Sie sich befähigt zum Schaffen einer neun Fuß hohen Statue?«

»Gewiß.«

»Gut; wenn die Personen, die ich befragen muß, mit Ihren Werken zufrieden sind, kann ich Ihnen den Auftrag für das Standbild des Marschalls Montcornet verschaffen, das auf dem Père-Lachaise, auf seinem Grab, errichtet werden soll. Das Kriegsministerium und die ehemaligen Gardeoffiziere spenden eine ziemlich ansehnliche Summe, so daß wir berechtigt sind, die Wahl des Künstlers zu treffen.«

»Oh, Monsieur, das würde für mich ein Vermögen bedeuten . . .«, sagte Steinbock, überwältigt von all dem Glück, das ihm widerfuhr.

»Seien Sie unbesorgt«, antwortete der Baron liebenswürdig, »wenn die beiden Minister, denen ich Ihre Gruppe und dieses Modell zeigen werde, von diesen beiden Werken angetan sind, dann ist Ihr Glück auf gutem Wege . . .«

Hortense drückte den Arm des Vaters, daß es ihm wehtat.

»Bringen Sie mir Ihre Papiere und sagen Sie niemandem etwas von Ihren Hoffnungen, nicht einmal unserer alten Tante Bette.«

»Lisbeth?« rief Madame Hulot aus und durchschaute vollends den Zweck, ohne die Mittel zu ahnen.

»Ich kann Ihnen die Beweise meines Könnens geben, indem ich Madames Büste forme . . .«, sagte Wenceslaus noch.

Betroffen von der Schönheit der Madame Hulot, hatte der Künstler seit einer Weile Mutter und Tochter miteinander verglichen.

»Nur guten Mut, Monsieur, das Leben kann schön für Sie werden«, sagte der Baron, völlig eingenommen von dem feinen, vornehmen Äußeren des Grafen Steinbock. »Sie werden es bald erleben, daß in Paris niemand lange ungestraft Talent hat und daß jede beständige Arbeit hier ihren Lohn findet.«

Hortense händigte dem jungen Mann errötend eine hübsche algerische Börse ein, die sechzig Goldstücke enthielt. Der Künstler, der nach wie vor ein wenig Edelmann war, beantwortete Hortenses Erröten mit einer schamhaften Verfärbung, die recht leicht zu deuten war.

»Sollte dies zufällig das erste Geld sein, das Sie für Ihre Arbeiten erhalten?« fragte die Baronin.

»Ja, Madame, für meine künstlerischen Arbeiten; nicht aber für meine Mühen; ich habe als Handwerker gearbeitet . . .«

»Gut; dann wollen wir hoffen, daß das Geld meiner Tochter Ihnen Glück bringt!« antwortete Madame Hulot.

»Und nehmen Sie es ohne Skrupel an«, fügte der Baron hinzu, als er sah, daß Wenceslaus nach wie vor die Börse locker in der Hand hielt. »Diese Summe wird uns irgendein großer Herr zurückerstatten, vielleicht ein Fürst, der sie uns mit Wucherzinsen zahlt, um dieses schöne Werk zu besitzen.«

»Oh, Papa, ich hänge viel zu sehr daran, um es an jemanden abzutreten, und sei es der Kronprinz!«[83]

»Ich kann für Mademoiselle eine andere, hübschere Gruppe anfertigen . . .«

»Es würde nicht dieselbe sein«, antwortete sie.

Und wie wenn sie sich schäme, zuviel gesagt zu haben, ging sie in den Garten.

»Dann muß ich also die Form und das Modell vernichten!« sagte Steinbock.

»Nur zu! Bringen Sie mir Ihre Papiere, dann werden Sie bald von mir hören, sofern Sie dem Eindruck entsprechen, den ich von Ihnen erhalten habe, Monsieur.«

Auf diese Äußerung hin mußte der Künstler sich zum Gehen entschließen. Nachdem er sich von Madame Hulot und Hortense verabschiedet hatte, die eigens um seinen Gruß zu empfangen aus dem Garten hereingekommen war, ging er im Jardin des Tuileries spazieren; in seine Mansarde konnte, wagte er nicht heimzukehren, denn seine Tyrannin hätte ihn dort, um ihm sein Geheimnis zu entreißen, mit Fragen umgebracht.

Hortenses Liebhaber erträumte sich Gruppen und Statuen zu hunderten; er verspürte in sich die Befähigung, selber in Marmor zu meißeln wie Canova, der, schwach wie Wenceslaus, sich dabei fast zugrunde gerichtet hätte. Hortense hatte ihn verwandelt; sie war für ihn die sichtbare Inspiration geworden.

»Das ist denn doch!« sagte die Baronin zu ihrer Tochter. »Was soll dies alles bedeuten?«

»Nun, liebe Mama, du hast soeben den Liebhaber unserer Tante Bette erblickt; ich hoffe, er ist jetzt der meinige ... Aber schließ die Augen; tue, als wissest du nichts. Mein Gott, ich, die ich dir alles hatte verbergen wollen, habe dir jetzt alles gesagt ...«

»Lebt wohl, Kinder«, rief der Baron und küßte Tochter und Frau, »vielleicht suche ich die Ziege auf; dann erfahre ich von ihr allerlei Dinge über den jungen Mann.«

»Papa, sei vorsichtig«, sagte Hortense.

»Oh, mein Kleines«, rief die Baronin, als Hortense ihr ihr Liebesgedicht, dessen letzte Strophe das vormittägliche Abenteuer bildete, vorgetragen hatte, »liebes Töchterchen, das durchtriebenste Wesen auf Erden wird doch immer und ewig die Harmlosigkeit sein.«

Echte Leidenschaften haben ihren Instinkt. Man gebe einem Feinschmecker Gelegenheit, sich eine Frucht von einer Schüssel zu nehmen; er wird nicht fehlgehen, sondern, sogar ohne hinzusehen, die beste ergreifen. Genauso ist es, wenn man wohlerzogenen Mädchen freie Gattenwahl läßt; falls sie in der Lage sind, denjenigen zu bekommen, den sie bezeichnen, werden sie sich nur selten irren. Die Natur ist unfehlbar. Und das Werk der Natur auf diesem Gebiet heißt: Liebe auf den ersten Blick. In der Liebe ist der erste Blick ganz einfach das Zweite Gesicht.

Obwohl die Baronin ihre Zufriedenheit hinter mütterlicher Würde verbarg, glich sie der Tochter; denn von den drei Arten, Hortense zu verheiraten, von denen Crevel gesprochen hatte, schien die ihrer Meinung nach beste zu gelingen. Sie sah in diesem Geschehnis eine Antwort der Vorsehung auf ihre inbrünstigen Gebete.

Der Sträfling der Mademoiselle Fischer, der schließlich doch hatte heimgehen müssen, kam auf den Einfall, die Freude des

Liebenden durch die Freude des über seinen ersten Erfolg beglückten Künstlers zu tarnen.

»Viktoria! Meine Gruppe ist an den Herzog von Hérouville verkauft worden, und er will mir Aufträge verschaffen«, sagte er und warf die zwölfhundert Francs in Gold auf den Tisch der alten Jungfer.

Wie man sich wohl denken kann, hatte er Hortenses Börse nicht vorgezeigt; er trug sie an seinem Herzen.

»Na«, antwortete Lisbeth, »*ein* Glück! Ich habe mich kaputt geschuftet. Da sehen Sie, mein Junge, wie langsam das Geld bei dem Handwerk, das Sie ergriffen haben, hereinströmt; dies ist nun das erste, das Sie bekommen, und dabei bosseln Sie bereits seit bald fünf Jahren! Diese Summe reicht kaum hin, das zu begleichen, was Sie mich seit dem Wechsel gekostet haben, der an die Stelle meiner Ersparnisse getreten ist. Doch seien Sie unbesorgt«, fügte sie hinzu, als sie nachgezählt hatte, »dies Geld soll ganz und gar für Sie verwendet werden. Wir haben dadurch für ein Jahr zu leben. Innerhalb eines Jahres können Sie sich jetzt schuldenfrei machen und wenn Sie immer so weitermachen, sich eine schöne Summe auf die hohe Kante legen.«

Als Wenceslaus den Erfolg seiner List gewahrte, erzählte er der alten Jungfer allerlei Märchen über den Herzog von Hérouville.

»Ich will Sie fortan ganz in Schwarz kleiden lassen, wie es der Mode entspricht, und Ihnen neue Wäsche schaffen; denn jetzt müssen Sie vor Ihren Gönnern gut gekleidet erscheinen«, antwortete Bette. »Und ferner brauchen Sie jetzt eine größere und ansehnlichere Wohnung als diese gräßliche Mansarde, und sie muß auch gut eingerichtet sein. Wie heiter Sie jetzt wirken! Sie sind ein ganz anderer Mensch geworden«, fügte sie hinzu und musterte Wenceslaus.

»Es ist mir gesagt worden, meine Gruppe sei ein Meisterwerk.«

»Na, dann um so besser! Machen Sie noch weitere«, entgegnete ganz nüchtern die trockene alte Jungfer in ihrer Unfähigkeit, die Freuden eines ersten Triumphs oder das Schöne eines Kunstwerks zu verstehen. »Kümmern Sie sich nicht länger um das, was verkauft ist, sondern machen Sie was anderes, das sich verkaufen läßt. Zweihundert Francs in blankem Silber, Ihre

Arbeit und Ihre Zeit ungerechnet, haben Sie an diesen Satan von ›Simson‹ verwendet. Ihre Stutzuhr wird Sie mehr als zweitausend Francs kosten, wenn Sie sie gießen lassen. Sehen Sie, wenn Sie mir glauben wollten, dann würden Sie die beiden kleinen Jungen fertigmachen, die das kleine Mädchen mit Kornblumen kränzen; so was gefällt den Parisern! Ich selber will jetzt zu Monsieur Graff, dem Schneider, gehen, und danach zu Monsieur Crevel ... Gehen Sie hinauf in Ihr Zimmer und lassen Sie mich mich umziehen.«

Anderntags suchte der Baron, der jetzt völlig versessen auf Madame Marneffe war, Tante Bette auf; sie war verblüfft, als sie ihn beim Öffnen der Tür vor sich stehen sah; denn früher hatte er ihr nie einen Besuch abgestattet. Sie fragte sich daher: »Sollte Hortense Lust auf meinen Liebhaber bekommen haben?« Denn am Tag zuvor hatte sie in Crevels Haus erfahren, daß der Eheplan mit dem Rat am königlichen Gericht zunichte geworden sei.

»Nanu, Vetter, Sie hier? Zum erstenmal in Ihrem Leben besuchen Sie mich; das geschieht doch sicherlich nicht um meiner schönen Augen willen?«

»Das stimmt«, entgegnete der Baron, »du hast die schönsten Augen, die ich je gesehen habe ...«

»Warum kommen Sie? Ich schäme mich nämlich, Sie in einem solchen Dreckloch zu empfangen.«

Das erste der beiden Zimmer, aus denen die Wohnung der Tante Bette bestand, diente ihr zugleich als Wohnzimmer, Eßzimmer, Küche und Werkstatt. Das Mobiliar war dasjenige eines besseren Handwerkerehepaars: Nußbaumstühle mit Strohsitzen, ein kleiner Nußbaum-Eßtisch, ein Arbeitstisch, kolorierte Kupferstiche in geschwärzten Holzrahmen, an den Fenstern kurze Musselingardinen, ein großer Nußbaumschrank, die Fliesen gut gescheuert, vor Sauberkeit schimmernd, alles ohne ein Körnchen Staub, aber kalt in den Farbtönen, ein echtes Gemälde des Terborch, nichts davon fehlte, nicht einmal die grauen Grundtöne dieses Malers; sie deuteten sich in einer ehemals bläulichen, jetzt leingrau gewordenen Tapete an. Was das Schlafzimmer betraf, so hatte noch niemand es betreten.

Der Baron hatte alles mit einem flüchtigen Blick umfaßt; er

sah das Signum der Mittelmäßigkeit in jedem Ding, vom gußeisernen Ofen bis zu den Haushaltsgeräten, und es überkam ihn Übelkeit, als er bei sich dachte: Das also ist die Tugend!

»Warum ich komme?« antwortete er laut. »Du bist ein allzu durchtriebenes Mädchen, um es nicht schließlich zu erraten, und so ist es schon besser, ich sage es dir«, rief er, setzte sich, schob die gefältelte Musselingardine beiseite und überblickte den Hof. »Hier im Haus wohnt eine sehr hübsche Frau . . .«

»Madame Marneffe! Oh, jetzt bin ich im Bilde!« sagte sie; sie hatte alles durchschaut. »Und was ist mit Josépha?«

»Ach, Kusine, es gibt keine Josépha mehr . . . Ich bin vor die Tür gesetzt worden wie ein Lakai.«

»Und nun möchten Sie . . .?« fragte die Kusine und schaute den Baron mit der Würde der Prüden an, die eine Viertelstunde zu früh übelnimmt.

»Da Madame Marneffe eine tadellose Frau ist, die Frau eines Beamten, so daß du mit ihr verkehren kannst, ohne dich zu kompromittieren«, fuhr der Baron fort, »möchte ich, daß du mit ihr gute Nachbarschaft hältst. Oh, sei unbesorgt; sie wird dir, als der Kusine des Herrn Abteilungsleiters, die größte Rücksichtnahme bezeigen.«

In diesem Augenblick ließ sich auf der Treppe das Rascheln eines Kleids vernehmen, begleitet vom Geräusch der Schritte einer Frau, die überelegante Schuhe trägt. Das Geräusch endete auf dem Treppenabsatz. Nach zweimaligem Klopfen an die Tür erschien Madame Marneffe.

»Verzeihen Sie diesen Einbruch in Ihre Wohnung, Mademoiselle; aber ich habe Sie gestern nicht angetroffen, als ich herkam, um Ihnen einen Besuch zu machen; wir sind Nachbarinnen, und wenn ich gewußt hätte, daß Sie die Kusine des Herrn Staatsrats sind, hätte ich Sie längst schon um Ihre Fürsprache bei ihm gebeten. Ich habe den Herrn Direktor bei Ihnen eintreten sehen, und da habe ich mir die Freiheit genommen, zu kommen; denn mein Mann, Herr Baron, hat mir von einem Personalbericht erzählt, der morgen dem Minister vorgelegt werden soll.«

Sie wirkte, als sei sie erregt und habe Herzklopfen; aber sie war ganz einfach die Treppe hinaufgelaufen.

»Sie brauchen nicht die Bittstellerin zu spielen, schöne Dame«, antwortete der Baron; »es liegt bei mir, um die Gunst zu bitten, Sie aufsuchen zu dürfen.«

»Nun, wenn es Mademoiselle recht ist, dann kommen Sie doch!« sagte Madame Marneffe.

»Gehen Sie nur, Vetter; ich werde Sie schon wiedersehen«, sagte Tante Bette klüglich.

Die Pariserin hatte sich so fest auf den Besuch und die Intelligenz des Direktors verlassen, daß sie nicht nur eine für eine solche Zusammenkunft geeignete Toilette angelegt, sondern auch ihre Wohnung herausgeputzt hatte. Schon am frühen Morgen waren auf Kredit gekaufte Blumen aufgestellt worden. Marneffe hatte seiner Frau beim Säubern der Möbel geholfen und den kleinsten Dingen Glanz verliehen; alles war geseift, abgebürstet und ausgestaubt worden. Valérie hatte sich in einer Umgebung von sauberer Frische befunden, um dem Herrn Direktor zu gefallen, und zwar so sehr zu gefallen, daß sie das Recht hatte, grausam zu sein, ihm das Stück Zuckerwerk ganz hoch zu halten, wie einem kleinen Jungen, und sich aller Hilfsmittel der modernen Taktik zu bedienen. Sie hatte Hulot abgeschätzt. Man lasse einer zum Äußersten getriebenen Pariserin nur vierundzwanzig Stunden Zeit, dann bringt sie es fertig, ein Ministerium zu stürzen.

Diesem Mann des Kaiserreichs, der an die Gepflogenheiten des Kaiserreichs gewöhnt war, mußten die modernen Formen der Liebe völlig fremd sein. Die neuen Bedenken, die andersartigen Formen des Gesprächs, wie sie seit 1830 aufkamen und mittels derer die »arme, schwache Frau« schließlich als das Opfer der Begierde ihres Liebhabers angesehen wird; als eine barmherzige Schwester, die Wunden verbindet; als ein Engel, der sich opfert: diese neue »Kunst zu lieben« nimmt eine ungeheure Menge Evangelien-Worte für ein Werk des Teufels in Anspruch. Die Leidenschaft ist ein Martyrium. Man strebt einerseits nach dem Idealen, dem Unendlichen; und andererseits will man durch die Liebe in eine bessere Lage kommen. Alle diese schönen Redensarten sind ein Vorwand, in der Praxis noch mehr Glut, noch mehr Wut beim Zufallebringen einzusetzen als früher. Diese für unsere Zeit bezeichnende Heuchelei hat die Galanterie brandig gemacht. Ein Liebespaar besteht aus zwei Engeln, benimmt sich aber wie zwei Teufel, wenn es kann. Die Liebe hatte zwischen zwei Feldzügen keine Zeit zur Selbstanalyse, und im Jahre 1809 ging es mit ihr, was die Erfolge betraf, so rasch vorwärts wie mit dem Kaiserreich. Nun aber hatte der schöne Hulot, als er unter der Restauration wieder ein *homme à femmes* geworden war, sich zunächst mit ein paar alten Freundinnen getröstet, die damals aus ihrer Höhe herabgestürzt waren wie die erloschenen Sterne des politischen Firmaments, und danach hatte er sich als alter Mann von Geschöpfen wie Jenny Cadine und Josépha kapern lassen.

Madame Marneffe hatte vom Vorleben des Direktors erfahren; ihr Mann hatte im Büro ein paar Erkundigungen eingezogen und ihr dann des langen und breiten davon erzählt, und so hatte sie ihre Batterien in Stellung bringen können. Da die Komödie des modernen Gefühlslebens für den Baron den Reiz der Neuheit haben konnte, hatte Valérie ihren Entschluß gefaßt, und wir können getrost sagen, daß die Erprobung ihrer Macht, die sie an diesem Vormittag anstellte, allen ihren Hoffnungen entsprach. Dank jener sentimentalen, romanhaften und romantischen Kunstgriffe erlangte Valérie, ohne das mindeste versprochen zu haben, für ihren Mann den Posten eines Unterchefs und das Kreuz der Ehrenlegion.

Dieser Kleinkrieg vollzog sich natürlich nicht ohne Abendessen im Rocher-de-Cancale[84], Theaterbesuche, Geschenke von Mantillen, Schals, Kleidern und Schmucksachen. Da die Wohnung in der Rue du Doyenné mißfiel, schmiedete der Baron Pläne, in der Rue Vanneau, in einem reizenden modernen Haus, eine prächtige Wohnung mit Möbeln auszustatten.

Monsieur Marneffe erhielt vierzehn Tage Urlaub, den er in einem Monat antreten sollte, um in seiner Heimat geschäftliche Angelegenheiten zu regeln, sowie eine Gratifikation. Er nahm sich eine Reise in die Schweiz vor, um sich dort mit dem schönen Geschlecht zu befassen.

Baron Hulot kümmerte sich also um seine Schutzbefohlene; aber er vergaß auch seinen Schützling nicht. Graf Popinot, der Handelsminister, war ein Freund der Künste: er gab zweitausend Francs für ein Exemplar der Simson-Gruppe unter der Bedingung, daß die Gußform vernichtet würde, so daß nur noch sein Simson und der der Mademoiselle Hulot existierte. Jene Gruppe erregte die Bewunderung eines Prinzen; ihm wurde das Modell der Stutzuhr gezeigt, und er bestellte sie; aber sie mußte Einzelstück, einmalig bleiben, er bot dafür dreißigtausend Francs. Die Künstlerkommission, der auch Stidmann angehörte, erklärte, der Schöpfer jener beiden Werke sei befähigt, eine Statue zu schaffen. Sogleich veranlaßte der Marschall Fürst von Weißenburg, Kriegsminister und Präsident des Subskriptions-Komitees für das Denkmal des Marschalls Montcornet, eine Entscheidung, durch welche die Ausführung Steinbock anvertraut wurde. Der Graf de Rastignac, damals Unterstaatssekretär, wollte ein Werk des Künstlers besitzen, dessen Ruhm über den Beifall, den seine Rivalen erhielten, hinwegbrandete. Er erlangte von Steinbock die köstliche Gruppe der ein kleines Mädchen bekränzenden Knaben und versprach ihm ein Atelier im Marmordepot der Regierung, das, wie man weiß, am Gros-Caillou gelegen war.

Das war der Erfolg, aber ein Erfolg, wie er in Paris kommt, das heißt wie toll, ein Erfolg, der Leute zermalmt, die nicht über Schultern und Lenden, ihn zu tragen, verfügen, was, nebenbei gesagt, häufig passiert. Es wurde in den Zeitungen und Zeitschriften vom Grafen Wenceslaus Steinbock gesprochen, ohne daß er oder Mademoiselle Fischer die leiseste Ahnung davon hatten. Täglich, sobald Mademoiselle Fischer das Haus verließ, um zum Abendessen zu gehen, eilte Wenceslaus zur Baronin. Er verbrachte zwei oder drei Stunden bei ihr, den Tag ausgenommen, da Bette zu ihrer Kusine Hulot kam. Dieser Stand der Dinge dauerte ein paar Tage an.

Der Baron war der menschlichen Qualitäten und des Zivilstands des Grafen Steinbock sicher; die Baronin war beglückt über seinen Charakter und seine Umgangsformen; Hortense war stolz, daß ihre Liebe Billigung fand, auf den Ruhm ihres Verlobten; alle sprachen sie jetzt ohne Scheu von der Heirat; kurzum, der Künstler befand sich auf dem Gipfel des Glücks, als eine Indiskretion der Madame Marneffe alles in Gefahr brachte. Und zwar folgendermaßen.

Lisbeth, von der Baron Hulot gewünscht hatte, daß sie sich enger an Madame Marneffe anschließe, damit er Einblick in jenen Haushalt habe, hatte bereits bei Valérie zu Abend gegessen, die ihrerseits in die Familie Hulot hineinhorchen wollte und die alte Jungfer höchlichst umschmeichelte. So kam Valérie der Einfall, Mademoiselle Fischer zur Einweihung der neuen Wohnung einzuladen, die sie beziehen sollte. Die alte Jungfer war nur zu froh, ein weiteres Haus gefunden zu haben, wo sie zu Abend essen konnte, und da sie überdies sehr angetan von Madame Marneffe war, hatte sie eine herzliche Neigung zu ihr gefaßt. Von allen Leuten, mit denen sie Umgang pflog, hatte keine sich so sehr in Unkosten gestürzt wie sie. Was nämlich die kleinen Aufmerksamkeiten für Mademoiselle Fischer betraf, so befand sich Madame Marneffe ihr gegenüber im gleichen Verhältnis wie Tante Bette gegenüber der Baronin, Monsieur Rivet, Crevel und kurzum allen denjenigen, die sie zum Abendessen empfingen. Doch hatte das Ehepaar Marneffe das Mitleid der Tante Bette vor allem erregt, als es sie Einblicke in das tiefe Elend ihres Hausstands nehmen ließ, wobei es, wie stets, alles mit den schönsten Farben lackiert hatte: ihnen beiden verpflichtete, undankbare Freunde, Krankheiten, eine Mutter, Madame Fortin, deren eigene Notlage man ihr verhehlt hatte und die in dem Glauben starb, es gehe ihr nach wie vor glänzend, welcher Eindruck unter übermenschlichen Opfern durchgehalten worden war.

»Die armen Leute!« sagte sie zu ihrem Vetter Hulot, »Sie tun recht daran, sich ihrer anzunehmen; sie verdienen es; sie sind so tapfer, so gütig! Sie können kaum von den tausend Talern Gehalt als Unterchef leben; denn nach dem Tod des Marschalls Montcornet haben sie Schulden gemacht! Es ist barbarisch von der Regierung, wenn sie will, daß ein Beamter, der Frau und Kind hat, in Paris mit einem Gehalt von zweitausendvierhundert Francs lebt.«

Eine junge Frau, die ihr soviel Freundschaft bezeigte, die ihr alles anvertraute und sie dabei um Rat fragte, die sie umschmeichelte und sich dem Augenschein nach von ihr leiten lassen wollte, wurde also binnen kurzem der exzentrischen Tante lieber als alle ihre Verwandten.

Der Baron seinerseits bewunderte an Madame Marneffe Takt, Bildung und Umgangsformen, mit denen weder Jenny Cadine noch Josépha noch deren Freundinnen ihm aufgewartet hatten;

innerhalb eines Monats hatte er sich mit der Leidenschaft eines alten Mannes in sie verliebt, einer unsinnigen Leidenschaft, die jedoch als durchaus vernünftig und begründet anmutete. Er gewahrte nämlich bei ihr weder Spott, noch Orgien, noch wahnwitzige Ausgaben, noch Verderbtheit, noch Verachtung der gesellschaftlichen Gegebenheiten, noch jenes Pochen auf Unabhängigkeit, das bei der Schauspielerin und der Sängerin die Ursache alles Unglücks gewesen war. Ebenso war er der Kurtisanenraubgier entgangen, die dem Durst in der Wüste vergleichbar ist.

Madame Marneffe, nun sie seine Freundin und Vertraute geworden war, bezeigte ein seltsames Gebaren, wenn sie das geringste von ihm annehmen sollte. »Die Stellungen, die Sondervergütungen, alles, was Sie von der Regierung für uns erlangen können – meinetwegen; aber fangen Sie nicht an, die Frau zu entehren, von der Sie sagen, Sie lieben sie«, sagte Valérie, »denn sonst würde ich Ihnen nicht glauben ... Und ich möchte Ihnen gern glauben«, fügte sie mit einem Augenaufschlag hinzu wie dem der heiligen Therese, die zum Himmel aufblickt.

Bei jedem Geschenk galt es, ein Fort einzunehmen, ein Gewissen zu vergewaltigen. Der arme Baron wandte Kriegslisten an, um eine Kleinigkeit darzubieten, die übrigens sehr teuer war, und zollte sich Beifall, endlich einer tugendhaften Frau begegnet zu sein und die Verwirklichung seiner Träume gefunden zu haben. In diesem primitiven (wie er sagte) Hausstand war er genauso Gott wie daheim. Monsieur Marneffe schien tausend Meilen weit davon entfernt zu sein, zu glauben, der Jupiter seines Ministeriums habe die Absicht, als goldener Regen auf seine Frau herabzufallen[85], und spielte den Diener seines erhabenen Chefs.

Madame Marneffe, die dreiundzwanzig Jahre alt, eine reine, schüchterne Bürgersfrau und eine in der Verborgenheit der Rue du Doyenné blühende Blume war, konnte nichts wissen von den Verderbtheiten und der Unmoral der Kurtisanen, die jetzt dem Baron einen abscheulichen Ekel einflößten; er hatte den Zauber der sich sträubenden Tugend noch nicht kennengelernt, und die ängstliche Valérie ließ sie ihn, wie es im Liede heißt, »den ganzen Bach entlang« auskosten.

Wie die Dinge zwischen Hector und Valérie lagen, dürfte es niemanden wundern, wenn er erfährt, daß Valérie es verstanden hatte, Hector das Geheimnis der bevorstehenden Eheschließung des großen Künstlers Steinbock mit Hortense zu entlocken. Zwischen einem rechtlosen Liebhaber und einer Frau, die sich nicht ohne weiteres entschließen kann, eine Geliebte zu werden, vollziehen sich mündliche und geistige Kämpfe, bei denen das Wort oftmals den Gedanken verrät, gerade wie bei einem Florettkampf das Rapier die Lebendigkeit eines Duelldegens annimmt. Auch der klügste und vorsichtigste Mann ahmt dann Monsieur de Turenne[86] nach. Der Baron hatte also durchblicken lassen, die Vermählung seiner Tochter würde ihm volle Handlungsfreiheit geben; das war seine Antwort an die liebende Valérie, die mehr als einmal ausgerufen hatte: »Ich begreife nicht, daß man einen Fehltritt um eines Mannes willen tun könnte, der nicht gänzlich uns gehörte!« Der Baron hatte bereits tausendmal geschworen, seit fünfundzwanzig Jahren sei zwischen ihm und seiner Frau alles aus. »Dabei heißt es, sie sei so schön!« hatte Madame Marneffe entgegnet, »ich will Beweise.« – »Die sollen Sie haben«, sagte der Baron, glücklich über diese Willensäußerung, durch die seine Valérie sich bloßstellte. – »Und auf welche Weise? Sie dürften mich niemals verlassen«, hatte Valérie geantwortet. Da war Hector gezwungen gewesen, seine Pläne betreffs der Rue Vanneau zu enthüllen, um seiner Valérie darzulegen, daß er plane, ihr die Hälfte seines Lebens einzuräumen, die einer legitimen Gattin gebührt, in der Annahme, daß Tag und Nacht die Existenz von Kulturmenschen in zwei gleiche Hälften teilen. Er sprach davon, daß er sich auf taktvolle Weise von seiner Frau trennen und sie sich selbst überlassen wolle, wenn seine Tochter verheiratet sei. Die Baronin würde dann ihre ganze Zeit bei Hortense und bei dem jungen Ehepaar Hulot verbringen; er sei der Gefügigkeit seiner Frau sicher. – »Dann, mein Engelchen, werden mein wahres Leben, meine wirkliche Ehe sich in der Rue Vanneau vollziehen.« – »Mein Gott, wie Sie über mich verfügen ...«, sagte da Madame Marneffe. »Und mein Mann ...?« – »Dieser Lump?« – »Das ist er nächst Ihnen ...«, antwortete sie lachend.

Madame Marneffe verspürte rasendes Verlangen, den jungen

Grafen Wenceslaus Steinbock kennenzulernen, nachdem sie dessen Geschichte vernommen; vielleicht wollte sie von ihm irgendein Kleinod ergattern, solange er noch unter demselben Dach mit ihr wohnte. Diese Neugier mißfiel dem Baron so sehr, daß Valérie gelobte, sie wolle Wenceslaus nie einen Blick gönnen. Sie ließ sich den Verzicht auf diese Laune durch ein komplettes kleines Teeservice vergelten, Alt-Sèvres[87], dünnschalig; aber sie behielt ihren Wunsch im Herzensgrunde, wo er aufgezeichnet stand wie in einem Notizbuch. Als sie also eines Tages »ihre« Tante Bette gebeten hatte, mit ihr gemeinsam ihren Kaffee in ihrem Schlafzimmer zu trinken, brachte sie sie auf das Kapitel mit ihrem Geliebten; sie wollte herausbekommen, ob sie ihn sehen könne, ohne sich einer Gefahr auszusetzen.

»Kleine«, sagte sie, denn sie redeten aneinander gegenseitig mit »Kleine« an, »warum haben Sie mir Ihren Verehrer noch nicht vorgestellt ...? Wissen Sie eigentlich, daß er innerhalb kurzer Frist berühmt geworden ist?«

»Der berühmt?«

»Aber es ist doch nur noch von ihm die Rede ...!«

»Ach, Unsinn!« rief Lisbeth.

»Er soll das Denkmal meines Vaters schaffen, und ich könnte ihm für das Gelingen seines Werks von großem Nutzen sein, denn Madame Montcornet kann ihm nicht, wie ich, eine Miniatur von Sain[88] leihen, ein 1809, vor dem Wagram-Feldzug, entstandenes Meisterwerk; es handelt sich um ein Geschenk an meine arme Mutter, und es zeigt einen jungen, schönen Montcornet ...«

Sain und Augustin[89] führten unter dem Kaiserreich beide das Zepter der Malerei.

»Er soll, sagen Sie, Kleine, eine Statue machen ...?« fragte Lisbeth.

»Neun Fuß hoch, im Auftrag des Kriegsministeriums. Ja, leben Sie denn auf dem Mond, daß ich Ihnen damit etwas Neues verkünde? Und die Regierung will dem Grafen Steinbock ein Atelier und eine Wohnung am Gros-Caillou einräumen, im Marmor-Depot; Ihr Pole wird vielleicht gar dessen Direktor, das ist eine mit zweitausend Francs dotierte Stellung; daraus läßt sich Vorteil ziehen ...«

»Woher wissen Sie denn das alles, wenn nicht mal ich es weiß?« fragte schließlich Lisbeth, als sie sich von ihrer Verblüffung erholt hatte.

»Tja, liebe kleine Tante Bette«, sagte Madame Marneffe liebenswürdig, »sind Sie einer getreuen, über jede Probe erhabenen Freundschaft fähig? Wollen Sie, daß wir beide wie zwei Schwestern sind? Wollen Sie mir schwören, nie wieder Geheimnisse vor mir zu haben, wie ich keine vor Ihnen haben werde, meine Spionin zu sein wie ich die Ihre ...? Wollen Sie mir vor allem schwören, daß Sie mich nie verkaufen werden, weder an meinen Mann noch an Monsieur Hulot, und daß Sie niemals zugeben werden, daß ich es gewesen sei, die Ihnen gesagt ...«

Mitten in dieser Picador-Leistung hielt Madame Marneffe inne, so sehr hatte Tante Bette sie erschreckt. Die Züge der Lothringerin hatten etwas Furchterregendes bekommen. Ihre schwarzen, durchdringenden Augen waren starr wie die eines Tigers. Ihr Gesicht ähnelte dem, das wir bei Hexen vermuten; sie biß die Zähne aufeinander, um sie am Klappern zu hindern, und ein grausiger Krampf schien ihre Glieder zu durchrütteln. Sie hatte die krallige Hand zwischen ihre Haube und ihr Haar gschoben, um es zu raufen und sich den zu schwer gewordenen Kopf zu stützen; er brannte! Der Rauch der Feuersbrunst, der ihn verheerte, schien durch seine Runzeln zu ziehen wie durch ebensoviele Erdspalten, die ein Vulkanausbruch hervorgerufen hat. Es war ein ungewöhnlicher Anblick.

»Na, warum reden Sie nicht weiter?« fragte sie mit hohler Stimme. »Ich will für Sie alles sein, was ich für ihn gewesen bin. Oh, ich hätte all mein Blut für ihn hingegeben ...«

»Dann lieben Sie ihn also ...?«

»Als ob er mein Sohn wäre ...!«

»Na, schön«, fuhr Madame Marneffe fort und atmete freier, »da Sie ihn nur *so* lieben, müssen Sie recht glücklich sein; denn Sie wollen doch sein Glück?«

Lisbeth antwortete durch ein rasches Nicken, das wie das einer Irren war.

»In vier Wochen heiratet er Ihre kleine Nichte.«

»Hortense?« schrie die alte Jungfer auf; schlug sich vor die Stirn und sprang auf.

»Nanu! Lieben Sie den jungen Mann etwa?« fragte Madame Marneffe.

»Kleines, wir stehen auf Leben und Tod zueinander«, sagte Mademoiselle Fischer. »Ja, wenn Sie Liebesbindungen haben, sollen sie mir heilig sein. Mit einem Wort, Ihre Laster sollen für mich zu Tugenden werden, denn ich, ich werde Ihre Laster brauchen!«

»Haben Sie denn mit ihm zusammengelebt?« rief Valérie.

»Nein, seine Mutter hatte ich sein wollen . . .«

»Jetzt begreife ich überhaupt nichts mehr«, entgegnete Valérie, »denn wenn er weder sein Spiel mit Ihnen getrieben noch Sie betrogen hat, müssen Sie doch recht froh sein, wenn er eine gute Partie macht, nun er sich durchgesetzt hat. Im übrigen lassen Sie's gut sein, ist wohl alles aus für Sie. Unser Künstler geht tagtäglich zu Madame Hulot, sobald Sie das Haus verlassen haben und zum Abendessen gehen . . .«

»Adeline!« dachte Lisbeth. »O Adeline, du sollst ihn mir teuer bezahlen; ich will dich noch häßlicher machen, als ich es bin . . .!«

»Aber Sie sind ja leichenblaß geworden!« fuhr Valérie fort. »Steckt denn noch etwas dahinter . . .? Oh, wie dumm ich bin! Mutter und Tochter müssen ahnen, daß Sie dieser Liebe Hindernisse in den Weg legen würden, da sie beide sich vor Ihnen verbergen«, rief Madame Marneffe. »Doch wenn Sie nicht mit dem jungen Mann zusammengelebt haben, ist all das für mich dunkler als das Herz meines Mannes, Kleine . . .«

»Oh, Sie können nicht wissen«, sprach Lisbeth weiter, »Sie können nicht wissen, was es mit diesen Machenschaften auf sich hat! Dies ist der letzte Schlag, und er ist tödlich! Welche Wunden hat meine Seele durch sie davongetragen! Sie ahnen nicht, daß ich von dem Alter an, da man fühlt, Adeline aufgeopfert worden bin! Ich bin geprügelt worden, sie gehätschelt! Ich ging wie eine Spülmagd angezogen einher, und sie war gekleidet wie eine Dame. Ich habe den Garten umgegraben, habe das Gemüse geputzt, und sie hat ihre zehn Finger nur gerührt, um ihren Putz zurechtzuzupfen . . .! Sie hat den Baron geheiratet, sie ist hierhergekommen und hat am Kaiserhof geglänzt, und ich bin bis 1809 in meinem Dorf geblieben und habe vier Jahre lang auf eine passende Partie gewartet; dann haben sie mich weggeholt, aber nur, um aus mir eine Arbeiterin zu machen und mir Beamte und Hauptleute, die wie Portiers aussahen, zum Heiraten vorzuschlagen ...! Sechsundzwanzig Jahre lang habe ich ihre alten Kleider auftragen müssen ... Und jetzt ist es wie im Alten Testament, der Arme besitzt ein winziges Lamm, das sein Glück ausmacht, und der Reiche, der über Herden verfügt, neidet dem Armen das Schäflein und beraubt ihn seiner ...! Ohne es ihm vorher zu sagen, ohne ihn zu bitten. Adeline bemogelt mich um mein Glück! Adeline ... Adeline, dich werde ich im Kot liegen sehen, und tiefer noch als ich selber! Hortense, die ich liebgehabt habe, hat mich hintergangen ... Der Baron ... nein, das ist alles nicht möglich. Kommen Sie, erzählen Sie mir nochmals alles, was daran wahr sein könnte!«

»Beruhigen Sie sich doch, Kleine ...«

»Valérie, lieber Engel, ich will mich ja beruhigen«, antwortete das absonderliche Mädchen und setzte sich. »Nur *eines* kann mir die Vernunft wiedererstatten: ein Beweis ...!«

»Aber Ihre Nichte Hortense besitzt doch die Simson-Gruppe; eine Zeitschrift, hier ist sie, hat eine Lithografie danach veröffentlicht; sie hat die Gruppe mit ihren Ersparnissen bezahlt, und der Baron fördert seinen künftigen Schwiegersohn und erreicht für ihn alles.«

»Wasser ... Wasser!« wimmerte Lisbeth, als sie einen Blick auf die Lithografie geworfen hatte, unter der zu lesen stand: ›Bronzegruppe im Besitz der Mademoiselle Hulot d'Ervy.‹ – »Wasser! Mir glüht der Kopf, ich werde verrückt ...!«

Madame Marneffe brachte Wasser, die alte Jungfer nahm die Haube ab, löste ihr schwarzes Haar und steckte den Kopf in die Wasserschüssel, die ihre neue Freundin ihr hinhielt; mehrmals tauchte sie die Stirn hinein und hemmte die einsetzende Entzündung. Nach dieser Kühlung fand sie ihre volle Selbstbeherrschung wieder.

»Kein Wort«, sagte sie zu Madame Marneffe, als sie sich abtrocknete, »kein Wort über all dieses ... Sie sehen ja ... ich bin ruhig, alles ist vergessen; ich denke an ganz was anderes!«

Morgen ist sie in Charenton[90], ganz bestimmt, dachte Madame Marneffe und musterte die Lothringerin.

»Was tun?« fuhr Lisbeth fort. »Sehen Sie, mein Engelchen, man muß schweigen, das Haupt senken und dem Grab entgegengehen wie das Wasser geradewegs in den Fluß rinnt. Was könnte ich versuchen? Dieses ganze Pack möchte ich in den Staub werfen, Adeline, ihre Tochter, den Baron. Aber was kann eine arme Verwandte gegen die Gesamtheit einer reichen Familie ausrichten...? Das ginge wie mit dem irdenen und dem eisernen Topf.«[91]

»Ja, Sie haben recht«, antwortete Valérie, »es kommt einzig darauf an, für sich das meiste Heu aus der Raufe zu rupfen. Das ist das Pariser Leben.«

»Und«, sagte Lisbeth, »ich werde sehr bald sterben, glauben Sie es nur, wenn ich diesen Jungen verliere, dem als Mutter zu dienen ich stets geglaubt hatte, mit dem mein Leben lang beisammen zu sein ich rechnete...«

Tränen stiegen ihr in die Augen; sie hielt inne. Eine solche Rührseligkeit bei diesem Mädchen aus Schwefel und Feuer ließ Madame Marneffe erschauern.

»Nun, ich habe ja Sie«, sagte sie und ergriff Valéries Hand; »das ist ein Trost in diesem großen Unglück... Wir wollen einander liebhaben, und warum sollten wir einander verlassen? Ich werde Ihnen nie ins Gehege kommen. Mich wird kaum je einer lieben... alle, die mich etwa wollten, würden mich nur heiraten, um sich die Gönnerschaft meines Vetters zu sichern... Die Kraft zu besitzen, das Paradies zu erstürmen, und sie einzig dazu benutzen zu müssen, sich sein täglich Brot zu verschaffen, Wasser, schäbige Kleidung und eine Mansarde! Ach ja, Kleines, das ist ein Martyrium! Ich bin dabei ausgedörrt.«

Jäh hielt sie inne und tauchte in Madame Marneffs blaue Augen einen düsteren Blick, der die Seele dieser hübschen Frau durchbohrte, wie wenn ein Dolch ihr ins Herz gedrungen sei.

»Und warum dann reden?« rief sie aus; es war ein Selbstvorwurf. »Ach, noch nie habe ich soviel darüber geschwatzt, glauben Sie es nur...! Untreue schlägt ihren eigenen Herrn...!« fügte sie nach einer Pause hinzu und wandte ein kindliches Sprichwort an. »Wie Sie so weise gesagt haben: Wir wollen unsere Zähne schärfen und soviel Heu wie möglich aus der Raufe zupfen.«

»Da haben Sie recht«, sagte Madame Marneffe; der Ausbruch hatte sie erschreckt; sie wußte nicht mehr, daß sie diese Maxime geäußert hatte. »Ich glaube Sie im Recht, Kleine. Lassen Sie's gut sein, das Leben währt nicht lange, man muß versuchen, so viel wie möglich herauszuholen und die andern zum eigenen Vergnügen benutzen . . . Soweit bin ich gekommen, die ich doch noch so jung bin! Ich bin als verwöhntes Kind aufgewachsen, mein Vater hat sich aus Ehrgeiz verheiratet und mich fast vergessen, nachdem ich vorher sein Idol gewesen war, nachdem er mich wie ein Königskind erzogen hatte! Meine arme Mutter, die mich in den schönsten Träumen wiegte, starb vor Kummer, als sie es erleben mußte, daß ich einen kleinen Beamten mit zwölfhundert Francs Gehalt heiratete, einen alten, kalten Lüstling von neununddreißig Jahren, verderbt wie ein ganzes Zuchthaus, der in mir nur sah, was man in Ihnen gesehen hat, nämlich ein Mittel, zu Gelde zu kommen . . .! Nun, ich habe schließlich herausbekommen, daß dieser infame Kerl der beste aller Ehemänner ist. Dadurch, daß er mir die dreckigen Huren von der Straßenecke vorzieht, läßt er mir meine Freiheit. Zwar braucht er sein ganzes Gehalt für sich selber, aber er verlangt auch keine Rechenschaft darüber, wie ich mir Einkünfte verschaffe . . .«

Jetzt hielt sie ihrerseits inne wie jemand, der spürt, daß der Gießbach der vertraulichen Geständnisse ihn fortreißt; betroffen ob der Aufmerksamkeit, die Lisbeth ihr zollte, hielt sie es für erforderlich, sich Lisbeths zu versichern, ehe sie ihr ihre letzten Geheimnisse preisgab.

»Da können Sie mal sehen, Kleine, wie groß mein Vertrauen zu Ihnen ist . . .!« fuhr Madame Marneffe fort, als Lisbeth ihr mit einem über die Maßen beschwichtigenden Nicken geantwortet hatte.

Man schwört oftmals durch Blicke und eine Kopfbewegung feierlicher als vor dem Schwurgericht.

»Ich verfüge über alle äußeren Kennzeichen der Ehrbarkeit«, fuhr Madame Marneffe fort und legte ihre Hand auf die Lisbeths, wie wenn sie dadurch ein Treuegelöbnis empfinge, »ich bin eine verheiratete Frau und zugleich meine eigene Herrin, und zwar so sehr, daß, wenn mein Mann morgens ins Ministerium geht und er es sich einfallen läßt, sich von mir zu verabschieden, meine Schlafzimmertür aber verschlossen findet, er in aller Ruhe weggeht. Er liebt sein Kind weniger als ich eins der marmornen Kinder liebe, die am Fuß eines der beiden Flußgötter im Tuilerien-Garten spielen.[92] Komme ich nicht zum Abendessen heim, so ißt er seelenruhig mit dem Hausmädchen, denn das Hausmädchen ist ihm hörig, und jeden Abend nach dem Essen verläßt er das Haus und kommt erst gegen Mitternacht oder um eins wieder nach Hause. Leider habe ich seit einem Jahr keine Zofe, was bedeutet, daß ich seit einem Jahr Witwe bin ... Nur *eine* große Liebe, nur *ein* Glück habe ich gehabt ... das war ein reicher Brasilianer, der seit einem Jahr fort ist; er war mein einziger wirklicher Fehltritt! Er hat seine Besitzungen verkaufen, alles zu Gelde machen wollen, um sich in Frankreich niederlassen zu können. Als was wird er seine Valérie wiederfinden? Als einen Misthaufen. Paw! Das ist dann *seine* Schuld und nicht die meine; warum läßt er so lange auf sich warten? Vielleicht hat auch *er* Schiffbruch erlitten, wie meine Tugend.«

»Adieu, Kleine«, sagte Lisbeth schroff, »wir werden einander nie wieder verlassen. Ich habe Sie lieb, ich achte Sie, ich bin ganz die Ihre! Mein Vetter quält mich, ich solle doch in Ihr künftiges Haus in der Rue Vanneau ziehen; ich habe es nicht gewollt, weil ich nur zu bald den Grund dafür durchschaut habe ...«

»Aha, dann würden Sie mich überwacht haben, ich kann es mir denken«, sagte Madame Marneffe.

»Das ist sicherlich der Grund seiner Großherzigkeit«, entgegnete Lisbeth. »In Paris ist die Hälfte der Wohltaten Spekulation, wie die Hälfte der Undankbarkeiten aus Racheakten besteht ...! Mit einer armen Verwandten verfährt man wie mit den Mäusen, denen man ein Stück Speck hinhält. Ich werde das Anerbieten des Barons annehmen; dies Haus hier ist mir verhaßt geworden. Haha, wir beide haben Geist genug, um alles zu verschweigen zu wissen, was uns schaden könnte, und alles zu sagen, was gesagt werden muß; also – keine Schwatzhaftigkeit, und eine Freundschaft, die ...«

»... jeder Prüfung standhält ...«, rief Madame Marneffe frohgemut aus, glücklich, eine Respektsperson, eine Vertraute, eine Art ehrenhafter Tante gefunden zu haben. »Passen Sie auf! Der Baron macht in der Rue Vanneau alles tadellos ...«

»Das will ich glauben«, fuhr Lisbeth fort, »er steckt dreißigtausend Francs hinein! Ich weiß nicht, wo er sie hergenommen hat, den Teufel auch, denn die Sängerin Josépha hatte ihn bis zum Weißbluten geschröpft. Oh, Sie sind in gute Hände gefallen«, fügte sie hinzu. »Für eine, die sein Herz in zwei weißen seidenweichen Händen wie den Ihren hielte, würde der Baron stehlen.«

»Na, schön«, entgegnete Madame Marneffe mit der Selbstsicherheit der Dirnen, die nichts als Sorglosigkeit ist, »hören Sie mal, Kleine, nehmen Sie doch aus diesem Haushalt alles, was Sie für Ihre neue Wohnung brauchen können . . . die Kommode hier, den Spiegelschrank, den Teppich, die Wandbespannung . . .«

Lisbeths Augen weiteten sich durch die Auswirkung einer unsinnigen Freude; sie wagte nicht, an ein solches Geschenk zu glauben.

»Sie tun innerhalb eines Augenblicks mehr für mich als meine reichen Verwandten innerhalb von dreißig Jahren . . .!« rief sie. »Die haben sich nie überlegt, ob ich Möbel habe! Bei seinem ersten Besuch vor ein paar Wochen hat der Baron das Gesicht verzogen wie ein Reicher beim Anblick der Dürftigkeit . . . Gut also, danke, Kleine; ich werde es Ihnen vergelten; wie, das werden Sie später sehen!«

Valérie begleitete ihre Tante Bette bis auf den Treppenabsatz; dort küßten die beiden Frauen einander auf die Wangen.

Wie sie nach Ameisen stinkt . . .! dachte die hübsche Frau, als sie allein war, ich werde sie nur selten küssen, die Tante! Aber Obacht, ich muß schonsam mit ihr umgehen; sie kann mir sehr nützlich sein; sie wird mich zu Vermögen bringen.

Als echte Pariser ›Kreolin‹ verabscheute Madame Marneffe jede Anstrengung; sie hatte die Lässigkeit der Katzen, die nur unter dem Zwang der Notwendigkeit laufen oder aufspringen. Für sie mußte das Leben aus Freuden bestehen, und die Freuden durften nicht mit Schwierigkeiten verbunden sein. Sie hatte eine Schwäche für Blumen, vorausgesetzt, daß sie ihr ins Haus gebracht wurden. Sie verstand sich nicht dazu, ins Theater zu gehen, wenn sie nicht eine gute Loge ganz für sich allein hatte und einen Wagen zum Hinfahren. Diese Kurtisanenneigungen hatte Valérie von ihrer Mutter geerbt, die von dem General Montcornet bei dessen Pariser Aufenthalten mit Aufmerksamkeiten überschüttet worden war und die zwanzig Jahre lang alle Welt zu ihren Füßen gesehen, in ihrer Verschwendungssucht alles vergeudet, alles vernascht hatte in einem Luxusleben, dessen Ordnungen mit dem Sturz Napoleons verloren gingen. Die Großen des Kaiserreichs haben in ihren Tollheiten den großen Herren von ehedem geglichen. Unter der Restauration hat der Adel sich stets erinnert, daß er geprügelt und bestohlen worden ist; daher ist er, mit zwei oder drei Ausnahmen, sparsam, vernünftig und voraussehend geworden, mit einem Wort bürgerlich und ohne Größe. Inzwischen hat das Jahr 1830 das Werk von 1793 vollendet. Es wird fortan in Frankreich zwar große Namen geben, aber keine großen Häuser mehr, sofern keine politischen Wandlungen eintreten, die vorauszusehen schwierig ist. Das Vermögen der Klügsten ist die Leibrente. Man hat bei uns zulande die Familie zerstört.

Die machtvolle Umklammerung der Not hatte Valérie, als sie, wie ihr Mann es ausdrückte, Hulot »kaperte«, bis aufs Blut gepeinigt und die junge Frau zu dem Entschluß gebracht, aus ihrer Schönheit Geld zu münzen. Daher empfand sie seit einigen Tagen das Verlangen, statt ihrer Mutter eine verläßliche Freundin um sich zu haben, der man anvertraut, was man einer Zofe verbergen muß, und die für uns handeln, gehen, kommen und denken kann, kurzum, eine verdammte Seele, die mit einer ungleichen Verteilung der Lebensgüter einverstanden ist. Nun aber hatte sie ebenso wie Lisbeth die Absichten des Barons erraten, aus denen heraus er sie mit der Tante Bette in nähere Verbindung bringen wollte. Beraten von der erschreckenden Intelligenz, wie sie der Pariser ›Kreolin‹ eigen ist, die ganze Stunden hingestreckt auf ihrem Ruhelager verbringt und die Laterne ihrer Beobachtungsgabe in alle dunklen Winkel der Seele, der Gefühle und der Liebesbindungen wandern läßt, war sie auf den Einfall gekommen, sich aus der Spionin eine Komplizin zu schaffen. Wahrscheinlich war jene schauerliche Indiskretion vorbedacht gewesen; Madame Marneffe hatte den wahren Charakter jener glühenden, ins Leere liebenden alten Jungfer erkannt und sie an sich binden wollen. Daher glich jene Unterhaltung dem Stein, den der Wanderer in eine Schlucht wirft, um auf physikalische Weise sich dessen Tiefe zu beweisen. Und Madame Marneffe hatte es mit der Angst bekommen, als sie gleichzeitig einen Jago und einen Richard III. in dieser dem Anschein nach so schwachen, demütigen und so wenig furchteinflößenden alten Jungfer erblickte.

Im Handumdrehen war Tante Bette wieder sie selber geworden. Im Handumdrehen hatte dieser korsische und indianische Charakter die schwachen Bande zerbrochen, die sie zusammengekrümmt hatten, und hatte ihre bedrohliche Höhe wiedergewonnen, wie ein Baum den Händen eines Knaben entschnellt, der ihn niedergebeugt hat, bis er die grünen, daran hängenden Früchte hatte stehlen können.

Für den Beobachter von Welt und Gesellschaft wird die Fülle, die Vollendung und die Schnelligkeit des Auffassungsvermögens jungfräulicher Naturen stets ein Gegenstand der Bewunderung sein.

Wie alle Monstrositäten birgt die Jungfräulichkeit besondere Schätze und eine ansaugende Erhabenheit. Das Leben, dessen Kräfte beim jungfräulichen Individuum sparsam verbraucht werden, nimmt hier eine Eigenschaft des Widerstands und unberechenbarer Dauer an. Das Gehirn wird aus dem Gesamt zurückgehaltener Kräfte bereichert. Wenn keusche Menschen ihres Körpers oder ihrer Seele bedürfen, wenn sie zur Tat oder zum Denken schreiten, dann finden sie in ihren Muskeln Stahl oder meinen, ihre Intelligenz habe die Weisheit in Pacht genommen; diabolische Kraft oder die Schwarze Magie des Willens.

In dieser Beziehung löscht die Jungfrau Maria, wenn man sie für einen Augenblick lediglich als Symbol betrachtet, durch ihre Größe indische, ägyptische und griechische Urbilder aus. Die Jungfräulichkeit, die Mutter der großen Dinge, *magna parens rerum,* hält in ihren schönen weißen Händen den Schlüssel der höheren Welten. Kurzum, diese grandiose, schreckliche Ausnahme verdient alle Ehren, die die katholische Kirche ihr zuerkennt.

Im Handumdrehen wurde Tante Bette also zum Mohikaner, dessen Fallen niemand entgeht, dessen Verstellung undurchdringlich ist und dessen rasche Entscheidung auf der unerhörten Vollkommenheit der Organe beruht. Sie wurde übergangslos der verkörperte Haß, die verkörperte Rachsucht, so, wie beides in Italien, in Spanien und im Orient auftritt. Diese beiden Gefühle, deren andere Seite bis ins Absolute vorgetriebene Freundschaft und Liebe sind, sind nur in sonnengebadeten Ländern bekannt. Aber Lisbeth war in hohem Maß Lothringerin, das heißt, zum Täuschen entschlossen.

Diesen letzten Teil ihrer Rolle übernahm sie nicht gern; sie unternahm einen seltsamen, aus ihrer tiefen Ahnungslosigkeit geborenen Versuch. Sie bildete sich ein, das Gefängnis sei das, was alle Kinder sich darunter vorstellen; sie verwechselte die Einzelhaft mit der Gefangenschaft. Die Einzelhaft ist ein Superlativ der Gefangenschaft, und dieser Superlativ ist das Privileg der Kriminaljustiz.

Als Lisbeth Madame Marneffes Wohnung verlassen hatte, eilte sie zu Monsieur Rivet und traf ihn in seinem Arbeitszimmer an.

»Tja, mein guter Monsieur Rivet«, redete sie ihn an, nachdem sie den Türriegel zugeschoben hatte, »Sie hatten recht, die Polen ... die sind ein Lumpenpack ... samt und sonders Leute ohne Treu und Glauben.«

»Leute, die Europa in Brand stecken wollen«, sagte der pazifistisch eingestellte Rivet, »die alle Handelsbeziehungen und die Kaufleute ruinieren wollen um eines Vaterlands willen, das, wie es heißt, ganz und gar aus Sumpfgebieten besteht und voll von abscheulichen Juden ist, abgesehen von den Kosaken und den Bauern, einer Art wilder Bestien, die zu Unrecht der Gattung Mensch eingegliedert worden ist. Diese Polen mißverstehen die gegenwärtige Zeit. Wir sind keine Barbaren mehr! Der Krieg schwindet hin, meine Liebe, er ist mit den Königen hingeschwunden. Unsere Zeit ist der Triumph des Handels, der Industrie und der bürgerlichen Weisheit, die Holland geschaffen haben. Ja«, sagte er und ereiferte sich, »wir leben in einer Epoche, in der die Völker alles durch die legale Weiterentwicklung ihrer Freiheiten erlangen müssen, und durch das *friedliche* Spiel der konstitutionellen Institutionen; eben das wissen die Polen nicht, und ich hoffe ... Wie meinten Sie, schöne Dame?« unterbrach er sich, als er an der Miene seiner Arbeiterin erkannte, daß die hohe Politik deren Begriffsvermögen überstieg.

»Hier sind die Dokumente«, entgegnete Bette; »wenn ich meine dreitausendzweihundertzehn Francs nicht verlieren will, muß dieser Schurke ins Gefängnis . . .«

»Aha! Ich hatte es Ihnen ja gleich gesagt!« rief das Orakel des Stadtviertels Saint-Denis.

Die Firma Rivet, Gebrüder Pons Nachfolger, wohnte nach wie vor in der Rue des Mauvaises-Paroles[93] im ehemaligen Stadtpalais Langeais, das von jenem erlauchten Haus in den Zeiten erbaut worden war, da die großen Herren sich rings um den Louvre herum ansiedelten.

»Deswegen habe ich Sie ja auch auf dem Weg hierher mit Segenswünschen überhäuft . . .!« antwortete Lisbeth.

»Ahnt er nichts, dann sitzt er ab vier Uhr morgens hinter Schloß und Riegel«, sagte der Handelsrichter; er hatte in seinem Kalender nachgeschlagen, um sich zu vergewissern, wann die Sonne aufgehe. »Aber erst übermorgen; er kann nämlich nicht eingesperrt werden, ohne vorher benachrichtigt worden zu sein, daß er durch einen Haftbefehl festgenommen werden solle. Also . . .«

»Was für ein blödes Gesetz«, sagte Tante Bette, »denn der Schuldner macht doch, daß er wegkommt.«

»Das ist sein gutes Recht«, erwiderte der Handelsrichter lächelnd. »Daher, passen Sie mal auf, geht die Sache folgendermaßen vor sich . . .«

»Wenn dem so ist, nehme ich das Dokument wieder mit«, unterbrach Lisbeth den Konsul[94], »ich übergebe es ihm und sage ihm, ich sei genötigt worden, Geld aufzunehmen, und mein Geldgeber habe diese Formalität verlangt. Ich kenne meine Polen; er wird das Formular nicht mal auseinanderfalten; er steckt sich seine Pfeife damit an!«

»Haha, Mademoiselle Fischer, gar nicht übel! Gut und schön, seien Sie unbesorgt, die Sache wird gefingert. Aber einen Augenblick bitte! Jemanden ins Kittchen zu stecken, damit ist es nicht getan; man leistet sich diesen juristischen Luxus nur, um zu seinem Geld zu kommen. Wer wird Sie bezahlen?«

»Die, die ihm Geld geben.«

»Ja, richtig; ich hatte vergessen, daß das Kriegsministerium ihm den Auftrag für das Denkmal gegeben hat, das für einen der Kunden unserer Firma errichtet werden soll. Ach ja, die Firma hat dem General Montcornet mancherlei Uniformen geliefert; er hat sie stets sehr schnell im Kanonenrauch schwarz räuchern lassen, der gute! Was für ein wackerer Mann! Und immer hat er prompt bezahlt!«

Ein Marschall von Frankreich möge den Kaiser oder sein Land gerettet haben; daß er »prompt« bezahlt habe, wird stets das höchste Lob im Munde eines Krämers sein.

»Gut denn, Monsieur Rivet, bis Samstag sollen Sie Ihre Silbertroddeln haben. Da fällt mir ein, ich ziehe weg aus der Rue du Doyenné; ich wohne künftig in der Rue Vanneau.«

»Daran tun Sie recht; es war mir schmerzlich, daß Sie in diesem Loch wohnten, das, wie ich trotz meines Widerwillens gegen alles, was der Opposition ähnlich sieht, zu sagen wage, ja, das den Louvre und die Place du Carrousel entehrt. Ich verehre Louis-Philippe, er ist der erhabene, genaue Vertreter der Klasse, auf die er seine Dynastie gegründet hat, und ich werde nie vergessen, was er dadurch für die Posamenterie getan hat, daß er die Nationalgarde wieder aufstellte ...«

»Wenn man Sie so reden hört«, sagte Lisbeth, »dann fragt man sich, warum Sie nicht Abgeordneter sind.«

»Man fürchtet meine Anhänglichkeit an die Dynastie«, antwortete Rivet, »meine politischen Gegner sind die des Königs; ach, er ist ein edler Charakter, und es ist eine schöne Familie; kurzum«, fuhr er mit seiner Argumentation fort, »er ist unser Ideal: in seinem Lebenswandel, seiner Sparsamkeit, in allem! Aber die ›Vollendigung‹[95] des Louvre ist eine der Bedingungen, die wir der Krone gestellt haben, und die Zivilliste, deren Zahlungstermin nicht festgesetzt worden ist, wie ich zugebe, läßt das Herz von Paris in einem herzzerreißenden Zustand ... Gerade weil ich für die Goldne Mitte bin, möchte ich die Goldne Mitte von Paris in einem andern Zustand sehen. Ihre Stadtgegend läßt einen erzittern. Diesen oder jenen Tag hätten Sie dort ermordet werden können ... Na, schön, da nun Ihr Monsieur Crevel zum Bataillonschef seiner Legion befördert worden ist, hoffe ich doch, daß unsere Firma ihm die dicken Epauletten liefern wird?«

»Ich esse heute bei ihm zu Abend; ich schicke ihn zu Ihnen!«

Lisbeth glaubte, ihren Livländer ganz für sich allein zu besitzen, da sie hoffte, ihm alle Verbindungen zur Außenwelt abschneiden zu können. Wenn der Künstler nicht mehr arbeitete, würde er vergessen werden wie ein in einem Kellergewölbe Begrabener, in dem einzig sie ihn aufsuchen würde. So genoß sie denn zwei Glückstage; sie rechnete damit, der Baronin und deren Tochter zwei tödliche Streiche zu versetzen.

Um zu Monsieur Crevel zu gehen, der in der Rue des Saussayes wohnte, ging sie über den Pont du Carrousel, den Quai Voltaire, den Quai d'Orsay, die Rue Belle-Chasse, die Rue de l'Université, den Pont de la Concorde und die Avenue de Marigny. Dieser unlogische Weg wurde durch die Logik der Leidenschaften vorgezeichnet, die immer den Beinen über die Maßen feindlich gesonnen ist. Solange Tante Bette auf den Quais einherschritt, schaute sie zum rechten Seineufer hinüber und ging äußerst langsam. Sie hatte richtig gerechnet. Als sie das Haus verlassen hatte, war Wenceslaus beim Ankleiden gewesen; sie hatte gemeint, sobald der Verliebte von ihr befreit ist, werde er auf dem kürzesten Weg zur Baronin gehen. Tatsächlich, gerade als sie am Geländer des Quai Voltaire entlang ging, gierig über den Fluß hinwegblickte und in Gedanken am andern Ufer wandelte, erkannte sie den Künstler, als er aus dem Tor der Tuilerien herauskam, um zum Pont Royal zu gelangen. Dort holte sie ihren Ungetreuen ein und konnte ihm folgen, ohne von ihm gesehen zu werden, denn Verliebte blicken sich nur selten um; sie folgte ihm bis an das Haus der Madame Hulot, in das sie ihn hineingehen sah, als sei er es gewohnt, dort aus und ein zu gehen.

Dieser letzte Beweis, der die vertraulichen Mitteilungen der Madame Marneffe bestätigte, brachte Lisbeth außer sich. Sie langte bei dem neugebackenen Bataillonschef in jenem Erregungszustand an, der Morde begehen läßt, und fand den biederen Crevel in seinem Salon vor, wo er seine Kinder, Monsieur und Madame Hulot junior, erwartete.

Célestin Crevel nun aber ist eine so naive und echte Verkörperung des Pariser Parvenüs, daß es schwierig ist, ohne weiteres bei diesem glücklichen Nachfolger César Birotteaus einzutreten. Célestin Crevel ist an sich schon eine ganze Welt, und daher verdient er mehr noch als Rivet die Ehre der Palette, seiner Wichtigkeit in diesem Familiendrama wegen.

Ist uns schon bewußt geworden, daß wir uns in der Kindheit oder in den Anfängen unseres Lebens in der Gesellschaft oftmals ohne unser Wissen mit eigenen Händen ein Modell, ein Musterbild erschaffen? So erträumt sich ein Banklehrling beim Betreten des Salons seines Chefs, einmal einen ebensolchen Salon zu besitzen. Bringt er es zu Vermögen, so wird er sich zwanzig Jahre später nicht entsprechend dem Luxus einrichten, der dann Mode ist, sondern in dem altmodischen Luxus, der ihn ehedem bezaubert hat. Man kann gar nicht all die Dummheiten ermessen, die diesem rückgewandten Neid entsprechen, gerade wie man nichts von den Albernheiten weiß, die den geheimen Nebenbuhlerschaften zu verdanken sind, die die Menschen dazu antreiben, den Typus nachzuahmen, den sie sich zum Vorbild genommen haben; ihre Kräfte dafür zu verbrauchen, ein Abglanz dieses Vorbilds zu werden. Crevel wurde Beigeordneter, weil sein Chef Beigeordneter gewesen war; er wurde Bataillonschef, weil es ihn nach den Epauletten César Birotteaus[96] gelüstet hatte. Daher hatte Crevel, geblendet von den Wundern, die der Architekt Grindot in dem Augenblick hatte Wirklichkeit werden lassen, als Fortuna seinen Chef auf den Höhepunkt des Glücksrads gelangen ließ, – hatte Crevel, wie er in seiner Ausdrucksweise sagte, »eins, zwei, drei gehandelt«, als es darum ging, seine eigene Wohnung auszuschmücken; er hatte sich mit geschlossenen Augen und offner Börse an Grindot gewandt, den damals völlig vergessenen Architekten. Man weiß nicht, wie lange erloschener Ruhm noch fortlebt, wenn verspätete Bewunderung ihn stützt.

Grindot hatte bei dieser Gelegenheit zum tausendstenmal seinen mit rotem Damast ausgespannten Salon in Weiß und Gold wiederholt. Das Mobiliar aus geschnitztem Palisanderholz, geschnitzt, wie eben Möbel geschnitzt werden, ohne alle Feinheit, hatte der Provinz bei der Ausstellung handwerklicher Erzeugnisse einen gerechten Stolz auf das Pariser Kunstgewerbe eingeflößt. Die Leuchter, die Wandleuchter, der Kaminvorsatz, der Kronleuchter, die Stutzuhr waren im Stil des Rokoko gehalten. Der runde, unverrückbar im Mittelpunkt des Salons stehende Tisch hatte eine Marmorplatte, in die alle italienischen und antiken Marmorarten eingelegt waren; sie stammten aus Rom, wo dergleichen mineralogische Landkarten angefertigt werden, die wie die Musterkarten von Schneidern anmuten; dieser Tisch erregte periodisch die Bewunderung aller Spießbürger, die Crevel bei sich empfing. Die Bildnisse der seligen Madame Crevel, Crevels, seiner Tochter und seines Schwiegersohns entstammten dem Pinsel Pierre Grassous[97], dem Modemaler bürgerlicher Kreise, dem Crevel seine lächerliche Pose à la Byron dankte, schmückten die Wände und waren alle vier als Pendants gehängt worden. Die Rahmen hatten bare hundert Francs das Stück gekostet und paßten gut zu diesem Caféprunk, der einen echten Künstler hätte die Achseln zucken lassen.

Niemals versäumt Gold eine Gelegenheit, sich als dumm auszuweisen. Man könnte in Paris heute zehn Venedigs zählen, wenn die Krämer im Ruhestand jenen Instinkt für große Dinge besessen hätten, wie er die Italiener auszeichnet. Noch heutzutage vermacht ein Mailänder Kaufherr ohne weiteres dem *Duomo*[98] eine halbe Million für die Vergoldung der Kolossal-Madonna, die dessen Kuppel krönt. Canova befiehlt in seinem Testament seinem Bruder, eine Kirche für vier Millionen zu bauen, und der Bruder fügt noch einiges aus eigenen Mitteln hinzu. Würde ein Pariser Bürger (und die hegen alle, wie Rivet, im Herzen eine Liebe für ihr Paris) je daran denken, die Glokkentürme errichten zu lassen, die den Türmen von Notre-Dame fehlen? Dabei möge man einmal die Summe zusammenrechnen, die der Staat aus Erbschaften ohne Erben einheimst. Man hätte alle Verschönerungen in Paris um den Preis all der Dummheiten aus Dachpappe, vergoldeter Zuckerbäckerei und Gipsplastiken durchführen können, die seit fünfzehn Jahren auf Geheiß von Individuen der Gattung Crevel ausgeführt worden sind.

Am Ende jenes Salons befand sich ein prächtiges Arbeitszimmer, das mit imitierten Boule-Tischen und -Schränken ausgestattet war.

Das Schlafzimmer im persischen Stil stieß gleichfalls an den Salon. Mahagoni in seiner ganzen Glorie beunruhigte das Eßzimmer, wo üppig gerahmte Schweizer Landschaften die Wände zierten. Der alte Crevel, der von einer Schweizer Reise träumte, legte Wert darauf, jenes Land gemalt zu besitzen, bis er es in Wirklichkeit sehen konnte.

Crevel, der ehemalige Beigeordnete, Ritter der Ehrenlegion

und Offizier der Nationalgarde, hatte, wie man sieht, getreulich alle Großmannssucht und das gesamte Mobiliar seines unglücklichen Vorgängers nachgeahmt. Dort, wo unter der Restauration der eine zu Falle gekommen war, war der andere, völlig Vergessene emporgekommen, nicht durch ein seltsames Spiel des Glücks, sondern durch die Macht der Dinge. In Revolutionen wie bei Seestürmen gehen die soliden Werte zugrunde, aber die Flut trägt alles Leichte an die Wasseroberfläche. César Birotteau, Royalist, in Gunst und beneidet, wird der Zielpunkt der bürgerlichen Opposition, während die triumphierende Bourgeoisie in Crevel verkörpert wird.

Jene Wohnung, die tausend Taler Miete kostete, die überquoll von all den schönen, vulgären Dingen, die sich durch Geld beschaffen lassen, nahm den ersten Stock eines ehemaligen, zwischen Ehrenhof und Garten gelegenen Stadtpalais ein. Alles war dort wohlerhalten wie die Käfersammlung eines Entomologen; denn Crevel wohnte dort kaum je.

Diese üppige »Örtlichkeit« stellte das legale Heim des ehrgeizigen Bourgeois dar. Er wurde dort von einer Köchin und einem Diener betreut; wenn er seine politischen Freunde, Leute, vor denen er protzen wollte, festlich bewirtete oder wenn er seine Familie empfing, nahm er zusätzlich zwei Lohndiener; das pompöse Essen ließ er von Chevet[99] kommen. Die Stätte der eigentlichen Existenz Crevels hatte ehedem in der Rue Notre-Dame-de-Lorette gelegen, in der Wohnung der Mademoiselle Héloïse Brisetout; wie man gesehen hat, war sie in die Rue Chauchat verlegt worden. Jeden Morgen verbrachte der »privatisierende Kaufmann« (alle Krämer, die sich zur Ruhe gesetzt haben, betiteln sich als »privatisierende Kaufleute«) zwei Stunden in der Rue des Soussayes, um dort seine Geschäfte abzuwickeln, und den Rest seiner Zeit widmete er Zaïre, was Zaïre sehr lästig war. Orosman[100]-Crevel hatte einen festen Vertrag mit Mademoiselle Héloïse; sie schuldete ihm Glück für fünfhundert Francs monatlich, ohne Sondervergütungen. Übrigens bezahlte Crevel sein Essen und alle Nebenausgaben. Dieser Prämienvertrag, denn er machte viele Geschenke, dünkte den Exliebhaber der berühmten Sängerin sehr haushälterisch. Er pflegte in diesem Zusammenhang zu verwitweten Kaufleuten, die zu sehr an ihren Mädchen hängen, zu sagen, man stünde sich besser mit Mietpferden für einen Monat als mit einem eigenen Stall. Dennoch scheute, wenn man sich der vertraulichen Mitteilung des Portiers an den Baron erinnert, Crevel weder den Kutscher noch den Groom.

Wie man sieht, ließ seine übertriebene Liebe zu seiner Tochter Crevel zum Besten seiner Liebesfreuden einen anderen Weg einschlagen. Das Unmoralische seiner Verhältnisse wurde durch Gründe hoher Moral gerechtfertigt. Für den ehemaligen Parfümhändler hatte dieses Leben (ein ihm notwendiges Leben, ein Leben ohne Anstandsgefühl, Régence, Pompadour, Marschall von Richelieu usw.) einen Anstrich von Überlegenheit. Crevel stellte sich als einen Mann von großzügiger Lebensanschauung hin, als großer Herr auf kleinem Fuß, als edelherzig, ohne Beschränktheit der Ideen, und das alles, weil er etwa zwölf- bis fünfzehnhundert Francs monatlich zu verzehren hatte. Das war nicht die Auswirkung einer heuchlerischen Politik, sondern der bürgerlichen Eitelkeit, lief aber auf dasselbe hinaus. An der Börse galt er als seiner Zeit überlegen und vor allem als ein Lebemann.

Was das betraf, so glaubte Crevel seinen biederen Birotteau um hundert Klafter hinter sich gelassen zu haben.

»Na ja!« rief Crevel beim Eintreten zornig, als er Tante Bettes ansichtig wurde, »*Sie* wollen also Mademoiselle Hulot mit einem jungen Grafen verheiraten, den Sie um ihretwillen aufgepäppelt haben?«

»Man könnte meinen, das ärgere Sie?« antwortete Lisbeth und richtete einen durchdringenden Blick auf Crevel. »Welches Interesse haben Sie eigentlich, die Eheschließung meiner Nichte zu verhindern? Denn *Sie*, so hat man mir gesagt, haben doch ihre Heirat mit Monsieur Lebas' Sohn fehlschlagen lassen ...«

»Sie sind ein gutes Mädchen und sehr diskret«, entgegnete Papa Crevel. »Haha, glauben Sie etwa, ich würde *Monsieur* Hulot jemals das Verbrechen verzeihen, mir Josépha ausgespannt zu haben ...? Zumal da er aus einem anständigen Geschöpf, das ich womöglich auf meine alte Tage geheiratet hätte, einen Nichtsnutz, eine Seiltänzerin, eine von der Oper gemacht hat ... Nein, nein, niemals!«

»Trotzdem ist Monsieur Hulot ein guter Mensch«, sagte Tante Bette.

»Jawohl, liebenswürdig . . .! Sehr liebenswürdig, allzu liebenswürdig«, entgegnete Crevel; »ich will ihm nichts Übles; aber rächen will ich mich, und das tue ich auch; es ist meine fixe Idee!«

»Ist das etwa der Grund, weswegen Sie nicht mehr zu Madame Hulot gehen?« »Vielleicht . . .«

»Ach so! Sie haben also meiner Kusine den Hof gemacht?« fragte Lisbeth lächelnd. »Das habe ich geahnt.«

»Und sie hat mich behandelt wie einen Köter, und schlimmer noch, wie einen Lakai; oder besser: wie einen politischen Verbrecher. Aber ich werde mich schon durchsetzen«, sagte er, ballte die Faust und schlug sich an die Stirn.

»Der arme Kerl, es wäre gräßlich für ihn, wenn er seine Frau beim Ehebruch ertappte, nachdem seine Geliebte ihm den Laufpaß gegeben hat . . .!«

»Josépha?« rief Crevel, »Josépha hat ihn sitzen lassen, ihn vor die Tür gesetzt, hinausgeworfen? Bravo, Josépha! Josépha, du hast mich gerächt! Ich will dir zwei Perlen schicken, die du dir an die Ohren hängen kannst, mein Exrehlein . . .! Ich weiß von alledem nichts, denn als ich mit Ihnen nach dem Tag, da die schöne Adeline mich gebeten hatte, die Tür von außen zuzumachen, zusammengewesen war, bin ich nach Corbeil[101] zu den Lebas gefahren, und von dort komme ich her. Héloïse hat Himmel und Hölle in Bewegung gesetzt, um mich aufs Land zu schicken, und ich habe den Grund ihres Verhaltens erfahren: sie hat ihre Wohnung in der Rue Chauchat ohne mich einweihen wollen, mit Künstlern, Schmierenkomödianten und Literaten . . . Ich bin hinters Licht geführt worden! Das verzeihe ich, denn Héloïse macht mir Spaß. Sie ist eine unentdeckt gebliebene Déjazet[102]. Was für ein komisches Mädchen sie doch ist! Dies Briefchen hier habe ich gestern abend vorgefunden:

›Mein guter Alter, ich habe meine Zelte in der Rue Chauchat aufgeschlagen. Ich bin so vorsichtig gewesen, als Trockenwohner Freunde einzuladen. Alles klappt glänzend. Kommen Sie, wann Sie wollen, Monsieur. Hagar erwartet ihren Abraham.‹[103]

Héloïse wird mir mit Neuigkeiten aufwarten; sie kennt die Bohème in- und auswendig.«

»Aber mein Vetter hat diese Unannehmlichkeit ziemlich gleichmütig hingenommen«, antwortete die Tante.

»Nicht möglich«, sagte Crevel und unterbrach sein Hinundhergehen, das wie das Schwingen eines Uhrpendels war.

»Monsieur Hulot steht in einem gewissen Alter«, gab Lisbeth boshaft zu bedenken.

»Ich kenne ihn«, erwiderte Crevel. »Aber in gewisser Hinsicht ähneln wir einander: Hulot kommt ohne Liebesbindung nicht aus.« Er ist imstande, zu seiner Frau zurückzukehren, dachte er. Das wäre für ihn etwas Neues; aber dann ist es mit meiner Rache aus. »Sie lächeln, Mademoiselle Fischer ...? Ach, sollten Sie etwas wissen ...?«

»Ich lache über Ihre Einfälle«, antwortete Lisbeth. »Ja, meine Kusine ist noch immer schön genug, um Leidenschaften einzuflößen; wäre ich ein Mann, würde ich sie lieben.«

»Die Katze läßt das Mausen nicht!« rief Crevel aus. »Sie machen sich über mich lustig! Sicherlich hat der Baron einen Trost gefunden.«

Lisbeth nickte bestätigend.

»Was der für ein Glückspilz ist, von einem Tag zum andern Ersatz für Josépha zu finden!« fuhr Crevel fort. »Aber das wundert mich nicht; denn eines Abends, beim Nachtessen, hat er mir gesagt, er habe, um nicht in Verlegenheit zu geraten, stets drei Geliebte gehabt, nämlich die, die zu verlassen er drauf und dran war, die regierende und die, die er für die Zukunft umwarb. Er muß irgendeine Grisette in seinem Gehege, in seinem Hirschpark[104] in Reserve gehalten haben! Der reinste Ludwig XV. ist er, der muntere Bursche! Wie gut ist er dran, ein schöner Mann zu sein! Trotzdem wird er jetzt alt; man sieht es ihm an ... wahrscheinlich ist er auf ein Arbeitermädchen verfallen.«

»Ganz und gar nicht«, antwortete Lisbeth.

»Ach!« sagte Crevel, »was würde ich nicht unternehmen, um ihm die Betreffende wegzuschnappen! Josépha habe ich ihm nicht wieder abnehmen können, dergleichen Frauen kehren nie zu ihrer ersten Liebe zurück. Außerdem weiß man ja, Wiederaufnahme der Beziehungen ist nicht Liebe. Aber, Tante Bette, ich würde gut und gern fünfzigtausend Francs geben, das heißt, zum Fenster hinauswerfen, um diesem Großtuer von Schönling seine Geliebte abspenstig zu machen und ihm zu beweisen, daß ein dickbäuchiger Papa von Bataillonschef mit dem Schädel zu einem künftigen Bürgermeister von Paris sich seine Dame nicht schlagen läßt, ohne den Bauern zur Dame zu machen . . .«[105]

»Meine Lage«, antwortete Bette, »nötigt mich, alles zu hören und nichts zu wissen. Sie können ohne Scheu mit mir reden; ich sage kein Wort von dem weiter, was man mir anzuvertrauen geneigt ist. Warum wollen Sie, daß ich gegen diese Regel meines Verhaltens verstoße?«

»Ich weiß, ich weiß«, entgegnete Crevel. »Sie sind die Perle der alten Jungfern . . . Aber lassen Sie's gut sein, es gibt Ausnahmen. Sagen Sie mal, hat Ihnen je einer aus der Familie eine Rente ausgesetzt . . .?«

»Ich habe meinen Stolz; ich will niemanden was kosten«, sagte Bette.

»Wenn Sie mir dabei helfen wollten, mich zu rächen«, fuhr der frühere Krämer fort, »würde ich zehntausend Francs in Leibrenten für Sie anlegen. Sagen Sie mir, schönste Tante Bette, sagen Sie mir, wer der Ersatz für Josépha ist, dann haben Sie die Mittel, Ihre Miete und Ihr Morgenfrühstück zu bezahlen, den starken Kaffee, den Sie so gern mögen; reinen Mokka können Sie sich dann leisten . . . Na? Reiner Mokka ist doch was Feines!«

»Ich lege keinen so großen Wert auf zehntausend Francs Leibrente, die so an die fünfhundert Francs Zinsen bringen würden, wie vielmehr auf strengste Verschwiegenheit«, sagte Lisbeth. »Sie müssen nämlich bedenken, mein guter Monsieur Crevel, daß der Baron ganz reizend zu mir ist; er will mir meine Miete bezahlen . . .«

»Ja, und auf lange Zeit! Darauf können Sie sich verlassen!« rief Crevel. »Wo würde er denn das Geld hernehmen?«

»Das weiß ich nicht. Dabei steckt er mehr als dreißigtausend Francs in die Wohnung, die er jener kleinen Dame zugedacht hat . . .«

»Eine Dame? Sollte es tatsächlich eine Frau aus der guten Gesellschaft sein? Hat der ein Glück, dieser Schuft! Immer nur *er*!«

»Eine verheiratete Frau, eine todschicke«, fuhr die Tante fort.

»Wahrhaftig!« rief Crevel und riß die Augen auf, und zwar ebenso vor Begehrlichkeit wie wegen des Zauberworts »todschick«.

»Ja«, redete Bette weiter, »sie ist begabt, musikalisch, dreiundzwanzig Jahre alt, hat ein hübsches, treuherziges Gesicht, eine Haut von blendender Weiße, Zähne wie ein junger Hund, Sternenaugen, eine köstliche Stirn ... und Füße, so klein, wie ich sie niemals gesehen habe; sie sind nicht breiter als ihre Korsettstäbe.«

»Und die Ohren?« fragte der durch diesen Steckbrief der Liebe lebhaft angestachelte Crevel.

»Zum Abformen hübsch«, antwortete sie.

»Kleine Hände ...?«

»Ich sage Ihnen, mit einem Wort, ein Kleinod von Frau, und von einer Anständigkeit, einer Schamhaftigkeit, einem Zartgefühl ...! Eine schöne Seele, ein Engel, durch und durch vornehm; sie hat nämlich einen Marschall von Frankreich zum Vater ...«

»Einen Marschall von Frankreich!« rief Crevel aus und vollführte eine phantastische Drehung um sich selbst. »Mein Gott! Sapperlot! Den Teufel auch! Bei diesem und jenem ...! Oh, der Schuft! – Verzeihung, Tante, ich werde verrückt ...! Ich glaube, ich würde hunderttausend Francs geben.«

»Warum nicht gar! Ich sage Ihnen doch, sie ist eine anständige, eine tugendhafte Frau. Deswegen hat ja auch der Baron sein Bestes getan.«

»Er hat keinen roten Heller ... sage ich Ihnen.«

»Da ist auch noch ein Ehemann, den er befördert hat ...«

»Wohin denn?« fragte Crevel mit bitterem Auflachen.

»Den hat er bereits zum Unterchef ernannt, diesen Mann; also wird er ein Auge zudrücken ... er ist nämlich für die Ehrenlegion eingereicht worden.«

»Die Regierung sollte vorsichtig sein, Rücksichten auf diejenigen nehmen, die sie ausgezeichnet hat, und mit dem Kreuz nicht so verschwenderisch umgehen«, sagte Crevel mit politisch entrüsteter Miene. »Was spricht denn eigentlich so sehr für ihn, diesen ausgewachsenen Kater von altem Baron?« fuhr er fort.

»Mir scheint, ich stelle genausoviel dar wie er«, fügte er hinzu, stellte sich in Positur und musterte sich in einem Spiegel. »In dem Augenblick, da die Frauen nicht lügen, hat Héloïse mir oft genug gesagt, ich sei erstaunlich.«

»Ach!« sagte die Tante, »die Frauen haben nun mal eine Schwäche für dicke Männer, die sind fast alle gutartig; und bei der Wahl zwischen dem Baron und Ihnen würde ich Sie wählen. Monsieur Hulot ist geistvoll, sieht gut aus, ist weltgewandt; aber Sie, Sie haben so was Solides und ferner ... na ja ... wirken Sie noch durchtriebener als er!«

»Unglaublich, wie alle Frauen, sogar die Betschwestern, Männer mögen, die so aussehen!« rief Crevel und faßte Bette um die Taille, so jubilierte er.

»Nicht darauf beruht die Schwierigkeit«, fuhr Bette fort. »Sie sehen wohl ein, daß eine Frau, die so viele Vorteile findet, ihrem Gönner schwerlich um Bagatellen willen untreu sein wird, und ›das‹ würde mehr als hunderttausend und einige Francs kosten; denn heute in zwei Jahren ist der Gatte der kleinen Frau Bürochef ... Das Elend treibt dies arme Engelchen in den Abgrund.«

Wie ein Rasender schritt Crevel in seinem Salon auf und ab.

»Hat er schon was mit dieser Frau?« fragte er nach einer Weile; sein von Lisbeth aufgepeitschtes Begehren war inzwischen zur Tollwut geworden.

»Entscheiden Sie das selber!« entgegnete Lisbeth. »Ich glaube, bis jetzt hat er noch nicht *soviel* bekommen!« und schnalzte mit dem Daumennagel unter einem ihrer riesigen weißen Haubenflügel, »und dabei hat er ihr schon für über zehntausend Francs Geschenke gemacht.«

»Was für ein Spaß wäre es«, rief Crevel, »wenn ich ihm zuvorkäme!«

»Mein Gott, es ist unrecht von mir, solche Redereien mit Ihnen zu führen«, erwiderte Lisbeth; sie schien Gewissensbisse zu verspüren.

»Nein. Ich will Ihre Familie zum Erröten bringen. Morgen lege ich auf Ihren Namen eine Summe in Leibrenten zu fünf Prozent an, so daß Sie sechshundert Francs Zinsen bekommen; aber Sie müssen mir alles sagen, den Namen und die Wohnung der Dulcinea. Ihnen kann ich es ja sagen, daß ich noch nie eine todschicke Frau gehabt habe, und es ist mein größter Ehrgeiz, eine kennenzulernen. Mohammeds Huris sind nichts im Vergleich zu dem, was ich mir unter Damen von Welt vorstelle. Kurzum, so was ist mein Ideal, mein Wahn, und zwar in einem Maß, sehen Sie, daß die Baronin Hulot für mich niemals fünfzig Jahre alt sein wird«, sagte er und begegnete sich auf diese Weise ohne sein Wissen mit einem der feinsten Geister des vorigen Jahrhunderts. »Wissen Sie, meine gute Lisbeth, ich bin entschlossen, hundert-, zweihundert-... Pst! Da kommen meine Kinder; ich sehe sie grade den Hof überqueren. Ich habe nie das mindeste durch Sie erfahren, darauf gebe ich Ihnen mein Ehrenwort; ich will nämlich nicht, daß Sie das Vertrauen des Barons einbüßen, ganz im Gegenteil. Er muß diese Frau toll liebhaben, dieser mein Gevatter!«

»Oh, er ist völlig vernarrt in sie!« sagte die Tante. »Vierzigtausend Francs für die Aussteuer seiner Tochter hat er nicht auftreiben können; aber für diese neue Leidenschaft hat er sie locker gemacht.«

»Und glauben Sie, daß er geliebt wird?« fragte Crevel.

»Bei seinem Alter ...?« antwortete die alte Jungfer.

»Wie dumm ich doch bin!« rief Crevel. »Ich, der ich Héloïse einen Künstler zugestehe, gerade wie Heinrich IV. der Gabrielle[106] den Bellegarde[107] erlaubte! Ach, das Alter, das Alter! – Guten Tag, Célestine, guten Tag, mein Kleinod, wo ist der Kleine? Ach, da kommt er ja! Ehrenwort, er fängt an, mir ähnlich zu sehen. Tag, Hulot, mein Freund, geht's gut ...? Wir werden bald eine weitere Hochzeit in der Familie feiern.«

Célestine und ihr Gatte deuteten auf Lisbeth, und die Tochter antwortete dem Vater frech: »Was für eine denn?« Crevel setzte eine listige Miene auf, die besagen sollte, seine Indiskretion werde sogleich ausgeglichen werden.

»Die Hortenses«, fuhr er fort, »aber es ist noch nicht völlig entschieden. Ich komme von den Lebas, und es war die Rede von Mademoiselle Popinot und unserm jungen Rat am Königlichen Gericht, der wohl in der Provinz Erster Präsident werden möchte ... Kommt jetzt zum Essen.«

Um sieben fuhr Lisbeth im Omnibus heim; sie hatte es eilig, Wenceslaus wiederzusehen, von dem sie seit drei Wochen an der Nase herumgeführt worden war und dem sie ihr Arbeitskörbchen voller Obst mitbrachte; Crevel, dessen Zärtlichkeit für *seine* Tante Bette sich verdoppelt hatte, hatte es eigenhändig hineingetan. Sie stieg mit einer Geschwindigkeit zur Mansarde hinauf, die ihr den Atem benahm, und fand den Künstler damit beschäftigt, das Schmuckwerk eines Kästchens zu vollenden, das er seiner geliebten Hortense schenken wollte. Der Deckelrand wurde von Hortensien gebildet, in denen Amoretten spielten. Um die Kosten für dieses Kästchen aufzubringen, das aus Malachit bestand, hatte der arme Liebende für die Firma Florent und Chanor zwei Leuchter gearbeitet, zwei Meisterwerke, und ihnen das Vervielfältigungsrecht überlassen.

»Seit ein paar Tagen arbeiten Sie zuviel, lieber Freund«, sagte Lisbeth, wischte ihm die schweißbedeckte Stirn ab und küßte sie. »Eine solche Arbeitswut dünkt mich im August gefährlich. Wirklich, Ihre Gesundheit könnte darunter leiden ... Hier haben Sie Pfirsiche und Pflaumen von Monsieur Crevel ... Rackern Sie sich nicht so ab, ich habe zweitausend Francs gepumpt, und vorausgesetzt, daß nichts Unerwartetes dazwischenkommt, können wir sie zurückzahlen, wenn Sie Ihre Stutzuhr verkauft haben ...! Jedoch setze ich einige Zweifel in meinen Gläubiger; er hat nämlich dies Schriftstück hier geschickt.«

Sie legte die Schuldhaftankündigung unter die Skizze zum Denkmal des Marschalls de Montcornet.

»Für wen machen Sie eigentlich diese hübschen Dinge da?« fragte sie und nahm die Hortensienzweige aus rotem Wachs, die Wenceslaus hingelegt hatte, um die Früche zu essen.

»Für einen Juwelier.«

»Für welchen denn?«

»Ich weiß es nicht; Stidmann hat mich gebeten, es für ihn zu ›fingern‹, es ist nämlich eilig.«

»Aber es sind ja Hortensien«, sagte sie tonlos. »Wie kommt es, daß Sie niemals für mich Wachs geknetet haben? War es so schwierig, sich einen Ring, eine Schatulle, irgend etwas, ein Erinnerungsstück, auszudenken?« fragte sie und warf einen schauerlichen Blick auf den Künstler, dessen Augen zum Glück gesenkt waren. »Und dabei sagen Sie, Sie hätten mich lieb!«

»Zweifeln Sie daran ... Mademoiselle?«

»Oh, wie herzlich das ›Mademoiselle‹ klingt ...! Sehen Sie, Sie sind mein einziger Gedanke gewesen, seit ich Sie sterbend vorgefunden habe, dort ... Dadurch, daß ich Sie gerettet habe, sind Sie mein Eigentum geworden; ich habe Ihnen von dieser Verpflichtung nie etwas gesagt, aber ich habe mich mir selbst gegenüber feierlich verpflichtet! Ich habe mir gesagt: Da dieser Junge sich mir anbefiehlt, will ich ihn glücklich und reich machen! Ist es mir etwa nicht gelungen, Ihr Glück zu begründen?«

»Und auf welche Weise?« fragte der arme Künstler, der auf dem Gipfel des Glücks stand und zu harmlos war, eine Falle zu vermuten.

»Auf folgende Weise«, entgegnete die Lothringerin.

Lisbeth konnte sich das wüste Vergnügen nicht versagen, Wenceslaus anzublicken, der sie mit der Liebe eines Sohnes betrachtete, in der seine Liebe zu Hortense überquoll, was die alte Jungfer täuschte. Zum erstenmal in ihrem Leben gewahrte sie die Fackel der Leidenschaft in den Augen eines Mannes, und sie glaubte, sie selber habe sie angezündet.

»Monsieur Crevel stellt uns hunderttausend Francs zur Gründung eines Handelshauses zur Verfügung, wenn Sie, so sagt er, mich heiraten wollten; er hat absonderliche Einfälle, der gute Dicke ... Was halten Sie davon?« fragte sie.

Der Künstler, der leichenblaß geworden war, blickte seine Wohltäterin aus glanzlosen Augen an, in denen zu lesen stand, was er dachte. Er stand mit offenem Munde und völlig verstumpft da.

»Nie ist mir deutlicher gesagt worden«, erwiderte sie mit einem bitteren Auflachen, »daß ich abstoßend häßlich bin!«

»Mademoiselle«, antwortete Steinbock, »meine Wohltäterin wird für mich niemals häßlich sein; ich hege für Sie eine sehr herzliche Zuneigung, aber ich bin noch keine dreißig Jahre alt, und ...«

»... und ich bin dreiundvierzig!« fuhr sie fort. »Meine Kusine Hulot mit ihren achtundvierzig erregt noch wahnwitzige Leidenschaften; aber *sie* ist ja auch schön!«

»Fünfzehn Jahre Altersunterschied zwischen uns, Mademoiselle! Welch ein Ehepaar würden wir darstellen! Um unserer selbst willen glaube ich, wir müßten uns das gut überlegen. Meine

Dankbarkeit wird sicherlich Ihren Wohltaten gleichkommen. Übrigens wird Ihnen Ihr Geld in den nächsten Tagen zurückerstattet.«

»Mein Geld!« rief sie. »Oh, Sie behandeln mich, als sei ich eine herzlose Wucherin.«

»Verzeihen Sie«, entgegnete Wenceslaus, »aber Sie erwähnen es mir gegenüber so oft... Kurz und gut, Sie haben mich geschaffen, zerstören Sie mich nicht.«

»Sie wollen mich verlassen, ich sehe es«, sagte sie und nickte dabei. »Wer hat Ihnen die Kraft der Undankbarkeit gegeben, Ihnen, der Sie als Mann ein solcher Waschlappen sind? Sollte es Ihnen an Vertrauen zu mir, Ihrem guten Geist, mangeln ... zu mir, die ich oftmals die Nacht hindurch für Sie gearbeitet habe? Zu mir, die Ihnen die Ersparnisse eines ganzen Lebens ausgeliefert hat? Zu mir, die ich vier Jahre lang mein Brot, das Brot einer armen Handwerkerin, mit Ihnen geteilt habe, und die ich Ihnen alles geliehen habe, sogar meinen Mut?«

»Hören Sie auf, Mademoiselle, hören Sie auf!« sagte er, warf sich auf die Knie und streckte ihr die Hände entgegen. »Fügen Sie kein weiteres Wort hinzu! In drei Tagen werde ich sprechen, werde ich Ihnen alles sagen; lassen Sie mich«, sagte er und küßte ihr die Hände, »lassen Sie mich glücklich sein; ich liebe und werde geliebt.«

»Gut denn, sei glücklich, mein Junge«, sagte sie und half ihm aufstehen.

Dann küßte sie ihm Stirn und Haar mit dem Wahnwitz, den ein zum Tode Verurteilter haben muß, wenn er seinen letzten Morgen genießt.

»Ach, Sie sind das edelste und beste aller Geschöpfe; Sie gleichen der, die ich liebe«, sagte der arme Künstler.

»Ich liebe Sie zur Genüge, um nicht für Ihre Zukunft zu bangen«, fuhr sie mit düsterer Miene fort. »Judas hat sich erhängt...! Alle Undankbaren enden übel! Sie verlassen mich; Sie werden nichts mehr zustande bringen, das Wert hat! Bedenken Sie doch, ohne daß wir heiraten, denn ich bin eine alte Jungfer, ich weiß es, ich will nicht die Blüte Ihrer Jugend, Ihre Poesie, wie Sie es nennen, in meinen Armen, die wie dürre Rebranken sind, ersticken; aber ohne zu heiraten, können wir nicht zusammen bleiben? Hören Sie, ich bin kaufmännisch begabt, ich kann Ihnen innerhalb von zehn Jahren ein Vermögen zusammenraffen, denn ich bin die verkörperte Sparsamkeit; wogegen Sie mit einer jungen Frau, die aus nichts als Verschwendung besteht, alles vergeuden und nur arbeiten werden, um sie glücklich zu machen. Glück schafft nichts als Erinnerungen. Wenn ich an Sie denke, stehe ich ganze Stunden lang mit schlaff niederhängenden Armen da ... Bleib bei mir, Wenceslaus ... Sieh, ich habe für alles Verständnis: du darfst Geliebte haben, hübsche Frauen wie die kleine Marneffe; die will dich nämlich kennenlernen, und sie wird dir das Glück spenden, das du mit mir nicht finden kannst. Dann kannst du heiraten, wenn ich für dich dreißigtausend Francs Zinsen zusammengebracht habe.«

»Sie sind ein Engel, Mademoiselle, und ich werde diese Stunde nie vergessen«, antwortete Wenceslaus und wischte sich die Tränen ab.

»Jetzt sind Sie, wie ich Sie will, mein Kind«, sagte sie und blickte ihn berauscht an.

Die Eitelkeit ist bei jedem so stark, daß Lisbeth an ihren Triumph glaubte. Sie hatte ja ein so großes Zugeständnis gemacht, indem sie Madame Marneffe anbot! Sie empfand die tiefste Erschütterung ihres Lebens; zum erstenmal spürte sie, wie Freude ihr Herz überflutete. Um ein zweitesmal eine solche Stunde zu erleben, hätte sie ihre Seele dem Teufel verkauft.

»Ich bin gebunden«, antwortete er, »und ich liebe eine Frau, der gegenüber keine andere den Vorrang einnehmen kann. Sie jedoch sind und werden stets die Mutter sein, die ich verloren habe.«

Diese Äußerung ergoß sich wie eine Schneelawine über diesen flammenden Krater. Lisbeth setzte sich und musterte mit düsterer Miene diese Jugend, diese vornehme Schönheit, diese Künstlerstirn, dies schöne Haar, alles, was in ihr die unterdrückten weiblichen Instinkte ansprach, und kleine, sogleich trocknende Tränen feuchteten für eine kurze Weile ihre Augen. Sie glich einer der hageren Statuen, die die mittelalterlichen Bildschnitzer auf Grabmäler gesetzt haben.

»*Dir* fluche ich nicht«, sagte sie und stand mit einem Ruck auf, »du bist ja nur ein Kind. Möge Gott dich schützen!«

Sie stieg die Treppe hinab und riegelte sich in ihrer Wohnung ein.

Sie liebt mich, dachte Wenceslaus, das arme Geschöpf. Und wie heiß ihre Worte hingeströmt sind! Wahnsinnig ist sie.

Diese letzte Bemühung einer dürren, prosaischen Natur, dieses Bild der Schönheit, der Poesie bei sich zu behalten, war so überheftig gewesen, daß sie sich nur der wilden Energie eines Schiffbrüchigen vergleichen läßt, der den letzten Versuch macht, das Gestade zu erreichen.

Am übernächsten Tag morgens um halb fünf, als der Graf Steinbock im tiefsten Schlummer lag, hörte er ein Klopfen an der Tür seiner Mansarde; er öffnete und sah zwei schlecht angezogene Männer in Begleitung eines dritten eintreten, dessen Kleidung einen armseligen Gerichtsvollzieher ankündigte.

»Sind Sie Monsieur Wenceslaus, Graf Steinbock?« fragte ihn der letztere.

»Ja.«

»Ich heiße Grachet, Monsieur, und ich bin der Nachfolger Monsieur Louchards, des Häschers am Handelsgericht . . .«

»Na und?«

»Sie sind verhaftet, Monsieur, und müssen uns ins Clichy-Gefängnis folgen . . . Bitte, ziehen Sie sich an . . . Wir haben Rücksicht genommen, wie Sie sehen . . . Ich habe keinen Stadtgardisten mitgebracht, und unten wartet eine Droschke.«

»Sie werden piekfein behandelt . . .«, sagte einer der Büttel, »daher verlassen wir uns auf Ihre Anständigkeit.«

Steinbock kleidete sich an, stieg die Treppe hinab, wobei ihn an jedem Arm einer der Büttel festhielt, und wurde in die Droschke gesetzt; der Kutscher fuhr ohne Befehl los, als einer, der wußte, wohin es ging; nach einer halben Stunde saß der arme Ausländer hinter Schloß und Riegel, ohne Einspruch erhoben zu haben, so überrascht war er.

Um zehn wurde er in die Gefängniskanzlei gebeten, und dort fand er Lisbeth vor, die ihm, aufgelöst in Tränen, Geld gab, damit er gut leben und sich einen Raum verschaffen konnte, der groß genug war, um darin zu arbeiten.

»Mein Junge«, sagte sie zu ihm, »lassen Sie niemanden Ihre Verhaftung wissen, schreiben Sie keiner Menschenseele davon, das würde Ihre Zukunft zunichte machen, dieser Schandfleck muß geheimgehalten werden; ich werde Sie bald befreit haben, ich werde die Summe schon zusammenbringen ... seien Sie unbesorgt. Schreiben Sie mir, was ich Ihnen für Ihre Arbeit bringen soll. Entweder sterbe ich, oder Sie sind bald auf freiem Fuß.«

»Oh, dann danke ich Ihnen zum zweitenmal das Leben!« rief er, »denn ich würde mehr als das Leben verlieren, wenn man mich für ein übles Subjekt hielte.«

Mit Freude im Herzen ging Lisbeth fort; sie hoffte, wenn sie ihren Künstler hinter Schloß und Riegel halte, seine Heirat mit Hortense dadurch vereiteln zu können, daß sie sagte, er sei bereits verheiratet, durch die Bemühungen *seiner* Frau begnadigt worden und nach Rußland abgereist. Also begab sie sich zwecks Durchführung dieses Plans gegen drei Uhr zu der Baronin, obgleich es nicht der Tag war, an dem sie für gewöhnlich bei ihr zu Abend aß; aber sie wollte die Qualen genießen, denen ihre kleine Nichte in dem Augenblick anheimfallen mußte, da Wenceslaus sonst immer kam.

»Du kommst zum Abendessen, Bette?« fragte die Baronin und verbarg ihre Enttäuschung.

»Freilich.«

»Gut«, antwortete Hortense, »dann will ich sagen, man solle pünktlich sein; du wartest nicht gern.«

Hortense machte ihrer Mutter ein Zeichen, um sie zu beruhigen; sie hatte sich vorgenommen, dem Diener zu sagen, er solle Monsieur Steinbock wegschicken, wenn dieser sich einfinde; aber der Diener hatte Ausgang, und Hortense war genötigt, ihre Weisung an die Zofe zu geben, und die Zofe ging in ihr Zimmer, um ihre Handarbeit zu holen, damit sie dann im Vorsaal warten konnte.

»Und mein Verehrer?« fragte Tante Bette Hortense, als diese wiedergekommen war. »Du fragst mich ja gar nicht mehr nach ihm.«

»Ja, was treibt er eigentlich?« fragte Hortense. »Er ist doch berühmt geworden. Du mußt doch sehr froh sein«, flüsterte sie der Tante zu, »man spricht von niemandem als von Monsieur Wenceslaus Steinbock.«

»Viel zuviel«, antwortete sie laut. »Monsieur gerät auf Abwege. Wenn es sich nur darum handelte, ihm um den Bart zu gehen, bis man über die Pariser Freuden gesiegt hat, dann kennte ich meine Kraft; aber es verlautbart, um einen solchen Künstler an sich zu fesseln, habe Zar Nikolaus ihn begnadigt ...«

»Ach, Unsinn!« antwortete die Baronin.

»Wieso weißt du das?« fragte Hortense, deren Herz sich zusammenkrampfte.

»Nun«, entgegenete die gefühlsrohe Bette, »eine Person, der er durch die heiligsten Bande angehört, nämlich seine Frau, hat es ihm gestern geschrieben. Er will abreisen; ach, er würde schön dumm sein, Frankreich um Rußlands willen zu verlassen ...«

Hortense blickte ihre Mutter an und ließ den Kopf seitwärts hängen; die Baronin hatte gerade noch Zeit, die ohnmächtige Tochter, die weiß wie die Spitze ihrer Brustkrause war, aufzufangen.

»Lisbeth! Du hast mir mein Kind gemordet ...!« schrie die Baronin auf. »Du bist zu unserm Unglück geboren worden.«

»Na, hör mal, worin besteht denn meine Schuld an alledem, Adeline?« fragte die Lothringerin, stand auf und nahm eine drohende Haltung ein, die die Baronin in ihrer Aufregung kaum beachtete.

»Das Unrecht liegt bei mir«, antwortete Adeline und stützte Hortense. »Klingle!«

In diesem Augenblick ging die Tür auf, die beiden Frauen wandten gleichzeitig den Kopf und gewahrten Wenceslaus Steinbock, dem die Köchin in Abwesenheit der Zofe die Haustür geöffnet hatte.

»Hortense!« rief der Künstler und sprang auf die Gruppe zu, die die drei Frauen bildeten.

Und er küßte seine Verlobte unter den Augen der Mutter auf die Stirn, aber so fromm, daß die Baronin keineswegs unwillig wurde. Das war gegen die Ohnmacht ein besseres Riechsalz als alle in England hergestellten. Hortense schlug die Augen auf, sah Wenceslaus, und die Farbe kehrte wieder. Kurze Zeit danach war sie völlig wiederhergestellt.

»Dies also haben Sie vor mir geheimgehalten?« fragte Tante Bette lächelnd Wenceslaus und schien aus der Verwirrung der beiden Verwandten die Wahrheit zu erraten. »Warum hast du mir meinen Liebsten gestohlen?« fragte sie Hortense und führte sie in den Garten.

Hortense erzählte in aller Harmlosigkeit der Tante den Roman ihrer Liebe. Sie sagte, ihre Eltern hätten in der Überzeugung, Bette werde niemals heiraten, die Besuche des Grafen Steinbock gutgeheißen. Nur daß Hortense, als eine aufrechte Agnès[108], dem Zufall den Kauf der Bronzegruppe und das Kommen von deren Schöpfer zuschrieb, der, so sagte sie, den Namen seines ersten Käufers habe wissen wollen. Steinbock eilte zu Tante und Nichte und dankte der alten Jungfer überschwenglich für seine schnelle Befreiung. Lisbeth antwortete Wenceslaus jesuitisch, da der Gläubiger ihr nur vage Versprechungen gemacht habe, hätte sie damit gerechnet, ihn erst am übernächsten Tage freizubekommen; sicherlich sei ihr der Geber des Darlehns vor Scham über seine niedrige Verfolgung zuvorgekommen. Übrigens wirkte die alte Jungfer froh und gratulierte Wenceslaus zu seinem Glück.

»Sie böser Junge!« sagte sie zu ihm im Dabeisein Hortenses und deren Mutter, »hätten Sie mir vorgestern abend gestanden, Sie liebten meine Nichte Hortense und würden von ihr wiedergeliebt, würden Sie mir viele Tränen erspart haben. Ich hatte geglaubt, Sie wollten Ihre alte Freundin und Lehrerin verlassen, während Sie doch in Wirklichkeit mit mir verwandt werden wollten; fortan werden Sie mir durch Bande angehören, die zwar schwach sind, aber die für die Gefühle, die ich Ihnen geweiht habe, ausreichend sind . . .!«

Und sie küßte Wenceslaus auf die Stirn. Hortense warf sich der Tante in die Arme und zerschmolz in Tränen.

»Ich schulde dir mein Glück«, sagte sie zu ihr, »und das werde ich nie vergessen . . .«

»Kusine Bette«, fuhr die Baronin fort und küßte Lisbeth in ihrem Freudenrausch darüber, daß alles sich so gut gefügt hatte, »mein Mann und ich stehen in deiner Schuld, und deren wollen wir uns entledigen; komm mit in den Garten, da können wir das Geschäftliche besprechen«, sagte sie und führte sie hinaus.

Also spielte Lisbeth augenscheinlich die Rolle des guten Engels der Familie; sie sah sich von Crevel, Hulot, Adeline und Hortense vergöttert.

»Wir wollen, daß du nicht mehr arbeitest«, sagte die Baronin. »Angenommen, du könntest täglich vierzig Sous verdienen, die Sonntage ausgenommen, dann macht das sechshundert Francs das Jahr. Schön, und wie hoch sind deine Ersparnisse . . .?«

»Viertausendfünfhundert Francs . . .!«

»Du arme Kusine!« sagte die Baronin.

Sie hob die Augen zum Himmel auf, so sehr rührte sie der Gedanke an alle Nöte und Entbehrungen, die hinter diesem Betrag standen, der in dreißig Jahren zusammengescharrt worden war. Lisbeth, die den Sinn dieses Ausrufs mißverstand, erblickte darin die höhnische Verachtung der Emporgekommenen, und ihr Haß wuchs um eine beträchtliche Dosis an Galle, und zwar gerade in der Minute, da ihre Kusine all ihr Mißtrauen gegen die Tyrannin ihrer Kinderjahre ablegte.

»Wir wollen diese Summe um zehntausendfünfhundert Francs erhöhen«, fuhr Adeline fort, »das Ganze legen wir auf deinen Namen als Nutznießerin und auf Hortenses Namen als unumstrittene Eigentümerin an; auf diese Weise wirst du sechshundert Francs Zinsen haben . . .«

Lisbeth schien auf dem Gipfel des Glücks zu sein. Als sie wieder hereinkam, ihr Taschentuch vor den Augen und damit beschäftigt, sich die Freudentränen abzutrocknen, erzählte Hortense ihr all die Gunstbezeigungen, die auf Wenceslaus herabregneten, den Liebling der ganzen Familie.

So fand denn der Baron beim Eintreten seine Familie vollzählig beisammen, denn die Baronin hatte den Grafen Steinbock offiziell mit dem Namen »Sohn« begrüßt und, vorbehaltlich der Zustimmung ihres Mannes, bestimmt, die Hochzeit solle in etwa vierzehn Tagen stattfinden. Als der Staatsrat sich daher im Salon einfand, wurde er von seiner Frau und seiner Tochter umarmt, die ihm entgegengeeilt waren, die eine, um ihm etwas zuzuflüstern, und die andere, um ihn zu küssen.

»Sie sind zu weit gegangen, Madame, als Sie mir solcherlei Verpflichtungen auferlegten«, sagte der Baron streng. »Diese Eheschließung ist noch nicht vollzogen«, sagte er, warf auf Steinbock einen Blick und sah ihn erbleichen.

Der unglückliche Künstler dachte: Er weiß um meine Verhaftung.

»Kommt, Kinder«, sprach der Vater weiter und führte seine Tochter und deren Zukünftigen in den Garten.

Und er setzte sich mit ihnen auf eine der Bänke der mooszernagten Laube.

»Herr Graf, lieben Sie meine Tochter so innig, wie ich deren Mutter geliebt habe?«

»Mehr noch«, sagte der Künstler.

»Die Mutter war ein Bauernmädchen und hatte keinen roten Heller Vermögen.«

»Geben Sie mir Mademoiselle Hortense so, wie sie ist, sogar ohne Aussteuer ...«

»Ich glaube Ihnen!« sagte der Baron lächelnd. »Hortense ist die Tochter des Barons Hulot d'Ervy, Staatsrats, Direktors im Kriegsministerium, Großoffizier der Ehrenlegion, Bruders des Grafen Hulot, dessen Ruhm unsterblich ist und der binnen kurzem Marschall von Frankreich sein wird. Und ... sie hat eine Mitgift!«

»Das alles stimmt«, sagte der verliebte Künstler, »und ich scheine ein Ehrgeizling zu sein; aber auch wenn meine geliebte Hortense die Tochter eines Arbeiters wäre, würde ich sie heiraten ...«

»Ebendas hatte ich wissen wollen«, entgegnete der Baron. »Geh', Hortense, laß mich mit dem Herrn Grafen plaudern; du siehst ja, daß er dich ehrlich liebt.«

»Ach, Vater, ich hab's ja gewußt, daß du nur gescherzt hast«, antwortete das beglückte Mädchen.

»Mein lieber Steinbock«, sagte der Baron, als er mit dem Künstler allein war, mit unendlicher Anmut des Tonfalls und über die Maßen liebenswürdig in seinem Gebaren, »ich habe meinem Sohn zweihunderttausend Francs als Mitgift zur Verfügung gestellt, und der arme Junge hat davon keine zwei Liards angerührt; er wird niemals etwas davon haben. Die Mitgift meiner Tochter wird zweihunderttausend Francs betragen, über die Sie mir eine Quittung ausstellen werden ...«

»Ja, Herr Baron ...«

»Wie rasch Sie dazu bei der Hand sind«, sagte der Staatsrat. »Bitte hören Sie mir zu. Man kann von einem Schwiegersohn nicht den Opferwillen verlangen, den bei einem Sohn zu erwarten man das Recht besitzt. Mein Sohn ist über alles im Bilde gewesen, was ich für seine Zukunft tun konnte und tun würde. Er wird Minister; er wird seine zweihunderttausend Francs leicht finden. Mit Ihnen, junger Mann, ist es etwas anderes! Sie werden sechzigtausend Francs in Gestalt einer fünfprozentigen Eintragung auf den Namen Ihrer Frau ins Staatsschuldbuch bekommen. Davon geht freilich eine kleine Rente ab, die an Lisbeth zu zahlen ist; aber die wird nicht lange mehr leben; sie ist schwindsüchtig, ich weiß es. Sagen Sie dieses Geheimnis niemandem; das arme Mädchen möge in Frieden sterben. Meine Tochter bekommt eine Aussteuer im Wert von zwanzigtausend Francs; ihre Mutter legt für sechstausend Francs von ihren Diamanten hinzu ...«

»Sie überschütten mich ...«, sagte Steinbock verblüfft.

»Was die restlichen hundertzwanzigtausend Francs betrifft ...«

»Hören Sie auf, Monsieur«, sagte der Künstler, »ich will lediglich meine Hortense.«

»Wollen Sie mir wohl zuhören, Sie hitzköpfiger junger Mensch? Was jene hundertzwanzigtausend Francs betrifft, so habe ich sie nicht; aber Sie werden sie bekommen ...«

»Monsieur!«

»Sie werden sie von der Regierung bekommen, in Gestalt von Aufträgen, die ich Ihnen verschaffen werde; darauf gebe ich Ihnen mein Ehrenwort. Sie werden schon sehen: Sie sollen ein Atelier im Marmordepot bekommen. Stellen Sie ein paar schöne Statuen aus, dann sorge ich dafür, daß Sie ins Institut[109] gewählt werden. Man hegt höheren Orts Wohlwollen für meinen Bruder und für mich; ich hoffe also, daß es mir gelingt, in Versailles Aufträge für plastische Arbeiten für Sie zu erbitten, die ein Viertel der Restsumme ausmachen. Schließlich werden Sie noch ein paar Aufträge der Stadt Paris bekommen; außerdem welche von der Pairskammer; Sie werden immer mehr und mehr Aufträge bekommen, mein Lieber, so daß Sie genötigt sein werden, Hilfskräfte einzustellen. Auf diese Weise entledige ich mich meiner Schuld. Überlegen Sie, ob die so bezahlte Mitgift Ihnen genehm ist, prüfen Sie Ihre Kräfte ...«

»Ich verspüre in mir die Kraft, ganz allein, auch wenn all das fehlschlagen sollte, meine Frau glücklich zu machen!« sagte der noble Künstler.

»*Das* gefällt mir!« rief der Baron. »Die schöne Jugend, die an nichts zweifelt! Ich würde um einer Frau willen ganze Armeen über den Haufen geworfen haben! Nur vorwärts«, sagte er, griff nach der Hand des jungen Bildhauers und schlug hinein. »Sie haben mein Einverständnis. Nächsten Sonntag folgt der Ehekontrakt, und am folgenden Samstag geht's zum Altar; es ist der Namenstag meiner Frau.«

»Alles geht gut«, sagte die Baronin zu ihrer nicht vom Fenster weichenden Tochter, »dein Zukünftiger und dein Vater umarmen einander.«

Als Wenceslaus am Abend heimkam, wurde ihm die Lösung des Rätsels zuteil, das seine Befreiung darstellte; er fand beim Portier ein dickes, versiegeltes Paket vor; es enthielt seine Schuldverschreibung und eine gültige, unter dem Urteil umständlich beigefügte Quittung; dabei lag folgender Brief:

»Mein lieber Wenceslaus,
heute morgen um zehn bin ich bei Dir gewesen, um Dich einer Königlichen Hoheit vorzustellen, die Dich kennenlernen möchte. Da habe ich erfahren, daß die Engländer[110] Dich auf eine ihrer kleinen Inseln verschleppt hätten, deren Hauptstadt Chlichy's Castle[111] heißt.

Ich bin sogleich zu Léon de Lora gegangen, dem ich lachend erzählt habe, Du könnest nicht die Gefilde verlassen, in denen Du weiltest, weil es Dir an viertausend Francs gebreche, und daß du deine Zukunft aufs Spiel setzen würdest, wenn Du nicht vor Deinem königlichen Gönner erschienest. Bridau, dieser geniale Mensch, der selber die Not erfahren hat und der deine Lebensgeschichte kennt, war zum Glück ebenfalls da. Mein Sohn, die beiden haben die Summe zusammengebracht, und ich bin losgezogen und habe für Dich den Beduinen bezahlt, der dadurch, als er Dich einlochte, das Verbrechen der Genie-Beleidigung begangen hat. Da ich um zwölf in den Tuilerien sein mußte, habe ich es nicht miterleben können, wie Du freie Luft schnuppertest. Ich weiß, Du bist ein anständiger Mensch, und so habe ich bei meinen beiden Freunden für Dich gebürgt; aber geh morgen zu ihnen.

Léon und Bridau wollen wahrscheinlich kein Geld von Dir;

sie werden Dich jeder um eine Gruppe bitten, und damit haben sie recht. So denkt der, der nur zu gern von sich sagen möchte, er sei Dein Nebenbuhler, und der dabei nur ist

Dein Kamerad
Stichmann.

P. S.: Ich habe dem Prinzen gesagt, Du kommest erst morgen von der Reise zurück, und er hat geantwortet: ›Na schön, dann eben morgen!‹«

Graf Wenceslaus schmiegte sich in die purpurnen Laken, die uns ohne eine Knitterfalte im Rosenblatt die *Gunst* bereitet, jene hinkende Himmelsbotin, die noch langsamer schreitet als *Justitia* und *Fortuna*, weil Jupiter gewollt hat, daß sie keine Binde über den Augen trage. Nur zu leicht läßt sie sich täuschen durch die Schaustellungen der Scharlatane, läßt sie sich anlocken durch deren Kostüm und Reklametrompeten; sie vergeudet durch das Anschauen und Bezahlen von deren Augentrug die Zeit, während der sie die Leute von Verdienst in den Winkeln suchen sollte, wo sie sich versteckt halten.

Jetzt ist es erforderlich, darzulegen, auf welche Weise der Herr Baron Hulot dazu gelangt war, die Ziffern von Hortenses Mitgift zusammenzubekommen und die erschreckenden Ausgaben für die köstliche Behausung zu bewältigen, in der Madame Marneffe wohnen sollte. Sein Finanzplan trug das Kennzeichen des Talents, das die Verschwender und von Leidenschaften Besessenen den Schlammlöchern zutreibt, in denen so viele unglückliche Einfälle sie umkommen lassen. Nichts dürfte besser die eigenartige Macht aufzeigen, die die Laster vermitteln und der die Kraftstücke zu verdanken sind, die von Zeit zu Zeit Ehrgeizlinge, Wollüstige und kurzum alle dem Teufel Untertänigen vollbringen.

Am Morgen des Vortages sah sich ein alter Mann, Johann Fischer, da er dreißigtausend Francs nicht bezahlen konnte, die sein Neffe eingesteckt hatte, in die Notwendigkeit versetzt, seine Zahlungsunfähigkeit zu erklären, falls der Baron sie ihm nicht zurückerstattete.

Der würdige, weißhaarige, siebzigjährige Greis hatte ein so blindes Vertrauen in Hulot gesetzt, der für diesen Bonapartisten eine Ausstrahlung der napoleonischen Sonne war, daß er seelenruhig mit dem Bankboten im Flur der kleinen Erdgeschoßwohnung zu achthundert Francs Miete auf und ab ging, in der er seine mannigfachen Unternehmungen in Getreide- und Futterlieferungen leitete.

»Marguerite holt das Geld zwei Schritt von hier«, hatte er zu ihm gesagt.

Dem Mann in der grauen, mit Silbertressen besetzten Uniform war die Redlichkeit des alten Elsässers so wohlbekannt, daß er ihm seine dreißigtausend Francs in Banknoten überlassen wollte; allein der alte Mann zwang ihn dadurch zum Bleiben, daß er darauf hinwies, es habe noch nicht acht geschlagen. Ein Einspänner hielt, der alte Mann eilte auf die Straße hinaus und streckte mit erhabener Gewißheit dem Baron die Hand entgegen, der ihm dreißig Banknoten gab.

»Fahren Sie drei Türen weiter; ich werde Ihnen sagen, warum«, sagte der alte Fischer. – »Hier, junger Mann«, sagte er zu dem Bankboten, dem er die Scheine vorgezählt hatte, und geleitete ihn an die Haustür.

Als der Bankmensch außer Sicht war, ließ Fischer den Einspänner zurückkommen, in dem sein erlauchter Neffe, die rechte Hand Napoleons, gewartet hatte, führte ihn ins Haus und sagte zu ihm: »Wollen Sie etwa, daß die Bank von Frankreich erfährt, Sie hätten mir die dreißigtausend Francs gebracht, deren Girant Sie sind ...? Es ist schon viel zuviel, daß die Unterschrift von einem Mann wie Ihnen darauf steht ...!«

»Wir wollen hinten in Ihr Gärtchen gehen, Vater Fischer«, sagte der hohe Beamte. »Sie sehen frisch und gesund aus«, fuhr er fort, setzte sich in eine Reblaube und musterte den Alten wie ein Händler in Menschenfleisch einen Ersatzmann.

»So frisch und gesund, daß ich in Leibrenten angelegt werden könnte«, antwortete munter der dürre, magere, drahtige Greis mit den lebendigen Augen.

»Bekommt Hitze Ihnen schlecht ...?«

»Im Gegenteil.«

»Was halten Sie von Afrika?«

»Ganz nettes Land ...! Die Franzosen sind mit dem kleinen Korporal[112] dort gewesen.«

»Es geht jetzt darum, daß Sie, um uns alle zu retten, nach Algerien müssen«, sagte der Baron.

»Und mein Geschäft . . .?«

»Ein Beamter vom Kriegsministerium, der in den Ruhestand tritt und nichts zu leben hat, kauft Ihnen Ihre Firma ab.«

»Was soll ich in Algerien tun?«

»An das Heer Lebensmittel, Getreide und Futter liefern; den unterzeichneten Regierungsauftrag habe ich in der Tasche. Sie werden Ihre Lieferungen dort an Ort und Stelle siebzig Prozent unter dem Preis bekommen, über den wir abrechnen.«

»Wer beliefert mich denn . . .?«

»Die Razzien, der Aschur[113], die Kalifen. Es gibt in Algerien (ein noch wenig bekanntes Land, obwohl wir schon seit acht Jahren drin sind[114]) riesige Mengen von Getreide und Futtermitteln. Wenn diese Bodenerzeugnisse den Arabern gehören, nehmen wir sie ihnen unter einer Fülle von Vorwänden weg; wenn sie dann uns gehören, bemühen sich die Araber, sie wieder an sich zu bringen. Es gibt mancherlei Kämpfe um das Getreide; aber nie kennt man sich genau in den Mengen aus, die von beiden Seiten unterschlagen werden. Man hat keine Zeit, draußen auf dem platten Land den Weizen nach Hektolitern abzumessen wie in der Markthalle, und das Heu wie in der Rue d'Enfer. Die Araberhäuptlinge genau wie unsere Spahis[115] ziehen dann Geld vor und verkaufen alles zu sehr niedrigen Preisen. Die Bedürfnisse der Heeresverwaltung stehen fest; sie schließt Verträge zu über die Maßen hohen Preisen ab, bei denen die Schwierigkeit der Beschaffung von Lebensmitteln in Rechnung gestellt wird, ebenso wie die Gefahren beim Transport. Das ist Algerien vom Standpunkt des Lebensmittelhändlers aus betrachtet. Es ist ein Durcheinander, das durch das Tintenfaß jeder im Entstehen begriffenen Verwaltung gemildert wird. Wir können dort erst in etwa zehn Jahren klarsehen, wir Verwaltungsbeamten; aber die Privatleute haben gute Augen. Ich schicke Sie also hin, damit Sie dort zu Vermögen gelangen; ich setze Sie dort ein, wie Napoleon einen armen Marschall an die Spitze eines Königreichs stellte, wo man unter der Hand den Schmuggel begünstigen konnte. Ich bin ruiniert, mein lieber Fischer. Ich brauche heute in einem Jahr hunderttausend Francs . . .«

»Sie den Beduinen abzunehmen, darin sehe ich nichts Übles«, erwiderte in aller Ruhe der Elsässer. »Das wurde während des Kaiserreichs genauso gemacht . . .«

»Der Käufer Ihres Unternehmens wird sich noch heute vormittag bei Ihnen einfinden und Ihnen zehntausend Francs auszahlen«, fuhr der Baron Hulot fort. »Das reicht doch sicherlich für Ihre Reise nach Afrika?«

Der alte Mann nickte zustimmend.

»Was die Betriebsmittel drüben in Algerien betrifft, so können Sie unbesorgt sein«, fuhr der Baron fort. »Den Rest des Preises für Ihr hiesiges Unternehmen werde *ich* erheben; ich brauche ihn.«

»Ihnen gehört alles, sogar mein Leben«, sagte der Greis.

»Oh, Sie brauchen nichts zu befürchten«, sagte Hulot, der seinem Onkel mehr Scharfsinn zutraute, als dieser besaß, »was unsere Aschur-Geschäfte betrifft, so wird Ihre Redlichkeit nicht darunter leiden; das alles hängt von den Regierungsstellen ab; die nun aber habe ich dort eingesetzt, deren bin ich sicher. Dieses, Papa Fischer, ist ein Geheimnis auf Leben und Tod; ich kenne Sie, ich habe mit Ihnen unumwunden und ohne Umschweife gesprochen.«

»Ich gehe hin«, sagte der alte Mann. »Und wie lange wird die Geschichte dauern . . .?«

»Zwei Jahre! Dann haben Sie hunderttausend Francs für sich selber und können froh und glücklich in den Vogesen leben.«

»Alles wird erledigt, wie Sie es wünschen, meine Ehre ist die Ihrige«, sagte der kleine Greis vollkommen ruhig.

»So mag ich die Menschen. Sie sollen jedoch nicht abreisen, ehe Sie Ihre Nichte glücklich verheiratet gesehen haben; sie wird Gräfin.«

Der Aschur, die größte aller Razzien und der Preis, den der Beamte für Fischers Haus gezahlt hatte, konnten nicht auf der Stelle die sechzigtausend Francs für Hortenses Mitgift ergeben, die Aussteuer eingeschlossen, die etwa fünfzigtausend Francs kosten würde, und überdies die vierzigtausend Francs, die für Madame Marneffe ausgegeben worden waren oder ausgegeben werden sollten. Und schließlich, woher hatte der Baron die dreißigtausend Francs genommen, die er soeben überbracht hatte? Auf folgende Weise. Einige Tage zuvor hatte Hulot sich mit der Summe von hundertfünfzigtausend Francs auf drei Jahre bei zwei Lebensversicherungsgesellschaften versichern lassen. Mit der Versicherungspolice versehen, deren Prämie bezahlt worden war, hatte er dem Herrn Baron de Nucingen, Pair von Frankreich, in dessen Wagen er saß, nach dem Ende einer Kammersitzung, als er mit ihm zusammen zum Abendessen heimfuhr, folgende Rede gehalten:

»Baron, ich brauche siebzigtausend Francs, und um die bitte ich Sie hiermit. Nehmen Sie einen Strohmann, dem ich für drei Jahre den pfändbaren Anteil meines Gehalts übereigne; es beträgt jährlich fünfundzwanzigtausend Francs, das macht zusammen fünfundsiebzigtausend Francs. Sie werden mir sagen: ›Sie können sterben.‹«

Der Baron nickte.

»Hier ist eine Lebensversicherungspolice auf hundertfünfzigtausend Francs, die auf Sie in Höhe von achtzigtausend Francs übertragen wird«, antwortete der Baron und zog das Dokument aus der Tasche.

»Und wenn Sie entlassen werden ...?«[116] fragte der Millionärsbaron lachend.

Der andere Baron, der das Gegenteil von einem Millionär war, wurde nachdenklich.

»Beruhigen Sie sich, ich habe diese Bemerkung nur gemacht, um Sie darauf hinzuweisen, daß es eine Gefälligkeit von mir ist, wenn ich Ihnen die Summe gebe. Sie sind also wohl in Schwierigkeiten; denn die Bank von Frankreich hat einen Wechsel von Ihnen.«

»Ich verheirate meine Tochter«, sagte der Baron Hulot, »und ich bin ohne Vermögen, wie alle, die im Verwaltungsdienst in einem undankbaren Zeitalter verblieben sind, in dem die fünfhundert Bourgeois, die auf den Bänken des Abgeordnetenhauses sitzen, sich niemals bereitfinden werden, verdienstvolle Leute so großzügig zu belohnen, wie der Kaiser es tat.«

»Na, Sie haben Josépha gehabt!« fuhr der Pair von Frankreich fort, »das erklärt alles! Unter uns, der Herzog von Hérouville hat Ihnen einen großen Gefallen getan, als er Ihnen diesen Blutegel von der Tasche genommen hat.

Ich kenne dies Malheur, und weiß, wie's dabei zugeht«, fügte er hinzu, im Glauben, einen Vers zu rezitieren. »Hören Sie einen Freundesrat: Machen Sie Ihren Laden zu, sonst sind Sie angeschmiert . . .«

Dieses anrüchige Geschäft wurde durch die Vermittlung eines kleinen Wucherers namens Vauvinot durchgeführt, eines der ›Manager‹, die sich von den großen Bankhäusern halten lassen, wie jener kleine Fisch, der der Diener des Hais zu sein scheint. Dieser Halsabschneiderlehrling versprach dem Herrn Baron Hulot, da er eifrig darauf bedacht war, sich die Protektion dieser großen Persönlichkeit zu verschaffen, ihm dreißigtausend Francs in Dreimonatswechseln zu verschaffen, die viermal zu prolongieren und nicht in Umlauf zu setzen er sich erbot.

Fischers Nachfolger mußte vierzigtausend Francs herausrükken, um jene Firma zu erlangen, aber gegen das Versprechen, die Futterlieferungen für ein an Paris grenzendes Département zu bekommen.

So war das furchtbare Labyrinth beschaffen, in das die Leidenschaften einen der bislang redlichsten Männer verstrickten, einen der geschicktesten Beamten der napoleonischen Verwaltung: Veruntreuung öffentlicher Gelder, um den Wucher zu besolden, den Wucher, um seinen Leidenschaften zu frönen und um seine Tochter zu verheiraten. Diese klüglich betriebene Verschwendung und alle diese Bemühungen waren geschehen, um in den Augen der Madame Marneffe als groß zu erscheinen, um der Jupiter dieser bürgerlichen Danaë zu sein. Man entfaltet nicht mehr an Tatkraft, an Intelligenz und Kühnheit, um auf anständige Weise zu Vermögen zu gelangen, als der Baron es tat, um kopfüber in ein Wespennest zu stürzen; er erledigte seine Amtspflichten, er trieb die Tapezierer an, er sah nach den Handwerkern, er befaßte sich peinlich genau bis in die winzigsten Einzelheiten mit der Einrichtung der Wohnung in der Rue Vanneau. Obwohl er sich gänzlich der Madame Marneffe widmete, ging er überdies in die Sitzungen der Kammern; er vervielfachte sich, und weder seine Familie noch sonst jemand gewahrte seine Besorgnisse.

Adeline war verblüfft, als sie erfuhr, ihr Onkel sei gerettet, als sie im Ehekontrakt eine Mitgift angeführt sah; sie empfand eine gewisse Unruhe inmitten des Glücks, das Hortenses unter so ehrenvollen Bedingungen vollzogene Eheschließung ihr verursachte; aber am Tag vor der Hochzeit ihrer Tochter, die der Baron so angesetzt hatte, daß sie mit dem Tag zusammenfiel, da Madame Marneffe Besitz von ihrer Wohnung in der Rue Vanneau ergriff, machte Hector dem Erstaunen seiner Frau durch folgende feierliche Erklärung ein Ende.

»Adeline, nun unsere Tochter unter der Haube ist, hören alle unsere diesbezüglichen Ängste auf. Jetzt ist der Zeitpunkt gekommen, uns aus der Gesellschaft zurückzuziehen; denn jetzt werde ich kaum noch drei Jahre in meiner Stellung verbleiben; besagte Zeit lasse ich hingehen, dann reiche ich meinen Abschied ein. Warum sollten wir einen fortan unnützen Aufwand treiben? Unsere Wohnung kostet uns sechstausend Francs Miete; wir haben vier Bediente; wir verzehren jährlich dreißigtausend Francs. Wenn du willst, daß ich meinen Verpflichtungen nachkomme, denn ich habe mein Gehalt auf drei Jahre verpfändet, um die notwendigen Beträge für Hortenses Aussteuer und den Wechsel deines Onkels zusammenzubekommen . . .«

»Ach, du hast recht getan, mein Lieber«, unterbrach sie ihren Mann und küßte ihm die Hände.

Dieses Geständnis machte Adelines Befürchtungen ein Ende.

»Ich muß dich um ein paar kleine Opfer bitten«, fuhr er fort, entzog seiner Frau seine Hände und drückte ihr einen Kuß auf die Stirn. »Es ist für mich in der Rue Plumet, im ersten Stock, eine sehr schöne, würdige, mit prächtigem Holzwerk geschmückte Wohnung ausfindig gemacht worden, die nur fünfzehnhundert Francs kostet; da brauchtest du bloß eine Zofe für dich, und ich würde mich mit einem jungen Diener begnügen.«

»Ja, Lieber.«

»Wenn wir unsern Haushalt schlicht führen und dabei vollauf den Augenschein wahren, würdest du jährlich kaum sechstausend Francs brauchen, abgesehen von meinen persönlichen Ausgaben, die ich natürlich selber bestreite . . .«

Die edelmütige Frau fiel ihrem Mann beglückt um den Hals.

»Wie herrlich, daß ich dir aufs neue beweisen kann, wie ich dich liebe!« rief sie, »und wie weißt du dir zu helfen . . .!«

»Wir werden unsere Familie wöchentlich einmal empfangen,

und ich esse, wie du ja weißt, nur selten daheim zu Abend ... Du kannst, ohne dir etwas zu vergeben, zweimal die Woche zu Victorine zum Abendessen gehen, und zweimal zu Hortense; und da ich glaube, eine völlige Aussöhnung mit Crevel und uns zuwegezubringen, werden wir einmal wöchentlich bei ihm zu Abend essen; diese fünf Abendmahlzeiten und die unsrige füllen die Woche aus, immer angenommen, es erfolgen noch ein paar Einladungen außerhalb des Familienkreises.«

»Ich will für dich Ersparnisse machen«, sagte Adeline.

»Ach!« rief er aus, »du bist die Perle aller Frauen.«

»Mein guter, göttlicher Hector, ich werde dich bis zu meinem letzten Seufzer segnen«, antwortete sie, »weil du unsere geliebte Hortense so gut verheiratet hast.«

Auf diese Weise begann die Einschränkung des Haushalts der schönen Madame Hulot und, wir wollen es offen sagen, ihrer Vernachlässigung, die Madame Marneffe feierlich versprochen worden war.

Papa Crevel, der kleine Fettwanst, war natürlich zur Unterzeichnung des Ehekontrakts eingeladen worden und benahm sich dabei, als ob die Szene, mit der diese Erzählung begonnen hat, nie stattgefunden und als ob er nie irgendwelchen Groll gegen den Baron Hulot gehegt hätte. Célestin Crevel war liebenswürdig; er war dabei nach wie vor ein wenig gar zu sehr der ehemalige Parfümhändler; aber er fing an, sich kraft seiner Würde als Bataillonschef zum Majestätischen zu erheben. Er brachte die Rede auf den Tanz beim Hochzeitsfest.

»Schöne Dame«, sagte er galant zur Baronin Hulot, »Leute wie wir verstehen sich darauf, alles zu vergessen; verbannen Sie mich nicht aus Ihrem Heim und geruhen Sie, dann und wann mein Haus dadurch zu verschönern, daß Sie mit Ihren Kindern hinkommen. Seien Sie getrost, ich werde Ihnen niemals auch nur das geringste von dem sagen, was in der Tiefe meines Herzens begraben ist. Ich habe mich benommen wie ein Schwachsinniger, denn ich habe allzuviel dabei verloren, als ich Sie nicht mehr aufsuchen durfte ...«

»Monsieur, eine anständige Frau hat keine Ohren für Reden, auf die Sie anspielen; und wenn Sie Wort halten, dürfen Sie nicht an der Freude zweifeln, die ich empfinden werde, wenn ein Zwiespalt endet, der innerhalb einer Familie stets betrüblich ist ...«

»Na, du blöder Schmoller«, sagte der Baron Hulot und zog Crevel gewaltsam in den Garten, »du gehst mir überall aus dem Wege, sogar in meinem eigenen Hause. Dürfen zwei alte Liebhaber des schönen Geschlechts sich um eines Unterrocks willen verkrachen? Wahrhaftig, das wäre Krämerart.«

»Monsieur, ich bin kein so schöner Mann wie Sie, und mein bißchen Verführungskraft hindert mich daran, meine Verluste so leicht auszugleichen wie Sie es tun ...«

»Was für eine Ironie!« antwortete der Baron.

»Die ist dem Besiegten gegenüber dem Sieger erlaubt.«

Die in diesem Tonfall begonnene Unterhaltung führte zu einer völligen Versöhnung; aber dennoch betonte Crevel sein Recht, Rache zu nehmen.

Madame Marneffe wollte zu Mademoiselle Hulots Hochzeit eingeladen werden. Um eine künftige Geliebte in seinem Salon zu sehen, war der Staatsrat gezwungen, die Beamten seiner Abteilung einzuladen, die Unterchefs eingeschlossen. Somit ergab sich die Notwendigkeit der Veranstaltung eines großen Balls. Als gute Hausfrau rechnete die Baronin sich aus, daß eine Abendgesellschaft weniger kosten werde als ein Abendessen und stimmte der Einladung von noch mehr Leuten zu. Hortenses Hochzeit wurde also zu einer großen Angelegenheit.

Trauzeugen waren der Marschall Fürst von Weißenburg und der Baron de Nucingen für die Braut, die Grafen de Rastignac und Popinot für Steinbock. Da schließlich die Berühmtheit des Grafen Steinbock dazu geführt hatte, daß die erlauchtesten Mitglieder der polnischen Emigration sich um ihn bemühten, glaubte der Künstler, sie einladen zu müssen. Der Staatsrat, das Ministerium, dem der Baron angehörte, die Armee, die den Grafen von Pforzheim ehren wollte, wurden durch ihre Spitzen vertreten. Man rechnete mit etwa zweihundert unumgänglichen Einladungen. Wer würde jetzt nicht das Interesse der kleinen Madame Marneffe begreifen, in all ihrer Glorie in einer solchen Versammlung zu erscheinen?

Einen Monat lang widmete die Baronin den Erlös ihrer Diamanten dem Hausstand ihrer Tochter; die schönsten hatte sie für die Aussteuer zurückbehalten. Jener Verkauf hatte fünfzehntausend Francs erbracht, von denen fünftausend für Hortenses Aussteuer draufgingen. Was bedeuten zehntausend Francs für die Einrichtung der Wohnung Jungvermählter, wenn man die Forderungen des modernen Luxus bedenkt? Aber das Ehepaar Hulot junior, Papa Crevel und der Graf von Pforzheim steuerten wichtige Geschenke bei, da der alte Onkel eine Summe für das Tischsilber bereit hielt. Dank so mannigfacher Hilfe wäre auch eine anspruchsvolle junge Pariserin mit der Einrichtung der Wohnung zufrieden gewesen, die das junge Paar sich in der Rue Saint-Dominique, nahe der Esplanade des Invalides, ausgesucht hatte. Es stand dort alles im Einklang mit ihrer beiderseitigen reinen, offen zur Schau getragenen, aufrichtigen Liebe.

Endlich kam der große Tag heran; denn es sollte ein ebenso großer Tag für den Vater wie für Hortense und Wenceslaus werden; Madame Marneffe hatte nämlich beschlossen, die Einweihung ihrer Wohnung auf den Tag nach ihrem Sündenfall und der Hochzeit der beiden Liebenden zu verlegen.

Wer hätte nicht zumindest einmal in seinem Leben an einem Hochzeitsball teilgenommen? Jeder vermag sich seine Erinnerungen ins Gedächtnis zu rufen und wird sicherlich lächeln, wenn er vor seinem geistigen Auge diese nach Gesichtsausdruck wie Toilette, sonntäglich wirkende Menschenschar erstehen läßt. Wenn je ein gesellschaftliches Faktum den Einfluß der Umwelt bewiesen hat, ist es dann nicht dieses? Tatsächlich wirkt sich Festtagskleidung und -stimmung der einen so stark auf die andern aus, daß die Leute, die es gewohnt sind, anständig gekleidet einherzugehen, den Anschein erwecken, als gehörten sie der Kategorie derjenigen an, für die die Hochzeit ein Fest ist, das in ihrem Leben Bedeutsamkeit besitzt. Kurzum, man erinnere sich der ernstgestimmten Leute, der Greise, denen alles so gleichgültig ist, daß sie ihre schwarzen Alltagsfräcke anbehalten haben; und der alten Ehepaare, deren Gesichter von den traurigen Erfahrungen des Lebens künden, das die jungen jetzt beginnen, und der Frauen, die dort wie die Kohlensäure im Champagner sind, und der jungen, neidischen Mädchen, der um den Erfolg ihrer Toiletten bemühten Frauen, und der armen Verwandten, deren zu eng gewordene Kleidung von den Leuten in *fiocchi*[117] abstickt, und der Verfressenen, die an nichts als das Nachtmahl denken wie die Spieler ans Spiel. Alle sind da, Reiche und Arme, Neidische und Beneidete, Philosophen und Leute mit Illusionen; alle wie die Pflanzen in einem Blumenkorb gruppiert um eine seltene Blume, die Braut. Ein Hochzeitsball ist die Welt in perspektivischer Verkürzung.

Die Stimmung hatte ihren Höhepunkt erreicht, als Crevel den Baron beim Arm nahm und ihm auf die natürlichste Weise der Welt zuflüsterte: »Donnerwetter nochmal! Was für 'ne hübsche Frau ist die kleine Dame in Rosa da, die dich mit ihren Blicken anfeuert . . .«

»Welche meinst du?«

»Die Frau des Unterchefs, den du, Gott weiß, wie, protegierst. Madame Marneffe!«

»Wieso weißt du das?«

»Hör mal, Hulot, ich werde mich bemühen, alles Unrecht zu vergessen, das du mir angetan hast, wenn du mich in ihr Haus einführst; ich werde dich dann mit zu Héloïse nehmen. Alle Welt fragt, wer dies bezaubernde Geschöpf ist. Bist du sicher, daß niemand in deinen Büros sich erklären wird, auf welche Weise die Ernennung ihres Mannes unterzeichnet worden ist . . .? Ach, du Schuft von einem Glückspilz, sie verdient Besseres als ein Büro . . . Haha, ich würde gern in sein Büro überwechseln . . . Komm, laß uns Freunde sein, Cinna . . .!«[118]

»Mehr denn je«, sagte der Baron zu dem Parfümhändler, »und ich verspreche dir, ein guter Kamerad zu sein. In einem Monat lasse ich dich mit dem kleinen Engel da zu Abend essen . . . Denn wir haben es fortan mit den Engeln zu tun, alter Bursche. Ich rate dir, zu tun wie ich, dem Dämon den Rücken zu kehren . . .«

Tante Bette, die jetzt in der Rue Vanneau eine hübsche kleine Wohnung im dritten Stock innehatte, verließ den Ball um zehn Uhr, um bei der Heimkunft nochmals die Staatspapiere anzuschauen, die ihr durch zwei Eintragungen zwölfhundert Francs Zinsen zusicherten; das Eigentumsrecht des Kapitals der einen besaß die Gräfin Steinbock, das der andern Madame Hulot junior. Jetzt wird einem klar sein, wieso Monsieur Crevel seinen Freund Hulot auf Madame Marneffe hin anreden und ein

Geheimnis kennen konnte, von dem alle Welt nichts ahnte; denn da Monsieur Marneffe auf Reisen war, waren Tante Bette, der Baron und Valérie die einzigen in das Geheimnis Eingeweihten gewesen.

Der Baron hatte die Unklugheit begangen, Madame Marneffe eine Toilette zu schenken, die für die Frau eines Unterchefs viel zu luxuriös war; die andern Damen waren neidisch auf Valéries Toilette und Schönheit. Es gab Getuschel hinter Fächern, denn die Notlage des Ehepaars Marneffe hatte die ganze Abteilung im Ministerium beschäftigt; der Beamte hatte gerade zu der Zeit, als der Baron sich in seine Frau verknallte, ein Gesuch um eine Beihilfe eingereicht. Überdies vermochte Hector mit seiner Berauschtheit nicht hinterm Berge zu halten, als er Valéries Erfolg gewahr wurde, die, da sie sich dezent und sehr vornehm gab, beneidet und jener aufmerksamen Prüfung unterworfen wurde, die so viele Frauen fürchten, wenn sie zum erstenmal in eine ihnen neue Welt eintreten.

Nachdem der Baron seine Frau, seine Tochter und seinen Schwiegersohn in den Wagen gesetzt hatte, fand er Mittel und Wege, unbemerkt zu entschlüpfen; er überließ seinem Sohn und seiner Schwiegertochter die Sorge, die Rolle des Hausherrn zu spielen. Er stieg in Madame Marneffes Wagen und begleitete sie heim; er fand sie jedoch stumm und nachdenklich, fast melancholisch.

»Mein Glück stimmt Sie recht traurig, Valérie«, sagte er und zog sie auf dem Rücksitz des Wagens an sich.

»Wie soll, lieber Freund, eine arme Frau, die ihren ersten Fehltritt begeht, nicht versonnen sein, auch wenn die Schuftigkeit ihres Mannes ihr die Freiheit läßt . . .; Glauben Sie, ich sei ohne Seele, ohne Glauben, ohne Religion? Sie haben heute abend die taktloseste Freude bezeigt, und Sie haben mich auf eine abscheuliche Weise zur Schau gestellt. Wahrhaftig, ein Primaner hätte sich weniger geckenhaft benommen als Sie. Daher haben alle anwesenden Damen mich mittels Blicken und bissigen Worten zerfetzt! Welche Frau legte nicht Wert auf ihren Ruf? Sie haben mich ins Verderben gestürzt. Ach, jetzt gehöre ich ganz Ihnen, glauben Sie es nur, und um diesen Fehltritt zu entschuldigen, habe ich kein anderes Hilfsmittel mehr als Ihnen treu zu sein. Sie Scheusal!« sagte sie lachend und ließ sich küssen, »Sie haben genau gewußt, was Sie taten. Madame Coquet, die Frau unseres Bürochefs, hat sich neben mich gesetzt, um meine Spitzen zu bewundern. ›Die kommen aus England‹, hat sie gesagt. ›Sind sie sehr teuer gewesen, Madame?‹ – ›Keine Ahnung‹, habe ich geantwortet. ›Ich habe sie von meiner Mutter geerbt; um mir so was zu kaufen, bin ich nicht reich genug!‹«

Wie man sieht, war es Madame Marneffe schließlich gelungen, den alten Beau des Kaiserreichs dermaßen zu faszinieren, daß er glaubte, er habe sie zu ihrem ersten Fehltritt verleitet und ihr genügend Leidenschaft eingeflößt, um sie alle ihre Pflichten vergessen zu lassen. Sie sagte, der infame Marneffe habe sich nach drei Ehetagen von ihr abgewandt, und zwar aus den schauerlichsten Beweggründen. Seither habe sie gelebt wie das ehrbarste junge Mädchen, indessen sehr glücklich, denn die Ehe habe sie etwas Grausiges gedünkt. Daher rühre ihre gegenwärtige Betrübnis.

»Wenn es nun mit der Liebe genauso wäre wie mit der Ehe . . .?« fragte sie schluchzend.

Diese koketten Lügen, mit denen fast alle Frauen aufwarten, die sich in Valéries Lage befinden, ließen den Baron die rosa Farbtöne eines siebenten Himmels erblicken. Während Valérie auf diese Weise noch Umstände machte, warteten der verliebte Künstler und Hortense vielleicht bereits voller Ungeduld darauf, daß die Baronin dem jungen Mädchen den letzten Segen und den letzten Kuß verabfolge.

Um sieben Uhr morgens kehrte der Baron zurück, um Monsieur und Madame junior von ihrer Bürde zu befreien; er war auf dem Gipfel des Glücks, denn er hatte in seiner Valérie das unschuldigste junge Mädchen und die abgefeimteste Teufelin gefunden. Jene Tänzer und Tänzerinnen, die im Haus nahezu Fremde waren, und die sich schließlich, wie bei allen Hochzeiten, des Terrains bemächtigen, gaben sich den endlosen letzten Kontertänzen hin, genannt Kotillons. Die Bouillotte[119]-Spieler waren hartnäckig an ihren Tischen verblieben; Papa Crevel hatte sechstausend Francs gewonnen.

Die von den Trägern ausgetragenen Zeitungen enthielten unter »Pariser Neuigkeiten« folgenden kleinen Artikel:

Die Hochzeitsfeier des Herrn Grafen Steinbock und der Mademoiselle Hortense Hulot, Tochter des Barons Hulot d'Ervy, Staatsrats und Direktors im Kriegsministerium, Nichte des erlauchten Grafen von Pforzheim, hat heute vormittag in der Kirche Saint-Thomas-d'Aquin stattgefunden. Die Feierlichkeit hatte viele Leute angelockt. Man bemerkte in der Schar der Anwesenden einige unserer Künstler-Berühmtheiten: Léon de Lora, Joseph Bridau, Stidmann, Bixiou, sowie Spitzen des Kriegsministeriums, des Staatsrats und mehrere Mitglieder beider Kammern, schließlich die Häupter der polnischen Emigration, Paz, Laginski usw.

Graf Wenceslaus Steinbock ist der Großneffe des berühmten Generals Karls XII., Königs von Schweden. Der junge Graf hatte am polnischen Aufstand teilgenommen und in Frankreich Asyl gefunden, wo der gerechte Ruhm seines Talents ihm die Naturalisierung eingetragen hat.

Auf diese Weise hatte trotz der erschreckenden Geldnöte des Barons Hulot d'Ervy nichts von alledem gefehlt, was die öffentliche Meinung verlangt, nicht einmal die Berühmtheit, die die Presse der Heirat seiner Tochter lieh; ihre Begehung war in jeder Hinsicht derjenigen von Hulot junior mit Mademoiselle Crevel gleich. Dieses Fest schwächte die Gerüchte, die über die finanzielle Lage des Direktors im Umlauf waren, ebenso wie die seiner Tochter gegebene Mitgift die Notwendigkeit, seine Zuflucht in einem Kredit zu nehmen, erklärte.

In gewisser Weise endet hier die Einleitung dieser Geschichte. Das Berichtete ist in dem Drama, das es vervollständigt, das, was dic Prämissen bei einem Lehrsatz sind; das, was bei jeder klassischen Tragödie die Exposition ist.

Wenn in Paris eine Frau dazu entschlossen ist, aus ihrer Schönheit ein Gewerbe und eine Ware zu machen, so ist das kein Grund, daß sie dadurch zu Vermögen gelange. Man begegnet dabei wunderbaren, sehr geistvollen Geschöpfen in schauerlich mittelmäßigen Verhältnissen, deren mit Liebesfreuden begonnenes Leben sehr übel endet. Und zwar aus folgendem Grunde. Sich der schmählichen Laufbahn der Kurtisanen mit der Absicht zu widmen, daraus Vorteile zu schlagen und dabei auch weiterhin die Kleidung einer anständigen, verheirateten Bürgersfrau zu tragen – das genügt nicht. Das Laster erringt seine Triumphe nicht mühelos; seine Ähnlichkeit mit dem Genie besteht darin, daß alle beide einer Mitwirkung glücklicher Umstände bedürfen, um die Kumulierung des Vermögens und des Talents zuwege zu bringen. Man denke die seltsamen Phasen der Revolution hinweg, dann gibt es keinen Kaiser mehr, er wäre nur eine zweite Auflage von Fabert[120] gewesen. Die käufliche Schönheit ohne Liebhaber, ohne Berühmtheit, ohne das Kreuz der Unehrenlegion, das ihr die vergeudeten Vermögen eintragen – das ist dasselbe wie Correggio in einer Dachkammer, dasselbe wie das in seiner Mansarde verkommende Genie. Eine Laïs[121] muß in Paris also vor allem einen reichen Mann finden, der sich so sehr in sie verliebt, daß er sie ihrem Preis entsprechend bezahlt. Vor allem muß sie beständig höchst elegant auftreten, was für sie ein Reklameschild ist; sie muß leidlich gute Manieren haben, um der Eigenliebe der Männer zu schmeicheln; sie muß den Geist à la Sophie Arnould[122] besitzen, der die Reichen aus ihrer Apathie erweckt; kurzum, sie muß sich von den Lüstlingen begehren lassen und dabei den Anschein erwecken, sie sei nur einem einzigen treu, der dann um sein Glück beneidet wird.

Diese Vorbedingungen, die dergleichen Frauen »die Chance« zu nennen pflegen, lassen sich in Paris recht schwierig erfüllen, obwohl es eine Stadt der Millionäre, der Müßiggänger, der Blasierten und der Phantasten ist. Die Vorsehung hat sicherlich in hohem Maße in dieser Hinsicht die Ehen der Beamten und des Kleinbürgertums beschützt, für die diese Hindernisse zumindest verdoppelt werden, durch das Milieu, in dem die Dinge schließlich eine solche Wendung nehmen können. Dennoch sind in Paris genügend Frauen wie Madame Marneffe anzutreffen, so daß Valérie in dieser Sittengeschichte als ein Typus figurieren darf. Von diesen Frauen gehorchen die einen gleichzeitig einem echten Liebesverlangen wie der Not, wie Madame Colleville, die so lange Zeit ein Verhältnis mit einem der berühmtesten Redner der Linken, dem Baron Keller, gehabt hat; die andern treibt die Eitelkeit an, wie Madame de la Baudraye, die nahezu anständig geblieben ist, trotz ihrer Flucht mit Lousteau; die einen lassen sich durch die Toilettenbedürfnisse hinreißen, wieder andere durch die Unmöglichkeit, einen Haushalt mit offenbar zu niedrigen Gehältern zu fristen. Die Knausrigkeit des Staats oder, wenn man will, der Kammern verursacht viel Unglück und erzeugt viel Korruption. Man ergeht sich heutzutage in sehr großem Mitleid über das Los der Arbeiterklasse; man stellt sie hin, als werde sie von den Fabrikanten ausgesogen; aber der Staat ist hundertmal härter als der habgierigste Industrielle; er treibt, was die Gehälter betrifft, die Sparsamkeit bis zur Sinnlosigkeit vor. Arbeitet viel, ihr Industriearbeiter; ihr werdet im Verhältnis zu eurer Leistung bezahlt; was aber gibt der Staat seinen ergeben im Dunkel schaffenden Arbeitern?

Vom Pfad der Tugend abzuweichen ist für die verheiratete Frau ein unentschuldbares Verbrechen; allein in dieser Lage gibt es Gradunterschiede. Manche Frauen, die durchaus nicht verderbt sind, verbergen ihre Fehltritte und bleiben dem Augenschein nach anständige Frauen wie die beiden, an deren Abenteuer soeben erinnert worden ist, während gewisse andere ihren Fehltritten das Gemeine der Spekulation hinzugesellen. Madame Marneffe ist also irgendwie der Typus jener ehrgeizigen, verheirateten Kurtisanen, die von vornherein in die Verderbtheit mit allen ihren Konsequenzen einwilligen und die entschlossen sind, zu Vermögen zu gelangen, indem sie sich amüsieren, ohne Skrupel ob der anzuwendenden Mittel; aber sie haben fast stets, wie Madame Marneffe, ihre Ehemänner als Zuhälter und Komplicen. Diese Machiavells im Unterrock sind die gefährlichsten Frauen, und unter allen üblen Arten von Pariserinnen sind sie die schlimmste. Eine echte Kurtisane, wie etwa Josépha, die Schontz, Malaga, Jenny Cadine usw. trägt in der Unverhohlenheit ihres Standes ein Erkennungszeichen, das genauso leuchtet wie die rote Laterne der Prostitution oder wie die Augen beim Trente-et-Quarante[123]. Dann weiß ein Mann, daß er seinem Ruin entgegengeht. Aber die mit Zucker überzogene Ehrbarkeit, die Mäntelchen der Tugend und das heuchlerische Gebaren einer verheirateten Frau, die immer nur die trivialen Bedürfnisse eines Haushalts durchblicken läßt und sich dem Anschein nach alle törichten Ausgaben versagt, das alles führt zu jenen glanzlosen Untergängen, die um so eigenartiger sind, als man sie entschuldigt, ohne sie sich klarzumachen. Ein triviales Haushaltsbuch und nicht fröhliche Liebeslaune ist es, was die Vermögen verschlingt. Ein Familienvater ruiniert sich ohne Glorienschein, und der große Trost befriedigter Eitelkeit fehlt ihm im Elend.

Diese Tirade wird viele Familien wie ein Pfeil ins Herz treffen. Man gewahrt Frauen wie Madame Marneffe in allen Stockwerken der Gesellschaft, und sogar in den Fürstenhöfen; denn Valérie ist eine traurige Wirklichkeit und noch in der kleinsten Einzelheit ein Gipsabguß des lebendigen Antlitzes. Unglücklicherweise wird dieses Bildnis niemanden von der Manie heilen, Engel mit süßem Lächeln, träumerischer Miene und unschuldigem Gesicht zu lieben, deren Herz ein Geldschrank ist.

Etwa drei Jahre nach der Vermählung Hortenses, im Jahre 1841, galt der Baron Hulot d'Ervy als saniert, als solid geworden, wie der Leibchirurg Ludwigs XV. sich auszudrücken pflegte, und dabei kostete ihn Madame Marneffe das Doppelte von dem, was Josépha ihn gekostet hatte. Aber obwohl Valérie stets sehr gut angezogen war, trug sie die Schlichtheit einer mit einem Unterchef verheirateten Frau zur Schau, ihren Luxus behielt sie ihren Hauskleidern und der Ausstattung ihres Heims vor. Auf diese Weise brachte sie ihre Eitelkeiten als Pariserin ihrem geliebten Hector als Opfer dar. Dennoch, wenn sie ins Theater ging, so zeigte sie sich dort mit einem hübschen Hut und in einem Kleid von letzter Eleganz; der Baron fuhr sie stets im Wagen hin, und sie hatte ihre eigene Loge.

Die Wohnung, die in der Rue Vanneau das ganze zweite Stockwerk eines modernen, zwischen Ehrenhof und Garten gelegenen Stadtpalais einnahm, zeugte von Wohlanständigkeit. Ihr Luxus bestand in Perserteppichen und schönen, bequemen Möbeln. Eine Ausnahme bildete das Schlafzimmer; dort herrschte die gleiche Üppigkeit wie bei Jenny Cadine und Madame Schontz. Dort fanden sich Spitzengardinen, Kaschmirstoffe, Brokatportièren, eine Kaminumrahmung, die Stidmann entworfen hatte, und eine kleine Vitrine voller Wunderwerke. Hulot hatte seine Valérie in keinem Nest erblicken wollen, das dem Sündenpfuhl einer Josépha mit seinem Gold und seinen Perlen unterlegen wäre. Die beiden Haupträume, Salon und Eßzimmer, waren der eine mit Möbeln mit roten Damastbezügen, das andere mit solchen aus geschnitztem Eichenholz ausgestattet gewesen.

Aber nach einem halben Jahr hatte der Baron aus dem Wunsch heraus, alles in Einklang zu bringen, dem Eintagsluxus den verläßlichen Luxus dadurch hinzugefügt, daß er Ausstattungsdinge von wirklichem Wert schenkte, so zum Beispiel Tischsilber, das mehr als vierundzwanzigtausend Francs gekostet hatte.

Die Häuslichkeit der Madame Marneffe erlangte innerhalb zweier Jahre den Ruf, überaus angenehm zu sein. Es wurde dort gespielt. Von Valérie hieß es binnen kurzem, sie sei eine liebenswürdige, geistvolle Frau. Um den Wandel ihrer Lage zu rechtfertigen, wurde das Gerücht von einem riesigen Vermächtnis verbreitet, das ihr natürlicher Vater, der Marschall Montcornet, in Gestalt eines Fideikommisses hinterlassen habe. Aus dem Gedanken an die Zukunft heraus hatte Valérie ihrer gesellschaftlichen Heuchelei die religiöse Heuchelei hinzugefügt. Sonntags ging sie pünktlich zum Gottesdienst und genoß alle Ehren der Frömmigkeit. Sie sammelte Almosen ein, wurde Wohltätigkeitsdame, verteilte Brot an die Armen und erwies in der Stadtgegend einige Wohltaten, alles auf Kosten Hectors. In ihrem Heim vollzog sich alles auf anständige Weise. Daher behaupteten viele Leute, ihre Beziehungen zu dem Baron seien rein, wobei sie auf das Alter des Staatsrats hinwiesen; diesem lieh man eine platonische Neigung für Anmut des Geistes, für den Charme und die Unterhaltungsgabe von Madame Marneffe, vergleichbar der Vorliebe des seligen Ludwigs XVIII. für elegante Wendungen in Briefen.

Der Baron zog sich gegen Mitternacht stets zugleich mit den übrigen Gästen zurück und kam eine Viertelstunde danach wieder. Daß dieses tiefe Geheimnis streng geheimgehalten wurde, beruhte auf folgendem Umstand:

Die Pförtnersleute des Hauses waren Monsieur und Madame Olivier, die durch die Protektion des Barons, eines Freundes des einen Portier suchenden Hausbesitzers, aus ihrer dunklen und wenig lukrativen Portiersloge in der Rue du Doyenné in die einträgliche, prächtige Loge in der Rue Vanneau übergewechselt waren. Nun aber hatte Madame Olivier, ehemalige Wäschebeschließerin Karls X. und aus dieser Stellung zusammen mit der legitimen Monarchie vertrieben, drei Söhne. Der älteste, bereits Hilfsschreiber bei einem Notar, war Gegenstand der Vergötterung des Ehepaars Olivier. Dieser Benjamin, dem es drohte, sechs Jahre lang Soldat werden zu müssen, hatte seine glänzende Laufbahn unterbrochen gesehen, als Madame Marneffe ihn vom Militärdienst um eines jener Körperfehler willen befreien ließ, die die Aushebungskommissionen zu entdecken wissen, wenn sie darum heimlich durch irgendeine der Regierung nahestehende Macht gebeten werden. Olivier, ehemaliger Pikör Karls X., und seine Gattin hätten also für Hulot und Madame Marneffe Christus zum zweitenmal ans Kreuz geschlagen.

Was also konnten die Leute reden, denen der vorhergegangene Brasilianer, Senhor Montez de Montejanos, unbekannt war? Nichts. Überdies ist die Gesellschaft stets voller Nachsicht gegenüber der Herrin eines Salons, in dem es vergnüglich hergeht. Schließlich fügte Madame Marneffe allen ihren Annehmlichkeiten noch den hoch gewerteten Vorzug hinzu, eine geheime Macht zu sein. So war Claude Vignon, der der Sekretär des Marschalls Fürst von Weißenburg geworden war und davon träumte, dem Staatsrat in der Eigenschaft als Bearbeiter der Bittschriften anzugehören, ein Stammgast dieses Salons, den auch ein paar Abgeordnete besuchten, gute Kerle und Spieler. Der Kreis um Madame Marneffe war mit weiser Langsamkeit gebildet worden; die neu Hinzukommenden bestanden lediglich aus Leuten von der gleichen Meinung und den gleichen Gepflogenheiten, die daran interessiert waren, einander zu unterstützen und sich zu Verkündern der riesigen Verdienste der Hausherrn aufzuwerfen. Das Cliquenwesen, dieses Axiom, möge man sich merken, ist die wahre Heilige Allianz in Paris. Interessen streben letztlich stets auseinander; aber lasterhafte Menschen verständigen sich stets.

Drei Monate nach ihrem Einzug in die Rue Vanneau hatte Madame Marneffe Monsieur Crevel empfangen, der gerade Bürgermeister seines Arrondissements und Offizier der Ehrenlegion geworden war. Crevel hatte lange gezögert; es handelte sich darum, die bewußte Nationalgardisten-Uniform abzulegen, in der er sich im Tuileriengarten gespreizt, wobei er sich genauso militärisch vorgekommen war wie der Kaiser; aber sein von Madame Marneffe beratener Ehrgeiz war stärker gewesen als seine Eitelkeit. Der Herr Bürgermeister hatte gemeint, sein

Verhältnis mit Mademoiselle Héloïse Brisetout sei völlig unvereinbar mit seiner politischen Haltung. Schon lange vor seiner Besteigung des Bürgerthrons in der Mairie waren seine Liebesbeziehungen in tiefes Geheimnis eingehüllt gewesen. Aber wie man sich denken kann, hatte Crevel sich das Recht, so oft er könne, Rache für Josépha Entführung zu nehmen, durch eine Eintragung ins Staatsschuldbuch erkauft, die sechstausend Francs Zinsen brachte, eine Eintragung auf den Namen Valérie Fortin, der in Gütertrennung mit ihrem Mann lebenden Gattin des Monsieur Marneffe. Valérie, die das der ausgehaltenen Frau eigentümliche Genie vielleicht ihrer Mutter dankte, hatte auf den ersten Blick den Charakter dieses grotesken Anbeters durchschaut. Die Äußerung: »Ich habe nie eine Frau von Welt gehabt!«, die Crevel Lisbeth gegenüber getan und von der Lisbeth ihrer geliebten Valérie berichtet hatte, war großzügig durch die Transaktion diskontiert worden, der sie ihre fünfprozentigen Staatspapiere mit den sechstausend Francs Zinsen verdankte. Seither hatte sie ihr Prestige in den Augen des ehemaligen Geschäftsreisenden César Birotteaus sich niemals mindern lassen.

Crevel hatte eine Geldheirat geschlossen, als er die Tochter eines Müllers aus der Brie[124] heiratete, die einzige Tochter übrigens, deren Erbschaften zu zwei Dritteln in sein Vermögen übergingen; denn die Kleinhändler werden in der Mehrzahl der Fälle weniger durch Geschäftsunternehmungen reich als durch die Eheschließung zwischen Ladengeschäft und Landwirtssparsamkeit. Eine große Anzahl der Pächter, der Müller, der Züchter und Landwirte in der Umgebung von Paris erträumt sich für ihre Töchter den Glanz des Kontors; man erblickt in einem Einzelhändler, einem Juwelier, einem Börsenmakler einen Schwiegersohn, der ihrem Herzen sehr viel mehr entspricht als ein Notar oder ein Anwalt, deren höhere gesellschaftliche Stellung sie beunruhigt; sie haben Angst, späterhin von diesen Spitzen der Bourgeoisie über die Achsel angesehen zu werden. Madame Crevel, eine ziemlich häßliche, sehr vulgäre und dumme Frau, die beizeiten gestorben war, hatte ihrem Mann außer der Vaterschaft keine Freuden gespendet. So hatte zu Beginn seiner kaufmännischen Laufbahn dieser Lüstling, der durch seine Berufspflichten gekettet und durch seine Armut gehemmt gewesen war, die Rolle des Tantalus gespielt. Er stand, wie er sich ausdrückte, in Beziehungen zu den elegantesten Damen von Paris, die er mit den Verbeugungen eines Krämers aus seinem Laden hinausgeleitete, wobei er ihre Anmut, ihre Art, das gerade Modische zu tragen, und all die unbenennbaren Wirkungen dessen bewunderte, was man als »Rasse« bezeichnet. Sich zu einer dieser Salon-Feen emporzuschwingen, das war ein Wunsch, den er seit seiner Jugend gehegt und in seinem Herzen zurückgedrängt hatte. Die Gunstbezeigungen der Madame Marneffe zu erhalten war also für ihn nicht nur die Belebung seines Traumes, sondern außerdem Sache des Stolzes, der Eitelkeit und der Eigenliebe, wie man gesehen hat. Mit dem Erfolg war sein Ehrgeiz gewachsen. Er kostete gewaltige, rein gehirnliche Genüsse aus, und wenn das Gehirn gepackt ist, wird auch das Herz in Mitleidenschaft gezogen und das Glück vervielfacht sich. Zudem wartete Madame Marneffe ihm mit Raffiniertheiten auf, von denen er keine Ahnung gehabt hatte, denn weder Josépha noch Héloïse hatten ihn geliebt, während Madame Marneffe es für angebracht hielt, diesem Mann, in dem sie eine ewige Kasse erblickte, gehörig etwas vorzuspiegeln. Die Trugbilder der käuflichen Liebe sind reizvoller als die Wirklichkeit. Die echte Liebe schließt Streitereien um nichts und wieder nichts ein, bei denen man einander empfindlich verletzt; der nicht ernstzunehmende Streit dagegen ist eine der Eigenliebe des hinters Licht Geführten erwiesene Liebkosung. Auf diese Weise steigerte die Seltenheit der Zusammenkünfte bei Crevel das Begehren bis zur Leidenschaft. Immer wieder rannte er gegen Valéries tugendhafte Härte an; sie spielte ihm Gewissensbisse vor; sie sprach davon, was ihr Vater im Paradies der Tapferen von ihr denken müsse. Er hatte eine gewisse Frostigkeit zu bekämpfen, durch die die Durchtriebene ihn glauben ließ, er besiege sie; sie schien der tollen Leidenschaft dieses Bourgeois nachzugeben; aber wie wenn sie sich schäme, kehrte sie dann wieder den Stolz der anständigen Frau und ein tugendhaftes Gebaren hervor, nicht mehr und nicht weniger als eine Engländerin, und demütigte ihren Crevel immer wieder durch ihre erdrückende Würde; denn von Anfang an hatte Crevel sie sich einverleibt, weil er sie für tugendhaft hielt. Kurzum, Valérie verfügte über Sonderformen der Zärtlichkeit, die sie sowohl Crevel als auch dem Baron unentbehrlich machten. Im Dabeisein anderer bot sie die berückende Verschmelzung von keuscher, träumerischer Reinheit, von makelloser Dezenz und einer Klugheit dar, die durch hübsches Aussehen, Anmut und die Umgangsformen der ›Kreolin‹ noch gesteigert wurde; im vertrauten Beieinander jedoch übertraf sie alle Kurtisanen; dann war sie drollig, amüsant und fruchtbar an neuen Erfindungen. Solcherlei Gegensätze gefallen Individuen vom Schlage Crevels enorm; sie schmeicheln sich, der alleinige Autor dieser Komödie zu sein; sie meinen, sie werde nur um ihretwillen gespielt, und sie lachen über die köstliche Heuchelei und bewundern dabei die Komödiantin.

Valérie hatte sich den Baron Hulot auf bewundernswerte Weise zu eigen gemacht; durch eine der gewitzten Schmeicheleien, die dazu dienen können, den diabolischen Geist von dergleichen Frauen zu schildern, hatte sie ihn genötigt, zu altern. Auch bei bevorzugten Organismen kommt, wie bei einer belagerten Festung, die sich lange gut gehalten hat, ein Augenblick, da die wahre Situtіon offenbar wird. Valérie sah den nahe bevorstehenden Bankrott des Beaus des Kaiserreichs voraus; also hielt sie es für angebracht, ihn zu beschleunigen. – »Warum genierst du dich, alter Haudegen?« fragte sie ihn ein halbes Jahr nach ihrer beider heimlichen und doppelt ehebrecherischen Ehe. »Solltest du irgendwelche Absichten haben? Möchtest du mir untreu sein? Ich fände doch weit netter, wenn du dich nicht mehr schminktest. Bring mir das Opfer deiner unechten Hübschheit. Glaubst du, ich liebte an dir, daß du für zwei Sous Lack auf deine Stiefel streichst, daß du einen Gummigürtel trägst, eine Korsettweste und eine Perücke? Übrigens, je älter du wirst, desto weniger hätte ich Angst, zu erleben, daß mein Hulot mir durch eine Rivalin abspenstig gemacht wird!« Im Glauben an die göttliche Freundschaft und gleichermaßen an die Liebe der Madame Marneffe, mit der er sein Leben zu beenden gedachte, war der Staatsrat diesem vertraulichen Rat gefolgt und hatte aufgehört, sich Backenbart und Haar zu färben. Nachdem der große, schöne Hector von Valérie diese rührende Liebeserklärung empfangen hatte, erschien er eines Morgens völlig weiß. Madame Marneffe bewies ihrem geliebten Hector mit Leichtigkeit, daß sie, wenn das Haar gewachsen sei, hundertmal die weiße Linie gesehen habe.

»Weißes Haar steht Ihrem Gesicht wunderbar«, sagte sie, als sie ihn anschaute, »es wird dadurch milder, Sie sehen unendlich viel besser aus, Sie sind hinreißend.«

Nun der Baron einmal auf diesen Weg gebracht worden war, legte er seine Pelzweste und sein Korsett ab; er verzichtete auf all diese Schliche. Er bekam einen Hängebauch, seine Fettleibigkeit wurde offenbar. Die Eiche wurde zum Turm, und die Schwerfälligkeit der Bewegungen wurde um so erschreckender, als der Baron, indem er die Rolle Ludwigs XII.[125] spielte, ausgiebig alterte. Die Brauen blieben schwarz und erinnerten verschwommen an den schönen Hulot, wie an einigen Mauerresten aus der Feudalzeit eine kleine Einzelheit bildnerischen Schmucks übrigbleibt, um darauf hinzuweisen, was das Schloß in seiner Glanzzeit gewesen ist. Diese Unstimmigkeit machte den Blick, der nach wie vor lebhaft und jugendlich war, noch seltsamer in diesem bräunlichen Gesicht, auf dem man dort, wo so lange die Fleischtöne Rubens' geprangt hatten, an gewissen Falten, Furchen und Runzeln die Anstrengungen einer Leidenschaft erkannte, die sich wider die Natur empörte. Hulot war jetzt eine der schönen Menschenruinen, bei denen die Männlichkeit durch Haarbüschel in den Ohren, der Nase und auf den Fingern hervorsproßt, was die gleiche Wirkung hat wie das Moos auf den fast ewigen Baudenkmälern des Römerreichs.

Wie hatte Valérie es fertiggebracht, Crevel und Hulot Seite an Seite in ihrem Haus beisammen zu halten, da doch der rachsüchtige Bataillonschef geräuschvoll über Hulot hatte triumphieren wollen? Ohne auf diese Frage, die durch das Drama gelöst werden wird, zu antworten, kann darauf hingewiesen werden, daß Lisbeth und Valérie zu zweit eine wunderbare Maschinerie erfunden hatten, deren machtvolle Tätigkeit dies Ergebnis herbeizuführen half. Als Marneffe merkte, daß seine Frau durch das Milieu, in dem sie wie die Sonne in einem Planetensystem thronte, noch sehr viel schöner geworden war, schien es für die Augen von Welt und Gesellschaft, als habe er seine Gluten für sie sich neu entfachen gespürt; er war schier besessen von ihr. Wenn die Eifersucht des edlen Marneffe auch einen Störenfried machte, so lieh sie doch Valéries Gunstbezeigungen einen ungemeinen Wert. Nichtsdesoweniger bezeigte Marneffe seinem Direktor Vertrauen, das zu einer fast lächerlichen Gutmütigkeit entartete. Der einzige, der ihm ein Dorn im Auge war, war tatsächlich Crevel.

Marneffe war verfallen durch die besonderen Ausschweifungen der Großstädte, die die römischen Dichter geschildert haben und für die unsere moderne Prüderie keinen Namen hat; er war häßlich geworden wie eine anatomische Wachsfigur. Und diese wandelnde, in schönes Tuch gekleidete Krankheit schwankte auf zwei steckenförmigen Beinen in einer eleganten Hose einher. Über der ausgedörrten Brust trug er duftende weiße Wäsche, und der Moschus überdeckte den Gestank menschlicher Verwesung. Diese Häßlichkeit des hinsterbenden, in elegantem Schuhwerk wandelnden Lasters, denn Valérie hatte ihren Mann so eingekleidet, daß er im Einklang mit den Vermögensumständen stand, mit seinem Kreuz der Ehrenlegion und seiner Stellung, erschreckte Crevel; es fiel ihm schwer, den Blick der leeren Augen des Unterchefs zu ertragen. Marneffe war der Alpdruck des Bürgermeisters. Als der üble Bursche merkte, welch seltsame Macht Lisbeth und seine Frau ihm übertragen hatten, amüsierte er sich darüber und spielte darauf wie auf einem Instrument; und da die Spielkarten im Salon das letzte Hilfsmittel dieser ebenso wie der Körper verbrauchten Seele waren, rupfte er Crevel, der sich verpflichtet glaubte, gegenüber dem ehrenwerten Beamten, den er hinterging, ein Auge zuzudrücken.

Wenn der Baron Crevel so gutartig im Umgang mit dieser abscheulichen, verworfenen Mumie sah, deren Verderbtheit für den Bürgermeister etwas Unverständliches war; wenn er sah, wie tief Valérie Crevel verachtete, Valérie, die über ihn lachte wie über einen Clown, dann glaubte Hulot sich wahrscheinlich so sehr gegen alle Nebenbuhlerschaft gefeit, daß er ihn beständig zum Abendessen einlud.

Valérie war geschützt durch diese beiden Liebesleidenschaften, die ihr zur Seite Wache standen, sowie durch einen eifersüchtigen Gatten; sie zog alle Blicke auf sich, sie erregte in dem Kreis, in dem sie strahlte, das Begehren aller. Auf diese Weise konnte sie unter Wahrung des Scheins innerhalb von etwa drei

Jahren die schwierigsten Bedingungen des Erfolgs bewältigen, um den Kurtisanen sich so sehr bemühen und den sie so selten erringen, selbst wenn ihnen der Skandal, die eigene Kühnheit und der Glanz ihres Lebens im Sonnenschein zu Hilfe kommen. Wie ein gut geschliffener, von Chanor[126] köstlich gefaßter Diamant wurde Valéries Schönheit, die ehedem in der Mine der Rue du Doyenné vergraben gelegen hatte, über ihren Wert eingeschätzt; sie machte die Männer unglücklich...! Claude Vignon liebte Valérie insgeheim.

Diese rückblickende Erläuterung, durchaus notwenig, sieht man die Gestalten nach einer Spanne von drei Jahren erst wieder, ist gewissermaßen Valéries Bilanz. Und hier nun auch diejenige ihrer Bundesgenossin Lisbeth.

Tante Bette nahm im Haushalt Marneffe die Stellung einer Verwandten ein, der die Funktionen einer Gesellschafterin und einer Zugehfrau aufgebürdet waren; aber die doppelten Demütigungen, denen zumeist jene Geschöpfe ausgesetzt sind, die das Pech haben, dergleichen zweideutige Stellungen annehmen zu müssen, blieben ihr erspart. Lisbeth und Valérie boten das rührende Schauspiel einer bei Frauen ebenso heftigen wie unwahrscheinlichen Freundschaft, daß die stets allzu geistreichen Pariser sie alsbald verleumdeten. Der Gegensatz zwischen der männlichen, trockenen Natur der Lothringerin und der hübschen, kreolischen Natur Valéries kam der Verleumdung zustatten. Übrigens hatte Madame Marneffe, ohne es zu wissen, dem Geschwätz Gewicht durch die Fürsorglichkeit geliehen, die sie ihrer Freundin in einer Eheangelegenheit angedeihen ließ, die, wie man sehen wird, Lisbeths Rache vollkommen machte. Bei Tante Bette hatte sich eine große Umwandlung vollzogen; Valérie, die sich ihrer Kleidung annehmen wollte, hatte daraus den größten Nutzen gezogen. Die sonderbare alte Jungfer, jetzt in ein Korsett gezwungen, hatte plötzlich eine schlanke Taille, verbrauchte eine Unmenge Pomade, um glattes Haar zu bekommen, war mit den Kleidern so einverstanden, wie die Schneiderin sie ihr lieferte, trug erlesene Stiefelchen und graue Seidenstrümpfe, die zudem von den Lieferanten Valérie in Rechnung gestellt und von dem bezahlt wurden, der dazu gerade an der Reihe war. So aufgefrischt und stets einen gelben Kaschmirschal um die Schultern, war Bette für alle, die sie nach jenen drei Jahren wiedersahen, unkenntlich geworden. Dieser andere, schwarze Diamant, der seltenste der Diamanten, geschliffen von geschickter Hand und nach Gebühr gefaßt, wurde von ein paar ehrgeizigen Beamten nach seinem vollen Wert eingeschätzt. Wer Bette zum erstenmal sah, erschauerte unwillkürlich beim Anblick dieser wilden Poesie, die die gewandte Valérie dadurch ins rechte Licht zu setzen gewußt hatte, daß sie die Toilette dieser blutenden Nonne kultivierter machte, daß sie sie kunstvoll verfeinerte, indem sie dieses olivenfarbene Gesicht, darin Augen funkelten, deren Schwarz gut zu dem des Haars paßte, kunstvoll mit einer anliegenden Scheitelfrisur umrahmte, indem sie diese unbiegsame Taille zur Geltung brachte. Wie die Madonnen Cranachs oder van Eycks, wie eine byzantinische Madonna, die ihrem Rahmen entstiegen war, bewahrte Bette die Steifheit, die Zucht dieser mystischen Gestalten, Kusinen der Isis und der Gottheiten, die die ägyptischen Bildhauer geschaffen haben. Sie war wandelnder Granit, Basalt oder Porphyr. Seit Bette für den Rest ihrer Tage vor aller Not gesichert war, war sie von liebenswürdiger Laune; nach überallhin, wo sie zum Abendessen geladen war, brachte sie Fröhlichkeit mit. Übrigens bezahlte der Baron die Miete der kleinen Wohnung, die, wie man weiß, mit dem Plunder aus dem Boudoir und dem Schlafzimmer ihrer Freundin Valérie möbliert worden war. – »Ich hatte das Leben als ausgehungerte Ziege begonnen«, pflegte sie zu sagen, und ich beende es als Löwin.« Sie fuhr damit fort, die schwierigsten Posamentierarbeiten für Monsieur Rivet zu verfertigen, freilich nur, wie sie sagte, um ihre Zeit nützlich anzuwenden. Und dabei war ihr Leben, wie man sehen wird, über die Maßen mit Betätigungen ausgefüllt; aber es gehört nun mal zur Einstellung der vom Lande Stammenden, auf keine Gelegenheit zum Verdienen zu verzichten; darin gleichen sie den Juden.

Jeden Morgen ging Tante Bette persönlich zu früher Stunde mit der Köchin in die Markthalle. Ihr Plan war es, daß das Ausgabenbuch, das den Baron Hulot ruinierte, ihre geliebte Valérie bereichern solle und sie auch tatsächlich bereicherte.

Welche Hausfrau hätte nicht seit 1838 die verheerenden Ergebnisse der gesellschaftsfeindlichen Doktrinen zu spüren bekommen, die durch brandstifterische Schriftsteller in den unteren Klassen verbreitet werden? In allen Haushaltungen ist heutzutage die Dienstbotenfrage in den finanziellen Dingen der wundeste Punkt. Mit seltenen Ausnahmen, die den Preis Montyon[127] verdienten, sind ein Koch und eine Köchin häusliche und noch dazu bezahlte, freche Diebe, zu deren Hehler sich die Regierung bereitwillig dadurch aufwirft, daß sie die Neigung zum Diebstahl fördert, zu dem die Köchinnen sich fast ermächtigt glauben durch den von alters her gängigen Scherz vom »Schmumachen«. Da, wo jene Frauen ehedem vierzig Sous für ihren Einsatz bei der Lotterie zu ergattern suchten, nehmen sie heutzutage fünfzig Francs und tragen sie auf die Sparkasse. Und die frostigen Puritaner, die sich in Frankreich damit ergötzen, philantropische Experimente zu machen, glauben, sie hätten die Moral des Volks gehoben! Zwischen dem Tisch der Herrschaft und dem Markt haben die Dienstboten einen heimlichen Stadtzoll eingeschaltet, und die Stadt Paris ist nicht so geschickt, ihre Rechte auf Eintrittsgeld wahrzunehmen, wie die Dienstboten es sind, bei allen Dingen ihre Rechte zu bekunden. Außer den fünfzig Prozent, die sie auf die Lebensmittel erheben, fordern sie von den Lieferanten ein tüchtiges Aufgeld. Die bestgestellten Kaufleute zittern vor dieser dunklen Macht; alle besolden sie wortlos: Wagenbauer, Juweliere, Schneider usw. Wer die Dienstboten zu überwachen versucht, dem antworten sie mit Unverschämtheiten oder durch kostspielige Dummheiten unter dem Deckmantel der Ungeschicklichkeit; sie ziehen heutzutage Erkundigungen über die Herrschaft ein, wie ehemals die Herrschaft es über sie tat. Das Übel, das tatsächlich einen Höhepunkt erreicht hat und gegen das die Gerichte vorzugehen beginnen, aber vergeblich, kann nur durch ein Gesetz zum Verschwinden gebracht werden, das die entlohnten Hausangestellten zur Führung eines Arbeitsbuchs zwingt. Wie durch einen Zauber würde das Übel dann aufhören. Jeder Hausangesellte müßte genötigt werden, sein Arbeitsbuch vorzuzeigen, und die Herrschaft wäre verpflichtet, darin die Kündigungsgründe einzutragen; damit würde gewißlich der Demoralisierung ein kräftiger Zaum angelegt. Die mit der hohen Politik der Gegenwart beschäftigten Leute wissen nicht, wie weit in Paris die Verderbtheit der unteren Klassen geht; sie hat eine Entsprechung in dem Neid, der sie verzehrt. Die Statistik schweigt über die erschreckende Zahl von zwanzigjährigen Arbeitern, die vierzig- bis fünfzigjährige, durch Diebstahl reich gewordene Köchinnen heiraten. Man zittert bei dem Gedanken an die Folgen solcher Vereinigungen, zieht man nur drei Gesichtspunkte in Betracht, nämlich den der Kriminalität, der Entartung der Rasse und den der schlechten Ehen. Was nun den rein finanziellen Schaden betrifft, der durch die Diebstähle der Dienstboten entsteht, so ist er unter politischen Gesichtspunkten riesig. Das auf diese Weise um das Doppelte verteuerte Leben verbietet in vielen Haushaltungen das Überflüssige. Das Überflüssige ...! Es bedeutet zugleich aber die Hälfte des internationalen Handels, wie es Eleganz des Lebens bedeutet. Für viele Menschen sind Bücher und Blumen genauso notwendig wie das tägliche Brot.

Lisbeth, der die schrecklichen Dienstbotennöte der Pariser Häuser bekannt waren, war auf den Gedanken gekommen, Valéries Hausstand zu leiten; bei der schrecklichen Szene, bei der die beiden einander geschworen hatten, wie zwei Schwestern zu sein, hatte sie ihr ihre Unterstützung versprochen. So hatte sie denn hinten aus den Vogesen eine Verwandte mütterlicherseits hergelockt, die ehemalige Köchin des Bischofs von Nancy, eine fromme alte Jungfer von ungemeiner Redlichkeit. Da Lisbeth demnach Mathurines Unerfahrenheit in den Pariser Verhältnissen und vor allem die üblen Ratschläge fürchtete, die so häufig gebrechliche Ehrlichkeit verderben, begleitete sie die Verwandte in die Markthalle und versuchte, ihr die Kunst des Einkaufens beizubringen. Den wahren Preis der Dinge zu kennen, um den Respekt des Verkäufers zu erlangen; Gerichte zu wählen, die nicht von der Jahreszeit abhängen, wie zum Beispiel Fisch, wenn er nicht teuer ist; über die Schwankungen der Lebensmittelpreise unterrichtet zu sein, deren Steigen zu ahnen und zu kaufen, wenn sie niedrig sind, dieser Hausfrauensinn ist in Paris das Notwendigste für einen sparsam geführten Haushalt. Da Mathurine guten Lohn erhielt, da sie mit Geschenken überhäuft wurde, liebte sie das Haus zur Genüge, um erfreut über billige Einkäufe zu sein. Daher wetteiferte sie nach einiger Zeit mit Lisbeth, und diese glaubte sie hinreichend ausgebildet, genügend sicher, um nur noch selber an den Tagen zur Markthalle zu gehen, an denen Valérie Gäste hatte, was, nebenbei gesagt, recht häufig vorkam. Und zwar aus folgendem Grunde. Der Baron hatte anfangs das strengste Dekorum gewahrt; aber seine Leidenschaft für Madame Marneffe war binnen kurzer Zeit so lebhaft, so gierig geworden, daß ihn danach verlangte, sie so selten wie möglich allein zu lassen. Nachdem er anfangs viermal wöchentlich bei ihr zu Abend gegessen hatte, fand er es reizvoll, täglich dort zu speisen. Ein halbes Jahr nach der Hochzeit seiner Tochter gab er monatlich zweitausend Francs als Kostgeld. Madame Marneffe lud die Leute ein, die ihr lieber Baron zu bewirten wünschte. Da übrigens stets für sechs Personen gedeckt war, konnte der Baron drei Ungeladene dazu bitten. Lisbeth löste durch ihre Sparsamkeit das schwierige Problem, für den Betrag von tausend Francs die Tafel glänzend zu bestellen und Madame monatlich mit tausend Francs zu beschenken. Valéries Toiletten wurden großzügig von Crevel und dem Baron bezahlt; und so fanden die beiden Freundinnen bei dieser Ausgabe monatlich einen weiteren Tausendfrancsschein für sich selber. Auf solcherlei Weise besaß diese reine, aufrichtige Frau zu jener Zeit etwa hundertfünfzigtausend Francs Ersparnisse. Sie hatte ihre Zinsen und monatlichen Zuwendungen kapitalisiert und sie durch die riesigen Gewinne vergrößert, die sie der Großzügigkeit verdankte, mit der Crevel das Kapital seiner »kleinen Herzogin« an seinen glückhaften Finanzoperationen teilnehmen ließ. Crevel hatte Valérie in das Rotwelsch und die Spekulationen der Börse eingeweiht, und nur zu bald war sie, wie alle Pariserinnen, tüchtiger als ihr Lehrmeister geworden. Lisbeth, die keinen Liard von ihren zwölfhundert Francs ausgab und deren Miete und Kleidung bezahlt wurden, die aus ihrer Tasche keinen Sou herausrückte, besaß jetzt ebenfalls ein kleines Kapital von fünf- bis sechstausend Francs, das Crevel für sie väterlich auswertete.

Die Liebe des Barons und diejenige Crevels waren indessen für Valérie eine schwere Bürde. An dem Tag, da der Bericht über dieses Drama von neuem einsetzt, war Valérie, erregt durch eins der Ereignisse, die im Leben das Amt der Glocke ausüben, auf deren Schläge hin sich die Menschenschwärme versammeln, zu Lisbeth hinaufgestiegen, um sich dort in jenen wohltuenden Elegien zu ergehen, die des langen und breiten hingesprochen werden, gewissermaßen Zigaretten, die unter Stichelreden geraucht werden und durch die die Frauen die kleinen Nöte ihres Lebens einschläfern.

»Liebste Lisbeth, heute morgen habe ich mich zwei Stunden lang mit Crevel abgeben müssen; das ist beinahe unerträglich! Könnte ich doch an meiner Stelle dich zu ihm schicken!«

»Das geht leider nicht«, sagte Lisbeth lächelnd. »Ich muß als Jungfrau sterben.«

»Diesen beiden alten Kerlen zu gehören! In manchen Augenblicken schäme ich mich meiner selbst! Wenn meine arme Mutter mich so sähe!«

»Du glaubst, du hättest Crevel vor dir«, antwortete Lisbeth.

»Sag mal, liebe kleine Bette, verachtest du mich eigentlich ...?«

»Ich, wenn ich hübsch wäre, dann hätte ich ... ebenfalls Abenteuer gehabt!« rief Lisbeth aus. »Jetzt bist du gerechtfertigt.«

»Aber du würdest lediglich auf dein Herz gehört haben«, sagte Madame Marneffe seufzend.

»Pah!« antwortete Lisbeth. »Dein Mann ist eine Leiche, die zu begraben man vergessen hat; der Baron ist gewissermaßen dein Gatte, und Crevel ist dein Anbeter; wie bei allen Frauen ist bei dir also alles vollkommen in Ordnung.«

»Nein, mein liebes, anbetungswürdiges Mädchen, nicht daher rührt mein Kummer; du willst mich nicht verstehen ...«

»Oh doch ...!« rief die Lothringerin, »denn was ich nebenbei darunter verstehe, bildet einen Teil meiner Rache. So ist es nun mal ... ich arbeite daran.«

»Wenceslaus zu lieben bis zum Vergehen, und es nicht fertigzubringen, ihn auch nur zu sehen!« sagte Valérie und rang die Hände. »Hulot schlägt ihm vor, zum Abendessen hierher zu kommen, und mein Künstler weigert sich! Er ahnt gar nicht, wie er vergöttert wird, dies Scheusal von einem Mann! Was ist denn seine Frau? Ein hübsches Stück Fleisch! Ja, schön ist sie, aber ich, das fühle ich, ich bin ärger!«

»Sei unbesorgt, kleines Mädchen, er wird schon kommen«, sagte Lisbeth in dem Tonfall, in dem Ammen zu ungeduldigen Kindern sprechen, »ich will es ...«

»Aber wann denn?«
»Vielleicht diese Woche.«
»Laß mich dich küssen.«

Wie man sieht, waren die beiden Frauen ein Herz und eine Seele; alles Tun und Treiben Valéries, sogar das unbesonnenste, ihre Freude und ihr Schmollen, vollzog sich erst nach reiflichen Beratungen zwischen den beiden.

Lisbeth, die von diesem Kurtisanenleben auf das seltsamste bewegt war, beriet Valérie in allem und jedem und verfolgte den weiteren Verlauf ihrer Rache mit unerbittlicher Logik. Übrigens vergötterte sie Valérie; sie hatte aus ihr ihre Tochter, ihre Freundin, ihre Geliebte gemacht; sie fand in ihr die Fügsamkeit der ›Kreolinnen‹, die Schlaffheit der Wollüstigen; allmorgendlich schwatzte sie mit ihr mit größerem Vergnügen als einst mit Wenceslaus; sie konnten miteinander über ihre gemeinsamen Bosheiten und über die Dummheit der Männer lachen und zusammen die immer mehr anwachsenden Zinsen von ihrer beider Geldern nachrechnen. Zudem hatte Lisbeth in ihrer Arbeit und in ihrer neuen Freundschaft eine weit üppigere Weide für ihren Tätigkeitsdrang gefunden als in ihrer unsinnigen Liebe zu Wenceslaus. Die Genüsse befriedigten Hasses sind die glühendsten, die stärksten des Herzens. Irgendwie ist die Liebe das Gold und der Haß das Eisen dieser Gefühlsmine, die in uns ruht. Und schließlich bot Valérie in all ihrer Glorie Lisbeth die Schönheit dar, die man anbetet wie alles, was man nicht besitzt, eine Schönheit, die sehr viel leichter zu lenken war als diejenige Wenceslaus', der ihr gegenüber stets kalt und fühllos gewesen war.

Nach nahezu drei Jahren begann Lisbeth die Fortschritte ihrer Unterhöhlungstaktik, die ihr Leben verzehrte und ihre Intelligenz verschlang, zu erkennen. Lisbeth dachte; Madame Marneffe handelte. Madame Marneffe war die Axt, Lisbeth war die Hand, die sie führte, und die Hand zertrümmerte mit hastigen Schlägen diese Familie, die ihr von Tag zu Tag verhaßter wurde; denn man haßt immer stärker, gerade wie man, wenn man liebt, alle Tage inniger liebt. Liebe und Haß sind Gefühle, die sich aus sich selbst nähren; aber der Haß hat von beiden die längere Lebensdauer. Die Liebe hat als Schranken begrenzte Kräfte; sie entnimmt ihre Kräfte dem Leben, einem Sichverausgaben; der

Haß ähnelt dem Tod, dem Geiz; er ist irgendwie eine aktive Abstraktion oberhalb von Menschen und Dingen. Nun Lisbeth in das ihr gemäße Dasein eingetreten war, entfaltete sie darin alle ihre Fähigkeiten; sie herrschte darin nach Art der Jesuiten, als dunkle, geheime Macht. Das Wiedererstehen ihrer Persönlichkeit war daher vollkommen. Ihr Gesicht strahlte. Lisbeth träumte davon, die Frau Marschallin Hulot zu werden.

Jene Szene, in der die beiden Freundinnen einander rückhaltlos noch ihre winzigsten Gedanken ohne Umschweife mitteilten, hatte unmittelbar nach der Heimkehr von der Markthalle stattgefunden, wo Lisbeth die Grundbestandteile eines erlesenen Abendessens eingekauft hatte. Marneffe, der auf den Posten Monsieur Coquets erpicht war, empfing diesen mitsamt der tugendhaften Madame Coquet, und Valérie hoffte, die Pensionierung des Bürochefs noch am selben Abend durch Hulot ins Werk setzen zu können. Lisbeth kleidete sich an, um zur Baronin zu gehen, bei der sie zu Abend aß.

»Du kommst doch aber wieder, um den Tee zu servieren, gute Bette?« fragte Valérie.

»Ich hoffe es . . .«

»Wie, du hoffst es nur? Sollte es so weit mit dir gekommen sein, daß du mit Adeline schläfst, um ihre Tränen zu trinken, während sie schlummert?«

»Wenn das geschehen könnte«, sagte Lisbeth lachend, »so würde ich nicht ›nein‹ sagen! Sie büßt für ihr Glück, das macht mich froh; ich denke an meine Kindheit zurück. Jeder kommt mal dran. Sie soll in den Schmutz geraten, und ich werde Gräfin Pforzheim . . .!«

Lisbeth begab sich nach der Rue Plumet, wohin sie seit einiger Zeit ging, wie man ins Theater geht, um sich dort an Gefühlen zu weiden.

Die von Hulot für seine Frau ausgewählte Wohnung bestand aus einem großen, geräumigen Flur, einem Salon sowie einem Schlafzimmer mit Ankleideraum. Das Eßzimmer stieß an den Salon. Zwei im dritten Stock gelegene Dienstbotenzimmer und die Küche vervollständigten diese Unterkunft, die gerade noch eines Staatsrats und Direktors im Kriegsministerium würdig war. Das Stadtpalais, der Hof und die Treppe waren stattlich.

Die Baronin war genötigt gewesen, ihren Wohnraum, das Schlafzimmer und das Eßzimmer mit den Überbleibseln ihrer Glanzzeit zu möblieren; sie hatte das Beste aus dem Palais in der Rue de l'Université mitgenommen. Übrigens hing die arme Frau an diesen stummen Zeugen ihres Glücks; sie besaßen für sie eine beinahe tröstliche Beredsamkeit. In ihren Erinnerungen sah sie Blumen, wie sie auf ihren Teppichen für andere kaum sichtbare Rosetten wahrnahm.

Betrat man den weitläufigen Flur, wo zwölf Stühle, ein Barometer und ein großer Eisenofen sowie lange, weiße, rot gesäumte Vorhänge an die gräßlichen Vorzimmer der Ministerien erinnerten, so krampfte sich einem das Herz zusammen; man ahnte die Einsamkeit, in der diese Frau lebte. Gerade wie die Freude schafft der Schmerz sich seine Atmosphäre. Beim ersten Blick, den man in eine Wohnung wirft, weiß man, ob darin Liebe herrscht oder Verzweiflung. Man traf Adeline in einem riesengroßen Schlafzimmer an; es war mit schönen Möbeln von Jacob-Desmalters[128] ausgestattet, Möbeln aus geflecktem Mahagoni mit Empire-Ornamenten, Bronzebeschläge, die das Mittel gefunden haben, noch kälter zu wirrken als die Messingbeschläge des Louis-Seize! Und es fröstelte einen, wenn man diese Frau erblickte, die auf einem römischen Sessel saß, vor den Sphinxen eines Nähtischs; sie hatte ihre Farbe verloren; sie trug eine lügnerische Heiterkeit zur Schau; sie bewahrte ihre Empire-Würde, wie sie das feierliche Kleid aus blauem Samt beibehalten hatte, das sie daheim anzulegen pflegte. Ihre stolze Seele stützte den Körper und ließ die Schönheit fortdauern. Gegen Ende des ersten Jahrs ihres Exils in dieser Wohnung hatte die Baronin das Unglück in seiner ganzen Tiefe ermessen. – »Indem mein Hector mich hierher verwies, hat er mir das Leben noch immer weit schöner gemacht, als es für ein schlichtes Bauernmädchen eigentlich sein dürfte«, sagte sie sich. »Er will es so für mich; sein Wille geschehe! Ich bin die Baronin Hulot, die Schwägerin eines Marschalls von Frankreich; ich habe nicht den geringsten Fehltritt begangen; meine beiden Kinder sind vermählt und versorgt; ich kann den Tod erwarten, gehüllt in die fleckenlosen Schleier meiner Gattinnenreinheit, im Trauerkrepp meines hingeschwundenen Glücks.«

Das Bildnis Hulots in der Uniform eines Kriegskommissars der Kaiserlichen Garde, 1810 von Robert Lefebvre[129] gemalt, hing über dem Nähtisch, in dem Adeline bei der Ankündigung eines Besuchs eine »Nachfolge Jesu Christi« verbarg, ihre gewohnte Lektüre. Diese makellose Magdalena lauschte auch in ihrer Einöde der Stimme des Heiligen Geistes.

»Mariette, mein Kind«, fragte Lisbeth die Köchin, die ihr gerade die Tür geöffnet hatte, »wie geht es meiner guten Adeline . . .?«

»Oh, dem Anschein nach gut, Mademoiselle; aber ganz unter uns, wenn sie bei ihren Ideen verharrt, bringt sie sich ums Leben«, flüsterte Mariette Lisbeth zu. »Wirklich, Sie sollten ihr zureden, besser zu leben. Gestern hat Madame mir gesagt, ich solle ihr fortan morgens für zwei Sous Milch und ein Brötchen für einen Sou bringen; ihr zum Abendessen entweder einen Hering oder ein bißchen kaltes Fleisch vorsetzen; davon darf ich die ganze Woche nur ein Pfund kochen; aber selbstverständlich nur, wenn sie allein hier speist . . . Sie will für ihre Nahrung nur zehn Sous täglich ausgeben. Das verstößt gegen alle Vernunft. Wenn ich dem Herrn Marschall von dem schönen Plan erzählte, würde er sich vielleicht mit dem Herrn Baron verkrachen und ihn enterben; aber wenn Sie, die Sie so gütig und so klug sind, die Dinge ins reine brächten . . .«

»Ja, warum wenden *Sie* sich nicht an meinen Vetter?« fragte Lisbeth.

»Ach, liebe Demoiselle, er ist seit drei Wochen und länger nicht hier gewesen, kurzum, die ganze Zeit, die wir auch Sie nicht gesehen haben! Übrigens hat Madame mir unter Androhung der Kündigung verboten, Monsieur jemals um Geld zu bitten. Und was den Kummer betrifft . . . ach, die arme Madame hat welchen gehabt! Es ist das erstemal, daß Monsieur sie so lange vergißt . . . Jedesmal, wenn es klingelte, ist sie ans Fenster gestürzt . . . aber seit fünf Tagen verläßt sie ihren Lehnstuhl nicht mehr. Sie liest immerzu! Jedesmal, wenn sie zur Frau Gräfin geht, sagt sie zu mir: ›Mariette‹, sagt sie, ›wenn Monsieur kommt, dann sagen Sie, ich sei daheim und schicken Sie den Pförtner zu mir; der Weg soll ihm gut bezahlt werden!‹«

»Die arme Kusine!« sagte Bette. »Dies alles greift mir ans

Herz. Tagtäglich rede ich meinen Vetter auf sie an. Nichts zu machen. ›Du hast recht, Bette, ich bin ein schlechter Mensch; meine Frau ist ein Engel, und ich bin ein Scheusal . . .‹ Und dennoch bleibt er bei Madame Marneffe; diese Frau richtet ihn zugrunde, und er vergöttert sie; er kann ohne sie nicht leben. Ich selber tue, was ich kann! Wenn ich nicht wäre, wenn ich nicht Mathurine bei mir hätte, würde der Baron das Doppelte vergeudet haben; und da er fast nichts mehr besitzt, würde er sich vielleicht eine Kugel durch den Kopf gejagt haben. Na ja, Mariette, sehen Sie, und dann würde Adeline den Tod ihres Mannes nicht überleben, davon bin ich überzeugt. Ich versuche wenigstens, die beiden Enden zusammenzuknoten und meinen Vetter daran zu hindern, daß er allzuviel Geld verzehrt . . .«

»Das sagt die arme Madame ja auch immer; sie weiß nur zu gut, wie sehr sie Ihnen verpflichtet ist«, antwortete Mariette. »Sie hat gesagt, sie hätte Sie lange Zeit hindurch falsch beurteilt.«

»So?« sagte Lisbeth. »Hat sie Ihnen sonst noch was gesagt?«

»Nein, Mademoiselle. Wenn Sie ihr eine Freude machen wollen, dann sprechen Sie zu ihr von Monsieur; sie meint, Sie seien gut dran, daß Sie ihn täglich sehen.«

»Ist sie allein?«

»Entschuldigen Sie, der Herr Marschall ist bei ihr. Oh, er kommt alle Tage, und sie sagt ihm stets, sie habe Monsieur am Morgen gesehen, und er komme erst spät in der Nacht wieder heim.«

»Und gibt es heute ein gutes Abendessen . . .?« fragte Bette.

Mariette zögerte mit der Antwort; sie vertrug den Blick der Lothringerin schlecht; da ging die Wohnzimmertür auf, und der Marschall Hulot ging so hastig fort, daß er Bette grüßte, ohne sie anzusehen, und einige Dokumente fallen ließ. Diese raffte Bette zusammen und lief ins Treppenhaus; einem Tauben nachzurufen wäre vergeblich gewesen; allein sie tat, als habe sie den Marschall nicht einholen können, kam wieder herein und las verstohlen das Nachstehende, mit Bleistift Geschriebene:

»Lieber Schwager, mein Mann hat mir das vierteljährliche Haushaltsgeld gegeben; aber meine Tochter Hortense hat so dringend Geld gebraucht, daß ich ihr die ganze Summe geliehen habe; sie hat kaum genügt, um ihr aus der Verlegenheit zu helfen. Können Sie mir ein paar hundert Francs leihen? Ich möchte Hector nicht nochmals um Geld bitten; ein Vorwurf von seiner Seite wäre mir allzu schmerzlich.«

Aha! dachte Lisbeth. In welcher Notlage befindet sie sich denn, daß sie ihren Stolz in solchem Maß gebeugt hat?

Lisbeth ging hinein, überraschte Adeline in Tränen und fiel ihr um den Hals.

»Adeline, liebes Kind, ich weiß alles!« sagte Tante Bette. »Hier, der Marschall hat diesen Zettel fallen lassen, so aufgeregt war er; er lief nämlich weg wie ein Windhund ... Hat dieser gräßliche Hector dir seither kein Geld gegeben ...?«

»Er gibt mir sehr pünktlich welches«, antwortete die Baronin. »Aber Hortense hat etwas gebraucht, und ...«

»Und da hattest du nichts, um uns mit einem Abendessen aufzuwarten«, unterbrach Bette ihre Kusine. »Jetzt ist mir Mariettes verlegene Miene verständlich, als ich sie fragte, was es gebe. Sei doch nicht kindisch, Adeline! Komm, laß mich dir meine Ersparnisse geben.«

»Danke, gute Bette«, antwortete Adeline und wischte sich eine Träne ab. »Diese kleine Verlegenheit besteht nur für den Augenblick; für die Zukunft habe ich vorgesorgt. Fortan betragen meine Ausgaben jährlich zweitausendvierhundert Francs, die Miete eingeschlossen, und die werde ich haben. Vor allem, Bette, kein Wort zu Hector von alledem. Ist er wohlauf?«

»Oh, dem geht's glänzend! Der ist kreuzfidel und hat nichts im Kopf als seine Hexe von Valérie.«

Madame Hulot schaute zu einer großen Silbertanne hin, die sich im Blickfeld des Fensters befand, und Lisbeth konnte nichts von dem lesen, was die Augen ihrer Kusine etwa ausdrückten.

»Hast du ihn daran erinnert, daß heute der Tag ist, an dem wir alle hier zu Abend essen?«

»Freilich; aber pah! Madame Marneffe gibt ein großes Abendessen; sie hofft, die Pensionierung Coquets zustande zu bringen, und das geht allem vor! Paß mal auf, Adeline, und hör mal zu. Du kennst meinen ungebärdigen Charakter in bezug auf Unabhängigkeit. Dein Mann, meine Liebe, wird dich ganz bestimmt zugrunde richten. Ich habe geglaubt, ich könne euch allen bei dieser Frau nützlich sein; aber sie ist ein Geschöpf von grenzenloser Verderbtheit; sie wird von deinem Mann Dinge erlangen, die ihn dazu bringen, euch alle in Schande zu stürzen.«

Adeline vollführte die Bewegung jemandes, der einen Dolchstich ins Herz empfängt.

»Doch, liebe Adeline, ich bin dessen sicher. Ich muß wohl oder übel versuchen, dich aufzuklären. Gut denn, laß uns an die Zukunft denken! Der Marschall ist alt, aber er wird noch eine Zeitlang leben, und er bezieht ein schönes Gehalt; wenn er stürbe, bekäme seine Witwe eine Pension von sechstausend Francs. Mit dieser Summe würde ich es auf mich nehmen, euch alle am Leben zu erhalten! Benutze deinen Einfluß auf den wackeren Mann, daß wir einander heiraten. Nicht etwa, damit ich Frau Marschallin werde; um dergleichen kümmere ich mich genausowenig wie um das Gewissen der Madame Marneffe; aber ihr alle hättet dann Brot. Ich merke, daß es Hortense daran mangelt, da du ihr von dem deinigen abgibst.«

Der Marschall erschien; der alte Soldat war so schnell gelaufen, daß er sich mit seinem seidenen Taschentuch die Stirn abwischte.

»Ich habe Mariette zweitausend Francs eingehändigt«, flüsterte er der Schwägerin zu.

Adeline wurde bis an die Haarwurzeln rot. Zwei Tränen säumten ihre nach wie vor langen Wimpern; stumm drückte sie dem alten Herrn die Hand; seine Züge drückten die Seligkeit eines glücklichen Liebhabers aus.

»Ich hatte Ihnen mit dieser Summe ein Geschenk machen wollen, Adeline«, fuhr er fort. »Wählen Sie sich aus, was Ihnen am besten gefällt, anstatt sie mir zurückzugeben.«

Er hatte die Hand ergriffen, die Lisbeth ihm hinhielt und küßte sie, so zerstreut war er ob seiner Freude.

»Das ist verheißungsvoll«, sagte Lisbeth zu Adeline und lächelte so sehr, wie sie überhaupt zu lächeln vermochte.

In diesem Augenblick kamen Hulot junior und Frau.

»Speist mein Bruder mit uns?« fragte der Marschall kurz und knapp.

Adeline nahm einen Bleistift und schrieb auf ein Stück Papier:

»Ich erwarte ihn; er hat mir heute morgen versprochen, zum Essen zu kommen; aber wenn er nicht käme, dann würde der Marschall[130] ihn zurückgehalten haben; er ist überlastet.«

Und sie reichte ihm den Zettel. Sie hatte diese Art Unterhaltung eigens für den Marschall erfunden, und es lag auf ihrem Nähtisch stets ein Vorrat von Zetteln nebst einem Bleistift.

»Ich weiß«, antwortete der Marschall, »daß er um der algerischen Angelegenheit willen mit Arbeit überlastet ist.«

Jetzt traten Hortense und Wenceslaus ein, und nun die Baronin ihre ganze Familie um sich versammelt sah, richtete sie auf den Marschall einen Blick, dessen Bedeutung nur von Lisbeth verstanden wurde.

Das Glück hatte den Künstler beträchtlich verschönt; er wurde von seiner Frau angebetet und von der Gesellschaft verhätschelt. Sein Gesicht war nahezu voll geworden; seine elegante Gestalt ließ alle Vorzüge hervortreten, die das Blut allen wahren Edelleuten verleiht. Sein früher Ruhm, seine Geltung, das trügerische Lob, mit dem die Welt die Künstler überschüttet, wie man einander guten Tag sagt oder vom Wetter spricht, gaben ihm jenes Bewußtsein des eigenen Wertes, das in Geckenhaftigkeit ausartet, wenn die Begabung hinschwindet. Das Kreuz der Ehrenlegion vervollständigte in seinen Augen den großen Mann, der zu sein er glaubte.

Nach drei Ehejahren war Hortense gegenüber ihrem Mann das geworden, was der Hund gegenüber seinem Herrn ist; sie antwortete auf alle seine Bewegungen mit einem Blick, der wie eine Frage anmutet; immer hielt sie die Augen auf ihn gerichtet wie ein Geizhals die seinen auf seinen Schatz; sie wirkte rührend durch ihre bewundernde Selbstverleugnung. Man erkannte in ihr den Geist und die Ratschläge ihrer Mutter wieder. Ihre Schönheit war nach wie vor dieselbe, jedoch verwandelt, übrigens auf poetische Weise, durch die milden Schatten einer verborgenen Melancholie.

Als Lisbeth ihre Nichte eintreten sah, wurde ihr klar, daß die lange zurückgehaltene Klage die schwache Hülle der Verschwiegenheit bald durchbrechen müsse. Von den ersten Tagen der Flitterwochen an hatte Lisbeth gemeint, die junge Ehe habe zu geringe Einkünfte für eine so große Leidenschaft.

Hortense küßte die Mutter und wechselte dabei von Mund zu Ohr und von Herz zu Herz ein paar Sätze, deren Geheimnis Bette aus beider Kopfschütteln erriet.

Adeline wird, wie ich, arbeiten müssen, um zu leben, dachte Tante Bette. Ich will, daß sie mich über alles, was sie unternimmt, auf dem laufenden hält . . . Ihre hübschen Finger werden also endlich, wie die meinen, erfahren, was Sträflingsarbeit ist.

Um sechs ging die Familie ins Eßzimmer hinüber. Hectors Gedeck war aufgelegt worden.

»Lassen Sie es liegen«, sagte die Baronin zu Mariette. »Monsieur kommt manchmal spät.«

»Oh, der Vater wird ganz bestimmt kommen«, sagte der junge Hulot zu seiner Mutter. »Er hat es mir in der Abgeordnetenkammer versprochen, als wir uns verabschiedeten.«

Lisbeth beobachtete die Züge aller wie eine Spinne mitten in ihrem Netz. Sie kannte Hortense und Victorin von Geburt an; ihre Gesichter waren für sie wie Spiegelglas, durch das hindurch sie in diesen jungen Seelen las. Nun aber ersah sie aus gewissen Blicken, die Victorin verstohlen seiner Mutter zuwarf, daß irgendein Unglück nahe daran sei, über Adeline hereinzubrechen, und daß Victorin zögerte, es zu enthüllen. Der junge, berühmte Advokat war im Innern traurig. Seine tiefe Verehrung für seine Mutter leuchtete aus dem Schmerz hervor, mit dem er sie betrachtete. Hortense ihrerseits war offenbar mit ihren eigenen Kümmernissen beschäftigt; und Lisbeth wußte seit vierzehn Tagen, daß sie die ersten Sorgen empfand, die Geldmangel bei anständigen Menschen auslöst, bei jungen Frauen, denen das Leben stets zugelächelt hat und die ihre Ängste tarnen. Daher erriet Tante Bette sogleich, daß die Mutter der Tochter nichts gegeben hatte. Die zartfühlende Adeline war also zu trügerischen Worten herabgesunken, wie die Notwendigkeit sie einem, der Geld leihen muß, eingibt. Hortenses Gedankenversunkenheit, die ihres Bruders, die tiefe Schwermut der Baronin machten die Mahlzeit trübselig, vor allem, wenn man sich die Kälte vorstellt, die die Taubheit des alten Marschalls ohnehin ausströmte. Drei Personen belebten die Szene, Lisbeth, Célestine und Wenceslaus. Hortenses Liebe hatte in dem Künstler die polnische Lebhaftigkeit zur Entfaltung gebracht, die Behendheit gascognischen Geistes, die liebenswürdige Turbulenz, die jene Franzosen des Nordens auszeichnet. Sein Gehabe und seine Züge verkündeten zur Genüge, daß er an sich selber glaubte und daß die arme Hortense, den Ratschlägen ihrer Mutter getreu, ihm alle häuslichen Sorgen verbarg.

»Du mußt doch recht froh sein«, sagte Lisbeth zu ihrer jungen Nichte, als sie vom Tische aufstanden. »Deine Mama hat dir aus der Patsche geholfen, als sie dir ihr Geld gab.«

»Mama?« antwortete Hortense erstaunt. »Ach, die arme Mama! Wie gern würde *ich* ihr Geld verschaffen! Du ahnst es nicht, Tante Lisbeth, aber wirklich, ich habe den schrecklichen Argwohn, daß sie heimlich arbeitet.«

Alle durchquerten jetzt das große, dunkle Wohnzimmer, das nicht erleuchtet war, hinter Mariette her, die die Eßzimmerlampe in Adelines Schlafzimmer trug. In diesem Augenblick berührte Victorin Lisbeth und Hortense am Arm; beide verstanden die Bedeutung dieser Geste; sie ließen Wenceslaus, Célestine, den Marschall und die Baronin ins Schlafzimmer gehen und blieben beieinander in einer Fensternische stehen.

»Was gibt es denn, Victorin?« fragte Lisbeth. »Jede Wette, dein Vater hat irgendwelches Unheil angerichtet.«

»Leider ja«, antwortete Victorin. »Ein Wucherer namens Vauvinet hat für sechzigtausend Francs Wechsel meines Vaters und will sie einklagen! Ich habe über diese jämmerliche Angelegenheit mit meinem Vater in der Abgeordnetenkammer sprechen wollen; aber er hat mich nicht verstehen wollen; fast ist er mir aus dem Wege gegangen. Muß Mutter ins Bild gesetzt werden?«

»Ach was«, sagte Lisbeth. »Sie hat schon Kummer genug; du würdest ihr den Todesstreich versetzen; sie muß geschont werden. Ihr wißt nicht, wie es um sie steht; ohne euern Onkel hättet ihr hier heute kein Abendessen vorgefunden.«

»O mein Gott, Victorin, wir sind ja Unmenschen«, sagte Hortense zu ihrem Bruder. »Tante Lisbeth sagt uns, was wir hätten erraten müssen. Was ich gegessen habe, erstickt mich!«

Hortense sprach nicht weiter; sie drückte ihr Taschentuch an den Mund, um dem Ausbrechen eines Schluchzens zuvorzukommen; sie weinte.

»Ich habe diesem Vauvinet gesagt, er solle morgen zu mir kommen«, fuhr Victorin fort. »Aber wird er sich mit meiner hypothekarischen Bürgschaft begnügen? Das glaube ich nicht. Dergleichen Leute wollen bares Geld, um damit weiterwuchern zu können.«

»Wir wollen unsere Staatspapiere verkaufen!« sagte Lisbeth zu Hortense.

»Was käme schon dabei heraus? Fünfzehn- oder sechszehntausend Francs«, entgegnete Victorin, »und wir brauchen sechzig.«

»Liebe Tante!« rief Hortense und küßte Lisbeth mit dem Überschwang eines reinen Herzens.

»Nein, Tante Lisbeth, behalten Sie Ihr kleines Vermögen«, sagte Victorin, nachdem er der Lothringerin die Hand gedrückt hatte. »Morgen werde ich sehen, was dieser Mann in seinem Sack hat. Wenn meine Frau einverstanden ist, werde ich die gerichtliche Klage verhindern oder hinausschieben. Es erleben zu müssen, daß der gute Ruf meines Vaters angetastet wird ...! Das wäre grauenhaft. Was würde der Kriegsminister sagen? Das Gehalt meines Vaters ist seit drei Jahren verpfändet und wird erst im Dezember wieder verfügbar; das also kann nicht als Bürgschaft angeboten werden. Dieser Vauvinet hat die Wechsel elfmal prolongiert; daraus könnt ihr die Summen errechnen, die mein Vater an Zinsen gezahlt hat! Dieser Schlund muß geschlossen werden.«

»Wenn Madame Marneffe doch von ihm lassen würde«, sagte Hortense voller Bitterkeit.

»Oh, davor möge Gott uns bewahren!« sagte Victorin. »Dann würde mein Vater wohl anderswo hingehen, und die größten Ausgaben sind ja schon geleistet worden.«

Wie hatten diese ehedem so respektvollen Kinder sich gewandelt, die ihre Mutter so lange zu einer unbedingten Verehrung ihres Vaters angehalten hatte! Jetzt hatten sie ihn bereits gerichtet.

»Ohne mich«, fuhr Lisbeth fort, »hätte euer Vater sich noch mehr ruiniert als ohnehin.«

»Laßt uns hineingehen«, sagte Hortense. »Mama ist klug, sie würde etwas ahnen; wie unsere gute Tante Lisbeth gesagt hat, wir müssen ihr alles verheimlichen. Macht fröhliche Gesichter!«

»Victorin, Sie wissen nicht, wohin Ihr Vater Sie mit seinem Hang zu Frauen noch bringen wird«, sagte Lisbeth. »Sichern Sie sich dadurch Einkünfte, daß sie mich mit dem Marschall verheiraten; ihr alle solltet ihn heute abend dazu überreden; eigens deswegen werde ich beizeiten weggehen.«

Victorin ging in das Schlafzimmer hinein.

»Na, du arme Kleine«, sagte Lisbeth leise zu ihrer Nichte, »und was wirst *du* jetzt anfangen?«

»Komm morgen zum Abendessen zu uns, dann sprechen wir darüber«, antwortete Hortense. »Ich weiß nicht, wo mir der Kopf steht; du kennst dich in den Schwierigkeiten des Lebens aus, du sollst mir raten.«

Während die ganze vereinte Familie dem Marschall die Heirat zu predigen versuchte und während Lisbeth auf dem Heimweg nach der Rue Vanneau begriffen war, trat eins jener Ereignisse ein, die bei Frauen wie Madame Marneffe die Energie des Lasters anstacheln und sie nötigen, alle Hilfsmittel der Verderbtheit zu entfalten. Wir wollen wenigstens diese feststehende Tatsache anerkennen: In Paris stellt das Leben allzu große Ansprüche, als daß lasterhafte Menschen rein aus Instinkt Böses täten; sie verteidigen sich mittels des Lasters gegen Angriffe, und weiter gar nichts.

Madame Marneffe, deren Salon von ihren Getreuen erfüllt war, hatte gerade die Whistpartien in Gang gebracht, als der Diener, ein ehemaliger Soldat, den der Baron angestellt hatte, meldete: »Herr Baron Montez de Montejanos.« Valérie fuhr ein Stich durchs Herz, aber sie eilte behend zur Tür und rief dabei: »Mein Vetter . . .!« Und als sie vor dem Brasilianer stand, flüsterte sie ihm zu: »Tu, als seiest du mein Verwandter, oder es ist alles zwischen uns aus!«

»Wie schön!« fuhr sie laut fort und führte den Brasilianer an den Kamin. »Du hast also nicht Schiffbruch erlitten, Henri, wie mir gesagt worden ist; ich habe dich drei Jahre lang beweint . . .«

»Guten Tag, lieber Freund«, sagte Monsieur Marneffe und hielt dem Brasilianer, dessen Haltung vollauf die eines brasilianischen Millionärs war, die Hand hin.

Der Herr Baron Montez de Montejanos war durch das Äquatorialklima mit der Körperlichkeit und der Farbe begabt worden, die wir alle dem Theater-Othello leihen; er erschreckte durch eine düstere Miene, was indessen eine rein äußerliche Wirkung war; denn sein von Sanftmut und Zärtlichkeit erfüllter Charakter prädestinierte ihn zu der Ausbeutung, die die schwachen Frauen bei den starken Männern durchführen. Die Verachtung, die sein Gesicht bezeigte, die Muskelkraft, von der sein gut gebauter Körper zeugte, alle seine Kräfte entfaltete er nur Männern gegenüber; es ist eine an die Frauen gerichtete Schmeichelei, die sie so berauscht genießen, daß Männer, die ihrer Geliebten den Arm geben, samt und sonders aussehen wie genußfrohe Eisenfresser. Der Baron war auf das prächtigste umrahmt von einem blauen Frack mit massiven Goldknöpfen und einer schwarzen Hose; er trug makellose, feine Lackschuhe und modische Handschuhe; an einen Brasilianer erinnerte lediglich ein dicker Diamant im Wert von etwa hunderttausend Francs, der wie ein Stern auf einem üppigen, blauseidenen Halstuch funkelte, das eine weiße, tief ausgeschnittene Weste einfaßte, so daß ein Leinenhemd von sagenhafter Feinheit sichtbar war. Seine Stirn war gebuckelt wie die eines Satyrs, was ein Zeichen der Hartnäckigkeit und der Leidenschaft ist; sie wurde überragt von pechschwarzem Haar, das buschig wie ein Urwald war, und darunter blinkten zwei helle, wilde Augen, so daß man hätte meinen können, die Mutter des Barons habe sich, als sie mit ihm schwanger ging, vor einem Jaguar geängstigt.

Dieses Prachtexemplar der portugiesischen Rasse in Brasilien lehnte sich mit dem Rücken in einer Pose an den Kamin, die seine Vertrautheit mit Pariser Sitten verriet; in der einen Hand hielt der Baron den Hut; den Arm stützte er auf die Samtdecke des Kaminsimses; er neigte sich zu Madame Marneffe nieder und plauderte leise mit ihr, völlig unbekümmert um die schauerlichen Spießbürger, die, seiner Meinung nach höchst unangebrachterweise, den Salon füllten.

Das Auftreten des Brasilianers, seine Pose und sein Mienenspiel erzeugten an zwei Orten Regungen der Neugier, in die sich Befürchtungen mischten; bei Crevel wie bei dem Baron Hulot waren es ganz und gar die gleichen. Beide zeigten denselben Gesichtsausdruck, dieselbe Vorahnung. Das Verhalten, das diese beiden echten Leidenschaften hervorriefen, wurde durch die

Gleichzeitigkeit des verzerrten Mienenspiels zu etwas so Komischem, daß alle lächeln mußten, die Geist genug besaßen, das Enthüllende daran zu erkennen. Crevel, der, obwohl einer der Pariser Bürgermeister, nach wie vor ein verteufelter Spießbürger und Krämer war, verharrte unglücklicherweise länger in seiner Betroffenheit als sein Teilhaber, und der Baron konnte beiläufig erfassen, was Crevel ihm unfreiwillig enthüllt hatte. Es war ein weiterer Stich in das Herz des verliebten alten Mannes, und er entschloß sich zu einer Aussprache mit Valérie.

»Heute abend«, sagte Crevel sich ebenso, während er seine Karten zurechtsteckte, »muß Klarheit geschaffen werden . . .«

»Sie haben doch Herz . . .!« rief ihm Marneffe zu, »und dabei haben Sie es eben nicht ausgespielt.«

»Oh, Pardon«, antwortete Crevel und wollte seine Karte zurücknehmen. »Dieser Baron ist meiner Meinung nach überflüssig«, setzte er sein Selbstgespräch fort. »Daß Valérie es mit meinem eigenen Baron treibt, das ist meine Rache, und ich weiß die Mittel und Wege, ihn loszuwerden; aber dieser Vetter . . . das ist ein Baron zuviel; ich will nicht übers Ohr gehauen werden; ich will wissen, auf welche Weise er mit ihr verwandt ist!«

Valérie war an jenem Abend durch einen der Glückszufälle, wie sie einzig hübschen Frauen widerfahren, köstlich gekleidet. Ihre weiße Brust leuchtete aus einer Gipürespitze hervor, deren rötliche Farbtöne die mattseidigen der schönen Schultern betonte, wie die Pariserinnen sie besitzen, die sich darauf verstehen (durch welches Verfahren, weiß niemand!), üppig zu wirken und dabei schlank zu bleiben. Sie trug ein schwarzes Samtkleid, das jeden Augenblick im Begriffe schien, von den Schultern herabzugleiten; in ihrem Spitzenkopfputz steckten Blütentrauben. Ihre zugleich zierlichen und molligen Armen entschlüpften kurzen, mit Spitzen besetzten Ärmeln. Sie glich schönen, kokett auf einem hübschen Teller arrangierten Früchten, die der stählernen Obstmesserklinge ein unbändiges Gelüst einflößen.

»Valérie«, flüsterte der Brasilianer der jungen Frau zu, »ich bin dir treu geblieben; mein Onkel ist tot, und ich bin doppelt so reich wie bei meiner Abreise. Ich will in Paris leben und sterben, bei dir und für dich.«

»Nicht so laut, Henri, ich bitte dich!«

»Ach, Quatsch! Könnte ich doch all diese Leute zum Fenster hinauswerfen! Ich will heute abend mit dir reden, zumal ich zwei Tage lang nach dir gesucht habe. Ich bleibe als letzter hier, nicht wahr?«

Valérie lächelte ihrem angeblichen Vetter zu und sagte zu ihm: »Vergessen Sie nicht, daß Sie der Sohn einer Schwester meiner Mutter sein müssen, die während Junots[131] Portugal-Feldzug Ihren Vater geheiratet hat.«

»Ich, Montez de Montejanos, der Urenkel eines der Eroberer Brasiliens, und lügen?«

»Leiser, oder wir sehen einander niemals wieder ...«

»Und warum?«

»Mein Mann hat sich wild in mich verliebt, wie die Sterbenden, die alle einen letzten Wunsch haben ...«

»Dieser Lakai ...?« fragte der Brasilianer, der seinen Marneffe kannte, »den bezahle ich ...«

»Welch eine Heftigkeit ...«

»Hör mal, woher stammt all dieser Luxus ...?« fragte der Brasilianer, der endlich die prunkvolle Einrichtung des Salons wahrgenommen hatte.

Sie fing an zu lachen.

»Was für ein übler Ton, Henri!« sagte sie.

Sie hatte gerade zwei vor Eifersucht lodernde Blicke empfangen, und die hatten sie so sehr getroffen, daß sie sich genötigt sah, zu den beiden Seelen im Fegefeuer hinzuschauen. Crevel, der gegen den Baron und Monsieur Coquet spielte, hatte als Partner Monsieur Marneffe. Die Partie stand gleich, und zwar infolge der Unachtsamkeit Crevels und des Barons, die, abgelenkt, Fehler auf Fehler machten. Die beiden verliebten alten Herren hatten im Handumdrehen die Leidenschaft eingestanden, die zu verhehlen Valérie sie drei Jahre hindurch vermocht hatte; nicht fertiggebracht hatte sie es jedoch, in ihren eigenen Augen das Glück zu löschen, das sie darüber empfand, den Mann wiederzusehen, der als erster ihr Herz hatte pochen lassen, den Gegenstand ihrer ersten Liebe. Die Rechte dieser glücklichen Sterblichen sind so lange lebendig wie die Frau, über die sie sie erworben haben.

Zwischen diesen drei bedingungslosen Leidenschaften, deren

erste sich auf die Schamlosigkeit der Geldgier, deren zweite auf ein Eigentumsrecht und deren dritte sich auf Jugend, Kraft, Vermögen und Vorhand stützte, blieb Madame Marneffe ruhig und klaren Kopfes, wie der General Bonaparte es war, als er bei der Belagerung von Mantua[132] sich mit zwei Armeen auseinanderzusetzen hatte und die Blockierung der Festung fortsetzen wollte. Die Eifersucht, die auf Hulots Gesicht spielte, ließ ihn ebenso furchterweckend ausssehen wie den verstorbenen Marschall Montcornet, wenn er zu einer Kavallerie-Attacke auf ein russisches Karree ansetzte. In seiner Eigenschaft als »schöner Mann« hatte der Staatsrat Eifersucht nie zuvor kennengelernt, gerade wie Murat das Gefühl der Furcht fremd war. Stets war er sich des Triumphs sicher gewesen. Seine Niederlage bei Josépha, die erste seines Lebens, schrieb er deren Geldgier zu; wenn er von dem Herzog von Hérouville sprach, behauptete er, er sei durch eine Million besiegt worden und nicht durch eine Mißgeburt.[133] Die Liebestränke und Schwindelgefühle, die diese wahnwitzige Empfindung in Strömen ausgießt, hatten sein Herz in Sekundenschnelle überflutet. Er wandte sich von seinem Whisttisch ab und dem Kamin zu, und zwar mit Bewegungen à la Mirabeau; und als er seine Karten liegenließ, um dem Brasilianer und Valérie einen herausfordernden Blick zuzuwerfen, empfanden die Stammgäste des Salons jene mit Neugier vermischte Furcht, die eine jeden Augenblick ausbrechende Gewaltsamkeit weckt. Der angebliche Vetter musterte den Staatsrat, wie er irgendeine dicke chinesische Porzellanvase betrachtet haben würde. Diese Situation konnte nicht andauern, ohne in einen gräßlichen Skandal auszumünden. Marneffe fürchtete den Baron Hulot genauso, wie Crevel Marneffe fürchtete, denn diesem war nicht daran gelegen, als Unterchef zu sterben. Todeskandidaten glauben an das Leben wie Sträflinge an die Freiheit. Dieser Mann wollte um jeden Preis Bürochef werden. Gleichermaßen erschrocken über die Pantomime, die Crevel und der Staatsrat aufführten, stand er auf, flüsterte seiner Frau etwas zu, und zum größten Erstaunen der Anwesenden ging Valérie mit dem Brasilianer und ihrem Mann in ihr Schlafzimmer.

»Hat Madame Marneffe diesen Vetter Ihnen gegenüber jemals erwähnt?« fragte Crevel den Baron Hulot.

»Nie!« antwortete der Baron und erhob sich. »Schluß für heute abend«, fügte er hinzu; »ich verliere zwei Louis, hier sind sie.«

Er warf zwei Goldstücke auf den Tisch und setzte sich mit einer Miene auf den Diwan, die alle als eine Aufforderung zum Weggehen auffaßten. Monsieur und Madame Coquet wechselten ein paar Worte und verließen den Salon, und der verzweifelte Claude Vignon tat wie sie. Der Aufbruch dieser Gäste zog alle Ahnungslosen nach sich; sie kamen sich überflüssig vor. Der Baron und Crevel saßen allein da; sie sprachen nicht miteinander. Hulot vergaß schließlich Crevels Vorhandensein, ging auf Zehenspitzen an die Schlafzimmertür, um zu horchen, und sprang mit einem erstaunlichen Satz zurück, weil im gleichen Augenblick Monsieur Marneffe die Tür aufmachte; er zeigte sich heiter und schien erstaunt, nur noch zwei Leute vorzufinden.

»Und was wird aus dem Tee?« fragte er.

»Wo steckt denn Valérie?« antwortete der Baron wütend.

»Meine Frau?« entgegnete Marneffe. »Aber die ist doch zu Ihrem Fräulein Kusine hinaufgegangen; sie muß gleich wiederkommen.«

»Und warum hat sie uns um dieser blöden Ziege willen hier sitzenlassen . . .?«

»Tja«, sagte Marneffe, »Mademoiselle Lisbeth ist von Ihrer Frau Gemahlin mit einer Art Verdauungsstörung heimgekommen, und Mathurine hat Valérie um Tee gebeten; da ist meine Frau eben hinaufgegangen, um zu sehen, was Ihrer Kusine fehlt.«

»Und der Vetter . . .?«

»Der ist fortgegangen!«

»Und das glauben Sie?« fragte der Baron.

»Ich habe ihn an seinen Wagen begleitet!« antwortete Marneffe mit einem schauerlichen Lächeln.

In der Rue Vanneau wurde das Rollen eines Wagens vernehmbar. Der Baron, der Marneffe als nicht vorhanden betrachtete, verließ den Salon und stieg zu Lisbeth hinauf. Es schoß ihm einer der Gedanken durchs Hirn, die von einem Herzen ausgehen, das die Eifersucht in Brand gesteckt hat. Er wußte so gut um Marneffes Niedrigkeit, daß er ein schmähliches Einverständnis zwischen den Eheleuten vermutete.

»Was ist denn aus unsern Gästen geworden?« fragte Marneffe, als er sich mit Crevel allein sah.

»Wenn die Sonne schlafen geht, tun die Hühner dasselbe«, antwortete Crevel. »Ihre Frau ist verschwunden, da sind ihre Verehrer aufgebrochen. Ich schlage Ihnen eine Partie Pikett vor«, sprach Crevel weiter; er wollte bleiben.

Auch er vermutete den Brasilianer noch im Hause. Der Bürgermeister war genauso gewitzt wie der Baron; er konnte unendlich lange in der Wohnung verbleiben und mit dem Ehemann Karten spielen, der sich seit der Schließung der öffentlichen Spielsäle[134] mit dem schäbigen Spiel innerhalb der vier Wände begnügte.

Der Baron Hulot war hastig zu seiner Kusine Bette hinaufgestiegen; aber er fand die Tür verschlossen, und das übliche Fragen und Antworten durch die Tür hindurch gewährte behenden und abgefeimten Frauen Zeit genug, um das Schauspiel einer durch Tee besänftigten Magenverstimmung zu inszenieren. Lisbeth hatte so heftige Schmerzen, daß Valérie die größten Ängste empfand; daher schenkte Valérie dem wütenden Hereinkommen des Barons kaum Beachtung. Krankheit ist einer der Wandschirme, die die Frauen nur zu oft zwischen sich und den Sturm eines Streites stellen. Hulot hielt verstohlen überall Umschau und gewahrte im Schlafzimmer der Kusine Bette keine zum Verstecken des Brasilianers geeignete Stelle.

»Deine Magenverstimmung, Lisbeth, macht dem Abendessen meiner Frau alle Ehre«, sagte er und schaute die alte Jungfer prüfend an; die fühlte sich wunderbar wohl und versuchte, während sie Tee trank, das Stöhnen bei Magenkrämpfen nachzuahmen.

»Da sehen Sie, wie gut es ist, daß unsere liebe Bette in meinem Haus wohnt! Ohne mich würde das arme Mädchen sterben . . .«, sagte Madame Marneffe.

»Sie machen ein Gesicht, als glaubten Sie, mir gehe es gut«, sagte Lisbeth zum Baron, »und das wäre eine Gemeinheit . . .«

»Warum?« fragte der Baron. »Sie kennen also den Grund meines Besuchs?«

Und er lugte nach der Tür eines Ankleideraums, dessen Schlüssel abgezogen worden war.

»Was Sie da reden, kommt mir spanisch vor . . .!« antwortete Madame Marneffe mit einem herzzerreißenden Ausdruck verkannter Zärtlichkeit und Treue.

»Es geschieht doch Ihretwegen, lieber Vetter, ja, es geschieht durch Ihre Schuld, daß ich in dem Zustand bin, in dem Sie mich sehen«, sagte Lisbeth nachdrücklich.

Dieser Ausruf lenkte die Aufmerksamkeit des Barons ab; er schaute die alte Jungfer höchst erstaunt an.

»Sie wissen, daß ich Sie gern habe«, fuhr Lisbeth fort, »das beweist allein schon mein Hiersein. Ich verbrauche meine letzten Lebenskräfte dadurch, daß ich über Ihre Interessen wache, indem ich diejenigen unserer geliebten Valérie nicht aus den Augen lasse. Ihr Haus kostet sie den zehnten Teil dessen, was ein beliebiges anderes Haus kosten würde, das geführt würde wie das Ihrige. Ohne mich, lieber Vetter, müßten Sie statt monatlich zweitausend Francs drei- oder viertausend aufwenden.«

»All das weiß ich«, erwiderte der Baron ungeduldig. »Sie schützen uns auf jede erdenkliche Weise«, fügte er hinzu, trat zu Madame Marneffe hin und umspannte mit der Hand ihren Hals, »nicht wahr, du liebe kleine Schöne . . .?«

»Wahrhaftig!« sagte Valérie, »ich glaube, Sie sind verrückt . . .!«

»Also gut, Sie zweifeln nicht an meiner Anhänglichkeit«, fuhr Lisbeth fort. »Aber ich habe auch meine Kusine Adeline lieb, und ich habe sie in Tränen angetroffen. Einen ganzen Monat lang sind Sie nicht bei ihr gewesen. Nein, das ist ungehörig. Sie lassen meine arme Adeline ohne Geld sitzen. Ihre Tochter Hortense wäre beinah gestorben, als sie erfuhr, daß wir nur dank Ihrem Bruder zu Abend essen konnten! Kein Stück Brot war heute in Ihrem Haus vorhanden. Adeline hat den heroischen Entschluß gefaßt, aus eigener Kraft für sich zu sorgen. Sie hat zu mir gesagt: ›Ich will es machen wie du!‹ Die Äußerung hat mir nach dem Essen so sehr das Herz bedrückt, daß bei dem Gedanken, was meine Kusine 1811 war und was sie heute, im Jahr 1841 ist, meine Verdauung ausgesetzt hat . . . ich habe das Unwohlsein niederringen wollen; aber beim Nachhausekommen habe ich zu sterben vermeint . . .«

»Da sehen Sie, Valérie«, sagte der Baron, »wohin meine Verehrung für Sie mich treibt ...! Bis zu Verbrechen im eigenen Haus ...«

»Ach, wie recht hatte ich, unverheiratet zu bleiben!« rief Lisbeth mit ungebärdiger Freude aus. »Sie sind ein guter, vortrefflicher Mann, Adeline ist ein Engel, und dies ist nun der Lohn einer blinden Opferwilligkeit.«

»Ein *alter* Engel!« sagte Madame Marneffe sanft und warf einen halb zärtlichen, halb spöttischen Blick auf ihren Hector, der sie betrachtete, wie ein Untersuchungsrichter einen Angeklagten mustert.

»Die arme Frau!« sagte der Baron. »Seit mehr als neun Monaten habe ich ihr kein Geld gegeben; aber für Sie mache ich welches ausfindig, Valérie, und um welchen Preis! Niemals werden Sie von jemandem so geliebt werden, und welche Kümmernisse bereiten Sie mir zum Entgelt!«

»Kümmernisse?« entgegnete sie. »Was verstehen Sie dann unter Glück?«

»Ich weiß noch nicht, in welchen Beziehungen Sie zu diesem vorgeblichen Vetter gestanden haben, den Sie mir gegenüber niemals erwähnten«, fuhr der Baron fort, ohne die Worte zu beachten, die Valérie ihm entgegengeworfen hatte. »Aber als er hereinkam, da habe ich etwas wie einen Messerstich ins Herz bekommen. So verblendet ich auch sein mag, blind bin ich nicht. Ich habe in Ihren Augen und in den seinen gelesen. Kurzum, es sind den Lidern dieses gräßlichen Karls Funken entstoben, die zu Ihnen hinschnellten, auf Sie, deren Blick ... Oh, niemals, niemals haben Sie mich so angesehen! Doch dieses Geheimnis, Valérie, wird sich enthüllen ... Sie sind die einzige Frau, die mich das Gefühl der Eifersucht kennen gelehrt hat; also wundern Sie sich nicht über das, was ich Ihnen sage ... Aber noch ein anderes Geheimnis hat seinen Wolkenschleier durchbrochen, und das dünkt mich eine Infamie ...«

»Heraus damit!« sagte Valérie.

»Es handelt sich um Crevel, diesen Kubus aus Fleisch und Dummheit; er liebt Sie, und Sie nehmen seine Galanterien so gut auf, daß dieser nichtige Tropf seine Leidenschaft jedermann hat sehen lassen ...«

»Das wären also drei! Weitere sind Ihnen nicht aufgefallen?«

»Vielleicht gibt es sie tatsächlich?« fragte der Baron.

»Daß Monsieur Crevel mich liebt, ist sein gutes Recht als Mann; daß ich seiner Leidenschaft günstig gesonnen sei, wäre das Verhalten einer Kokotte oder einer Frau, der Sie vielerlei Dinge zu wünschen übrig ließen ... Also gut, lieben Sie mich mitsamt meinen Fehlern oder lassen Sie mich. Wenn Sie mir meine Freiheit zurückerstatten, werden weder Sie noch Monsieur Crevel wieder dieses Haus betreten; ich werde meinen Vetter nehmen, um nicht die reizenden Gewohnheiten abzulegen, die Sie bei mir vermuten. Adieu, Herr Baron Hulot.«

Und sie stand auf; allein der Staatsrat ergriff sie beim Arm und ließ sie sich wieder setzen. Der alte Herr konnte keinen Ersatz für Valérie finden; sie war für ihn zu einer gebieterischen Notwendigkeit geworden als die Bedürfnisse des Lebens es sind, und er wollte lieber in der Ungewißheit verharren, als den leichtesten Beweis für Valéries Untreue erhalten.

»Liebe Valérie«, sagte er, »siehst du denn nicht, daß ich leide? Ich bitte dich um weiter nichts, als daß du dich rechtfertigst ... Gib mir gute Gründe ...«

»Gut, erwarten Sie mich unten; ich glaube nicht, daß Sie den unterschiedlichen Verrichtungen beiwohnen wollen, die der Zustand Ihrer Kusine erfordert.«

Hulot zog sich langsam zurück.

»Alter Lüstling!« rief Tante Bette aus, »fragen Sie mich wirklich nicht nach Ihren Kindern ... Was gedenken Sie für Adeline zu tun? Ich selber bringe ihr als erstes morgen meine Ersparnisse.«

»Man schuldet seiner Frau doch mindestens Weizenbrot«, sagte Madame Marneffe lächelnd.

Ohne sich durch den von Lisbeth angeschlagenen Ton beleidigt zu fühlen, die ihn genauso gröblich schulmeisterte wie ehedem Josépha, zog der Baron sich zurück wie jemand, der nur zu froh ist, einer unangenehmen Frage ausgewichen zu sein.

Kaum war der Riegel vorgeschoben, als der Brasilianer aus dem Ankleideraum, in dem er gewartet hatte, heraustrat; er erschien mit Tränen in den Augen und in einem Mitleid erregenden Zustand. Offenbar hatte Montez alles gehört.

»Du liebst mich nicht mehr, Henri, ich sehe es!« sagte Madame Marneffe, barg die Stirn in ihrem Taschentuch und zerschmolz in Tränen.

Das war ein Aufschrei wahrer Liebe. Die Verzweiflungsklagen der Frau sind so überzeugend, daß sie die Verzeihung ergattern, die sich im Herzen aller Verliebten findet, wenn die Frau jung, hübsch und so dekolletiert ist, daß sie im Evaskostüm aus ihrer Robe herauszuschlüpfen scheint.

»Aber warum verlassen Sie nicht um meinetwillen alles, wenn Sie mich lieben?« fragte der Brasilianer.

Dieses amerikanische Naturell, das logisch war, wie es alle in der freien Natur geborenen Menschen sind, griff sogleich die Unterhaltung an dem Punkte auf, wo sie abgebrochen worden war. Montez schlang den Arm um Valéries Taille.

»Warum ...?« fragte sie, hob den Kopf, schaute Henri an und beherrschte ihn durch einen Blick, der von Liebe erfüllt war. »Ich bin doch verheiratet, mein Katerchen. Wir sind doch in Paris und nicht in den Savannen, den Pampas, den Einsamkeiten Amerikas. Mein guter Henri, mein erster und einziger Geliebter, hör mir mal zu. Dieser Ehemann, ein simpler Unterchef im Kriegsministerium, will Bürochef und Offizier der Ehrenlegion werden; kann ich ihn daran hindern, Ehrgeiz zu entwickeln? Nun aber erlegt mein Mann aus dem gleichen Grund, aus dem er uns beiden volle Freiheit gelassen hat (es ist bald vier Jahre her, weißt du noch, du Schlimmer?), mir heute Monsieur Hulot auf. Ich kann mich dieses abscheulichen Verwaltungsbeamten nicht entledigen, der wie eine Robbe schnauft und einen Backenbart bis an die Nasenlöcher trägt, der dreiundsechzig Jahre alt und innerhalb dreier Jahre um zehn gealtert ist, weil er jung wirken möchte; der mir so verhaßt ist, daß ich an dem Tag, nachdem mein Mann Bürochef und Offizier der Ehrenlegion geworden ist ...«

»Um wieviel steigert sich dann das Gehalt deines Mannes?«

»Um tausend Taler.«

»Die will ich ihm als Leibrente aussetzen«, fuhr der Baron Montez fort. »Wir wollen Paris den Rücken kehren und reisen ...«

»Wohin?« fragte Valérie und zog ein hübsches Mäulchen, durch das die Frauen die Männer verspotten, deren sie sicher sind. »Paris ist die einzige Stadt, in der wir glücklich leben könnten. Ich lege zu großen Wert auf deine Liebe, als daß ich es erleben möchte, wie sie schwächer wird, wenn wir abgesondert in einer Einöde leben. Hör zu, Henri, du bist in der Welt der einzige Mann, den ich liebe; schreib dir das auf deinen Tigerschädel.«

Frauen überzeugen Männer, aus denen sie Hammel gemacht haben, stets davon, daß sie Löwen seien und einen eisernen Charakter hätten.

»Jetzt hör bitte mal gut zu. Mein Mann hat keine fünf Jahre mehr zu leben; er ist brandig bis ins Mark; von den zwölf Monaten des Jahres verbringt er zehn damit, Drogen zu schlucken und Kräuteraufgüsse zu trinken; er wickelt sich in Flanell; kurzum, er steht, wie der Arzt sagt, jeden Augenblick unter dem Sensenhieb des Todes; die für einen gesunden Mann harmloseste Krankheit wäre für ihn tödlich; sein Blut ist verseucht; sein Leben ist in seinem Fundament angegriffen. Seit fünf Jahren hat er mich kein einziges Mal auch nur anrühren dürfen; denn dieser Mann ist die leibhaftige Pest! Eines Tages, und dieser Tag ist nicht mehr fern, bin ich Witwe, und ich, die ich bereits von einem Mann begehrt werde, der sechzigtausend Francs Zinsen besitzt, ich, die ich die Geliebte dieses Mannes so wenig bin wie dieses Stückchen Zucker, ich erkläre dir, auch wenn du arm wärst wie Hulot, aussätzig wie mein Mann und wenn du mich prügeltest, auch dann wollte ich dich zum Mann, dich allein, den ich liebe und dessen Namen ich tragen will. Und ich bin bereit, dir alle Unterpfänder der Liebe zu geben, die du haben möchtest . . .«

»Gut, also heute abend . . .«

»Aber, du Sohn Rios, mein schöner Jaguar, der du um meinetwillen die Urwälder Brasiliens verlassen hast«, sagte sie, ergriff seine Hand und küßte und streichelte sie, »respektiere doch das Geschöpf ein wenig, aus dem du deine Frau machen willst . . . Werde ich deine Frau, Henri . . .?«

»Ja«, sagte der Brasilianer; das zügellose Geschwätz der Leidenschaft hatte ihn besiegt.

Und er sank auf die Knie.

»Hör zu, Henri«, sagte Valérie, nahm seine beiden Hände und blickte ihm tief und starr in die Augen, »du mußt mir hier in Gegenwart Lisbeths, meiner besten und einzigen Freundin, meiner Schwester, schwören, daß du mich am Ende meines Witwenjahrs zur Frau nehmen willst . . .!«

»Ich schwöre es dir.«

»Das genügt nicht! Schwöre es bei der Asche und der ewigen Seligkeit deiner Mutter, schwöre es bei der Jungfrau Maria und deinen Heilshoffnungen als Katholik!«

Valérie wußte, daß der Brasilianer diesen Eid halten würde, auch wenn sie in den schmutzigsten sozialen Pfuhl hinabgesunken wäre. Der Brasilianer leistete diesen feierlichen Eid, wobei seine Nase beinahe Valéries weiße Brust berührte, hingerissenen Blickes; er war trunken, wie man trunken ist, wenn man nach einer hundertzwanzigtägigen Überfahrt eine geliebte Frau wiedersieht!

»Jetzt aber sei ruhig. Respektiere in mir die künftige Baronin de Montejanos. Gib keinen Liard für mich aus, ich verbiete es dir. Bleib hier im ersten Zimmer, leg dich auf das kleine Sofa; ich selber werde kommen und dir Bescheid sagen, wenn du deinen Posten verlassen kannst . . . Morgen frühstücken wir zusammen, und dann gehst du so gegen ein Uhr, wie wenn du mir einen Mittagsbesuch gemacht hättest. Fürchte nichts; die Pförtnersleute sind mir zugetan, als seien sie meine Eltern . . . Ich muß jetzt hinunter in meine Wohnung und den Tee richten.«

Sie gab Lisbeth einen Wink, und diese begleitete sie bis auf den Treppenabsatz. Dort flüsterte Valérie der alten Jungfer zu: »Dieser Mulatte ist ein Jahr zu früh wiedergekommen! Denn ich sterbe, wenn ich dich nicht an Hortense räche . . .!«

»Sei unbesorgt, meine geliebte, niedliche kleine Teufelin«, sagte die alte Jungfer und küßte sie auf die Stirn, »wenn Liebe und Rache gemeinsam vorgehen, sind sie nie die Unterlegenen. Hortense erwartet mich morgen; sie ist in einer schlimmen Lage. Um tausend Francs zu bekommen, wird Wenceslaus dich tausendmal küssen.«

Nach seinem Abschied von Valérie war Hulot bis zur Pförtnerloge hinuntergestiegen und plötzlich vor Madame Olivier aufgetaucht.

»Madame Olivier . . .?«

Als Madame Olivier diese gebieterische Frage vernahm und

die Geste sah, mit der der Baron sie unterstrich, kam sie aus ihrer Loge heraus und ging in den Hof bis zu der Stelle, wohin der Baron sie führte.

»Sie wissen, daß, wenn eines Tages jemand Ihrem Sohn die Erwerbung einer Notarskanzlei erleichtern kann, bin ich es; er verdankt mir, daß er jetzt dritter Notarschreiber ist und sein Rechtsstudium abschließen kann.«

»Ja, Herr Baron, und daher können Herr Baron sich auf unsere Dankbarkeit verlassen. Kein Tag vergeht, ohne daß ich zu Gott um das Glück des Herrn Baron bitte . . .«

»Nicht so viele Worte, gute Frau«, sagte Hulot, »sondern Beweise . . .«

»Was muß ich tun?« fragte Madame Olivier.

»Ein Herr im eigenen Wagen ist heute abend gekommen; kennen Sie ihn?«

Madame Olivier hatte Montez sehr wohl wiedererkannt; wie sollte sie ihn auch vergessen haben? In der Rue du Doyenné hatte Montez ihr jedesmal, wenn er zu allzu früher Morgenstunde das Haus verließ, hundert Sous in die Hand gedrückt. Hätte der Baron sich an Monsieur Olivier gewandt, so würde er vielleicht alles erfahren haben. Aber Olivier schlief. In den unteren Klassen ist die Frau dem Mann nicht nur geistig überlegen, sondern sie beherrscht ihn überdies fast immer. Seit langem hatte Madame Olivier für den Fall eines Zusammenstoßes zwischen ihren beiden Wohltätern ihren Entschluß gefaßt; sie betrachtete Madame Marneffe als die stärkere der beiden Mächte.

»Ob ich ihn kenne . . .?« antwortete sie. »Nein. Ganz bestimmt nicht; ich habe ihn nie gesehen . . .!«

»Nanu! Madame Marneffes Vetter sollte sie niemals besucht haben, als sie noch in der Rue du Doyenné wohnte?«

»Ach so, ihr Vetter ist es . . .!« rief Madame Olivier. »Vielleicht ist er gekommen, aber ich habe ihn nicht wiedererkannt. Das nächstemal, Monsieur, will ich gut achtgeben . . .«

»Er muß herunterkommen«, fiel Hulot Madame Olivier hastig ins Wort.

»Aber er ist doch schon fort«, erwiderte Madame Olivier, die alles durchschaut hatte. »Sein Wagen ist nicht mehr da . . .«

»Haben Sie ihn wegfahren sehen?«

»Wie ich Sie vor mir sehe! Er hat zu seinem Kutscher gesagt: ›Zur Gesandtschaft!‹«

Dieser Ton und diese Sicherheit entpreßten dem Baron einen Glücksseufzer; er nahm die Hand der Madame Olivier und drückte sie.

»Danke, liebe Madame Olivier; aber das ist noch nicht alles. Was ist mit Monsieur Crevel los . . .?«

»Monsieur Crevel? Was wollen Sie damit sagen? Ich verstehe Sie nicht«, sagte Madame Olivier.

»Hören Sie mal gut zu! Er liebt Madame Marneffe . . .«

»Nicht möglich, Herr Baron, nicht möglich!« sagte sie und faltete die Hände.

»Er liebt Madame Marneffe!« wiederholte der Baron laut und herrisch. »Was geht zwischen den beiden vor? Ich weiß es nicht; aber ich will es wissen, und Sie werden es herausbekommen. Wenn Sie mich auf die Spur dieses Liebeshandels bringen, wird Ihr Sohn Notar.«

»Regen Sie sich doch nicht so auf, Herr Baron«, entgegnete Madame Olivier. »Madame liebt Sie und liebt nur Sie; ihre Zofe weiß es genau, und wir sagen es immer wieder, daß Sie der glücklichste Mensch auf Erden sind, denn Sie wissen genau, was Madame wert ist . . . Ach, sie ist doch die Vollkommenheit in Person . . . Jeden Tag steht sie um zehn auf; danach frühstückt sie, na schön. Ja, und dann braucht sie eine Stunde für ihre Toilette, und dann wird es so langsam zwei Uhr; danach geht sie im Tuileriengarten spazieren, vor jedermanns Augen; stets ist sie um vier wieder daheim, genau zur Stunde Ihres Kommens . . . Oh, das alles ist wie mit dem Glockenschlag geregelt. Vor ihrer Zofe hat sie keine Geheimnisse, und Reine hat keine vor mir, das können Sie mir glauben. Reine kann gar keine haben, mit Rücksicht auf meinen Sohn, zu dem ist sie nämlich sehr nett . . . Da können Sie sehen, wenn Madame Beziehungen zu Monsieur Crevel unterhielte, dann würden wir es wissen.«

Mit strahlendem Gesicht stieg der Baron wieder zu Madame Marneffe hinauf; er war überzeugt, daß er der einzige Mann sei, den diese abscheuliche Kurtisane liebe, die so trügerisch, aber auch so schön und anmutsvoll wie eine Sirene war.

Crevel und Marneffe hatten eine zweite Partie Pikett begonnen. Crevel hatte verloren wie alle, die beim Spiel nicht bei der Sache sind. Marneffe kannte die Ursache der Geistesabwesenheit des Bürgermeisters und nutzte sie skrupellos aus; er sah die Karten an, die genommen werden mußten und legte dementsprechend ab; dann sah er seinem Gegner in die Karten und spielte ohne Risiko. Da der Preis einer Spielmarke zwanzig Sous betrug, hatte er den Bürgermeister in dem Augenblick, da der Baron wieder hereinkam, um dreißig Francs begaunert.

»Nanu?« fragte der Staatsrat, erstaunt darüber, daß er niemanden mehr vorfand, »ihr seid allein? Wo sind die andern?«

»Ihre gute Laune, Baron, hat sie alle in die Flucht geschlagen!« antwortete Crevel.

»Nein, vielmehr die Ankunft des Vetters meiner Frau«, versetzte Marneffe. »Die Herren und Damen haben wohl gemeint, Valérie und Henri hätten nach einer Trennung von drei Jahren einander manches zu erzählen, und da haben sie sich diskret zurückgezogen ... Wäre ich dagewesen, so würde ich sie zum Bleiben bewogen haben; aber dann hätte ich wohl nicht das Richtige getan; denn die Unpäßlichkeit Lisbeths, die stets gegen halb elf den Tee reicht, hätte alles in Unordnung gebracht ...«

»Fehlt Lisbeth denn tatsächlich was?« fragte Crevel wütend.

»Es ist mir gesagt worden«, antwortete Marneffe mit der unmoralischen Sorglosigkeit der Männer, für die die Frauen nicht mehr existieren.

Der Bürgermeister hatte zur Stutzuhr geblickt; nach dieser Schätzung schien der Baron vierzig Minuten bei Lisbeth verbracht zu haben. Hulots fröhliche Miene zeugte ernstlich gegen Hector, Valérie und Lisbeth.

»Ich bin eben bei ihr gewesen; sie hat schauerliche Schmerzen, die Ärmste«, sagte der Baron.

»Dann machen also die Schmerzen anderer Ihnen Freude, lieber Freund«, entgegnete Crevel bissig, »denn Sie sind mit einem Gesicht wieder zu uns gekommen, das vor Jubel strahlt! Schwebt Lisbeth etwa in Lebensgefahr? Ihre Tochter werde sie beerben, heißt es. Sie sind kaum wiederzuerkennen; als Sie gingen, sahen Sie aus wie der Mohr von Venedig, und wiedergekommen sind Sie mit einem Gesicht wie Saint-Preux[135] ...! Nur zu gern möchte ich sehen, was für ein Gesicht Madame Marneffe macht!«

»Was wollen Sie damit sagen ...?« fragte Monsieur Marneffe Crevel, schob seine Karten zusammen und legte sie vor sich hin.

Die erloschenen Augen dieses mit siebenundvierzig Jahren abgelebten Mannes flammten auf; matte Farben tönten seine schwärzlichen Lippen, auf denen sich eine Art kreideweißer, käsiger Schaum gebildet hatte. Diese Wut eines Impotenten, dessen Leben an einem Faden hing und der bei einem Duell, bei dem Crevel alles zu verlieren gehabt, nichts riskiert hätte, erschreckte den Bürgermeister.

»Ich habe gesagt«, antwortete Crevel, »daß ich jetzt gern das Gesicht Ihrer Frau sähe, und dazu habe ich desto mehr Grund, als das Ihrige in diesem Augenblick sehr unangenehm wirkt. Ehrenwort, Sie sind grauenhaft häßlich, lieber Marneffe ...«

»Wissen Sie, daß Sie recht unhöflich sind?«

»Jemand, der innerhalb von fünfundvierzig Minuten dreißig Francs gewinnt, kommt mir niemals schön vor.«

»Ach, wenn Sie mich vor siebzehn Jahren gesehen hätten ...«, entgegnete der Unterchef.

»Sahen Sie da nett aus?« erwiderte Crevel.

»Eben das war ja mein Unheil; hätte ich ausgesehen wie Sie, dann wäre ich heute Pair und Bürgermeister.«

»Ja«, sagte Crevel lächelnd, »Sie sind zu wacker auf dem Kriegspfad gewesen, und von den beiden Metallen, die man gewinnt, wenn man dem Gott des Handels[136] huldigt, haben Sie das schlechte erwischt, das Heilmittel!«

Und Crevel lachte schallend. Marneffe ärgerte sich zwar, wenn sich etwas gegen seine Ehre richtete, aber diese Art vulgärer, gemeiner Scherze nahm er stets gut auf; sie waren das Kleingeld bei seinen Unterhaltungen mit Crevel.

»Eva kommt mich teuer zu stehen, das stimmt; aber mein Wahlspruch ist nun mal: kurz, aber gut.«

»Mir ist lieber: lang und glücklich«, entgegnete Crevel.

Madame Marneffe trat ein und sah ihren Mann beim Spiel mit Crevel und außer dem Baron niemanden sonst im Salon; allein schon aus dem Gesicht des städtischen Würdenträgers ersah sie alle Gedanken, die die drei bewegt hatten, und ihr Entschluß stand sogleich fest.

»Marneffe, mein Kater!« sagte sie, stützte sich dabei auf die

Schulter ihres Mannes und fuhr mit ihren hübschen Fingern durch sein Haar, das von schmutzigem Grau war und, obwohl zurückgekämmt, seinen Kopf nicht mehr bedeckte, »es ist reichlich spät für dich, du solltest zu Bett gehen. Du weißt, daß du morgen ein Abführmittel nehmen mußt, der Arzt hat es gesagt, und Reine wird dir um sieben die Kräuterbrühe bringen ... Wenn du am Leben bleiben willst, dann hör auf mit deinem Pikett ...«

»Wollen wir um fünf Punkte weiterspielen?« fragte Marneffe Crevel.

»Gut ... zwei habe ich bereits«, antwortete Crevel.

»Wie lange wird das dauern?« fragte Valérie. »Wirklich, Monsieur Crevel, man könnte meinen, Sie wollten meinen Mann umbringen. Beeilen Sie sich wenigstens.«

Diese Doppelsinnigkeit ließ Crevel, Hulot und sogar Marneffe selber lächeln. Valérie begann mit ihrem Hector zu plaudern.

»Geh hinaus, Liebster«, flüsterte sie Hector zu, »geh auf der Rue Vanneau auf und ab; wenn du Crevel weggehen siehst, kommst du wieder.«

»Ich möchte lieber die Wohnung verlassen und durch die Tür des Ankleidezimmers in dein Schlafzimmer gehen; du könntest Reine sagen, sie solle sie mir aufschließen.«

»Reine ist oben und betreut Lisbeth.«

»Gut, und wenn ich nun wieder zu Lisbeth hinaufginge?«

Überall lauerte für Valérie Gefahr; da sie eine Auseinandersetzung mit Crevel voraussah, wollte sie Hulot nicht in ihrem Schlafzimmer haben, von wo aus er alles hören konnte. Und in Lisbeths Wohnung wartete der Brasilianer.

»Wahrhaftig«, sagte Valérie zu Hulot, »wenn ihr Männer euch was in den Kopf gesetzt habt, ihr würdet Häuser anzünden, um hineinzukommen. Lisbeths Zustand erlaubt nicht, Sie zu empfangen ... Haben Sie Angst, Sie holten sich auf der Straße einen Schnupfen ...? Also gehen Sie ... oder aus und vorbei ...!«

»Adieu, Messieurs«, sagte der Baron laut.

Nun Hulot in seinem Greisenselbstgefühl verletzt worden war, legte er Wert darauf, zu beweisen, er könne den jungen

Mann spielen und sein Schäferstündchen auf der Straße abwarten; also ging er.

Marneffe sagte seiner Frau gute Nacht; als Bekundung einer offenbaren Zärtlichkeit nahm er dabei ihre beiden Hände. Valérie drückte ihrem Mann auf eine bestimmte Weise die Hand; sie sollte besagen: »Schaff mir bloß diesen Crevel vom Halse.«

»Gute Nacht, Crevel«, sagte da Marneffe, »hoffentlich bleiben Sie nicht allzu lange mit Valérie beisammen. Ich bin nämlich eifersüchtig ... es hat mich spät überkommen, aber hält mich nun mal gepackt ... ich komme wieder und sehe nach, ob Sie weg sind.«

»Wir haben über einiges Geschäftliche zu reden, aber ich werde nicht lange bleiben«, sagte Crevel.

»Sprechen Sie leise! – Was wollen Sie von mir?« sagte Valérie in zwei verschiedenen Tonfällen und blickte Crevel mit einer Miene an, in der sich Hochmut mit Verachtung mischte.

Als Crevel diesen Blick von oben herab gewahrte, wurde er, der Valérie gewaltige Dienste erwiesen hatte und damit gern großtat, wieder demütig und unterwürfig.

»Dieser Brasilianer ...«

Crevel erschrak über Valéries starren, verächtlichen Blick und hielt inne.

»Na, und ...?« fragte sie.

»Dieser Vetter ...«

»Er ist nicht mein Vetter«, entgegnete sie. »Mein Vetter ist er für die Leute und für meinen Mann. Auch wenn er mein Liebhaber wäre, dürfen Sie kein Wort sagen. Ein Krämer, der sich eine Frau kauft, um sich an einem Mann zu rächen, steht in meiner Achtung tief unter einem Mann, der sie sich aus Liebe kauft. Sie sind nicht in mich verliebt gewesen; Sie haben in mir die Geliebte Monsieur Hulots gesehen und mich gekauft, wie man eine Pistole kauft, um seinen Gegner zu erschießen. Und ich hatte Hunger; ich bin darauf eingegangen!«

»Sie haben den Vertrag nicht erfüllt«, antwortete Crevel, der wieder Kaufmann wurde.

»Ach so! Sie wollen, daß der Baron Hulot erfährt, Sie hätten ihm seine Geliebte aus Rache dafür genommen, daß er Ihnen Josépha ausgespannt hat ... Nichts beweist mir besser Ihre Niedrigkeit. Sie behaupten, Sie liebten eine Frau, Sie behandeln sie, als sei sie eine Herzogin, und nun wollen Sie sie entehren? Na ja, mein Lieber, Sie haben recht: diese Frau ist nicht so viel wert wie Josépha. Jenes Dämchen hat den Mut zu seiner Schande, wogegen ich eine Heuchlerin bin, die auf öffentlichem Platz ausgepeitscht werden müßte. Ach, Josépha genießt den Schutz durch ihr Talent und ihr Vermögen. Mein einziger Schutzwall ist meine Anständigkeit; ich gelte nach wie vor als eine würdige, tugendhafte Bürgersfrau; aber wenn Sie einen Skandal auslösen, was werde ich dann? Hätte ich Vermögen, dann meinetwegen! Aber ich habe jetzt nur fünfzehntausend Francs Zinsen.«

»Weit mehr«, sagte Crevel, »seit zwei Monaten habe ich Ihre Ersparnisse durch Aktien der Orléans-Bahn verdoppelt.«

»Gut und schön; in Paris gilt man erst etwas, wenn man fünfzigtausend Francs Zinsen hat; Sie können mir nicht das Geld für eine Stellung geben, die ich verlieren werde. Was wollte ich denn? Meinen Mann zum Bürochef ernennen lassen; dann bekäme er sechstausend Francs Gehalt; er hat siebenundzwanzig Dienstjahre hinter sich; in drei Jahren hätte ich Anspruch auf fünfzehnhundert Francs Pension, wenn er stürbe. Sie, der Sie von mir mit Gütebezeigungen überhäuft worden sind, der vollgestopft ist mit Glück, Sie verstehen sich nicht darauf, zu warten! Und das nennt sich Liebe!« rief sie aus.

»Wenn ich auch aus Berechnung angefangen habe«, sagte Crevel, »so bin ich seither doch Ihr Schoßhund geworden. Sie treten mein Herz mit Füßen, Sie zermalmen mich, Sie erniedrigen mich, und ich liebe Sie, wie ich nie zuvor geliebt habe. Valérie, ich liebe Sie genauso sehr wie Célestine! Um Ihretwillen bin ich zu allem fähig ... Hören Sie, statt zweimal die Woche in die Rue du Dauphin[137] zu kommen, kommen Sie künftig dreimal!«

»Weiter nichts? Sie verjüngen sich, mein Lieber ...«

»Lassen Sie mich Hulot wegschicken, ihn demütigen, ihn Ihnen vom Halse schaffen«, sagte Crevel, ohne auf diese Unverschämtheit zu antworten, »lassen Sie diesen Brasilianer nicht mehr vor, seien Sie ganz die Meine; Sie werden es nicht bereuen. Als das erste gebe ich Ihnen Staatspapiere zu achttausend Francs Zinsen, aber als Leibrente; Sie bekommen das unbeschränkte Eigentumsrecht, wenn Sie mir fünf Jahre treu geblieben sind.«

»Immer dies Feilschen! Schenken, das lernen die Spießer nie! Wollen Sie sich mit Staatspapieren im Leben Liebesraststätten schaffen ...? Ach, du Krämer, du Pomadenhändler! Du etikettierst alles! Hector hat mir erzählt, der Herzog von Hérouville habe Josépha Staatspapiere mit dreißigtausend Francs Zinsen in einer Tüte mit Krämerbonbons mitgebracht! Ich bin zehnmal mehr wert als Josépha! Ach, geliebt werden!« sagte sie und ordnete sich vor dem Spiegel ihre Stirnlocken. »Henri liebt mich; er würde Sie auf einen Wink meiner Augen hin zerquetschen wie eine Fliege! Hulot liebt mich, er bringt seine Frau an den Bettelstab. Sie sollten lieber ein guter Familienvater sein, mein Lieber. Oh, Sie besitzen für Ihre Streiche dreihunderttausend Francs neben Ihrem Vermögen, einen wahren Hort, und Sie denken an nichts, als ihn zu vergrößern ...«

»Für dich, Valérie! Ich biete dir die Hälfte davon an!« sagte er und fiel auf die Knie.

»Was? Sie sind immer noch hier?« rief der abscheuliche Marneffe im Schlafrock. »Was treiben Sie da?«

»Er bittet mich um Verzeihung, Bester, eines beleidigenden Vorschlags wegen, den er mir grade gemacht hatte. Da er nichts bei mir erreichen konnte, ist er auf den Einfall gekommen, mich zu kaufen ...«

Am liebsten wäre Crevel durch eine Versenkung in den Keller hinabgeglitten, wie auf der Bühne.

»Stehen Sie auf, lieber Crevel«, sagte Marneffe lächelnd. »Sie wirken lächerlich. An Valéries Miene sehe ich, daß ich nichts zu befürchten habe.«

»Geh zu Bett und schlaf in Frieden«, sagte Madame Marneffe.

Ist diese Frau geistvoll! dachte Crevel. Anbetungswürdig ist sie! Sie zieht mich aus der Klemme!

Als Marneffe wieder in sein Zimmer gegangen war, ergriff der Bürgermeister Valéries Hände, küßte sie und ließ die Spur einiger Tränen darauf zurück.

»Alles wird auf deinen Namen eingetragen!« sagte er.

»Das nenne ich Liebe«, antwortete sie ihm flüsternd. »Gut denn, Liebe für Liebe. Unten auf der Straße ist Hulot. Um hierher zu kommen, wartet der arme Alte darauf, daß ich in eins der Fenster meines Schlafzimmers eine Kerze stelle; ich ermächtige Sie, ihm zu sagen, daß Sie der einzige Geliebte seien; das wird er Ihnen keinesfalls glauben, also führen Sie ihn nach der Rue du Dauphin, geben Sie ihm Beweise, schmettern Sie ihn zu Boden; ich erlaube, ich befehle es Ihnen. Diese Robbe langweilt mich und ist mir lästig. Halten Sie ihn die ganze Nacht in der Rue du Dauphin fest, rösten Sie ihn bei kleinem Feuer, rächen Sie sich für Josépha's Entführung. Hulot wird daran vielleicht sterben; aber wir werden seine Frau und seine Kinder vor einem gräßlichen Untergang bewahren. Madame Hulot muß sich ihren Lebensunterhalt durch Arbeit verdienen . . .!«

»Oh! Die arme Dame! Wirklich, das ist grauenhaft!« rief Crevel, dessen natürliche Gutmütigkeit wiederkehrte.

»Wenn du mich liebst, Célestin«, flüsterte sie ihm ins Ohr, das sie mit den Lippen streifte, »dann halte ihn fest, oder ich bin verloren. Marneffe hegt Verdacht; Hector hat den Haustürschlüssel und rechnet damit, wiederzukommen!«

Crevel schloß Madame Marneffe voll Heftigkeit in die Arme; als er ging, befand er sich auf dem Gipfel des Glücks. Valérie begleitete ihn zärtlich bis auf den Treppenabsatz; dann stieg sie wie eine Hypnotisierte bis zum ersten Stockwerk hinab, und dann sogar bis unten an die Freitreppe.

»Liebste Valérie, geh wieder hinauf! Kompromittiere dich nicht vor Portiersaugen . . . Geh, mein Leben und mein Glück, alles ist dein . . . Kehr um, du meine Herzogin!«

»Madame Olivier!« rief Valérie leise, als die Haustür zugeklappt war.

»Nanu? Madame, Sie hier?« fragte Madame Olivier verblüfft.

»Schieben Sie an der großen Tür die Riegel oben und unten vor, und machen Sie nicht mehr auf.«

»Gut, Madame.«

Als Madame Olivier die Riegel vorgeschoben hatte, erzählte sie von dem Bestechungsversuch, dessen der hohe Beamte sich ihr gegenüber erdreistet hatte.

»Sie haben sich verhalten wie ein Engel, liebe Olivier; aber darüber wollen wir morgen reden.«

Mit der Geschwindigkeit eines Pfeiles gelangte Valérie in den dritten Stock, klopfte dreimal leise an Lisbeths Tür und ging dann wieder in ihre Wohnung, wo sie Mademoiselle Reine Weisungen erteilte; denn schwerlich läßt eine Frau sich je die Gelegenheit entgehen, wenn ein Montez aus Brasilien heimkommt.

»Nein, sapperlot, nur Damen von Welt wissen zu lieben!« sagte sich Crevel. »Wie sie die Treppe hinabgestiegen ist und sie mit ihren Blicken erleuchtet hat, da habe ich sie hingerissen! Josépha nie ... Josépha, die ist Schund«, rief der ehemalige Handelsreisende. »Was habe ich da gesagt? Schund ...? Mein Gott, ich bin imstande, eines Tages so etwas in den Tuilerien zu sagen ... Nein, wenn Valérie mich nicht erzieht, dann wird aus mir nichts Rechtes ... Und dabei liegt mir so sehr daran, als Grandseigneur zu wirken ... Ach, ist das eine Frau! Es durchwühlt mich wie eine Kolik, wenn sie mich frostig anblickt ... Diese Anmut! Dieser Geist! Josépha hat mir nie solche Gefühle eingeflößt. Und noch so viele Vollkommenheiten, die mir unbekannt sind! Ah, gut, da steht ja der Baron.«

Im Dunkel der Rue de Babylon hatte er den großen Hulot gewahrt, der ein bißchen gebeugt am Bretterzaun eines Neubaus entlangschlich, und er ging stracks auf ihn zu.

»Guten Tag, Baron, weil es nämlich schon nach Mitternacht ist, mein Lieber! Was, zum Teufel, treiben Sie hier ...? Lustwandeln Sie bei diesem niedlichen Sprühregen? In unserem Alter ist das unbekömmlich. Soll ich Ihnen einen guten Rat geben? Wir wollen beide, jeder für sich, nach Hause gehen; denn, unter uns, Sie werden kein Licht im Fenster erblicken ...«

Als der Baron diesen letzten Satz vernahm, spürte er, daß er dreiundsechzig Jahre alt und daß sein Mantel feucht war.

»Wer hat Ihnen das sagen können ...?« fragte er.

»Valérie, natürlich! *Unsere* Valérie, die einzig und allein *meine* Valérie sein will. Wir sind quitt, Baron, und wir können die entscheidende Partie spielen, wenn Sie wollen. Sie dürfen sich nicht erbosen; Sie wissen ja, daß ich mir das Recht auf Revanche stets vorbehalten hatte; Sie haben drei Monate gebraucht, um mir Josépha abspenstig zu machen; ich habe Ihnen Valérie weggenommen innerhalb von ... Aber reden wir nicht darüber«, fuhr er fort. »Jetzt will ich sie ganz für mich allein haben. Aber Sie und ich, wir bleiben gute Freunde.«

»Crevel, scherze nicht«, antwortete der Baron mit wuterstickter Stimme. »Hier geht es um Leben oder Tod.«

»Nanu, *so* fassen Sie es auf ...? Baron, erinnern Sie sich nicht mehr, was Sie mir an Hortenses Hochzeitstag gesagt haben? ›Müssen zwei alte Hurenböcke wie wir sich eines Unterrocks wegen verkrachen? Das wäre krämerhaft, das wäre die Art kleiner Leute ...‹ Wir dagegen, das ist doch abgemacht, sind Régence, blauer Gehrock, Pompadour, Achtzehntes Jahrhundert, Marschall von Richelieu, wie er im Buche steht, Rokoko, und, ich wage es zu sagen, *Liaisons Dangereuses*[138] ...!«

Crevel hätte diese literarischen Ausdrücke noch eine ganze Weile aneinander reihen können; der Baron hörte zu wie Schwerhörige zu Beginn ihrer Taubheit. Als der Sieger beim Schein der Gaslaterne sah, daß das Gesicht seines Gegners blaß geworden war, hielt er inne. Nach den Erklärungen der Madame Olivier, nach Valéries letztem Blick war der Baron wie vom Donner gerührt.

»Mein Gott! Und dabei gab es soviel andere Frauen in Paris ...!« rief er endlich.

»Eben das habe ich dir gesagt, als du mir Josépha wegnahmst« entgegnete Crevel.

»Aber Crevel, das ist doch unmöglich ... Geben Sie mir Beweise ...! Haben Sie, wie ich, einen Schlüssel, um zu ihr hineinzugelangen?«

Und da er vor dem Haus angelangt war, steckte der Baron einen Schlüssel ins Schloß; aber die Tür wich und wankte nicht, und er versuchte vergebens, sie aufzumachen.

»Begehen Sie keine nächtliche Ruhestörung«, sagte Crevel in aller Ruhe. »Glauben Sie mir, Baron, *ich* habe weit bessere Schlüssel als Sie.«

»Beweise! Beweise!« wiederholte der Baron; er war außer sich vor Schmerz, dem Wahnsinn nahe.

»Kommen Sie mit; ich will sie Ihnen geben«, antwortete Crevel.

Und wie Valérie es ihn geheißen hatte, zog er den Baron durch die Rue Hillerin-Bertin[139] dem Seinequai zu. Der unselige Staatsrat schritt einher wie die Kaufleute am Vorabend des Tages, da sie ihren Konkurs anmelden müssen; er verlor sich in Mutmaßungen über die Gründe der Verderbtheit, die in Valéries Herzenstiefe verborgen gelegen hatte, und er glaubte, der

Genasführte irgendeiner Mystifikation zu sein. Beim Überschreiten des Pont Royal dünkte ihn sein Dasein so leer, so gründlich abgeschlossen, so verworren durch seine Geldangelegenheiten, daß er drauf und dran war, einer bösen Regung nachzugeben, die ihn überkam, und kurzerhand Crevel in den Fluß zu stürzen und dann ihm nachzuspringen.

Als sie in der Rue Dauphin angelangt waren, die zu jener Zeit noch nicht verbreitert worden war, blieb Crevel vor einer Nebentür stehen. Jene Tür mündete auf einen langen, mit weißen und schwarzen Fliesen ausgelegten Flur, der die Vorhalle bildete und an dessen Ende sich eine Treppe und eine Pförtnerloge befanden, die durch einen kleinen Binnenhof erhellt wurden, wie es deren in Paris so viele gibt. Jener Hof, der an das Nachbargrundstück stieß, bot die seltene Eigentümlichkeit einer ungleichen Teilung dar. Das Häuschen Crevels, denn er war der Eigentümer, hatte einen Anbau mit Glasdach, der auf dem Nachbargrundstück errichtet worden war, und belastet mit dem Verbot, diesen Bau höher zu führen; er war den Blicken durch die Loge und den Mauervorsprung der Treppe völlig entzogen.

Jene Örtlichkeit, wie man in Paris deren viele antrifft, hatte geraume Zeit als Lagerraum, als Hinterstube und als Küche eines der beiden nach der Straße hin gelegenen Läden gedient. Crevel hatte von seinem Haus jene drei Parterrezimmer losgelöst, und Grindot hatte sie in ein Liebesnest umgewandelt. Auf zweierlei Weise gelangte man hinein; erstens durch den Laden eines Möbelhändlers, dem Crevel die Wohnung zu einem niedrigen Preis abgemietet hatte, bei monatlicher Kündigung, um den Vermieter für den Fall einer Indiskretion bestrafen zu können; und zweitens durch eine in der Flurmauer angebrachte Tür, die dort so geschickt eingefügt war, daß man sie kaum sehen konnte. Jene kleine Wohnung bestand aus einem Eßzimmer, einem Wohnraum und einem Schlafzimmer und wurde von oben her erhellt; sie lag halb auf dem Grundstück des Nachbarn, halb auf demjenigen Crevels und war also nahezu unauffindbar. Außer dem Altmöbelhändler wußte kein Mieter von diesem kleinen Paradies. Die Pförtnersfrau war bestochen worden, um Crevels Komplizin zu sein; sie war eine ausgezeichnete Köchin. Der Herr Bürgermeister konnte also sein Liebesnest zu jeder Nachtstunde betreten oder verlassen, ohne daß er zu befürchten brauchte, bespitzelt zu werden. Tagsüber riskierte eine Frau, die angezogen war wie eine Pariserin, die Einkäufe machte, und die einen Schlüssel hatte, nichts, wenn sie Crevel besuchte; sie schaute sich die Auslage des Altwarenhändlers an, sie feilschte mit ihm, ging in den Laden hinein und verließ ihn, ohne den mindesten Argwohn zu erregen, wenn sie jemandem begegnete.

Als Crevel die Leuchter im Boudoir angezündet hatte, war der Baron völlig verblüfft über den kenntnisreichen, koketten Luxus, der dort entfaltet worden war. Der ehemalige Parfümhändler hatte Grindot freie Hand gelassen, und der alte Architekt hatte sich durch eine Schöpfung im Pompadour-Stil hervorgetan, die übrigens sechzigtausend Francs gekostet hatte. – »Ich will«, hatte Crevel zu Grindot gesagt, »daß eine Herzogin, wenn sie hier eintritt, große Augen macht ...« Er hatte das schönste Pariser Eden haben wollen, um darin seine Eva zu besitzen, seine Weltdame, seine Valérie, seine Herzogin.

»Es sind zwei Betten vorhanden«, sagte Crevel zu Hulot und zeigte auf einen Diwan, aus dem man ein Bett herausziehen konnte, wie man ein Kommodenschubfach aufzieht. »Dies hier ist das eine; das andere steht im Schlafzimmer. Auf diese Weise können wir alle beide hier die Nacht verbringen.«

»Die Beweise!« sagte der Baron.

Crevel nahm einen Leuchter und führte seinen Freund in das Schlafzimmer, wo Hulot auf einer Causeuse einen herrlichen Schlafrock liegen sah, der Valérie gehörte und den sie in der Rue Vanneau getragen hatte, um sich in Szene zu setzen, bevor er in Crevels Liebesnest Verwendung fand. Der Bürgermeister öffnete das Geheimfach eines hübschen kleinen Schreibtisches mit eingelegter Arbeit, kramte darin, ergriff einen Brief und hielt ihn dem Baron hin.

»Da, lies.«

Der Staatsrat las das mit Bleistift geschriebene Briefchen.

»Ich habe Dich vergeblich erwartet, alte Ratze! Eine Frau wie ich wartet niemals auf einen ehemaligen Parfümhändler. Weder war ein Abendessen bestellt, noch waren Zigaretten da. Das sollst Du mir teuer bezahlen.«

»Ist das ihre Handschrift oder nicht?«

»Mein Gott!« sagte Hulot und setzte sich niedergeschmettert. »Ich erkenne alles wieder, was sie benutzt hat; da liegen ihre Häubchen und ihre Pantoffel. Das ist denn doch! Sag mal, seit wann ...«

Crevel nickte zum Zeichen, daß er verstanden habe, und entnahm dem kleinen, eingelegten Sekretär eine Handvoll Rechnungen.

»Schau, alter Junge! Die Handwerker habe ich im Dezember 1838 bezahlt. Im Oktober, zwei Monate vorher, ist dieses reizende Liebesnest eingeweiht worden.«

Der Staatsrat senkte den Kopf.

»Wie, zum Teufel, deichselt ihr es nur? Ich weiß doch Stunde für Stunde, was sie mit ihrer Zeit anfängt.«

»Und der Spaziergang im Tuileriengarten ...?« fragte Crevel jubelnd und rieb sich die Hände.

»Na, und ...?« entgegnete Hulot blöd.

»Deine sogenannte Geliebte kommt in den Tuileriengarten; es heißt, sie gehe da von eins bis vier spazieren; aber sonstwas, im Handumdrehen ist sie hier. Du kennst doch Molière? Na, schön, Baron, dein Titel[140] ist nicht nur Einbildung.«

Jetzt konnte Hulot an nichts mehr zweifeln; er verharrte in düsterem Schweigen. Katasrophen treiben alle starken, klugen Männer in die Philosophie. Moralisch betrachtet war der Baron wie jemand, der bei Nacht im Wald nach seinem Weg sucht. Jenes dumpfe Schweigen, der Wandel, der sich in seinen eingefallenen Zügen vollzogen hatte, all das beunruhigte Crevel; den Tod seines Mitarbeiters wollte er nicht.

»Wie gesagt, alter Junge, wir sind quitt; laß uns die entscheidende Partie spielen ... Willst du die entscheidende Partie spielen, ja? Mit allen Tücken?«

»Warum«, sagte Hulot im Selbstgespräch, »kommen auf zehn schöne Frauen mindestens sieben verdorbene?«

Der Baron war allzusehr durcheinandergeraten, um die Lösung dieses Rätsels zu finden. Die Schönheit ist die größte aller menschlichen Mächte. Jede Macht ohne Gegengewicht, ohne Hemmnis, also autokratisch, führt zum Mißbrauch, zu Irrsinn. Die Willkür ist der Wahnwitz der Macht. Bei der Frau ist die Willkür die Phantasie.

»Du hast keinen Grund zum Jammern, lieber Kollege; du besitzt die schönste aller Frauen, und sie ist tugendhaft.«

»Ich verdiene mein Los«, sagte sich Hulot; »ich habe meine Frau verkannt, ich habe sie leiden lassen, und dabei ist sie ein Engel! O meine arme Adeline, jetzt bist du gerächt! Sie leidet einsam und stumm; sie ist anbetenswert, meiner Liebe würdig; ich müßte... denn noch immer ist sie wunderbar, weiß und wieder zum jungen Mädchen geworden... Und hat man je eine gemeinere, infamere, schurkischere Frau als Valérie erlebt?«

»Sie taugt nichts«, sagte Crevel, »sie ist eine Hure, die auf der Place du Châtelet ausgepeitscht werden müßte; aber, lieber Canillac[141], wenn wir Leute im blauen Gehrock sind, Leute wie der Marschall von Richelieu, Trumeau[142], die Pompadour, die Du Barry, Lebemänner und alles, was es sonst noch im achtzehnten Jahrhundert gab, so haben wir doch wenigstens keinen Polizeileutnant mehr zu befürchten.«

»Was muß man tun, um geliebt zu werden...?« fragte sich Hulot, ohne auf Crevel zu hören.

»Es ist eine Männerdummheit, geliebt werden zu wollen«, sagte Crevel; »wir können immer nur geduldet werden; Madame Marneffe ist nämlich hundertmal durchtriebener als Josépha...«

»Und habgieriger! Hundertzweiundneunzigtausend Francs kostet sie mich...!« rief Hulot.

»Und wieviel Centimes?« fragte Crevel mit der Unverschämtheit des Geldmenschen, dem eine solche Summe gering vorkommt.

»Da sieht man, daß du sie nicht liebst«, sagte der Baron melancholisch.

»Ich habe genug von ihr«, entgegnete Crevel, »sie hat von mir nämlich mehr als dreihunderttausend Francs bekommen...!«

»Wo stecken die? Wo geht all das Geld hin?« fragte der Baron und stützte den Kopf in die Hände.

»Wenn wir beide uns verständigt hätten wie die Jüngelchen, die ihr Geld zusammenlegen, um eine Zwei-Sous-Lorette auszuhalten, wäre sie uns nicht so teuer zu stehen gekommen.«

»Das ist eine Idee!« entgegnete der Baron. »Aber sie würde

uns stets hintergehen; dann, mein dicker Papa, was hältst du von diesem Brasilianer ...?«

»Ach, alter Kaninchenbock, du hast recht; wir sind übers Ohr gehauen worden wie ... Aktionäre ...!« sagte Crevel. »Alle diese Weiber sind Kommanditgesellschaften!«

»Sie also war es«, fragte der Baron, »die dir von dem Licht im Fenster erzählt hat ...?«

»Mein guter Kerl«, erwiderte Crevel und stellte sich in Positur, »wir sind genasführt worden! Valérie ist eine .. Sie hat mir gesagt, ich solle dich hier festhalten ... Jetzt wird mir die Sache klar ... Sie hat ihren Brasilianer ... Ach was, ich verzichte auf sie; denn wenn man ihr die Hände festhielte, würde sie Mittel und Wege finden, einen mit ihren Füßen zu betrügen! Laß es gut sein, sie ist ein Dreckstück, eine Hure!«

»Noch unter den Prostituierten steht sie«, sagte der Baron. »Josépha und Jenny Cadine waren im Recht, als sie uns hintergingen; sie machen aus ihren Körperreizen ein Geschäft!«

»Sie aber spielt die Heilige, die Prüde«, sagte Crevel. »Höre, Hulot, du solltest zu deiner Frau zurückkehren; mit deinen Finanzen steht es nicht gut; man fängt an, von gewissen Wechseln zu reden, die ein kleiner Wucherer in Händen hat, dessen Spezialität es ist, den Loretten Geld zu leihen, ein gewisser Vauvinet. Was mich betrifft, so bin ich von den eleganten Damen kuriert. Was brauchen wir übrigens in unserm Alter diese durchtriebenen Weiber, die, ich rede offen, gar nicht anders können als uns zu betrügen? Du hast weißes Haar und falsche Zähne, Baron. Und ich sehe aus wie Silenus. Ich will mich daranmachen, Geld aufzuhäufen. Geld betrügt nicht. Wenn das Schatzamt alle Halbjahr seine Pforten für jedermann auftut, dann gibt es einem doch wenigstens Zinsen, während man bei dieser Frau draufzahlen muß ... Mit dir, alter Kollege, Gubetta[143], alter Komplize, könnte ich eine schwägerliche[144] ... nein, philosophische Situation in Kauf nehmen; aber mit einem Brasilianer, der vielleicht aus seiner Heimat verdächtige Kolonialwaren mitgebracht hat ...«[145]

»Die Frau«, sagte Hulot, »ist ein unerklärliches Wesen.«

»Ich kann sie erklären«, sagte Crevel; »wir sind alt, und der Brasilianer ist jung und hübsch ...«

»Ja, das stimmt«, sagte Hulot. »Wir werden alt. Aber, lieber Freund, wie soll man darauf verzichten, es zu erleben, daß diese schönen Geschöpfe sich ausziehen, sich das Haar wickeln, uns mit einem listigen Lächeln anblicken, wenn sie sich ihre Papilloten anlegen, wenn sie ihr Mienenspiel treiben, mit ihren Lügen aufwarten, sagen, sie würden nicht genug geliebt, wenn sie sehen, daß wir von unseren Geschäften abgekämpft sind, und die uns trotz alledem Belustigungen schaffen?«

»Ja, wahrhaftig, es ist das einzig Angenehme im Leben ...«, rief Crevel aus. »Ach, wenn solch ein schönes Mädchengesicht einen anlächelt, wenn einem gesagt wird: ›Mein Liebster, weißt du eigentlich, wie goldig zu bist? Ich bin sicherlich aus anderem Stoff wie die andern Frauen, die sich in junge Leute mit Bocksbärten vergaffen, Laffen, die rauchen und die plump sind wie Lakaien! Die macht ihre Jugend nämlich unverschämt ... Kurz und gut, die kommen, sagen einem Guten Tag und verschwinden wieder ... Aber ich, die du für kokett hältst, ich ziehe diesen Hosenmätzen die Fünfziger vor; die behält man lange; die sind treu, die wissen, daß eine Frau sich nur schwer wieder zurechtfindet; die schätzen uns richtig ein ... Deshalb habe ich dich lieb, du Schuft ...‹ Und solche Geständnisse begleiten sie mit kätzchenhaften Schmeicheleien, mit Nettigkeiten, mit ... Dabei ist alles falsch wie Programmreden im Rathaus ...«

»Die Lüge ist häufig besser als die Wahrheit«, sagte Hulot; er mußte an ein paar reizende Szenen denken, deren er sich erinnerte, als Crevel Valérie nachgeäfft hatte. »Man ist genötigt, die Lüge mitzumachen, sich Pailletten an sein Theaterkostüm zu nähen ...«

»Und dann kommt man ihnen schließlich auf die Schliche, diesen Lügnerinnen!« sagte Crevel brutal.

»Valérie ist eine Fee«, rief der Baron. »Sie verwandelt einen aus einem alten Mann in einen Jüngling ...«

»Freilich«, entgegnete Crevel. »Ein Aal ist sie, der einem zwischen den Fingern hindurchschlüpft; aber sie ist der hübscheste aller Aale ... weiß und süß wie Zucker ...! drollig wie Arnal[146] und voller Einfälle! Ach!«

»O ja, und über die Maßen geistreich!« rief der Baron; er dachte nicht mehr an seine Frau.

Die beiden Spießgesellen gingen als die besten Freunde von der Welt schlafen und erinnerten einander an Valéries Vollkommenheiten, den wechselnden Klang ihrer Stimme, ihr kätzchenhaftes Gehabe, ihre Gesten, ihre lustigen Einfälle, die Sprünge ihres Geistes und ihres Herzens; denn diese Liebeskünstlerin verfügte über wundervolle Aufschwünge, wie die Tenöre, die eine Arie den einen Tag besser singen als den andern. Und sie schliefen beide ein, gewiegt von versucherischen, diabolischen Erinnerungen, die beleuchtet von Höllenfeuern waren.

Am andern Morgen um neun sprach Hulot davon, daß er ins Ministerium gehen wolle; Crevel hatte geschäftlich auf dem Lande zu tun. Gemeinsam verließen sie das Haus, und Crevel reichte dem Baron die Hand und sagte:

»Wir tragen einander nichts nach, nicht wahr? Denn jetzt denkt keiner von uns mehr an Madame Marneffe.«

»Oh, damit ist es aus!« antwortete Hulot und gab einem gewissen Abscheu Ausdruck.

Um halb elf kletterte Crevel Hals über Kopf Madame Marneffes Treppe hinauf. Er fand die infame Kreatur, die anbetungswürdige Zauberin im kokettesten Morgengewand der Welt, wie sie in Gesellschaft des Barons Henri Montez de Montejanos und Lisbeths ein hübsches, kleines, erlesenes Essen verzehrte. Trotz des Schlages, den ihm der Anblick des Brasilianers versetzte, bat Crevel Madame Marneffe, ihm für zwei Minuten Gehör zu schenken. Valérie ging mit Crevel in den Salon hinüber.

»Valérie, mein Engel«, erklärte der verliebte Crevel, »dein Mann hat nicht mehr lange zu leben; wenn du mir treu sein willst, werden wir nach seinem Tod heiraten. Bedenke das. Ich habe dir Hulot vom Hals geschafft ... Also überlege dir, ob dieser Brasilianer einen Pariser Bürgermeister aufwiegt, der um deintewillen zu den höchsten Würden aufsteigen kann und der bereits achtzigtausendundeinige Francs Zinsen besitzt.«

»Ich will es mir überlegen«, sagte sie. »Um zwei komme ich in die Rue du Dauphin; dann können wir uns darüber unterhalten; aber seien Sie vernünftig! Und vergessen Sie die Übereignung nicht, die Sie mir gestern versprochen haben.«

Sie ging ins Eßzimmer zurück; Crevel folgte ihr; er hoffte,

das Mittel gefunden zu haben, Valérie für sich allein zu besitzen; da erblickte er den Baron Hulot, der während dieser kurzen Besprechung eingetreten war, um den gleichen Plan zu verwirklichen. Der Staatsrat bat, wie Crevel, um einen Augenblick Gehör. Madame Marneffe stand auf, um nochmals in den Salon zu gehen; dabei lächelte sie dem Brasilianer zu, wie wenn sie ihm sagen wolle: »Die beiden sind verrückt! Sehen sie dich denn nicht?«

»Valérie«, sagte der Staatsrat, »mein Kind, dieser Vetter ist ein Vetter aus dem Märchenbuch . . .«

»Oh, hören Sie auf!« fiel sie dem Baron ins Wort. »Mein Mann ist niemals mein Mann gewesen, wird es nie mehr sein und kann es nie mehr sein. Der erste, der einzige Mann, den ich je geliebt habe, ist wiedergekommen, wider alles Erwarten . . . Dafür kann ich nichts! Aber schauen Sie sich meinen Henri richtig an, und schauen Sie sich selber an. Und dann fragen Sie sich, ob eine Frau, zumal wenn sie liebt, schwanken kann. Mein Lieber, ich bin keine ausgehaltene Frau. Ab heute will ich nicht mehr wie Susanna zwischen zwei Greisen sein.[147] Wenn Sie Wert auf mich legen, dann sollen Sie, Sie und Crevel, unsere Freunde sein; aber alles ist zu Ende, denn ich bin sechsundzwanzig Jahre alt; ich will in Zukunft eine Heilige sein, eine vortreffliche, würdige Frau . . . wie die Ihrige.«

»So also stehen die Dinge?« fragte Hulot. »Ach, und wie haben Sie mich willkommen geheißen, wenn ich kam, wie ein Papa, beide Hände voll Nachsicht . . .! Gut denn; Ihr Mann wird weder Bürochef noch Offizier der Ehrenlegion werden, niemals . . .«

»Das werden wir ja sehen!« sagte Madame Marneffe und blickte Hulot auf eine gewisse Weise an.

»Wir wollen uns nicht erzürnen«, entgegnete Hulot in seiner Verzweiflung; »ich komme heute abend, und dann werden wir uns verständigen.«

»In Lisbeths Wohnung, ja!«

»Gut«, sagte der verliebte alte Mann, »in Lisbeths Wohnung . . .!«

Hulot und Crevel stiegen, ohne ein Wort zu sagen, zusammen die Treppe hinab, bis sie auf der Straße waren; auf dem

Bürgersteig schließlich blickten sie einander an und begannen traurig zu lachen.

»Zwei alte Narren sind wir . . .!« sagte Crevel.

»Ich habe die beiden an die Luft gesetzt«, sagte Madame Marneffe zu Lisbeth und nahm wieder am Tisch Platz. »Ich habe nie jemanden geliebt und werde nie jemanden lieben als meinen Jaguar«, fügte sie lächelnd hinzu und blickte Montez an. »Lisbeth, mein Kind, weißt du es schon . . .? Henri hat mir alle Gemeinheiten verziehen, zu denen die Not mich gezwungen hatte.«

»Die Schuld daran liegt bei mir«, sagte der Brasilianer. »Ich hätte dir hunderttausend Francs schicken sollen.«

»Du armer Junge!« rief Valérie. »Ich hätte arbeiten sollen, um zu leben, aber dazu sind meine Finger nicht geschaffen . . . frag nur Lisbeth.«

Der Brasilianer verabschiedete sich als der glücklichste Mensch in ganz Paris.

Gegen Mittag plauderten Valérie und Lisbeth in dem prunkvollen Schlafzimmer, wo diese gefährliche Pariserin ihrer Toilette den letzten Chic gab; diesen ihr eigenhändig zu geben, darauf legt eine Frau großen Wert. Die Riegel waren vorgeschoben, die Türvorhänge zugezogen, und Valérie erzählte bis in die winzigsten Einzelheiten die Geschehnisse des Abends, der Nacht und des Vormittags.

»Bist du zufrieden, mein Kleinod?« fragte sie Lisbeth, als sie geendet hatte. »Was soll ich eines Tages werden, Madame Crevel oder Madame Montez? Was meinst du?«

»Crevel hat als der Lüstling, der er ist, keine zehn Jahre mehr zu leben«, antwortete Lisbeth, »und Montez ist jung, Crevel wird dir etwa dreißigtausend Francs Zinsen hinterlassen. Montez soll warten; er wird froh sein, wenn er der Benjamin bleibt. Auf diese Weise kannst du, liebes Kind, wenn du dich gut konservierst, mit etwa dreiunddreißig deinen Brasilianer heiraten und mit sechzigtausend Francs Zinsen, die dir allein gehören, eine große Rolle spielen, zumal wenn eine Marschallin dich protegiert . . .«

»Ja, aber Montez ist Brasilianer; er wird es nie zu etwas bringen«, gab Valérie zu bedenken.

»Wir leben«, sagte Lisbeth, »im Zeitalter der Eisenbahnen[148], und da können schließlich in Frankreich auch Ausländer zu großen Stellungen gelangen.«

»Wir werden sehen«, entgegnete Valérie, »wenn mein Mann gestorben ist; er hat nicht lange mehr zu leiden.«

»Diese bei ihm immer wiederkehrenden Krankheitsanfälle sind wie die Gewissensbisse des Körpers. Na, ich will jetzt erstmals zu Hortense gehen.«

»Tu das, geh, mein Engel«, antwortete Valérie, »und bring mir meinen Künstler her! Innerhalb dreier Jahre nicht mal eine Daumenbreite Gelände gewonnen zu haben! Eine Schmach und Schande für uns beide! Wenceslaus und Henri, das sind meine beiden einzigen Passionen. Der eine verkörpert die Liebe, der andere die Liebeslaunen.«

»Wie schön du heute morgen bist!« sagte Lisbeth, legte Valérie den Arm um die Taille und küßte sie auf die Stirn. »Ich genieße alle deine Liebesfreuden, dein Glück und deinen Reichtum und deine Toiletten mit ... Ich habe erst seit dem Tage wirklich zu leben angefangen, da wir Schwestern geworden sind ...«

»Warte du Tigerin«, sagte Valérie lachend, »dein Schal sitzt schief ... Du verstehst es noch immer nicht, einen Schal zu tragen, obwohl ich dir seit drei Jahren Unterricht darin gebe, und dabei willst du die Frau Marschallin Hulot werden ...«

Lisbeth trug pflaumenfarbene Stiefelchen, graue Seidenstrümpfe, ein Kleid aus herrlichem, geköpertem Seidenstoff, in der Mitte gescheiteltes, glatt anliegendes Haar und darauf eine sehr hübsche schwarzsamtene, mit gelbem Satin gefütterte Kapotte; so ging sie über den Boulevard des Invalides zur Rue Saint-Dominique und überlegte, ob Hortenses Niedergeschlagenheit ihr diese starke Seele endlich ausliefern werde und ob die sarmatische Unbeständigkeit, zu einer Stunde überrumpelt, da bei solcherlei Charakteren alles möglich ist, nicht Wenceslaus' Liebe beugen würde.

Hortense und Wenceslaus bewohnten das Erdgeschoß eines Hauses, das an der Stelle gelegen war, wo die Rue Saint-Dominique in die Esplanade des Invalides einmündet. Diese Wohnung, die ehedem im Einklang mit den Flitterwochen gestanden hatte, bot jetzt einen halb frischen, halb vergilbten Anblick; man könnte ihn als den Herbst des Mobiliars bezeichnen. Jungvermählte neigen zum Verpfuschen; sie verderben, ohne es zu wissen und zu wollen, die Dinge rings um sich her, gerade wie sie Mißbrauch mit der Liebe treiben. Sie sind so sehr von sich selbst erfüllt, daß sie sich nur wenig um die Zukunft kümmern, die dann der Familienmutter später Sorgen macht.

Lisbeth traf ihre Nichte Hortense dabei an, daß sie eigenhändig gerade einen kleinen Wenceslaus angekleidet hatte, der in den Garten gebracht worden war.

»Tag, Bette«, sagte Hortense; sie hatte der Tante selber die Haustür geöffnet.

Die Köchin war zum Markt gegangen; die Zofe, zugleich Kindermädchen, war beim Wäschewaschen.

»Guten Tag, liebes Kind«, antwortete Lisbeth und küßte Hortense auf die Wange. »Na?« fragte sie sie flüsternd, »ist Wenceslaus in seinem Atelier?«

»Nein, er plaudert mit Stidmann und Chanor im Wohnzimmer.«

»Könnten wir wohl ein bißchen allein sein?« fragte Lisbeth.

»Komm mit in mein Schlafzimmer.«

Jenes Schlafzimmer war mit persischem Stoff bespannt, der Rosenblüten und grünes Blattwerk auf weißem Grunde zeigte; aber da ihn, genau wie den Teppich, unablässig die Sonne bestrahlt, hatte, war er verblichen. Die Vorhänge waren seit langem nicht gewaschen worden. Es roch nach Wenceslaus' Zigarrenrauch; nun er ein großer Herr auf dem Gebiet der Kunst geworden und von Geburt Edelmann war, pflegte er die Asche auf den Sessellehnen, auf den hübschesten Dingen abzustreifen, eben als ein geliebter Mann, bei dem man alles in Kauf nimmt, und als ein reicher Mann, der keine bourgeoisen Rücksichten nimmt.

»So, jetzt laß uns über deine Angelegenheiten reden«, bat Lisbeth, als sie sah, daß ihre schöne Nichte stumm in dem Sessel sitzen blieb, in den sie sich hatte sinken lassen. »Aber was ist dir? Ich finde, du siehst ein bißchen bläßlich aus, Liebe.«

»Es sind schon wieder zwei Zeitungsartikel erschienen, in denen mein armer Wenceslaus verrissen wird; ich habe sie gelesen und halte sie vor ihm verborgen; er würde sonst den Mut völlig sinken lassen. Die Marmorstatue des Marschalls Montcornet wird als völlig mißlungen hingestellt. Den Reliefs am Sockel läßt man Gnade widerfahren, um mit einer abscheulichen Perfidie Wenceslaus' Talent für rein Ornamentales zu rühmen und um der Meinung, große Kunst verbiete sich uns, mehr Gewicht zu verleihen! Stidmann, den ich angefleht habe, mir die Wahrheit zu sagen, hat mich zur Verzweiflung gebracht, als er mir gestand, seine eigene Meinung stimme mit derjenigen aller Künstler, der Kritiker und des Publikums überein.

›Wenn Wenceslaus‹, hat er mir dort im Garten vor dem Mittagessen gesagt, ›nächstes Jahr kein Meisterwerk ausstellt, muß er sich von der Plastik großen Stils abwenden und sich an Idylle halten, Kleinkunst, Kunstgewerbe und die bessere Goldschmiedekunst!‹ Dieses Urteil hat für mich einen heftigen Schmerz bedeutet; denn Wenceslaus wird es niemals anerkennen; er hat Selbstgefühl und so viele schöne Ideen . . .«

»Mit Ideen kann man seine Lieferanten nicht bezahlen«, gab Lisbeth zu bedenken, »wie oft habe ich ihm das gesagt . . . sondern mit Geld. Und Geld bekommt man nur für Fertiges, und das muß obendrein den Leuten gefallen, damit es gekauft wird. Wenn es sich ums nackte Leben handelt, ist es besser, der Bildhauer hat auf seinem Drehbock das Modell eines Leuchters, eines Aschenbechers, eines Tisches stehen als das einer Gruppe oder einer Statue; denn solcherlei Dinge braucht jedermann, während ein Liebhaber von Gruppen und sein Geld oft monatelang auf sich warten lassen . . .«

»Da hast du recht, gute Tante Lisbeth! Sag es ihm doch; ich selber bringe nicht den Mut dazu auf . . . Außerdem, wie er zu Stidmann gesagt hat, wenn er sich wieder an Kleinkunst und Schmuckwerk machte, dann müßte er auf das Institut de France verzichten, auf große Kunstschöpfungen, und wir hätten nicht mehr die dreihunderttausend Francs für Arbeiten, die Versailles, die Stadt Paris und das Ministerium uns in Aussicht gestellt hatten. Gerade das wollen uns ja die gemeinen Zeitungsartikel wegnehmen; sie sind von Konkurrenten diktiert worden, die unsere Aufträge erben möchten.«

»Und das hattest du dir nicht gerade erträumt, armes Kätzchen!« sagte Lisbeth und küßte Hortense auf die Stirn. »Du hattest einen Edelmann haben wollen, der an der Spitze der Bildhauerei steht und ein Herrscher im Reich der Kunst ist ... Aber das ist Phantasie, siehst du ... Dieser Traum erfordert fünfzigtausend Francs Zinsen, und ihr habt nur zweitausendvierhundert, solange ich lebe, und dreitausend nach meinem Tod.«

In Hortenses Augen traten ein paar Tränen, und Bette sog sie auf mit einem Blick, wie die Katze die Milch aufleckt.

Hier möge kurz zusammengefaßt die Geschichte dieser Flitterwochen folgen; der Bericht wird vielleicht Künstlern von Nutzen sein.

Die geistige Arbeit, die Jagd in den Hochgefilden der Intelligenz, ist eine der größten Anstrengungen des Menschen. Was in der Kunst, denn unter diesem Wort muß man alle Schöpfungen des Denkens verstehen, des Ruhmes würdig sein sollte, ist vor allem der Mut, ein Mut, von dem der Durchschnitt keine Ahnung hat; es wird hier vielleicht zum erstenmal erklärt. Wenceslaus, als Dichter und Träumer geboren, war, vom schrecklichen Druck der Not getrieben und von Lisbeth andauernd in der Lage jener Pferde gehalten, denen man Scheuklappen anlegt, um sie daran zu hindern, vom Wege aus nach rechts und links zu blicken, – Wenceslaus war von der Konzeption zur Ausführung gelangt, ohne zu ermessen, daß er dabei die Abgründe übersprungen hatte, die diese beiden Hemisphären der Kunst scheiden. Schöne Werke sich auszudenken, sie zu erträumen und zu konzipieren ist eine köstliche Beschäftigung. Das ist wie das Rauchen von verzauberten Zigarren; das heißt, das Leben der Kurtisane führen, die sich ihrer Laune entsprechend betätigt. Das Werk erscheint dann in der Anmut der Kindheit, in der tollen Freude der Zeugung, mit den Balsamdüften der Blume und den vergänglichen Säften der vor der Zeit genossenen Frucht. So sind die Konzeptionen und ihre Lustempfindungen beschaffen. Wer seinen Plan ins Wort umsetzen kann, gilt bereits für einen außerordentlichen Menschen. Alle Künstler und Schriftsteller besitzen diese Fähigkeit. Aber produzieren! Aber gebären! Aber das Kind mühselig aufziehen, es allabendlich, mit Milch gesättigt, zu Bett bringen, es allmorgendlich mit dem unverdrossenen Herzen der Mutter küssen, es säubern, es hundertmal mit den schönsten Jäckchen bekleiden, die es ohne Unterlaß zerreißt; aber sich nicht abstoßen lassen von den Krampfzuckungen dieses tollen Lebens und daraus das belebte Meisterwerk schaffen, das als Skulptur zu allen Blicken spricht, in der Literatur zu allen Geistern, in der Malerei zu allen Erinnerungen, zu allen Herzen in der Musik, das ist die Ausführung, das sind deren Mühsale. Jeden Augenblick muß die Hand sich vorstrecken und in jedem Augenblick bereit sein, dem Kopf zu gehorchen. Nun aber verfügt der Kopf genausowenig auf Befehl über schöpferische Anlagen, wie die Liebe von Dauer ist.

Die Gewohnheit des Schaffens, die unermüdliche Liebe der Mutterschaft, die die Mutter (dieses Meisterwerk der Natur, das Raffael so gut verstanden hat!) ausmacht, kurzum, diese so schwierig zu erwerbende gehirnliche Mutterschaft, schwindet mit einer an ein Wunder grenzenden Schnelligkeit hin. Die Inspiration ist die günstige Gelegenheit des Genies. Sie läuft nicht auf einer Rasiermesserschneide einher; sie schwebt in den Lüften und entflattert mit dem Mißtrauen der Raben; sie hat keine Schärpe, an der der Dichter sie erhaschen könnte; ihr Haar ist eine Flamme; sie entweicht wie die schönen weißen und rosa Flamingos, die Verzweiflung der Jäger. Daher ist die Ausarbeitung ein erschöpfender Kampf, den die schönen, kraftvollen Organismen fürchten und lieben, und bei dem sie oftmals zugrunde gehen. Ein großer Dichter unserer Zeit hat, als er von dieser grausigen Plackerei sprach, gesagt: »Ich mache mich verzweifelt daran und kehre mich bekümmert davon ab.« Daß doch die Ahnungslosen es wüßten! Wenn der Künstler sich nicht in sein Werk stürzt wie Curtius in den Abgrund, wie der Soldat auf eine Schanze, ohne nachzudenken; und wenn er in diesem Krater nicht arbeitet wie ein Bergmann, den ein Erdrutsch verschüttet hat; wenn er, mit einem Wort, die Schwierigkeiten betrachtet, anstatt sie eine nach der andern zu besiegen, wie die Verliebten im Märchen, die, um ihre Prinzessinnen zu erlangen, gegen immer aufs neue erstehende Zaubergewalten ankämpfen, bleibt das Werk unvollendet; es verkommt im Atelier, wo die Produktion unmöglich wird, und der Künstler wohnt dem Selbstmord seines Talents bei. Rossini, dieses Raffael verbrüderte Genie, bietet dafür ein treffendes Beispiel mit seiner darbenden Jugend, die ein Alter in üppigem Wohlstand überlagert. Das ist der Grund dafür, daß großen Dichtern und großen Feldherrn der gleiche Lohn, der gleiche Triumph, der gleiche Lorbeer zuerkannt wird.

Der von Natur träumerische Wenceslaus hatte unter der despotischen Leitung Lisbeths so viel Energie beim Schaffen, beim Sichweiterbilden, beim Arbeiten verbraucht, daß Liebe und Glück zu einer Reaktion führten. Sein wahrer Charakter kam wieder zum Vorschein. Die Trägheit und die Lässigkeit, die Schlaffheit des Sarmaten zogen in seiner Seele abermals in den willfährigen Geleisen einher, aus denen die Geißel der Schulmeisterin sie vertrieben hatte. Während der ersten Monate hatte der Künstler seine Frau geliebt. Hortense und Wenceslaus hatten sich den anbetenswerten Kindereien der glücklichen, unsinnigen legitimen Liebe hingegeben. Hortense war damals die erste gewesen, die stolz darauf, auf diese Weise über ihre Rivalin, die Bildhauerkunst, zu triumphieren, ihn jeglicher Arbeit entfremdet hatte. Übrigens lassen die Liebesbezeigungen einer Frau die Muse hinschwinden und beugen das Ungestüm, die brutale Festigkeit des Schaffenden. So vergingen sechs bis sieben Monate; die Hände des Plastikers verlernten, das Bossierholz zu halten. Als die Notwendigkeit, zu arbeiten, spürbar wurde, als der Fürst von Weißenburg, der Präsident des Subskriptionskomitees, die Statue sehen wollte, sprach Wenceslaus das Losungswort der Müßiggänger: »Jetzt will ich mich daranmachen!« Und er wiegte seine geliebte Hortense mit trügerischen Worten, mit den herrlichen Plänen des Künstlers ein, der sich blauen Dunst vormacht. Hortense verdoppelte die Liebe zu ihrem Dichter; sie sah im Geist eine erhabene Statue des Marschalls Montcornet vor sich. Montcornet mußte die idealisierte Verkörperung der Unerschrockenheit sein, der Inbegriff der Kavallerie, des Mutes à la Murat. Wahrhaftig, man mußte angesichts dieses Standbilds alle Siege des Kaisers begreifen. Und welch eine Ausführung! Der Griffel war willfährig; er folgte dem Wort.

Statt der Statue kam ein entzückender kleiner Wenceslaus.

Wenn es sich darum handelte, in das Atelier am Gros-Caillou zu gehen, den Ton zu formen und das Modell zu gestalten, erforderte bald die Stutzuhr für den Prinzen Wenceslaus' Anwesenheit im Atelier von Florent und Chanor, wo die Gestalten ziseliert wurden; bald war das Tageslicht grau und düster; heute gab es geschäftliche Gänge, morgen ein Essen im Familienkreis, ganz abgesehen von dem Versagen des Talents und des Körpers und schließlich von den Tagen, da man lieber mit einer angebeteten Frau schäkert. Der Marschall Fürst von Weißenburg war genötigt, aufzubrausen, um das Modell zu erlangen, und zu sagen, er werde seine Entscheidung widerrufen. Es geschah erst nach tausend Vorwürfen und einer Fülle harter Worte, daß das Subskriptionskomitee das Gipsmodell zu sehen bekam. Nach jedem Arbeitstag kam Steinbock sichtlich erschöpft heim; er klagte über diese Maurerarbeit und über seine psychische Schwäche. Während des ersten Jahrs erfreute das Ehepaar sich eines gewissen Wohlstands. Die in ihren Ehemann vernarrte Gräfin Steinbock in ihren Freuden befriedigter Liebe verfluchte den Kriegsminister; sie suchte ihn auf und sagte ihm, große Werke könne man nicht fabrizieren wie Kanonen, und der Staat müsse sich, wie Ludwig XIV., Franz I. und Leo X. es getan hätten, dem Genie unterordnen. Die arme Hortense glaubte, einen Phidias in den Armen zu halten; sie empfand für ihren Wenceslaus die mütterliche Nachgiebigkeit einer Frau, die die Liebe bis zur Abgötterei emporsteigert. – »Beeil dich nicht«, sagte sie zu ihrem Mann, »unsere ganze Zukunft hängt von dieser Statue ab; nimm dir Zeit, schaffe ein Meisterwerk.« Sie kam zu ihm ins Atelier. Der verliebte Steinbock vertat fünf von sieben Stunden mit seiner Frau und beschrieb ihr seine Statue, anstatt sie zu schaffen. So brauchte er achtzehn Monate zur Vollendung dieses Werks, das für ihn lebenswichtig war.

Als der Gipsabguß fertig dastand, als das Modell vorhanden war, fand die arme Hortense, die der riesigen Mühewaltung ihres Mannes beigewohnt, dessen Gesundheit unter den Erschöpfungen gelitten hatte, die den Körper, den Arm und die Hand der Bildhauer lähmen, das Werk wunderbar. Ihr Vater, der von Plastik nichts verstand, die genauso ahnungslose Baronin jubelten, es sei ein Meisterwerk; der Kriegsminister wurde von ihnen hergebracht, und unter ihrem Einfluß zeigte er sich zufrieden mit dem ins rechte Licht gesetzten, vor einer grünen Leinwand aufgestellten Gipsmodell. Aber leider artete bei der Kunstausstellung des Jahres 1841 der einstimmige Tadel im Munde von Leuten, die sich über ein so rasch auf ein Piedestal erhobenes

Idol geärgert hatten, in Hohn und Spott aus. Stidmann wollte seinen Freund Wenceslaus aufklären; er wurde der Eifersucht bezichtigt. Die Zeitungsartikel waren für Hortense nichts als Gekreisch des Neides. Stidmann, dieser würdige Kamerad, setzte Artikel durch, in denen die Kritiker bekämpft wurden und in denen zu bedenken gegeben wurde, daß die Bildhauer zwischen Gips und Marmor an ihren Werken so große Veränderungen vorzunehmen pflegten, daß man eigentlich nur die endgültige Ausführung in Marmor ausstellen dürfe. »Zwischen dem Gipsentwurf und der in Marmor ausgeführten Statue«, schrieb Claude Vignon, »kann man ein Meisterwerk entstellen oder aus etwas Schlechtem etwas Großes machen. Das Gipsmodell sei das Manuskript, das Marmorbildwerk das fertige Buch.«

Innerhalb von zweieinhalb Jahren hatte Steinbock ein Standbild und ein Kind zustandegebracht. Das Kind war von wunderbarer Schönheit, das Standbild abscheulich.

Die Stutzuhr für den Prinzen und die Statue tilgten die Schulden des jungen Haushalts. Steinbock hatte sich inzwischen daran gewöhnt, in der Gesellschaft zu verkehren und ins Theater und die Italienische Oper zu gehen; er sprach bewunderswürdig über Kunstdinge; in den Augen der Leute von Welt behauptete er sich als ein großer Künstler durch das Wort, durch seine kritischen Erklärungen. Es gibt in Paris Menschen von Genie, die ihr Leben damit hinbringen, daß sie von sich reden machen und die sich mit einem gewissen Salon-Ruhm begnügen. Indem Steinbock sich wie jene charmanten Eunuchen verhielt, war eine von Tag zu Tag wachsende Abneigung gegen die Arbeit die Folge. Schon wenn er ein Werk beginnen wollte, vergegenwärtigte er sich dessen sämtliche Schwierigkeiten, und die Entmutigung, die sich daraus ergab, erschlaffte seinen Willen. Die Inspiration, dieser Rausch der geistigen Zeugung, entfloh mit schnellem Flügelschlag beim Erblicken dieses kranken Liebenden.

Die Kunst des Bildhauers ist, wie die des Dramatikers, zugleich die schwierigste und leichteste aller Künste. Man braucht nur ein Modell zu kopieren, und das Werk ist fertig; aber ihm eine Seele einzuprägen, aus der Darstellung eines Mannes oder einer Frau einen Typus zu erschaffen, das kommt der Sünde des Prometheus gleich. Solcherlei Gelingen ist in den Annalen der

Bildhauerkunst genauso selten wie innerhalb des Menschengeschlechts die Dichter. Michelangelo, Michel Columb[149], Jean Goujon [150], Phidias, Praxiteles, Polyklet, Puget[151], Canova und Albrecht Dürer[152] sind die Brüder Miltons, Vergils, Dantes, Shakespeares, Tassos, Homers und Molières. Ein solches Werk ist so grandios, daß eine Statue genügt, um einen Mann unsterblich zu machen, wie die Gestalten des Figaro, des Lovelace, der Manon Lescaut genügt haben, um Beaumarchais, Richardson und dem Abbé Prévost Unsterblichkeit zu verleihen. Oberflächliche Leute (die Künstler zählen deren viele in ihren Reihen) haben behauptet, die Bildhauerkunst habe einzig durch den Akt Daseinsberechtigung; sie sei mit Griechenland gestorben, und die moderne Bekleidung mache sie unmöglich. Zunächst haben die Alten erhabene, völlig verhüllte Statuen geschaffen, wie die Polyhymnia, die Kaiserin Julia usw., und wir haben noch nicht den zehnten Teil ihrer Werke wieder aufgefunden. Zweitens mögen die wahren Liebhaber der Kunst nach Florenz reisen und sich Michelangelos »Pensieroso«[153] und im Dom zu Mainz die Madonna Albrecht Dürers anschauen, die, aus Ebenholz, eine lebende Frau unter dreifacher Gewandung mit dem gewelltesten, geschmeidigsten Haar darstellt, das je eine Zofe gekämmt hat; mögen alle Ahnungslosen dorthin eilen; dann werden sie erkennen, daß das Genie dem Gewand, der Rüstung und dem Kleid einen Gedanken einzuprägen und diesem einen Körper zu verleihen vermag, gerade wie der Mensch seinen Charakter und seine Lebensgewohnheiten seiner Hülle einprägt. Die Bildhauerkunst ist die beständige Verwirklichung des Faktums, das in der Malerei zum ersten und einzigen Mal Raffael heißt! Die Lösung dieses schwierigen Problems wird nur in andauernder, regelmäßiger Arbeit gefunden; denn die Schwierigkeiten, die das Material bietet, müssen derart bezwungen werden, die Hand muß so gezüchtigt, so bereit und so gehorsam sein, daß der Bildhauer Seele gegen Seele mit der unfaßbaren geistigen Natur ringen kann, die er verklärt, indem er ihr stoffliche Gestalt leiht. Wenn Paganini, der seine Seele durch die Saiten seiner Geige zum Sprechen brachte, drei Tage lang nicht geübt hätte, würde er, wie er zu sagen pflegte, das »Register« seines Instruments eingebüßt haben; so bezeichnete er die Vermählung, die zwischen dem Holz, dem Bogen, den Saiten und ihm bestand; mit der Auflösung jenes Zusammenklangs würde er jäh ein gewöhnlicher Geiger geworden sein. Beständige Arbeit ist das Gesetz der Kunst wie das des Lebens; denn die Kunst ist idealisiertes Schaffen. Daher warten die großen Künstler, die vollkommenen Dichter weder auf Aufträge noch auf Kunden; sie gebären heute, morgen, immerfort. Daraus geht jene Gewohnheit des Arbeitens hervor, jenes immer gegenwärtige Wissen um die Schwierigkeiten, die sie in ständigem Konkubinat mit der Muse, mit ihren schöpferischen Fähigkeiten hält. Canova lebte in seinem Atelier, wie Voltaire in seinem Arbeitszimmer gelebt hat. Sicherlich haben Homer und Phidias genauso leben müssen.

Wenceslaus Steinbock befand sich auf der steilen Straße, die jene großen Männer hinter sich gebracht haben und die zu den Alpengipfeln des Ruhms führt, als Lisbeth ihn in ihrer Mansarde angekettet hatte. Das Glück in Hortenses Gestalt hatte den Dichter der Muße zurückerstattet, dem Normalzustand aller Künstler; denn Muße ist ihnen Tätigkeit. Sie gleicht den Liebesfreuden der Paschas im Serail; sie liebkosen Ideen; sie berauschen sich an den Quellen des Geistes. Große Künstler wie Steinbock, die der Traumversunkenheit anheimfallen, sind gerechtermaßen als »Träumer« bezeichnet worden. Diese Opiumesser verfallen sämtlich dem Elend; sie wären, hätte die Unbeugsamkeit der Umstände sie aufrechterhalten, zu großen Männern geworden. Übrigens sind diese Halbkünstler reizende Menschen; die Menschen lieben sie und berauschen sie mit Lobsprüchen; gemessen an der Persönlichkeit, der Ungebärdigkeit und der Rebellion gegen die Gesellschaft wirken sie, als seien sie den echten Künstlern überlegen. Und zwar aus folgendem Grunde: Große Männer gehören ihrem Werk. Ihre Loslösung von allen Dingen, ihr Aufgehen in der Arbeit machen sie in den Augen der Toren zu Egoisten; denn man will sie gekleidet sehen wie der Dandy, man will, daß sie die sozialen Evolutionen vollführen, die man als Pflichten gegenüber der Welt bezeichnet. Man möchte, daß die Löwen des Atlas gekämmt und parfümiert seien wie die Schoßhündchen der Marquisen. Diese Leute, unter denen es wenige Pairs gibt und die selten mit solchen zusammentreffen, geraten in die Ausschließlichkeit der Einsamkeit; sie werden zu etwas Undurchschaubarem für die Masse, die, wie man weiß, sich aus Dummköpfen, Neidhammeln, Ahnungslosen und Oberflächlichen zusammensetzt. Versteht man jetzt die Rolle einer Frau angesichts von solcherlei grandiosen Ausnahmeerscheinungen? Eine Frau muß gleichzeitig das sein, was Lisbeth fünf Jahre lang gewesen war, und überdies Liebe darbringen, demütige, taktvolle, stets bereite, stets lächelnde Liebe.

Hortense war durch die Leiden ihrer Mutter aufgeklärt; schauerliche Notwendigkeiten bedrängten sie; sie hatte die Fehler zu spät wahrgenommen, die ihre übertriebene Liebe sie unwillkürlich hatte begehen lassen; aber als würdige Tochter ihrer Mutter brach ihr das Herz bei dem Gedanken, Wenceslaus zu quälen; sie liebte zu sehr, um sich zum Henker ihres geliebten Dichters zu machen; und sie sah den Augenblick kommen, da das Elend über sie, ihren Sohn und ihren Mann hereinbrechen mußte.

»Na, aber, hör mal, Kleine«, sagte Bette, als sie aus den schönen Augen ihrer jungen Nichte Tränen rinnen sah, »man darf nicht verzweifeln. Mit einem Glas voll deiner Tränen könntest du keinen Teller Suppe bezahlen! Wieviel brauchst du?«

»Ja, fünf- bis sechstausend Francs.«

»Ich habe höchstens dreitausend«, sagte Lisbeth. »Und was tut und treibt Wenceslaus in diesem Augenblick?«

»Es ist ihm vorgeschlagen worden, für sechstausend Francs gemeinsam mit Stidmann einen Tafelaufsatz für den Herzog von Hérouville zu fertigen. Dann würde Monsieur Chanor es auf sich nehmen, die viertausend Francs zu bezahlen, die wir den Herren Léon de Lora und Bridau schulden; es ist eine Ehrenschuld.«

»Nanu? Ihr habt doch das Honorar für die Statue und die Sockelreliefs an dem Denkmal erhalten, was für den Marschall Montcornet errichtet worden ist, und ihr habt jene Summe nicht bezahlt?«

»Aber«, sagte Hortense, »wir verbrauchen doch seit drei Jahren jährlich zwölftausend Francs, und ich habe hundert Louis Einkünfte. Das Denkmal des Marschalls hat nach Abzug aller Unkosten nur sechzehntausend Francs erbracht. Wahrhaftig, wenn Wenceslaus nicht arbeitet, weiß ich nicht, was aus uns werden soll. Ach, wenn ich lernen könnte, Bildwerke zu schaffen, wie würde ich den Ton kneten!« sagte sie und rang ihre schönen Arme.

Man sieht, die Frau hatte die Verheißungen des jungen Mädchens gehalten. Hortenses Augen funkelten; in ihren Adern rann eisenhaltiges, ungestümes Blut; sie bedauerte, ihre Energie dazu verwenden zu müssen, ihr Kind aufzuziehen.

»Ach, mein geliebtes Rehlein, ein vernünftiges Mädchen darf einen Künstler erst dann heiraten, wenn er zu Vermögen gelangt ist, und nicht schon, wenn es erst noch geschaffen werden muß.«

In diesem Augenblick wurde das Geräusch der Schritte Stidmanns und Wenceslaus' vernehmlich, die Chanor hinausgeleiteten; gleich danach kam Wenceslaus mit Stidmann herein. Stidmann, ein Künstler, der eine Rolle in der Welt der Journalisten, der berühtem Schauspielerinnen und der berüchtigten Loretten spielte, war ein junger, eleganter Mann, den Valérie nur zu gern bei sich gesehen hätte und den Claude Vignon ihr bereits vorgestellt hatte. Stidmann hatte unlängst seine Beziehungen zu der berühmten Madame Schontz abgebrochen; sie hatte vor ein paar Monaten geheiratet und war in die Provinz übergesiedelt. Valérie und Lisbeth, die von diesem Bruch durch Claude Vignon erfahren hatten, hatten es für unerläßlich gehalten, der Rue Vanneau diesen Freund von Wenceslaus zuzuführen. Da Stidmann aus Taktgründen die Steinbocks nur selten besuchte, und da Lisbeth nicht Zeugin seiner unlängst erfolgten Vorstellung durch Claude Vignon gewesen war, erblickte sie ihn zum erstenmal. Als sie den berühmten Künstler musterte, erhaschte sie einige der Blicke, die er Hortense zuwarf; diese eröffneten ihr die Möglichkeit, ihn der Gräfin Steinbock als Trostmittel zu geben, wenn Wenceslaus sie hintergehen sollte. Tatsächlich dachte Stidmann, daß, wenn Wenceslaus nicht sein Kamerad sei, diese junge, wunderschöne Gräfin eine anbetungswürdige Geliebte darstellen würde; allein gerade dieses Verlangen, das durch sein Ehrgefühl zurückgedämmt wurde, hielt ihn diesem Haus fern. Lisbeth erkannte die bedeutungsvolle Verlegenheit, die den Männern angesichts einer Frau Hemmungen auferlegt, mit der zu kokettieren sie sich verboten haben.

»Reizend, dieser junge Herr«, flüsterte sie Hortense zu.

»Ach nein, findest du?« antwortete sie. »Er ist mir noch nie aufgefallen ...«

»Stidmann, lieber Kerl«, sagte Wenceslaus leise zu seinem Kameraden, »unter uns brauchen wir uns nicht zu genieren; also, wir haben mit dieser alten Jungfer geschäftliche Dinge zu besprechen.«

Stidmann verbeugte sich vor Tante und Nichte und ging.

»Das wäre gemacht«, sagte Wenceslaus, als er Stidmann hinausgeleitet hatte und wieder ins Zimmer trat. »Aber diese Arbeit wird ein halbes Jahr erfordern, und während dieser Frist müssen wir leben.«

»Ich habe doch meine Diamanten«, rief die junge Gräfin Steinbock mit dem erhabenen Überschwang liebender Frauen.

Wenceslaus traten Tränen in die Augen.

»Ach, ich werde schon arbeiten«, antwortete er, setzte sich und nahm seine Frau auf die Knie. »Ich mache Kunstgewerbe, ein Hochzeitskörbchen, Bronzegruppen ...«

»Aber, liebe Kinder«, sagte Lisbeth, »ihr wißt doch, daß ihr meine Erben seid; ich hinterlasse euch, glaubt es nur, einen hübschen Schatz, vor allem, wenn ihr mir behilflich seid, den Marschall zu heiraten; gelingt uns das schnell, so nehme ich euch bei mir in Kost, euch und Adeline. Ach, wie glücklich würden wir miteinander leben können. Für den Augenblick folgt bitte meiner alten Erfahrung. Lauft nicht abermals zum Leihhaus; das bedeutet stets den Untergang dessen, der ein Darlehen nimmt. Ich habe es oftmals erlebt, daß den Bedürftigen bei der Verlängerung der Pfandscheine das nötige Geld für die Zinsen fehlte, und dann ist alles verloren. Ich kann euch Geld gegen Wechsel zu nur fünf Prozent verschaffen.«

»Oh, dann würden wir gerettet sein!« sagte Hortense.

»Gut, Kleine, dann braucht Wenceslaus nur mit zu der Person zu kommen, die auf meine Bitte hin die Sache in Ordnung bringen würde. Es handelt sich um Madame Marneffe; die ist nämlich eitel wie ein Emporkömmling; sie wird euch auf die zuvorkommendste Weise aus der Verlegenheit helfen. Komm auch du mit in jenes Haus, liebe Hortense.«

Hortense schaute Wenceslaus mit dem Blick an, den zum Tode Verurteilte haben müssen, wenn sie das Schafott besteigen.

»Claude Vignon hat Stidmann dort vorgestellt«, antwortete Wenceslaus. »Es ist ein sehr angenehmes Haus.«

Hortense senkte den Kopf. Was sie empfand, macht ein einziges Wort verständlich: es war kein Schmerz, es war eine Krankheit.

»Aber liebe Hortense, lerne doch, dich in das Leben zu schikken!« rief Lisbeth; sie hatte die Beredsamkeit von Hortenses innerer Regung verstanden. »Sonst wirst du wie deine Mutter, du wirst in ein ödes Zimmer verbannt und weinst darin wie Kalypso, als Ulysses sie verließ, und zwar in einem Alter, in dem es keinen Telemach mehr gibt ...!« fügte sie hinzu und wiederholte damit eine spöttische Äußerung der Madame Marneffe. »Leute in der Gesellschaft muß man wie Gerätschaften betrachten, deren man sich bedient, die man je nach ihrer Nützlichkeit nimmt und wieder beiseite legt. Bedient euch, liebe Kinder, der Madame Marneffe, und später wendet ihr euch dann von ihr ab. Befürchtest du, daß Wenceslaus, der dich anbetet, in einer Leidenschaft für eine Frau entbrennt, die vier oder fünf Jahre älter ist als du und verwelkt wie ein Büschel Luzerne, und ...«

»Ich möchte lieber meine Diamanten versetzen«, sagte Hortense. »O Wenceslaus, geh niemals dorthin ...! Es ist die Hölle!«

»Hortense hat recht!« sagte Wenceslaus und küßte seine Frau.

»Danke, Lieber«, antwortete die junge Frau auf dem Gipfel des Glücks. »Siehst du, Lisbeth, mein Mann ist ein Engel: er spielt nicht; wir gehen überall zusammen hin, und wenn er sich an die Arbeit machen könnte, nun, dann wäre ich vollends glücklich. Warum sollen wir bei der Geliebten unseres Vaters verkehren, bei der Frau, die ihn zugrunde richtet und die die Ursache all der Kümmernisse ist, an denen unsere heroische Mama stirbt ...?«

»Mein Kind, der Ruin deines Vaters rührt nicht von dort her; seine Sängerin hat ihn zugrunde gerichtet, und dann deine Heirat!« antwortete Tante Bette. »Mein Gott, Madame Marneffe ist ihm sehr nützlich, glaub es nur ...! Aber ich darf nichts sagen ...«

»Du verteidigst jedermann, liebe Bette ...«

Durch das Schreien ihres Kindes wurde Hortense in den Garten gerufen, und Lisbeth blieb mit Wenceslaus allein.

»Sie haben einen Engel zur Frau, Wenceslaus!« sagte Tante Bette. »Haben Sie sie stets lieb und machen Sie ihr nie Kummer.«

»Ja, ich habe sie so lieb, daß ich unsere Lage vor ihr geheimhalte«, antwortete Wenceslaus. »Aber zu Ihnen, Lisbeth, kann ich davon sprechen ... Gut denn, auch wenn wir die Diamanten meiner Frau aufs Leihhaus brächten, würden wir nicht weiterkommen.«

»Nun, dann pumpt doch Madame Marneffe an ...«, sagte Lisbeth. »Überreden Sie Hortense, Wenceslaus, daß sie Sie hingehen läßt, oder, mein Gott, gehen Sie hin, ohne daß sie es merkt!«

»Daran habe ich ebenfalls schon gedacht«, erwiderte Wenceslaus, »und zwar in dem Augenblick, da ich es ablehnte, hinzugehen, um Hortense keinen Schmerz zu bereiten.«

»Hören Sie, Wenceslaus, ich habe euch alle beide viel zu lieb, als daß ich Sie nicht vor der Gefahr warnen müßte. Wenn Sie dort hingehen, dann nehmen Sie Ihr Herz in beide Hände; denn diese Frau ist eine Teufelin; alle, die sie sehen, vergöttern sie; sie ist so lasterhaft, so verführerisch ...! Sie reißt hin wie ein Meisterwerk. Leihen Sie von ihr Geld, aber lassen Sie ihr als Pfand nicht Ihre Seele! Ich würde untröstlich sein, wenn meine Nichte hintergangen würde. Da kommt sie!« rief Lisbeth. »Jetzt kein Wort mehr, ich bringe Ihre Angelegenheit schon in Ordnung.«

»Gib Lisbeth einen Kuß, mein Engel«, sagte Wenceslaus zu seiner Frau; »sie will uns dadurch aus der Verlegenheit ziehen, daß sie uns ihre Ersparnisse leiht.«

Und er gab Lisbeth einen Wink, den sie verstand.

»Dann hoffe ich, daß du dich an die Arbeit machst, mein Cherub!« sagte Hortense.

»Ach!« antwortete der Künstler, »von morgen ab.«

»Dieses ›von morgen ab‹ ist unser Verderb«, sagte Hortense und lächelte ihm zu.

»Aber liebes Kind, sag doch selber, ob nicht jeden Tag Abhaltungen, Hindernisse und Geschäftliches dazwischengekommen sind?«

»Ja, du hast recht, Liebster.«

»Ich habe hier drinnen«, entgegnete Steinbock und schlug sich an die Stirn, »eine Fülle von Ideen ... Oh, alle meine Gegner sollen staunen. Ich will einen Tafelaufsatz im deutschen Stil des sechzehnten Jahrhunderts schaffen, dem verträumten Stil! Gewundene Blätter voller Insekten; dahinein lege ich Kinder, dazwischen neuartige Chimären, wahre Chimären, unsere leibhaftigen Träume ...! Ich sehe sie schon vor mir! Es wird mit aller Sorgfalt ausgeführt, leicht und dicht zugleich. Chanor kam aus dem Staunen nicht heraus, als er ging ... Ich hatte es nötig, daß mir Mut gemacht würde; denn der letzte Zeitungsartikel über das Montcornet-Denkmal hat mir arg zu schaffen gemacht.«

Im Lauf des Tages, als Lisbeth und Wenceslaus grade einmal allein waren, vereinbarte der Künstler mit der alten Jungfer, daß er am folgenden Tag Madame Marneffe einen Besuch abstatten wolle, gleichgültig, ob mit der Erlaubnis seiner Frau oder insgeheim.

Noch am gleichen Abend wurde Valérie dieser Triumph mitgeteilt; sie forderte den Baron Hulot auf, Stidmann, Claude Vignon und Steinbock zum Abendessen einzuladen; sie hatte nämlich begonnen, ihn zu tyrannisieren, wie solcherlei Frauen eben alle Männer zu tyrannisieren wissen; diese traben dann durch die Stadt und bitten flehentlich jedermann, der für die Interessen und die Eitelkeiten ihrer harten Geliebten erforderlich ist.

Am anderen Tag rüstete sich Valérie; sie legte eine der Toiletten an, die die Pariserinnen sich ausdenken, wenn sie alle ihre Vorzüge ausspielen wollen. Sorgfältig prüfte sie dieses Werk, wie ein Mann, der ein Duell auszufechten hat, seine Finten und Paraden nochmals probt. Keine Falte, keine Runzel. Valérie verfügte über ihre schönste Weiße, ihre Weichheit, ihre Feinheit. Und zudem zogen ihre Schönheitspflästerchen unmerklich die Blicke an. Man meint, die Schönheitspflästerchen des achtzehnten Jahrhunderts seien hingeschwunden oder würden abgelehnt; aber da irrt man sich. Heutzutage sind die Frauen geschickter als diejenigen vergangener Zeiten; sie fordern den Blick durch die Lorgnette mittels gewagter Kriegslisten heraus. Die eine kommt als erste auf eine Kokarde aus Seidenbändern, in deren Mitte ein Diamant angebracht ist, und lenkt während des ganzen Abends die Blicke auf sich; eine andere läßt das Haarnetz auferstehen, durch das ins Haar ein Dolch gesteckt wird, damit man an ihr Strumpfband denkt; die nächste trägt Manschetten aus schwarzem Samt; jene erscheint mit Spitzenbesatz am Kopfschmuck. Diese sublimen Bemühungen, diese Austerlitz-Schlachten der Koketterie oder der Liebe, werden dann zur Mode für die unteren Schichten, wenn auch erst in dem Augenblick, da die glücklichen Schöpferinnen bereits auf der Suche nach anderem sind. Für diese Abendgesellschaft nun, bei der Valérie triumphieren wollte, legte sie sich drei Schönheitspflästerchen an. Sie hatte sich mit einem Haarwasser frisieren lassen, das für ein paar Tage ihr blondes Haar in aschblondes umwandelte. Madame Steinbock hatte leuchtend blondes Haar; sie wollte ihr in nichts ähneln. Diese neue Farbe lieh Valérie etwas Pikantes und Fremartiges, das ihre Getreuen so sehr betroffen machte, daß Montez sie fragte: »Was ist heute abend eigentlich mit Ihnen los...?« Dann legte sie ein ziemlich breites Halsband aus schwarzem Samt an, das die Weiße ihrer Brust betonte. Das dritte Schönheitspflästerchen ließ sich der »Ex-Assassine« unserer Großmütter vergleichen. Mitten in den Ausschnitt, in der Höhe des oberen Korsettrands, in die niedlichste Höhlung, steckte Valérie sich die hübscheste Rosenknospe. Das führte dazu, daß die Blicke aller Männer unter dreißig sich senkten.

»Ich bin zum Anbeißen!« sagte sie sich, als sie ihre Stellungen vor dem Spiegel probte, genauso wie eine Tänzerin ihre Übungen macht.

Lisbeth war in die Markthalle gegangen; das Abendessen würde eines jener überfeinen Diners werden, wie Mathurine sie ehemals für ihren Bischof gekocht, wenn er den Prälaten der Nachbardiözese zu Gast hatte.

Stidmann, Claude Vignon und Graf Steinbock langten gegen sechs Uhr fast gleichzeitig an. Eine gewöhnliche oder natürliche Frau, wie man will, wäre bei der Meldung des Namens eines so glühend begehrten Mannes sogleich herbeigeeilt; aber Valérie, die seit fünf Uhr in ihrem Schlafzimmer gewartet hatte, überließ ihre drei Gäste einander; sie war überzeugt davon, Gegenstand ihrer Gespräche oder doch ihrer geheimen Gedanken zu sein. Sie hatte die Zurüstungen in ihrem Salon selber getroffen und all die köstlichen Schnurrpfeifereien, die Paris hervorbringt und die keine andere Stadt je hervorbringen wird, ins rechte Licht gerückt; dergleichen Dinge zeugen von der Frau und künden sie sozusagen an: Notizbüchlein in mit Perlen besetzten Emaileinbänden, Meisterwerke der Porzellanmanufakturen von Sèvres oder Meißen, mit erlesenem Geschmack von Florent und Chanor gefaßt, Kleinplastiken und Alben, all diese hübschen kleinen Dinge, die Unsummen kosten und die bei den Herstellern von der Leidenschaft in ihrem ersten Delirium oder um der letzten Versöhnung willen bestellt werden. Übrigens befand Valérie sich gerade unter der Nachwirkung der Trunkenheit, die der Erfolg auslöst; sie hatte Crevel gelobt, seine Frau zu werden, wenn ihr Mann stürbe. Da hatte denn der verliebte Crevel durch Fortin die Staatspapiere mit den zehntausend Francs Zinsen auf Valéries Namen übertragen lassen; es handelte sich dabei um die Gewinne, die er innerhalb dreier Jahre durch Spekulationen in Eisenbahnaktien verdient hatte; er hatte dabei das Kapital von hunderttausend Talern eingesetzt, die er der Baronin Hulot dargeboten hatte. Auf diese Weise verfügte Valérie über zweiunddreißigtausend Francs Zinsen. Crevel hatte sich zudem ein Versprechen von weit größerer Bedeutung als seine Börsengewinne entlocken lassen. Im Überschwang der Leidenschaft, in den seine Herzogin ihn von zwei bis vier Uhr getaucht hatte (diesen Spitznamen hatte er Madame »de« Marneffe gegeben, um seine Illusionen zu vervollständigen), denn Valérie hatte in der Rue du Dauphin sich selber übertroffen, hatte er geglaubt, er müsse die ihm gelobte Treue dadurch anfachen, daß er Aussichten auf ein hübsches kleines Stadtpalais eröffnete, das ein unkluger Unternehmer sich in der Rue Barbet gebaut hatte und das verkauft werden sollte. Valérie sah sich bereits in jenem reizenden, zwischen Ehrenhof und Garten gelegenen Haus mit eigenem Wagen!

»Könnte ein anständiges Leben einem all das in so kurzer Zeit und so mühelos verschaffen?« hatte sie Lisbeth gefragt, während sie ihre Toilette beendete.

Lisbeth aß an jenem Tag bei Valérie zu Abend, um Steinbock Dinge über sie zu sagen, die niemand von sich aus zu sagen vermag. Mit glückstrahlendem Gesicht hielt Madame Marneffe ihren Einzug in den Salon, voll bescheidener Anmut, und hinter ihr kam Bette herein, die ganz in Schwarz und Gelb gekleidet war und ihr als Repoussoir[154] diente, wie man in Malerkreisen zu sagen pflegt.

»Guten Abend, Claude«, sagte sie und reichte dem ehemaligen, so berühmten Kritiker die Hand.

Claude Vignon war, wie so viele andere, ein »Mann der Politik« geworden; das war ein neuer Ausdruck zur Bezeichnung eines Ehrgeizlings auf der ersten Stufe seiner Laufbahn. Der »Mann der Politik« von 1840 ist irgendwie dasselbe wie der »Abbé« des achtzehnten Jahrhunderts. Ohne seinen »Mann der Politik« würde kein Salon vollkommen sein.

»Meine Liebe, dies ist mein junger Neffe, der Graf von Steinbock«, sagte Lisbeth, als sie Wenceslaus vorstellte; Valérie hatte getan, als bemerke sie ihn nicht.

»Ich habe den Herrn Grafen sehr wohl wiedererkannt«, sagte Valérie und begrüßte den Künstler mit einem anmutigen Neigen des Kopfes. »Ich habe Sie häufig in der Rue du Doyenné gesehen und hatte die Freude, Ihrer Trauung beizuwohnen. Liebste«, sagte sie zu Lisbeth, »es ist schwierig, deinen Ex-Sohn zu vergessen, auch wenn man ihn nur ein einziges Mal gesehen hätte. – Sie sind sehr gütig, Monsieur Stidmann«, fuhr sie fort, als sie den Bildhauer begrüßte, »daß Sie meine kurzfristige Einladung angenommen haben; aber die Notwendigkeit setzt sich über alle Regeln hinweg! Ich wußte, daß Sie mit diesen beiden Herren befreundet sind. Nichts ist frostiger und langweiliger als ein Abendessen, bei dem die Gäste einander nicht kennen, und so habe ich Sie denn um ihretwillen hergebeten; aber ein andermal kommen Sie um meinetwillen, nicht wahr ...? Sagen Sie: Ja ...!«

Und eine kurze Weile ging sie mit Stidmann auf und ab und schien sich lediglich mit ihm zu beschäftigen. Nacheinander wurden Crevel, der Baron Hulot und ein Abgeordneter namens Beauvisage gemeldet. Diese Persönlichkeit, ein Provinz-Crevel, einer der Leute, die auf die Welt kommen, damit es Masse gibt, war unter dem Banner des Staatsrats Giraud und Victorin Hulots in die Abgeordnetenkammer gekommen. Diese beiden Politiker wollten in der großen Phalanx der Konservativen eine Zelle von Fortschrittlichen bilden. Giraud kam manchmal abends zu Madame Marneffe, die sich erhoffte, auch Victorin

Hulot möge bei ihr verkehren; aber der puritanische Advokat hatte bislang Vorwände gefunden, seinem Vater und seinem Schwiegervater zu widerstreben. Im Hause der Frau zu erscheinen, die die Tränen seiner Mutter fließen ließ, dünkte ihn ein Verbrechen. Victorin Hulot war unter den Puritanern der Politik das, was eine fromme Frau unter Frömmlerinnen ist. Beauvisage, ein ehemaliger Hutfabrikant aus Arcis, wollte sich den »Pariser Stil« aneignen. Dieser Mann, einer der Prellsteine der Abgeordnetenkammer, bildete sich bei der köstlichen, der entzückenden Madame Marneffe, oder er hatte sich, von Crevel verlockt, diesen durch Valérie als Musterbild und Lehrmeister aufreden lassen; er fragte ihn über alles und jedes um Rat; er erbat sich von ihm die Adresse seines Schneiders; er ahmte ihn nach; er versuchte, sich gleich ihm in Positur zu setzen; kurzum, Crevel war sein »großer Mann«. Umgeben von dieser Persönlichkeit und den drei Künstlern, schicklich begleitet von Lisbeth, wirkte Valérie auf Wenceslaus um so mehr als eine überragende Frau, als Claude Vignon das Lob der Madame Marneffe ihm wie ein Verliebter sang.

»Sie ist Madame de Maintenon[155] im Unterrock der Ninon[156]!« sagte der ehemalige Kritiker. »Ihr zu gefallen ist Sache eines Abends, bei dem man Geist bezeigt; aber von ihr geliebt zu werden ist ein Triumph, der dem Stolz eines Mannes genugtun und sein ganzes Leben ausfüllen kann.«

Trotz aller zur Schau getragenen Kälte und Gleichgültigkeit gegenüber ihrem früheren Nachbarn stachelte sie dessen Eitelkeit an, übrigens ohne es zu wissen, denn der polnische Charakter war ihr unbekannt. Der Slawe hat eine kindliche Seite, wie alle ursprünglich unkultivierten Völker, die eher Einfälle bei den kultivierten Nationen gemacht haben, als daß sie sich wirklich zivilisiert hätten. Diese Rasse hat sich ausgebreitet wie eine Überschwemmung und einen riesigen Teil der Oberfläche der Erdkugel bedeckt. Sie bewohnt dort die Steppengegenden, wo die Räume so weit sind, daß sie sich dort wohlfühlt; man wohnt dort nicht eng beieinander wie in Europa, und ohne die beständige Reibung der Geister und der Interessen ist Kultur etwas Unmögliches. Die Ukraine, Rußland, die Ebenen des Donaugebietes, das slawische Volk mithin, sind das Bindeglied zwischen

Europa und Asien, zwischen der Kultur und der Barbarei. Daher haben die Polen, der reichste Bruchteil des slawischen Volkes, im Charakter das Kindliche und Unbeständige der unreifen Nationen. Der Pole hat Mut, Geist und Kraft; aber da mit Sprunghaftigkeit begabt, haben dieser Mut, diese Kraft und dieser Geist weder Methode noch Besonnenheit; denn der Pole bietet eine Beweglichkeit dar, die derjenigen des Windes ähnelt, der über jene ungeheure, von Sümpfen durchfurchte Ebene herrscht; er hat zwar das Ungestüm der Tauwinde, die ganze Häuser aus dem Fundament reißen und davontragen, aber gerade wie jene furchtbaren Luftlawinen verliert er sich im erstbesten Teich und löst sich in Wasser auf. Der Mensch übernimmt stets etwas von der Umwelt, in der er lebt. Unaufhörlich im Kampf mit den Türken, haben die Polen von diesen einen Hang zu orientalischer Pracht übernommen; oftmals opfern sie das Lebensnotwendige, um zu glänzen; sie schmücken sich wie Frauen, und dabei hat das Klima ihnen die harte Konstitution der Araber zuteil werden lassen. Deswegen hat der Pole, der erhaben im Schmerz ist, die Arme seiner Unterdrücker dadurch gelähmt, daß er sich niedermetzeln ließ; auf diese Weise hat er im neunzehnten Jahrhundert abermals das gleiche Schauspiel dargeboten wie die ersten Christen. Wären zehn Prozent der englischen Tücke dem freimütigen, offenen polnischen Charakter eigen, dann würde der edelmütige weiße Adler heute überall dort regieren, wo der Doppeladler sich eingeschlichen hat. Ein wenig Machiavellismus hätte Polen daran gehindert, Österreich, das es teilte, zu retten; Darlehen zu nehmen von Preußen, seinem Wucherer, der es unterhöhlte, und sich zur Zeit der ersten Teilung zu entzweien. Bei der Taufe Polens ist sicherlich eine von den Genien, die diese verführerische Nation mit den glänzendsten Eigenschaften bedachten, die vergessene Fee Carabasse[157] gekommen und hat gesagt: »Behalte alle Gaben, die meine Schwestern an dich verschwendet haben; aber du wirst nie wissen, was du willst!« Wenn Polen in seinem heroischen Zweikampf mit Rußland gesiegt hätte, würden die Polen heute sich untereinander bekämpfen wie ehedem in ihren Reichstagen, um sich gegenseitig daran zu hindern, König zu werden. An dem Tag, da diese einzig aus sanguinischen Mutäußerungen zusammengesetzte Nation den gesunden Menschenverstand aufbringt, unter sich nach einem Ludwig XI.[158] zu suchen und dessen Tyrannei und Dynastie anzuerkennen, ist sie gerettet. Was Polen als Ganzes in der Politik war, sind die meisten einzelnen Polen in ihrem Privatleben, vor allem, wenn Katastrophen über sie hereinbrechen. So war Wenceslaus Steinbock, der seit drei Jahren seine Frau anbetete und wußte, daß er für sie ein Gott war, dermaßen verärgert, als er sich von Madame Marneffe kaum beachtet sah, daß er es sich zur Ehrensache machte, von ihr einige Aufmerksamkeit zu erlangen. Als er Valérie mit seiner Frau verglich, gab er der ersteren den Vorzug. Hortense war ein schönes Stück Körper, wie Valérie einmal zu Lisbeth gesagt hatte; in Madame Marneffe dagegen war Geist in der Form, und zudem das Pikante des Lasters. Hortenses Opfersinn ist ein Gefühl, von dem der Ehemann meint, man sei es ihm schuldig; das Bewußtsein des ungeheuren Wertes einer unbedingten Liebe geht bald verloren, gerade wie der Schuldner sich nach einiger Zeit einbildet, das Darlehen gehöre ihm. Jene erhabene Treue wird irgendwie das tägliche Brot der Seele, und Untreue verlockt wie ein Leckerbissen. Eine hochmütige Frau und zumal eine gefährliche Frau reizt die Neugier, wie Gewürze ein gutes Gericht noch schmackhafter machen. Die von Valérie so gut gespielte Nichtbeachtung war überdies für Wenceslaus nach drei Jahren leicht errungener Liebesfreuden etwas Neues. Hortense war die Frau, und Valérie war die Geliebte. Viele Männer wollen beide Ausgaben desselben Werks haben, obwohl es ein gewaltiger Beweis der Minderwertigkeit eines Mannes ist, wenn er es nicht versteht, aus seiner Frau seine Geliebte zu machen. Das Schwanken und Wanken auf diesem Gebiet ist ein Zeichen der Kraftlosigkeit. Beständigkeit wird immer das Genie der Liebe sein, der indirekte Beweis sehr großer Kraft, derjenigen, die den Dichter ausmacht! Man muß in der seinen alle Frauen besitzen, wie die elenden Dichter des siebzehnten Jahrhunderts aus ihren Manons lauter Iris' und Chloes machten!

»Nun?« fragte Lisbeth ihren jungen Neffen, als sie ihn hingerissen sah, »wie finden Sie Valérie?«

»Allzu bezaubend!« antwortete Wenceslaus.

»Sie haben nicht auf mich hören wollen«, entgegnete Tante

Bette. »Ach, Wenceslaus, wenn Sie und ich beisammen geblieben wären, dann würden Sie der Liebhaber dieser Sirene geworden sein; Sie hätten sie geheiratet, wenn sie Witwe geworden wäre, und dann hätten Sie die vierzigtausend Francs Zinsen gehabt, über die sie verfügt!«

»Tatsächlich ...?«

»Allerdings«, antwortete Lisbeth. »Also, nehmen Sie sich in acht; ich habe Sie zur Genüge vor der Gefahr gewarnt, verbrennen Sie sich nicht an der Kerze! Geben Sie mir Ihren Arm; es wird zu Tisch gegangen.«

Keine Rede hätte verheerender wirken können als diese; denn man zeige einem Polen einen Abgrund, ohne daß er sich schleunigst hineinstürzte. Dieses Volk hat vor allem kavalleristischen Geist; es glaubt, alle Hemmnisse durchbrechen zu können und siegreich daraus hervorzugehen. Der Sporeneinsatz, mittels dessen Lisbeth die Eitelkeit ihres Neffen angestachelt hatte, wurde noch durch den Anblick des Eßzimmers unterstützt, wo herrliches Tischsilber funkelte, wo Steinbock alle Delikatessen und Erlesenheiten des Pariser Luxus gewahrte.

»Ich hätte besser getan«, sagte er sich, »Célimène[159] zu heiraten.«

Während jenes Abendessens war Hulot, der sich freute, daß sein Schwiegersohn anwesend war und den die Gewißheit einer Versöhnung mit Valérie mit noch größerer Genugtuung erfüllte, schlechthin bezaubend; er hoffte Valérie durch das Versprechen, ihr Mann würde Coquets Nachfolger werden, zur Treue zurückgeführt zu haben. Stidmann beantwortete die Liebenswürdigkeit des Barons durch Geschoßgarben Pariser Witzes und durch seinen Künstlerschwung. Steinbock wollte sich durch seinen Kollegen nicht in den Schatten stellen lassen; er entfaltete seinen Geist; er hatte witzige Einfälle; er machte Eindruck; er war mit sich zufrieden; Madame Marneffe lächelte ihm mehrmals zu und zeigte ihm dadurch, daß sie ihn gut verstand. Die vortrefflichen Speisen, die zu Kopf steigenden Weine tauchten Wenceslaus vollends in das, was man als den Pfuhl der Lüste bezeichnen muß. Leicht weinbeschwipst streckte er sich nach dem Essen auf einem Diwan aus, im Banne eines zugleich physischen und geistigen Glücks, das Madame Marneffe auf den Gipfel führte, als sie sich zu ihm setzte, schwerelos, duftend und so schön, daß sie Engel in die Verdammnis hätte reißen können. Sie neigte sich zu Wenceslaus hin; sie streifte fast sein Ohr, als sie ganz leise auf ihn einredete.

»Heute abend können wir nicht über Geschäftliches reden, sofern Sie nicht als der Letzte hierbleiben wollen. Sie, Lisbeth und ich würden die Dinge zu Ihrer Zufriedenheit regeln ...«

»Ach! Sie sind ein Engel, Madame!« antwortete Wenceslaus ihr auf die nämliche Weise. »Ich habe eine große Dummheit begangen, als ich nicht auf Lisbeth hörte ...«

»Was hat sie Ihnen denn gesagt ...?«

»Sie hat in der Rue du Doyenné behauptet, Sie liebten mich ...!«

Madame Marneffe blickte Wenceslaus an, schien verwirrt und erhob sich unvermittelt. Noch nie hat eine junge, hübsche Frau bei einem Mann ungestraft den Gedanken eines unmittelbaren Erfolgs erweckt. Diese Gebärde der tugendhaften Frau, die eine im Herzensgrund bewahrte Leidenschaft unterdrückt, war tausendmal beredter als die leidenschaftlichste Liebeserklärung.

Das Begehren in Wenceslaus wurde auf diese Weise so heftig angestachelt, daß er seine Aufmerksamkeiten gegenüber Valérie verdoppelte. Eine Frau, die man vor sich sieht, begehrt man stets! Darauf beruht die schauerliche Macht der Schauspielerinnen. Madame Marneffe wußte, daß sie eingehend studiert würde, und verhielt sich nun wie eine mit Beifall bedachte Schauspielerin. Sie gab sich bezaubernd und triumphierte.

»Die Narrheiten meines Schwiegervaters wundern mich nicht mehr«, sagte Wenceslaus zu Lisbeth.

»Wenn Sie so reden, Wenceslaus«, antwortete die Tante, »dann muß ich mein Leben lang bereuen, Ihnen zu jenem Darlehen von zehntausend Francs verholfen zu haben. Sollten Sie wirklich so sein wie all die Leute hier«, sagte sie und deutete auf die Gäste, »nämlich irrsinnig verliebt in dieses Geschöpf? Vergessen Sie nicht, daß Sie der Nebenbuhler Ihres Schwiegervaters sein würden. Und bedenken Sie all den Kummer, den Sie Hortense machen würden.«

»Das stimmt«, sagte Wenceslaus, »Hortense ist ein Engel, und ich würde ein Unmensch sein!«

»Einer dieser Art in einer Familie ist genug«, erwiderte Lisbeth.

»Künstler sollten nie heiraten!« rief Steinbock.

»Ach, eben das habe ich Ihnen ja in der Rue du Doyenné gesagt. ›Eure Kinder sind eure Gruppen, eure Statuen, eure Meisterwerke.‹«

Aus einer polnischen Prahlsucht heraus wollte Steinbock den Eindruck erwecken, er stehe auf vertrautem Fuß mit dieser Salonfee. Nachdem er Stidmann, Claude Vignon und Crevel durch einen Blick verhöhnt hatte, nahm er Valérie bei der Hand und nötigte sie, sich neben ihn auf den Diwan zu setzen.

»Sie kehren den großen Herrn gar zu sehr heraus, Graf Steinbock«, sagte sie und widerstrebte ein wenig.

Und dann fing sie an zu lachen und ließ sich neben ihn sinken, nicht ohne ihm das Rosenknöspchen zu zeigen, das ihren Ausschnitt schmückte.

»Ach, wenn ich ein großer Herr wäre«, sagte er, »würde ich nicht hierher kommen, um mir Geld zu leihen.«

»Sie armer Junge! Ich muß an Ihre durcharbeiteten Nächte in der Rue du Doyenné denken. Sie sind ein bißchen dumm gewesen. Sie haben geheiratet, wie ein Ausgehungerter sich auf Brot stürzt. Sie haben keine Ahnung von Paris! Sehen Sie jetzt, wie Sie dastehen? Sie haben sich gegenüber der Aufopferung Bettes genauso die Ohren zugehalten wie gegenüber der Liebe der Pariserin, die ihr Paris in- und auswendig kannte.«

»Sagen Sie mir bitte nichts weiter«, rief Steinbock, »ich bin ein Erzdummkopf.«

»Sie sollen Ihre zehntausend Francs haben, lieber Wenceslaus; aber unter *einer* Bedingung«, sagte sie und spielte mit ihren wundervollen Locken.

»Und die wäre ...?«

»Nun, ich will keine Zinsen ...«

»Madame ...!«

»Oh, brausen Sie nicht auf; Sie geben mir dafür eine Bronzegruppe. Sie haben die Geschichte von Simson angefangen; vollenden Sie sie ... Schaffen Sie eine Delila, die dem jüdischen Herkules das Haar abschneidet ...! Wenn Sie auf mich hören wollen, werden Sie ein großer Künstler sein; hoffentlich verstehen Sie sich auf das Thema. Es handelt sich darum, die weibliche Macht auszudrücken. Simson ist dabei nichts. Er ist der Kadaver der Kraft. Delila ist die alles zerstörende Leidenschaft. Wie jene Replik ... Hatten Sie es so genannt ...?« fügte sie klüglich hinzu, als sie sah, daß Claude Vignon und Stidmann sich ihnen näherten, als sie hörten, daß von einer Bildhauerarbeit gesprochen wurde. »Wie jene Replik des Herkules zu Füßen der Omphale doch sehr viel schöner ist als der griechische Mythos! Hat Griechenland hier Judäa kopiert? Hat Judäa dieses Symbol von den Griechen übernommen?«

»Ach, Madame, da werfen Sie eine schwerwiegende Frage auf! Nämlich die nach den Epochen, in denen die verschiedenen Bücher der Bibel entstanden sind. Der große unsterbliche Spinoza, der auf so dümmliche Weise den Atheisten zugezählt wird und der doch auf mathematische Weise das Dasein Gottes bewies, hat behauptet, daß die Genesis und der sozusagen politische Teil der Bibel aus der Zeit des Moses stammen, und er hat die Einschaltungen durch philologische Beweise dargelegt. Deswegen sind ihm beim Betreten der Synagoge drei Messerstiche verabfolgt worden.«

»Ich wußte gar nicht, daß ich so gelehrt bin«, sagte Valérie; sie ärgerte sich, daß ihr Tête-à-tête unterbrochen worden war.

»Die Frauen wissen alles aus Instinkt«, erwiderte Claude Vignon.

»Versprechen Sie es mir also?« fragte sie Steinbock und nahm ihn mit der Behutsamkeit eines verliebten jungen Mädchens bei der Hand.

»Sie sind recht glücklich, mein Lieber«, rief Stidmann, »da Madame etwas von Ihnen haben will ...!«

»Was denn?« fragte Claude Vignon.

»Eine kleine Bronzegruppe«, antwortete Steinbock, »Delila, die Simson das Haar abschneidet.«

»Das ist schwierig«, gab Claude Vignon zu bedenken, »des Bettes wegen ...«

»Im Gegenteil, es ist über die Maßen leicht«, entgegnete Valérie lächelnd.

»Ach, dann machen Sie uns doch mal eine Plastik ...!« sagte Stidmann.

»Madame ist eher der Gegenstand einer Plastik!« erwiderte Claude Vignon und warf Valérie einen verschmitzten Blick zu.

»Also«, fuhr sie fort, »folgendermaßen stelle ich mir die Komposition vor. Simson ist ohne Haar aufgewacht wie so mancher Dandy, der eine Perücke trägt. Der Heros sitzt auf dem Bettrand; vom Bett, das von Laken, von Draperien verhüllt ist, braucht also nur der untere Teil dargestellt zu werden. Er sitzt da wie Marius auf den Ruinen von Karthago, mit gekreuzten Armen und kahlem Kopf; Napoleon auf Sankt Helena, ganz einfach. Delila liegt auf den Knien, etwa so wie Canovas Magdalena. Wenn ein Frauenzimmer einen Mann ruiniert hat, betet es ihn an. Meiner Meinung nach hat die Jüdin Angst vor dem schrecklichen, kraftvollen Simson gehabt; aber den zum kleinen Jungen gewordenen hat sie lieben müssen. Also bedauert sie ihren Frevel; sie möchte ihrem Geliebten sein Haar wiedergeben; sie wagt nicht, ihn anzublicken, und sie blickt ihn lächelnd an, denn sie gewahrt in Simsons Schwäche ihre Verzeihung. Diese Gruppe und die der wüsten Judith würden das Weibliche erklären. Die Tugend schneidet den Kopf ab, das Laster nur das Haar. Achten Sie auf Ihre Perücken, meine Herren!«

Und damit ließ sie die beiden betroffenen Künstler stehen, die gemeinsam mit dem Kritiker ihr zu Ehren ein Loblied anstimmten.

»Köstlicher kann man nicht sein!« rief Stidmann aus.

»Oh, sie ist die klügste und begehrenswerteste Frau, die mir je begegnet ist«, sagte Claude Vignon. »Geist und Schönheit vereint, das ist etwas so Seltenes!«

»Wenn Sie, der Sie die Ehre hatten, Camille Maupin intim zu kennen, ein solches Urteil aussprechen«, antwortete Stidmann, »auf was für Gedanken müssen wir dann kommen?«

»Wenn Sie, lieber Graf, aus der Delila ein Porträt Valéries machen wollen«, sagte Crevel, der für einen Augenblick vom Spieltisch aufgestanden war und alles gehört hatte, »zahle ich Ihnen für ein Exemplar der Gruppe tausend Taler. Ja, ja sapristi! Tausend Taler; ich zerreiße mich!«[160]

»›Ich zerreiße mich!‹ Was bedeutet das?« fragte Beauvisage Claude Vignon.

»Dann müßte Madame sich bereit finden, mir zu sitzen ...«,

sagte Steinbock und deutete für Crevel auf Valérie hin. »Bitten Sie sie.«

In diesem Augenblick brachte Valérie persönlich Steinbock eine Tasse Tee. Das war mehr als eine Auszeichnung; es war eine Gunstbezeigung. Die Art, wie eine Frau sich dieser Funktion unterzieht, vermag sehr viel zu sagen; Frauen wissen das ganz genau; und es lassen sich seltsame Studien machen, wenn man die Bewegungen, die Gesten, die Blicke, den Tonfall, die Redeweise beobachtet, mit denen sie diesen dem Anschein nach so einfachen Akt der Höflichkeit begleiten. Von der kühl formulierten Frage »Wünschen Sie Tee?« – »Wollen Sie Tee?« – »Eine Tasse Tee?« und der Weisung an die die Kanne tragende Nymphe, welchen zu bringen, bis zu dem unerhörten Dichtwerk der Odaliske, die vom Teetisch, die Tasse in der Hand, zum Pascha des Herzens hingeht und sie ihm mit unterwürfiger Miene reicht, sie mit schmeichelnder Stimme, mit einem Blick voll wollüstiger Verheißungen darbietet, kann ein Menschenkenner alle weiblichen Gefühle beobachten, von der Abneigung, von der Gleichgültigkeit bis zur Liebeserklärung einer Phädra an Hippolyt. Die Frauen können sich dabei, nach Belieben, geringschätzig bis an die Grenze des Beleidigenden, demütig bis zum Sklavenhaften des Orients geben. Valérie war mehr als eine Frau, sie war die zum Weib gewordene Schlange; sie vollendete ihr Teufelswerk dadurch, daß sie, eine Tasse Tee in der Hand, auf Steinbock zuschritt.

»Ich werde so viele Tassen Tee nehmen, wie Sie mir reichen wollen«, sagte der Künstler leise, wobei er aufstand und mit seinen Fingern die Valéries streifte, »nur um sie auf diese Weise gereicht zu sehen ...«

»Was haben Sie da eben von ›Sitzenmüssen‹ gesagt?« fragte sie, ohne zu wirken, als habe dieser so gierig erwartete Ausbruch ihr Herz erschüttert.

»Papa Crevel kauft mir für tausend Taler ein Exemplar Ihrer Gruppe ab.«

»Tausend Taler, der, für eine Gruppe?«

»Ja, wenn Sie als Modell für die Delila sitzen wollen«, sagte Steinbock.

»Hoffentlich wird er nicht dabeisein«, entgegnete sie, »sonst würde die Gruppe mehr kosten, als er Vermögen hat; denn Delila muß doch ein bißchen dekolletiert sein . . .«

Ebenso wie Crevel sich in Positur zu stellen pflegte, haben Frauen eine sieghafte Haltung, eine einstudierte Pose, in der sie sich unwiderstehlich bewundernswert vorkommen. Man kann in den Salons Frauen sehen, die ihr Leben damit zubringen, die Spitzen an ihrem Busenausschnitt zu betrachten und die Achselbänder ihrer Kleider zurechtzuzupfen, oder auch die Brillanten ihrer Augäpfel spielen zu lassen, indem sie die Kranzgesimse in Augenschein nehmen. Madame Marneffe triumphierte nicht offenkundig wie die andern. Sie wandte sich unvermittelt um und ging zu Lisbeth an den Teetisch zurück. Diese Tänzerinnenbewegung, bei der ihr Kleid wogte und mit der sie Hulot erobert hatte, bezauberte Steinbock.

»Deine Rache ist vollauf gelungen«, flüsterte Valérie Lisbeth zu; »Hortense wird alle ihre Tränen weinen und den Tag verfluchen, an dem sie dir Wenceslaus weggeschnappt hat.«

»Solange ich nicht Frau Marschallin bin, habe ich nichts vollbracht«, antwortete die Lothringerin; »aber ›sie‹ fangen alle an, es zu wollen . . . Heute morgen bin ich bei Victorin gewesen. Ich habe vergessen, es dir zu erzählen. Die jungen Hulots haben Vauvinet die Wechsel des Barons abgekauft; sie unterschreiben morgen einen Schuldschein auf zweiundsiebzigtausend Francs zu fünf Prozent Zinsen, rückzahlbar in drei Jahren, mit hypothekarischer Sicherheit auf ihr Haus. Damit sind die jungen Hulots für drei Jahre in der Klemme, weil es ihnen unmöglich sein wird, weiteres Geld auf ihr Grundstück aufzunehmen. Victorin ist arg gedrückt; er hat seinen Vater durchschaut. Schließlich bringt Crevel es durchaus fertig, nicht mehr mit seinen Kindern zu verkehren, so wütend wird diese Opferwilligkeit ihn machen.«

»Dann dürfte der Baron jetzt ohne jede Hilfsquelle sein?« fragte Valérie Lisbeth flüsternd und lächelte dabei Hulot zu.

»Ich wüßte keine; aber ab September kann er wieder über sein Gehalt verfügen.«

»Und er hat ja auch noch seine Lebensversicherungspolice; er hat sie erneuert! Jetzt wird es Zeit, daß er meinen Mann zum Bürochef macht; ich will ihn heute abend damit überfallen.«

»Lieber Neffe«, wandte Lisbeth sich an Wenceslaus, »bitte

ziehen Sie sich zurück. Sie machen sich lächerlich; Sie blicken Valérie auf eine Weise an, daß sie kompromittiert wird, und ihr Mann ist wahnsinnig eifersüchtig. Handeln Sie nicht wie Ihr Schwiegervater; gehen Sie heim; ich bin sicher, daß Hortense auf Sie wartet ...«

»Madame Marneffe hat mir gesagt, ich solle als Letzter dableiben, damit wir unsere kleine geschäftliche Angelegenheit unter uns dreien erledigen können«, antwortete Wenceslaus.

»Nein«, sagte Lisbeth, »ich werde Ihnen die zehntausend Francs bringen; ihr Mann läßt Sie nicht aus den Augen; es wäre unklug von Ihnen, hierzubleiben. Bringen Sie morgen um neun den Wechsel; zu dieser Stunde ist der ekelhafte Marneffe im Büro, und Valérie hat Ruhe ... Sie haben sie doch gebeten, Ihnen für eine Gruppe zu sitzen ...? Kommen Sie vorher zu mir herein. Ach, ich habe es ja gewußt«, sagte Lisbeth, als sie den Blick erhaschte, mit dem Steinbock sich von Valérie verabschiedete, »daß Sie ein angehender Roué sind. Valérie ist zwar sehr schön; aber seien Sie darauf bedacht, Hortense keinen Kummer zu machen.«

Nichts verdrießt Ehemänner mehr, als bei jeder Gelegenheit ihre Frau zwischen sich und einem Begehren anzutreffen, auch wenn dieses nur flüchtig ist.

Wenceslaus kam gegen ein Uhr morgens heim; Hortense hatte ihn seit etwa halb zehn erwartet. Von halb zehn bis zehn lauschte sie auf das Geräusch der Wagen und sagte sich, nie sei Wenceslaus so spät nach Hause gekommen, wenn er bei Chanor und Florent zu Abend gegessen hatte. Sie saß an der Wiege ihres Sohns und nähte; denn sie hatte angefangen, das Tagegeld für eine Näherin dadurch zu sparen, daß sie manche Flickarbeit selber erledigte. Von zehn bis halb elf hing sie Gedanken des Mißtrauens nach; sie fragte sich: »Ist er wirklich zu Chanor und Florent zum Abendessen gegangen, wie er mir gesagt hat? Er hat, als er sich umkleidete, seine schönste Halsbinde und seine schönstes Nadel haben wollen. Er hat für seine Toilette soviel Zeit gebraucht wie eine Frau, die noch weit schöner wirken will, als sie ist. Ich bin verrückt! Er liebt mich doch. Da kommt er übrigens.« Anstatt zu halten, fuhr der Wagen, den die junge Frau gehört hatte, weiter. Von elf bis Mitternacht wurde Hortense von unerhörten Ängsten gepeinigt, die von der Leere ihrer Wohnung herrührten. »Wenn er zu Fuß heimgegangen ist«, sagte sie sich, »hat er womöglich einen Unfall erlitten . . .! Man kann sich so leicht zu Tode fallen, wenn man über einen Bordstein stolpert oder nicht auf ein Schlagloch achtet. Künstler sind so zerstreut . . .! Wenn ihn Raubmörder überfallen hätten . . .! Zum erstenmal läßt er mich hier allein, sechs und eine halbe Stunde lang. Warum quäle ich mich? Er liebt nur mich.« Die Männer müßten den Frauen, von denen sie geliebt werden, treu sein, und sei es nur um der ständigen Wunder willen, die wahre Liebe in der erhabenen Welt, die als die geistige bezeichnet wird, hervorbringt. Eine liebende Frau ist in bezug auf den geliebten Mann in der Lage eines Mediums, dem der Hypnotiseur dadurch, daß er es aufhören läßt, Spiegel der Welt zu sein, die traurige Macht verleihen würde, sich als Frau dessen bewußt zu bleiben, was sie als Eingeschläferte wahrgenommen hat. Die Leidenschaft läßt die Nervenkräfte der Frau in einen ekstatischen Zustand gelangen, in dem die fürchtende Ahnung der Schau der Seher gleichkommt. Eine Frau, die sich hintergangen weiß, hört nicht auf sich; sie zweifelt, solange sie liebt! Und sie leugnet den Ruf ihrer Macht als Wahrsagerin. Diesem Paroxysmus der Liebe müßte ein Kult geweiht werden. Bei edlen Charakteren wird die Bewunderung dieses göttlichen Phänomens stets eine Schranke sein, die sie von der Untreue scheidet. Wie sollte man nicht ein schönes, geistvolles Geschöpf anbeten, deren Seele zu allerlei Bekundungen gelangt . . .? Um ein Uhr morgen hatte Hortenses Angst einen solchen Grad erreicht, daß sie an die Tür stürzte, als sie Wenceslaus an seiner Art zu klingeln erkannt hatte, ihn in die Arme schloß und ihn mütterlich umfing.

»Endlich bist du da . . .!« sagte sie, als sie die Sprache wiedergefunden hatte. »Liebster, fortan werde ich überall, wohin du gehst, mitgehen, weil ich kein zweitesmal die Qual eines solchen Wartens durchmachen will . . . Ich habe dich gesehen, wie du über einen Bordstein stolpertest und dir den Kopf zerschmettertest; ich habe dich von Räubern ermordet gesehen . . .! Nein, das noch einmal – ich spüre, daß ich dann wahnsinnig werden würde . . . Du hast dich also gut amüsiert . . . ohne mich? Du Böser?«

»Es half nichts, mein gutes Engelchen; Bixiou war da, er hat uns neue Aufträge verschafft; Léon de Lora, dessen Geist nicht versiegt ist; Claude Vignon, dem ich den einzigen tröstlichen Artikel danke, der über das Denkmal des Marschalls Montcornet geschrieben worden ist. Außerdem waren ...«

»Waren denn keine Frauen da ...?« fragte Hortense lebhaft.

»Die hochachtbare Madame Florent ...«

»Du hattest mir gesagt, es sei im ›Rocher-de-Cancale‹; es war also bei ihm daheim?«

»Ja, bei ihm; ich habe mich geirrt ...«

»Bist du nicht im Wagen gekommen?«

»Nein!«

»Dann kommst du also zu Fuß von der Rue des Tournelles?«

»Stidmann und Bixiou haben mich über die Boulevards bis zur Madeleine begleitet, wir waren ins Plaudern gekommen.«

»Dann ist es also recht trocken auf den Boulevards, der Place de la Concorde und der Rue de Bourgogne; du bist nicht schmutzig geworden«, sagte Hortense und musterte die Lackschuhe ihres Mannes.

Es hatte geregnet; aber von der Rue Vanneau bis zur Rue Saint-Dominique hatte Wenceslaus sich die Schuhe nicht beschmutzen können.

»Hier, da hast du fünftausend Francs; Chanor hat sie mir großzügig geliehen«, sagte Wenceslaus und schnitt damit die Fragen ab, die das reinste Verhör waren.

Er hatte aus den zehn Tausendfrancsscheinen zwei Päckchen gemacht, eins für Hortense und eins für sich selber; er hatte nämlich fünftausend Francs Schulden, von denen Hortense nichts wußte. Er schuldete seinem Gehilfen und seinen Arbeitern den Lohn.

»Jetzt bist du deine Sorgen los, Liebste«, sagte er und küßte seine Frau. »Von morgen an mache ich mich ans Werk. Ja, morgen krieche ich um halb neun aus dem Bett und gehe ins Atelier. Deswegen lege ich mich jetzt gleich schlafen, um beizeiten auf den Beinen zu sein; erlaubst du es mir, mein Herzchen?«

Der Argwohn, der sich in Hortenses Herzen eingenistet hatte, war verschwunden; sie war tausend Meilen weit von der Wahrheit entfernt. Madame Marneffe! An die dachte sie nicht. Sie fürchtete für ihren Wenceslaus die Gesellschaft von Loretten.

Die Namen Bixiou und Léon de Lora, zwei ihres zügellosen Lebens wegen bekannte Künstler, hatten sie beunruhigt.

Am folgenden Tag sah sie Wenceslaus um neun Uhr aufbrechen und war völlig unbesorgt. »Jetzt macht er sich ans Werk«, sagte sie sich und fuhr mit dem Ankleiden ihres Kindes fort. »Oh, ich sehe ihn vor mir, er ist in Schwung! Nun, wenn wir auch nicht den Ruhm Michelangelos haben, so werden wir doch den des Benvenuto Cellini erlangen!« So wiegte Hortense sich in ihren eigenen Hoffnungen und glaubte an eine glückliche Zukunft; und sie redete mit ihrem zwanzig Monate alten Sohn gerade in der lautmalenden Sprache, die die Kinder lächeln läßt, als gegen elf Uhr die Köchin, die Wenceslaus nicht hatte fortgehen sehen, Stidmann hereinführte.

»Pardon, Madame«, sagte der Künstler. »Wie? Wenceslaus ist schon fort?«

»Er ist in seinem Atelier.«

»Ich hatte mich mit ihm unserer Arbeiten wegen besprechen wollen.«

»Dann will ich ihn holen lassen«, sagte Hortense und bedeutete Stidmann, er möge sich setzen.

Die junge Frau dankte innerlich dem Himmel für diesen Zufall; sie wollte Stidmann bei sich behalten, um Einzelheiten über die gestrige Abendgesellschaft zu hören. Stidmann verbeugte sich, um der Gräfin für diese Gunst zu danken. Madame Steinbock klingelte, die Köchin kam, und sie gab ihr Weisung, zum Atelier zu gehen und Monsieur zu holen.

»Haben Sie sich gestern gut amüsiert?« fragte Hortense. »Wenceslaus ist nämlich erst um ein Uhr früh heimgekommen.«

»Amüsiert ...? Nicht gerade«, antwortete der Künstler, der am Vorabend Madame Marneffe selber hatte »kapern« wollen. »Man amüsiert sich in der Gesellschaft nur, wenn man dort Interessen wahrzunehmen hat. Die kleine Madame Marneffe ist zwar über die Maßen geistvoll, aber sie ist kokett ...«

»Und wie hat Wenceslaus sie gefunden ...?« fragte die arme Hortense und bemühte sich, ruhig zu bleiben; »er hat mir nichts von ihr erzählt.«

»Ich kann Ihnen über sie nur eins sagen«, antwortete Stidmann, »nämlich, daß ich sie für sehr gefährlich halte.«

Hortense wurde blaß wie eine Wöchnerin.

»Dann also haben Sie ... bei Madame Marneffe ... und nicht ... bei Chanor zu Abend gegessen ...«, sagte sie, »gestern ... mit Wenceslaus, und er ...«

Ohne zu wissen, wie groß das von ihm angerichtete Unheil war, ahnte Stidmann doch, daß er eins verursacht hatte. Die Gräfin sprach ihren Satz nicht zu Ende; sie fiel in eine tiefe Ohnmacht. Der Künstler läutete; die Zofe kam. Als Louise versuchte, die Gräfin Steinbock in ihr Schlafzimmer zu tragen, bekam Hortense einen äußerst schweren Nervenanfall, der sich in schrecklichen Krampfzuckungen äußerte. Wie alle, die durch eine unbeabsichtigte Indiskretion das Lügengerüst zum Einsturz gebracht haben, das ein Ehemann durch seine Lügerei bei sich daheim errichtet hat, konnte Stidmann nicht glauben, daß seine Äußerung eine solche Tragweite habe; er meinte, die Gräfin befinde sich in jenem krankhaften Zustand, in dem die leichteste Widerwärtigkeit zu etwas Gefährlichem wird. Unglücklicherweise hatte die Köchin gerade mit lauter Stimme verkündet, Monsieur sei nicht in seinem Atelier. Mitten in ihrem Anfall vernahm die Gräfin diese Antwort, und die Krämpfe setzten von neuem ein.

»Holen Sie Madames Mutter ...!« sagte Louise zur Köchin. »Laufen Sie!«

»Wenn ich wüßte, wo Wenceslaus ist, würde ich ihn benachrichtigen«, sagte der verzweifelte Stidmann.

»Bei jener Frau ist er ...!« schrie die arme Hortense. »Er hat sich ganz anders angezogen als sonst, wenn er in sein Atelier ging.«

Stidmann eilte zu Madame Marneffe; er hatte die Wahrheit dieser Bemerkung erkannt, die dem »Zweiten Gesicht« der Leidenschaft zu verdanken war. Tatsächlich saß Valérie in dieser Stunde Modell für die Delila. Stidmann war zu intelligent, um zu fragen, ob Madame Marneffe daheim sei; steif ging er an der Pförtnerloge vorbei, stieg rasch zum zweiten Stockwerk hinauf und dachte dabei: Wenn ich nach Madame Marneffe frage, läßt sie sich verleugnen. Wenn ich so dumm bin, nach Steinbock zu fragen, wird man mir ins Gesicht lachen ... Also nehmen wir kein Blatt vor den Mund! Auf sein Läuten erschien Reine.

»Sagen Sie dem Grafen Steinbock, er solle kommen; seine Frau ist sterbenskrank . . .!«

Reine, die ebenso gescheit wie Stidmann war, sah ihn mit einem zulänglich dummen Gesicht an.

»Aber ich weiß wirklich nicht, Monsieur . . . was Sie . . .«

»Ich sage Ihnen, daß mein Freund Steinbock hier ist und daß seine Frau sterbenskrank ist; die Sache ist wichtig genug, daß Sie Ihre Herrin stören.«

Und damit ging Stidmann. »Oh, er ist ganz bestimmt da«, sagte er sich. Stidmann verweilte ein paar Minuten in der Rue Vanneau, sah in der Tat Wenceslaus aus dem Haus herauskommen und bedeutete ihm durch einen Wink, schleunigst herzukommen. Nachdem er Steinbock die Tragödie geschildert hatte, die sich in der Rue Saint-Dominique abspielte, schalt er ihn aus, daß er ihm nicht gesagt habe, über das Abendessen des Vortages Schweigen zu bewahren.

»Ich bin erledigt«, antwortete ihm Wenceslaus, »aber ich verzeihe dir. Ich habe unsere Verabredung für heute vormittag völlig vergessen und überdies den Fehler gemacht, dir nicht zu sagen, wir müßten tun, als seien wir bei Florent zum Abendessen gewesen. Nichts zu machen; diese Valérie hat mir den Kopf verdreht; aber, mein Lieber, die Sache lohnt, sie ist das Unglück wert . . . Ach, sie ist . . . Mein Gott, jetzt sitze ich in einer schauerlichen Verlegenheit! Gib mir einen Rat. Was soll ich sagen? Wie mich rechtfertigen?«

»Dir einen Rat geben? Ich weiß keinen«, sagte Stidmann. »Aber deine Frau liebt dich doch, nicht wahr? Na, gut, dann wird sie alles glauben. Vor allem sag ihr, du kämest von mir, während ich zu dir gegangen sei; dann kommt wenigstens das Modellsitzen von heute morgen nicht heraus. Adieu!«

An der Ecke der Rue Hillerin-Bertin traf Wenceslaus Lisbeth, die von Reine ins Bild gesetzt worden und Steinbock nachgelaufen war; sie fürchtete seine polnische Naivität. Da sie nicht bloßgestellt werden wollte, sagte sie ein paar Worte zu Wenceslaus, der sie in seiner Freude auf offener Straße küßte. Offenbar hatte sie dem Künstler eine Brücke gebaut, mittels der er diese Kluft seines Ehelebens überschreiten konnte.

Hortense hatte beim Erblicken ihrer Mutter, die in aller Hast gekommen war, Ströme von Tränen vergossen. Daher nahm die Nervenkrise zum Glück ein ganz anderes Aussehen an.

»Hintergangen, liebste Mama!« sagte sie zu ihr. »Wenceslaus hat mir erst sein Ehrenwort gegeben, nicht zu Madame Marneffe zu gehen, hat dennoch gestern bei ihr zu Abend gegessen und ist erst heute früh um ein Viertel nach eins heimgekommen . . .! Du mußt wissen, daß wir tags zuvor nicht grade einen Streit, aber eine Auseinandersetzung gehabt haben. So rührende Dinge habe ich ihm gesagt: ich sei eifersüchtig, eine Untreue würde mich umbringen; ich sei argwöhnisch, er müsse Rücksicht auf meine Schwächen nehmen, da diese meiner Liebe zu ihm entsprängen; ich hätte in meinen Adern genausoviel vom Blut meines Vaters wie von dem deinen; im ersten Augenblick einer Treulosigkeit würde ich den Kopf verliren und Tollheiten anstellen, mich rächen, uns alle entehren, ihn, seinen Sohn und mich; kurzum, ich würde imstande sein, ihn umzubringen und mich hinterher, usw. Und trotzdem ist er hingegangen, und jetzt ist er wieder bei ihr! Diese Frau ist drauf und dran, uns allen großes Leid anzutun! Gestern sind mein Bruder und Célestine Verpflichtungen eingegangen, um für zweiundsiebzigtausend Francs Wechsel aus dem Verkehr zu ziehen, die für dieses nichtsnutzige Weib ausgestellt worden sind . . . Ja, Mama, es war nahe daran, daß gegen meinen Vater gerichtlich eingeschritten und er ins Gefägnnis gesteckt worden wäre. Dieser schrecklichen Frau genügen mein Vater und deine Tränen noch nicht! Warum muß sie mir Wenceslaus nehmen . . .? Ich will zu ihr gehen und sie erdolchen!«

Madame Hulot war durch das schreckliche Geständnis, das Hortense in ihrer Wut ihr unwillkürlich gemacht hatte, ins Herz getroffen worden; sie bezwang ihren Schmerz durch eine der heroischen Anstrengungen, deren große Mütter fähig sind, drückte den Kopf der Tochter an ihre Brust und bedeckte ihn mit Küssen.

»Warte auf Wenceslaus, Kind, dann wird sich alles aufklären. Das Übel kann nicht so groß sein, wie du meinst! Ach, ich bin hintergangen worden, liebe Hortense. Du findest mich schön, ich bin tugendhaft, und dabei werde ich seit dreiundzwanzig Jahren vernachlässigt, und zwar Frauen wie Jenny Cadines, Josépha und der Marneffe wegen . . .! Hast du das gewußt . . .?«

»Du, Mama, du ...? Du leidest das seit dreiund ...«

Ihre eigenen Gedanken ließen sie innehalten.

»Tu wie ich, mein Kind«, fuhr die Mutter fort. »Sei sanft und gut; dann wirst du ein ruhiges Gewissen haben. Auf dem Sterbebett sagt sich ein Mann: ›Meine Frau hat mir nie den geringsten Schmerz angetan ...‹ Und Gott, der solcherlei letzte Seufzer vernimmt, rechnet sie uns Frauen zugute. Wenn ich mich Zornesausbrüchen überlassen hätte wie du, was wäre dann geschehen ...? Dein Vater hätte sich erbittert; vielleicht hätte er mich verlassen und wäre dabei nicht durch die Furcht, mich tief zu betrüben, zurückgehalten worden; unser Ruin, der heute vollendet ist, wäre zehn Jahre früher über uns hereingebrochen; wir hätten das Schauspiel eines Ehemanns und einer Frau dargeboten, die getrennt leben, was ein schrecklicher, trostloser Skandal ist, denn es bedeutet den Tod der Familie. Weder dein Bruder noch du hättten einen Haushalt gründen können ... Ich habe mich geopfert, und zwar so beherzt, daß ohne die letzte Liebschaft deines Vaters alle Welt geglaubt haben würde, ich sei noch glücklich. Meine tapfere Gefälligkeitslüge hat Hector bis jetzt beschützt; er genießt noch Achtung; die Sache ist nur die, daß diese Greisenleidenschaft ihn, wie ich sehe, zu weit fortreißt. Sein Wahnwitz wird, das fürchte ich, den Wandschirm durchbrechen, den ich zwischen die Welt und uns gestellt habe ... Aber ich habe ihn dreiundzwanzig Jahre lang erhalten, diesen Schleier, hinter dem ich weinte, ohne Mutter, ohne jemanden, dem ich vertrauen konnte, ohne andere Hilfe als die der Religion, und ich habe dreiundzwanzig Jahre lang die Ehre der Familie verwaltet.«

Hortense hatte ihrer Mutter mit starren Augen gelauscht. Die ruhige Stimme und die Schicksalsergebenheit dieses äußersten Schmerzes ließen bei der jungen Frau die Erbitterung über die erste Wunde versiegen; die Tränen gewannen die Oberhand, sie flossen aufs neue in Strömen. In einem Anfall von Kindesliebe, übermannt von der erhabenen Größe der Mutter, warf sie sich vor ihr auf die Knie, ergriff den Saum ihres Kleides und küßte ihn, wie fromme Katholiken die heiligen Reliquien eines Märtyrers küssen.

»Steh auf, Hortense«, sagte die Baronin, »eine solche Liebesbezeigung meiner Tochter löscht viele böse Erinnerungen aus.

Komm an mein Herz, es wird einzig von *deinem* Kummer bedrängt. Die Verzweiflung meiner armen kleinen Tochter, deren Freude meine einzige Freude war, hat das Grabessiegel gebrochen, das nichts von meinen Lippen hätte lösen können. Ja, ich hatte meine Schmerzen mit ins Grab nehmen wollen wie ein zweites Leichentuch. Um deinen Zorn zu dämpfen, habe ich gesprochen. Gott wird mir verzeihen! Oh, wenn mein Leben dein Leben sein könnte, was würde ich nicht tun ... Die Männer, die Welt, der Zufall, die Natur, Gott, so glaube ich, verkaufen uns die Liebe um den Preis der grausamsten Qualen. Ich muß zehn glückliche Jahre mit dreiundzwanzig Jahren der Verzweiflung, der unablässigen Kümmernisse und der Bitterkeiten bezahlen ...«

»Du hast zehn Jahre gehabt, geliebte Mama, und ich nur drei ...!« sagte die eigensüchtige Liebende.

»Noch ist nichts verloren, mein Kind; warte auf Wenceslaus.«

»Mutter«, sagte sie, »er hat gelogen! Er hat mich getäuscht ... Er hat gesagt: ›Ich werde nicht hingehen‹, und er ist dennoch hingegangen. Und das alles an der Wiege seines Kindes ...!«

»Um ihrer Liebeslüste willen, mein Engel, begehen die Männer die größten Niederträchtigkeiten; das scheint in ihrer Natur zu liegen. Wir Frauen sind dem Opfer geweiht. Ich glaubte mein Unglück abgeschlossen, und dabei beginnt es abermals, denn ich war nicht darauf gefaßt, doppelt dadurch zu leiden, daß ich in meiner Tochter leide. Mut und Schweigen ...! Liebe Hortense, schwöre mir, lediglich mit mir über deine Kümmernisse zu sprechen und sie andere Leute nicht sehen zu lassen ... Oh, sei so stolz wie deine Mutter!«

In diesem Augenblick zuckte Hortense zusammen; sie hatte den Schritt ihres Mannes vernommen.

»Anscheinend«, sagte Wenceslaus beim Eintreten, »ist Stidmann hier gewesen, während ich zu ihm gegangen war.«

»Tatsächlich ...!« rief Hortense mit der wilden Ironie einer gekränkten Frau, die sich des Wortes wie eines Dolches bedient.

»Freilich, wir sind einander gerade begegnet«, antwortete Wenceslaus und spielte den Erstaunten.

»Und gestern ..?« entgegnete Hortense.

»Nun, ich habe dich hinters Licht geführt, mein geliebter Engel, und nun soll deine Mutter über uns urteilen ...«

Dieser Freimut erleichterte Hortenses Herz. Alle wahrhaft edlen Frauen ziehen die Wahrheit der Lüge vor. Sie wollen ihr Idol nicht erniedrigt sehen; sie wollen stolz auf die Oberherrschaft sein, der sie sich unterwarfen.

Dieses Gefühl lebt in den Russen gegenüber ihren Zaren.

»Hören Sie mich an, liebe Muter ...«, sagte Wenceslaus, »ich habe meine gute, sanfte Hortense so lieb, daß ich ihr die Ausmaße unserer Notlage verheimlicht habe. Es half eben nichts ...! Sie nährte noch, und der Kummer hätte ihr schaden können. Sie wissen genau, welch eine Gefahr für eine Frau dann besteht. War das falsch gehandelt ...? Sie glaubt, wir hätte nur fünftausend Francs Schulden; aber ich schulde weitere fünftausend ... Vorgestern wußten wir nicht aus noch ein ...! Kein Mensch leiht Künstlern etwas. Man mißtraut unsern Talenten genauso wie unsern Launen. Vergebens habe ich an alle Türen gepocht. Lisbeth hat uns ihre Ersparnisse angeboten.«

»Das arme Mädchen«, sagte Hortense.

»Das arme Mädchen«, sagte die Baronin.

»Aber Lisbeths zweitausend Francs, was ist das schon...? Für sie alles, für uns nichts. Da hat die Tante, du weißt es, Hortense, uns von Madame Marneffe gesprochen, die aus Eigenliebe, da sie dem Baron soviel verdankt, keinerlei Zinsen nehmen würde ... Hortense hat ihre Diamanten aufs Pfandhaus tragen wollen. Da hätten wir ein paar tausend Francs bekommen, und wir brauchten zehntausend. Diese zehntausend Francs konnten wir dort finden, ohne Zinsen, auf ein Jahr ...! Da habe ich mir gesagt: ›Hortense wird nichts davon erfahren, geh hin und hole sie dir.‹ Jene Frau hat mich durch meinen Schwiegervater gestern zum Abendessen einladen lassen und mir zu verstehen gegeben, Lisbeth habe mit ihr gesprochen; ich könne das Geld haben. Zwischen Hortenses Verzweiflung und diesem Abendessen habe ich nicht geschwankt. So liegen die Dinge. Wie? Hortense ist vierundzwanzig Jahre alt, unverblüht, rein und tugendhaft; sie ist mein ganzes Glück und mein Ruhm; ich bin seit unserer Hochzeit nicht von ihrer Seite gewichen, und sie könnte sich einbilden, ich bevorzugte was ...? Eine verbrauchte, verwelkte Frau, eine ›verpatzte‹«, sagte er und bediente sich eines rohen Ausdrucks aus dem Künstler-Rotwelsch, um seine Verachtung durch eine der Übertreibungen glaubwürdig zu machen, an denen die Frauen Gefallen finden.

»Ach, wenn dein Vater je zu mir so gesprochen hätte!« rief die Baronin. Hortense fiel graziös ihrem Mann um den Hals.

»Ja, auch ich würde das getan haben«, sagte Adeline. »Wenceslaus, mein Lieber, Ihre Frau wäre fast gestorben«, fuhr sie mit ernster Stimme fort. »Da können Sie sehen, wie sie Sie liebt. Sie gehört Ihnen, ach ja!« Und sie seufzte tief. Er kann aus ihr eine Märtyrerin oder eine Glückliche machen, sagte sie sich und dachte damit, was alle Frauen nach der Hochzeit ihrer Töchter denken. »Mir scheint«, fügte sie laut hinzu, »ich leide wohl zur Genüge, um meine Kinder glücklich sehen zu dürfen.«

»Seien Sie unbesorgt, liebe Mama«, sagte Wenceslaus im Hochgefühl des Glücks, daß diese Krise gut überstanden war. »In zwei Jahren habe ich dieser gräßlichen Frau das Geld zurückgezahlt. Nichts zu machen«, sprach er weiter und sagte nochmals diese typisch polnische Redewendung mit polnischter Anmut, »es gibt Augenblicke, in denen man den Teufel anpumpen würde. Schließlich stammt das Geld ja aus der Familie. Und nun ich schon eingeladen war, hätte ich dieses Geld wohl erhalten, das uns so teuer zu stehen kommt, wenn ich auf eine Höflichkeit mit plumpen Ablehnungen geantwortet hätte?«

»O Mama, in welch üble Lage bringt uns Papa!« rief Hortense.

Die Baronin legte einen Finger auf die Lippen, und Hortense bereute ihren anklagenden Ausruf, den ersten Tadel, den sie sich über einen Vater hatte entschlüpfen lassen, der durch ein erhabenes Totschweigen so heroisch geschützt worden war.

»Adieu, liebe Kinder«, sagte Madame Hulot, »jetzt ist wieder schönes Wetter. Aber zankt euch nicht mehr.«

Nachdem Wenceslaus die Baronin hinausgeleitet hatte und er und seine Frau ins Schlafzimmer zurückgekehrt waren, fragte Hortense ihren Mann: »Erzählst du mir wohl, wie deine Abendgesellschaft verlaufen ist?« Und während jenes Berichts, der von Fragen unterbrochen wurde, wie sie sich in solch einem Fall einer Frau auf die Lippen drängen, spähte sie in Wenceslaus' Gesicht. Der Bericht stimmte Hortense nachdenklich; sie ahnte die diabolischen Vergnügungen, die Künstler in dieser lasterhaften Gesellschaft finden mußten.

»Sei offen, Wenceslaus...! Stidmann, Claude Vignon und Vernisset waren da; und wer noch...? Womöglich hast du Spaß daran gehabt...?«

»Ich...? Ich habe einzig und allein an unsere zehntausend Francs gedacht und mir gesagt: ›Jetzt wird Hortense ihre Sorgen los!‹«

Dieses Verhör verdroß den Livländer gewaltig; er nahm einen heiteren Augenblick wahr und fragte Hortense:

»Und du, mein Engel, was würdet du getan haben, wenn dein Künstler sich schuldig gemacht hätte...?«

»Ich«, sagte sie und tat entschlossen, »ich würde mich Stidmann hingegeben haben, aber selbstverständlich ohne ihn zu lieben!«

»Hortense!« rief Steinbock aus und sprang jäh und mit einer theatralischen Geste auf, »dazu würdest du keine Zeit gehabt haben; ich hätte dich umgebracht.«

Hortense stürzte sich auf ihren Mann, küßte ihn zum Erstikken, überhäufte ihn mit Liebesbezeigungen und sagte zu ihm: »Ach, du liebst mich, Wenceslaus! Ja, jetzt fürchte ich nichts mehr! Aber weg mit der Marneffe. Tauche nie wieder in solch einen Pfuhl.«

»Ich schwöre dir, geliebte Hortense, daß ich nur hingehen werde, um meinen Schuldschein einzulösen...«

Sie schmollte, aber so, wie liebende Frauen schmollen, die es nach den Zinsen ihres Schmollens verlangt. Wenceslaus, dem der Vormittag zugesetzt hatte, ließ seine Frau schmollen und ging in sein Atelier, um dort das Tonmodell der Simson-und-Delila-Gruppe anzufertigen, deren Bleistiftskizze er in der Tasche trug. Hortense, unmutig über ihr Schmollen, glaubte Wenceslaus darob verärgert und kam ihm nach ins Atelier in dem Augenblick, da ihr Mann dabei war, das Modell zu vollenden und dabei den Ton mit jener Wut bearbeitete, die den Künstler im Bann der Phantasie vorwärtstreibt. Als er seine Frau erblickte, warf er schnell einen feuchten Lappen über die entstehende Gruppe, nahm Hortense in die Arme und sagte zu ihr: »Nicht wahr, wir sind einander nicht mehr böse, mein Herzchen?«

Hortense hatte die Gruppe gesehen, und daß ein Lappen darüber geworfen wurde; sie sagte nichts; aber ehe sie das Atelier verließen, wandte sie sich um, hob das Tuch an, betrachtete den Entwurf und fragte: »Was ist denn das?«

»Eine Gruppe, zu der mir der Einfall gekommen ist.«

»Und warum hast du sie vor mir versteckt?«

»Ich hatte sie dir erst zeigen wollen, wenn sie fertig ist.«

»Die Frau ist sehr hübsch!« sagte Hortense.

Und es schossen in ihrer Seele tausend Mutmaßungen auf, wie in Indien von einem Tag zum andern die großen, buschigen Pflanzengebilde.

Nach etwa drei Wochen war Madame Marneffe von tiefem Groll gegen Hortense erfüllt. Frauen dieser Art haben ihr Selbstgefühl; sie wollen, daß man dem Teufel den Hintern küßt; nie verzeihen sie der Tugend, die ihre Macht nicht fürchtet oder die mit ihnen kämpft. Denn Wenceslaus hatte sich nie wieder in der Rue Vanneau blicken lassen; nicht einmal den Höflichkeitsbesuch hatte er abgestattet, der erforderlich gewesen wäre, nachdem ihm eine Frau als Delila gesessen hatte. Jedesmal, wenn Lisbeth zu den Steinbocks gegangen war, hatte sie in der Wohnung niemanden vorgefunden. Monsieur und Madame lebten im Atelier. Lisbeth, die den beiden Turteltauben bis in ihr Nest im Gros-Caillou nachspürte, sah Wenceslaus eifrig bei der Arbeit und erfuhr von der Köchin, daß Madame Monsieur nie von der Seite weiche. Wenceslaus erlitt den Despotismus der Liebe. So machte sich denn Valérie Lisbeths Haß gegen Hortense zu eigen. Die Frauen hängen so sehr an Liebhabern, die man ihnen streitig macht, wie die Männer sich an Frauen klammern, die von mehreren Gecken begehrt werden. Daher passen die Überlegungen, die in bezug auf Madame Marneffe angestellt worden sind, genauso auf Männer, die in der Liebe Glück haben; es sind gewissermaßen männliche Kurtisanen. Valéries Liebesanwandlung gedieh zur Wut; vor allem wollte sie ihre Gruppe haben, und eines Morgens nahm sie sich vor, Wenceslaus im Atelier aufzusuchen, als eins der gewichtigen Ereignisse eintrat, die für dergleichen Frauen als *»fructus belli«*[161] bezeichnet werden können. Diese sie ganz persönlich angehende Tatsache gab Valérie folgendermaßen bekannt. Sie saß mit Lisbeth und Monsieur Marneffe beim Frühstück.

»Ahnst du, Marneffe, daß du zum zweitenmal Vater wirst?«

»Tatsächlich, solltest du in andern Umständen sein . . .? Oh, laß mich dich küssen . . .«

Er stand auf, ging um den Tisch herum, und seine Frau hielt ihm die Stirn so hin, daß der Kuß ihr Haar traf.

»Durch diesen Streich«, fuhr er fort, »werde ich Bürochef und Offizier der Ehrenlegion! Wahrhaftig, Kleines, ich will nicht, daß Stanislaus[162] geschädigt wird! Der arme Junge . . .!«

»Der arme Junge . . .?« rief Lisbeth. »Seit sieben Monten habt ihr ihn nicht besucht; in der Pension gelte ich als seine Mutter, weil ich die einzige im Haus bin, die sich um ihn kümmert . . .!«

»Ein Kind, das uns alle Vierteljahr hundert Taler kostet . . .!« sagte Valérie. »*Der* ist übrigens *dein* Sohn, Mann! Du könntest gut und gern seine Pension von deinem Gehalt bezahlen . . . Der Neue ist weit davon entfernt, uns Rechnungen von Pensionswirten einzutragen; er wird uns vielmehr aus der ewigen Geldnot heraushelfen . . .«

»Valérie«, antwortete Marneffe und warf sich in die Brust wie Crevel, »ich hoffe, daß der Herr Baron Hulot für seinen Sohn sorgen und ihn nicht einem armen Beamten aufbürden wird; ich gedenke, ihm mit gehörigen Forderungen aufzuwarten. Also seien Sie auf Sicherheiten bedacht, Madame! Versuchen Sie, von ihm Briefe zu bekommen, in denen er Ihnen von seinem Glück schreibt; er läßt sich nämlich meiner Beförderung wegen gar zu sehr am Ohr zupfen . . .«

Und Marneffe begab sich ins Ministerium; die kostbare Freundschaft mit seinem Vorgesetzten erlaubte ihm, erst gegen elf im Büro zu erscheinen; überdies gab es dort, angesichts seiner Unfähigkeit und seiner Arbeitsscheu, recht wenig für ihn zu tun.

Als Lisbeth und Valérie allein waren, schauten sie einander eine Weile an wie zwei Auguren und brachen dann beide in schallendes Gelächter aus.

»Sag mal, Valérie, ist es wirklich wahr?« fragte Lisbeth. »Oder spielst du nur Komödie?«

»Es ist die leibhaftige Wahrheit!« antwortete Valérie. »Hortense ödet mich an! Und letzte Nacht ist mir eingefallen, daß ich dieses Kind wie eine Bombe in Wenceslaus' Ehe werfen könnte.«

Valérie ging in ihr Schlafzimmer, wobei Lisbeth ihr folgte,

und zeigte ihr den nachstehenden, fix und fertig geschriebenen Brief:

»Wenceslaus, mein Lieber, ich glaube noch immer an Deine Liebe, obgleich ich Dich seit bald drei Wochen nicht gesehen habe. Ist das Verachtung? Delila vermag es nicht zu denken. Ist es nicht vielmehr die Auswirkung der Tyrannei einer Frau, von der Du mir gesagt hast, Du könntest sie nicht mehr lieben? Wenceslaus, Du bist ein zu großer Künstler, um Dich auf solcherlei Weise beherrschen zu lassen. Die Ehe ist das Grab des Ruhms ... Prüfe, ob Du dem Wenceslaus aus der Rue du Doyenné noch ähnelst! Du hast das Denkmal meines Vaters verpfuscht; aber in Dir ist der Liebende dem Künstler hoch überlegen; Du hast mit der Tochter mehr Glück: Du bist Vater, mein angebeteter Wenceslaus. Wenn Du nicht kämst und mich in meinem jetzigen Zustand besuchtest, dann würdest Du in den Augen Deiner Freunde als ein sehr schlechter Mensch dastehen; aber ich fühle es, ich liebe Dich so wahnsinnig, daß ich niemals die Kraft aufbringen würde, Dir zu fluchen. Könnte ich mich doch immer heißen

Deine Valérie.«

»Was hältst du von meinem Plan, diesen Brief zu einer Zeit ins Atelier zu schicken, da unsere geliebte Hortense dort allein ist?« fragte Valérie Lisbeth. »Gestern abend habe ich von Stidmann erfahren, daß Wenceslaus heute um elf eine geschäftliche Besprechung in Chanors Haus hat; auf diese Weise wird die Schlange von Hortense allein sein.«

»Nach einem solchen Streich«, antwortete Lisbeth, »kann ich nach außen hin nicht deine Freundin bleiben; ich müßte dir den Laufpaß geben und den Eindruck machen, als gehe ich nicht mehr zu dir und spreche nicht mal mehr mit dir.«

»Natürlich«, sagte Valérie. »Aber ...«

»Oh, sei unbesorgt«, antwortete Lisbeth. »Wir werden einander wiedersehen, wenn ich Frau Marschallin bin; ›sie‹ wollen es jetzt alle; lediglich der Baron weiß nichts von dem Plan; aber den wirst du schon herumkriegen«

»Aber«, antwortete Valérie, »es ist nicht ausgeschlossen, daß ich bald auf gespanntem Fuß mit dem Baron stehe.«

»Madame Olivier ist die einzige, die es auf sich nehmen könnte, sich von Hortense mit dem Brief überraschen zu lassen«, sagte Lisbeth. »Sie müßte erst in die Rue Saint-Dominique und dann ins Atelier gehen.«

»Oh, unser Engelchen wird daheim sein«, antwortete Madame Marneffe und klingelte nach Reine, um Madame Olivier herbitten zu lassen.

Zehn Minuten, nachdem dieser verhängnisvolle Brief fortgeschickt worden war, kam der Baron Hulot. Mit einer katzenhaften Bewegung sprang Madame Marneffe auf ihn zu und fiel dem alten Mann um den Hals.

»Hector, du bist Vater!« flüsterte sie ihm zu. »Das kommt dabei heraus, wenn man sich zankt und dann wieder verträgt ...«

Als Valérie eine gewisse Verwunderung wahrnahm, die der Baron nicht schnell genug hatte verhehlen können, setzte sie eine frostige Miene auf, die den Staatsrat zur Verzweiflung brachte. Einen nach dem andern ließ sie sich die schlüssigsten Beweise entreißen. Als die Überzeugung, von der Eitelkeit behutsam an der Hand geführt, in das Gehirn des alten Mannes eingezogen war, erzählte sie ihm, wie wütend ihr Mann geworden sei.

»Lieber alter Brummbär«, sagte sie zu ihm, »du wirst schwerlich umhin können, deinen verantwortlichen Herausgeber, unsern Geschäftsführer, wenn dir das angenehmer klingt, zum Bürochef und zum Offizier der Ehrenlegion zu machen; denn du hast ihm die Hörner aufgesetzt, diesem Mann; er vergöttert seinen Stanislaus, dies kleine *mostrico*[163], das ihm so ähnlich sieht und das ich nicht ausstehen kann. Sofern du nicht vorziehst, Stanislaus eine Rente von zwölfhundert Francs auszusetzen, selbstverständlich als Kapital; die Nutznießung muß auf meinen Namen eingetragen werden.«

»Aber wenn ich schon eine Rente aussetzte, dann doch lieber auf den Namen *meines* Sohnes und nicht auf den des *mostrico*!« erklärte der Baron.

Dieser unbedachte Satz, in dem der Ausdruck »mein Sohn« sich breitmachte wie ein über die Ufer tretender Strom, wurde innerhalb eines viertelstündigen Gesprächs in das förmliche Versprechen einer Rente von zwölfhundert Francs für das zu erwartende Kind umgewandelt. Dieses Versprechen wurde alsdann auf Valéries Zunge und Zügen zu dem, was eine Blechtrommel in den Händen eines Kindes ist; drei Wochen lang sollte sie darauf spielen.

Zu derselben Zeit, da der Baron glücklich wie ein seit einem Jahr Verheirateter, der sich einen Erben wünscht, das Haus in der Rue Vanneau verließ, hatte sich Madame Olivier durch Hortense den Brief entreißen lassen, den sie dem Herrn Grafen eigenhändig hatte übergeben sollen. Die junge Frau bezahlte diesen Brief mit einem Zwanzigfrancsstück. Der Selbstmörder bezahlt sein Opium, seine Pistole, seine Steinkohle. Hortense las den Brief und las ihn nochmals; sie sah nichts als dies weiße Papierblatt mit den schwarzen Querlinien darauf; es gab in der Welt nichts als dieses Papier; alles rings um sie her war schwarz. Der Schein der Feuersbrunst, die das Gebäude ihres Glücks verzehrte, beleuchtete dieses Papier; denn rings um sie her herrschte tiefes Dunkel. Die Rufe ihres kleinen Wenceslaus, der spielte, drangen an ihr Ohr, als sitze er in der Tiefe eines Tals und sie auf einem Berggipfel. Schmählich beleidigt zu werden mit vierundzwanzig Jahren, im vollen Glanz der Schönheit, im Schmuck einer reinen, hingebungsvollen Liebe, das war kein Dolchstich, das war der Tod. Der erste Anfall war rein nervöser Natur gewesen; der Körper hatte sich unter den Umschlingungen der Eifersucht gewunden; die Gewißheit jedoch griff die Seele an, und der Körper wurde ausgelöscht. Etwa zehn Minuten lang verblieb Hortense unter diesem Druck. Der Geist ihrer Mutter erschien ihr und rief in ihr eine Umwandlung hervor; sie wurde ruhig und kalt; sie gewann ihre Vernunft wieder. Sie läutete.

»Louise, Beste, soll Ihnen helfen«, sagte sie zu der Köchin. »Ihr müßt so schnell wie möglich alles zusammenpacken, was hier mein Eigentum ist, und alles, was meinem Sohn gehört. Ich gebe euch eine Stunde Zeit. Wenn alles bereit ist, holt ihr auf der Stelle einen Wagen und benachrichtigt mich. Keine Einwendungen! Sie bleiben hier, bei Monsieur; sorgen Sie gut für ihn ...«

Sie ging in ihr Schlafzimmer hinüber, setzte sich an ihren Tisch und schrieb folgenden Brief:

»Herr Graf,
der dem meinen beigefügten Brief wird Ihnen den Beweggrund des Entschlusses erklären, den ich gefaßt habe.

Wenn Sie diese Zeilen lesen, habe ich Ihr Haus verlassen und mit unserem Kind bei meiner Mutter Zuflucht gesucht.

Rechnen Sie nicht damit, ich könne diese Entscheidung je widerrufen. Vermuten Sie keine Aufwallung oder Unüberlegtheit der Jugend, das Ungestüm junger, gekränkter Liebe; denn dann würden Sie sich auf seltsame Weise irren.

Vierzehn Tage lang habe ich ausgiebig nachgedacht über das Leben, die Liebe, unsere Ehe und unsere beiderseitigen Pflichten. Ich habe die Opferwilligkeit meiner Mutter in ihrer ganzen Ausdehnung erkannt; sie hat mir von ihren Schmerzen berichtet! Seit dreiundzwanzig Jahren ist sie Tag für Tag eine Heldin; ich jedoch verspüre in mir nicht die Kraft, es ihr gleichzutun; nicht, weil ich Sie weniger geliebt hätte, als sie meinen Vater liebt, sondern aus Gründen, die meinem Charakter entspringen. Unser Haus würde zur Hölle werden, und ich könnte so sehr den Kopf verlieren, daß ich Sie, mich und unser Kind mit Schmach bedeckte. Ich will keine Madame Marneffe sein; und in dieser Laufbahn würde eine Frau meines Schlages vielleicht zu keinem Innehalten gelangen. Zu meinem Unglück bin ich eine Hulot und keine Fischer.

Bin ich allein und Ihren Liederlichkeiten fern, so bürge ich für mich, vor allem, wenn ich mich unserm Kind widme, an der Seite meiner starken, erhabenen Mutter, deren Leben Wirkung auf die stürmischen Regungen meines Herzens haben wird. Dort kann ich eine gute Mutter sein, unsern Sohn gut erziehen und leben. In Ihrem Haus würde die Frau die Mutter töten, und unaufhörliche Streitereien würden meinen Charakter verbittern.

Einen Todesstreich würde ich willig hinnehmen; aber ich will nicht ein Vierteljahrhundert lang kranken wie meine Mutter. Wenn Sie mich schon nach drei Jahren einer unbedingten, beständigen Liebe um der Geliebten Ihres Schwiegervaters willen betrogen haben, mit welchen Rivalinnen werden Sie mir dann später aufwarten? Ach, Monsieur, Sie beginnen früher als mein Vater den Weg der Lasterhaftigkeit und der Verschwendung, der einem Familienvater zur Unehre gereicht, der die Achtung der Kinder mindert, und an dessen Ende sich Schande und Verzweiflung finden.

Ich bin keineswegs unversöhnlich. Unbeugsame Gefühle geziemen nicht schwachen Wesen, die unter Gottes Auge leben. Wenn Sie durch unablässige Arbeit zu Ruhm und Vermögen gelangen, wenn Sie auf Kurtisanen und vulgäre, schmutzige Wege verzichten, werden Sie eine Ihrer würdige Frau wiederfinden.

Ich verlasse mich zu sehr auf den Edelmann in Ihnen, als daß ich glaubte, Sie würden das Gesetz zu Hilfe rufen. Sie werden meinen Willen achten, Herr Graf, und mich bei meiner Mutter lassen; und vor allem: Finden Sie sich dort niemals ein. Ich lasse Ihnen alles Geld, das Ihnen jene abscheuliche Frau geliehen hat. Adieu!

Hortense Hulot.«

Dieser Brief wurde unter Mühsalen geschrieben. Hortense gab sich den Tränen, den Aufschreien einer erwürgten Leidenschaft hin. Sie legte die Feder hin und nahm sie wieder zur Hand, um lediglich das auszudrücken, was die Liebe für gewöhnlich nur in Briefen testamentarischen Charakters niederschreibt. Das Herz hatte sich in Ausrufen, in Klagen, in Schluchzen verströmt; aber die Vernunft hatte diktiert.

Als die junge Frau von Louise benachrichtigt worden war, es sei alles bereit, durchschritt sie langsam das Gärtchen, das Schlafzimmer und den Salon und betrachtete alles dort zum letztenmal. Dann gab sie der Köchin eindringliche Weisungen, auf Monsieurs Behaglichkeit zu achten und versprach ihr, sie zu belohnen, wenn sie sich ehrlich verhalten würde. Schließlich bestieg sie den Wagen, um sich zu ihrer Mutter zu begeben, gebrochenen Herzens, so sehr weinend, daß es ihre Zofe schmerzte; sie bedeckte den kleinen Wenceslaus mit Küssen und empfand dabei eine rauschhafte Freude, die nach wie vor von ihrer Liebe zu dessen Vater zeugte.

Die Baronin hatte bereits durch Lisbeth erfahren, daß der Schwiegervater ein gut Teil Schuld an dem Fehltritt seines Schwiegersohns trage; sie war nicht überrascht, als sie ihre Tochter anlangen sah; sie stimmte ihr bei und willigte ein, sie bei sich zu behalten. Adeline hatte eingesehen, daß Sanftmut und Opferwilligkeit ihrem Hector nie Einhalt geboten hatten, und so hatte ihre Achtung für ihn hinzuschwinden begonnen; sie fand, ihre Tochter habe recht, wenn sie einen anderen Weg einschlug. Innerhalb dreier Wochen hatte die arme Mutter zwei Wunden davongetragen, deren Schmerzen alle ihre früheren Qualen übertrafen. Der Baron hatte Victorin und dessen Frau in eine üble Lage gebracht; ferner war er, wie Lisbeth behauptet hatte, die Ursache von Wenceslaus' Fehltritt; er hatte seinen Schwiegersohn auf Abwege gebracht. Das Ansehen dieses Familienoberhaupts, das so lange durch unsinnige Opfer aufrechterhalten worden war, hatte arge Einbuße erlitten. Ohne ihrem Geld nachzutrauern, empfanden die jungen Hulots in bezug auf den Baron gleichzeitig Mißtrauen und Besorgnis. Dieses recht offenkundig zur Schau getragene Gefühl betrübte Adeline tief; sie ahnte den Zerfall der Familie. Die Baronin brachte ihre Tochter im Eßzimmer unter, das dank dem Geld des Marschalls rasch in ein Schlafzimmer umgewandelt wurde, und die Diele wurde, wie in vielen Haushaltungen, zum Eßzimmer.

Als Wenceslaus heimgekommen war und die beiden Briefe gelesen hatte, verspürte er etwas wie Freude, in die sich Kümmernis mischte. Da er sozusagen unter der Aufsicht seiner Frau gestanden hatte, hatte er innerlich gegen diese neue Gefangenschaft im Stile Lisbeths aufbegehrt. Er war seit drei Jahren mit Liebe vollgestopft worden, und so hatte auch er während der letzten vierzehn Tage nachgedacht; er hatte herausgefunden, daß eine Familie eine schwere Last sein kann. Gerade hatte er es erlebt, daß Stidmann ihn zu der Leidenschaft beglückwünschte, die er Valérie eingeflößt hatte; denn aus einem begreiflichen Hintergedanken heraus hatte Stidmann es für angebracht gehalten, der Leidenschaft von Hortenses Ehemann zu schmeicheln, in der Hoffnung, das Opfer trösten zu können. Somit war Wenceslaus nur zu froh, wieder zu Madame Marneffe gehen zu können. Aber er mußte auch an das volle, reine Glück denken, das er genossen hatte, an Hortenses Vollkommenheiten, an ihre Klugheit, ihre unschuldige, naive Liebe, und er sehnte sich inständig nach ihr. Er wollte zu seiner Schwiegermutter eilen und dort seine Verzweiflung durchsetzen; allein er tat wie Hulot und Crevel; er ging zu Madame Marneffe und brachte ihr den Brief seiner

Frau, um ihr die Katastrophe klarzumachen, deren Ursache sie gewesen war, und um sozusagen dieses Unglück dadurch zu diskontieren, daß er seine Geliebte als Gegenleistung um Liebesfreuden bat. Er traf bei Valérie Crevel an. Der stolzgeschwellte Bürgermeister ging im Salon auf und ab wie jemand, der von stürmischen Gefühlen durchwogt wird. Er stellte sich in Positur, als wolle er sprechen und wage es nicht. Sein Gesicht strahlte, und er lief ans Fenster und trommelte an den Scheiben. Mit gerührter, zärtlicher Miene schaute er Valérie an. Zu Crevels Glück trat Lisbeth ein.

»Kusine«, fragte er sie flüsternd, »wissen Sie es schon? Ich bin Vater! Mir scheint, ich habe meine arme Célestine jetzt weniger lieb. Oh, wie herrlich ist es, von einer Frau ein Kind zu bekommen, die man abgöttisch liebt! Der Vaterschaft des Herzens die Vaterschaft des Bluts hinzugesellen! Ach, sehen Sie, Sie müssen es Valérie sagen! Ich will für dieses Kind schuften; ich will, daß es reich sei! Sie hat mir gesagt, an gewissen Anzeichen merke sie, daß es ein Junge werde! Wenn es ein Junge wird, dann will ich, daß er Crevel heißt; ich werde meinen Notar konsultieren.«

»Ich weiß, wie Valérie Sie liebt«, sagte Lisbeth; »aber im Namen Ihrer Zukunft und der ihrigen, nehmen Sie sich zusammen; reiben Sie sich nicht in einem fort die Hände.«

Während Lisbeth und Crevel dieses *a parte*[164] führten, hatte Valérie ihren Brief von Wenceslaus zurückverlangt und ihm Vorschläge zugeflüstert, die seine Kümmernisse zerstreut hatten. »Jetzt bist du frei, mein Lieber«, hatte sie gesagt. »Dürfen große Künstler überhaupt heiraten? Ihr existiert doch nur durch die Phantasie und die Freiheit! Glaub es nur, ich werde dich so lieb haben, mein lieber Dichter, daß du dich niemals nach deiner Frau zurücksehnst. Aber inzwischen, wenn du, wie viele Leute, das Dekorum wahren willst, nehme ich es auf mich, binnen kurzem Hortense dahin zu bringen, daß sie in dein Haus zurückkehrt ...«

»Ach, ob das möglich wäre?«

»Davon bin ich überzeugt«, sagte Valérie pikiert. »Mit deinem armen Schwiegervater ist es in jeder Hinsicht zu Ende; aus Eigenliebe will er den Anschein erwecken, er werde geliebt, will er glauben machen, er habe eine Geliebte; in dieser Hinsicht ist er so eitel, daß ich ihn völlig beherrsche. Die Baronin liebt ihren alten Hektor (der Name klingt mir immer nach der Ilias) nach wie vor so sehr, daß die beiden Alten von Hortense deine Verzeihung erlangen werden. Die Sache ist nur die, daß du, wenn du nicht abermals Gewitterstürme haben willst, nicht drei Wochen lang deiner Geliebten fernbleiben darfst... Ich war deswegen todkrank. Lieber Juige, wenn man ein Edelmann ist, schuldet man einer Frau Rücksichtnahme, die man so sehr kompromittiert hat wie ich es bin, vor allem, wenn eben diese Frau so viele Rücksichten auf ihren Ruf zu nehmen hat... Bleib zum Abendessen hier, mein Engel... Und bedenke, daß ich dir gegenüber um so kälter sein muß, als du der Urheber dieses allzu sichtbaren Fehltritts bist.«

Der Baron Montez wurde gemeldet; Valérie stand auf, eilte ihm entgegen, flüsterte ein paar Augenblick mit ihm und erlegte ihm wohl die gleiche Zurückhaltung im Benehmen auf, die sie kurz zuvor Wenceslaus anempfohlen hatte; denn der Brasilianer bekundete eine diplomatische Selbstbeherrschung, die der großen Neuigkeit angepaßt war, obgleich diese ihn mit Freude überschüttet hatte; *er* war seiner Vaterschaft sicher...!

Dank einer Strategie, die auf dem Selbstgefühl der Männer im Zustand der Liebe basierte, hatte Valérie vier fröhliche, angeregte, bezauberte Männer an ihrem Tisch, die sich vergöttert glaubten und die Marneffe, der sich einbezog, Lisbeth gegenüber im Scherz als die fünf Kirchenväter bezeichnete.

Einzig der Baron Hulot trug zunächst eine bekümmerte Miene zur Schau. Und zwar aus folgendem Grunde: Nachdem er sein Arbeitszimmer verlassen hatte, hatte er den Personalchef aufgesucht, einen General, der seit dreißig Jahren sein Kamerad war, und hatte die Rede darauf gebracht, Marneffe an Stelle von Coquet zu ernennen, der bereit sei, seinen Abschied einzureichen.

»Lieber Freund«, sagte er zu ihm, »ich möchte den Marschall nicht um diese Gunst bitten, ohne daß wir uns zuvor darüber einig geworden wären und ich Ihre Zustimmung hätte.«

»Lieber Freund«, antwortete der Personalchef, »erlauben Sie mir, Sie darauf hinzuweisen, daß Sie um Ihrer selbst willen nicht auf dieser Beförderung bestehen sollten. Ich habe Ihnen bereits meine Meinung gesagt. Es würde in den Büros einen Skandal geben; man beschäftigt sich dort schon allzuviel mit Ihnen und Madame Marneffe. Dies natürlich unter uns. Ich will Sie nicht an Ihrer empfindlichen Stelle treffen noch Ihnen irgendwie zu nahe treten, sondern ich will Ihnen den Beweis dafür geben. Wenn Sie unbedingt Wert darauf legen, wenn Sie Monsieur Coquets Posten verlangen wollen, was wirklich ein Verlust für die Büros des Kriegsministeriums sein würde (da er seit 1809 hier ist), werde ich für vierzehn Tage aufs Land gehen und Ihnen freie Bahn beim Marschall lassen, der Sie liebt wie einen Sohn. Ich werde also weder dafür noch dagegen sein und nichts gegen mein Gewissen als Verwaltungsbeamter getan haben.«

»Ich danke Ihnen«, antwortete der Baron; »über das, was Sie mir soeben gesagt haben, werde ich nachdenken.«

»Wenn ich mir diese Bemerkung erlaube, lieber Freund, so geschieht es sehr viel mehr in Ihrem persönlichen Interesse als in meinem oder in dem meiner Eigenliebe. Zunächst ist der Marschall der Chef. Des weiteren, mein Lieber, wirft man uns so viele Dinge vor, daß es auf eins mehr oder weniger nicht ankommt! Was die Kritiker betrifft, so stehen wir nicht grade rein und unbefleckt da. Unter der Restauration sind die Leute befördert worden, damit sie Gehälter bekamen, um ihre Leistungen kümmerte sich keiner ... Wir sind alte Kameraden ...«

»Ja«, antwortete der Baron, »und um unsere alte, wertvolle Freundschaft nicht zu gefährden, möchte ich ...«

»Na, schön«, entgegnete der Personalchef, als er die Verlegenheit wahrnahm, die sich auf Hulots Gesicht abzeichnete, »dann werde ich also verreisen, alter Freund ... Aber seien Sie auf der Hut! Sie haben Feinde, das heißt, Leute, die Sie um Ihr glänzendes Gehalt beneiden, und Sie liegen nur an *einer* Kette vor Anker. Ja, wenn Sie Abgeordneter wären wie ich, dann hätten Sie nichts zu befürchten; deswegen seien Sie vorsichtig ...«

Diese wahrhaft freundschaftliche Erklärung machte auf den Staatsrat lebhaften Eindruck.

»Ja, aber, Roger, was ist denn los? Spielen Sie doch mir gegenüber nicht den Geheimnisvollen!«

Die Persönlichkeit, die Hulot mit Roger angeredet hatte, schaute den Baron an, nahm seine Hand und drückte sie.

»Wir sind zu alte Freunde, als daß ich Ihnen nicht einen Wink geben müßte. Wenn Sie in Amt und Würden bleiben wollen, dann müssen Sie sich Ihr Ruhebett selber schaffen. Also würde ich an Ihrer Stelle, anstatt den Marschall um Monsieur Coquets Posten für Monsieur Marneffe zu ersuchen, ihn bitten, seinen Einfluß einzusetzen, mir die Stellung als Staatsrat vom gewöhnlichen Dienst zu belassen, als welcher ich in Frieden sterben könnte, und wie der Biber meinen Generaldirektorposten den Jägern überlassen.«

»Wie? Der Marschall sollte vergessen ...«

»Alter Freund, der Marschall hat sich vor dem versammelten Ministerrat so trefflich für Sie eingesetzt, daß Ihre Verabschiedung nicht mehr erwogen wird; aber es ist davon die Rede gewesen ...! Also liefern Sie keine Vorwände dafür ... Mehr will ich Ihnen darüber nicht sagen. Im gegenwärtigen Augenblick können Sie Ihre Bedingungen stellen und Staatsrat und Pair von Frankreich sein. Wenn Sie zu lange warten, wenn Sie sich Blößen geben, bürge ich für nichts ... Soll ich verreisen ...?«

»Warten Sie damit; ich werde zum Marschall gehen«, antwortete Hulot, »und zwar meinen Bruder zum Chef schicken, um das Gelände zu erkunden.«

Man kann sich denken, in welcher Laune der Baron zu Madame Marneffe kam; er hatte fast vergessen, daß er Vater sei; denn Roger hatte ihm echte, gute Kameradschaft bezeigt, als er ihn über seine Situation aufklärte. Nichtsdestoweniger war Valéries Einfluß so groß, daß der Baron gegen Mitte des Essens sich den anderen anschloß und um so aufgeräumter wurde, je mehr Sorgen er zu unterdrücken hatte; der Unglückliche ahnte jedoch nicht, daß er bei dieser Abendgesellschaft sich zwischen seinem Glück und der Gefahr befand, auf die der Personalchef ihn hingewiesen hatte, das heißt, daß er gezwungen sein würde, zwischen Madame Marneffe und seiner Stellung zu wählen. Gegen elf, gerade als die ausgelassene Stimmung der Gesellschaft auf dem Höhepunkt angelangt war, denn es waren sehr viele im Salon, setzte sich Valérie mit Hector in eine Diwanecke.

»Lieber Alter«, sagte sie leise zu ihm, »deine Tochter ist so erzürnt darüber, daß Wenceslaus hierher kommt, daß sie ihn hat sitzen lassen. Hortense ist nun mal dickköpfig. Bitte doch Wenceslaus, dir den Brief zu zeigen, den das Närrchen ihm geschrieben hat. Diese Trennung zweier Liebender, an der ich schuld haben soll, kann mich in eine unerhört schiefe Lage bringen; denn auf diese Art bekämpfen nun mal tugendhafte Frauen einander. Es ist ein Skandal, das Opfer zu spielen, um Schmutz auf eine Frau zu werfen, die kein anderes Unrecht begangen hat, als ein angenehmes Haus zu führen. Wenn du mich liebst, wirst du mich dadurch aller Schuld entheben, daß du die beiden Turteltauben wieder zusammenbringst. Übrigens lege ich nicht den geringsten Wert darauf, deinen Schwiegersohn hier bei mir zu empfangen; *du* hast ihn bei mir eingeführt, also befördere ihn auch wieder hinaus! Wenn du in deiner Familie Autorität besitzt, so scheint mir, du könntest sehr wohl von deiner Frau verlangen, daß sie diese Versöhnung zuwegebringt. Sag der guten Alten von mir aus, daß, wenn man mich ungerechterweise bezichtigte, eine junge Ehe auseinandergebracht zu haben, die Einigkeit einer Familie zu stören und gleichzeitig den Vater und den Schwiegersohn beschlagnahmt zu haben, ich mir meinen Ruf verdienen und sie alle nach meiner Art schurigeln werde! Redet jetzt nicht schon Lisbeth davon, sie wolle sich von mir abwenden ...? Ihre Familie ist ihr lieber als ich; ich will sie deswegen nicht tadeln. Sie bleibe nur bei mir, hat sie gesagt, wenn die jungen Leute sich wieder versöhnten. Wir säßen ohne sie schön da; die Ausgaben hier im Haus würden sich verdreifachen ...!«

»Oh, was das betrifft«, sagte der Baron, als er von dem Skandal seiner Tochter hörte, »so werde ich es schon wieder ins rechte Gleis bringen.«

»Gut«, fuhr Valérie fort, »jetzt noch was anderes. Wie steht es mit Coquets Posten ...?«

»Das«, antwortete Hulot und schlug die Augen nieder, »ist schwieriger, um nicht zu sagen unmöglich ...!«

»Unmöglich, mein lieber Hector«, flüsterte Madame Marneffe dem Baron zu. »Aber du weißt doch, zu welchen Maßlosigkeiten mein Mann sich hinreißen läßt; ich bin in seiner Macht; er ist, wenn es sich um sein Interesse handelt, unmoralisch, wie die meisten Männer; aber er ist außerordentlich rachsüchtig wie alle kleinen Geister, wie alle Impotenten. In der Lage, in die du mich gebracht hast, hänge ich von seiner Gnade ab. Wenn ich gezwungen bin, mich für ein paar Tage mit ihm einzulassen, bringt er es fertig, nicht wieder aus meinem Schlafzimmer zu weichen.«

Hulot gab sich einen gehörigen Ruck.

»Er würde mich unter der Bedingung in Ruhe lassen, daß er Bürochef wird. Das ist infam, aber logisch.«

»Valérie, liebst du mich ...?«

»Diese Frage bei dem Zustand, in dem ich mich befinde, mein Lieber, ist eine Lakaien-Ungerechtigkeit ...«

»Gut also, wenn ich es versuchen, lediglich versuchen wollte, den Marschall um einen Posten für Marneffe zu bitten, wäre ich glatt erledigt und Marneffe würde entlassen.«

»Ich hatte geglaubt, der Fürst und du seien intime Freunde?«

»Freilich, das hat er mir bewiesen; aber, mein Kind, über dem Marschall steht noch jemand anderes, steht zum Beispiel noch der ganze Ministerrat ... Mit einem bißchen Zeit und einigem Lavieren werden wir schon zum Ziel gelangen. Damit wir Erfolg haben, müssen wir den Augenblick abwarten, da man von mir irgendeine Gefälligkeit verlangt. Dann kann ich sagen: Eine Hand wäscht die andere ...«

»Mein guter Hector, wenn ich das meinem Mann sage, dann wird er uns einen tückischen Streich spielen. Also sag du selber ihm, daß er sich gedulden müsse; ich nehme es nicht auf mich. Oh, ich kenne mein Los; er weiß, wie er mich bestrafen kann; er wird nicht aus meinem Schlafzimmer weichen ... Vergiß nicht die zwölftausend Francs Rente für den Kleinen.«

Hulot nahm Monsieur Marneffe beiseite, da er sich in seinen Liebesfreuden bedroht fühlte; und zum erstenmal verzichtete er auf den hochmütigen Ton, den er bislang beibehalten hatte; so sehr erschreckte ihn die Aussicht, diesen Todeskandidaten im Schlafzimmer dieser hübschen Frau zu sehen.

»Marneffe, lieber Freund«, sagte er, »es ist heute von Ihnen die Rede gewesen! Aber Sie können nicht im Handumdrehen Bürochef werden ... Dazu brauchen wir Zeit.«

»Ich werde es dennoch, Herr Baron«, erwiderte Marneffe unumwunden.

»Aber, mein Lieber ...«

»Ich werde es, Herr Baron«, wiederholte Marneffe kaltblütig und blickte abwechselnd den Baron und Valérie an. »Sie haben meine Frau in die Notwendigkeit versetzt, sich mit mir auszusöhnen; ich verstoße sie nicht; denn, lieber Freund, sie ist schlechthin bezaubernd«, fügte er mit grausiger Ironie hinzu. »Hier bin ich der Herr, und zwar mehr als Sie im Ministerium.«

Der Baron verspürte eine der Schmerzempfindungen, die sich im Herzen so auswirken, daß man die Zähne zusammenbeißt; und fast wären ihm die Tränen in die Augen getreten. Während dieser kurzen Szene hatte Valérie Henri Montez' Ohren den vorgeblichen Willen ihres Mannes anvertraut, und so wurde sie ihn eine Zeitlang los.

Von den vier Getreuen war lediglich Crevel, der Besitzer seines kleinen Liebesnestes, von dieser Maßregel ausgeschlossen; daher trug er auf seinen Zügen eine wahrhaft unverschämte Glückseligkeit zur Schau, trotz der Ermahnungen, die Valérie ihm in Gestalt von Brauenrunzeln und bedeutungsvollem Mienenspiel zuteilwerden ließ; allein seine strahlende Vaterschaft spiegelte sich in allen seinen Zügen wider. Auf ein Wort des Vorwurfs, das Valérie ihm zuflüsterte, ergriff er sie bei der Hand und antwortete: »Morgen, liebe Herzogin, hast du dein kleines Stadtpalais . . .! Morgen wird der Kauf endgültig abgeschlossen.«

»Und das Mobiliar?« antwortete sie lächelnd.

»Ich habe tausend Aktien der Bahn nach Versailles, linkes Ufer, zu hundertfünfundzwanzig Francs gekauft, und die werden auf dreihundert steigen, einer Fusion der beiden Eisenbahngesellschaften wegen; ich hatte um dieses Geheimnis gewußt. Du bekommst Möbel wie eine Königin . . .! Aber du gehörst fortan einzig mir, nicht wahr . . .?«

»Ja, du Dickerchen von Bürgermeister«, sagte diese bürgerliche Madame de Merteuil[165] lächelnd. »Aber Haltung! Respektiere die künftige Madame Crevel.«

»Lieber Vetter«, sagte Lisbeth zu dem Baron, »ich werde morgen zu früher Stunde bei Adeline sein; Sie verstehen wohl, daß ich schicklicherweise hier nicht bleiben kann. Ich werde Ihrem Bruder, dem Marschall, den Haushalt führen.«

»Ich gehe heute abend heim«, sagte der Baron.

»Gut, dann komme ich morgen zum Mittagessen«, antwortete Lisbeth lächelnd.

Sie war sich klar darüber, wie notwendig ihre Anwesenheit

bei der Familienszene war, die am andern Tag stattfinden würde. Daher ging sie schon am frühen Morgen zu Victorin, den sie von der Trennung Hortenses und Wenceslaus' unterrichtete.

Als der Baron abends gegen halb elf heimkam, schlossen Mariette und Louise, die tagsüber sehr viel zu tun gehabt hatten, gerade die Wohnungstür ab, und so brauchte Hulot nicht zu läuten. Der Ehemann, den es höchlichst verdroß, tugendhaft zu sein, ging stracks in das Schlafzimmer seiner Frau, und da die Tür nur angelehnt war, sah er sie vor ihrem Kuzifix knien, ins Gebet versunken, in jener ausdrucksvollen Haltung, die den Ruhm der Maler und Bildhauer ausmacht, wenn sie das Glück hatten, sie gefunden und gut wiedergegeben zu haben. Hingerissen von ihrer Verzückung sagte Adeline mit lauter Stimme: »Lieber Gott, erweis uns die Gnade, ihn zu erleuchten . . .!« Die Baronin betete also für ihren Hector. Bei diesem Schauspiel, das so sehr von dem abstach, das er verlassen hatte, beim Vernehmen dieses Satzes, den das Geschehnis des Tages diktiert hatte, mußte der gerührte Baron aufseufzen. Mit tränenbedecktem Antlitz wandte Adeline sich um. Der Glaube, ihr Gebet sei erhört worden, ließ sie aufspringen, und sie umschlang ihren He;ctor mit der Kraft, die glückliche Liebe verleiht. Adeline hatte alle weiblichen Wünschte abgestreift; der Schmerz hatte sogar ihr Erinnerungsvermögen ausgelöscht. In ihr waren nur noch Mütterlichkeit, Familienehre und die reinste Anhänglichkeit einer christlichen Gattin an einen auf Abwege geratenen Mann, jene heilige Zärtlichkeit, die im Herzen einer Frau alles überdauert. All das war offensichtlich.

»Hector! sagte sie endlich. »Solltest du wirklich zu uns zurückkehren? Sollte Gott Erbarmen mit unserer Familie haben?«

»Geliebte Adeline«, entgegnete der Baron, trat vollends ein und ließ seine Frau sich neben ihn in einen Lehnsessel setzen, »du bist das heiligmäßigste Geschöpf, das ich kenne, und schon seit langem fühle ich mich deiner nicht mehr würdig.«

»Du brauchtest nur sehr wenig zu tun, Lieber«, sagte sie, hielt Hectors Hand und zitterte so heftig, daß sie einen Nerventick zu haben schien, »nur sehr wenig, um die Ordnung wieder herzustellen . . .«

Sie wagte nicht, fortzufahren, sie fühlte, daß jedes Wort ein

Tadel sein würde, und sie wollte das Glück nicht beeinträchtigen, das dieses unvermutete Kommen ihr in Strömen in die Seele goß.

»Hortenses wegen bin ich hergekommen«, fuhr Hulot fort. »Das Mädelchen kann uns durch seinen übereilten Schritt mehr Unheil machen als meine absurde Leidenschaft für Valérie. Aber über all das wollen wir morgen früh reden. Hortense schläft, wie Mariette mir gesagt hat, wir wollen sie in Ruhe lassen.«

»Ja«, sagte Madame Hulot, die plötzlich tiefe Traurigkeit überkommen hatte.

Sie erriet, daß den Baron weniger der Wunsch, seine Familie zu sehen, als irgendein andersgeartetes Interesse hergetrieben hatte.

»Wir wollen sie auch morgen noch in Ruhe lassen, denn das arme Kind ist in einem jämmerlichen Zustand; den ganzen Tag über hat sie geweint«, sagte die Baronin.

Am andern Morgen um neun ging der Baron, während er auf seine Tochter wartete, der er hatte sagen lassen, sie möge zu ihm kommen, in dem sehr großen, unbewohnten Salon auf und ab und suchte nach Gründen, um die am schwierigsten zu zähmende Hartnäckigkeit, nämlich die einer gekränkten, unversöhnlichen jungen Frau zu besiegen; so ist eben die von Vorwürfen freie Jugend; ihr sind die schmählichsten Regelungen der Welt unbekannt, denn sie weiß nichts von deren Leidenschaften und Interessen.

»Hier bin ich, Papa!« sagte Hortense, die die Leiden bleich gemacht hatten, mit zitternder Stimme.

Hulot, der auf einem Stuhl saß, faßte die Tochter um die Taille und zwang sie, sich auf seine Knie zu setzen.

»Also, mein Kind«, sagte er und küßte sie auf die Stirn, »es hat einen Ehekrach gegeben, und du hast mit dem Kopf durch die Wand wollen . . .? So handelt kein wohlerzogenes Mädchen. Meine Hortense hätte nicht auf eigene Faust einen so entscheidenden Entschluß fassen dürfen wie den, ihrem Haus den Rükken zu kehren und ihren Mann zu verlassen, ohne ihre Eltern um Rat zu fragen. Wenn meine geliebte Hortense ihre gute, vortreffliche Mutter aufgesucht hätte, dann würde sie mir nicht den heftigen Kummer gemacht haben, den ich empfinde . . .! Du kennst die Welt nicht; sie ist voller Bosheit. Man könnte sagen, dein Mann habe dich zu deinen Eltern zurückgeschickt. Kinder, die, gleich dir, in mütterlicher Obhut aufgewachsen sind, bleiben länger Kinder als die andern und wissen nichts vom Leben! Die naive, junge Liebe, wie du sie für Wenceslaus empfindest, berechnet unseligerweise nichts; sie gehorcht ihren ersten Impulsen. Unser Herzchen geht durch, und der Kopf folgt hinten nach. Man würde, um sich zu rächen, Paris niederbrennen und denkt dabei nicht ans Schwurgericht! Wenn dein alter Vater dir eben gesagt hat, du habest gegen die guten Sitten verstoßen, so kannst du es glauben; und dabei spreche ich nicht mal von dem tiefen Schmerz, den du mir bereitet hast; er ist sehr bitter, denn du überschüttest eine Frau mit Schmähungen, deren Herz du nicht kennst und deren Feindschaft fürchterlich werden könnte... Ach, du, die du voller Harmlosigkeit, Unschuld und Reinheit bist, du ahnst ja nicht, wie du beschmutzt und verleumdet werden könntest. Überdies, mein Engelchen, hast du einen Scherz ernst genommen, und ich selber kann mich für die Schuldlosigkeit deines Mannes verbürgen. Madame Marneffe...«

Bis jetzt hatte der Baron als ein Künstler in der Diplomatie seine Vorwürfe bewundernswert moduliert. Er hatte, wie man sieht, die Einführung jenes Namens überlegen herbeigeführt; doch als Hortense ihn vernahm, vollführte sie die Geste jemandes, der ins lebendige Fleisch getroffen worden ist.

»Hör mich an; ich besitze Erfahrung und habe alles beobachtet«, fuhr der Vater fort und hinderte seine Tochter am Reden. »Jene Dame behandelt deinen Mann äußerst kühl. Ja, du bist das Opfer einer Mystifikation geworden; ich werde es dir beweisen. Paß auf, Wenceslaus war gestern zum Abendessen...«

»Er hat dort zu Abend gegessen...?« fragte die junge Frau, sprang auf die Füße und blickte den Vater an, das Gesicht vor Entsetzen verzerrt. »Gestern? Nachdem er meinen Brief gelesen hatte...? O mein Gott...! Warum bin ich nicht ins Kloster gegangen, anstatt zu heiraten? Aber mein Leben gehört ja nicht mehr mir allein; ich habe ein Kind!« fügte sie schluchzend hinzu.

Diese Tränen drangen Madame Hulot ins Herz; sie kam aus ihrem Schlafzimmer heraus, eilte auf die Tochter zu, schloß sie in die Arme und überschüttete sie mit vor Schmerz törichten Fragen, den erstbesten, die ihr auf die Lippen kamen.

Jetzt also Tränen ...! dachte der Baron. Und dabei ging alles so gut! Was soll man mit Frauen anstellen, die weinen?

»Mein Kind«, sagte die Baronin zu Hortense, »hör auf deinen Vater! Er hat uns lieb, glaub es nur ...«

»Na, aber, Hortense, liebe kleine Tochter, weine doch nicht; du wirst nur häßlich«, sagte der Baron. »Komm, nimm ein bißchen Vernunft an. Kehre artig in dein Haus zurück, und ich verspreche dir, daß Wenceslaus nie wieder jenes Haus betritt. Ich bitte dich um dieses Opfer, sofern es ein Opfer ist, einem Mann, den man liebt, ein geringfügiges Vergehen zu verzeihen! Ich bitte dich darum um meines weißen Haars, um der Liebe willen, die du für deine Mutter hegst ... Du willst doch nicht etwa meine alten Tage mit Bitterkeit und Kümmernis erfüllen ...?«

Wie eine Irre warf Hortense sich ihrem Vater zu Füßen, mit einer so verzweifelten Bewegung, daß ihr schlecht befestigtes Haar sich löste, und sie streckte die Hände mit einer Geste aus, aus der ihre Untröstlichkeit sprach.

»Vater, du verlangst mir mein Leben ab!« sagte sie. »Nimm es, wenn du willst; aber nimm es wenigstens rein und makellos; ich überlasse es dir gewißlich mit Freuden. Verlang nicht von mir, daß ich entehrt, als eine Verbrecherin, sterbe! Ich bin nicht wie meine Mutter! Ich schlucke keine Beleidigungen hinunter! Wenn ich unter das eheliche Dach zurückkehre, könnte ich Wenceslaus in einem Eifersuchtsanfall erdrosseln oder noch Schlimmeres tun. Fordere von mir nicht Dinge, die über meine Kräfte gehen. Beweine mich nicht als Lebende! Denn das wenigste, was mir widerfahren kann, ist, irrsinnig zu werden ... Ich fühle den Wahnsinn zwei Schritte von mir entfernt! Gestern! Gestern hat er bei dieser Frau zu Abend gegessen, nachdem er meinen Brief gelesen hatte ...! Sind denn alle Männer so ...? Ich gebe dir mein Leben, aber mein Tod darf nicht schimpflich sein ...! Sein Vergehen ... geringfügig ...? Wo er doch ein Kind von dieser Frau hat?«

»Ein Kind?« fragte Hulot und wich zwei Schritte zurück. »Na, hör mal! Das ist ganz bestimmt ein Scherz.«

In diesem Augenblick traten Victorin und Tante Bette ein und blieben bei diesem Anblick sprachlos stehen. Die Tochter kniete zu Füßen des Vaters. Die Baronin stand stumm da, hin und her gerissen zwischen ihrem Gefühl als Mutter und dem als Ehefrau; ihr Gesicht war bestürzt und mit Tränen bedeckt.

»Lisbeth«, sagte der Baron, nahm die alte Jungfer bei der Hand und wies auf Hortense, »du kannst mir zu Hilfe kommen. Meine arme Hortense ist ganz verdreht im Kopf; sie glaubt, ihr Wenceslaus werde von Madame Marneffe geliebt, während sie doch bloß eine Gruppe von ihm hatte haben wollen.«

»Delila!« rief die junge Frau aus, »das einzige, was er seit unserer Hochzeit im Handumdrehen geschaffen hat. Für mich, für seinen Sohn hat dieser Herr nicht arbeiten können, und für dieses Frauenzimmer hat er mit einem Eifer gearbeitet . . . Oh, mach ein Ende mit mir, Vater; denn jedes deiner Worte ist ein Dolchstich.«

Lisbeth wandte sich der Baronin und Victorin zu, zuckte mit einer mitleidigen Bewegung die Achseln und machte die beiden auf den Baron aufmerksam, der sie nicht sehen konnte.

»Hören Sie, Vetter«, sagte Lisbeth, »ich habe nicht gewußt, was für eine Frau Madame Marneffe ist, als Sie mich baten, in die Wohnung über der ihrigen zu ziehen und ihr den Haushalt zu führen; aber innerhalb von drei Jahren erfährt man vielerlei Dinge. Dieses Geschöpf ist eine Hure! Und zwar eine Hure von einer Verderbtheit, die nicht einmal mit denjenigen ihres infamen, abscheulichen Mannes verglichen werden kann. Sie sind der Dumme, Mylord, der Ausgenutzte dieser beiden Leute; Sie werden von ihnen weiter getrieben werden als Sie es für möglich halten! Es muß offen mit Ihnen geredet werden; denn Sie befinden sich auf dem Boden eines Abgrunds.«

Als die Baronin und ihre Tochter Lisbeth so reden hörten, warfen sie ihr Blicke zu, die denen der Frommen glichen, die einer Madonna dafür danken, daß sie ihnen das Leben gerettet hat.

»Sie hat, diese schreckliche Frau, die Ehe Ihres Schwiegersohns in Verwirrung bringen wollen, und aus welchem Grund? Das weiß ich nicht; mein Verstand ist zu schwach, um in dergleichen finsteren Intrigen klar zu sehen, Intrigen, die so pervers, gemein und infam sind. Ihre Madame Marneffe liebt Ihren Schwiegersohn nicht; sie will ihn nur aus Rachsucht zu ihren Füßen haben. Ich habe diese Erbärmliche vorhin behandelt, wie sie es verdient. Eine schamlose Kurtisane ist sie; ich habe ihr erklärt, ich verließe ihr Haus, meine Ehre solle mit diesem Pfuhl nichts mehr zu tun haben. Ich gehöre vor allem meiner Familie. Ich habe gehört, meine kleine Nichte habe Wenceslaus verlassen, und schon bin ich hergekommen! Ihre Valérie, die Sie für eine Heilige halten, ist die Ursache dieser grausamen Trennung; kann ich bei einer solchen Frau bleiben? Unsere liebe kleine Hortense«, sagte sie und berührte auf bedeutungsvolle Weise den Arm des Barons, »ist vielleicht die Geprellte eines Wunsches von dergleichen Frauen, die, um ein Kleinod zu ergattern, eine ganze Familie opfern würden. Ich glaube nicht, daß Wenceslaus sich etwas hat zuschulden kommen lassen; aber ich halte ihn für schwach und will nicht behaupten, daß er so raffinierten Koketterien nicht unterliegen könne. Mein Entschluß ist gefaßt. Diese Frau ist für euch ein Verhängnis; sie wird euch an den Bettelstab bringen; ich will nicht den Anschein erwecken, als habe ich beim Untergang meiner Familie die Hand im Spiel, ich, die ich seit drei Jahren nur dort gewesen bin, um ihn zu verhindern. Sie sind hinters Licht geführt worden, Vetter. Sie brauchen bloß mit fester Stimme zu erklären, Sie wollten mit der Beförderung dieses erbärmlichen Marneffe nichts zu tun haben; dann werden Sie sehen, was geschieht! In diesem Fall bekommen Sie Peitschenhiebe, die sich sehen lassen können.«

Lisbeth half ihrer Nichte aufstehen und küßte sie wild.

»Liebe Hortense, behalt den Kopf oben«, flüsterte sie ihr zu.

Die Baronin küßte ihre Kusine Bette mit der Begeisterung einer Frau, die sich gerächt sieht. Die ganze Familie stand in tiefem Schweigen um diesen Vater herum, der klug genug war, um zu wissen, was diese Stille bedeutete. Ein furchtbarer Zorn glitt unverkennbar ihm über Stirn und Antlitz; alle seine Adern schwollen an, in seine Augen trat das Blut, seine Gesichtsfarbe wurde marmorn. Hastig warf Adeline sich ihm zu Füßen und ergriff seine Hände: »Liebster, Liebster, ich bitte dich!«

»Ich bin euch verhaßt!« sagte der Baron; es war der Aufschrei seines Gewissens.

Wir alle sind in das Geheimnis unseres Unrechts eingeweiht. Fast immer vermuten wir bei unsern Opfern gehässige Gefühle, die die Rache ihnen einflößen müßte; und trotz aller Mühen der Heuchelei werden unsere Redeweise oder unser Gesicht bei einer unvorhergesehenen Qual zum Geständnis, wie ehedem der Verbrecher in den Händen des Folterknechts gestand.

»Unsere Kinder«, sagte er, um auf sein Geständnis zurückzugreifen, »werden schließlich noch zu unseren Feinden.«

»Vater . . .«, sagte Victorin.

»Du unterbrichst deinen Vater . . .?« entgegnete der Baron mit Donnerstimme und blickte den Sohn an.

»Vater, hör mich an«, sagte Victorin mit fester, klarer Stimme, der Stimme eines puritanischen Abgeordneten. »Ich weiß zu gut um den Respekt, den ich dir schuldig bin, um je dagegen zu verstoßen, und du wirst ganz bestimmt in mir den unterwürfigsten und gehorsamsten Sohn haben.«

Alle, die den Sitzungen der Kammern beiwohnen, werden die Gewohnheiten des parlamentarischen Kampfes in diesen weitschweifigen Sätzen wiedererkennen; man beschwichtigt dadurch die Gereiztheit und gewinnt Zeit.

»Wir sind weit davon entfernt, deine Feinde zu sein«, sagte Victorin. »Ich habe mich mit meinem Schwiegervater Crevel verzankt, weil ich die sechzigtausend Francs Wechsel bei Vauvinet eingelöst habe, und ganz bestimmt ist dieses Geld in die Hände der Madame Marneffe gelangt. Oh, ich mache dir keine Vorwürfe, lieber Vater«, fügte er auf eine Geste des Barons hin hinzu. »Ich will lediglich meine Stimme mit derjenigen Tante Lisbeths vereinen und dir zu bedenken geben, daß ich dir zwar blind ergeben bin, lieber Vater, und grenzenlos, guter Vater, aber daß unsere Geldmittel leider begrenzt sind.«

»Geld!« sagte der von Leidenschaft erfüllte Greis, den dieses Argument vernichtet hatte, und ließ sich auf einen Stuhl fallen. »Und das sagt mein Sohn! Es wird Ihnen zurückerstattet werden, Monsieur, Ihr Geld«, sagte er und erhob sich.

Er schritt auf die Tür zu. »Hector!«

Dieser Aufschrei ließ den Baron sich umwenden; und plötzlich kehrte er seiner Frau ein tränenüberströmtes Gesicht zu; sie umschlang ihn mit der Kraft der Verzweiflung.

»Geh nicht so weg ... verlaß uns nicht im Zorn. *Ich* habe dir nichts gesagt ...!«

Auf diesen erhabenen Ausruf hin warfen die Kinder sich ihrem Vater zu Füßen.

»Wir alle haben dich lieb«, erklärte Hortense.

Lisbeth, die reglos wie eine Statue dastand, beobachtete die Gruppe, auf den Lippen ein hochmütiges Lächeln. In diesem Augenblick betrat der Marschall Hulot den Flur; seine Stimme wurde vernehmlich. Die Familie war sich darüber klar, daß es auf Geheimhaltung ankomme, und unvermittelt nahm alles ein anderes Aussehen an. Die beiden Kinder standen auf, und jeder versuchte zu verbergen, was in ihm vorging.

An der Wohnungstür hatte sich zwischen Mariette und einem Soldaten ein Streit erhoben; der Soldat wollte so dringlich vorgelassen werden, daß die Köchin in den Salon kam.

»Monsieur, ein Regimentsfurier, der aus Algerien kommt, will Sie unbedingt sprechen.«

»Soll warten.«

»Monsieur«, flüsterte Mariette ihrem Herrn zu, »er hat mir gesagt, es handele sich um Ihren Herrn Onkel.«

Der Baron zuckte zusammen; er glaubte, es werde ihm das Geld geschickt, um das er vor zwei Monaten heimlich gebeten hatte, um seine Wechsel einlösen zu können; er überließ seine Familie sich selbst und hastete in den Flur. Er gewahrte ein elsässisches Gesicht.

»Sind Sie der Baron Hulot?«

»Ja ...«

»Persönlich?«

»Persönlich.«

Während dieses Zwiegesprächs hatte der Furier im Futter seines Käppis herumgefummelt; er zog daraus einen Brief hervor, den der Baron sofort entsiegelte; er las das Nachstehende:

»Lieber Neffe, weit davon entfernt, Ihnen die hunderttausend Francs schicken zu können, um die Sie mich bitten, ist meine Lage unhaltbar, sofern Sie nicht energische Maßnahmen ergreifen, um mir aus der Patsche zu helfen. Wir haben einen königlichen Bevollmächtigten auf dem Nacken, der Moral predigt und Dummheiten über die Verwaltung quasselt. Unmöglich, diesen Kaffer zum Schweigen zu bringen. Wenn das Kriegsministerium sich von den Schwarzfräcken unterkriegen läßt, bin ich erledigt. Des Überbringers bin ich sicher; versuchen Sie, ihn befördern zu lassen; er hat uns Dienste erwiesen. Überlassen Sie mich nicht den Raben!«

Dieser Brief war ein Donnerschlag; der Baron sah darin die inneren Reibungen aufschießen, die noch heutzutage die algerische Regierung zwischen dem Zivil und dem Militär hin- und herreißen; er mußte auf der Stelle schnelle Heilmittel für die Wunde ausfindig machen, die hier klaffte. Er sagte zu dem Soldaten, er solle am andern Tag wiederkommen, und nachdem er ihn unter schönen Verheißungen, er werde befördert werden, verabschiedet hatte, ging er in den Salon zurück.

»Guten Tag und auf Wiedersehen, lieber Bruder!« sagte er zu dem Marschall. »Adieu, Kinder, adieu, meine gute Adeline. Und was wird aus dir, Lisbeth?«

»Ich werde dem Marschall den Haushalt führen; ich muß doch mein Leben damit beenden, daß ich euch stets unter die Arme greife.«

»Zieh nicht von Valérie weg, ohne daß ich nochmal mit dir gesprochen habe«, flüsterte Hulot seiner Kusine zu. »Adieu, Hortense, du kleine Widerspenstige, versuche, recht vernünftig zu sein, mir kommen ernste Dinge über den Hals; auf die Frage deiner Versöhnung wollen wir noch zurückkommen. Denk daran, mein gutes Kätzchen«, sagte er und küßte sie.

Er verließ Frau und Kinder in so offensichtlicher Erregung, daß sie im Bann lebhaftester Befürchtungen zurückblieben.

»Lisbeth«, sagte die Baronin, »wir müssen herausbekommen, was mit Hector los ist; nie zuvor habe ich ihn in solch einem Zustand gesehen; bleib noch zwei oder drei Tage bei jener Frau wohnen; ihr sagt er alles, und so erfahren wir, was ihn so plötzlich verändert hat. Sei getrost, deine Heirat mit dem Marschall werden wir schon in die Wege leiten; diese Eheschließung ist dringend erforderlich.«

»Ich werde nie den Mut vergessen, den du heute vormittag aufgebracht hast«, sagte Hortense und küßte Lisbeth.

»Du hast unsere arme Mutter gerächt«, sagte Victorin.

Der Marschall beobachtete mit neugieriger Miene die Liebesbezeigungen, die an Lisbeth verschwendet wurden; sie ging heim und erzählte Valérie das Vorgefallene.

Diese Szene gestattet es unschuldigen Seelen, die mannigfachen Verheerungen zu erraten, die Frauen wie Madame Marneffe in den Familien anrichten, und durch welche Mittel sie tugendhafte Frauen zu treffen wissen, die dem Anschein nach ihnen so fern stehen. Aber wenn man in Gedanken diese Wirrnisse in das obere Stockwerk der Gesellschaft überträgt, in die Nähe des Throns; wenn man bedenkt, was die Maitressen der Könige gekostet haben, dann ermißt man das Ausmaß der Verpflichtung des Volks gegegenüber seinen Herrschern, wenn diese das Beispiel guter Sitten und des Familienlebens geben.

In Paris ist jedes Ministerium eine kleine Stadt, aus der die Frauen verbannt sind; aber es kommt darin zu Geschwätz und Anschwärzungen, wie wenn es dort auch Frauen gäbe. Nach drei Jahren war Monsieur Marneffes Position sozusagen eindeutig geworden, an den Tag gebracht, und man fragte sich in den Büros: »Wird Marneffe der Nachfolger Coquets oder wird er es nicht?«, genauso, wie man sich unlängst in der Abgeordnetenkammer fragte: »Wird die Dotation[166] bewilligt oder nicht?« Man beobachtete die geringsten Vorkommnisse in der Leitung des Personalamts; in der Abteilung des Barons Hulot wurde alles unter die Lupe genommen. Der intelligente Staatsrat hatte das Opfer von Marneffes Beförderung, einen fähigen Beamten, dadurch auf seine Seite gezogen, daß er ihm sagte, wenn er für Marneffe eintrete, würde er unfehlbar dessen Nachfolger werden; er hatte ihm Marneffe als Todeskandidaten hingestellt. Dieser Beamte intrigierte für Marneffe.

Als Hulot sein Audienzzimmer durchschritt, in dem zahlreiche Besucher warteten, erblickte er in einem Winkel das fahle Gesicht Marneffes, und Marneffe wurde als erster hineingerufen.

»Um was haben Sie mich zu bitten, mein Lieber?« fragte der Baron und unterdrückte seine Unruhe.

»Herr Direktor, es wird in den Büros über mich gespottet; man hat nämlich gehört, daß der Herr Personalchef heute morgen aus Gesundheitsgründen in Urlaub gegangen ist; seine Reise wird ungefähr einen Monat dauern. Einen Monat warten zu müssen, was das heißt, weiß man. Sie geben mich dem Gelächter meiner Feinde preis; und es genügt schon, von einer Seite ausgetrommelt zu werden; von zweien gleichzeitig, Herr Direktor, da könnte die Trommel platzen.«

»Mein lieber Marneffe, es bedarf der Geduld, um ans Ziel zu gelangen. Sie können, wenn überhaupt, nicht vor heute in zwei Monaten Bürochef werden. Ich kann nicht in diesem Augenblick, da ich genötigt bin, meine Stellung zu festigen, um eine Beförderung bitten, die Anstoß erregen würde.«

»Wenn Sie auffliegen, werde ich nie und nimmer Bürochef«, sagte Marneffe kalt. »Lassen Sie mich ernennen; für Sie läuft das auf dasselbe hinaus.«

»Ich soll mich also für Sie opfern?« fragte der Baron.

»Wenn Sie anders handelten, würde ich viele Illusionen über Sie einbüßen.«

»Sie sind gar zu sehr Marneffe, Monsieur Marneffe ...!« sagte der Baron, stand auf und wies dem Unterchef die Tür.

»Ich habe die Ehre, mich zu empfehlen, Herr Baron«, antwortete Marneffe demütig.

»Was für ein niederträchtiger Kauz!« dachte der Baron. »Die Sache ähnelt einer Zahlungsaufforderung, die binnen vierundzwanzig Stunden beglichen werden muß, bei Strafe der Zwangsvollstreckung.«

Zwei Stunden später, als der Baron gerade damit fertig war, Claude Vignon Instruktionen zu erteilen, den er ins Justizministerium schicken wollte, um Erkundigungen über die juristischen Autoritäten einzuholen, unter deren Überwachung Johann Fischer stand, öffnete Reine die Tür zum Arbeitszimmer des Herrn Direktors, überbrachte ihm einen Brief und bat um Antwort.

Reine herzuschicken! dachte der Baron. Valérie ist verrückt; sie kompromittiert uns alle und gefährdet die Beförderung dieses abscheulichen Marneffe!

Er schickte den Privatsekretär des Ministers hinaus und las das Folgende:

»Ach, Liebster, was für einen Auftritt habe ich eben erduldet; wenn Du mir seit drei Jahren Glück gespendet hast, so habe ich es wacker bezahlt! Er ist aus seinem Büro in einer Wut heimgekommen, die mich hat erschauern lassen. Daß er häßlich ist, habe ich gewußt; heute habe ich ihn als ein wahres Ungeheuer gesehen. Seine vier echten Zähne wackelten; er hat mich mit seiner verhaßten Intimität bedroht, wenn ich fortführe, Dich zu empfangen. Mein armer Kater, leider wird fortan unsere Tür für Dich geschlossen sein. Du siehst meine Tränen, sie fallen auf mein Briefpapier, sie feuchten es! Kannst du meine Schrift noch lesen, geliebter Hector? Ach, Dich nicht wiederzusehen, auf Dich verzichten zu müssen, wo ich doch ein Stück Deines Lebens in mir trage, wie ich Dein Herz zu besitzen glaube, – das heißt, daran sterben! Denk an unsern kleinen Hector! Verlaß mich nicht; aber entehre Dich nicht um meines Mannes willen; gib seinen Drohungen nicht nach! Ach, ich liebe Dich, wie ich nie geliebt habe. Ich habe aller Opfer gedacht, die Du für Deine Valérie gebracht hast; sie ist nicht undankbar und wird es niemals sein; Du bist und Du wirst mein einziger Gatte. Denke nicht mehr an die zwölfhundert Francs Rente, die ich für den lieben kleinen Hector erbitte, der in ein paar Monaten zur Welt kommen wird ... ich will Dich nichts mehr kosten. Übrigens wird mein Vermögen immer das Deine sein.

Ach, wenn Du mich so sehr liebtest, wie ich Dich liebe, mein Hector, würdest Du Dein Abschiesgesuch einreichen, würden wir beide unsere Familien, unsere Sorgen, die Leute, die um uns sind, hier zurücklassen, wo es soviel Haß gibt, und wir würden zusammen mit Lisbeth in einer hübschen Gegend wohnen, in der Bretagne, oder wo Du willst. Dort würden wir niemanden sehen, und wir würden glücklich sein, fern von all diesen Menschen. Dein Ruhegehalt und das wenige, was ich besitze, was auf meinen Namen eingetragen ist, wird für uns reichen. Du wirst eifersüchtig; nun, Du würdest sehen, daß Deine Valérie sich einzig um ihren Hector kümmert, und Du würdest niemals Deine Stimme zu solcher Lautstärke erheben müssen wie neulich. Ich werde immer nur *ein* Kind haben, es wird das unsre sein, sei dessen sicher, mein alter, geliebter Brummbär. Nein, Du kannst Dir meinen Zorn nicht vorstellen, denn dazu müßtest Du wissen, wie er mich behandelt hat, und Du müßtest die brutalen Roheiten gehört haben, mit denen er Deine Valérie bekotzt hat! Jene Worte würden dies Briefblatt beschmutzen; aber eine Frau wie ich, die Tochter Montcornets, hätte in ihrem ganzen Leben davon kein einziges vernehmen dürfen. Oh, am liebsten hätte ich Dich hier, um ihn durch den Anblick der unsinnigen Leidenschaft zu bestrafen, die mich für Dich gepackt hat. Mein Vater hätte diesen erbärmlichen Wicht mit dem Säbel zusammengehauen; ich kann nur tun, was eine Frau zu tun vermag, nämlich Dich wahnsinnig lieben! Daher, mein Geliebter, ist es angesichts der Verzweiflung, in der ich mich befinde, völlig unmöglich, darauf zu verzichten, mit Dir zusammen zu sein. Ja, ich will Dich heimlich sehen, und zwar alle Tage! So sind wir Frauen nun mal; ich mache mir Dein Rachegefühl zu eigen. Bitte, bitte, wenn Du mich liebst, dann mach ihn nicht zum Bürochef; möge er als Unterchef verrecken ...! Im gegenwärtigen Augenblick weiß ich nicht, wo mir der Kopf steht; ich habe seine Beleidigungen noch in den Ohren. Bette, die von mir hatte wegziehen wollen, hat Erbarmen mit mir gehabt; sie bleibt noch ein paar Tage.

Mein guter Geliebter, ich weiß noch nicht, was ich tun werde. Ich sehe nur *eine* Möglichkeit vor mir, nämlich die Flucht. Ich habe das Leben auf dem Lande stets geliebt, die Bretagne, das Languedoc, ganz wie Du willst, vorausgesetzt, daß ich Dich in aller Freiheit lieben kann. Armes Katerchen, wie leid Du mir tust! Jetzt bist Du gezwungen, zu Deiner alten Adeline zurückzukehren, zu diesem Tränenkrüglein; denn es muß gesagt werden, mein Mann, dies Scheusal, wird mich Tag und Nacht bewachen; er hat vom Polizeikommisssar geredet! Komm nicht! Mir ist klar, daß er in dem Augenblick, da er mit mir die niedrigste seiner Spekulationen angestellt hat, zu allem fähig ist. Deswegen möchte ich Dir alles zurückerstatten können, was ich Deiner Großherzigkeit danke. Ach, mein guter Hector, ich habe kokettieren, Dir leichtfertig vorkommen können; aber Du hast Deine Valérie nicht gekannt; sie hat Dich gern gequält; aber Du bist ihr lieber als alle andern auf Erden. Man kann Dich nicht daran hindern, Deine Kusine zu besuchen; ich werde mit ihr die Mittel und Wege aushecken, damit wir uns sprechen können. Mein gutes Katerchen, bitte, bitte schreib mir ein paar Zeilen, um mich zu beruhigen, mangels Deiner geliebten Gegenwart ... (oh, ich würde eine Hand hingeben, um Dich dafür auf unserm Diwan festzuhalten). Ein Brief würde auf mich wie ein Talisman wirken; schreib mir etwas, worin Deine ganze schöne Seele enthalten ist; ich werde Dir Deinen Brief zurückgeben, da wir vorsichtig sein müssen; ich wüßte nicht, wo ich ihn verstecken könnte; mein Mann stöbert überall herum. Kurzum, beruhige Deine Valérie, Deine Frau, die Mutter Deines Kindes. Daß ich gezwungen bin, Dir zu schreiben, ich, die Dich Tag für Tag bei sich gesehen hat. Deswegen habe ich ja zu Lisbeth gesagt: ›Ich habe nicht gewußt, wie glücklich ich war.‹ Tausend liebe Dinge, mein Katerchen. Hab lieb

Deine Valérie.«

Und Tränen ...! dachte Hulot, als er den Brief zu Ende las, Tränen, die ihren Namen unlesbar machen. – »Wie geht es ihr?« fragte er Reine.

»Madame liegt zu Bett; sie hat Krämpfe«, antwortete Reine. »Der Nervenanfall hat Madame sich drehen und winden lassen wie eine Schnur um ein Reisigbündel; es hat sie gepackt, als sie geschrieben hatte. Oh, das kommt von dem vielen Weinen ... Wir hörten Madames Stimme im Treppenhaus.«

In seiner Bestürzung schrieb der Baron folgenden Brief auf amtliches Papier mit gedrucktem Kopf:

»Sei unbesorgt, mein Engel, ›er‹ wird als Unterchef verrecken! Dein Einfall ist vortrefflich, wir wollen auf und davon gehen und fern von Paris leben; wir wollen mit unserm kleinen Hector glücklich sein; ich reiche mein Entlassungsgesuch ein; ich werde einen guten Posten bei irgendeiner Eisenbahngesellschaft finden. Ach, meine liebenswerte Freundin, ich fühle mich durch Deinen Brief verjüngt! Oh, ich werde von neuem mit dem Leben beginnen und, Du wirst es sehen, für unsern lieben Kleinen ein Vermögen schaffen. Als ich Deinen Brief las, der tausendmal glühender ist als die der ›Neuen Héloïse‹, hat er ein Wunder bewirkt; ich hätte nicht geglaubt, daß meine Liebe zu Dir noch würde wachsen können. Heute abend wirst Du bei Lisbeth sehen

Deinen Hector, der Dein fürs Leben ist.«

Reine überbrachte die Antwort, den ersten Brief, den der Baron »seiner liebenswerten Freundin« geschrieben hatte! Diese Gemütsbewegungen bildeten ein Gegengewicht zu den Unwettern, die am Horizont grollten; in diesem Augenblick jedoch war der Baron überzeugt davon, er werde die Hiebe parieren können, die seinem Onkel Johann Fischer versetzt wurden; er machte sich lediglich um das Defizit Sorgen.

Eine der Charaktereigentümlichkeiten der Bonapartisten ist der Glaube an den Säbel, an die Gewißheit der Vorherrschaft des Militärs gegenüber dem Zivil. Hulot machte sich lustig über den Bevollmächtigten des Königs in Algerien, wo doch das Kriegsministerium regiert. Der Mensch bleibt, was er gewesen ist. Wie könnten die Offiziere der Kaiserlichen Garde es vergessen, wie die Bürgermeister der guten Städte des Reichs, die Präfekten des Kaisers, diese Kasier in Miniaturformat, der Kaiserlichen Garde Empfänge bereitet und sie an der Grenze der Départements, durch die sie zog, begrüßt, daß sie ihr, mit einem Wort, fürstliche Ehren erwiesen hatten?

Um halb fünf ging der Baron geradewegs zu Madame Marneffe; als er die Treppe hinaufstieg, hatte er Herzklopfen wie ein Jüngling; denn er überlegte: »Werde ich sie zu sehen bekommen oder nicht?« Wie konnte er da noch an die vormittägliche Szene denken, als seine Familie ihm unter Tränen zu Füßen gelegen hatte? Bewies ihm Valéries Brief, den er für alle Zeit in einer winzigen Brieftasche auf seinem Herzen trug, nicht, daß er inniger geliebt werde als der liebenswerteste aller jungen Männer? Als er geläutet hatte, vernahm er das Schlurfen der Hausschuhe und das ekelhafte Gehuste des kranken Marneffe. Marneffe öffnete die Wohnungstür, aber nur, um sich in Positur zu stellen und Hulot die Treppe zu weisen, mit genau derselben Handbewegung, mit der Hulot ihm die Tür seines Arbeitszimmers gewiesen hatte.

»Sie sind gar zu sehr Hulot, Monsieur Hulot . . .«, sagte er.

Der Baron wollte an ihm vorbeigehen; Marneffe zog eine Pistole aus der Tasche und spannte sie.

»Herr Staatsrat, wenn ein Mann so verächtlich ist wie ich, denn Sie halten mich für tief verächtlich, nicht wahr?, so wäre er der letzte aller Zuchthäusler, wenn er nicht alle Vorteile seiner verkauften Ehre wahrnähme. Sie wollen den Krieg; er wird heiß und gnadenlos werden. Kommen Sie nicht wieder hierher und versuchen Sie nicht, einzudringen; ich habe den Polizeikommissar über meine Lage Ihnen gegenüber in Kenntnis gesetzt.«

Er nutzte Hulots Verdutztheit aus und schob ihn hinaus.

Welch ein abgründiger Schurke! dachte Hulot und stieg zu Lisbeth hinauf. Oh, jetzt verstehe ich den Brief. Valérie und ich müssen aus Paris weg. Valérie ist für den Rest meiner Tage mein; sie soll mir die Augen zudrücken.

Lisbeth war nicht zu Hause. Madame Olivier sagte dem Baron, sie sei zur Frau Baronin gegangen, weil sie gemeint habe, den Herrn Baron dort vorzufinden.

»Die gute Alte! Ich hätte sie nicht für so intelligent gehalten, wie sie sich heute vormittag gezeigt hat«, sagte sich der Baron; er überdachte Lisbeths Verhalten, als er von der Rue Vanneau zur Rue Plumet ging. An der Ecke der Rue Vanneau und der Rue de Babylone blickte er zurück auf das Eden, aus dem Hymen ihn mit dem Schwert des Gesetzes in der Hand verbannt hatte. Valérie an ihrem Fenster folgte Hulot mit den Blicken; als er den Kopf hob, schwenkte sie ihr Taschentuch; aber der infame Marneffe ohrfeigte die Haube seiner Frau und riß sie gewalttätig vom Fenster weg. Dem Staatsrat trat eine Träne ins Auge. So geliebt zu werden! Mitansehen zu müssen, wie eine Frau mißhandelt wird, und bald siebzig Jahre alt zu sein! dachte er.

Lisbeth war gekommen, um der Familie die gute Nachricht zu überbringen. Adeline und Hortense wußten also schon, daß der Baron, der sich nicht in den Augen der gesamten Verwaltung hatte entehren wollen, von dem zum Hulotfresser gewordenen Ehemann vor die Tür gesetzt werden würde. Deswegen hatte die beglückte Adeline ihr Mittagessen so bestellt, daß ihr Hector es besser als bei Valérie finden mußte, und die ergebene Lisbeth hatte Mariette dabei geholfen, zu diesem schwierigen Ergebnis zu gelangen. Tante Bette war zum Idol geworden; Mutter und Tochter hatten ihr die Hände geküßt und ihr mit rührender Freude mitgeteilt, der Marschall habe sich einverstanden erklärt, sie zu seiner Wirtschafterin zu machen.

»Und von da aus, Liebste, ist es nur ein Schritt, und du wirst seine Frau«, hatte Adeline gesagt.

»Nun, er hat es nicht rundweg abgelehnt, als Victorin ihm davon gesprochen hat«, fügte die Gräfin Steinbock hinzu.

Der Baron wurde von seiner Familie mit so anmutigen, so rührenden Bezeigungen der Zuneigung empfangen, aus denen soviel Liebe spürbar wurde, daß er sich zwang, seinen Kummer zu verbergen. Der Marschall kam zum Abendessen. Nach dem Essen ging Hulot nicht fort. Victorin und seine Frau kamen. Es wurde eine Whistpartie gespielt.

»Es ist lange her, Hector«, sagte der Marschall ernst, »daß du *uns* einen solchen Abend geschenkt hast . . .!«

Dieser Ausspruch des alten Soldaten, der seinen Bruder verhätschelte und ihn auf diese Weise gleichzeitig tadelte, machte tiefen Eindruck. Man ersah daraus die weitreichenden Verletzungen eines Herzens, in dem alles erahnte Leid sein Echo gefunden hatte. Um acht wollte der Baron Lisbeth selber nach Hause bringen; er versprach, wiederzukommen.

»Du mußt wissen, Lisbeth, daß ›er‹ sie mißhandelt!« sagte er auf der Straße zu ihr. »Ach, nie zuvor habe ich sie so geliebt!«

»Oh, ich hätte nicht geglaubt, daß Valérie Sie so sehr liebte!« antwortete Lisbeth. »Sie ist leichtfertig, sie ist kokett, sie liebt es, umworben zu werden und daß ihr die Komödie der Liebe vorgespielt wird; aber ihre einzige wahre Neigung gilt Ihnen.«

»Was hat sie dir für mich aufgetragen?«

»Folgendes«, entgegnete Lisbeth. »Wie Sie wissen, ist sie nett zu Crevel gewesen; deswegen darf man ihm nicht zürnen, denn schließlich hat er sie für den Rest ihres Lebens vor der Not in Sicherheit gebracht; aber sie kann ihn nicht leiden, und die Geschichte ist so gut wie aus und vorbei. Na, kurz und gut, sie hat den Schlüssel einer gewissen Wohnung behalten.«

»In der Rue de Dauphin!« rief der überglückliche Hulot aus. »Allein schon deswegen lasse ich ihr Crevel hingehen . . . Ich bin schon dort gewesen, ich weiß Bescheid . . .«

»Hier haben Sie den Schlüssel«, sagte Lisbeth, »lassen Sie ihn sich morgen im Lauf des Tages nachmachen, und wenn Sie wollen, sogar zwei.«

»Und dann . . .?« fragte Hulot begierig.

»Ja, dann komme ich morgen wieder zu Ihnen zum Abendessen; Sie geben mir Valéries Schlüssel wieder (denn Papa Crevel könnte den, den er ihr gegeben hat, zurückverlangen), und ihr trefft einander übermorgen; dort könnt ihr dann alles verabreden. Ihr seid dort vollauf in Sicherheit, weil es zwei Ausgänge gibt. Wenn zufällig Crevel, der ja, wie er selber sagt, unbedingt den Gepflogenheiten der Régence-Zeit huldigt, durch den Gang käme, verschwändet ihr durch den Laden. Na ja, alter Schuft, das alles verdanken Sie mir. Und was tun Sie nun für mich ...?«

»Alles, was du willst!«

»Schön; dann widersetzen Sie sich nicht meiner Heirat mit Ihrem Bruder!«

»Du, und Marschallin Hulot? Du, und Gräfin von Pforzheim?« rief der überraschte Hector.

»Ist Adeline nicht Baronin ...?« erwiderte Bette scharf und in einem furchterweckenden Tonfall. »Geben Sie acht, Sie alter Wüstling, Sie wissen doch, wie Ihre geschäftlichen Dinge stehen! Ihre Familie könnte sich eines Tages brotlos und im Schmutz sehen ...«

»Eben das fürchte ich ja!« sagte Hulot erschüttert.

»Wenn Ihr Bruder stirbt, wer wird dann Ihre Frau, Ihre Tochter unterstützen? Die Witwe eines Marschalls von Frankreich kann doch mindestens sechstausend Francs Pension bekommen, nicht wahr? Na also; ich heirate lediglich, um Ihrer Tochter und ihrer Frau den Lebensunterhalt zu sichern, Sie alter Narr!«

»Auf dieses Ergebnis war ich nicht gefaßt!« sagte der Baron. »Ich werde meinem Bruder in den Ohren liegen; denn deiner sind wir sicher ... Sag meinem Engel, mein Leben sei sein ...!«

Und nachdem der Baron Lisbeth in das Haus in der Rue Vanneau hatte hineingehen sehen, kehrte er zu seinem Whist zurück und blieb daheim. Die Baronin war auf dem Gipfel des Glücks; ihr Mann schien wieder am Familienleben teilnehmen zu wollen; denn etwa vierzehn Tage lang ging er morgens um neun ins Ministerium, war um sechs zum Abendessen wieder da und verlebte den Abend im Kreis der Seinen. Zweimal führte er Adeline und Hortense ins Theater. Mutter und Tochter ließen drei Dankesmessen lesen und beteten zu Gott, daß er ihnen den Gatten und Vater erhalte, den er ihnen wiedergegeben hatte. Als Victorin Hulot eines Abends seinen Vater schlafengehen sah, sagte er zu seiner Mutter: »Jetzt sind wir glücklich, mein Vater ist zu uns zurückgekehrt; deshalb werden meine Frau und ich unserm Geld nicht nachtrauern, wenn dies alles von Dauer ist...«

»Euer Vater ist bald siebzig«, antwortete die Baronin; »er denkt noch immer an Madame Marneffe, wie ich gemerkt habe; doch bald wird er nicht mehr an sie denken; mit dem Hang zu den Frauen ist es anders bestellt als mit dem Spiel oder mit Börsenspekulationen oder mit dem Geiz; bei ihm kann man ein Ende absehen.«

Die schöne Adeline, denn diese Frau war trotz ihrer fünfzig Jahre und ihrer Kümmernisse nach wie vor schön, irrte sich, was das betraf. Lüstlinge, diese Leute, die die Natur mit der kostbaren Befähigung begabt hat, über die Grenze hinaus zu lieben, die sie der Liebe setzt, haben fast nie ihr Alter. Während dieser Zeitspanne der Tugend hatte der Baron dreimal die Rue du Dauphin aufgesucht, und dort war er kein einziges Mal siebzig Jahre alt gewesen. Die neu entfachte Leidenschaft hatte ihn verjüngt, und er hatte bedenkenlos seine Ehre, seine Familie, alles um Valéries willen preisgegeben. Aber Valérie hatte sich von Grund auf gewandelt; nie sprach sie von Geld, und auch nicht von zwölftausend Francs Rente, die ihrer beider Sohn ausgesetzt werden sollten; im Gegenteil, sie bot ihm Geld an, sie liebte Hulot wie eine sechsunddreißigjährige Frau einen schönen, sehr armen, sehr poetischen, sehr verliebten Jurastudenten liebt. Und die arme Adeline glaubte, sie habe ihren Hector zurückerobert! Das vierte Zusammensein der beiden Liebenden war im letzten Augenblick des dritten vereinbart worden, genauso, wie früher in der Italienischen Komödie am Schluß der Vorstellung die des folgenden Tags bekanntgegeben wurde. Die Zeit war auf neun Uhr morgens festgelegt worden. Am Fälligkeitstag dieses Glücks, auf das zu hoffen den von der Leidenschaft besessenen alten Mann das Familienleben hatte in Kauf nehmen lassen, ließ gegen acht Uhr Reine den Baron herausbitten. Hulot, der eine Katastrophe befürchtete, ging hin, um Reine zu sprechen, die die Wohnung nicht betreten wollte. Die getreue Zofe übergab dem Baron folgenden Brief:

»Lieber alter Brummbär, geh nicht nach der Rue du Dauphin,

unser Alpdruck ist krank, und ich muß ihn pflegen; aber sei heute abend um neun dort. Crevel ist in Corbeil bei Monsieur Lebas; ich bin überzeugt, daß er keine Prinzessin in sein Lusthaus führen wird. Ich habe hier alles so eingerichtet, daß ich über meine Nacht verfügen kann; ich kann zurück sein, ehe mein Mann aufgewacht ist. Antworte mir auf all dieses; denn vielleicht läßt Dein ewiges Klagelied von Frau Dir nicht mehr soviel Freiheit wie ehedem. Sie wird mir übrigens als noch immer so schön geschildert, daß Du imstande wärst, mich zu betrügen; Du bist solch ein Lüstling! Verbrenne meinen Brief; ich mißtraue allem und jedem.«

Hulot schrieb die nachstehende kurze Antwort:

»Mein Geliebtes, wie ich Dir gesagt habe, hat meine Frau seit fünfundzwanzig Jahren niemals meine Liebesfreuden gestört. Ich würde Dir hundert Adelinen opfern! Heute abend um neun werde ich in Crevels Tempel sein und meine Gottheit erwarten. Möge der Unterchef doch bald verrecken! Dann würden wir nicht mehr getrennt sein; das ist der Lieblingswunsch

Deines Hector.«

Abends sagte der Baron zu seiner Frau, er habe mit dem Minister in Saint-Cloud zu arbeiten und werde um vier oder fünf Uhr morgens wiederkommen; dann ging er in die Rue du Dauphin. Es war gegen Ende Juni.

Wenige Menschen haben in ihrem Leben tatsächlich das grausige Gefühl empfunden, dem Tod entgegenzuschreiten; die vom Schafott zurückkehren, sind zu zählen; aber manche Träumer haben diese Agonie im Traum nachdrücklich verspürt, sogar das Messer, das in dem Augenblick auf den Hals niedersaust, da das Erwachen mit dem Tageslicht eintritt und sie befreit ... Nun, das Gefühl, das den Staatsrat um fünf Uhr morgens in Crevels elegantem, kokettem Bett überkam, übertraf bei weitem noch dasjenige, sich auf das fatale Kippbrett geschnallt zu fühlen, angesichts von zehntausend Zuschauern, die einen mit zwanzigtausend flammenden Blicken betrachten. Valérie schlief in einer bezaubernden Pose. Sie war so schön wie Frauen, die schön genug sind, um auch im Schlaf schön zu sein. Das ist das Eindringen der Kunst in die Natur; das ist, mit einem Wort, das Wirklichkeit gewordene Gemälde. In seiner horizontalen Lage hatte der Baron die Augen drei Fuß über dem Boden; seine Blicke, die ziellos hin- und hergeglitten waren wie die jedes Menschen, der erwacht und seine Gedanken sammelt, fielen auf die Tür; sie war von Jan[167], einem Künstler, der den Ruhm verachtet, mit Blumen bemalt worden. Der Baron sah nicht, wie der zum Tode Verurteilte, zwanzigtausend Blicke auf sich gerichtet; er sah nur einen einzigen, dessen Blick indessen durchbohrender war als die der Zehntausend auf dem öffentlichen Platz. Diese Sensation inmitten der Liebeslust ist sehr viel seltener als die der zum Tode Verurteilten; sicherlich würde eine große Zahl spleeniger Engländer sie sehr teuer bezahlen. Der Baron verharrte nach wie vor in horizontaler Lage und war buchstäblich in kalten Schweiß gebadet. Er wollte zweifeln; aber das Mörderauge sprach allzu deutlich! Durch die Tür drang Gemurmel.

Wäre es wenigstens nur Crevel, der sich einen Scherz mit mir machen wollte! dachte der Baron; er konnte die Anwesenheit eines Fremden in dem Lusttempel nicht mehr bezweifeln.

Die Tür ging auf. Das majestätische französische Gesetz, das auf Bekanntmachungen gleich nach dem Königtum rangiert, zeigte sich in Gestalt eines wackeren kleinen Polizeikommissars, den ein lang aufgeschossener Friedensrichter begleitete; beide waren von dem edlen Marneffe hergeführt worden. Der Polizeikommissar stand auf Schuhen da, deren Laschen mit schlampigen Knoten festgebunden waren; er endigte in einem gelben, spärlich behaarten Schädel, der auf einen schalkhaften, lachlustigen Fuchs schließen ließ, einen Menschen, für den das Pariser Leben keine Geheimnisse barg. Seine brillenbewehrten Augen durchdrangen das Glas mit klugen, spöttischen Blicken. Der Friedensrichter, ein ehemaliger Advokat und alter Anbeter des schönen Geschlechts, beneidete den Gesetzesübertreter.

»Entschuldigen Sie gütigst die Strenge unseres Amtes, Herr Baron«, sagte der Kommissar. »Wir sind auf das Ersuchen eines Klägers hin herbeordert worden. Der Herr Friedensrichter muß dem gewaltsamen Öffnen der Wohnung beiwohnen. Ich weiß, wer Sie sind und wer die Delinquentin ist.«

Valérie schlug erstaunt die Augen auf und stieß den durchdringenden Schrei aus, den die Schauspielerinnen erfunden haben, um auf der Bühne einen Wahnsinnsausbruch anzukündigen; sie wand sich auf dem Bett in Krämpfen wie eine Hexe im Mittelalter in ihrem Schwefelhemd auf dem Reisig des Scheiterhaufens.

»Den Tod . . .! Liebster Hector, ja! Aber die Sittenpolizei? Niemals!« Sie sprang auf, glitt wie eine weiße Wolke zwischen den drei Zuschauenden hindurch und verschanzte sich hinter dem kleinen Schreibtisch, wobei sie den Kopf in den Händen verbarg. »Verloren! Sterben . . .!« schrie sie.

»Monsieur«, sagte Marneffe zu Hulot, »wenn meine Frau irrsinnig werden sollte, würden Sie mehr als ein Lüstling sein, nämlich ein Mörder . . .«

Was kann ein Mann tun oder sagen, der in einem Bett ertappt wird, das ihm nicht gehört, nicht mal mietweise, und mit einer Frau, die ihm noch weit weniger gehört? Folgendes.

»Herr Friedensrichter, Herr Polizeikommissar«, sagte der Baron würdevoll, »bitte wollen Sie Rücksicht auf diese unglückliche Frau nehmen, deren Verstand mir in Gefahr zu sein scheint . . . und das Protokoll erst später aufnehmen. Sicherlich sind die Türen verschlossen; Sie haben also weder von ihrer noch von meiner Seite ein Entweichen zu befürchten, vor allem nicht in Anbetracht des Zustands, in dem wir uns befinden . . .«

Die beiden Beamten leisteten dem ausdrücklichen Befehl des Staatsrats Folge.

»Komm her und sprich dich mit mir aus, du elender Lakai . . .!« sagte Hulot sehr leise zu Marneffe, packte ihn am Arm und zog ihn zu sich hin. »Nicht ich würde der Mörder sein, sondern du! Du willst Bürochef und Offizier der Ehrenlegion werden?«

»Das vor allem, Herr Direktor«, antwortete Marneffe und neigte den Kopf.

»Das alles sollst du werden; beruhige deine Frau und schick diese Herren weg.«

»Weder das eine noch das andere«, erwiderte Marneffe geistreich. »Diese müssen das Protokoll über eine Ertapppung *in flagranti* aufnehmen; denn was sollte ohne dieses Dokument, die Grundlage meiner Klage, aus mir werden? Die hohe Verwaltung strotzt von Nichtswürdigkeiten. Sie haben mir meine Frau gestohlen und mich nicht zum Bürochef gemacht. Herr Baron, ich gebe Ihnen nur zwei Tage, um alles in Ordnung zu bringen. Hier habe ich Briefe ...«

»Briefe ...!« rief der Baron, Marneffe ins Wort fallend.

»Ja, Briefe, die beweisen, daß das Kind, das meine Frau gegenwärtig trägt, von Ihnen stammt .... Haben Sie verstanden? Sie müssen meinem Sohn eine Rente aussetzen, die dem entspricht, was dieser Bastard ihm nimmt. Aber ich werde bescheiden sein, die Sache geht mich nichts an, *ich* bin nicht auf Vaterschaft erpicht! Hundert Louis Rente genügen. Ich werde morgen der Nachfolger Coquets und auf die Liste derjenigen gesetzt, die gelegentlich des Nationalfeiertags zu Offizieren vorgeschlagen werden, oder ... das Protokoll wird zusammen mit meiner Klage dem Gericht vorgelegt. Ich bin ein netter Mensch, nicht wahr?«

»Mein Gott, die hübsche Frau!« sagte der Friedensrichter zum Polizeikommissar. »Welch ein Verlust für die Welt, wenn sie verrückt werden sollte!«

»Sie ist alles andere als verrückt«, antwortete der Polizeikommissar nachdrücklich.

Die Polizei ist stets der verkörperte Zweifel.

»Der Herr Baron Hulot ist in eine Falle gegangen«, fügte der Polizeikommissar so laut hinzu, daß Valérie es hören mußte.

Valérie bedachte den Kommissar mit einem Blick, der ihn getötet hätte, wenn Blicke die Wut übermitteln könnten, die sie ausdrücken. Der Kommissar lächelte; auch er hatte seine Falle gestellt, und die Frau war hineingegangen. Marneffe forderte seine Frau auf, wieder ins Schlafzimmer zu gehen und sich anständig anzuziehen; er hatte sich ja über alle Punkte mit dem Baron verständigt; dieser zog einen Schlafrock an und kam in das erste Zimmer zurück.

»Meine Herren«, sagte er zu den beiden Funktionären, »um Geheimhaltung brauche ich Sie schwerlich zu bitten.«

Die beiden Beamten verneigten sich. Der Polizeikommissar klopfte zweimal leicht an die Tür; sein Sekretär trat ein, setzte sich an den kleinen Schreibtisch und begann nach dem Diktat des leise sprechenden Polizeikommissars zu schreiben. Valérie fuhr fort, heiße Tränen zu weinen. Als sie mit ihrer Toilette fertig war, ging Hulot ins Schlafzimmer hinüber und zog sich an. Während dieser Zeit wurde das Protokoll zu Ende geführt. Jetzt wollte Marneffe seine Frau wegführen; aber Hulot, der glaubte, er sehe sie zum letztenmal, bat durch eine flehentliche Geste, mit ihr sprechen zu dürfen.

»Monsieur, Madame kommt mich teuer genug zu stehen, so daß Sie mir erlauben können, mich von ihr zu verabschieden, selbstverständlich in Gegenwart aller Anwesenden.«

Valérie kam, und Hulot flüsterte ihr zu: »Uns bleibt nur noch die Flucht; aber wie sollen wir in Verbindung bleiben? Wir sind verraten worden ...«

»Durch Reine!« antwortete sie. »Aber, Liebster, nach diesem Skandal dürfen wir einander nicht wiedersehen. Ich bin entehrt. Überdies wird man die schändlichsten Dinge über mich sagen, und du wirst sie glauben ...« Der Baron vollführte eine verneinende Bewegung. »Du wirst ..., und dafür danke ich dem Himmel, denn dann wirst du dich nicht nach mir sehnen.«

»›Er wird nicht als Unterchef verrecken!‹« flüsterte Marneffe dem Staatsrat zu, als er zu ihm trat, um seine Frau zu übernehmen; brutal sagte er zu ihr: »Genug jetzt, Madame; Ihnen gegenüber bin ich zwar schwach, aber für die andern will ich nicht als Hansnarr gelten.«

Valérie verließ Crevels Liebesnest und warf dem Baron einen letzten Blick zu, und der war so kokett, daß er sich angebetet glaubte. Der Friedensrichter bot Madame Marneffe galant die Hand und geleitete sie zum Wagen. Der Baron, der das Protokoll unterzeichnen mußte, blieb völlig verstört mit dem Polizeikommisssar allein. Als der Staatsrat unterschrieben hatte, blickte der Polizeikommissar ihn über seine Brille hinweg listig an.

»Haben Sie diese kleine Dame sehr lieb, Herr Baron ...?«

»Zu meinem Pech, wie Sie sehen ...«

»Wenn sie Sie nun nicht liebte?« fuhr der Kommissar fort, »wenn sie Sie hinterginge ...?«

»Das habe ich bereits gewußt, Monsieur, hier, an dieser Stelle ... Wir haben es einander gesagt, Monsieur Crevel und ich ...«

»Ach so! Sie wissen, daß Sie sich hier im Liebesnest des Herrn Bürgermeisters befinden?«

»Durchaus.«

Der Kommissar lüftete leicht den Hut, als Huldigung für den alten Herrn.

»Sie sind sehr verliebt, ich halte den Mund«, sagte er. »Ich achte eingewurzelte Leidenschaften, wie die Ärzte eingewurzelte Krankheiten ... Ich habe es erlebt, daß Herr de Nucingen, der Baron, von einer ähnlichen Leidenschaft heimgesucht wurde ...«

»Mit dem bin ich befreundet«, entgegnete der Baron. »Ich habe oft mit der schönen Esther zur Nacht gespeist; sie war die zwei Millionen wert, die sie ihn gekostet hat.«[168]

»Noch mehr«, sagte der Kommissar. »Diese Liebeslaune des alten Finanzmanns hat vier Menschen das Leben gekostet. Dergleichen Leidenschaften, die sind wie die Cholera ...«

»Was hatten Sie mir eigentlich sagen wollen?« fragte der Staatsrat, den diese indirekte Warnung verdroß.

»Warum sollte ich Ihnen Ihre Illusionen rauben?« fragte der Polizeikommissar. »Es geschieht so selten, daß man sich in Ihrem Alter welche bewahrt.«

»Befreien Sie mich davon!« rief der Staatsrat.

»Später verflucht man dann den Arzt«, antwortete der Kommissar lächelnd.

»Ich bitte Sie, Herr Kommissar ...!«

»Gut denn. Diese Frau war im Einverständnis mit ihrem Ehemann ...«

»Oh ...!«

»Das, Monsieur, kommt unter zehn Fällen zweimal vor. Wir kennen uns darin aus.«

»Welchen Beweis haben Sie für diese Mittäterschaft?«

»Nun, zunächst den Ehemann ...!« sagte der gewitzte Polizeikommissar mit der Ruhe eines Chirurgen, der es gewöhnt ist, Wunden zu schneiden. »Die Spekulation steht deutlich auf seinem platten, abscheulichen Gesicht geschrieben. Aber sollten Sie nicht großen Wert auf einen gewissen Brief legen, den jene Frau Ihnen geschrieben hat und in dem von dem Kind die Rede ist ...«

»Auf diesen Brief lege ich großen Wert, und ich trage ihn

stets bei mir«, antwortete der Baron Hulot dem Polizeikommissar und suchte in seiner Brusttasche nach der kleinen Brieftasche, die er stets bei sich hatte.

»Lassen Sie die Brieftasche, wo sie ist«, sagte der Kommissar donnernd wie bei einer Anklagerede, »hier ist der Brief. Jetzt weiß ich alles, was ich hatte wissen wollen. Madame Marneffe muß genau gewußt haben, was diese Brieftasche enthielt.«

»Sie allein auf Erden.«

»Das habe ich mir gedacht ... Damit haben Sie den Beweis für die Mittäterschaft der kleinen Frau, um den Sie baten.«

»Wieso denn?« fragte der noch immer ungläubige Baron.

»Als wir kamen, Herr Baron«, fuhr der Kommissar fort, »ist der elende Marneffe als erster eingetreten und hat den Brief an sich genommen, den seine Frau sicherlich auf dieses Möbelstück hier gelegt hatte«, sagte er und deutete auf den kleinen Schreibtisch. »Offenbar war jene Stelle zwischen der Frau und dem Ehemann vereinbart worden, sofern es ihr gelang, Ihnen den Brief zu entwenden, während Sie schliefen; denn der Brief, den diese Dame Ihnen geschrieben hat, ist nebst denen, die Sie an sie richteten, bei dem Strafprozeß entscheidend.«

Der Kommissar zeigte Hulot den Brief, den der Baron in seinem Arbeitszimmer im Ministerium von Reine entgegengenommen hatte.

»Er gehört zu den Akten«, sagte der Kommissar. »Geben Sie ihn mir wieder, Monsieur.«

»Gut«, sagte Hulot, dessen Gesicht sich verzerrt hatte, »diese Frau ist die Liederlichkeit, die einen regelrecht ausplündert; jetzt bin ich sicher, daß sie drei Liebhaber gehabt hat!«

»Das ist klar«, sagte der Polizeikommissar. »Ach, sie gehen nicht alle auf den Strich. Wenn man dies Gewerbe in eleganten Wagen, in den Salons oder im eigenen Haus treibt, Herr Baron, dann geht es weder um Francs noch um Centimes. Mademoiselle Esther, die Sie erwähnten und die sich vergiftet hat, die hat Millionen verschlungen ... Glauben Sie mir, Herr Baron, es ist besser, wenn Sie solide werden. Diese letzte Lustpartie wird Sie viel kosten. Der Schurke von Ehemann hat das Gesetz auf seiner Seite ... Kurzum, ohne mich hätte die kleine Frau Sie auch weiterhin noch geschröpft!«

»Ich danke Ihnen«, sagte der Staatsrat und versuchte, eine würdige Haltung zu bewahren.

»Monsieur, wir müssen die Wohnung abschließen, die Komödie ist zu Ende; übergeben Sie den Schlüssel dem Herrn Bürgermeister.«

Hulot kam in einem Zustand der Niedergeschlagenheit heim, der an eine Ohnmacht grenzte; er hing den düstersten Gedanken nach. Er weckte seine edle, heiligmäßige, reine Frau und schüttete ihr die Geschichte jener drei Jahre ins Herz; dabei schluchzte er wie ein Kind, dem man ein Spielzeug weggenommen hat. Diese Beichte eines alten Mannes mit jungem Herzen, diese schauerliche und herzzerreißende Epopöe stimmte Adeline milde und löste die lebhafteste Freude in ihr aus; sie dankte dem Himmel für diesen letzten Schlag; denn jetzt sah sie ihren Mann für immer in den Schoß der Familie gebannt.

»Lisbeth hatte recht!« sagte Madame Hulot mit sanfter Stimme und ohne unnütze Vorwürfe zu machen, »sie hat uns dies alles vorausgesagt.«

»Ja! Ach, wenn ich auf sie gehört hätte, anstatt zornig aufzubrausen, damals, an dem Tag, da ich wollte, daß die arme Hortense in ihr Heim zurückkehre, damit der Ruf dieser ... nicht gefährdet würde ... Oh, liebe Adeline, Wenceslaus muß bewahrt werden! Er steckt bis zum Hals in diesem Schlamm!«

»Armer Liebster, diese kleine Bürgersfrau ist dir nicht besser bekommen als die Schauspielerinnen«, sagte Adeline lächelnd.

Die Baronin war erschrocken über die Wandlung, die ihr Hector erkennen ließ; als sie ihn unglücklich, leidend, gebeugt unter der Last der Schmerzen sah, war sie ganz Herz, ganz Mitleid, ganz Liebe; sie hätte ihr Blut hingegeben, um Hector glücklich zu machen.

»Bleib bei uns, lieber Hector. Sag mir, wie sie es machen, diese Frauen, dich so an sich zu fesseln; ich will es versuchen ... warum hast du mich nicht so geformt, daß du mich brauchen kannst? Fehlt es mir an Intelligenz? Dabei findet man mich noch schön genug, um mir den Hof zu machen.«

Viele verheiratete Frauen, die an ihre Pflichten und an ihre Ehemänner gebunden sind, könnten sich an dieser Stelle fragen, warum so starke, gute Männer, die bei Frauen wie Madame

Marneffe so kläglich abschneiden, nicht die eigenen Frauen, zumal wenn diese der Baronin Adeline Hulot ähneln, zum Gegenstand ihrer Lust und ihrer Leidenschaft machen. Das gehört zu den tiefsten Geheimnissen der menschlichen Natur. Die Liebe, diese ungeheure Ausschweifung der Vernunft, diese männliche, strenge Lust großer Seelen, und die Sinnenlust, diese auf dem Markt feilgebotene Alltäglichkeit, sind die beiden unterschiedlichen Antlitze ein und derselben Gegebenheit. Die Frau, die diese beiden weitgreifenden Verlangen beider Naturen stillt, ist innerhalb des weiblichen Geschlechts ebenso selten wie der große Heerführer, der große Schriftsteller, der große bildende Künstler, der große Erfinder es innerhalb einer Nation sind. Der überlegene Mann wie der Dummkopf, ein Hulot wie ein Crevel, verspüren gleichermaßen das Verlangen nach dem Ideal wie nach der Sinnenlust; alle suchen nach dem geheimnisvollen Doppelwesen, dieser Seltenheit, die sich in der Mehrzahl der Fälle als Werk in zwei Bänden findet. Diese Suche ist eine Verderbtheit, an der die Gesellschaft die Schuld trägt. Freilich, die Ehe muß angenommen werden wie eine Aufgabe; sie ist das Leben mit seinen Plackereien und seinen harten Opfern, die gleichzeitig von beiden Partnern geleistet werden. Die Lüstlinge, diese Sucher nach Schätzen, sind genauso schuldig wie andere Übeltäter, die strenger als sie bestraft werden. Diese Erwägung ist kein moralisches Einschiebsel; sie gibt nur die Begründung für viel unverstandenes Unglück. Übrigens birgt dieser Roman viele und mannigfache Morallehren.

Der Baron begab sich schleunigst zum Marschall Fürsten von Weißenburg, dessen hohe Protektion seine letzte Zuflucht war. Da er seit fünfunddreißig Jahren unter dem Schutz dieses alten Kriegers stand, hatte er bei jeder Gelegenheit freien Zutritt; er konnte auch zur Stunde des Aufstehens in die Gemächer vordringen.

»Haha, guten Tag, lieber Hector«, sagte der große, gütige Heerführer. »Was fehlt Ihnen? Sie sehen sorgenvoll aus. Dabei ist doch die Sitzungsperiode vorüber. Wieder mal haben wir eine überstanden! Das sage ich jetzt, wie früher, wenn ein Feldzug hinter uns lag. Wahrhaftig, ich glaube, die Zeitungen bezeichnen die Sitzungen als parlamentarische Feldzüge.«

»Wir haben tatsächlich Unglück gehabt, Herr Marschall; aber das ist ja das Elend dieser Zeit!« sagte Hulot. »Hilft nichts. So ist die Welt nun mal beschaffen. Jede Epoche hat ihre Unzuträglichkeiten. Das größte Unglück des Jahres 1841 besteht darin, daß weder die Krone noch die Minister in ihrem Tun und Lassen so frei sind, wie der Kaiser es war.«

Der Marschall warf Hulot einen jener Adlerblicke zu, deren Stolz, Klarheit und Scharfsichtigkeit bewiesen, daß trotz der Jahre diese große Seele nach wie vor fest und kraftvoll war.

»Willst du etwas von mir?« fragte er und setzte eine heitere Miene auf.

»Ich bin in der peinlichen Lage, Sie, wie um eine persönliche Gnade, um die Beförderung eines meiner Unterchefs zum Bürochef und um seine Ernennung zum Offizier der Ehrenlegion zu bitten . . .«

»Wie heißt er?« fragte der Marschall und warf dem Baron einen Blick zu, der wie ein Blitz war.

»Marneffe!«

»Er hat eine hübsche Frau, ich habe sie bei der Hochzeit deiner Tochter gesehen . . . Wenn Roger . . . aber Roger ist ja schon abgereist. Hector, mein Sohn, es handelt sich also um deine Liebesfreuden. Was? Du gönnst dir dergleichen immer noch? Haha, du machst der Kaiserlichen Garde Ehre! Das kommt, weil du zur Heeresverwaltung gehört hast, du hast Reserven . . .! Laß die Angelegenheit auf sich beruhen, lieber Junge, sie ist zu galant, um administrativ zu werden.«

»Nein, Herr Marschall, es ist nämlich eine üble Angelegenheit; es handelt sich um die Sittenpolizei; wollen Sie, daß ich vor der erscheine?«

»Zum Teufel«, rief der Marschall; er war besorgt geworden. »Weiter.«

»Sie sehen mich in der Lage eines Fuchses, der in die Falle geraten ist . . . Sie sind immer so gütig gewesen, daß Sie die Gewogenheit haben werden, mich aus der schmählichen Lage zu befreien, in der ich mich befinde.«

Hulot erzählte so geistreich und so aufgeräumt wie möglich sein Mißgeschick.

»Wollen Sie, Fürst«, schloß er, »meinen Bruder, den Sie so

gern haben, vor Gram sterben und einen Ihrer Direktoren, einen Staatsrat, der Ehrlosigkeit anheimfallen lassen? Mit diesem Marneffe ist nicht viel los; wir können ihn in zwei oder drei Jahren pensionieren.«

»Wie kannst du von zwei oder drei Jahren sprechen!« sagte der Marschall. – »Die Kaiserliche Garde ist doch unsterblich.«

»Ich bin jetzt der einzige Marschall, der von den zuerst Beförderten noch übrig ist«, sagte der Minister. »Hör zu, Hector. Du weißt nicht, wie sehr ich an dir hänge; aber du wirst es sehen! An dem Tag, da ich das Ministerium verlasse, scheiden wir gemeinsam aus. Ach, du bist nicht Abgeordneter, lieber Freund. Viele Leute wollen deinen Posten, und ohne mich hättest du ihn längst nicht mehr inne. Ja, ich habe viele Lanzen gebrochen, um dich zu halten . . . Gut also, ich gewähre dir deine beiden Bitten; es wäre zu hart, es erleben zu müssen, daß du in deinem Alter und bei dieser Stellung auf der Anklagebank säßest. Aber du schlägst zu viele Breschen in dein Ansehen. Wenn jene Beförderung Anlaß zu irgendwelchem Lärm gibt, wird man uns die Sache in die Schuhe schieben. Ich selber lache darüber, aber für dich ist es ein weiterer Dorn im Fuß. Du wirst bei der nächsten Sitzung auffliegen. Deine Nachfolge wird fünf oder sechs einflußreichen Leuten als Köder hingehalten, und du bist bislang lediglich durch die Subtilität meiner Begründungen im Amt geblieben. Ich habe gesagt, an dem Tag, da du dein Entlassungsgesuch einreichtest und deinen Posten einem andern einräumtest, würden wir fünf Mißzufriedene und einen Glücklichen haben; während, wenn man dich noch zwei oder drei Jahre dem Sturze nah sein ließe, wir unsere sechs Stimmen haben würden. Im Staatsrat ist darüber gelacht worden, und man hat gemeint, der ›Alte von gestern‹, wie ich genannt werde, sei in der parlamentarischen Taktik recht stark geworden . . . ich sage dir das unumwunden. Übrigens bekommst du graues Haar . . . Hast du ein Glück, daß du dich noch in solcherlei Verlegenheiten bringen kannst! Wo sind die Zeiten, da der Unterleutnant Cottin Geliebte hatte!« Der Marschall läutete. »Dieses Protokoll muß vernichtet werden!« sagte er noch.

»Sie handeln, Monseigneur, wie ein Vater! Ich habe es kaum gewagt, zu Ihnen von meinen Ängsten zu sprechen.«

»Ich will, daß Roger herkommt«, rief der Marschall, als er Mitouflet, seinen Türhüter, eintreten sah, »und ich werde ihn herbitten lassen. Gehen Sie, Mitouflet. Und du, alter Kamerad, läßt jene Beförderung vorbereiten; ich unterzeichne sie. Aber dieser infame Intrigant soll nicht lange die Frucht seiner bösen Taten genießen; er wird überwacht und bei dem geringsten Versehen vor versammelter Mannschaft degradiert. Und du, lieber Hector, nun du aus der Patsche bist, nimm dich in acht. Überfordere deine Freunde nicht; die Beförderung wird dir heute vormittag zugestellt, und dein Mann wird Offizier der Legion ...! Wie alt bist du jetzt?«

»In drei Monaten siebzig.«

»Was für ein toller Bursche du bist!« sagte der Marschall schmunzelnd. *»Du* verdientest eine Beförderung, aber, Potzhageldonnerwetter, wir leben nicht mehr unter Ludwig XV.!«

So wirkt sich die Kameradschaft aus, die die glorreichen Reste der napoleonischen Phalanx verbindet; sie glauben sich noch immer im Biwak und verpflichtet, einander gegen alle und jeden zu schützen.

»Noch eine Gunst wie diese«, sagte sich Hulot, als er den Hof überquerte, »und ich bin erledigt.«

Der unglückselige Beamte ging zum Baron du Nucingen, dem er nur eine unbedeutende Summe schuldete, und brachte es fertig, von ihm vierzigtausend Francs zu leihen, gegen Verpfändung seines Gehalts auf zwei weitere Jahre; aber der Baron Nucingen machte zur Bedingung, daß für den Fall der Verabschiedung Hulots der pfändbare Teil seiner Pension zur Rückzahlung jener Summe verwendet werden müsse, bis zur Dekkung von Zinsen und Kapital. Dieses neue Geschäft wurde, wie das erste, unter Vauvinets Namen getätigt; der Baron unterschrieb ihm für zwölftausend Francs Wechsel. Am andern Tag wurden das fatale Protokoll, die Klageschrift des Ehemanns sowie die Briefe vernichtet. Die skandalöse Beförderung und Auszeichnung des edlen Marneffe blieben im Trubel des Nationalfeiertags so gut wie unbeachtet und gaben keinen Anlaß zu Zeitungsartikeln.

Lisbeth, die sich dem Anschein nach mit Madame Marneffe überworfen hatte, zog zu Marschall Hulot. Zehn Tage nach diesen Geschehnissen wurden die alte Jungfer und der illustre Greis zum erstenmal aufgeboten; um seine Einwilligung zu erhalten, hatte Adeline ihm von der Finanzkatastrophe erzählt, die über ihren Hector hereingebrochen war, und ihn gebeten, dem Baron nie etwas davon zu sagen; sie sagte, er sei ganz trübsinnig, sehr niedergeschlagen und völlig verfallen... »Ach, er merkt sein Alter!« hatte sie hinzugefügt. So hatte Lisbeth denn triumphiert! Sie sollte das Ziel ihres Ehrgeizes erreichen, ihren Plan durchgeführt sehen, ihren Haß gestillt. Schon im voraus genoß sie das Glück, die Familie zu beherrschen, von der sie so lange über die Achsel angesehen worden war. Sie gelobte sich, die Gönnerin ihrer Gönner zu sein, der Schutzengel, der die verarmte Familie am Leben erhielt; sie redete sich selber »Frau Gräfin« oder »Frau Marschallin« an, wenn sie vor dem Spiegel sich Reverenzen erwies. Adeline und Hortense sollten ihre Tage in Dürftigkeit beschließen, in stetem Kampf mit der Not, während Tante Bette, die in den Tuilerien verkehren durfte, in der Gesellschaft eine glänzende Rolle spielen würde.

Ein schreckliches Ereignis aber stieß die alte Jungfer von der gesellschaftlichen Höhe, auf der sie so stolz sich eben niederlassen wollte.

Am gleichen Tag, da das erste Aufgebot veröffentlicht wurde, empfing der Baron eine weitere Botschaft aus Afrika. Ein zweiter Elsässer fand sich ein, zog einen Brief hervor und versicherte sich, daß er ihn dem Baron Hulot persönlich übergebe; dann gab er seine Adresse an und verließ den hohen Beamten, der, als er die ersten Zeilen jenes Briefes gelesen hatte, völlig zu Boden geschmettert worden war.

»Lieber Neffe, meiner Berechnung nach werden Sie diesen Brief am 7. August erhalten. Vorausgesetzt, daß Sie drei Tage brauchen, um uns die Unterstützung zu schicken, um die wir bitten, und daß es vierzehn Tage dauert, bis sie bei uns eingetroffen ist, kommt dann der 1. September heran.

Wenn die Durchführung diesen Fristen entspricht, werden Sie die Ehre und das Leben Ihres ergebenen Johann Fischer gerettet haben.

Folgendes verlangt der Beamte, den Sie mir als Komplicen

beigegeben haben; denn, wie es scheint, muß ich vor dem Schwurgericht oder einem Kriegsgericht erscheinen. Sie sehen ein, daß man einen Johann Fischer niemals vor Gericht schleppen wird; er wird von sich aus vor dasjenige Gottes treten.

Ihr Beamter scheint mir ein übler Bursche zu sein und durchaus imstande, Sie zu kompromittieren; aber er ist intelligent wie ein Spitzbube. Er behauptet, Sie müßten lauter schreien als die andern und uns einen Inspektor schicken, einen Sonderkommissar mit dem Auftrag, die Schuldigen ausfindig zu machen, Mißstände aufzudecken, kurzum, streng durchzugreifen; aber er müsse sich zunächst zwischen uns und die Gerichte stellen und einen Konflikt herbeiführen.

Wenn Ihr Kommissar bis zum 1. September hier eintrifft und von Ihnen das Losungswort hat, und wenn Sie uns zweihunderttausend Francs schicken, um dem Magazin die Vorratsmengen zuzuführen, von denen wir behaupten, sie lagerten an entfernten Örtlichkeiten, dann werden wir als reine, makellose Sachwalter dastehen.

Sie können dem Soldaten, der Ihnen diesen Brief überbringt, eine Zahlungsanweisung auf meine Order für ein Bankhaus in Algier anvertrauen. Er ist ein verläßlicher Mann, ein Verwandter und außerstande, zu erkunden, was er überbringt. Ich habe Maßregeln getroffen, um die Rückkehr des Burschen sicherzustellen. Wenn Sie nichts ausrichten können, sterbe ich gern für denjenigen, dem wir das Glück unserer Adeline verdanken.«

Die Ängste und die Freuden der Liebe, die Katastrophe, die soeben seiner Laufbahn als Frauenheld ein Ende gemacht, hatten den Baron Hulot daran gehindert, an den armen Johann Fischer zu denken, dessen erster Brief indessen deutlich die Gefahr gemeldet hatte, die jetzt so dringend geworden war. Der Baron verließ das Eßzimmer in einer solchen Verstörtheit, daß er sich auf das Sofa des Salons fallen ließ. Er war ausgelöscht, der Betäubung anheimgefallen, die ein heftiger Sturz bewirkt. Er starrte auf eine Rosette des Teppichs, ohne sich bewußt zu sein, daß er Johanns verhängnisvollen Brief in der Hand hielt. Adeline hatte in ihrem Schlafzimmer gehört, wie ihr Mann auf das Sofa niedergefallen war wie ein Stein. Jenes Geräusch war so seltsam gewesen, daß sie an einen Schlaganfall glaubte. Sie schaute durch die Tür in den Spiegel, im Bann jener Angst, die einem den Atem benimmt, die starr macht, und erblickte ihren Hector in der Haltung eines Zerschmetterten. Die Baronin kam auf Zehenspitzen heran. Hector hörte nichts, sie konnte nähertreten, sie sah den Brief, nahm ihn, las ihn und zitterte an allen Gliedern. Sie erlitt eine jener nervösen Erschütterungen, die so heftig sind, daß der Körper ihre Spur ewig zurückbehält. Einige Tage später erzeugte jene Erschütterung bei ihr ein beständiges Zittern; denn nachdem jener erste Augenblick überstanden war, gab ihr die Notwendigkeit, zu handeln, die Kraft, die nur unmittelbar aus den tiefsten Quellen der Lebenskraft geschöpft werden kann.

»Hector, komm in mein Schlafzimmer!« sagte sie mit einer Stimme, die einem Hauch glich. »Deine Tochter darf dich so nicht sehen! Komm, Lieber, komm.«

»Wo zweihunderttausend Francs ausfindig machen? Ich könnte durchsetzen, daß Claude Vignon als Kommissar hingeschickt wird. Das ist ein geistvoller, intelligenter Bursche . . . Das ließe sich innerhalb zweier Tage durchsetzen. Aber zweihunderttausend Francs? Mein Sohn hat sie nicht; sein Haus ist mit dreihunderttausend Francs an Hypotheken belastet. Mein Bruder besitzt höchstens dreißigtausend Francs Ersparnisse. Nucingen würde mich auslachen . . .! Vauvinet . . .? Er hat mir ziemlich ungnädig zehntausend Francs gewährt, um die Summe zu vervollständigen, die der Sohn des infamen Marneffe bekommt. Nein, nichts zu machen, ich muß mich dem Marschall zu Füßen werfen, ihm bekennen, wie die Dinge stehen, mich selber als eine Kanaille bezeichnen und seine Breitseite entgegennehmen, um auf anständige Weise zu scheitern.«

»Aber Hector! Dies ist nicht lediglich der Ruin, es ist die Entehrung«, sagte Adeline. »Mein armer Onkel wird sich umbringen. Bring du einzig uns um, dazu hast du das Recht, aber werde nicht zum Mörder! Fasse Mut, es gibt noch Hilfe.«

»Keine!« sagte der Baron. »Niemand in der Regierung könnte zweihunderttausend Francs auftreiben, nicht einmal, wenn es darum ginge, ein Ministerium vor dem Sturz zu bewahren. Ach, Napoleon, wo bist du?«

»Mein Onkel! Der arme Mensch! Hector, wir dürfen ihn nicht als einen Entehrten Selbstmord begehen lassen!«

»Es gäbe wohl noch ein Hilfsmittel«, sagte er; »aber das ist recht gewagt ... Ja, Crevel steht sich mit seiner Tochter auf Hauen und Stechen ... Ach, er hat viel Geld, er allein könnte ...«

»Hör, Hector, es ist besser, wenn deine Frau zugrunde geht, als daß unser Onkel, dein Bruder und die Familienehre verderben!« sagte die Baronin, die eine Erleuchtung durchzuckt hatte. »Ja, ich kann euch alle retten ... O mein Gott! Welch ein niedriger Gedanke! Wie hat er mir kommen können?«

Sie faltete die Hände, fiel auf die Knie und betete. Als sie wieder aufstand, sah sie einen so irren Ausdruck der Freude auf dem Antlitz ihres Mannes, daß der teuflische Gedanke wiederkehrte, und da versank Adeline in die Traurigkeit der Schwachsinnigen.

»Geh, Lieber, eile ins Ministerium«, rief sie, als sie aus dieser Stumpfheit erwachte, »versuch, einen Kommissar hinzuschicken; es muß sein. Wickle den Marschall ein! Und wenn du dann um fünf Uhr heimkommst, wirst du vielleicht ... ja, wirst du zweihunderttausend Francs vorfinden. Dann sind deine Familie, deine Ehre als Mann, als Staatsrat und als Verwaltungsbeamter, deine Redlichkeit, dein Sohn gerettet; aber deine Adeline wird verloren sein und du wirst sie nie wiedersehen. Hector, Lieber«, sagte sie und kniete nieder, drückte ihm die Hand und küßte sie, »segne mich, sag mir Lebewohl!«

Das klang so herzzerreißend, daß Hulot seine Frau umfing, ihr aufstehen half, sie küßte und zu ihr sagte: »Ich verstehe dich nicht!«

»Wenn du verständest«, entgegnete sie, »würde ich vor Scham sterben, oder ich würde nicht mehr die Kraft aufbringen, dieses letzte Opfer zu vollziehen.«

»Madame, es ist angerichtet«, sagte die hereinkommende Mariette.

Hortense kam und begrüßte ihre Eltern. Jetzt galt es, zu Tisch zu gehen und lügnerische Gesichter zu machen.

»Eßt einstweilen ohne mich; ich komme gleich wieder!« sagte die Baronin.

Sie setzte sich und schrieb nachstehenden Brief:

»Lieber Monsieur Crevel, ich habe Sie um eine Gefälligkeit zu bitten; ich erwarte Sie heute vormittag und verlasse mich auf Ihre Galanterie; sie ist mir bekannt, so daß Sie mich nicht allzu lange warten lassen werden.

Ihre ergebene Dienerin

Adeline Hulot.«

»Louise«, sagte sie zu der Zofe ihrer Tochter, die bediente, »tragen Sie diesen Brief zur Pförtnersfrau hinunter; sagen Sie ihr, sie solle ihn auf der Stelle an seine Adresse befördern und auf Antwort warten.«

Der Baron, der die Zeitungen durchflogen hatte, hielt seiner Frau ein republikanisches Blatt hin, deutete auf einen Artikel und sagte zu ihr: »Ob noch Zeit ist? Hier steht ein Artikel, eine jener schrecklichen Glossen, mit denen die Zeitungen ihre nichtssagenden politischen Berichte nuancieren.«

»Einer unserer Berichterstatter schreibt uns aus Algier, daß in der Provinz Oran sich im Proviantamt derartige Unregelmäßigkeiten herausgestellt hätten, daß die Justiz eingreife. Die Unterschlagungen seien offenbar, die Schuldigen bekannt. Wenn hier nicht mit aller Strenge eingegriffen wird, werden wir fortgesetzt mehr Mannschaften durch die Auswirkungen der Veruntreuungen verlieren als durch die Waffen der Araber und das heiße Klima. Wir warten weitere Nachrichten ab, ehe wir uns weiter mit diesem kläglichen Thema befassen.

Wir wundern uns nicht mehr über die Angst, in Algerien eine Zeitung zu gründen, obwohl die Verfassung von 1830 das zuläßt.«

»Ich will mich umziehen und ins Ministerium gehen«, sagte der Baron und stand vom Tisch auf, »die Zeit ist allzu kostbar; es handelt sich bei jeder Minute um ein Menschenleben.«

»O Mama, ich habe keine Hoffnung mehr«, sagte Hortense.

Und ohne ihre Tränen zurückhalten zu können, hielt sie ihrer Mutter eine Nummer der »Revue des Beaux-Arts« hin. Madame

Hulot erblickte einen Kupferstich nach der Delila-Gruppe des Grafen Steinbock; darunter stand gedruckt: »Im Besitz von Madame Marneffe.« Von der ersten Zeile an enthüllte der dazugehörende, mit »V.« gezeichnete Artikel das Talent und das Entgegenkommen Claude Vignons.

»Du armes Kind...«, sagte die Baronin.

Erschreckt über den nahezu gleichgültigen Tonfall der Mutter blickte Hortense sie an und gewahrte den Ausdruck des Schmerzes, dem gegenüber der ihrige verblassen mußte; und sie küßte die Mutter und fragte sie: Was hast du, Mama? Was ist geschehen? Können wir noch unglücklicher sein, als wir es ohnehin schon sind?«

»Liebes Kind, mir scheint, daß im Vergleich zu dem, was ich heute leide, meine grausigen Leiden von ehedem nichts sind. Wann werden ich nicht mehr leiden?«

»Im Himmel, Mutter!« sagte Hortense ernst.

»Komm, mein Engel, du mußt mir beim Ankleiden helfen... ach was... Ich will nicht, daß du mir bei *dieser* Toilette behilflich bist. Schick mir Louise.«

Als Adeline wieder in ihrem Schlafzimmer war, musterte sie sich im Spiegel. Traurig und neugierig betrachtete sie sich und fragte sich: »Bin ich noch schön...? Kann man mich noch begehren...? Habe ich Runzeln...?«

Sie strich ihr schönes blondes Haar zurück und legte ihre Schläfen frei. Dort war alles glatt wie bei einem jungen Mädchen. Adeline ging weiter, sie entblößte die Schultern und war zufrieden; eine Regung des Stolzes erfüllte sie. Die Schönheit wahrhaft schöner Schultern weicht bei einer Frau als letztes, vor allem, wenn ihr Leben rein gewesen ist. Sorgfältig wählte Adeline die einzelnen Bestandteile ihrer Toilette aus; aber die fromme, keusche Frau blieb keusch gekleidet, trotz kleiner Eingebungen der Koketterie. Was nützten die ganz neuen, grauen Seidenstrümpfe, die seidenen Kothurnschuhe[169], da sie gänzlich der Kunst unkundig war, im entscheidenden Augenblick einen hübschen Fuß vorzustrecken und ihn um ein paar Zoll aus einem halb gerafften Rock hervorlugen zu lassen, um dem Begehren Horizonte aufzutun? Sie zog ihr hübschestes Musselinkleid mit gemalten Blumen an, tief ausgeschnitten und mit kurzen Ärmeln;

aber erschrocken ob ihrer Nacktheit bedeckte sie ihre schönen Arme mit Ärmeln aus heller Gaze und verhüllte Brust und Schultern mit einem gestickten Schal. Ihre englische Frisur mit den Schmachtlocken dünkte sie allzu herausfordernd; sie unterdrückte das Verführerische daran durch ein sehr hübsches Häubchen; aber ob mit oder ohne Häubchen, hätte sie sich darauf verstanden, mit den goldenen Locken zu spielen, um ihre zarten Hände zur Schau zu stellen und bewundern zu lassen ...? Folgendes war ihre Schminke. Die Gewißheit ihres Vergehens, die Vorbereitungen eines wohlerwogenen Fehltritts verursachten dieser heiligmäßigen Frau ein heftiges Fieber, das ihr für eine Weile den Glanz der Jugend wiedergab. Ihre Augen leuchteten, ihre Haut strahlte. Anstatt sich ein verführerisches Aussehen zu geben, gewahrte sie an sich etwas wie eine schamlose Miene, und die entsetzte sie. Lisbeth hatte auf Adelines Bitte hin die einzelnen Umstände von Wenceslaus' Treubruch erzählt, und zu ihrem größten Erstaunen hatte die Baronin dabei erfahren, daß innerhalb eines einzigen Abends, im Handumdrehen, Madame Marneffe sich zur Geliebten des behexten Künstlers gemacht hatte. »Wie stellen es diese Frauen nur an?« hatte die Baronin Lisbeth gefragt. Nichts kommt der Neugier tugendhafter Frauen in diesem Zusammenhang gleich; sie möchten am liebsten die Verführungskünste des Lasters besitzen und bleiben dennoch rein. »Nun, sie verführen eben, das ist ihr Beruf«, hatte Tante Bette geantwortet. »Valérie verhielt sich an jenem Abend, siehst du, Beste, so, daß sie Engel der Verdammnis zugeführt hätte.« – »Erzähl mir doch, wie sie sich dabei benommen hat.« – »Bei diesem Gewerbe kommt es nicht auf die Theorie, sondern auf die Praxis an«, hatte Lisbeth spöttisch geantwortet. Als die Baronin an dieses Gespräch zurückdachte, hätte sie nur zu gern Tante Bette um Rat gefragt; aber dazu fehlte es ihr an Zeit. Die arme Adeline war außerstande, sich ein Schönheitspflästerchen aufzulegen, sich eine Rosenknospe in die schöne Mitte ihres Ausschnitts zu stecken, die Tricks der Toilette zu erfinden, die dazu dienen, bei den Männern erstorbene Wünsche wachzurufen; sie war nichts als sorgfältig gekleidet. Nicht, wer da will, ist eine Kurtisane! Die Frau ist die Suppe des Mannes, hat Molière auf heitere Weise durch den Mund des gescheiten Gros-René[170]) sagen lassen. Dieser Vergleich setzt bei der Liebe eine Art kulinarischer Wissenschaft voraus. Die tugendhafte, würdige Frau wäre demnach eine homerische Mahlzeit, das auf glühende Kohlen geworfene Fleisch. Die Kurtisane wäre ein Werk Garêmes[171] mit seinen Würzen, seinen Zutaten und Raffiniertheiten. Die Baronin vermochte die Weiße ihrer Brust nicht auf einer köstlichen Schale von Gipüure-Spitzen darzubieten nach der Art von Madame Marneffe, sie verstand sich nicht darauf. Das Geheimnis gewisser Posen, die Wirkung gewisser Blicke waren ihr unbekannt. Kurzum, sie besaß keine geheimen Finten. Die edle Frau hätte sich gut und gern hundertmal drehen und wenden können, sie würde sich nicht darauf verstanden haben, dem kundigen Auge eines Lebemanns irgend etwas darzubieten. Für die Augen der Welt eine anständige und »prüde« Frau zu sein und sich für ihren Ehemann zur Kurtisane zu machen, das heißt, eine geniale Frau zu sein, und deren gibt es nur wenige. Darin beruht das Geheimnis lange währender Neigungen, die den Frauen unerklärlich sind, die nicht über diese doppelten, herrlichen Fähigkeiten verfügen. Man stelle sich Madame Marneffe als tugendhaft vor – dann hat man die Markgräfin von Pescara![172] Diese großen, berühmten Frauen, diese schönen, tugendhaften Dianen de Poitiers[173] sind zu zählen.

Die Szene, mit der diese ernste, schreckliche Pariser Sittenstudie einsetzt, sollte sich also wiederholen, freilich mit dem seltsamen Unterschied, daß die von dem Hauptmann der Bürgerwehr[174] prophezeiten Nöte dabei die Seiten gewechselt hatten. Madame Hulot erwartete Crevel nun mit jenen Absichten, die ihn, den Parisern von der Höhe seines ›Mylord‹ aus zulächelnd, vor drei Jahren zu ihr geführt hatten. Kurzum, ein befremdlicher Umstand, die Baronin war sich selbst und ihrer Liebe treu und gab sich dennoch der plumpesten aller Treulosigkeiten preis, derjenigen, die in den Augen gewisser Sittenrichter nicht durch die Hingerissenheit einer Leidenschaft gerechtfertigt wird. »Wie muß man es anstellen, um eine Madame Marneffe zu sein?« fragte sie sich, als sie es klingeln hörte. Sie unterdrückte ihre Tränen; das Fieber belebte ihre Züge; sie gelobte sich, die Kurtisane gut zu spielen, dieses arme, edle Geschöpf!

»Was zum Teufel will diese biedere Baronin Hulot von mir?«

fragte sich Crevel, als er die große Treppe hinanstieg. »Pah, sie wird mit mir über mein Zerwürfnis mit Célestine und Victorin sprechen wollen; aber ich werde nicht nachgeben ...!« Beim Betreten des Salons, in den hinein er Louise folgte, dachte er, als er die Kahlheit »der Lokalität« (Stil Crevel) wahrnahm: »Die arme Frau ...! Es ist mit ihr wie mit schönen Bildern, die von jemandem, der nichts von Malerei versteht, auf den Speicher gestellt worden sind.« Crevel, der es mitangesehen hatte, wie Graf Popinot, der Handelsminister, Gemälde und Plastiken aufkaufte, wollte sich Ansehen verschaffen unter den Pariser Mäzenaten, deren Kunstliebe darin besteht, daß sie Zwanzigfrancstücke für Zwanzigsousstücke einzuhandeln suchen. Adeline lächelte Crevel anmutig zu und deutete auf einen vor ihr stehenden Stuhl.

»Melde mich gehorsamst zur Stelle, schöne Dame«, sagte Crevel.

Seit der Herr Bürgermeister Politiker geworden war, trug er stets einen schwarzen Gehrock. Sein Gesicht wirkte über diesem Bekleidungsstück wie der Vollmond über einem Vorhang dunkler Wolken. Sein Hemd, von drei dicken Perlen bestirnt, deren jede fünfhundert Francs gekostet hatte, vermittelte eine hohe Vorstellung von den Fähigkeiten seines ... Brustkastens; er pflegte zu sagen: »Man sieht in mir den künftigen Athleten der Rednertribüne!« Seine breiten Bürgerhände trugen vom frühen Morgen an gelbe Handschuhe. Seine Lackschuhe ließen erkennen, daß er in seinem kleinen, einspännigen braunen Coupé hergekommen war. Seit drei Jahren hatte der Ehrgeiz Crevels Pose gewandelt. Wie die großen Maler, war er in seiner »zweiten Periode« angelangt. Wenn er in die große Welt ging, zum Fürsten von Weißenburg, zur Präfektur, zum Grafen Popinot usw. behielt er seinen Hut auf die zwanglose Weise in der Hand, die Valérie ihn gelehrt hatte, und den Daumen der andern Hand steckte er kokett in den Ärmelausschnitt seiner Weste, wobei er mit dem Kopf und den Augen schöntat. Diese zweite »Positur« dankte er übrigens der spottsüchtigen Valérie, die unter dem Vorwand, sie wolle ihren Bürgermeister verjüngen, ihm eine weitere Lächerlichkeit hatte zuteilwerden lassen.

»Ich habe Sie gebeten, herzukommen, mein guter, lieber Monsieur Crevel«, sagte die Baronin mit unsicherer Stimme, »weil es sich um eine Angelegenheit von höchster Wichtigkeit handelt ...«

»Ich kann es mir schon denken, Madame«, sagte Crevel mit spitzbübischer Miene. »Aber da verlangen Sie etwas Unmögliches ... Oh, ich bin kein Rabenvater, kein Mann, der, wie Napoleon zu sagen pflegte, von oben bis unten ein Quadratgeizkragen ist. Hören Sie mich an, schöne Dame. Wenn meine Kinder sich für ihre eigene Rechnung ruinierten, dann würde ich ihnen beispringen; aber für Ihren Gemahl bürgen, Madame ...? Das hieße, das Faß der Danaiden füllen wollen! Ein Haus um eines unverbesserlichen Vaters willen mit dreihunderttausend Francs Hypotheken zu belasten! Sie haben nichts mehr, diese Jämmerlichen, und dabei haben sie sich nicht mal amüsiert! Jetzt müssen sie von dem leben, was Victorin im Justizpalast verdient. Möge er also schwatzen, Ihr Herr Sohn ...! Ach, und dabei hatte er doch Minister werden sollen, der kleine Doktor, unser aller Hoffnung! Ein hübscher Schleppdampfer, der aus purer Dummheit auf den Sand gelaufen ist; denn wenn er sich Geld geliehen hätte, um voranzukommen, wenn er sich in Schulden gestürzt hätte, um Abgeordnete festlich zu bewirten, um Stimmen zu bekommen und seinen Einfluß zu steigern, würde ich zu ihm gesagt haben: ›Da hast du meine Börse, lang zu, Freundchen!‹ Aber statt dessen die Narrenstreiche des Papas zu bezahlen, Narrenstreiche, die ich Ihnen vorausgesagt habe! Ach, sein Vater hat ihm den Weg zur Macht versperrt ... Minister werde nämlich *ich* werden ...«

»Leider, lieber Crevel, handelt es sich nicht um unsere Kinder, die armen Opferlämmer ...! Wenn Ihr Herz sich Victorin und Célestine verschließt, will ich die beiden so lieb haben, daß ich ihnen vielleicht die Bitterkeit versüßen werde, die Ihr Zorn in ihre schönen Seelen träufelt. Sie bestrafen Ihre Kinder um einer guten Tat willen!«

»Ja, um einer schlecht durchgeführten guten Tat willen! Das ist ein halbes Verbrechen!« sagte Crevel, sehr zufrieden mit dieser Wortprägung.

»Gutes tun, *lieber* Crevel«, entgegnete die Baronin, »heißt nicht, Geld aus einer Börse nehmen, die davon strotzt! Es heißt vielmehr, um seiner Großherzigkeit willen Entbehrungen auf sich nehmen; es heißt, um dieser Wohltat willen leiden! Es heißt, auf Undankbarkeit gefaßt sein! Mildtätigkeiten, die nichts kosten, übersieht der Himmel ...«

»Es ist den Heiligen erlaubt, Madame, ins Spital zu gehen; sie wissen, daß das für sie die Himmelspforte ist. Ich bin ein Weltkind, ich fürchte Gott, aber ich fürchte noch mehr die Hölle der Not. Ohne einen Sou zu sein, das ist die unterste Stufe des Unglücks in unserer gegenwärtigen gesellschaftlichen Ordnung. Ich bin ein moderner Mensch, ich ehre das Geld ...!«

»Unter dem Gesichtspunkt dieser Welt haben Sie recht«, sagte Adeline.

Sie war hundert Meilen weit von dem entfernt, um was es sich eigentlich handelte, und sie kam sich vor wie der heilige Laurentius auf dem Rost, wenn sie an ihren Onkel dachte; sie sah ihn vor sich, wie er eine Pistole auf sich abfeuerte! Sie schlug die Augen nieder, dann hob sie sie mit engelhafter Sanftmut zu Crevel auf, aber nicht mit der aufreizenden Unzüchtigkeit, die bei Valérie so geistvoll wirkte. Drei Jahre zuvor hätte sie Crevel durch diesen anbetungswürdigen Blick fasziniert.

»Ich habe Sie großherzig erlebt ...«, sagte sie. »Sie sprachen von dreihunderttausend Francs, wie große Herren davon sprechen ...«

Crevel blickte Madame Hulot an, sie kam ihm vor wie eine Lilie am Ende ihrer Blütezeit; verworrene Gedanken gingen ihm durch den Kopf; aber er verehrte dieses heilige Geschöpf so sehr, daß er diese Ideen in den Lüstlingswinkel seines Herzens zurückdrängte.

»Madame, ich bin nach wie vor der gleiche; aber ein ehemaliger Kaufmann ist, muß es sein, großer Herr mit Methode und Sparsamkeit: Er bringt Ordnung in alle seine Gedanken. Man eröffnet seinen dummen Streichen ein Konto, man kreditiert sie, man opfert diesem Kapitel gewisse Überschüsse; aber sein Kapital anzugreifen, das wäre Irrsinn! Meine Kinder werden einmal all ihr Gut bekommen, das ihrer Mutter und das meine; aber sie wollen doch nicht etwa, daß ihr Vater sich langweilt, zum Mönch wird und zur Mumie ...! Ich führe ein fröhliches Leben! Ich steige frohgemut in den Fluß. Ich erfülle alle Pflichten, die das Gesetz, das Herz und die Familie mir auferlegen, gerade wie ich gewissenhaft meine Wechsel am Fälligkeitstag einlöse. Wenn meine Kinder sich verhalten wie ich in meiner Haushaltsführung, werde ich zufrieden sein; und, was die Gegenwart betrifft, vorausgesetzt, daß meine Dummheiten, denn ich mache welche, niemanden als ›Pinsel‹ ... (Verzeihung, Sie kennen diesen Börsenausdruck nicht) etwas kosten, so werden sie mir nichts vorzuwerfen haben und werden bei meinem Tod noch ein schönes Vermögen vorfinden. Das werden *Ihre* Kinder von ihrem Vater nicht sagen können; der führt sein Freudenleben und ruiniert dabei seinen Sohn und meine Tochter ...«

Je weiter die Baronin ging, desto weiter entfernte sie sich von ihrem Ziel ...

»Sie sind auf meinen Mann nicht gut zu sprechen, lieber Crevel, und dabei würden Sie sein bester Freund sein, wenn Sie seine Frau schwach gefunden hätten ...«

Sie warf Crevel einen brennenden Blick zu. Aber damit tat sie wie Dubois, der dem Regenten allzu viele Fußtritte versetzte [175]; sie enthüllte sich gar zu sehr, und dem Parfümhändler im Régence-Stil kehrten die lockeren Gedanken so unmißverständlich wieder, daß er sich fragte: ›Möchte sie sich etwa an Hulot rächen ...? Sollte sie mich als Bürgermeister sympathischer finden denn als Nationalgardist ...? Die Frauen sind so absonderlich!‹ Und er setzte sich in die Positur seiner »zweiten Periode« und blickte die Baronin mit einer Miene à la Régence an.

»Man könnte sagen«, fuhr sie fort, »Sie rächten sich an ihm einer Tugend wegen, die Ihnen Widerstand geleistet hat; einer Frau wegen, die Sie so sehr liebten, daß Sie ... sie kaufen wollten«, fügte sie ganz leise hinzu.

»Einer göttlichen Frau wegen«, entgegnete Crevel und lächelte die Baronin bedeutungsvoll an; sie senkte die Augen, und ihre Wimpern wurden feucht. »Denn Sie haben vielerlei hinunterschlucken müssen ... seit drei Jahren ... nicht wahr, schöne Frau?«

»Wir wollen nicht von meinen Leiden sprechen, *lieber Crevel;* sie gehen über Menschenkraft hinaus. Ach, wenn Sie mich noch liebten, könnten Sie mich aus dem Abgrund befreien, in dem ich mich befinde! Ja, ich bin in der Hölle! Die Königsmörder, die man mit glühenden Zangen folterte, die man mit vier Pferden zerriß, waren im Vergleich zu mir auf Rosen gebettet, denn ihnen wurde nur der Körper gevierteilt, während mir das Herz von vier Pferden zerrissen wird ...!«

Crevels Hand schlüpfte aus dem Westenausschnitt; er legte seinen Hut auf den Arbeitstisch; er brach seine Positur ab; er lächelte! Dieses Lächeln war so einfältig, daß die Baronin es mißverstand; sie hielt es für ein Zeichen der Güte.

»Sie sehen nicht eine Frau vor sich, die verzweifelt, sondern eine Frau, deren Ehre den Todeskampf kämpft und die zu allem entschlossen ist, *lieber Freund*, um Verbrechen zu verhindern ...« Da sie fürchtete, Hortense könne kommen, schob sie den Türriegel vor; dann, mit dem gleichen Schwung, warf sie sich Crevel zu Füßen, ergriff seine Hand und küßte sie. »Seien Sie mein Retter!« sagte sie. Sie vermutete edelmütige Fibern im Herzen dieses Händlers und wurde von einer plötzlich aufschimmernden Hoffnung ergriffen, sie könne die zweihunderttausend Francs erhalten, ohne sich zu entehren. »Sie, der Sie eine Tugend hatten kaufen wollen, kaufen Sie eine Seele ...!« fuhr sie fort und warf ihm einen irren Blick zu. »Vertrauen Sie meiner Redlichkeit als Frau, meiner Ehre, deren Unverbrüchlichkeit Ihnen bekannt ist! Seien Sie mein Freund! Retten Sie eine ganze Familie vor dem Ruin, der Schande und der Verzweiflung, verhindern Sie, daß sie in einen Pfuhl rollt, dessen Schlamm aus Blut bestehen wird! Oh, verlangen Sie keine Erklärung von mir ...!« sagte sie auf eine Bewegung Crevels hin, der sprechen wollte. »Vor allem sagen Sie mir nicht: ›Ich hatte es Ihnen vorausgesagt!‹ wie die Freunde, die froh über ein Unglück sind. Hören Sie doch ...! Willfahren Sie derjenigen, die Sie geliebt haben, einer Frau, deren erniedrigtes Knien zu Ihren Füßen vielleicht den Höhepunkt adliger Haltung ist; fordern Sie nichts von ihr, erwarten Sie alles von ihrer Dankbarkeit ...! Nein, schenken Sie nichts: aber leihen Sie mir, leihen Sie derjenigen, die Sie Adeline nannten ...!«

Hier quollen die Tränen in einem solchen Übermaß hervor, Adeline schluchzte so sehr, daß Crevels Handschuhe feucht wurden. Die Worte: »Ich brauche zweihunderttausend Francs ...« waren kaum vernehmlich im Gießbach der Tränen, gerade wie die Steine, so dick sie auch sein mögen, in den Wasserfällen der Alpen, die von der Schneeschmelze geschwollen sind, kaum hervortreten.

So ist die Unerfahrenheit der Tugend beschaffen! Das Laster fordert nichts, wie man es im Fall der Madame Marneffe gesehen hat, sondern läßt sich alles darbringen. Dergleichen Frauen werden erst in dem Augenblick raffgierig, da sie sich unentbehrlich gemacht haben, oder wenn es sich darum handelt, einen Mann auszubeuten, wie man einen Steinbruch ausbeutet, in dem Kalk selten wird, der »im Ruin« ist, wie die Steinbrucharbeiter sagen. Als Crevel die Worte »zweihunderttausend Francs« vernahm, war ihm alles klar. Galant half er der Baronin beim Aufstehen und sprach zu ihr den unverschämten Satz: »Nun, nun, immer mit der Ruhe, Mütterchen«; in ihrer Verwirrung überhörte ihn Adeline. Die Szene nahm ein anderes Aussehen an; Crevel wurde, wie er zu sagen pflegte, Herr der Lage. Die ungeheure Höhe der Summe hatte so große Wirkung auf Crevel, daß sein Gerührtsein, diese schöne Frau weinend zu seinen Füßen zu sehen, hinschmolz. Überdies schwindet ja, so engelhaft und heiligmäßig eine Frau auch sein möge, ihre Schönheit hin, wenn sie heiße Tränen weint. Frauen wie Madame Marneffe, man hat es gesehen, weinen manchmal Krokodilstränen und lassen eine Träne ihre Wange entlang rinnen; aber in Tränen zerschmelzen, rote Augen und eine rote Nase zu bekommen, diesen Fehler begehen sie nie.

»Nun, nun, mein Kind, beruhigen Sie sich doch, sapristi!« fuhr Crevel fort, nahm die Hände der schönen Madame Hulot in die seinen und tätschelte sie. »Warum wollen Sie von mir zweihunderttausend Francs? Was wollen Sie damit anfangen? Für wen sind sie?«

»Verlangen Sie keine Erklärung von mir«, antwortete sie, »geben Sie mir das Geld ...! Dann haben Sie das Leben dreier Menschen und die Ehre Ihrer Kinder gerettet.«

»Und Sie glauben, Mütterchen«, sagte Crevel, »Sie werden in Paris jemanden finden, der auf das Wort einer Frau hin, die halb von Sinnen ist, *hic et nunc* aus einem Schubfach oder sonst woher zweihunderttausend Francs, die da schmoren, ganz seelenruhig hervorkramen wird und wartet, daß sie geruht, sie einzusäckeln? Haben Sie 'ne Ahnung vom Leben, Schönste, und vom Geschäft . . .! Wenn Ihre Leute am Ende sind, dann schicken Sie ihnen die Sakramente; denn niemand in Paris, ausgenommen Ihre göttliche Hoheit die Bank von Frankreich, der erlauchte Nucingen oder Geizhälse, die so irrsinnig ins Gold verliebt sind wie wir andern in eine Frau, könnten ein solches Wunder vollbringen! Sogar die Zivilliste, so höflich sie auch immer sein möge, sogar die Zivilliste würde Sie bitten, morgen nochmals vorzusprechen. Jedermann will was von seinem Geld haben und spekuliert damit, so gut er kann. Sie irren sich gründlich, lieber Engel, wenn Sie glauben, der König Louis-Philippe herrsche und sei sich dessen gewiß. Er weiß, wie wir alle, daß *über* der Verfassung das heilige, verehrte, verläßliche, liebenswerte, anmutsvolle, schöne, junge, allmächtige Hundertsousstück waltet! Nun aber, mein schöner Engel, verlangt Geld Zinsen und ist stets damit beschäftigt, sie zu erheben! Gott der Juden, du siegst wie immer, hat der große Racine gesagt. Kurz und gut, es handelt sich um das ewige Gleichnis vom Goldenen Kalb . . .! Zu Moses' Tagen wurde damit in der Wüste spekuliert! Wir sind in die Zeiten der Bibel zurückgekehrt! Das Goldene Kalb ist das erste bekannte Staatsschuldbuch gewesen«, fuhr er fort. »Sie leben zu sehr in der Rue Plumet, liebe Adeline! Die Ägypter schuldeten den Hebräern riesige Darlehen, und liefen nicht etwa dem Volke Gottes nach, sondern Kapitalien.« Er blickte die Baronin mit einer Miene an, die besagen sollte: Wie geistvoll ich doch bin! – »Haben Sie wirklich keine Ahnung von der Liebe aller Bürger für ihr Hab und Gut?« sprach er nach dieser Pause weiter. »Pardon. Hören Sie mal gut zu. Machen Sie sich diese Überlegung klar. Sie wollen zweihunderttausend Francs . . .? Die kann Ihnen niemand geben, ohne feste Anlagen flüssig zu machen. Jetzt rechnen Sie mal . . .! Um zweihunderttausend Francs bares Geld zu bekommen, wieviel dreiprozentige Staatspapiere, die siebentausend Francs Zinsen bringen, müssen da verkauft werden! Gut, dann bekommen Sie Ihr Geld nach Ablauf zweier Tage. Das ist der schnellste Weg. Um jemanden zu bestimmen, sich eines Vermögens zu entledigen, denn zweihunderttausend Francs sind das ganze Vermögen mancher Leute, müßten Sie ihm sagen, was damit werden soll, welches der Grund ist . . .«

»Es handelt sich, guter, lieber Monsieur Crevel, um das Leben zweier Menschen; der eine wird vor Kummer sterben, der andere Selbstmord begehen! Und schließlich handelt es sich um mich, die ich wahnsinnig werden würde! Bin ich es nicht schon jetzt beinahe?«

»Nicht so ganz!« sagte er und umklammerte die Knie der Madame Hulot, »der alte Crevel hat seinen Preis, da du nun mal geruht hast, an ihn zu denken, mein Engel.«

Anscheinend muß man sich die Knie umklammern lassen! dachte die fromme, edle Frau und verbarg das Antlitz in den Händen. »Früher haben Sie mir ein Vermögen angeboten!« sagte sie und errötete.

»Haha, Mütterchen, das war vor drei Jahren!« entgegnete Crevel. »Oh, Sie sind jetzt schöner, als ich Sie je gesehen habe ...!« rief er, langte nach dem Arm der Baronin und drückte ihn ans Herz. »Sie haben ein gutes Gedächtnis, liebes Kind, Donnerwetter nochmal ...! Na, da sehen Sie, wie falsch es von Ihnen war, die Spröde zu spielen! Denn die dreihunderttausend Francs, die Sie auf so noble Weise abgelehnt haben, sind im Spartopf einer andern. Ich habe Sie geliebt und liebe Sie noch immer; aber versetzen wir uns mal um drei Jahre zurück. Als ich Ihnen sagte: ›Ich bekomme Sie dennoch!‹, was war da mein Plan? Ich wollte mich an dem Schuft von Hulot rächen. Nun aber, Schönste, hat Ihr Mann sich zur Geliebten ein Kleinod von Frau genommen, eine Perle, eine kleine Spitzbübin von dreiundzwanzig Jahren, denn heute ist sie sechsundzwanzig. Ich habe es komischer, vollkommener, mehr im Stil Ludwigs XV. und des Marschalls Richelieu und pikanter gefunden, ihm dieses reizende Geschöpf wegzuschnappen; es hat übrigens Hulot nie geliebt und ist seit drei Jahren vernarrt in Ihren ergebenen Diener ...«

Als Crevel das sagte, als die Baronin ihre Hände den seinen entzogen hatte, da hatte er sich wieder in Positur gesetzt. Er hatte die Daumen in die Ärmelausschnitte der Weste gesteckt und mit beiden Händen auf seinen Oberkörper geklatscht wie mit zwei Flügeln; dadurch glaubte er, begehrenswert und hinreißend zu wirken. Er schien zu sagen: So ist der Mann beschaffen, den Sie vor die Tür gesetzt haben!

»Also, liebes Kind, ich bin gerächt, Ihr Mann hat es gewußt!

Ich habe ihm kategorisch bewiesen, daß er zum Narren gehalten worden ist, daß ich es ihm, wie wir sagen, heimgezahlt habe ... Madame Marneffe ist *meine* Geliebte, und wenn ihr edler Gatte ins Gras beißt, wird sie meine Frau ...«

Madame Hulot sah Crevel mit einem starren, fast geistesgestörten Blick an.

»Hector hat es gewußt!« sagte sie.

»Und ist trotzdem wieder hingegangen!« antwortete Crevel, »und ich habe es geduldet, weil Valérie die Frau eines Bürochefs sein wollte; aber sie hat mir versprochen, die Dinge so zu deichseln, daß unserm Baron auf eine Weise mitgespielt würde, daß er nie wieder erschiene. Und meine kleine Herzogin (denn sie ist eine geborene Herzogin, diese Frau, Ehrenwort!) hat Wort gehalten. Sie hat Ihnen Ihren Hector, Madame, ›bis in alle Ewigkeit tugendhaft gemacht‹, wie sie so geistreich sagte ... Glauben Sie mir, es ist ihm eine gute Lehre gewesen! Das hat der Baron zu spüren bekommen; er wird fortan weder Tänzerinnen noch Frauen von Chic mehr aushalten; er ist radikal geheilt worden, er ist ausgespült worden wie ein Bierglas. Hätten Sie auf mich gehört, anstatt mich zu demütigen und vor die Tür zu setzen, so hätten Sie jetzt vierhunderttausend Francs, denn meine Rache hat mich so ungefähr diese Summe gekostet. Aber ich hoffe, nach Marneffes Tod werde ich wieder zu meinem Gelde kommen ... Ich habe mein Geld in meiner Zukünftigen angelegt. Das ist das Geheimnis meiner Verschwendung. Ich habe das Problem, ein großer Herr zu sein, billig gelöst.«

»Sie wollen Ihrer Tochter eine solche Stiefmutter geben ...?« rief Madame Hulot.

»Sie kennen Valérie nicht, Madame«, entgegnete Crevel ernst; dabei setzte er sich nach seiner ersten Manier in Positur. »Sie ist gleichzeitig eine Frau von guter Herkunft, eine elegante Frau und eine Frau, die sich hoher Achtung erfreut. Sehen Sie, gestern hat der Vikar der Gemeinde bei ihr zu Abend gegessen. Wir haben, denn sie ist fromm, der Kirche eine herrliche Monstranz gestiftet. Oh, sie ist geschickt, sie ist geistvoll, sie ist köstlich und gebildet; alles spricht für sie. Was mich selber betrifft, liebe Adeline, so danke ich dieser bezaubernden Frau schlechthin alles; sie hat meinen Geist gelenkig gemacht und meine Ausdrucksweise, wie Sie wohl gemerkt haben, geläutert; sie korrigiert mein Aufbrausen; sie gibt mir Ausdrücke und Gedanken. Ich sage nichts Unpassendes mehr. Man hat an mir große Veränderungen festgestellt; sie dürften auch Ihnen aufgefallen sein. Kurzum, sie hat meinen Ehrgeiz geweckt. Ich werde Abgeordneter, ich werde keine Böcke mehr schießen, weil ich meine Egeria[176] auch in den geringsten Kleinigkeiten um Rat fragen werde. Die großen Politiker, Numa[177], unser erlauchter gegenwärtiger Minister, alle haben ihre hintergründige Sibylle gehabt. Valérie empfängt bei sich an die zwanzig Abgeordnete, sie wird sehr einflußreich, und jetzt wird sie in einem reizenden Stadtpalais wohnen, einen eigenen Wagen haben und eine der heimlichen Herrscherinnen von Paris sein. Solch eine Frau ist eine fabelhafte Lokomotive! Haha, ich bin Ihnen oft für Ihre Strenge dankbar gewesen . . .!«

»Dies alles könnte einen an Gottes Kraft zweifeln lassen«, sagte Adeline, deren Unwille ihre Tränen getrocknet hatte. »Doch nein, die göttliche Gerechtigkeit muß auch über diesem Haupt schweben . . .!«

»Sie kennen die Welt nicht, schöne Dame«, entgegnete der tiefbeleidigte große Politiker Crevel. »Die Welt, liebe Adeline, liebt den Erfolg. Ist Ihnen das klar? Ist sie erpicht auf Ihre erhabene Tugend, deren Tarif zweihunderttausend Francs beträgt?«

Dieser Ausspruch ließ Madame Hulot erschauern; das nervöse Zittern überkam sie aufs neue. Sie begriff, daß der Parfümhändler im Ruhestand sich auf unnoble Weise an ihr rächte, wie er sich an Hulot gerächt hatte; Ekel überkam ihr Herz und krampfte es ihr so zusammen, daß ihr die Kehle eingeschnürt wurde und sie nicht sprechen konnte.

»Das Geld . . .! Immer das Geld . . .!« sagte sie schließlich.

»Sie haben mich tief gerührt«, entgegnete Crevel, den diese Äußerung an die Selbsterniedrigung dieser Frau gemahnte, »als ich Sie weinend zu meinen Füßen sah . . .! Glauben Sie mir das etwa nicht? Wirklich, hätte ich meine Brieftasche bei mir gehabt, so hätte sie Ihnen gehört. Also, Sie brauchen unbedingt diese Summe . . .?«

Als sie diesen Satz vernahm, der von zweihunderttausend Francs trächtig war, vergaß Adeline die abscheulichen Beleidigungen dieses »großen Herrn von der Stange« angesichts dieser

Lockung des Erfolgs, den Crevel ihr auf so machiavellistische Weise vorgegaukelt hatte; dabei hatte er lediglich in Adelines Geheimnisse eindringen wollen, um mit Valérie darüber zu lachen.

»Ach, ich will ja alles tun!« rief die unglückliche Frau. »Ich will mich verkaufen, ich will, wenn es sein muß, sogar eine Valérie werden.«

»Das dürfte Ihnen schwerfallen«, antwortete Crevel. »Valérie ist der Gipfel ihrer Gattung. Mütterchen, fünfundzwanzig Jahre der Tugend, die kommen immer wieder zum Vorschein wie eine schlecht behandelte Krankheit. Und Ihre Tugend hat hier viel Schimmel angesetzt, liebes Kind. Allein Sie sollen sehen, wie sehr ich Sie liebe. Ich werde Ihnen die zweihunderttausend Francs verschaffen.«

Adeline langte nach Crevels Hand, nahm sie, drückte sie an ihr Herz, ohne ein Wort hervorbringen zu können, und eine Freudenträne feuchtete ihre Wimpern.

»Oh, warten Sie! Die Sache ist nicht so einfach. Ich bin ein Lebemann, ein guter Kerl, ohne Vorurteile, und ich will Ihnen rundheraus sagen, wie die Dinge liegen. Sie wollen es machen wie Valérie, gut. Aber das genügt nicht; wir brauchen einen Gimpel, einen Aktionär, einen Hulot. Ich kenne einen reichen Händler, einen ehemaligen Kolonialwarenhändler, sogar Strumpfwarenfabrikant. Er ist schwerfällig, beleibt, ohne Ideen; den knete ich zurecht, und ich weiß noch nicht, wann ich Ehre mit ihm einlegen kann. Der Betreffende ist Abgeordneter, dumm und eitel, steht unter der Fuchtel einer Art Frau mit Turban, lebt in der tiefsten Provinz, in völliger Unberührtheit hinsichtlich des Luxus' und der Pariser Liebesfreuden; aber Beauvisage, er heißt nämlich Beauvisage, ist Millionär, und er würde, wie ich vor drei Jahren, liebe Kleine, hunderttausend Taler dafür geben, von einer Frau mit Chic geliebt zu werden ... Ja«, sagte er und glaubte, die Geste, die Adeline vollführte, richtig verstanden zu haben, »er ist eifersüchtig auf mich, müssen Sie wissen ...! Ja, eifersüchtig auf mein Glück bei Madame Marneffe, und dabei ist er durchaus der Mann, ein Besitztum zu verkaufen, um der Besitzer einer ...«

»Genug, Monsieur Crevel!« sagte Madame Hulot; sie verhehlte ihren Ekel nicht länger und ließ auf ihrem Gesicht all ihre Scham erscheinen. »Ich bin jetzt über meine Sünde hinaus bestraft worden. Mein Gewissen, das durch die eiserne Hand der Notwendigkeit so kräftig zurückgehalten worden war, schreit mir auf diese letzte Beleidigung hin entgegen, daß solcherlei Opfer unmöglich sind. Ich habe keinen Stolz mehr, ich brause nicht auf wie ehemals, ich sage zu Ihnen nicht: ›Hinaus!‹, nachdem ich diesen Todesstreich empfangen habe. Ich habe das Recht dazu eingebüßt; ich habe mich Ihnen angeboten wie eine Prostituierte ... Ja«, fuhr sie als Antwort auf eine ableugnende Geste fort, »ich habe mein bislang so reines Leben besudelt durch eine unedle Absicht; und ... ich habe keine Entschuldigung, ich habe es gewußt ...! Ich verdiene alle Beleidigungen, mit denen Sie mich überschütten! Der Wille Gottes möge geschehen! Wenn er den Tod zweier Menschen will, die würdig wären, zu ihm einzugehen, so mögen sie sterben; ich werde sie beweinen und für sie beten! Wenn er die Demütigung unserer Familie will, dann werden wir uns unter das Schwert der Rache beugen und es küssen, als Christen, die wir sind! Ich weiß, wie ich diese Schmach eines Augenblicks zu sühnen habe; sie wird die Qual aller meiner letzten Tage sein. Zu Ihnen spricht nicht mehr Madame Hulot, Monsieur, sondern die arme, demütige Sünderin, die Christin, in deren Herzen fortan nur noch *ein* Gefühl sein wird, die Reue, und die sich einzig dem Gebet und der Wohltätigkeit weihen will. Durch die Größe meiner Sünde kann ich nur die letzte aller Frauen und die erste aller Reuigen sein. Sie sind das Werkzeug meiner Rückkehr zur Vernunft gewesen, die Stimme Gottes, die jetzt zu mir spricht; ich danke Ihnen ...!«

Sie zitterte; es war jenes Zittern, das sie von nun an nie wieder verlassen sollte. Ihre sanfte Stimme war völlig verschieden von der fieberhaften Redeweise der Frau, die zur Entehrung entschlossen gewesen war, um ihre Familie zu retten. Das Blut war ihr aus den Wangen gewichen; sie war blaß; ihre Augen waren trocken geworden.

»Übrigens habe ich meine Rolle sehr schlecht gespielt, nicht wahr?« fuhr sie fort und blickte Crevel mit der Sanftmut von Märtyrerinnen an, wenn sie ihre Augen auf den Prokonsul richten. Die wahre, heilige, opferfreudige Liebe einer Frau hat andere Wonnen als die, die auf dem Markt der Prostitution gekauft werden können ...! »Doch wozu diese Worte?« fragte sie, kehrte damit zu sich selbst zurück und tat damit einen weiteren Schritt auf dem Weg der Vervollkommnung, »sie ähneln der Ironie, und nicht einmal über die verfüge ich! Verzeihen Sie mir. Überdies habe ich vielleicht nur mich selber verletzten wollen ...«

Die Majestät der Tugend und deren himmlisches Licht hatten die flüchtige Unkeuschheit dieser Frau hinweggefegt; im Strahlenglanz der ihr eigenen Schönheit dünkte sie Crevel über sich hinausgewachsen. Adeline war in diesem Augenblick erhaben wie die auf ein Kreuz gestützten Glaubensgestalten der Religion, wie die alten Venezianer sie gemalt haben, und sie gab der ganzen Größe ihres Unglücks Ausdruck und derjenigen der katholischen Kirche, zu der sie sich geflüchtet hatte wie eine verwundete Taube. Crevel war geblendet und wie betäubt.

»Madame, ich stehe Ihnen bedingungslos zur Verfügung!« sagte er in einem Anfall von Großherzigkeit. »Wir wollen die Angelegenheit überprüfen und . : es hilft nichts ... ja, Unmögliches ...? Ich werde es tun. Ich werde Staatspapiere auf der Bank von Frankreich hinterlegen, und dann haben Sie in zwei Stunden Ihr Geld ...«

»Mein Gott! Welch ein Wunder!« sagte die arme Adeline und warf sich auf die Knie.

Sie sprach ein Gebet mit einer Innigkeit, die Crevel so tief erschütterte, daß Madame Hulot in seinen Augen Tränen sah, als sie nach Beendigung ihres Gebets aufstand.

»Seien Sie mein Freund, Monsieur ...!« sagte sie zu ihm. »Sie haben eine Seele, die besser ist als Ihr Verhalten und als Ihre Worte. Ihre Seele hat Gott Ihnen geschenkt, und Ihre Gedanken danken Sie der Welt und Ihren Leidenschaften! Oh, ich werde Sie sehr liebhaben!« rief sie mit einem engelhaften Eifer, der seltsam von ihren schäbigen kleinen Koketterien abstach.

»Zittern Sie doch nicht so«, sagte Crevel.

»Zittere ich denn?« fragte die Baronin, sie war sich dieses so schnell eingetretenen Gebrechens nicht bewußt geworden.

»Ja, wirklich, merken Sie es denn nicht?« fragte Crevel, nahm Adelines Arm und ließ sie sehen, daß sie nervös zitterte. »Kommen Sie, Madame«, fuhr er respektvoll fort, »beruhigen Sie sich; ich gehe jetzt zur Bank . . .«

»Kommen Sie rasch wieder! Bedenken Sie, lieber Freund«, sagte sie und lieferte damit ihre Geheimnisse aus, »daß es sich darum handelt, den Selbstmord meines Onkels Fischer zu verhindern, den mein Mann kompromittiert hat; denn jetzt habe ich Vertrauen zu Ihnen und sage Ihnen alles! Ach, wenn wir zu spät kämen – ich kenne den Marschall, er hat eine so zarte Seele, daß er binnen weniger Tage sterben würde.«

»Ich gehe also«, sagte Crevel und küßte der Baronin die Hand. »Aber was hat der arme Hulot denn angerichtet?«

»Er hat den Staat bestohlen!«

»Du lieber Himmel . . .! Ich eile, Madame; ich verstehe und bewundere Sie.«

Crevel beugte ein Knie, küßte Madame Hulots Kleid, verschwand und sagte dabei: »Auf bald!« Unglücklicherweise ging Crevel, um seine Wertpapiere zu holen, von der Rue Plumet aus über die Rue Vanneau und konnte sich die Freude nicht verkneifen, bei seiner kleinen Herzogin vorzusprechen. Mit noch völlig verstörtem Gesicht langte er an. Er ging in Valéries Schlafzimmer und betraf sie dabei, daß sie sich frisieren ließ. Sie musterte Crevel im Spiegel, und wie alle Frauen dieser Art stutzte sie, ohne vorerst Genaueres zu wissen, als sie sah, daß er innerlich stark bewegt war, wozu sie ihm keine Ursache gegeben hatte.

»Was hast du denn, mein Pudel?« fragte sie ihn. »Tritt man so bei seiner kleinen Herzogin ein? Ich würde für Sie, Monsieur, nicht so sehr eine Herzogin sein, wie ich stets dein kleines Spielzeug bin, altes Scheusal.«

Crevel lächelte traurig und deutete auf Reine.

»Reine, mein Kind, genug für heute; ich will mich selber fertig frisieren! Gib mir meinen chinesischen Morgenrock, denn mein Monsieur kommt mir heute arg chinesisch vor . . .«

Reine, ein Mädchen, dessen Gesicht von Pockennarben durchlöchert war wie ein Sieb und das eigens für Valérie geschaffen zu sein schien, tauschte mit ihrer Herrin ein Lächeln und brachte den Morgenrock. Valérie warf ihren Frisiermantel ab; sie war im Hemd und schlüpfte in ihren Morgenrock wie eine Ringelnatter unter ihr Grasbüschel.

»Ist Madame für niemanden zu sprechen?«

»Was für eine Frage!« sagte Valérie. »Also sag, mein dicker Kater, sind die Eisenbahnaktien am linken Ufer gefallen?«

»Nein.«

»Ist unser Palais überboten worden?«

»Nein.«

»Glaubst du etwa nicht, du seiest der Vater unseres kleinen Crevel?«

»Dummes Zeug!« entgegnete er als einer, der seiner Geliebten sicher war.

»Wahrhaftig, dann weiß ich nicht ein noch aus«, sagte Madame Marneffe. »Wenn ich aus einem Freund dessen Nöte herausziehen soll wie einen Kork aus einer Champagnerflasche, dann lasse ich es lieber bleiben ... Verschwinde, du langwei ...«

»Es ist weiter nichts«, sagte Crevel. »Ich brauche binnen zweier Stunden zweihunderttausend Francs ...«

»Na, und wirst du sie auftreiben? Paß auf, ich habe die fünfzigtausend Francs für Hulots Protokoll noch nicht angegriffen, und außerdem kann ich Henri um fünfzigtausend bitten ...«

»Henri, immer und ewig Henri ...!« rief Crevel.

»Glaubst du etwa, du angehender dicker Machiavelli, daß ich Henri den Laufpaß gebe? Rüstet Frankreich seine Flotte ab ...? Henri ist der Dolch, der in der Scheide an einem Nagel hängt. Der dient mir dazu, herauszubekommen, ob du mich liebst. Und heute morgen liebst du mich nicht.«

»Ich, und dich nicht lieben, Valérie!« sagte Crevel. »Ich liebe dich wie eine Million!«

»Das genügt nicht ...!« entgegnete sie, hüpfte Crevel auf die Knie und schlang ihm beide Arme um den Hals wie um eine Opferschale und klammerte sich daran fest. »Ich will wie zehn Millionen geliebt werden, wie alles Gold der Erde, und mehr noch. Henri würde es keine fünf Minuten aushalten, ohne mir alles zu sagen, was er auf dem Herzen hat! Also los, was hast du, dicker Liebling? Erleichtere dich ... Sag alles rasch deinem Kätzchen!« Und sie rieb Crevels Gesicht mit ihrem Haar und verdrehte ihm die Nase. »Wie kann man nur solch eine Nase haben«, fuhr sie fort, »und seiner Vava-lélé-rierie ein Geheimnis vorenthalten ...!« Bei »Vava« drehte sie die Nase nach rechts;

bei »lélé« nach links; bei »rierie« brachte sie sie wieder an Ort und Stelle.

»Also gut, ich habe gerade eben ...«, Crevel unterbrach sich und schaute Madame Marneffe an. »Valérie, mein Kleinod, du versprichst mir bei deiner Ehre ... du weißt, bei unserer, kein Wort von dem, was ich dir sagen werde, weiterzuerzählen ...«

»Kennen wir, Herr Bürgermeister! Man hebt die Hand, so ...! und den Fuß!«

Sie stellte sich so hin, daß Crevel, wie Rabelais es ausdrückte, vom Gehirn bis zu den Hacken aufgewühlt wurde, so drollig und erhaben war sie in ihrer Nacktheit, die durch die Nebelwolken des Battists hindurch sichtbar war.

»Ich habe gerade eben die Verzweiflung der Tugend erlebt ...!«

»Hat so was wie Tugend denn Verzweiflung?« fragte sie kopfschüttelnd und kreuzte die Arme wie Napoleon.

»Es handelt sich um die arme Madame Hulot; sie braucht zweihunderttausend Francs! Sonst jagen der Marschall und der alte Fischer sich eine Kugel durchs Gehirn, und da du ein bißchen die Ursache von alledem bist, liebe kleine Herzogin, will ich die üble Geschichte wieder in Ordnung bringen. Oh, sie ist eine fromme Frau, ich kenne sie, sie wird mir alles zurückzahlen.«

Bei dem Wort »Hulot« und den zweihunderttausend Francs hatte Valérie einen Blick, der sich zwischen ihren langen Wimpern ausnahm wie das Mündungsfeuer einer Kanone durch deren Rauch.

»Was hat sie denn angestellt, daß sie dein Mitleid erregt hat, die Alte? Hat sie dir, na, was wohl? ... ihre Religion gezeigt ...?«

»Mach dich nicht über sie lustig, mein Herz, sie ist eine sehr heiligmäßige, sehr edle und fromme Frau und aller Achtung würdig ...!«

»Dann also bin ich *nicht* aller Achtung würdig!« sagte Valérie und blickte Crevel mit finsterer Miene an.

»Das habe ich nicht gesagt«, antworte Crevel; er sah ein, wie sehr das Lob der Tugend Madame Marneffe verletzen mußte.

»Auch in bin fromm«, sagte Valérie, stand auf und setzte sich in einen Lehnstuhl. »Aber ich mache aus meiner Religion kein Gewerbe; ich gehe mit verhülltem Gesicht zur Kirche.«

Fortan schwieg sie und beachtete Crevel nicht länger. Crevel, der außerordentlich beunruhigt war, trat vor den Lehnstuhl, in den Valérie gesunken war, und fand sie in Gedanken verloren, die er auf so törichte Weise erweckt hatte.

»Valérie, mein Engelchen . . .?«

Tiefe Stille. Eine ziemlich problematische Träne wurde flüchtig weggewischt.

»Sag doch nur ein Wort, mein Kätzchen . . .«

»Monsieur!«

»Woran denkst du, Geliebte?«

»Ach, Monsieur Crevel, ich denke an den Tag meiner Erstkommunion! Wie schön war ich da! Und wie rein! Wie heilig . . . makellos . . .! Ach, wenn damals jemand zu meiner Mutter gesagt hätte: ›Ihre Tochter wird mal eine Hure, sie wird ihren Mann betrügen. Eines Tages wird ein Polizeikommisssar sie in einem Lusthaus finden; sie wird sich an einen Crevel verkaufen, um einen Hulot zu betrügen, zwei widerliche alte Männer . . .‹ Puh . . .! Pfui . . .! Sie wäre noch vor Schluß des Satzes tot umgesunken, so lieb hat sie mich gehabt, die arme Frau!«

»Beruhige dich!«

»Du weißt nicht, wie sehr man einen Mann lieben muß, um den Gewissensbissen Schweigen zu gebieten, die das Herz einer Ehebrecherin quälen. Es verdrießt mich, daß Reine hinausgegangen ist; sie hätte dir sagen können, daß sie mich heute morgen mit Tränen in den Augen und zu Gott betend vorgefunden hat. Wie Sie sehen, Monsieur Crevel, spotte ich durchaus nicht über die Religion. Haben Sie mich je ein übles Wort darüber sagen hören . . .?« – Crevel machte eine billigende Gebärde.

»Ich verbiete, daß man darüber in meinem Dabeisein spricht . . . Ich spotte über alles mögliche, über die Könige, die Politik, das Finanzwesen, über alles, was es in der Welt an Geheiligtem gibt, über die Richter, die Ehe, die Liebe, die jungen Mädchen, die alten Männer . . .! Aber über die Kirche . . .? Aber über Gott . . .? Oh, da halte ich inne! Ich weiß genau, daß ich Böses tue, daß ich Ihnen meine Zukunft opfere . . . Und Sie ahnen nichts von der Größe meiner Liebe!«

Crevel faltete die Hände.

»Ach, man müßte in mein Herz eindringen und darin den Umfang meiner Überzeugung ermessen, um zu wissen, was alles ich Ihnen opfere . . .! Ich fühle das Zeug zu einer Magdalena in mir. Deswegen können Sie ja sehen, mit welchem Respekt ich die Priester umgebe! Bedenken Sie die Geschenke, die ich der Kirche mache! Meine Mutter hat mich im katholischen Glauben erzogen, und ich verstehe Gott! Zu uns Verderbten spricht er am furchtbarsten.«

Valérie wischte sich die Tränen ab, die ihr über die Wangen rannen. Crevel stand erschrocken da; Madame Marneffe stand auf, eine Verzückte.

»Beruhige dich doch, mein Kätzchen . . .! Du machst mir Angst!«

Madame Marneffe fiel auf die Knie.

»Herrgott! Ich bin nicht schlecht!« sagte sie und faltete die Hände. »Nimm dein verirrtes Lamm gnädig wieder zu dir, prügele es, gerb ihm das Fell, damit es den Händen entrinnt, die es infam und ehebrecherisch machen; es wird sich freudig an deine Schulter schmiegen! Beglückt wird es in die Hürde zurückkehren!«

Sie stand auf, blickte Crevel an, und Crevel bekam es mit der Angst vor ihren verdrehten Augen.

»Und dann, Crevel, weißt du? Bisweilen packt mich Furcht . . . Gottes Gerechtigkeit wirkt sich in dieser elenden Welt genauso aus wie in der jenseitigen. Was kann ich mir Gutes von Gott erhoffen? Seine Rache bricht über jedwede Schuldige herein; sie bedient sich aller Arten des Unglücks. Alles Unglück, das die Einfältigen sich nicht zu erklären vermögen, ist Sühne. Das hat meine Mutter mir auf ihrem Sterbebett erklärt, als sie zu mir von ihrem Alter sprach. Und wenn ich dich verlöre . . .!« fügte sie hinzu und umschlang Crevel in einer Umarmung von ungestümer Energie . . . »Ach, das wäre mein Tod!«

Madame Marneffe ließ Crevel los, kniete von neuem vor ihrem Lehnsessel nieder, faltete die Hände (und in welch entzückender Pose!) und sprach mit unglaublicher Inbrunst dieses Gebet: »Und du, heilige Valeria, meine gütige Schutzpatronin, warum besuchst du nicht öfter das Lager derer, die dir anvertraut worden ist? O komm heute abend, wie du heute morgen gekommen bist und erfülle mich mit guten Gedanken; dann werde ich den schlechten Pfad verlassen; ich werde, wie Magdalena, verzichten auf die trügerischen Freuden, auf den Lügenglanz der Welt, und sogar auf den, den ich so sehr liebe!«

»Aber mein Kätzchen!« sagte Crevel.

»Es gibt kein Kätzchen mehr, Monsieur!« Stolz wie eine tugendhafte Frau wandte sie sich um, und mit tränenfeuchten Augen bezeigte sie sich würdevoll, kalt und gleichgültig. »Lassen Sie mich«, sagte sie und stieß Crevel zurück. »Was ist meine Pflicht ...? Meinem Mann anzugehören. Dieser Mann ist ein Sterbender, und was tue ich? Ich betrüge ihn am Rand seines Grabes. Er glaubt, Ihr Sohn sei von ihm ... Ich will ihm die Wahrheit sagen, will damit beginnen, seine Verzeihung zu erkaufen, ehe ich um diejenige Gottes bitte. Wir müssen voneinander scheiden ...! Adieu, Monsieur Crevel!« fuhr sie fort; sie war aufgestanden und hielt Crevel eine eiskalte Hand hin. »Adieu, mein Freund; erst in einer besseren Welt werden wir uns wiedersehen ... Sie haben mir einige Freuden verdankt, sehr verbrecherische; jetzt will ich ... ja, ich werde sie haben, Ihre Achtung ...«

Crevel weinte heiße Tränen.

»Du Rindvieh!« rief sie und brach in ein infernalisches Gelächter aus, »auf diese Weise fangen die frommen Frauen es an, um euch Männern zweihunderttausend Francs abzuschwindeln! Und du, der du vom Marschall von Richelieu schwätzest, dem Urbild des Lovelace[178], du gehst auf den Leim dieser Schablonenarbeit, wie Steinbock immer sagt. *Ich* könnte dir die zweihunderttausend Francs schon abknöpfen, wenn ich wollte, du Halbidiot ...! Paß auf dein Geld auf! Wenn du zuviel hast, dann gehört der Überschuß mir! Wenn du dieser hochachtbaren Frau, die in Frömmigkeit macht, weil sie siebenundfünfzig Jahre alt ist, auch nur zwei Sous gibst, sehen wir einander niemals wieder, und du kannst sie zu deiner Geliebten machen; aber dann wirst du am nächsten Morgen braun und blau von ihren knochigen Umarmungen und betrunken von ihren Tränen, ihren säuerlichen Häubchen, ihrem Gewinsel, das aus ihren Gunstbezeigungen Regengüsse machen muß, zu mir zurückkehren ...!«

»Es stimmt schon«, sagte Crevel, »zweihunderttausend Francs sind ein gutes Stück Geld.«

»Die haben guten Appetit, die frommen Frauen ...! Haha, die sind nicht bange! Sie verkaufen ihre Moralpredigten teurer, als wir das Seltenste und Verläßlichste, was es auf Erden gibt, die Lust ... Und was für Romane sie erzählen! Nein ... ach, ich kenne sie, ich habe ihresgleichen bei meiner Mutter gesehen! Sie glauben, für die Kirche könnten sie sich alles erlauben, für ... Hör mal, eigentlich müßtest du dich schämen, mein Kater! Du bist ein Knauser ... denn *mir* hast du alles in allem keine zweihunderttausend Francs geschenkt!«

»Doch!« entgegnete Crevel. »Allein schon das kleine Palais hat soviel gekostet ...«

»Dann hast du also jetzt vierhunderttausend Francs?« fragte sie mit träumerischer Miene.

»Nein.«

»Na also, Monsieur, dann hatten Sie diesem alten Schreckgespenst die zweihunderttausend Francs für mein Palais leihen wollen? Das ist das Verbrechen der Kätzchen-Beleidigung ...!«

»Aber hör mich doch an!«

»Wenn du das Geld irgendeiner blöden philantropischen Erfindung zur Verfügung stelltest, würdest du für einen Mann gelten, der eine Zukunft hat«, sagte sie lebhafter, »und ich würde die erste sein, die dir dazu riete; denn du bist zu harmlos, dicke politische Wälzer zu schreiben, mit denen ihr Männer euch Ansehen schafft; du hast nicht genug Stil, um Broschüren hinzuschmieren; du könntest dich in Szene setzen wie alle, die in deiner Lage sind und die den Glanz ihres Namens dadurch vergolden, daß sie sich an die Spitze einer sozialen, moralischen, nationalen oder allgemeinen Sache stellen. Die Wohltätigkeit hat man dir gestohlen; sie wird jetzt allzu schlecht geleitet ... Die kleinen Vorbestraften, denen man ein besseres Los bereitet als den anständigen armen Teufeln, das ist abgenutzt. Ich möchte, daß du für zweihunderttausend Francs etwas Schwierigeres erfändest, etwas, das wahrhaft von Nutzen ist. Dann würde man von dir sprechen wie von dem ›kleinen Blaumantel‹ [179], wie von Montyon[180], und ich würde stolz auf dich sein! Aber zweihunderttausend Francs in einen Weihwasserkessel zu werfen, sie einer Betschwester zu leihen, die von ihrem Mann aus irgendeinem Grund verlassen worden ist, ach, es gibt immer einen Grund (verläßt man etwa *mich?*), das ist eine Dummheit, die in unserer Zeit nur im Schädel eines ehemaligen Parfümhändlers aufkeimen kann! So was riecht nach Ladentisch. Zwei Tage danach würdest du nicht wagen, in deinen Spiegel zu blicken! Bring dein Geld auf die Staatsschuldentilgungskasse, lauf, denn ich werde dich nicht ohne die Quittung wieder empfangen. Geh, und zwar schnell, und sofort!«

Sie drängte Crevel mit den Schultern aus ihrem Schlafzimmer hinaus; sie hatte gesehen, daß auf seinem Gesicht der Geiz wieder erblüht war. Als die Wohnungstür zuklappte, sagte sie: »Jetzt ist Lisbeth mehr als gerächt ...! Schade, daß sie bei ihrem alten Marschall ist; wie würden wir gelacht haben! Haha, die Alte will mir das Brot vom Mund wegschnappen ...! Der werde ich es heimzahlen!«

Der Marschall Hulot war gezwungen gewesen, eine Wohnung zu beziehen, die im Einklang mit dem höchsten militärischen Rang stand, und so hatte er sich in einem prächtigen Stadtpalais in der Rue du Mont-Parnasse niedergelassen, in der sich einige fürstliche Wohnsitze befinden. Obgleich er das ganze Palais gemietet hatte, bewohnte er nur dessen Erdgeschoß. Als Lisbeth die Leitung des Hausstands übernahm, hatte sie sogleich den ersten Stock weitervermieten wollen, der, wie sie sagte, die ganze Miete einbringen würde; der Graf könne dann fast umsonst wohnen; das jedoch hatte der alte Soldat abgelehnt. Seit einigen Monaten wurde der Marschall von trüben Gedanken gequält. Er hatte die Notlage seiner Schwägerin erraten; er ahnte, daß sie auf unglücklichen Geschehnissen beruhte, deren Ursache er nicht ergründen konnte. Der alte Herr, der bislang von frohsinniger Heiterkeit gewesen war, wurde schweigsam; er mußte daran denken, daß eines Tages sein Haus die Zufluchtsstätte der Baronin Hulot und ihrer Tochter bilden würde, und so hatte er das erste Stockwerk für sie freigehalten. Wie mäßig die Vermögensumstände des Grafen von Pforzheim waren, war so bekannt, daß der alte Kriegsminister Fürst von Weißenburg von seinem alten Kameraden verlangt hatte, dieser solle eine Einrichtungsentschädigung entgegennehmen. Hulot hatte jene Entschädigung für die Einrichtung des Erdgeschosses verwendet; dort war alles standesgemäß; denn, wie er sagte, er wolle keinen Marschallstab, wenn er ihn zu Fuß tragen müsse. Unter dem Kaiserreich hatte das Haus einem Senator gehört; die Räume des Erdgeschosses waren aufs prächtigste ausgeschmückt, sämtlich in Weiß und Gold und Schnitzwerk; sie waren gut erhalten. Der Marschall hatte schöne, alte, stilgerechte Möbel hineingestellt. In seinem Schuppen stand ein Wagen, auf dessen Schläge zwei kreuzweis übereinanderliegende Marschallstäbe gemalt waren, und wenn er *in fiocchi*[181] ausfahren mußte, sei es zum Ministerium, sei es zum Schloß, anläßlich einer Zeremonie oder einer Festlichkeit, mietete er Pferde. Als Diener hatte er seit einem Menschenalter einen ehemaligen sechzigjährigen Soldaten, dessen Schwester seine Köchin war, und so hatte er an die zwölftausend Francs sparen können, die er einem kleinen Vermögen hinzugefügt hatte, das Hortense zugedacht war. Tagtäglich ging der alte Herr zu Fuß von der Rue du Mont-Parnasse über den Boulevard zur Rue Plumet; jeder Kriegsinvalide, der ihn kommen sah, machte vor ihm Front, und der Marschall dankte den alten Soldaten durch ein Lächeln.

»Vor wem haben Sie da eigentlich eben Front gemacht?« fragte eines Tages ein junger Arbeiter einen alten Hauptmann vom Hôtel des Invalides[182]. »Das will ich dir sagen, Junge«, antwortete der Offizier. Der junge Mensch nahm die Haltung eines Menschen ein, der sich dazu bereit findet, einem Schwätzer zuzuhören. »Im Jahr 1809«, sagte der Invalide, »deckten wir die Flanke der Großen Armee, die der Kaiser kommandierte und die auf Wien marschierte. Wir kamen an eine Brücke, die von einer dreifachen, staffelförmig auf einer Art Felsen stehenden Batterie verteidigt wurde, drei Schanzen übereinander; sie bestrich der Länge nach die Brücke. Wir unterstanden dem Befehl des Marschalls Masséna[183]. Der, den du eben gesehen hast, war damals Oberst der Gardegrenadiere, und mit denen marschierte auch ich ... Unsere Kolonnen hatten das eine Ufer des Flusses besetzt; die Schanzen waren auf dem andern. Dreimal wurde die Brücke angegriffen, und dreimal haben wir zurück müssen. ›Holt Hulot!‹ sagte der Marschall, ›nur er und seine Leute können diesen Happen schlucken.‹ Wir kommen. Der letzte General, der sich vor der Brücke hatte zurückziehen müssen, hält Hulot im Feuer fest, um ihm zu sagen, wie er sich verhalten müsse, und versperrt ihm den Weg. ›Ich brauche keine Ratschläge, sondern Platz zum Vorgehen‹, hat der Oberst in aller Ruhe gesagt und die Brücke an der Spitze seiner Kolonne überschritten. Und da, rumms! feuern dreißig Kanonen auf uns.« – »Bei diesem und jenem«, rief der Arbeiter, »das hat einen Haufen Stelzfüße ergeben müssen!« – »Wenn du, wie ich, jene gelassene Äußerung gehört hättest, Junge, dann würdest du vor diesem Mann den Hut bis zum Erdboden ziehen! Die Sache ist nicht so bekannt wie die Brücke von Arcole[184], aber vielleicht ist sie schöner. Und im Laufschritt haben wir uns mit Hulot auf die Batterien geworfen. Ehre denen, die dabei gefallen sind!« sagte der Offizier und lüftete die Kopfbedeckung. »Die ›Kaiserlichen‹[185] sind über den Streich ganz betäubt gewesen. Deswegen hat der Kaiser den Alten, den du gesehen hast, zum Grafen ernannt; er hat in unserem Chef uns alle geehrt, und die ›Heutigen‹ haben vollauf recht gehabt, ihn zum Marschall zu machen.« – »Es lebe der Marschall!« rief der Arbeiter. »Oh, du kannst getrost brüllen; der Marschall ist taub vom Kanonendonner.«

Diese Anekdote vermag als Maßstab für die Achtung zu dienen, die der Marschall Hulot bei den Invaliden genoß; seine unwandelbaren republikanischen Anschauungen sicherten ihm die Sympathien des ganzen Stadtviertels.

Der Kummer, der sich dieser so ruhigen, reinen und noblen Seele bemächtigt hatte, bot einen betrüblichen Anblick dar. Die Baronin vermochte nichts, als zu lügen und mit weiblicher Geschicklichkeit ihrem Schwager die ganze grausige Wahrheit zu vertuschen. Während dieses katastrophalen Vormittags hatte der Marschall, der wie alle alten Leute wenig schlief, von Lisbeth dadurch Einblicke in die Lage seines Bruders erlangt, daß er ihr versprochen hatte, sie zum Lohn für ihre Indiskretion zu heiraten. Jedermann wird die Freude begreiflich finden, die die alte Jungfer empfand, als sie sich die vertraulichen Mitteilungen entreißen ließ, die sie seit ihrem Einzug in die Wohnung ihres Zukünftigen hatte machen wollen; denn auf diese Weise schuf sie ihrer Eheschließung eine feste Grundlage. »Ihr Bruder ist unverbesserlich!« schrie Lisbeth in das gute Ohr des Marschalls.

Die laute, helle Stimme der Lothringerin ermöglichte es ihr, mit dem alten Herrn zu plaudern. Sie erschöpfte ihre Lungenkraft, so großen Wert legte sie darauf, zu beweisen, daß ihr Zukünftiger für sie niemals taub sein würde.

»Drei Geliebte hat er gehabt«, sagte der alte Herr, »und dabei hatte er doch eine Adeline! Die arme Adeline ...!«

»Wenn Sie auf mich hören wollen«, schrie Lisbeth, »dann nehmen Sie Ihren Einfluß auf den Fürsten von Weißenburg wahr, um für meine Kusine irgendeine anständige Stellung zu erlangen; das wird sie nötig haben; denn das Gehalt des Barons ist auf drei Jahre verpfändet.«

»Ich will ins Ministerium gehen«, antwortete er, »den Marschall aufsuchen, zu erfahren versuchen, wie er über meinen Bruder denkt, und ihn um seine tätige Gönnerschaft für meine Schwägerin bitten. Machen Sie eine ihrer würdige Stellung ausfindig ...«

»Die Damen von der Pariser Armenpflege haben im Einverständnis mit dem Erzbischof Wohltätigkeitsvereinigungen gebildet; sie brauchen Aufsichtsdamen, die anständig bezahlt werden und dazu eingesetzt werden, wahre Notlagen zu ermitteln. Solch eine Tätigkeit würde meiner lieben Adeline genehm und nach ihrem Herzen sein.«

»Lassen Sie die Pferde holen!« sagte der Marschall. »Ich werde mich umkleiden. Wenn nötig, fahre ich nach Neuilly[186].«

Wie lieb er sie hat! Stets und überall werde ich auf sie stoßen, dachte die Lothringerin.

Lisbeth beherrschte bereits das Haus, ohne daß es der Marschall jedoch merkte. Sie hatte den drei Dienstboten Furcht eingeflößt. Sie hatte sich eine Zofe zugelegt und entfaltete ihren altjüngferlichen Tätigkeitsdrang; über alles forderte sie Rechenschaft, alles überprüfte sie; in allen Dingen war sie auf das Wohlergehen ihres geliebten Marschalls bedacht. Lisbeth war genauso republikanisch gesonnen wie ihr Zukünftiger; sie gefiel ihm sehr durch ihre demokratischen Seiten; zudem ging sie ihm mit ausgiebiger Geschicklichkeit um den Bart; und seit zwei Wochen hatte der Marschall, der besser lebte, der gepflegt wurde wie ein Kind von seiner Mutter, schließlich in Lisbeth die erträumte Lebenspartnerin erkannt.

»Lieber Marschall!« rief sie, als sie ihn bis auf die Freitreppe begleitete, »ziehen Sie die Wagenfenster hoch, setzen Sie sich nicht dem Zugwind aus, tun Sie es mir zuliebe . . .!«

Der Marschall, dieser alte Junggeselle, der niemals verhätschelt worden war, fuhr ab und lächelte Lisbeth zu, obwohl ihm das Herz schwer war.

Zur gleichen Zeit verließ der Baron Hulot die Büros des Kriegsministeriums und begab sich in das Arbeitszimmer des Marschalls Fürst von Weißenburg, der ihn hatte bitten lassen. Obwohl es nichts Ungewöhnliches war, daß der Minister einen seiner Abteilungsdirektoren zu sich befahl, war Hulots Gewissen so angekränkelt, daß er in Mitouflets Miene irgend etwas Unheildrohendes und Frostiges wahrnahm.

»Mitoueflet, wie ist der Fürst aufgelegt?« fragte er, als er die Tür seines Arbeitszimmers geschlossen hatte und sich dem Türhüter zugesellte, der ihm voranschritt.

»Er muß was gegen Sie haben, Herr Baron«, antwortete der Türhüter; »seine Stimme, sein Blick . . . Gewitter!«

Hulot wurde blaß und bewahrte Schweigen; er durchschritt den Flur, die Salons und langte mit Herzklopfen an der Tür des Arbeitszimmers an. Der Marschall war damals siebzig Jahre alt, hatte schneeweißes Haar, ein lohfarbenes Gesicht wie alle Männer dieses Alters und fiel durch eine Stirn von einer solchen Breite und Höhe auf, daß die Phantasie darauf ein Schlachtfeld erblickte. Unter dieser grauen, schneebedeckten Kuppel leuchteten, verdüstert durch die Vorsprünge der scharf betonten Brauenbögen, Augen von einem napoleonischen Blau; sie waren für gewöhnlich traurig, erfüllt von Gedanken und bitter von Resignation. Dieser Rivale Bernadottes hatte gehofft, sich auf einem Thron auszuruhen. Allein jene Augen wurden zu zwei furchtbaren Blitzen, wenn sich darin eine große Erregung abzeichnete. Seine fast immer hohlklingende Stimme nahm dann einen schrillen Glanz an. Im Zorn wurde der Fürst wieder Soldat, er sprach in den Ausdrücken des Leutnants Cottin; er schonte nichts mehr. Hulot d'Ervy sah den alten Löwen, dessen Haar dicht wie eine Mähne war, am Kamin stehen, die Brauen zusammengezogen, den Rücken an die Umrahmung gelehnt, die Augen dem Anschein nach zerstreut.

»Gehorsamst zur Stelle, Fürst!« meldete Hulot ungezwungen und mit entspannter Miene.

Der Marschall hatte den Direktor während der ganzen Zeit, die dieser die paar Schritte von der Tür bis zu ihm hin zurücklegte, starr angeschaut. Dieser bleierne Blick war wie der Blick Gottes; Hulot konnte ihn nicht ertragen; verwirrt senkte er die Augen. Er weiß alles, dachte er.

»Sagt Ihr Gewissen Ihnen nichts?« fragte der Marschall mit seiner dumpfen, ernsten Stimme.

»Es sagt mir, Fürst, daß ich wahrscheinlich falsch gehandelt habe, als ich, ohne Ihnen davon zu sagen, in Algerien Razzien durchführen ließ. Ich stehe in meinem Alter und bei meinen Neigungen nach fünfundvierzig Dienstjahren ohne Vermögen da. Sie kennen die Gepflogenheiten der vierhundert Erwählten[187] Frankreichs. Diese Herren sind neidisch auf jede Stellung; sie haben die Gehälter der Minister beschnitten; das sagt alles ...! Versuchen Sie doch, sie um Geld für einen alten Staatsdiener zu bitten ...! Was kann man von Leuten erwarten, die so schlecht zahlen, wie unsere Verwaltung bezahlt wird? Die den Touloner Hafenarbeitern dreißig Sous Tageslohn lassen, wo es doch unmöglich ist, daß dort eine Familie von weniger als vierzig Sous den Tag lebt? Die sich keinerlei Gedanken darüber machen, daß Beamtengehälter in Paris von sechshundert, tausend und zwölfhundert Francs etwas Abscheuliches sind, und die unsere Stellungen, wenn die Gehälter vierzigtausend Francs betragen, für sich haben wollen ...? Die, schließlich und endlich, der Krone ein Krongut verweigern, das 1830 konfisziert wurde, und noch dazu eine Erwerbung, die Ludwig XVI. aus eigenen Mitteln getätigt hat, wenn sie von ihr für einen armen Prinzen verlangt wird ...?[188] Wenn Sie kein Vermögen hätten, Fürst, würde man Sie, wie meinen Bruder, sich mit ihrem Gehalt begnügen lassen, ohne sich zu erinnern, daß Sie, zusammen mit mir, die Große Armee in den Sumpfebenen Polens gerettet haben.«

»Sie haben den Staat bestohlen, Sie haben sich in die Lage gebracht, vor dem Schwurgericht erscheinen zu müssen«, sagte der Marschall, »wie jener Kassierer vom Schatzamt, und das nehmen Sie, Monsieur, mit solcher Leichtigkeit auf sich?«

»Welch ein Unterschied, Monseigneur!« rief der Baron Hulot.

»Habe ich die Hände in eine Kasse gesteckt, die mir anvertraut worden war . . .?«

»Wenn man solcherlei Infamien begeht«, sagte der Marschall, »ist man in Ihrer Stellung doppelt schuldig, wenn man die Sache ungeschickt anpackt. Sie haben auf niedrige Weise unsere hohe Verwaltung kompromittiert, die bislang als die sauberste in Europa galt . . .! Und das, Monsieur, um zweihunderttausend Francs und um eines liederlichen Frauenzimmers willen. Sie sind Staatsrat; ein einfacher Soldat, der Ausrüstungsstücke verscheuert, wird mit dem Tod bestraft. Folgendes hat mir eines Tages der Oberst Pourin von den zweiten Lanzenreitern erzählt. In Zabern hatte einer seiner Leute ein Verhältnis mit einer kleinen Elsässerin, die sich einen Schal wünschte; das Weibsstück trieb es so weit, daß jener arme Teufel von Lanzenreiter, der, der Stolz des Regiments, nach zwanzig Dienstjahren zum Hauptwachtmeister befördert werden sollte, um diesen Schal schenken zu können, Ausrüstungsstücke seiner Schwadron verkaufte. Wissen Sie, was er getan hat, dieser Lanzenreiter, Baron d'Ervy? Er hat die Scherben einer Fensterscheibe zerstampft und sie gegessen und ist nach elf Stunden im Lazarett gestorben . . . *Sie* sollten versuchen, an einem Schlaganfall zu sterben, damit wir Ihre Ehre retten können . . .«

Der Baron blickte den alten Krieger mit verstörten Augen an, daß dem Marschall, der an diesem Ausdruck einen Feigling erkannte, die Röte in die Wangen stieg; seine Augen flammten auf.

»Sie würden mich aufgeben . . .?« fragte Hulot stammelnd.

In diesem Augenblick erlaubte sich der Marschall Hulot, der gehört hatte, sein Bruder und der Minister seien allein, einzutreten, und nach der Art Tauber schritt er stracks auf den Fürsten zu.

»Oho!« rief der Held des Polenfeldzugs, »ich weiß, was du tun willst, alter Kamerad . . .! Aber es ist alles vergebens . . .«

»Vergebens . . .?« wiederholte der Marschall Hulot; er hatte nur dies eine Wort verstanden.

»Ja; du willst bei mir um deinen Bruder Fürbitte einlegen; aber weißt du denn, was dein Bruder ist . . .?«

»Mein Bruder . . .?« fragte der Taube.

»Ja!« schrie der Marschall, »er ist ein deiner unwürdiger Hundsfott . . .!«

Und der Zorn des Marschalls ließ aus seinen Augen die niederschmetternden Blitze flammen, die, wie die Augen Napoleons, den Willen und die Gehirne lähmten.

»Da hast du gelogen, Cottin!« entgegnete der Marschall Hulot, der blaß geworden war. »Wirf deinen Marschallstab weg wie ich den meinen . . .! Ich stehe zu deiner Verfügung.«

Der Fürst trat dicht an seinen alten Kameraden heran, blickte ihn starr an, drückte ihm die Hand und rief ihm ins Ohr: »Bist du ein Mann?«

»Das wirst du sehen . . .«

»Gut. Dann nimm dich zusammen! Du hast das größte Unglück zu tragen, das dir widerfahren konnte.«

Der Fürst wandte sich um, nahm von seinem Tisch ein Aktenstück, legte es in die Hände des Marschalls und brüllte ihn an: »Lies!«

Der Graf von Pforzheim las folgenden Brief, der in dem Aktenstück zuoberst lag:

An Seine Exzellenz, den Herrn Präsidenten des Staatsrats (Vertraulich)

Lieber Fürst, wir haben eine höchst üble Angelegenheit auf dem Hals, wie Sie aus den Untersuchungsakten ersehen werden, die ich Ihnen hier übersende.

Kurz gefaßt: der Baron Hulot d'Ervy hat in die Provinz O . . . einen seiner Onkel geschickt, um dunkle Geschäfte mit Getreide und Futtermitteln zu betreiben, und ihm als Komplicen einen Magazinverwalter zugeteilt. Dieser Magazinverwalter hat Geständnisse abgelegt, um sich interessant zu machen, und dann das Weite gesucht. Der Bevollmächtigte des Königs hat die Sache hart angepackt, da er lediglich zwei Subalterne beteiligt glaubte; aber Johann Fischer, der Onkel Ihres Generaldirektors, hat, als er sich mit dem Schwurgericht bedroht sah, sich im Untersuchungsgefängnis mit einem Nagel erdolcht.

Damit wäre alles erledigt gewesen, wenn dieser würdige, ehrliche Mann, der wahrscheinlich von seinem Komplicen und seinem Neffen hinters Licht geführt worden ist, es sich nicht hätte einfallen lassen, an den Baron Hulot einen Brief zu schreiben. Dieser Brief, den das Gericht beschlagnahmt hat, hat den Bevollmächtigten des Königs so erstaunt, daß er mich aufgesucht hat. Die Verhaftung und die Stellung unter Anklage eines Staatsrats, eines Generaldirektors, der so viele gute, treue Dienste geleistet hat, denn er hat uns alle nach dem Übergang über die Beresina dadurch gerettet, daß er die Verwaltung neu aufbaute, wäre ein so furchtbarer Schlag gewesen, daß ich mir die Akten habe geben lassen.

Muß die Affäre ihren Lauf nehmen? Muß, nachdem der Hauptschuldige unwiderruflich tot ist, der Prozeß dadurch aus der Welt geschafft werden, daß der Magazinverwalter *in contumaciam* verurteilt wird?

Der Generalstaatsanwalt ist einverstanden, daß die Akten Ihnen übermittelt werden; und da der Baron Hulot d'Ervy in Paris wohnhaft ist, fiele der Prozeß unter die Zuständigkeit Ihres Königlichen Gerichts. Wir sind auf diesen ziemlich zweideutigen Ausweg gekommen, um uns für den Augenblick der Schwierigkeiten zu entledigen.

Nur, lieber Herr Marschall, entschließen Sie sich bitte schnell. Es wird über diese bedauerliche Angelegenheit bereits viel geredet; sie wird uns große Ungelegenheiten bereiten, wenn die Mitwirkung des Hauptschuldigen, der bislang nur dem Königlichen Bevollmächtigten, dem Untersuchungsrichter, dem Generalstaatsanwalt und mir bekannt ist, in die Öffentlichkeit käme.

An dieser Stelle entfiel das Papierblatt den Händen des Marschalls Hulot; er blickte den Bruder an; er sah ein, daß es unnötig sei, sich noch weiter in die Akten zu vertiefen; aber er suchte nach Johann Fischers Brief, und nachdem er ihn überflogen hatte, hielt er ihn ihm hin.

Im Gefängnis zu O . . .

Lieber Neffe, wenn Sie diesen Brief lesen, existiere ich nicht mehr.

Seien Sie unbesorgt, man wird keine Beweise gegen Sie vorfinden. Ich bin tot; Ihr Jesuit von Chardin ist auf der Flucht;

damit kommt der Prozeß zum Stillstand. Das Antlitz unserer Adeline, die Sie so glücklich gemacht haben, hat mir das Sterben sehr erleichtert. Sie brauchen mir die zweihunderttausend Francs nicht mehr zu schicken. Adieu.

Dieser Brief wird Ihnen durch einen Entlassenen überbracht, auf den ich mich glaube verlassen zu können.

Johann Fischer.

»Ich bitte Sie um Verzeihung«, sagte der Marschall Hulot mit rührendem Stolz zum Fürsten von Weißenburg.

»Na, aber, du kannst mich auch weiterhin duzen, Hulot!« entgegnete der Minister und drückte dem alten Freund die Hand. »Der arme Lanzenreiter hat nur sich selber umgebracht«, sagte er und schmetterte Hulot d'Ervy durch einen Blick zu Boden.

»Wieviel haben Sie genommen?« fragte der Graf von Pforzheim seinen Bruder streng.

»Zweihunderttausend Francs.«

»Lieber Freund«, wandte der Graf sich an den Minister, »Sie bekommen die zweihunderttausend Francs binnen achtundvierzig Stunden. Nie soll gesagt werden können, daß jemand, der den Namen Hulot führt, den Staat auch nur um einen Heller benachteiligt habe...«

»Kinderei!« sagte der Marschall. »Ich weiß, wo die zweihunderttausend Francs geblieben sind, und ich lasse sie zurückerstatten. Reichen Sie Ihr Entlassungsgesuch ein und bitten Sie um Ihre Pensionierung!« fuhr er fort und ließ ein doppeltes Blatt Kanzleipapier bis zu der Stelle fliegen, wo der Staatsrat, dem die Knie weich geworden waren, sich an den Tisch gesetzt hatte. »Ihr Prozeß würde eine Schmach und Schande für uns alle sein; daher habe ich vom Ministerrat die Ermächtigung erhalten, zu handeln, wie ich es tue. Da Sie darein willigen, ohne Ehre, ohne meine Achtung ein würdeloses Leben weiterzuführen, bekommen Sie die Ihnen zustehende Pension. Sorgen Sie lediglich dafür, daß Sie in Vergessenheit geraten.«

Der Marschall schellte.

»Ist der Beamte Marneffe da?«

»Jawohl, Monseigneur«, sagte der Türhüter.

»Soll kommen.«

»Sie«, rief der Minister, als er Marneffe erblickte, »und Ihre Frau haben den Baron d'Ervy, der dort steht, wissentlich zugrundegerichtet.«

»Herr Minister, ich bitte um Verzeihung, wir sind sehr arm, ich lebe nur von meiner Stellung, und ich habe zwei Kinder, von denen das jüngste durch den Herrn Baron in meine Familie gekommen ist.«

»Welch eine Gaunervisage!« sagte der Fürst und wies dabei den Marschall Hulot auf Marneffe hin. »Ersparen Sie sich Reden à la Sgnanarelle«, fuhr er fort, »Sie werden zweihunderttausend Francs zurückzahlen, oder Sie werden nach Algerien versetzt.«

»Aber Herr Minister, Sie kennen meine Frau nicht; sie hat alles vernascht. Der Herr Baron hat jeden Tag sechs Leute zum Abendessen geladen ... Es sind in meinem Haus jährlich fünfzigtausend Francs draufgegangen.«

»Hauen Sie ab!« brüllte der Minister mit der furchbaren Stimme, die beim Schlachtenlärm zum Angriff gerufen hatte, »in zwei Stunden bekommen Sie die Nachricht von Ihrer Versetzung ... 'raus.«

»Ich möchte lieber mein Entlassungsgesuch einreichen«, sagte Marneffe dreist. »Ich bin schon jetzt viel zu viel, und noch dazu schwer krank; ich würde meines Lebens nicht froh werden.«

Damit verschwand er.

»Was für ein unverschämter Kerl«, sagte der Fürst.

Der Marschall Hulot, der während dieser Szene starr und leichenblaß dagestanden und seinen Bruder verstohlen gemustert hatte, ergriff die Hand des Fürsten und wiederholte: »Binnen vierundzwanzig Stunden ist der materielle Schaden ausgeglichen; aber die Ehre! Adieu, Herr Marschall! Der letzte Schlag pflegt zu töten ... Ja, hieran sterbe ich«, flüsterte er ihm zu.

»Warum, zum Satan, bist du heute morgen eigentlich hergekommen?« antwortete der erschütterte Fürst.

»Seiner Frau wegen«, entgegnete der Graf und deutete auf Hector. »Sie ist brotlos! Vor allem jetzt.«

»Er hat sein Ruhegehalt!«

»Das ist verpfändet!«

»Er muß den Teufel im Leib haben!« sagte der Fürst achselzuckend. »Was für einen Liebestrank haben diese Weiber Sie schlucken lassen, daß Sie den Verstand verloren haben?« fragte er Hulot d'Ervy. »Wie konnten Sie, der Sie die die peinliche Genauigkeit kannten, mit der die französische Verwaltung alles aufschreibt, alles protokolliert, ganze Rollen von Papier verschwendet, um den Eingang und den Ausgang von ein paar Centimes nachzuweisen, Sie, der Sie immer gejammert haben, daß hundert Unterschriften für Nichtigkeiten erforderlich seien, um einen Soldaten zu entlassen, um Striegel zu kaufen, – wie konnten Sie nur hoffen, eine Unterschlagung längere Zeit zu vertuschen? Und die Presse? Und die Neidhammel? Und die Leute, die gern selber gestohlen hätten? Nehmen diese Weiber Ihnen denn den gesunden Menschenverstand? Stecken sie Ihnen Nußschalen vor die Augen? Oder sind Sie anders geartet als wir andern? Sie hätten den Verwaltungsdienst in dem Augenblick quittieren müssen, da Sie kein Mann mehr waren, sondern nur noch ein Temperament! Wenn Sie Ihren Verbrechen ebenso viele Dummheiten hinzugefügt haben, dann werden Sie enden ... ich will lieber nicht sagen, wo ...«

»Versprichst du mir, dich um sie zu kümmern, Cottin ...?« fragte der Graf von Pforzheim, der nichts gehört hatte und nur an Adeline dachte. – »Sei unbesorgt!« sagte der Minister.

»Gut denn, danke, und lebwohl! – Kommen Sie mit, Monsieur?« fragte er seinen Bruder.

Der Fürst musterte dem Anschein nach ruhigen Blickes die beiden Brüder, die an Haltung, Aussehen und Charakter so verschieden waren, den Tapferen und den Feigen, den Wollüstling und den Starrsinnigen, den Ehrenmann und den der Unterschlagung Schuldigen, und sagte sich: »Dieser Feigling weiß nicht zu sterben! Und mein armer, so redlicher Hulot, ihm steht der Tod im Gesicht geschrieben!« Er setzte sich in seinen Sessel und machte sich wieder an die Lektüre der Depeschen aus Afrika, mit einer Bewegung, aus der gleichzeitig die Kaltblütigkeit des Heerführers und das tiefe Mitleid sprachen, das der Anblick der Schlachtfelder einflößt!

Am andern Tag enthielten einige Zeitungen in verschiedenen Rubriken folgende unterschiedliche Artikel:

»Baron Hulot d'Ervy hat die Versetzung in den Ruhestand erbeten. Die Unregelmäßigkeiten beim Rechnungshof der algerischen Verwaltung, die durch den Tod und die Flucht zweier Beamten ans Licht gekommen sind, haben den Entschluß jenes hohen Beamten beeinflußt. Als der Baron Hulot von den Verfehlungen erfuhr, die Beamte begangen hatten, in die er unglücklicherweise sein Vertrauen gesetzt hatte, hat er im Arbeitszimmer des Ministers einen Schlaganfall erlitten.

Monsieur Hulot d'Ervy, der Bruder des Marschalls, blickt auf fünfundvierzig Dienstjahre zurück. Jener Entschluß, gegen den vergeblich angekämpft worden ist, wird von allen bedauert, die Monsieur Hulot kennen, dessen persönliche Vorzüge seinen Fähigkeiten als Verwaltungsbeamter gleichkommen. Niemand hat die Aufopferung des Generalintendanten der Kaiserlichen Garde in Warschau vergessen, ebensowenig wie die bewundernswerte Tatkraft, mit der er es verstanden hat, die verschiedenen Dienstzweige der Armee zu organisieren, die Napoleon 1815 aus dem Boden stampfte.«

Abermals tritt eine der Ruhmesgestalten der Kaiserzeit von der Bühne ab. Seit 1830 ist Baron Hulot ununterbrochen eine der Leuchten gewesen, deren der Staatsrat und das Kriegsministerium bedurften.«

»Algier. – Die sogenannte Futtermittel-Affäre, die einige Zeitungen auf so lächerliche Weise breitgetreten haben, ist durch den Tod des Hauptschuldigen beendet. Ein gewisser Johann Wisch hat im Gefängnis Selbstmord begangen, sein Komplice ist geflüchtet; er wird *in contumaciam* verurteilt werden.«

»Wisch, eine ehemaliger Heereslieferant, war ein anständiger, hochgeachteter Mann, der den Gedanken nicht hat ertragen können, von dem werten Chardin, dem geflüchteten Magazinverwalter, hinters Licht geführt worden zu sein.«

Und unter »Pariser Nachrichten« stand zu lesen:
»Der Herr Marschall und Kriegsminister hat, um künftigen Unregelmäßigkeiten vorzubeugen, beschlossen, in Afrika ein Intendanturamt zu schaffen. Mit der Organisation soll ein Bürochef, Monsieur Marneffe, betreut werden.«

»Die Nachfolge des Barons Hulot erregt alle Ehrgeizigen. Jener Direktorposten soll, wie es heißt, dem Grafen Martial de la Roche-Hugon, Abgeordneter und Bruder des Grafen de Rastignac, zugesagt worden sein. Monsieur Massol, Berichterstatter über die Bittschriften, würde dann Staatsrat werden, und Monsieur Claude Vignon Berichterstatter über die Bittschriften.«

Von allen Arten von Enten ist die gefährlichste für die Zeitungen der Opposition die »offizielle Ente«. So abgefeimt die Journalisten auch sein mögen, manchmal gehen sie freiwillig oder unfreiwillig der Geschicklichkeit derjenigen unter ihnen auf den Leim, die, wie Claude Vignon, von der Presse in die hohen Regionen der Regierung übergewechselt sind. Die Presse kann nur durch Journalisten besiegt werden. Daher muß man, Voltaire travestierend, sagen:

Nachrichten aus Paris sind nie, was Nicht'ge meinen.

Der Marschall Hulot fuhr seinen Bruder heim; der Baron hatte sich auf den Vordersitz gesetzt und den Rücksitz respektvoll seinem Bruder überlassen. Die beiden Brüder wechselten kein Wort. Hector war wie ausgelöscht. Der Marschall saß in sich verschlossen da wie jemand, der seine Kräfte sammelt und sie zusammenrafft, um eine erdrückende Last tragen zu können. Als er in seinem Palais angelangt war, führte er den Bruder stumm und mit gebieterischer Geste in sein Arbeitszimmer. Der Graf hatte von Napoleon ein herrliches Paar Pistolen aus der Versailler Waffenfabrik geschenkt bekommen; er entnahm den Kasten, auf dem die Inschrift: »Geschenk des Kaisers Napoleon an den General Hulot« eingraviert war, dem Sekretär, in dem er ihn aufbewahrte, zeigte ihn dem Bruder und sagte dabei: »Dies ist dein Arzt.«

Lisbeth, die durch die angelehnte Tür schaute, lief zum Wagen hinunter und befahl, in scharfem Trab zur Rue Plumet zu fahren. Zwanzig Minuten später brachte sie die Baronin her, die sie von der Drohnung des Marschalls an seinen Bruder unterrichtet hatte.

Ohne seinen Bruder zu beachten, läutete der Graf nach seinem Faktotum, dem alten Soldaten, der ihn seit dreißig Jahren bediente.

»Beaupied«, sagte er zu ihm, »hole meinen Notar, den Grafen Steinbock, meine Nichte Hortense und den Wechselmakler des Schatzamts. Es ist halb elf; um zwölf müssen sie alle hier sein. Nimm eine Droschke ... Und mach noch schneller als schnell ...!« und bediente sich damit einer republikanischen Redensart, die er ehedem oft im Munde geführt hatte. Dazu setzte er die schreckliche Miene auf, die seine Soldaten aufmerken ließ, wenn er im Jahre 1799 die Ginsterbüsche der Bretagne spähend gemustert hatte. (Siehe »Die Königstreuen«)[189]

»Zu Befehl, Herr Marschall«, sagte Beaupied und legte die Rückseite der Hand an die Stirn.

Ohne sich um seinen Bruder zu kümmern, kam der alte Herr wieder in sein Arbeitszimmer, nahm einen in einem Sekretär versteckten Schlüssel und öffnete eine Malachit-Kassette auf Stahlfuß, ein Geschenk des Zaren Alexander. Auf Befehl des Kaisers Napoleon hatte er dem russischen Kaiser Privatgegenstände überbracht, die ihm in der Schlacht bei Dresden[190] in die Hände gefallen waren; Napoleon hatte gehofft, es werde ihm dafür Vandamme[191] ausgeliefert werden. Der Zar hat den General Hulot durch das Geschenk jener Kassette fürstlich belohnt und ihm gesagt, er hoffe, dem Kaiser der Franzosen eines Tages dieselbe Höflichkeit erweisen zu können; aber Vandamme behielt er. Auf den Deckel dieser ganz mit Goldornamenten verzierten Dose war das kaiserlich-russische Wappen in Gold angebracht worden. Der Marschall zählte das darin befindliche Geld und die Banknoten; er besaß hundertzweiundfünfzigtausend Francs! Eine Bewegung der Zufriedenheit entschlüpfte ihm. In diesem Augenblick trat Madame Hulot ein, und zwar in einem Zustand, der auch politische Richter milde gestimmt hätte. Sie stürzte zu Hector hin und blickte mit irrer Miene abwechselnd auf den Pistolenkasten und auf den Marschall.

»Was haben Sie gegen Ihren Bruder? Was hat mein Mann Ihnen getan?« fragte sie mit einer so schwingenden Stimme, daß der Marschall es hörte.

»Er hat uns alle entehrt!« antwortete der alte Soldat der Republik, bei dem durch diese Anstrengung sich eine seiner alten

Wunden wieder öffnete. »Er hat den Staat bestohlen! Er hat mir meinen Namen verhaßt gemacht; er läßt mich den Tod wünschen, er hat mich umgebracht ... Ich habe nur noch die Kraft, die Wiedergutmachung durchzuführen ...! Ich bin vor dem Condé[192] der Republik gedemütigt worden, vor dem Mann, den ich am höchsten achte und den ich zu Unrecht der Lüge bezichtigt habe, vor dem Fürsten von Weißenburg ...! Ist das etwa nichts? Das ist seine Abrechnung mit dem Vaterland!«

Er wischte sich eine Träne ab.

»Jetzt aber zu seiner Familie!« fuhr er fort. »Er entreißt euch das Brot, das ich für euch aufbewahrt hatte, die Frucht dreißigjähriger Sparsamkeit, den aus den Entbehrungen eines alten Soldaten stammenden Schatz! Dies hier hatte ich euch zugedacht!« sagte er und zeigte auf die Banknoten. »Er hat seinen Onkel Fischer umgebracht, einen noblen, würdigen Sohn des Elsaß, der nicht, gleich ihm, den Gedanken eines Makels an seinem Bauernnamen hat ertragen können. Schließlich hat Gott in einer anbetenswerten Milde ihm gestattet, unter allen Frauen einen Engel zu wählen! Er hat das unerhörte Glück gehabt, eine Adeline zur Gattin zu nehmen! Und er hat sie hintergangen, er hat sie in Kümmernissen ertränkt, er hat sie verlassen um Huren, Dirnen, Tänzerinnen und Schauspielerinnen willen, Weiber wie Cadine, Josépha und die Marneffe ... Und das ist der Mann, den ich zu meinem Sohn gemacht, in den ich meinen Stolz gesetzt habe ... Geh, Unseliger, wenn du das infame Leben haben willst, das du dir bereitet hast, verschwinde! Ich bringe nicht die Kraft auf, einen Bruder zu verfluchen, den ich so sehr geliebt habe; ich bin ihm gegenüber genauso schwach wie Sie es sind, Adeline; aber er möge mir nicht wieder vor Augen kommen. Ich verbiete ihm, an meinem Leichenbegängnis teilzunehmen, meinem Sarg zu folgen. Möge er die Scham des Verbrechers auskosten, wenn er nicht dessen Gewissensbisse hat ...«

Der Marschall war bleich geworden und ließ sich auf den Diwan seines Arbeitszimmers fallen, erschöpft von diesen feierlichen Worten. Und vielleicht zum erstenmal in seinem Leben entquollen seinen Augen zwei Tränen und furchten seine Wangen.

»Mein armer Onkel Fischer!« rief Lisbeth aus und hielt sich ein Taschentuch an die Augen.

»Schwager!« sagte Adeline, die vor dem Marschall niedergekniet war, »bleiben Sie um meinetwillen am Leben! Helfen Sie mir bei dem, was ich vollbringen will, bei der Versöhnung Hectors mit dem Leben, bei der Wiedergutmachung seiner Verfehlungen ...!«

»Der?« sagte der Marschall. »Wenn er am Leben bleibt, ist er noch nicht am Ende seiner Verbrechen! Ein Mann, der eine Adeline verkannt, der in sich die Gefühle des wahren Republikaners ausgelöscht hat, die Liebe zur Heimat, zur Familie und zu den Armen, die ihm einzuprägen ich mich bemühlt hatte, ein solcher Mann ist eine Mißgeburt, ein Schwein ... Führen Sie ihn weg, wenn Sie ihn noch immer lieben, denn ich verspüre in mir eine Stimme, die mir zuruft, ich solle meine Pistolen laden und ihn niederknallen! Wenn ich ihn umbrächte, würde ich euch alle und ihn vor sich selbst retten.«

Der alte Marschall stand mit einer so furchterweckenden Bewegung auf, daß die arme Adeline aufschrie: »Komm, Hector!« Sie packte ihren Mann, führte ihn hinaus, verließ das Haus, wobei sie den Baron mit sich zerrte; er war so von Kräften, daß sie genötigt war, ihn in eine Droschke zu setzen, um ihn nach der Rue Plumet zu befördern, wo er sich zu Bett legte. Dieser gewissermaßen aufgelöste Mann blieb mehrer Tage liegen und lehnte, ohne ein Wort zu sagen, alle Nahrung ab. Durch ihre Tränen erreichte es Adeline, daß er Fleischbrühen schluckte; sie betreute ihn, saß an seinem Lager und verspürte von allen Gefühlen, die unlängst noch ihr Herz erfüllt hatten, nichts als tiefes Mitleid.

Um halb eins führte Lisbeth den Notar und den Grafen Steinbock in das Arbeitszimmer ihres lieben Marschalls; und sie ging nicht weg, so sehr erschreckten sie die Veränderungen, die sich in ihm vollzogen.

»Herr Graf«, sagte der Marschall, »ich bitte Sie, die Vollmacht zu unterzeichnen, die meine Nichte, Ihre Frau, braucht, um Staatspapiere zu verkaufen, die sie bislang ohne Nutznießung besitzt. Mademoiselle Fischer, Sie willigen in diesen Verkauf unter Verzicht auf Ihre Nutznießung ein.«

»Ja, lieber Graf«, sagte Lisbeth ohne Zögern.

»Gut, Beste«, antwortete der alte Soldat. »Ich hoffe, lange genug zu leben, um Sie zu belohnen. Ich habe nicht an Ihnen gezweifelt; Sie sind eine wahre Republikanerin, ein Kind des Volks.«

Er nahm die Hand der alten Jungfer und drückte einen Kuß darauf.

»Monsieur Hannequin«, sagte er zu dem Notar, »stellen Sie die erforderliche Urkunde in Gestalt einer Vollmacht aus; ich muß sie binnen zweier Stunden hier haben, damit die Papiere noch heute an der Börse verkauft werden können. Meine Nichte, die Gräfin, bewahrt sie auf; sie wird herkommen und das Dokument unterzeichnen, sobald Sie es bringen, und ebenso Mademoiselle. Der Herr Graf wird mit Ihnen in Ihr Büro gehen und dort seine Unterschrift geben.«

Auf einen Wink Lisbeths hin verneigte der Künstler sich respektvoll vor dem Marschall und ging.

Am andern Tag ließ sich um zehn Uhr morgens der Graf von Pforzheim bei dem Fürsten von Weißenburg melden und wurde sogleich vorgelassen.

»Na, lieber Hulot«, sagte Marschall Cottin und hiel seinem alten Freund die Zeitungen hin, »wie Sie sehen, ist wenigstens der Schein gewahrt worden ... Lesen Sie.«

Der Marschall Hulot legte die Zeitungen auf den Schreibtisch seines alten Kameraden und überreichte ihm zweihunderttausend Francs.

»Hier ist das, was mein Bruder dem Staat genommen hat«, sagte er.

»Welch ein Unsinn!« rief der Minister. »Es ist für uns unmöglich«, sprach er weiter, ergriff das Hörrohr, das der Marschall ihm hinhielt, und sprach ihm ins Ohr, »diese Rückerstattung zu buchen. Wir würden dann gezwungen sein, die Unterschlagungen Ihres Bruder einzugestehen, und dabei haben wir doch alles Erforderliche zu ihrer Vertuschung getan ...«

»Machen Sie damit, was Sie wollen; aber ich will nicht, daß sich im Vermögen der Familie Hulot auch nur ein Liard befindet, der aus Staatsmitteln gestohlen worden ist«, sagte der Graf.

»Ich werde darüber die Befehle des Königs einholen. Lassen Sie uns nicht mehr darüber reden«, antwortete der Minister; er war sich über die Unmöglichkeit klar, den erhabenen Starrsinn des alten Herrn zu besiegen.

»Adieu, Cottin«, sagte der Alte und ergriff die Hand des Fürsten von Weißenburg, »ich spüre, daß meine Seele zu Eis erstarrt ist ...« Dann tat er einen Schritt, wandte sich um, blickte den Fürsten an, sah, wie erschüttert dieser war, öffnete die Arme, umschlang ihn, und der Fürst küßte den Marschall auf die Wangen. »Mir ist«, sagte er, »als sagte ich in deiner Person der ganzen Großen Armee Lebewohl ...«

»So leb denn wohl, guter, alter Kamerad!« sagte der Minister.

»Ja, lebe wohl, denn ich gehe dorthin, wo alle diejenigen unserer Soldaten sind, die wir beweint haben ...«

Da trat Claude Vignon ein. Die beiden alten Überbleibsel der napoleonischen Phalangen verneigten sich ernst voreinander und ließen jede Spur einer Gemütsbewegung verschwinden.

»Sie sind, Fürst, doch sicherlich mit der Presse zufrieden gewesen?« fragte der künftige Bearbeiter der Bittschriften. »Ich habe es so eingerichtet, daß die Blätter der Opposition der Meinung sind, sie veröffentlichten unsere Geheimnisse ...«

»Unseligerweise ist alles vergebens«, entgegnete der Minister und blickte dem aus dem Zimmer gehenden Marschall nach. »Ich habe gerade ein letztes Lebewohl gesagt, und das ist mir sehr nahegegangen. Der Marschall Hulot hat keine drei Tage mehr zu leben; das habe ich übrigens schon gestern gemerkt. Dieser Mann, einer von denen, die von göttlicher Redlichkeit sind, ein Soldat, den die Kugeln trotz seiner Tapferkeit respektiert haben ... sehen Sie ... da, auf jenem Sessel ...! hat er den Todesstoß bekommen, und noch dazu von meiner Hand, durch einen Fetzen Papier ...! Bitte läuten Sie und lassen Sie meinen Wagen vorfahren. Ich will nach Neuilly«, sagte er und steckte die zweihunderttausend Francs in sein Ministerportefeuille.

Trotz Lisbeths Fürsorglichkeiten war der Marschall Hulot nach drei Tagen tot. Dergleichen Männer sind die Ehre der Partei, der sie sich angeschlossen haben. Für die Republikaner war der Marschall das Ideal des Patriotismus gewesen;

alle nahmen daher an seinem Leichenzug teil; eine riesige Menschenmenge folgte. Die Armee, die Verwaltung, der Hof, das Volk, alle Welt huldigte dieser hohen Tugend, dieser makellosen Redlichkeit, diesem reinen Ruhme. Nicht jeder hat in seinem Leichenzug das Volk. Jene Bestattung wurde gekennzeichnet durch eins jener Zeugnisse voller Takt, gutem Geschmack und Herz, die dann und wann an die Leistungen und den Ruhm des französischen Adels erinnern. Hinter dem Sarg des Marschalls sah man den alten Marquis de Montauran, den Bruder desjenigen, der beim Aufstand der Chouans im Jahre 1799 der Gegner, und zwar der unglückliche Gegner Hulots gewesen war. Als der Marquis unter den Kugeln der Blauen starb, hatte er die Interessen seines jungen Bruders dem Soldaten der Republik anvertraut. (Siehe »Die Königstreuen«)[193] Hulot hatte sich das mündliche Testament des Adligen so zu Herzen genommen, daß es ihm gelang, den Grundbesitz jenes jungen Mannes zu retten, der damals in der Emigration war. Auf diese Weise wurde die Huldigung des alten französischen Adels dem Soldaten nicht versagt, der neun Jahre zuvor Madame besiegt hatte.[194]

Dieser Tod, der vier Tage vor Lisbeths letztem Aufgebot für ihre Eheschließung erfolgt war, war für sie der Blitzschlag, der die unter Dach und Fach gebrachte Ernte mitsamt der Scheune in Flammen aufgehen ließ. Der Lothringerin war, wie es oft geschieht, allzuviel gelungen. Der Marschall war den Schlägen erlegen, die sie und Madame Marneffe dieser Familie versetzt hatten. Der Haß der alten Jungfer, der durch den Erfolg befriedigt worden zu sein schien, wurde noch vermehrt durch alle ihre getäuschten Hoffnungen. Weinend vor Wut lief sie zu Madame Marneffe, denn sie war ohne Wohnung, da der Marschall seinen Mietvertrag auf Lebenszeit abgeschlossen hatte. Um die Freundin seiner Valérie zu trösten, nahm Crevel Bettes Ersparnisse, verdoppelte sie großzügig, legte das Kapital zu fünf Prozent an, ließ ihr die Nutznießung und ließ das Eigentumsrecht auf Célestines Namen eintragen. Dank dieser Maßnahmen besaß Lisbeth zweitausend Francs Leibrente. Im Nachlaß des Marschalls wurde ein Brief gefunden, in dem er seine Schwägerin, seine Nichte Hortense und seinen Neffen Victorin beauftragte, zu dritt derjenigen, die seine Frau hatte werden sollen, nämlich Mademoiselle Lisbeth Fischer, zwölfhundert Francs Leibrente zu zahlen.

Adeline, die den Baron zwischen Leben und Tod schweben sah, gelang es, ihm den Tod des Marschalls einige Tage lang zu verheimlichen; doch Lisbeth erschien in Trauerkleidung, und so wurde ihm die verhängnisvolle Wahrheit elf Tage nach dem Begräbnis enthüllt. Dieser furchtbare Schlag gab dem Kranken seine Energie zurück; er stand auf und fand seine ganze Familie schwarz gekleidet im Salon versammelt; bei seinem Anblick verstummte sie. Hulot war innerhalb von vierzehn Tagen zum Gespenst abgemagert; er dünkte seine Familie ein Schatten seiner selbst.

»Es muß ein Entschluß gefaßt werden«, sagte er mit erloschener Stimme, als er sich auf einen Lehnstuhl setzte und diese Versammlung musterte, in der nur Crevel und Steinbock fehlten.

»Hier können wir nicht bleiben«, hatte Hortense gerade, als ihr Vater erschien, zu bedenken gegeben, »die Miete ist zu teuer ...«

»Was die Frage der Wohnung anbelangt«, sagte Victorin in das peinliche Schweigen hinein, »so biete ich *meiner Mutter* ...«

Als der Baron diese Worte vernahm, die ihn auszuschließen schienen, hob er den gegen den Teppich geneigten Kopf, wo er die Blumen, ohne sie zu sehen, betrachtet hatte, und warf einen kläglichen Blick auf den Advokaten. Die Rechte des Vaters sind stets so heilig, auch wenn er infam und seiner Ehre bar ist, daß Victorin innehielt.

»Ihrer Mutter ...«, wiederholte der Baron. »Sie haben recht, mein Sohn!«

»... die Wohnung über der unsern, in unserm Gartenhaus«, vollendete Célestine den Satz ihres Mannes.

»Ich störe euch, Kinder ...?« fragte der Baron mit dem Schmerz der Leute, die sich selber aufgegeben haben. »Oh, seid ohne Sorge über die Zukunft; ihr werdet euch nicht über euern Vater zu beschweren haben, und ihr braucht ihn erst wieder zu empfangen, wenn ihr nicht mehr über ihn zu erröten braucht.«

Er umarmte Hortense und küßte sie auf die Stirn. Er tat seinem Sohn die Arme auf, und dieser stürzte sich wie verzweifelt hinein, da er die Absichten des Vaters ahnte. Der Baron gab Lisbeth einen Wink; sie ging zu ihm hin und er küßte sie auf die Stirn. Dann zog er sich in sein Schlafzimmer zurück, wohin Adeline ihm folgte; Besorgnis krampfte ihr das Herz zusammen.

»Mein Bruder hatte recht, Adeline«, sagte er und nahm sie bei der Hand. »Ich bin des Lebens innerhalb der Familie unwürdig. Ich habe es nicht gewagt, meine armen Kinder, deren Verhalten erhaben gewesen ist, anders zu segnen als in meinem Herzen; sag ihnen, ich hätte sie lediglich küssen können; denn von seiten eines Ehrlosen, eines Vaters, der zum Mörder wird, zur Geißel der Familie, anstatt ihr Schützer und ihr Ruhm zu sein, könnte ein Segen zum Verhängnis gedeihen; aber ich werde sie alle Tage aus der Ferne segnen. Was nun dich betrifft, so kann nur Gott allein, denn er ist allmächtig, dir einen Lohn spenden, der dem entspricht, was du getan hast . . .! Ich bitte dich um Verzeihung«, sagte er und kniete vor seiner Frau nieder, nahm ihre Hände und feuchtete sie mit Tränen.

»Hector! Hector! Deine Sünden sind groß, aber das göttliche Mitleid ist unendlich, und du kannst alles dadurch wiedergutmachen, daß du bei mir bleibst . . . Erhebe dich in christlichen Gefühlen, mein Freund . . . Ich bin deine Frau und nicht dein Richter. Ich gehöre dir, mach mit mir, was du willst, nimm mich mit, wohin du gehst, ich fühle in mir die Kraft, dich zu trösten, dir das Leben erträglich zu machen, und zwar durch Liebe, durch Fürsorge und Achtung . . .! Unsere Kinder stehen auf eigenen Füßen; sie brauchen mich nicht mehr. Erlaub mir, die Schmerzen deines Exils, deines Elends zu teilen, um sie zu lindern. Ich werde stets zu etwas tauglich sein, und sei es nur dazu, dir die Kosten einer Magd zu ersparen . . .«

»Verzeihst du mir, meine liebe, vielgeliebte Adeline?«

»Ja; aber steh auf, Liebster!«

»Nun, mit dieser Verzeihung werde ich leben können!« fuhr er fort und erhob sich. »Ich bin in unser Schlafzimmer gegangen, damit unsere Kinder nicht Zeugen der Erniedrigung ihres Vaters seien. Ach, alle Tage einen Vater vor sich zu sehen, der schuldbeladen ist wie ich, darin liegt etwas Entsetzliches, das die väterliche Macht zerstört und die Familie auflöst. Also kann ich nicht unter euch bleiben; ich verlasse euch, um euch den häßlichen Anblick eines würdelosen Vaters zu ersparen. Widersetze dich nicht meiner Flucht, Adeline. Das würde heißen, dich selber mit der Pistole bewaffnen, mit der ich mich erschießen würde ... Mit einem Wort, folge mir nicht an meine Zufluchtsstätte, sonst würdest du mich der einzigen Kraft berauben, die mir verbleibt, derjenigen der Reue.«

Hectors Energie erlegte der sterbenselenden Adeline Schweigen auf. Diese Frau, die so groß inmitten so vieler Untergänge war, schöpfte ihren Mut aus der innigen Vereinigung mit ihrem Mann; denn nun sah sie, daß er ihr gehörte; sie wurde sich der erhabenen Aufgabe bewußt, ihn zu trösten, ihn dem Familienleben wiederzugeben und ihn mit sich selbst auszusöhnen.

»Hector, so willst du mich also vor Verzweiflung, Ängsten und Beunruhigungen sterben lassen ...?« fragte sie, nun sie sah, wie die Grundursache ihrer Kraft ihr entzogen wurde.

»Ich werde zu dir zurückkehren, du, wie ich glaube, eigens für mich vom Himmel niedergestiegener Engel; ich werde wieder zu dir zurückkehren, wenn nicht reich, so doch wenigstens in Wohlstand. Hör zu, meine gute Adeline, hier kann ich aus einer Fülle von Gründen nicht bleiben. Erstens ist meine Pension, die sechstausend Francs betragen dürfte, für vier Jahre verpfändet; ich habe also nichts. Doch das ist noch nicht alles! Innerhalb weniger Tage droht mir die Verhaftung, der an Vauvinet gegebenen Wechsel wegen ... Also muß ich untertauchen, bis mein Sohn, dem ich genaue Weisungen hinterlassen werde, jene Wechsel aufgekauft hat. Mein Verschwinden wird dabei gute Dienste leisten. Wenn meine Pension verfügbar wird, wenn Vauvinet bezahlt ist, werde ich zu dir zurückkehren ... Du würdest das Geheimnis meines Exils verraten. Sei ruhig, weine nicht, Adeline ... Es handelt sich nur um einen Monat ...«

»Wohin gehst du? Was wirst du tun? Was soll aus dir werden? Wer wird dich betreuen, da du doch nicht mehr jung bist? Laß mich mit dir verschwinden, wir können ja ins Ausland gehen«, sagte sie.

»Nun, wir werden sehen«, wehrte er ab.

Der Baron läutete, befahl Mariette, alle seine Sachen zusammenzusuchen und sie schnell und heimlich in Koffer zu packen. Dann umarmte er seine Frau mit überströmender, ihr ungewohnter Zärtlichkeit und bat sie, ihn eine Weile allein zu lassen, damit er die Weisungen niederschreiben könne, deren Victorin bedürfe; er versprach ihr, das Haus erst nach Einbruch der Dunkelheit und zusammen mit ihr zu verlassen. Sobald die Baronin in den Salon zurückgekehrt war, durchschritt der gewitzte alte Herr das Toilettekabinett, gelangte auf den Flur und hinterließ Mariette ein Kärtchen, auf das er geschrieben hatte: »Senden Sie meine Koffer per Eisenbahn nach Corbeil, an Monsieur Hector, bahnlagernd Corbeil.« Der Baron saß bereits in einer Droschke und durchfuhr Paris, als Mariette der Baronin jene Zeilen zeigte und ihr sagte, Monsieur habe gerade das Haus verlassen. Adeline stürzte ins Schlafzimmer und zitterte mehr denn je; ihre erschrockenen Kinder hörten einen durchdringenden Schrei und folgten ihr dort hinein. Die ohnmächtig gewordene Baronin wurde aufgehoben; sie mußte zu Bett gebracht werden; ein Nervenfieber hatte sie gepackt, das sie einen Monat lang zwischen Tod und Leben schweben ließ.

»Wo ist er?« war die einzige Äußerung, die sie tat.

Victorins Nachforschungen waren fruchtlos, und zwar aus folgendem Grund. Der Baron hatte sich nach der Place du Palais-Royal fahren lassen. Von dort aus durchquerte dieser Mann, der all seine Intelligenz wiedergefunden hatte, um einen Plan durchzuführen, der von ihm während der Tage, die er, von Schmerz und Kummer ausgelöscht, im Bett verbracht hatte, überlegt worden war, das Palais Royal und nahm in der Rue Joquelet einen hocheleganten Mietwagen. Auf seinen Befehl hin fuhr der Kutscher in die Rue de la Ville-l'Evêque hinein, bis zum Palais Josépha, dessen Tore sich auf den Ruf des Kutschers hin für diesen Prunkwagen geöffnet hatten. Von Neugier gelockt, kam Josépha herbei; ihr Diener hatte ihr gesagt, ein gebrechlicher alter Herr, der zum Verlassen seines Wagens außerstande sei, bitte sie, für einen Augenblick herunterzukommen.

»Josépha! Ich bin's . . .!«

Die berühmte Sängerin erkannte ihren Hulot lediglich an der Stimme.

»Was? Du, mein guter Alter . . .? Mein Ehrenwort, du siehst aus wie die Zwanzigfrancsstücke, die die deutschen Juden geschlämmt haben und die die Wechsler zurückweisen.«

»Leider ja!« antwortete Hulot, »ich komme aus den Armen des Todes! Du jedoch bist noch immer schön; ob du auch gut sein wirst?«

»Je nachdem; alles ist relativ!« sagte sie.

»Hör zu«, fuhr Hulot fort. »Kannst du mich für ein paar Tage in einem Dienerzimmer unterm Dach unterbringen? Ich bin völlig mittellos, ohne Hoffnung, ohne Brot, ohne Ruhegehalt, ohne Frau und Kinder, ohne ein Dach überm Kopf, ehrlos, mutlos, ohne Freund, und, schlimmer noch, unter dem Druck von Wechseln ...«

»Armer Alter! Das sind ein bißchen viel ›Ohne‹. Bist du auch Sansculotte[195]?«

»Du lachst? Dann bin ich erledigt!« rief der Baron. »Dabei hatte ich mich auf dich verlassen wie Gourville auf Ninon[196].«

»Dich hat, so wurde mir gesagt«, fuhr Josépha fragend fort, »eine Frau aus der Gesellschaft in diese Lage versetzt? Diese Schäkerinnen verstehen sich besser als wir aufs Puterrupfen ...! Oh, du siehst aus wie ein Gerippe, das die Raben haben liegen lassen ... man kann durch dich hindurchsehen!«

»Die Zeit drängt, Josépha!«

»Komm herein, alter Knabe! Ich bin allein, und meine Dienerschaft kennt dich nicht. Schick deinen Wagen fort. Ist er bezahlt?«

»Ja«, sagte der Baron und stieg aus, auf Joséphas Arm gestützt.

»Du kannst, wenn du willst, als mein Vater gelten«, sagte die Sängerin, die Mitleid überkommen hatte.

In dem prächtigen Salon, wo Hulot sie zum letztenmal gesehen hatte, forderte sie ihn zum Platznehmen auf.

»Stimmt es, Alter«, fuhr sie fort, »daß du deinen Bruder und deinen Onkel umgebracht, deine Familie ruiniert, das Haus deiner Kinder mit Hypotheken überbelastet und zusammen mit deiner Prinzessin afrikanische Regierungsgelder vernascht hast?«

Der Baron senkte bekümmert den Kopf.

»Na, so was mag ich!« rief Josépha und sprang begeistert auf. »Das ist ein Totalverlust durch Großfeuer! Sardanapal ist das! Groß! Vollkommen! Man ist eine Kanaille, aber man hat Herz. Gut! Mir ist ein Verschwender, der so erpicht auf Frauen ist wie du, lieber als diese kalten, seelenlosen Bankiers, von denen es heißt, sie seien tugendhaft und die Tausende von Familien durch ihre Eisenbahnaktien ruinieren, die für sie Gold und für die Tölpel Eisen sind! Du hast wenigstens nur die Deinen zugrundegerichtet, du hast nur über dich verfügt! Und außerdem hast du eine physische und moralische Entschuldigung ...«

Sie nahm eine tragische Pose ein und sagte:

»S'ist Venus ganz und gar, die ihre Beute hält.«

»Da haben wir's!« sagte sie noch und vollführte eine Pirouette.

Hulot wurde freigesprochen durch das Laster, das Laster lächelte ihm inmitten seines wahnwitzigen Luxus zu. Hier, wie für die Geschworenen, war die Größe des Verbrechens ein mildernder Umstand.

»Ist sie wenigstens hübsch, deine Weltdame?« fragte die Sängerin; als erstes Almosen wollte sie Hulot, dessen Schmerz ihr naheging, ablenken.

»Wirklich fast so hübsch wie du!« antwortete der Baron klüglich.

»Und ... auch hübsch zu Possen aufgelegt, wie man mir gesagt hat? Was hat sie denn mit dir angestellt? Ist sie drolliger als ich?«

»Wir wollen nicht länger von ihr sprechen«, erklärte Hulot.

»Es heißt, sie habe meinen Crevel, den kleinen Steinbock und einen großartigen Brasilianer beim Wickel?«

»Das kann sein ...«

»Sie wohnt in einem Palais, das ebenso hübsch wie dies hier ist; Crevel hat es ihr geschenkt. Dies Frauenzimmer ist mein Profoß; sie macht die Leute fertig, die ich angekratzt habe! Deswegen, Alter, bin ich so neugierig, zu erfahren, wie sie ist; ich habe sie im Bois in ihrem Wagen gesehen, aber nur von weitem ... Sie ist, hat Caroline mir gesagt, eine abgefeimte Diebin! Sie versucht, Crevel zu verspeisen; aber den wird sie nur anknabbern können. Crevel ist eine ›Ratte‹, eine Ratte in Biedermannsgestalt; er sagt stets ›ja‹ und handelt nur nach seinem Kopf. Er ist eitel, er steckt voller Leidenschaft; aber sein Geld ist kalt. Man kann solchen Kerlen nur tausend oder dreitausend Francs den Monat abknöpfen, vor großen Summen werden sie störrisch wie die Esel vor einem Bach. Die sind nicht wie du, guter Alter; du bist ein Mann der Leidenschaften, dich könnte man dazu bringen, dein Vaterland zu verraten! Daher, siehst du, bin ich bereit, alles für dich zu tun! Du bist mein Vater, du hast mich durchgesetzt! So was ist heilig. Was brauchst du? Willst du hunderttausend Francs? Ich würde mich abschinden, um sie dir zu verschaffen. Dir Essen und eine Bleibe zu geben, das ist nichts. Es wird für dich alle Tage ein Gedeck aufgelegt; du kannst ein schönes Zimmer im zweiten Stock beziehen und bekommst monatlich hundert Taler Taschengeld.«

Gerührt ob dieses Empfanges bekam der Baron seine letzte Anwandlung von Noblesse.

»Nein, Kleine, nein. Ich bin nicht hergekommen, um mich aushalten zu lassen«, sagte er.

»In deinem Alter ist das ein stolzer Triumph!« sagte sie.

»Folgendes wünsche ich, mein Kind. Dein Herzog von Hérouville hat riesengroße Güter in der Normandie, und ich möchte unter dem Namen Thoul[197] sein Verwalter werden. Ich habe dazu die Befähigung und Redlichkeit; denn wenn man seiner Regierung was wegnimmt, so heißt das noch lange nicht, daß man sich an einer Privatkasse vergreift . . .«

»Haha!« lachte Josépha, »wer mal getrunken hat, wird weitertrinken!«

»Kurz und gut, ich erbitte nichts, als drei Jahre lang zu leben, ohne daß mich jemand kennt . . .«

»Das läßt sich im Handumdrehen regeln, heute abend, nach Tisch«, sagte Josépha, »ich brauche nur die Rede darauf zu bringen. Der Herzog würde mich heiraten, wenn ich wollte; aber ich habe ja sein Vermögen, und ich will mehr . . . nämlich seine Achtung! Er ist ein Herzog, wie er sein soll. Nobel, vornehm, groß wie Ludwig XIV. und Napoleon aufeinandergestellt, obwohl ein Zwerg. Und überdies habe ich gehandelt wie die Schontz mit Rochefide[198]: durch meine Ratschläge hat er unlängst zwei Millionen verdient. Aber hör mal zu, alter Kauz . . .! Ich kenne dich, du bist versessen auf Frauen, und du würdest da unten hinter den kleinen Normanninnen her sein; das sind prächtige Mädchen; du würdest dir von den Burschen oder den Vätern die Knochen im Leib entzweischlagen lassen, und der

Herzog würde genötigt sein, dich vor die Tür zu setzen. Merke ich etwa nicht an der Art und Weise, wie du mich anschaust, daß der ›Jüngling‹ in dir noch nicht erstorben ist, wie Fénélon gesagt hat? Solch ein Verwalterposten ist nichts für dich. Siehst du, Alter, man bricht nicht so ohne weiteres mit Paris und mit uns! Auf Hérouville würdest du vor Langeweile verrecken!«

»Was soll werden?« fragte der Baron. »Ich will nur so lange bei dir bleiben, bis ich einen Entschluß gefaßt habe.«

»Paß mal auf. Willst du, daß ich dich so unterbringe, wie ich es für gut halte? Dann hör zu, alter Fußbrenner ...![199] Du brauchst Frauen. Die trösten über alles hinweg. Jetzt hör mal gut zu. Unterhalb der Courtille[200], in der Rue Saint Maur-du-Temple, kenne ich eine arme Familie, die einen Schatz besitzt: ein kleines Mädchen, hübscher, als ich es mit sechzehn Jahren war ...! Haha, deine Augen leuchten bereits auf! Dies Wesen arbeitet täglich sechzehn Stunden; sie bestickt kostbare Stoffe für die Seidenhändler und verdient den Tag sechzehn Sous, einen Sou die Stunde, ein Elend ist das ...! Und sie ißt wie die Irländer Kartoffeln, aber in Rattenfett gebraten, fünfmal die Woche Brot; sie trinkt Ourcq-Wasser aus der städtischen Rohrleitung, weil das Seinewasser zu teuer ist; und sie kann sich nicht auf eigene Füße stellen, weil dazu sechs- oder siebentausend Francs nötig wären. Sie würde hundert gräßliche Dinge begehen, um zu sechs- oder achttausend Francs zu gelangen. Deine Familie und deine Frau öden dich an, nicht wahr ...? Überdies kann man sich dort, wo man ein Gott war, nicht als ein Nichts sehen. Ein Vater ohne Geld und Ehre kann sich ausstopfen und hinter Glas setzen lassen ...«

Der Baron konnte nicht umhin, diese wüsten Scherze zu belächeln.

»Also, die kleine Bijou kommt morgen und bringt mir einen gestickten Morgenrock, eine Köstlichkeit; sie haben sechs Monate daran gearbeitet, niemand wird einen solchen Stoff sein eigen nennen! Bijou mag mich; ich schenke ihr nämlich Leckereien und meine alten Kleider. Ferner schicke ich der Familie Gutscheine für Brot und Gutscheine für Holz und Fleisch; sie würde für mich, wenn ich es wollte, dem Erstbesten beide Schienbeine entzweischlagen. Ich versuche, ein bißchen Gutes zu tun! Ach, ich weiß, was ich gelitten habe, als ich Hunger hatte! Bijou hat mir ihre kleinen, vertraulichen Geständnisse ins Herz geschüttet. In dem kleinen Mädchen steckt das Zeug zu einer Statistin am Ambigu-Comique[201]. Bijou träumt davon, so schöne Kleider wie ich zu tragen und vor allem, im Wagen spazieren zu fahren. Ich werde ihr sagen: ›Kleine, willst du einen Herrn von . . .‹ Wie alt bist du eigentlich . . .?« fragte sie, sich unterbrechend, »zweiundsiebzig . . .« – »Ich habe kein Alter mehr!«

»›Willst du‹, werde ich ihr sagen, ›einen zweiundsiebzigjährigen Herrn, der glänzend aussieht, keinen Tabak schnupft, kerngesund ist und es mit einem jungen Mann aufnimmt? Du verheiratest dich mit ihm im dreizehnten Arrondissement[202], er wird nett mit euch zusammenwohnen, euch siebentausend Francs zahlen, damit ihr auf eure Kosten kommt, und dir eine Wohnung ganz in Mahagoni einrichten; und wenn du ihn nicht betrügst, wird er dann und wann mit dir ins Theater gehen. Er gibt dir nämlich hundert Francs Taschengeld und fünfzig Francs zum Vertun!‹ Ich kenne Bijou; sie ist, wie ich mit vierzehn war! Ich habe vor Freude einen Luftsprung gemacht, als der abscheuliche Crevel mir dergleichen wüste Vorschläge machte! Also, Alter, auf diese Weise bist du für drei Jahre versorgt. Das Mädchen ist brav, ist anständig und wird zudem für drei oder vier Jahre Illusionen haben, länger nicht.«

Hulot zögerte nicht; sein Entschluß, abzulehnen, war gefaßt; aber um der gutmütigen, vortrefflichen Sängerin zu danken, die das Gute auf ihre Art tat, stellte er sich, als schwanke er zwischen Laster und Tugend.

»Na, aber! Du bleibst kalt wie ein Pflasterstein im Dezember!« fuhr sie erstaunt fort. »Bedenk doch, du machst das Glück einer ganzen Familie; sie besteht aus einem Großvater, der umhertrottelt, einer Mutter, die sich zuschanden arbeitet, und zwei Schwestern, deren eine sehr häßlich ist und die beide zweiunddreißig Sous verdienen und sich dabei die Augen verderben. Das gleicht das Unglück aus, das du den Deinen verursacht hast; du machst deine Sünden wieder gut und amüsierst dich dabei wie eine Lorette[203] beim Ball Mabille[204].«

Um dieser Verführungsszene ein Ende zu machen, vollführte Hulot die Geste des Geldzählens.

»Mach dir keine Sorgen über die Mittel und Wege«, entgegnete Josépha. »Mein Herzog wird dir zehntausend Francs leihen; siebentausend für die Einrichtung einer Stickerei-Werkstatt unter dem Namen Bijou, dreitausend für deine Wohnungseinrichtung, und alle Vierteljahr wirst du einen Scheck auf sechshundertfünfzig Francs vorfinden. Wenn dein Ruhegehalt wieder frei ist, zahlst du dem Herzog die rund siebzehntausend Francs zurück. Inzwischen bist du glücklich und sitzt dick in der Wolle, abseits in einem Loch, wo nicht mal die Polizei dich aufstöbern kann! Du ziehst dir einen dicken Überrock aus Wollstoff an; dann siehst du aus wie ein behaglicher Hausbesitzer des Stadtviertels. Nenne dich getrost Thoul, wenn dir der Sinn danach steht. Ich gebe dich Bijou als einen meiner Onkel, der aus Deutschland kommt, weil er da Pleite gemacht hat; du wirst verwöhnt wie ein Gott. So stehen die Dinge, Papa ...! Wer weiß? Vielleicht wirst du dich nach gar nichts zurücksehnen? Für den Fall, daß du dich mal langweilen solltest, behalte einen deiner Gesellschaftsanzüge; dann kommst du her und lädst mich zum Essen und für den Abend ein.«

»Ich, der ich hatte tugendhaft und ordentlich werden wollen ...! Komm, verschaff mir leihweise zwanzigtausend Francs; dann reise ich nach Amerika, um dort zu Glück und Geld zu gelangen wie mein Freund d'Aiglemont, als Nucingen ihn ruiniert hatte[205]«

»Du?« rief Josépha aus. »Überlaß doch die Sittlichkeit den Krämern, den Einfältigen und den frrrranzösischen Bürgern, die, um sich zur Geltung zu bringen, nichts als die Tugend haben! *Du* bist zu andern Dingen geboren als irgendein Tropf; du bist als Mann, was ich als Frau bin: ein genialer Tagedieb!«

»Die Nacht bringt Rat; wir wollen morgen über all das reden.«

»Du wirst mit dem Herzog zu Abend essen. Mein Hérouville wird dich so höflich empfangen, als ob du den Staat gerettet hättest! Und morgen faßt du dann einen Entschluß. Jetzt aber wollen wir guter Dinge sein, Alter. Das Leben ist ein Bekleidungsstück; wenn es schmutzig ist, bürstet man es aus! Wenn es ein Loch hat, stopft man es; aber man bleibt so lange damit bekleidet, wie man kann!«

Diese Philosophie des Lasters und ihr Schwung zerstreuten den Kummer, der in Hulot brodelte.

Am nächsten Mittag, nach einem kräftigen Essen, sah Hulot eins der lebendigen Meisterwerke eintreten, die auf Erden lediglich Paris hervorbringt und es zur Erbin von Ninive, Babylon und dem Rom der Kaiserzeit macht, Meisterwerke als Ergebnis eines unaufhörlichen Konkubinats des Luxus mit dem Elend, des Lasters mit der Anständigkeit, des unterdrückten Begehrens und neu erstehender Versuchung. Mademoiselle Olympe Bijou, ein sechzehnjähriges Mädchen, hatte das sublime Antlitz, das Raffael für seine Madonnen entdeckte, Augen von einer Unschuld, die ein Übermaß an Arbeit traurig gemacht hat, schwarze, träumerische Augen mit langen Wimpern, Augen, deren Feuchtigkeit das Brennen durcharbeiteter Nächte getrocknet hat, Augen, die verdüstert von Erschöpfung waren; dazu eine porzellanene, fast kränkliche Gesichtsfarbe; dazu ein Mund wie ein aufgesprungener Granatapfel, eine wogende Brust, füllige Formen, hübsche Hände, Zähne von vornehmem Email, schwarzes, üppiges Haar, und das alles in Kattun zu fünfundsiebzig Centimes das Meter gehüllt, geschmückt mit einem gestickten Krägelchen, auf Lederschuhen ohne Nägel wandelnd, und mit Handschuhen für neunundzwanzig Sous ausstaffiert. Das Kind, das um seinen Wert nicht wußte, hatte seine schönste Toilette angelegt, weil es zu einer großen Dame ging. Den Baron packte aufs neue die Krallenhand der Wollust; ihm war, als entströme seinen Augen all sein Leben. Angesichts dieses köstlichen Geschöpfs vergaß er alles. Er war wie der Jäger, der das Wild erblickt; dann legt man sogar in der Gegenwart eines Kaisers an.

»Und«, flüsterte Josépha ihm zu, »sie ist unter Garantie unberührt; sie ist anständig und hat nichts zu essen! Das ist Paris! Mit mir ist es genauso gewesen!«

»Einverstanden«, erwiderte der alte Herr, stand auf und rieb sich die Hände.

Als Olympe Bijou gegangen war, blickte Josépha den Baron mit boshafter Miene an.

»Wenn du keine Verdrießlichkeiten haben willst, Papa«, sagte sie, »dann sei streng wie ein Generalstaatsanwalt auf seinem Gerichtsstuhl. Halte die Kleine am Zügel, sei Bartolo[206]! Hab ein Auge auf die jungen Leute, mögen sie Auguste, Hippolyte, Nestor oder Victor heißen, auf alle mit ›or‹[207]! Ja, ja! Wenn so etwas erst anständig angezogen und gut genährt ist, wenn so etwas den Kopf hebt, dann wirst du gegängelt wie ein Russe ... Ich will sehen, daß ich dir eine Wohnung verschaffe. Der Herzog macht gut, was er unternimmt; er leiht dir, das heißt, er schenkt dir zehntausend Francs, und achttausend hinterlegt er bei seinem Notar, der beauftragt wird, dir vierteljährlich sechshundert-Francs auszuzahlen; denn ich habe ein bißchen Angst um dich. Bin ich nett ...?«

»Anbetenswert!«

Zehn Tage, nachdem Hulot seine Familie verlassen hatte, gerade als diese, Tränen in den Augen, das Bett der todkranken Adeline umstand, die mit schwacher Stimme sagte: »Was mag er wohl tun und treiben?«, stand Hector unter dem Namen Thoul in der Rue Saint-Maur mit Olympe einer Stickerei-Handlung vor, unter der gesellschaftlichen Unvernunft des Firmennamens »Thoul und Bijou«.

Victorin Hulot hatte durch das Unglück, das seine Familie hartnäckig verfolgte, jenen letzten Schliff erhalten, der den Mann entweder vervollkommnet oder demoralisiert. Er wurde vollkommen. In den großen Stürmen des Lebens handelt man wie die Kapitäne, die im Orkan das Schiff um schwere Waren erleichtern. Der Advokat legte seinen inneren Hochmut ab, seine zur Schau getragene Selbstsicherheit, seinen Rednerdünkel und seinen politischen Ehrgeiz. Kurzum, er wurde als Mann, was seine Mutter als Frau war. Er beschloß, seine Célestine in Kauf zu nehmen, die wahrhaftig nicht die Verwirklichung seines Traumes war; er beurteilte das Leben auf gesunde Weise, weil er eingesehen hatte, daß das allgemeine Gesetz dazu verpflichtet, sich in allen Dingen mit dem »Ungefähr« zu begnügen. Also gelobte er sich, seine Pflichten in dem Maß zu erfüllen, wie das Verhalten seines Vaters ihn entsetzte. Diese Gefühle erstarkten am Krankenbett seiner Mutter an dem Tag, da sie außer Gefahr war. Dieses erste Glück kam nicht allein. Claude Vignon, der täglich durch den Fürsten von Weißenburg über den Gesundheitszustand der Madame Hulot unterrichtet worden war, bat den wiedergewählten Abgeordneten, ihn zu dem Minister zu begleiten. »Seine Exzellenz«, sagte er zu ihm, »wünscht eine Besprechung mit Ihnen in Familienangelegenheiten.« Victorin und der Minister kannten sich seit langem; daher empfing der Marschall ihn mit einer betonten Leutseligkeit, die ein gutes Vorzeichen war.

»Lieber Freund«, sagte der alte Kriegsmann, »in diesem Zimmer habe ich Ihrem Onkel, dem Marschall, geschworen, für Ihre Mutter zu sorgen. Diese heiligmäßige Frau fängt an sich wieder zu erholen, wie mir gesagt worden ist, und so ist der Augenblick gekommen, Ihrer aller Wunden zu verbinden. Ich habe hier zweihunderttausend Francs für Sie; die will ich Ihnen übergeben.«

Der Advokat vollführte eine Geste, die seines Onkels, des Marschalls, würdig gewesen wäre.

»Beruhigen Sie sich«, sagte der Fürst lächelnd. »Es ist ein Fideikommiß. Meine Tage sind gezählt; ich werde nicht immer hier sein; also nehmen Sie diese Summe, und ersetzen Sie mich in Ihrer Familie. Sie können sich dieses Geldes bedienen, um die Hypotheken abzustoßen, die Ihr Haus belasten. Diese zweihunderttausend Francs gehören Ihrer Mutter und Ihrer Schwester. Gäbe ich diese Summe Madame Hulot, so würde ihre Anhänglichkeit an ihren Gatten mich fürchten lassen, sie würde vergeudet, und es ist die Absicht derer, die sie spenden, daß sie Madame Hulot und ihrer Tochter, der Gräfin Steinbock, das tägliche Brot sichert. Sie sind ein vernünftiger Mann, der würdige Sohn Ihrer edlen Mutter und der wahre Neffe meines Freundes, des Marschalls; Sie werden hier geschützt, lieber Freund, wie auch anderswo. Seien Sie also der Schutzengel der Familie; nehmen Sie das Vermächtnis Ihres Onkels und das meinige an.«

»Monsieur«, sagte Hulot, ergriff die Hand des Ministers und drückte sie, »Menschen wie Sie wissen, daß Dank durch Worte nichts bedeutet; Dankbarkeit *beweist* man.«

»Beweisen Sie mir die Ihrige!« sagte der alte Soldat.

»Was muß ich tun?«

»Meine Vorschläge annehmen«, sagte der Minister. »Man möchte Sie zum Anwalt für Prozeßangelegenheiten des Kriegsministeriums ernennen, das, was die Abteilung Kriegsbauwesen betrifft, im Zusammenhang mit den Pariser Befestigungen mit

Streitsachen überlastet ist; ferner zum Rechtsberater der Polizeipräfektur und der Zivilliste. Diese drei Funktionen bieten Ihnen ein Gehalt von achtzehntausend Francs, ohne Ihnen Ihre Unabhängigkeit zu nehmen. In der Abgeordnetenkammer können Sie entsprechend Ihren politischen Überzeugungen und Ihrem Gewissen abstimmen ... Handeln Sie in aller Freiheit; wirklich, wir würden bald in große Verlegenheit geraten, wenn wir keine nationale Opposition hätten! Und schließlich, ein paar Zeilen Ihres Onkels, die er wenige Stunden vor dem Aushauchen seines letzten Seufzers niedergeschrieben hat, haben mir mein Verhalten gegenüber Ihrer Mutter vorgezeichnet, die der Marschall sehr liebgehabt hat ...! Die Damen Popinot, de Rastignac, de Navarreins, d'Espard, de Grandlieu, de Carigliano, de Lenoncourt und de la Bâtie haben für Ihre Mutter die Stellung einer Aufsichtsdame im Wohltätigkeitswesen geschaffen. Jene Präsidentinnen der Wohltätigkeitsvereinigungen können nicht alles machen; sie brauchen eine Vertrauensperson, die sie tatkräftig vertritt, die die Armen besucht, die herausfindet, ob das Mitleid nicht getäuscht wird, die feststellt, ob die Unterstützungen, die den darum Bittenden gewährt wurden, auch erstattet worden sind, die in die Wohnungen verschämter Armer geht, usw. Ihre Mutter wird die Mission eines Engels erfüllen; sie wird lediglich in Verbindung mit den Herrn Pfarrern und den Komiteedamen stehen; sie bekommt jährlich sechstausend Francs, und die Droschkenfahrten werden ihr bezahlt. Sie sehen, junger Mann, daß der saubere, auf eine noble Weise tugendhafte Mann noch aus der Tiefe seines Grabes heraus seine Familie schützt. Namen wie derjenige Ihres Onkels sind eine Ägis gegen das Unglück in einer gut organisierten Gesellschaft und müssen es sein. Folgen Sie also den Spuren Ihres Onkels, verharren Sie darin, denn Sie sind auf dem rechten Wege, ich weiß es!«

»Soviel Zartgefühl, Fürst, wundert mich nicht bei dem Freund meines Onkels«, sagte Victorin. »Ich will versuchen, allen Ihren Hoffnungen zu entsprechen.«

»Gehen Sie und bringen Sie schleunigst Ihrer Familie Trost ...! Dies noch, sagen Sie mir,« fuhr der Fürst fort und tauschte mit Victorin einen Händedruck, »Ihr Vater ist also verschwunden?«

»Leider ja.«

»Um so besser. Damit hat dieser Unselige bewiesen, was ihm, nebenbei gesagt, nicht fehlt, nämlich Geist.«

»Er hat Wechsel zu befürchten.«

»Ach so. Sie werden«, sagte der Marschall, »das Halbjahreshonorar für Ihre drei Stellungen ausgezahlt erhalten. Dieser Vorschuß wird Ihnen wohl helfen, jene Wechsel dem Wucherer aus den Händen zu nehmen. Ich werde übrigens mit Nucingen zusammentreffen, und vielleicht kann ich das Ruhegehalt Ihres Vaters freibekommen, ohne daß es Sie oder mein Ministerium einen Liard kostet. Der Pair von Frankreich hat in Nucingen dem Bankier nicht den Garaus gemacht; er ist unersättlich, und er verlangt eine Konzession für irgendwas . . .«

Nach seiner Rückkehr in die Rue Plumet konnte Victorin also seinen Plan durchführen und Mutter und Schwester zu sich ins Haus nehmen.

Der junge, berühmte Advokat besaß als einziges Vermögen eins der schönsten Häuser von ganz Paris; er hatte es im Jahre 1834 in Voraussicht seiner Heirat gekauft. Es lag am Boulevard, zwischen der Rue de la Paix und der Rue Louis-le-Grand. Ein Spekulant hatte an der Straße und am Boulevard zwei Häuser erbaut, in deren Mitte, zwischen zwei Gärtchen und den Höfen, ein prächtiges Gartenhaus gelegen war, ein Überbleibsel des Glanzes des großen Palais Verneuil. Der junge Hulot war der Mitgift der Mademoiselle Crevel sicher gewesen, und so hatte er bei der Versteigerung für eine Million diesen herrlichen Gesamtbesitz gekauft und fünfhunderttausend Francs darauf angezahlt. Er zog in das Erdgeschoß des Gartenhauses und glaubte, er werde den Rest der Kaufsumme mit den Mieten bezahlen können; doch Grundstücksspekulationen in Paris sind zwar etwas Sicheres, aber sie vollziehen sich langsam und launisch, denn sie hängen von unvorhergesehenen Umständen ab. Wie die Paris Durchschlendernden haben feststellen können, trug der Boulevard zwischen der Rue Louis-le-Grand und der Rue de la Paix erst spät Früchte; er wurde unter so großen Mühen sauberer und schöner, daß das Geschäftsleben dort erst im Jahre 1840 seine glänzenden Schaufenster, das Gold der Wechsler, die Feenkünste der Mode und den wahnwitzigen Luxus seiner Läden entfaltete. Trotz der zweihunderttausend Francs, die Crevel seiner Tochter in der Zeit übereignet, da seine Vaterliebe sich durch diese Heirat geschmeichelt gefühlt und als der Baron ihm noch nicht Josépha weggeschnappt hatte; trotz der zweihunderttausend Francs, die Victorin innerhalb von sieben Jahren abbezahlt hatte, belief die auf dem Haus lastende Schuld sich noch immer auf eine halbe Million, der Opferwilligkeit des Sohns gegenüber dem Vater wegen. Zum Glück hatten die ständige Erhöhung der Mieten und die Schönheit der Lage um diese Zeit den beiden Häusern ihren vollen Wert verschafft. Die Spekulation hatte sich nach einer Frist von acht Jahren gelohnt, und während dieser Zeit hatte der Advokat es sich sauer werden lassen, die Zinsen und ungenügende Abschlagszahlungen für das geschuldete Kapital aufzubringen. Die Kaufleute schlugen von sich aus vorteilhafte Mietpreise vor, unter der Bedingung, daß die Mietverträge unkündbar für achtzehn Jahre gelten sollten. Die Wohnungen stiegen im Preis durch die Verlegung des Geschäftszentrums, das sich zwischen der Börse und der Madeleine ansiedelte, dort, wo ehedem in Paris der Sitz der politischen Macht und der Bankwelt gewesen war. Die vom Minister zurückerstattete Summe im Verein mit dem vorausgezahlten Jahresgehalt und den von den Mietern bewilligten Aufgeldern führten dazu, daß Victorins Schuld sich auf zweihunderttausend Francs verringerte. Die Gesamtmieten aus den beiden Miethäusern mußten jährlich hunderttausend Francs ergeben. Noch zwei Jahre, während derer der junge Hulot von seinen Honoraren und denjenigen der Stellungen leben mußte, die der Marschall ihm verschafft hatte – dann würde er in einer glänzenden Lage sein. Es war vom Himmel gefallenes Manna. Victorin konnte seiner Mutter den ganzen ersten Stock des Gartenhauses einräumen, und seiner Schwester den zweiten, in dem Lisbeth zwei Zimmer bekommen sollte. Kurzum, der von Tante Bette betreute dreifache Haushalt würde alle seine Lasten selber tragen und eine anständige Außenseite darbieten, wie es dem berühmten Advokaten zukam. Die Gestirne des Justizpalastes schwanden rasch hin, und der mit einer vernünftigen Redegabe und strenger Redlichkeit begabte junge Hulot wurde von den Richtern und den Gerichtsräten angehört; er beschäftigte sich eingehend mit seinen Fällen; er sagte nichts, was er nicht beweisen konnte; er übernahm nicht unterschiedslos sämtliche Fälle, mit einem Wort, er machte seinem Stand Ehre.

Der Baronin war ihre Wohnung in der Rue Plumet so verleidet worden, daß sie sich in die Rue Louis-le-Grand bringen ließ. Dank ihrem Sohn bewohnte Adeline also eine prächtige Wohnung; alle materiellen Einzelheiten des Lebens wurden ihr erspart; denn Lisbeth nahm es auf sich, von neuem mit den Sparsamkeitskunststücken zu beginnen, die sie bei Madame Marneffe vollführt hatte, da sie darin ein Mittel erblickte, ihre dumpfen Rachegefühle auf diesen drei noblen Wesen lasten zu lassen, den Gegenständen eines Hasses, der durch den Zusammenbruch aller ihrer Hoffnungen angefacht worden war. Einmal im Monat ging sie zu Valérie; sie wurde von Hortense dorthin geschickt, die von Wenceslaus hören wollte, und von Célestine, die aufs äußerste beunruhigt über die zugegebene und öffentlich bekannte Liaison ihres Vaters mit einer Frau war, der ihre Schwiegermutter und ihre Schwägerin ihre Verarmung und ihr Unglück dankten. Wie man sich denken kann, zog Lisbeth aus dieser Neugierde Nutzen und ging so oft, wie sie es wollte, zu Valérie.

Etwa zwanzig Monate waren hingegangen; die Gesundheit der Baronin hatte sich gefestigt, freilich ohne daß das nervöse Zittern aufgehört hätte. Sie machte sich mit ihren Funktionen vertraut; diese bildeten edle Ablenkungen von ihrem Schmerz und eine Speise für die göttlichen Fähigkeiten ihrer Seele. Überdies erblickte sie darin ein Mittel, ihren Mann durch einen der Zufälle, die sie in alle Pariser Stadtviertel führten, wiederzufinden. Während dieser Zeit wurde Vauvinets Wechsel eingelöst, und das Ruhegehalt in Höhe von sechstausend Francs, auf das zugunsten des Barons Hulot Abzahlungen geleistet worden waren, war nahezu frei geworden. Victorin bestritt alle Ausgaben seiner Mutter sowie diejenigen Hortenses von den zehntausend Francs Zinsen des Kapitals, das der Marschall als Fideikommiß zurückerstattet hatte. Da »nun aber das Gehalt Adelines sechstausend Francs betrug, mußte diese Summe, zu der die sechstausend Francs des Ruhegehalts des Barons hinzutreten würden, bald ein jährliches Einkommen von zwölftausend Francs darstellen, ohne jedwede Belastung für Mutter und Tochter. Ohne die ständigen Besorgnisse um das Schicksal des Barons, von dem sie gewünscht hätte, daß er des Glücks genieße, das der Familie zu lächeln begann, und ohne den ständigen Anblick der verlassenen Tochter und die grausigen Schläge, die Lisbeth, deren höllischer Charakter sich keinerlei Hemmungen auferlegte, ihr »in aller Harmlosigkeit« versetzte, wäre die arme Frau fast glücklich gewesen.

Ein Vorkommnis, das zu Märzbeginn 1843 geschah, dürfte übrigens die Auswirkungen erklären, die der unablässige, latente Haß Lisbeths hervorrief, der Madame Marneffe stets half. In Madame Marneffes Haus hatten sich zwei bedeutsame Ereignisse vollzogen. Erstens hatte sie ein nicht lebensfähiges Kind zur Welt gebracht, dessen Sarg sie um zweitausend Francs Zinsen brachte. Zweitens hatte Lisbeth über den, der vor elf Monaten noch der gewisse Marneffe gewesen war, bei der Rückkehr von einem Erkundigungsgang nach dem Stadtpalais Marneffe der Familie folgende Nachricht überbracht: »Heute morgen«, so hatte sie erzählt, »hat diese gräßliche Valérie den Doktor Bianchon holen lassen, weil sie wissen wollte, ob die Ärzte, die am Vortag ihren Mann aufgegeben hatten, sich nicht geirrt hätten. Jener Arzt hat gesagt, daß dieser unsaubere Mensch noch diese Nacht der Hölle angehören werde, die ihn erwarte. Papa Crevel und Madame Marneffe haben den Arzt hinausbegleitet, und Ihr Vater, liebe Célestine, hat ihm für diese gute Nachricht fünf Goldstücke gegeben. Als Crevel wieder im Salon war, hat er Luftsprünge vollführt wie ein Tänzer, diese Frau geküßt und ausgerufen: ›Jetzt endlich wirst du meine Frau . . .!‹ Und als sie uns allein gelassen hat, weil sie wieder ihren Platz am Lager ihres röchelnden Mannes einnehmen wollte, da hat Ihr ehrenwerter Vater zu mir gesagt: ›Mit Valérie als Frau werde ich Pair von Frankreich! Ich kaufe ein Gut, das ich schon im Auge habe, nämlich Presles, das Madame de Sérisy verkaufen will. Dann heiße ich Crevel de Presles, ich werde Mitglied des Generalrats des Départements Seine-et-Oise und Abgeordneter. Ich bekomme einen Sohn! Ich werde alles, was ich hatte werden wollen.‹ – ›Gut und schön‹, habe ich zu ihm gesagt, ›und Ihre Tochter?‹ – ›Pah, die ist ein Mädchen‹, hat er geantwortet, ›und zu allem Überfluß ist sie eine Hulot geworden, und diese Leute kann Valérie nicht leiden ... Mein Schwiegersohn hat niemals hierher kommen wollen; warum spielt er den Mentor, den Spartaner, den Puritaner, den Philanthropen? Außerdem habe ich meine Tochter abgefunden; sie hat das gesamte Vermögen ihrer Mutter bekommen, und obendrein zweihunderttausend Francs! Daher bin ich Herr und Meister meines Verhaltens. Ich werde mir nach meiner Eheschließung ein Urteil über meinen Schwiegersohn und meine Tochter bilden; was sie tun, werde auch ich tun. Wenn sie nett zu ihrer Stiefmutter sind, dann werden wir sehen! Ich bin nämlich ein Mann!‹ Und was dergleichen Dummheiten mehr sind! Er hat posiert wie Napoleon auf der Säule[208]!« Die zehn Monate offizieller Witwenschaft, die der Code Napoleon vorschreibt, waren seit einigen Tagen abgelaufen. Das Gut Presles war gekauft worden. Victorin und Célestine hatten an diesem Morgen Lisbeth fortgeschickt, um bei Madame Marneffe Neuigkeiten über die Heirat dieser reizenden Witwe mit einem Pariser Bürgermeister einzuholen, der Mitglied des Generalrats für das Département Seine-et-Oise geworden war.

Célestine und Hortense, deren Bande der Zuneigung durch das Wohnen unter ein und demselben Dach enger geworden waren, führten nahezu ein gemeinsames Leben. Die Baronin wurde durch ein Gefühl der Redlichkeit angetrieben, das sie die Pflichten ihrer Stellung übertreiben ließ; sie gab sich den Werken der Wohltätigkeit hin, deren Vermittlerin sie war; fast alle Tage war sie von elf bis fünf Uhr unterwegs. Die beiden Schwägerinnen wurden durch die Fürsorge vereint, die sie den Kindern angedeihen lassen mußten; sie blieben daheim und arbeiteten zusammen. Sie waren dahin gelangt, laut zu denken und boten die reifende Einträchtigkeit zweier Schwestern dar, deren eine fröhlich und deren andere melancholisch war. Die unglückliche Schwester war schön, von überströmender Lebendigkeit, lebhaft, lachlustig und geistvoll und schien durch ihr Äußeres ihre wahre Lage Lügen zu strafen; ebenso wie die melancholische sanft und ruhig, gleichmäßig wie die Vernunft und für gewöhnlich versonnen und nachdenklich war und den Glauben an geheime Nöte hätte erwecken können. Vielleicht trug dieser Gegensatz zu ihrer innigen Freundschaft bei. Die beiden Frauen liehen eine der anderen, was jeder allein mangelte. Sie saßen in einer kleinen Laube mitten im Gärtchen, das die Maurerkelle der Spekulanten aus einer Laune des Bauherrn heraus verschont hatte; er hatte wohl beabsichtigt, diese hundert Quadratfuß für sich selber zu bewahren. Sie erfreuten sich an den ersten Trieben der Fliederbüsche, einem Frühlingsfest, das in vollem Ausmaß nur in Paris genossen werden kann, wo die Bewohner ein halbes Jahr lang allen Pflanzenwuchs vergessen und zwischen Steinklippen, in denen ihr Menschenozean tobt, gelebt haben.

»Célestine«, sagte Hortense auf eine Bemerkung ihrer Schwägerin hin, die bedauerte, daß ihr Mann bei so schönem Wetter in der Abgeordnetenkammer sein müsse, »ich finde, du würdigst dein Glück nicht zur Genüge. Victorin ist ein Engel, und du quälst ihn manchmal.«

»Liebe, die Männer mögen ganz gern gequält werden! Gewisse Zänkereien sind ein Beweis der Zuneigung. Wenn deine arme Mutter nicht so anspruchsvoll gewesen wäre, sondern stets nahe daran, es zu sein, dann hättet ihr sicherlich nicht soviel Unglück zu beklagen.«

»Lisbeth läßt auf sich warten! Ich will das Marlborough-Lied [209] singen!« sagte Hortense. »Wie drängt es mich, von Wenceslaus zu hören ... Wovon lebt er? Seit zwei Jahren hat er nichts geschaffen.«

»Victorin hat ihn, wie er mir gesagt hat, neulich mit dieser gräßlichen Frau zusammen gesehen; er vermutet, daß sie ihn bei seiner Faulheit unterstützt ... Ach, wenn du wolltest, liebe Schwester, könntest du deinen Mann noch immer zurückholen.«

Hortense schüttelte den Kopf.

»Glaub mir, deine Lage wird bald unerträglich sein«, fuhr Célestine fort. »In der ersten Zeit haben Zorn, Verzweiflung und Unwille dir Kräfte geliehen. Die unerhörten Unglücksfälle, die seither über unsere Familie hereingebrochen sind, zwei Todesfälle, die Verarmung und die Katastrophe des Barons Hulot haben deinen Geist und dein Herz beschäftigt; aber jetzt lebst du in Ruhe und Stille, da wird es dir nicht leichtfallen, die Leere deines Lebens zu ertragen; und da du den Pfad der Ehre nicht verlassen kannst und willst, mußt du dich wohl oder übel mit Wenceslaus aussöhnen. Victorin, der dich sehr lieb hat, ist ebenfalls dieser Ansicht. Es gibt etwas Stärkeres als unsere Gefühle, und das ist die Natur!«

»Ein so feiger Mensch!« rief die stolze Hortense aus. »Er liebt diese Frau, weil sie ihn ernährt . . . Wahrscheinlich hat sie ihm seine Schulden bezahlt. . . . ausgerechnet sie . . .! Mein Gott, ich denke Tag und Nacht an die Situation dieses Mannes! Er ist der Vater meines Kindes und führt ein ehrloses Leben . . .«

»Nimm dir ein Beispiel an deiner Mutter, Kleine . . .«. entgegnete Célestine.

Célestine gehörte zu der Art von Frauen, die, wenn man ihnen mit Gründen aufgewartet hat, die stark genug wären, bretonische Bauern zu überzeugen, zum hundertstenmal aufs neue mit ihren primitiven Einwänden beginnen. Der Charakter ihres ein wenig platten, kalten und gewöhnlichen Gesichts, ihr hellkastanienbraunes Haar, das gescheitelt war und in zwei starren Flächen niederfiel, ihre Hautfarbe, all das wies auf eine vernünftige, reizlose Frau hin, aber auch auf eine ohne Schwächen.

»Die Baronin möchte nur zu gern mit ihrem entehrten Mann beisammen sein, ihn trösten, ihn in jeder Hinsicht in ihrem Herzen verstecken«, fuhr Célestine fort. »Sie hat deines Vaters Zimmer oben instand setzen lassen, als würde sie ihn heute oder morgen wieder auffinden und darin unterbringen.«

»Oh, meine Mutter ist erhaben!« antwortete Hortense. »Erhaben ist sie, in jeder Sekunde, jeden Tag, und zwar seit sechsundzwanzig Jahren; aber diese Charakteranlage besitze ich nicht . . . Nichts zu machen! Bisweilen zürne ich mir selbst. Ach, du weißt nicht, was es heißt, Célestine, mit der Infamie gemeinsame Sache machen zu müssen!«

»Und mein Vater . . .?« entgegnete Célestine ruhig. »Er befindet sich offenbar auf demselben Weg, auf dem dein Vater in die Irre gegangen ist! Mein Vater ist zehn Jahre jünger als der Baron; er ist Kaufmann gewesen, das stimmt schon; aber wie soll das alles enden? Jene Madame Marneffe hat aus meinem Vater ihren Hund gemacht; sie verfügt über sein Vermögen, über sein Denken, und nichts vermag meinen Vater zu erleuchten. Kurzum, ich zittere davor, daß sein Aufgebot veröffentlicht wird! Mein Mann versucht, etwas zu unternehmen; er betrachtet es als seine Pflicht, die Gesellschaft, die Familie zu retten und von dieser

Frau Rechnungsablegung über alle ihre Verbrechen zu verlangen. Ach, Hortense, edle Geister wie Victorin und Herzen wie die unsrigen durchschauen die Welt und deren Schliche zu spät! Was ich jetzt sage, liebe Schwester, ist ein Geheimnis; ich vertraue es dir an, weil es dich etwas angeht; aber kein Wort, keine Geste darf es je weder Lisbeth, noch deiner Mutter, noch sonst jemandem enthüllen, denn . . .«

»Da kommt Lisbeth!« sagte Hortense. »Nun, Lisbeth, wie geht und steht es in der Hölle der Rue Barbet?«

»Schlecht für euch, Kinder. Dein Mann, meine gute Hortense, ist berauschter denn je von dieser Frau, die, das gebe ich zu, für ihn eine aberwitzige Leidenschaft empfindet. Ihr Vater, liebe Célestine, ist von einer königlichen Verblendung. Das hat weiter nichts auf sich, ich muß es alle vierzehn Tage mitansehen, und ich bin wirklich nur zu froh, daß ich nie erfahren habe, was ein Mann ist . . . Wahre Tiere sind das! Heute in fünf Tagen werden Victorin und Sie, liebe Kleine, ihr väterliches Vermögen verloren haben!«

»Ist das Aufgebot erfolgt . . .?« fragte Célestine.

»Ja«, antwortete Lisbeth. »Ich habe gerade eben eure Sache verfochten. Ich habe diesem Unmenschen, der auf den Spuren des andern einherschreitet, gesagt, daß, wenn er euch aus der Verlegenheit, in der ihr euch befindet, helfen und euer Haus von den Hypotheken freimachen wolle, ihr euch dankbar bezeigen und eure Stiefmutter bei euch empfangen würdet . . .«

Hortense vollführte eine Schreckensgeste.

»Victorin wird Rat schaffen . . .«, antwortete Célestine frostig.

»Wißt ihr, was der Herr Bürgermeister mir geantwortet hat?« fuhr Lisbeth fort. »›Ich will sie in der Klemme belassen; Pferde zähmt man nur durch Hunger; gegen Schlaflosigkeit hilft Zukker!‹ Der Baron Hulot war mehr wert als Monsieur Crevel. Also, ihr armen Kinder, trauert der Erbschaft nach. Und welch ein Vermögen stellt die dar! Euer Vater hat für das Gut Presles drei Millionen bezahlt, und es bleiben ihm immer noch dreißigtausend Francs Zinsen! Oh, vor mir hat er keine Geheimnisse! Er spricht davon, daß er das Stadtpalais Navarreins in der Rue du Bac kaufen wolle. Madame Marneffe besitzt für sich allein vierzigtausend Francs Zinsen. – Ach, da kommt unser Schutzengel, deine Mutter . . .!« rief sie, als das Rollen eines Wagens vernehmlich wurde.

Tatsächlich stieg die Baronin bald danach an der Freitreppe aus und gesellte sich zu der Gruppe der Ihren. Adeline war fünfundfünfzig Jahre alt, hatte viele Schmerzen erlitten, zitterte unablässig, als durchrüttele sie ein Fieberschauer; sie war blaß und faltig geworden, hatte indessen ihren schönen Wuchs, herrliche Konturen und ihren natürlichen Adel bewahrt. Wenn man sie erblickte, sagte man sich: »Sie muß einmal sehr schön gewesen sein!« Verzehrt vom Kummer, nichts über das Schicksal ihres Mannes zu wissen, ihn nicht auf dieser Pariser Oase der Zurückgezogenheit und der Stille den Wohlstand teilen lassen zu können, dessen seine Familie sich bald erfreuen würde, bot sie die köstliche Majestät von Ruinen dar. Nach jedem verlöschenden Aufleuchten einer Hoffnung, nach jeder vergeblichen Nachforschung verfiel Adeline in düstere Schwermut, die ihre Kinder zur Verzweiflung brachte. Da die Baronin am Morgen mit einer Hoffnung aufgebrochen war, war sie voller Ungeduld erwartet worden. Ein Generalintendant, der Hulot verpflichtet war, dem dieser Beamte sein Vorwärtskommen im Verwaltungsdienst verdankte, hatte gesagt, er haben den Baron in einer Loge des Theaters Ambigu-Comique zusammen mit einer Frau von glänzender Schönheit gesehen. Adeline hatte jenen Baron Vernier aufgesucht. Dieser hohe Beamte behauptete steif und fest, er habe seinen Gönner gesehen, und ferner, sein Gehaben mit jener Frau während der Vorstellung habe auf eine heimliche Ehe schließen lassen; allein er hatte Madame Hulot gesagt, ihr Mann sei, um einer Begegnung auszuweichen, lange vor Schluß der Vorstellung weggegangen. »Er wirkte ganz ungezwungen, und seine Kleidung ließ auf eine verhehlte Notlage schließen«, hatte er abschließend hinzugefügt.

»Na, und?« fragten die drei Frauen die Baronin.

»Ja, mein Mann ist in Paris«, antwortete Adeline, »und es ist für mich bereits ein Glücksschimmer, ihn in unserer Nähe zu wissen.«

»Gebessert scheint er sich nicht zu haben!« sagte Lisbeth, als die Baronin ihren Bericht über die Zusammenkunft mit dem Baron Vernier zu Ende gebracht hatte; »er wird sich mit einer kleinen Näherin zusammengetan haben. Aber woher mag er das Geld nehmen? Ich wette, daß er es von seiner ehemaligen Geliebten erbittet, von Jenny Cadine oder Josépha.«

Das beständige Nervenzucken der Baronin verdoppelte sich; sie trocknete die Tränen, die ihr in die Augen getreten waren, und blickte schmerzlich bewegt zum Himmel auf.

»Ich glaube nicht, daß ein Großoffizier der Ehrenlegion sich so weit hat absinken lassen«, sagte sie.

»Was würde er um seiner Liebesfreuden willen nicht tun?« entgegnete Lisbeth. »Er hat den Staat bestohlen, er wird Privatleute bestehlen, er wird vielleicht sogar zum Mörder werden.«

»O Lisbeth!« rief die Baronin auf, »behalte doch solche Gedanken für dich!«

In diesem Augenblick trat Louise zu der Gruppe, die die Familie bildete und der sich die beiden kleinen Hulots und der kleine Wenceslaus hinzugesellt hatten, um nachzusehen, ob die Tasche ihrer Großmutter Leckereien enthalte.

»Was gibt es, Louise?«

»Draußen steht ein Mann, der Mademoiselle Fischer sprechen möchte.«

»Was für ein Mann?«

»Mademoiselle, er ist ganz zerlumpt, hat Flaumfedern an sich wie ein Matratzenmacher, eine rote Nase und riecht nach Wein und Schnaps ... Es ist wohl einer von den Arbeitern, die nur die knappe Hälfte der Woche über schaffen.«

Diese wenig einladende Schilderung bewirkte, daß Lisbeth sich schleunigst in den Hof des an der Rue Louis-le-Grand gelegenen Hauses begab, wo sie einen die Pfeife rauchenden Mann vorfand, dessen Pfeife so angeraucht war, daß man auf einen Künstler im Rauchen schließen konnte.

»Warum kommen Sie hierher, Papa Chardin?« fragte sie ihn. »Es ist doch abgemacht, daß Sie jeweils am ersten Samstag des Monats an der Pforte des Palais Marneffe in der Rue Barbet-de-Jouy erscheinen sollen; ich komme eben von dort her, bin fünf Stunden lang dort geblieben, und Sie haben sich nicht blicken lassen ...!«

»Ich bin eben dagewesen, meine achtenswerte, mildtätige Demoiselle!« antwortete der Matratzenmacher, »aber es gab im Café des Savants in der Rue Coeur-Volant einen Ehrensatz zu spielen, und jeder hat seine Passionen. Die meine ist das Billard. Ohne das Billard würde ich im Geld schwimmen; aber nehmen Sie gütigst dies hier entgegen!« sagte er und suchte in der Tasche seiner zerfetzten Hose nach einem Zettel. »Beim Billard geht es ohne einen Schnaps und in Branntwein eingelegte Pfllaumen nicht ab ... Wie bei allen schönen Dingen bringen die Begleitumstände einen auf den Hund. Ich kenne die Vorschrift, aber der Alte ist in einer so argen Klemme, daß ich mich auf verbotenes Gelände gewagt habe ... Wenn unser Roßhaar ganz und gar Roßhaar wäre, könnte man gut darauf schlafen; aber es wird immer was dazwischen gemacht. Gott ist nicht für jedermann da, lautet eine Redensart, er hat seine Vorlieben, und das ist sein gutes Recht. Dies hier hat Ihr hochachtbarer Verwandter, ein großer Freund der Matratzen, geschrieben ... Es ist seine politische Überzeugung.«

Der alte Chardin versuchte, mit dem Zeigefinger der rechten Hand Zickzacklinien in die Luft zu zeichnen.

Ohne hinzuhören, las Lisbeth folgende zwei Zeilen:

»Liebe Kusine, seien Sie mein guter Engel! Geben Sie mir heute noch dreihundert Francs.

Hector.«

»Warum will er soviel Geld?«

»Der Hausbesitzer!« sagte der alte Chardin und versuchte nach wie vor, Arabesken zu zeichnen. »Und außerdem ist mein Sohn aus Algerien über Spanien, Bayonne usw. heimgekommen und ... gegen seine Gewohnheit hat er nichts eingesteckt; er ist nämlich ein raffinierter Langfinger, mein Sohn, mit Respekt zu vermelden. Nichts zu machen; er hat eben Hunger; aber er wird Ihnen wiedergeben, was wir ihm leihen; er will nämlich eine Kommanditgesellschaft gründen; er hat Ideen, die ihn weit bringen können ...«

»Vors Strafgericht!« entgegnete Lisbeth. »Er ist der Mörder meines Onkels. Das kann ich nicht vergessen.«

»Der, und ein Huhn schlachten? Nicht mal das brächte er fertig ... ehrenwerte Demoiselle.«

»Hier haben Sie dreihundert Francs«, sagte Lisbeth und entnahm ihrer Börse fünfzehn Goldstücke. »Machen Sie, daß Sie wegkommen, und lassen Sie sich hier nicht wieder blicken . . .«

Sie begleitete den Vater des Lagerverwalters vom Lebensmitteldepot zu Oran bis an die Tür, wo sie den Pförtner auf den betrunkenen alten Mann hinwies.

»Wenn dieser Mensch einmal wiederkommen sollte, falls das zufällig der Fall ist, dann lassen Sie ihn nicht herein und sagen ihm, ich sei nicht zu Hause. Wenn er wissen will, ob der junge Monsieur Hulot und die Frau Baronin hier wohnen, antworten Sie ihm, Sie kennten diese Leute nicht . . .«

»Schon gut, Mademoiselle.«

»Es kostet Sie die Stellung, wenn Sie auch nur versehentlich eine Dummheit machen«, flüsterte die alte Jungfer der Frau des Portiers zu. »Lieber Vetter«, sagte sie zu dem eintretenden Advokaten, »es droht Ihnen ein großes Unglück.« – »Wieso denn?«

»In ein paar Tagen wird Ihre Frau Madame Marneffe zur Schwiegermutter haben.«

»Das werden wir ja sehen!« antwortete Victorin.

Seit einem halben Jahr zahlte Lisbeth ihrem Gönner, dem Baron Hulot, dessen Gönnerin sie jetzt ihrerseits war, pünktlich eine kleine Pension; sie kannte das Geheimnis seiner Wohnung, und sie genoß Adelines Tränen; sah sie sie heiter und hoffnungsvoll, so pflegte sie, wie man weiter oben gelesen hat, ihr zu sagen: »Wartet nur, eines Tages lest ihr den Namen meines armen Vetters in einem Gerichtsbericht.« Hierin jedoch, wie zuvor, ging sie in ihrer Rache zu weit. Sie hatte Victorins Vorsicht geweckt. Victorin hatte beschlossen, mit dem Damoklesschwert Schluß zu machen, auf das Lisbeth unaufhörlich hindeutete, und ebenso mit dem weiblichen Dämon, dem seine Mutter und die Familie soviel Unheil verdankten. Der Fürst von Weißenburg, der um das Verhalten der Madame Marneffe wußte, unterstützte das heimliche Unternehmen des Advokaten; er hatte ihm versprochen, wie ein Präsident des Kronrats so etwas verspricht, die Polizei solle unter der Hand eingreifen, um Crevel aufzuklären; er wollte ein ganzes Vermögen aus den Klauen der diabolischen Kurtisane retten, der er weder den Tod des Marschalls Hulot noch den gänzlichen Ruin des Staatsrats verzieh.

Jene Äußerung: »Er bittet wohl seine ehemaligen Geliebten um Geld«, die Lisbeth getan hatte, beschäftigte die Baronin eine ganze Nacht lang. Wie die hoffnungslos Kranken, die sich Scharlatanen anbefehlen, wie die Menschen, die in der letzten dantesken Sphäre der Verzweiflung angelangt, oder wie die Ertrinkenden, die schwimmende Stöcke für Ankertaue halten, glaubte sie schließlich an die Niedrigkeit, an die lediglich zu denken sie unwillig gemacht hatte, und verfiel auf den Gedanken, eine dieser hassenswerten Frauen zu Hilfe zu rufen. Ohne ihre Kinder zu befragen, ohne jemandem auch nur ein Wort zu sagen, begab sie sich am nächsten Morgen zu Mademoiselle Josépha Mirah, der Primadonna der Königlichen Oper, um dort die Hoffnung zu finden oder einzubüßen, die wie ein Irrlicht vor ihr aufgeflackert war. Um zwölf Uhr überbrachte die Zofe der berühmten Sängerin dieser die Visitenkarte der Baronin Hulot und sagte dabei, die betreffende Dame warte an der Tür; sie habe gefragt, ob Mademoiselle sie empfangen könne.

»Ist die Wohnung in Ordnung?«

»Ja, Mademoiselle.«

»Sind frische Blumen hingestellt worden?«

»Ja, Mademoiselle.«

»Sag Jean, er solle nachsehen, ob auch alles tadellos ist, ehe diese Dame hineingeführt wird; es muß ihr mit der größten Hochachtung begegnet werden. Geh, und dann komm wieder und hilf mir beim Ankleiden; ich will phantastisch schön aussehen!« Sie musterte sich im Toilettespiegel. »Wir müssen uns schmuck machen!« sagte sie sich. »Angesichts der Tugend muß das Laster in Wehr und Waffen sein! Die arme Frau! Was mag sie von mir wollen ...? Es verwirrt mich, ausgerechnet mich

›des Unglücks erlauchtes Opfer‹

zu sehen.«

Sie sang gerade den Schluß dieser berühmten Arie, als ihre Zofe eintrat.

»Madame«, sagte die Zofe, »jene Dame leidet an einem nervösen Zittern ...«

»Bieten Sie ihr einen Orangenblüten-Tee, Rum, eine Suppe an ...!«

»Das habe ich getan, Mademoiselle, aber sie hat alles abgelehnt und gesagt, es sei nur ein kleines Gebrechen, eine Nervenüberreizung . . .«

»In welches Zimmer habt ihr sie geführt?«

»In den großen Salon.«

»Beeil dich, mein Kind! Vorwärts, meine schönsten Pantoffel, meinen geblümten Schlafrock, den Bijou bestickt hat, das ganze Spitzengewoge. Mach mir eine Frisur, die jede Frau einfach umwirft . . . Jene Frau ist meine Gegenspielerin! Und es soll jener Dame gesagt werden . . . Denn sie ist eine große Dame, mein Kind! Und sie ist noch mehr, sie ist, was du niemals sein wirst, nämlich eine Frau, deren Gebete Seelen aus euerm Fegefeuer befreien. Es soll ihr gesagt werden, ich sei noch im Bett, ich hätte gestern abend gesungen, ich sei beim Aufstehen . . .«

Die Baronin war in den großen Salon von Joséphas Wohnung geführt worden; sie wurde sich nicht der Zeit bewußt, die hinging, obwohl sie eine gute halbe Stunde warten mußte. Jener Salon, der schon bei Joséphas Einzug in das kleine Palais neu hergerichtet worden war, war ganz in massacafarbener[210] Seide und Gold gehalten. Der Luxus, den ehemals die großen Herrn in ihren Liebesnestern entfalteten, und in denen so mannigfache Reste von jenen Tollheiten zeugen, die ihre Bezeichnung mit soviel Recht tragen, erstrahlte in der Vollkommenheit, die moderne Mittel ermöglichen, in den vier offenen Räumen, deren milde Wärme durch eine Warmluftheizung mit unsichtbaren Öffnungen auf gleicher Höhe gehalten wurde. Die betäubte Baronin musterte tief erstaunt jeden Kunstgegenstand. Sie fand darin die Erklärung dafür, daß ganze Vermögen in dem Schmelzofen zergingen, unter dem die Lust und die Eitelkeit ein verzehrendes Feuer entfachen. Diese Frau, die seit sechsundzwanzig Jahren inmitten der kalten Überbleibsel des kaiserlichen Luxus lebte, deren Augen stets nur Teppiche mit verblichenen Blumen, Bronzen mit hingeschwundener Vergoldung und Seidenstoffe betrachtet hatten, die zerfetzt waren wie ihr Herz, witterte die Verführungsmacht des Lasters im Wahrnehmen von dessen Ergebnissen. Man konnte sich des Neides über diese schönen Dinge nicht erwehren, diese wundervollen Schöpfungen, zu denen die großen, unbekannten Künstler, die das gegenwärtige

Paris und dessen europäische Produktion schaffen, sämtlich beigetragen hatten. Hier überraschte alles durch die Vollkommenheit des Einzigartigen. Die Modelle, die Formen waren zerstört worden; die Kleinplastiken, die Bildhauerwerke waren samt und sonders Originale. Das ist heutzutage der letzte Ausdruck des Luxus. Dinge zu besitzen, die nicht durch zweitausend reiche Bürger vulgarisiert werden, die sich für luxuriös halten, wenn sie Reichtümer zur Schau stellen, von denen alle Läden überquellen, das ist das Kennzeichen des wahren Luxus, des Luxus der großen Herren der Gegenwart, der Eintagssterne am Pariser Firmament. Als die Baronin die Blumenkrippen voll der seltensten exotischen Blumen betrachtete, die mit ziselierter Bronze beschlagen und im sogenannten Boule-Stil gehalten waren, erschrak sie über das, was diese Wohnung an Reichtümern enthielt. Notwendigerweise mußte dieses Gefühl sich auf die Person auswirken, die all diese Verschwendung umrauschte. Adelinie dachte, daß Josépha Mirah, deren vom Pinsel Joseph Bridaus geschaffenes Bildnis im anstoßenden Boudoir leuchtete, eine geniale Sängerin sei, eine Malibran[211], und sie war darauf gefaßt, eine wahre Löwin zu erblicken. Sie bedauerte, hergekommen zu sein. Aber sie war durch ein so mächtiges, so natürliches Gefühl hergetrieben worden, durch einen so sehr aller Berechnung baren Opferwillen, daß sie all ihren Mut zusammenraffte, um dieser Begegnung standzuhalten. Überdies wollte sie die Neugier befriedigen, die in ihr nagte; sie wollte den Zauber erkunden, den diese Art Frauen besaßen, um soviel Gold aus den geizigen Schichten des Pariser Bodens herauszuziehen. Die Baronin betrachtete sich; sie wollte wissen, ob sie keinen Flecken in diesem Luxus bilde; aber das Samtkleid mit dem Busenschleier, über das sich ein schöner Kragen aus herrlicher Spitze legte, stand ihr gut; ihr Samthut von derselben Farbe war kleidsam. Nun sie sich eindrucksvoller als eine Königin sah, die auch gestürzt nach wie vor Königin ist, dachte sie, daß der Adel des Unglücks dem Adel des Talents gleichwertig sei. Sie vernahm das Öffnen und Schließen von Türen, und endlich erblickte sie Josépha. Die Sängerin ähnelte der »Judith« des Allori, die sich der Erinnerung aller derjenigen eingeätzt hat, die sie im Palazzo Pitti[212] nahe der Tür eines großen Raums gesehen haben: der gleiche Stolz der Haltung, das gleiche erhabene Gesicht, schwarzes, ungekünstelt aufgestecktes Haar, und ein gelber Morgenrock, bestickt mit tausend Blumen, völlig dem Brokat gleichend, mit dem die Mörderin bekleidet ist, die der Neffe Bronzinos geschaffen hat.

»Frau Baronin, Sie sehen mich tief bewegt über die Ehre, die Sie mir dadurch erweisen, daß Sie hierherkommen«, sagte die Sängerin, die sich vorgenommen hatte, ihre Rolle als große Dame gut zu spielen.

Sie schob der Baronin einen niedrigen Sessel hin und nahm für sich selber einen Klappstuhl. Sie erkannte die hingeschwundene Schönheit dieser Frau, und es überkam sie tiefes Mitleid, als sie jenes nervöse Zucken wahrnahm, das die leiseste Gemütsbewegung zu etwas Krampfhaftem machte. Mit einem einzigen Blick wurde sie sich dieses heiligmäßigen Lebens bewußt, das Hulot und Crevel ihr ehedem geschildert hatten; und sie gab nicht nur den Gedanken auf, mit dieser Frau zu kämpfen, sondern sie demütigte sich sogar vor dieser Größe, die sie verstand. Die erhabene Künstlerin bewunderte das, worüber die Kurtisane sich lustig gemacht hatte.

»Mademoiselle, die Verzweiflung, die zu allen Mitteln greifen läßt, führt mich her . . .«

Eine Geste Josephas ließ die Baronin verstehen, daß sie diejenige, von der sie soviel erwartete, gekränkt hatte, und sie blickte die Künstlerin an. Dieser flehentliche Blick löschte das Aufflammen der Augen Josephas; schließlich lächelte sie sogar. Zwischen den beiden Frauen vollzog sich ein stummes Spiel von grausiger Beredsamkeit.

»Es sind jetzt zweieinhalb Jahre, seit mein Mann seine Familie verlassen hat; ich weiß nicht, wo er ist, obwohl mir bekannt ist, daß er in Paris wohnt«, begann die Baronin mit bewegter Stimme von neuem. »Ein Traum hat mir den vielleicht absurden Einfall eingegeben, Sie könnten Anteil an meinem Mann nehmen. Wenn Sie mir die Möglichkeit verschafften, ihn wiederzusehen, ach, Mademoiselle, dann würde ich alle Tage, die ich noch auf dieser Erde verweile, für Sie zu Gott beten . . .«

Zwei dicke Tränen, die aus den Augen der Sängerin rannen, verkündeten schon im voraus deren Antwort.

»Madame«, sagte sie, und aus ihrer Stimme klang tiefe Demut, »ich habe Ihnen Böses angetan, ohne Sie zu kennen; jetzt aber, nun mir das Glück zuteil geworden ist, in Ihnen hier auf Erden das größte Abbild der Tugend zu erblicken, wollen Sie mir bitte glauben, daß ich die Größe meines Vergehens spüre und daß ich es aufrichtig bereue; deswegen verlassen Sie sich darauf, daß ich zu allem und jedem bereit bin, um es wiedergutzumachen . . .!« Sie nahm die Hand der Baronin, ohne daß diese jener Gefühlsäußerung widerstreben konnte; sie küßte jene Hand auf die respektvollste Weise, und sie erniedrigte sich dabei so weit, daß sie ein Knie beugte. Dann erhob sie sich stolz, als betrete sie die Bühne in der Rolle der Mathilde[213], und läutete.

»Reiten Sie«, sagte sie zu ihrem Diener, »und wenn das Pferd dabei draufgeht, zu der kleinen Bijou in der Rue Saint-Maur-du-Temple, schicken Sie sie zu mir, setzen Sie sie in einen Wagen und bezahlen Sie den Kutscher, daß er im Galopp herfährt. Verlieren Sie keine Minute . . . oder Sie verlieren Ihre Stellung. – Madame«, sagte sie alsdann respektvoll zur Baronin, »Sie müssen mir verzeihen. Sobald ich den Herzog von Hérouville als Gönner gewonnen hatte, habe ich Ihnen den Baron zurückgeschickt, weil ich erfahren hatte, er richte um meinetwillen seine Familie zugrunde. Hätte ich mehr tun können? Bei der Bühnenlaufbahn brauchen wir alle von dem Augenblick an, da wir zum erstenmal auftreten, eine Gönnerschaft. Mit unseren Einkünften können wir nicht die Hälfte unserer Ausgaben bestreiten; also legen wir uns Ehemänner auf Zeit zu . . . Ich habe keinen großen Wert auf Monsieur Hulot gelegt; er hat mich dazu verleitet, einen reichen Mann, einen eitlen Dummkopf zu verlassen. Ganz sicher würde Papa Crevel mich geheiratet haben . . .«

»Er selber hat es mir gesagt«, unterbrach sie die Baronin.

»Na, da sehen Sie es ja, Madame! Ich würde heute eine anständige Frau sein, weil ich dann nur einen Ehemann hätte, und zwar einen gesetzlichen!«

»Sie haben Entschuldigungsgründe, Mademoiselle«, sagte die Baronin, »Gott wird sie richtig einschätzen. Ich jedoch bin weit davon entfernt, Ihnen Vorwürfe zu machen; ich bin vielmehr hergekommen, um Ihnen gegenüber eine Dankesschuld abzutragen.«

»Madame, ich habe seit bald drei Jahren für den Unterhalt des Herrn Baron gesorgt . . .«

»Sie?« rief die Baronin aus, und die Tränen traten ihr in die Augen. »Ach, was könnte ich für Sie tun? Ich kann ja nur beten . . .«

»Ich und der Herzog von Hérouville«, fuhr die Sängerin fort, »ein nobles Herz, ein echter Edelmann . . .«

Und Josépha erzählte von der Unterbringung und dem eheähnlichen Verhältnis des alten Thoul.

»So hat es dank Ihnen, Mademoiselle, meinem Mann an nichts gefehlt?« fragte die Baronin.

»Wir haben alles getan, daß dem so sei, Madame.«

»Und wo befindet er sich?«

»Vor etwa einem halben Jahr hat der Herzog mir gesagt, daß der Baron, der seinem Notar unter dem Namen ›Thoul‹ bekannt ist, die achttausend Francs verbraucht habe, die ihm lediglich alle drei Monate in gleichen Teilen ausgehändigt werden sollten«, antwortete Josépha. »Weder ich noch Monsieur de Hérouville haben etwas von dem Baron gehört. Das Leben von uns Bühnenkünstlerinnen ist so angefüllt, so in Anspruch genommen, daß ich dem alten Thoul nicht habe nachlaufen können. Zufällig ist seit einem halben Jahr Bijou, meine Stickerin, seine . . . . wie soll ich mich ausdrücken?«

»Seine Geliebte«, sagte Madame Hulot.

»Seine Geliebte«, wiederholte Josépha, »ist nicht mehr zu mir gekommen. Es könnte sehr wohl sein, daß Olympe Bijou sich von ihm getrennt hat. Dergleichen Scheidungen kommen in unserm Arrondissement häufig vor.«

Josépha stand auf, pflückte, wie es gerade kam, einige von den seltenen Blumen ihrer Blumenständer und machte daraus einen reizenden, einen köstlichen Strauß für die Baronin, deren Erwartungen, sagen wir es offen, völlig anderer Art gewesen waren. Ähnlich wie Spießbürger, die Menschen von Genie für eine Art von Ungeheuern halten, die anders als andere Leute essen, trinken, gehen und reden, hatte die Baronin erwartet, Josépha, der Hinreißenden, Josépha, der Sängerin, der geistvollen, verliebten Kurtisane gegenüberzutreten; und nun hatte sie eine ruhige, bedachtsame Frau vorgefunden, die die Noblesse ihres

Talents, die Schlichtheit einer Schauspielerin besaß, die weiß, daß sie am Abend eine Königin ist, und schließlich sogar noch etwas Besseres, nämlich eine Dirne, die durch ihre Blicke, ihre Haltung und ihr Gehaben der tugendhaften Frau, der *Mater dolorosa* des heiligen Hymnus, eine vollkommene Huldigung erwiesen und deren Wunden zu Blumen hatte werden lassen, wie man in Italien die Madonna mit Blumen schmückt.

»Madame«, meldete der nach einer halben Stunde zurückgekommene Diener, »Die Mutter Bijou ist unterwegs; aber auf die kleine Olympe darf man nicht rechnen. Madames Stickerin ist bürgerlich geworden; sie ist verheiratet ...«

»In wilder Ehe ...?« fragte Josépha.

»Nein, Madame, richtig verheiratet. Sie steht an der Spitze eines glänzenden Geschäftsunternehmens; sie hat den Eigentümer eines großen Modeladens auf dem Boulevard des Italiens geheiratet, ein Geschäft mit einem Millionenumsatz; und ihre Stickereiwerkstatt hat sie ihrer Mutter und ihren Schwestern überlassen. Sie heißt jetzt Madame Grenouville. Dieser dicke Händler ...« – »Ein wahrer Crevel!«

»Ja, Madame«, sagte der Diener. »Im Heiratskontrakt hat er Mademoiselle Bijou dreißigtausend Francs Zinsen zugesprochen. Es heißt, auch ihre ältere Schwester werde heiraten, und zwar einen reichen Metzger.«

»Wie mir scheint, steht es schlecht um Ihre Angelegenheit«, sagte die Sängerin zur Baronin. »Der Herr Baron ist nicht mehr dort, wo ich ihn untergebracht hatte.«

Zehn Minuten später wurde Madame Bijou gemeldet. Vorsichtshalber bat Josépha die Baronin, in ihr Boudoir hinüberzugehen, dessen Portiere sie zuzog.

»Sie würden sie einschüchtern«, sagte sie zur Baronin, »sie würde nichts äußern, wenn sie ahnte, daß Sie an ihren vertraulichen Mitteilungen interessiert wären; lassen Sie mich ihr die Beichte abnehmen! Verstecken Sie sich hier; Sie werden alles hören. Diese Szene wird ebenso oft im Leben wie auf der Bühne gespielt. – Na, Mutter Bijou«, sagte die Sängerin zu einer in schottischen Wollstoff gehüllten alten Frau, die wie eine Portiersfrau im Sonntagsstaat wirkte, »sind Sie alle jetzt froh? Ihre Tochter hat Glück gehabt!«

»Ach, froh ...? Meine Tochter gibt uns monatlich hundert Francs, und dabei fährt sie im eigenen Wagen, ißt von Silbertellern und ist Millionärin. Olympe hätte mir gut und gern aus der Not helfen können. In meinem Alter noch arbeiten ...! Ist das vielleicht eine Wohltat?«

›Wie unrecht von ihr, Ihnen undankbar zu sein; denn Ihnen dankt sie doch ihre Schönheit«, entgegnete Josépha. »Aber warum hat sie mich nicht mal besucht? *Ich* habe ihr doch aus der Not herausgeholfen, als ich sie mit meinem Onkel zusammengebracht habe ...«

»Ja, Madame, mit dem Papa Thoul ...! Aber der ist recht alt und recht lendenlahm ...«

»Was haben Sie denn mit ihm angefangen? Wohnt er bei Ihnen ...? Sie hätte eine schöne Dummheit begangen, sich von ihm zu trennen; er ist nämlich jetzt wieder reich; Millionen hat er...«

»Herrgott im Himmelreich!« rief die Mutter Bijou,« ... »das haben wir ihr ja immer gesagt, wenn sie sich ihm gegenüber schlecht benahm, und dabei war er doch eine Seele von Mensch, der arme Alte! Ach, wie hat sie ihn immer im Trab gehalten! Olympe ist verdorben worden, Madame!«

»Wieso denn?«

»Sie hat, mit Verlaub, Madame, einen Claqueur kennengelernt, den Großneffen eines alten Matratzenmachers aus dem Faubourg Saint-Marceau. Dieser Nichtstuer, wie alle hübschen es sind, ein Zuhälter, wie er im Buch steht, ist der Liebling des Boulevard du Temple; da ›arbeitet‹ er nämlich, wenn neue Stücke aufgeführt werden, und ›hätschelt die Auftritte der Schauspielerinnen‹, wie er sagt. Vormittags ißt er, und vor dem Beginn des Theaters ißt er nochmal, damit der Wein ihm zu Kopfe steigt; kurz und gut, er hat von Jugend an eine Schwäche für Liköre und das Billardspiel gehabt. – ›Das ist kein Beruf!‹ habe ich zu Olympe gesagt.«

»Leider doch«, sagte Josépha.

»Kurz und gut, Olympe hatte sich in diesen jungen Menschen vernarrt, und dabei, Madame, verkehrte er nur in schlechter Gesellschaft; der Beweis dafür ist, daß er beinah in einer Kneipe verhaftet worden wäre, wo nur Diebe verkehren; aber Monsieur

Braulard, der Chef der Claque, hat ihn noch einmal frei bekommen. Sowas trägt goldene Ohrringe und lebt vom Nichtstun, auf Kosten der Frauen, die scharf auf solche hübschen Kerle sind! Das ganze Geld, das Monsieur Thoul der Kleinen gegeben hat, das hat er durchgebracht. Die Werkstatt ging sehr schlecht. Was das Sticken einbrachte, ging beim Billard drauf. Außerdem, Madame, hatte dieser Bursche eine hübsche Schwester; die tat dasselbe wie ihr Bruder, im Studentenviertel; sie taugte nicht viel.«

»Eine Lorette von der Chaumière[214]«, sagte Josépha.

»Ja, Madame«, sagte die Mutter Bijou. »Also Idamore, er nennt sich nämlich Idamore, das ist sein Deckname, in Wirklichkeit heißt er Chardin, also Idamore hat gemeint, Ihr Onkel müsse sehr viel mehr Geld haben, als er sage, und er hat Mittel und Wege gefunden, ohne daß meine Tochter was davon ahnte, seine Schwester Elodie (er hat ihr einen Theater-Namen gegeben[215]) zu uns zu schicken, als Gehilfin. Herrgott im Himmel, wie hat sie da alles durcheinandergebracht, alle die armen Mädchen hat sie verleitet, sie sind, mit Verlaub, so in den Dreck geraten, daß sie bis in alle Ewigkeit schmutzig bleiben müssen ... Und sie hat es so weit getrieben, daß sie sich den alten Thoul gekapert und ihn mit sich genommen hat, ohne daß wir wüßten, wohin, und das hat uns schön in Verlegenheit gebracht, weil doch jetzt das Geld ausblieb. Heute stehen wir so da, daß wir nichts bezahlen können; aber meine Tochter paßt immer auf die Verfallstage auf ... Als Idamore den Alten seiner Schwester zuliebe weggelockt hatte, da hat er meine arme Tochter sitzen lassen, und jetzt geht er mit einer jungen Debütantin von den ›Funambules‹ ... So ist es gekommen, daß meine Tochter geheiratet hat, wie Sie gleich sehen werden ...«

»Wissen Sie, wo der Matratzenmann wohnt?« fragte Josépha.

»Der alte Chardin? Als ob so einer eine feste Wohnung hätte ... Ab morgens sechs ist er besoffen; jeden Monat macht er eine einzige Matratze; den ganzen Tag über hockt er in üblen Kneipen und ist scharf auf ›Poules‹[216] ...«

»Wie, auf ›Poules‹ ...? Das ist mir ein schöner Gockel!«

»Sie haben mich mißverstanden, Madame; ich meine die ›Poules‹ beim Billard; er gewinnt täglich drei oder vier, und dann trinkt er ...«

»Hühnermilch!«[217] sagte Josépha. »Aber Idamore übt seine Tätigkeit am Boulevard aus, und wenn ich mich an meinen Freund Braulard wende, wird er schon ausfindig zu machen sein . . .«

»Ich weiß nicht recht, Madame, denn das alles ist doch schon vor einem halben Jahr passiert. Idamore ist einer der Leute, die vors Strafgericht kommen, von da nach Melun,[218] und dann . . . na ja . . .!«

»Auf den Schindanger!« sagte Josépha.

»Ach, Madame weiß alles«, sagte die Mutter Bijou grinsend. »Hätte meine Tochter diesen Menschen nicht kennengelernt, dann würde . . . Aber sie hat ja trotzdem Glück gehabt, werden Sie mir sagen; denn Monsieur Grenouville hat sich so in sie verliebt, daß er sie geheiratet hat . . .«

»Und wie ist diese Ehe zustande gekommen . . .?«

»Durch Olympes Verzweiflung, Madame. Als sie es erlebte, daß sie um der jungen Debütantin willen verlassen wurde, – na, die hat sie schön gezaust und ihr eine 'runtergehauen . . .! – und als sie den Papa Thoul verlor, der sie vergöttert hat, da hat sie auf die Männer verzichten wollen. Und da hat Monsieur Grenouville, der viel bei uns gekauft hat, zweihundert chinesische Schals das Vierteljahr, sie trösten wollen; aber ob Sie es glauben oder nicht, sie hat auf Standesamt und Kirche bestanden. ›Ich will anständig werden . . .!‹ hat sie in einem fort gesagt, ›sonst gehe ich vor die Hunde!‹ Und sie hat tatsächlich durchgehalten. Monsieur Grenouville hat sich bereit erklärt, sie zu heiraten, unter der Bedingung, daß sie jeden Verkehr mit uns aufgebe, und wir haben zugestimmt . . .«

»Hat dabei Finanzielles eine Rolle gespielt?« fragte die scharfsinnige Josépha.

»Ja, Madame, zehntausend Francs, und eine Rente für meinen Vater, der nicht mehr arbeiten kann . . .«

»Ich hatte Ihre Tochter gebeten, den alten Thoul glücklich zu machen, und sie hat ihn mir ins tiefste Elend gestürzt! Das ist nicht wohlgetan. Künftig kümmere ich mich um niemanden mehr! Das kommt dabei heraus, wenn man sich mit der Wohltätigkeit abgibt . . .! Ganz entschieden ist die Wohltätigkeit nur gut als Spekulation. Olympe hätte mich zumindest über dieses ganze faule Geschäft in Kenntnis setzen müssen! Wenn Sie binnen vierzehn Tagen den Papa Thoul ausfindig machen, bekommen Sie von mir tausend Francs ...«

»Das ist recht schwierig, gute Dame, aber tausend Francs sind eine Menge Hundertsousstücke; also will ich versuchen, Ihr Geld zu verdienen ...«

»Adieu, Madame Bijou.«

Als die Sängerin ihr Boudoir betrat, fand sie Madame Hulot in tiefer Ohnmacht vor; aber trotz ihrer Bewußtlosigkeit dauerte das nervöse Zittern und Zucken an, wie die Stücke einer zerschnittenen Ringelnatter sich noch bewegen. Riechsalz, kaltes Wasser, die Anwendung aller gebräuchlichen Mittel riefen die Baronin ins Leben zurück, oder, besser gesagt, in die Empfindungsfähigkeit ihrer Schmerzen.

»Ach, Mademoiselle, wie tief ist er gesunken ...!« sagte sie, als sie die Sängerin erkannte und sah, daß sie mit ihr allein war.

»Fassen Sie Mut, Madame«, sagte Josépha, die sich zu Füßen der Baronin auf ein Kissen gesetzt hatte und ihr die Hände küßte, »wir werden ihn wiederfinden; und wenn er im Schlamm steckt, dann wird er sich sauberwaschen. Glauben Sie mir, für gut erzogene Menschen ist das eine Garderobe-Frage ... Lassen Sie mich das ganze Unrecht, das ich Ihnen angetan habe, wieder gutmachen; wie sehr Sie an Ihrem Mann hängen, trotz seines Verhaltens, sehe ich daraus, daß Sie zu mir gekommen sind ...! Der arme Mann! Er liebt nun mal die Frauen ... Tja, wenn Sie ein bißchen von unserm ›gewissen Etwas‹ gehabt hätten, dann würden Sie ihn daran gehindert haben, ein liederliches Leben zu führen; denn dann wären Sie gewesen, was *wir* zu sein verstehen, nämlich die Verkörperung *aller Frauen* für einen Mann. Die Regierung sollte eine Gymnastik-Schule für anständige Frauen schaffen! Aber die Regierungen sind so zimperlich ...! Sie werden von Männern geleitet, die *wir* an der Leine führen! *Ich* bedaure die Völker ...! Aber es handelt sich darum, etwas für Sie zu tun, und nicht, zu spötteln ... Also seien Sie getrost, Madame, gehen Sie heim und quälen Sie sich nicht länger. Ich werde Ihnen Ihren Hector so wiederbringen, wie er vor dreißig Jahren war.«

»Oh, Mademoiselle, lassen Sie uns doch zu dieser Madame

Grenouville gehen!« sagte die Baronin. »Sie muß etwas wissen; vielleicht werde ich dann meinen Mann heute noch sehen und ihn auf der Stelle dem Elend und der Schande entreißen ...«

»Madame, ich will Ihnen schon im voraus die tiefe Dankbarkeit bezeigen, die ich Ihnen stets für die Ehre bewahren werde, die Sie mir erwiesen, daß Sie mich, die Sängerin Josépha, die Geliebte des Herzogs von Hérouville, nicht gleichzeitig mit dem schönsten, dem heiligsten Abbild der Tugend sehen ließen. Ich empfinde für Sie zuviel Hochachtung, um mich an Ihrer Seite in der Öffentlichkeit zu zeigen. Das ist nicht Komödiantinnen-Demut, sondern eine Huldigung, die ich Ihnen erweise. Sie lassen mich bedauern, Madame, daß ich Ihrem Pfad nicht folge, trotz der Dornen, die Ihnen Füße und Hände bluten lassen. Aber es ist nun einmal so: ich gehöre der Kunst, wie Sie der Tugend gehören ...«

»Armes Mädchen!« sagte die Baronin, die inmitten ihrer Schmerzen ein seltsames Gefühl mitleidiger Sympathie überkommen hatte, »ich werde für Sie zu Gott beten, denn Sie sind das Opfer der Gesellschaft, die des Theaters bedarf. Wenn das Alter kommt, dann tun Sie Buße ... Sie werden erhört werden, sofern Gott geruht, auf die Gebete zu hören, die eine ...«

»Eine Märtyrerin spricht, Madame«, sagte Josépha und küßte ehrfürchtig den Rocksaum der Baronin.

Aber Adeline nahm die Hand der Sängerin, zog sie an sich und küßte sie auf die Stirn. Rot vor Freude geleitete die Sängerin sie bis an ihren Wagen und bezeigte sich dabei äußerst unterwürfig.

»Es ist irgendeine Dame von der Wohlfahrt«, sagte der Diener zur Zofe, »denn ›sie‹ ist zu niemandem so, nicht mal zu ihrer Busenfreundin Madame Jenny Cadine!«

»Warten Sie ein paar Tage, Madame«, sagte Josépha, »und Sie werden ›ihn‹ sehen, oder ich verleugne den Gott meiner Väter; und für eine Jüdin, müssen Sie wissen, bedeutet ein solches Gelöbnis, daß es auch gehalten wird.«

In derselben Minute, da die Baronin Joséphas Haus betrat, empfing Victorin in seinem Arbeitszimmer eine etwa fünfundsiebzigjährige Frau, die, um bis zu dem berühmten Advokaten vorzudringen, mit dem Furcht einflößenden Namen des Chefs der Sicherheitspolizei[219] aufgewartet hatte. Der Diener meldete: »Madame de Saint-Estève.«

»Ich habe mich eines meiner Decknamen bedient«, sagte sie und setzte sich.

Beim Anblick dieser gräßlichen Alten durchrann Victorin sozusagen ein innerer Schauder. Obwohl sie kostspielig gekleidet war, flößten die Kennzeichen kalter Bosheit, die ihr plattes, abscheulich faltiges, weißes und muskulöses Gesicht aufwies, Schrecken ein. Marat als Frau und in diesem Alter wäre, wie die Saint-Estève, ein leibhaftiges Abbild der Schreckensherrschaft gewesen. In den kleinen, hellen Augen dieser unheimlichen Alten blitzte die Blutgier der Tiger. Ihre stumpfe Nase, deren zu ovalen Löchern aufgeweitete Flügel Höllenfeuer ausschnoben, erinnerte an den Schnabel der bösartigsten Raubvögel. Auf ihrer niedrigen, grausamen Stirn thronte der Genius der Ränkesucht. Ihre langen Barthaare, die, wie es gerade kam, in allen Vertiefungen ihres Gesichts sproßten, kündeten von der Männlichkeit ihrer Pläne. Wer auch immer diese Frau erblickte, hätte meinen können, daß die Maler Mephistopheles falsch wiedergaben ...

»Mein lieber Herr«, sagte sie in gönnerhaftem Ton, »schon seit langem mische ich mich nicht mehr in anderer Leute Angelegenheiten. Was ich für Sie tun will, geschieht aus Hochachtung vor meinem lieben Neffen, der mir mehr ans Herz gewachsen ist als ein eigener Sohn es wäre ... Nun aber hat der Polizeipräfekt, dem der Ministerpräsident zwei Worte zuflüsterte, die sich auf Sie bezogen, als er sich mit Monsieur Chapuzot besprach, gemeint, die Polizei dürfe keinesfalls bei einer so gearteten Angelegenheit in Erscheinung treten. Man hat meinem Neffen freie Hand gelassen; aber mein Neffe will da nur beratend eingreifen; er darf sich nicht kompromittieren ...«

»Sie sind die Tante von ...«

»Ganz recht, und ich bilde mir darauf einiges ein«, fiel sie dem Advokaten ins Wort, »er ist nämlich mein Schüler, ein Schüler, der rasch zum Lehrmeister geworden ist ... Wir haben uns mit Ihrer Angelegenheit befaßt; wir haben sie unter die Lupe genommen! Geben Sie dreißigtausend Francs, wenn man Ihnen die ganze Geschichte vom Halse schafft? Ich übernehme das, und Sie brauchen erst zu zahlen, wenn alles erledigt ist ...«

»Sie kennen die betreffenden Leute?«

»Nein, mein lieber Herr; ich erwarte Ihre Auskünfte. Es ist uns gesagt worden: ›Da ist ein schwachsinniger alter Mann einer Witwe in die Hände geraten. Die Witwe ist neunundzwanzig Jahre alt und versteht ihr Spitzbubenhandwerk so gut, daß sie zwei Familienvätern ein Vermögen abgenommen hat, das vierzigtausend Francs Zinsen bringt. Sie ist drauf und dran, sich achtzigtausend Francs Zinsen dadurch zu verschaffen, daß sie einen einundsechzigjährigen Biedermann heiratet; sie wird eine ganze ehrenwerte Familie ruinieren und ihr riesiges Vermögen dem Kind irgendeines Liebhabers vermachen, wenn sie sich ihres alten Ehemanns so schnell wie möglich entledigt hat ...‹ Das ist das Problem.«

»Stimmt haargenau!« sagte Victorin. »Mein Schwiegervater, Monsieur Crevel ...«

»Ehemaliger Parfümhändler, einer der Pariser Bürgermeister; ich wohne in seinem Arrondissement unter dem Namen Madame Nourrisson«, antwortete sie.

»Die andere Person ist Madame Marneffe.«

»Die kenne ich nicht«, sagte Madame de Saint-Estève. »Aber innerhalb dreier Tage bin ich so weit, daß ich ihre Hemden zählen kann.«

»Können Sie die Eheschließung verhindern ...?« fragte der Advokat.

»Wie weit ist die Sache gediehen?«

»Beim zweiten Aufgebot.«

»Dann müßte die Frau entführt werden. Heute haben wir Sonntag, es sind nur noch drei Tage, denn sie wollen am Mittwoch heiraten; unmöglich! Aber man könnte sie ja umbringen ...«

Victorin Hulot fuhr als anständiger Mensch zurück, als er diese sechs kaltblütig hingesprochenen Worte vernahm.

»Sie ermorden ...?« fragte er. »Und wie wollen Sie das machen?«

»Seit vierzig Jahren, Monsieur, sind wir die Stellvertreter des Schicksals«, antwortete sie mit gräßlichem Stolz, »und tun in Paris, was wir wollen. Mehr als eine Familie, und zwar aus dem Faubourg Saint-Germain, hat mir ihre Geheimnisse anvertraut, glauben Sie es nur! Ich habe viele Ehen zustande und auseinander gebracht; viele Testamente zerrissen, manch eine Ehre gerettet! Ich bewahre hier«, sagte sie und deutete auf ihren Kopf, »eine ganze Herde von Geheimnissen, die mir sechsunddreißigtausend Francs Zinsen eintragen; und Sie, Sie sollen eins der Lämmer daraus sein, jawohl! Würde eine Frau wie ich sein, was ich bin, wenn sie über ihre Mittel und Wege redete? Ich handle! Alles, was geschehen wird, lieber Herr Advokat, wird das Werk des Zufalls sein, und Sie brauchen nicht die leisesten Gewissensbisse zu haben. Es wird Ihnen gehen wie den Leuten, die durch Hypnose geheilt werden; die glauben nach vier Wochen, die Natur habe alles zuwege gebracht.«

Victorin brach kalter Schweiß aus. Der Anblick des Henkers wäre ihm nicht so nahe gegangen wie derjenige dieser wortreichen, anmaßenden Zuchthausschwester; ihr dunkelrotes Kleid ließ ihn meinen, sie sei in Blut gekleidet.

»Madame, ich nehme die Hilfe, die Sie mir durch Ihre Erfahrung und Ihre Tätigkeit bieten, nicht an, wenn der Erfolg jemanden das Leben kosten soll, wenn ein Verbrechen die Folge ist.«

»Sie sind ein großes Kind, Monsieur!« antwortete Madame de Saint-Estève. »Sie wollen in Ihren eigenen Augen als rechtschaffen dastehen, und dabei wünschen Sie, daß Ihr Feind umkommt«.

Victorin vollführte eine ableugnende Geste.

»Ja«, fuhr sie fort, »Sie wollen, daß diese Madame Marneffe die Beute losläßt, die sie bereits im Rachen hat! Was würden Sie tun, damit ein Tiger sein Stück Rindfleisch losläßt? Etwa ihm mit der Hand den Rücken streicheln und zu ihm sagen: ›Miezchen ... Miezchen ...!‹ Sie sind unlogisch. Sie befehlen einen Kampf und wollen nicht, daß es dabei Wunden gibt! Na, schön, ich will Ihnen die Schuldlosigkeit zum Geschenk machen, die Ihnen so sehr am Herzen liegt. Ich habe in der Ehrenhaftigkeit von je den Stoff für die Heuchelei erblickt! Eines Tages, so in drei Monaten, wird ein armer Priester Sie um vierzigtausend Francs für ein frommes Werk bitten, für ein zerfallendes Kloster im Morgenland, in der Wüste! Wenn Sie mit Ihrem Schicksal zufrieden sind, dann geben Sie dem biederen Mann die vierzigtausend Francs; dem Staat werden Sie ganz andere Summen zahlen! Glauben Sie mir, es ist nur eine Kleinigkeit im Vergleich zu dem, was dabei für Sie herauskommt.«

Sie stellte sich auf ihre breiten Füße, die kaum in den Seidenschuhen Platz hatten, so daß das Fleisch herausquoll, grüßte lächelnd und zog sich zurück.

»Der Teufel hat eine Schwester«, sagte Victorin und stand auf.

Er geleitete die furchtbare Unbekannte hinaus, die aus den Schlupfwinkeln des Spitzeltums aufgetaucht war, wie auf den Schlag des Zauberstabs der Fee eines Märchenballetts aus der dritten Versenkung der Opernbühne ein Ungeheuer aufsteigt. Nachdem Victorin seine Arbeiten im Justizpalast beendet hatte, ging er zu Monsieur Chapuzot, dem Chef einer der wichtigsten Abteilungen der Polizeipräfektur, um dort Auskünfte über jene Unbekannte einzuholen. Als Victorin Hulot Monsieur Chapuzot allein in seinem Arbeitszimmer antraf, dankte er ihm für seinen Beistand.

»Sie haben mir da eine Alte geschickt«, sagte er, »die dazu dienen könnte, Paris zu personifizieren, wenn man es von der kriminellen Seite betrachtet.«

Monsieur Chapuzot legte seine Brille auf die Akten und schaute den Advokaten mit erstaunter Miene an.

»Ich würde mir nicht erlaubt haben, irgend jemanden zu Ihnen zu schicken, ohne Sie zuvor benachrichtigen und ohne dem Betreffenden ein paar einführende Zeilen mitzugeben«, antwortete er.

»Dann muß es der Herr Präfekt gewesen sein . . .«

»Das glaube ich nicht«, sagte Chapuzot. »Als der Fürst von Weißenburg das letztemal beim Innenminister speiste, hat er den Herrn Präfekten getroffen und ihm von der Situation erzählt, in der Sie sich befanden, einer bedauerlichen Situation, und dabei hat er ihn gefragt, ob man Ihnen nicht liebenswürdigerweise zu Hilfe kommen könne. Der Herr Präfekt war lebhaft interessiert durch die Anteilnahme, die Seine Exzellenz für diese Familienangelegenheit bezeigte, und er hat die Freundlichkeit besessen, mich über die Angelegenheit um Rat zu fragen. Seit der Herr Präfekt die Zügel dieser so verleumdeten und so nützlichen Institution ergriffen hat, ist es in erster Linie sein Grundsatz gewesen, nicht in Familienangelegenheiten einzugreifen. Grundsätzlich und auch in moralischer Hinsicht hat er damit recht gehabt; in der Praxis jedoch hat er unrecht gehabt. Innerhalb der fünfundvierzig Jahre, die ich der Polizei angehöre, hat sie von 1799 bis 1815 den Familien sehr große Dienste geleistet. Seit 1820 haben die Presse und die konstitutionelle Regierung unsere Daseinsbedingungen völlig geändert. Daher ist es meine Ansicht gewesen, man solle sich nicht mir einer solchen Angelegenheit befassen, und der Herr Präfekt hat die Güte gehabt, sich meinen Bemerkungen anzuschließen. Der Chef der Sicherheitspolizei hat in meinem Dabeisein die Weisung erhalten, nicht einzugreifen; und wenn zufällig einer von seinen Leuten bei Ihnen gewesen ist, werde ich ihm einen Verweis erteilen. Es würde ein Fall sein, der zur Dienstentlassung führen könnte. Man hat gut reden: ›Die Polizei wird das schon machen!‹ Die Polizei! Die Polizei! Aber, lieber Herr Advokat, der Marschall und der Ministerrat haben ja keine Ahnung, was das ist, die Polizei! Einzig und allein die Polizei ist über sich selber im Bilde. Die Könige, Napoleon, Ludwig XVIII. haben sich im Tun und Lassen ihrer Polizei ausgekannt; aber über die unsrige haben nur Fouché, Monsieur Lenoir, Monsieur de Sartine[220] und ein paar intelligente Präfekten Bescheid gewußt .. Heutzutage ist alles anders geworden. Wir sind geringer an Zahl; wir sind entwaffnet worden! Ich habe vierlei privates Unglück aufkeimen sehen, das ich mit ein paar Gewissensbissen wegen eigenmächtigen Handelns verhindert haben würde ...! Wir werden gerade von denjenigen bedauert werden, die uns zerschmettern, wenn sie, wie Sie nun, bestimmter moralischer Ungeheuerlichkeiten ansichtig werden, die weggeschafftt gehörten, wie man Dreck wegschafft! In der Politik wird von der Polizei erwartet, daß sie, wenn es sich um das öffentliche Wohl handelt, allem zuvorkommt; aber die Familie ist heilig. Ich würde alles tun, um ein Attentat gegen das Leben des Königs zu entdecken und zu verhindern! Ich würde die Mauern eines Hauses durchsichtig machen; aber in Ehen, in Privatinteressen eingreifen ...? Niemals, solange ich in diesem Zimmer sitze; ich habe nämlich Angst ..«

»Wovor denn?«

»Vor der Presse, Herr Abgeordneter der linken Mitte!«

»Was soll ich tun?« fragte Hulot nach einer Pause.

»Nun, Sie bezeichnen sich doch als Familie!« entgegnete der Abteilungsleiter, »das besagt doch alles. Handeln Sie, wie es Sie gut dünkt; aber Ihnen zu Hilfe zu kommen, aus der Polizei ein Instrument der Leidenschaften und der Privatinteressen machen zu wollen, ist das möglich . . .? Da, sehen Sie, liegt das Geheimnis der notwendigen Verfolgung, die die Richter ungesetzlich fanden, als sie sich gegen den Vorgänger unseres gegenwärtigen Chefs der Sicherheitspolizei richtete. Bibi-Lupin hat die Polizei zugunsten von Privatleuten betrieben. Dahinter steckte eine ungeheure soziale Gefahr! Mit den Mitteln, über die dieser Mensch verfügte, wäre er furchtbar gewesen, nämlich eine Art Untergrund-Verhängnis.«

»Aber was soll ich in meiner Lage tun?« fragte Hulot.

»Oh, Sie, der Sie doch guten Rat verkaufen, bitten mich darum!« erwiderte Monsieur Chapuzot. »Na, aber, Herr Advokat, Sie machen sich über mich lustig.«

Hulot verabschiedete sich von dem Abteilungsleiter und ging, ohne das unmerkliche Achselzucken wahrzunehmen, das der Beamte unwillkürlich vollführte, als er aufstand, um ihn zur Tür zu begleiten. – Und das will ein Staatsmann sein . . .! sagte Monsieur Chapuzot zu sich selbst und wandte sich wieder seinen Rapporten zu.

Victorin kam heim, noch immer ratlos und ohne sich mit jemandem darüber aussprechen zu können. Beim Abendessen teilte die Baronin ihren Kindern freudig mit, daß in einem Monat ihr Vater ihren Wohlstand teilen und seine Tage friedlich im Familienkreis werde vollenden können.

»Ach, ich würde meine dreitausendsechshundert Francs Zinsen dafür geben, wenn ich den Baron hier unter uns sehen könnte!« rief Lisbeth. »Aber, meine gute Adeline, freue dich nicht zu früh . . . ich bitte dich.«

»Lisbeth hat recht«, sagte Célestine. »Liebe Mutter, warten Sie ab.«

Die Baronin, die ganz Herz, ganz Hoffnung war, erzählte von ihrem Besuch bei Josépha, fand, daß jene armen Mädchen in ihrem Glück unglücklich seien, und sprach von Chardin, dem

Matratzenmacher, dem Vater des Magazinverwalters in Oran; dadurch bewies sie, daß sie sich nicht in einer falschen Hoffnung wiegte.

Am andern Morgen fuhr Lisbeth früh um sieben in einer Droschke über den Quai de la Tournelle; an der Ecke der Rue de Poissy ließ sie halten.

»Sie gehen jetzt«, sagte sie zu dem Kutscher, »in die Rue des Bernardins Nummer 7; es ist ein Haus mit einem Flur und ohne Portier. Sie steigen bis zum vierten Stock hinauf und schellen an der Tür links, an der übrigens zu lesen steht: ›Mademoiselle Chardin, Ausbesserei von Spitzen und Kaschmir-Schals‹. Es macht Ihnen jemand auf. Sie fragen nach ›dem Chevalier‹. Sie werden zur Antwort erhalten: ›Er ist ausgegangen.‹ Dann sagen Sie: ›Das weiß ich, aber machen Sie ihn ausfindig, denn unten auf dem Quai wartet seine Haushälterin in einer Droschke und will ihn sprechen . . .‹«

Zwanzig Minuten danach tauchte ein Greis auf, der wie ein Achtzigjähriger wirkte; sein Haar war völlig weiß; die von der Kälte gerötete Nase stand in einem Gesicht, das bleich und runzlig war wie das einer alten Frau; er ging schleppenden Schrittes; seine Füße steckten in Hausschuhen aus alten Tuchstreifen; sein Rücken war gekrümmt; er trug einen schäbigen Alpaka-Überrock und keine Ordensauszeichnungen; die Ärmel seiner Strickweste reichten ihm bis über die Handgelenke; sein Hemd sah beklemmend gelb aus. Furchtsam kam er heran, musterte die Droschke, erkannte Lisbeth und trat an den Wagenschlag.

»Ach, lieber Vetter«, sagte sie, »in was für einem Zustand Sie sind!«

»Elodie nimmt alles für sich selber!« sagte der Baron Hulot. »Diese Chardins sind stinkende Kanaillen . . .«

»Wollen Sie wieder zu uns zurückkehren?«

»O nein, nein«, sagte der Greis, »am liebsten ginge ich nach Amerika hinüber . . .«

»Adeline ist Ihnen auf der Spur . . .«

»Ach, könnte nicht wer meine Schulden bezahlen?« fragte er mit mißtrauischer Miene. »Samanon ist hinter mir her.«

»Wir haben Ihren Rückstand noch nicht bezahlt; Ihr Sohn schuldet noch hunderttausend Francs . . .«

»Der arme Junge!«

»Und Ihr Ruheghalt wird erst in sieben bis acht Monaten frei ... Wenn Sie warten wollen, ich habe zweitausend Francs bei mir!«

Der Baron streckte mit einer erschreckend gierigen Geste die Hand aus.

»Gib sie mir, Lisbeth! Gott möge es dir lohnen! Gib sie her, ich weiß, wo ich hingehe!«

»Aber Sie sagen es mir doch, Sie altes Scheusal?«

»Ja. Ich kann diese acht Monate warten; ich habe nämlich einen kleinen Engel entdeckt, ein gutes Geschöpf, unschuldig und noch nicht alt genug, um schon verdorben zu sein.«

»Denken Sie an das Schwurgericht«, sagte Lisbeth und hoffte, Hulot eines Tages dort zu sehen.

»Na ja, es ist in der Rue de Charonne!« sagte der Baron Hulot. »Das ist eine Stadtgegend, wo alles möglich ist, ohne daß es zu einem Skandal kommt. Glaub nur, da kann ich nie aufgestöbert werden. Ich habe mich in den Papa Thorec verwandelt, Lisbeth; die Leute halten mich für einen ehemaligen Kunsttischler, die Kleine hat mich gern, und ich werde mir nicht das Fell über die Ohren ziehen lassen.«

»Nein, das ist schon geschehen!« sagte Lisbeth mit einem Blick auf den Überrock. »Wenn ich Sie nun hinführe, Vetter ...?«

Der Baron Hulot stieg in den Wagen; er verließ Mademoiselle Elodie ohne Abschied, wie man einen gelesenen Roman wegwirft.

Nach einer halbstündigen Fahrt, während welcher Baron Hulot Lisbeth von nichts anderem als der kleinen Atala Judici erzählte, denn er war nach und nach zu den abscheulichen Lastern gelangt, die die alten Männer zugrunderichten, setzte seine Kusine ihn, nachdem sie ihm die zweitausend Francs zugesteckt hatte, in der Rue de Charonne, Faubourg Saint-Atoine, an der Tür eines Hauses mit verdächtiger, bedrohlicher Fassade ab.

»Adieu, Vetter, du bist fortan der Papa Thorec, nicht wahr? Schick mir immer nur Boten, und nimm sie stets an verschiedenen Stellen.«

»Gemacht! Oh, ich bin sehr glücklich!« sagte der Baron, und

sein Gesicht strahlte vor Freude über ein künftiges und ganz neues Glück.

»Da wird ihn keiner finden«, sagte sich Lisbeth; sie ließ ihre Droschke am Boulevard Beaumarchais halten, von wo aus sie mit dem Omnibus zur Rue Louis-Le-Grand zurückkehrte.

Am andern Tag, als die ganze Familie nach dem Mittagessen im Salon versammelt war, wurde Crevel seinen Kindern gemeldet. Célestine lief ihrem Vater entgegen und fiel ihm um den Hals, als ob er tags zuvor bei ihr gewesen sei, obwohl dies seit zwei Jahren sein erster Besuch war.

»Guten Tag, lieber Vater!« sagte Victorin und reichte ihm die Hand.

»Guten Tag, liebe Kinder!« sagte Crevel im Bewußtsein seiner Bedeutsamkeit. »Frau Baronin, ich lege Ihnen meine Huldigungen zu Füßen. Du lieber Himmel, wie diese Kinder heranwachsen! Die vertreiben uns! Die sagen: ›Großpapa, ich will meinen Platz an der Sonne!‹ – Frau Gräfin, Sie sind schön wie immer!« fügte er hinzu und schaute Hortense an. – »Und hier ist der Rest unserer Sippe, die liebe Kusine Bette, die kluge Jungfrau. Na, ihr habt es samt und sonders hier sehr gut ...«, sagte er, nachdem er an jeden seine Redensarten verteilt und sie mit einem kollernden Lachen begleitet hatte, das die hochroten Massen seines breiten Gesichts nur unter Schwierigkeiten in Bewegung setzte.

Dabei musterte er den Salon seiner Tochter mit einer gewissen Geringschätzung.

»Liebe Célestine, ich schenke dir mein gesamtes Mobiliar aus der Rue des Saussayes; es wird sich hier gut ausnehmen. Dein Salon ist erneuerungsbedürftig ... Ah, da ist ja auch der kleine Wenceslaus! Na, seid ihr auch immer hübsch artig, Kinder? Anständiges Benehmen, das ist wichtig.«

»Für die, die keins haben«, sagte Lisbeth.

»Dieser Sarkasmus, liebe Lisbeth, trifft mich nicht mehr. Kinder, ich will Schluß machen mit der schiefen Situation, in der ich mich so lange befunden habe; und als guter Familienvater bin ich hergekommen, um euch ohne alles Getue anzukündigen, daß ich mich verheirate.«

»Sie haben das Recht zu heiraten«, sagte Victorin, »und was

mich betrifft, so gebe ich Ihnen das Wort zurück, das Sie mir gaben, als Sie mir die Hand meiner geliebten Célestine gewährten ...«

»Welches Wort denn?« fragte Crevel.

»Das Wort, nicht wieder zu heiraten«, antwortete der Advokat. »Sie werden mir gerechtermaßen zugestehen, daß Sie es mir freiwillig und gegen meinen Willen gaben; denn ich habe Ihnen damals zu bedenken gegeben, daß Sie sich nicht auf solcherlei Weise binden sollten.«

»Ja, ich erinnere mich, lieber Freund«, erwiderte Crevel beschämt. »Und wirklich, liebe Kinder, wenn ihr euch gut mit meiner Frau vertrüget, dann würdet ihr es nicht zu bereuen haben ... Ihr Zartgefühl, Victorin, rührt mich ... Man verhält sich mir gegenüber nicht ungestraft großzügig ... Also, sapristi, seid nett zu eurer Stiefmutter, kommt zu meiner Hochzeit ...!«

»Sie haben uns noch gar nicht gesagt, lieber Vater, wer Ihre Braut ist?« sagte Célestine.

»Aber das ist doch ein offenes Geheimnis«, entgegenete Crevel ... »Wir wollen doch nicht Verstecken spielen! Lisbeth hat euch doch sicherlich geagt ...«

»Lieber Monsieur Crevel«, entgegnete die Lothringerin, »es gibt Namen, die in diesem Haus nicht ausgesprochen werden ...«

»Na ja, es ist Madame Marneffe!«

»Monsieur Crevel«, antwortete der Advokat streng, »weder ich noch meine Frau werden an dieser Hochzeit teilnehmen, und zwar nicht aus eigensüchigen Gründen, denn ich habe soeben in aller Aufrichtigkeit zu Ihnen gesprochen. Ja, ich würde sehr froh sein, wenn ich wüßte, daß Sie in dieser Ehe Ihr Glück finden; aber mich bewegen Gedanken an die Ehre und den Takt, die Sie verstehen müssen und die ich nicht aussprechen kann, weil sie Wunden wieder aufreißen würden, die hier noch immer bluten ...«

Die Baronin gab der Gräfin einen Wink, und diese nahm ihren kleinen Jungen auf den Arm und sagte zu ihm: »Komm, Wenceslaus, du mußt jetzt baden! – Adieu, Monsieur Crevel.«

Die Baronin verabschiedete sich schweigend von Crevel, und Crevel konnte sich ein Lächeln nicht verkneifen, als er sah, wie erstaunt das Kind dreinschaute, als ihm dies improvisierte Bad drohte.

»Sie heiraten, Monsieur«, rief der Advokat, als er mit Lisbeth, seiner Frau und seinem Schwiegervater allein war, »eine Frau, die meinem Vater das Fell über die Ohren gezogen und ihn kaltblütig dahin gebracht hat, wo er sich jetzt befindet; eine Frau, die ein Verhältnis mit dem Schwiegersohn unterhält, nachdem sie den Schwiegervater ruiniert hat; eine Frau, die meiner Schwester tödliche Kümmernisse bereitet... Und Sie glauben tatsächlich, man würde uns Ihre Torheit durch meine Anwesenheit gutheißen sehen? Sie tun mir aufrichtig leid, mein lieber Monsieur Crevel! Sie haben keinen Familiensinn; die Solidarität der Ehre, die die einzelnen Familienmitglieder miteinander verbindet, ist Ihnen etwas Unbegreifliches. Man richtet mit Vernunftgründen nichts gegen Leidenschaften aus (wie ich es leider allzusehr erlebt habe!). Von der Liebesleidenschaft besessene Menschen sind taub, wie sie blind sind. Ihre Tochter Célestine ist sich ihrer Pflichten viel zu sehr bewußt, als daß sie Ihnen auch nur ein Wort des Tadels sagte.«

»Das wäre auch *noch* schöner!« sagte Crevel und versuchte, damit die Rüge abzubrechen.

»Célestine würde nicht meine Frau sein, wenn sie sich Ihnen gegenüber auch nur eine einzige Bemerkung erlaubte«, fuhr der Advokat fort. »Ich jedoch kann versuchen, Sie zum Innehalten zu bringen, ehe Sie den Fuß in einen Abgrund setzen, vor allem, nachdem ich Ihnen den Beweis meiner Uneigennützigkeit gegeben habe. Ganz bestimmt mach ich mir nicht um Ihr Vermögen, sondern ich mache nur um Sie selber Sorgen... Und um Ihnen die Augen über meine Gefühle zu öffnen, kann ich hinzufügen, und sei es nur, um Sie über Ihren künftigen Heiratskontrakt zu beruhigen, daß meine Vermögenslage so ist, daß sie uns nichts zu wünschen übrig läßt...«

»Das dankt ihr mir!« rief Crevel.

»Das danken wir Célestines Vermögen«, antwortete der Advokat, »und wenn es Ihnen leidtut, als von Ihnen stammende Mitgift Ihrer Tochter Summen gegeben zu haben, die nicht die Hälfte dessen darstellen, was ihre Mutter ihr hinterlassen hat, so sind wir bereit, sie Ihnen zurückzuzahlen...«

»Ist Ihnen bekannt, mein Herr Schwiegersohn«, sagte Crevel und stellte sich in Positur, »daß, wenn ich Madame Marneffe mit meinem Namen decke, sie sich der Welt und der Gesellschaft gegenüber um ihres Verhaltens willen nur noch in ihrer Eigenschaft als Madame Crevel zu verantworten hat?«

»Das ist vielleicht sehr gentlemanlike«, sagte der Advokat, »es ist großzügig im Zusammenhang mit der Leidenschaft und den Abwegen der Leidenschaft; aber ich kenne keinen Namen, kein Gesetz und keinen Titel, die den Diebstahl von dreihunderttausend Francs decken könnten, die auf vulgäre Weise meinem Vater entrissen worden sind ...! Ich sage Ihnen rundheraus, lieber Schwiegervater, daß Ihre Zukünftige Ihrer unwürdig ist, daß sie Sie betrügt und daß sie toll verliebt in meinen Schwager Steinbock ist; sie hat seine Schulden bezahlt ...«

»Die habe ich bezahlt ...«

»Gut«, entgegnete der Advokat, »das ist mir lieb um des Grafen Steinbock willen; er kann den Betrag eines Tages zurückzahlen; aber er wird geliebt, sehr geliebt und oft geliebt ...«

»Er wird geliebt ...!« sagte Crevel, und sein Gesicht kündete von einer allgemeinen Bestürzung. »Es ist feige, schmutzig, klein und gemein, eine Frau zu verleumden ... Wenn man dergleichen Dinge ausspricht, Monsieur, dann beweist man sie ...«

»Die Beweise werde ich Ihnen geben ...«

»Das erwarte ich ...«

»Übermorgen, mein lieber Monsieur Crevel, werde ich Ihnen Tag und Stunde sagen, den Zeitpunkt, wo ich in der Lage sein werde, die furchtbare Verderbtheit Ihrer künftigen Gattin zu enthüllen ...«

»Sehr gut, es wird mich freuen«, gab Crevel zurück; er hatte seine Kaltblütigkeit wiedergewonnen. »Adieu, Kinder, auf Wiedersehen. Adieu, Lisbeth ...«

»Folge ihm doch, Lisbeth«, flüsterte Célestine der Tante Bette zu.

»Was? So wollen Sie weggehen ...?« rief Lisbeth Crevel nach.

»Ach«, sagte Crevel zu ihr, »mein Schwiegersohn hat sich herausgemacht, er ist ein völlig anderer Mensch geworden. Der Justizpalast, die Abgeordnetenkammer, die juritische Gaunerei und die politische Gaunerei machen aus ihm einen ganz durchtriebenen Kerl. Haha! Er weiß, daß ich nächsten Mittwoch heirate, und heute, am Sonntag, schlägt dieser Herr mir vor, in drei Tagen wolle er mir den Zeitpunkt sagen, an dem er mir beweisen könne, meine Frau sei meiner unwürdig ... Gar nicht so ungeschickt ... Ich gehe auf der Stelle hin und unterzeichne den Kontrakt. Los, Lisbeth, komm mit ...! Sie sollen nichts davon erfahren! Ich hatte Célestine vierzigtausend Francs Zinsen hinterlassen wollen; aber gerade eben hat Hulot sich auf eine Weise benommen, daß er sich mein Herz für alle Zeit entfremdet hat.«

»Geben Sie mir zehn Minuten, Papa Crevel; warten Sie vor der Tür in Ihrem Wagen auf mich; ich will mir einen Vorwand zum Weggehen ausdenken.«

»Also gut, abgemacht ...«

»Liebe Freunde«, sagte Lisbeth, die die Familie noch im Salon antraf, »ich gehe mit Crevel, heute abend soll der Heiratskontrakt unterzeichnet werden, und ich werde euch die einzelnen Punkte sagen können. Das wird dann wahrscheinlich mein letzter Besuch bei dieser Frau sein. Euer Vater ist wütend. Er will euch enterben.«

»Daran wird seine Eitelkeit ihn hindern«, antwortete der Advokat. »Er hat das Gut Presles besitzen wollen, er wird es behalten, ich kenne ihn. Sollte er noch Kinder bekommen, so muß dennoch die Hälfte dessen, was er hinterläßt, an Célestine fallen; das Gesetz verbietet ihm, sein ganzes Vermögen anderweitig zu vermachen ... Aber diese Fragen bedeuten mir nichts; ich denke lediglich an unsere Ehre ... Gehen Sie, Tante«, sagte er und drückte Lisbeth die Hand, »hören Sie beim Verlesen des Kontrakts gut zu.«

Zwanzig Minuten später betraten Lisbeth und Crevel das Palais in der Rue Barbet, wo Madame Marneffe in holder Ungeduld auf das Ergebnis des Schrittes wartete, den sie befohlen hatte. Valérie war für Wenceslaus nach und nach von jener übergewaltigen Liebe ergriffen worden, die nur einmal im Leben das Herz einer Frau in Bann schlägt. Dieser verpfuschte Künstler wurde in den Händen der Madame Marneffe ein so vollkommener Liebhaber, daß er für sie wurde, was sie selber für den Baron Hulot gewesen war. Valérie hielt in der einen Hand einen Hausschuh, die andere gehörte Steinbock, an dessen Schulter sie ihren Kopf lehnte. Es gibt Unterhaltungen, die zur rechten Zeit eine zwanglose Form annehmen können, und in eine solche hatten sie sich nach Crevels Fortgehen eingelassen, ebenso wie es heutzutage lange literarische Werke gibt, auf deren Titelblatt zu lesen steht: »Nachdruck verboten«. Dieses Meisterwerk intimer Poesie entlockte natürlich den Lippen des Künstlers ein Bedauern, das er nicht ohne Bitterkeit lautwerden ließ.

»Ach, solch ein Pech, daß ich geheiratet habe«, sagte Wenceslaus, »denn wenn ich gewartet hätte, wie Lisbeth mir riet, dann könnte ich heute dich heiraten.«

»Man muß Pole sein, um zu wünschen, aus einer hingebungsvollen Geliebten seine Frau zu machen!« rief Valérie. »Die Liebe gegen die Pflicht eintauschen! Die Lust gegen die Langeweile!«

»Ich weiß, wie wankelmütig du bist!« antwortete Steinbock. »Habe ich dich nicht mit Lisbeth über den Baron Montez, diesen Brasilianer, plaudern hören . . .?«

»Willst du ihn mir vom Halse schaffen?« fragte Valérie.

»Das würde«, antwortete der ehemalige Bildhauer, »das einzige Mittel sein, dich daran zu hindern, ihn zu empfangen.«

»Vernimm, mein Geliebter, daß ich ihn benutzt habe, um aus ihm einen Gatten zu machen; denn dir sage ich alles . . .! Die Versprechungen, die ich diesem Brasilianer gemacht habe . . . ach, lange bevor ich dich kennenlernte«, winkte sie auf eine Geste Wenceslaus' hin ab. »Also, jene Versprechungen, auf die er sich jetzt versteift, um mich zu quälen, zwingen mich, meine Eheschließung fast insgeheim zu vollziehen; denn wenn er erfährt, daß ich Crevel heirate, ist er imstande, mich umzubringen!«

»Oh, was diese Befürchtung betrifft . . .«, sagte Steinbock und machte eine verächtliche Bewegung, die bedeutete, daß für eine von einem Polen geliebte Frau diese Gefahr etwas Bedeutungsloses sei.

Man beachte, daß bei den Polen, was die Tapferkeit anlangt, nicht die geringste Prahlerei herrscht; so tapfer sind sie tatsächlich und ernstlich.

»Und dieser Schwachkopf von Crevel, der ein Fest geben will, um bei Gelegenheit meiner Hochzeit seinem Hang zum Auffälligen zu frönen, bringt mich in eine Zwangslage, aus der ich nicht weiß, wie ich herauskommen soll.«

Konnte Valérie dem, den sie vergötterte, eingestehen, daß nach der Verabschiedung des Barons Hulot der Baron Henri Montez das Vorrecht geerbt hatte, zu jeder Nachtstunde zu ihr zu kommen, und daß sie trotz ihrer Geschicklichkeit noch keinen Anlaß zu einem Zerwürfnis hatte finden können, bei dem der Brasilianer geglaubt haben würde, daß alle Schuld auf seiner Seite liege? Sie kannte den gewissermaßen ungezähmten Charakter des Barons, der demjenigen Lisbeths recht ähnlich war, viel zu gut, um nicht zu zittern, wenn sie an diesen »Mohren von Rio de Janeiro« dachte. Als das Rollen eines Wagens hörbar wurde, rückte Steinbock von Valérie weg, deren Taille er umfaßt gehalten hatte, und griff nach einer Zeitschrift, in deren Lektüre versunken er angetroffen wurde. Valérie stickte mit angestrengtester Aufmerksamkeit an den Hausschuhen ihres Zukünftigen.

»Wie sie verleumdet wird!« flüsterte Lisbeth Crevel auf der Türschwelle zu und zeigte ihm dieses Bild ...« Beachten Sie ihr Haar! Ist es zerzaust? Nach Victorins Meinung hätten Sie zwei Turteltauben im Nest überraschen müssen.«

»Meine liebe Lisbeth«, antwortete Crevel und warf sich in Positur, »da siehst du es, um aus einer Aspasia eine Lukrezia zu machen, genügt es, ihr eine Leidenschaft einzuflößen ...!«

»Habe ich Ihnen nicht stets gesagt«, entgegnete Lisbeth, »daß die Frauen eine Schwäche für dicke Wüstlinge wie Sie haben?«

»Außerdem würde sie sehr undankbar sein«, erwiderte Crevel. »Denn wieviel Geld habe ich hier hineingesteckt? Das wissen nur Grindot und ich!«

Und er zeigte auf das Treppenhaus. Bei der Einrichtung dieses Stadtpalais, das Crevel als das seine betrachtete, hatte Grindot versucht, in Wettstreit mit Cleretti zu treten, dem Modearchitekten, dem der Herzog von Hérouville Joséphas Haus anvertraut hatte. Aber Crevel, der nicht die Spur von Kunstverstand besaß, hatte, wie alle Bourgeois, eine ganz bestimmte, schon im voraus festgelegte Summe ausgeben wollen. Grindot war also durch einen Kostenanschlag gebunden gewesen und somit außerstande, seinen Architektentraum zu verwirklichen. Der Unterschied zwischen Joséphas Stadtplalais und dem in der Rue Barbet war jener, der zwischen der Einmaligkeit einer Sache und ihrer Vergewöhnlichung klafft. Was man in Josépha Haus bewunderte, war nirgendwo zu erblicken; was in Crevels Haus schimmerte und glänzte, konnte überall gekauft werden. Diese beiden Arten des Luxus sind voneinander durch den Strom der Million unterschieden. Ein nur einmal existierender Spiegel ist sechstausend Francs wert; der von einem Fabrikanten, der ihn vertreibt, erfundene Spiegel kostet fünfhundert Francs. Ein echter Boule-Lüster steigt bei Versteigerungen auf dreitausend Francs; eine Kopie desselben Lüsters ließe sich für tausend oder zwölfhundert Francs anfertigen; der eine ist im alten Kunstgewerbe dasselbe, was in der Malerei ein Gemälde Raffaels ist; der andere ist bloß dessen Nachahmung. Was hat man schon für einen kopierten Raffael übrig? Das Stadtpalais Crevels war also ein herrliches Beispiel für den Luxus der Dummen, wie Josephas Stadtpalais das schönste Musterbild einer mit Kunstsinn eingerichteten Wohnung darstellte.

»Es kommt zum Krieg«, sagte Crevel, als er auf seine Zukünftige zutrat.

Madame Marneffe klingelte.

»Holen Sie Monsieur Berthier«, sagte sie zu dem Diener, »und kommen Sie nicht ohne ihn wieder. – Wenn du Erfolg gehabt hättest, Väterchen«, sagte sie und umschlang Crevel, »dann würden wir mein Glück hinausgeschoben und ein atemberaubendes Fest gegeben haben; aber wenn eine ganze Familie sich einer Eheschließung widersetzt, mein Freund, dann verlangt der Takt, daß alles sich in aller Stille vollzieht, zumal wenn die Braut Witwe ist.«

»Aber ich will nun mal einen Luxus im Stil Louis-Quatorze entfalten«, sagte Crevel, dem seit einiger Zeit das achtzehnte Jahrhundert klein vorkam. »Ich habe neue Wagen bestellt; es soll einen Wagen des Bräutigams und einen der Braut geben, zwei hübsche Coupés, eine Kalesche, eine Gala-Berline mit einem großartigen Kutschbock, der zittert wie Madame Hulot.«

»Siehe da! ›Ich will‹ . . .? Du willst also nicht länger mein Lamm sein? Nein, nein, mein Schatz, du wirst tun, was ich will. Heute abend unterzeichnen wir ganz unter uns unsern Heiratskontrakt. Am Mittwoch heiraten wir dann offiziell, wie man eben heiratet, ganz unauffällig, wie meine arme Mutter immer sagte. Wir gehen schlicht gekleidet zu Fuß zur Kirche, wo wir eine stille Messe anhören. Unsere Trauzeugen sind Stidmann, Steinbock, Vignon und Massol; das sind samt und sonders intelligente Leute; sie finden sich wie durch einen Zufall auf dem Standesamt ein und bringen uns das Opfer, eine Messe über sich ergehen zu lassen. Dein Kollege wird uns ausnahmsweise schon morgens um neun trauen. Die Messe findet um zehn statt, und um halb zwölf sind wir hier zum Mittagessen. Ich habe unseren Gästen versprochen, daß die Tafel erst am Abend aufgehoben werden soll ... Es werden kommen Bixiou, dein alter Kamerad du Tillet, Lousteau, Vernisset, Léon de Lora, Vernou, die Blüte der Leute von Geist, die alle nicht wissen dürfen, daß wir geheiratet haben; wir führen sie hinters Licht; wir beschwipsen uns alle ein bißchen, und Lisbeth soll ebenfalls dabei sein; ich will, daß sie von der Heirat erfährt; Bixiou soll ihr Anträge machen und ihr dann ... reinen Wein einschenken.«

Zwei Stunden lang wartete Madame Marneffe mit tollen Einfällen auf; Crevel wurde dadurch zu einigen scharfsinnigen Überlegungen veranlaßt: »Wie könnte eine so fröhliche Frau lasterhaft sein? Zu Schäkereien aufgelegt, ja! Aber verderbt ... das kann man mir nicht weismachen!«

»Was haben eigentlich deine Kinder über mich gesagt?« fragte Valérie Crevel, als er dicht neben ihr auf der Causeuse saß, »sicherlich doch schreckliche Dinge!«

»Sie behaupten«, antwortete Crevel, »du liebtest Wenceslaus auf sündhafte Weise, du, die du die Tugend in Person bist!«

»Selbstverständlich habe ich meinen kleinen Wenceslaus lieb!« rief Valérie, winkte den Künstler zu sich, nahm ihn beim Kopf und küßte ihn auf die Stirn. »Der arme Junge ist doch ohne Stütze und Vermögen! Und noch dazu verschmäht von einer karottenfarbenen Giraffe! Hilft eben nichts, Crevel! Wenceslaus ist mein Dichter, und ich liebe ihn am hellichten Tag, als ob er mein Sohn sei! Die tugendhaften Frauen sehen überall und in allem was Schlechtes. Sie brächten es niemals fertig, mit einem Mann beisammen zu sein, ohne etwas Übles anzurichten. Ich dagegen bin wie verwöhnte Kinder, denen nie etwas verweigert worden ist: Naschwerk regt mich nicht mehr auf. Arme Frauen! Sie tun mir leid ...! Und wer hat mich so schlecht gemacht?«

»Victorin«, sagte Crevel.

»Na, und warum hast du diesem Juristenpapagei nicht den Schnabel mit den zweihunderttausend Francs ›der Mama‹ gestopft?«

»Die Baronin hatte das Weite gesucht«, sagte Lisbeth.

»Sie sollen sich in acht nehmen, Lisbeth!« sagte Madame Marneffe und runzelte die Brauen, »entweder empfangen sie mich bei sich zu Hause, und zwar aufs beste, und kommen auch samt und sonders zu ihrer Stiefmutter, oder ich werde sie (richte ihnen das von mir aus) noch tiefer als den Baron ins Elend bringen ... Hilft alles nichts, dann werde ich gemein! Mein Ehrenwort, ich glaube, das Böse ist die Sichel, mit der man das Gute zu Gelde macht.«

Um drei Uhr las Notar Berthier, Cardots Nachfolger, den Ehekontrakt vor, und zwar nach einer kurzen Besprechung mit Crevel; denn gewisse Paragraphen hingen von dem Entschluß ab, den die jungen Hulots fassen würden. Crevel erkannte seiner künftigen Ehefrau ein Vermögen zu, das folgendermaßen zusammengesetzt war: 1. aus viertzigtausend Francs Zinsen, die einzeln bezeichnete Wertpapiere abwarfen, 2. aus dem Stadtpalais mitsamt allem Mobiliar, das es enthielt, und 3. aus drei Millionen in barer Münze. Überdies machte er seiner künftigen Ehefrau alle vom Gesetz erlaubten Schenkungen; er erließ ihr jede Inventar-Aufnahme; und in dem Fall, daß beim Ableben eines der beiden Gatten keine Kinder da wären, setzten sie einander gegenseitig als Universalerben ihres gesamten beweglichen und unbeweglichen Vermögens ein. Dieser Kontrakt reduzierte Crevels Vermögen auf ein Kapital von zwei Millionen. Für den Fall, daß er von seiner neuen Frau Kinder bekäme, verkürzte er Célestines Anteil auf fünfhunderttausend Francs, der Nutznießung seines Vermögens wegen, die er Valérie eingeräumt hatte. Es war ungefähr der neunte Teil seines gegenwärtigen Vermögens.

Als Lisbeth zum Abendessen wieder in die Rue Louis-le-Grand kam, malte sich auf ihren Zügen Verzweiflung. Sie erklärte und kommentierte den Ehekontrakt und merkte, daß Célestine genauso fühllos wie Victorin gegenüber dieser katastrophalen Nachricht blieb.

»Ihr habt euren Vater geärgert, Kinder! Madame Marneffe hat geschworen, ihr würdet Monsieur Crevels Frau in eurem Haus empfangen, und ihr würdet auch zu ihr kommen ...«

»Niemals!« sagte Hulot.

»Niemals!« sagte Célestine.

»Niemals!« rief Hortense.

Lisbeth wurde von dem Verlangen gepackt, allen Hulots ihre prächtige Haltung heimzuzahlen.

»Sie scheint Waffen gegen euch zu haben ...!« antwortete sie. »Ich weiß noch nicht, um was es sich handelt, aber ich werde es schon herausbekommen ... Sie hat etwas von einer Geschichte mit zweihunderttausend Francs angedeutet, die mit Adeline zusammenhängt.«

Die Baronin sank langsam rücklings auf das Ruhebett, auf dem sie gesessen hatte, und bekam furchtbare Zuckungen.

»Geht hin, Kinder ...!« rief die Baronin. »Empfangt diese Frau! Monsieur Crevel ist ein niederträchtiger Mensch! Er verdient die schrecklichste Marter ... Gehorcht dieser Frau ... Ach, sie ist ein Ungeheuer! *Sie weiß alles!«*

Nach diesen Worten, in die hinein sich Tränen und Schluchzer mischten, fand Madame Hulot die Kraft, gestützt auf den Arm ihrer Tochter und den Célestines, in ihr Zimmer hinaufzugehen.

»Was soll dies alles bedeuten?« rief Lisbeth, als sie mit Victorin allein war.

Der Advokat stand in einer nur zu begreiflichen Bestürzung starr da; er hatte Lisbeths Frage nicht gehört.

»Was ist dir, Victorin?«

»Ich bin entsetzt! sagte der Advokat, und sein Gesicht wurde drohend. »Wehe dem, der meine Mutter antastet; dann kenne ich keine Skrupel mehr! Wenn ich könnte, würde ich diese Frau zermalmen, wie man eine Giftschlange zermalmt ... Sie greift das Leben und die Ehre meiner Mutter an ...!«

»Sie hat gesagt, aber behalte das für dich, lieber Victorin, sie hat gesagt, sie wolle euch noch tiefer ins Elend stürzen als euern Vater ... Sie hat es Crevel rundheraus zum Vorwurf gemacht, daß er Ihnen nicht den Mund mit diesem Geheimnis gestopft habe, das Adeline so sehr zu erschrecken scheint.«

Es mußte ein Arzt geholt werden, denn der Zustand der Baronin hatte sich verschlimmert. Der Arzt verschrieb eine Arznei, die Opium enthielt, und als Adeline sie genommen hatte, sank sie in tiefen Schlaf; aber die ganze Familie verharrte im Bann heftigen Schreckens. Am andern Morgen ging der Advokat beizeiten in den Justizpalast und sprach in der Polizeipräfektur vor, wo er Vautrin, den Chef der Sicherheitspolizei, inständig bat, Madame de Saint-Estève zu ihm zu schicken.

»Es ist uns verboten worden, Monsieur, uns mit Ihnen zu befassen; aber Madame de Saint-Estève ist eine selbständige Geschäftsfrau und steht Ihnen zur Verfügung«, antwortete der berühmte Chef.

Als der arme Advokat wieder daheim anlangte, erfuhr er, daß man für die geistige Klarheit seiner Mutter fürchte. Der Doktor Bianchon, der Doktor Larabit und der Professor Angard hatten gemeinsam beschlossen, die gewagtesten Mittel anzuwenden, um dem Blutandrang zum Kopf entgegenzuwirken. Gerade als Victorin Doktor Bianchon lauschte, der ihm die Gründe darlegte, die ihn auf Beruhigung der Krise hoffen ließen, obwohl seine Kollegen alle Hoffnung aufgegeben hatten, meldete der Diener dem Advokaten seine Klientin Madame de Saint-Estève. Victorin ließ Bianchon mitten im Satz stehen und rannte mit der Geschwindigkeit eines Irrsinnigen die Treppe hinab.

»Herrscht hier im Haus etwa eine ansteckende Form des Irrsinns?« wandte Bianchon sich an Larabit.

Die Ärzte gingen und ließen einen Assistentenarzt bei Madame Hulot wachen.

»Ein ganzes Leben der Tugend . . .!« war der einzige Satz, den die Kranke seit der Katastrophe gesprochen hatte. Lisbeth wich nicht von Adelines Lager; sie hatte die Nacht über bei ihr gewacht, und die beiden jungen Frauen hatten sie bewundert.

»Nun, meine liebe Madame de Saint-Estève«, sagte der Advokat, als er die grausige Alte in sein Arbeitszimmer führte und die Türen sorgfältig schloß, »wie weit sind wir?«

»Tja, lieber Freund«, sagte sie und musterte Victorin mit einem Blick von kalter Ironie, »haben Sie sich die Sache ein bißchen überlegt . . .?«

»Haben Sie etwas unternommen . . .?«

»Rücken Sie fünfzigtausend Francs 'raus . . .?«

»Ja«, antwortete der junge Hulot, »denn es muß etwas geschehen. Wissen Sie, daß diese Frau durch einen einzigen Satz das Leben und den Verstand meiner Mutter in Gefahr gebracht hat? Also unternehmen Sie etwas!«

»Ist bereits geschehen!« erwiderte die Alte.

»Na, und . . .?« fragte Victorin verkrampft.

»Ja, scheuen Sie auch die Kosten nicht?«

»Im Gegenteil.«

»Bis jetzt betragen die Unkosten nämlich schon dreiundzwanzigtausend Francs.«

Der junge Hulot starrte die Saint-Estève mit blöder Miene an.

»Na, hören Sie mal, sollten Sie, eine der Leuchten des Justizpalastes, etwa ein leichtgläubiger Tropf sein?« fragte die Alte. »Für diese Summe haben wir das Gewissen einer Zofe und ein Bild von Raffael gekauft, und dafür ist das nicht viel Geld . . .«

Hulot stand verblüfft da und machte große Augen.

»Also«, fuhr die Saint-Estève fort, »wir haben Mademoiselle Reine Tousard gekauft, die, vor der Madame Marneffe keine Geheimnisse hat . . .«

»Ich verstehe . . .«

»Wenn Sie knausern wollen, müssen Sie es sagen . . .!«

»Ich bezahle blindlings«, antwortete er, »verlassen Sie sich darauf. Meine Mutter hat zu mir gesagt, diese Leute verdienten die größten Martern . . .«

»Das Rädern ist abgeschafft«, sagte die Alte.

»Bürgen Sie mir für den Erfolg?«

»Lassen Sie mich nur machen«, antwortete die Saint-Estève. »Ihre Rache schmort schon bei kleinem Feuer.«

Sie schaute zur Stutzuhr hin; die Stutzuhr zeigte sechs Uhr.

»Ihre Rache ist beim Ankleiden; die Herde des ›Rocher-de-Cancale‹ sind angezündet; die Wagenpferde stampfen; meine Eisen werden warm. Ach, ich kenne Ihre Madame Marneffe in- und auswendig. Alles ist vorbereitet. In der Mausefalle stecken Fleischklößchen; morgen kann ich Ihnen sagen, ob die Maus sich vergiftet hat. Ich glaube es. Adieu, mein Sohn.«

»Adieu, Madame.«

»Können Sie Englisch?«

»Ja.«

»Haben Sie ›Macbeth‹ im Urtext auf der Bühne gesehen?«

»Ja.«

»Gut denn, mein Sohn, du wirst König! Das heißt: du wirst erben!« sagte die schreckliche, von Shakespeare vorausgeahnte Hexe, die ihrerseits Shakespeare zu kennen schien. Sie ließ Hulot völlig verstumpft auf der Schwelle seines Arbeitszimmers stehen. – »Vergessen Sie nicht, daß morgen die vorläufige Entscheidung fällig ist!« sagte sie liebenswürdig als eine Klägerin, die zu ihrem Recht kommen möchte. Sie hatte zwei Leute kommen sehen und wollte in deren Augen für eine Gräfin Pimbêche[221] gelten.

»Solch eine Selbstsicherheit!« sagte sich Hulot, als er sich zum Abschied vor seiner angeblichen Klientin verneigte.

Der Baron Montez de Montejanos war ein Löwe, aber ein Löwe, der noch nicht richtig in Erscheinung getreten war. Das elegante Paris, das des Turfs und der Loretten, bewunderte die unbeschreiblichen Westen dieses ausländischen Herrn, seine tadellosen Lackschuhe, seine unvergleichlichen Reit- und Spazierstöcke, seine beneidenswerten Pferde, seine von echten, vortrefflich geprügelten Negersklaven gelenkten Wagen. Sein Vermögen war bekannt; er hatte bei dem berühmten Bankier du Tillet einen Kredit von siebenhunderttausend Francs; allein man sah ihn stets allein. Wenn er Premieren besuchte, saß er in einer Orchesterloge. Er verkehrte in keinem Salon. Nie hatte er einer Lorette den Arm gereicht! Man konnte seinen Namen nie mit dem einer hübschen Frau aus der großen Welt in Verbindung bringen. Um sich die Zeit zu vertreiben, spielte er Whist im Jockey-Club. Man war darauf angewiesen, seine Sitten zu verleumden oder, was noch unendlich viel komischer anmutet, seine Person: er wurde »Combabus«[222] genannt! Bixiou, Léon de Lora, Lousteau, Florine, Mademoiselle Brisetout und Nathan hatten, als sie eines Abends mit zahlreichen Löwen und Löwinnen bei der berühmten Carabine zu Abend aßen, diesen ungemein burlesken Spitznamen erfunden. Massol in seiner Eigenschaft als Staatsrat und Claude Vignon in seiner Eigenschaft als ehemaliger Lehrer des Griechischen hatten den ungebildeten Loretten die berühmte Anekdote erzählt, die Rollin[223] in seiner »Histoire ancienne« über Combabus erzählt, diesen freiwilligen Abälard, der betraut war mit dem Schutz der Frau eines Königs von Assyrien, Persien, Baktrien, Mesopotamien und anderer Teilgebiete der dem ehemaligen Lehrer aus dem Bocage eigentümlichen Geographie, der d'Anville[224], weiterführte, den Erwecker des alten Orient. Dieser Spitzname, der Carabines Gäste eine Viertelstunde lang hatte lachen lassen, wurde zum Gegenstand einer Menge von Witzen, die allzu schlüpfrig in einem Werk gewesen wären, dem die Akademie den Tugendpreis Mortyon hätte verleihen sollen, unter denen sich aber der Name fand, der an der buschigen Mähne des schönen Barons hängen blieb, den Josépha nun einen »prächtigen Brasilianer« nannte so wie man ein »prächtiger Catoxantha!« sagt. Carabine, die berühmteste der Loretten, sie, deren erlesene Schönheit und witzige Aussprüche das Zepter des dreizehnten Arrondissements den Händen der Mademoiselle Turquet, bekannter unter dem Namen »Malaga«, entrissen hatten, Mademoiselle Séraphine Sinet also (denn das war ihr richtiger Name) war dem Bankier du Tillet das, was Josépha Mirah dem Herzog von Hérouville war.

Nun aber hatte am Morgen des gleichen Tages, da die Saint-Estève Victorin den Erfolg prophezeit hatte, Carabine gegen sieben Uhr morgens zu du Tillet gesagt: »Wenn du nett wärest, würdest du mich zum Abendessen in den Rocher-de-Cancale einladen, und Combabus müßte daran teilnehmen; wir wollen endlich herausbekommen, ob er eine Geliebte hat ... ich habe deswegen gewettet ... ich will gewinnen ...« – »Er ist immer im Hôtel des Princes«, antwortete du Tillet, »wir werden unsern Spaß haben. Lade alle unsere ›Buben‹ ein: den ›Buben‹ Bixiou, den ›Buben‹ Lora! Kurz und gut, unsere ganze Sippschaft«

Um halb acht schimmerte im schönsten Raum des Restaurants, wo ganz Europa zu Abend gespeist hat, auf der Tafel herrliches Silbergerät, eigens angefertigt für Abendessen, bei denen die Eitelkeit die Rechnung in Banknoten begleicht. Sturzbäche von Licht brachen sich am Rand der Ziselierungen. Kellner, die ein Provinzler für Diplomaten gehalten hätte, wäre nicht ihr Alter gewesen, gaben sich eifrig, wie Leute, die sich überbezahlt wissen.

Fünf Gäste waren bereits angekommen und warteten auf neun weitere. Da war zunächst Bixiou, das Salz jeder intellektuellen Küche, sogar im Jahre 1843 noch fest auf den Beinen, gewappnet mit immer neuen Scherzen, ein Phänomen, das in Paris ebenso selten ist wie die Tugend. Dann Léon de Lora, der größte lebende Landschafts- und Marine-Maler, der gegenüber allen seinen Rivalen den Vorteil besaß, nie unter seine Anfänge abzusinken. Die Loretten konnten ohne diese beiden Könige des Witzworts, des Bonmot, nicht auskommen. Ein Abendessen, ein Diner, eine Lustpartie ohne sie war unvorstellbar. Séraphine Sinet, genannt Carabine, war in ihrer Eigenschaft als die offizielle Geliebte des Gastgebers als eine der ersten gekommen und ließ unter den Lichtfluten Schultern, die in Paris nicht ihresgleichen hatten, und einen wie vom Drechsler gefertigten, faltenlosen Hals erglänzen, dazu ihr keckes Gesicht und ein blau auf blau durchwirktes Seidenkleid, das mit englischen Spitzen in solcher Menge geschmückt war, daß ein ganzes Dorf einen Monat lang davon hätte leben können. Die hübsche Jenny Cadine, die an diesem Abend nicht spielte, und deren Bildnis allzu bekannt ist, als daß darüber etwas gesagt zu werden brauchte, kam in einer Toilette von fabelhafter Üppigkeit. Für diese Damen ist eine Abendgesellschaft stets ein Toiletten-Lonchamps[225], bei dem jede von ihnen für ihren Millionär einen Preis ergattern will und auf solcherlei Weise ihren Rivalinnen zu verstehen gibt: »Soviel bin ich wert!«

Eine dritte Frau, die sicherlich erst am Beginn ihrer Laufbahn stand, musterte fast beschämt den Luxus ihrer beiden angesehenen, reichen Gefährtinnen. Sie war schlicht in weißen, mit blauen Borten verzierten Kaschmir gekleidet; ihr Kopfputz bestand aus Blumen und stammte wohl von einem Friseur à la Merlan, dessen ungeschickte Hand unwissentlich dem wundervollen blonden Haar die Anmut der Albernheit verliehen hatte. Ihr Kleid war ihr ungewohnt, und gemäß der üblichen Redensart besaß sie die Schüchternheit, die von einem Debüt untrennbar ist. Sie war aus Valognes[226] gekommen, um eine zur Verzweiflung treibende Unverbrauchtheit in Paris an den Mann zu bringen, eine Reinheit, die sogar das Begehren eines Sterbenden erweckt hätte, und eine Schönheit, die aller derjenigen würdig war, die die Normandie den verschiedenen Theatern der Hauptstadt bereits geliefert hat. Die Züge dieses unversehrten Gesichts boten das Idealbild engelhafter Reinheit dar. Ihre milchweiße Haut warf das Licht so zurück, daß man hätte meinen können, sie spiegele es. Ihre zarten Farben wirkten, als seien sie mit dem Pinsel auf die Wangen aufgetragen. Sie hieß Cydalise. Wie man sehen wird, war sie ein notwendiger Stein in dem Spiel, das »Mame« Nourisson gegen Madame Marneffe spielte.

»Deine Arme entsprechen nicht deinem Namen, Kleine«, hatte Jenny Cadine gesagt, der Carabine dieses sechzehnjährige Meisterstück, das sie mitgebracht, vorgestellt hatte.

Cydalise bot nämlich der öffentlichen Bewunderung schöne Arme mit dichtem, körnigem Hautgewebe dar, das indessen von herrlichem Blut gerötet wurde.

»Wieviel ist sie wert?« fragte Jenny Cadine ganz leise Carabine.

»Eine Erbschaft.«

»Was willst du aus ihr machen?«

»Na, Madame Combabus . . .!«

»Und was bekommst du für diesen Handel . . .?«

»Rate!«

»Schönes Tischsilber?«

»Ich habe bereits drei Garnituren!«

»Diamanten?«

»Die verhökere ich . . .«

»Einen grünen Affen?«

»Nein, ein Bild von Raffael!«

»Was für Einfälle du hast!«

»Josépha bringt mich zur Verzweiflung mit ihren Bildern«, antwortete Carabine, »und ich will schönere haben als sie . . .«

Du Tillet hatte den Helden des Abendessens mitgebracht, den Brasilianer; der Herzog von Hérouville folgte ihm mit Josépha. Die Sängerin trug ein schlichtes Samtkleid. Aber um ihren Hals schimmerte ein Collier im Wert von zwanzigtausend Francs; die Perlen waren kaum von ihrer Haut zu unterscheiden, die kamelienweiß war. In ihre schwarzen Zöpfe hatte sie sich eine einzige rote Kamelie (ein Schönheitspflaster!) gesteckt, was von berauschender Wirkung war, und überdies hatte es ihr

Spaß gemacht, über jeden Arm elf Perlenarmbänder zu streifen. Sie drückte Jenny Cadine die Hand, und diese fragte: »Leihst du mir deine Halbhandschuhe . . .?« Josépha entledigte sich der Armbänder und bot sie auf einem Teller ihrer Freundin dar.

»Was für eine Art!« sagte Carabine. »Wie eine Herzogin! Dazu noch die Perlen! Haben Sie das Meer ausgeplündert, Herr Herzog, um das Mädchen zu schmücken?« fügte sie hinzu und wandte sich dem kleinen Herzog von Hérouville zu.

Die Schauspielerin nahm ein einziges Armband, befestigte die zwanzig anderen wieder an den schönen Armen der Sängerin und drückte einen Kuß darauf.

Lousteau, der literarische Tellerlecker, La Palférine und Malaga, Massol und Vauvinet und Théodore Gaillard, einer der Besitzer von einer der wichtigsten politischen Zeitungen, vervollständigten die Gästeschar. Der Herzog von Hérouville, der zu jedermann höflich war wie eben ein großer Herr, bedachte den Grafen de la Palférine mit jenem besonderen Gruß, der, ohne von besonderer Achtung oder Intimität zu zeugen, jedermann sagt: »Wir sind von gleicher Familie und gleicher Rasse; wir stehen auf gleicher Stufe!« Dieser Gruß, das Schiboleth der Aristokratie, ist zur Verzweiflung der Intelligenz aus dem gehobenen Bürgerstand geschaffen worden.

Carabine ließ Combabus zu ihrer Linken und den Herzog von Hérouville zu ihrer Rechten sitzen. Cydalise saß neben dem Brasilianer, und Bixou wurde an die andere Seite der Normannin plaziert. Malaga nahm neben dem Herzog Platz.

Um sieben Uhr machte man sich über die Austern her. Um acht wurde zwischen zwei Gängen geeister Punsch gereicht. Die Speisefolge von dergleichen Festlichkeiten ist allgemein bekannt. Um neun wurde geplaudert, wie man eben plaudert, nach zweiundvierzig Flaschen verschiedener Weine, die von vierzehn Personen ausgetrunken worden sind. Das Dessert, das schauerliche Dessert des April, war serviert. Die berauschende Atmosphäre hatte einzig die Normannin beschwipst; sie trällerte ein Weihnachtslied vor sich hin. Außer jenem armen Mädchen hatte niemand seinen klaren Kopf eingebüßt; die Zechenden und die Frauen entstammten der Elite des soupierenden Paris. Die Geister lachten, die Augen glänzten zwar auf besondere Weise, hatten jedoch nichts an Intelligenz eingebüßt; aber die Lippen hatten sich der Satire, der Anekdote, der Indiskretion zugewandt. Die Unterhaltung, die sich bislang um Rennen und Pferde, Umtriebe an der Börse, die unterschiedlichen Verdienste der »Löwen«, die miteinander verglichen wurden, und um bekannte Skandalgeschichten gedreht hatte, drohte intim zu werden und sich in Gruppen von je zwei Herzen zu spalten.

In diesem Augenblick geschah es, daß auf die verheißungsvollen Blicke hin, die Carabine an Léon de Lora, Bixiou, La Palférine und du Tillet verschwendet hatte, das Gespräch sich der Liebe zuwandte.

»Ärzte, die etwas taugen, sprechen nie von der Medizin, wahre Adlige reden nie über ihre Vorfahren, Leute von Talent nie über ihre Werke«, sagte Josépha, »warum sollen wir fachsimpeln ... Ich habe mich bei der Oper krank gemeldet, um herkommen zu können, aber ganz bestimmt nicht, um hier zu ›arbeiten‹. Also wollen wir das Posieren lieber lassen, ihr Lieben.«

»Es soll doch von der wahren Liebe gesprochen werden, Kleines!« sagte Malaga, »von der Liebe, die es zuwegebringt, daß man ganz darin aufgeht! Daß man Vater und Mutter hereinlegt, daß man Frau und Kinder verkauft, daß man geradewegs in Clichy landet ...«[227]

»Los, dann redet!« entgegnete die Sängerin. »Kenn' ich nicht!«

»Kenn' ich nicht ...!« Diese Redensart, die vom Rotwelsch der Halbwüchsigen in Paris in das Vokabular der Loretten übergegangen ist, wird mit Hilfe der Augen und des Gesichtsausdrucks dieser Frauen auf ihren Lippen zu einem Gedicht.

»Dann liebe ich Sie also nicht, Josépha?« fragte der Herzog ganz leise.

»Sie lieben mich möglicherweise wahrhaft«, flüsterte die Sängerin dem Herzog lächelnd zu; »aber ich liebe Sie nicht mit der Liebe, von der hier die Rede ist, jener Liebe, die es dahin bringt, daß das Weltall ohne den geliebten Menschen völlig dunkel ist. Sie sind mir angenehm und nützlich, aber Sie sind mir nicht unentbehrlich; und wenn Sie mich morgen verließen, würde ich drei Herzöge statt einen bekommen ...«

»Gibt es denn in Paris überhaupt noch die Liebe?« fragte Léon de Lora. »Hier hat niemand Zeit, sich ein Vermögen zu schaffen, wie könnte man sich da der wahren Liebe überlassen, die sich des Menschen bemächtigt wie das Wasser des Zuckers? Um zu lieben, muß man über die Maßen reich sein; denn die Liebe löscht den Mann aus wie etwa unsern lieben brasilianischen Baron hier. Schon seit langem habe ich es gesagt: Gegensätze sperren einander aus! Ein wahrhaft Liebender ähnelt einem Eunuchen, denn es gibt für ihn auf Erden keine Frauen mehr! Er ist von Geheimnissen umgeben; er ist wie der wahre Chrast einsiedlerisch in seiner Thebaïs! Seht mir doch diesen wackren Brasilianer an ...!« Die ganze Tafelrunde richtete die Augen auf Henri Montez de Montejanos, dem es peinlich war, sich im Mittelpunkt aller Blicke zu befinden. – »Er weidet hier seit einer Stunde, ohne mehr zu wissen als ein Ochse auf der Weide, ohne also zu wissen, daß er als Nachbarin die ... ich will hier nicht sagen, die schönste, aber die frischeste und unverbrauchteste Frau von ganz Paris hat.«

»Hier ist alles frisch, sogar der Fisch, das macht den guten Namen des Restaurants aus«, äußerte sich Carabine.

Der Baron Montez de Montejanos blickte den Landschaftsmaler mit liebenswürdiger Miene an und sagte: »Sehr gut! Ich trinke auf Ihr Wohl!« Und er verbeugte sich leicht vor Léon de Lora, neigte sein Portweinglas und trank kräftig.

»Sie lieben also?« fragte Carabine ihren Nachbarn; sie hatte dessen Toast so ausgelegt.

Der brasilianische Baron ließ sich sein Glas nochmals füllen, verneigte sich vor Carabine und wiederholte den Toast.

»Auf Madames gute Gesundheit«, sagte da die Lorette in so drolligem Ton, daß der Landschaftsmaler, du Tillet und Bixiou laut auflachen mußten.

Der Brasilianer blieb ernst wie ein Mann aus Bronze. Diese Kaltblütigkeit ärgerte Carabine. Sie wußte genau, daß Montez Madame Marneffe liebte; aber sie war nicht auf diese brutale Treue, dieses hartnäckige Schweigen des überführten Mannes gefaßt gewesen. Man beurteilt eine Frau ebenso oft nach der Haltung ihres Liebhabers, wie man einen Liebhaber nach dem Verhalten seiner Geliebten beurteilt. Der Baron war stolz darauf,

Valérie zu lieben und von ihr geliebt zu werden; sein Lächeln hatte für alle diese ausgepichten Kenner einen Hauch von Ironie, und zu allem andern sah er glänzend aus: Die Weine hatten seine Gesichtsfarbe nicht verändert, und seine Augen mit dem besonderen Glanz brünierten Goldes hüteten das Geheimnis seiner Seele. Carabine müßte sich insgeheim sagen: »Was für eine Frau! Wie sie dieses Herz versiegelt hat!«

»Er ist ein Felsblock!« meinte Bixiou halblaut; er sah darin nur eine Übertreibung und ahnte nicht die Wichtigkeit, die Carabine der Zerstörung dieser Festung beimaß.

Während rechts von Carabine diese dem Anschein nach so frivolen Reden geführt wurden, ging zu ihrer Linken das Gespräch über die Liebe zwischen dem Herzog von Hérouville, Lousteau, Josépha, Jenny Cadine und Massol weiter. Man war dabei, zu ergründen, ob jene seltenen Phänomene von der Leidenschaft ausgelöst würden, von der Hartnäckigkeit oder von der Liebe. Josépha, die die ganzen Theorien über die Maßen langweilten, wollte das Gesprächsthema wechseln.

»Ihr sprecht über Dinge, von denen ihr nicht die leiseste Ahnung habt! Hat etwa einer von euch eine Frau so sehr geliebt, und noch dazu eine seiner unwürdige Frau, daß er sein Vermögen und das seiner Kinder vertan, seine Zukunft verkauft, seine Vergangenheit befleckt, sich durch Bestehlen des Staats einer Zuchthausstrafe ausgesetzt, einen Onkel und einen Bruder umgebracht und sich die Augen so gut hat verbinden lassen, daß er gar nicht auf den Gedanken kam, man könne sie ihm zuhalten, um ihn daran zu hindern, den Abgrund zu sehen, in den man ihn, als letzten Scherz, geschleudert hat? Du Tillet hat unter seiner linken Brust eine Geldkassette, Léon de Lora hat seinen Geist, Bixiou würde über sich selber lachen, wenn er jemand anders liebte als sich, Massol hat ein Minister-Portefeuille an Stelle des Herzens, Lousteau hat dort lediglich Gedärme, zudem hat er sich von Madame de la Baudraye den Laufpaß geben lassen, der Herr Herzog ist zu reich, um seine Liebe durch seinen Ruin beweisen zu können, Vauvinet zählt nicht, ich streiche den Wechselagenten aus der Gattung Mensch. Ihr habt also nie geliebt, ich ebenfalls nicht, und ebensowenig Jenny oder Carabine ... Was mich betrifft, so habe ich das soeben geschilderte Phänomen nur ein einziges Mal erlebt. Ich ziele damit«, sagte sie zu Jenny, »auf unsern armen Baron Hulot ab; ich will ihn öffentlich ausrufen lassen wie einen verlaufenen Hund; ich will ihn nämlich wiederfinden.«

Schau, schau, sagte Carabine sich insgeheim und blickte Josépha auf eine bestimmte Weise an, hat Madame Nourisson etwa zwei Bilder von Raffael, daß Josépha mein Spiel spielt?

»Der arme Mensch!« erklärte Vauvinet, »er war ziemlich hoch oben, er war prachtvoll. Dieser Stil! Diese Haltung! Er wirkte beinahe wie Franz I.! Der reinste Vulkan! Und welche Geschicklichkeit, welch geniale Begabung hat er entfaltet, um Geld aufzutreiben! Da, wo er ist, sucht er welches, muß es aus Mauern herausholen, die mit Knochen gebaut wurden, wie man sie in den Pariser Vorstädten nahe den Stadtzollschranken sieht; dort hält er sich doch wohl verborgen ...«

»Und all das«, sagte Bixiou, »für diese kleine Madame Marneffe! Die ist mir die Rechte!«

»Sie heiratet meinen Freund Crevel!« fügte du Tillet hinzu.

»Und sie ist versessen auf meinen Freund Steinbock!« sagte Léon de Lora.

Diese drei Sätze waren drei Pistolenschüsse, die Montez mitten in die Brust bekam. Er wurde blaß und empfand einen solchen Schmerz, daß er nur mühsam aufstehen konnte.

»Ihr seid Lumpenpack!« sagte er. »Ihr solltet nicht den Namen einer anständigen Frau mit den Namen von euch Verlorenen allen vermengen! Und sie schon gar nicht zur Zielscheibe eurer schlechten Witze machen.«

Durch allgemeine Beifallsrufe und Händeklatschen wurde Montez unterbrochen. Bixiou, Léon de Lora, Vauvinet, du Tillet und Massol hatten das Signal dazu gegeben. Es war ein Chor.

»Hoch lebe der Kaiser!« sagte Bixiou.

»Er muß gekrönt werden!« rief Vauvinet.

»Ein Murren für Medor[228], ein Hurra für den Brasilianer!« rief Lousteau.

»Aha, kupferfarbener Baron, du liebst unsere Valérie?« fragte Léon de Lora. »Da hast du keinen schlechten Geschmack!«

»Was er gesagt hat, war nicht parlamentarisch; aber es ist herrlich ...!« bemerkte Massol.

»Aber, mein geliebter Kunde, du bist mir empfohlen worden, ich bin dein Bankier, deine Unschuld wird mich viel kosten . . .«

»Ach, sagen Sie mir etwas; Sie sind doch ein ernstzunehmender Mensch«, bat der Brasilianer du Tillet.

»Schönen Dank im Namen von uns andern«, sagte Bixiou und verbeugte sich leicht.

»Sagen Sie mir etwas Positives . . .!« fuhr Montez fort, ohne Bixious Zwischenbemerkung zu beachten.

»Na ja«, entgegnete du Tillet, »ich habe die Ehre, dir zu sagen, daß ich zu Crevels Hochzeit eingeladen worden bin.«

»Haha! Combabus übernimmt die Verteidigung der Madame Marneffe!« sagte Josépha und erhob sich feierlich. Mit tragischer Miene ging sie zu Montez hinüber, gab ihm einen kleinen, freundschaftlichen Klaps auf den Kopf, schaute ihn einen Augenblick lang an und ließ auf ihrem Antlitz komische Bewunderung erscheinen, wobei sie den Kopf schüttelte. – »Hulot ist das erste Beispiel einer Liebe *trotz alledem*; hier haben wir das zweite«, sagte sie; »aber eigentlich dürfte er nicht mitzählen; er kommt ja aus den Tropen!«

Als Josépha Montez behutsam den Klaps auf den Kopf gab, war er zurück in seinen Sessel gefallen; mit einem Blick wandte er sich an du Tillet: – »Wenn ich der Spielball eurer Pariser Scherze bin«, sagte er zu ihm, »wenn ihr mir mein Geheimnis habt entreißen wollen . . .« Und er hüllte den ganzen Tisch mit einem Feuergürtel ein, indem er die Gäste mit einem Blick umfing, in dem die Sonne Brasiliens flammte. – »Bitte, gesteht es mir«, fuhr er mit flehender, fast kindlicher Miene fort; »aber verleumdet nicht eine Frau, die ich liebe . . .«

»Na ja«, antwortete ihm Carabine flüsternd, »aber wenn Sie nun von Valérie unwürdig verraten, getäuscht, hintergangen worden wären, und wenn ich Ihnen die Beweise dafür gäbe, in einer Stunde, bei mir daheim, was würden Sie dann tun?«

»Das kann ich Ihnen hier vor all diesen Jagos nicht sagen . . .«, antwortete der brasilianische Baron.

Carabine hatte verstanden: »Magots!« (»Affen!«)

»Gut, dann nicht!« antwortete sie ihm lächelnd. »Geben Sie den geistreichsten Männern von Paris nichts zu lachen und kommen Sie zu mir; da können wir reden . . .«

Montez war wie vor den Kopf geschlagen . . .

»Beweise . . .!« stammelte er. »Denken Sie daran . . .!«

»Du wirst ihrer übergenug bekommen«, antwortete Carabine, »und da allein schon der Verdacht dir so zu Kopfe steigt, fürchte ich für deine Vernunft . . .«

»Wie dickköpfig dieser Mensch ist! Er ist noch schlimmer als der verstorbene König von Holland.[229] Hört mal alle her, Lousteau, Bixiou, Massol und ihr andern! Sind wir nicht alle übermorgen von Madame Marneffe zum Mittagessen eingeladen worden?« fragte Léon de Lora.

»Ja«, antwortete du Tillet. »Ich habe die Ehre, Ihnen zu wiederholen, Baron, daß, wenn Sie zufällig die Absicht gehabt hätten, Madame Marneffe zu heiraten, Sie abgelehnt worden sind wie ein Gesetzentwurf, und zwar durch eine Ballottier-Kugel namens Crevel. Mein Freund, mein alter Kamerad Crevel hat achtzigtausend Francs Zinsen, und Sie haben wahrscheinlich nicht ganz soviel durchblicken lassen, denn ich glaube, dann wären Sie der Bevorzugte gewesen . . .«

Montez hatte mit halb träumerischer, halb lächelnder Miene zugehört, die auf alle Anwesenden einen schrecklichen Eindruck machte. Der Oberkellner hatte gerade Carabine zugeflüstert, daß im Salon eine ihrer Verwandten auf sie warte und sie zu sprechen wünsche. Die Lorette stand auf, ging hinaus und fand Madame Nourrisson vor; sie war in schwarze Spitzenschleier gekleidet.

»Na? Soll ich in deine Wohung gehen, Kind? Hat er angebissen?«

»Ja, Mütterchen; die Pistole ist so gut geladen, daß ich Angst habe, sie platzt«, antwortete Carabine.

Eine Stunde danach betraten in der Rue Saint-Georges Montez, Cydalise und Carabine, die vom *Rocher-de-Cancale* kamen, Carabines kleines Wohnzimmer. Die Lorette sah Madame Nourrisson auf einer Bergère am Kamin sitzen.

»Schau, schau! Da ist ja meine ehrenwerte Tante!« sagte sie.

»Ja, Mädchen, ich komme, um mir meine kleine Rente selber zu holen. Obwohl du ein gutes Herz hast, würdest du mich wohl vergessen haben, und ich habe morgen Zahlungen zu leisten. Eine Toilettenhändlerin ist stets in Druck. Wen schleppst du denn da mit dir ...? Der Herr macht ganz den Eindruck, als habe er was Unangenehmes erlebt ...«

Die schreckliche Madame Nourrisson, deren gegenwärtige Metamorphose vollauf gelungen war und die wie eine gute alte Frau aussah, stand auf, um Carabine auf die Wangen zu küssen; Carabine war eine der hundertundsoundsoviel Loretten, die sie der grausigen Laufbahn des Lasters zugeführt hatte.

»Es ist ein Othello, der sich nicht täuscht; ich habe die Ehre, ihn dir vorzustellen: Herr Baron Montez de Montejanos ...«

»Oh, ich kenne den Herrn, weil ich schon viel über ihn gehört habe; Sie werden Combabus genannt, weil Sie nur *eine* Frau lieben; in Paris ist das, als habe man überhaupt keine. Sollte es sich zufällig um Ihre Angebetete handeln? Um Madame Marneffe, Crevels Frau ...? Hören Sie, lieber Herr, segnen Sie Ihr Schicksal, anstatt es anzuklagen ... Die taugt nichts, nicht das mindeste, die kleine Person! Deren Schliche kenne ich ...!«

»Ach, Unsinn!« sagte Carabine, der Madame Nourrisson beim Küssen einen Brief in die Hand gesteckt hatte, »du kennst die Brasilianer nicht. Die sind so galant, daß sie sich eigenhändig das Herz durchstoßen ... Je eifersüchtiger sie sind, desto mehr wollen sie es sein. Monsieur redet davon, alles zu massakrieren, aber er wird niemandem was tun, weil er liebt! Also kurz und gut, ich habe den Herrn Baron hierher geführt, um ihm die Beweise seines Unglücks zu geben; ich habe sie von dem kleinen Steinbock bekommen.«

Montez war trunken; er hörte zu, als handle es sich gar nicht um ihn selber. Carabine legte ihren kurzen Samtmantel ab und las das Faksimile folgenden Briefes vor:

»Mein Katerchen, ›er‹ geht heute abend zum Essen zu Popinot und holt mich dann so gegen elf in der Oper ab. Ich gehe um halb sechs fort und rechne damit, Dich in unserm Paradies vorzufinden, wohin Du etwas zum Abendessen aus der ›Maison d'Or‹[230] kommen lassen mußt. Zieh Dich so an, daß Du mich in die Oper begleiten kannst. Wir haben vier Stunden für uns. Diesen kleinen Brief mußt Du mir wiedergeben; nicht, daß Deine Valérie Dir gegenüber mißtrauisch wäre; ich würde Dir alles geben; aber ich fürchte die tückischen Streiche des Zufalls.«

»Da hast du es, Baron. Dieses Briefchen ist heute morgen an den Grafen Steinbock geschickt worden; lies die Adresse! Das Original ist verbrannt worden.«

Montez drehte das Papierblatt hin und her, erkannte die Handschrift, und es kam ihm jäh ein richtiger Gedanke, was beweist, wie seht sein Kopf in Unordnung geraten war.

»Sagen Sie, welches Interesse haben Sie daran, mir das Herz zu zerreißen? Denn ganz sicher haben Sie sich das Recht erkauft, diesen Brief so lange in Händen zu halten, bis Sie ihn hatten lithographieren lassen können?« fragte er und blickte Carabine an.

»Du Riesendummkopf!« sagte Carabine auf einen Wink der Madame Nourrisson hin, »siehst du denn die arme Cydalise überhaupt nicht ... ein Kind von sechzehn Jahren, das dich seit drei Monaten so liebt, daß sie darüber Essen und Trinken vergißt, und das sich grämt, weil du es noch nicht einmal des zerstreutesten deiner Blicke gewürdigt hast? (Cydalise drückte ihr Taschentuch an die Augen und schien zu weinen.) – Es erbost sie, wenn sie auch zimperlich aussieht, daß der Mann, in den sie vernarrt ist, sich von einer Schurkin hinters Licht führen läßt«, fuhr Carabine fort, »und sie würde Valérie umbringen ...«

»Das«, sagte der Brasilianer, »ist *meine* Sache!«

»Umbringen ...? Du, mein Junge?« sagte die Nourrisson. »Das ist hierzulande nicht mehr üblich.«

»Oh!« entgegnete Montez, »*ich* stamme nicht aus diesem Lande! Ich lebe in einem Herrschaftsbereich, wo ich auf eure Gesetze pfeife, und wenn ihr mir Beweise gebt ...«

»Na, ist dieser Brief etwa nichts?«

»Nein«, sagte der Brasilianer. »Ich traue der Handschrift nicht, ich will sehen ...«

»Ach, sehen!« sagte Carabine, die eine weitere Geste ihrer angeblichen Tante aufs beste verstanden hatte. »Du sollst ja alles sehen, mein lieber Tiger, unter einer Bedingung ...«

»Welcher?«

»Schauen Sie Cydalise an.«

Auf einen Wink der Madame Nourrisson hin warf Cydalise dem Brasilianer einen zärtlichen Blick zu.

»Wirst du sie lieben? Wirst du ihr Schicksal in die Hand nehmen ...?« fragte Carabine. »Eine Frau von solcher Schönheit, sie verdient ein Stadtpalais und einen eigenen Wagen! Es würde eine Ungeheuerlichkeit sein, sie zu Fuß gehen zu lassen. Und überdies hat sie ... Schulden. Wieviel schuldest du?« fragte Carabine und kniff Cydalise in den Arm.

»Sie hat ihren Preis«, sagte die Nourrisson. »Es genügt, daß ein Abnehmer da ist!«

»Hört!« rief Montez, der dieses weibliche Wunderwerk endlich wahrgenommen hatte, »werdet ihr mich Valérie sehen lassen ...?«

»Und dazu den Grafen Steinbock, zum Donnerwetter!« sagte Madame Nourrisson.

Seit zehn Minuten hatte die Alte den Brasilianer beobachtet; sie erblickte in ihm das auf Mord gestimmte Instrument, dessen sie bedurfte; sie sah ihn vor allem so blind, daß er nicht länger auf die achtete, die ihn leiteten, und nun griff sie ein.

»Cydalise, mein lieber Herr aus Brasilien, ist meine Nichte, und so geht die Angelegenheit mich ein bißchen an. Die ganze Geschichte ist eine Sache von zehn Minuten; denn die Frau, die an den Grafen Steinbock das möblierte Zimmer vermietet hat, wo deine Valérie in diesem Augenblick ihren Kaffee trinkt, einen komischen Kaffee, aber sie nennt es nun mal ihren Kaffee, ist eine meiner Freundinnen. Also wollen wir uns verständigen, Brasilianer! Ich habe eine Schwäche für Brasilien, es ist ein warmes Land. Was soll das Schicksal meiner Nichte sein?«

»Altes Straußenweibchen!« sagte Montez, den die Federn betroffen gemacht hatten, die die Nourrisson auf dem Hut trug, »du hast mich unterbrochen. Wenn du mich ... Valérie und diesen Künstler im trauten Beieinander sehen läßt ...«

»So, wie du selber gern mit ihr beisammen wärst«, sagte Carabine, »selbstverständlich.«

»Gut. Dann nehme ich diese Normannin mit ...«

»Wohin ...?« fragte Carabine.

»Nach Brasilien!« antwortete der Baron, »ich mache sie zu meiner Frau. Mein Onkel hat mir zehn Quadratmeilen unverkäufliches Land hinterlassen; deshalb ist jener Wohnsitz noch in meinem Besitz; ich habe dort hundert Neger, nichts als Neger, Negerinnen und Negerkinder, die mein Onkel gekauft hat ...«

»Der Neffe eines Sklavenhändlers ...!« sagte Carabine und

verzog das Gesicht, »das muß bedacht werden. Cydalise, mein Kind, bist du negerfreundlich?«

»Ach was, Schluß mit den Witzen, Carabine«, sagte die Nourrisson. »Den Teufel auch! Wir haben eine geschäftliche Unterhandlung, der Herr und ich.«

»Wenn ich mir nochmals eine Französin zulege, dann will ich sie ganz und gar für mich«, entgegnete der Brasilianer. »Ich sage Ihnen schon im voraus, Mademoiselle, ich bin ein König, aber kein konstitutioneller König; ich bin ein Zar, ich habe alle meine Untertanen gekauft, und es verläßt niemand mein Königreich, das hundert Meilen von jeder menschlichen Behausung entfernt liegt; nach dem Landesinneren zu ist es von Indianern benachbart, und von der Küste ist es durch eine Wüste geschieden, die so groß ist wie euer Frankreich ...«

»Eine Mansarde hier ist mir lieber!« sagte Carabine ...

»Das habe ich ebenfalls gedacht«, erwiderte der Brasilianer, »deshalb habe ich alle meine Ländereien und alles, was ich in Rio de Janeiro besaß, verkauft, um nach hier und zu Madame Marneffe zurückzukehren.«

»Dergleichen Reisen macht man nicht umsonst«, sagte Madame Nourrisson. »Sie haben das Recht, um Ihrer selbst willen geliebt zu werden, vor allem, weil Sie sehr gut aussehen ... Wirlich, er ist schön«, sagte sie zu Carabine.

»Sehr schön! Weit schöner als der Postillon von Lonjumeau[231]«, antwortete die Lorette.

Cydalise nahm die Hand des Brasilianers, der sich ihrer auf die wohlerzogenste Weise wieder entledigte.

»Ich war hergekommen, um Madame Marneffe zu entführen!« fuhr der Brasilianer fort und griff damit seine Argumentation wieder auf, »und ihr wißt nicht, warum ich drei Jahre gezögert habe, wiederzukommen?«

»Nein, Sie Wilder«, sagte Carabine.

»Nun, sie hatte mir gesagt, sie wolle ganz allein mit mir in einer Wüste wohnen ...«.

»Das ist kein Wilder mehr«, sagte Carabine und lachte schallend, »er gehört dem Stamm der zivilisierten Gimpel an.«

»Sie hatte es mir so oft gesagt«, fuhr der Baron fort, der sich nicht um die Spöttereien der Lorette kümmerte, »daß ich eine köstliche Behausung inmitten jenes riesigen Grundbesitzes habe bauen lassen. Ich komme nach Frankreich, um Valérie zu holen, und in der Nacht, da ich sie wiedergesehen hab' . . .«

»›Wiedergesehen‹ ist dezent«, sagte Carabine, »den Ausdruck will ich mir merken!«

»Sie hat mir gesagt, es müsse der Tod dieses elenden Marneffe abgewartet werden, und ich habe eingewilligt, wobei ich ihr obendrein noch verziehen habe, daß sie Hulots Huldigungen entgegengenommen hat. Ich weiß nicht, ob der Teufel Weiberröcke angezogen hat; aber seit jenem Augenblick hat diese Frau es verstanden, allen meinen Launen, allen meinen Forderungen zu entsprechen; kurzum, sie hat mir keine Veranlassung gegeben, sie auch nur eine Minute lang zu beargwöhnen . . .!«

»Das ist ein starkes Stück!« sagte Carabine zu Madame Nourrisson.

Madame Nourrisson nickte zustimmend.

»Mein Glaube an diese Frau«, sagte Montez und ließ seinen Tränen freien Lauf, »gleicht meiner Liebe. Ich bin nahe daran gewesen, all die Leute vorhin bei Tisch zu ohrfeigen.«

»Das habe ich deutlich gemerkt!« sagte Carabine.

»Wenn ich getäuscht worden bin, wenn sie sich verheiratet, und wenn sie in dieser Minute in den Armen Steinbocks liegt, dann hat diese Frau tausend Tode verdient, und ich werde sie umbringen, wie man eine Fliege zerquetscht . . .«

»Und die Gendarmen, mein Junge . . .?« fragte Madame Nourrisson mit einem alte-Frau-Lächeln, das einem eine Gänsehaut über den Rücken jagte.

»Und der Polizeikommissar und die Richter und das Schwurgericht und der ganze Schwindel . . .?« fragte Carabine.

»Sie sind ein Prahlhans, mein Lieber!« entgegnete Madame Nourrisson; sie wollte die Rachepläne des Brasilianers herausbekommen.

»Ich bringe sie um!« wiederholte kaltblütig der Brasilianer. »Haha, Sie haben mich einen Wilden genannt . . .! Glauben Sie etwa, ich wollte die Dummheit Ihrer Landsleute nachahmen, die zu den Apothekern gehen und Gift kaufen . . .? Während des Wegs hierher habe ich über meine Rache nachgedacht, für den Fall, daß Sie mit Ihren Behauptungen über Valérie recht haben sollten. Einer meiner Neger führt das verläßlichste aller tierischen Gifte mit sich, eine schreckliche Krankheit, die besser ist als ein Pflanzengift und die nur in Brasilien geheilt werden kann; dieses Gift lasse ich Cydalise nehmen, die es dann auf mich überträgt; wenn dann Crevel und seine Frau den Tod in den Adern haben, bin ich bereits mit Ihrer Nichte, die ich heilen lasse und die ich zu meiner Frau mache, jenseits der Azoren. Wir Wilde haben eben unsere Mittel und Wege ...! Cydalise«, sagte er mit einem Blick auf die Normannin, »ist das Tier, dessen ich bedarf. Wieviel Schulden hat sie ...?«

»Hunderttausend Francs!« sagte Cydalise.

»Sie redet wenig, aber gut«, sagte Carabine leise zu Madame Nourrison.

»Ich werde verrückt!« schrie der Brasilianer mit hohler Stimme auf und ließ sich auf eine Causeuse fallen. »Ich werde daran sterben! Aber ich will mit eigenen Augen sehen, denn es ist unmöglich! Ein lithografierter Brief ...! Wer sagt mir, daß er nichts als das Werk eines Fälschers ist ...? Der Baron Hulot, und Valérie lieben ...!« sagte er, und Joséphas Reden fielen ihm ein. »Aber der Beweis, daß er sie nicht geliebt hat, besteht doch darin, daß sie noch lebt ...! *Ich* werde sie für niemanden am Leben lassen, wenn sie nicht ganz und gar mir gehört ...!«

Montez bot einen erschreckenden Anblick dar, und was er sagte, hörte sich noch erschreckender an! Er röhrte, er wand sich, alles, was er anrührte, zerbrach; das Palisanderholz schien aus Glas zu bestehen.

»Wie er alles zerbricht!« sagte Carabine und blickte die Nourrisson an. »Mein Junge«, fuhr sie fort und gab dem Brasilianer einen Klaps, »der rasende Roland macht sich in einer Dichtung ganz gut; aber in einer Wohnung ist alles prosaisch und teuer.«

»Mein Sohn!« sagte die Nourrisson, stand auf und trat vor den gebrochenen Brasilianer hin, »ich habe dieselbe Religion wie du. Wenn man auf eine gewisse Art liebt, wenn man sich auf Leben und Sterben festgehakt hat, dann bürgt das Leben für die Liebe. Wer davongeht, der zerreißt alles; ja, es gibt dann eine allgemeine Zerstörung. Du besitzt meine Achtung, vor allem um dessen willen, was du tun willst; es wird mich negerfreundlich stimmen. Aber du liebst! Du wirst zurückschrecken ...!«

»Ich ...? Wenn sie eine Verworfene ist, so ...«

»Hör mal, du redest viel zu viel, nun es hart auf hart geht!« entgegnete die Nourrisson und wurde wieder sie selber. »Ein Mann, der sich rächen will und der von sich behauptet, er sei ein Wilder, so wie er vorgeht, verhält sich anders. Damit du deine Geliebte in ihrem Paradies erblickst, mußt du Cydalise nehmen und so tun, als platztest du durch einen Dienstmädchenirrtum dort hinein, zusammen mit deiner Freundin; aber es darf dabei keinen Skandal geben! Wenn du dich rächen willst, dann mußt du schlau zu Werke gehn, du mußt tun, als seist du verzweifelt, und dich von deiner Geliebten abermals hinters Licht führen lassen! Hast du das kapiert?« fragte Madame Nourrisson, als sie sah, daß der Brasilianer ob einer so subtilen Machenschaft überrascht war.

»Nur zu, Straußenweibchen«, antwortete er, »nur vorwärts ... ich verstehe.«

»Adieu, mein Schäfchen«, sagte Madame Nourrisson zu Carabine.

Sie bedeutete Cydalise, mit Montez hinunterzugehen, und blieb mit Carabine allein.

»Jetzt, mein Herzchen, habe ich nur noch *eine* Angst, nämlich, daß er sie erdrosselt! Da käme ich in eine abschauliche Lage; wir dürfen uns nur mit Sachen abgeben, die sanft verlaufen. Oh, ich glaube, du hast deinen Raffael gewonnen; es heißt allerdings, es sei ein Mignard.[232] Nein, was für Perlen diese Diebin heute abend getragen hat ... für so was könnte man sich der Verdammnis anbefehlen!«

Cydalise, Montez und Madame Nourrisson stiegen in eine vor Carabines Haustür haltende Droschke. Madame Nourrisson bezeichnete dem Kutscher ganz leise ein Haus am Boulevard des Italiens, wohin man in wenigen Augenblicken gelangt sein würde, denn von der Rue Saint-Georges nach dort sind es nur sieben bis acht Minuten; aber Madame Nourrisson hatte die Weisung erteilt, durch die Rue Lepelletier zu fahren, und zwar sehr langsam, damit man die dort haltenden Privatwagen beaugenscheinigen könne.

»Brasilianer!« sagte die Nourrisson, »versuch, die Dienerschaft und den Wagen deines Engels wiederzuerkennen.«

Der Baron zeigte in dem Augenblick, als die Droschke daran vorüberfuhr, auf Valéries Equipage.

»Sie hat ihren Leuten gesagt, sie sollten um zehn Uhr kommen, und hat sich in einer Droschke zu dem Haus fahren lassen, in dem sie mit dem Grafen Steinbock ist; sie hat dort zu Abend gespeist, und in einer halben Stunde wird sie sich in die Oper begeben. Gute Arbeit!« sagte Madame Nourrisson. »Das erklärt dir, wieso sie dich so lange hat überlisten können.«

Der Brasilianer gab keine Antwort. Er war in einen Tiger verwandelt und hatte die unerschütterliche Kaltblütigkeit zurückgewonnen, die während des Abendessens so sehr an ihm bewundert worden war. Kurzum, er war so ruhig wie ein Bankrotteur am Tag nach der Erklärung des Konkurses.

Vor der Tür des unseligen Hauses hielt eine Droschke, eine von denen, die nach dem Namen des Fuhrunternehmens »Compagnie générale« genannt werden.

»Bleib im Wagen«, sagte Madame Nourrisson zu Montez. »Hier geht man nicht hinein wie in eine Kneipe; du wirst geholt werden.«

Das Paradies der Madame Marneffe und Wenceslaus' hatte nur geringe Ähnlichkeit mit Crevels Liebesnest; Crevel hatte es an den Grafen Maxime de Trailles verkauft, denn seiner Meinung nach war es jetzt überflüssig geworden. Jenes Paradies, das Paradies vieler Leute, bestand aus einem Schlafzimmer im vierten Stock und ging auf eine Treppe hinaus, und zwar in einem Häuserblock am Boulevard des Italiens. In diesem Haus befand sich in jedem Stockwerk ein Schlafzimmer, das eigentlich jeder Wohnung als Küche hatte dienen sollen. Aber das ganze Haus war eben zu einer Art Herberge für heimliche Liebschaften geworden und wurde zu exorbitanten Preisen vermietet; die Hauptmieterin, die echte Madame Nourrisson, die Toilettenhändlerin aus der Rue Neuve-Saint-Marc[233], hatte den ungeheuren Wert jener Küchen richtig beurteilt und daraus so etwas wie Eßzimmer gemacht. Jeder dieser Räume, von zwei dicken Brandmauern flankiert, erhielt sein Licht von der Straße her und war völlig schalldicht mittels sehr dicker Flügeltüren, die zum Treppenabsatz hin einen doppelten Abschluß bildeten. Man konnte beim Abendessen also über wichtige Geheimnisse sprechen, ohne Gefahr zu laufen, belauscht zu werden. Um noch mehr Sicherheit zu bieten, waren die Fenster außen mit Jalousien und innen mit Läden versehen. Dieser Besonderheit wegen kosteten die Zimmer monatlich dreihundert Francs. Das ganze Haus, das trächtig an Paradieseswonnen und an Geheimnissen war, war an Madame Nourrisson I. für achtzigtausend Francs vermietet worden, die darin im Jahr durchschnittlich zwanzigtausend verdiente, nachdem sie die Hausbesitzerin bezahlt hatte; denn diese kümmerte sich persönlich nicht um die Verwaltung.

Das an den Grafen Steinbock vermietete Paradies war mit Perserteppichen ausgestattet worden. Die Kälte und Härte eines vulgären Fliesenbodens, den das Bohnerwachs rötlich getönt hatte, war unter einem weichen Teppich für die Füße nicht mehr spürbar. Das Mobiliar bestand aus zwei hübschen Stühlen und einem Bett in einem Alkoven, der jetzt durch einen mit den Resten eines erlesenen Abendessens bedeckten Tisch halb verdeckt wurde, auf dem zwei Flaschen mit langen Korken und eine Flasche Champagner in ihrem Eiskühler die von Venus bestellten Gefilde des Bacchus markierten. Man sah des weiteren einen bequemen niedrigen Sessel neben einem weichen, warmen Lehnstuhl sowie eine hübsche Kommode aus Rosenholz mit ihrem im Pompadour-Stil gerahmten Spiegel; diese Dinge waren sicherlich von Valérie hergeschickt worden. Eine Deckenlampe verbreitete Dämmerlicht, das durch die Kerzen auf dem Tisch und jene, die den Kaminsims schmückten, noch gesteigert wurde.

Diese Skizze dürfte urbi et orbi die heimliche Liebe in den schäbigen Proportionen schildern, wie das Paris von 1840 ihr aufzwang. Ach, wie weit sind wir doch von der ehebrecherischen Liebe entfernt, die vor dreitausend Jahren durch die Netze Vulkans symbolisiert wurde!

Gerade als Cydalise und der Baron hinaufstiegen, stand Valérie vor dem Kamin, in dem ein Bund Knüppelholz brannte, und ließ sich von Wenceslaus schnüren[234]. Das ist der Augenblick, da die weder zu dicke noch zu magere Frau, wie es die feine, elegante Valérie war, übernatürliche Schönheiten darbietet. Die rosige Haut mit feuchten Tönungen reizt auch die schläfrigsten Augen zu einem Blick an. Die Linien des dann so wenig verhüllten Körpers werden so deutlich durch die glänzenden

Falten des Unterrocks und den geköperten Barchent des Korsetts hervorgehoben, daß die Frau unwiderstehlich ist wie alles, das man verlassen muß. Das glückliche, in den Spiegel hineinlächelnde Antlitz, der ungeduldig werdende Fuß, die Hand, die die in Unordnung geratenen Locken der unzulänglich wiederhergestellten Frisur glattstreicht, die Augen, in denen die Dankbarkeit überströmt, alsdann das Leuchten der Befriedigung, das wie ein Sonnenuntergang die winzigsten Einzelheiten der Züge in Glut setzt, alles zu dieser Stunde Gehörende macht daraus eine Goldmine der Erinnerungen ...! Wer auch immer einen Blick auf die ersten Verirrungen seines Lebens zurückwirft, wird dort sicherlich einige dieser köstlichen Einzelheiten wahrnehmen und vielleicht, ohne sie zu entschuldigen, die Torheiten von Leuten wie Hulot und Crevel begreifen. Die Frauen wissen so gut um ihre Macht in diesem Augenblick, daß sie darin stets das finden, was man die Nachlese des Beieinanderseins nennen könnte.

»Na, aber! Nach zwei Jahren verstehst du es immer noch nicht, eine Frau zu schnüren! Du bist eben allzusehr Pole! Jetzt schlägt es zehn Uhr, mein Wenceslaus!« sagte Valérie lächelnd.

In diesem Augenblick ließ ein boshaftes Hausmädchen mittels einer Messerklinge geschickt den Riegel der Flügeltür zurückschnellen, die Adams und Evas einzige Sicherheit bildete. Mit einem Ruck öffnete es die Tür, denn die Mieter dieses Edens haben alle wenig Zeit, und enthüllte eins jener charmanten Genrebilder nach Gavarni, wie sie so oft im Salon ausgestellt werden.

»Hier, Madame!« sagte das Mädchen.

Und Cydalise ging hinein; Montez folgte ihr.

»Aber es sind ja Leute drin ...! Entschuldigen Sie, Madame«, sagte die erschrockene Normannin.

»Was? Das ist ja Valérie!« rief Montez und schloß die Tür.

Madame Marneffe war allzu bestürzt, um sich verstellen zu können; sie ließ sich in einen neben dem Kamin stehenden weichen Lehnstuhl fallen. Zwei Tränen rannen aus ihren Augen und trockneten alsbald wieder. Sie schaute Montez an, gewahrte die Normannin und brach in ein erzwungenes Lachen aus. Die Würde der beleidigten Frau löschte das Ungehörige ihrer unvollendeten Toilette aus; sie trat auf den Brasilianer zu und sah ihn so stolz an, daß ihre Augen funkelten wie Stichwaffen.

»Das also«, sagte sie, als sie unmittelbar vor dem Brasilianer stand und auf Cydalise deutete, »ist der Hintergrund Ihrer Treue? Sie, der Sie mir Versprechungen gemacht haben, die sogar eine Atheistin der Liebe hätten überzeugen können? Sie, um dessentwillen ich so viele Dinge und sogar Verbrechen begangen habe...? Sie haben recht, Monsieur, ich bin nichts gegenüber einem Mädchen dieses Alters und dieser Schönheit...! Ich weiß, was Sie mir sagen werden«, fuhr sie fort und zeigte auf Wenceslaus, dessen in Unordnung befindliche Kleidung ein allzu offenbarer Beweis war, als daß sich etwas hätte leugnen lassen. »Das da ist *meine* Sache. Wenn ich Sie nach diesem infamen Verrat lieben könnte, denn Sie haben mir nachspioniert, jede Stufe dieser Treppe haben Sie gekauft, und dazu die Herrin des Hauses, das Dienstmädchen, und womöglich gar Reine... Ach, all das ist großartig! Wenn ich noch ein Restchen an Zuneigung für einen so feigen Mann besäße, würde ich ihm mit Gründen aufwarten, die seine Liebe verdoppeln müßten...! Aber ich überlasse Sie allen Ihren Zweifeln, Monsieur, die zu Gewissensbissen werden dürften... Wenceslaus, mein Kleid.«

Sie nahm ihr Kleid, schlüpfte hinein, musterte sich im Spiegel und zog sich in aller Ruhe fertig an, ohne den Brasilianer zu beachten, völlig, als sei sie allein.

»Sind Sie fertig, Wenceslaus? Gehen Sie bitte voran.«

Sie hatte aus dem Augenwinkel im Spiegel Montez' Miene erkundet und geglaubt, in seiner Blässe die Anzeichen jener Schwäche wahrzunehmen, die auch starke Männer in den Zauberbann der Frau zwingt; sie nahm ihn bei der Hand und zog ihn zu sich hin, damit er die geliebten, gefährlichen Parfümdüfte atmen könne, an denen Verliebte sich berauschen. Vorwurfsvoll blickte sie ihn an: »Ich erlaube Ihnen, zu Monsieur Crevel zu gehen und ihm von Ihrer Forschungsreise zu erzählen; er wird Ihnen niemals Glauben schenken; daher habe ich das Recht, ihn zu heiraten; übermorgen ist er mein Gatte...! Und ich werde ihn sehr glücklich machen...! Adieu! Versuchen Sie, mich zu vergessen...«

»Ach, Valérie!« rief Henri Montez und umfing sie mit den Armen. »Es ist unmöglich! Komm mit nach Brasilien!«

»Ach, wenn du mich noch immer liebtest, Henri, dann würde

ich in zwei Jahren deine Frau sein; aber dein Gesicht kommt mir in dieser Minute tückisch vor.«

»Ich schwöre dir, daß man mich betrunken gemacht hat, daß falsche Freunde mir diese Frau in die Arme geworfen haben, und daß dies alles das Werk des Zufalls ist!« sagte Montez.

»Sollte ich dir wirklich verzeihen können?« fragte sie lächelnd.

»Und würdest du mich immer noch heiraten?« fragte der Baron im Bann einer herzzerreißenden Angst.

»Achtzigtausend Francs Zinsen!« sagte sie mit einem halb komischen Enthusiasmus. »Und Crevel liebt mich so sehr, daß er daran sterben wird!«

»Aha, ich verstehe dich«, sagte der Brasilianer.

»Gut denn ... in ein paar Tagen werden wir uns verständigen«, sagte sie. Und triumphierend stieg sie die Treppe hinab.

›Ich habe keine Skrupel mehr‹, dachte der Baron, der eine Weile starr dastand. ›Wie? Diese Frau gedenkt, sich ihrer Liebe zu bedienen, um sich diesen Schwachkopf vom Halse zu schaffen, wie sie seinerzeit mit dem Erlöschen Marneffes gerechnet hatte ...! Ich werde das Werkzeug des göttlichen Zornes sein!‹

Zwei Tage später saßen diejenigen von du Tillets Gästen, die an Madame Marneffe kein gutes Haar gelassen hatten, in deren Haus bei Tisch, nachdem Madame vor einer Stunde dadurch, daß sie ihren Namen gegen den glorreichen Namen eines der Bürgermeister von Paris auswechselte, sich eine neue Haut zugelegt hatte. Dieser Verrat der Zunge ist eine der gängigsten Leichtfertigkeiten des Pariser Lebens. Valérie hatte zu ihrer Freude den brasilianischen Baron in der Kirche gesehen; Crevel, der völlig zum Ehemann geworden war, hatte ihn aus Prahlsucht eingeladen. Montez' Anwesenheit wunderte niemanden. Alle diese geistvollen Leute waren seit langer Zeit mit den Feigheiten der Liebe und den Transaktionen der Lust vertraut. Die tiefe Schwermut Steinbocks, der diejenige zu verachten begann, aus der er einen Engel gemacht hatte, wirkte als ein Merkmal vortrefflichen Geschmacks. Der Pole schien auf diese Weise sagen zu wollen, es sei alles aus zwischen Valérie und ihm. Lisbeth hatte ihre liebe Madame Crevel auf beide Wangen geküßt und sich entschuldigt, daß sie nicht am Mittagessen teilnehmen könne; Adelines Gesundheitszustand sei allzu besorgniserregend.

»Sei getrost«, sagte sie beim Abschied zu Valérie, »sie werden dich in ihrem Haus empfangen, und du wirst sie bei dir empfangen. Nur weil sie die Worte ›zweihunderttausend Francs‹ gehört hat, liegt die Baronin auf den Tod. Du hältst alle in deiner Gewalt durch diese Geschichte; aber ob du sie mir wohl erzählst . . .?«

Einen Monat nach ihrer Eheschließung war Valérie mitten in ihrem zehnten Streit mit Steinbock; er hatte von ihr Erklärungen über Henri Montez haben wollen; er hatte sie an das erinnert, was sie während des Auftritts im Paradies gesagt hatte; er war es nicht zufrieden, Valérie durch Ausdrücke der Verachtung zu brandmarken, sondern er überwachte sie in einem Maße, daß sie keine Minute der Freiheit mehr fand, so eingezwängt war sie zwischen der Eifersucht Wenceslaus' und dem Liebesdrängen Crevels. Da sie Lisbeth nicht mehr bei sich hatte, die sie wunderbar zu beraten verstand, geriet sie in solchen Zorn, daß sie Wenceslaus mit harten Worten das Geld vorwarf, das sie ihm geliehen hatte. Da erwachte Steinbocks Stolz; er kam nicht wieder in Crevels Stadtpalais. Damit hatte Valérie ihr Ziel erreicht; sie hatte Wenceslaus für einige Zeit entfernen wollen, um ihre Freiheit wiederzuerlangen. Valérie wartete eine Reise ab, die Crevel auf das Landgut des Grafen Popinot unternehmen mußte, um dort über die Vorstellung seiner Frau zu verhandeln; auf diese Weise konnte sie dem Baron ein Stelldichein geben; sie wollte ihn einen ganzen Tag bei sich haben, um ihm mit Gründen aufzuwarten, die die Liebe des Brasilianers verdoppeln sollten. Am Morgen jenes Tages versuchte Reine, die ihr Vergehen nach der Höhe der empfangenen Summe beurteilte, ihre Herrin zu warnen, für die sie sich natürlich mehr interessierte als für Unbekannte; aber da ihr gedroht worden war, sie für den Fall einer Indiskretion irrsinnig zu machen und in die Salpêtrière einzusperren, ging sie dabei furchtsam vor.

»Madame ist jetzt so glücklich«, sagte sie, »warum sollte sie sich dieses Brasilianers wegen Ungelegenheiten schaffen . . .? Ich traue ihm nicht!«

»Stimmt, Reine!« antwortete sie. »Deswegen will ich ihm den Laufpaß geben.«

»Ach, Madame, wie freut mich das! Er erschreckt mich, dieser ›Mulatte‹! Ich halte ihn zu allem fähig . . .«

»Wie dumm du bist! Um seinetwillen muß man Angst haben, wenn er bei mir ist.«

In diesem Augenblick trat Lisbeth ein.

»Mein geliebtes, niedliches Ziegenlämmchen, seit so langer Zeit haben wir einander nicht gesehen!« sagte Valérie. »Ich bin sehr unglücklich. Crevel ödet mich an, und Wenceslaus habe ich nicht mehr; wir haben uns verkracht.«

»Ich weiß«, entgegnete Lisbeth, »und gerade seinetwegen komme ich: Victorin hat ihn so gegen fünf Uhr abends getroffen, als er gerade in ein Restaurant zu fünfundzwanzig Sous gehen wollte, in der Rue de Valois; er hat ihn, nüchtern wie er war, bei seinen Gefühlen gepackt und ihn in die Rue Louis-le-Grand zurückgebracht ... Als Hortense Wenceslaus mager, leidend und schlecht gekleidet wiedersah, hat sie ihm die Hand entgegengestreckt. Da kannst du sehen, wie du mich verraten hast!«

»Monsieur Henri, Madame!« flüsterte der Diener Valérie zu.

»Laß mich allein, Lisbeth, morgen erkläre ich dir dies alles ...!«

Aber wie man sehen wird, sollte Valérie nur zu bald niemandem mehr etwas erklären können.

Gegen Ende Mai war das Ruhegehalt des Barons Hulot durch die Abzahlungen, die Victorin dem Baron Nucingen laufend geleistet hatte, gänzlich frei geworden. Jedermann weiß, daß halbjährige Pensionen nur auf Vorlage eines Zertifikats, daß der Empfänger am Leben sei, ausgezahlt werden, und da die Wohnung des Barons Hulot unbekannt war, blieben die Beträge, gegen die Einspruch zugunsten Vauvinets erhoben worden war, auf dem Schatzamt liegen. Da Vauvinet die Aufhebung der gerichtlichen Beschlagnahme unterzeichnet hatte, war es fortan unerläßlich, den Pensionsempfänger ausfindig zu machen, damit die verschobene Auszahlung erfolgen konnte. Dank der Behandlung durch den Doktor Bianchon war die Baronin gesundet. Die gute Josépha trug durch einen Brief, an dessen Rechtschreibung die Mitarbeit des Herzogs von Hérouville zu ersehen war, vollends zu Adelines Genesung bei. Nach vierzig Tagen intensiver Nachforschungen schrieb die Sängerin der Baronin nachfolgendes:

»Frau Baronin,
Ihr Mann hat vor zwei Monaten in der Rue des Bernardins gewohnt, und zwar zusammen mit Elodie Chardin, der Spitzenstopferin, die ihn Mademoiselle Bijou weggeschnappt hatte; aber er ist auf und davon und hat alles, was er besaß, dort gelassen, ohne ein Wort, ohne daß man wüßte, wo er geblieben ist. Aber ich habe den Mut nicht sinken lassen und jemanden auf seine Fährte gesetzt, der glaubt, ihm auf dem Boulevard Bourdon bereits begegnet zu sein.

Die arme Jüdin wird das der Christin gegebene Versprechen halten. Möge der Engel für den Bösen beten! Das soll manchmal im Himmel vorkommen.

Ich bin, mit tiefer Hochachtung, Ihre demütige Dienerin

Josépha Mirah.«

Der Anwalt Hulot d'Ervy hatte von der schrecklichen Madame Nourrisson nichts mehr gehört, und nun sein Schwiegervater verheiratet war, nun er seinen Schwager zurückerobert und wieder in den Kreis der Familie geführt hatte, empfand er gegen seine neue Stiefmutter keinen Widerwillen mehr. Als es auch seiner Mutter von Tag zu Tag besser ging, überließ er sich seinen politischen und juristischen Arbeiten; die rasche Strömung des Pariser Lebens trug ihn fort; dort sind Stunden wie Tage. Er war gegen Ende der Sitzungsperiode mit einem Rapport für die Abgeordnetenkammer beauftragt worden und war so genötigt, eine ganze Nacht durchzuarbeiten. Gegen neun Uhr in sein Arbeitszimmer zurückgekehrt, wartete er, daß sein Diener ihm die mit Lichtschirmen verzierten Leuchter bringe, und dachte an seinen Vater. Er machte sich Vorwürfe, daß er die Nachforschungen ganz allein der Sängerin überlassen hatte, und nahm sich vor, am nächsten Tag deswegen Monsieur Chapuzot aufzusuchen, als er vor seinem Fenster im Schein der Abenddämmerung einen erhabenen Greisenkopf mit gelbem, von weißem Haar gesäumten Schädel erblickte.

»Geben Sie Anordnung, lieber Herr, daß man einen armen Einsiedler zu Ihnen läßt, der aus der Wüste kommt und den Auftrag hat, für den Wiederaufbau einer heiligen Stätte zu sammeln.«

Diese Vision, die Stimme gewonnen hatte und den Advokaten plötzlich an eine Prophezeiung der gräßlichen Nourrisson erinnerte, ließ ihn erbeben.

»Führen Sie den alten Mann dort herein«, sagte er zu seinem Diener.

»Er wird Monsieurs Arbeitszimmer verstänkern«, antwortete der Diener; »er trägt eine braune Kutte, die er seit seinem Aufbruch aus Syrien nicht gewechselt hat, und außerdem hat er kein Hemd an ...«

»Führen Sie den alten Mann herein«, wiederholte der Advokat.

Der Greis trat ein; Victorin musterte diesen angeblichen Eremiten auf Pilgerfahrt mißtrauischen Blickes und sah ein herrliches Modell jener neapolitanischen Mönche vor sich, deren Kleidung den Lumpen der Lazzaroni verschwistert ist, deren Sandalen aus Lederfetzen bestehen, wie der Mönch selber ein menschlicher Fetzen ist. Er war so durch und durch echt, daß der Advokat, obwohl er sein Mißtrauen beibehielt, sich schalt, an die Zauberkunststücke der Madame Nourrisson geglaubt zu haben.

»Was wünschen Sie von mir?«

»Was sie mir geben zu müssen glauben.«

Victorin nahm ein Hundertsousstück von einer Münzensäule und hielt es dem Fremden hin.

»Als Anzahlung auf fünfzigtausend Francs ist das wenig«, sagte der Bettler aus der Wüste.

Dieser Satz zerstreute alle Ungewißheiten Victorins.

»Hat denn der Himmel seine Versprechen gehalten?« fragte der Advokat und runzelte die Brauen.

»Der Zweifel ist eine Sünde, mein Sohn!« entgegnete der Einsiedler. »Wenn Sie erst nach den Trauerfeierlichkeiten zahlen wollen, sind Sie im Recht; ich werde in acht Tagen wiederkommen.«

»Trauerfeierlichkeiten?« rief der Advokat und sprang auf.

»Man hat gehandelt«, sagte der Greis und zog sich zurück, »und in Paris haben die Toten schnelle Beine!«

Als Hulot, der den Kopf gesenkt hatte, antworten wollte, war der behende alte Mann bereits verschwunden.

»Ich verstehe von alledem kein Wort«, sagte der junge Hulot

zu sich selber ... »Aber in acht Tagen werde ich meinen Vater von ihm zurückverlangen, falls wir ihn bis dahin nicht gefunden haben. Woher mag Madame Nourrisson (ja, so heißt sie) nur dergleichen Schauspieler nehmen?«

Am folgenden Tag erlaubte der Doktor Bianchon der Baronin, hinunter in den Garten zu gehen; zuvor hatte er Lisbeth untersucht, die durch eine leichte Erkrankung der Bronchien seit einem Monat genötigt war, das Zimmer zu hüten. Der kundige Arzt, der nicht alles zu sagen wagte, was er über Lisbeth dachte, ehe er die entscheidenden Symptome festgestellt hatte, begleitete die Baronin in den Garten; er wollte die Wirkung der frischen Luft nach zweimonatiger Abgeschlossenheit auf das nervöse Zittern beobachten, mit dem er sich beschäftigte. Die Heilung dieses Nervenleidens reizte Bianchons Begabung. Als die Baronin und ihre Kinder den großen, berühmten Arzt dasitzen und ihnen ein paar Augenblicke schenken sahen, führten sie mit ihm ein Höflichkeitsgespräch.

»Sie führen ein sehr aufreibendes Leben und ein recht rauriges!« sagte die Baronin. »Ich weiß, was es heißt, seine Tage dazu zu verwenden, sich Elend oder körperliche Schmerzen anzusehen.«

»Madame«, antwortete der Arzt, »ich bin genau im Bild über die Anblicke, die die Barmherzigkeit zu betrachten Sie zwingt; aber auf die Dauer werden Sie sich daran gewöhnen, wie wir alle. Das ist soziales Gebot. Der Beichtiger, der Richter, der Advokat würden unmöglich sein, wenn der Geist ihres Berufs das Menschenherz nicht bezwänge. Würde man leben können, wenn es nicht zu dieser Erscheinung käme; Ist der Soldat in Kriegszeiten nicht ebenfalls Anblicken ausgesetzt, die noch grausamer als die unsrigen sind? Und alle Soldaten, die im Feuer gestanden haben, sind gut. Wir Ärzte haben die Freude an einer Kur, die gelingt, gerade wie es Ihnen Genuß bereitet, eine Familie vor den Schrecknissen des Hungers, der Verdorbenheit, des Elends zu retten, indem Sie sie der Arbeit, dem sozialen Leben wiedergeben; aber wie sollen sich der Richter, der Polizeikommissar und der Anwalt trösten, die ihr Leben damit hinbringen, in den schurkischsten Berechnungen des Eigennutzes zu wühlen, dieses sozialen Ungeheuers, das zwar das Bedauern kennt, keinen Erfolg gehabt zu haben, aber das nie von Reue heimgesucht wird? Die eine Hälfte der Gesellschaft bringt ihr Leben damit hin, die andere zu beobachten. Ich bin seit geraumer Zeit mit einem Anwalt befreundet, der jetzt im Ruhestand lebt; er hat mir gesagt, daß seit fünfzehn Jahren die Notare und Anwälte ihren Klienten genauso mißtrauisch gegenüberstehen wie den Gegnern ihrer Klienten. Ihr Herr Sohn ist Advokat; ist er nie durch einen Klienten kompromittiert worden, dessen Verteidigung er übernommen hatte?«

»Oh, oftmals!« warf Victorin lächelnd ein.

»Woher kommt dies tiefsitzende Übel?« fragte die Baronin.

»Vom Mangel an Religion«, antwortete der Arzt, »und vom Umsichgreifen des Finanziellen, das nichts als ein verdichteter Egoismus ist. Früher war Geld nicht alles; man ließ höhere Mächte gelten, die vor ihm den Vorrang besaßen. Es gab den Adel, das Talent, die dem Staat geleisteten Dienste; aber heutzutage macht das Gesetz das Geld zum allgemeinen Normalmaßstab; es hat es zur Basis politischer Eignung genommen! Bestimmte Richter sind nicht wahlfähig; Jean-Jacques Rousseau würde nicht wahlfähig sein! Die ständig geteilten Erbschaften zwingen jeden, ab seinem zwanzigsten Lebensjahr an sich selbst zu denken. Nun, zwischen der Notwendigkeit, sich ein Vermögen zu schaffen, und der Verderbtheit der Berechnungen dazu gibt es keine Hindernisse; denn in Frankreich fehlt Religiosität, trotz der löblichen Anstrengungen derjenigen, denen an einer katholischen Restauration gelegen ist. Das sagen alle, die, gleich mir, die Gesellschaft von innen betrachten.«

»Sie haben wenig Freuden«, sagte Hortense.

»Der wahre Arzt«, antwortete Bianchon, »begeistert sich für seine Wissenschaft. Er hält sich gleichermaßen durch diese Empfindung wie durch die Gewißheit seiner sozialen Nützlichkeit aufrecht. Sehen Sie: In diesem Augenblick erfüllt mich eine gewisse wissenschaftliche Freude, und viele oberflächliche Leute würden mich für einen herzlosen Menschen halten. Ich werde morgen der Medizinischen Akademie einen besonderen Fund mitteilen. Ich beobachte gegenwärtig eine Kranheit, die als erloschen galt. Übrigens eine tödliche Krankheit, gegen die wir hier in unserm gemäßigten Klima wehrlos sind, denn nur in den

Tropen ist sie heilbar. Eine Krankheit, die im Mittelalter herrschte. Der Kampf des Arztes gegen solch eine Krankheit ist etwas Schönes. Seit zehn Tagen denke ich in jeder Stunde an meine Patienten; es sind nämlich zwei, die Frau und der Ehemann! Sie sind mit Ihnen verwandt; denn Sie, Madame, sind doch die Tochter Monsieur Crevels«, sagte er zu Célestine.

»Wie? Ist Ihr Patient etwa mein Vater ...?« fragte Célestine. »Wohnt er in der Rue Barbet-de-Jouy?«

»Eben dort«, antwortete Bianchon.

»Und die Krankheit ist tödlich?« fragte Victorin erschrocken.

»Ich muß zu meinem Vater!« rief Célestine und fuhr auf.

»Das verbiete ich Ihnen mit allem Nachdruck, Madame«, antwortete Bianchon ruhig. »Jene Krankheit ist ansteckend.«

»Sie gehen doch auch hin, Monsieur«, entgegnete die junge Frau. »Glauben Sie nicht, daß die Pflichten der Tochter denjenigen des Arztes vorgehen?«

»Madame, ein Arzt weiß, wie er sich gegen die Ansteckung schützen kann, und das Bedenkenlose Ihrer Aufopferung beweist mir, daß Sie schwerlich meine Vorsicht aufbringen würden.«

Célestine stand auf und ging in ihre Wohnung, wo sie sich zum Ausgehen umkleidete.

»Monsieur«, sagte Victorin zu Bianchon, »hoffen Sie, das Ehepaar Crevel am Leben erhalten zu können?«

»Ich hoffe es, ohne es zu glauben«, antwortete Bianchon. »Der Fall ist für mich unerklärlich ... Jene Krankheit ist eine Eigenart der Neger und gewisser amerikanischer Völkerstämme, deren Hautsystem von demjenigen der weißen Rassen abweicht. Nun aber kann ich keinerlei Verbindung zwischen den Schwarzen, den Rothäuten, den Mestizen mit Monsieur oder Madame Crevel feststellen. Die Krankheit ist zwar eine schöne Sache für uns Mediziner, aber für alle übrigen Menschen ist sie etwas Grausiges. Die arme Frau, die, wie es heißt, einmal hübsch gewesen ist, wird hart gestraft durch das, womit sie gesündigt hat; denn heute ist sie von widerlicher Häßlichkeit, sofern sie überhaupt noch etwas ist ...! Die Zähne und das Haar fallen ihr aus; sie mutet an wie eine Aussätzige; sie ekelt sich vor sich selbst; ihre Hände bieten einen furchtbaren Anblick; sie sind geschwollen und mit grünlichen Pusteln bedeckt; die bloßgelegten Fingernägel bleiben in den Wunden stecken, die sie kratzt; kurz und gut, alle Glieder gehen in der Eiterjauche zugrunde, die sie zerfrißt.«

»Aber was ist denn die Ursache dafür?« fragte der Advokat.

»Ach!« sagte Bianchon, »die Ursache besteht in einer rasch fortschreitenden Veränderung des Bluts; es zersetzt sich mit erschreckender Schnelligkeit. Ich hoffe, auf das Blut einwirken zu können, ich habe es analysieren lassen; wenn ich heimgehe, nehme ich die Resultate der Arbeit des mit mir befreundeten Professors Duval mit, des berühmten Chemikers; ich will versuchen, wie schon manchmal, dem Tode mit dem Mut der Verzweiflung einen Streich zu spielen.«

»Das ist der Finger Gottes!« sagte die Baronin mit tiefbewegter Stimme. »Obwohl diese Frau mir soviel Leid angetan hat, daß ich in Augenblicken des Wahnwitzes die göttliche Gerechtigkeit auf ihr Haupt herabgefleht habe, wünsche ich, bei Gott, daß Sie Erfolg hätten, Herr Doktor.«

Dem jungen Hulot war schwindlig geworden; abwechselnd blickte er seine Mutter, seine Schwester und den Arzt an; er zitterte vor Angst, seine Gedanken könnten erraten werden. Er betrachtete sich als einen Mörder. Hortense ihrerseits fand Gott überaus gerecht. Célestine erschien wieder; sie bat ihren Mann, sie zu begleiten.

»Wenn Sie hingehen, Madame, und auch Sie, Monsieur, dann halten Sie sich einen Fußbreit vom Bett der Kranken entfernt; darin besteht die ganze Vorsichtsmaßnahme. Weder Sie noch Ihre Frau dürfen sich einfallen lassen, den Sterbenden zu küssen! Daher müssen Sie mit Ihrer Frau gehen, Monsieur Hulot, um Übertretungen dieser Vorschrift zu verhindern.«

Nun Adeline und Hortense allein geblieben waren, leisteten sie Lisbeth Gesellschaft. Hortenses Haß gegen Valérie war so heftig, daß sie seinen Ausbruch nicht verhindern konnte.

»Tante! Meine Mutter und ich sind gerächt ...!« rief sie. »Diese giftige Kreatur muß sich selber gebissen haben; sie ist im Zustand der Verwesung!«

»Hortense«, sagte die Baronin, »jetzt bist du keine Christin. Du solltest Gott bitten, er möge gnädig dieser Unseligen Reue einflößen.«

»Was redet ihr da?« rief Bette und richtete sich in ihrem Sessel auf, »sprecht ihr von Valérie?«

»Ja«, antwortete Adeline, »um sie ist es geschehen; sie muß an einer schrecklichen Krankheit sterben; schon bei ihrer bloßen Schilderung durchschauert es einen.«

Die Zähne von Tante Bette schlugen aufeinander; kalter Schweiß brach ihr aus; sie bekam furchtbaren Schüttelfrost; all das enthüllte die Tiefe ihrer leidenschaftlichen Freundschaft für Valérie.

»Ich gehe hin«, erklärte sie.

»Aber der Arzt hat dir doch verboten, auszugehen!«

»Gleichgültig! Ich gehe hin. Der arme Crevel! In welcher Verfassung er sein muß; er liebt doch seine Frau . . .«

»Auch *er* stirbt«, entgegnete die Gräfin Steinbock. »Ach, alle unsere Feinde sind in den Händen des Teufels . . .«

»Gottes . . .! liebe Tochter . . .«

Lisbeth zog sich an, nahm ihren berühmten Kaschmirschal, ihre schwarze Samtkapotte und schlüpfte in ihre Halbstiefel; rebellisch gegen die Einwendungen Adelines und Hortenses stürzte sie fort, wie von einer despotischen Kraft getrieben. Ein paar Augenblicke nach Monsieur und Madame Hulot langte sie in der Rue Barbet an und fand sieben Ärzte vor, die Bianchon herbeigerufen hatte, um diesen einzigartigen Fall zu beobachten; er selbst war eben zu ihnen gestoßen. Die Ärzte standen im Salon und diskutierten über die Krankheit; bald ging dieser, bald jener entweder in Valéries Schlafzimmer oder in das Crevels, um zu beobachten, und kam dann mit einem Argument zurück, dem diese rasche Beobachtung zugrunde lag.

Zwei gewichtige Meinungen schieden die Fürsten der Wissenschaft. Einer stand mit seiner Meinung allein da, behauptete, es handele sich um eine Vergiftung, sprach von privater Rache und verneinte es, daß es sich um das Wiederauftreten einer im Mittelalter geschilderten Krankheit handle. Drei andere wollten darin eine Zersetzung der Lymphe und der Säfte erblicken. Die zweite Partei, die Bianchons, behauptete, die Ursache der Krankheit sei ein Verderben des Bluts, das von einem unbekannten Ansteckungsstoff heimgesucht worden sei. Bianchon hatte das Ergebnis der Blutanalyse des Professors Duval mitgebracht. Die

Heilmittel, obwohl verzweifelt und völlig empirisch, hingen von der Lösung dieses medizinischen Problems ab.

Lisbeth stand versteinert drei Schritt von dem Bett entfernt, in dem Valérie starb; sie sah einen Vikar von Saint-Thomas-d'Aquin am Lager ihrer Freundin sitzen; eine barmherzige Schwester pflegte sie. Die Kirche hatte inmitten einer Anhäufung von Verwesung eine Seele zu retten; von allen fünf Sinnen des erschaffenen Wesens war nur das Sehvermögen geblieben. Die barmherzige Schwester, die einzige, die die Aufgabe der Pflege Valéries übernommen hatte, hielt sich in gehöriger Entfernung. Auf diese Weise lieh die katholische Kirche, die göttliche Körperschaft, stets beseelt durch die Inspiration zum Opfer in allen Dingen, in ihrer zweifachen Form als Geist und Fleisch dieser abscheulichen, stinkenden Sterbenden Beistand dadurch, daß sie ihre unendliche Milde und die unerschöpflichen Schätze an Barmherzigkeit an sie verschwendete.

Die erschrockene Dienerschaft weigerte sich, Monsieur oder Madames Schlafzimmer zu betreten; sie dachte nur an sich selber und war der Meinung, ihre Herrschaft sei gerechtermaßen gestraft worden. Der üble Geruch war so stark, daß trotz der geöffneten Fenster und der kräftigsten Parfüme niemand längere Zeit in Valéries Zimmer bleiben konnte. Einzig die Kirche wachte dort. Wie konnte eine Frau von so überlegenem Geist wie Valérie sich nicht gefragt haben, welches Interesse die beiden Repräsentanten der Kirche dort verweilen ließ? Deswegen hatte die Sterbende der Stimme des Priesters gelauscht. Die Reue hatte in diese verderbte Seele in dem Maße Eingang gefunden, wie die verheerende Krankheit ihrer Schönheit Schaden zugefügt hatte. Die zarte Valérie hatte der Krankheit sehr viel weniger Widerstand geboten als Crevel, und sie sollte als erste sterben; sie war ja auch als die erste von der Krankheit gepackt worden.

»Wenn ich nicht selber krank gewesen wäre, würde ich gekommen sein und dich gepflegt haben«, sagte Lisbeth schließlich, nachdem sie einen Blick mit den niedergeschlagenen Augen der Freundin gewechselt hatte. »Ich hüte jetzt seit vierzehn Tagen oder drei Wochen das Zimmer; aber als ich vom Doktor deinen Zustand erfahren habe, bin ich hergeeilt.«

»Arme Lisbeth, *du* hast mich also noch immer lieb, wie ich sehe«, sagte Valérie. »Hör zu! Ich habe nur noch einen oder zwei Tage zum Denken; denn ›zum Leben‹ kann ich nicht sagen. Siehst du es nicht? Ich habe keinen Körper mehr, ich bin nur noch ein Haufen Kot ... Ich darf mich nicht mal mehr im Spiegel beschauen ... Mir ist nur widerfahren, was ich verdient habe. Ach, um in die Gnade aufgenommen zu werden, möchte ich alles Übel wieder gutmachen, das ich angerichtet habe.«

»Oh!« sagte Lisbeth, »wenn du so redest, dann bist du schon so gut wie tot!«

»Hindern Sie diese Frau nicht daran, zu bereuen; überlassen Sie sie ihren christlichen Gedanken«, sagte der Priester.

Nichts mehr! sagte sich die erschrockene Lisbeth. Weder ihre Augen noch ihren Mund erkenne ich wieder! Kein einziger ihrer Züge bleibt! Und der Geist ist auch fort! Oh, es ist entsetzlich ...!

»Du weißt nicht«, fuhr Valérie fort, »was es mit dem Tode auf sich hat, was es heißt, gezwungenermaßen an den Tag nach seinem letzten Tag zu denken, an das, was man im Sarg vorfinden wird: für den Leib Würmer, aber was für die Seele ...? Ach, Lisbeth, ich spüre, daß es ein jenseitiges Leben gibt ...! Und es hält mich ein Entsetzen gefangen, was mich hindert, die Schmerzen meines in Auflösung begriffenen Körpers zu empfinden ...! Und dabei habe ich einmal lachend zu Crevel gesagt, als ich mich über eine Heilige lustig machte, die Rache Gottes nehme alle Formen des Unglücks an ... Ja, da bin ich eine Prophetin gewesen ...! Treib nie dein Spiel mit heiligen Dingen, Lisbeth! Wenn du mich lieb hast, dann tue es wie ich, bereue!«

»Ich?« sagte die Lothringerin. »Ich habe überall in der Natur die Rache gesehen; die Insekten kommen um, um ihr Rachebedürfnis zu befriedigen, wenn man sie angreift! Und sagen uns etwa diese Herren hier nicht«, fuhr sie fort und deutete auf den Priester, »Gott räche sich, und seine Rache dauere bis in alle Ewigkeit ...?«

Der Priester warf Lisbeth einen Blick voller Milde zu und sagte zu ihr: »Sie sind Atheistin, Madame.«

»Aber sieh doch, wie es um mich bestellt ist ...!« sagte Valérie.

»Und wie hast du dir diesen Brand zugelegt?« fragte die alte Jungfer; sie verharrte in ihrer bäuerlichen Ungläubigkeit.

»Oh, ich habe von Henri einen Brief bekommen, der mir keine Zweifel über mein Schicksal läßt ... Er hat mich umgebracht. Ich muß sterben in dem Augenblick, da ich anständig hatte leben wollen, und ich muß sterben als ein Gegenstand des Abscheus ... Lisbeth, verzichte auf jeden Gedanken an Rache! Sei gut zu jener Familie; ich habe ihr bereits testamentarisch alles vermacht, über was zu verfügen das Gesetz mir erlaubt! Geh, Liebe, obwohl du heute das einzige Wesen bist, das nicht voller Entsetzen von mir weicht; ich flehe dich an, geh, laß mich allein ... ich habe nur noch die Zeit, mich Gott anzubefehlen ...!«

Sie redet irre, sagte sich Lisbeth auf der Zimmerschwelle.

Das stärkste bekannte Gefühl, die Freundschaft einer Frau für eine Frau, hat nicht die heroische Beständigkeit der Kirche. Lisbeth, der durch die schädlichen Ausdünstungen die Luft wegblieb, verließ das Zimmer. Sie sah, daß die Ärzte noch immer diskutierten. Allein Bianchons Auffassung trug den Sieg davon, und man stritt nur noch über die Art und Weise, wie das Experiment vorgenommen werden sollte ...

»Auf jeden Fall wird es eine prächtige Sezierung geben«, sagte einer der Opponenten, »und wir werden zwei Objekte haben, um Vergleiche anzustellen.«

Lisbeth begleitete Bianchon, der an das Bett der Kranken trat, ohne daß es den Anschein hatte, er bemerkte den Gestank, der davon ausging.

»Madame«, sagte er, »wir wollen an Ihnen ein kräftiges Heilverfahren versuchen, das Sie vielleicht retten kann ...«

»Wenn Sie mich retten«, fragte sie, »werde ich dann so schön wie zuvor sein ...?«

»Vielleicht!« sagte der gelehrte Arzt.

»Ihr ›Vielleicht‹ kennt man!« sagte Valérie. »Ich würde aussehen wie Frauen, die ins Feuer gefallen sind! Überlassen Sie mich gänzlich der Kirche! Jetzt kann ich einzig Gott gefallen! Ich will versuchen, mich mit ihm auszusöhnen; das soll meine letzte Koketterie sein! Ja, ich muß mir Gott geneigt machen!«

»Das ist das letzte Wort meiner armen Valérie; ich habe sie wiedergefunden!« sagte Lisbeth schluchzend.

Die Lothringerin glaubte, sie müsse in Crevels Schlafzimmer hinübergehen; dort fand sie Victorin und seine Frau vor; sie saßen in einem Abstand von drei Schritten am Bett des Pestkranken.

»Lisbeth«, sagte er, »es wird mir verheimlicht, wie der Zustand meiner Frau ist; du hast sie gesehen; wie geht es ihr?«

»Besser; sie behauptet, sie fühle sich erlöst!« antwortete Lisbeth; dieses Wortspiel sollte dazu dienen, Crevel zu beruhigen.

»Ah, gut!« entgegnete der Bürgermeister, »denn ich hatte Angst, ich sei die Ursache ihrer Krankheit ... Man ist nicht ungestraft Reisevertreter im Parfümhandel gewesen. Ich mache mir Vorwürfe. Wenn ich sie verlöre, was sollte dann aus mir werden! Mein Ehrenwort, Kinder, ich vergöttere diese Frau.«

Crevel versuchte, sich in Positur zu werfen; er richtete sich im Bett auf.

»Ach, Papa«, sagte Célestine, »wenn es Ihnen nur wieder besser ginge, dann würde ich meine Stiefmutter empfangen; ich verspreche es ganz fest!«

»Arme kleine Célestine!« entgegnete Crevel. »Komm und küß mich ...!«

Victorin hielt seine Frau zurück, die aufgesprungen war.

»Sie vergessen, Monsieur«, sagte der Advokat freundlich, daß Ihre Krankheit ansteckend ist ...«

»Richtig«, antwortete Crevel. »Die Ärzte gratulieren einander, daß sie an mir irgendeine Seuche des Mittelalters wiedergefunden haben, die man erloschen glaubte und die sie in ihrer Fakultät ausposaunen ... Sehr komisch ist das!«

»Papa«, sagte Célestine, »haben Sie Mut, dann triumphieren Sie über diese Krankheit.«

»Seid getrost, Kinder, der Tod schaut zweimal hin, ehe er einen Pariser Bürgermeister trifft!« sagte er mit gespielter Kaltblütigkeit. »Und wenn mein Arrondissement das Pech hat, zu erleben, daß ein Mann hinschwindet, den es zweimal durch seine Wählerstimmen geehrt hat ... (Haha, da seht ihr, mit welcher Leichtigkeit ich mich ausdrücke!) Na, schön, ich werde schon mein Bündel zu schnüren wissen. Ich bin ein alter Handelsreisender; ich bin Abreisen gewohnt. Ach Kinder, ich bin Freigeist.«

»Papa, versprich mir, die Kirche an dein Lager kommen zu lassen.«

»Niemals«, antwortete Crevel. »Nichts zu machen, ich habe die Milch der Revolution eingesogen; zwar habe ich nicht den Geist des Barons Holbach[235], wohl aber seine Seelenstärke. Ich bin mehr denn je Stil Régence, grauer Musketier, Abbé Dubois[236] und Marschall de Richelieu! Den Teufel auch! Meine arme Frau, die den Kopf verliert, hat mir einen Soutanenträger geschickt, ausgerechnet mir, dem Bewunderer Bérangers, dem Freund der Lisette[237], dem Sohn Voltaires und Rousseaus ... Der Arzt hat mich gefragt, um mich abzutasten, um herauszubringen, ob die Krankheit mich niederringe: ›Haben Sie den Herrn Abbé gesehen ...?‹ Na, und da habe ich es gemacht wie der große Montesquieu. Ja, ich habe den Arzt angeschaut, seht, so«, sagte er, richtete sich zu drei Vierteln auf wie auf seinem Porträt und streckte gebieterisch die Hand aus, »und ich habe gesagt:

›... Der Sklave ist gekommen,
Wies seine Order vor, hat aber nichts erreicht.‹

›Seine Order‹ ist ein hübsches Wortspiel mit ›seinen Orden‹; es beweist, daß der Herr Präsident de Montesquieu auch im Sterben alle Anmut seines Geistes bewahrt hatte; es war ihm nämlich ein Jesuit geschickt worden ...! Ich habe eine Vorliebe für diese Passage ... man kann nicht sagen seines Lebens, aber seines Todes. Haha, die Passage! Abermals ein Wortspiel! Die Passage Montesquieu.«

Hulot betrachtete seinen Schwiegervater bekümmert und überlegte, ob nicht etwa Dummheit und Eitelkeit die gleiche Kraft besäßen wie wahre Seelengröße. Die Ursachen, die die Triebfedern der Seele in Bewegung setzen, scheinen mit dem, wozu sie führen, überhaupt nichts zu tun zu haben. Sollte die von einem großen Verbrecher entfaltete Kraft die gleiche sein, mit der ein Champcenetz[238] auf dem Weg zum Schafott sich brüstete?

Ende der Woche war Madame Crevel nach unerhörten Leiden begraben worden, und Crevel folgte seiner Frau mit einem Abstand von zwei Tagen. Auf diese Weise wurden die Auswirkungen des Ehekontrakts nichtig, und Crevel wurde Valéries Erbe.

Schon am Tag nach dem Begräbnis sah der Advokat den alten Mönch wieder und empfing ihn wortlos. Schweigend streckte der Mönch die Hand aus, und ebenfalls schweigend händigte der Advokat Victorin Hulot ihm achtzig Banknoten zu je tausend Francs aus; er hatte sie von der in Crevels Sekretär vorgefundenen Summe genommen. Die junge Madame Hulot erbte das Gut Presles und dreißigtausend Francs Zinsen. Dreihunderttausend Francs hatte Madame Crevel dem Baron Hulot vermacht. Der skrofulöse Stanislaus sollte bei seiner Großjährigkeit das Stadtpalais Crevel und achtzigtausend Francs Zinsen erhalten.

Unter den zahlreichen ehrwürdigen Vereinigungen, die die katholische Wohltätigkeit in Paris eingesetzt hat, findet sich eine, die von Madame de la Chanterie[239] gegründet worden ist; ihr Ziel ist es, standesamtlich und kirchlich Leute aus dem Volk zu verheiraten, die sich aus freien Stücken vereint haben. Die Gesetzgeber, die große Stücke auf die Ergebnisse der amtlichen Eintragung halten, die regierende Bourgeoisie, die Wert auf die Notarshonorare legt, tun so, als wüßten sie nicht, daß Dreiviertel der Leute aus dem Volk keine fünfzehn Francs für den Ehekontrakt zahlen können. Die Pariser Notarskammer steht, was das betrifft, noch unter der Advokatenkammer. Die Pariser Advokaten, eine arg verleumdete Gemeinschaft, führen die Prozesse Bedürftiger kostenlos, wogegen die Notare sich noch nicht entschlossen haben, die Ehekontrakte armer Leute gratis aufzusetzen. Was nun den Fiskus betrifft, so müßte die gesamte Regierungsmaschine in Bewegung gesetzt werden, um zu erreichen, daß er seine Strenge in dieser Hinsicht milderte. Die Eintragung ins Standesamtsregister ist taub und stumm. Die Kirche ihrerseits nimmt auf Eheschließungen hin Rechte wahr. In Frankreich ist die Kirche ungemein fiskalisch; sie gibt sich im Hause Gottes mit gemeinen Handelsgeschäften über kleine Bänke und Stühle ab, worüber die Ausländer sich entrüsten; dabei kann sie doch schwerlich den Zorn des Heilands vergessen, als er die Wechsler aus dem Tempel jagte. Wenn die Kirche sich nur unter Schwierigkeiten zu einer Milderung ihrer Rechte entschließt, darf man nicht vergessen, daß ihre Rechte, von denen es heißt, sie seien künstlich erworben, heutzutage eine ihrer Einnahmequellen darstellen, und die Schuld der Kirchen würde dann die des Staates sein. Das Zusammenwirken dieser Umstände in einer Zeit, da man sich allzusehr über die Neger und die kleinen, von der Zuchtpolizei verurteilten Sünder aufregt, anstatt sich mit den anständigen Leuten zu befassen, die leiden, bewirkt es, daß viele anständige Paare im Konkubinat verbleiben, weil ihnen die dreißig Francs fehlen, die Mindestsumme, zu der Natoriat, Standesamt, Bürgermeisteramt und Kirche zwei Pariser vereinigen können. Die Institution der Madame de la Chanterie, die gegründet wurde, um arme Paare auf den Weg von Kirche und Gesetz zurückzugeleiten, ist stets auf der Suche nach dergleichen Paaren; sie stöbert sie um so leichter auf, als sie ihnen, die ja doch bedürftig sind, hilft, ehe sie ihren ungesetzlichen Stand untersucht.

Als die Baronin Hulot völlig wiederhergestellt war, nahm sie ihre Tätigkeit wieder auf. Es geschah zu dieser Zeit, daß die Ehrwürdige Madame de la Chanterie zu Adeline kam und sie bat, die Legalisierung wilder Ehen den guten Werken hinzuzugesellen, deren Mittlerin sie war.

Einer der ersten Versuche der Baronin in dieser Beziehung fand in dem berüchtigten Stadtviertel statt, das früher »Klein-Polen« genannt wurde und zwischen der Rue du Rocher, der Rue de la Pépinière und der Rue de Miroménil gelegen ist. Es liegt dort wie eine Filiale des Faubourg Saint-Marceau. Zur Schilderung dieses Viertels dürfte der Hinweis genügen, daß die Besitzer gewisser Häuser, die von Fabrikanten ohne Fabrikate, von gefährlichen Alteisenhändlern, von Bedürftigen, die gefahrdrohende Gewerbe ausüben, bewohnt werden, nicht wagen, ihre Miete zu verlangen, und keine Gerichtsvollzieher finden, die die zahlungsunfähigen Mieter hinauswerfen. Augenblicklich wird die Spekulation, die versucht, das Antlitz dieses Winkels von Paris zu verändern und den brachliegenden Raum, der die Rue d'Amsterdam von der Rue du Faubourg du Roule trennt, zu bebauen, wahrscheinlich die Bevölkerung verändern; denn in Paris ist die Maurerkelle ein weit stärkerer Kulturfaktor, als man meint! Dadurch, daß die Spekulation schöne, elegante Häuser mit Hauswarten baut, sie mit Bürgersteigen versieht und darin Läden unterbringt, schaltet sie durch den Mietpreis dunkle Existenzen, Ehepaare ohne Mobiliar und schlechte Mieter aus.

Auf diese Weise werden die Stadtviertel jener unheimlichen Bevölkerungsgruppen und dieser Spelunken ledig, die die Polizei nur betritt, wenn die Justiz es befiehlt.

Im Juni 1844 war der Anblick der Place Laborde und seiner Umgebung noch wenig vertrauenerweckend. Der elegante Fußgänger, der zufällig von der Rue de la Pépinière aus diese furchteinflößenden Straßen hinaufstieg, wunderte sich, wenn er die Aristokratie unmittelbar neben der niedrigsten Bohème wohnen sah. In jener Stadtgegend, wo die ungebildete Bedürftigkeit und das in den letzten Zügen liegende Elend vegetieren, finden noch die letzten öffentlichen Schreiber, die es in Paris gibt, ihr Auskommen. Dort, wo man die beiden Worte »Öffentlicher Schreiber« in dicker Farbe auf einem Blatt weißen Papiers gemalt sieht, das am Fenster irgendeines Zwischenstocks oder schmutzigen Erdgeschosses klebt, kann man getrost annehmen, daß die Stadtgegend viele unwissende Leute birgt und die Heimstatt des Unglücks, der Laster, der Verbrecher ist. Die Unbildung, die Unwissenheit ist die Mutter aller Verbrechen. Ein Verbrechen ist vor allem ein Versagen der Urteilskraft und der Vernunftschlüsse.

Nun aber hatte während der Krankheit der Baronin dieses Viertel, für das sie eine zweite Vorsehung war, Zuwachs durch einen öffentlichen Schreiber erhalten, der sich in der Passage du Soleil[240] niedergelassen hatte; ihr Name bildet eine der den Parisern vertrauten Antithesen, denn jene Passage ist auf zwiefache Weise dunkel. Jener Schreiber, dem Vermuten nach ein Deutscher, nannte sich Vyder und lebte in wilder Ehe mit einem jungen Mädchen, auf das er so eifersüchtig war, daß er es nur bei ehrenwerten Ofensetzern in der Rue Saint-Lazare verkehren ließ; sie waren Italiener wie alle Ofensetzer und seit langen Jahren in Paris ansässig. Jene Ofensetzer waren durch die Baronin Hulot vor einem unvermeidlichen Bankrott bewahrt worden, der sie ins Elend gestürzt haben würde; sie hatte dabei auf Rechnung der Madame de la Chanterie gehandelt. Innerhalb einiger Monate war der Wohlstand an die Stelle der Not getreten, und die Religion hatte Einzug in Herzen gehalten, die vor kurzem noch der Vorsehung mit der den italienischen Ofensetzern eigentümlichen Energie geflucht hatten. Einer der ersten Besuche der

Baronin galt also dieser Familie. Sie war glücklich über das Schauspiel, das sich ihren Blicken darbot, hinten in dem Haus, in dem diese wackeren Leute wohnten, in der Rue Saint-Lazare, dicht bei der Rue de Rocher. Über den Lagerräumen und der Werkstatt, die jetzt wohlbestellt waren und von Lehrlingen und Handwerker wimmelten, sämtlich Italienern aus dem Tal von Domodossola, hatte die Familie eine kleine Wohnung inne, in die die Arbeit einen gewissen Überfluß hineingetragen hatte. Die Baronin wurde empfangen, als sei sie die erschienene heilige Jungfrau. Nach einer Viertelstunde des Musterns und Fragens kam Adeline, die genötigt gewesen war, auf den Ehemann zu warten, um zu erfahren, wie das Geschäft ging, ihrer frommen Spitzelei nach und fragte nach in Not Befindlichen, die die Ofensetzerfamilie etwa kannte.

»Ach, gute Dame, die Sie die Verdammten aus der Hölle retten würden«, sagte die Italienerin, »es gibt tatsächlich hier ganz in der Nähe ein junges Mädchen, das vor der Verderbnis zu bewahren wäre.«

»Kennen Sie sie gut?« fragte die Baronin.

»Es ist die Enkelin eines ehemaligen Chefs meines Mannes; er war nach der Revolution, im Jahre 1789, nach Frankreich gekommen und hieß Judici. Der alte Judici ist unter dem Kaiser Napoleon einer der ersten Ofensetzer in Paris gewesen; 1819 ist er gestorben und hat seinem Sohn ein schönes Vermögen hinterlassen. Aber der junge Judici hat alles mit schlechten Weibern durchgebracht, und schließlich hat er eine geheiratet, die noch abgefeimter als die andern war, und von der hat er das arme kleine Mädchen, das gerade fünfzehn geworden ist.«

»Was ist ihr denn zugestoßen?« fragte die Baronin; die Ähnlichkeit des Charakters jenes Judici mit dem ihres Mannes hatte großen Eindruck auf sie gemacht.

»Ja, Madame, diese Kleine, sie heißt Atala, hat Vater und Mutter verlassen, um mit einem alten, mindestens achtzigjährigen Deutschen namens Vyder zusammenzuleben, der alles für die Leute erledigt, die nicht lesen und schreiben können. Wenn dieser alte Wüstling, der, wie es heißt, die Kleine ihrer Mutter für fünfzehnhundert Francs abgekauft hat, das junge Ding heiratete! Er hat sicherlich nicht mehr lange zu leben, und es wird von ihm gemunkelt, er habe ein paat tausend Francs Zinsen. Na ja, das arme Kind, ein Engelchen, würde dann dem Schlechten entrinnen, und vor allem dem Elend; denn das wird sie verderben.«

»Ich danke Ihnen, daß Sie mich auf dieses zu leistende gute Werk hingewiesen haben«, sagte Adeline. »Aber dabei muß behutsam vorgegangen werden. Was ist mit jenem alten Mann los?«

»Oh, Madame, das ist ein wackerer Mensch, er macht die Kleine glücklich, und es fehlt ihm nicht an gesundem Menschenverstand; denn Sie müssen wissen, er hat die Gegend, wo die Judicis wohnen, verlassen, um das Kind aus den Klauen der Mutter zu retten. Die Mutter war eifersüchtig auf die Tochter, und vielleicht hat sie davon geträumt, Nutzen aus deren Schönheit zu ziehen und das Kind zu einer ›Dame‹ zu machen ...! Atala hat sich unser erinnert; sie hat ›ihrem Herrn‹ geraten, sich in der Nähe unseres Hauses niederzulassen; und nun der gute Mann gesehen hat, wer wir sind, läßt er sie herkommen; aber verheiraten Sie ihn, Madame, dann tun Sie ein Ihrer würdiges gutes Werk ... Ist die Kleine erst verheiratet, dann hat sie ihre Freiheit; durch dieses Mittel entschlüpft sie ihrer Mutter; die läßt sie nicht aus den Augen und möchte sie am liebsten, um sie auszunutzen, beim Theater sehen oder erfolgreich auf der üblen Laufbahn, auf die sie sie gestoßen hat.«

»Warum hat der alte Mann sie denn nicht geheiratet ...?«

»Das war nicht notwendig«, sagte die Italienerin, »und obwohl der biedere Vyder kein durch und durch schlechter Mensch ist, glaube ich, er ist klug genug, um der Herr und Meister der Kleinen sein zu wollen, während er, wenn er sie heiratete, na ja, das fürchtet, der arme Alte, was allen alten Männern an der Nase abzusehen ist ...«

»Könnten Sie das junge Mädchen nicht holen lassen?« fragte die Baronin. »Dann würde ich sie mir hier ansehen und wissen, ob ihr zu helfen ist ...«

Die Ofensetzerfrau gab ihrer ältesten Tochter einen Wink; diese zog sofort los. Zehn Minuten danach kam die junge Person wieder und führte ein fünfzehneinhalbjähriges Mädchen von völlig italienischer Schönheit an der Hand.

Mademoiselle Judici dankte dem väterlichen Blut die am Tag

gelbliche Haut, die abends, im Lichtschimmer, zu blendendem Weiß wird, ferner Augen von orientalischer Größe, Form und Glanz, dichte, gebogene Wimpern, die wie kleine schwarze Federn aussahen, ebenholzschwarzes Haar, sowie die naive Majestät der Lombardei, die den Ausländer, wenn er sonntags in Mailand spazierengeht, glauben läßt, die Portierstöchter seien Königinnen. Atala war durch die Ofensetzerstochter von dem Besuch jener großen Dame unterrichtet worden, von der sie schon hatte reden hören; in aller Hast hatte sie ein hübsches Seidenkleid angezogen, Halbstiefel und ein elegantes Mäntelchen. Eine Haube mit kirschroten Seidenbändern verzehnfachte die Wirkung des Kopfes. Die Kleine verharrte in einer Haltung von naiver Neugier und musterte aus dem Augenwinkel die Baronin, deren nervöses Zittern sie höchlichst wunderte. Die Baronin stieß einen tiefen Seufzer aus, als sie dieses weibliche Meisterwerk im Schmutz der Prostitution sah, und gelobte sich, das Mädchen auf den Pfad der Tugend zurückzugeleiten.

»Wie heißt du, mein Kind?«

»Atala, Madame.«

»Kannst du lesen und schreiben . . .?«

»Nein, Madame; aber das macht nichts, Monsieur kann es ja . . .«

»Haben deine Eltern dich in die Kirche geführt? Hast du deine Erstkommunion begangen? Kannst du den Katechismus?«

»Madame, Papa hat gewollt, daß ich Dinge täte, die so ähnlich wie das sind, wovon Sie sprachen; aber Mama hat sich dem entgegengesetzt . . .«

»Deine Mutter . . .!« rief die Baronin. »Dann ist sie also böse, deine Mutter . . .?«

»Sie hat mich immer geprügelt! Ich weiß nicht, warum, aber ich war beständig der Zankapfel zwischen meinem Vater und meiner Mutter . . .«

»Ist dir denn nie von Gott erzählt worden . . .?« rief die Baronin.

Das Kind machte große Augen.

»Ach, Mama und Papa haben oft gesagt: ›Gottverflucht! Himmelherrgottnochmal! Du großer Gott . . .‹«, sagte sie köstlich naiv.

»Hast du nie eine Kirche gesehen? Bist du nicht auf den Gedanken gekommen, hineinzugehen?«

»Kirchen ...? Ja, Notre-Dame, das Panthéon, die habe ich von weitem gesehen, wenn Papa mit mir durch Paris schlenderte; aber das ist nicht oft vorgekommen. Im Faubourg gibt es keine Kirchen.«

»In welchem Faubourg habt ihr denn gewohnt?«

»Im Faubourg ...«

»In welchem Faubourg?«

»Na, in der Rue de Charonne, Madame ...«

Die Leute aus dem Faubourg Saint-Antoine nennen ihre berühmt-berüchtigte Stadtgegend immer nur »der Faubourg«. Er ist für sie der Faubourg schlechthin, der eigentliche Faubourg, und sogar die Fabrikanten verstehen unter dieser Bezeichnung lediglich den Faubourg Saint-Antoine.

»Ist dir denn niemals gesagt worden, was gut und was böse ist?«

»Mama hat mich verhauen, wenn ich nicht tat, was sie wollte ...«

»Aber hast du denn nicht gewußt, daß du etwas Schlechtes tätest, wenn du Vater und Mutter verließest und mit einem alten Mann zusammenlebtest?«

Atala Judici blickte die Baronin hochmütig an und gab keine Antwort.

Das ist ja ein völlig verwildertes Mädchen ...! dachte Adeline.

»Oh, Madame, solche gibt es viele im Faubourg!« sagte die Ofensetzerfrau.

»Aber sie weiß ja von überhaupt nichts, nicht mal vom Schlechten und Bösen, du lieber Himmel! Warum antwortest du mir nicht ...?« fragte die Baronin und versuchte, Atala an der Hand zu fassen.

Die erzürnte Atala wich einen Schritt zurück.

»Sie sind eine alte Närrin!« sagte sie. »Meine Eltern hatten eine Woche lang nichts zu essen gehabt! Meine Mutter hatte aus mir etwas arg Schlechtes machen wollen, denn mein Vater hat sie verprügelt und sie Diebin genannt! Daraufhin hat Monsieur Vyder alle Schulden meiner Eltern bezahlt und ihnen Geld gegeben ... oh, einen ganzen Beutel voll ...! Und dann hat er mich mit sich genommen, und mein armer Papa hat geweint ... Aber wir mußten uns doch trennen ...! Ja, ist denn das was Böses?« fragte sie.

»Und hast du denn diesen Monsieur Vyder sehr lieb ...?«

»Ob ich ihn liebhabe ...?« fragte sie. »Ich glaube schon, Madame! Alle Abende erzählt er mir schöne Geschichten ...! Und er hat mir schöne Kleider geschenkt, Wäsche und einen Schal. Deshalb gehe ich herausgeputzt wie eine Prinzessin herum und trage keine Holzschuhe mehr. Kurz und gut, seit zwei Monaten weiß ich nicht mehr, wie es ist, wenn man Hunger hat. Ich esse keine Kartoffeln mehr! Er bringt mir Bonbons mit, und Pralinen! Oh, das ist was Feines, Schokoladepralinen ...! Um einer Tafel Schokolade willen tue ich alles, was er will! Und außerdem ist mein dicker alter Vyder sehr gütig, er sorgt für mich so gut und so nett; daraus ersehe ich, wie meine Mutter eigentlich hätte sein müssen ... Er will ein gutes Hausmädchen einstellen, damit ich mich schone, weil er nicht will, daß ich mir bei der Küchenarbeit die Hände beschmutze. Seit einem Monat fängt er an, nicht schlecht Geld zu verdienen; jeden Abend bringt er mir drei Francs mit ... Er ist ein sehr, sehr lieber Mann; daher darf er mit mir tun, was er will ... Er nennt mich sein Kätzchen! Und meine Mutter hat mich immer nur kleines Biest oder Dreckstück, Diebin und Ungeziefer genannt. Was weiß ich!«

»Sag mein Kind, warum willst du nicht, daß der alte Vyder dein Ehemann wird?«

»Aber das ist er doch schon längst, Madame!« sagte das junge Mädchen und schaute die Baronin mit stolzer Miene an, ohne zu erröten, die Stirn rein und die Augen ruhig. »Er hat mir gesagt, ich sei seine kleine Frau; aber es ist recht langweilig, die Frau eines Mannes zu sein ...! Wirklich, ohne die Pralinen ...«

Mein Gott! sagte sich die Baronin, wer mag das Scheusal sein, das eine so vollkommene und heilige Unschuld hat mißbrauchen können? Dieses Kind auf den guten Pfad zurückgeleiten, heißt das nicht, sich von vielen Sünden freikaufen? Ich habe gewußt, was ich tat, dachte sie und mußte an die Szene mit Crevel denken. Und sie weiß von alledem nichts!

»Kennen Sie Monsieur Samanon . . .?« fragte die kleine Atala mit durchtriebener Miene.

»Nein, mein Kind; aber warum fragst du mich das?«

»Wirklich nicht?« fragte das unschuldige Geschöpf.

»Du brauchst von Madame nichts zu befürchten, Atala . . .!« sagte die Ofensetzerfrau, »sie ist ein Engel!«

»Weil nämlich mein dicker Kater Angst hat, von diesem Samanon aufgestöbert zu werden . . . und ich möchte gern, daß er freie Hand hat . . .«

»Und warum?«

»Na! Er wird mich mit zu Bobino[241] nehmen, und vielleicht gar ins Ambigu[242]!«

»Welch entzückendes Wesen!« sagte die Baronin und küßte das kleine Mädchen.

»Sind Sie reich . . .?« fragte Atala und spielte mit den Manschetten der Baronin.

»Ja und nein«, antwortete die Baronin. »Ich bin reich für gute kleine Mädchen wie du, wenn sie sich durch einen Priester über die Pflichten des Christen unterweisen lassen und den guten Weg gehen wollen.«

»Welchen Weg denn?« fragte Atala. »Ich bin gut zu Fuß.«

»Den Weg der Tugend!«

Atala blickte die Baronin mit lustiger, lachender Miene an.

»Sieh dir die gute Frau hier an; sie ist glücklich, seit sie in den Schoß der Kirche zurückgekehrt ist . . .!« sagte die Baronin und deutete auf die Ofensetzerfrau. »Du hast dich verheiratet, wie die Tiere sich zusammentun.«

»Ich?« entgegnete Atala. »Wenn Sie mir schenken wollten, was der alte Vyder mir schenkt, dann wäre ich recht froh, wenn ich nicht zu heiraten brauchte. Das bringt einen zur Verzweiflung, wenn Sie wissen, was das ist . . .!«

»Wenn man sich einmal mit einem Mann vereinigt hat wie du«, fuhr die Baronin fort, »gebietet die Tugend, daß man ihm treu ist.«

»Bis er stirbt . . .?« fragte Atala mit durchtriebener Miene. »Da brauche ich nicht lange zu warten. Wenn Sie wüßten, wie der Papa Vyder hustet und schnauft! Puh, puh!« ahmte sie den alten Mann nach.

»Die Tugend und die Moral wollen«, sprach die Baronin weiter, daß die Kirche, die Vertreterin Gottes, und das Standesamt, das das Gesetz vertritt, eure Ehe weihen. Sieh dir die gute Frau hier an; sie ist gesetzlich verheiratet.«

»Ist es dann amüsanter?« fragte das Kind.

»Du wirst glücklicher sein«, sagte die Baronin; »denn dann kann dir niemand diese Ehe vorwerfen. Du wirst Gott gefallen! Frag die gute Frau hier, ob sie sich verheiratet habe, ohne das Sakrament der Ehe empfangen zu haben!«

Atala schaute die Ofensetzerfrau an.

»Was hat sie denn mir voraus?« fragte sie. »Ich bin hübscher als sie.«

»Ja; aber ich bin eine anständige Frau, und dich könnte man mit einem häßlichen Namen bezeichnen ...«

»Wie soll Gott dich schützen, wenn du die menschlichen und göttlichen Gesetze mit Füßen trittst?« fragte die Baronin. »Weißt du nicht, daß Gott für die, die den Geboten seiner Kirche gehorchen, ein Paradies bereithält?«

»Was gibt es denn im Paradies? Wird da Theater gespielt?« fragte Atala.

»Oh! Im Paradies«, sagte die Baronin, »findest du alle Genüsse, die du dir vorstellen kannst. Es wimmelt von Engeln, und die haben weiße Flügel. Da erblickt man Gott in seiner Herrlichkeit; man hat Anteil an seiner Macht, man ist glücklich in jedem Augenblick und in alle Ewigkeit ...!«

Atala Judici lauschte der Baronin, als höre sie Musik; und da Adeline merkte, daß die Kleine außerstande war, etwas zu begreifen, überlegte sie, sie müsse einen andern Weg einschlagen und sich an den Alten wenden.

»Geh jetzt heim, Kleine; ich werde mit jenem Monsieur Vyder sprechen. Ist er Franzose?«

»Elsässer ist er, Madame; aber glauben Sie nur, er wird mal reich sein! Wenn Sie bezahlten, was er diesem schuftigen Samanon schuldet, würde er Ihnen Ihr Geld wiedergeben! Denn in ein paar Monaten, sagt er, bekommt er sechstausend Francs Pension, und dann wollen wir auf dem Land leben, weit weg, in den Vogesen ...«

Das Wort »Vogesen« ließ die Baronin in tiefes Grübeln versinken. Sie hatte ihr Heimatdorf vor Augen! Aus dieser schmerzlichen Träumerei wurde sie durch die Begrüßungsworte des Ofensetzers gerissen, der ihr beweisen wollte, wie gedeihlich sich alles bei ihm anließ.

»In einem Jahr, Madame, kann ich Ihnen sicher die Summen zurückerstatten, die Sie mir geliehen haben, weil es Geld des lieben Gottes ist! Des Gottes der Armen und Unglücklichen! Wenn ich reich werde, dann können Sie eines Tages sich unserer Börse bedienen; ich werde durch Ihre Hände den andern die Hilfe zuteil werden lassen, die Sie uns gewährt haben.«

»Im Augenblick«, sagte die Baronin, »verlange ich von Ihnen kein Geld, ich bitte Sie um Ihre Mitarbeit an einem guten Werk. Ich habe soeben die kleine Judici kennengelernt; sie lebt mit einem alten Mann zusammen, und ich will die beiden kirchlich und gesetzlich trauen lassen.«

»Ach, der alte Vyder! Das ist ein wackerer, würdiger Mann, und ein guter Ratgeber. Der arme Alte hat sich im Viertel schon Freunde erworben, und dabei ist er erst vor zwei Monaten hergekommen. Er schreibt mir die Rechnungen ins Reine. Er ist ein braver Oberst, glaube ich, der dem Kaiser gut gedient hat ... Ach, wie hängt er an Napoleon! Er hat Ordensauszeichnungen, aber er trägt sie nie. Er wartet, bis er wieder festen Boden unter den Füßen hat; er hat nämlich Schulden, der arme, liebe Mann ...! Ich glaube sogar, er hält sich verborgen; die Gerichtsvollzieher sind hinter ihm her ...«

»Sagen Sie ihm, ich würde seine Schulden bezahlen, wenn er die Kleine heiraten wolle ...«

»Ja, gut, das ist bald getan. Kommen Sie, Madame, wir wollen hin ... es sind nur zwei Schritt, in der Passage du Soleil!«

Die Baronin und der Ofensetzer machten sich auf den Weg in die Passage du Soleil.

»Hier entlang, Madame«, sagte der Ofensetzer und deutete auf die Rue de la Pépinière.

Die Passage du Soleil bildet tatsächlich den Anfang der Rue de la Pépinière und mündet auf die Rue du Rocher. Mitten in dieser Passage, die erst neueren Datums ist und deren Läden nur einen sehr geringen Mietpreis haben, gewahrte die Baronin am oberen Rand eines Schaufensters, das so weit hinauf mit grünem

Taft verhängt war, daß keine Passenten indiskrete Blicke hineinwerfen konnten, die Aufschrift »Öffentlicher Schreiber«, und über der Tür stand zu lesen:

Geschäftszimmer
Hier werden Bittschriften abgefaßt, Rechnungen ins
Reine geschrieben, usw.
Diskret und schnell.

Das Innere ähnelte den Durchgangswarteräumen, in denen die Pariser Omnibusse die Reisenden auf Plätze in den Anschlußlinien warten lassen. Eine Innentreppe führte wohl in die Zwischenstockwohnung, die durch den Flur ihr Licht erhielt und mit dem Laden zusammenhing. Die Baronin erblickte einen schwarz gewordenen Schreibtisch aus Weißholz, Pappschachteln und einen schäbigen Sessel, der bei einem Altwarenhändler gekauft worden war. Eine Mütze und ein schmutziger Augenschirm aus grünem Taft mit Messingdrahtgestell ließ auf Vorsichtsmaßnahmen zum Verkleiden oder auf eine Schwäche der Augen schließen, wie sie bei einem alten Mann nur zu begreiflich ist.

»Er ist oben«, sagte der Ofensetzer, »ich will hineingehen und ihm Bescheid sagen, damit er herunterkommt.«

Die Baronin zog ihren Schleier herab und setzte sich. Ein schwerer Schritt erschütterte die kleine Holztreppe, und Adeline konnte einen gellenden Aufschrei nicht zurückhalten, als sie ihren Mann erblickte, den Baron Hulot, in grauer Strickweste, einer Hose aus altem grauem Flanellstoff und in Pantoffeln.

»Womit kann ich dienen, Madame?« fragte Hulot gelant.

Adeline sprang auf, packte Hulot und sagte mit vor Erregung gebrochener Stimme: »Endlich finde ich dich wieder . . .!«

»Adeline . . .!« rief der bestürzte Baron und schloß die Ladentür. »Joseph!« rief er dem Ofensetzer zu, »gehen Sie durch den Hintereingang hinaus.«

»Lieber Freund«, sagte Adeline und vergaß im Übermaß ihrer Freude alles, »du kannst in den Schoß deiner Familie zurückkehren; wir sind reich! Dein Sohn hat sechzigtausend Francs Zinsen! Dein Ruhegehalt ist frei, du kannst einen Rückstand von fünfzehntausend Francs abheben, gegen nichts als eine Bescheinigung, daß du am Leben bist! Valérie ist tot und hat dir dreihunderttausend Francs vermacht. Dein Name ist in Vergessenheit geraten, glaub es nur, du kannst getrost in Welt und Gesellschaft zurückkehren, und du wirst als erstes bei deinem Sohn ein Vermögen vorfinden. Komm, dann ist unser Glück vollkommen. Ich suche dich seit bald drei Jahren, und ich habe so sehr gehofft, dir zu begegnen, daß eine Wohnung fix und fertig für dich bereitsteht. Oh, geh von hier fort, laß die abscheuliche Situation hinter dir, in der ich dich sehe!«

»Ich möchte schon«, sagte der Leichtfertige, »aber könnte ich die Kleine mit mir nehmen?«

»Hector, verzichte auf sie! Tu das für deine Adeline, die dir nie das geringste Opfer abverlangt hat! Ich verspreche dir, diesem Mädchen eine Mitgift auszusetzen, es gut zu verheiraten, für seine Bildung zu sorgen. Es soll heißen, wenigstens eine von denen, die dich glücklich gemacht haben, sei glücklich geworden, und falle nie wieder in das Laster, in den Schmutz zurück!«

»Dann also«, entgegnete der Baron mit einem Lächeln, »bist du es, die mich heiraten möchte...? Warte hier einen Augenblick«, sagte er, »ich will mich oben umziehen, ich habe in einem Koffer anständige Kleidung...«

Als Adeline allein war und von neuem in diesem schauerlichen Gelaß Umschau hielt, brach sie in Tränen aus. – Hier hat er gehaust, sagte sie sich, und wir leben im Überfluß... Der arme Mann! Wie ist er gestraft worden, er, der die Eleganz in Person war! Der Ofensetzer kam, um sich von seiner Wohltäterin zu verabschieden; sie sagte ihm, er solle einen Wagen vorfahren lassen. Als der Ofensetzer wiederkam, bat ihn die Baronin, die kleine Atala Judici zu sich ins Haus zu nehmen, sie auf der Stelle fortzubringen.

»Sie müssen ihr sagen«, fügte sie hinzu, »daß, wenn sie bereit sei, sich der Leitung des Herrn Pfarrers von der Madeleine zu unterstellen, ich ihr am Tag ihrer Erstkommunion dreißigtausend Francs Mitgift schenken und ihr einen guten Ehemann verschaffen werde, irgendeinen wackeren jungen Menschen!«

»Meinen ältesten Sohn, Madame! Er ist zweiundzwanzig und vergöttert das Mädchen!«

In diesem Augenblick kam der Baron die Treppe herab; er hatte feuchte Augen.

»Du läßt mich«, flüsterte er seiner Frau zu, »das einzige Wesen verlassen, das mich fast so geliebt hat wie du! Die Kleine weint untröstlich; ich kann sie nicht einfach so im Stich lassen ...«

»Sei unbesorgt, Hector! Sie wird im Schoß einer anständigen Familie aufgenommen, und ich verbürge mich für ihren Lebenswandel.«

»Oh, dann kann ich dir folgen«, sagte der Baron und führte seine Frau an die Droschke.

Hector war wieder zum Baron d'Ervy geworden; er hatte eine Hose und einen Gehrock aus blauem Tuch angelegt, eine weiße Weste, eine schwarze Halsbinde und Handschuhe. Als die Baronin auf dem Rücksitz des Wagens Platz genommen hatte, schlüpfte Atala mit der Bewegung einer Ringelnatter hinein.

»Oh, Madame«, sagte sie, »lassen Sie mich Sie begleiten und mit Ihnen fahren ... Glauben Sie mir, ich werde auch ganz lieb und ganz gehorsam sein; aber trennen Sie mich nicht von Papa Vyder, von meinem Wohltäter, der mir immer so gute Dinge schenkt. Sonst bekomme ich wieder Prügel ...!«

»Hör mal, Atala«, sagte der Baron, »diese Dame ist meine Frau, und wir müssen uns trennen ...«

»Die? Diese Alte da?« antwortete die Unschuld. »Die zittert ja wie Espenlaub! Oh, was für ein Gesicht!«

Und spöttisch ahmte sie das Zittern der Baronin nach. Der Ofensetzer, der der kleinen Judici nachgelaufen war, trat an den Wagenschlag.

»Bringen Sie sie weg!« sagte die Baronin.

Der Ofensetzer nahm Atala in seine Arme und schleppte sie gewaltsam nach Hause.

»Hab Dank für dieses Opfer, mein Freund!« sagte Adeline, ergriff die Hand des Barons und drückte sie in einem irren Übermaß von Freude. »Wie du dich verändert hast! Wie du gelitten haben mußt! Was für Augen werden deine Tochter, dein Sohn machen!«

Adeline redete, wie Liebende reden, die einander nach einer langen Trennung wiedersehen, von tausenderlei Dingen zugleich. Nach zehn Minuten langten der Baron und seine Frau in der Rue Louis-le Grand an; dort fand Adeline folgenden Brief:

»Frau Baronin,
der Herr Baron d'Ervy hat unter dem Namen Thorec, einem Anagramm von Hector, einen Monat lang in der Rue de Charonne gewohnt. Jetzt wohnt er in der Passage du Soleil unter dem Namen Vyder. Er gibt sich als Elsässer aus, macht Schreibarbeiten und lebt mit einem jungen Mädchen namens Atala Judici zusammen. Seien Sie auf der Hut, Madame, denn der Baron wird nachdrücklich gesucht; ich weiß nicht, aus welchem Grunde.

Die Komödiantin hat ihr Wort gehalten und bleibt, wie stets, Frau Baronin,

Ihre demütige Dienerin J. M.«

Die Rückkehr des Barons erregte Freudenausbrüche, die ihn zum Familienleben bekehrten. Er vergaß die kleine Atala Judici; denn das Übermaß der sinnlichen Leidenschaft hatte bei ihm zu einer Unbeständigkeit der Empfindungen geführt, die ein Kennzeichen der Kindheit ist. Das Glück der Familie wurde etwas gestört durch die Veränderung, die der Baron erfahren hatte. Nachdem er seine Kinder noch kräftig und gesund verlassen hatte, war er fast wie ein Hundertjähriger heimgekehrt, zerbrochen, gebeugt, mit verwüsteten Zügen. Ein köstliches Abendessen, das Célestine improvisiert hatte, erinnerte den alten Herrn an die abendlichen Gastmähler der Sängerin; er war ganz verwirrt, wie glanzvoll es seiner Familie ging.

»Ihr feiert die Heimkehr des verlorenen Vaters!« flüsterte er Adeline zu.

»Pst . . .! Es ist alles vergessen«, antwortete sie.

»Wo steckt denn Lisbeth?« fragte der Baron, der die alte Jungfer nicht erblickte.

»Ach!« antwortete Hortense, »sie liegt im Bett, sie steht nicht mehr auf; zu unserm Kummer werden wir sie bald verlieren. Sie hofft, dich nach dem Essen zu sehen.«

Am nächsten Morgen bei Sonnenaufgang wurde der junge Hulot durch seinen Hausmeister benachrichtigt, daß Soldaten der Garde Municipale[243] sein ganzes Grundstück umstellt hätten. Leute vom Gericht suchten den Baron Hulot. Der Büttel des Handelsgerichts, der der Portiersfrau folgte, zeigte dem Advokaten rechtskräftige Urteile vor und fragte ihn, ob er für seinen

Vater zahlen wolle. Es handelte sich um Wechsel in Höhe von zehntausend Francs zugunsten eines Wucherers namens Samanon, der dem Baron d'Ervy wahrscheinlich zwei- oder dreitausend Francs gegeben hatte. Der junge Hulot bat den Büttel des Handelsgerichts, seine Leute wegzuschicken, und zahlte. – »Ob das alles sein wird?« fragte er sich beunruhigt.

Lisbeth, die bereits recht unglücklich über das Glück war, das auf die Familie niederstrahlte, konnte dieses glückliche Ereignis nicht ertragen. Ihr Zustand verschlimmerte sich so sehr, daß Bianchon sagte, sie müsse in einer Woche sterben; sie war am Ende dieses langen Kampfes, der für sie durch so viele Siege gekennzeichnet war, unterlegen. Inmitten des grausigen Todeskampfes der Lungenschwindsucht bewahrte sie das Geheimnis ihres Hasses. Zudem hatte sie die letzte Genugtuung, Adeline, Hortense, Hulot, Victorin, Steinbock, Célestine und die Kinder sämtlich in Tränen aufgelöst an ihrem Bett zu sehen und von ihnen als der Engel der Familie betrauert zu werden. Der Baron Hulot bekam eine kräftigende Ernährung, wie er sie seit bald drei Jahren nicht gekannt hatte, und erholte sich; fast ähnelte er sich selbst wieder. Diese Wiedererstehung machte Adeline so glücklich, daß die Heftigkeit ihres nervösen Zitterns sich verringerte. – Sie wird zum Schluß noch glücklich! dachte Lisbeth am Vorabend ihres Todes, als sie die Verehrung wahrnahm, die der Baron seiner Frau bezeigte, deren Leiden ihm von Hortense und Victorin erzählt worden waren. Dieses Gefühl beschleunigte das Ende der Tante Bette, an deren Leichenzug die ganze Familie in Tränen teilnahm.

Der Baron und die Baronin Hulot merkten, daß sie in das Alter gelangt waren, in dem absolute Ruhe zur Notwendigkeit wird; sie überließen dem Grafen und der Gräfin Steinbock die prächtigen Räume des ersten Stockwerks und siedelten in das zweite über. Durch die Fürsprache seines Sohnes erhielt der Baron zu Beginn des Jahres 1845 eine Stellung in der Verwaltung einer Eisenbahn-Gesellschaft mit einem Gehalt von sechstausend Francs, das, zusammen mit seinen sechstausend Francs Ruhegehalt und dem Vermögen, das Madame Crevel ihm vermacht hatte, ihm insgesamt vierundzwanzigtausend Francs Zinsen brachte. Da Hortense während der drei Jahre des Zerwürfnisses mit ihrem Mann Gütertrennung durchgesetzt hatte, zögerte Victorin nicht, im Namen seiner Schwester die zweihunderttausend Francs des Fideikommisses anzulegen; er verschaffte dadurch Hortense eine Pension von zwölftausend Francs. Wenceslaus als Mann einer reichen Frau betrog Hortense nicht mehr; aber er geriet ins Bummeln, ohne sich entschließen zu können, ein Werk zu beginnen, und sei es noch so klein. Er war zum Künstler *in partibus*[244] geworden, hatte viel Erfolg in den Salons und wurde von vielen Amateuren um Rat gefragt; schließlich ging er zur Kritik über wie alle schöpferisch Impotenten, die ihre Anfänge Lügen strafen. Jedes dieser Ehepaare hatte somit ein besonderes Vermögen, obwohl sie alle im Familienkreis lebten. Die Baronin war durch soviel Unglück klug geworden; sie überließ ihrem Sohn die Vermögensverwaltung und ließ dem Baron lediglich seine Einnahmen in der Hoffnung, daß die Kärglichkeit dieser Mittel ihn daran hindern würden, wieder in seine alten Verirrungen zurückzufallen. Durch eine seltsame Glücksfügung, mit der weder die Mutter noch der Sohn gerechnet hatten, schien der Baron indessen auf das schöne Geschlecht verzichtet zu haben. Daß er sich ruhig verhielt, wurde der Natur zugeschrieben und hatte die Familie schließlich so sehr beschwichtigt, daß man uneingeschränkt die wiedergekehrte Liebenswürdigkeit und die bezaubernden Eigenschaften des Barons d'Ervy genoß. Er war voller Aufmerksamkeit gegenüber seiner Frau und seinen Kindern; er begleitete sie ins Theater, in die Gesellschaft, wo er wieder erschien, und machte im Salon seines Sohnes mit erlesener Eleganz die Honneurs. Kurzum, dieser verlorene und wiedergewonnene Vater bereitete seiner Familie die größte Genugtuung. Er war ein angenehmer alter Herr, völlig verfallen, aber geistvoll; von seinem Laster hatte er nur soviel beibehalten, als davon nötig ist, um ihn zu einem guten Gesellschafter zu machen. So gelangte man auf selbstverständliche Weise zu völliger Sicherheit. Die Kinder und die Baronin hoben das Familienoberhaupt in den Himmel und vergaßen den Tod zweier Onkel! Das Leben funktioniert nicht ohne großes Vergessen.

Madame Victorin, die mit großem hausfraulichen Talent, das sie übrigens den Lehren Lisbeths dankte, das riesige Haus leitete, war genötigt gewesen, einen Koch zu engagieren. Der Koch machte die Einstellung eines Küchenmädchens erforderlich. Küchenmädchen sind heutzutage ehrgeizige Geschöpfe, die sich damit befassen, die geheimen Kniffe des Chefs herauszubekommen, und die Köchinnen werden, sobald sie es verstehen, Saucen zu rühren. Daher wechselt man die Küchenmädchen sehr häufig. Zu Beginn des Dezembers 1845 nahm Célestine als Küchenmädchen eine dicke Normannin aus Isigny; sie war stämmig, hatte kräftige rote Arme, ein gewöhnliches Gesicht, war dumm wie Bohnenstroh und mit Mühe dahin zu bringen, die klassische Baumwollhaube abzulegen, die die Mädchen aus der Nieder-Normandie tragen. Bei diesem Mädchen, das die Leibesfülle einer Amme besaß, schien der Kattun, der ihren Busen umspannte, nahe am Platzen zu sein. Man hätte meinen können, ihr rotbäckiges Gesicht sei aus Stein gehauen, so fest waren seine gelben Umrisse. Natürlich blieb im ganzen Haus das Erscheinen dieses Mädchens, das Agathe hieß, unbeachtet; sie war eines der echten, pfiffigen Mädchen, wie sie die Provinz täglich nach Paris schickt. Agathe führte den Koch nur mäßig in Versuchung, so plump war sie in ihrer Ausdrucksweise; sie hatte nämlich Rollfuhrleute bedient, sie kam aus einer Vorstadtkneipe, und anstatt sich den Küchenchef zu erobern und bei ihm durchzusetzen, daß er ihr die hohe Kochkunst zeige, erwarb sie sich lediglich seine Verachtung. Der Koch hofierte Louise, die Zofe der Gräfin Steinbock. Als die Normannin sich benachteiligt sah, bejammerte sie ihr Los; sie wurde ständig unter irgendeinem Vorwand hinausgeschickt, wenn der Chef gerade ein Gericht fertigstellte oder eine Sauce vollendete. – »Ganz entschieden habe ich hier keine Aussichten«, sagte sie, »ich will in ein anderes Haus.« Dennoch blieb sie, obwohl sie schon zweimal gekündigt hatte.

Eines Nachts erwachte Adeline durch ein seltsames Geräusch; Hector lag nicht mehr in dem Bett, das neben dem ihren stand; sie schliefen nämlich in zwei Betten, wie es sich für alte Leute geziemt. Eine Stunde lang wartete sie, ohne daß der Baron wiedergekommen wäre. Angst überkam sie; sie glaubte an eine Katastrophe, einen Schlaganfall; zunächst stieg sie in das obere Stockwerk hinauf, das aus Mansarden bestand, wo die Dienerschaft schlief; es zog sie zu Agathes Kammer hin, und zwar sowohl wegen des Lichtscheins, der aus der nur angelehnten Tür drang, wie wegen des Geflüsters zweier Stimmen. Erschreckt blieb sie stehen, als sie die Stimme des Barons erkannte, der, von Agathes Reizen verlockt, durch das berechnete Widerstreben dieses schauderhaften Trampels dahin gelangt war, ihr die abscheulichen Worte zu sagen: »Meine Frau hat nicht mehr lange zu leben, und wenn du willst, kannst du Baronin werden.« Adeline stieß einen Schrei aus, ließ ihren Leuchter fallen und lief davon.

Drei Tage danach lag die Baronin, die am Abend zuvor versehen worden war, in den letzten Zügen und sah sich von ihrer schluchzenden Familie umgeben. Einen Augenblick, bevor sie ihren letzten Atem aushauchte, nahm sie die Hand ihres Mannes, drückte sie und flüsterte ihm zu: »Lieber Freund, ich kann dir nur noch mein Leben geben; gleich bist du frei und kannst eine andere zur Baronin Hulot machen.«

Und man sah, was selten geschehen soll, Tränen aus den Augen einer Toten rinnen. Die Wüstheit des Lasters hatte die Geduld eines Engels besiegt, dem am Saum der Ewigkeit das einzige Wort des Vorwurfs entschlüpft war, das er in seinem ganzen Leben hatte laut werden lassen.

Drei Tage nach dem Begräbnis seiner Frau verließ der Baron Hulot Paris. Elf Monate später erfuhr Victorin indirekt von der Hochzeit seines Vaters mit Mademoiselle Agathe Piquetard; sie war zu Isigny am ersten Februar 1846 gefeiert worden.

»Eltern können sich der Heirat ihrer Kinder widersetzen, aber die Kinder können die Narrheiten ihrer kindisch gewordenen Eltern nicht verhindern«, sagte der Advokat Hulot zum Advokaten Popinot, dem zweiten Sohn des früheren Handelsministers, der ihm von dieser Eheschließung erzählt hatte.

Anmerkungen

Tante Bette

1 Eine Art vierrädrigen Kabrioletts.

2 Die Nationalgarde war, im Unterschied zum regulären Heer, nicht in Regimenter, sondern in Legionen gegliedert.

3 Das Bändchen bezeichnet den untersten Grad der französischen Orden, denjenigen eines »Chevalier«. Die Inhaber des nächsthöheren Grades, des »Officier«, tragen eine Rosette (bouton) im Knopfloch des Aufschlags.

4 Im Arrondissement Troyes.

5 Die Oberste der Kaiserlichen Garde standen im Generalsrang.

6 Der Name Crevel bedeutet etwa »Dickwanst«.

7 So wurde ein langer, nur durch ein »Ochsenauge« (ovales, kleines Fenster) erleuchteter Raum genannt, der an das Schlafzimmer des Königs stieß. Dort warteten die Höflinge auf das Erscheinen des Königs; dort wurden Intrigen gesponnen, wurde über Neuigkeiten geschwatzt, usw.

8 Gilbert-Louis Duprez (?1806–1896), Tenor und Komponist, debütierte 1821 ohne Erfolg am Odéon, da seine Stimme zwar zauberhaft weich, aber schwach und leicht verschleiert war. Drei Jahre lang arbeitete er an sich selbst und wurde der mächtigste und erstaunlichste Tenor seines Jahrhunderts. Am 17. April 1837 debütierte er in der Oper als Arnold in Rossinis ›Guillaume Tell‹. Aber schon nach zehn Jahren des Ruhms und der Erfolge kehrte er dem Ruhm den Rücken und wirkte als Gesangslehrer.

9 Mlle Romans (die von Balzac geadelt worden ist), war eine der jugendlichen Geliebten Ludwigs XV.

10 Typisches Herrenkleidungsstück aus der Zeit der Régence.

11 Bekannter Ausspruch Louis-Philippes, der damit seine Innenpolitik kennzeichnen wollte.

12 Wiedervergeltungsrecht; »Auge um Auge, Zahn um Zahn«.

13 Jeanne Bécu, Gräfin du Barry (1743–1793), geboren in Vaucouleurs, Geliebte Ludwigs XV., während der Schreckensherrschaft enthauptet.

14 Thérésa Cabarrus, Frau des Konvents-Mitglieds Jean-Lambert Tallien, später Prinzessin von Chimay (1773–1835), schön und

geistvoll, Schöpferin des griechischen Kostüms unter dem Directoire.

15 Bianca Capello (um 1542–1587), von Balzac häufig erwähnt, kluge, aber skrupellose Venezianerin, die durch ihre Intrigen die Gemahlin des Großherzogs Francesco von Toskana wurde.

16 Angiolo Bronzino (1502–1572), Florentiner Maler, berühmt durch seine Frauenbildnisse.

17 Jean Goujon (um 1510–um 1568), französischer Bildhauer und Architekt, Schöpfer der »Fontaine des Innocents« in Paris, Mitarbeiter an der Ausschmückung des Louvre und des Schlosses Ecouen.

18 Diane de Poitiers (1499–1566), Herzogin von Valentinois, Geliebte Heinrichs II.

19 Römische Kurtisane der Renaissance, von Balzac in den ›Contes drolatiques‹ mehrfach erwähnt und geschildert.

20 In Rom.

21 Ninon de Lenclos (1620–1705), gefeierte weibliche Schönheit, die noch die Enkel ihrer ersten Liebhaber entzückte.

22 Mlle George (Balzac schreibt Georges) (1787–1867), Tragödin, ausgezeichnet in Rollen der klassischen und der frühen romantischen Tragödie.

23 Julie Récamier (1777–1849), berühmt durch ihren Geist, ihre Schönheit und ihren Salon, in dem auch Balzac verkehrte. Ihr Bildnis von David hängt im Louvre.

24 Jean-François-Louis-Marie, Baron, später Graf d'Orsay (1775 bis 1843), General des Kaiserreichs, Typus des eleganten Franzosen seiner Zeit.

25 Louis-Nicolas-Philippe, Graf de Forbin (1777–1841), Schüler Davids, Maler und Archäologe, Organisator des Louvre, Schöpfer des Luxembourg-Museums, bereiste den klassischen Orient und brachte von dort eine große Zahl von Antiquitäten mit. Gelehrter und Künstler, zugleich ein vollkommener Weltmann, bei Hofe geschätzt und begehrter Gast der Salons.

26 Gabriel-Julien Ouvrard (1770–1846), berühmter, genialer Finanzmann, anfangs Heereslieferant, dann Staatsbankier, war der Republik, dem Kaiserreich und der Restauration überaus nützlich. Aber die Kühnheit seiner Geschäfte machte ihn verdächtig, so daß alle Regierungen sich seiner nur mit kaum verhohlenem Mißtrauen bedienten.

27 Henri-Jaques-Guillaume Clarke, Herzog von Feltre (1765–1818), zu Beginn des Jahres 1814 Kriegsminister, in schwieriger Lage, als die Alliierten vor Paris erschienen. Er brachte zunächst die Kaiserin Marie-Louise in Sicherheit und schloß sich dann Ludwig XVIII. an, dem er während der hundert Tage nach Gent folgte. Während der zweiten Restauration führte er in seiner Eigenschaft als Kriegsminister den Vorsitz der Prevotal-Gerichte, die die zu Napoleon übergegangenen höheren Offiziere aburteilten, und entschied über die Entlassung der bonapartistischen Offiziere, die auf Halbsold gesetzt wurden. Im September 1816 schied er aus dem Ministerium aus.

28 Der Interventions-Krieg unter Führung des Herzogs von Angoulême, der zur Wiedereinsetzung Ferdinands VII. nach Niederwerfung der aufständischen Liberalen führte.

29 Ital.: die erste Dame ohne Einschränkung.

30 Von Balzac erfunden; Verwandte des ›Vetter Pons‹.

31 Dort fand die erste Abdankung Napoleons am 11. April 1814 statt.

32 Der Kardinal Richelieu (1585–1642) wurde 1624 Mitglied des Staatsrats.

33 Pagengestalt aus Beaumarchais' ›Figaros Hochzeit‹.

34 Bruder des Zaren Alexanders I., von diesem mit der Regierung des von den Russen besetzten Polen betraut. Er fühlte den Aufstand gegen die Russen schwelen, schloß aber die Augen; als er 1830 ausbrach, floh er und weigerte sich, gegen Polen zu kämpfen. Nach der Niederwerfung des Aufstands durch die Russen flohen viele nach Frankreich, darunter der Dichter Mickiewicz, der Professor am Collège de France wurde.

35 Eine damals berühmte Arie aus Rossinis ›Wilhelm Tell‹.

36 Kaschmirschals wurden zur Zeit des Kaiserreichs erstmals nach Frankreich importiert und wurden große Mode. Sie waren sehr teuer – mehrere tausend Francs.

37 Félicie de Fauveau (1803–1860), aus bretonischer Adelsfamilie stammend, war eher eine begabte Dilettantin als Künstlerin. Unter dem Einfluß des Florentiner Quattrocento gestaltete sie ansprechende Kleinplastiken, die sich in der höheren Gesellschaft der Restauration großer Beliebtheit erfreuten. 1832 nahm sie an dem abenteuerlichen Zug der Herzogin von Berry in die Vendée teil, entging der Verhaftung und lebte im Exil in Florenz.

38 Wahrscheinlich ist Johann-Martin von Wagner (1777–1858) gemeint, der Sohn Johann-Peter Wagners, des Schöpfers der Putten im Würzburger Hofgarten. Er bereiste Griechenland, wo er 1811 die »Ägineten« für den Kronprinzen Ludwig von Bayern erwarb. Schöpfer zahlreicher dekorativer Plastiken in München.

39 Louis-François Jeanest (Daten nicht feststellbar) stellte 1812–1815 im Salon Medaillons, Wachsstatuetten, Elfenbeinschnitzereien und Bronzekopien aus. Er scheint für die Industrie gearbeitet zu haben.

40 Désiré-François Froment, genannt Froment-Meurice (1802–1855), Goldschmied und Kleinplastiker, wurde von seinen Zeitgenossen als der Reformator der französischen Goldschmiedekunst betrachtet. Er war äußerst fruchtbar und erfindungsreich.

41 Liénard schuf die Kanzel und das Gestühl in der Kirche Sainte-Clotilde in Paris und führte auch Arbeiten in Balzacs Haus in der Rue Fortuné aus.

42 Benvenuto Cellini (1500–1571), Bildhauer, Erzgießer und Goldschmied, erst in Rom, dann in Florenz tätig. Seine Selbstbiographie übersetzte Goethe.

43 Donatello, eigentlich Donato di Niccolò di Betto Bardi (1386 bis 1466), Bildhauer, einer der großen Erneuerer der Kunst in Italien.

44 Filippo Bruneleschi (1377–1446), Architekt, Begründer der Renaissance-Baukunst (Kuppel des Florentiner Doms, Kirche San Spirito und San Lorenzo, Palazzo Pitti usw.).

45 Lorenzo Ghiberti (1378 – ? 1455), Bildhauer und Bronzegießer. Hauptwerk die Türen des Baptisteriums von San Giovanni zu Florenz.

46 Giovanni da Bologna (1524–1608), Bildhauer, Schöpfer von Brunnen und Denkmälern.

47 Lat.: hat es gefertigt.

48 Auf der Place du Carrousel standen damals noch kleine, alte Häuser, die erst bei der Vollendung des Louvre-Baus während des Zweiten Kaiserreichs abgebrochen worden sind.

49 Es heißt, Michelangelo habe ein Frühwerk, einen Faun, vergraben, um die Arbeit als ein Werk der Antike gelten zu lassen.

50 Anthelme Brillat-Savarin (1755–1826), geistvoller Gastronom und Gourmet, von Beruf Jurist, Rat am Kassationsgericht, schrieb die berühmte ›Physiologie du goût‹ (1825).

51 Oper von Meyerbeer, Text von Scribe (1831).

52 Die Oper spielte damals in einem provisorischen Gebäude in der Rue Le Pelletier. Der heutige Opernbau von Charles Garnier wurde erst 1875 eröffnet.

53 Anspielung auf den schwarzen Frack, der, nach englischem Vorbild, damals aufkam.

54 Das war eine kleine, parallel zur Seine verlaufende Straße auf der späteren Place du Carrousel, auf deren Stätte sich heute der Pavillon Denon und die Galerie des Bronzes des Louvre erheben. Es wohnten in jener Gasse u. a. Théophile Gautier und Gérard de Nerval in ihrer Bohème-Zeit. Jener Häuserkomplex wurde erst unter dem Zweiten Kaiserreich beim Ausbau des Louvre beseitigt, bestand also zu Balzacs Zeiten noch.

55 Die Dynastien Napoleons, der Bourbonen und des Hauses Orléans.

56 Die Rue Fromenteau oder Froid-Manteau, die ab 1839 Rue du Musée hieß, führte vom Quai du Louvre zur Place du Palais-Royal. Sie ist in den ersten Regierungsjahren Napoleons III. verschwunden, als mit dem Bau des Nordflügels des Louvre und der Freilegung der Place du Carrousel begonnen wurde.

57 Margarethe von Valois (1553–1615), Tochter Heinrichs II. und der Katharina von Medici, heiratete Heinrich IV., der sie 1599 fortgesetzter Untreue wegen verstieß. Sie war die letzte Valois.

58 Jean-Jacques, Herzog von Cambacérès (1753–1824), Erzkanzler des Kaiserreichs, hatte wichtigen Anteil an der Abfassung des Code civil.

59 Jean-François Pilâtre de Rozier (1754–1785), Physiker und Luftschiffer, wollte den Ärmelkanal mit einem Ballon überfliegen.

60 Nicolas Beaujon (1708–1786), Finanzmann. Nach ihm sind ein Pariser Stadtviertel und ein von ihm gestiftetes Krankenhaus benannt worden.

61 Jean-Joseph Marcel (1776–1854), Orientalist, Teilnehmer an Bonapartes Expedition nach Ägypten.

62 François-René Molé (1734–1802), Schauspieler, glänzte in der Rolle des Grafen Almaviva in Beaumarchais' Komödie ›Figaros Hochzeit‹.

63 Sophie Arnould (1744–1802), Sängerin, berühmte Gluck-Interpretin, schön und geistvoll.

64 Benjamin Franklin (1708–1790), amerikanischer Staatsmann und Physiker.

65 Da es damals noch keine Treppenhausbeleuchtung gab, stellten die

Hausbewohner ihre Leuchter beim Portier ab und nahmen sie wieder in Empfang, ehe sie bei Dunkelheit wieder die Treppe emporstiegen.

66 In Wirklichkeit ist Kohlenoxyd geruch- und geschmacklos.

67 Tadeusz Kosciuszko (1746–1817), polnischer Feldherr, war Washingtons Adjutant im nordamerikanischen Freiheitskrieg, kämpfte unter dem Fürsten Poniatowski gegen die Russen, zog sich nach der 2. Teilung Polens nach Leipzig zurück, wurde beim Aufstand von 1794 zum obersten Heerführer und Diktator ernannt, siegte gegen die Russen, verteidigte Warschau gegen die Preußen, konnte aber der wachsenden Anarchie nicht Herr werden und legte die Diktatur nieder. Er geriet in russische Gefangenschaft, wurde 1796 freigelassen, ging nach Nordamerika und hielt, den Anerbietungen Napoleons nicht Folge leistend, sein dem Zaren Paul I. gegebenes Wort, nicht wieder gegen Russen zu kämpfen. Er lebte bis 1814 in Fontainebleau, dann in Italien und schließlich in Solothurn, wo er starb. Beigesetzt wurde er 1818 im Dom zu Krakau.

68 Lat.: »Das Ende Polens«, oder »Mit Polen ist es aus.«

69 Von Balzac erfunden.

70 Ehemaliges Schuldgefängnis am Boulevard de Clichy.

71 Alter Titel der Handelsrichter.

72 Ital.: Liebhaber, Schwerenöter.

73 Gaspard Dughet (genannt Le Guaspre, unter welchem weniger bekannten Namen Balzac ihn zitiert), Schüler Poussins (1613–1675).

74 Balzac läßt nahezu alle Hauptgestalten der ›Menschlichen Komödie‹ bei Josépha versammelt sein.

75 Auf den Stufen der Kirche St. Roch am 13. Vendémiaire des Jahres IV (5. Oktober 1795).

76 So hieß der Krämer und Bevollmächtigte der Gemeinde Varennes, der auf Befehl Drouets den Reisewagen Ludwigs XVI. auf dessen Flucht stoppte und den König in seinem Haus festhielt, bis die Weisungen des Konvents eingetroffen waren.

77 Pierre du Terrail, Seigneur de Bayard (1473–1524), berühmter französischer Heerführer, genannt »der Ritter ohne Furcht und Tadel«.

78 Ital.: Munterkeit, Feuer. Das Fremdwort ist wahrscheinlich durch Stendhal in die französische Sprache eingeführt worden.

79 Wahrscheinlich ist Prinz Eugen von Savoyen (1663–1736) gemeint, der berühmte Feldherr und Staatsmann, der sich zumal in seinen letzten Lebensjahren als Sammler und Mäzen betätigte.

80 Lat.: Darüber hinaus geht es nicht.

81 Die Majorate waren 1835 durch eine Kabinettsordre Louis-Philippes abgeschafft worden.

82 Gemeint ist das Institut de France, in dessen Gebäuden Künstlern Ateliers zur Verfügung gestellt wurden.

83 Gemeint ist Herzog Ferdinand von Orléans (1810–1842), der älteste Sohn Louis-Philippes, der durch einen Wagenunfall ums Leben kam. Der Prinz hatte sich durch sein kennerisches Mäzenatentum in Künstler- und Literatenkreisen beliebt gemacht. Er suchte die Künstler in ihren Ateliers auf, gab ihnen Aufträge und empfing sie im Palais-Royal. So protegierte er den damals noch umstrittenen Ingres und bestellte bei ihm sein Bildnis in ganzer Figur.

84 Von Balzac häufig erwähntes, elegantes Restaurant in der Rue Montorgueil.

85 Anspielung auf die antike Sage von Danaë, die Zeus in Gestalt eines goldenen Regens heimsuchte und die die Mutter des Perseus wurde.

86 Der große Feldherr (1611–1675); worauf Balzac anspielt, hat sich nicht ermitteln lassen.

87 Die berühmte Porzellanmanufaktur, wurde 1738 von den Brüdern Dubois in Vincennes gegründet und 1756 nach Sèvres verlegt, ging 1759 in den ausschließlichen Besitz des Königs über und befindet sich seit 1876 in dem jetzigen Gebäude. Das bekannte tiefe Blau von Sèvres hieß, nach Ludwig XV., Königsblau, das Rosenrot »rose Pompadour«. – Das Hauptgebäude enthält ein reichhaltiges Musée céramique, das keramische Erzeugnisse aller Zeiten und Länder enthält, aber auch die wichtigsten Erzeugnisse der Manufaktur Sèvres von deren Beginn bis zur Gegenwart.

88 Daniel Sain (1788–1847), Miniaturen- und Porträtmaler.

89 Jean-Baptiste-Jacques Augustin (1759–1832), Miniaturen- und Email-Maler, seit 1819 Hofmaler.

90 Charenton-le-Pont an der Einmündung der Marne in die Seine. Dort, oder vielmehr in der Gemeinde Saint-Maurice, befindet sich eine berühmte Irrenanstalt.

91 La Fontaine, Fables V, 2.

92 Es handelt sich um die von Kinderfiguren umspielten Flußgötter-Gestalten an dem achteckigen Wasserbecken am Eingang des Jardin des Tuileries. Gemeint sind sicherlich die Marmorkinder an

den Flußgöttern des Nils und des Tibers. Es finden sich überdies an jenem Becken die Flußgottheiten von Loire und Loiret sowie von Rhône und Saône.

93 Kleine Parallelstraße zur Rue des Deux-Boulles, heute mit der Rue de Rivoli verschmolzen.

94 Alter Titel eines Handelsrichters.

95 Balzac schreibt »finition«.

96 Siehe Balzacs Roman ›César Birotteau‹.

97 Siehe Balzacs Novelle ›Pierre Grassou‹.

98 Ital.: Dom.

99 Delikatessenhändler im Palais-Royal, Galerie de Chartres. Balzac war sein Kunde; es ist eine Rechnung an ihn über 264 Francs aus dem Jahre 1836 erhalten.

100 Gestalt in Voltaires Drama ›Zaïre‹ (1732).

101 An der Seine, 40 km südöstlich von Versailles.

102 Pauline-Virginie Déjazet (1797–1875), berühmte Schauspielerin, spielte vor allem Hosenrollen, zur Entrüstung der Moralisten.

103 1. Mose 16.

104 In einem Jagdhaus im Hirschpark von Versailles hatte Ludwig XV. Liebeszusammenkünfte mit einigen sehr jungen Mädchen, die dann später gut verheiratet wurden. Die Literatur der Revolution hat diese Dinge stark übertrieben und verzerrt dargestellt.

105 Beim Schachspiel.

106 Gabrielle d'Estrées, Herzogin von Beaufort (? 1570–1599).

107 Roger II. de Saint-Lary de Bellegarde (1562–1646), einer der »Mignons« Heinrichs III.

108 Gestalt aus Molières ›L'École des femmes‹ (1662).

109 Das Institut de France.

110 Alte volkstümliche Bezeichnung für Gläubiger im allgemeinen, dann im besonderen für Büttel und zumal die Häscher des Handelsgerichts.

111 Stidmann bezeichnet so scherzhafterweise das Schuldgefängnis in der Rue de Clichy Nr. 78, das sich dort seit 1827 befand. Der Unterhalt für einen durch die Häscher des Handelsgerichts verhafteten insolventen Schuldner mußte vom Gläubiger im voraus entrichtet werden und betrug monatlich 45 frcs. Die Durchschnittszahl der Inhaftierten betrug 150. Sie genossen im Inneren des Ge-

fängnisses volle Bewegungsfreiheit. Die meisten waren kleine, erfolglose Kaufleute.

112 Spitzname Napoleons; Anspielung auf den Ägypten-Feldzug von 1798.

113 Wahrscheinlich ein arabisches Wort; es bezeichnet eine in Algerien auf landwirtschaftliche Produkte erhobene Sondersteuer.

114 Seit 1830, nach der Expedition unter General Bourment und Admiral Duperré.

115 Berittene Eingeborenentruppe im Dienste Frankreichs.

116 Balzac läßt Nucingen hier und im folgenden, wie in den anderen Romanen der ›Menschlichen Komödie‹, in denen er auftritt, ein schauderhaftes, jüdisch-elsässisches Französisch sprechen, das er in einer grotesken, phonetischen Orthographie wiedergibt. Es wurde bei der Übertragung darauf verzichtet, diese nachzuahmen.

117 Ital.: in Schleifen und Quasten.

118 Sprichwörtlich gewordenes Zitat aus Pierre Corneilles ›Cinna ou la clémence d'Auguste‹ (1643).

119 Ein Hasardspiel.

120 Abraham de Fabert (1599–1662), Marschall von Frankreich, bedeutender Heerführer, berühmt durch Tapferkeit und Uneigennützigkeit.

121 Griechische Kurtisane aus Korinth (? 420–340 v. Chr.), Geliebte des Diogenes und des Aristippos.

122 Berühmte Sängerin der Pariser Oper (1744–1802), zumal als Interpretin der Rollen Rameaus und Glucks, schön und geistvoll.

123 Hasardspiel.

124 Französische Landschaft östlich von Paris, Hauptstadt Meaux.

125 König Ludwig XII. (1462–1515) hatte sein Ende dadurch beschleunigt, daß er unklugerweise am 11. Oktober 1514 Maria von England geheiratet hatte, deren für einen alten König gefährliche Jugend und Schönheit übrigens zugleich das Glück des Herzogs von Angoulême, des späteren Franz I., bildeten. Ludwig starb bereits am 1. Januar 1515.

126 Von Balzac erfundene Juweliergestalt.

127 Jean-Baptiste-Antoine Auget, Baron de Montyon (1733–1820), Philanthrop, stiftete mehrere Tugend- und Literaturpreise, die alljährlich vom Institut de France verteilt wurden.

128 François-Honoré-Georges Jacob, genannt Jacob-Desmalters (1770

bis 1841), der berühmteste aus der Kunstschreiner-Dynastie Jacob. Er kann als der Schöpfer des Empirestils bezeichnet werden. Die Architekten Percier und Fontaine wie auch David und Prudhon lieferten ihm Zeichnungen und Entwürfe für Möbelstücke, die er vervollkommnete und durch von ihm bezahlte Bildhauer und Ziseleure ausführen ließ. Jacob-Desmalters war Hoflieferant des Kaisers und der Kaiserin.

129 Robert Lefebvre (1756–1830), Historienmaler, Schüler Regnaults. Er stammte aus Bayonne und war mit Balzacs Schwager und Schwester Surville befreundet.

130 Wahrscheinlich Schreibfehler Balzacs; eindeutiger würde »Minister« sein.

131 Andoche Junot, Herzog von Abrantes (1771–1813), General, Adjutant Napoleons im Ersten italienischen Feldzug. Er nahm an der Expedition nach Ägypten teil und eroberte 1807 Lissabon.

132 1797.

133 Über die wenig günstige äußere Erscheinung des Herzogs von Hérouville siehe Balzacs Roman ›Modeste Mignon‹.

134 Das Directoire hatte sämtliche Spielsäle, deren es in Paris übrigens nur acht gab, an Direktoren verpachtet, die dem Staat jährlich mehr als fünfeinhalb Millionen zahlten. In den ersten Jahren der Regierung Louis Philippes wurde diese Pacht gekündigt, und am 31. Dezember 1837 mußten sämtliche Spielsäle schließen.

135 Männliche Hauptgestalt in Rousseaus Roman ›La Nouvelle Héloïse‹.

136 Merkur, gleichzeitig die chemische Bezeichnung für Quecksilber, das früher als Heilmittel der Syphilis benutzt wurde, an der Marneffe leidet.

137 Das war der Teil der heutigen Rue Saint-Roch zwischen der Rue Saint-Honoré und der Rue de Rivoli.

138 ›Gefährliche Liebschaften‹, Titel des berühmten Briefromans von Choderlos de Laclos (1782).

139 Diese Straße, die von der Rue de Grenelle zur Rue de Varenne führte, ist 1850 mit der Rue de Bellechasse zusammengelegt worden.

140 Der Titel eines Gehörnten.

141 Philippe-Claude de Montboissier-Beaufort, Marquis de Canillac (1674–1765), intimer Freund des Régent und Genosse von dessen

Lustgelagen. Der Herzog von Saint-Simon zeichnet ein treffendes Porträt von ihm.

142 Vielleicht Anspielung auf jenen Krämer und Giftmörder durch Arsenik an der Place Saint-Michel, dessen Prozeß im März 1803 verhandelt wurde.

143 Nicht nachweisbar.

144 Balzac, des Italienischen nur unzulänglich mächtig, schreibt »chocnoso«, was keinen Sinn ergibt. Vielleicht meinte er cognato = Schwager.

145 Gemeint ist eine Geschlechtskrankheit.

146 Etienne Arnal (1794–1872), erfolgreicher Darsteller komischer Rollen, zumal der des Jocrisse in Dorvignys Komödie.

147 Die Susanna aus einem apokryphen Kapitel des biblischen T Daniel, die von zwei Greisen im Bad belauscht wird.

148 Anspielung auf die Spekulationen in Eisenbahnaktien zu jener Zeit, an denen auch Balzac sich beteiligt hat, übrigens mit schlechten Ergebnissen.

149 Michel Columb (1431?–1513?), französischer Bildhauer, ist der Schöpfer des herrlichen Grabmals Franz' II., Herzogs der Bretagne, in der Kathedrale zu Nantes.

150 Jean Goujon (1515–1568), französischer Bildhauer und Architekt der Renaissance, Schöpfer der »Fontaine des Innocents« in Paris und von Teilen des plastischen Schmucks des Louvre und des Schlosses zu Ecouen.

151 Pierre Puget (1622–1694), aus Marseille gebürtiger großer französischer Bildhauer.

152 Albrecht Dürer hat nie plastische Werke geschaffen. Balzacs Fehler scheint weniger auf unzulänglichen kunstgeschichtlichen Kenntnissen als auf einem Hörfehler zu beruhen. Er hat den Dom zu Mainz im Herbst 1843 besucht, auf der Rückreise von St. Petersburg, dem heutigen Leningrad, wo er sich mit Mme Hanska getroffen hatte. Dabei ist ihm sicherlich das Adalbert-Denkmal gezeigt worden, das dem 1484 gestorbenen Administrator des Erzbistums, Adalbert von Sachsen, in der Kirche errichtet worden ist. Die monumentale Hauptfigur ist ein Werk des sog. »Adalbertmeisters«; die beiden Nebenfiguren, ein heiliger Martin und eine Madonna (und um diese handelt es sich) stammen von Hans von Düren, vermutlich wenigstens, einem in Frankfurt geborenen Mei-

ster. Balzac dürfte bei der Führung statt »Düren« »Dürer« verstanden haben.

153 Ital.: der Nachdenkliche. In der Grabkapelle der Medici.

154 Dunkel schattierter Gegensatz im Vordergrund eines Gemäldes.

155 Françoise d'Aubigné, Marquise de Maintenon (1635–1719), heiratete siebzehnjährig den gelähmten Dichter Scarron, der ihr dennoch Unterricht in der Liebe gab, wurde 1660 Witwe und mit der Erziehung der Kinder Ludwigs XIV. und der Madame de Montespan betraut; sie trat an deren Stelle und wurde nach dem Tod der Königin von Ludwig morganatisch geheiratet. Sie hatte großen Einfluß auf den König und trug wesentlich zur Aufhebung des Edikts von Nantes bei. Nach Ludwigs Tod 1715 zog sie sich nach Saint-Cyr zurück, wo sie eine Erziehungsanstalt für junge adlige Mädchen gegründet hatte. Für sie schrieb Racine seine ›Esther‹ und seine ›Athalie‹.

156 Ninon de Lenclos (1620–1705), berühmt durch ihre Schönheit und ihren Geist, noch im Alter das Entzücken der Enkel ihrer ehemaligen Liebhaber; in ihrem Salon verkehrten die angesehensten Männer ihres Zeitalters.

157 Gestalt aus Perraults Märchen.

158 Ludwig XI. (geb. 1423; König 1461–1483) ist einer der größten französischen Könige. Balzac, der ihn hoch verehrte und häufig nennt, gab in der Novelle ›Meister Cornelius‹ ein ausgezeichnetes Porträt Ludwigs.

159 Weibliche Hauptgestalt in Molières Komödie ›Le Misanthrope‹ (1667).

160 »Je me fends« – gängige Pariser Redensart der damaligen Zeit für »ich lasse es mich was kosten«.

161 Lat.: Frucht des Krieges.

162 Das erste Kind der Madame Marneffe.

163 Ital.: Scheusal. Balzac schreibt fälschlich: monstrico. Richtiger als monstrico wäre mostro oder mostricino.

164 Ital.: beiseite (Bühnenausdruck).

165 Madame de Merteuil ist eine der weiblichen Gestalten in Choderlos de Laclos' Roman ›Les Liaisons dangereuses‹ (1782).

166 Am 20. Februar 1840 schlug das Ministerium Soult der Abgeordnetenkammer vor, einer jährlichen Dotation von 500 000 Francs für den Herzog von Nemours zuzustimmen, den zweiten Sohn

Louis-Philippes, der sich in Algerien ausgezeichnet hatte. Die Mehrheit war dagegen, und das Ministerium trat zurück.

167 Laurent-Jan Lausanne († 1877), unter dem Pseudonym Laurent Jan Schriftsteller und Zeichner, Schüler Drollings, war Balzacs Freund und von 1848 bis 1850 sein Sekretär. Er hatte mehr Geist als Talent und war der typische Boulevardier; es scheint, daß er in manchen Zügen zu den Gestalten des Bixiou und des Mistigris beigetragen hat. Nach schönen Tagen als gut bezahlter Mitarbeiter des ›Charivari‹ endete er als Leiter einer Zeichenschule. In seiner Jugend hätte er fast Marie Capelle geheiratet, die spätere Giftmörderin Mme Lafarge, die Balzac in ›Die kleinen Nöte des Ehelebens‹ erwähnt und deren Memoiren Flaubert für ›Madame Bovary‹ benutzt hat.

168 Siehe Balzacs Roman ›Glanz und Elend der Kurtisanen‹.

169 Kothurnschuhe waren sehr ausgeschnittene, fast hackenlose Schuhe, die mittels gekreuzter Seidenbänder vom Fußgelenk bis zur Mitte der Wade festgehalten wurden.

170 Gestalt aus Molières Komödie ›Le Dépit amoureux‹ (1656).

171 Marie-Antoine Carême (1784–1833) war nacheinander der Koch Talleyrands, des Regenten von England, des Königs von Württemberg und der Kaiser von Rußland und Österreich. Er war ein ebenso großer Theoretiker wie Praktiker seiner Kunst, über die er mehrere Bücher verfaßte. Noch heute wird er im ›Larousse culinaire‹ ausgiebig zitiert.

172 Vittoria Colonna, Markgräfin von Pescara (1490–1547), gefeierte ital. Dichterin, von Michelangelo platonisch geliebt.

173 Diane de Poitiers (1499–1566), Geliebte Heinrichs II., Rivalin der Katharina von Medici (siehe Balzacs Roman dieses Titels).

174 Der Nationalgarde.

175 Es wird erzählt, daß der Regent Philippe von Orléans, der während der Minderjährigkeit Ludwigs XV. (1715–1723) die Regierung führte, sich eines Tages verkleidet in eine Gesellschaft begab, wo er unerkannt zu bleiben wünschte; er hatte den Kardinal Dubois (1656–1723), seinen Minister, mit sich genommen und spielte dessen Diener. Er hatte dem Kardinal um des besseren Gelingens der Täuschung willen eingeschärft, ihn völlig ungezwungen zu behandeln. Dubois schlüpfte so gut in seine Rolle, daß der Fürst alle Ursache hatte, sein zu gut gewahrtes Inkognito zu bereuen.

176 Nymphe, von der der römische König Numa Pompilius (714–671 v. Chr.) im Hain von Aricia Ratschläge empfing.

177 Anspielung auf den Minister Guizot und die Fürstin Lieven (1784 bis 1857), in deren Salon er verkehrte und deren Einfluß sicherlich das Bündnis mit Rußland zu verdanken ist, das Guizot gegen Ende seines Ministeriums schloß.

178 Robert Lovelace, Gestalt aus ›Clarissa Harlowe‹ (1747 f) von Samuel Richardson, Typus des Verführers, von Balzac häufig zitiert.

179 Edme-Champion (1764–1852), ein Waisenknabe, kam durch Juwelenhandel zu einem großen Vermögen und widmete sich in den letzten Regierungsjahren Karls X. der Wohltätigkeit. In einen kleinen, blauen Mantel gekleidet ging er vormittags durch die Straßen und verteilte Almosen, Essen und Kleidung unter die Armen, die ihn gut kannten. Seine guten Werke waren schöne Gesten, die ihm dennoch nicht das Erhoffte eintrugen. Die Wahl von 1848 trug ihm keinen Sitz in der Nationalversammlung ein.

180 Antoine Auget, Baron de Montyon (1753–1820), ist der berühmte Stifter von Tugendpreisen, die durch die Académie Française verteilt wurden.

181 Ital.: in Gala.

182 Das Hôtel des Invalides wurde 1671 auf Befehl Ludwigs XIV. nach Plänen von Libéral Bruant begonnen; es ist die älteste Stiftung zur Versorgung ergrauter Krieger; es bot anfangs 5000, später 7000 Invaliden Unterkunft und wurde von Napoleon reich dotiert. Das riesige Gebäude ist seit 1898 Sitz des Militärgouvernements von Paris. Es birgt überdies das Armeemuseum.

183 André Masséna (1756–1817), Herzog von Rivoli, Fürst von Essling, Marschall von Frankreich. Napoleon nannte ihn »das Hätschelkind der Siegesgöttin«.

184 Italienisches Dorf am Alpone, einem Nebenfluß der Etsch. Dort schlug Bonaparte am 17. November 1796 die Österreicher unter tapferem Einsatz seiner Person; er stürmte, eine Fahne in der Hand, an der Spitze seiner Grenadiere die Brücke.

185 Balzac schreibt das Wort (fehlerhaft) deutsch; gemeint sind also die Österreicher.

186 Sommersitz Louis-Philippes.

187 Der Abgeordneten.

188 Im Oktober 1831 schlug der Ministerpräsident den Kammern die Errichtung einer Zivilliste vor; es gelang ihm aber trotz aller Bemühungen nicht, einen Teil der Güter, die der Krone unter der

Restauration gehört hatten, darauf zu setzen. Dazu gehörte das Schloß Rambouillet mit Park und Wald. Möbel und Gemälde kamen in die Magazine oder die Museen; die Jagd wurde verpachtet, Schloß und Park vermietet. Dabei war das Schloß 1783 von Ludwig XVI., der es lange begehrt hatte, aus eigenen Mitteln für 16 Millionen gekauft worden.

189 Anmerkung Balzacs.

190 26. und 27. August 1813, Sieg Napoleons über die böhmische Armee.

191 Dominique-René Vandamme (1770–1830), bei Kulm (29. und 30. August 1813) gefangengenommen, zeichnete sich später in der Schlacht bei Ligny (16. Juni 1815) aus.

192 Ludwig II., Prinz von Condé (1621–1686), genannt der Große Condé; zeichnete sich schon in jungen Jahren durch die Siege bei Rocroi, Freiburg, Nördlingen und Lens aus. Bei den Frondekriegen stellte er sich gegen den König und verbündete sich für einige Zeit mit Spanien. Durch den Pyrenäen-Vertrag (1659) wurde er wieder in den Oberbefehl der französischen Truppen eingesetzt und nahm ruhmvollen Anteil an den Kriegen in Flandern und Holland. Seine Trauerrede hielt Bossuet.

193 Anmerkung Balzacs.

194 Marie-Caroline von Bourbon (1798–1870), Tochter des Königs von Neapel, 1816 mit dem Herzog von Berry vermählt, dem jüngeren Sohn Karls X., hatte nach der Ermordung ihres Mannes im Jahre 1820 zurückgezogen gelebt; ihr nach dem Tod des Herzogs geborener Sohn war der Herzog von Bordeaux, der spätere Graf von Chambord, der Thronprätendent der älteren Linie des Hauses Bourbon. 1832 versuchte sie, den Thron für ihren Sohn mit Waffengewalt zurückzuerobern. Am 29. April landete sie in Marseille in der Absicht, die Provence aufzuwiegeln, ohne daß der Süden sich rührte. Gegen den Rat der Häupter ihrer Partei begab sie sich verkleidet in die Vendée, wo sich tatsächlich eine Handvoll Chouans ihr anschloß. In zwei Gefechten wurde sie besiegt und flüchtete nach Nantes, wo sie am 6. Dezember durch den Verrat eines ihrer Agenten entdeckt und verhaftet wurde. Nun aber ergab es sich, daß sie, zwölf Jahre nach dem Tod ihres Mannes, schwanger war. Europa, das sie bewundert hatte, barst vor Lachen. Sie war jetzt politisch ungefährlich, heiratete einen neapolitanischen Adligen und lebte fortan im Exil in Böhmen.

195 »Sansculottes«, »Ohne Kurzhosen«, wurden zu Anfang der fran-

zösischen Revolution die revolutionären Proletarier genannt; später wurde die Bezeichnung zum Ehrennamen der extremsten Revolutionsmänner.

196 Gourville, einer der Liebhaber der Ninon (siehe Anmerkung 156), vertraute ihr, als er eine Reise antrat, 10 000 Taler an, die sie ihm bei seiner Rückkehr getreulich wiedererstattete, als sie seine Liebe nicht länger erwidern konnte.

197 Anagramm aus »Hulot«.

198 Siehe Balzacs Roman ›Béatrix‹.

199 Als Fußbrenner (chauffeurs) wurden zur Zeit der Revolution Räuber bezeichnet, die ihre Opfer durch Ansengen oder Verbrennen der Füße zum Herausgeben von Geld zwangen. Balzac schildert sie in dem Roman ›Die Königstreuen‹ und ›Die Kehrseite der Zeitgeschichte‹.

200 Die Courtille ist eine zur ehemaligen Gemeinde Belleville gehörende Stadtgegend; sie wurde gegen Ende des 18. Jahrhunderts berühmt durch ihre Schenken mit Gebüschen und Lauben, wo die Pariser es sich wohl sein ließen, zumal in der Nacht vom Fastnachtsdienstag zum Aschermittwoch. Dann erfolgte der Rückmarsch der maskierten und verkleideten lustigen Brüder in die Stadt, der bis zu sechs Stunden dauerte.

201 Noch heute bestehendes Theater am Boulevard Saint-Martin, das Volksstücke, Melodramen und patriotische Stücke spielt.

202 In diesem Arrondissement wurden die »wilden Ehen« geschlossen.

203 Der Name »Lorette« wurde 1840 durch Nestor Roqueplan den ausgehaltenen Frauen gegeben, die in dem neuerbauten Stadtvierteln hinter der Kirche Notre-Dame de Lorette wohnten, wo die Mieten billig waren.

204 Der »Ball Mabille« ist eine aus dem Jahr 1840 stammende Einrichtung. Es wurde dort zumal der von Chicard erfundene Cancan getanzt.

205 Der General Marquis Victor d'Aiglemont tritt in mehreren Romanen der ›Menschlichen Komödie‹ auf. Die Episode, auf die Balzac hier anspielt, findet sich in ›Ferragus‹ (›Geschichte der Dreizehn‹).

206 Die Gestalt des Vormunds in Beaumarchais' (und Rossinis) ›Der Barbier von Sevilla‹.

207 Wortspiel mit der Endung »or« und or, Gold.

208 Auf der Vendôme-Säule.

209 John Churchill, Herzog von Marlborough (1650–1722), englischer Feldherr, Sieger bei Höchstedt und Malplaquet. Held eines burlesken Volkslieds, dessen erste Zeilen lauten:

»Marlbrough s'en va-t-en guerre,
ne sait quand reviendra . . .«

210 Die Art dieses Farbtons hat sich nicht feststellen lassen.

211 Maria-Felicité Malibran (1808–1836), Sängerin, Tochter und Schülerin des großen Manuel Garcia, erst mit dem Bankier Malibran, dann mit dem Komponisten und Violinvirtuosen Bériot verheiratet, kurz danach an den Folgen eines Sturzes vom Pferd gestorben.

212 Jene »Judith« befindet sich heute nicht mehr im Palazzo Pitti, sondern in den Uffizien. Sie ist ein Werk des Alessandro Allori (1535–1621), eines Neffen des Angelo Bronzino (1503–1573). Sein Sohn Cristofero Allori (1577–1621) schuf übrigens ebenfalls eine »Judith«, die sich im Wiener Museum befindet.

213 Rolle in Rossinis Oper ›Wilhelm Tell‹.

214 Tanzlokal am Boulevard Montparnasse aus der Zeit der Marie-Antoinette; es kam erst gegen Ende der Regierungszeit Louis-Philippes aus der Mode.

215 Der Name Elodie kommt in keinem Bühnenwerk vor, sondern ist derjenige der weiblichen Hauptgestalt des Romans ›Le Solitire‹, eines ehedem berühmten, heute mit Recht vergessenen Romans des Vicomte d'Arlincourt (1821).

216 Unübersetzbares Wortspiel. »Poules« sind Hühner und Hürchen, aber auch die »Sätze« (von »boules«) beim Billardspiel.

217 In gezuckertes heißes Wasser geschlagenes Eigelb.

218 In Melun war ein bekanntes Zuchthaus.

219 Es handelt sich um Vautrin; siehe Balzac ›Glanz und Elend der Kurtisanen‹, vierter Teil, ›Vautrins letztes Abenteuer‹.

220 Pierre Lenoir (1732–1807) war Generalleutnant der Polizei in Paris. Er schuf das berühmte Leihhaus »Mont-de-Piété«. – Antoine de Sartine (1729–1801), 1774 Marineminister, ist besonders berühmt, weil er zwanzig Jahre lang (1754–1774) die Funktionen des stellvertretenden Leiters der Kriminalabteilung am Châtelet und des Generalleutnants der Polizei ausgeübt hat.

221 Gestalt in Racines Komödie ›Les Plaideurs‹.

222 Günstling des Königs Antiochus I. von Syrien, wurde 270 v. Chr.

beauftragt, die Königin Stratonike auf einer Reise zu begleiten. Nach dem Lukian zugeschriebenen Werk ›De Syria dea‹ entmannte er sich, um nicht seiner Leidenschaft für die Königin nachzugeben.

223 Charles Rollin (1661–1741), französischer Historiker.

224 Jean-Baptiste Bourguignon d'Anville (1697–1782), französischer Geograph.

225 Rennplatz bei Paris.

226 Im Département Manche (Normandie).

227 In der Rue de Clichy lag das Gefängnis.

228 Gatte der Angelika in Ariosts ›Orlando furioso‹.

229 König Wilhelm I. von Holland (1772–1843), dessen Halsstarrigkeit, Ungeschicklichkeit, Rachsucht und Unentschlossenheit zu der Erhebung Flanderns und der südlichen Provinzen von August bis Oktober 1830 führte. Der Sieg der Aufständischen gipfelte in der Errichtung des unabhängigen Königreichs Belgien.

230 Gemeint ist sicherlich die ›Maison dorée‹, ein 1839 eröffnetes Restaurant an der Ecke der Rue Laffitte und des Boulevard des Italiens, das von einem Restaurateur namens Hardy geleitet wurde. Es hieß damals: »Il faut être bien riche pour aller chez Hardy et bien hardi pour aller chez Riche.« Es wird damit auf das Café Riche angespielt, eine andere elegante Gaststätte.

231 Ehemals berühmte Oper von Adolphe Adam (1803–1856), die 1836 uraufgeführt wurde.

232 Es gibt zwei Maler dieses Namens: Nicolas (1606–1668) und sein Bruder Pierre (1610–1695). Beide wurden in Troyes geboren.

233 Heute derjenige Teil der Rue Saint-Marc, der von der Rue de Richelieu zur Rue Favart führt.

234 Während der ersten Hälfte des 19. Jahrhunderts bestanden die üblichen Korsetts nur aus einem Stück; sie mußten hinten aufgeschnürt werden, was bedingte, daß die Damen der Restauration und der Juli-Monarchie beim Anlegen und Ausziehen des Korsetts der Hilfe ihrer Zofe oder ihres Ehemanns bedurften. Eine Lithographie von Gavarni illustriert auf erheiternde Weise diese ehemännliche Dienstleistung: Ein Ehemann, der eines Abends das Korsett seiner Frau aufschnürt, macht eine schreckliche Entdekkung: »Nanu? Das ist aber merkwürdig, ich weiß genau, daß ich heute morgen eine einfache Schleife gemacht habe, und heute abend ist es eine doppelte!« Um dergleichen Peinlichkeiten zu

vermeiden, trugen einige elegante Damen wie die Herzogin von Maufrigneuse Korsetts, die vorn geschlossen wurden, und zwar mit Haken und Ösen.

235 Paul-Henri, Baron de Holbach (1723–1789), französischer Philosoph, Materialist und Atheist.

236 Guillaume, Kardinal Dubois (1656–1723), Minister während der Regentschaft des Herzogs von Orléans. Als Charakter niedrig und bestechlich, aber dennoch von beträchtlicher diplomatischer Begabung (Bündnis mit Holland und England; Liga gegen Spanien). 1722 wurde er Premierminister.

237 Zofengestalt der Komödie; für Béranger Typ der Pariser Grisette.

238 Der Chevalier, genannt Marquis de Champcenetz (1759–1794), wetteiferte zunächst mit Rivarol in Wortspielen, leichtfertigen Liedern und satirischen Verschen, wurde dann jedoch sein Mitarbeiter an den ›Actes des Apôtres‹, einer Zeitung, die durch Sarkasmus die Revolution und die Revolutionäre bekämpfte. Champcenetz war weniger glücklich als Rivarol; er konnte Frankreich nicht mehr rechtzeitig verlassen und endete unter der Guillotine.

239 Siehe Balzacs Roman ›Die Kehrseite der Zeitgeschichte‹.

240 Heute Galerie de Cherbourg.

241 Saix, genannt Bobino, ein berühmter Hanswurst, begann 1816 mit Vorführungen in der Rue de Madame und wurde bald der mit Beifall überschüttete Rivale von Bobêche und Galimafré. Während der Restauration versuchte er vergeblich, in gehobeneren Schauspielgattungen Fuß zu fassen, in der Pantomime oder der dialogisierten Posse; die Zensur hinderte ihn daran und beschränkte ihn auf die Seiltänzerei und auf Clowndarstellungen. Die Juli-Revolution befreite ihn von diesen Fesseln; er gründete das Théâtre du Luxembourg und trat in Pantomimen, Vaudevilles und Dramen auf. Das Théâtre du Luxembourg, das seinen traditionellen Namen behalten hat, liegt heute in der Rue de la Gaieté.

242 Das Ambigu-Comique, 1759 auf der Messe zu Saint-Germain gegründet, dann am Boulevard du Temple durch einen Schauspieler der Comédie-Italienne namens Audinot installiert, ließ anfangs Marionetten, dann Kinder spielen und hatte großen Erfolg, der sogar den Besuch der Oper beeinträchtigte. 1827 brannte es ab. Hittorf baute es am Boulevard St. Martin neu auf; dort be-

findet es sich noch heute. Es spielt Volksstücke, Dramen und Melodramen.

243 Die Garde Municipale oder Républicaine ist ein Pariser Gendarmerie-Korps.

244 Eigentlich: *in partibus infidelium,* in den Ländern der Ungläubigen. Bezeichnung eines Bischofs, der nur den Titel besitzt, aber nicht die Funktion ausübt. Hier im Sinne eines nicht schaffenden Künstlers gebraucht.

Biographische Notizen über die Romangestalten

Tante Bette

CARABINE, siehe unter SINET.

CREVEL, Célestin, geboren um 1787, zunächst Lehrling in Birotteaus Parfümhandlung »Zur Rosenkönigin«, die er 1819 aufkaufte (›César Birotteau‹). 1844 war er Teilhaber des Theaters, dessen Direktor Gaudissart war (›Vetter Pons‹).

HULOT, Marschall, geboren 1766, kommandierte 1799 in der Bretagne eine Halbbrigade gegen die aufständischen Chouans. Er war beauftragt, sich des Anführers der Insurgenten, des Marquis de Montauran, zu bemächtigen. Voller Mißtrauen gegen die Ratschläge des Spitzels, den das Direktorium ihm beigeordnet hatte, weigerte er sich, gegen seinen Feind Listen anzuwenden. Indessen lieferte ein von Corentin angezettelter Verrat ihn ihm aus. Montauran und seine junge Frau Marie de Verneuil starben unter den Kugeln seiner Soldaten. Dennoch unternahm es der republikanische Offizier, der Testamentsvollstrecker des royalistischen Anführers zu sein (›Die Königstreuen‹).

SAINT-ESTÈVE, Mme de, Deckname der Jacqueline Collin, der Tante des Jacques Collin, eines ehemaligen Sträflings, der 1830 in den Dienst der Polizei getreten war, deren wichtigster Agent er seit 1840 war. Sie war von je der rechte Arm ihres Neffen gewesen, vor allem, als der unter dem Namen Carlos Herrera in einen spanischen Domherrn verkleidete Collin die Gaunerstücke durchführte, die es ihm erlaubten, zwischen 1824 und 1830 seinen Schützling Lucien de Rubempré auszuhalten, anfangs durch das Vermögen seiner Zuchthausgenossen, dann auf Kosten des Barons de Nucingen, der in Esther

Gobseck verliebt war, die Geliebte Rubemprés (›Glanz und Elend der Kurtisanen‹).

SINET, Séraphine, genannt CARABINE, geboren 1820, glänzte in der Halbwelt. 1845 wurde sie durch Lora und Bixiou beauftragt, den Provinzler Sylvestre-Palafox Gazonel in die große Welt einzuführen (›Die Komödianten wider ihr Wissen‹).

STEINBOCK, Wenceslaus, Graf de, geboren 1809, arbeitete um 1836 zusammen mit François Souchet an der Ausschmückung des Stadtpalais seines Landsmanns Adam Laginski (›Die falsche Geliebte‹).

STIDMANN hatte unter der Restauration als Goldschmied und Ziseleur debütiert (›Modeste Mignon‹), warf sich unter der Juli-Monarchie auf die dekorative Bildhauerei (›Beatrix‹) und dann auf die große Bildhauerei. Um seiner Grabdenkmäler für Charles Keller und de Marsay (›Vetter Pons‹) willen wurde er 1845 ins Institut gewählt (›Die Komödianten wider ihr Wissen‹).

VIGNON, Claude, geboren 1799, begann als Kritiker für Literatur und Philosophie an sog. »kleinen Zeitungen«, also Skandalblättern. 1821 an der von Finot geleiteten Zeitung (›Verlorene Illusionen‹); 1834 bei dem von Raoul Nathan gegründeten Blatt (›Eine Evastochter‹). Zu dieser Zeit war Camille Maupin, die berühmte Schriftstellerin, seine Geliebte. 1836 kam er mit ihr aus Italien zurück; in Genua hörte er aus dem Munde Maurice de l'Hostals die Geschichte der Honorine (im Roman dieses Titels). Bald danach war er Camille Maupins überdrüssig, brach mit ihr und tröstete sich mit Madame Schontz (›Béatrix‹). Als Sekretär des Herzogs von Weissenburg trat er ins Kriegsministerium ein, spielte eine wichtige Rolle im Staatsrat, bekam eine Stellung als Bibliothekar und schließlich einen Lehrstuhl an der Sorbonne (›Die Komödianten wider ihr Wissen‹).

HONORÉ DE BALZAC

Die Menschliche Komödie

Dünndruckausgabe in 12 Bänden

I

Balzac. Sein Leben und Werk

SITTENSTUDIEN

Das Haus ›Zum ballspielenden Kater‹

Der Ball zu Sceaux

Memoiren zweier Jungvermählter

Die Börse

Modeste Mignon

Ein Lebensbeginn

II

Szenen aus dem Privatleben

Albert Savarus · La Vendetta

Eine doppelte Familie · Ehefrieden

Madame Firmiani · Eine Frauenstudie

Die falsche Geliebte

Eine Evastochter

Die Botschaft · Die Grenadière

Die Verlassene · Honorine

Béatrix

III

Szenen aus dem Privatleben

Gobseck

Die Frau von dreißig Jahren

Vater Goriot

Oberst Chabert

Die Messe des Gottesleugners

Die Entmündigung

Der Ehekontrakt

Zweite Frauenstudie

Szenen aus dem Provinzleben

Ursule Mirouët

IV

Szenen aus dem Provinzleben

Eugénie Grandet

Die Ehelosen:

1. Pierrette

2. Der Pfarrer von Tours

3. Die ›Fischerin im Trüben‹

Die Pariser in der Provinz:

1. Der berühmte Gaudissart

2. Die Muse des Départements

V

Szenen aus dem Provinzleben

Die Nebenbuhler:

1. Die alte Jungfer

2. Das Antiquitätenkabinett

Verlorene Illusionen:

1. Die beiden Dichter

2. Ein großer Mann aus der Provinz in Paris

3. Die Leiden des Erfinders

VI

Szenen aus dem Pariser Leben

Geschichte der Dreizehn:

Vorrede

1. Ferragus

2. Die Herzogin von Langeais

3. Das Mädchen mit den Goldaugen

César Birotteau

Das Bankhaus Nucingen

Glanz und Elend der Kurtisanen:

1. Wie leichte Mädchen lieben

VII

Szenen aus dem Pariser Leben

VIII

Szenen aus dem Pariser Leben

IX

Szenen aus dem Pariser Leben

Die Kehrseite der Zeitgeschichte:

1. Madame de la Chanterie

2. Der Aufgenommene

Szenen aus dem politischen Leben

Eine Episode aus der Zeit der Schreckensherrschaft

Eine dunkle Begebenheit

Der Abgeordnete von Arcis

Z. Marcas

Szenen aus dem Soldatenleben

Die Königstreuen

Eine Leidenschaft in der Wüste

X

Szenen aus dem Landleben

Die Bauern

Der Landarzt

Der Dorfpfarrer

Die Lilie im Tal

XI

PHILOSOPHISCHE STUDIEN

Das Chagrinleder
Jesus-Christus in Flandern
Melmoth
Massimilla Doni
Das unbekannte Meisterwerk
Gambara
Der Stein der Weisen
Das verstoßene Kind
Lebwohl
Die Marañas
Der Aufgebotene
El Verdugo
Ein Drama am Meeresufer
Meister Cornelius
Die rote Herberge

XII

PHILOSOPHISCHE STUDIEN

Katharina von Medici
Das Lebenselixier
Die Verbannten
Louis Lambert
Seraphita

ANALYTISCHE STUDIEN

Physiologie der Ehe
Die kleinen Nöte des Ehelebens